W0033227

JASON DARK

JOHN SINCLAIR

Aufstand im Dämonenreich

**Acht
spannende
Grusel-
abenteuer**

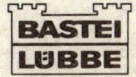

BASTEI LÜBBE TASCHENBUCH
Band 73 944

1. Auflage: September 2003

Vollständige Taschenbuchausgabe

Bastei Lübbe Taschenbücher
ist ein Imprint der
Verlagsgruppe Lübbe

Lektorat: Hans-Ulrich Steffan
Titelbild: Sanjulian/Bassols, Barcelona
Umschlaggestaltung: QuadroGrafik, Bensberg
Satz: Wildpanner, München
Druck und Verarbeitung:
AIT SA, Trondheim, Norwegen
Printed in Norway
ISBN 3–404–73944–2

Sie finden uns im Internet unter
http://www.bastei.de
oder
http://www.luebbe.de

Der Preis dieses Bandes versteht sich einschließlich
der gesetzlichen Mehrwertsteuer.

Inhalt

Medusas Horrorblick

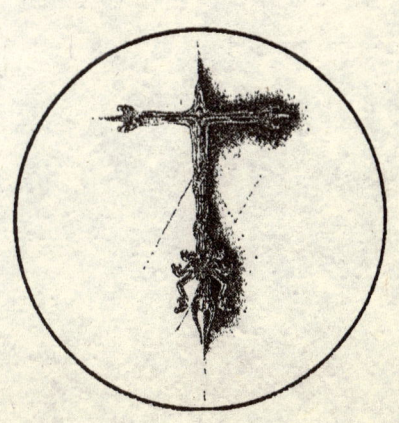

Der Mann stand auf dem Dach!

Angst verzerrte seine Züge. Er schaute auf die zahlreichen Fernsehantennen, sah die beiden Transformatorenhäuschen und auch das schräge Glasfenster, das sich wie eine schiefe Ebene von dem flachen Untergrund des Dachs abhob. Der Mann wusste, dass es zu öffnen war, und er wusste auch, dass dahinter das Grauen lauerte.

Wind peitschte ihm ins Gesicht, blähte das dunkelblaue Jackett, riss die dezent gestreifte Krawatte aus dem Ausschnitt und ließ sie flattern wie eine Fahne, während die grauen Haare auf seinem Kopf einen wirbelnden Kranz bildeten.

Hinter dem Mann befand sich die Brandmauer. Nicht sehr hoch. Wenn er dagegenstieß, würde er kippen.

Straßenlärm drang trotz des steifen Windes an seine Ohren. Er brandete aus der Straßenschlucht zu ihm hoch und sagte ihm gleichzeitig, dass dort unten das Leben wartete.

Bei ihm jedoch lauerte der Tod!

Der Mann war lange genug auf der Flucht gewesen. Jetzt wusste er, dass er seinem Verhängnis nicht mehr entweichen konnte, denn hinter dem Glasfenster lauerte bereits der Schatten.

Er war groß, schemenhaft und hatte die Umrisse eines menschlichen Körpers.

Wohin?

Der Mann schaute nach rechts und nach links. Er sah die Mauer, die das Dach einschloss, aber es befanden sich weder ein Fahrstuhl noch eine Treppe in der Nähe, die er hätte erreichen können.

Ihm blieb der Tod.

Der Schatten hinter der breiten, schräg stehenden Milchglasscheibe bewegte sich. Er kostete die Angst des anderen aus, fasste nach dem Fensterhebel und drückte die schwere Glasscheibe langsam in die Höhe.

Der Grauhaarige auf dem Dach sah zu, wie der Spalt immer größer wurde. Sein Gesicht verzerrte sich noch mehr. Weit öffnete er den Mund. Die Worte, die dabei über seine Lippen drangen, waren nur mehr ein unverständliches Gestammel, ein Sammelsurium aus Lauten der Angst, denn ihm war klar, dass er nur noch Sekunden zu leben hatte.

Wohin?

Er ging einen halben Schritt zurück, spürte den Widerstand der Brandmauer an seinen Beinen und tat etwas, das er eigentlich nicht hatte tun wollen. Er winkelte das linke Bein an, bis er den Fuß so hoch gehoben hatte, dass er ihn auf die Mauer stellen konnte. Dann drückte er sich ab und stellte den rechten Fuß neben seinen linken.

In diesem Augenblick wurde die Fensterklappe hochgedrückt. Sogar sehr schnell, und der Mann, der sie in die Höhe geschoben hatte, duckte sich gleichzeitig so tief, dass von ihm nur die Hand und die Figur zu sehen waren, die er zwischen den Fingern hielt.

Das genau war sie, eine Figur, die goldfarben glänzte und völlig nackt war. Ihre Haut erinnerte an die einer Schlange.

Dazu kamen die roten Augen, die nur dann funkelten, wenn die Figur die Lider hob.

Und das konnte sie, denn sie lebte …

Noch hielt sie die Augen geschlossen, aber der Mann auf der Brandmauer wusste, was ihm bevorstand.

Im Unterbewusstsein hörte er die Sirenen, glaubte auch Stimmen zu vernehmen und bemerkte, wie sich die Augen öffneten. Gleichzeitig bewegten sich auf dem Kopf der Figur die Schlangen, und die roten Pupillen strahlten den Mann an.

Es war ein Horrorblick!

Er schrie, riss die Arme hoch, geriet durch die heftige Bewegung aus dem Gleichgewicht und kippte nach hinten. Als er den rechten Arm dabei nach vorn bewegte, hörte er das Knirschen und spürte, dass er an Gewicht zunahm.

Dann fiel er.

Der Schrei blieb in seiner Kehle stecken, als er über die Brandmauer kippte und in die Tiefe segelte.

Zwölf Stockwerke unter ihm befand sich die Straße.

Er hatte nicht die geringste Chance. Und die Fensterklappe auf dem Dach des Hauses schloss sich, als wäre nichts gewesen …

Man hatte einen Teil der Straße abgesperrt. Deshalb staute sich der Verkehr. Zudem drängten Neugierige aus ihren Fahrzeugen und behinderten die Anfahrt des Feuerwehrwagens.

Bis er kam, stand der Mann schon auf dem Dachrand.

Die Beamten beeilten sich, die Leiter auszufahren. Die Hydraulik schob die Leiter auseinander, und das sogar ziemlich schnell, damit der auf der obersten Sprosse der Leiter stehende Feuerwehrmann so rasch wie möglich an den Selbstmörder herankommen konnte.

War der Mann tatsächlich ein Selbstmörder?

Die Zuschauer, die ihre Köpfe nach hinten gelegt hatten und zum Dach hochstarrten, vermuteten es jedenfalls.

Ich, der unter den Gaffern stand und aus beruflichem Interesse anwesend war, wollte nicht daran glauben. Nur fieberte ich ebenso um das Leben des Mannes wie die Zuschauer, die Polizisten, die Feuerwehrmänner mit dem ausgebreiteten Sprungtuch und die Leute vom Rettungsdienst.

Ich schaute an der Fassade hoch. Die obere Hälfte der zwölf Stockwerke bestand aus Apartments. Die Scheiben der zahlreichen Fenster bildeten eine blitzende Front. In der unteren Hälfte hatten zahlreiche Firmen ihre Büroräume. Die Angestellten waren aus dem Haus gestürmt, standen auf der Straße, um sich den Selbstmörder anzuschauen.

Zudem barg das ziemlich neue Haus im Erdgeschoss eine Ladenstraße. Zahlreiche Geschäfte hatten hier ihren Verkaufsstandort gefunden. Boutiquen, ein Café, zwei Friseure, eine Videothek, eine Eisdiele, ein Geschäft mit Modeschmuck, ein Laden für Korbwaren.

Nur die Pizzeria nahm einen Teil der Front ein. Ihr Besitzer hatte die Markise über die breite Fläche herabgelassen. Der Stoff war regendicht und schützte die weißen Tische und Stühle, die vor dem Lokal standen, aber unbesetzt waren.

Eine Pizza essen wollte keiner mehr. Nur gaffen.

Zu sehen gab es für die Leute genug. Und zu wetten. Engländer wetten gern. Ich hörte, wie sie die ersten abschlossen. Wer würde schneller sein? Der Feuerwehrmann oder der Selbstmörder?

Verdammt, mich widerte so etwas an. Man wettete nicht um das Leben eines Menschen.

Die Leiter fuhr höher. Hinter blaugrauen Wolken erschien der Ball einer fahlen Sonne. Ihre Strahlen trafen die lange Aluleiter und ließen sie aufblitzen.

Mir fiel die Haltung des Mannes auf, und ich wusste, dass ich zu spät gekommen war. Der angebliche Selbstmörder hatte noch soeben telefonieren können und meinen Chef, Sir James, angerufen. Er bat um Hilfe und hatte ausdrücklich mich verlangt.

Ich kannte den Mann nur dem Namen nach. Er hieß Peter Roling und kandidierte für einen Londoner Stadtteil als Bürgermeister. Seine Chancen standen gut, es lag kein Grund für einen Selbstmord vor.

Und jetzt stand er oben auf der Brüstung.

Ich hatte gute Augen, konnte erkennen, dass er seine Arme vorstreckte, als wollte er irgendetwas abwehren, das nur er sah und nicht ich. Natürlich hätte ich versuchen können, mit dem Lift hinaufzufahren, aber ich wäre immer zu spät gekommen, denn als ich eintraf, hatte der Mann bereits auf der Brandmauer gestanden.

Wie würde es enden?

Ein Kloß saß in meiner Kehle. Dieser Mensch, dessen Jackett von einem heftigen Windstoß aufgebläht wurde, hatte mich zu sprechen verlangt. Über den Grund wusste ich nichts, ich konnte nicht mal spekulieren, da ich keinerlei Andeutungen erhalten hatte.

Die Entfernung täuschte. Für mich sah es so aus, als wäre der Feuerwehrmann auf der Leiterspitze schon zum Greifen nahe an den anderen herangekommen. Um besser sehen zu können, ging ich zwei Schritte nach rechts. Diese Perspektive war besser, sie zeigte mir gleichzeitig, dass nichts zu machen war.

Die rettende Leiter befand sich noch mindestens vier Stockwerke darunter.

Jeder Zuschauer sah das Zittern, das durch die Gestalt des Mannes ging. Einige Leute schrien, andere hoben ihre Arme, pressten die Hände gegen die Lippen, um Schreie zu unterdrücken.

Es war so weit.

Der Mann fiel.

Er kippte zurück. Eine unkontrollierte, wilde Armbewegung fiel mir auf, danach fiel er wie ein Stein in die Tiefe. Er schlug nicht mit den Armen, er pendelte nicht, er bewegte sich überhaupt nicht und glich tatsächlich einem Stein.

Ich verfolgte den Flug. Ohne es zu merken, hatte ich die Hände zu Fäusten geballt. Je tiefer der Unglückliche in die Tiefe raste, umso lauter wurden die Schreie der Gaffer.

Er raste dicht an den Fensterfronten vorbei, wurde nicht mal abgetrieben, näherte sich immer mehr dem Boden, durchschlug die Markise der Pizzeria und hämmerte zwischen die Tische und Stühle darunter. Sie sprangen und spritzten zur Seite, als wäre eine Bombe zwischen sie geschlagen. Bis auf die Straße rollten die Stühle. Tische folgten. Sie waren verbogen, als hätte jemand mit einer Eisenstange dagegen geschlagen. Ein Stuhl prallte noch gegen einen Feuerwehrwagen.

Ich hatte den Körper aufschlagen sehen, den Laut gehört und das Krachen. Über meinen Rücken lief eine Gänsehaut. Eine seltsame Beklemmung überkam mich.

Ich gehörte zu den Ersten, die auf die Leiche zuliefen, sprang über die Gehsteigkante, räumte einen runden Tisch zur Seite und blieb wie angewurzelt stehen, als ich mit der linken Fußspitze gegen etwas Hartes prallte.

Es war ein Arm.

Ein abgebrochener, abgerissener oder gespaltener Arm, der nicht zur Seite rollte, als ich gegen ihn gestoßen war.

Wieso nicht?

Ich hörte das Durcheinander nicht, das mich umgab. Kaum das Schrillen der Polizeipfeifen und auch nicht das hastige Rufen der Männer von der Feuerwehr und des Rettungsdienstes.

Mich interessierte der Tote.

Ich habe in meiner Laufbahn leider Gottes schon Leichen sehen müssen, die aus einer solchen Höhe zu Boden geprallt waren, und keine dieser Leichen hatte so ausgesehen wie diese hier.

Der Tote vor meinen Füßen war aufgeprallt – und zersplittert!

Jawohl, zersplittert. Wie eine Figur, die man aus großer Höhe zu Boden fallen lässt. Am Körper hing noch ein Arm, keine Beine mehr, und auch der Kopf lag woanders. Er hatte neben einem umgekippten Stuhl seinen makabren Platz gefunden.

Ich spürte in meinem Magen einen Kloß, und ich fuhr die Polizisten an, endlich einen so dichten Ring zu bilden, dass keine Neugierigen mehr durchkamen, denn ihnen wollte ich den schlimmen Anblick ersparen. Es war auch für mich grausam genug.

Ich schaute mir den Kopf genauer an.

Er zeigte menschliche Züge. Das Entsetzen stand darin tatsächlich wie eingemeißelt. Ein furchtbarer Anblick. Ich bekam einen trockenen Hals, und mich schüttelte es.

Dieser Mensch war vom Dachrand gefallen. Noch einmal stellte ich mir seinen Weg in die Tiefe vor, und ich war der Meinung, dass er, als er fiel, noch normal ausgesehen hatte.

Auf dem Flug in die Tiefe musste er sich so schrecklich verwandelt haben.

Und jetzt lag er vor mir. Versteinert und gleichzeitig zersplittert in seine Einzelteile.

Der Druck in meinem Magen wollte einfach nicht weichen. Ich spürte, dass ich zitterte und mir der kalte Schweiß auf der Stirn lag. Nur mühsam konnte ich mich dazu überwinden, die Haut des anderen anzufassen. Meine Fingerspitzen glitten über seine Wange.

Ich konnte sie nicht eindrücken und hätte schon einen scharfen Meißel gebraucht.

Dieser Mensch war zu Stein geworden.

Es geschah nichts ohne Grund.

Auch bei ihm musste ein Motiv vorgelegen haben, über das ich anfing nachzudenken.

Mit rechten Dingen war diese Verwandlung nicht zugegangen, also spielte Magie eine Rolle.

Aber welche?

Lange brauchte ich nicht nachzudenken. Es gab eigentlich nur eine Magie, die einen Menschen so verändern konnte, dass er zu Stein wurde.

Die der Medusa!

Medusa – eine griechische Furie, die an Grausamkeit nichts zu wünschen übrig ließ. Wer sie ansieht, wird zu Stein, heißt es, und auch ich hatte bereits meine Erfahrungen mit dieser Dame gesammelt.

Man konnte sie allerdings anschauen und musste dazu nur einen Spiegel nehmen. Wenn man sie in seiner Fläche sah, war ihre Kraft wirkungslos.

Durch das Loch in der Markise konnte ich an der Hauswand hochschauen. Ich dachte darüber nach, ob sich dort oben auf dem Dach eine Medusa aufgehalten haben könnte.

Das war möglich.

Jemand sprach mich an. Ich hatte den Leuten vorher gesagt, wer ich war, und ich hörte, wie man eine Bitte an mich herantrug. »Sir, wenn es Ihnen möglich ist, dann wollen wir den Mann gern … Na ja, Sie wissen schon, was ich meine.«

Ich erhob mich. Vor mir stand der Feuerwehrchef. Ein Brandmeister. Er war so groß wie ich, nur breiter in den Schultern, und sein Gesicht zeigte einen verstörten Ausdruck.

Ich legte ihm eine Hand auf die Schulter. »Ein Mann wird wohl kaum reichen, um den Toten abtransportieren zu können, mein Lieber.«

»Wie meinen Sie das?«

»Haben Sie ihn nicht gesehen?«

Der Brandmeister nickte. »Ja, das schon, ich wunderte mich auch darüber, dass ich kein Blut sah. Auch sehen Menschen, die aus einer so großen Höhe fallen, zumeist anders aus. Was ist mit diesem hier geschehen? Haben Sie eine Erklärung?« Er bückte sich, untersuchte den zersplitterten Toten auf die gleiche Art und Weise, wie ich es getan hatte, wobei er nur den Kopf schüttelte. »Unglaublich«, murmelte er. »Unglaublich. Dieser ist ein Stein.«

»Zu Stein geworden.«

»Und auf dem Dach kam er mir so lebendig vor.«

Es hatte keinen Sinn, weiter mit dem Feuerwehrchef zu diskutieren, das brachte nichts. Dieser Mensch war auf eine grausame Art und Weise gestorben, ich musste zusehen, die Hintergründe dieses Todes aufzuklären.

Ich dachte wieder daran, dass der Mann, als er auf dem Rand der Brüstung gestanden hatte, noch völlig normal gewesen war. Zu Stein war er erst während des Falls geworden.

Er musste demnach noch auf dem Dach stehend etwas für ihn so Entscheidendes und Tödliches gesehen haben.

Zwölf Stockwerke hatte das Gebäude. Verdammt viel, wenn man sie alle durchsuchen wollte. Zudem konnte die Person, die sich für das Grauen verantwortlich gezeigt hatte, das Haus schon längst verlassen haben, denn im Haus herrschte ein Kommen und Gehen.

»Wir können dann den Toten wegschaffen lassen?«, fragte der Feuerwehrchef.

»Ja, tun Sie das, aber lassen Sie die Leichenteile zur Polizei schaffen. Ich möchte, dass sie noch genauer untersucht werden.«

»Wird erledigt, Sir.«

Ich ging nicht in das Haus, zündete mir eine Zigarette an und rauchte sie in langen Zügen. Noch einmal ließ ich mir den Fall durch den Kopf gehen. Es war allein der Anruf dieses Peter Roling gewesen, der mich so aufgeschreckt hatte. Es war ihm nicht gelungen, etwas zu sagen, und das empfand ich als so fatal. Sir James hatte den Anruf entgegengenommen. Ihn musste ich informieren.

Mein Bentley stand schräg auf dem Gehweg. Ich öffnete die Tür, ließ mich auf den Sitz fallen und griff zum Autotelefon. Mit flinken Fingern tippte ich die Nummer ein und hatte bald den Chef an der Strippe. In knappen Sätzen berichtete ich ihm von dem Vorgang.

»Peter Roling ist also tot«, sagte mein Chef. »Verflixt, das hätte man verhindern müssen!«

»Wie denn, Sir? Ich war einfach nicht in der Lage dazu. Außerdem bin ich zu spät gekommen.«

»Und Sie wollen noch am Haus bleiben?«

»Das hatte ich vor.«

»Dann warten Sie, bis Bill Conolly zu Ihnen kommt.«

»Wie das?«

»Er rief mich an, weil er angeblich eine brandheiße Sache hat.«

»Hat er Andeutungen gemacht?« Ich nahm eine andere Sitzposition ein und streckte die Beine aus dem Wagen. Es war wieder viel zu warm für Oktober geworden. Die Sonne schickte ihre heißen Strahlen auf meine Hosenbeine und wärmte die Haut gleich mit.

»Ja«, erwiderte Sir James, »und ich habe das Gefühl, dass sich beide Fälle irgendwie kreuzen, denn Bill Conolly sprach von einer geheimnisvollen Figur, die gestohlen worden sein soll. Von einer Medusa.«

»Die wurde gestohlen?«

»Bill nimmt es an. Deshalb will er ja zu Ihnen, um den Fall mit Ihnen durchzusprechen.«

»Gut, Sir, ich warte.«

»Haben Sie denn keinen Anhaltspunkt? Ich brauche einen, denn ich stecke in der Klemme. Peter Roling war nicht irgendwer. Für ihn und seine Arbeit interessierten sich die Medien.«

Ich konnte mir gut vorstellen, wie Sir James in seinem Büro hockte und ins Schwitzen geriet. Peter Roling ermordet, dazu auf diese schreckliche Art und Weise. Da würden ihm einige hohe Tiere mächtig Dampf machen, das stand fest.

»Nein, Sir, ich habe keine Spuren. Es wird auch schwer sein, welche zu finden. Das Haus ist verdammt groß. Zwölf Stockwerke, da kann hinter jedem Fenster etwas lauern.«

Der Superintendent brummte etwas, das ich nicht verstand. Danach wurden seine Worte deutlicher. »Versuchen Sie trotz allem, etwas herauszufinden. Es wäre besser für uns.«

Ich stöhnte auf. »Okay, Sir, mal sehen, was man da machen kann. Ich lasse wieder von mir hören.« Nach diesen Worten hängte ich den Hörer ein und stieg aus dem Bentley.

Die Helfer waren dabei, den Toten wegzuräumen. Und sie hatten, so makaber es sich anhörte, verflixt schwer zu tragen.

Ich zerbrach mir den Kopf über diesen Fall. Was kam da auf uns zu? Wurde Medusa wieder aktiv?

Ich hoffte es nicht, denn ich hatte schon einmal mit ihr zu tun gehabt. Vielmehr mit ihrem Erbe, denn die echte Medusa war tot. Perseus hatte ihr den Schlangenschädel vom Rumpf geschlagen. So stand es in der Legende. Aber sie hatte noch zwei Mitstreiterinnen, denn die Gorgonen, zu denen sich Medusa zählte, waren zu dritt.

Die anderen beiden hießen Stheno und Euryale. Auch sie waren Ungeheuer mit Schlangenhaaren. Wer von ihnen in diesem Fall seine Klauen im Spiel hatte, wenn überhaupt, das stand für mich bis jetzt noch in den Sternen.

Ich sah einen roten Porsche. Bill hatte den noch neuen Wagen wieder reparieren lassen. In Schottland wäre er uns fast unter den Füßen zusammengebrochen, als wir mit ihm eine Strecke gefahren waren, die für einen Geländewagen geeignet war, aber nicht für einen so teuren Flitzer.

Sie wollten ihn nicht durchlassen. Zwei Polizisten wehrten ihn ab und versuchten, Bill wieder in den Wagen zu drücken.

Ich lief schnell hin.

Bill schaute über die Schultern der Beamten hinweg. »He, John, sag diesen komischen Ignoranten mal, dass sie mich durchlassen sollen. Ich habe schließlich einen wichtigen Besuch zu machen.«

»Geben Sie den Weg frei!«, bat ich die Beamten. »Der Mann wollte zu mir und ist okay.«

»Wie Sie meinen, Sir.«

Bill ließ den Wagen einfach stehen. Als er vor mir stand, grinste er breit und schlug mir auf beide Schultern. »Dass man dich auch noch mal sieht, freut mich direkt. Warst ja ziemlich lange verschollen. Ich hörte etwas von Rumänien, dann von einer Blutübertragung ...«

»Alles schon vergessen.«

»Und ohne den guten Bill.«

»Du hast doch in Schottland genug abgekriegt.«

Der Reporter winkte ab. »Auch das ist vergessen.«

Während des Gesprächs hatten wir uns dem Silbergrauen

genähert. Bill schaute sich dabei neugierig um und stellte die entscheidende Frage. »Sag mal, was ist eigentlich hier los?«

»Ein Mann fiel vom Dach.«

»Pech für ihn. So schlimm das ist, John.« Bill schaute mich verwundert an. »Seit wann kümmerst du dich um diese Dinge, wenn ein Selbstmörder in den Tod springt?«

»Im Prinzip hast du Recht. Aber wenn er springt und auf der Straße als steinernes Monster aufschlägt und zerplatzt, ist das schon etwas anderes, nicht wahr?«

»Moment mal, wie war das genau?«

Ich berichtete Bill von den Ereignissen. Hin und wieder schlug sich mein Freund mit der Hand gegen die Stirn, schüttelte den Kopf und murmelte: »Das gibt es doch nicht.«

»Was gibt es nicht?«, wollte ich nach meinem Bericht von ihm wissen.

»Diesen, sagen wir, Zufall.«

»Wieso?«

»Ich bin fast wegen der gleichen Sache zu dir gekommen, hatte aber noch keinen Beweis, nur eine Vermutung, und auch die war mehr als vage.«

»Was ist dir denn passiert?«

»Mir nichts, aber dem Museumswärter.«

»Dann berichte mal von dem guten Knaben.«

Der Reporter ließ sich nicht mehr lange bitten und begann. »Es ging um eine Ausstellung alter griechischer Kunst im Kunsthistorischen Museum. Ich wollte einen Bericht darüber schreiben, besonders interessierte mich ein Stück oder ein Gegenstand dieser Ausstellung. Es war die berühmte Medusa.«

Ich berichtigte Bill sofort. »Die gibt es nicht. Perseus hat sie zerstört.«

Mein Freund winkte ab. »Hau doch nicht so auf den Pudding! Deine Medusa meine ich nicht, mir ging es um die Statue, die man gefunden hat. Ein Ding aus purem Gold; soll angeblich magische Kräfte gehabt haben und so weiter. Auf jeden Fall setzte ich mich mit dem Museumsdirektor in Verbindung. Ich kannte ihn noch aus früheren Tagen und trug ihm meine Bitte vor. Ich wollte mir die Statue ansehen, und zwar außerhalb jeglicher Besichtigungszeiten. Nur so, verstehst du?«

»Natürlich.«

»Das habe ich auch getan. Ein Museumswärter begleitete mich, er schloss den Raum auf, wo die Statue zu stehen hatte, und bekam ebenso große Augen wie ich. Sie war nicht mehr da.«

»Gestohlen« vermutete ich.

»So muss es gewesen sein.«

»Und jetzt?«, fragte ich meinen Freund.

»Nichts weiter. Ich war perplex und dachte an die magischen Kräfte, die man der Medusa und auch der Statue nachsagt. Es konnte natürlich ein Hirngespinst werden, das wusste ich selbst, aber ...« Bill hob seine Hand und tippte mit dem Zeigefinger gegen meine Brust, »ich habe mich entschlossen, an die Magie zu glauben, und aus diesem Grunde dich eingeschaltet. Vielleicht steckt wirklich mehr dahinter, als ich annahm.«

»Ja, das sehe ich auch so.« Ich rieb über mein Kinn. Verlegen war ich zwar nicht, aber ich wusste auch nicht, wie ich beide Fälle so direkt zusammenbringen sollte.

Die Polizisten hoben die Sperre auf. Bill wurde gebeten, seinen Wagen zur Seite zu fahren. Als er das getan hatte, kam er wieder zu mir.

»Ist dir inzwischen der große Geistesblitz gekommen, John?«

»Nein.«

Bill verzog die Mundwinkel! »Schwaches Bild. Die Blutübertragung hat bei dir wohl einige negative Reaktionen in Bezug auf dein Gedächtnis ausgelöst, wie?«

»Ach, hör auf! Ich habe den Mann fallen sehen, Bill. Er wurde zu Stein. Und jetzt frage ich mich, was ein gewisser Peter Roling mit einer gestohlenen Statue zu tun hat? Da komme ich einfach nicht mit.«

Bill hob die Augenbrauen. »Peter Roling, sagst du? Der Anwärter auf einen der Bürgermeisterposten?«

»Ja, genau der.«

Der Reporter lachte. »Das ist ein Ding.« Er schüttelte den Kopf. »Ich kenne den Mann.«

»Wen kennst du nicht?«

»Ja, mein Lieber. Weißt du auch, wo er kandidiert hat?«

»Nein.«

»In einem Stadtteil, in dem überwiegend Ausländer wohnen. Zumeist Griechen.«

»Das ist mir neu«, gab ich zu.

Bill nickte. »Wusste ich doch, dass ich erst kommen musste, um dir auf die Sprünge zu helfen.«

»Dafür bedanke ich mich, Alter. Trotzdem bringt es uns nicht viel weiter, wie du sicherlich einsiehst. Wenigstens nicht im Augenblick.«

»Deshalb sollten wir uns auch fragen, aus welchem Grund sich Roling gerade aus diesem Haus hier gestürzt hat und ob er etwas mit der verschwundenen Medusa-Figur zu tun hat.«

»Das meine ich auch. Ich habe Sir James schon versprochen, mir das Haus genauer anzusehen. Allein war es ein wenig viel. Komm mit, Bill, du sollst auch was tun.«

Der Reporter blieb an meiner Seite. Wir betraten gemeinsam die Passage. Dort gab es eine Schilderwand. Auf ihr war aufgeführt, wer alles in dem Gebäude wohnte. Nicht die einzelnen Mieter, sondern die Firmen. Wir schauten uns die Schilder an. Kaufmännische Betriebe überwiegend, eine Selbsthilfegruppe, dann die Filiale einer Sekte vom Jüngsten Gericht, zwei Rechtsanwälte, ein Frauenarzt und auch etwas, das uns interessierte.

Bill entdeckte das Schild. »Hier, John, ich habe es. Das kann die heiße Spur sein.«

Ich ging zu ihm. Halblaut las ich vor, was auf dem Metallschild zu lesen stand. »Verein für die Zusammenarbeit griechischer Kultur und deren Förderung.«

Bill schlug mir auf die Schulter. »Ist das was?«

»Hört sich zumindest so an.«

Er lachte. »Die hausen im vierten Stock. Worauf wartest du noch, Geisterjäger? Lass uns hochfahren!«

»Hast du auch einen Spiegel mit?«

»Wieso?«

»Falls uns Medusa über den Weg läuft.«

Bill konnte darüber nicht lachen, und auch ich hatte die Bemerkung nicht scherzhaft gemeint …

Der Lift hatte uns in die vierte Etage gebracht. Dort waren wir ausgestiegen und standen in einem der üblichen, langen Geschäftsflure. Wir entdeckten eine Wartebank. Sie gehörte nicht zum Verein dieser griechischen Kultur, sondern zu den Räumen, die davor lagen.

Wir waren die Einzigen auf dem langen Flur. Normalerweise herrscht zur Geschäftszeit reger Betrieb in den Häusern, hier war davon nichts zu spüren. Nahezu geisterhaft leer lag der Flur vor uns.

Wir schritten ihn entlang. Der Teppichboden war weich und dämpfte unsere Schritte. Wir passierten zahlreiche Türen. Hinter keiner von ihnen vernahmen wir Geräusche.

Alles wirkte wie tot …

Endlich erreichten wir unser Ziel. Wieder lasen wir das Schild und noch ein weiteres mit der Aufschrift Sekretariat.

»Da rein?«, fragte Bill.

Ich klopfte schon.

Antwort erhielten wir nicht. Als sich auf mein zweites Klopfen nichts rührte, drückte ich die Tür auf, und wir betraten einen leeren Raum, in dem die Schreibmaschine abgedeckt war, die Aktenschränke verschlossen und der Schreibtisch selbst aufgeräumt wirkte.

»Hier hat wohl keiner Lust«, meinte Bill und betrachtete dabei ein Foto an der Wand. Es zeigte eine Luftaufnahme der Stadt Athen.

»Ob das bewusst geschehen ist?«, fragte ich.

»Wie meinst du das?«

»Nach diesem Mord können sie das Weite gesucht haben. So sehe ich es wenigstens.«

»Unter Umständen«, gab Bill zu und deutete auf eine weitere Tür. »Die scheint wohl in das Zimmer des Chefs zu führen.«

»Werden wir gleich haben.« Ich drückte die Tür auf, schaute in den nächsten Raum und stellte fest, dass es nicht das Büro des Chefs war, sondern eher einem Besucherzimmer glich, wenn ich mir die Sitzgruppe mit der Couch und den Sesseln so betrachtete.

Rechts vom Fenster gab es einen Einbauschrank. Er nahm eine gesamte Wandbreite ein und hatte zwei Türen.

Ein Radio sahen wir, Bilder aus Griechenland an der Wand, diesmal mehr volkstümlich. Eine Gruppe von Männern hatte sich zu einem Sirtaki-Tanz zusammengefunden.

Bill Conolly betrachtete sich das Bild genauer.

»Kennst du jemand davon?«, fragte ich.

»Nein, eigentlich nicht. Aber sie scheinen mir keine Griechen zu sein. Verdammt, den kenne ich, John. Komm mal her.«

Auch ich trat näher heran. Bill deutete auf den Mann, der als Zweiter von links tanzte.

Das Gesicht kam mir bekannt vor, auch wenn die Person in der fremden Kleidung anders wirkte. Es gab keinen Zweifel, wir hatten es hier mit Peter Roling zu tun, dem Mann, der vom Dach gefallen und versteinert war.

»Jetzt bist du an der Reihe«, erklärte Bill.

Ich hob die Schultern. »Was soll ich dazu sagen? Roling war ein Griechenland-Fan.«

»Scheint mir auch so gewesen zu sein. Schade, dass er uns nichts mehr berichten kann.«

Das vergrößerte Foto hing unter Glas. Ich schaute mir sehr genau das Gesicht des Engländers an und konnte nicht feststellen, dass die Züge verzerrt oder verklemmt wirkten. Dieser Mann fühlte sich inmitten der fröhlichen Sirtaki-Tänzer wohl.

»Keine Erklärung, John?«

»Nein. Jedenfalls keine, die mit einer Medusa in Zusammenhang stehen könnte. Ich sehe kein Motiv. Roling schien mit den Griechen hervorragend ausgekommen zu sein, ausgerechnet ihn hat man getötet, das verstehe ich nicht.«

»Ich auch nicht.«

Wieder schaute ich auf das Bild. Ich habe schon gesagt, dass es sich unter Glas befand. Die Glasplatte konnte man zwar nicht als einen Spiegel bezeichnen, sie hatte jedoch einen Teil dieses Spiegeleffekts. Und innerhalb der Platte erkannte ich eine Bewegung.

Ich stand still. Bill rührte sich ebenfalls nicht, dennoch war die Bewegung vorhanden.

Wieso?

Ich spürte ein Kribbeln auf meinem Rücken, schaute genau hin und stellte fest, dass sich eine der beiden großen Schranktüren in der Scheibe spiegelte.

Die Tür wurde aufgedrückt.

Von innen!

Zuerst sagte ich nichts. Auch Bill verriet ich nichts. Ich stellte mich sogar lockerer hin, redete einige belanglose Worte und schaute weiter zu, wie die Schranktür aufgedrückt wurde.

Etwas erschien.

Der Spalt war meiner Schätzung nach so groß geworden, dass eine Hand hindurchgeschoben werden konnte. Das geschah auch. Die Hand erschien, und sie hielt einen Gegenstand umklammert.

Zuerst konnte ich ihn nicht erkennen, das Glas gab ihn einfach nicht zurück, aber der Gegenstand, der von dieser Hand gehalten wurde, hatte ungefähr die Länge eines Arms.

Es konnte eine Statue sein …

Ich hielt den Atem an.

Jetzt merkte auch Bill etwas. »He, John, was ist los mit dir? Schläfst du vielleicht?«

Ich erwiderte nichts, drehte nur ein wenig den Kopf und warf ihm zur Warnung einen scharfen Blick zu, wobei ich hoffte, dass der Reporter verstand. Mein Blick war warnend gewesen. Bill Conolly hielt den Mund. Ich empfand es als gut und konnte weiter beobachten.

In der Tat hatte die Hand eine Statue hervorgeschoben, die golden schimmerte.

Das war der Gegenstand, den man gestohlen hatte.

Die Medusa!

Normalerweise wäre ich herumgezuckt, hätte sie mir geholt, aber ich dachte an die Kräfte der Medusa und auch an den schrecklichen Tod des Peter Roling.

Deshalb riss ich mich zusammen.

Bis zu dem Augenblick, als die Figur ihre Augen öffnete. Da sah ich das rote Licht.

Obwohl ich nicht genau Bescheid wusste, ahnte ich instinktiv die Gefahr, in der wir schwebten.

»Runter, Bill!«, zischte ich, warf mich zu Boden und bemerkte aus dem Augenwinkel, dass der Reporter meiner Handlungsweise folgte. Schwer fielen wir auf den Teppich, blieben liegen und hörten danach das leise gespenstische Lachen in unserem Rücken …

Der Mann stand auf dem Podium, lächelte und nahm den Beifall der Menschen entgegen. Nach seiner langen Wahlrede wirkte das Gesicht entspannt. Er hatte genau den richtigen Ton getroffen, um die Menschen in Bloomsbury aufzurütteln. Es wurde Zeit, dass etwas geschah. Der alte Stadtbürgermeister musste abgelöst werden, und Henry Harrison wollte einiges ändern. Er war selbst ein Mann in den besten Jahren und wusste, wie man mit den Bewohnern dieses Stadtteils am besten umging. In Bloomsbury stand die Londoner University.

»Ich danke Ihnen, Ladys und Gentlemen!«, rief er, hob die Arme und legte beide Hände zusammen. »Ich danke Ihnen sehr und hoffe stark, dass Sie alle sich am Wahltag an mich und meine Rede erinnern. Danach sehen wir weiter. Ich verspreche Ihnen, alles zu tun, was in meinen Kräften steht. Bloomsbury braucht einen neuen Bürgermeister, der die Belange dieses Stadtteils konsequent vertritt.«

Wieder schlug der Beifall hohe Wogen. Er wurde zum Orkan und brandete gegen die Decke der kleinen Halle.

Henry Harrison wischte über seine Stirn. Das hatte er geschafft. Er war gut gewesen, wie er sich selbst eingestand. Er hatte die Massen aus der Lethargie reißen und sie begeistern können. Es wurde auch wirklich Zeit, dass etwas geschah. Besonders für die zahlreichen Studenten, die hier ihren Wohnsitz hatten und oft genug nicht wussten, wie sie die teuren Wohnungen finanzieren sollten.

Das war der Kernpunkt, und Harrison hatte immer nur in diese Kerbe geschlagen.

Er verließ das Podium noch immer unter tosendem Beifall. Plakate wurden geschwenkt, auf denen sein Name zu lesen stand. Er badete in den Gefühlen der Menge und fühlte sich wohl.

Sein Blick glitt zum Seitenausgang hin. Dort stand eine rothaarige Frau, die ihm entgegenlächelte und gleichzeitig eine Kusshand zuwarf. Es war Dana, seine Gattin. Sie begleitete ihn auf seiner Wahltournee und war der starke Rückhalt in seinem Leben.

Er ging zu ihr.

Dana hatte schon die Arme ausgebreitet. Henry fiel hinein. »Du warst gut«, hörte er seine Frau sagen. »Du warst wirklich gut. Und ich bin sicher, dass auch die Party am heutigen Abend ein großer Erfolg für dich werden wird, Henry.«

»Das hoffe ich.«

Die beiden wurden gestört. Anhänger kamen und baten um Autogramme. Harrison schrieb. Dabei erzählte er automatisch von seinem Wahlprogramm, sah hin und wieder ein beifälliges Nicken und hörte im Hintergrund die heißen Diskussionen.

Die Sitzung oder Versammlung war im Prinzip beendet. Was nun folgte, war mehr Kleinkram. Da ging es ans Eingemachte, wie die Politiker immer zu sagen pflegten. Jetzt diskutierten die Betroffenen, während sich Henry Harrison zurückziehen musste, da die Zeit schon ziemlich fortgeschritten war und er für den Abend zu einer Party eingeladen hatte. Eine Wahlkampftour schlauchte, er wollte sich vor Beginn der Party noch für zwei Stunden aufs Ohr legen.

Harrison war achtundvierzig, sah aber jünger aus, obwohl einige graue Strähnen sein ansonsten blondes Haar durchzogen. Viele hielten das für interessant. Ebenso interessant wie die hellblauen Augen, die so durchdringend schauen konnten.

Endlich gelang es ihm, sich zu lösen. Er lächelte noch immer, obwohl Erschöpfung seine Züge zeichnete.

Dana merkte dies. Sie fasste seinen Arm. »Komm jetzt, Henry, du hast ja noch weitere Wahlversammlungen vor dir.«

Das stimmte. In den nächsten beiden Wochen würde er jeden Tag unterwegs sein.

Die beiden gingen durch die Vorhalle. Hier waren Stände aufgebaut worden. Hinter ihnen »verkauften« die Helfer das Wahlprogramm. Henry hatte alles schriftlich festgehalten. Er wollte nicht, dass man ihm etwas nachsagte.

Von jedem Einzelnen verabschiedete er sich persönlich. Es waren Studenten, die auf seiner Seite standen und die, wie er, für ein umweltfreundliches London kämpften.

Diese Wahl hatte es tatsächlich in sich. Mit einigen Gleichgesinnten hatte sich Henry Harrison verbündet. Sie wollten die Etablierten aus den Ämtern drängen, damit endlich etwas getan wurde. Er und seine Freunde hatten sich bei einem Besuch in Griechenland davon überzeugen können, wie eine kaputte Umwelt eine Stadt und deren Menschen zerstören konnte. Sie hatten in Athen den Smog erlebt und wollten nicht, dass so etwas auch in London geschah.

Dafür kämpften sie. Das hatte er auch in Athen lauthals kundgetan, und ihm war beigepflichtet worden. Es gab natürlich Feinde, sogar eine starke Gegengruppe. Sie gehörte nicht zu den etablierten Parteien. Man hatte ihn mehrmals telefonisch gewarnt, von seinem Programm Abstand zu nehmen, was Henry Harrison nicht getan hatte. Seine Überzeugung ließ er sich nicht abkaufen.

Als seine Frau und er die Halle verlassen hatten, atmeten beide tief durch. Auch wenn die Luft in London nicht die beste war, die im verräucherten Saal war schlimmer gewesen.

Für einen Moment schauten sie auf die Bäume, deren Laub

sich schon gelb gefärbt hatte. Zahlreiche Blätter lagen auf dem Boden und bildeten dort einen farbigen Teppich.

»Ich hoffe«, sagte der Mann, »dass wir noch zahlreiche Jahreszeiten erleben werden, und dies in einer intakten Umwelt. Ich würde mich vor den nachfolgenden Generationen schämen, wenn es nicht mehr so wäre.«

»Ja, da hast du Recht.«

Dana stand voll auf der Seite ihres Mannes. Für ihre einundvierzig Jahre war sie noch immer eine schöne Frau. Ihr naturrotes Haar und die grünen Augen machten sie interessant, auch die Figur konnte sich sehen lassen. Henry bezeichnete sie des Öfteren als Vollblutweib.

Sie wohnten auch in Bloomsbury. Henry hatte von seinen Eltern ein Haus geerbt. Es war groß genug, um darin am Abend eine Wahlparty feiern zu können.

Ihren Wagen hatten sie in der Nähe geparkt. Die Harrisons fuhren einen 2 CV, wenn sie auf einer Wahlveranstaltung waren. Dieses Auto schluckte wenig Sprit und brachte sie auch immer zum Ziel, ebenso schnell wie ein Jaguar, denn London erstickte oft genug im Verkehr.

Arm in Arm schritten sie über die Treppe. Henry war still. Das kannte Dana bei ihm. Er war zumeist in Gedanken. Nach den Wahlveranstaltungen liefen die Vorgänge noch einmal vor seinem geistigen Auge ab. Da sprach er wenig.

»Sollen wir vorher noch etwas trinken?«, fragte Dana. »Ich meine, im Haus wird alles gerichtet. Darum brauche ich mich nicht mehr zu kümmern. Wir hätten noch Zeit.«

Henry blieb stehen und dachte nach. Er kam zu einem Entschluss. »Wenn wir ein Lokal betreten, werden wir wieder erkannt. Du weißt ja, wie das in dieser Gegend ist.«

»Lass uns woanders hinfahren«, schlug seine Frau vor.

»In die Wohnung.«

Sie lachte und drückte ihn an ihn. »Ja, so kenne ich dich, und deshalb liebe ich dich.«

»Ich hoffe, dass es so bleibt«, erklärte Henry.

»Das will ich meinen. Obwohl …« Er runzelte die Stirn, und seine nächsten Worte klangen trauriger. »Obwohl ich befürchte, dass wir, sollte ich es schaffen, demnächst weniger Zeit für uns haben werden. Der Job wird nicht einfach sein.«

»Das habe ich alles gewusst.« Dana lächelte. »Wir sprachen vor deinem Entschluss darüber, und ich akzeptierte es. Du wirst nie hören, dass ich mich beschwere.«

Henry nickte. »Es ist gut, wenn jemand so denkt wie du.«

»Wie lange sind wir jetzt verheiratet? Zwanzig Jahre?«

»Einundzwanzig.«

»Ich liebe dich noch immer so wie am ersten Tag.« Dies unterstrich Dana, als sie ihren Mann küsste, obwohl zahlreiche Zuschauer in der Nähe standen, die staunten.

Bis zu ihrem Wagen brauchten sie nur ein paar Schritte zu gehen. Der orangefarbene 2 CV parkte unter den Zweigen einer hohen, alten Eiche. Blätter lagen auf dem Dach und gaben der Karosse ein buntes Muster. In der Nähe spielten Kinder. Ihr Lachen tat den beiden gut. Der angehende Politiker wusste, wofür er kämpfte, wenn er dieses Kinderlachen hörte.

Er schloss auf und öffnete auch Dana die Tür. Sie setzte sich noch nicht, denn ihr war ein Brief aufgefallen, der unter dem Wischer an der Scheibe klemmte.

Sie nahm den Umschlag ab.

Henry schnallte sich an. Während der Bewegung warf er seiner Frau einen schrägen Blick zu. »Wer hat uns denn da geschrieben?«

»Vielleicht einer deiner Fans.«

»Oder Reklame.«

»Ist kein Absender zu sehen.«

»Lass trotzdem mal sehen.« Henry streckte den Arm aus, doch seine Frau zog den Brief zur Seite.

»Nein, denk an die Briefbomben, die es schon gegeben hat – und die Politikern zugeschickt worden sind.« Während dieser Worte war sie bleich geworden. Abermals drang etwas von der Angst in ihr hoch, die sie um ihren Mann hatte.

Der Politiker lächelte. »Nein, das glaube ich nicht. Es ist nur ein schmaler Umschlag, kein Päckchen, wie man es bei so genannten Briefbomben erlebt. Ich werde ihn lesen.«

»Aber sei vorsichtig.«

»Natürlich.« Henry holte einen Kugelschreiber hervor. Er schlitzte den Umschlag auf und holte das Schreiben hervor. Es war ein einfaches weißes Blatt. Harrison faltete es auseinander.

Er legte den Brief auf das Lenkrad und glättete das Papier. Seine Frau beugte sich nach rechts, um mitlesen zu können.

Henry las trotzdem halblaut vor. »Du hast auf unsere Warnungen nicht gehört. Jetzt zahlst du die Zeche – Medusa!«

Nach diesen Worten saß er steif hinter dem Lenkrad. Dana war blass geworden, auch aus seinem Gesicht hatte sich das Blut entfernt, sodass er ebenfalls bleich wirkte. Mit einer Hand strich er über die schweißnasse Stirn.

»Die meinen es ernst.«

Henry hörte die Worte seiner Frau und wusste diesmal keine Erwiderung. Klar, er hatte Drohungen erhalten, aber nicht in der scharfen Art, wie sie jetzt formuliert waren.

»Ich weiß nicht«, flüsterte er nach einer Weile. Er schüttelte den Kopf. »Nein, ich glaube daran nicht.«

»Willst du aufgeben?«

Henrys Kopf fuhr herum. »Um Himmels willen, wie kannst du das sagen! Ich habe mich zu etwas entschlossen, und das werde ich auch durchhalten. Da mag kommen, was will.«

»Ich habe Angst.«

»Nein, Dana, das brauchst du nicht. Zur Not nehme ich mir Polizeischutz. Du weißt selbst, dass einigen Leuten unsere Richtung nicht passt. Sie arbeiten eben mit Einschüchterungen wie jetzt. Es ist furchtbar, dass es Menschen gibt, die sich nicht anders wehren können, daran ändern werden wir beide nichts.«

»Das kann sein. Trotzdem könnte man den Gefahren doch aus dem Weg gehen.«

Henry hob die Schultern. »Es hat keinen Sinn, dass wir darüber lange diskutieren. Lass uns fahren!« Er wollte starten, als eine Gestalt wie aus dem Nichts kommend neben der Fahrerseite des 2 CV erschien. Beide erschraken und beruhigten sich erst, als sie die Uniform eines Polizisten erkannten.

Während Henry die Scheibe nach unten kurbelte, beugte sich der Polizist zum Fenster hinab. »Entschuldigen Sie die Störung, Sir, aber ich habe Sie gesucht.«

»Bitte. Um was geht es?«

»Ich soll Ihnen eine Nachricht überbringen. Es ist jemand gestorben, das heißt, er hat sich vom Dach gestürzt.«

»Und wer?«

»Einer Ihrer politischen Freunde. Peter Roling!«

Das war der zweite Schock innerhalb weniger Minuten. Weder Henry noch seine Frau rührten sich. Sie saßen totenblass auf ihren Sitzen, und als Dana das Wort »Medusa« flüsterte, begriff auch der Polizist nichts mehr …

Wir sahen es nicht, dafür spürten wir es!

Die Bedrohung war da. Sie lauerte im Raum, sie schlich näher, und dieses kalte, unheimliche Gefühl drückte auf mich wie eine starke Last, sodass ich kaum Luft zum Atmen bekam.

Ich presste mein Gesicht gegen den Boden, dass es schon fast schmerzte, denn ich wusste nur, dass ich diese Statue auf keinen Fall anschauen durfte.

Wenn ich es tat, war ich verloren. Dann würde ich ebenso zu Stein werden wie Peter Roling.

Auch Bill Conolly durfte auf keinen Fall hinschauen. Das hämmerte ich ihm ein.

Es fiel mir schwer, die Worte zu formulieren. Sie waren mehr ein Flüstern und Stammeln, als ich sagte: »Sieh nicht hin! Auf keinen Fall darfst du den Kopf heben, du würdest …«

»Ich weiß, John!«

Wir schwiegen und überließen uns unseren Gefühlen und Gedanken. Die fremde Kraft war noch anwesend. Sie hatte sich sogar verstärkt. Auf meinem Rücken spürte ich die zweite Haut.

Eine fremde Magie hatte Einzug gehalten und füllte den Raum aus. Mein Kreuz reagierte nicht, und ich dachte natürlich an die Gorgone Medusa, die schon in der Antike einen so großen Schrecken verbreitet hatte.

Schritte …

Eine Statue konnte wohl kaum laufen, und wenn, dann trat sie nicht so hart und sicher auf wie die Person, die wir hinter uns hörten. Sie musste den Schrank verlassen haben und die Statue in der Hand halten. Ich dachte darüber nach, was alles geschehen konnte. Der Unbekannte brauchte uns nur nahe zu kommen, uns auf den Rücken zu drehen, damit uns der Blick dieser Statue bannen konnte.

Wir wären zu Stein erstarrt.

Ich kannte das Gefühl. Es war mir vor Jahren schon einmal widerfahren, als ich einen Albtraumgarten besucht hatte.

Die Schritte wurden lauter. Ein Zeichen, dass der andere näher kam. Und die Aura verstärkte sich. Sie strich über uns hinweg. Ich hörte mein Herz überlaut klopfen, und dann erklang die Stimme.

Der Mann musste sie verstellt haben. So rau, krächzend und dabei so flüsternd sprach sonst niemand.

»Ihr seid Diebe«, hörte ich ihn sagen. »Verdammte und verfluchte Diebe, und ihr seid in mein Reich eingedrungen, das euch nicht gehört. Deshalb werdet ihr das Grauen am eigenen Leib zu spüren bekommen. Ihr werdet merken, wie es ist, wenn man zu Stein wird. Es geht langsam, fängt bei den Füßen an, kriecht immer höher, ihr wollt euch wehren, aber ihr schafft es nicht. Medusas Horrorblick ist brutal und gnadenlos. Wen er trifft, der ist verloren!«

Das kannte ich, und ich wusste auch, dass der andere nicht bluffte. Meine schlimmsten Befürchtungen schienen sich zu bewahrheiten. Verzweifelt suchte ich nach einem Ausweg. Neben mir lag Bill Conolly am Boden. Sein scharfer Atem drang an meine Ohren und übertönte selbst die Worte des Sprechers.

Wie sollten wir uns helfen?

Wenn sich einer von uns umdrehte, war er verloren, das stand fest. Medusas Blick durfte uns keinesfalls treffen. Der Feind wusste dies, und er richtete sich danach.

Er brauchte keine andere Waffe, die Statue würde dafür sorgen, dass wir vernichtet wurden.

Bill Conolly lag an meiner linken Seite. Bisher hatte ich das Gesicht gegen den Teppichboden gepresst, nun drehte ich den Kopf ein wenig zur Seite, sodass ich auf meinen Freund schielen konnte.

Der Strahl bannte mich nicht. Aus den Augenwinkeln erkannte ich die Gestalt des Reporters, über die sich ein Schatten beugte.

Schon hatte er seinen freien Arm ausgestreckt. Eine grauhäutige Hand geriet in mein Blickfeld. Fünf kräftige Finger bewegten sich auf Bills rechte Schulter zu, um sie zu packen, damit sie den Reporter auf den Rücken drehen konnten.

Das durfte nicht geschehen. Ich musste etwas tun, wenigstens einen Versuch starten, auch wenn er möglicherweise zwecklos war und ins Leere ging.

Jetzt griff die Hand zu.

Ein kaltes Lachen hörte ich und sah noch, dass mein Freund zusammenzuckte und sich gleichzeitig versteifte.

Da handelte ich!

Dana Harrison stand neben dem kleinen Tischchen und schaute in das Gesicht ihres Mannes.

Er hielt noch immer den Hörer fest gegen sein Ohr gepresst, nickte nur, sagte ansonsten keinen Ton. Nur als er das Gespräch beendete, drangen die Worte über seine Lippen.

»Ich danke Ihnen, Sir.«

Seine Geste wirkte müde, als er den Hörer auf den Apparat legte. Er stützte die Hand noch darauf, zog die Augenbrauen zusammen und krauste die Stirn.

In dieser nachdenklichen Pose blieb er für eine Weile stehen.

Dana hingegen hielt die Spannung nicht mehr länger aus. »Hast du dich entschlossen?«, fragte sie.

Ihr Mann nickte. »Ja, ich habe mich entschlossen.«

»Und wie sieht der Entschluss aus?«

Henry Harrison drehte den Kopf. »Ich mache weiter«, erwiderte er mit rauer Stimme.

Dana entgegnete nichts, sie war zu sehr geschockt. Okay, sie kannte ihren Mann über zwanzig Jahre, sie wusste von seinem Dickkopf und auch dem Willen, andere zu überzeugen. Dass er trotz der Gefahr so hart reagierte, das schockte sie doch.

»Und du hast es dir genau überlegt?«, fragte sie nach einer Weile.

»Das habe ich.«

»Denkst du auch daran, was Peter Roling widerfahren ist?«

»Natürlich.« Er deutete auf das Telefon. »Ich habe mit dem zuständigen Chef der Polizei gesprochen. Er konnte mir leider nicht viel sagen, denn Scotland Yard hat den Fall übernommen, weil da einige Dinge passiert sind, die man als unerklärbar einstuft.«

»Und welche?«

Henry wandte sich ab und holte aus dem Barschrank eine Flasche Whisky nebst Glas. Erst dann antwortete er: »Ich brauche erst mal einen Schluck«, erklärte er. »War verdammt viel, was man mir da unter die Weste geschoben hat.«

»Gib mir auch einen.«

»Gern.« Er holte noch ein zweites Glas. Die beiden Harrisons genehmigten sich einen Doppelten. Mit der Zungenspitze fuhr Henry noch über seine Lippen, um auch den letzten Tropfen wegzulecken. Dann sagte er: »Dass Peter tot ist, daran kommen wir nicht vorbei. Unsere Tage mit ihm in Athen werden Erinnerung bleiben. Nur …« Henry hob die Schultern. »Es gefällt mir nicht, wie er umgekommen ist.«

Dana hatte das Glas hochgehoben und schaute über den Rand hinweg ihren Mann an. »Wie meinst du das?«

»Ganz einfach. Er hat Selbstmord begangen.«

Da fing die rothaarige Frau an zu lachen. »Das glaubst du doch nicht im Ernst. Peter und Selbstmord. Nein, das ist nicht drin. Er war immer lebenslustig …«

»Dennoch hat er sich vom Dachrand eines zwölfstöckigen Wohnhauses in die Tiefe gestürzt. Das alles, Dana, ist schon schrecklich genug. Es kommt aber noch etwas hinzu. Als er aufschlug, zersplitterte sein Körper in zahlreiche Stücke.«

»Wie?«

Der Mann nickte. »Ja, er zersplitterte. Stell dir das vor. Normalerweise wäre sein Körper völlig zerstört gewesen. Er hätte inmitten einer Blutlache liegen müssen, das war nicht der Fall. Kein Tropfen Blut war zu sehen. Dafür Steine und auch Staub. Der Kopf soll ebenso abgefallen sein wie die Beine oder die Arme. Einfach abgebrochen und zerklirrt.«

»Und das stimmt tatsächlich?«

»Ja.« Henry leerte das Glas und stellte es zur Seite. »Deshalb kümmerte sich auch Scotland Yard um den Fall. Ein Mann namens John Sinclair ist eingeschaltet worden. Er ist Oberinspektor und fängt praktisch da an, wo andere aufhören. Immer wenn ein Verbrechen oder ein Fall ins Okkulte oder Unerklärliche hineinreicht, kommt John Sinclair zum Zuge. Das wollte ich dir nur gesagt haben.«

Während der Worte war Dana Harrison zurückgegangen. Als sie mit den Kniekehlen gegen einen Sessel stieß, ließ sie sich auf der Sitzfläche nieder. Sie schüttelte dabei den Kopf, wiederholte die Worte einige Male und schaute dabei hoch.

»Was ist los?«, fragte Henry, als er den brennenden Blick seiner Frau bemerkte.

»Ich habe die Lösung!«, flüsterte sie.

»Und wie sieht die aus?«

»Griechenland«, sprach sie ebenso leise. »Das alles muss mit unserem Besuch in Athen zusammenhängen. Ihr seid zu fünft gewesen, überleg mal.«

»Stimmt genau, Peter Roling, Winston Clarke, Tim Abbot, Gerald Fry und ich.«

»Ja, Henry. Peter kannst du abziehen. Es bleiben noch vier. Und ihr fünf seid damals alle auf der Yacht des Griechen Kosta Kastakis gewesen. Er hat euch die Statue gezeigt, wenn mich nicht alles täuscht, und ihr seid von ihr so begeistert gewesen.«

»Von der Medusa!«

Dana sprang auf. »Jetzt hast du es selbst gesagt. Medusa, das genau ist das Stichwort. Medusa. Wer sie ansieht, wird zu Stein. Ist Peter nicht zu Stein geworden?«

»Stimmt!«

»Dann wissen wir ja Bescheid.« Dana atmete tief durch. Ihr Gesicht hatte die Farbe verloren. Es war unnatürlich bleich geworden, und auch Henry sagte nichts. Er saß nur da und schüttelte den Kopf.

»Was sagst du dazu?«

Harrison hob die Schultern. »Ich weiß mir keinen Rat und kann mir nicht vorstellen, dass Kosta Kastakis dahinterstecken soll. Nein, er ist ein aufrechter Mann, ein Patriot, wie er selbst immer zu sagen pflegte. Welchen Grund sollte er gehabt haben, Peter umzubringen? Der Mann hat Geld, er gehört zu den reichsten Leuten in Europa. Als Industrieboss hat er es nicht nötig, zu solchen Tricks zu greifen.«

»Wirklich?«, fragte Dana.

»Wie meinst du das?«

»Womit verdient er sein Geld? Rede!«

»Mit Öl, mit Schiffen und mit Anlagebau, wie ich hörte.«

»Will er auch in England investieren?«

»Ich glaube schon.«

»Sogar in London«, erklärte Dana. »Henry!« Jetzt klang ihre Stimme beschwörend. »Ich habe nachgeforscht und mit einigen Leuten gesprochen. Es waren Männer, die Bescheid wussten, die auch über Kastakis informiert waren. Du weißt, dass es in London einige Renovierungsgebiete gibt. Dort werden Häuser abgerissen. Es soll Platz für Industrieanlagen geschaffen werden. Nicht nur englische Unternehmen haben sich darum beworben, auch ausländische.«

»Aber nicht Kastakis«, warf der Mann ein.

»Auch er.«

»Nein, Dana, das hätte ich erfahren.«

Sie lächelte ihm zu, wie einem kleinen Kind, das trotz zahlreicher Ermahnungen nicht hören wollte. »Du weißt selbst, dass es Strohmänner gibt. Und Kastakis hat über einen Strohmann jetzt schon Grundstücke gekauft. Nahe der alten Docks. Hier will er seine Fabriken hinsetzen und das produzieren, was ihm in seinem Land verboten worden ist.«

»Und um was handelt es sich?«

»Waffen!«

Henry Harrison schluckte. Was ihm seine Frau da gesagt hatte, war schwer zu glauben. Aber es hatte überzeugend geklungen.

Aus seiner sitzenden Haltung schaute er ihr ins Gesicht. »Wer ist denn der Strohmann?«, fragte er leise.

»Das weiß ich nicht, Henry. Ich könnte mir vorstellen, dass sogar die Mafia dahintersteckt.«

Henry Harrison atmete seufzend. »Woher weißt du das denn?«

»Ich habe eben meine Beziehungen und mich umgehört. Aber es ist noch nichts spruchreif, und endgültige Unterschriften fehlen. Allerdings war auch zu vernehmen, dass die Mafia Politiker unter Druck setzen will. Euch nicht, ihr seid noch nicht an den Schalthebeln, aber andere.«

Harrison wischte über sein Gesicht. Als er dann auf seine Handflächen schaute, waren diese nass. »Das gibt es doch nicht«, murmelte er. »Verdammt, das kann nicht wahr sein. In welch einen Sumpf aus Korruption, Mord und Hinterlist sind wir hineingeraten?«

»Nenne den Sumpf Medusa!«

»Ja.« Er nickte heftig. »Ich kann ihn so nennen, aber es gibt keine Medusa. Sie ist eine Sage, eine Legende. Sie kann nicht existieren.«

»Und die Statue auf der Yacht des Griechen?«

»Ist eben eine Statue, mehr nicht.«

»Was ich zunächst einmal dahingestellt sein lassen möchte«, erklärte Dana. »Nach den Ereignissen glaube ich mittlerweile an alles, wenn du verstehst?«

»Nein, Dana, ich verstehe nichts. Ich weiß nur, dass sich diese seltsame Statue in Griechenland befindet, und Peter Roling hier in London versteinert ist.«

»Wie leicht kann man sie transportieren. Und von Athen nach London ist ein Katzensprung.«

Harrison atmete tief ein. »Weißt du, Dana, was mir an dir so imponiert?«

»Nein.«

»Du weißt auf alles eine Antwort. Ich hoffe nur, dass sich deine Befürchtungen nicht bewahrheiten.«

»Das hoffe ich auch, Darling …«

Es glich tatsächlich einer Verzweiflungstat, als ich mich wehrte. Klar und logisch konnte ich nicht mehr reagieren, meine Handlungen wurden vom reinen Überlebenswillen diktiert und von dem Wissen, in einen Zustand zu geraten, der das Ende schlechthin bedeutete.

Im Liegen wuchtete ich meinen Körper herum, und auch die Beine schwangen mit. Sie sollten treffen, und sie trafen auch.

Ich spürte den Widerstand, hörte den wütenden Laut. Etwas polterte, vielleicht war es die Statue, dann vernahm ich Bills Stimme und schrie ihm noch einmal zu, sich nicht umzudrehen.

Was jetzt folgte, wollte ich allein durchstehen. Ich lag noch immer auf dem Bauch. Ob der andere eine Schusswaffe bei sich trug, wusste ich nicht. Ich jedenfalls besaß eine.

Und die zog ich.

Ohne mich umzudrehen, zielte ich mit dem Lauf der Beretta über meine Schulter in die Leere des Zimmers hinein, drehte die Mündung noch ein wenig, denn ich hatte aus einer bestimmten Stelle im Raum Geräusche gehört. Dort musste der andere lauern.

Dann schoss ich.

Es war mir in diesen Augenblicken egal, dass ich zahlreiche Silberkugeln verschleuderte. Vielleicht schaffte ich es, den anderen wenigstens durch einen Streifschuss außer Gefecht zu setzen, hörte auch einen wütenden Aufschrei und einen dumpfen Laut.

Danach war es still.

Nur unser Atem war zu hören. Ich hatte viermal geschossen, hielt die Beretta noch fest und wartete praktisch darauf, dass der andere etwas unternahm.

Noch geschah nichts.

Unser Atem beruhigte sich wieder. Ich schielte zur Seite und sah meinen Freund Bill Conolly, der im selben Moment den Kopf gedreht hatte wie ich, nur eben in eine andere Richtung.

Unsere Blicke trafen sich.

Bill verzog die Mundwinkel. Auf seiner Stirn glänzte es nass. Kleine Tropfen rannen an den Wangen nach unten. Er zwinkerte einige Male mit den Augen.

»Das war knapp, nicht?«

»Ja, bald hätte es dich erwischt.«

Ich hatte bewusst laut gesprochen, weil ich darauf hoffte, dass der Gegner, falls er sich noch im Raum aufhielt, sich durch diese Antwort provoziert fühlen würde.

Er sagte nichts.

Als sich nach etwa fünfzehn Sekunden noch nichts getan hatte, versuchte ich es. Langsam drückte ich mich in die Höhe. Das geschah mit der linken Hand, in der rechten hielt ich nach wie vor meine Beretta. Wenn sich der andere noch im Raum aufhielt und ich nur mehr einen Zipfel von ihm sah, würde ich schießen und dabei die Augen schließen.

Auch Bill Conolly war bewaffnet. Er blieb ebenfalls nicht ruhig liegen und hatte seine Pistole gezogen. Durch ein knappes Nicken gab er mir zu verstehen, dass er mir die Initiative überlassen wollte und er mir dabei nur den Rücken deckte.

Da sich mittlerweile nichts Gravierendes ergeben hatte, ging ich davon aus, dass sich der andere wohl nicht mehr hinter uns aufhalten würde. Ich sprang auf, drehte mich dabei, ging bewusst volles Risiko ein, und mein rechter Arm stach in die Tiefe des Zimmers hinein.

Es war leer!

Die Waffe zielte ins Leere und dabei gegen die volle Breite des Einbauschranks.

Meine Gesichtszüge entspannten sich. »Du kannst aufstehen, Bill. Ich glaube, wir haben es hinter uns.«

»Bin schon hoch.«

Ich warf einen Blick zur Seite. Der Reporter sah ebenso mitgenommen aus wie ich. Ein paarmal schüttelte er den Kopf.

»Verdammt, das kann ich kaum begreifen. Wir sind noch mal davongekommen.«

»Und wie.«

»Aber wo ist der Unbekannte mit seiner Statue hin?«

Eine gute Frage, auf die ich auch keine Antwort wusste, denn das Schlagen einer Tür hatten wir nicht vernommen. Dennoch gab es Spuren. Dem Reporter fielen sie zuerst auf.

»John!«, sagte er nur. »Schau dir mal den Boden an.«

Ich folgte Bills ausgestrecktem Zeigefinger und entdeckte die kleinen, dunklen Flecken auf der Erde. Einen Kommentar gab ich nicht ab, bückte mich und fühlte mit dem Zeigefinger nach. Etwas klebte an der Kuppe. Ich strich noch mit dem Daumen darüber, verteilte das Zeug ein wenig und wusste Bescheid.

Das war Blut!

Es klebte auf meiner Haut, doch von uns stammte es nicht. Demnach musste ich den anderen durch eine meiner Kugeln erwischt haben. Nicht lebensgefährlich, denn er hatte noch die Kraft gehabt, sich zurückzuziehen. Sein Weg war auf makabre Weise gekennzeichnet. Er führte nicht zur Tür hin, sondern auf den Schrank zu, in dem auch die Silbergeschosse steckten.

Wir brauchten nur den Flecken zu folgen.

Das ging gut, bis wir vor den breiten Türen standen. Da warf mir Bill einen schiefen Blick zu. Ich stellte fest, dass er die gleichen Befürchtungen hegte wie ich, und hob die Schultern.

Wenn sich der andere im Schrank verborgen hielt und wir die Tür öffneten, konnte er uns voll in die Falle laufen lassen. Er brauchte uns nur die verdammte Statue entgegenzuhalten, und die Sache war verloren.

»Wir müssen es tun!«

Die Worte hatte Bill gesagt und fasste bereits nach dem Knauf. Er hielt die Lippen zusammengepresst. Ich wusste genau, wie es in ihm aussah, sein starrer Blick erzählte genug.

»Moment noch.«

Als Bill mich erstaunt anblickte, sah er, dass ich meine

Beretta nachlud. Mit einem fast leeren Magazin wollte ich einem Gegner nun doch nicht entgegentreten.

»Alles klar?«

»Okay, Bill.«

Der Reporter überwand sich und riss mit einem Ruck die Tür auf, wobei er gleichzeitig einen Schritt zur Seite ging, damit er nicht direkt, sondern nur mehr schräg in die Schranköffnung hineinschauen konnte.

Mein Blickwinkel war nicht so gut. Ich konzentrierte mich deshalb auf Bills Gesicht und stellte fest, dass sich seine Züge entspannten. Es gab also keine Gefahr mehr.

»Alles klar, John.« Er ging wieder vor.

Auch ich schaute in den Schrank. Wir standen nebeneinander, blickten in einen seltsamen Raum, der mich an einen leeren, aber ziemlich großen Kasten erinnerte.

Vielleicht wirkte er auch wegen seiner Leere so groß. Da gab es keine Kleiderstange, auch keine Haken, dafür Licht. Mit dem Öffnen der Tür hatte sich ein Kontakt geschlossen, sodass zwei kleine Lampen ihr Licht verstreuten und den Schrank bis zur Hälfte ausleuchteten.

Ich drückte mich als Erster hinein. Schussbereit hielt ich nach wie vor die Beretta. Mein Blick war zu Boden gerichtet, und ich sah meinen Verdacht bestätigt.

Auf dem dunklen Schrankboden entdeckte ich ebenfalls die Flecken.

Das Blut …

Ich machte Bill darauf aufmerksam. Der schüttelte den Kopf und fragte, ob sich der andere in Luft aufgelöst hätte.

»Glaube ich kaum.«

»Wo ist er dann hin?«

Hätte ich das gewusst, wäre es mir wohler gewesen. So aber blieb das große Raten.

Im Schrank steckte er nicht. Herausgekommen war er ebenfalls nicht. Nur führten die Spuren auf die Rückwand zu.

Aber da konnte er auch nicht verschwunden sein, denn das Holz nahm die gesamte Schrankbreite ein.

Mit langsamen Schritten ging ich tiefer in den Schrank

hinein. Ich glaubte fest daran, dass er irgendeine Überraschung barg. Bei jeder Bewegung spürte ich, wie sich meine
innere Spannung steigerte, und ich sollte mich auch nicht
getäuscht haben.

Bill, der mich noch warnen wollte, schaffte den Satz nur
halb, denn beim nächsten Schritt berührte ich einen Kontakt.

Plötzlich war die Rückseite nicht mehr da. Innerhalb von
Sekunden löste sie sich auf. Ich schaute auf einen matt glänzenden Spiegel, der so breit war wie die Rückwand.

Konnte ein Spiegel einen Menschen verschlucken?

Im Prinzip nicht. Wenn es sich bei diesem Spiegel jedoch
um ein transzendentales Tor handelte, war dies durchaus
möglich. Und davon konnten wir ausgehen.

»Mensch, John!«, hauchte Bill. »Das kann ein Tor zu einer
anderen Welt sein …«

»Glaube ich auch.«

»Und jetzt?«

Ich warf einen schnellen Blick über die Schulter. »Tu dir
selbst einen Gefallen, und bleib zurück, ja?«

»Warum? Ich …«

»Mach schon.« Meine Stimme klang leicht ärgerlich. Ich
hatte plötzlich das Gefühl, den Spiegel anfassen zu müssen.
Es ging nicht anders, der Zwang war einfach da. So streckte
ich meinen Arm aus, machte auch die Finger lang und
berührte mit den Spitzen die Fläche.

Es war wie der berühmte Funke, der ausreichte, um das
Pulverfass in die Luft zu jagen.

Nur war es kein Pulver, das explodierte, sondern eine
fremde Magie.

Ich hörte mich noch schreien, wurde von einer unheimlichen und unerklärlichen Kraft gepackt und landete inmitten
der Spiegelfläche, die mich verschlang wie ein See …

Bill Conolly, der hinter seinem Freund stand, hatte das Unheil
kommen sehen. Die Warnung blieb ihm im Hals stecken, und
auch er spürte die Kraft dieser fremden Magie. Sie packte

den vor ihm stehenden John Sinclair, zerrte auch an ihm, dennoch warf sich Bill Conolly vor, um den Geisterjäger zurückzuhalten.

Er reagierte nicht schnell genug.

Mit der rechten Hand fasste er noch nach der Schulter, dabei rutschten die Finger jedoch ab, und die magische Kraft des Spiegels kehrte sich bei ihm ins Gegenteil um.

Sie schleuderte Bill zurück.

Unsichtbare Hände schienen seine Füße gegriffen zu haben. Sie hoben ihn an, drückten ihn nach hinten, und Bill jagte in den Büroraum hinein, als hätte er einen gewaltigen Stoß erhalten.

Er schrie auch, krachte zu Boden, überschlug sich dabei, konnte sich zum Glück abrollen, kam wieder torkelnd auf die Beine, war aber kraftlos und fiel in einen der Sessel.

Dort blieb er sitzen.

Er war benommen, in seinem Kopf tobte ein Sturm, er hörte seltsame Geräusche, hatte Mühe mit seiner Atmung und glaubte, in einer Klammer zu stecken, aus der er sich nur mühsam befreien konnte.

Auf die Uhr hatte er nicht geschaut. Seiner Ansicht nach hatte es Minuten gedauert, bis er sich wieder normal fühlte und aus dem Sessel stemmen konnte.

Schwankend blieb er stehen. Die Schranktür war nicht zugefallen. Bills Blick glitt in das Innere des Einbaumöbels, in dem nach wie vor das Licht brannte, und er sah keinen Dimensionsspiegel mehr, sondern die völlig normale, dunkel gebeizte Rückwand.

Auch die Blutflecken befanden sich noch auf dem Teppich. Nur John Sinclair war verschwunden.

Das Blut erinnerte den Reporter wieder daran, in welch eine Falle sein Freund geraten war.

»O verdammt«, keuchte er, »das darf nicht wahr sein!« Er stemmte sich aus dem Sessel.

Seine Beine waren noch immer wacklig. Bill gehörte nicht zu den Menschen, die auf ihren eigenen Zustand viel Rücksicht nahmen, wenn es um das Schicksal anderer ging.

Er wollte herausfinden, was mit John Sinclair geschehen war. Aus diesem Grunde ging er den gleichen Weg zurück und gab höllisch dabei Acht. Er betrat auch die Sperre, rechnete mit einer Verschiebung der Rückwand und atmete auf, als nichts geschah.

Der Schrank blieb normal.

Seine erste Beruhigung ging rasch vorbei, als er an seinen verschwundenen Freund dachte. Bill hatte eigentlich damit gerechnet, ebenfalls in der Spiegelfläche zu verschwinden.

Das war nicht eingetreten, und so blieb ihm nichts anderes übrig, als aufzugeben und zurückzugehen. Allerdings nicht, ohne zuvor den Schrank untersucht zu haben.

Er tastete die Rückwand genau ab, schlug gegen das Holz, vernahm keinen hohlen Klang dabei. Nur ein dumpfes Geräusch, als läge hinter der Holzwand ein kompakter Widerstand.

Eine Mauer, zum Beispiel …

Bill Conolly sah ein, dass er auf diese Art und Weise nicht weiterkam. Allein und ohne magische Hilfsmittel konnte er die Rückwand nicht zur Seite bewegen. Weshalb sie ausgerechnet bei John reagiert hatte und bei ihm nicht, war ihm unklar. Möglicherweise hatten es die anderen Kräfte nur auf John Sinclair abgesehen. Bill war ein schwaches Glied in der Kette, mit dem man nicht viel anfangen konnte.

Das deprimierte ihn, und er überlegte, bei wem er um Hilfe bitten konnte.

Die Lösung war simpel.

Suko musste her. Er und Bill würden gemeinsam versuchen, den Fall von einer anderen Seite aufzurollen.

Suko befand sich noch im Büro. Er war erstaunt, Bills Stimme zu hören.

Wenig später war er dies nicht mehr, sondern reagierte, so, wie es sich der Reporter vorgestellt hatte.

»Bleib am Ball, ich komme!«

Henry Harrison hatte die Party nicht mehr absagen können. Es war alles vorbereitet gewesen, zudem wollten die anderen drei mit ihm zusammen sein, um mit ihm über Peter Rolings Tod reden zu können.

Der Politiker gab sich längst nicht so locker wie sonst. Er war mürrisch, launisch, und seine Frau Dana war es schließlich leid gewesen.

»Henry, bitte, geh währenddessen in dein Zimmer. Ich gebe dir Bescheid, wenn alles okay ist.«

Zunächst wollte der Mann aufbegehren, bis er den bittenden Blick seiner Gattin sah und nickte. »Es wird wohl am besten für mich sein, wenn ich mich zurückziehe.«

»Das meine ich auch.«

Umgezogen hatte er sich bereits. Er trug ein helles Jackett und eine dunkle Hose. Die Party hatte einen offiziellen Anstrich. Er wollte sich als Gastgeber den Gegebenheiten anpassen.

Harrison hatte noch einige Briefe diktieren wollen. Sie lagen auf dem Schreibtisch bereit, nur fühlte er sich nicht mehr dazu in der Lage. Zu viele Gedanken schossen ihm durch den Kopf, deshalb ließ er die Arbeit liegen und wandte sich dem Fenster zu.

Sein Blick glitt hinaus in den Garten. Er schaute auf die herbstlich bunten Bäume, den Rasen, der an einigen Stellen mit Laub bedeckt war, das der Wind dorthin geweht hatte. Farbige Tupfer auf einem satten Grün. Sie gaukelten eine intakte Umwelt vor. Nicht nur Harrison wusste, dass dieses Bild täuschte. Die Bäume in seinem Garten waren krank. Vielleicht mussten sie sogar gefällt werden. Und vor diesem Tag hatte er Angst. Er wollte nicht, dass es so weit kam, deshalb musste etwas geschehen. Zu einem Protestmarsch aufzurufen, das half seiner Ansicht nach nichts, man musste mit gleich gesinnten Männern und Frauen genügend Wählerstimmen erreichen, um eine bestimmte Position zu vertreten.

Harry und seine Freunde waren sehr zuversichtlich, dies zu schaffen.

Aber sie hatten Feinde, und die arbeiteten mit allen erdenklichen Mitteln, auch mit Mord.

Als er an den Tod seines Freundes Peter Roling dachte, spürte er den Schweiß auf seinen Handflächen. Dieser Mann hätte nicht zu sterben brauchen, und ihm fielen wieder die Worte seiner Frau ein.

Dabei kam er zwangsläufig auf Kosta Kastakis, den Griechen mit dem vielen Geld. Er hatte die Männer eingeladen und von ihren Plänen erfahren. Lächelnd hatten sie darüber diskutiert.

Konnte jemand so hinterlistig sein, dass er über Mord nachdachte, während er Zustimmung oder Komplimente von sich gab?

Menschen waren schlimm. Ihr Innenleben glich oft genug einem tiefen Krater, den man als unauslotbar bezeichnen konnte. Dieser Grieche spukte ihm ständig im Kopf herum, und er dachte auch an die Szene, wie Kastakis ihnen die Statue gezeigt hatte.

Sie sah wunderschön aus, schien lebendig zu sein und war doch aus purem Gold hergestellt. Das hatte einer von ihnen auch gesagt. Peter Roling war es gewesen, wenn sich Harrison recht erinnerte. Und die Antwort des Griechen war etwas orakelhaft gewesen. Er hatte von der Besonderheit der Medusa gesprochen, von ihrer Geschichte, den Gorgonen und davon, dass man sie nicht töten konnte.

Auch Legenden leben weiter!

An diesen Satz musste Henry Harrison denken, als er durch die Scheibe in den Garten schaute.

Legenden leben weiter. In Büchern, in Geschichten und Erzählungen, vielleicht in den Köpfen der Menschen, aber in der Realität?

Können Legenden lebendig werden?

Er hob die Schultern und schüttelte gleichzeitig den Kopf. Nein, er wollte daran nicht glauben, obwohl die Tatsachen beim Tod Peter Rolings dagegen sprachen.

Das Brummen eines Automotors zerstörte die Ruhe im Park. Henry schaute zur Seite, wo der Weg einen Bogen schlug und vor dem Haus endete. Dort fuhr ein hellgelber Lieferwagen. Er gehörte dem Party-Service, bei dem das abendliche Büfett bestellt worden war. So etwas lag in den Händen von Dana. Sie war dafür wie geschaffen.

Henry wusste, dass es eine »stumme« Party werden würde. Man würde sich über Peter Rolings Tod unterhalten. Dann erfuhren die Parteifreunde und auch Kosta Kastakis davon.

Er war gewissermaßen der Ehrengast dieser Party. Seine Yacht dümpelte im Hafen, und er hatte, das wusste Henry, seine Statue aus der Heimat mitgebracht.

Kalt rann es Harrison den Rücken hinab, als er daran dachte. Medusa mit dem Schlangenkopf. Wer sie anschaute, wurde zu Stein. Eine furchtbare Geschichte, die dem Mann schwer im Magen lag.

Er ging zur Barklappe, öffnete sie und nahm eine Whisky-flasche hervor. Einen Doppelten goss er in das geschliffene Kristallglas.

Er schaute auf die goldbraune Flüssigkeit, ließ sie kreisen und leerte das Glas danach bis zur Hälfte. Im Magen spürte er wenig später die Wärme des Alkohols. Im Sessel sitzend leerte er das Glas bis zum letzten Tropfen, bevor er merkte, dass ihm die Augen schwer wurden und zufielen. Er kämpfte nicht dagegen an, die Natur forderte ihr Recht. So schlief Henry ein.

Nun peinigten ihn Träume.

Obwohl er nicht dabei gewesen war, sah er seinen Freund Peter Roling vom Dach fallen. Überdeutlich das Gesicht, auf-gebläht zu einem Ballon, mit gewaltigen Sinnesorganen, die, als der Schädel wuchtig zu Boden schlug, zerplatzten, inmit-ten einer Wolke aus Staub in alle Richtungen davonflogen und zu kleinen, goldenen Schlangen wurden, die sich wie ein Zeltdach auf den Körper des Schlafenden senkten, sodass die-ser mit einem Schrei auf den Lippen in die Höhe schreckte und in das besorgte Gesicht seiner Frau schaute.

»Henry, wach auf! Die ersten Gäste sind eingetroffen!«

Er fuhr hoch. Seine Bewegungen waren hektisch. »Was? Was hast du gesagt?«

»Du musst aufstehen, Darling! Die ersten Gäste sind da!«

Henry nickte, beugte sich nach vorn und wischte über seine Augen. »Verflixt, ich habe geschlafen und wusste nicht, was passiert ist. Ich, ich war in einer anderen Welt.«

»Das habe ich bemerkt.«

Harrison ließ die Hände sinken und schaute hoch. Seine Frau stand vor ihm. Sie hatte sich umgezogen und trug ein langes Kleid, dessen Stoff in einem tiefen Rot schimmerte. Das Kleid war großzügig ausgeschnitten und auch schulterfrei.

Henry stand auf und legte seine Hände auf Danas Haut. »Toll«, sagte er, »wirklich toll. Du siehst blendend aus, meine Liebe.«

Dana wurde rot. »Danke, aber jetzt müssen wir.«

»Klar.« Er lächelte schief. »Leider. Ich hätte etwas Besseres mit dir vorgehabt.«

»Bitte, Henry.« Sie tat entrüstet und wand sich unter seinen Händen weg, die schon auf dem Busen lagen. »Doch nicht jetzt.«

Er hob die Schultern. »Wer weiß, Dana? Vielleicht ist es das letzte Mal, dass wir so miteinander …«

»Wie redest du denn?«

»Wie ein Mensch, der einen schlechten Traum gehabt und vor dem Schlaf nachgedacht hat.« Mit einer müden Bewegung hob er den Arm. »Peters Tod ist mir näher gegangen, als ich es je gedacht hätte. Das hat mich umgehauen.«

»Du wirst darüber hinwegkommen, Darling.«

»Möglich, obwohl ich es nicht glaube«, erwiderte er und schüttelte dabei den Kopf.

Obwohl es eilte und die Gäste warteten, konnte Dana ihren Mann jetzt nicht allein lassen. »Was macht dich denn so unruhig?«

»Es ist nicht allein Peters Tod, auch diese verdammte Statue. Ihr lastet das Unheil an.«

Seine Frau nickte. »Das kann man so sehen. Du wirst dich bald näher erkundigen können. Schließlich kommt Kosta Kastakis heute zu uns. Und auch ich werde ihn fragen.«

»Das kannst du.«

»Wobei ich mich übrigens frage, was er bei uns will. Für mich ist es ein Rätsel. Er würde sich zwischen den Gästen, die wir eingeladen haben, nicht wohler fühlen.«

»Du kennst ihn schlecht.«

»Ich kenne ihn überhaupt nicht, nur seine Ansichten, und die sind mir zuwider.«

»Ich habe ihn einladen müssen«, verteidigte sich der Mann. »Ich konnte nicht anders.«

»Ist ja schon gut, ich sage nichts mehr. Er hat euch auch in Griechenland bewirtet.«

»Eben.«

»Dann komm jetzt.«

Damit war Henry einverstanden. Er fuhr mit seinen Fingern noch durch das Haar, versuchte das Politiker-Lächeln anzuknipsen, was ihm nicht so gelang, und schritt auf die Tür zu, die Dana offen gelassen hatte.

Aus der Halle wehte Stimmengewirr zu ihnen hoch. Über das Geländer hinweg warf der Mann einen Blick nach unten. Nicht nur seine Gäste waren fast alle versammelt, auch der Party-Service arbeitete rasch, sicher und immer mit einem Lächeln auf den Gesichtern.

Dana war schon unten. Henry folgte ihr langsamer. Er hörte, wie sich die anderen beschwerten.

»Will dein Mann nichts mehr mit seinen Freunden zu tun haben?«, rief jemand. Die Stimme gehörte Winston Clarke. Er war der Radikalste in der Gruppe und stolz darauf, keine einzige Krawatte zu besitzen. Auch heute trug er einen braunen Cordanzug und ein T-Shirt darunter.

»Doch, ich komme gern.«

Henry zeigte sich. Clarke, der am Fuße der Treppe stand, drehte den Kopf. »Ah, du bist also doch da.« Er hob sein Glas, in dem Whisky schillerte. Clarke konnte unheimlich viel vertragen. Mit seinem wilden Haarwuchs, dem prächtigen Bart und der tiefen Stimme erinnerte er an einen Bären, und den Spitznamen hatte man ihm auch gegeben.

Henry lief elastisch die Treppe hinab. »Entschuldige, aber ich musste mich noch ein wenig frisch machen.«

Der »Bär« lachte. »Siehst mir eher aus, als hättest du geschlafen, alter Freund.« Er schlug Henry auf die Schulter. »Wenn ich erst mal in dein Alter komme, denke ich vielleicht auch so.«

»Du mit deinen drei Jahren weniger.«

»Aber ich werde dich nie erreichen.«

»Sind die anderen auch da?«, fragte Henry.

»Ja, sie haben sogar ihre Frauen mitgebracht.«

»Wird Zeit, dass du dir auch wieder eine anlachst.«

Winston Clarke prustete los. »Nein, danke, ich bin ein gebranntes Kind. Und das scheut das Feuer.«

»Stimmt auch wieder. Wir sehen uns gleich noch.« Henry ließ den Freund stehen und suchte die engeren Bekannten. Es war gar nicht so einfach, denn auch die anderen Gäste waren eingetroffen und hatten die Halle ziemlich gefüllt.

Henry musste zahlreiche Hände schütteln, bis er Tim Abbot erreichte, der am Kamin lehnte und in die Flammen starrte. Das Feuer warf ein Muster auf sein Gesicht und ließ ihn seltsam gespenstisch aussehen.

»Hallo, Tim!«

Abbot drehte sich um. Er war ein schmaler Mann. Die dunkle Hornbrille passte eigentlich nicht zu ihm, und jetzt, da er aus der unmittelbaren Nähe des Feuers wegtrat, sah er noch blasser aus, als er in Wirklichkeit war. Sorgen schienen ihn zu drücken.

»Wie geht es dir, Tim?«

»Nicht gut.«

»Ich weiß, die Sache mit Peter.«

»Ja.« Tim starrte auf seine Fußspitzen, presste die Lippen zusammen und versenkte die Hände in den Hosentaschen.

Henry fühlte sich unwohl. »Ich hätte die Party abbrechen müssen«, sagte er, »aber du weißt ja, wie das ist. Die Show muss weitergehen, das wollen die Leute.«

»Leider.«

»Und Peter hätte es vielleicht nicht anders gemacht.«

»Möglich.«

»Trink einen Schluck auf ihn, Tim.« Henry legte eine Hand

auf die Schulter des anderen. »Ich weiß, dass ihr beide befreundet gewesen seid, und Peters Tod …«

Tim Abbot unterbrach ihn. »Ich hörte, es ist zu Stein geworden.«

»Kann sein.«

»Hast du dir schon Gedanken darüber gemacht, wie so etwas überhaupt möglich sein konnte?«

»Ich weiß nicht, Tim, es ist alles zu plötzlich gekommen. Ich hatte noch eine Wahlveranstaltung …«

»Aber ich, Henry, ich habe mir Gedanken über seinen Tod gemacht. Ich konnte nicht anders, und ich musste auch wieder an unseren Besuch in Griechenland denken. Da hat er uns eine Statue gezeigt. Es war die goldene Medusa. Erinnerst du dich?«

»Ich weiß.«

»Dann weißt du sicherlich auch, welche Kräfte man dieser Gorgone nachsagt.«

»Sicher.«

»Muss ich noch mehr sagen?«

»Eigentlich nicht, Tim. Vielleicht später, wenn Kosta Kastakis gekommen ist.«

»Auf ihn warte ich ganz besonders, Henry, und auch darauf, was er zu dem Tod unseres Freundes zu sagen hat. Kastakis steht gegen uns.«

»Das will ich herausfinden.«

»Wir müssen nur vorsichtig sein.«

Ihr Gespräch versiegte, denn Henry wurde von einer Frau angesprochen, die er auch auf der Wahlveranstaltung gesehen hatte. Sie fragte nach einem Termin für ein Interview.

»In den nächsten Tagen ist es schlecht. Am besten wäre es, wenn Sie mich noch einmal im Büro anrufen. Sagen wir«, er überlegte kurz, »übermorgen?«

»Geht in Ordnung.«

Endlich hatte Henry Zeit, seinen Freund Gerald Fry zu begrüßen. Der stand zusammen mit zwei weiteren Gästen, sah Harrison und kam winkend auf ihn zu. »Da bist du ja endlich.«

»Tut mir Leid, Gerald, aber du weißt ja, wie das ist.«

»Klar, ich verstehe.« Fry lächelte. In seinen Augen aber wohnte der Ernst. Darüber konnte auch die im Gesicht schimmernde Urlaubsbräune nicht hinwegtäuschen. Sein Haar war gebleicht, schon fast weiß. Im Gegensatz zu der dunklen Lockenpracht seiner Frau, die Henry mit einem Kuss auf die Wange begrüßte.

»Fein, dass du gekommen bist, Marylin«, sagte der Gastgeber.

»War doch Ehrensache.«

»Bei deiner Arbeit.«

Marylin lachte und beugte den Kopf zurück. »So schlimm ist es auch nicht.« Von Beruf war sie Kinderärztin und hatte sehr gut zu tun, weil sie sich auf ihre kleinen Patienten einstellen konnte und sich dies herumgesprochen hatte.

Fry zündete sich eine schmale Zigarre an und fragte: »Du hast von Peters Tod gehört, Henry?«

»Ja.«

»Und was jetzt?«

»Ich weiß es nicht«, gab Harrison zu. »Wir müssen erst abwarten, das wird am besten sein.«

»Aber ihr müsst etwas tun«, mischte sich Marylin ein. Sie schaute die Männer scharf an. »Ihr könnt es nicht einfach hinnehmen.«

»Das wissen wir auch«, gab Fry zu.

»Dann unternehmt etwas. Der Tod dieses Menschen war nicht normal, zum Teufel! Da hat ein anderer mitgespielt, kann ich mir vorstellen. Ich will an einen Selbstmord einfach nicht glauben. Auch ich habe Peter gekannt. Er war nicht der Typ, der zum Selbstmord neigte, wenn ihr versteht.«

Beide Männer nickten.

»Dann käme nur noch Mord in Frage«, folgerte Gerald Fry.

»Richtig.«

Fry wiegte den Kopf und schaute seinen Freund Harrison dabei an, als würde er von ihm eine konkrete Antwort erwarten. Auch Henry überlegte. Anscheinend wusste Fry noch nicht, dass es Rätsel um den Tod des Freundes gegeben hatte. Deshalb beschloss Henry, seinen Freund aufzuklären.

Er nahm ihn zur Seite. Zudem wurde Marylin von einer anderen Person abgelenkt, die heftig auf sie einredete.

»Was ist denn genau geschehen?«, fragte Fry. »Du bist mir so seltsam.«

»Weißt du es wirklich nicht?«

»Nein.«

»Dann hör zu.« Henry berichtete haarklein von dem, was er gehört hatte.

Gerald Fry hörte ihm zu, ohne ihn ein einziges Mal zu unterbrechen. Hin und wieder nur zuckten seine Lippen, das war alles. Er stritt auch nichts ab, als Harrison seine Ausführungen beendet hatte, sondern schüttelte nur den Kopf und entließ dabei dünne Rauchwolken aus seinem Mund.

»Glaubst du mir, Gerald?«

»Ja«, erklärte Fry. »Obwohl es mir verdammt schwer fällt, wie du dir denken kannst.«

»Mir auch. Aber er ist zerplatzt!« Harrisons Augen funkelten, er sprach zischend, die Erregung klang aus seiner Stimme. »Beim Aufprall platzte er auseinander.« Er schüttelte den Kopf. »Das ist ein Wahnsinn, aber eine Tatsache.«

»Die du mit eigenen Augen nicht gesehen hast.«

»Nein, aber die Polizei sprach davon.«

Sehr nachdenklich stellte Fry die nächste Frage. »Worin siehst du das Motiv?«

»Ich denke an Griechenland.«

»Ach.«

»Ja, überlege mal.« Henry fasste den Freund an. »Wir waren da unten und hatten Kontakt mit diesem Kastakis. Er zeigte uns eine ungemein wertvolle Statue, die Medusa aus Gold, du erinnerst dich. Und die Mythologie besagt, dass derjenige, der die Medusa anschaut, zu Stein wird. Unser Freund Peter ist zu Stein geworden …« Da Gerald ein ungläubiges Gesicht zog, wollte Henry nicht mehr weiterreden. Außerdem sah er seine Frau, die ihm heftig zuwinkte.

»Ich komme gleich wieder.« Er zwang sich zu einem Lächeln, als er sich an den Partygästen vorbei auf Dana zudrängte. Sie schaute ihn beschwörend an. Ihre Wangen waren schon gerötet, wahrscheinlich hatte sie einige Gläser Sekt getrunken. Jetzt brachte sie ihre Lippen dicht an Henrys Ohr. »Du musst die Rede halten und vor allen Dingen die Gäste über den Tod unseres Freundes aufklären.«

Henry Harrison nickte. »Ja«, sagte er, »daran führt wohl kein Weg vorbei.«

»Dann tu es jetzt.«

Harrison presste die Lippen zusammen. Er hatte schon des Öfteren Wahlreden gehalten, das Sprechen vor Zuhörern fiel ihm nicht schwer, doch in diesem Falle fand er nicht die richtigen Worte.

Auch fünf Minuten später fand er sie kaum, als er sich auf die viertunterste Stufe der Treppe gestellt und mit seiner Rede begonnen hatte. Immer öfter geriet er ins Stottern. Er sah zudem die betretenen Gesichter der Gäste und Parteifreunde, suchte dann nach neuen Sätzen, die überzeugend klingen sollten, was kaum möglich war.

Schließlich war er froh, es hinter sich zu haben. Er wusste, dass er die Party durch diese Rede gewissermaßen geschmissen hatte, doch was hatte es für einen Sinn, mit den Tatsachen hinter den Berg zu halten? Keinen. Mit einem Tuch tupfte er sich den Schweiß von der Stirn. Für einen Moment blieb er noch auf der Treppe stehen, schaute über die Köpfe der Gäste hinweg, sah in der Menge das Gesicht seiner Frau und bemerkte, dass sich die Tür öffnete.

Es trafen noch zwei Gäste ein.

Zunächst schob sich ein etwas gedrungen wirkender Mann in den Raum. Ihm folgte ein Berg von Kerl, der seinen linken Arm etwas steif nach unten hielt.

Henry wurde blass, denn er wusste genau, wer da eingetroffen war. Kosta Kastakis und sein Leibwächter …

Der Spiegel hatte mich verschluckt, die enge Tunnelröhre praktisch aufgesaugt, und ich jagte hinein in eine Welt, die ich als unbegreiflich umschreiben konnte.

Kein Zweifel, es war eine Dimensionsreise. Ich kannte diese

Art von Reisen, an denen ich nichts ändern konnte, weil ich nicht die Kraft hatte, mich gegen die anderen Mächte zu stemmen. Sie würde mich an irgendein Ziel bringen, dessen war ich mir sicher. Wie das Ziel aussehen würde, das erfuhr ich sicher, wenn ich angelangt war.

Meine Ohren erfüllte ein gewaltiges Brausen. Irgendwo in der Ferne schienen Wasserfälle zu rauschen. Sonst hörte ich nichts. Keine Stimmen, keine Schreie, nur eben das Brausen, und ich machte mich darauf gefasst, in irgendeiner mir unbekannten und feindlichen Dimension zu landen. Das Gefühl der Angst oder Beklemmung verspürte ich seltsamerweise nicht, nur eine gewisse Neugierde, wie es eigentlich meinem Beruf entsprach.

Die Umgebung hatte keine Farbe.

Sie war da und trotzdem nicht vorhanden. Man konnte sie als grau oder fahl bezeichnen, jedenfalls durchdrungen von diesem Brausen und einer ansonsten völligen Leere.

Bis zur Landung.

Nicht abrupt geschah dies, eher weich und sanft. Mit beiden Füßen erreichte ich den Boden, stand dort und schaute mich zunächst nach allen Seiten um.

Wo war ich gelandet?

Nebel, wohin ich auch schaute. Ein leichter, mir dennoch schwer erscheinender Dunst, kein starker Nebel, aber Schleier, die meine Sicht beeinträchtigten.

Ich holte Luft.

Dabei stellte ich fest, wie leicht dies ging, und meine erste große Befürchtung war nicht eingetreten. Wenn ich atmen konnte, war ich auch in der Lage, mich gegen irgendwelche Angriffe zu wehren, und darauf kam es zunächst einmal an, da ich sicher war, in dieser Dimension keinerlei Freunde zu finden, nur das Gegenteil davon.

Der Dunst war da, zum Glück ziemlich dünn, sodass ich durch ihn schauen konnte.

Er wehte über den Boden, erinnerte an eine Wand aus Schleiern, die etwas bedeckte, aber trotzdem nicht verbergen wollte. Ich konnte schauen – und erkennen.

Gerade das letzte Wort machte mich so nachdenklich. Erkennen! Ja, ich erkannte etwas.

Innerhalb der Schleier, vielleicht sogar dahinter, wer konnte das schon sagen, entdeckte ich einige Schatten, die das ständige Auf und Ab einer Berglandschaft zeigten.

Gebirge in diesen Dimensionen?

Immerhin ein Zielpunkt für mich, und ich schaute mir die Formation der Berge genauer an.

Als gleich konnte ich sie nicht ansehen, obwohl sie alle eine gewisse Ähnlichkeit von der Form her hatten. Die Berge stachen mit ihren Gipfeln in die Höhe. Dazwischen sah ich die Täler, und es waren jeweils tiefe Einschnitte, die sich meinen Blicken boten.

Ich wäre vielleicht achselzuckend über dieses Bild hinweggegangen, wenn mich die Formation der Berge nicht an etwas erinnert hätte.

Die hatte ich schon einmal gesehen!

Auf meine Umgebung achtete ich nicht weiter, mich interessierten allein die Berge, denn sie sollten mir helfen, mich zu orientieren.

Ich ließ die zahlreichen Fälle, die ich erlebt hatte, zu einem Großteil Revue passieren, dennoch gelangte ich zu keinem Ergebnis, weil ich einen Denkfehler beging und vergaß, dass ich mich nicht auf der Erde befand, sondern in einer anderen Dimension. Demnach musste ich auch in einer fremden Dimension diese Berge gesehen haben.

Wieder schaute ich sie mir an.

Seltsame Spitzen hatten sie. So hoch und auch steil. Fast jeder Berg wirkte da wie das Matterhorn. Ich kannte sie, verflixt, und war mir trotzdem sicher, noch nicht an dieser Stelle gestanden zu haben.

Nein, die Schlucht der Albträume war es nicht, deshalb konnte ich auch den Planet der Magier streichen.

Im nächsten Augenblick fiel es mir wie Schuppen von den Augen. Ich dachte an einen Fall, der lange zurücklag. Mitten in der Nacht war ich damals entführt worden. Kein Kidnapping im eigentlichen Sinne, sondern von einer Person durchgeführt, die ich zu meinen Freunden zählte. Ihr Name war der Eiserne Engel!

Und genau er hatte mich damals geholt, in eine Schlucht geschafft, die einen bestimmten Namen hatte.

Die Schlucht der stummen Götter!

Sie war umrahmt von bestimmten Bergen. Und diese Berge hatten genau die gleiche Form gehabt, wie ich sie hier sah. Nichts an ihnen war anders gewesen, auch sie sahen so hoch und spitz aus, und ich wusste, dass in den Bergen die stummen Götter gefangen waren. Ich hatte sogar ihre Gesichter gesehen, mit ihnen reden können, aber damals war der Eiserne Engel bei mir gewesen, und diesmal sah ich ihre Gesichter nicht.

Lag es am Dunst?

Nein, er war nicht so stark, als dass er alles verdeckt hätte. Das musste einen anderen Grund haben. Zudem kam ich mir nicht vor wie in einer Schlucht. Das Gelände erinnerte mich eher an eine weite Ebene, die an einer Seite von den Bergen begrenzt wurde.

Ich hatte lange überlegt, dabei lag die Lösung einfach auf der Hand.

Ich befand mich an der Rückseite der Schlucht der stummen Götter. Deshalb konnte ich die Gesichter auch nicht erkennen, sondern nur die typische Gesteinsformation.

Mir fiel ein Stein vom Herzen. Die Gänsehaut auf meinem Rücken verschwand. Ich konnte zwar nicht sagen, dass ich mich wie zu Hause fühlte, dennoch ging ich davon aus, dass mir keine unmittelbare Gefahr mehr drohte.

Die stummen Götter standen voll und ganz auf meiner Seite. Vor ihnen brauchte ich mich nicht zu fürchten.

Dafür begann mein Überlegen. Wieso hatten mich die unbekannten Kräfte überhaupt hierher geschafft? Was hatten die stummen Götter mit dem Fall zu tun, den ich erlebte?

Eine Antwort wollte mir nicht einfallen, sodass mir nichts anderes übrig blieb, als die Schultern zu heben und mich vorerst mit meinem Schicksal abzufinden.

Die Dimension der stummen Götter war auch für mich ein

Rätsel. Ich kannte mich nicht aus, wusste von keinen Zusammenhängen und hätte gern den Eisernen Engel an meiner Seite gehabt. Bestimmt hätte er mir mehr sagen können. So stand ich allein und musste zusehen, dass ich mich zurechtfand.

Wohin sollte ich mich wenden?

Die Antwort lag auf der Hand. Es war klar, dass ich dorthin gehen würde, wo ich das Gelände kannte, also auf die Gebirgskette zu, die sich aus dem Dunst erhob.

Es war eine Wand, eine Mauer. Unsichtbar für mich, ich stellte nur fest, dass ich nicht weiter konnte, denn irgendwelche Kräfte hinderten mich daran.

Sosehr ich es auch versuchte, mit List, Kraft oder Tücke, ich schaffte es nicht, die Barriere zu überwinden.

Und die Berge waren kaum näher gerückt. Ich sah sie noch immer als wellige, manchmal schroffe Schatten innerhalb der Dunstschleier liegen. Es gab also eine Grenze zwischen der Schlucht der stummen Götter und dem Gebiet, in dem ich mich befand.

Wollte man mich hier gefangen halten?

Das konnte durchaus sein, und so richtete ich mich darauf ein und ging parallel zu dieser Grenze, wobei ich ständig versuchte, sie zu überschreiten, was mir nicht gelang.

Stille und Einsamkeit umgaben mich. Die Dunstschwaden erinnerten an Tücher, die lautlos heranwehten und mich überdecken wollten. Auf meinem Gesicht verspürte ich manchmal ein Streicheln, als wäre die Haut von für mich nicht sichtbaren Fingerspitzen berührt worden. Dann rann es immer kalt über meinen Rücken. Meine Schritte setzte ich danach zögernder, weil ich das Gefühl nicht los wurde, dass bald etwas passieren würde.

Ich hatte mich nicht getäuscht.

Auf einmal hörte ich die Stimme. Sie war da, doch ich sah den Sprecher nicht.

Beim Klang der mir unbekannten Stimme war ich automatisch stehen geblieben und schaute mich um.

Es war niemand zu sehen. Der andere musste sich innerhalb der Dunstschwaden verborgen halten, aber sein Flüstern war für mich genau zu verstehen. »Willkommen im Land der Mythen und Legenden, das jenseits der Vergangenheit liegt …«

Jenseits der Vergangenheit …

Es lief mir kalt über den Körper, als ich nachdachte. Drei Worte nur, die jedoch eine immense Aussagekraft ausstrahlten.

Jenseits der Vergangenheit …

Wo konnte das sein? Die Vergangenheit war für mich nicht messbar, auch nicht begreifbar. Was also konnte dahinter liegen, und was lag dann diesseits der Vergangenheit?

Die Gegenwart?

Es wäre logisch gewesen, nur konnte ich mit der reinen Logik in dieser Dimension nichts anfangen. Hier war alles anders, und ich wusste genau, dass es zahlreiche Dimensionen gab. Vielleicht sogar unzählige, ich kannte von ihnen nur einen winzigen Teil.

Ich war stehen geblieben, drehte vorsichtig den Kopf und suchte nach dem Sprecher.

Er war, wie ich es mir schon gedacht hatte, nicht zu sehen. Irgendwo im Verborgenen oder Unsichtbaren musste er lauern, mich beobachten und auf mich warten.

Da ich ihn gehört hatte, würde auch er mich sicherlich hören können, deshalb fragte ich: »Wo bin ich hier? Was bedeutet es, im Land der Mythen und Legenden zu sein?«

Ich vernahm ein leises Lachen, bevor die orakelhaft klingende Antwort ertönte. »Dieses ist das Reich, das sich eigentlich die Menschen erschaffen haben. Hier wohnen und leben ihre Legenden, ihre Mythen. Hier kehren die ein, die in den Geschichten ihr Ende gefunden haben. Es ist ein Reich zwischen dem Diesseits und dem Jenseits. Eine Welt, wie viele andere auch, nur eben mit eigenen Gesetzen.«

Wieder war ein neuer Begriff aufgetaucht: zwischen dem Diesseits und dem Jenseits.

Ich wusste, dass es solche Reiche gab. Tanith war darin gefangen, vielleicht auch die stummen Götter, demnach musste es so sein, dass nicht nur ein Reich existierte, sondern mehrere, die zudem voneinander getrennt waren.

Ich war fasziniert, obwohl mich gleichzeitig eine gewisse Furcht ergriffen hatte. Trotzdem wollte ich mehr wissen und fragte danach.

»Du bist ein Mensch«, hörte ich die Stimme. »Und Menschen haben dieses Reich geschaffen. Es ist ihre Fantasie, die hier lebendig geworden ist. All ihre Vorstellungen haben in diesem Reich einen Bezugspunkt. Wen du dir auch vorstellst, über wen du nachdenkst, er wird erscheinen, denn die Legenden sind nicht tot.«

»Und welche?«

»Alle Legenden. In diesem Reich kommen sie zusammen, hier treffen sie sich. Hier ist die Fantasie der Menschheit gespeichert, und wer hineinkommt, wird sehen können.«

»Auch ich?«

»Ja, auch du.«

Meine Kehle war plötzlich trocken geworden. Ich ließ mir die Worte des unbekannten Sprechers noch einmal durch den Kopf gehen und dachte daran, dass ich es wirklich auf einen Versuch ankommen lassen musste. Aber ich wollte sehr vorsichtig zu Werke gehen, denn dabei konnte ich böse Überraschungen erleben.

Automatisch glitten meine Gedanken zurück. Ich erinnerte mich wieder an die Gegenwart, an meinen Freund Bill Conolly und an das Büro, das wir durchsucht hatten. Der Schrank war von uns geöffnet worden, und ich war verschlungen worden von einem Tunnel der Zeiten.

Wenn Legenden Wahrheit wurden, dann konnte auch die Legende zur Wahrheit werden, die mich in dieses Reich geschaffen hatte.

Es war die der Medusa!

Auch eine Legende. Eine ferne, griechische, geboren in der Vergangenheit, in der Zukunft lebend, wie man mir drastisch bewiesen hatte. Medusa war tot, die Sage erzählte, dass ihr Perseus den Kopf abgeschlagen hatte.

Wenn ich mich also in einem Reich aufhielt, wo Legenden

wahr wurden, konnte es durchaus sein, dass ich die Medusa plötzlich vor mir sah. Als lebendige Person, denn auf der Erde war sie gestorben.

Mir wurde es eng im Hals. Vor dieser Gorgonin hatte ich große Angst.

Überhaupt war es gefährlich, sich mit Göttern und Gestalten der Mythologien anzulegen, das hatte ich bei Pandora erlebt, die ebenfalls nicht zu unterschätzen war.

Aus diesem Grunde verbannte ich die Gedanken aus meinem Hirn und fragte in die Stille hinein: »Wer bist du, dass du in meiner Sprache zu mir reden kannst?«

Ein leises, dennoch zu verstehendes Lachen war die Antwort. »Ich bin derjenige, der die Legenden hütet.«

»Und das wäre?«

»Vielleicht bin ich der über allem Stehende. Ich weiß es nicht. Manche Menschen haben mich den Legendenvater oder Göttervater genannt. Auch Zeus …«

Er schwieg, auch ich sagte nichts mehr. Es war kaum fassbar, was ich hier erlebte, und wieder einmal musste ich meine Gedanken ordnen, um überhaupt weitersprechen zu können.

Dass es Zeus war, der zu mir sprach, wollte ich zunächst einmal dahingestellt sein lassen, für mich war wichtiger, eine Verbindung zu dem Fall zu bekommen, mit dem alles begonnen hatte.

Bill hatte mir von einer Statue berichtet. Einer goldenen Medusa. Sie musste Dreh- und Angelpunkt sein.

Und nach ihr fragte ich.

»Eine Gorgonenfigur hat mich in diese Welt gebracht. Wie ist dies möglich gewesen? Lebt auch sie?«

Er begann zu lachen. »Ich weiß, dass dir vieles unbekannt ist, mein Freund. Aber die Figur hat mit dieser Welt nichts zu tun. Sie war ein Rest, ein Überbleibsel, das lange, lange Zeit in den Tiefen des Meeres gelegen hatte, bis jemand diese Figur hob. Zunächst war dieser Jemand von der Statue fasziniert. Er sah nur das Gold, schon bald merkte er, dass mehr in ihr steckte. Er fühlte die Kraft der Statue und erinnerte sich wieder an die alten Legenden und Mythen. Er las die Geschichte der Medusa nach, wobei er sich fragte, weshalb sie ihn nicht zu Stein werden ließ, wenn er sie anschaute. Der Mann erhielt eine Antwort. Medusa zeigte sich dankbar, dass er sie aus der Tiefe befreit hatte, und sie wollte aus Dankbarkeit in seine Dienste treten. So konnte er zuschauen, wie sie lebte und ihre Kräfte nur dann entfaltete, wenn sie die Augen öffnete. Das ist wichtig. Wen sie mit offenen Augen anschaut, der erstarrt zu Stein. So weit hat die Macht der Medusa gewirkt.«

Ich hörte die Worte und musste ihnen glauben, da ich keinen Gegenbeweis antreten konnte.

Der andere sprach weiter: »Diese Figur konnte noch mehr. Viel mehr. Sie beherrschte durch den Geist der Medusa die Zeiten. Sie konnte durch ihre Kräfte eine Brücke schlagen zwischen der Gegenwart und dem Land der Legenden und Mythen. Es gelang ihr zu pendeln. Wenn sie in der Gegenwart nicht mehr sein wollte, kehrte sie hierher zurück, wo sie ihre eigentliche Erschafferin sah, denn Medusas Geist ist nicht vernichtet worden, er lebt hier weiter.«

Die Frage rutschte mir raus. Ich wollte sie eigentlich gar nicht stellen. »Kann ich sie sehen?«

»Das willst du wirklich?«

Da schwieg ich.

»Ist dir überhaupt klar, was dann geschieht, wenn sie erscheint?«

»Werde ich zu Stein?« Stockend brachte ich die Frage hervor und spürte Schweiß auf meinem Gesicht.

»Ja, das ist möglich, denn du kennst die Geschichte sehr genau. Wer sie ansieht, wird zu Stein …« Ich hörte ein leises Lachen. »Wer in ihr Gesicht schaut, erstarrt. Sie und die Statue stehen in einer unmittelbaren Verbindung. Du hast dir gewünscht, Medusa zu sehen, Mensch, ich werde deinen Wunsch erfüllen.«

Nein, wollte ich schreien, hatte schon den Mund geöffnet, doch kein Laut drang über meine Lippen.

Dieses geheimnisvolle Land hielt mich in seinem Bann. Wenn es tatsächlich das Gebiet der Mythen und Legenden war, weshalb sah ich dann niemanden? Waren all die Gestalten unsichtbar, vielleicht sogar ein Teil des Nebels, der über den Boden floss und sich in permanenter Bewegung befand?

Möglich konnte alles sein, und meine Gedankengänge stoppten abrupt, denn die folgenden Ereignisse überrollten mich.

Ich schaute in den Nebel hinein und sah, dass er sich an einer Stelle vor mir verdichtet hatte.

Dort bewegte er sich auch stärker, wallte und rollte und formte aus sich – ich konnte es kaum fassen – eine Frauengestalt.

Man hatte mir die Medusa versprochen.

Nun sah ich sie!

Sie stand plötzlich da, trug ein grünlich schimmerndes Gewand, das locker über ihren Schultern lag und bis zum Boden reichte. Ich konnte sie anschauen, denn sie wandte mir noch den Rücken zu.

Erst wenn mich ihr Blick traf, wurde ich zu Stein.

Mein Blick glitt dabei an ihrer Gestalt hoch und erfasste auch den Kopf. Es waren keine Haare, die auf ihrem Schädel wuchsen, sondern Schlangen von unterschiedlicher Dicke.

Sie glänzten in einem gefährlichen Rot. Manche von ihnen waren nur so dick wie Finger, andere erreichten den Umfang eines Männerarms, wieder andere lagen genau dazwischen.

Eines jedoch hatten sie gemeinsam.

Sie bewegten sich von einer Seite auf die andere, ringelten sich dabei zusammmen, stiegen mal hoch, dann wieder tiefer, und ich sah, dass die Medusa ihre Arme ausbreitete.

Ihr grünes Gewand wurde dabei in die Höhe gehoben, sodass es, als sie die Arme gestreckt hatte, aussah wie ein Flugdrachen. Noch in der Bewegung geschah eine weitere Überraschung.

Medusa drehte sich um …

Es war Henry Harrison längst klar geworden, einen Fehler gemacht zu haben. Er hätte den Griechen nicht einladen sollen. Nun musste er schauspielern, obwohl er davon überzeugt war, dass sich dieser Mensch mitschuldig am Tode des Peter Roling gemacht hatte.

Gerald Fry hatte sich in Henrys Nähe aufgehalten. Er sah, wie sich der Gastgeber straffte und durch seine Gestalt ein Ruck lief. »Bleib ruhig«, flüsterte Fry. »Lass dir nichts anmerken! Er soll aus der Reserve kommen, wenn möglich. Du befindest dich hier unter Freunden, während der andere allein dasteht.«

»Okay.«

Kosta Kastakis war nahe der Tür stehen geblieben und schaute sich um. Sein Leibwächter hielt sich stets in seiner unmittelbaren Nähe auf. Er sah gefährlich aus. Auf seinem Kopf wuchsen nur wenige Haare, allerdings sehr lang in den Nacken, und dort hatte er sie zu einem grauen Zopf zusammengebunden. Das Gesicht hatte zahlreiche Narben, über dem rechten Auge fehlte ihm die Braue. Er schaute kalt und gefühllos. In seiner dreiviertellangen Strickjacke wirkte er irgendwie deplatziert, zudem passte so ein Aufzug nicht zu ihm. Die Jacke bestand aus farbiger Wolle und zeigte bunte Querstreifen.

Kastakis war wie immer elegant gekleidet. Der Anzug zeigte ein dunkles Blau. Schneeweiß leuchtete das Hemd aus dem Kragenausschnitt, die Krawatte war dezent gemustert. Der Grieche hatte ein Falkengesicht, war hager und ging stets nach vorn gebeugt. Altersmäßig musste er um die sechzig liegen oder etwas darüber. Am Kinn zeigte seine Haut schon Falten und wirkte schlaff. Der Blick jedoch hatte etwas Sezierendes. Dieser Ausdruck verschwand auch nicht, wenn Kastakis lächelte.

Henry Harrison drängte sich durch die Menge. Natürlich hatten seine Gäste Fragen zu der Rede. Er beantwortete keine von ihnen, sondern sah nur Kastakis.

Auch der entdeckte ihn jetzt.

Beide Arme breitete er aus. »Da sind Sie ja, mein lieber Harrison«, erklärte er mit lauter Stimme und streckte beide Arme aus. »Entschuldigen Sie die Verspätung, aber die Geschäfte ließen es nicht zu, dass ich früher kam.«

Harrison zwang sich ebenfalls zu einem Lächeln. Nichts von dem, was er dachte, zeichnete sich auf seinem Gesicht ab. Er ergriff die Hände des Mannes und spürte, dass die Haut des anderen seltsam trocken war. Fast ohne jeden Schweiß, wie die einer Mumie.

»Ich freue mich, dass Sie den Weg zu uns gefunden haben. Seien Sie willkommen, Mr. Kastakis.«

»Ja, danke.«

Harrison winkte einen Ober herbei. Kastakis erhielt ein Glas Sekt, auch Henry nahm eines. Die beiden prosteten einander zu, lächelten, und ein jeder von ihnen dachte wohl anders, wobei der eine den anderen unter Umständen in die Hölle wünschte.

Der Leibwächter schwieg. Als Henrys Blick auf ihn fiel, setzte Kastakis zu einer Erklärung an. »Das ist Hermes, meine rechte und auch die linke Hand. Er gibt auf mich Acht. Leider sind die Menschen oft schlecht. Es gibt zu viele Feinde.«

Kann ich mir vorstellen, dachte Henry und stellte fest, dass sich um ihn und seine beiden neuen Gäste eine Insel gebildet hatte. Die anderen Gäste spürten instinktiv, dass Kastakis nicht so recht zu ihnen passte, aus diesem Grund hielten sie Distanz. Die Blicke, die sie dem Griechen zuwarfen, waren befremdend, man konnte den Mann nicht so recht einstufen. Auch Henry fiel es schwer, einen Gesprächsfaden aufzunehmen. Zum Glück erinnerte er sich an das aufgebaute Büfett.

»Wollen Sie nicht etwas zu sich nehmen, Mr. Kastakis?«

Der Grieche schüttelte bedauernd den Kopf. »Nein, danke, sehr lieb von Ihnen. Ich habe im Augenblick aber keinen Appetit.«

»Es sind auch griechische Spezialitäten dabei.«

Da lachte Kastakis. »Sie wissen schon, wie Sie einen Griechen überreden können. Dennoch möchte ich bei meinem Entschluss bleiben. Vielleicht nehme ich später etwas zu mir.«

»Wie Sie wünschen.«

»Sagen Sie, Mr. Harrison, ist Ihre Gattin eigentlich auch anwesend?«

»Natürlich.«

»Ich hätte sie gern kennen gelernt.«

»Pardon, ich werde sie sofort holen.«

»Sehr freundlich.«

Henry kochte vor Wut, als er Dana suchte, sie fand, von einer Gesprächsrunde weglotste und ihr flüsternd berichtete, dass Kastakis sie kennen lernen wollte.

»Dieser Kerl kann mir gestohlen bleiben.«

»Mir eigentlich auch. Bitte, wir müssen es tun. Spring einmal über deinen eigenen Schatten.«

»Mit Peter zusammen ist der Schatten sehr groß geworden.«

»Mir geht es nicht anders.«

»Garantieren kann ich nichts.«

»Du wirst schon alles richtig machen, Dana.«

Kosta Kastakis war entzückt, als er die Frau sah. Wie ein Charmeur der alten Wiener Schule begrüßte er sie mit einem Handkuss, und über seine Lippen flossen nur so die Komplimente.

Henry stand daneben und beobachtete seine Frau. Nur er wusste, dass ihr Lächeln sehr gezwungen wirkte und sie nur gute Miene zum bösen Spiel machte.

»Es ist schade, dass Sie nicht mit in meiner Heimat waren, Mrs. Harrison«, sagte er. »Möglicherweise lässt sich so etwas nachholen. Ich wäre dann entzückt, Sie zu sehen.«

»Mal schauen.«

Kastakis schüttelte den Kopf. »Sagen Sie das nicht. Es war eine Einladung, Mrs. Harrison.«

»Danke, nur möchte ich mich jetzt entschuldigen. Sie werden selbst wissen, dass ich mich um meine anderen Gäste kümmern muss. Es gibt viel zu bereden …«

»Entschuldigen Sie, Mrs. Harrison, das hatte ich auch vor.«

»Was?«

»Mit Ihnen und Ihrem Mann etwas zu besprechen.«

Dana warf Henry einen überraschten Blick zu. »Hier und jetzt?«, fragte sie erstaunt.

»Eigentlich ja. Nicht hier in dem Trubel. Vielleicht könnten wir uns etwas zur Seite begeben. Sie haben sicherlich einen Raum frei, der uns die nötige Ruhe garantiert …«

»Das wäre mein Arbeitszimmer«, erklärte Henry.

»Wunderbar, Mr. Harrison. Ich für meinen Teil glaube, dass unsere Besprechung nicht lange dauern wird. Es sind einige Kleinigkeiten, die ich gern mit Ihnen beredet hätte.«

»Ich darf dann vorgehen?«

»Gern.«

Die beiden Gastgeber wurden schon etwas schief angeschaut, als sie die Treppe hochschritten und die anderen Gäste in der Halle zurückließen. Winston Clarke wollte eine Frage stellen. Als er den Mund öffnete, schüttelte Henry den Kopf.

Clarke verstand und war ruhig.

Der Grieche begrüßte auf dem Weg zur Treppe die Männer, die er auf seiner Yacht zu Besuch gehabt hatte. Für jeden hatte er ein freundliches Wort. Der Industrielle konnte sich sehr verbindlich geben.

Oben wurde es ruhiger. Als Letzter ging Hermes, der Leibwächter. Trotz seiner gewaltigen Körperfülle bewegte er sich leicht und sicher. Nur seinen linken Arm hielt er seltsam steif.

Henry fragte nach dem Grund.

Der Grieche winkte ab. »Der Arm meines Leibwächters Hermes war einer Kugel im Weg. Ich habe nicht nur Freunde.«

»Wer hat das schon?«

»Sehr richtig, Mr. Harrison, wobei ich hoffe, dass wir Freunde werden. Es wäre gut.« Kastakis hatte mit einem seltsamen Unterton in der Stimme gesprochen, und der Politiker war misstrauisch geworden, gab aber keine weitere Antwort.

Im Arbeitszimmer schloss seine Frau Dana hinter sich die Tür. Kastakis schaute sich um. »Nett haben Sie es hier, wirklich. Ich könnte es hier auch aushalten.« Er warf einen Blick aus dem Fenster und kam wieder zurück, als Henry auf eine Sitzgruppe deutete.

»Danke sehr, danke.« Der Grieche nahm Platz, Hermes blieb schräg neben dem Sessel stehen und erinnerte in seiner Haltung an eine Statue.

Harrison bot etwas zu trinken an, selbst einen Ouzo lehnte der Grieche ab.

»Ich trinke nichts, wenn ich über Geschäfte spreche. Und davon wollen wir beide reden.«

»Geschäfte mit Ihnen?«

»Sehr richtig.«

Harrison gab sich ratlos. »Ich wüsste nicht, was ich mit Ihnen zu bereden hätte und um welche Geschäfte es sich dabei handeln könnte. Wir sind auf verschiedenen Gebieten tätig. Sie, der Industrielle, und ich, der Ökologe.«

»Dennoch müssten wir zusammenkommen.«

»Das wird nicht so einfach sein. Sie kennen meinen Standpunkt. Wir rücken davon nicht ab.«

Der Mann nickte. Er verschwand fast in dem hohen Ohrensessel. »Als Politiker sollte man diplomatischer sein. Ich will Sie nicht belehren, aber das sagt mir meine Erfahrung.«

»Ich weiß es selbst, Mr. Kastakis. Nur gibt es auch bei der Diplomatie Grenzen.«

»Diese Grenzen bedeuten Krieg.«

»In Ihrer Diktion vielleicht, nicht in meiner. Ich will die Erde erhalten und nicht zerstören.«

»Sie unterstellen mir eine Menge, Mr. Harrison. Das finde ich nicht fair von Ihnen.« Der Grieche hob die Augenbrauen und legte die Stirn in Falten. »Wirklich nicht. Und ich möchte, dass Sie es sich genau überlegen, deshalb bin ich zu Ihnen gekommen. Ich weiß, dass Sie große Chancen haben, eine gewisse Wahl zu gewinnen. Für Ihre Freunde gilt das Gleiche, und dann berührten sich unsere Interessen.«

»Inwiefern?«

»Soll ich Ihnen das noch erklären?«

»Ich bitte darum.«

»Ja«, meldete sich auch Dana Harrison.

»Sie wissen, dass ich mich als Unternehmer und Industrieller bezeichne. Über meine geschäftlichen Aktivitäten werden Sie bestimmt informiert sein, darüber möchte ich mich nicht weiter auslassen. Ich bin Grieche, bezeichne mich selbst, obwohl ich meiner Heimat sehr verbunden bin, als Europäer. Ich denke auch so in unternehmerischer Hinsicht. Kurz gesagt, ich möchte investieren.«

»Hier in London«, sagte Henry.

»Genau. In Ihrem Land, in Ihrer Stadt. Ich will dafür sorgen, dass Arbeitsplätze geschaffen werden.«

»Klar, verstehe ich alles. Nur – was wollen Sie produzieren, um Arbeitsplätze zu schaffen?«

»Industriegüter.«

»Das ist ein allgemeiner Begriff.«

»Natürlich. Sie denken an die Luftverschmutzung. Ich werde für Filteranlagen sorgen. Zunächst einmal möchte ich die Fabriken hier in London stehen haben. Ich weiß, dass es einige Sanierungsgebiete gibt. Dort werden Grundstücke frei, die ich kaufen möchte, um die Fabriken und Werkshallen bauen zu können. Sie und Ihre Freunde sollten froh sein, Mr. Harrison. Ich kann auch in ein anderes Land ausweichen.«

Henry legte Spott in seine Stimme, als er fragte: »An welches denken Sie denn da?«

»Möglicherweise Germany.«

Henry schüttelte den Kopf. »Die Deutschen würden Ihnen mehr Steine in den Weg legen, als Sie je wegräumen könnten.«

»Was macht Sie da so sicher?«

»Ihre Art der Produktion, Mr. Kastakis. Auch meine Freunde und ich haben nichts dagegen, dass Industriegüter produziert werden, anders jedoch verhält es sich bei Waffen.« Das letzte Wort hatte er scharf hervorgestoßen. Er wollte sehen, wie der andere reagierte, aber der Grieche ließ sich nichts anmerken.

»Was sagten Sie da?«, fragte er mit neutral klingender Stimme.

»Sie wollen Waffen herstellen. Reden wir doch nicht um den heißen Brei herum.«

»Wie kommen Sie darauf?«

»Ich habe meine Beziehungen. Und ich weiß auch, dass Sie versucht haben, meine Freunde zu hintergehen. Peter Roling ist Ihnen auf die Schliche gekommen.«

Kastakis lächelte schmal. »Von welchen Schlichen sprechen Sie?«

»Sie haben versucht, einflussreiche Politiker zu bestechen. Wahrscheinlich ist es Ihnen auch gelungen. Geld spielt für Sie keine Rolle. Man wird Ihnen Versprechungen gemacht haben, die sich allerdings jetzt in Luft auflösen können, denn das Wählerverhalten hat sich geändert. Man setzt nicht mehr auf den unbedingten industriellen Fortschritt, sondern wägt ab, welche negativen Folgen eine neue Industrieansiedlung haben könnte. Ich sage nichts, wenn Sie in Ihren Produktionsstätten Filter einbauen lassen, damit sie die Belastung der Umwelt in Grenzen hält, aber dass Sie eine Waffenfabrik in London errichten wollen, lasse ich nicht zu, wobei meine Freunde ebenso denken wie ich.«

»Ihr letztes Wort, Mr. Harrison?«

»Ja.«

»Schade.« Der Grieche schaute auf seine blanken Schuhspitzen. Für einen Moment herrschte Schweigen. Im Raum lag eine bedrückende Stimmung. Henry Harrison spürte, dass sich Schweiß auf seinem Rücken gebildet hatte. Das Gespräch hatte ihn mehr mitgenommen, als man es ihm äußerlich überhaupt ansah.

Kastakis atmete durch die Nase aus. Dann hob er den Kopf, schaute nicht Henry an, sondern Dana Harrison. »Sie sind doch eine praktisch denkende Person, Mrs. Harrison. Wie wäre es denn, wenn Sie und ich gemeinsam versuchten, Ihren Mann zu überzeugen?«

Dana schaltete schnell. »Und wie haben Sie sich das gedacht, Mr. Kastakis?«

»Sie durch Worte, ich durch ein Nummernkonto in der Schweiz. Ich würde mir seine Zustimmung schon einhunderttausend Pfund kosten lassen. Das würde natürlich niemand erfahren.«

Dana Harrison gab keine akustische Antwort. Stumm schüttelte sie den Kopf. Ihr Mann war bleich geworden. »Sie, Sie wollen mich kaufen, nicht wahr?«

Der Grieche winkte ab. »Welch ein unschönes Wort für ein Geschäft. Ich gebe Ihnen nur die Möglichkeit, unabhängiger zu sein. Das ist alles.«

»Ich wäre von Ihnen abhängig.«

»Ich vergesse es.«

»Mr. Kastakis«, sagte der Politiker. »Es reicht mir, es reicht mir wirklich. Ich habe mir lange genug Ihre ungeheuren Vorschläge anhören müssen. Ich bin nicht käuflich.«

»Und wenn ich die Summe verdopple?«

»Auch dann nicht.«

Der Mann aus Griechenland seufzte. »Ja, es ist schon ein Kreuz mit Ihnen, Mr. Harrison. Wie mit Ihrem Freund Roling. Eigentlich war er ein netter Kerl, aber ich brauche das Areal für meine Fabriken, wenn Sie verstehen. Sie werden in diesem Wahlbezirk eine Mehrheit erringen, das steht leider fest. Da Sie sich mit mir aber nicht arrangieren wollen, bin ich gezwungen, zu anderen Maßnahmen zu greifen.«

»Wie bei Roling?«

»So ist es.«

»Das wagen Sie nicht«, erwiderte Harrison. »Verdammt, das wagen Sie nicht. Nicht in meinem Haus, Mister. So weit geht es nicht. Ich werde Sie jetzt hinauswerfen, daran kann auch Ihr komischer Leibwächter nichts ändern. Und ich werde Ihren Fall an die Presse geben, damit Sie merken, dass man in diesem Land nicht alles machen kann. Es mag einzelne Politiker geben, die sich von Ihren Millionen blenden lassen, meine Freunde und ich bleiben auf dem Teppich.«

Der Grieche gab Harrison keine direkte Antwort. Dafür sprach er seinen Leibwächter an. »Hermes!«

Der Bulle reagierte. Er setzte sich in Bewegung und ging auf den Schreibtisch zu.

Henry sprang auf. »Was erlauben Sie sich in meinem Haus?«, fuhr er Kastakis an. »Sind Sie eigentlich verrückt geworden?«

»Nein, aber ich ergreife Gegenmaßnahmen!«

Das tat Dana auch. Sie sprang aus ihrem Sessel hoch und stellte sich dem Mann in den Weg.

Zwei Schritte weit ließ er sie kommen. Dann schlug er zu. Es war die rechte Hand, die gegen die Schulter der Frau wuchtete. Dana Harrison wurde herumgewirbelt und riss einen kleinen Tisch um, der mit ihr zusammen auf den Boden krachte.

Im selben Augenblick sprang Harrison auf – und schaute in die Mündung einer flachen Pistole, die der Grieche blitzschnell hervorgeholt hatte. »Bleiben Sie ruhig, Mr. Harrison, bleiben Sie nur ruhig. Okay?«

»Verdammt, Sie …«

»Stellen Sie sich neben den Sessel und halten Sie den Mund. Das gilt auch für Sie, Mrs. Harrison.«

Dana schwieg. Sie hatte vor Wut geschluchzt. So sahen sie und ihr Mann mit an, welche Vorbereitungen Hermes, der Leibwächter des Griechen, traf. Er hatte mittlerweile den Schreibtisch erreicht, blieb davor stehen und griff in die Innentasche seiner dreiviertellangen Jacke. Dort holte er eine schreckliche Waffe hervor.

Es war die vergoldete Medusa-Figur!

Die beiden Harrisons konnten nicht anders. Die mussten einfach hinschauen, drehten ihre Köpfe und blickten zu der unterarmlangen Figur hin, die auf einem Sockel stand und jetzt ihren Platz auf dem Schreibtisch gefunden hatte.

Die Mündung der Waffe zielte von der Seite her auf Henry Harrison. Er kümmerte sich nicht darum, die Figur allein zählte, sie war für ihn wichtig.

Die Harrisons hörten die gefährlich leise Stimme des Griechen. »Eine alte Bekannte für Sie, nicht wahr?«

»Verlassen Sie mein Haus!«, verlangte Harrison.

»Das werde ich, sobald ich hier aufgeräumt habe. Und wenn ich dann verschwunden bin, wird mir niemand etwas beweisen können. Sie alle werden denken, dass ich mit dem Fall was zu tun haben könnte, aber es wird kaum jemand wagen, dies laut auszusprechen. Weil sie alle Angst haben. Jawohl, Angst! Nichts als Angst!« Er lachte geifernd. »Danach kommt meine Stunde. Sie werden mir aus der Hand fressen und mich sogar darum bitten, meine Fabriken in London zu bauen. Eben weil sie Angst haben und ich als Einziger die Macht habe.«

»Sie sind wahnsinnig.«

»Nein, ich bin Geschäftsmann und gleichzeitig Grieche, der sich auf die Tradition seines Heimatlandes besonnen hat. So müssen Sie das sehen. Die alten Kräfte haben auch in der Gegenwart Bestand. Sie werden es schon noch merken.«

Hermes trat einen Schritt zur Seite und erntete von seinem Boss ein Lob. Kastakis fuhr fort. »Kommen wir auf die Statue zu sprechen, mein lieber Harrison. Sie wissen, was die Medusa in der griechischen Legende für einen Ruf hatte?«

»Ja.«

»Ich will es Ihnen dennoch sagen. Wer sie ansieht, wird zu Stein. Und Ihr Freund Peter Roling hat sie in der Sekunde angesehen, als sie die Augen öffnete und er vom Dach kippte. Während seines Falls verwandelte er sich zu Stein, zerplatzte, aber Ihnen bleibt ein Fall aus großer Höhe erspart. Sie werden merken, wie Sie allmählich versteinern, fester und härter werden und …«

Da fuhr Harrison herum. Trotz der Pistole, die der Grieche auf ihn gerichtet hielt, und der Politiker wunderte sich, dass der Schuss aus der Waffe gar nicht so laut klang.

Er sah noch das winzige fahle Mündungsfeuer, dann spürte er den Schlag gegen das linke Bein.

Ein regelrechter Volltreffer. Der Schrei klang erstickt, im nächsten Augenblick spürte er den Schmerz, das Bein wurde ihm weggerissen, und während des Falls sah er noch, wie sich Hermes lautlos und blitzschnell bewegte.

Mit zwei Sprüngen war er bei Dana und presste ihr die Hand hart auf den Mund, um ihre Schreie zu unterdrücken.

Harrison krümmte sich. Er hatte seine Hand auf die Wunde am Oberschenkel gepresst und starrte den Griechen aus brennenden Augen an.

Kastakis lächelte kalt. Seine nachfolgende Erklärung klang zynisch. »Das hätten Sie sich ersparen können. Wusste gar nicht, dass Sie Schmerzen mögen. Ihr Tod wird nämlich eine relativ schmerzlose Sache sein, wie ich annehme. Natürlich kann ich mich auch täuschen, wir werden sehen.« Er schaute kurz auf Hermes.

In dessen Griff wand sich Dana Harrison. Über der breiten

Pranke des Mannes waren nur mehr ihre aufgerissenen Augen zu sehen, die seltsam groß wirkten. Bleich wie kaltes Lammfett war die Haut, schreckliche Angst sprach aus ihren Blicken.

»Sie sollen zuschauen, wie es Ihnen ergeht«, erklärte der Grieche. »Denn sie wird die Nächste sein, die Medusas Blick zu Stein macht. Schade für Sie, Mrs. Harrison. Sie sind eine nette Person. Ich hätte Gefallen an Ihnen gefunden und habe auch damit gerechnet, dass Sie Ihren Mann zu meinen Gunsten beeinflussen. Wenn ich Sie so anschaue, habe ich mich wohl geirrt. Irren ist für Sie tödlich.«

Henry gab nicht auf. Er wälzte sich auf die Seite, wollte sich aufstützen, um in die Höhe zu kommen, doch die Kugel in seinem Bein machte dies unmöglich.

Sie brannte wie eine Feuerstelle. Weiter oben und auch dem Fuß entgegen, war das Bein taub. Wenn er es belastete, knickte es wieder ein. Vor Wut drang ein scharfes Schluchzen aus seinem Mund, das sein Gegner mit einem hässlichen Lachen quittierte.

»Keine Chance, Harrison.« Er bückte sich und streckte seinen freien Arm aus. Im nächsten Moment wunderte sich Henry Harrison, welch eine Kraft dieser kleine Grieche aufbrachte. Er zerrte den wesentlich schwereren Politiker mit einem Ruck in die Höhe und hielt ihn fest, als Henry wieder zusammenbrechen wollte.

»Nein, du bleibst so, Bastard!«

Und Medusa reagierte.

Henry Harrison hatte wegschauen wollen, der Bannstrahl traf ihn gnadenlos, und er geriet genau in Medusas tödlichen Horror-Blick …

Suko war noch immer bleich wie eine frisch gestrichene Wand, als er in Bills Porsche saß. Der Reporter hatte ihm erklärt, um was es ging, und der Chinese konnte es einfach nicht begreifen.

»Wäre ich doch nur vorher dabei gewesen.«

»Du hättest daran auch nichts geändert.«

»Meinst du?«

»Bestimmt.«

Suko schüttelte den Kopf. Er starrte durch die Scheibe auf das Ufer der Themse. Die Promenade dort wurde von zahlreichen Bäumen flankiert, deren Laub eine herbstliche bunte Färbung zeigte. Vom hellen Gelb bis hin zu tiefem Rostrot. Alles war vertreten. Die Natur hatte sich wieder einmal als perfekter Maler erwiesen.

»Du meinst also, auf der richtigen Spur zu sein«, nahm Suko den Gesprächsfaden wieder auf.

»Davon bin ich überzeugt.«

»Was macht dich so sicher?«

»Eigentlich alles. Die gestohlene Statue, die Verbindung zu Griechenland, der Besuch dieser Politiker, ich habe nachforschen lassen und bin bei einem Mann namens Kosta Kastakis hängen geblieben.«

»Wieso an ihm?«

»Weil er der Besitzer der Statue ist.«

»Weshalb stellt er sie dann erst aus?«

»Ein Trick und gleichzeitig ein Alibi. So kann er immer behaupten, sollte etwas passieren, dass er es gewesen ist, dem man die Statue gestohlen hat.«

»Etwas weit hergeholt«, wandte Suko ein.

»Aber nicht unrealistisch.«

»Möglich.«

Danach schwiegen die beiden. Bill konzentrierte sich auf den Verkehr, der jetzt, in den frühen Abendstunden, wieder zugenommen hatte. Es war ein herrlicher Herbsttag gewesen. Sehr warm, mit Temperaturen, die schon die 20-Grad-Grenze erreicht hatten. Nun ging die Sonne unter. Ein Teil des Himmels schien von einem dunkelroten Feuerstrom übergossen worden zu sein. Er brannte und loderte hoch über den Bäumen, hatte sich ausgebreitet, als wollte er die ganze Stadt in Brand stecken.

An einer Ampel mussten sie längere Zeit warten, da der Verkehr nur schubweise voranging.

»Meinst du wirklich, dass alle Politiker auf der Abschuss-liste dieses Griechen stehen?«, fragte Suko.

»Bestimmt.«

»Und weshalb?«

»Wegen der Umwelt.«

Suko lachte. »Deshalb bringt man doch keine Menschen um!«

»Im indirekten Sinne schon.« Bill fuhr wieder an. »Ich habe mich mal näher mit der Person des Griechen beschäftigt. Dieser Kastakis ist brandgefährlich und gleichzeitig ein Moloch. Er reißt alles an sich, was nur eben möglich ist. Das Ölgeschäft läuft nicht mehr so gut wie früher. Deshalb muss er neue Märkte suchen, und die hat er gefunden. Waffenhandel. Denk an die Völker, die Kriege führen, da will er groß einsteigen. Es gibt immer noch genug Dumme, die sich gegenseitig die Köpfe einschlagen.«

Da hatte Bill Conolly leider Recht. Nach einer Viertelstunde Fahrt erreichten sie endlich ihr Ziel. Das Haus des Henry Harrison lag in einem kleinen Park und war von hohen Bäumen umgeben. Alles machte einen friedlichen Eindruck. Das zweiflügelige Eisentor stand einladend offen. Ein breiter Weg führte bogenförmig bis fast an die Treppe des Hauses heran. Dort konnte Bill auch seinen Porsche abstellen.

Er fand eine Lücke zwischen zwei französischen Wagen und verließ zusammen mit Suko den Porsche.

Im Erdgeschoss brannte Licht. Die Fenster standen offen. Nicht nur der Schein fiel nach draußen und verteilte sich über die Sträucher, auch Stimmengewirr war zu hören. Zudem vernahmen sie das Klingen von Gläsern, wenn diese gegeneinander stießen.

Suko hob die Schultern, als er die Geräusche vernahm. »Die scheinen noch nicht viel von einer Medusa gehört zu haben«, sagte er.

»Warten wir es ab.« Bill war schneller als der Inspektor die Treppe hochgegangen, drückte die große Tür auf, trat zur Seite, damit Suko Platz hatte, und beide Männer ließen ihre Blicke über die anwesenden Gäste schweifen.

Sie sahen bekannte Gesichter, nur das des Hausherrn entdeckten sie nicht darunter. Dafür die seiner Freunde und auch der Anhängerschar. Der Grieche Kosta Kastakis war nicht zu sehen.

»Schleichen wir uns mal langsam vor«, sagte Bill.

Suko war einverstanden und blieb an der Seite des Reporters. Die Stimmung war gut. Während sich die beiden näher an das Büfett heranschoben, nahmen sie auch Gesprächsfetzen wahr.

Man sprach über Wahlchancen, war sehr siegessicher. Hin und wieder wurde auch über den Tod des Peter Roling geredet. Es gab einige unter den Leuten, die auf Peter tranken und dies schon öfter getan hatten, wie ihr Blick bewies.

Am Büfett erwischen sie nur mehr Reste. Bill und Suko hatten sowieso keinen großen Hunger. Beide nahmen Fisch. Ein Mann im Cordanzug drängte sich neben sie. Sein Gesicht verschwand fast unter dem wilden Vollbart. Er schaute auf Bill Conolly, stutzte für einen Moment und zog die Augenbrauen zusammen.

»Kennen wir uns nicht, Mister?«

»Ja«, erwiderte Bill. »Sie gehören ebenfalls zu den Leuten, die Bürgermeister eines Stadtteils werden möchten.«

»Genau, ich bin Winston Clarke.« Er schlug sich gegen die Stirn. »Und Sie sind Conolly?«

»Richtig, Winston.«

»Sind Sie nicht Reporter?«

»Auch das.«

Clarke grinste. »Negatives habe ich noch nicht über Sie gehört. Okay, trinken wir einen Whisky zusammen?«

»Gern!« Das war nicht gelogen, denn Bill erhoffte sich von Clarke Informationen.

Suko hatte das Gespräch mit angehört, sich herausgehalten und tat auch nichts, als Bill und Winston sich vom Büfett wegbewegten. Den Teller hatte der Reporter stehen lassen.

Eine Bar war ebenfalls aufgebaut worden. Zwei Kellner schenkten die Getränke ein, die verlangt wurden.

Bill und Winston nahmen jeder einen Doppelten. Sie tranken sich zu und beschlossen, sich beim Vornamen anzureden.

In eine stille Ecke verdrückten sie sich. Clarke schaute den Reporter über den Glasrand hinweg an. »Aus welchem Grunde sind Sie gekommen, Bill?«

»Ich wollte mit Henry reden.«

»In diesem Trubel?«

»Ein paar Minuten hätte er schon Zeit für mich gehabt. Außerdem hatte ich gedacht, hier einen gewissen Mann zu treffen.«

»Wer hätte das denn sein sollen?«

»Kosta Kastakis.«

»O verdammt, sagen Sie nicht das. Bisher habe ich Sie für sympathisch gehalten, aber jetzt …«

»Sie mögen Ihn nicht?«

»Nein!«

»Ich auch nicht.«

Clarke schaute erstaunt. »Das ist mir neu. Weshalb wollten Sie dann mit ihm reden?«

»Ich habe mich mit ihm und seinen Geschäften beschäftigt. Wenn ich ehrlich sein soll, gefallen sie mir nicht. Man munkelt da etwas von Waffenhandel.«

»Das braucht man nicht zu munkeln, Bill, das stimmt sogar. Kastakis verdient seine Millionen nicht allein durch Öl. Er macht auch mit Waffen sein Geschäft.«

Bill zündete sich eine Zigarette an. »Und er soll hier zu dieser Party kommen?«

»Was heißt kommen? Er ist schon da!«

»Wo?«

Clarke drehte sich um. »Sehen Sie die Treppe dort? Da ist er hochgegangen. Und zwar nicht allein, sondern in Begleitung des Hausherrn und dessen Gattin.«

Der Reporter war misstrauisch geworden. »Können Sie sich vorstellen, was die drei zu bereden haben?«

»Entschuldigung, sie waren zu viert. Kastakis' Leibwächter war auch dabei.«

»Das ist verdammt hart«, erklärte Bill Conolly. Er nickte und wurde gleichzeitig immer misstrauischer.

Winston Clarke bemerkte es. Er fasste Bill an der Schulter und drehte ihn herum. »Glauben Sie im Ernst, dass es Henry an den Kragen geht?«

»Ich weiß nicht, aber froh bin ich darüber nicht. Wir sollten nachschauen.«

»Ja, das wäre gut.« Clarke wollte sich schon in Bewegung setzen, Bill war dagegen.

»Moment noch, ich will meinen Freund Suko mitnehmen.«

»Ach, den Chinesen?«

»Genau den.« Bill war schon auf dem Weg. Er drückte die Zigarette aus und trat neben Suko.

»Was ist geschehen?«

»Die beiden Harrisons sind verschwunden. Das heißt mit Kastakis und dessen Leibwächter. Wir sollten sie suchen.«

»Gefahr?«

»Möglich.«

»Okay, ich bin dabei.« Suko setzte sich schon in Bewegung. Bill schaute nach Clarke, der bereits auf die breite, geschwungene Treppe zuging. Dicht davor trafen sie zusammen.

Suko reichte dem anderen kurz die Hand und stellte sich dabei noch einmal selbst vor.

Dann gingen sie hoch.

Man achtete kaum auf sie, nur einer, der es sich auf der Treppenmitte bequem gemacht hatte und trübsinnig in sein Glas schaute, blickte ihnen kurz nach.

»Wo könnte Ihr Freund denn stecken?«, wandte sich Bill Conolly an Winston Clarke.

»Da gibt es verschiedene Möglichkeiten. Programme vorbereitet und diskutiert haben wir immer in seinem Arbeitszimmer.«

»Okay, sehen wir uns das zuerst an.«

»Lassen Sie mich vorgehen, ich kenne mich aus.« Clarke schob Bill und Suko zur Seite. Sie hatten einen ziemlich breiten Gang betreten, an dessen Ende das Arbeitszimmer des Hausherrn lag. Der Lärm und der Stimmenwirrwarr aus der Halle waren hinter ihnen zurückgeblieben. Sie hörten ihn nur mehr als Brausen.

Suko warf Bill einen nachdenklichen Blick zu. »Und?«, fragte der Chinese. »Was hast du für ein Gefühl?«

»Kein gutes.«

»Wenn der Grieche die Medusa-Statue besitzt und diese tatsächlich magische Kräfte hat, können wir uns auf etwas gefasst machen«, warnte der Inspektor.

»Das befürchte ich auch«, gab Bill zu und warnte gleichzeitig Winston Clarke durch einen scharfen Zuruf.

Der Mann drehte sich um. Seine Hand lag schon fast auf dem Türgriff. »Was ist?«

»Bleiben Sie von der Tür weg.«

Bill hatte die Worte kaum ausgesprochen, als die drei Männer einen dumpfen Fall vernahmen und gleichzeitig ein meckerndes Lachen.

Beides war aus dem Arbeitszimmer gedrungen.

Für Winston Clarke war dies so etwas wie ein Startsignal. Auch Bill Conolly konnte ihn nicht mehr warnen.

Mit einer heftigen Bewegung riss Winston Clarke die Tür des Arbeitszimmers auf …

Medusa drehte sich um!

Eine Vernichtete, die in der Welt der Legenden und Sagen weiterlebte. Nicht als Geist, sondern als Person, als Monstrum, das auch mir, dem Menschen, gefährlich werden konnte.

Trotz der Gefahr, in der ich schwebte, war ich fasziniert. Diese Figur, die es eigentlich nicht geben durfte, hielt mich in ihrem Bann. So anders sah sie aus, als sie die Arme ausgebreitet hatte. Ihr Gewand wirkte wie ein Schleier, seltsam durchsichtig, als würde der Stoff nur aus hauchzarten Blättern bestehen. Ich sah die ausgebreiteten Arme hindurchschimmern und auch den herrlich gewachsenen Körper, der unter dem Stoff völlig nackt war.

Schönheit und Grausamkeit paarten sich hier zu einem Ensemble.

Und sie drehte sich weiter.

Ich wusste genau, dass ihr Blick tödlich war. Dennoch beobachtete ich sie, wie sich durch ihre Drehung der Winkel zu mir veränderte und ich ihr Profil sehen konnte.

Nicht mal die sich auf dem Schädel ringelnden Schlangen störten mich bei diesem Gesicht, dessen Nase gerade gewachsen war. Das Kinn stand ein wenig vor, die Lippen waren voll, sie entsprachen dem Schönheitsideal der Antike.

Sie war etwas Besonderes …

Noch hatte sie mich nicht angeschaut, aber ich wusste, dass es bald so weit sein würde. Dann würde sie ihre Drehung vollendet haben, mich ansehen …

»Ist sie nicht schön?«

Abermals vernahm ich die Stimme des Unsichtbaren. Ob es nun Zeus war oder nicht, das spielte keine Rolle. Diese lebende Sage hatte mich in ihren Bann gezogen.

»Ja, sie ist schön.«

»Möchtest du ihr gehören?«

»Wie könnte ich das?«, fragte ich zurück.

»Das ist einfach. Sie kann dich zu ihrem Mann machen. Sie wird dich anschauen, und du kannst für immer ihr gehören. Hast du begriffen? Für immer ihr!«

Die Stimme trichterte mir die Worte regelrecht ein. Sie wollte mich überzeugen, dass es nichts anderes mehr für mich gab als diese Person in der Welt der Legenden und Mythen. Hier war das Land, in dem die Sagen Gestalt angenommen hatten, und ich, der Mensch, konnte mich fühlen wie Alice im Wunderland.

Und sie drehte sich weiter. Ihr Gesicht war so rein, so schön, es konnte doch kein Grauen in sich bergen. Wenn mich auch die Schlangen hätten warnen müssen. Aber ihren Blick konnte ich ertragen. Er tat mir überhaupt nichts.

Noch eine Vierteldrehung benötigte sie, um mich anschauen zu können. Dann würde auch ich eines der zahlreichen Opfer sein und für immer zu Stein erstarren. Ein Wesen, das einmal ein Mensch gewesen war und sich für den Rest des Daseins im Land der Mythen und Legenden aufhalten würde.

»Ich heiße dich willkommen, John Sinclair!«, vernahm ich die Stimme des Hüters. »Du wirst für immer in meinen Händen bleiben und zu den fernen Bergen hinschauen können, wo sich ein anderes Reich befindet, getrennt durch eine für dich unsichtbare Grenze. Du wirst hinsehen und irgendwann einmal die entdecken können, die dort ihren Platz gefunden haben. Aber du wirst nicht zu ihnen können, sosehr du dich auch bemühst. Du bleibst ein Gefangener, John Sinclair. Und nun überlasse ich dich ihr, der Gorgonin mit dem Schlangenschädel …«

Die Stimme verstummte, der Bann war gebrochen, und Medusa hatte ihre Drehung vollendet.

Erst wenn ich ihr in die Augen schaute, würde ich zu Stein erstarren.

Sie hatte die Augenlider gesenkt. Noch traf mich ihr bannender Blick nicht.

Langsam aber öffnete sie die Augen, während die Schlangen auf ihrem Schädel unruhig wurden.

In diesem Moment geschah etwas völlig Unerwartetes …

Er konnte nicht mehr ausweichen und musste den Blick der Statue voll nehmen.

Es war schlimm.

Und nicht allein die Augen starrten ihn an. Zugleich schossen aus ihnen bannende Blitze, die Henry Harrison wie ein feines Netz umspannten, als wollten sie ihn nie mehr loslassen.

Er drehte sich noch zur Seite und stellte fest, dass ihm diese Bewegung bereits Mühe bereitete.

Sein Arm war plötzlich so schwer geworden, gleichzeitig auch das rechte Bein, und er hörte die flüsternde Stimme des neben ihm stehenden Griechen. »Wer sie anschaut, wird zu Stein. Du hast sie angeschaut, Harrison. Jetzt musst du dafür büßen …«

Es folgte ein Lachen, und Harrison hob unter Mühen seine rechte Hand. Er presste sie gegen seinen Hals, weil er unbedingt Luft holen wollte, denn in der Brust spürte er, wie sich die Knochen allmählich zusammenzogen und alles, was es in seinem Körper gab, zerdrücken wollten.

Es war furchtbar. Er kriegte keine Luft mehr, ächzte und glaubte, es knirschen zu hören.

In der Bewegung erstarrte er.

Nichts rührte sich an seinem Körper. Weder das verletzte noch das gesunde Bein konnte er heben. Dabei nahm er noch alles wahr. Er sah den Griechen, der seine Waffe weggesteckt hatte und kalt lächelte. Er sah auch Hermes, der sich ebenfalls freute, und er erkannte seine Frau Dana, die dieses unbeschreibliche Grauen mit ansehen musste. Noch hing sie im Griff des Leibwächters, doch die Hand hatte der Mann von ihrem Mund gelöst. So sah er ihr wachsbleiches, erstarrtes Gesicht, das ihn an eine Tote erinnerte, die schon lange in der Gruft gelegen hatte.

Ihr Mund war nicht geschlossen. Sie wirkte so, als wollte sie ihm zur Seite stehen, doch ihm konnte niemand mehr helfen. Die andere Kraft war einfach zu brutal.

Jetzt zog sie seinen Körper hoch. Das Blut vereiste und versteinerte, Henry hatte keine Erklärung für diesen Vorgang, der gleichzeitig eine so grausame Kälte mitbrachte.

Auch sie sorgte dafür, dass er sich nicht mehr bewegen konnte. Als letztes Geräusch drang ein schweres Ächzen aus seinem Mund, dann raste auf einmal sein Herzschlag wie wahnsinnig, während die knallroten, grausamen Augen der Statue ihn weiterhin gnadenlos anschauten.

Die letzten Schläge – danach das Aus.

Henry Harrison war tot!

Zu Stein erstarrt, im Stehen gestorben, und gleichzeitig klappte die Statue ihre Augen wieder zu. Der Blick verschwand, und auch die sich auf dem Kopf bewegenden Schlangen verhielten sich wieder ruhig.

Der Horror war vorbei!

Nicht für die Gattin des Toten. Nur war sie, die sie nicht angeschaut worden war, unfähig, auch nur ein Wort hervorzubringen. Der Schock hatte sie gelähmt.

Und der Grieche lachte. Er nutzte die Sekunden aus, ging auf die Frau zu und sagte: »Ihr Mann hat es nicht anders haben wollen. Haben Sie auch genau zugeschaut, wie er starb? Hoffentlich, meine Liebe, da Ihnen das gleiche Schicksal bevorsteht. Auch Sie werden dieses Schicksal erleben. Schauen Sie genau zu, Mrs. Harrison.« Er ging wieder zurück, gab dem versteinerten Menschen einen Stoß, und die Figur geriet ins Wanken. Zunächst sah es noch so aus, als würde sie sich fangen können, dann kriegte sie das Übergewicht und prallte mit einem schweren, dumpf klingenden Aufschlag zu Boden, wo sie liegen blieb.

Dieser Laut wirkte wie ein Signal. Plötzlich schoss ein neuer Kraftstrom durch den Körper der Dana Harrison. Bevor Hermes sich versah, riss sie sich los, und der Leibwächter schaffte es auch nicht, sie noch im Nachfassen zu greifen.

Auf den Griechen rannte sie zu.

Kastakis reagierte sehr schnell. Er griff in die Tasche, um die Waffe zu ziehen, aber Dana Harrison war dennoch schneller. Sie prallte gegen Kastakis, noch bevor er die Pistole hatte hervorholen können.

Mit einer Hand schlug sie gegen seine Brust. So hart, dass sich der Grieche nicht mehr fangen konnte.

Während er nach hinten kippte, zog sie ihm die Fingernägel der rechten Hand durch das Gesicht.

Ein blutiges Streifenmuster hinterließ sie, und Kastakis begann wild zu fluchen.

Dana lief auf die Tür zu, die im selben Moment aufgestoßen wurde!

Winston Clarke wusste nicht, was in dem Zimmer vorgefallen war. Er hatte sich nur nach den warnenden Geräuschen orientieren können. Außerdem hatte er die Worte des Reporters im Ohr, und die hatten ihn gewarnt.

Falls eine Gefahr für Henry Harrison bestand, musste man sie so rasch wie möglich eliminieren.

Kaum hatte er die Tür aufgerissen, sah er die Frau wie in

einer Großaufnahme vor sich erscheinen. Er wollte noch ihren Namen rufen, das Wort blieb ihm im Hals stecken, denn die andere prallte mit ihm zusammen und stieß Winston zurück.

Zu Boden fiel er nicht. Die Türfutterkante hielt ihn auf.

Für den Bruchteil einer Sekunde sah er Danas Gesicht genauer. Dabei nahm er auch den Schrecken wahr, der die Züge zeichnete.

Sie war vorbei.

Winston Clarke konnte in das Arbeitszimmer sehen. Am Boden lag sein Freund Harry. So steif, so anders, dennoch wie ein Mensch aussehend. Dass er aus dem Flur hinter sich Stimmen vernahm, registrierte er zwar, dennoch interessierten sie ihn nicht, da sein Freund Harrison für ihn in diesen Momenten wichtiger war.

Er stürzte auf ihn zu.

Es war Clarkes Fehler, dass er nicht auf die beiden Männer achtete, die sich noch im Arbeitszimmer aufhielten. Kastakis war gezeichnet. Blutbahnen rannen über seine Haut, aber das Innere des Mannes glich einem Kessel, der mit Hass gefüllt war und jeden Augenblick explodieren konnte.

Wild fuhr der Grieche herum. Er bellte die Befehle in seiner Heimatsprache, und Hermes verstand.

Der Mann mit dem Namen des Götterboten aus der griechischen Sage verlor keine Sekunde und wurde zum Todesboten. Den Befehl hatte er genau verstanden.

Mit einem schnellen Schritt erreichte er die Statue, schnappte sie und streckte die Arme aus. Die goldene Medusa schaute aus seinen Händen, und der Blick war auf den hockenden Winston Clarke gerichtet.

Clarke hatte die Umwelt vergessen. Er strich über den steinernen Körper des Freundes, schüttelte den Kopf und schluchzte dabei. Den Mund hielt er offen. Er holte unregelmäßig Luft und schrie die beiden Griechen an. »Was habt ihr mit ihm gemacht, verdammt? Was habt ihr mit ihm gemacht?«

»Das!«, sagte Kastakis scharf und gab der Statue im nächsten Moment einen Befehl.

Auch Hermes reagierte. In seinem Gesicht zuckte es. Sein Arm musste schmerzen, dennoch hielt er ihn ausgestreckt, und die Statue schaute genau auf den am Boden hockenden Mann.

Rote Augen.

Gefährliche Augen!

Das ahnte auch Winston. Er wollte sich noch nach hinten werfen, um der tödlichen Gefahr zu entgehen, aber es gelang ihm nicht mehr. Die Statue vor ihm schien in einem gewaltigen Netzwerk aus Blitzen zu explodieren. Er spürte diese uralte Kraft, der er nichts entgegensetzen konnte, und wurde voll getroffen.

Es war grauenvoll.

In der Bewegung packte es ihn, da fror er ein, und er spürte, dass er nicht mehr reagieren konnte. Das Blut in seinem Körper war fest geworden. Es floss nicht mehr und verstopfte die Adern. Kein Kreislauf funktionierte, nur sein Herz schlug noch rasend.

Ein Bein hatte er nach hinten drücken können, das andere war angewinkelt, der linke Arm stach nach vorn, und der Herzschlag wurde zu einem wahren Trommelfeuer, das urplötzlich abriss.

Winston Clarke war tot!

Er hockte als versteinerte Figur neben seinem ebenfalls versteinerten Freund und rührte sich nicht mehr. Die Magie hatte zugeschlagen und ihn voll erwischt.

Die beiden Griechen spürten, dass es mit dem Mann zu Ende gegangen war. Hermes ließ die Statue langsam sinken. Über seine Lippen drang ein Lachen, als er seinen Chef anschaute.

Der hatte sich gedreht und blickte auf die Tür. Sie stand zwar nicht sperrangelweit offen, war aber auch nicht zurück ins Schloss gefallen.

Kosta Kastakis konnte schräg in den Flur schauen.

Er hatte die Hände sinken lassen. Sein Gesicht war durch die Blutspuren gezeichnet, er musste Schmerzen haben, aber er riss sich zusammen und nickte seinem Leibwächter zu.

Hermes ging seinem Boss entgegen. Er hielt die Statue fest, die ihre Augen wieder geschlossen hatte und auf einen neuen Befehl wartete. Auf dem Kopf zitterten die Schlangen noch nach. Sie wirkten dabei wie dicke, goldene Würmer.

»Da sind noch welche!«, flüsterte Kastakis.

»Wo?«

»Im Flur. Sie lauern auf uns!« Er rieb sich die Hände. »Aber die werden sich wundern. Alle werden sich wundern, darauf kannst du dich verlassen. Ich werde zeigen, wer hier die Macht hat!« Er holte ein Taschentuch hervor und wischte über sein Gesicht. Angewidert blickte er auf das Blut, das im Tuch zurückgeblieben war.

»Sollen wir gehen?«, fragte Hermes.

»Ja, das werden wir.«

Hermes wollte sich in Bewegung setzen, aber der andere hielt ihn zurück. »Nicht so eilig, wir müssen unsere Gegner schmoren lassen. Außerdem will ich wissen, mit wie vielen Leuten wir es zu tun haben.«

»Das ist gut, Chef!«

Kastakis nickte nur. Dabei ballte er die Hände, spürte wieder die Schmerzen und flüsterte rau: »Ich will das Weib haben, das mir ihre Fingernägel durch das Gesicht gezogen hat. Verdammt, ich will es kriegen, und es mir als Statue in meine Wohnung stellen. Das soll sie mir büßen, diese Furie!«

Hermes kannte seinen Chef. Wenn der so sprach, dann fraß ihn der Hass innerlich fast auf.

Mit lautlosen Schritten bewegte sich der Grieche auf die Tür zu. Seine Pistole hatte er wieder gezogen. Neben der Tür stellte er sich rechts in den toten Winkel, bevor er rief: »He, wir haben hier einen neuen Toten. Allmählich fängt die Sache an, mir Spaß zu machen …«

Bill Conolly und Suko hatten geahnt, dass die Sache nicht gutgehen konnte. Ihre Warnungen waren vergebens gewesen. Winston wollte nicht hören, rannte einfach weiter und damit in sein Verderben. Er hatte die Tür aufgerissen. Bill und Suko konnten ihn nicht mehr stoppen und wurden dafür mit einer zweiten Person konfrontiert.

Es war die Frau.

Sie stürmte aus dem Raum, war nicht mehr Herr ihrer Sinne und schüttelte den Kopf, wobei Schreie aus ihrem Mund drangen. Bill entdeckte das Blut an ihren Fingerspitzen, er ahnte Schlimmes und hielt die Frau im nächsten Augenblick fest, als sie direkt auf ihn zurannte. Es war schlimm. Er schaute in ihr Gesicht, erkannte den Schrecken und musste sich anstrengen, denn die Frau wollte ihm ebenfalls die Fingernägel über die Wangen ziehen. Sie wusste nicht mehr, was sie tat, in jedem Menschen sah sie einen potenziellen Todfeind.

Aus dem Arbeitszimmer vernahm er Stimmen. Da redete Winston Clarke mit einem Fremden, und es ging verdammt heiß her. Irgendetwas musste dort geschehen sein. Sie hörten auch einen Knall, und selbst Suko traute sich nicht in den Raum.

Bill hielt die Frau fest. Suko kam zu ihm. »Schaff sie weg!«, flüsterte der Chinese. »Sperr sie ein.«

»Und du?«

Der Inspektor schaute nach unten. »Ich hoffe, dass keine Besucher hochkommen, und werde versuchen, durch das Fenster in den Rücken der Leute zu gelangen.«

»Von außen?«, fragte Bill.

»Ja. Vielleicht bietet die Hauswand einen entsprechenden Platz. Ich muss sie mir ansehen.«

»Wie du meinst.«

Suko wollte noch etwas hinzufügen, stoppte seine Worte jedoch, denn die Frau in dem roten Kleid begann zu sprechen. Sie wehrte sich nicht mehr. In Bills Armen war sie zusammengesackt und musste von ihm gehalten werden, um nicht umzufallen. »Sie haben ihn getötet«, brachte sie mühsam hervor. »Getötet.«

»Mit der Statue?«, fragte Bill.

»Ja, mit ihr. Es war schrecklich. Sie schaute ihn plötzlich an, da war es aus. Blitze schossen aus den Augen. Sie fingen ihn ein, sie sorgten dafür, dass er zu Stein wurde. Dann starb er …«

So schlimm dies war, die beiden Männer hatten keine Zeit mehr, Dana Harrison zu trösten. Für sie kam es darauf an, zu erfahren, was mit Winston Clarke geschehen war. Bill fragte nach ihm.

»Er kam in den Raum!«, hauchte Dana.

»Und dann?«

»Ich weiß es nicht. Wahrscheinlich ist er auch …« Sie verstummte und schüttelte den Kopf.

Das reichte den beiden. Suko nickte Bill noch einmal zu und öffnete die Tür des Nebenraumes. So leise wie möglich drückte er sie nach innen, trat über die Schwelle und war verschwunden.

Bill Conolly wusste, was er zu tun hatte. Bevor er sich um seine Gegner kümmern konnte, musste er die Frau in Sicherheit bringen. »Gibt es hier einen Raum, wo Sie sich aufhalten können? Hier oben, meine ich?«

»Mehrere.«

»Ein Bad oder so?«

»Das existiert.«

»Laufen Sie hin.«

Dana zögerte.

»Machen Sie schon! Und nicht zu den anderen dort unten. Eine Panik können wir jetzt nicht gebrauchen. Ich werde den Gästen schon Bescheid sagen, wenn sie das Haus verlassen sollen.«

Dana Harrison nickte heftig. Es sah so aus, als wollte sie etwas fragen, überlegte es sich anders und schwieg.

Sie lief auf die Treppe zu und öffnete eine schmale Tür. Dahinter verschwand sie.

Bill Conolly war einigermaßen beruhigt, aber längst nicht aus der Gefahr. Wenn einer seiner Feinde den Raum verließ und dabei die Statue hielt, konnte auch der Reporter zu Stein werden, wenn ihn der Blick der Medusa traf. Er musste sich ebenfalls einen Fluchtweg suchen. Bill entschied sich für den Raum, in dem Suko verschwunden war. Der Chinese hatte die Tür hinter sich geschlossen. Bill drückte sie wieder auf, ließ sie jedoch so, dass es wirkte, als wäre sie nicht geschlossen.

Aus dem Mordzimmer hörte er das Flüstern der Stimmen. Die zwei Männer unterhielten sich.

Bill hatte seine Beretta gezogen und sich gegen die Wand gestellt. Die Mündung der Pistole zeigte in den Flur. Er hoffte auf Suko und schaute kurz in das Zimmer hinein.

Trotz des schnellen Blicks erkannte er, dass ein Fenster offen stand. Wahrscheinlich »klebte« der Inspektor schon an der Hauswand und hatte dort einen schmalen Sims gefunden.

Wenn es ihm in der zur Verfügung stehenden Zeit tatsächlich gelang, sich in den Rücken der beiden Männer zu schleichen, war einiges gewonnen. Vielleicht sogar alles.

Bill spürte, wie nervös er war. Er hatte große Mühe, sich unter Kontrolle zu halten, und wurde noch gespannter, als er aus dem Nebenraum die Schritte vernahm.

Kamen sie jetzt zur Tür?

Vielleicht, zunächst einmal hörte er die Stimme. Er rechnete damit, dass Kosta Kastakis sprach, denn der Ton klang befehlsgewohnt. »He, wir haben hier einen neuen Toten!«

Dem Reporter rann es kalt den Rücken hinab. Er war fest davon überzeugt, dass der andere nicht bluffte. Ja, sie hatten einen Toten, einen zweiten sogar, und das konnte nur Winston Clarke sein. Was erwartete der andere? Eine Antwort?

Bill beschloss, ihn nicht zu enttäuschen. »Okay, ihr habt also einen weiteren Toten. Glaubt ihr im Ernst, hier lebend herauskommen zu können?«

Er vernahm das Lachen. »Und wie wir rauskommen werden, Mr. Unbekannt. Wir halten nämlich unseren Trumpf in den Händen. Hast du schon jemals etwas von der Medusa gehört? Wer sie anschaut, wird zu Stein, so steht es geschrieben. Ich kenne einige, die sie angeschaut haben und versteinert sind. Dir steht das gleiche Schicksal bevor und auch noch einigen anderen, die meine Kreise stören wollen. Ich habe beschlossen, meine Pläne durchzuführen, und ich gehe im wahrsten Sinne des Wortes über Leichen aus Stein. Ich kriege, was ich will.«

»Das ist doch Wahnsinn!«, rief Bill. »Sie schaffen das niemals, Kastakis!«

»Ich schaffe es.«

Der Reporter hob die Schultern. Was sollte er dem anderen noch sagen? Am besten gar nichts. Der war unbelehrbar und von einer Gnadenlosigkeit, die erschreckte. Was er versprach, würde er halten, daran gab es nichts zu rütteln.

Bill hörte Kastakis' Schritte. Zudem wusste der Reporter, dass sich zwei Männer im Raum befanden. Er musste also mit einem Trick der beiden rechnen. Verdammt, wo blieb denn Suko? Wenn er es tatsächlich geschafft hatte, an der Hauswand entlangzukriechen, weshalb meldete er sich dann nicht?

»Na, Mr. Unbekannt, Angst?«

Bill gab keine Antwort. Er drückte sich nur noch tiefer in die Türnische. Sollten die beiden Männer mit ihrer lebenden Medusa-Statue den Raum verlassen, sollte der Blick nicht sofort auf den Menschen fallen.

Im selben Augenblick zerklirrte die Scheibe. Bill hörte das Geräusch und rechnete mit dem Schlimmsten …

Suko hatte den Raum mit langen, lautlosen Schritten durchquert. Leider klemmte der Holzrahmen ein wenig, sodass der Chinese zweimal ziehen musste, um das Fenster zu öffnen.

Frische Luft strömte ihm entgegen. Im Park leuchteten einige Lampen. Sie schimmerten wie vereinzelt stehende Sonnen oder Sterne in der Finsternis des Alls.

Suko lehnte sich nach draußen. Das Haus war alt. Bauten dieses Alters hatten oft stuckverzierte Fassaden mit Vorsprüngen, Simsen und kleinen Erkern.

Er hatte Glück. Als er sich nach draußen lehnte und einen Blick in die Tiefe warf, entdeckte er den schmalen Sims dicht unter dem Fenster. Die kleine Galerie sah relativ stabil aus, sodass Suko ziemlich sicher war, sich auf ihr bewegen zu können.

Er kletterte aus dem Fenster, blieb zunächst noch auf der Bank hocken und streckte sein linkes Bein aus. Mit der Fußspitze erreichte er den Sims.

Er veränderte seine Position, bekam festeren Stand und zog das rechte Bein nach.

Jetzt stand er.

Noch drehte er dem Garten den Rücken zu. Er konnte durch das offene Fenster in den Raum schauen und musste höllisch Acht geben, da der Sims leider ziemlich schmal war. Sogar so schmal, dass Sukos Hacken überstanden und er dabei in Gefahr geriet, in die Tiefe zu fallen. Wenn er Pech hatte, konnte er sich auch ein Bein brechen, obwohl der neben der Rückseite des Hauses herführende Weg mit Gras bewachsen war.

Die Fassade zwischen den einzelnen Fenstern war glatt. Suko sah keinen einzigen Vorsprung, an dem er sich hätte festhalten können. Er musste seine Hände schon gegen das Gestein legen, um wenigstens das Gefühl eines Halts zu haben.

Er bewegte sich nach rechts.

Der Wind hatte etwas aufgefrischt. Seitlich wehte er gegen seinen Körper. Die Stimmen der Gäste vernahm Suko ebenfalls. Noch waren die Leute in Stimmung, das würde auch hoffentlich so bleiben, denn der Inspektor hoffte, dass es den Gegnern nicht gelang, mit ihrer gefährlichen Statue die untere Etage zu erreichen.

Auch hörte er deren Stimmen. Zwar konnte er nicht verstehen, was sie sagten, ging aber davon aus, dass sie sich nicht nur untereinander unterhielten, sondern mit Bill Conolly redeten, der im Flur zurückgeblieben war.

Sehr langsam nur bewegte sich der Inspektor voran. Er lauschte auch auf ein verdächtiges Knirschen, das entstand, wenn unter ihm ein Stein nachgab.

Zum Glück war nichts zu vernehmen. So kam der Inspektor seinem Ziel immer näher.

Im Nebenraum brannte Licht. Der Schein fiel als gelblich weißer Schleier nach draußen und versickerte anschließend in der Dämmerung. Es war ein Nachteil, dass Licht brannte.

Wenn Suko hinter der Scheibe erschien, würde sich seine Gestalt zu deutlich abzeichnen, und die anderen konnten sofort reagieren.

Noch zwei, drei kleine Schritte, und Suko war so nah, dass er mit dem ausgestreckten Arm die Kante am Mauerwerk umfassen konnte. Er zog sich jetzt näher.

Noch hatte er seine Beretta nicht gezogen, da er beide Hände brauchte. Die Fensterbank lag ein wenig höher. Dort musste er hinaufklettern, keine einfache Turnübung, die er mit einem Klimmzug begann. Suko hatte nicht viel Platz. Er verdankte es seiner Gelenkigkeit, dass er es trotzdem schaffte.

Es gelang ihm, einen ersten Blick in das Zimmer zu werfen.

Zum Glück war ein freier Spalt geblieben, durch den Suko schauen konnte.

Es waren zwei Männer. Einer von ihnen eher klein und schmächtig, auch schon älter. Der andere war ein Riese von Kerl. Wenige Haare hatte er, dafür wuchsen sie im Nacken lang, wo er sie zu einem grauen Pferdeschwanz zusammengebunden hatte.

Dieser Typ verfügte über Bärenkräfte, das sah man ihm an, aber trotzdem war der kleinere von ihnen gefährlicher, denn er nahm soeben die Statue an sich. Golden schimmerte sie. Auch ihr Blick richtete sich gegen die Tür und nicht in die umgekehrte Richtung, sodass Suko momentan außer Gefahr war.

Und er sah die Toten.

Sie lagen in einer Haltung auf dem Boden, die darauf schließen ließ, dass alle finsteren Versprechungen zu einer Tatsache geworden waren. Diese Männer waren tatsächlich versteinert.

Suko kannte nur einen von ihnen. Es war der zu unvorsichtige Winston Clarke. Der andere musste demnach Henry Harrison sein.

Suko, der viel in seinem Leben gesehen hatte, musste schlucken, als er die Toten sah. Wesen aus Stein, die sich nicht mehr rühren konnten.

Schuld daran trug die verdammte Statue, die der kleine Grieche zwischen den Fingern hielt.

Er stand etwas näher an der Tür als sein hünenhafter Leibwächter, und er sprach nach draußen. Wahrscheinlich unterhielt er sich mit Bill. Es war gut so, wenn der Reporter das Gespräch ein wenig hinauszögerte, sodass Suko sich einen Plan zurechtlegen konnte.

Er musste die anderen überraschen. Vielleicht ein Schuss durch die Scheibe ins Bein eines Gegners, das war eine der Möglichkeiten.

Leider gab es ein Hindernis!

Die Gardine verzerrte die Zielperspektive.

Das Fenster schloss dicht. Noch immer konnte Suko nicht genau verstehen, was gesprochen wurde, er sah jedoch an den veränderten Haltungen der beiden Männer, dass sich die Lage zuspitzte und sie irgendetwas tun würden.

Es war Kastakis, der vorging.

Gleichzeitig bewegte sich auch der Leibwächter. Leider nicht nach vorn, sondern zur Seite und nach hinten.

Er sah Suko.

Seinen Warnschrei vernahm der Inspektor und sah, wie Kastakis herumfuhr.

Da hatte Suko schon die Scheibe eingeschlagen. Splitter fielen in das Zimmer, verhakten sich in der wehenden Gardine, und Suko kam nicht mehr dazu, die Pistole abzudrücken.

Die Statue hatte ihre Augen geöffnet.

Es ging um Bruchteile von Sekunden. Das wusste der Inspektor genau. Er ließ sich fallen.

Bevor er zu Boden schlug, hörte er die kreischende Stimme des Griechen.

»Hol ihn dir, Hermes, ich mache den anderen fertig!« Den Worten folgten die Taten …

Auch Bill Conolly hatte genau verstanden, was seine Gegner vorhatten. Er entnahm den Befehlen des Griechen, dass Suko es zwar geschafft, aber keinen Erfolg erzielt hatte. Außerdem war kein einziger Schuss gefallen. Für Bill lag es auf der Hand, dass sein Freund Suko nicht mehr die Zeit gehabt hatte. Wahrscheinlich waren die Griechen zu schnell gewesen, selbst für einen Mann wie Suko.

Bill konnte sich auf etwas gefasst machen.

Da sich die Männer die »Arbeit« teilen wollten, ging er davon aus, dass sich Kosta Kastakis um ihn persönlich kümmern würde und der andere um den Inspektor.

Kastakis besaß sicherlich die Statue, und Bill suchte verzweifelt nach einem Ausweg.

Wer sie ansieht, wird zu Stein!

An diesen Satz musste er denken, als er sich umschaute. Okay, er konnte sich in einem Zimmer verbergen, aber er dachte gleichzeitig an die anderen Menschen unten in der Halle.

Der Grieche würde kein Erbarmen kennen.

Da dem Reporter nur Sekunden zur Verfügung standen und ihm nicht anderes einfiel, blieb ihm nichts anderes übrig, als in das Zimmer zu tauchen, dessen Tür er nicht geschlossen hatte.

So leise wie möglich schob er sie auf, drehte sich über die Schwelle, stand im Dämmer des Raumes, nahm die Klinke und drückte die Tür vorsichtig wieder zu.

Hoffentlich hatte der andere nichts davon bemerkt. Bill lehnte sich mit dem Rücken gegen die Tür, versuchte, den eigenen Atem so unter Kontrolle zu bringen, dass er nicht störend wirkte. Und dann wartete er zunächst einmal ab.

Er lauschte.

Wenn Kastakis kam, mussten seine Schritte auf dem Gang zu hören sein. Anhand dieser Geräusche würde es Bill gelingen, den Weg des anderen zu verfolgen.

Eingreifen wollte er genau dann, wenn der andere vorbeigegangen war. Dann würde sich Bill in seinem Rücken befinden und gleichzeitig in einem Vorteil.

Schritte vernahm er nicht. Durch das offene Fenster drangen die Außengeräusche an Bills Ohren. Und die hörten sich gar nicht gut an.

Manchmal vernahm er ein dumpfes Klatschen oder Keuchen, ein Beweis, dass Suko mit dem zweiten Kerl kämpfte.

Bill hätte gern nachgeschaut, er traute sich aber nicht, weg von der Tür zu gehen. Wenn der Grieche sie aufdrücken wollte, würde Bill dagegen halten, und diesen Widerstand musste Kastakis erst einmal überwinden.

So wartete er ab …

Und er hörte die Schritte.

Auch das Lachen. Es klang so siegessicher wie die nachfolgenden Worte. »Wo du dich auch versteckt hast, ich kriege dich, Mr. Unbekannt. Ich hole dich und lasse dich auf die Statue schauen, damit Medusas tödlicher Blick auf dich trifft …«

Bill hatte seinen Atem unter Kontrolle gebracht. Er wollte sich durch kein Geräusch, sei es auch noch so leise, verraten. Kastakis sollte selbst herausfinden, wo sich der Reporter befand.

Konnte die Tür ein Hindernis sein?

Darüber dachte Bill nach. Wenn die Blicke der Statue auch durch das Holz der Tür trafen, war Bill verloren.

Wieder ein Schritt.

Der Reporter hielt den Atem an. Sein Gegner befand sich jetzt auf gleicher Höhe. Wenn er die Zimmer untersuchen wollte, musste er jetzt die Tür öffnen.

Und er versuchte es. Mit aller Kraft drückte er, und endlich bewegte sich die Klinke nach unten. Hätte ein Schlüssel gesteckt, Bill hätte abgeschlossen, so verließ er sich auf seine Kraft und hoffte, dass der andere nicht merkte, was der Reporter tat.

Für einen Moment blieb die Klinke in der untersten Position, dann schwang sie wieder in die Höhe. Begleitet wurde diese Bewegung von einem Lachen des anderen.

Wusste er Bescheid?

Bill konnte nur raten und hörte den anderen weitergehen.

Er bewegte sich auf die Treppe zu, und dem Reporter rann es kalt über den Rücken, als er daran dachte, welch ein Unheil diese Person anstiften konnte, wenn sie den Flur erreichte.

Menschen, die vom Blick der Medusa getroffen wurden, erstarrten zu Stein. Dabei würde es wohl kaum eine Rolle spielen, ob sie eine Person oder mehrere anschaute.

Bill bekam Angst …

In diesen Sekunden dachte er auch an seinen Freund John Sinclair, der irgendwo verschollen war und möglicherweise schon längst als steinerne Figur in irgendeiner anderen Dimension lag.

Der Reporter fühlte auf seinen Handflächen den Schweiß. Er hörte die Schritte des anderen nicht mehr, ihm war jedoch klar, dass er etwas tun musste.

Er konnte Kastakis nicht gehen lassen.

Conolly öffnete die Tür. So leise wie möglich hatte er die Klinke nach unten bewegt, behutsam schob er sich durch den Spalt und drehte den Kopf nach links, als er auf der Schwelle stand.

Die Beretta machte diese Bewegung automatisch mit. Die Mündung wies nicht nur in den Flur hinein, sie zeigte auch auf den Rücken des der Treppe entgegengehenden Mannes.

Einen freien Rücken …

Der Grieche drehte sich nicht um. Entweder hatte er Nerven aus Stahl, oder er hatte tatsächlich nicht bemerkt, was sich hinter ihm abspielte. Jedenfalls gab er durch nichts zu erkennen, dass er einen Gegner hinter sich wusste.

Von seinem Standort aus konnte Bill schlecht feststellen, wie weit sich der andere noch von der Treppe entfernt befand. Es konnten vier, aber auch drei Schritte sein.

Jedenfalls war er schon zu nahe. Hatte er erst den Beginn der Treppe erreicht und hielt die verdammte Statue schräg, würde ihr grauenvoller Blick nach unten fallen und die Anwesenden dort in steinerne Figuren verwandeln.

»Bleib stehen!«

Bill hatte gesprochen und war noch in der Nische stehen geblieben. Sollte sich Kastakis umdrehen, konnte sich Bill blitzschnell zurückziehen und war den direkten Blicken der Medusa nicht ausgeliefert.

Der Grieche gehorchte.

»Bist du es, Mr. Unbekannt?«, fragte er. In seiner Stimme schwang Hohn mit.

»Genau der bin ich.«

»Und du hast bestimmt eine Waffe, wie?«

»Richtig geraten.«

»Fühlst du dich stark?« Kastakis lachte. »Ich an deiner Stelle würde es nicht, denn die Statue hat ihre Augen geöffnet, und Medusas Kraft, die auf sie übergegangen ist, wird dafür sorgen, dass alle Menschen hier im Haus zu Stein werden. Daran kannst auch du nichts ändern.«

»Meine Kugel wird dich töten!« Bill zielte auf den Rücken des anderen. Dabei wusste er genau, dass er nicht so schießen konnte, dass der andere tödlich verletzt war.

Einem Menschen in den Rücken schießen? Nein, das war bei dem Reporter nicht drin, auch wenn sein Gegner ein noch so schlimmer Verbrecher war. Und Kastakis schien zu ahnen, welch ein Drama sich im Innern des Reporters abspielte.

»Noch haben die anderen nichts bemerkt«, erklärte er. »Ich werde jetzt weitergehen und die Treppe nach unten schreiten. Dabei schaue ich zu, wie die ersten Menschen von der Kraft einer uralten Magie voll getroffen werden und …«

»Das wirst du nicht.«

»Doch!«

Er hatte das Wort kaum ausgesprochen, als er den nächsten Schritt nach vorn ging und in die gefährliche Nähe der obersten Treppenstufe geriet.

Für Bill gab es keine andere Lösung mehr. Er musste einfach schießen.

Es war für mich eine furchtbare lange Sekunde. Mit dem Leben hatte ich abgeschlossen, wenigstens mit dem, wie ich es kannte. Ich sollte verschollen bleiben, in einem Land, wo Mythen und Legenden der Menschen weiterlebten.

Und Medusa wollte dafür sorgen!

Sie hatte sich fast umgedreht, ich war nicht in der Lage, meine Augen zu schließen, und sah das helle Blitzen. Es traf mich wie der berühmte Hammerschlag, und ich vernahm dabei einen gewaltigen Schrei, der schrill, grell und wütend klang.

Medusa hatte ihn ausgestoßen.

Aber da existierte noch eine zweite Stimme. So laut, dass sie den Schrei der Gorgonin übertönte.

»John Sinclair, du hast nur wenige Augenblicke! Du musst jetzt handeln! Ich habe sie geblendet!«

Ich begriff noch nichts. Dabei kannte ich meinen unbekannten Helfer, aber ich verließ mich nicht mehr auf ihn, sondern auf mich selbst. Diese kurze Zeitspanne musste wirklich reichen.

Das Blitzen stammte aus einer Quelle, die sich sehr weit entfernt und rechts von mir befand. Dort war die Grenze, und dort wuchsen die Berge hoch, in deren Innern sich die stummen Götter befanden. Auf dem Gipfel eines Berges stand ein gewaltiger Spiegel, der mich an eine explodierende Sonne erinnerte, die Kraft eines hellen Strahls verzehnfachte und voll gegen die Medusa geleitet wurde.

Sogar so raffiniert, dass dieses Licht genau in ihr Gesicht strahlte und sie nichts mehr erkennen konnte.

Sie war geblendet.

Ihre Arme zuckten auf und nieder. Dabei schrie sie noch, drehte auch den Schädel, doch jede Bewegung ihres schlangenbestückten Kopfes wurde von meinem Helfer genau verfolgt, sodass sich der gefährliche Schädel der Gorgonin stets im Zentrum des Lichts befand.

Sie sah mich nicht mehr.

Der andere hatte mir gesagt, dass ich sie vernichten konnte, und das wollte ich.

Ich lief auf sie zu.

Durch die grelle Lichtfülle wurde mir teilweise selbst die Sicht genommen, doch ich wusste genau, wo sich der Schädel befand.

Hin und wieder tanzten die Schlangen aus dem blendenden Kreis hervor. Ihre Köpfe zuckten, sie hatten die Mäuler geöffnet, die stinkenden Qualm entließen, der mir entgegentrieb.

Voll ging ich sie an.

Und mit mir das Kreuz.

Ich presste es mitten in die gleißend helle Fläche hinein,

spürte den Widerstand des Gesichts und hatte auch schon meine Beretta gezogen. Das Ziel war nicht zu verfehlen.

Ich drückte ab.

Die Kugeln jagten in den Schädel. Das fahle Mündungsfeuer wurde von der Helligkeit aufgesaugt.

Aus dieser Lichtfülle wirbelten die Teile hervor. Es waren zumeist die Schlangen, die in die Luft geschleudert wurden, zuckten, sich drehten und eine andere Farbe annahmen.

Sie wurden grau wie Asche.

Plötzlich war die Helligkeit verschwunden. So schnell, dass ich mich kaum darauf einstellen konnte, den Kopf zur Seite drehte und den rechten Unterarm vor meine Augen hielt. Noch immer hatte ich Angst davor, zu Stein zu werden.

Erst als einige Sekunden vergangen waren, stellte ich fest, dass diese Angst unbegründet war. Ich spürte keinerlei Anzeichen von Versteinerung in meinem Körper und konnte mich wieder völlig normal bewegen.

Der schützende Arm sank nach unten, mein Blick wurde frei – und fiel direkt auf die Medusa.

Als ich sie im Profil gesehen hatte, war ich von ihrer nahezu perfekten Schönheit fasziniert gewesen.

Nun sah ich das glatte Gegenteil vor mir.

Die Medusa mit dem Schlangenkopf war zu einem widerlichen, überaus hässlichen Monstrum geworden.

Meine geweihten Silbergeschosse hatten voll getroffen. Sie waren in den Schädel gejagt und hatten ihn restlos zerstört. Ein hässlicher, grauer alter Schädel, aus dessen Einschusslöchern ebenfalls graue Schlangen krochen, befand sich dicht vor meinen Augen. Er sah aus wie eine weiche Gummimasse, die sich von Sekunde zu Sekunde immer stärker verformte.

Ich ließ meinen Blick nach unten gleiten. Das durchsichtige Gewand flatterte um einen Körper, der ebenfalls nichts mehr von der Schönheit vergangener Zeiten hatte.

Auch er löste sich auf.

Die Haut war an einigen Stellen aufgeplatzt, sodass die sich im Körper befindlichen Schlangen freie Bahn hatten und ihn verlassen konnten. Gleichzeitig zerstörten sie auch weitere

Teile der Haut, die immer mehr dem Aussehen des Kopfes glich.

Bei dieser Verwandlung blieb Medusa nicht auf dem Fleck stehen. Sie schwang von einer Seite zur anderen, trat mal mit dem rechten Fuß auf, dann wieder mit dem linken. Jedenfalls hatte sie es schwer, sich überhaupt auf den Beinen zu halten.

Irgendwann wurde die andere Kraft stärker. Das Monstrum Medusa fiel vor meinen Füßen zu Boden. Aus ihrer Gestalt war ein grauer, unförmiger Klumpen geworden, zum Teil gnädig von einem hauchdünnen und leichten Gewand bedeckt.

Ich hatte sie besiegt!

Aber nicht aus eigener Kraft. Jemand hatte mir zur Seite gestanden, und ich wusste auch, wer es gewesen war.

Ich drehte mich um, damit ich in die Richtung schauen konnte, aus der mein Helfer eingegriffen hatte.

In der Luft sah ich einen Punkt. Er erinnerte an einen gro-ßen Vogel, der sehr schnell näher kam. Dann erkannte ich, dass es sich bei ihm nicht um einen Vogel handelte, sondern um einen Menschen mit gewaltigen Schwingen.

Es war der Eiserne Engel!

Er, der Sohn der stummen Götter, hatte auf der Spitze eines Berges gestanden und die Medusa genau im richtigen Augenblick mit einem großen Spiegel geblendet.

Der Eiserne war zu meinem Lebensretter geworden, und ich schaute zu, wie er landete.

Weich setzte er auf. Einen Spiegel sah ich nicht mehr. Wahrscheinlich hatte er ihn auf der Spitze des Berges zurückgelassen. Ich schaute in sein bronzefarbenes Gesicht, in dem die Züge so edel wirkten, und wollte mich bedanken.

Er ahnte meine Absicht. Im Voraus schon schüttelte er den Kopf. »Nein, John, es war selbstverständlich, dass ich so reagiert habe ...«

Ich hob die Schultern. »Aber woher wusstest du, dass ich mich in dieser Gegend befinde?«

Er drehte sich um, hob den rechten Arm und deutete zu den Bergen hinüber. »Dort leben die, die mich erschaffen haben und denen ich zu Dank verpflichtet bin. Die Großen Alten haben es geschafft und die stummen Götter gebannt. Aber sie schafften es nicht, deren Gedanken zu kontrollieren. Die stummen Götter wussten, dass du dich in Gefahr befandest. Sie selbst konnten nicht eingreifen, aber sie nahmen mit mir Kontakt auf und riefen mich zu Hilfe.«

»Und du hattest einen Spiegel?«, fragte ich.

»Nein, doch es gibt hier Steine, die eine ähnliche Eigenschaft haben. Durch einen dieser Steine gelang es mir, das Licht über den Bergen so einzufangen, dass ich Medusa blenden konnte. Ihr Blick wurde neutralisiert, und ich gab dir die Chance, sie zu vernichten. Ich selbst konnte die unsichtbare Grenze nicht einreißen, die erst fiel, als Medusa verging.«

Ich streckte dem Eisernen die Hand entgegen.

Er fasste sie und lächelte. »Manchmal erscheinen die Freunde fern, John Sinclair, dennoch sind sie immer nahe, wenn man sie braucht. Das ist der wahre Wert einer Freundschaft. Und diese Einstellung hat auch die Jahrtausende überdauert.«

Der Eiserne Engel wusste, wovon er sprach. Schließlich war er so alt wie der Kontinent Atlantis …

»Über die Rückkehr in meine Welt machte ich mir keinerlei Sorgen. Für den Eisernen Engel gab es weder Grenzen noch Dimensionen. Er war im Kampf gegen das Böse ein absolutes Phänomen …

Rücklings war Suko gefallen, hatte die Worte gehört und sich noch in der Luft gedreht, sodass er nicht mehr mit dem Rücken zuerst auf den Boden prallte.

Dennoch hatte er den Fall nicht richtig berechnet. Er kam auf, knickte weg, ließ sich instinktiv fallen, überschlug sich dabei und blieb auf dem Rücken liegen. Er wollte wieder hochkommen, als er über sich das Splittern der restlichen Scheibe vernahm.

Suko schaute hoch.

Ein gewaltiger Körper wuchtete sich mit dem Rahmen

durch die Fensteröffnung und fiel nach unten. Wenn er aufkam, würde er Sukos Unterkörper treffen.

Der Inspektor zog im letzten Augenblick die Beine an, und Hermes landete vor seinen Füßen. Er federte den Fall gut aus. Sein Mund stand offen, ein irrer Schrei drang über die Lippen, und mit ausgestreckten Armen wuchtete er sich auf Suko zu.

Diesmal war er schneller.

Plötzlich spürte der Inspektor die Hände des anderen an seiner Kehle und wurde auf den Boden gepresst. Die dicken, kurzen Finger stachen in die dünne Haut, dem Inspektor wurde die Luft geraubt, und er sah dicht über sich die verzerrte Fratze des Todesboten.

Mit den Beinen arbeitete Suko. Er kannte die Tricks und Kniffe der Karatekämpfer und bewies dem Griechen, wozu er fähig war. Hermes flog plötzlich mit dem Unterkörper in die Höhe, Schmerzen durchwühlten ihn, und ein Stoß mit der Stirn traf ihn ebenfalls.

Tränen schossen in die Augen des anderen, und der Griff lockerte sich, sodass Suko ihn sprengen konnte.

Da stand Hermes schon auf den Beinen.

Auch Suko sprang hoch. Er war um eine Idee schneller als der andere, dennoch hatte Hermes schon zu einem gefährlichen Handkantenschlag angesetzt. Es war einer dieser tödlichen Schläge, die nur bestimmte Menschen kennen.

Suko kannte ihn, und er wusste auch, wie man sie abwehren konnte. Er tauchte dem Boden entgegen, riss einen Arm hoch, sodass zwei Handkanten miteinander kollidierten, und trat mit dem linken Fuß zu.

Hermes kippte zurück.

Er rollte über den Boden, bis er fast einen Baumstamm erreicht hatte, neben dem eine Laterne stand. Geschlagen war er noch nicht, denn blitzschnell kam er wieder auf die Beine.

Suko war da.

Beide Karatefäuste rasten nach unten. Sie trafen auch, und der Hinterkopf des kompakten Griechen prallte gegen das Glas der runden Laternenkugel. So wuchtig, dass es zerbrach.

Jetzt war der andere geschlagen. Er bewegte sich wesentlich

langsamer. Der Zopf in seinem Nacken hatte sich gelöst. Die grauen Strähnen hingen wirr bis auf die Schulter, er drehte sich und stützte sich mit einer Hand ab.

Suko stand vor ihm.

Die Hände fest geballt, ein Bein vorgeschoben, das andere zurückgenommen, um weitere Schläge führen zu können.

Da brüllte Hermes auf. Ein Zittern lief durch seine Gestalt. Innerhalb der Lampenfassung zischte es auf, es roch nach Verbranntem, und Suko konnte sehen, wie der Grieche seine Hand zurückzog.

Sie schimmerte bläulich.

Tot kippte der Mann zu Boden. Dieser Stromstoß, der ihn erwischt hatte, war einfach zu stark gewesen.

Mit zum Schrei geöffnetem Mund und ebensolchen Augen starrte er in den düstergrauen Himmel.

Suko wandte sich ab. Er wusste, dass der Fall noch nicht sein Ende gefunden hatte. Etwas hinkend lief er um das Haus herum, damit er es durch den normalen Eingang wieder betreten konnte.

Seine Hoffnungen galten allein Bill Conolly!

Der hatte geschossen – und getroffen!

Nicht in den Rücken des Mannes, so etwas brachte Bill einfach nicht fertig, aber er hatte Kosta Kastakis am linken Oberschenkel erwischt, und dem Griechen war es nicht mehr gelungen, sich auf den Füßen zu halten. Durch die Aufschlagwucht der Kugel war ihm das Bein unter dem Körper weggeschlagen worden. Er hatte sich nicht mehr halten können und lag dicht vor der Treppe am Boden.

»Du Hund!«, keuchte er. »Du verdammter …« Seine weiteren Worte verebbten in einem erstickt klingenden Keuchen.

Bill hörte dies, aber er sah den Mann nicht mehr. Trotz des Treffers hatte sich der Reporter blitzschnell zurückgezogen und stand nun in Deckung der Türnische.

Dort wartete er ab.

Gern hätte er geschaut, er traute sich nicht, denn er hatte

gesehen, dass der Grieche noch immer die Statue umklammert hielt.

Natürlich war der Schuss auch unten gehört worden. Bill hoffte nur, dass die Gäste nicht wie die Wilden die Treppe hochrannten. Diese Hoffnung erfüllte sich nicht.

Der Reporter vernahm die Schritte und auch das Schreien des Griechen. »Ja«, brüllte dieser, »kommt nur her! Ich empfange euch so, wie ihr es verdient habt! Los, kommt nur!«

Dem Reporter rann es heiß und kalt über den Rücken. In seinem Magen zog sich einiges zusammen. Er stand eine furchtbare Angst aus, dass alles schief ging, denn Kastakis gehörte schon unverletzt zu den Menschen, die den Ausdruck Bestie verdienten.

Wie musste er erst reagieren, wenn er seine Chancen schwinden sah? Am Klang und am Echo der Stimme erkannte Bill Conolly, dass der Grieche nicht mehr in den Gang hineinschrie, sondern sich gedreht hatte und zur Treppe hin brüllte.

Die Medusa-Statue würde den Reporter, wenn er vorsprang, also nicht mehr ansehen.

Und dabei musste Bill dann alles riskieren, um die anderen Menschen zu retten.

Auch einen Todesschuss.

Er sprang aus der Nische, drehte sich, hielt die Waffe im Anschlag und den Finger am Abzug.

Kosta Kastakis lag genau dort im Flur, wo das Licht einer Deckenlampe bis auf den Boden streute und auch ihn erfasst hatte. Bill konnte Einzelheiten erkennen und hatte mit seiner Annahme Recht gehabt. Kastakis schaute ihn nicht an.

Er sah zu den Menschen hin, die auf den Treppenstufen verharrten, weil sie den Verletzten gesehen hatten. Je weiter Bill vorschritt, umso besser konnte er sie erkennen.

Zunächst nur die Gesichter, dann die Oberkörper und schließlich die Leute von Kopf bis zum Fuß.

Sie alle standen da, blickten den Verletzten und die Medusa-Statue in seiner Hand an.

Kastakis hatte den rechten Arm erhoben und ihn so

gedreht, dass das Gesicht der mit dem unheilvollen Geist der Medusa gefüllten Statue die Gäste ansehen konnte.

Aber nichts geschah.

Auch nicht, als Kastakis anfing zu schreien. »Sie wird euch versteinern. Sie wird euch umbringen! Ihre Magie ist …« Er keuchte und schluchzte auf wie ein kleines Kind.

Er brauchte nicht mehr zu schießen, denn er schaute mit an, wie die Medusa verging.

Das Metall, bisher fest und hart, schmolz allmählich dahin. Es war weich geworden wie erwärmte Butter, hatte lange Schlieren gebildet, die an der Statue nach unten rannen, die Hand des Verletzten berührten und noch über seinen Unterarm liefen.

Unter dem Gold kam eine Masse zum Vorschein, die den Reporter an grauen Lehm erinnerte. Zudem war das Zeug weich. Kastakis' Finger umschlossen es und drückten es ein, sodass die Masse zwischen den Knöcheln hervorquoll.

Der Grieche war am Ende. Er wollte es noch immer nicht begreifen, dass ihm niemand mehr half.

»Schau sie an!«, brüllte er. »Schau sie an! Mach sie zu Stein! Mach sie zu …« Sein Arm fiel nach unten. Er klatschte zusammen mit der Statue auf die Kante der obersten Treppenstufe, und ein krampfartiges Zucken durchtoste den Körper des Griechen.

Dabei weinte er wie ein kleines Kind …

Der Eiserne Engel hatte mich dorthin »geschafft«, wo ich hergekommen war. In das Büro dieser Gesellschaft. Dann war mein Helfer mit einem Lächeln auf den Lippen verschwunden.

Ich sah die bekannte Einrichtung und auch den Schrank, den ich schnell aufschloss.

Er war völlig normal. Mit der Vernichtung der Medusa hatte auch der Tunnel aufgehört zu bestehen.

Ich rief im Büro an, bekam Glenda an die Strippe und erfuhr von ihr, wo sich Suko aufhielt.

Dort fuhr ich hin.

Mein Bentley hatte noch immer in der Straße gestanden. Auf dem Grundstück stellte ich den Wagen zwischen mehreren Polizeifahrzeugen ab. Ich sah zahlreiche Menschen vor dem Haus, die heftig miteinander diskutierten. Beamte hatten die Tür versperrt. Sie standen dort wie Wächter. Mein Ausweis verschaffte mir freie Bahn.

Ich schritt durch ein mir fremdes Haus und wusste nicht, was dieser Schauplatz mit meinem Fall zu tun hatte.

Das erfuhr ich später von Suko und Bill, die mich stürmisch begrüßten wie einen verlorenen Sohn.

Ich kam gerade noch rechtzeitig, um zu sehen, wie der Grieche abtransportiert wurde. Er war verbunden worden, lag auf einer Trage, weinte noch immer und hielt einen grauen, matschigen Klumpen in der rechten Hand. Er war einmal die gefährliche Statue gewesen. Ihre Magie hatte aufgehört zu existieren, als auch die Medusa verging.

Dann schaute ich mir die beiden Versteinerten an und dachte bei ihrem Anblick, wie knapp ich dem gleichen Schicksal entronnen war. Wirklich nur um Spiegelbreite …

ENDE

Satans
Mädchenfänger

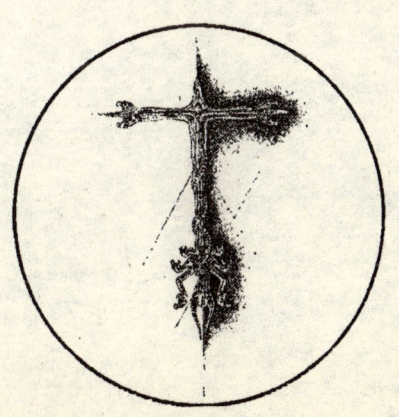

Er lauerte in einer Welt, die keine Grenzen kannte!

Er wohnte im Nichts, dennoch sah er alles!

Er kam, wenn er es für richtig hielt, und selbst mächtige Dämonen zitterten vor ihm wie ein kleines Kind vor dem überstrengen Vater.

Auch Asmodis fürchtete ihn, denn er hatte sich angesagt, um eine Bestandsaufnahme des Schreckens durchzuführen.

Sie hatten den Treffpunkt irgendwo zwischen den Welten des Bösen ausgemacht. In einem Gebiet, das nie zuvor von Menschen gesehen worden war und in der Finsternis schwärzester Magie lag.

Über diese Welt gab es keine Mythen oder Legenden, sie war Wohnort und Treffpunkt furchtbarer Gestalten, und nur die Allerhöchsten der Dämonen wussten von ihr.

Satan gehörte dazu!

Der andere hatte ihm geraten, diese Welt aufzusuchen, denn dieses Treffen sollte für die weitere Zukunft des dämonischen Seins von entscheidender Bedeutung sein.

Aus diesem Grunde war der Teufel erschienen. In der Schwärze war er eine feurige Insel, eingehüllt in seine kalten, schützenden Höllenflammen. Umgeben von einem Mantel aus geschwärzter Menschenhaut, mit einem verbrannten Gesicht, in dem die Augen gnadenlos und starr blickten und ein Flair besaßen, das aus einer uralten Gruft entstiegen zu sein schien.

In seiner gesamten Stärke präsentierte sich der Höllenherrscher, um dem anderen zu zeigen, dass er auch wer war.

Und so wartete er.

Das kalte Feuer umloderte ihn, warf selbst dunkle Schatten auf die Gestalt des Grauens und strahlte seinen höllischen Atem hinein in die kraterhafte Düsternis.

Das dreieckige Gesicht des Teufels hatte sich zu einem harten Grinsen verzogen. Er hatte eine mächtige Rückendeckung, die ihm auch geblieben war, obwohl er in der letzten Zeit einige Niederlagen hatte einstecken müssen. Aber er gab nicht auf. Der Teufel sah sich immer als Gewinner an, denn seit Beginn der Menschheitsgeschichte hatte man ihn, den Höllenherrscher, nicht ausschalten oder töten können.

Er umschrieb sich selbst mit dem Begriff ewig und hoffte, es auch zu sein.

Aus diesem Grunde fürchtete er sich nicht vor dem Gespräch, obwohl es bestimmt nicht in seinem Sinne verlaufen würde.

Der andere ließ sich Zeit.

So etwas ärgerte den Teufel. Normalerweise war es so, dass er die Bedingungen stellte. Dann ließ er warten, aber man ließ ihn nicht warten. Unruhig bewegte er sich innerhalb des kalten Feuerstroms. Der lange Mantel aus verbrannter Haut knisterte, und über die Fratze des Teufels glitt ein unwilliger Ausdruck.

Und doch war der andere in der Nähe!

Der Teufel hatte Instinkt. Seine Sinne glichen Seismographen, die all das aufnahmen, was sich in seiner Umgebung verändert hatte. So eine Veränderung stellte er fest.

Es war vielleicht die Umgebung, die noch mehr an Schwärze gewonnen hatte und ihm wie ein Hauch entgegenwehte, der zunächst nicht ihn, dafür das Höllenfeuer traf.

Die Spitzen der blassen Flammen begannen stärker zu tanzen, und plötzlich fiel ein Teil des Feuers auseinander.

Nur ein sehr Mächtiger war in der Lage, das Feuer der Hölle zu löschen. Mit dieser Tat hatte er dem Satan bewiesen, dass dieser ihm nicht über war, und aus der Finsternis griffen noch schwärzere Schatten wie lange Finger den Teufel und die Reste des ihn umgebenden Feuers an. Da zischten plötzlich die Flammen, als wären kalte Weihwassertropfen in sie hineingefallen, doch es waren nur die Vorboten des Dämons, die dem Teufel bewiesen, dass er keine Chance hatte.

Asmodis gab ein Geräusch von sich, das an das Zischen eines Kessels erinnerte. Er war wütend und gleichzeitig hilflos, denn er musste mit ansehen, wie sein Unterkörper plötzlich verschwand.

Die unheimlichen Schatten saugten ihn kurzerhand auf.

Zunächst verschwanden die beiden Beine, zu denen auch

der Bocksfuß zählte. Dann war die Hüfte weg, und auch der Oberkörper wurde regelrecht verschluckt.

Zurück blieb – das Gesicht!

Eine fürchterliche dreieckige Fratze, neben dem Klumpfuß ein Markenzeichen des Teufels. Ein schauriges Bild hätte sich dem Betrachter geboten.

Nur der Kopf des Satans schwebte inmitten der Unendlichkeit dieser Dimension. Ein winziger Punkt, ein bleiches, dennoch rötlich schimmerndes Etwas. Eine Fratze mit einem weit geöffneten Maul, der kantigen Nase und den breiten Nüstern, aus denen stinkender Schwefelqualm ringelte.

Widerlich …

Besorgnis stand in den sonst so grauenhaften und kalten Augen. Der Teufel fühlte sich beengt, eingeschlossen. So reagierte er wie ein Raubtier, das den Käfig verlassen will.

Die Schatten hielten ihn fest.

Feuer sprühte aus seinen Augen, Blitze zuckten aus seinem Maul, glitten in die absolut schwarzen Schatten hinein, rissen diese auf, doch sofort wuchsen sie wieder zusammen, sodass sie weiterhin die dichte, schwarze Wolke bildeten.

Asmodis stellte mit Schrecken fest, dass er gegen die Kraft des anderen nicht ankam.

Der war stärker.

Und er sagte es auch.

Es war eine Stimme, wie man sie kaum beschreiben konnte. So hohl, so unheimlich klingend. Geboren in einer Tiefe, die keine Grenzen kannte. Eine Stimme, die von unbeschreiblichen Welten, einem kaum fassbaren Grauen und Dimensionen erzählte.

So sprach nur einer.

Der Spuk!

Plötzlich tauchte der verdammte Sandberg vor meinem Wagen auf. In der Dunkelheit war er kaum zu erkennen gewesen, zudem stand die nächste Laterne zu weit entfernt, und ihr bläulich schimmerndes Licht strahlte mehr auf die schlammige Fahrbahn als zu dieser Baustelle hin, die mein Freund Suko und ich anfuhren.

Ich bremste noch, weil Suko schrie.

Einen Moment später waren wir froh, angeschnallt zu sein. Dann hoppelte der Wagen mit dem rechten Vorderrad über den Kantstein, erhielt noch einen Schlag, bevor sich die Kühlerschnauze in den Sandberg bohrte. Wir flogen nach vorn, wurden von den Gurten gehalten und kippten wieder zurück.

»Eine Meisterleistung«, kommentierte Suko.

Ich winkte ab. »Wenn du mit deiner Harley über Öl fährst, rutschst du bis in die Hölle.«

»Ich fliege höchstens in den Himmel«, entgegnete Suko. »Was man von dir nicht behaupten kann.«

»Darüber diskutieren wir noch«, erwiderte ich und stieß den Wagenschlag auf.

Ein Lastwagen ratterte über die Straßen. Der Windzug zerrte an meinem Jackett. Über London spannte sich ein düsterer Himmel. Dicke Wolkenberge wurden vom Sturm getrieben. Für mich waren es die ersten Anzeichen eines Wetterumschwungs.

In dieser Ecke fing sich der Wind. Und er hatte aus irgendeiner Richtung zahlreiche Blätter auf die Fahrbahn geweht. Als ich gebremst hatte, packten die Reifen nicht mehr. So war es dann zu einer Rutschpartie wie auf Glatteis gekommen.

Unser Ziel, das Hochhaus, stand im Rohbau. Teile des Gerüsts waren noch an der Außenfront vorhanden. Sie reichten allerdings nicht mehr hoch bis zum Dach, sondern nur noch über die Hälfte der Fläche.

Suko, der neben einer Mischmaschine stehen geblieben war, schaute sich suchend um. Dabei zuckte er mit den Schultern und murmelte etwas von Reinlegen oder so ähnlich.

»Was hast du denn?«

»Ich suche unseren Informanten.«

»Den kannst du vergessen.«

Das wollte Suko nicht. »Bisher habe ich ihn für zuverlässig gehalten.«

»Nur weil er Chinese ist?«

»Nein, er gehört auch zu meinen Vettern. Du weißt schon, John, dass ich auf der ganzen Welt …«

Ich schlug die Hände vor mein Gesicht. »Nein, nicht schon wieder! Bitte, lass mich mit deinen Vettern in Ruhe!«

»Wie du willst.«

Im Prinzip hatte Suko Recht. Er war von einem chinesischen Informanten angerufen worden. Sein angeblicher Vetter hatte ihm mitgeteilt, dass in einem Neubau nahe der Vauxhall Bridge Schwarze Messen gefeiert würden.

Bei schwarzen Messen wurden wir natürlich hellhörig. Auch da musste man natürlich unterscheiden. Es gibt völlig harmlose Spinnereien, aber auch Feiern mit echter Teufelsverehrung, und ich wusste schließlich, dass der Satan existierte.

Oft genug hatte ich Asmodis gegenübergestanden. Deshalb reagierte ich auf solche Anrufe stets prompt, auch deshalb, weil mir Suko davon berichtet hatte, dass sein Informant zuverlässig war.

Und jetzt sahen wir ihn nicht. Dabei hatte er versprochen, auf uns zu warten.

Suko kam noch einmal auf ihn zu sprechen. »Ich sage dir, John, wenn Chester Kwan nicht da ist, muss etwas mit ihm geschehen sein. Das kannst du mir glauben.«

»Du rechnest mit seinem Tod?«

Er schaute mich an. Im schlechten Licht der entfernten Straßenbeleuchtung glänzte sein Gesicht seltsam ölig. »Ja, ich rechne mit seinem Tod. So schlimm es sich auch anhört.«

»All right, schauen wir nach.« Ich hatte schon nachgesehen, aber meinen an der Hauswand hinaufgleitenden Blicken war nichts aufgefallen. Es blieb alles ruhig.

Unheimlich wirkte das Bild schon. Das Haus mit seinen leeren Fensterhöhlen, die auf mich wie Eingänge zu unheimlichen Grüften wirkten. Die angeblichen schwarzen Messen sollten immer nur einmal in der Woche stattfinden, und die Gruppe, die dazu zählte, suchte sich jedes Mal ein anderes Haus aus, damit man ihr nicht so schnell auf die Schliche kommen konnte. Wie Sukos Informant es trotzdem geschafft hatte, war mir ein Rätsel.

Mein Freund ließ sich von einer Suche außerhalb des Gebäudes nicht abbringen. Ich blieb zurück und ließ ihn allein gehen.

Es war still in der unmittelbaren Umgebung des Hauses. Auch der Verkehr auf der Straße war abgeflaut. Weiter entfernt schimmerten die Lichter der Vauxhall Bridge. Wenn Autos über die Fahrbahn glitten, hatte ich das Gefühl, vorbeihuschende Sternschnuppen zu beobachten.

Suko kehrte zurück. Seinem Gesicht sah ich an, dass er nichts entdeckt hatte.

»Negativ?«

»Ja.«

»Dein Chester hat sich aus dem Staub gemacht.«

Mein Freund reagierte unwillig. »Erstens ist er nicht mein Chester, und zweitens …« Er winkte ab. »Lassen wir das. Einen Ungläubigen kann man eben nicht überzeugen.«

Ich deutete auf den Eingang. »Wollen wir uns das Häuschen nicht mal von innen anschauen?«

»Natürlich.« Suko war nicht so recht bei der Sache, das merkte ich ihm an. Er dachte zu sehr an Chester Kwan und dessen Verschwinden. Auch ich wurde allmählich misstrauisch. Wenn Suko so reagierte, musste etwas an dem Fall dran sein.

Dunkelheit, der Geruch nach Beton und noch nassem Kalkanstrich empfing uns. Geradeaus sahen wir eine dunkle Höhle. Es war einer der beiden leeren Fahrstuhlschächte. Man hatte noch keine elektrischen Leitungen verlegt, und ein Geländer existierte ebenfalls nicht.

Dafür die Treppen.

Schwebend, aus Beton gegossen, zogen sie sich wie ein Zickzack-Mosaik in die Höhe. Wahrscheinlich schon bis zum Dach. Suko und ich hatten unsere starken Taschenlampen hervorgeholt. Wir leuchteten den Treppenschacht hoch. Irgendwann in den nächsten Etagen verlor sich der Lampenschein in der Finsternis.

Man sagt, dass alte Bauten, Häuser oder Keller unheimlich wirkten. Auch dieser Neubau machte auf mich einen unheimlichen Eindruck. Er war so kalt, so tot, so leer.

»Gehen wir in den Keller!«

Das hatte ich auch vorschlagen wollen, Suko war mir zuvorgekommen. Er schritt auch als Erster die geländerlose Treppe hinab. Rechts, wo später mal der Handlauf angebracht werden würde, schauten wir in den Kellervorraum, wo Sand, Zement und einige Holzbalken lagen, die zur Verschalung verwendet wurden.

Taubeneigroßer Mörtel bedeckte die grauen Stufen, die wir hinabschritten. Er zerknirschte unter unseren Schuhsohlen. Ein breiter Durchlass öffnete sich nach der Treppe.

Suko leuchtete hinein.

Der Strahl verlor sich in einer unheimlich kalt wirkenden Leere des Kellerflurs.

Hier war also auch nichts zu finden. Wenigstens nichts von den Teufelsanbetern, die angeblich in dieser Nacht ihre schwarze Messe feiern sollten.

Suko hatte noch immer einen kleinen Vorsprung, tauchte als Erster in die Dunkelheit und blieb schon nach wenigen Schritten stehen, wobei er den Lichtkegel seiner Lampe mit der Hand abdeckte.

»Was ist los?«, flüsterte ich hinter ihm.

»Zwei Dinge«, erklärte er und deutete zu Boden. »Da, schau dir die Abdrücke an.«

Ich blickte hin und musste zugeben, dass sich mein Freund nicht getäuscht hatte. Tatsächlich sah ich die Absätze von Schuhen auf dem Boden. Ziemlich deutlich sogar hoben sie sich von der dünnen Staubschicht ab.

»Hier muss vor kurzem noch jemand hergegangen sein«, bemerkte mein Freund.

»Wahrscheinlich dein Informant.«

Suko hob die Schultern. Ich wurde ebenso vorsichtig wie er, als wir weiterschritten und dabei den Lichtfinger der Lampe durch unsere Handflächen filterten.

Wir leuchteten auch nach rechts und links. Durch die Spalte

zwischen den Fingern drang das Licht gitterartig und malte zerfasernde Streifen an die kahlen Wände.

Die einzelnen Keller waren in Fertigbauweise errichtet worden und sahen aus wie Kästen, die man nebeneinander gestellt hatte. In jeden Keller leuchteten wir hinein.

Die meisten waren leer.

In einigen fanden wir Bauschutt, verdreckte Schaufeln und Schubkarren. Wir waren den Gang fast bis zum Ende durchgegangen, als wir es schon rochen.

Eine Alkoholfahne wehte uns entgegen. Sie drang aus der rechten Seite, und wir leuchteten in den entsprechenden Keller hinein, wo eine Gestalt, eingehüllt in einen staubigen, alten Mantel, am Boden lag. Die Alkoholfahne stammte von einer Lache, neben der der Schläfer lag. Sein wichtigstes Nahrungsmittel, die Ginflasche, war umgekippt und hatte ihren Restinhalt auf den Boden geschüttet.

Der Mann wurde auch nicht wach, als ihn zwei Scheinwerferstrahlen trafen.

»Ob der was von Chester gesehen hat?«, fragte Suko.

Ich schüttelte den Kopf. »Der ist voll bis zur Unterkante Oberlippe. Ich glaube nicht, dass wir bei ihm etwas erreichen.«

Suko gab nicht auf. »Ich versuche es trotzdem.« Er bückte sich, umfasste die rechte Schulter des Mannes und rüttelte ihn durch. Ein paarmal musste mein Freund schon kräftig schütteln, bevor sich der Schläfer überhaupt regte. Dann wälzte er sich auf den Rücken, wobei eine Wolke aus grauem Staub in die Höhe quoll, sich verteilte und auch uns zum Niesen reizte.

»He, ihr Säcke!«, grunzte er. »Kann ich nicht mal schlafen? Geht doch auch ins Bett, Bullen!«

Suko leuchtete ihn direkt an. Eine Seite seines bärtigen Gesichts war grau vom Mörtelstaub. Das Zeug hatte sich auch in seinem wuchernden Bart festgesetzt.

»Hör zu, Bruder, nur eine kurze Frage«, sagte Suko. »Okay?«

»Ja …«

»Bist du allein hier?«

Er lachte. »Klar, 'ne Nutte kann ich mir nicht leisten, aber wenn du mir was gibst, sieht das schon anders aus.«

»Später vielleicht. Erst will ich wissen, ob du in den vergangenen Stunden hier jemanden gesehen hast.«

Sukos Antwort hatte dem Penner Hoffnung gemacht. Er dachte sogar nach und schabte sich übers Kinn. »Tut mir Leid, wirklich, aber ich habe nichts gesehen. Ich kam schon fertig hier an und war froh, mich aufs Ohr hauen zu können.«

»Also hast du keinen gesehen?«

»Nein, nicht mal 'ne Ratte. Und jetzt lasst mich endlich pennen, die Nacht ist noch verdammt lang. Morgen habe ich zudem einen harten Tag vor mir. Kapiert?«

»Klar doch, Bruder, schlaf weiter.«

»Ihr könnt mich mal …« Das letzte Wort ging in einem Gemurmel unter, dem ein Schnarchen folgte.

Ich schaute Suko an. »Suchen wir weiter?«

»Klar, wir haben den Keller noch nicht durch.«

»Die Spuren können auch von dem Penner stammen«, erklärte ich.

»Müssen aber nicht. Zudem waren sie zu frisch. Der liegt doch schon länger hier.«

Suko war einfach nicht zu überzeugen. Zusammen mit ihm untersuchte ich das letzte Drittel des Kellers. Es gab zum Glück keinerlei Quergänge oder abzweigende Stollen, sodass sich unsere Suche relativ einfach gestaltete.

Am Ende des Ganges erreichten wir dann einen größeren Raum. Wir leuchteten hinein und sahen im Schein der Lampen drei goldene Sockel. Dort wurden irgendwann einmal Waschmaschinen aufgestellt, demnach befanden wir uns im Waschraum.

Suko leuchtete nach rechts.

Ich wollte in die andere Richtung strahlen, als ich Sukos Fluch vernahm. »Verdammt, das ist er!«

Jetzt schaute ich ebenfalls hin, und meine Kehle wurde eng. Sie hatten es brutal gemacht, wer immer die Killer des Chester Kwan gewesen waren. Auf einer Doppelleiter hatte man ihn festgeschnallt. Ob vor oder nach seinem Tod, das war nicht festzustellen, jedenfalls war er auf grausame Art und Weise ums Leben gebracht worden …

Und so etwas taten Satansdiener, denen ein menschliches Leben nichts wert war, weil sie allein für den Teufel und dessen brutale Machenschaften existierten.

Sie wollten das Böse auf die Erde holen und bewiesen durch ihre Taten, dass sie bereit waren, es zu empfangen.

Ich hatte mich abgewendet und hörte Suko, der näher an die Leiche herangegangen war, schwer atmen.

In den letzten Minuten hatte ich auch damit gerechnet, eine Leiche zu finden. Dass man diesen Mann jedoch auf so schreckliche Art und Weise ermordet hatte, schockte mich arg.

Und es machte mir klar, dass wir es mit Gegnern zu tun hatten, die keinerlei Rücksicht auf irgendwelche Gesetze nahmen.

Ich hatte kaum bemerkt, dass ich im Gang stand, mich da an die Wand lehnte und tief durchatmete. Erst als ich Sukos Schritte hörte, drehte ich mich wieder um.

»Glaubst du mir nun?«, fragte mein Freund.

»Ja.«

In den nächsten Sekunden schwiegen wir, bis ich den Inspektor fragte: »Sag mal, Suko, hat dein Informant nichts weiter erzählt, außer dass hier schwarze Messen stattfinden?«

»Nein.«

»Auch nicht, wie er an die Information gekommen ist?«

»Ebenfalls nicht.«

»Das ist seltsam.«

Suko schlug mir auf die Schulter. »Okay, John, den Toten haben wir. Fehlt uns nur noch die schwarze Messe.«

Das war gut gesagt. Leider deutete in diesem Haus nichts darauf hin, dass eine schwarze Messe gefeiert wurde. Es lag auf der Hand. Wahrscheinlich hatte Chester Kwan die Leute bei ihren Vorbereitungen überrascht, war umgebracht worden, und die Täter hatten sich nach dieser Tat zurückgezogen, um ihre schreckliche Feier woanders fortsetzen zu können.

Auf meiner Zunge schmeckte ich den Staub. Im Rachen ebenfalls, sodass ich husten musste. Es gibt gewisse Regeln, die auch wir einhalten müssen. Die Mordkommission sollte sich mit dem Toten beschäftigen und ihn abholen.

Als ich tiefer in den Gang hineinschritt, hatte ich noch immer das schreckliche Bild vor Augen. Mir war klar geworden, dass wir es hier mit keinen Spinnern zu tun hatten. Die Täter gehörten zu der echten Gruppe der Satansanbeter, zu der schlimmsten, die man sich überhaupt vorstellen konnte. Das war Grauen hoch drei.

Ich zündete mir noch eine Zigarette an. Der Rauch kratzte im Hals, sodass ich das Stäbchen nach zwei Zügen wegwarf. Suko und ich waren in der Dunkelheit des kahlen Flurs stehen geblieben. Den Ausgang sahen wir als gezeichnetes Rechteck, dahinter schimmerte der Sandhügel, gegen den ich meinen Bentley gelenkt hatte.

»Willst du das Haus trotzdem durchsuchen?«, fragte mich Suko.

»Hat es Sinn?«

Suko schaute gegen meine gerunzelte Stirn. »Ich glaube nicht. Die werden sich verzogen haben. Es ist gefährlich für sie, wenn sie überrascht werden. So einsam liegt dieses Gebäude auch wieder nicht.«

»Eben.« Ich deutete nach vorn. »Komm, wir werden vom Wagen aus die Mordkommission anrufen.«

Damit war Suko einverstanden.

Als wir das Haus verließen, wehte uns ein Windstoß Sand ins Gesicht. Irgendwo in der Ferne hupte ein Wagen. Über der Vauxhall Bridge lag ein feiner Lichtschleier, während es um das Haus herum ziemlich dunkel war und nur der bläulich schimmernde Laternenschein ein wenig Helligkeit gab.

Ich ging zum Bentley, hielt den Wagenschlüssel schon in der Hand und schloss zuerst die Beifahrertür auf. Der Gang zur Fahrertür um die Kühlerschnauze herum war reine Routine.

Dabei warf ich noch einen letzten Blick auf das Haus und auch an dessen Fassade hoch.

Ich hatte es nicht bewusst getan, entdeckte aber dabei den blauroten Schein.

Nicht hinter den Fensterhöhlen, sondern weit oben.

Direkt auf dem Dach!

Meine Haltung versteifte sich. Das merkte Suko und fragte, was los war.

»Schau aufs Dach!«

Er drehte sich und legte den Kopf in den Nacken. »Verdammt, das ist doch ein Feuer!«

»Genau!«

»Also doch!«, sagte er, zog die Tür auf, verriegelte sie und hämmerte sie wieder zu.

Für uns ein Startzeichen. Jetzt würden wir uns das Gebäude doch genauer anschauen …

Es gab wenige Dämonen, vor denen sich Asmodis fürchtete. Der Spuk gehörte jedoch dazu. Er war ein Wesen und trotzdem keine Gestalt, man konnte ihn als gestaltlos bezeichnen, denn er zeigte sich als Schatten. Ob zwei- oder dreidimensional, das spielte keine Rolle. Messbar mit irdischen Maßstäben war dieser Dämon nicht. Er kannte keine Hindernisse, glitt lautlos in jeden Winkel, in jede Ecke hinein und legte Entfernungen durch Dimensionssprünge zurück.

Der Spuk regierte das Reich der Schatten. Dort hielt er die Seelen der getöteten Dämonen fest und ließ sie nicht mehr los. Eine Ausnahme hatte er damals bei Dr. Tod gemacht, aber das war ebenfalls längst Vergangenheit, denn der existierte nicht mehr.

Wie sein Reich aussah, wusste niemand. Es hatte keine Grenzen, denn es konnte sich ausdehnen oder zusammenziehen. Es konnte nach menschlichen Vorstellungen geschaffen werden oder sich einfach verändern, aber auch nur ein Schatten sein, und daran glaubte der Teufel.

Für ihn bildeten der Spuk und sein Reich eine Einheit. Der

Spuk war das Reich, er schluckte die gefangenen Seelen, und möglicherweise gaben sie ihm Kraft.

Im Augenblick hatte er sich so verändert, dass er den Teufel umgab, ihn praktisch bis auf den Schädel geschluckt hatte, sodass diese hässliche Dreiecksfratze aus dem noch schwärzeren Schatten hervorschaute. Der Satan konnte sich nicht bewegen, denn die Gestalt des Spuks hatte die Wirkung einer Klammer.

Asmodis klemmte tatsächlich fest!

Er wusste das, und er wusste auch, dass er sich in die Rolle des Verlierers gedrängt sah, denn der Spuk befand sich auf der Siegerstraße. Das erklärte er dem Teufel.

»Du wirst einsehen müssen, dass du nicht so stark bist, Asmodis!« Dumpf drang es aus der Schattenwolke hervor. »Ich habe dich überwältigt, und ich werde dafür sorgen, dass man dir die Grenzen zeigt. Lange genug habe ich im Hintergrund gelauert und nur mehr abgewartet. Ich hatte Geduld mit dir, aber du hast es nicht geschafft. Du bist einfach nicht in der Lage, deine Pläne durchzuführen. Und so etwas verzeihe ich dir nie, Asmodis. Ich hätte nie gedacht, dass ein Schwächling die Hölle regiert!«

Es waren harte Worte, mit denen der Spuk seine Abrechnung begann. Das spürte auch Asmodis, aber er wollte es nicht wahrhaben. Er war ein Dämon, der unwidersprochen nichts hinnahm, deshalb setzte er auch trotz seiner problematischen Lage zu einer Widerrede an.

Sein Gesicht wurde dabei noch verzerrter. »Was willst du überhaupt?«, giftete er. »Lass mich in Ruhe! Ich habe dir nichts getan. Ich habe hier gelebt, ich habe regiert, und man hat es nicht geschafft, mich von meinem Thron zu stoßen.«

Aus der schwarzen Wolke drang das schaurige Lachen wie ein finsterer Trompetenstoß. »Es stimmt, was du da gesagt hast. Es stimmt tatsächlich. Man hat dich nicht vernichtet, aber du hast es auch nicht geschafft, dich gegen deine Feinde durchzusetzen. Sie haben dir immer mehr Macht abgenommen, und die Verbündeten, auf die du gesetzt hast, hast du verloren. Daran solltest du denken, Asmodis. Wie war es denn damals, als Mandraka, der Schwarzblut-Vampir, dein Blut trinken wollte?«

»Er hat es nicht geschlürft!«, keuchte der Teufel.

»Das stimmt. Nur aus eigener Kraft konntest du ihn auch nicht besiegen. Und wie hast du auf Wikka, die Oberhexe, gesetzt! Hast du sie nicht als deine große Dienerin bezeichnet? Sie war die Königin der Hexen. Sämtliche Hexenweiber sollten ihr untertan sein. Was ist geschehen? Nichts. Wikka hat sich zwar Jane Collins geholt und sie für einige Zeit auf ihre Seite ziehen können, doch sie selbst ist vernichtet worden. In einer feurigen Schlinge hat sie ihre Existenz ausgehaucht. Da war Arkonada stärker gewesen, und selbst Jane Collins gehorcht dir nicht mehr. Erinnere dich an deinen Diener, der Jane das Herz aus dem Leib schnitt. Selbst da war sie nicht zu töten gewesen, weil es den Würfel des Unheils gibt, der sich nun in ihrer Hand befindet und nicht in deiner.«

»Ich hole ihn mir zurück!«, brüllte Asmodis dazwischen.

Der Spuk lachte nur. »Wie denn? Wie willst du das schaffen? Hast du nicht schon eine große Niederlage erlitten, als John Sinclair sein Blut verlieren sollte? Wie war es denn in der Dimension des Gläsernen gewesen, wo Sinclair gefangen war? Nichts hast du erreicht. Er und seine Freunde waren wieder einmal stärker.«

Asmodis wusste nicht, wie er sich noch verteidigen sollte. Deshalb sagte er: »Fast hätte ich es geschafft. Selten war der Geisterjäger so nahe an einer Vernichtung gewesen.«

»Das stimmt, aber er lebt, denn man hat ihn gerettet. Anderes Blut befindet sich in seinem Körper. Kein schwarzmagisches, wie ich es gern gehabt hätte. Und wenn du ihn schon nicht schaffen kannst, wie willst du dann die Großen Alten besiegen?«

»Sie kommen auch noch an die Reihe!«

Der Spuk wollte sich köstlich amüsieren. Schattenfäden glitten aus der schwarzen Wolke und umtanzten den dreieckigen Schädel des Dämons. »Es ist lächerlich, Asmodis. Deine Antwort ist einfach lächerlich. Du bist hier der Verlierer und willst es nicht wahrhaben. Die Zeichen stehen auf Sturm. Ich habe erkannt, dass die Großen Alten zu einem gefährlichen Angriff ansetzen werden, und dieser Angriff wird nicht John Sinclair treffen, erst wollen sie mit einem anderen Wesen aufräumen, das versucht hat, ihnen den Platz streitig zu machen. Kannst du dir denken, wer das ist?«

»Meinst du mich?«

»Wen sonst, du Ignorant?«

Der Teufel lachte. Er hatte dabei sein Maul weit aufgerissen, sodass Schwefeldämpfe über seine Lippen drangen und sich auf der Schattenwolke ausbreiteten. »Ich glaube nicht, dass sie es schaffen werden. Sie haben es schon zu lange versucht. Eher wird es umgekehrt sein.«

»Was meinst du damit?«

»Ich stoße sie zurück.«

Nach dieser Antwort erlebte der Teufel zum ersten Mal, wie sehr sich der Spuk amüsierte. Sein grausames Lachen schien die Dimensionen sprengen zu wollen. Es hallte hinein in die Unendlichkeit und verklang erst nach langer Zeit.

»Du und die Großen Alten besiegen? Nein, Asmodis, wir werden dich vernichten, daran kannst du nichts ändern.«

»Das steht nicht fest.«

»Doch, es steht fest. Auch wenn sie dich vielleicht nicht töten, wird es umso schlimmer für dich werden, denn dann wirst du deine Niederlage spüren. Du wirst merken, wie wenig Macht du noch besitzt, und du musst das Regieren des Bösen den anderen überlassen. Alles, auf das du so stolz gewesen bist, vergeht.«

Asmodis hatte den ersten Schock überwunden. Auch die erste Wut war verraucht. Deshalb wollte er wissen, um was es dem Spuk eigentlich ging. »Was willst du von mir? Rede endlich! Du bist nicht gekommen, um mir so etwas zu sagen.«

»Eigentlich schon. Es ist für mich eine Zeit der Abrechnung. Mit dir beginnt sie …«

»Dann bist du um keinen Deut besser als die Großen Alten.«

Die Wolke bewegte sich. Sie zerfaserte an den Rändern, um

sich im nächsten Augenblick wieder zu verdichten. »Ich könnte dich vernichten. Ich brauche die Schatten nur noch mehr zu konzentrieren. Dann würdest du ebenfalls zu einem Schatten, aber das will ich nicht, Asmodis. Ich habe meine bestimmten Vorstellungen von einem Kampf oder einer Auseinandersetzung. Ich möchte nur, dass du nicht ungewarnt bist, wenn es die Großen Alten versuchen, und ich wollte dir beweisen, wie unzulänglich du bist. Du hast keine Waffen, um sie zu töten, und der Würfel, das Orakel von Atlantis, sowie die Totenmaske befinden sich in den Händen deiner Gegner, zu denen du auch Jane Collins zählen musst.«

»Ich bekomme den Würfel!«

»Nein!« Der Spuk amüsierte sich. »Wie willst du das Kloster stürmen? Das gelingt dir nicht. Es ist ein Hort des Guten, du kannst die Mauern nicht überwinden. Sollte es dir wider Erwarten tatsächlich gelingen, was ich nicht glaube, wirst du nie in der Lage sein, den Würfel behalten zu können, weil ich ihn haben will. Der Würfel gehört mir. Ich habe mich darauf konzentriert, ihn zu bekommen.«

»Dann hol ihn doch!«

»Noch nicht. Erst wenn ich ihn brauche, werde ich an Jane Collins herantreten!«

Asmodis begann bellend zu lachen. »Das ist eine Ausrede. Auch du bist nicht mächtig genug, um die Mauern des Klosters zu überwinden.« Er wollte etwas hinzufügen, verschluckte die Worte, da es keinen Sinn hatte, den Spuk zu reizen. Außerdem war es für seine Pläne besser, wenn Jane Collins den Würfel besaß, nicht der Spuk. Sie war schließlich nicht so mächtig wie dieser gestaltlose Dämon, der, wenn sich der Quader in seinem Besitz befand, großes Unheil anrichten konnte.

Da überließ er ihn lieber Jane Collins. Sie lag im Kloster und würde sich hüten, diese magische Waffe einzusetzen. Es sei denn, sie würde von anderen dazu aufgefordert. Zudem garantierte der Würfel ihr Leben. Jane Collins, die Frau ohne Herz, konnte nicht existieren, wenn sich der Würfel nicht mehr in ihrem Besitz befand.

126

Auch der Geisterjäger John Sinclair würde die Waffe nicht an sich nehmen. Trotz allem, was zuvor geschehen war, hing er noch immer an der ehemaligen Hexe.

Da Asmodis schwieg, sprach der Spuk weiter. »Deine Chancen stehen schlecht, nicht wahr?«

»Nein, ich rechne mir noch immer etwas aus.«

»Ohne Hilfe?«

»Hinter mir stehen Legionen von Höllenscharen. Ich kann Armeen des Schreckens auf die Beine stellen, wenn ich will …«

»Die mit einem Schlag von den Großen Alten vernichtet werden können«, erklärte der Spuk.

»Das werde ich darauf ankommen lassen!«

»Wie dem auch sei«, drang es aus der Wolke. »Ich sehe deine Chancen, und ich wollte dich auch nur gewarnt haben, mein Lieber.«

»Mehr nicht?«

»Nein, auch nicht weniger. Ich weiß, dass du und die Großen Alten irgendwann in naher Zukunft aufeinander treffen, und ich möchte erfahren, wie du es anstellen wirst, sie zu besiegen.«

»Meine Pläne werde ich dir nicht verraten.«

»Schade, es wäre besser.«

»Wie käme ich dazu?«

»Ich könnte dir zum Beispiel helfen.«

»Du?«

»Ja, ich.«

»Welches Interesse solltest du daran haben, mir zu helfen, Spuk? Du willst den Würfel, du willst alles, und deine Macht soll noch größer werden, als sie es ohnehin schon ist. Nein, Spuk, ich pfeife auf einen Pakt mit dir. Ich habe meine Vorbereitungen getroffen und bin dabei, die Magien, die von Anbeginn der Zeiten bestanden haben, wieder aus den Tiefen des Vergessens hervorzuholen. Kein Schleier soll sie mehr bedecken. Die Macht haben nicht die großen Alten, auch du nicht, Spuk, ich werde sie besitzen, denn ich bin es, den die Menschen fürchten. Mein Schrecken, den ich verbreite, hat die Zeiten überdauert. Die Menschen kennen und fürchten mich. Sie hassen mich auch, sie wollen mich nicht mehr, und dennoch brauchen sie mich. Denn sie verbinden mit mir den Begriff Hölle. Verstehst du, es gibt das Gute, es gibt das Böse. Das eine kann ohne das andere nicht existieren. Die Menschheit hat sich den Begriff Hölle aufgebaut. Hölle, das bedeutet Feuer, ewige Verdammnis, Grauen, Entsetzen und Angst. Die Menschheit braucht etwas, vor dem sie sich fürchtet. Kein Leben ohne Druck, ohne Strafandrohung, sonst würde das gesamte Gefüge zusammenbrechen. Ich bin da, ich werde sein, man kann mich bekämpfen, das gebe ich zu, aber man kann mir nur Teilniederlagen beibringen; zu vernichten bin ich nicht. Auch die Großen Alten werden es nicht schaffen. Vielleicht können sie oder kannst du meinen Körper zerstören, aber der Geist wird bleiben. Der Geist ist böse, und er hat seinen Platz ebenso wie das Gegenteil davon. Hast du das alles begriffen, Spuk?«

»Natürlich.«

»Dann weißt du auch, wo ich stehe!«

Aus der Schattenwolke drang ein finsteres Geräusch. Asmodis wusste nicht, wie er es einordnen sollte. Deshalb blieb er stumm und wartete vorerst ab. Nach einer Weile schließlich hielt er es nicht mehr aus. »Hast du dich entschieden?«, fragte er.

»Ja.«

»Und?«

»Ich habe mir deine Worte genau gemerkt und bin zu der Überzeugung gelangt, dass du auch durch die Niederlagen nichts dazugelernt hast. Deshalb kann ich dir nicht helfen.«

»Was soll das heißen?«

»Da du nicht auf meiner Seite stehst, bist du mein Gegner. Du hast nicht allein die Großen Alten, sondern auch mich zum Feind. Sollte dir das nicht zu denken geben?«

»Darüber kann ich nur lachen!«

»Vielleicht jetzt, aber nicht, wenn du erst meine Macht gespürt hast, die deine in den Schatten stellt. Du darfst keine Kraft mehr besitzen. Ich bin der Spuk, ich bin der Schatten, und mir allein gelingt es, dir die Kraft aus deiner Gestalt zu saugen. Ich will etwas Einmaliges probieren. Deinen Körper möchte ich behalten, doch die Kraft soll dir genommen werden. So wie Mandraka dir das schwarzmagische Blut aus den Adern saugen wollte, werde ich die Kraft aus deinem Körper nehmen. Ich bin eine eigene Welt. In mir sind die Seelen der getöteten Dämonen gefangen. Es gibt zahlreiche Jenseitsreiche, viele Zwischendimensionen. Ich bin eine von ihnen, vielleicht sogar die gefährlichste, denn in mir ist das Böse konzentriert. Die Körper der Dämonen leben nicht mehr, aber ihr Geist existiert, und er vereinigt sich in mir zu einem nicht fassbaren Schatten. Für mich gibt es keine Hindernisse. Ich kann berührt, aber doch nicht angefasst werden. Meine Kraft nimmt zu, je mehr Seelen ich bekomme. Und das, Asmodis, wird auch dir zum Verhängnis werden. Du wolltest nicht so wie ich. Deshalb muss ich annehmen, dass du nicht auf meiner Seite stehst. Aus diesem Grunde wirst du deine eigene Vernichtung miterleben. Hier in der Unendlichkeit, wo ich mich wohl fühle, soll etwas geschehen, das für die Zukunft der schwarzmagischen Reiche von ungeheurer Tragweite sein wird. Nicht die Vernichtung des Satans, sondern die völlige Entkräftung. Und ich allein werde mich den Großen Alten stellen, zusätzlich mit der Kraft des Höllenfürsten, die in mir steckt.«

Asmodis hatte dem mächtigen Dämon zugehört. Er wusste, dass keines der Worte gelogen war. Der Spuk verfügte über eine ungeheure Kraft und auch den Willen, das zu tun, was er sich vorgenommen hatte.

»Und noch etwas, Asmodis. Ich besitze den Trank des Vergessens. Ich will den Würfel haben, und ich will auch die Totenmaske aus Atlantis. Beides ist so mächtig, und alle drei Dinge zusammen machen mich praktisch unbesiegbar.«

»Noch hast du mich nicht!« Asmodis war jemand, der widersprach, weil er nicht anders konnte, aber der Spuk hatte für ihn nur mehr ein schäbiges Lachen übrig.

Dann setzte er sein Vorhaben in die Tat um.

Und Asmodis, der neue Pläne geschmiedet hatte, um den

Verlauf der Dinge zu seinen Gunsten drehen zu können, litt im wahrsten Sinne des Wortes Höllenqualen …

Ich wünsche es keinem, in einem zwölfstöckigen Bau die Treppen hochzusteigen. Es ist eine Quälerei, zudem befand sich kein Geländer in der Nähe, an dem wir uns abstützen konnten. Auch wollten wir auf Nummer sicher gehen und hatten beide unsere Lampen gelöscht. Der andere Lichtschein hatte uns den Standort eines möglichen Gegners verraten, das gleiche Risiko wollten wir nicht eingehen.

Suko und ich versuchten, bei unserem Lauf so wenig Geräusche wie möglich zu verursachen. Das fiel uns sehr schwer, denn es gab keine freie Stufe. Auf jeder lagen irgendwelche Hindernisse. Mörtel, Betonstaub und manchmal sogar kantige, abgebrochene Steine.

Auch ließ es sich nicht vermeiden, dass wir mit den Schuhspitzen gegen die Hindernisse stießen, sodass die Steine über die seitlichen Kanten der Stufen rollten und nach unten in die Tiefe fielen.

Wir hielten uns nahe der Wand. In der Luft schwebte Staub, der nicht nur auf unseren Gesichtern lag, sondern auch durch die Nasenlöcher drang und die Schleimhäute heftig reizte.

Im zehnten Stock konnte ich es nicht mehr aushalten. In meinen Augen brannte es schon, der Kopf schien zerspringen zu wollen, ich musste einfach niesen, ob ich wollte oder nicht. Zum Glück explodierte ich nicht voll und hielt das Geräusch in Grenzen. Dennoch traf mich Sukos vorwurfsvoller Blick.

Die letzten beiden Etagen lagen vor uns. Obwohl durchtrainiert, waren wir keine Supermänner und ziemlich außer Atem. Eine kleine Pause legten wir ein, bevor wir den letzten Rest der Strecke in Angriff nahmen.

Die Treppe zog sich an der Rückseite des Hauses in die Höhe. In jeder Etage begann dort, wo die Stufen endeten, ein Gang. Wir leuchteten stets hinein.

Menschen entdeckten wir nicht. Nur Staub und Dreck sowie die offenen Rechtecke der Wohnungstüren.

Auch vernahmen wir kein Geräusch, außer dem Jaulen des Windes. Er fuhr wie mit gierigen Armen in die Fensterhöhlen hinein, drang in den Flur und wirbelte dort den Staub in die Höhe, den er wolkenartig durch das große Treppenhaus schleuderte.

Manchmal war uns die Sicht so verdeckt wie im dicken Nebel. Endlich erreichten wir die letzte Etage. Darüber lag nur noch das Dach, wo sich der Schein ausbreiten musste, den wir unten entdeckt hatten.

Es war nicht zu erkennen, ob das Feuer noch brannte, noch nahm uns die Decke die Sicht.

Mir war allerdings bekannt, dass jedes Haus dicht unter dem Dach einen Ausstieg hatte, um auf das Dach gelangen zu können. So eine Tür mussten wir finden.

Deshalb tauchten wir in den letzten Flur. Natürlich hatten wir nach Spuren gesucht, welche gefunden, und auch in diesem Flur sahen wir die Abdrücke der Füße.

Die spitzere Vorderseite der Fußspuren wies in den Flur hinein, demnach musste sich dort irgendwo im Dunkeln versteckt eine Tür befinden, die den Weg zum Dach markierte.

Suko entdeckte den Aufgang als Erster.

Es handelte sich um eine eiserne Bautür. Sie reichte nicht ganz bis zum Boden. Zwischen Grund und Ritze befand sich ein fußhoher Spalt, durch den es heftig zog.

Wahrscheinlich waren auf dem Dach noch nicht alle Anlagen fest installiert worden, so glaubte ich nicht daran, die Energieversorger zu finden, sodass das Dach frei vor unseren Blicken liegen würde.

Zudem endeten die Spuren vor der Tür. Wir rechneten beide nicht damit, dass sie abgeschlossen war, und als Suko die quietschende Klinke nach unten drückte, verzog ich das Gesicht.

Unsere Waffen hatten wir noch nicht gezogen und bekamen, als die Tür offen war, den ersten Schlag.

Es war ein mächtiger Windstoß, der über uns durch ein großes, offenes Rechteck wehte und sogar die Aluleiter vor unserer Tür zittern ließ.

Suko hatte Mühe, die Tür wieder zu schließen, weil der Wind sie ihm aus der Hand reißen wollte.

Nicht nur der Wind fuhr durch das offene Rechteck, auch der Schein eines blaugelben Feuers, der bleich und gespenstisch die Wände berührte und auch unsere Gesichter nicht ausließ.

Ich bedachte Suko mit einem langen Blick, wobei mein Partner wohl das Gleiche dachte.

Glück gehabt!

Suko stand näher an der Leiter. Er machte den Anfang und stieg in die Höhe. Ich hielt mich noch am Fuß der provisorischen Treppe auf, hatte meine Waffe gezogen, schaute an Suko vorbei nach oben und gab meinem Freund somit die nötige Rückendeckung.

Er war sehr vorsichtig. Mit dem Kopf zuerst erreichte er den Rand der Luke. Suko schob sich langsam höher und peilte auf das Dach. Mir riss der Wind die Haare in die Höhe. Auch Suko wurde davon nicht verschont. Ich sah, wie er über seine Augen wischte, denn Staub und Dreck bildeten ebenfalls lange Fahnen, die nicht allein über das Dach, sondern auch gegen Suko und gleichzeitig durch die Luke trieben.

Ich war neugierig und fragte zischend gegen den Wind: »Siehst du etwas?«

»Verdammt, John, das ist …« Er drehte kurz den Kopf und schüttelte ihn, als er mich anschaute.

»Was denn?«

»Unwahrscheinlich. Das musst du selbst sehen!«

Bevor ich eine weitere Frage stellen konnte, war Suko schon auf das Dach geklettert. Anscheinend drohte ihm trotz seiner Entdeckung keine unmittelbare Gefahr, sodass auch ich es riskierte, die ersten Sprossen berührte und gegen den steifen Wind nach oben stieg.

Suko hatte Platz geschaffen. Ich betrat aber nicht sofort das Dach, sondern schaute erst über die Lücke.

Wilde, quirlende Staubfahnen verdeckten mir für einen Moment die Sicht. Nach einigen Sekunden war es besser, sodass ich etwas erreichen konnte. Suko war zur rechten Seite hin verschwunden. Seine geduckte Gestalt hob sich gegen das bläuliche Licht als Schattenriss ab.

Und genau das Licht war es, das mir einen so großen Schrecken einjagte. Es brannte auf der Dachmitte. Der Sturm wehte gegen eine hohe Flamme. Er hätte sie peitschen, er hätte sie flach nach unten gegen den Untergrund drücken müssen. Das geschah nicht, denn die Flamme widerstand den Kräften des Windes.

Fast kerzengerade brannte sie und trotzte den Kräften der Natur.

Ein Phänomen. Das war es wohl nicht gewesen, was Suko aus der Fassung gebracht hatte.

Etwas anderes war viel unwahrscheinlicher.

In der Mitte der Flamme stand, die Arme dabei hochgerissen, eine junge, nackte Frau …

Der Spuk hatte eine Entscheidung getroffen, und der Spuk würde davon nicht abweichen.

Das kannte der Teufel, schließlich reagierte er in solchen Dingen ähnlich. Aus diesem Grunde machte er sich auf grausame Zeiten gefasst, und er sollte sich nicht getäuscht haben.

Die Wolke wurde ihm zum Verhängnis. Sie sollte das auslöschen, was er in Jahrtausenden aufgebaut hatte.

Asmodis kämpfte gegen den Spuk.

Der Teufel gegen eine gestaltlose, dennoch zu sehende Dimension aus Schatten.

Hatte er überhaupt eine Chance?

Er kannte Tricks, er kannte Kniffe und Wege, wie man Gegner überlistete. Er konnte mit Menschen spielen, sie manipulieren, an ihren Schwachstellen ansetzen, aber er hatte den Spuk vor sich und keine Menschen. Das merkte er sehr bald, als seine von ihm aufgebauten Gegenkräfte und Konterreaktionen abgeblockt wurden.

Sein Kopf wurde plötzlich von einer gewaltigen Flammenhülle umtanzt. Im ersten Moment wirkte es so, als würde die Feuersbrunst den Schädel zerfressen, einfach vernichten, dann konzentrierten sich die Flammen, wurden zu finger-artigen Bündeln und schossen in die dichte, kompakte Schwärze wie scharfe Messer hinein.

Von innen her wollte sie die Schatten aufwühlen. Es war nur ein Aufbäumen des Teufels, ein verzweifelter Versuch, dem Ende zu entgehen. Sehr bald musste Asmodis einsehen, dass die Kraft der Wolke stärker war. In ihr konzentrierten sich die Seelen der vernichteten Dämonen. Ihre Körper waren vergangen, blieben als Staub irgendwo zurück, aber der Geist des Schreckens konnte nicht zerstört werden.

Und er arbeitete mit schwarzmagischer Kraft gegen den Teufel.

Asmodis brauchte nicht zu atmen, er bekam keine Luft, seine Magie war eine andere, er überlebte durch die Kräfte der Hölle, nur gelang es ihm nicht mehr, diese einzusetzen.

Die Wolke verdichtete sich noch stärker. Der Satan war nicht mehr in der Lage, gefährliche Blitze oder Feuerzungen zu produzieren, um sie in die Wolke hineinzuschicken.

Hier in der endlosen Leere eines schwarzmagischen Raumes bahnte sich allmählich ein Ende an.

Auch er sollte eingehen in den Kreislauf des Spuks. Hinein in die Wolke, um sie mit seiner teuflischen Kraft zu ver-stärken.

Satan konnte nicht mehr. Er fühlte sich, als wäre er in einem Schraubstock eingeklemmt.

Sein Gesicht veränderte sich. Fast immer hatte es Triumph gezeigt. Über die Menschen war Asmodis sowieso Sieger geblieben, und wenn sein Gesichtsausdruck einmal wechselte, dann zeigte er Hass, Wut und den Willen zur Vernichtung.

Jetzt nicht mehr.

Der Teufel litt Qualen und Pein. Am eigenen Leibe erlebte er das, was er normalerweise den Menschen zudachte. Die Schmerzen wühlten in seinem höllischen Körper. Sie zwangen ihn zu furchtbaren Reaktionen. Das Maul hatte er weit aufgeklappt. Die Augen waren verdreht, aus den breiten Nüstern der Nase drang feiner Rauch, der die Wolke berührte, aber nicht hineindrang, sondern von ihr ausgestoßen wurde.

Auch der Ausdruck der Augen wechselte. Angst breitete sich in den Pupillen aus.

Die nackte Angst, die Existenz letztendlich doch noch zu verlieren. Vielleicht war der Spuk der erste Dämon, der den Teufel schreien hörte. Kein Siegesbrüllen drang aus dem Maul. Die Schreie der Furcht, die Reaktionen auf die Existenzbedrohung, hallten weit in die Schwärze der Unendlichkeit hinein.

Es waren schrille Laute, angefüllt mit dissonanten Sequenzen, dazwischen hohe, pfeifende Töne, untermalt von einem Heulen, wie es ein Schakal nicht schlimmer ausstoßen konnte.

In der Tat hatte dieser Laut Ähnlichkeit mit dem Heulen eines Schakals, denn nicht umsonst wurde der Teufel oft in dieser Figur dargestellt.

Seinen Schädel, der nach wie vor aus der schwarzen Wolke ragte, warf er von einer Seite zur anderen, ohne dass er einen Erfolg erzielte, denn die Wolke saß so eng wie ein Kragen. Satan blieb chancenlos in seinem Gefängnis.

Wie gierige Mäuler schnappten schwarze Schatten nach seinem Gesicht. Sie versuchten, zwischen seinen Lippen in die Maulhöhle einzudringen, um den Satan auch innerlich aufzufressen.

Der Teufel schrie.

Hoch, spitz und grell hallten seine Schreie nach. Es waren verzweifelte Rufe, denn Asmodis wusste auch, dass er nicht allein stand. Es gab jemanden, dem die Schreie galten. Dieser Jemand musste sie vernehmen und ihn erhören, falls die Funktion der Hölle noch so bleiben sollte, wie sie einmal aufgebaut worden war.

Deshalb dieser letzte Versuch, der Raum und Zeit überwinden sollte, um das Ziel zu erreichen, das irgendwo zwischen dem Anfang und dem Ende aller Zeiten lag.

Auch der Spuk hörte das Schreien. Er wusste nicht genau, was es bedeutete, für ihn musste es eine Reaktion der Angst sein, und er freute sich darüber, dass es ihm gelungen war, den Höllenherrscher zu besiegen.

Die schwarze Wolke, selbst eine Dimension für sich und

weit ausdehnbar, zog sich noch mehr zusammen. Sie drehte den Kragen enger, sie wollte den Körper des Teufels endgültig auslöschen, damit der Geist des Höllenherrschers die Wolke stärkte.

So weit kam es nicht.

Irgendwo in der weiten, lichtlosen, schwarzen Dimension entstand etwas, das man mit einem Punkt oder kleinen Ball umschreiben konnte. Ein Loch in der Finsternis, als wäre die Weite genau an dieser Stelle durch einen Schlag aufgerissen worden.

Und das Loch erweiterte sich. Es nahm Konturen an, wurde zu einem bläulich schwarzen Gesicht, das auf eine unnatürliche Art und Weise glänzte. Ein Gesicht, das menschlich aussah, denn auch zu Beginn der Zeiten hatte der Herrgott seine Diener nach dem Ebenbild des Menschen geschaffen.

Ein menschliches Gesicht, dennoch den Odem des Unsterblichen ausstrahlend.

Und eine Aura oder ein Flair, das kaum zu beschreiben war. Vielleicht mit einem Satz.

Unaussprechlich grausam und unaussprechlich böse.

»Das Böse schlechthin!

Alles trug seit Beginn der Menschwerdung einen Namen.

Es war den Menschen eingegeben worden, für all die Dinge, ob sie nun gut oder das Gegenteil davon waren, Begriffe zu finden.

Auch für dieses Wesen gab es einen Begriff.

Es hatte seinen Standort gewechselt. Vom absoluten Guten hin zum absolut Schlechten.

Der Name jedoch war geblieben.

LUZIFER!

Ein nacktes Mädchen stand in der Feuersäule!

Ich hätte es kaum geglaubt, hätte ich es nicht mit meinen eigenen Augen gesehen. Es war auch keine Einbildung, niemand gaukelte mir etwas vor, das Mädchen existierte.

Ein Wahnsinn!

Ich löste meinen Blick von der Gestalt, schaute hinüber zu Suko, der mir zuwinkte.

Die Luft war rein!

Mit den Händen hatte ich mich aufgestützt, drückte meinen Körper hoch und schaffte es, auf das flache Dach zu gelangen, wo ich mich sofort bücken musste, um einer gewaltigen Sturmbö zu entgehen. Sie fauchte mit einer wilden Wut heran, als wollte sie mich vom Dach blasen wie ein Blatt im Herbstlaub.

Gegen den Wind stemmte ich mich an und hatte Mühe, mich auf den Beinen zu halten.

Dann stand ich neben Suko. Unsere Kleidung knatterte. Wir mussten schreien, um uns zu verständigen, denn der hier tobende Wind riss uns die Worte einzeln von den Lippen.

»Das Mädchen lebt!«, schrie der Inspektor. »Verdammt, John, es lebt, es ist nicht verbrannt!«

»Ich weiß!«

»Hast du eine Erklärung?«

»Nein!«

Fragen konnten wir die Frau nicht. Vielleicht war es nicht mal möglich, das Feuer zu löschen, denn Flammen, die sich gegen den Wind stemmten und somit allen Naturgesetzen trotzten, waren nicht als normal zu bezeichnen. Die musste ein anderer geschaffen haben, dahinter steckte eine mörderische Kraft: Die der Hölle!

Da die Frau inmitten des bläulich roten Feuers stand und nicht verbrannte, musste sie nur dem Äußeren nach ein Mensch sein, ansonsten jedoch dem Teufel dienen.

Chester Kwan hatte Recht gehabt. Hier diente man dem Herrn der Hölle. Alles deutete darauf hin.

Das Dach war ziemlich groß. Wir standen auch weit genug vom Rand entfernt, sodass wir keine Angst zu haben brauchten, von dem Wind über die Brüstung geweht zu werden. Natürlich waren wir nicht hochgekommen, um nur zu schauen, wir wollten genau wissen, was sich da ereignet hatte.

»Sie muss sich ausgezogen haben«, erklärte Suko und deutete nach rechts, wo Kleidung auf dem Boden lag. Beschwert worden war sie durch drei dicke Steine.

»Und hat sie sich angezündet?«

»Glaube ich nicht.«

»Weißt du eine Erklärung für das Feuer?«

»Durch magische Beschwörungen vielleicht!«

Ich lächelte hart. »Okay, dann versuche ich es mit einer Gegenmagie.« Mein Freund sagte nichts. Er schaute nur zu, wie ich das Kreuz hervorholte und es in der Hand wog.

Wenn das Feuer seinen Ursprung in der Hölle hatte, konnte es wohl kaum durch normales Wasser gelöscht werden, sondern mit einem besonderen Kunstgriff.

Die Macht des Guten!

Sie würde mir helfen, denn schon öfter hatte ich Höllenfeuer durch die Kräfte des Kreuzes ausgeschaltet.

Es war stets etwas Besonderes, wenn ich diesen Flammen entgegentrat. Sie waren gefährlich und reagierten so, wie es sie ihr Schöpfer gelehrt hatte.

Breitbeinig, um dem Wind Paroli zu bieten, näherte ich mich der Flammensäule. Mein Blick war zwangsläufig auf ihr Inneres gerichtet und damit auf das Mädchen.

Sie stand da und wurde umfaucht. Den Kopf hatte sie in den Nacken geworfen, die langen, dunklen Haare fielen weit bis auf den Rücken. Die Arme stachen in die Höhe, die Hände waren langgestreckt, wobei die Arme über dem Kopf ein spitzes Dreieck bildeten und sich an ihrem Ende die einzelnen Finger berührten.

Die junge Frau hatte einen schönen Körper. Ihr Bauch war flach, der Busen nicht zu groß, aber sehr attraktiv.

Als schlank konnte ich auch die Beine und die Oberschenkel bezeichnen, und die Finger erinnerten mich an die einer Klavierspielerin. Ihr Gesicht hatte den bläulichen Schein des Feuers angenommen. Es war ein wenig hager, für meinen Geschmack hatte es einfach zu viele harte Kanten, aber ich wollte sie auch nicht heiraten, sondern – wenn es eben möglich war –, vor dem Feuer retten oder sie von den Flammen befreien.

Das Kreuz reagierte bereits.

Ich spürte es an der Wärme. Auch die Buchstaben, die Insignien der vier Erzengel an seinen Enden, blieben nicht ruhig. Sie zuckten, sie warfen Blitze, sie wurden einmal größer, schrumpften und nahmen wieder ihre alte Form an.

Das hatte ich auch noch nicht erlebt. Ich kannte wohl das übliche Strahlen, aber so etwas war mir neu.

Wie konnte das sein?

Plötzlich kriegte ich Angst vor dem Feuer. Stammte es vielleicht nicht aus der Hölle und damit vom Teufel, sondern von einem anderen Dämon aus einer für mich fremden Dimension?

Dass es einen magischen Ursprung hatte, lag für mich auf der Hand. Bei einem normalen Feuer hätte ich die Hitze spüren müssen. Nicht mal ein warmer Hauch streifte mich.

Der nächste Schritt brachte mich wieder näher an die Flammensäule heran. Die Frau inmitten des Feuers sah mich nicht oder schien mich nicht wahrnehmen zu wollen, obwohl sie die Augen geöffnet hatte und es regelrecht genoss, von der kompakten Flamme umspielt zu werden. Ob sie fauchend oder zischend brannte, war nicht zu hören, weil der kräftige Wind alle Geräusche überdeckte.

Bevor ich den letzten Schritt tat, warf ich noch einen Blick über die Schulter.

Breitbeinig und die Beretta im Ansatz, stand Suko hinter mir als sprungbereiter Wächter. Seine Gesichtszüge wirkten wie eingefroren. Er würde mir auf jeden Fall beistehen, wenn es hart auf hart ging.

Der letzte Schritt.

Das Kreuz vibrierte, obwohl meine Faust es hart umschloss. Dafür zeigten sich andere, fremde Kräfte verantwortlich, die wellenartig gegen mich anfielen.

Die Augen hatte ich verengt. Mir war nicht wohl in meiner Haut, aber ich tat es.

Mit dem letzten Schritt drückte ich meinen etwas angewinkelten Arm so weit nach vorn, wie es ging, und das Kreuz bekam mit dem magischen Feuer Kontakt.

Zwei Dinge geschahen gleichzeitig.

Ich hörte den Schrei und schrie selbst.

Eine andere Kraft, stärker als die des Windes, zerrte an mir und schleuderte mich zurück. Ich sah das Kreuz aus meiner Faust schauen wie einen länglich geformten Blutstropfen, so sehr glühte es. Verzweifelt bemühte ich mich, auf den Beinen zu bleiben, doch die andere Kraft war stärker. Sie riss mich herum, zerrte an meinen Beinen und schleuderte sie von der festen Unterlage in die Höhe.

Da war nichts, wonach ich hätte greifen können, und eine furchtbare Angst, über den Rand des Dachs geworfen zu werden, überfiel mich. Möglicherweise wäre dies sogar geschehen, wenn es da nicht einen Freund mit dem Namen Suko gegeben hätte.

Innerhalb von Sekundenbruchteilen hatte er die Gefahr erkannt, in der ich schwebte, und auch gehandelt.

Er brauchte nicht weit zu gehen, schnappte zu und bekam mich an der Hüfte zu fassen.

Der Inspektor stand wie ein Fels. Auch der Wind hieb uns nicht um. Sukos Griff war eisenhart, sodass es ihm gelang, meine unfreiwillige Rückwärtsbewegung zu stoppen.

Ich konnte mich wieder halten.

»Alles okay?«, fragte der Inspektor.

»Im Moment ja.«

Die Antwort war automatisch über meine Lippen geflossen, denn mich interessierte viel mehr das, was mit der bläulich schimmernden Feuersäule geschehen war.

Es war unheimlich!

Die Säule stand noch immer, nur hatte sich ihre Farbe verändert. Sie leuchtete in einem satten Rot. Aus dem Zentrum der Säule stachen drei Strahlen in den düsteren Nachthimmel.

Zwei von ihnen liefen in die gleiche Richtung, wobei sie sich gegenseitig einholten, um eine lange Gerade zu bilden. Zwischen der Feuersäule und der aus einem Strahl gebildeten Geraden gab es genügend freien Raum, sodass im rechten Winkel zu dem ersten Strahl ein zweiter nach rechts weiterlaufen konnte.

Er hatte das gleiche intensive Rot, war von der Ausdehnung her allerdings kleiner. Nicht mal halb so lang wie der andere Strahl war er.

Suko schüttelte den Kopf. »Verdammt, was kann das sein?«

Ich wusste es auch nicht, sondern schaute auf meine Hand und auf das Gebilde.

Die Rechte war leer!

Mein Kreuz war weg!

Durch meinen Körper zuckte ein heißer Schreck. Auf einmal wurden mir die Knie weich, die Angst ließ mich so reagieren. Ich dachte darüber nach, wo es sein konnte, und fand keine Erklärung.

War es ins Feuer gefallen, oder hatte ich es, als ich die Schmerzen spürte und zurückgeprallt war, so verloren, dass es unten am Fuße des Hauses lag?

All das konnte stimmen, musste aber nicht.

»Das ist ein L«, sagte Suko und streckte seinen Arm aus, denn er hatte mich wieder losgelassen.

Ich blickte genauer hin und musste meinem Freund Recht geben. In der Tat hatte sich von der Feuersäule ein L gelöst, das jetzt über der Flammenspitze stand.

Weshalb?

Warum ausgerechnet dieser Buchstabe? Welch eine Bedeutung konnte er haben?

»Verflixt«, flüsterte Suko. »Das verstehe, wer will. Ich packe es nicht. Tut mir Leid.«

Auch von mir erhielt er keine Antwort, da ich ebenfalls nicht Bescheid wusste.

Ein L.

Für wen? Wen konnte dieser Buchstabe darstellen, für den er nur eine Abkürzung war?

Ich dachte nach, schaute weiterhin auf dieses rot schimmernde Gebilde und zermarterte mir tatsächlich das Hirn.

Eine Antwort konnte ich mir selbst nicht geben, dafür wusste mein Partner die Lösung. Er schnippte mit den Fingern, ein Zeichen, dass es bei ihm gefunkt hatte, und dann rief er einen Namen.

»Lilith!«

In meinem Kopf überschlugen sich die Gedanken. Verdammt, Lilith, auch das noch!

»Du denkst nach?«, fragte Suko.

Und ob ich nachdachte. Ich bestätigte es durch ein Nicken. Zum ersten Mal hatten wir mit Lilith, der Großen Mutter oder der ersten Hure Kontakt gehabt, als wir in ein Haus eindrangen, das als Edelbordell galt. Ich hatte es geahnt, sogar gewusst, dass uns diese Dämonin wieder begegnen würde.

Diesmal nicht in ihrer Gestalt, wohl aber in der einer ihrer Dimensionen, denn Lilith war unter den Heerscharen des Himmels dem Bösen verfallen und hatte sich auch den Gelüsten des Fleisches untergeordnet. Sie war die berühmteste der Huren, und auch Adam sollte sie, der Sage nach, besucht haben.

Über sie und das Reich der Engel und der Nichtengel gab es zahlreiche Spekulationen. Welche nun stimmte, wagte ich nicht zu sagen, es interessierte auch im Augenblick nicht. Für mich war diese L wichtig, und auch die Tatsache, dass ich mein Kreuz verloren hatte.

Die Feuersäule stand noch immer. In ihrem Zentrum auch die Frau mit den langen Haaren.

Was hatte sie mit Lilith zu tun? War sie eine ihrer Dienerinnen? Gab es mittlerweile einen Umschwung bei den Mächten der Finsternis? Hatte sich die Hölle auf ihre ureigensten Kräfte besonnen und regenerierte sich nun von Grund auf?

Ich dachte an mein verlorenes Kreuz und verspürte abermals einen Schauder der Furcht.

Das L für Lilith!

Mein Gott, was erwuchs uns hier für eine Gegnerin? Stärker vielleicht als Asmodis, gleichgestellt unter Umständen mit Luzifer, dem gefallenen Engel, mit dem sie es getrieben hatte.

Möglicherweise wollten sich die beiden die Macht teilen. Das waren bisher Spekulationen. Ich wollte auch nicht zu weit in die Zukunft denken und mich auf die Gegenwart konzentrieren.

Das Kreuz fehlte.

Ständig dachte ich daran und ließ die Ereignisse noch einmal vor meinem geistigen Auge Revue passieren. Ich war die Feuersäule angegangen, hatte den Schock bekommen und …

Es hatte keinen Sinn, weiter darüber nachzudenken, denn plötzlich tat sich etwas.

Das L verschwand so schnell, wie es erschienen war. Die roten Strahlen sackten regelrecht ineinander, ohne allerdings völlig zu verschwinden. Dafür nahmen sie eine andere Form und eine andere Farbe an.

Silberfarben glänzte sie, und das L wurde zu einem Kreuz.

Zu meinem Kreuz!

Mir lagen die Worte auf der Zunge, ich hatte auch schon Luft geholt, um sie aussprechen zu können, als das Unwahrscheinliche geschah. Das Kreuz, es hatte vielleicht für die Länge eines Herzschlags in der Luft gestanden, folgte der Erdanziehung und fiel nach unten.

Genau in die bläulich schimmernde Flammensäule hinein, die es durchschlug wie einen schweren Stein.

Bisher hatte sie allen Widerständen zum Trotz gehalten. Beim ersten Angriff hatte ihr das Kreuz nichts anhaben können. Dies änderte sich nun radikal. Die Säule explodierte bei der Berührung in zahlreiche flammende Stücke. Sie bildeten einen wilden Kreisel, der nach allen Seiten hin wegflog.

Und wir vernahmen die Schreie aus der Säule.

Das Mädchen hatte sie ausgestoßen. Grell und spitz jagten sie über das Dach, als wollten sie den Feuerpfeilen auf ihrem Weg durch die Luft folgen.

Suko und ich waren fasziniert, denn die Art des Feuers wechselte von einem Augenblick zum anderen. Aus den Flammen der Hölle wurde wieder ein völlig normales Feuer, das weiterbrannte.

Und verbrannte!

»Mein Gott!« Ich stieß die Worte hervor, als ich sah, wie die junge Frau vor unseren Augen in die Knie sackte, sich noch unnatürlich steif dabei drehte und zu Boden fiel.

Gleichzeitig sanken die Flammen zusammen, ein Windstoß fegte über das Dach und löschte die letzten Reste des Feuers.

Auch die magischen Flammen waren nicht mehr zu sehen. Der Himmel, der dunkel und wolkenbeladen über unseren Köpfen lag, schien sie verschluckt zu haben.

Während ich auf die Frau zuging, schossen mir die Ereignisse der letzten Sekunden durch den Kopf. Suko und ich hatten eine Veränderung erlebt. Aus dem magischen Feuer war, durch welche Kraft auch immer, ein normales geworden.

Ein Feuer, das tötete, denn vor uns lag eine Leiche.

Wir knieten uns hin, schauten die junge Frau an und sahen die blicklosen Augen gegen den Himmel starren. Sie war auf eine schreckliche Art und Weise umgekommen, aber ihr Körper zeigte keinerlei Verbrennungen. Bis auf einige gerötete Stellen sahen wir eine völlig normale Haut vor uns.

Ich wischte über meine Augen. Suko hörte mein schweres Atmen und sagte: »Du brauchst dir keine Vorwürfe zu machen, John. Es war nicht deine Schuld.«

Ich hob die Schultern. »So genau kannst du das nicht sagen. Es war indirekt meine Schuld. Ich trage das Kreuz, bin dessen Besitzer. Hätte ich es nicht eingesetzt, wäre das nicht passiert. Versteh doch.«

»Ja, das ist möglich. Nur, blieb dir eine andere Chance? Sei ehrlich, John.«

»Nein.«

»Da siehst du es.«

Ich streckte einen Arm aus. Mit den Fingerspitzen glitt ich über die Wangenhaut der Toten. Sie war ziemlich kalt, als würde Eiswasser statt Blut in ihren Adern fließen. Auch ein Phänomen. Eigentlich hätte ich mit dem umgekehrten Fall rechnen müssen, so konnte ich keine Erklärung für diese Tatsache finden.

»Hast du sie schon gesehen?«, fragte mich Suko.

»Nein, noch nie.«

»Ich auch nicht.«

»Und doch gehörte sie zur anderen Seite. Suko, ich habe das Gefühl, einer heißen Sache auf der Spur zu sein. Hinter ihr steckt mehr, als wir bisher angenommen haben.«

»Lilith!«

»Wahrscheinlich.«

Das lange Hocken machte mich steif. Ich drückte meinen Körper wieder hoch und ging dorthin, wo die mit Steinen beschwerte Kleidung der Toten lag. Ich fand einen Pullover, eine Jacke und Hose aus Jeansstoff. Als ich die Jacke anhob, bekam sie an einer Seite eine Schräglage, da etwas Schweres in der Tasche steckte.

Ich holte es hervor. Auf meiner Handfläche lag eine Brieftasche aus Kunstleder. Ich klappte sie auf. In einem der Fächer steckten einige Geldscheine, in dem anderen fand ich einen Ausweis, holte ihn hervor und las den Namen halblaut vor.

»Gladys Verly!«

»Kenne ich nicht!«

Ich grinste Suko an. »Kann ich mir vorstellen.«

»Sind da noch weitere Dinge? Schau doch mal nach.«

Ich wühlte die Brieftasche durch und fand eine kleine Karte. Auf weißem Büttenpapier war die Schrift in roten Buchstaben gedruckt worden.

CLUB INTERNATIONAL – der Service für den gepflegten Herrn.

»Aha«, sagte Suko.

Mehr brauchte er auch nicht von sich zu geben. Wir wussten Bescheid. Und wieder hatten wir eine Spur, die zu irgendwelchen gehobenen Sexlokalen führte.

Vielleicht zu einem Edelbordell. Wenn ich recht darüber nachdachte, passte diese Art zu Lilith. Schon bei unserem ersten Kontakt mit ihr hatte uns der Weg in diese Szene geführt. Jetzt schien sich einiges zu wiederholen.

»Scheint wieder eine tolle Adresse zu sein«, bemerkte Suko und schüttelte den Kopf. »Wir werden uns auf jeden Fall dort genauer umsehen. Oder bist du anderer Meinung?«

»Nein.« Ich steckte die Karte weg.

»Und wer könnte Chester Kwan ermordet haben?«, hakte Suko nach. »Sie?« Er deutete dabei auf die Tote.

»Ich habe keine Waffe an oder bei ihr entdeckt. Deshalb kann ich dir darauf keine Antwort geben.«

»Allein steht sie nicht. Vielleicht hatte sie magische Helfer und diente Lilith.« Mein Freund schaute mich an. »John, sei ehrlich gegen dich selbst. Wie hast du die Tatsache empfunden, als sich dein Kreuz selbstständig machte?«

Ich schaute zu Boden und hatte die Hände in den Taschen meiner Hose versenkt. Dabei hob ich die Schultern. »Ich habe kaum darüber nachgedacht. Erst später …«

»Und dann? Aus dem Kreuz wurde ein L. Oder umgekehrt. Man kann natürlich daraus etwas ableiten.«

Ich ahnte, was mein Freund sagen wollte, und schnitt ihm mit einer Handbewegung das Wort ab. »Tut mir Leid, Suko, keine Theorien. Ich bin froh, dass ich das Kreuz überhaupt zurück habe.«

Der Inspektor lachte. »Dann nimm es wenigstens an dich und lass es nicht auf dem Dach liegen.«

Daran hatte ich tatsächlich nicht gedacht. Das Kreuz lag eine Armlänge von der Leiche entfernt. Sein silbriges Schimmern wies mir den Weg. Ich hob es auf und wollte es wieder einstecken, als mir etwas auffiel.

Gewichtsmäßig hatte es sich wohl nicht verändert, das hätte ich sofort gespürt. Dennoch war etwas mit ihm geschehen. Sehr genau ließ ich meinen Blick auf den wertvollen Talisman fallen und hatte das Gefühl, einen Schlag in den Magen zu bekommen.

In der Mitte des Kreuzes, wo sich die Zeichen befanden, die ich noch nicht enträtselt hatte, war etwas geschehen. Die unbekannten Insignien, die die beiden ineinander geschobenen Dreiecke einkreisen, waren, wie auch die geometrischen Figuren, nicht mehr vorhanden.

Dafür sah ich etwas anderes.

Ein großes L präsentierte sich meinem Blick.

Und das L stand für Lilith!

Sie hatte mein Kreuz entweiht!

Als ich daran dachte, wurde mir schwindlig. Ich trat unwillkürlich einen Schritt zurück. Damit hatte ich nicht gerechnet, nicht einmal geahnt, dass so etwas möglich sein würde.

In meinem Hals breitete sich eine Trockenheit aus, wie ich sie kaum kannte. Ich wollte sprechen, schaffte es nicht. Dafür starrte ich auf das Kreuz und dachte daran, dass alles aus war.

Suko trat neben mich. »Was hast du, John?« Seine Stimme drang wie aus weiter Ferne an meine Ohren, eine Antwort konnte ich ihm nicht geben.

Die Kehle war zu.

Meine Gedanken bewegten sich nur um dieses eine Problem. Jemand hatte es geschafft und das Kreuz entweiht. Asmodis und andere mächtige Höllendämonen hatten es immer versucht, keinem jedoch war es gelungen. Das Kreuz war mir treu geblieben, und nun kam eine Figur aus einer vorbiblischen Mythenwelt daher, breitete ihren Einfluss aus und schaffte es mit Hilfe eines ihr dienenden Menschen, die Waffe zu entweihen, vor der sich die Abkömmlinge der Hölle so fürchteten.

Es war einfach unfassbar – so grauenhaft, so anders, denn für mich brach in diesen Augenblicken eine Welt zusammen. Ich hatte voll und ganz auf das Kreuz vertraut, war von ihm nie im Stich gelassen worden, und nun passierte so etwas.

Mit der Hand wischte ich über mein schweißnasses Gesicht. Ich merkte auch das Zittern in meinen Kniekehlen, das sich fortpflanzte und sich auf den gesamten Körper übertrug.

»He, John!« Suko sprach mich wieder an. Es hätte auch irgendein Fremder sein können, das spielte keine Rolle. Die Stimme war da, ich drehte den Kopf zu ihm, und Suko ging erschreckt einen Schritt zurück, als er in mein Gesicht schaute.

»Was ist denn?«, fragte ich.

»John, meine Güte, wie siehst du aus?«

Ich hob die Schultern.

Suko hatte sich wieder gefangen. Er kam auf mich zu. Sein Blick fiel auf meinen ausgestreckten Arm und auf die Hand, deren Fläche nach oben zeigte.

Genau dort hatte das Kreuz seinen Platz gefunden.

»Schau es dir an!«, flüsterte ich. »Schau es dir genau an, und dann sag mir, was damit los ist.«

Suko hatte eine Antwort auf der Zunge, verschluckte sie

aber, senkte den Blick und sah sich meinen wertvollen Talisman genauer an.

Ich beobachtete ihn dabei und entdeckte, dass er weiß im Gesicht wurde. Das Blut schien aus den Adern zu strömen. Mit seinem ausgestreckten Zeigefinger deutete er auf die Mitte des Kreuzes.

»Es stimmt doch, was ich da gesehen habe, oder?«

»Ja, du siehst richtig.«

»Das L«, flüsterte er, »verdammt, das L steht für Lilith, nicht wahr, John?«

Ich nickte.

Jetzt schluckte auch Suko. Er schaute mir direkt ins Gesicht. Ich sah ihm an, dass er etwas sagen wollte, schon den Mund öffnete, doch es drang kein Wort über seine Lippen.

»Es ist vorbei, Suko«, flüsterte ich und schloss die Finger um das Kreuz. »Wir können es vergessen.«

Hatte bisher jeder von uns versucht, den anderen, wenn er niedergeschlagen war, aufzuheitern, so fiel das flach. Suko wusste ebenso wie ich, dass es nicht möglich war, mit Worten meine Depression zu zerstören, deshalb sagte er nichts und schaute zu Boden.

In mir tobte die Hölle.

Es war eine Hölle der Enttäuschung. Die Augen hielt ich fest zusammengekniffen. In diesem Moment hätte jemand mit einer Waffe auf mich zielen können, ich hätte ihn schießen lassen. Ein selten erlebtes Gefühl der Enttäuschung war über mich gekommen. Ich stand da, spürte kaum, dass ich vorhanden war, und hatte das Gefühl, über dem Dach zu schweben. Ich merkte wohl, dass sich meine Lippen bewegten, ein Wort brachte ich nicht hervor. Alles war vertrocknet, verkümmert. Meine gesammelte Psyche hatte sich völlig gedreht.

Ohne Kreuz war ich hilflos.

Obwohl ich es noch bei mir trug, kam ich mir vor, als hätte ich es verloren.

Schlimm …

Ich schluckte, setzte erneut an, um etwas zu sagen, und

musste wieder feststellen, dass es einfach nicht klappte. Zu stark hatte mich das Grauen getroffen.

»Okay, John«, vernahm ich Sukos Stimme. »Ich weiß, wie es in dir aussieht, aber es muss weitergehen.«

Ich lachte auf. »Wie denn?«

»Das werden wir sehen.« Suko hatte sich vor mir aufgebaut und eine Hand auf meine Schulter gelegt. Ich öffnete meine Rechte. Mein Freund und ich konnten auf das Kreuz schauen.

Die Enden mit den Zeichen der vier Erzengel sah ich überhaupt nicht. Mich interessierte nur das L in der Mitte. Es wirkte auf meinen Blick wie ein Magnet. Magisch blieben die Augen daran hängen.

Die andere Seite hatte das Unwahrscheinliche geschafft und das Kreuz so manipuliert, dass es mir, seinem Erbe und Besitzer, wahrscheinlich nicht mehr gehorchte.

Und das empfand ich als so schlimm.

»Hat es überhaupt noch Sinn?«, fragte ich.

»Wie meinst du das?«

Ich schaute Suko ins Gesicht. Er schien zu wissen, was ich fragen wollte, dennoch ließ ich nicht locker. »Ich meine, ob sich der Kampf überhaupt noch lohnt.«

»Natürlich« erwiderte er. »Immer lohnt es sich. Darauf kannst du dich verlassen.«

»Ohne die Waffe?«

»Noch hast du sie!«

Ich nickte. »Klar, ich habe sie, doch ich glaube kaum, dass ich sie gegen die Kräfte der Hölle einsetzen kann. Die sind einfach zu stark, zu hart, und sie haben das geschafft, von dem sie schon sehr lange träumten. Das Kreuz befindet sich unter ihrer Kontrolle. Gleichzeitig haben sie auch mich. Wenn es mit ihnen eine Verbindung eingegangen ist, sind sie genau über unsere Schritte informiert. Es wäre nicht nur sinnlos, sondern auch gefährlich, das Kreuz zu tragen.«

»Was meinst du damit?«

Meine Wangenmuskeln zuckten, das Gesicht nahm dabei einen harten Ausdruck an. »Was ich damit meine, liegt doch auf der Hand. Ich brauche es nicht mehr, Suko …«

»Vorsicht, Vorsicht, John! Mach jetzt nichts Unüberlegtes.«

»Das ist nicht unüberlegt. Ich will es nicht mehr haben.« Mein Lachen klang rau und traurig. Die Hand hatte ich zur Faust geballt, und ich hob den rechten Arm, wobei er gleichzeitig eine Wurfhaltung einnahm. Wir standen hier auf dem Dach eines Hochhauses. Wenn ich das Kreuz über den Rand warf und es in der Tiefe verschwand, konnte es meinetwegen jeder Penner nehmen.

Mein Arm zuckte nach hinten und wieder vor.

Noch schneller war Suko. Seine Hand schoss in die Höhe. Bevor ich das Kreuz quer über das Dach und in die Tiefe werfen konnte, hatte mein Freund schon zugegriffen. Ich fühlte mein Gelenk wie von einer Stahlklammer umfasst.

Gleichzeitig drücke Suko meinen Arm nach hinten und drehte ihn herum. Er war sich seiner Sache sicher, und ich musste der Bewegung folgen, wollte ich nicht, dass mein Arm brach.

Oft genug hatte ich meine Gegner in den Polizeigriff genommen, und nun geschah mit mir das Gleiche. Ich ging in die Knie, stöhnte vor Schmerzen und vernahm Sukos leise gesprochenen Befehl.

»Lass es fallen.«

Es blieb mir nichts anderes übrig, denn mein Freund meinte es bitterernst.

Also öffnete ich die Faust, das Kreuz rutschte von meinem Handteller, und ich hörte es zu Boden fallen. Suko hob es mit der freien Hand auf, steckte es ein und ließ mich los.

Ich drehte mich wieder um und rieb mein schmerzendes Handgelenk. In ein Gesicht mit sehr ernst blickenden Augen schaute ich und fragte meinen Freund: »Warum hast du das getan?«

»Um dich vor einer Dummheit zu bewahren.«

»Nein.«

»Doch, John, es wäre die größte Dummheit deines Lebens gewesen, das Kreuz wegzuschleudern. Vielleicht haben es unsere Gegner gerade darauf abgesehen. Möglicherweise wollten sie, dass du dich von der Waffe trennst! Das geschieht nun nicht.«

»Du willst es also behalten?«

»Richtig.«

»Und dann?«

»Ich gebe es dir zu einer entsprechenden Zeit zurück, wenn du dich wieder gefangen hast.«

»Nein, Suko, das brauchst du nicht. Es wird nicht mehr so werden, wie es noch vor einer halben Stunde war. Tut mir Leid. Die andere Seite hat es geschafft.«

»Das steht nicht fest.« Suko winkte ab. »Okay, lassen wir das mal aus den Augen. Wie soll es weitergehen? Hast du dir darüber schon deine Gedanken gemacht?«

»Nein!«

»Gut, dann werde ich die Initiative übernehmen. Wir haben eine Spur, John. Und zwar ist das dieser komische Club. Ihm werden wir einen Besuch abstatten.«

»Wir?« Ich schüttelte den Kopf. »Du kannst hingehen, Suko. Mich klammere dabei aus.«

Erstaunen trat in sein Gesicht. »Habe ich dich recht verstanden? Du willst nicht?«

»So ist es.«

»Aber das kannst du nicht machen. Das ist unmöglich. Du kannst doch nicht alles hinwerfen.«

»Was hat es denn für einen Sinn, weiterzumachen? Sag es selbst, Suko.« Ich sprach mit einer Stimme, die ich kaum als meine eigene identifizierte. Sie klang so leer, so tonlos, anders und auch deprimiert. Es war alles gleich oder egal in diesen Sekunden. Ich wollte nicht mehr weitermachen und hatte das Gefühl, hier auf dem Dach des Hochhauses ans Ende meiner Fährte gelangt zu sein.

»Nein, nein, John, so darfst du nicht reden. Jeder steckt mal Niederlagen ein. Die verkraften wir auch!«

Ich fuhr ihm in die Parade. »Suko, rede nicht. Die Niederlagen werden zu viel. Vor einigen Monaten der Dolch, dann Mandras Verschwinden, jetzt das Kreuz. Wo soll das hinführen?«

»Du vergisst Jane. Sie haben wir zurückholen können. Und es war dein Verdienst, John.«

Wieder klang mein Lachen vor der Antwort bitter. »Ja, wir haben sie zurückholen können, das stimmt. Aber was ist sie denn? Ein Zombie, wenn du es genau nimmst. Ein Mensch ohne Herz, der zwar existiert, dessen Dasein aber an einem magischen Gegenstand hängt, an einem Würfel. Als großen Sieg kannst du das nicht bezeichnen.«

»Jetzt machst du alles mies.«

»Würdest du das Gleiche nicht an meiner Stelle tun?«

Auf diese Frage wusste Suko keine Antwort. Er hob nur die Schultern.

»Vielleicht hätte ich ebenso reagiert, wenn ich Träger des Kreuzes gewesen wäre«, gab er nach einer Weile zu. »Dennoch solltest du nach vorn schauen und nicht ins Leere. Das jedenfalls meine ich. Du kannst nicht einfach alles hinwerfen, du hast einen Job, John. Man verlangt von dir etwas. Ich möchte Sir James sehen, wenn du den Dienst quittierst. Und dann, mein Lieber, ist nicht sicher, ob dich die Dämonen in Ruhe lassen werden. Du stehst auf ihrer Liste ganz oben. Bist der Typ, den sie an die erste Stelle gesetzt haben.«

»Das weiß ich …«

»Eben. Willst du dich da so abschlachten lassen? Die machen dich fertig. Auf so etwas haben sie nur gewartet. John, man wirft sein Leben nicht so einfach weg. Nimm das Kreuz wieder an dich!«

Suko hatte die letzten Worte sehr zwingend gesprochen und mich dabei angestarrt.

Ich stand da und überlegte. Sollte ich seinem Ratschlag folgen und das Kreuz tatsächlich wieder an mich nehmen? Es wäre verrückt gewesen, reiner Wahnsinn. Was sollte ich mit einer Waffe, die von meinen Gegnern manipuliert worden war und von ihnen gesteuert oder gelenkt werden konnte? Ich schluckte einige Male. In der Kehle saß noch immer der dicke Kloß. Ein Beweis für meine Unsicherheit und Angst. Beides hatte mich schlagartig überfallen.

Wir sprachen nichts. Suko ließ mich mit meinen Gedanken allein. Über uns verschwand ein Teil der Wolken vom Himmel. Das blanke Firmament lag wie ein dunkles Dach aus

Stahl, auf dem einige gelbe Punkte schimmerten und blitzten.

Aus der Ferne wurde ein Brausen herangeweht. London kam nie zur Ruhe. Auch nicht während der Nacht.

»Nun?«

Ich gab noch immer keine Antwort, da ich abgelenkt wurde. Auch Suko fragte nicht mehr weiter. Wir beide hatten das Geräusch vernommen, das über unseren Köpfen aufgeklungen war.

Wir schauten in die Höhe. Aus der Weite des Himmels löste sich ein Punkt, der rasch näher kam, sodass aus dem hellen Punkt gleich drei wurden, als wir ihn besser erkennen konnten.

Es waren Positionsleuchten. Und sie gehörten zu einem Hubschrauber, der Kurs auf das Hochhaus genommen hatte. Sehr rasch kam er näher. Seine Rotorblätter wirbelten so schnell, dass sich über dem Dach der Maschine ein flirrender Kreis gebildet hatte.

Noch war der Hubschrauber so weit von uns entfernt, dass er durchaus ein anderes Ziel anfliegen konnte. Diese Hoffnung erfüllte sich leider nicht. Der Pilot nahm noch eine winzige Kurskorrektur vor, dann führte der Flug der Maschine direkt auf unseren Standpunkt zu.

»Die wollen was von uns«, meinte Suko.

Ich gab ihm keine Antwort. Ich blieb stehen wie ein Denkmal und schaute dem Hubschrauber entgegen.

Der Krach steigerte sich, und einen Moment später schien die Maschine an ihrer Unterseite explodieren zu wollen. Dabei war es nur der helle, breite Lichtfinger eines Suchscheinwerfers, der auf das Dach des Hochhauses knallte und uns erfasste, sodass wir uns wie auf dem Präsentierteller fühlten.

Suko reagierte rasch. »Verdammt, John, der Besuch gilt uns.«

Ich war mit meinen Gedanken noch immer woanders. Suko aber handelte. Er packte mich und riss mich herum. Automatisch setzte ich ein Bein vor das andere, als der Inspektor anfing zu laufen und dabei die offene Luke ansteuerte.

»Tauch hinein!«, schrie er.

Beide Worte wurden vom Krach des Motors verschluckt, als der Hubschrauber zur Landung ansetzte. Wir gerieten noch in den kreisenden Wind der Rotorblätter, erreichten die Luke und verschwanden. Die Leiter nahmen wir nicht mit.

Suko sprang, ich ebenfalls.

Noch in der Luft und auf dem Weg nach unten, hörte ich ein hämmerndes Geräusch.

Es war ein wütendes Hacken, und ich wusste auch, wer dieses Geräusch verursacht hatte.

Maschinenpistolen!

Die Jagd auf uns hatte begonnen!

LUZIFER!

Das absolut Böse, der Mächtigste, der Grausamste unter den Abtrünnigen des Himmels. Das Synonym für Macht, Gefühlskälte, für Vernichtung und für das, vor dem die Bibel und die Schriften aller anderen Religionen immer warnten.

Er war erschienen, und gegen ihn kam selbst der Spuk nicht an.

Nicht Asmodis war der absolute Herrscher, ihm unterstand nur die Hölle, so wie es sich die Menschen auch vorstellten, doch hinter ihm – auch zum Schutz – gab es den gefallenen Engel, der kein Pardon kannte und auch nicht wollte, dass sein erster Diener den Kampf gegen die Schattenwelt des Spuks verlor.

Das Gesicht erschien aus der Ferne, und dennoch war es sehr nahe. Es gab keine Räume, die man errechnen oder bestimmen konnte. Hier war alles gleich.

Asmodis kämpfte um seine Existenz. Der Druck dieser unheimlichen Schatten war immer stärker geworden. In seinem Körper spürte der Teufel eine kochende Hölle, die Angst steigerte sich immer mehr, und auch das Wissen, dass es einen mächtigeren Feind gab, machte ihn so fertig. Selbst sein Schädel, der bisher aus der Schattenwolke herausgeragt hatte, war von dunklen Streifen umhüllt, die den Kopf einkreisten und immer wieder versuchten, in sein Inneres zu gelangen.

Bis zu dem Augenblick, als Luzifer ganz nahe war.

Auch der Spuk, obwohl nur eine Schattenwolke, spürte diese unheimliche Nähe und eine Grausamkeit, die selbst ihn erschreckte. Das gestaltlose Wesen wusste genau, dass es den Bogen nicht überspannen durfte. Wenn es den Satan tötete und dies noch vor den Augen des mächtigen Luzifers geschah, war auch seine Existenz verloren.

Aus diesem Grund zog er sich zurück.

Die Schatten, die die Gestalt des Teufels umfasst hielten, gerieten in wirbelnde Bewegungen. Sie drehten sich entgegengesetzt und schafften es, sich vom Körper des Satans zu lösen. Wie ein Hauch peitschten sie in die Höhe, und der Teufel war frei.

Er konnte es kaum fassen. Durch seine Gestalt lief ein mächtiges Zittern. Satan taumelte zur Seite. Nur allmählich nahm sein Gesicht wieder die normale dunkle Farbe an.

Und er entdeckte das Gesicht!

Weit riss er sein Maul auf. Schwefeldämpfe drangen hervor. Gelblich grüner Qualm, begleitet von einem wilden Fauchen und Zischen, in das sich ein trockenes Lachen mischte.

Er war gerettet, und das wusste er auch.

In der Finsternis der Unendlichkeit stand das Gesicht des Luzifers wie eine Wand.

Für einen Menschen das absolute Grauen und der große Angstmacher, für Asmodis jedoch war dieses Gesicht die Erfüllung schlechthin. Er hatte gewusst, dass es einen Mächtigeren gab, der hinter ihm stand und ihn belauerte und der ihm auch Schutz geben würde.

Nichts regte sich in dem gewaltigen Gesicht. Es wirkte wie eine Figur aus Eisen, so kalt, gefühllos. Nicht ein Zucken der Wangen verriet, dass Leben in der Fratze steckte, die eine Kälte ausstrahlte, mit der nicht mal die Leere des Alls mitkam.

Es war furchtbar.

Obwohl Luzifer die Lippen nicht bewegte, drang die

Stimme wie aus vier verschiedenen Boxen kommend durch die Unendlichkeit der Dimensionen. »Der wahre Herrscher bin ich!«, hörten der Spuk und auch Asmodis die finsteren Worte. »Mich kann niemand vernichten. Selbst die obersten Geschöpfe des Lichts konnten mich zu Beginn der Zeiten nicht töten. Sie haben mich nur verdammt. In den ewigen Regionen der Finsternis ist es mir gelungen, eine Hierarchie zu errichten, der jeder Tribut zollen muss. Es gibt keinen Höheren als mich, das gilt auch für mächtige Dämonen wie dich. Ich bin der, der über allem steht. Ich bin der Herrscher einer gewaltigen Welt, des größten Reiches, das existiert, und ich lasse es nicht zu, dass meine Pläne gestört werden. Der Teufel, auch Asmodis genannt, wird und muss bleiben. Daran kannst auch du nichts ändern, Spuk. Es sei denn, du möchtest dich vernichten. Dann sag es …«

»Nein, nein …« Die Stimme des Spuks gab die Antwort. Längst nicht so laut und siegessicher wie zuvor. Der Spuk hatte verloren, und das wusste er sehr genau.

Die Wolke hatte sich zusammengezogen. Sie reagierte wie ein Mensch, der sich fürchtete. Dabei stand sie zitternd vor dem gewaltigen Gesicht, das viele als schön ansahen, denn es gehörte schließlich einem gefallenen Engel.

Es bestand aus einer kalten, fast grausamen Schönheit, die abstoßend wirkte.

Nur auf Asmodis nicht.

Für ihn war Luzifer der absolut Größte. Er gehorchte ihm, er würde ihm immer gehorchen und dienen, denn er hatte über die Existenz des Teufels seinen schützenden unsichtbaren Mantel ausgebreitet.

»Versuch es nicht noch einmal!«, erklärte Luzifer. »Diesmal vernichte ich dich nicht, weil ich weiß, dass du im Prinzip auf meiner Seite stehst. Ich würde dir auch raten, die Seite nicht zu wechseln, denn es wird den großen Kampf geben zwischen der Hölle und denjenigen, die auch die Macht an sich reißen wollen. Aber ich, Luzifer, bin älter und auch stärker als die Großen Alten. Sie alle sind nach mir gekommen, und ich bin dabei, die alte Hierarchie wieder aufzubauen. Auch damals stand ich nicht allein. Ein Heer gefallener Engel war an meiner Seite. Einen davon liebte ich besonders. Die Große Mutter, die Urmutter, die erste Hure, die das in die Welt mit hineinbrachte, was heute Weiblichkeit oder Sexualität genannt wird. Es ist Lilith. Ihr habe ich den Weg geebnet. Ich stelle sie dem Satan an die Seite, damit er wieder erstarkt, und ich zuschauen kann, wie die Welt allmählich dem Bösen verfällt. Das habe ich seit Beginn des Lebens überhaupt gewollt. Nun ist es so weit, dass wir damit beginnen können, und wir lassen uns von keinem stören. Hast du gehört, Spuk? Von keinem …«

»Ja, ich weiß!«

»Und jetzt geh. Zieh dich zurück und hüte die Seelen der getöteten Dämonen, denn nichts anderes ist deine Aufgabe. Du kannst auch versuchen, in das Spiel der Mächte und Kräfte einzugreifen, aber komm uns niemals in die Quere. Hast du verstanden? Niemals …«

»Ich weiß es.«

»Dann weg mit dir!«

Es war ein scharf gesprochener Befehl. Hätte ihn ein anderer gesagt, der Spuk wäre ihm wohl kaum nachgekommen. Im Gegenteil, der andere wäre vernichtet worden.

So aber zog er sich zurück. Kein Geräusch war zu hören, als der Schatten verschwand. Er tauchte ein in die lichtlose Schwärze unheimlicher Dimensionen.

Zurück ließ er Asmodis und Luzifer!

Der Teufel hatte sich wieder erholt. Er schaffte es auch, Flammen zu produzieren. Sie umgaben ihn als feuriger Mantel, und er verbeugte sich vor dem großen Gesicht seines Mentors wie in der Oper Rigoletto der Hofnarr vor dem Herzog.

So linkisch, etwas spöttisch anmutend. Dabei streckte er den rechten Arm aus. Die Bewegung war nicht flüssig, sie sah steif aus, aber Luzifer wusste, was gemeint war.

»Du brauchst mir nicht zu danken. Sieh selbst zu, dass du mit deinen Problemen fertig wirst. Bisher hat die Hölle alles lösen können. In den letzten Jahren jedoch hast du Niederlagen erlitten. Ich will, dass dies gestoppt wird. Wir müssen uns die Erde untertan machen, nicht unsere Gegenseite, und ich weiß, dass es schwer sein wird. Leider kommen wir an die Menschen nicht heran. Nicht so, wie ich es mir vorgestellt habe. Die Religionen sind einfach zu stark. Wir können uns nur Einzelpersonen herauspicken und nicht die Allgemeinheit. Das solltest du versuchen, aber erst, wenn du mit den Feinden aus den eigenen Reihen fertig geworden bist. Stoppe die Großen Alten! Lass niemals zu, dass sie dir die Macht wegnehmen. Wenn das geschieht, hat die Hölle verloren. Und der Teufel darf nicht verlieren. Verstanden? Niemals!«

»Ja, Luzifer, ich habe verstanden.«

»Wir stehen an einem neuen Anfang. Du hast es oft versucht und immer wieder Rückschläge erlitten. Diesmal habe ich das Heft in die Hand genommen. Wir werden den Kreislauf erweitern. Irgendwie passte alles, was sich die Menschheit in Tausenden von Jahren aufgebaut hat, hinein. Und die Vergangenheit wird zur Gegenwart. Was in den Urzeiten geschaffen worden ist, muss auch jetzt noch Bestand haben, denn es hat sich erwiesen, dass das Alte oft genug stärker ist als das Neue. Ich habe die uralte Magie der Großen Mutter wieder zum Leben erweckt und bin bereit, dir diese an die Seite zu stellen. Sie wird dir helfen, deine Feinde zu besiegen, zu denen ich auch Menschen wie John Sinclair zähle. Richte dich danach, kämpfe nicht gegen sie und handle entsprechend. Ihr müsst es schaffen, alles an euch zu reißen, auch Götzen wie die Großen Alten, die sich so mächtig geben, aber gegen mich ein Nichts sind …«

Es waren die letzten Worte, die Luzifer seinem Ersten Diener übermittelt hatte. So rasch und lautlos, wie das Gesicht erschienen war, verschwand es auch wieder.

Die absolute Schwärze der Dimensionen schluckte es wie ein gewaltiger Trichter und mit einer nahezu gespenstischen Lautlosigkeit.

Nichts war mehr von Luzifer zu sehen.

Allein blieb Asmodis zurück. Von Flammen umweht stand er da, die hässliche Dreiecksfratze zu einem widerlichen Grinsen verzogen und dabei so laut auflachend, dass er sich fast selbst noch darüber erschreckte.

Ja, er würde es schaffen, er wollte es den anderen zeigen. Gegen ihn waren sie ein Nichts, sie sollten spüren, was es heißt, sich mit einem gestärkten Asmodis anzulegen.

Und er dachte an Lilith …

Natürlich kannte er sie. Im Reich des Bösen, in den Regionen der Finsternis, nahm gerade sie eine besondere Position ein. Sie hatte die Macht, die wesentlich größer war als die der Hexen. Deren Magie und Kräfte stützten sich auf den Teufel. Nur ihn kannten sie als den großen Helfer an. Bei Lilith war es anders. Für sie gab es einen anderen Helfer, der ihr wie ein großer Bruder zur Seite stand.

Eben Luzifer.

Er, der auch zu Asmodis hielt, hatte sie dem Teufel an die Seite gestellt. Ein mehr als besserer Ersatz für die in der Flammenschlinge verbrannte Oberhexe Wikka.

Bestimmt würde Lilith ihm helfen, seine Pläne zu verwirklichen. Es sah also alles gut aus.

Nur wenn der Teufel genauer darüber nachdachte, störte ihn etwas. Bei Wikka war er der Meister gewesen, sie hatte ihm gehorcht, sich immer seinen Wünschen gefügt und mit ihren Dienerinnen genau das getan, was Asmodis von ihnen verlangte.

Lilith würde nicht so reagieren.

Sie war mächtiger als Wikka, bestimmt gleichrangig, wenn nicht stärker als Asmodis.

So etwas mochte er nicht. Er konnte einfach nicht vertragen, wenn man ihm Befehle gab.

Luzifer ja, aber Lilith?

Der Satan war nicht sehr glücklich über die Entwicklung, obwohl sie für ihn positiv ausschaute. Aus seiner Sicht reagierte er normal. Menschen wären froh gewesen, hätten sie eine so starke Hilfe bekommen. Nicht aber die Dämonen der Hölle.

Ihnen waren Worte wie Dankbarkeit fremd. Für sie existierte das Gegenteil davon, und dabei machte der Höllenfürst keine Ausnahme. Aus diesem Grunde schaute er der Zukunft auch mit gemischten Gefühlen entgegen, zudem er noch nicht wusste, welche Pläne Lilith genau verfolgte …

Mit dem linken Ellenbogen schlug ich noch gegen die Leiterkante, dann prallte ich mit den Füßen zuerst zu Boden und hatte Mühe, mich zu fangen, denn der Druck wuchtete mich nach vorn.

Suko war an der anderen Seite der Leiter aufgekommen, blieb stehen und drehte sich um.

Auch ich schaute schräg in die Höhe, wobei sich der Lukenrand schärfer abzeichnete, da der ausufernde Lichtschein ihn noch erfasste und auch an den Innenrändern ein Stück herabkroch.

Das Licht veränderte sich nur ein wenig, sodass wir zu dem Schluss gelangten, eine Hubschrauberlandung zu erleben.

Verständigen konnten wir uns kaum. Das Geräusch des Motors und das Flappern der Rotorblätter erfüllte die Luft mit einem gewaltigen Krach. Ich dachte an die MPi-Garben, die man uns nachgeschickt hatte. Wären wir nicht so schnell gewesen, hätten wir hier unten wahrscheinlich durchlöchert gelegen.

Suko war schon an der Tür und stemmte sie auf. Er ließ sie offen, indem er sich mit dem Rücken gegen die Innenseite lehnte. Wenn jemand vom Rand der Luke schoss, wollten wir wenigstens einen Fluchtweg haben.

Ich hatte meine trüben Gedanken, die sich allein um das Kreuz drehten, verscheucht und die Beretta gezogen. Sprungbereit stand ich da und behielt den Rand der Luke im Blick.

Wir konnten nichts verstehen oder hören. Keine Schritte, keine Stimmen, das Dröhnen des Hubschraubers übertönte jedes andere Geräusch. Die Läufe unserer Berettas zeigten schräg nach oben. Wenn jemand von der Hubschrauberbesatzung am Lukenrand erschien, wollten wir sofort reagieren können.

Da tat sich nichts.

Eine halbe Minute war vergangen. Ich fing einen Blick meines Freundes auf. Suko hob die Schultern. Diese Geste sagte mir eigentlich alles. Er war ebenso ratlos wie ich.

Kein Schatten unterbrach den weichen Lichtkreis auf dem Dach. Er blieb zitternd in seiner Lage, und wir trauten uns auch nicht, auf die Leiter zu klettern und über den Rand zu peilen. Wenn die anderen etwas von uns wollten, würden sie kommen.

Es war zugig in diesem Schacht. Durch die offen stehende Tür zog es von der Eingangshalle bis zum Dach hoch durch das weite Treppenhaus. Unsere Kleidung bewegte sich wie eine Fahne. Meine Jackenschöße flogen hoch und knatterten.

Plötzlich nahm das Geräusch an Lautstärke zu. Wir beide wussten, dass es entstand, wenn ein Hubschrauber startete.

»Der fliegt wieder weg!«, brüllte Suko.

Ich stand schon an der Leiter. Obwohl es riskant war, wollte ich nach oben steigen. Als ich meinen rechten Fuß auf die erste Sprosse gesetzt hatte, bemerkte ich meinen Fehler. Der Lichtschein wurde wesentlich greller und blendete auch.

Dafür gab es nur eine Erklärung.

Der Hubschrauber war gestartet und flog gleichzeitig auf unseren kleinen Schlupfwinkel zu, den er durch seine grelle Lichtfülle bis in den letzten Winkel ausleuchten konnte und wir dabei wie auf dem Präsentierteller standen.

Ich katapultierte mich nach hinten. Es ging um Sekunden. Der Lärm über mir steigerte sich zu einem infernalischen Krach. Ich konnte durch die Blendung überhaupt nichts erkennen, wusste nur, dass sich irgendwo hinter mir die Tür befinden musste, und stolperte fast über meine eigenen Beine, bis ich einen harten Schlag gegen die Schulter erhielt und noch stärker nach hinten gezogen wurde.

Mein Freund Suko hatte eingegriffen. Er wirbelte mich auch herum, ich hämmerte mit der Seite hart gegen Beton und vernahm durch den Lärm ein böses Knattern.

Sie schossen wieder.

Zu Boden mussten wir beide. Mörtel und Staub spritzten um unsere Köpfe. Die Treffer lagen verdammt nahe. Sie schafften es nicht mehr, in unsere Körper zu hacken, denn die Eisentür rettete uns vor den Garben. Sie war so stabil, dass sie auch die harten Bleimantelgeschosse aufhielt, sodass wir gefahrlos auf die Beine kommen konnten und uns schwer atmend an der Wand abstützten.

»Möchte wissen, wem wir da auf die Zehen getreten sind«, sagte Suko keuchend.

»Das kannst du laut sagen.«

»Hast du einen Verdacht?«

»Nein, denn Lilith schießt wohl nicht mit einer Maschinenpistole.« Danach schwiegen wir beide, um den Geräuschen zu lauschen, die allmählich abklangen.

Der Helikopter flog wieder fort. Seine Aufgabe war erledigt. Aber welche war es gewesen? Was hatte die Besatzung der Maschine auf dem Dach zu suchen gehabt?

Suko quälten die gleichen Gedanken wie mich. Er nickte mir zu. »Okay, sehen wir nach.«

Diesmal zog ich die schwere Eisentür auf und schaute mir die Innenseite an. Ich konnte sehr gut erkennen, dass zahlreiche Kugeln gegen das Metall gehackt hatten. Dort war der Rost abgesplittert, und das Eisen zeigte sogar kleine Dellen.

Suko sah ebenfalls nach. Er fuhr mit der Hand durch sein Haar. »Junge, das war knapp.«

»Sogar noch knapper«, erwiderte ich.

Wir hörten den Hubschrauber. Seine Fluggeräusche wurden als Schall über den weiten Himmel geleitet und verflogen.

Diesmal schritt ich schneller die Leiter hoch, ließ eine gewisse Vorsicht nicht außer Acht, denn ich rechnete damit, dass jemand von der Besatzung zurückgeblieben war.

Dem war nicht so.

Weder eine lebende noch eine tote Gestalt war auf dem flachen Dach zu erkennen.

Leer lag es vor meinen und wenig später auch vor Sukos Blicken. Der Inspektor schüttelte den Kopf. »Das ist doch nicht wahr. Die sind tatsächlich nur gekommen, um sich die Leiche zu holen?«

»Sieht so aus.«

»Sogar die Kleidung haben sie mitgenommen.« Suko setzte sich bei diesem Satz in Bewegung und schritt kopfschüttelnd das Dach ab. Einige Male hob er die Schultern und schaute mich an, als würde ich ihm die Erklärung geben können.

»Vielleicht war sie nicht tot!«, rief ich.

»Aber wir haben sie beide untersucht.«

»Gründlich?«

»Nun ja ...« Suko zuckte mit den Achseln. »Wenn man es genau nimmt, nicht.«

»Eben. Und sie haben mit der Toten etwas vor, wenn sie überhaupt tot war. Möglicherweise können wir es auch mit einem Zombie zu tun gehabt haben, denn verbrannt ist die Frau nicht, als sich die Wirkung des Feuers veränderte, das haben wir beide gesehen.«

Suko blieb wieder neben mir stehen. Er fragte, während er sich im Kreis drehte und gegen den Himmel schaute: »Sag mal, hast du eigentlich den Hubschrauber genauer betrachtet?«

»Dazu blieb mir nicht die Zeit. Dir denn?«

»Eigentlich nicht«, meinte Suko und dehnte die Antwort etwas, sodass ich dahinter einiges vermutete.

»Demnach ist dir doch etwas aufgefallen.«

»Stimmt. Ich glaube, gesehen zu haben, dass der Hubschrauber eine Beschriftung aufgewiesen hat.«

»Wie das?«

»Jede Maschine ist mit einer Markierung versehen. Damit man weiß, wo sie herstammt.«

»Und diese hier?«

»Hatte, wenn mich nicht alles täuscht, arabische Schriftzeichen. Die Maschine selbst war dunkel, die Schrift heller. Nur daher konnte ich sie erkennen.«

»Aber du bist dir nicht sicher?«

»Nein, leider nicht. Deshalb ja meine Frage an dich, ob du da mehr gesehen hast.«

»Tut mir Leid.« Ich knetete mein Kinn. »Wenn wir einmal davon ausgehen, dass du mit deiner Vermutung Recht behältst, Suko, mit wem könnten wir es dann zu tun haben?«

»Das müssen wir herausfinden.«

»Klar, aber man kann ja Vermutungen anstellen.«

»Und die lauten?«

»Vielleicht war es eine arabische Terrorbande, die sich hier in London etabliert hat.«

»Was sollten die denn mit Lilith zu tun haben?«, fragte Suko erstaunt.

Ich schaute auf meine Schuhspitzen. »Das sag mal nicht. Ich erinnere mich an den Fall, als ich Bill Conolly aus dem Vorhof der Hölle holte und wir in Schottland dem Golem begegneten. Da hatte sich auch in den Bergen eine Terrorgruppe verschanzt. Sie stand ebenfalls mit schwarzer Magie in Verbindung. So weit hergeholt ist das nicht, wie mir scheint.«

»Könnte stimmen.«

»Muss aber nicht«, sagte ich und streckte Suko meine Hand entgegen. »Komm, ich nehme das Kreuz wieder an mich.«

Der Inspektor lächelte, als er in seine Tasche griff. »Bist du endlich wieder der Alte?«

»Fast.«

Suko holte das Kreuz hervor und legte es auf meine ihm zugedrehte Handfläche. Beide schauten wir auf den wertvollen Talisman, und beide sahen wir die erneute Veränderung.

Der L in der Mitte war verschwunden!

»Verdammt, das ist doch ein Wahnsinn!« Ich schüttelte den Kopf. Wir wurden hier manipuliert, ohne dass wir es merkten. Auch die Dreiecke und die anderen Symbole waren nicht wieder erschienen. Die Mitte des Kreuzes blieb einfach leer.

»Und jetzt?«, fragte Suko.

»Ich weiß es nicht. Ich weiß es ehrlich nicht, was das alles soll. Will man uns zum Narren halten?«

»Wenn es nur das wäre.«

»Du meinst, es würde ein gefährliches Spiel mit uns getrieben?«, hakte ich nach.

»Bestimmt.« Suko deutete auf das Kreuz. »Im Moment befindet es sich in einer inaktiven Ruhelage. Ich kann mir auch gut vorstellen, dass dies nicht so bleiben wird. Wenn unsere Gegner etwas von uns wollen, werden sie eingreifen.«

»Sprich in der Einzahl und sage Lilith.«

»Auch das.«

»Dann müsste ich eine Gegenbeschwörung versuchen.«

Suko war skeptisch. »Du willst das Kreuz beschwören?«

»Bleibt mir etwas anderes übrig?«

Mein Freund atmete scharf aus. »Verdammt, John, das ist harter Stoff. Na ja, mal sehen.«

»Aber jetzt nicht.« Ich lächelte. »Wir sollten zusehen, dass wir das Haus hier verlassen.« Ich steckte das Kreuz wieder ein. Um den Hals hängte ich es mir bewusst nicht. Sollte irgendeine Gegenreaktion der anderen Seite erfolgen, musste ich in der Lage sein, mich so rasch wie möglich wieder von dem Kreuz zu trennen.

Diesmal stiegen wir die Leiter wieder normal hinab und klopften auch unsere mitgenommene Kleidung aus. Dennoch blieb der meiste Schmutz darin hängen. Verständlicherweise hatten wir es eilig, dennoch ließen wir eine gewisse Vorsicht walten. Bei unseren unbekannten Gegnern mussten wir mit allem rechnen und auf jede Überraschung gefasst sein.

Abermals nahm uns die zugige Kälte dieses halbfertigen Hauses auf. Unsere Kleidung war zu dünn. Der Wind schnitt hindurch und biss auf der Haut. Abermals wehte uns der Geruch von Kalk, Mörtel und Betonstaub entgegen.

Auch jetzt schauten wir wieder in die Flure und Gänge hinein, wo sich die offenen Eingänge der Wohnungen gegenüberlagen. Suko war es, der mich auf eine Idee brachte. »Könnte es sein, dass sie auch den anderen Toten abgeholt haben?«

»Damit rechne ich eigentlich nicht. Dein V-Mann ist, so schlimm es auch klingt, auf normale Art und Weise gestorben. Im Gegensatz zu dieser Gladys Verly. Hinter ihrem seltsamen Ableben steckt viel mehr, als wir bisher ahnen.«

»Das glaube ich mittlerweile auch.«

Wir gingen weiter. Wieder hielten wir uns nahe der Wand. Gegenüber gähnte der Abgrund des Treppenschachts. Auf meinen Lippen schmeckte ich Staub. Er war mir in den Mund gedrungen, knirschte zwischen den Zähnen, und dann blieb Suko stehen.

Sehr plötzlich, ich drehte mich noch zur Seite, sonst wäre ich gegen ihn gelaufen.

In welchem Stockwerk wir uns befanden, konnte ich nicht sagen. Jedenfalls hielten wir uns an der Einmündung eines Flurgangs auf, der wie ein dunkler Schacht in die Tiefe stach.

»Was hast du?« Ich hatte bei der Frage meine Stimme gesenkt.

Suko deutete mit dem abgespreizten Daumen in den Gang hinein. »Da lauert etwas!«

»Und was?«

Er hob die Schultern. »Ich habe keine Ahnung, aber es ist vorhanden. Ich glaube sogar, Stimmen gehört zu haben.«

Diesmal waren wir beide sehr gespannt. Ich ärgerte mich nur darüber, dass ich nicht lautlos gehen konnte, weil unter den Sohlen der Mörtel knirschte und jedes Geräusch durch die kahlen Wände noch verstärkt wurde.

Man musste uns einfach hören …

Beide atmeten wir sehr flach. Unsere Gesichter waren gespannt, als wir in die erste Wohnung schauten. Ich trat hinein, während sich Suko die Wohnung gegenüber vornahm.

Ich fand einen leeren Raum und sah auch die offenen Türen zu den anderen Zimmern.

Meine Schritte setzte ich vorsichtig. Jeden Augenblick rechnete ich damit, von einer Gefahr erfasst zu werden. Auch ich spürte, dass sich innerhalb dieser äußerlich so leeren Wohnung etwas tat. Erkennen oder begreifen konnte ich es nicht.

Ich war schon auf dem Rückweg, als ich es spürte. Es war nicht die Botschaft von draußen, sie drang praktisch aus mir selbst in mein Gehirn, zugleich spürte ich in der Jackentasche das Vibrieren.

Genau dort steckte das Kreuz.

Meine Hand befand sich schon auf dem Weg, als ich dennoch zögerte, da ich ein wenig Furcht davor bekam, das Kreuz wieder zwischen die Finger zu nehmen.

Sehr behutsam zog ich es hervor. Zuerst fiel die Kette auseinander, dann erschien das Kreuz, und ich hielt es so, dass mein Blick von vorn direkt darauf fallen konnte.

Wieder hatte es sich verändert.

In der Mitte glühte das L!

Da ich es nur mehr an der Silberkette hielt, hätte ich es fast fallen lassen. Jemand sprach zu mir.

Zunächst wollte ich es nicht glauben, weil es einfach zu unwahrscheinlich war, bis ich feststellte, dass die zu mir sprechende Stimme nicht aus irgendeinem anderen Zimmer drang, sondern aus der Mitte des Kreuzes, das ich festhielt.

Aus dem L.

»Ich begrüße dich als Gefangenen meines Reiches, John Sinclair. Willkommen, Geisterjäger …«

Eine Frauenstimme hatte gesprochen.

Lilith!

»Du warst gut, Puppe.«

Der Mann mit dem fetten Bauch fügte noch ein Lachen hinzu, bevor er einen Bademantel über seinen nackten Körper schlang und nach nebenan verschwand, wo sich der Duschraum befand.

Gloria Gibson lächelte. Doch nur so lange, bis die Tür hinter ihrem »Gast« zugefallen war, dann nahm sie auf dem Bett mit der roten zerwühlten Decke Platz, schickte einen gezischten Fluch hinter dem Kerl her und schaltete per Fernbedienung den Recorder aus.

Der Film, der auf dem kleinen Monitor lief und zur Hardcore-Ware gehörte, verschwand.

Auch Gloria wickelte ein Badetuch um ihren nackten Körper. Sie saß da, schüttelte sich und vergrub das Gesicht in beide Hände. Für einen Moment begann sie heftig zu weinen, während nebenan die Dusche rauschte und die dröhnende Singstimme des Kunden das Torero-Lied aus der Oper »Carmen« schmetterte.

Gloria hob nach einer Weile ihren Kopf. Die blonden Haare waren zu Locken gedreht und umrahmten ihr Puppengesicht, auf dem jetzt ein matter Schweißfilm lag.

Sie war noch so jung.

Genau einundzwanzig Jahre. Viel zu jung, um ein Leben zu führen, das in gewissen Filmen stets als so toll dargestellt wurde und in Wirklichkeit noch mieser war, als dass man sich überhaupt eine Vorstellung davon machen konnte.

Der angebliche Luxus, den es in diesem Bordell gab, war nur Schein. Hinter der Fassade regierte die nackte Gewalt, seit einigen Wochen auch noch etwas anderes.

Die Mädchen nannten es das Böse …

Es war da, es lauerte, und es hatte schon einige der Dirnen in seine Gewalt gebracht.

Gloria wollte nicht. Sie arbeitete etwa seit einem halben Jahr in diesem Bordell, das sich Club International nannte. Aufgefallen war sie in einer Peep Show, in der sie sich abends zur Schau stellte, um ihr Gehalt als Verkäuferin aufzubessern.

Man hatte sie gefragt, ob sie nicht tauschen wollte. Die miese Spanner-Show gegen den Luxus eines exklusiven Clubs. Sie hatte eingewilligt und war zusammen mit ihrer Freundin Diana Neerland in dieses Edelbordell umgezogen.

Nach einem halben Jahr hatten beide Mädchen den Durchblick gehabt und waren zu der Überzeugung gelangt, dass sich dieser Club kaum von der Peep Show unterschied. Hier mussten sie zumeist Dinge tun, die viel schlimmer waren, und sie beschlossen, irgendwann zu verschwinden.

Das war leichter gesagt als getan, denn im Club herrschte ein brutales Management. Mädchen konnten nicht gehen, wann sie wollten. Sie mussten so lange warten, bis die Clubleitung ihrer überdrüssig wurde. Das geschah dann, wenn die Mädchen nicht mehr so gefragt waren.

Gloria und Diana aber waren gefragt. Ihre Jugend und ihr etwas kindliches Aussehen gereichten ihnen zum Vorteil. Die Gäste und Kunden standen auf sie, besonders dann, wenn sie auf schüchtern machten.

Alles hat einmal sein Ende. Beide Mädchen hatten sich fest vorgenommen zu fliehen.

Gloria warf noch einen Blick auf die Tür zur Dusche. »Du warst der Letzte«, flüsterte sie. »Keinen mehr, das kann ich schwören.« Mit einem Ruck stand sie auf.

Sie schaute noch einmal auf das rote Bett, atmete die parfümgeschwängerte Luft ein und schüttelte sich, als hätte sie Fieber bekommen. Wie sie dieses angebliche Luxusapartment hasste. Es war furchtbar. Nie mehr wollte sie zurückkehren.

Ihren Dienst hatte sie erfüllt, und Geld bekam sie von dem Kunden nicht. Das lieferte er zuvor an der zentralen Zahlstelle ab, wo der Kassierer saß und die Scheine an sich nahm.

Die Mädchen bekamen auch etwas. Einen Hungerlohn im Vergleich zu dem, was sie wirklich einnahmen.

Noch immer rauschte die Dusche. Und noch immer sang der Typ das Torero-Lied. Am liebsten hätte Gloria eine Waffe genommen und durch die Tür gefeuert. Aber der Mann konnte ja nichts dafür. Nicht ihn musste sie hassen, sondern sich selbst und auch die Umstände, die sie zu dem gemacht hatten, was sie jetzt war.

Das sollte nicht mehr lange dauern. Sie und ihre Freundin Diana hatten vor, noch an diesem Abend zu verschwinden. Es war der einzige in der Woche, der ihnen zu freien Verfügung stand. In London konnten sie nicht bleiben, das war zu gefährlich, da das Management seine Finger überall hatte.

Gloria verließ den Raum. Sie betrat einen Flur, der dem eines Hotels glich. Zahlreiche Zimmer, Spielwiesen genannt, lagen rechts und links des Gangs. Auch hier brannte rötliches Licht. Zwischen zwei Türen stand ein fahrbarer Wagen mit einem Sektkühler darauf. In dem Gefäß schwammen einige Eisstücke.

Manchmal hörte Gloria das Lachen ihrer Kolleginnen. Es gab einige unter ihnen, denen die Arbeit Spaß machte, die meisten allerdings widerte dieser Job an.

Gloria musste bis zum Ende des Gangs durchschreiten, um in den Teil des Hauses zu gelangen, wo die Zimmer der Mädchen lagen. Dabei war der Begriff Zimmer übertrieben. Zu zweit hausten sie in Buden, in denen nichts Persönliches war und zum Teil die Heizungen nicht mal funktionierten. Eine Schikane der Clubleitung, denn die Leute wollten, dass sich die Mädchen an ihren »Arbeitsplätzen« wohler als auf den Zimmern fühlten.

Die Tür war nicht verschlossen. Gloria drückte sie auf und betrat eine andere Welt. Die Sohlen der Clocks schleiften über einen abgenutzten Teppichboden. Matte Wandleuchten gaben Licht. Die einzelnen Zimmertüren waren schmal, lagen dicht nebeneinander, und die ganze Aufmachung erinnerte Gloria an einen Knast. Fehlten nur noch die Gitter an den Fenstern.

Über ihre nackten Schultern rann ein Frösteln. Das Badetuch reichte ihr von der Brust bis zu den Hüften. Sie hatte dummerweise ihren Hausmantel im Zimmer vergessen.

So schnell es ging, lief sie zur vorletzten Tür, wo Diana und sie hausten.

Bevor sie eintrat, wurde die Tür gegenüber aufgestoßen. Leila, das Halbblut, ging zum Dienst. Sie war eine Kanone im Club. Ein heißes Geschöpf, das die Haare zu kleinen Bändern geflochten hatte, in denen Perlen schimmerten. Das Gesicht war breit, die Lippen aufgeworfen. Selten gab es wohl Frauen oder Mädchen, die einen so lasziven Gesichtsausdruck hatten.

»Schon Feierabend?«, fragte sie.

Gloria lauschte der rauchigen Stimme. Damit machte Leila jeden Mann schwach. Auch mit ihrer Aufmachung. Sie trug Strapse, knallrote Strümpfe, ein knappes Oberteil aus ebenfalls roter Spitze und einen Hauch von einem Tanga-Slip. Über den Arm hatte sie ein dünnes Kleid aus roter Seide hängen, das ebenfalls durchsichtig war.

Gloria zwang sich zu einem Lächeln. Sie dachte daran, was man sich von Leila erzählte. Angeblich sollte sie die Vertraute des Chefs sein. Man durfte ihr nicht zu viel sagen. »Ja, ich habe für heute genug getan.«

»Gut.« Leila tätschelte Glorias Wange. »Wie viele Kunden hattest du?«

»Vier.«

»Das ist unterer Durchschnitt.«

»Ich weiß.«

Der Mischling legte einen Finger unter ihr Kinn und schaute sie aus großen Augen an. »Na ja, vielleicht werden es morgen mehr. Es wäre dir zu wünschen, Darling.« Mit diesen Worten ging sie ihres Weges …

Verdammtes Biest!, dachte Gloria, als sie dem Halbblut nachschaute. Leila schwang mit den Hüften, und sie streifte während des Gehens ihr dünnes Kleid über.

Leila war ein Biest. Zudem gehörte sie zu den Personen, denen die Arbeit Spaß machte, und sie stand – daran glaubte Gloria fest – unter dem Einfluss des Bösen, des anderen.

Auch ihre Freundin Diana und sie hatten etwas davon gespürt. Man hatte sie locken wollen mit süßen, gefährlichen Träumen, doch sie waren bisher immer davor zurückgeschreckt. Obwohl Diana schon bald daran zerbrach.

Auch jetzt, als Gloria die Tür ihres gemeinsamen Zimmers öffnete. Mit einem Schrei fuhr Diana in die Höhe. Die Whiskyflasche riss sie gleich mit. Da die Flasche nicht verschlossen war, schwappte der Alkohol aus der Öffnung, rann über ihre Hand und klatschte auf das Bett, wo das Zeug versickerte.

»Himmel, hast du mich erschreckt!« Mehr sagte Diana nicht. Sie presste ihre Hand gegen die Brust und schüttelte den Kopf. »Weshalb hast du nicht vorher angeklopft?«

»Muss ich das?« Glorias Stimme klang scharf, als sie die Tür zudrückte. Mit zwei Schritten war sie bei Diana, riss ihr die Flasche aus der Hand und ließ den Whisky in ein Handwaschbecken gluckern, ohne sich um die Proteste ihrer Freundin zu kümmern. Die leere Flasche warf sie anschließend in den Papierkorb.

Diana saß steif auf der Kante des zweiten Bettes. Das Mädchen hatte blonde Haare, ebenso wie ihre Freundin, und viele verwechselten die beiden. Aus diesem Grund hatten sie den Namen Zwillinge bekommen. Im Gegensatz zu Gloria hatte sich Diana bereits umgezogen. Ihr Kleid war violett, schmiegte sich sehr eng um den schlanken Körper und ließ erkennen, dass sie darunter nichts trug. Ihre Füße steckten in glänzenden Schuhen.

Gloria sagte nichts. Sie öffnete eine Seite ihres Schrankes und ließ das Badetuch zu Boden fallen. Ein Frösteln rann über den nackten Körper und bildete darauf eine Gänsehaut.

Diana, die auf ihren Rücken schaute, begann zu lachen. »Wenn du frierst, musst du einen Schluck nehmen, Kleines.«

»Hör auf damit.«

Diana lachte girrend. »Du gönnst mir auch gar nichts. Bist wie meine Mutter damals. Immer streng und so komisch.«

Gloria holte ein Kleid aus dem Schrank. Es hatte den gleichen Schnitt wie das von Diana. Etwas anderes anzuziehen war den Mädchen nicht möglich, ansonsten hing im Schrank nur mehr »Berufskleidung«. Damit konnte sich kein Mädchen auf die Straße wagen, ohne aufzufallen.

Der Stoff hatte eine grüne Farbe. Gloria musste sich räkeln und drehen, um überhaupt hineinschlüpfen zu können. Mit zwei Fingern zupfte sie noch die Falten zurecht, dann nickte sie ihrer Freundin zu. »Komm jetzt!«

»Wohin?«

»Wir gehen.«

»Was?«

Gloria Gibson stand dicht vor einer Explosion. Sie trat so schnell an das Bett heran, dass sie nicht mehr an die tief hängende Lampe dachte und sich den Kopf stieß, sodass die Lampe in Bewegung geriet und von einer Seite auf die andere schwang. »Hatten wir nicht ausgemacht, heute Nacht noch zu verschwinden?«

Eingeschüchtert zog sich Diana ein wenig zurück. »Nun ja, ich erinnere mich, aber war es dir so ernst damit?«

Gloria holte tief Luft, bevor sie ihren Oberkörper nach unten beugte und den Kopf vorstreckte. »Glaubst du denn, ich spaße mit diesen Dingen? Es geht hier um unsere Existenz. Ich habe keine Lust, den Rest meines Lebens in einem Puff zu verbringen.« Obwohl sie am liebsten laut geschrien hätte, hielt sie sich zurück, was sie Mühe kostete.

»Okay, du hast ja Recht, aber ich bin so müde!«

Glorias Hand schnellte vor. Die Finger gruben sich in das weiche Fleisch an der rechten Schulter. »Jetzt mach mal keinen Unsinn, Mädchen, und sei vernünftig. Wir haben beschlossen, von hier zu verschwinden.« Sie schüttelte Diana bei jedem Wort. Deren Gesicht verzog sich. »Du tust mir weh, Gloria.«

»Das ist mir egal. Ich will auch wissen, wie viel du getrunken hast? Los rede!«

»Kaum der Rede wert …«

»Rede, Diana!«

»Ich weiß es wirklich nicht, denn ich habe nicht nachgezählt und nur aus der Flasche getrunken.«

»Die war zu einem Drittel leer.«

»Kann stimmen.«

Gloria ließ ihre Freundin los. Sie schüttelte einige Male den Kopf und presste ihre Fäuste gegen die Stirn. »Das darf einfach nicht wahr sein. Da plant man, da rechnet man nach, da sucht man sich den günstigsten Augenblick heraus, und dann kommt so etwas. Verdammter Mist!« Sie schlug mit der Faust auf den Tisch.

»Dann gehen wir eben morgen«, schlug Diana vor.

Scharf fuhr Gloria herum. »Nein, wir gehen nicht morgen. Wir gehen heute. Die Voraussetzungen sind günstig, zum Teufel. Leila ist nicht da. Niemand wird uns beobachten, wenn wir verschwinden. Niemand.«

»Ja, ja, ich gehe ja mit.« Diana drehte sich und stemmte sich in die Höhe. Sie stand nicht sicher, fuhr mit den gespreizten Fingern durch ihr Haar und schüttelte den Kopf. »Ich brauche eine Tablette«, sagte sie mit weinerlicher Stimme.

»Toll! Tabletten und Alkohol. Das putscht so richtig auf und macht an. Du bringst es noch bis zu einem Kreislaufkollaps, wenn du so weitermachst. Heute gibt es keine Pillen.«

»Nur eine, bitte!«

»Ich habe nein gesagt!«

»Dann leck mich doch …« Diana Neerland wurde sauer, drehte allerdings ab und ging auf die Tür zu.

Ihr Gang war unsicher, sie schlenkerte mit den Armen und würde bestimmt Unsinn machen, wenn es Gloria nicht gelang, sie von ihrem Vorhaben abzuhalten.

»Moment, Mädchen, so haben wir nicht gewettet.« Bevor Diana die Tür öffnen konnte, war Gloria bei ihr und schleuderte sie zurück.

»He, was …?«

»Ich mache das. Verstanden?«

»Ja, ja, nichts gönnst du mir.«

Gloria war sauer. Sie hörte nicht mehr hin, was die Freundin noch von sich gab. Der Plan begann jetzt schon zu schwimmen, und sie fürchtete, dass sie ihn nicht mehr durchführen konnte. Am liebsten hätte sie Diana zurückgelassen. Aber das ging auch nicht. Man brauchte ihr nur drei harte Fragen zu stellen, dann kippte sie um. Und die Typen, die sich auch Satans Mädchenfänger nannten, konnten sehr gezielt fragen.

Wenn Diana nicht getrunken hatte, war sie patent. In ihrem jetzigen Zustand allerdings war kaum etwas mit ihr anzufangen. Aus diesem Grunde beschloss Gloria, es mit einer Radikalkur zu versuchen. Bevor sich Diana versah, wurde sie gepackt und von Gloria in Richtung Waschbecken gedrückt. Sie stemmte sich zwar noch dagegen, hatte jedoch keine Chance, als ihr Diana den Kopf nach unten drückte und den Hahn aufdrehte.

Dianas Protest erstickte in einem Gurgeln, als das Wasser in Mund und Nase drang.

»Bist du jetzt nüchtern?«, fragte Gloria nach einer Weile, als sie den Kopf ihrer Freundin wieder anhob.

»Ja, ja, verdammt.«

Gloria schleuderte ihr ein Handtuch zu. »Hier, trockne dich damit ab, und dann verschwinden wir.«

Einwände hatte das Mädchen nicht mehr. Gloria nahm noch ihre Handtasche an sich, bevor sie sich zur Tür wandte und diese vorsichtig öffnete, um anschließend in den Gang zu schauen.

Nach beiden Seiten peilte sie, und sie sah auch das Auge der Fernsehüberwachung in einer Ecke. Das Management beobachtete nur, einer saß immer vor den Monitoren, aber die Kameras konnten nicht jeden Winkel des langen Flurs überwachen, das hatte Gloria herausgefunden. Wenn sie sich auf allen vieren bewegte, wurde sie in einigen Ecken nicht erfasst.

Und das tat sie.

Ihre Freundin tat es ihr nach, obwohl sie protestierte, was ihr nicht half, denn sie musste Gloria folgen. Der Fluchtweg war genau ausgekundschaftet worden, und Gloria hatte sich einen Zweitschlüssel für die stets verschlossene Tür am Gangende besorgt.

Dort änderte sie ihre Haltung wieder und stellte sich aufrecht hin. Den Schlüssel schob sie in das schmale Metallschloss, er passte glücklicherweise und hakte nur ein wenig, als sie die schwere Tür aufschloss.

Kalter Wind fuhr gegen die Körper der beiden Frauen und presste den Kleiderstoff noch enger.

»Verdammt, ich friere!«, beschwerte sich Diana.

»Halt die Klappe!«

»Wieso, ich …«

Gloria fuhr herum. Sie hatte ihre Hand schon zum Schlag gehoben, das Gesicht war verzerrt, und Diana zuckte ängstlich zurück. »Ja, schon gut, ich sage ja nichts …«

»Das will ich auch gemeint haben. Ab jetzt hältst du den Mund!«

Noch löste sich Gloria Gibson nicht aus der Deckung der Tür. Sie wollte sehen, ob die Luft rein war.

So glänzend die Fassade des Clubs von außen wirkte, so mies war das Haus an der Rückseite. Hinzu kam die Umgebung. Ein alter Hinterhof, überladen mit Mülltonnen, Kisten und Kästen. Dazwischen parkten die Wagen des Managements. Elegante Schlitten. Vom Mercedes über Jaguar bis zu Porsche und Ferrari.

Leider waren die Fahrzeuge abgeschlossen. Gloria hätte sich gern einen schnellen Flitzer geholt. Da dies nicht möglich war, blieb ihnen nur, es zu Fuß zu versuchen.

Keine angenehme Sache, zudem mussten sie über eine Brücke laufen, und dort gab es keine Ausweichmöglichkeit. Wenn sie die Chelsea Bridge einmal hinter sich hatten, konnten sie im dichten Grüngürtel des Battersea Parks verschwinden.

Bis zur Brücke war es noch weit. Es gab keine geschlossenen Häuserfronten oder Neubauten, sondern nur die alten Villen, die, manchmal versteckt, in großzügigen Gärten standen.

Obwohl beide Frauen vor Spannung und Kälte zitterten, schaute Gloria erst nach, ob die Luft rein war.

Tagsüber gefiel ihr dieser Hinterhof schon nicht. In der Nacht noch weniger. Die Finsternis lastete wie ein gewaltiger Sack auf dem Hof. Die erleuchteten Fenster des Clubs lagen allesamt auf der Vorderseite, hier hinten drang kaum ein Lichtstrahl in den Hof.

Alles war finster, die flachen Sportflitzer erinnerten in ihrer Ruhestellung an stumme Ungeheuer.

Vor den Lippen der beiden Flüchtlinge dampfte der Atem.

Gloria hatte sich vor ihrer Freundin aufgebaut. Sie fasste Diana an und schärfte ihr abermals ein, möglichst leise zu sein.

»Mach ich …«

»Dann komm …«

Im nächsten Augenblick verließen die beiden Mädchen die Türnische und liefen Hand in Hand los.

Jetzt kam es darauf an, ob Gloria Gibson richtig getippt hatte …

Leila, die Kanone aus dem Sexclub, war nicht nur als schärfste Nummer angesehen, sie hatte auch andere Qualitäten. Eine davon war das besonders ausgeprägte Misstrauen.

Sie hatte die Begegnung mit Gloria Gibson nicht vergessen, und die kleine Blonde war ihr einfach zu verändert vorgekommen. Nicht so locker wie sonst, mehr unter Spannung stehend, und so etwas gefiel Leila überhaupt nicht. Sie hatte ihre Aufgabe zugewiesen bekommen, sie regelte alles, und sie wusste auch Bescheid.

Im Club wurde nicht nur Sex verkauft, hier hatte auch das Böse seinen Einzug gehalten.

Leila stand mit an der Spitze.

Es war ihr leider noch nicht gelungen, alle Mädchen einzufangen. Zuletzt hatte sie bei Gladys Verly das große Glück gehabt, aber sie wollte alle haben, denn so lautete ihr Auftrag.

Als sich das Halbblut von Gloria getrennt hatte, tat Leila so, als wollte sie den Flur durchqueren. Das geschah auch. Sie wartete dann einen Moment hinter der Tür und kehrte wieder zurück.

Blitzschnell tauchte sie in eines der leeren Zimmer am Beginn des Gangs und wartete ab.

Die Tür hatte sie nicht völlig geschlossen. Spaltbreit und genauso weit stand sie offen, dass Leila, wenn sie in den Flur schaute, ihn in seiner gesamten Länge überblicken konnte.

Bisher hatte sie keinen Beweis, nur eine Ahnung, die sich allerdings mehr und mehr verdichtete und dann zur Gewissheit wurde, als sie Geräusche eines vorsichtigen Türöffnens vernahm.

Zum Glück schleiften die Türen alle ein wenig, sodass es Leila sofort auffiel. Sie hatte die Nerven und wartete ab. Erst Sekunden später streckte sie ihren Kopf durch den Spalt, konnte jetzt noch besser sehen und erkannte die Rücken der beiden blonden Mädchen. Wenig später hatten Gloria und Diana die Tür geöffnet, um im Hinterhof zu verschwinden.

Für Leila lag es auf der Hand, dass die beiden türmen wollten. Das Halbblut spitzte seine aufgeworfenen Lippen und produzierte ein Speichelbläschen. In die Augen trat ein harter Glanz, denn sie wusste haargenau, was sie jetzt zu tun hatte.

Rasch verließ sie den Bereich der Zimmer und lief zurück in den Club. Sie kannte sich aus. Die eigentlichen Aufenthaltsräume mit Restaurant und Bar vermied sie und wandte sich dorthin, wo sich das eigentliche Leben abspielte und das Neue Einzug gehalten hatte.

Vor einer gepolsterten Tür blieb sie stehen. Sie drückte auf eine bestimmte Stelle, die nur wenige Eingeweihte kannten.

Im Innern des dahinter liegenden Raumes würde ein Signal ertönen und derjenige, dem der Besuch galt, konnte reagieren.

Schon bald öffnete sich die Tür. Sie schwang zur Seite, wie von Geisterhänden geleitet.

Leila hatte freie Bahn.

Ein Mann erhob sich. Er trug einen weißen Smoking, der im krassen Gegensatz zu seiner urlaubsbraunen Haut stand. »Was gibt es, Leila?«

»Zwei sind geflohen, Aldo!«

»Wer?«

»Gloria und Diana.«

»Dann war dein Verdacht doch richtig.«

»Genau. Sollen wir sie zurückholen?«

Der Mann im weißen Smoking begann schallend und scharf zu lachen. »Wir?!«, rief er. »Nein, wir holen die beiden nicht zurück. Das übernimmt ein anderer. Der Teufel …«

Ich kannte Luzifer und hatte schon sein schönes, dabei ungemein grausames Gesicht gesehen. Lilith kannte ich ebenfalls, diesmal sah ich sie aber nicht. Ihre Stimme drang aus dem großen L in der Kreuzmitte, und es war auch ihre Stimme, denn ich erinnerte mich an das Haus, das ich damals betrat, nachdem ich von ihrer Existenz erfahren hatte.

Ich dachte über Lilith nach, konnte sie mir genau vorstellen, und es fiel mir immer schwerer, mein Kreuz an der Silberkette festzuhalten. Es hatte sich auf so schreckliche Art und Weise verändert, gehörte einfach nicht mehr zu mir, war ein anderes Teil geworden, und wieder überkam mich der Wunsch, es einfach fortzuschleudern.

»Ich freue mich sehr auf das Wiedersehen, Geisterjäger, das kann ich nicht oft genug wiederholen. Ich wusste, dass wir uns wieder begegnen. Die Fäden des Schicksals sind manchmal eng verknüpft. Du wirst mir nicht ausweichen können, Geisterjäger. Auch Asmodis kannst du nicht ausweichen, es tut mir sehr Leid, mein Lieber …«

Die Worte drangen so glatt aus dem Unsichtbaren. Sie hörten sich direkt nett an, dennoch vernahm ich den Spott aus der Stimme. Ja, sie verhöhnte und verspottete mich.

Mich interessierten im Augenblick nicht ihre Pläne. Ich wollte nur wissen, was mit dem Kreuz geschehen war. Danach fragte ich sie: »Was hast du mit meinem Kreuz angestellt, Lilith? Wie kommt es, das es dein Sigill trägt?«

»Soll ich sagen, schwarze Magie? Es wäre wohl zu einfach für dich, nicht wahr?«

»Da hast du Recht.«

»Trotzdem werde ich dir keine weiteren Hinweise geben. Du sollst mit der Tatsache leben, dass dein Kreuz kein Allheilmittel ist, wie du dir gedacht hast. Auch wir können es manipulieren. Man muss nur die richtigen Tricks dabei anwenden.«

Die richtigen Tricks ...

Verdammt, da hatte sie nicht gelogen, denn sie hatte mir bewiesen, wie man dies anstellte. Mit Tricks konnte sie es schaffen, da überlistete das Böse sogar das Gute.

Ich hörte hinter mir Schritte, drehte mich um und sah Suko in der Türöffnung stehen. Wahrscheinlich hatte er unser Gespräch vernommen und kam, um nachzuschauen.

Er wollte etwas fragen, das sah ich seinem Gesicht an, doch ich schüttelte den Kopf, und Suko verstand. Er hielt den Mund.

Noch hatte sich Lilith nicht gemeldet, aber ich hörte sie.

Es war schrecklich. Obwohl ich sie nicht sah, hatte ich das Gefühl, jemand würde dicht neben mir stehen und atmen.

Kein normales Luftholen, wie man es von einem Menschen her kennt ... Dieses Atmen war furchtbar anzuhören. So lang, so schluchzend, so anhaltend und schlürfend.

Während der Geräusche rann mir ein kalter Schauer über den Rücken, und ich hatte Mühe, meine Furcht zu unterdrücken.

Suko kam näher.

»Vorsicht«, warnte ich ihn, »geh nicht weiter! Du weißt, dass sie gefährlich ist ...«

»Ja, ich bin gefährlich!«, hörte ich Liliths Stimme. »Und ich will euch noch etwas sagen. Luzifer hat sich entschlossen, die alten Zustände wieder herzustellen. Er will eingreifen, er wird eingreifen, hat schon eingegriffen. Ich bin dabei, seinen Plänen zu folgen, und ich habe es in der Hand, eine Armee aufzubauen. Eine Armee des Schreckens. Menschen, die zu meinen Dienerinnen werden. Über Wikka, die ihr auch gekannt habt, kann ich nur lachen. Sie war ein Nichts, sie hat dem Teufel gehorcht, aber ich bin gleichgestellt mit Asmodis.

Habt ihr gehört? Gleichgestellt!« Nach diesen Worten folgte ein scharfes, hallendes und grausames Lachen, das irgendwo in der Düsternis des Hauses mit einem schaurigen Echo verklang und ein letzter Gruß dieser gefährlichen und auch biblischen Gestalt war.

Ich schaute auf mein Kreuz!

Es hatte sich verändert.

Kein L war mehr zu sehen, wieder nur die leere Fläche, ohne die beiden ineinander verschachtelten Dreiecke mit den für mich noch fremden Symbolen herum.

Suko kam vor. »Verstehst du es jetzt, John?«

»Nein«, flüsterte ich.

Suko wusste natürlich, wie sehr ich an dieser Waffe hing. Wir konnten trotzdem nicht die Augen vor den Tatsachen verschließen. »Sie scheint Macht über das Kreuz zu haben«, sagte er.

»Leider.«

Mein Freund blieb stehen. »Kann ich es mal haben?«

»Bitte.« Ich reichte es ihm. Suko wog es auf seinem flachen Handteller und schaute es sich genau an. »Es müsste doch herauszufinden sein, wie es möglich ist, dass eine Gestalt wie Lilith Macht über das Kreuz bekommen hat.« Er blickte mich an. »John, du warst doch in Babylon. Hast du da nichts herausgefunden? Hesekiel hat das Kreuz in seiner babylonischen Gefangenschaft hergestellt. Er musste demnach etwas von Lilith oder der Großen Mutter gewusst haben.«

»Nur können wir ihn nicht fragen.«

»Das stimmt …«

Suko war ebenso nachdenklich geworden wie ich. Natürlich hatte der Prophet Hesekiel dem Guten gedient. Er war einer der wirklich großen Seher gewesen, aber auch ein Mensch. Und Menschen können sich irren. Menschen sind Versuchungen ausgesetzt, sie können ihnen nicht immer trotzen. Schon bei der ersten großen Schlacht zwischen Gut und Böse hatte Lilith mitgemischt. Sie hatte eine mit entscheidende Rolle gespielt, sie war das Weibliche an sich, die Schlange in der Frau. Sollte sie den Propheten Hesekiel vielleicht bei der Herstellung des Kreuzes beeinflusst haben? Nicht als er an die vier Erzengel dachte, sondern an die anderen alten Mythologien, deren Machtsymbole ebenfalls in das Kreuz eingraviert worden waren. Hesekiel hatte weit in die Zukunft schauen können, er wusste, dass der Erlöser kommen würde, deshalb die Kreuzform, aber er konnte auch übertölpelt worden sein.

»Denkst du das Gleiche wie ich?«, erkundigte sich Suko.

»Möglicherweise.«

Mein Freund nickte. »Man wird Hesekiel unter Umständen hereingelegt haben. Das wäre natürlich schlimm, wir werden sehen.«

»Ich glaube trotzdem, dass mir nichts anderes übrig bleibt, als es zu beschwören.«

»Du meinst aktivieren?«

»Ja.«

»Und wann?«

Ich schaute auf meine Uhr. »Wir haben zwar nicht sehr viel Zeit verloren, aber uns ist verdeutlicht worden, dass wir keine Minute mehr verschenken dürfen, deshalb werde ich es hier und jetzt versuchen. Das müsste klappen, Suko. Ich will die Kraft der Erzengel gegen die der Lilith ausspielen.«

»Es könnte fatal werden«, warnte mich Suko.

»Ja.« Ich nickte. »Daran habe ich auch schon gedacht. Wenn ich die eine Kraft aktiviere, möchte ich, dass sie sich gegen die andere stellt. Unter Umständen hat mein Kreuz darunter zu leiden. Ich rechne auch damit, dass sich die Kräfte möglicherweise neutralisieren.«

»Und du gar nichts mehr hast.«

»Genau.«

Beiden war uns nicht wohl. Wahrscheinlich trug ich einen ähnlichen Gesichtsausdruck zur Schau wie Suko, denn mein Partner war bleich geworden. Die Lippen bildeten zwei blasse Striche, die aufeinander lagen. Seine Wangenmuskeln zuckten, er hatte die Stirn in Falten gelegt und atmete einige Male scharf ein.

»Bitte, gib es mir wieder!«

Stumm reichte mir der Freund das Kreuz entgegen.

Als ich es in der Hand hielt und darauf schaute, kam es mir vor wie ein fremder Gegenstand. Ich spürte im Hals das Kratzen, den dicken Kloß, der einfach nicht weichen wollte. Noch nie im Leben war es mir so schwer gefallen, die entsprechenden Worte über die Lippen zu bringen. Auch ich hatte Angst, dass etwas Unvorhergesehenes geschehen würde.

Die Fläche in der Mitte lag frei. Nichts konnte ich erkennen. Kein Zucken, kein Vibrieren, keine Abbildung irgendeines Gegenstandes, nur die freie, silberne Fläche.

»Traust du dich nicht?«, fragte der Chinese.

»Es ist so verflucht schwer.«

»Kann ich mir vorstellen. Mach es trotzdem.«

Ich holte noch einmal tief Luft, schaute mich um in diesem kahlen, leeren Raum, in dem es nach Mörtel, Beton und Kalk roch und zudem noch zugig war.

Vielleicht stieß ich auch ins Leere, und alles war eine gigantische Falle, die man mir gestellt hatte.

Suko war zurückgegangen. Er hielt sich dicht an der Wand auf, nur eine halbe Schrittlänge von der Tür entfernt. Er schaute mich scharf an, ich sah sein Nicken, überwand mich selbst und sprach die alles entscheidende Formel.

»Terra pestem teneto – Salus hic maneto.«

Zum ersten Mal atmeten die beiden flüchtenden Mädchen auf, als sie den Hinterhof passiert hatten. Es war nichts geschehen. Niemand hatte sie angegriffen oder sich ihnen in den Weg gestellt. Sie hatten das Gebäude sogar umrunden können und standen nun am Rand des Grundstücks, wo sie erst einmal tief durchatmeten.

Diana Neerland holte tief Luft, legte den Kopf in den Nacken, öffnete den Mund noch weiter und sagte Worte, die Gloria nicht verstand. Diana war fertig. Sie hatte längst nicht die Kondition einer Gloria Gibson. Das Leben im Club hatte sie gezeichnet. Besonders der Alkoholgenuss und das häufige Qualmen der Zigaretten.

Das kostete Tribut. Gloria half ihr dabei, indem sie ihrer Freundin auf den Rücken schlug, damit sie durchhusten konnte.

»Verdammt, nicht so laut!«, zischte die Gibson.

Diana schüttelte den Kopf, kam hoch und bog ihren Oberkörper durch. »Du hast gut reden, Mädchen, aber ich bin fertig.«

»Das ist deine Schuld.«

»Wieso?«

»Ich habe dich gewarnt, aber du konntest nicht hören. Hör auf mit dem Saufen und …«

»Andere fixen.«

»Das ist für mich kein Maßstab.« Gloria wechselte das Thema. »Kannst du denn wieder?«

Diana Neerland legte ihren Kopf in den Nacken, atmete stark ein und aus, wobei sie nickte. »Es muss wieder gehen, weißt du? Ich bin zwar nicht die Frischeste, aber weiter.«

»Okay, komm …«

Die Mädchen standen günstig. Noch wurden sie vom angepflanzten Buschwerk der kleinen Parkanlage, in der der Club lag, gedeckt. Licht erreichte sie nicht. Die beiden großen Laternen leuchteten weiter vorn, wo sich auch der repräsentative Eingang befand. Gar nichts deutete auf ein Edelbordell hin. Man brauchte als Gast nicht in die anderen Räume zu gehen, sondern konnte auch normal sitzen, etwas essen und trinken.

Doch hinter der Fassade brodelte es gefährlich …

Der Boden war weich. Regen hatte ihn so werden lassen, und die Schuhe der Frauen blieben oft genug stecken. Erst als sie einen schmalen Pfad erreichten, konnten sie besser laufen.

Natürlich wussten beide, dass sie noch nicht in Sicherheit waren. Das dauerte eine Weile. Sie würden es erst sein, wenn sie die Brücke überquert hatten.

Und die war noch weit.

Gloria ging vor. Sie hatte ihre Freundin an die Hand genommen, und Diana stolperte oft genug hinter ihr her. Fragen stellte sie nicht, den Weg hatte Gloria ausgekundschaftet.

Nach einigen Minuten hatten sie das Gelände hinter sich gebracht und befanden sich nun dort, wo die Auffahrten zur Chelsea Bridge ein Wirrwarr aus schmalen Betonschleifen bildeten. Dazwischen war Rasen gesät worden.

Um auf die höher gelegene Brücke zu gelangen, mussten sie einen angeschütteten und ebenfalls mit Rasen bedeckten Hang hoch. Danach erreichten sie die Chelsea Bridge Road, die auf die Brücke zuführte.

Sie blieben am Rand einer Straße stehen. Diana fror wie ein Schneider. Man hörte sogar das Klappern ihrer Zähne.

»Was hast du?«, fragte Gloria.

»Verdammt, ich brauche einen Schluck.«

»Und ich ein Auto.«

»Wieso?«

»Ich will mitgenommen werden. Was meinst du, wie schnell sie uns haben, wenn wir zu Fuß unterwegs sind.«

»Stimmt auch wieder.«

Chelsea gehört zu den vornehmen Londoner Wohngegenden. Es ist ein ruhiges Pflaster, das bezieht sich auch auf den Autoverkehr. Bisher war ihnen noch kein Wagen entgegengekommen. Nur in der Ferne, wo die Brücke lag, sahen sie hin und wieder die langen Lichtstreifen vorbeifahrender Autos.

Dann kam doch einer.

Diana wollte auf die Fahrbahn springen, als sie das Fahrzeug in die Kurve einbiegen sah, doch Gloria hielt sie fest und zog sie sogar noch zurück.

»Verdammt!«, schimpfte Diana. »Ich dachte, du wolltest …«

»Ja, es können auch welche aus dem Club in der Karre sitzen, Mensch.«

»Woher weißt du das? Und wieso siehst du das in der Dunkelheit?«

»Ich erkenne die einzelnen Wagen an der Form ihrer Scheinwerfer. Und jetzt halt den Mund!«

Beide Mädchen hatten sich so hingestellt, dass sie von

einem Rhododendronbusch gedeckt wurden. Das Licht der Autoscheinwerfer glitt näher, kam in einem weiten Bogen und erfasste Gloria Gibson, die sich entschlossen hatte, zwei Schritte vorzugehen.

Sie blieb stehen, winkte, wobei ihrer Freundin ein Stein vom Herzen fiel. Der Wagen gehörte nicht zum Club. Deshalb löste sich auch Diana Neerland aus der Deckung.

Neben der Freundin blieb sie stehen, die ihren rechten Arm erhoben hatte und praktisch in den hellen Scheinwerfer-teppich hineinwinkte. Wenn der Fahrer nicht blind war, musste er die beiden Frauen sehen. Und welcher Mann fuhr in solch einer Situation vorbei, falls nicht gerade seine Frau mit im Wagen hockte?

Eine gewaltige Lichtfülle ergoss sich über die beiden Frauen. Sie war wie ein heller Teppich, blendete, sodass sich Gloria gezwungen sah, die Hand vor die Augen zu halten, während Diana den Kopf wegdrehte.

Und der Fahrer stoppte.

Er hatte nicht so schnell reagiert, deshalb war er an den Frauen vorbeigefahren. Die Heckleuchten glühten wie rote Augen. Unter ihnen quoll eine weiße Fahne aus dem Auspuff.

Gloria stieß Diana an. »Los, Kleine, den werden wir uns mal näher anschauen.«

Sie liefen sehr schnell. Noch bevor sie den Wagen erreichten, wurde die Beifahrertür von innen aufgestoßen. Im Herankommen erkannte Gloria das Fabrikat.

Es war ein deutscher Wagen, ein Mercedes.

»Steigt ein, Ladys!«, hörten sie eine ihnen unbekannte Männerstimme.

Dem Ratschlag folgten die beiden Frauen schnell. Nur nahmen sie auf der Rückbank Platz, was dem Fahrer wohl nicht passte, denn er ließ einen Laut der Enttäuschung hören, als er die Beifahrertür wieder zuwarf. Dann drehte er den Kopf.

In der Dunkelheit war er für die beiden Mädchen schlecht zu erkennen. Sie sahen, dass es sich um einen älteren Typ handelte, der eine flache Schirmmütze trug. Sein Gesicht darunter hatte sich zu einem breiten Grinsen verzogen. Es wirkte wie ein schwammiger Pfannkuchen. Auf der Oberlippe wuchs ein schmaler Bart.

»So, wohin darf ich die beiden Hübschen bringen?«

»Egal«, antwortete Diana. »Wo fahren Sie denn hin?«

»Ich muss raus aus London. In Richtung Küste. Morgen früh hole ich jemanden aus Dover ab.«

»Dann fahren Sie bis dorthin?«

»Richtig.«

»Wir auch«, sagte Diana.

»Und ich übernachte auch in Dover. »Ich kenne da ein kleines Hotel. Wenn es euch nichts ausmacht und ihr …«

»Wir übernachten gern mit Ihnen.« Diana streckte einen Arm aus und berührte die Schulter des Mannes, während sie ihrer Freundin einen kurzen Blick zuwarf. »Nicht wahr, Gloria?«

»Klar.«

»Okay, Ladys. Ihr könnt mich Robby nennen.«

»Wir sind Diana und Gloria.«

»Und wo kommt ihr her?«

»Von dort«, sagte Gloria. Sie deutete durch die Scheibe. »Wir hatten keine Lust mehr.«

»Wolltet ihr die Welt sehen?«

»So ungefähr.«

Robbys Blick begann zu wieseln. Er tastete die Körper der beiden Mädchen ab. »Ihr seid aber verdammt dünn angezogen. Dabei kann man sich leicht den Tod holen.«

»Es war eben ein spontaner Entschluss.« Diana lächelte den anderen an, während sich ihre Freundin mehr zurückhielt. Gloria Gibson passte es nicht, dass sich die beiden so lange unterhielten. Sie wollte weg, denn sie dachte an die Häscher aus dem Club. Bestimmt war ihnen aufgefallen, dass zwei Mädchen fehlten, und sie würden alles daransetzen, um sie zu finden. Gloria kannte die harten Gesetze, und sie wusste auch von den grausamen Strafen, die man für solche Fälle parat hielt.«

»Wollen Sie nicht fahren?«, fragte sie deshalb. »Ich glaube, wir sind so etwas wie ein Verkehrshindernis.«

»Ja, da haben Sie Recht.« Der Mann drehte sich wieder um

und gab Gas. Ein wenig zu viel des Guten, denn der Mercedes ruckte zweimal. Wahrscheinlich hatte Robby die Nähe der beiden jungen Mädchen nervös gemacht.

Aufatmend lehnten sich Gloria und Diana zurück. Sie schauten sich an. Beide lächelten erleichtert, als hätten sie sich abgesprochen. Das also war geschafft.

Für sie die erste Teilstrecke auf dem langen Weg in ein neues Leben. So jedenfalls dachten sie.

Robby fuhr nicht sehr schnell. Vielleicht wollte er die Fahrt genießen. Sie mussten ein Stück zurück und dicht am Club vorbei. Von der eigentlichen Hauptstraße zweigte ein Stichweg ab, der direkt vor dem Gebäude endete.

Als sie diese Einmündung erreichten, duckten sich die beiden Mädchen und kamen erst wieder hoch, als sie die unmittelbare Nähe des Clubs hinter sich gelassen hatten.

Das war gut gegangen.

Der Mercedes legte sich in eine Rechtskurve. An deren Ende begann die Auffahrt zur Brücke, die ihr gewaltiges Gerüst über die dunkelgrauen Fluten der Themse spannte.

Gegenverkehr gab es nicht. Eine Kurve wurde noch enger, die Fliehkraft presste die beiden Mädchen gegeneinander, dann hatten sie die Gerade erreicht, die in die breite Chelsea Bridge Road einmündete.

Nicht weit entfernt lag ein gewaltiger dunkler Komplex. Es war das Royal Hospital, in dem die Veteranen der Armee wohnten. Nur wenige Fenster waren erleuchtet. Das Licht kam beiden Mädchen so unendlich weit entfernt vor.

Bevor sie in die Straße einbiegen konnten, musste Robby zwei Motorradfahrer vorbeilassen. Sie rauschten heran wie Raketen. Ihre Scheinwerfer schienen in den Spiegeln des Wagens zu explodieren. Der Motorenlärm begleitete die Maschinen als Echo, dann huschten sie vorbei. Die Fahrer waren nicht zu erkennen, weil sie so flach auf ihren Feuerstühlen lagen und außerdem Helme trugen.

»Jetzt klappt es gleich«, versprach Robby und schaltete gleichzeitig das Radio ein.

Popmusik drang aus den Lautsprechern. Robby gab sich

locker und gelöst. Die beiden Mädchen dachten anders. Obwohl sie in relativer Sicherheit saßen, dachten sie noch immer an die Häscher des Clubs und drehten sich öfter um als gewöhnlich.

Die Straße hinter ihnen lag leer. Nur in der Ferne waren zwei Lichter dicht über dem Belag zu erkennen.

Robby fuhr wieder an und beschleunigte, sodass die Brücke rasch näher kam. Auch der Wagen hinter ihnen holte auf.

Beide Mädchen hatten sich gedreht. Diana fühlte Glorias Hand auf der ihren. Die Fläche war kalt.

»Sind Sie das?«, flüsterte Diana.

»Ich weiß nicht.«

»Du kannst doch an den Scheinwerfern erkennen …«

»Das ist auf jeden Fall ein Sportwagen.« Diese Worte fielen in einer Musikpause.

»Habt ihr was?«, fragte Robby von vorn.

»Nein, nein, fahren Sie bitte weiter«, antwortete Gloria schnell. »Wir haben uns nur gefragt, wie wir Ihnen danken können, wo Sie doch so viel für uns getan haben.«

Robbys Lachen klang schmierig. »Das wüsste ich schon, meine Lieben. Ich habe euch doch von dem kleinen, schicken Hotel erzählt.«

»Ja …«

»Wir werden uns zu dritt ein Zimmer nehmen. Ich kenne den Besitzer, der macht das gern.«

»Und dann?«, fragte Diana.

»Möchte ich mich von euch verwöhnen lassen. Wir lassen Champagner kommen und feiern. Okay?«

»Einverstanden!«

Gloria hatte nichts gesagt, nur nach hinten geschaut. Die Lichter waren jetzt ziemlich nah, und es sah ganz so aus, als wollte der andere Wagen überholen, denn er schwenkte bereits auf die rechte Seite. Verzweifelt bemühte sich Gloria, den Autotyp zu erkennen. Es war ihr in der Dunkelheit nicht möglich, zudem blendeten die Scheinwerfer.

»Jetzt sind wir gleich auf der Brücke«, sagte Diana.

Aus den beiden Boxen drang die Stimme von Rod Stewart.

Die mochte Robby wohl nicht, denn er drehte leiser, sodass man sich trotz des Gesangs unterhalten konnte.

Jetzt waren sie auf der Brücke.

Gloria warf einen schnellen Blick aus dem Fenster. Sie sah bereits das Gestänge vorbeihuschen. Die großen Träger wirkten dabei wie bedrohliche Schatten.

Regelrecht gefährlich war auch der andere Wagen, der sich fast schon auf gleicher Höhe mit dem Mercedes befand. Seine Lichter blendeten so stark, dass Gloria nicht erkennen konnte, wer im Innern des Fahrzeugs saß. Sie konnte nur mehr raten und glaubte, die Umrisse mehrerer Insassen zu sehen.

Er fuhr vorbei.

Der schwere Rover schien einen Ruck zu bekommen und abheben zu wollen, so schnell wurde er plötzlich. Auf einmal waren von ihm nur mehr die Rücklichter zu sehen.

Beide Mädchen atmeten auf.

Diana lachte sogar. »Für einen Moment hatte ich gedacht, die meinen tatsächlich uns.«

Robby hatte die Worte vernommen. »Wieso?«, fragte er. »Ist man euch auf die Spur gekommen?«

»Nein, das nicht, aber …«

»Okay, ich will gar nichts wissen. Kommt ja nicht alle Tage vor, dass man mit der irren Begleitung fährt.« Er lachte wieder auf und fuhr schneller.

Das hielt er nicht lange durch. Alle drei hatten nicht auf den Rover geachtet. Sie rechneten überhaupt nicht mehr mit ihm. Plötzlich war er wieder da.

Der Wagen war unbeleuchtet. Erst im letzten Augenblick erkannten sie ihn und sahen, dass er schräg auf der Fahrbahnseite stand. Er versperrte sie so weit, dass es ihnen unmöglich war, daran vorbeizufahren, es sei denn, sie rollten auf die Gegenfahrbahn. Dafür war es zu spät. Auf der anderen Seite rollte ein großer Truck heran. Sein Dröhnen vernahmen sie selbst im Wagen, und die Brücke schien zu erzittern. Für einen Moment wurden sie von den Scheinwerfern des Trucks gestreift, sodass die gleißende Lichtfülle das Innere des Mercedes ausfüllte.

Robby begann zu schimpfen. Die beiden Mädchen sagten nichts. Sie schwiegen vor Angst, denn sie wussten genau, was der schräg stehende Rover zu bedeuten hatte.

Der Truck donnerte vorbei.

Noch einmal vibrierten die Gegenstände in der unmittelbaren Umgebung, dann war er verschwunden.

Der Rover blieb.

Robby ahnte nichts von dem, was die Mädchen wussten. Er fuhr auch nicht an dem Wagen auf der Gegenfahrbahn vorbei, sondern begann zu schimpfen, hob die Arme und schlug auf das Lenkrad. »Scheiße!«, regte er sich auf. »Wenn die schon einen Motorschaden haben, brauchen sie sich nicht mitten auf die Straße zu stellen. Warum fahren die denn nicht an den Rand, zum Henker?«

»Ich glaube, wir steigen aus!«, sagte Diana.

»Wieso?« Robby drehte sich um.

Die Mädchen hatten keinen Blick für ihn, sie beobachteten den Rover, dessen vier Türen aufschwangen und Gestalten entließen, die den Mädchen Angst einjagten.

Diana konnte ihren Mund nicht halten. Sie saß im Fond wie eine Puppe, die Augen hielt sie weit offen. Das Gesicht war bleich und von einer Gänsehaut bedeckt.

»Die Toten!«, flüsterte sie. »Die Toten kommen, um uns zu holen.« Sie atmete tief ein. »Es sind die Toten! Verdammt, es sind die Toten!«, schrie sie gellend. »Die Toten!«

Robby schüttelte den Kopf. »Bist du völlig wahnsinnig?«, fuhr er Diana an. »Was redest du denn da?«

Diana ließ sich nicht beirren. »Die Toten …!«, kreischte sie und schüttelte den Kopf.

»Reiß dich zusammen!« Endlich griff Gloria ein. Für sie war der Wagen plötzlich zu einer Hölle geworden. Sie wollte es nicht akzeptieren, dass ihre Freundin durchdrehte, deshalb hob sie den Arm, holte kurz aus und schlug Diana ins Gesicht.

Der Schlag warf deren Kopf zurück gegen das Polster. Auf der Wange brannte ein roter Fleck, aber Diana ließ sich nicht beruhigen. Sie schrie nicht mehr. Ihre Stimme war nur noch als ersticktes Flüstern zu vernehmen. »Die Toten«, würgte sie hervor.

Robby war es leid. Er griff nach hinten und bekam Gloria zu fassen. »Verdammt noch mal, welche Toten sind das? Die Toten liegen in den Gräbern. Sie können nicht kommen!«

Gloria gab keine Antwort. Stattdessen deutete sie nach vorn. Aus dem Wagen stiegen vier Personen. Frauen, so wie sie. Kolleginnen, die einmal zu ihnen gehört hatten, nun verändert waren und lange, blutigrote Gewänder trugen, die um ihre Körper flatterten, wobei auf der Vorderseite jeweils ein L zu sehen war.

»Das sind die Toten!«

»Die?« Robby lachte kieksend. »Das ist doch ein Witz, wenn auch ein verdammt schlechter. Tot sehen die mir nicht gerade aus. Die leben, verflucht!«

»Nein, sie …«

»Redet keinen Unsinn!« Bei dieser Antwort klang seine Stimme schon längst nicht mehr so sicher, denn er sah, dass die vier Frauengestalten auf seinen Wagen zukamen.

»Fahr weg!«, schrie Gloria. »Los, hau ab! Noch haben wir eine Chance!«

»Okay.« Auch Robby war es mittlerweile unheimlich geworden. Die vier hatten eine Reihe gebildet und nahmen jetzt die Breite der Kühlerschnauze ein.

Dort standen sie wie eine Wand.

Noch lief der Motor. Robby brauchte nur einen Gang einzulegen, Gas zu geben, und …

Der Motor verstummte.

Die drei vernahmen dies. Für die Dauer einer Sekunde herrschte eine trügerische Ruhe im Wagen. Keiner wagte mehr, etwas zu sagen. Sie saßen da und warteten ab.

»Weshalb fährt die verfluchte Karre nicht?!«, schrie Robby. »Der Motor kann doch nicht einfach streiken.«

»Magie!«, hauchte Gloria. »Magie …«

»Was hast du gesagt?«

»Nichts, Robby, gar nichts. Schließe mit deinem Leben ab. Sie werden dich erledigen …«

»Und ihr?«

»Auch uns töten sie.«

Gloria hatte die Worte gesprochen. Diana saß stumm daneben. Sie schaute nach rechts und links. Verzweifelt suchte sie nach einem Ausweg aus der Misere.

Blieb ihnen noch eine Chance?

Nein, so gut wie keine, denn die ersten zwei Gestalten tauchten zu beiden Seiten des Mercedes auf, da sie sich getrennt hatten. Sie bückten sich und streckten die Arme aus.

Die Gesichter befanden sich dicht vor den Scheiben. Deshalb konnten die beiden Mädchen sie auch so gut erkennen.

Hatten sie sich verändert?

Beim ersten Hinsehen kaum, nur war ihre Haut eine andere geworden. Viel dunkler, einen Stich ins Braune hatte sie und gleichzeitig einen rötlichen Schimmer.

Robby drehte fast durch. Er bemühte sich, den Zündschlüssel herumzudrehen, um den Motor starten zu können. Seine Mütze saß schräg. Sie war ihm fast vom Kopf gerutscht. Mit der linken Hand hielt er den Schlüssel fest. Dabei fluchte er und schlug mit der freien Rechten auf das Lenkrad.

Für Diana und Gloria gab es kein Entkommen mehr. Die anderen standen zu dicht am Wagen.

Und sie streckten die Arme aus.

Dies geschah nicht schnell, beinahe provozierend langsam, und als sie die Griffe berührten, sprangen die Stifte der Innenverriegelung schlagartig in die Höhe.

Der Weg war für die lebenden Toten frei!

Diana sprach noch immer von den Toten, die sie holen würden, hatte ihre Arme ausgestreckt und hielt sich an Gloria fest, die ihre Nerven besser unter Kontrolle hatte und die Tür am Innengriff gepackt hielt. Sie übte damit einen Gegendruck aus. Zu leicht wollte sie es den anderen nicht machen.

Und dann durchzuckte ihren Kopf die plötzliche Idee wie ein Blitzstrahl. So schwer es ihr fiel, sie wollte nicht aufgeben. Irgendwo musste es eine Chance geben.

Zu ihrer Freundin gewandt sagte sie: »Gib Acht, Diana. Ich werde es versuchen. Ich komme frei …«

»Wie denn?«

»Richte dich nur nach mir. Halte dich an mir fest, dann werden wir es packen!«

»Okay!«

Bisher hatte Gloria die Tür von innen her festgehalten und sich gegen den anderen Druck stemmen können. Nun reagierte sie genau umgekehrt. Sie rammte die Tür auf.

Die beiden Gestalten, die dicht dahinter gestanden hatten, wurden von der Aktion überrascht. Sie bekamen die schwere Tür voll mit, ließen den Griff los, kippten nach hinten, hoben ihre Arme in die Höhe, schlenkerten sie und krachten auf den Rücken.

Der Weg war für einen Moment frei.

»Aus dem Wagen!«, schrie Gloria Gibson und warf sich nach vorn …

Ich hatte die Formel gesprochen, die Kräfte des Lichts erwecken wollen, die in dem Kreuz steckten. Aber es passierte nichts.

Das Kreuz zeigte keine Reaktion!

Es erwärmte sich nicht mal. Für mich ein Beweis, dass die andere Magie, die in ihm steckte, nicht mehr zum Tragen kam. Lilith war stärker gewesen.

Meine Hand sank nach unten. Dies geschah in einem Zeitlupentempo, und ich fühlte in mir eine Depression, die schon unbeschreiblich war. Ich konnte es einfach nicht begreifen.

Suko trat näher. Ich hörte ihn atmen. Irgendwie war es ein gequält klingendes Geräusch. Suko fühlte mit mir. Er konnte sich gut vorstellen, wie es in meinem Innern aussah, und ich war einfach nicht in der Lage, ein Wort zu sprechen.

Für mich waren die schlimmsten Albträume und Vorstellungen wahr geworden. Anders konnte ich das nicht bezeichnen. Wie oft hatte ich darüber nachgedacht, was wohl passieren würde, wenn mein Kreuz nicht mehr die Kraft besaß, die ihm zustand.

Gut, bei fremden Mythologien hatte es manchmal seine

Schwäche gezeigt. Das war normal, denn in den langen Zeiten seit Erschaffung des Kreuzes hatte es zahlreiche Veränderungen gegeben. Da waren neue Religionen und Mythologien entstanden, aber das Prinzip war geblieben.

Gut gegen Böse!

Und bisher hatte immer das Gute gesiegt!

Bis zu diesem Augenblick.

Eine neue Person war erschienen und hatte die Macht über mein Kreuz an sich gerissen.

Lilith degradierte mich, den Sohn des Lichts, zu einem Statisten. Diese Erkenntnis war sehr bitter für mich, und ich war wieder nahe daran, das Kreuz einfach fortzuschleudern.

Das musste auch Suko bemerkt haben. Er schüttelte den Kopf und sagte: »Lass es bitte, John!«

»Hat es Sinn, das Kreuz noch länger zu behalten?«

»Ja, es hat Sinn. Es wird sich vielleicht etwas ändern. Du darfst jetzt nicht aufgeben.« Er war bei den Worten nahe an mich herangetreten und hatte seine Hände auf meine Schultern gelegt.

Ich lächelte. Es war nur ein kurzes Zucken der Lippen, aber es beruhigte meinen Freund. »Ist schon gut, Suko. Irgendwie muss ich mich daran gewöhnen, die Kraft des Kreuzes nicht mehr spüren zu können. Erst der Dolch, jetzt das Kreuz – was bleibt mir eigentlich noch?«

»Beretta und Bumerang.«

Ich winkte ab. »Das kannst du beides vergessen, mein Lieber. Nein, daran will ich einfach nicht glauben. Ich gebe zu, dass beide Waffen stark sind, aber kann ich damit all unsere Feinde besiegen oder sie zurückschlagen?«

»Kaum.«

»Da siehst du es.«

»Du hast nur etwas in deiner Rechnung vergessen«, machte mir Suko klar. »Nämlich mich. Vergiss nicht, dass ich an deiner Seite stehe. Mir hat man die Waffen nicht abgenommen. Welche möchtest du haben, John? Die Peitsche, den Stab?«

»Keines von beiden.«

»Weshalb nicht?«

»Nein, Suko. Dass das Kreuz nicht mehr funktioniert, ist allein mein Problem. Wir wollen so bleiben wie immer. Du sollst deine Waffen behalten, ich behalte den Rest der meinen …«

»Wie du willst.«

Ich schaute mich nicht mal um. Kahl waren die Wände. Auch feucht, und ich hatte das Gefühl, als würden sie mich verhöhnen, weil ich plötzlich so chancenlos geworden war.

Konnte man das wirklich als chancenlos bezeichnen?

So recht wollte ich daran nicht glauben, trotz meiner miesen Stimmung, und als Suko den Vorschlag machte, das Haus zu verlassen, war ich einverstanden.

»Wo sollen wir hinfahren?«

Mein Freund lachte. »John, man hat dir zwar die Waffen genommen, das Hirn hast du doch behalten. Denk mal darüber nach, was wir auf dem Dach gefunden haben.«

»Du meinst die Kleidung und die Karte mit der komischen Clubaufschrift.«

»Genau die.«

Ich schlug gegen meine Stirn. »Natürlich. Club International. Den werden wir uns ansehen.«

Nach diesen Worten setzte ich mich in Bewegung und verließ die Wohnung. Der Flur war leer und kalt, zudem zugig, sodass ich das Gefühl hatte, von zahlreichen Geistern umtanzt zu werden, als der kühle Wind über meine Haut strich.

Wir schritten die Treppe nach unten. In meinem Kopf wirbelten die Gedanken. Ich wurde mit der Tatsache nicht fertig, das Kreuz verloren zu haben. Zwar trug ich es noch in der Hand, ich schaute es mir auch an – und blieb mitten auf der Treppe stehen.

Suko, der einige Schritte hinter mir ging, verhielt ebenfalls seinen Schritt. »Was ist denn los?«

Ich drehte mich langsam um und hielt meinem Freund das Kreuz so entgegen, dass er es anschauen konnte. »Fällt dir etwas auf?«, fragte ich mit kratziger Stimme.

Er musste sehr genau hinschauen, um es genau sehen zu

können. Zur Sicherheit schaltete er seine Lampe an und richtete den Strahl auf das Kreuz.

»Na, fällt dir etwas auf?«

Jetzt nickte er. »Die Zeichen der Erzengel, nicht wahr?«

»Genau, Suko. Die vier Zeichen sind verschwunden. Einfach nicht mehr da, verdammt.«

»Und seit wann?«

Ich hob die Schultern. Allmählich wurde ich mir über die Tragweite dieses Vorgangs klar. Meine unheimliche Gegnerin hatte ihre starke Magie aus dem Verborgenen heraus gegen das Kreuz geschickt und es geschafft, auch die letzten urchristlichen Symbole verschwinden zu lassen. Was sich auf dem Kreuz noch befand, waren die Symbole und Abwehrzeichen der fremden Magien, zum Beispiel das Allsehende Auge, die heilige Silbe der Inder oder das Henkelkreuz. Auch die beiden Buchstaben Alpha und Omega waren noch zu sehen, aber das andere fehlte.

Nach wie vor auch die beiden ineinander verschachtelten Dreiecke mit den eingekreisten Symbolen.

»Es wird immer wertloser«, sagte ich leise und hob dabei die Schultern. »Da kann man nichts machen.«

»Vielleicht finden wir einen Weg, John.«

»Und welchen?«

»Sei nicht so voreilig. Wir haben eine kleine Spur. Denk an den Club. Er muss irgendwie mit Lilith oder deren Magie in Verbindung stehen. Etwas anderes kann ich mir nicht vorstellen.«

»Ich hoffe, dass wir ihn schnell finden. Den Namen habe ich noch nicht gehört.«

»Ich auch nicht.«

Unbehelligt konnten wir das Haus verlassen. Draußen stand mein Bentley noch immer so, dass die Kühlerschnauze den Sandhügel berührte. Ein wahres »Meisterwerk« fahrerischen Könnens.

Ich schloss auf, nahm den Telefonhörer und ließ mich mit unserer Info-Abteilung verbinden. Die Leute dort sollten herausfinden, wo wir den Club International fanden.

Sie ließen mich warten.

Nach zwei Minuten hatte ich die Antwort. Der Club lag in Chelsea, nicht weit von der Chelsea Bridge entfernt. Polizeilich aufgefallen war er noch nicht. Das Haus wurde als Restaurant geführt. Dahinter konnte sich natürlich alles Mögliche verbergen, und bestimmt erhielt man dort auch etwas zu essen.

Ich bedankte mich bei den Kollegen und hängte ein. Suko erinnerte mich daran, der Mordkommission Bescheid zu geben. An den Toten im Keller hatte ich gar nicht mehr gedacht. Ich rief noch einmal an und bat die Kollegen, herzukommen.

Wir wollten allerdings nicht länger warten, so beschrieb ich ihnen den Weg in den Keller.

»Weiß Sir James Bescheid?«, wurde ich noch gefragt.

»Nein. Ich habe ihn nicht erreichen können. Informieren Sie ihn, bitte!« Damit legte ich auf.

Mein Freund wunderte sich. »Du willst den Alten schmoren lassen?«, fragte er.

»Ja.«

»Es ist deine Sache.«

»Soll ich ihn im Club oder zu Hause anrufen und ihm erklären, dass mein Kreuz nicht mehr reagiert?«

»Stimmt auch wieder. Vielleicht ist es besser so.« Suko schlug die Tür zu. »Komm, John, fahr los, oder soll ich das Steuer übernehmen.«

»Traust du mir nicht mehr?«

»Das nicht, aber deine innere Verfassung ist nicht die beste, wie du selbst weißt.«

Ich schüttelte den Kopf, drehte den Zündschlüssel, hörte das ruhige Summen des Motors und setzte zurück. Sand rieselte von der Kühlerhaube zu Boden. Ich umrundete den Hügel und ließ die Baustelle hinter uns zurück. Sie würde ein Meilenstein in meiner Laufbahn als Geisterjäger bleiben, denn in diesem halbfertigen Gebäude waren mir meine Grenzen aufgezeigt worden …

Gloria Gibson hatte die Tür aufgerammt und den beiden Toten keine Chance gelassen. Das Mädchen hätte vor Freude schreien können, als es sah, wie die lebenden Leichen zu Boden fielen und sich dort noch überschlugen.

Durch diese überraschende Aktion war es Gloria gelungen, einen Fluchtweg zu eröffnen.

Noch nie in ihrem Leben war sie so schnell aus einem Auto gekommen. Obwohl ihr die heiße Angst im Nacken saß, dachte sie an ihre Freundin Diana, die schließlich auf ihr Anraten hin die Flucht mitgemacht hatte. Diana war nicht so schnell. Sie hatte Mühe, sich aus dem Fahrzeug zu drehen, vielleicht auch deshalb, weil sie erst noch die Angst überwinden musste. Sie saß für einen Moment wie festgeklebt auf der seitlichen Sitzkante und wollte sich nicht rühren.

Gloria war es leid. Noch einmal unternahm sie einen Versuch. Sie packte Diana sogar an den Haaren und riss sie in die Höhe. Diese Radikalkur half. Diana schrie, wurde wieder in die Wirklichkeit geschleudert und schaute zu, wie Gloria die Hand öffnete und ein Haarbüschel nach unten fiel.

»Wir müssen weg!« Gloria hatte den Satz geschrien. Für einen Moment schaute Diana sie starr an. Ihre Pupillen schienen zu verglasen, denn endlich hatte sie begriffen und begann zu rennen.

Sie wurde sogar noch schneller als Gloria. Leider auch unachtsamer, denn sie musste an den auf dem Boden liegenden Frauen vorbei, die ihre Arme hoben, die Finger dabei spreizten und versuchten, nach den Beinen der Flüchtenden zu greifen.

Diana wurde im Lauf gestoppt, als sich Finger zwischen die sich bewegenden Beine verhakten. Vielleicht hatte sie sogar Glück im Unglück, dass sie nicht zu Boden stürzte, dafür nach vorn fiel und gegen einen mit Nietenknöpfen bestücken Eisenträger prallte.

Das Mädchen spürte einen harten Schlag an der Stirn. Haut riss auf und hinterließ eine kleine Wunde, aus der ein dünner Blutfaden sickerte. Nichts Lebensgefährliches, zum Glück auch nichts, was Diana Neerland behindert hätte.

Die lebende Leiche war einfach zu langsam. Sie griff zwar noch nach, doch Diana zog im richtigen Augenblick den Fuß weg, sodass die Hand ins Leere fasste.

Gloria befand sich schon mit ihr auf gleicher Höhe. »Komm weiter!«, brüllte sie und stoppte nicht ihren Lauf.

Diana hängte sich an ihre Leidensgenossin. Die Mädchen hatten instinktiv den richtigen Weg gewählt. Sie hielten sich nicht auf der breiten Fahrbahn, sondern huschten über den Gehsteig am Geländer der Brücke entlang. Wie es ihrem Fahrer Bobby erging, war ihnen egal, sie interessierte nur ein Wagen, dieser dunkle Rover, der nun normal parkte.

Soeben schwang die Tür auf.

Obwohl die beiden Mädchen schnell an dem Fahrzeug vorbeiliefen, erkannte Gloria doch, wer es verließ.

Lange Beine schwangen hervor. Deshalb so gut sichtbar, weil der dünne Ledermantel in seiner unteren Hälfte nicht geschlossen war und aufklaffte.

Rote Strümpfe, Strapse, das nahm Gloria wahr, und sie sah auch das Gesicht mit dem lasziven Ausdruck.

Leila hatte gefahren!

Das Halbblut, das bei den Mädchen in Verdacht stand, auf der anderen Seite zu stehen.

Nun wurde dieser Verdacht bestätigt. Ihre angebliche Kollegin arbeitete gegen sie.

Sogar das kalte und wissende Lächeln sah sie auf dem breitflächigen Gesicht, dann waren sie vorbei.

Gloria beschleunigte ihre Schritte und hatte die Freundin bald eingeholt. Sie merkte, dass Diana nicht mehr lange durchhalten würde, denn ihr Lauf glich bereits einem sich mühevollen Voranbewegen. Dabei holte sie viel zu hastig Luft. Ein unregelmäßiges Atmen war nicht gerade vorteilhaft für die Kondition.

»Kannst du noch?«

Diana war nicht mehr in der Lage, eine Antwort zu geben. Sie stolperte zudem, fiel nach rechts, prallte gegen das Geländer und drehte sich dabei noch zur Seite, bevor sie weiterlief.

Es war beim besten Willen nicht mehr als Laufen zu

bezeichnen. Nur mehr ein Stolpern und Wanken. Es lag für Gloria auf der Hand, dass Diana bald zusammenbrach.

Aber sie konnten nicht stehen bleiben, sie mussten weiter. Gloria hatte die lebenden Toten nicht vergessen und auch nicht das gefährliche Grinsen im Gesicht des Halbbluts Leila. Sie ahnte, dass dieses Weib noch einen Trumpf in der Hinterhand hielt.

Dennoch fühlte sich Gloria für ihre Freundin verantwortlich. Sie packte deren Arm, riss Diana näher zu sich heran und sorgte dafür, dass sie während ihres stolpernden Laufs an ihrer Seite blieb.

»Halte durch, Diana! Ich bitte dich, mach nur nicht schlapp! Wir müssen es schaffen. Wir brauchen nur die verfluchte Brücke hinter uns zu bringen. Bleib auf den Beinen!«

Ob Diana nickte oder sich ihr Kopf nur mehr vor Erschöpfung bewegte, konnte Gloria nicht sagen. Auch sie spürte allmählich das Nachlassen der Kräfte. Es fiel ihr schwer, das Tempo zu halten. Auch deshalb, weil ihr die Beine immer schwerer wurden.

Der Mund stand offen. Sie saugte die kalte Luft ein, spürte das Kratzen im Hals, hustete und schaute mit weit aufgerissenen Augen sowie starrem Blick nach vorn.

Beide Mädchen bewegten sich auf dem Gehsteig entlang. Sie befanden sich zwischen dem Geländer und der Straße, doch die Anstrengung des Laufens übertrug sich ebenfalls auf ihr Wahrnehmungsvermögen. Sie konnten nicht mehr so konkret unterscheiden.

Das Gelände, die Fahrbahn, der Gehsteig – sie alle tanzten und bildeten ein Bild, das zudem von einer Seite auf die andere schwankte und manchmal von einer grellen Lichtexplosion zerrissen wurde, wenn auf der Gegenseite ein Wagen fuhr.

Dann wurden sie auch geblendet, sahen überhaupt nicht mehr, wo sie hinliefen, und beide wunderten sich, dass sie sich trotzdem noch auf den Beinen befanden.

Ein Schatten huschte an ihnen vorbei. Vielleicht nahm ihn Gloria wahr, Diana nicht mehr, die Erschöpfung hatte sie zu sehr gezeichnet. Dass sie überhaupt noch ihre Beine bewegte, geschah nur noch automatisch. Gesteuert wurde es nicht mehr.

Der Schatten war ein Wagen.

Ein Rover ...

Hätte Gloria ihn erkannt, sie hätte geschrien oder wäre zurückgelaufen, so aber rannten sie weiter.

Jäh wurde ihr Vorwärtsdrang gestoppt. Diana hatte den bewussten Punkt erreicht, wo es ihr nicht mehr möglich war, sich auf den Beinen zu halten. Sie fiel, hielt sich trotzdem an ihrer Freundin fest, die diesen Druck nicht mehr ausgleichen konnte, weil sie selbst zu kraftlos war.

Ihr Lauf wurde gestoppt.

Gleichzeitig fiel Diana zu Boden. Unglücklicherweise streckte sie noch einen Arm aus, der in Wadenhöhe zwischen die Beine der laufenden Gloria geriet, sodass diese zu Fall gebracht wurde.

Beide Mädchen landeten auf dem kalten Asphalt des Gehsteigs. Gloria spürte, wie sie mit den Knien zuerst aufschlug. Sie rutschte ein Stück weiter, der Kleiderstoff zerriss an der Hüfte, und auf der Haut blieb eine breite Schramme zurück.

Auch ihre Freundin lag. Sie schluchzte und schrie in einem. Blut tropfte aus der Nase, dennoch waren die beiden Mädchen nicht lebensgefährlich verletzt.

Sie mussten weiter!

Auch Gloria taumelte, als sie sich bückte, nach Diana fassen wollte und ins Leere griff.

Sie hatte nur Augen für die blonde Freundin. Nach vorn schaute sie nicht, sonst hätte sie gesehen, wie der Rover angehalten worden war, sich abermals die Türen öffneten und vier Gestalten entließ.

Leila hatte ihre Helferinnen aufgelesen.

Zwei knappe Handbewegungen reichten, und die vier lebenden Leichen setzen sich in Bewegung.

Kein anderes Fahrzeug befand sich momentan auf der Brücke. Sie lag nur noch im Licht der vereinzelt brennenden Leuchten, und genau an der Stelle, wo sich die beiden flüchtenden Mädchen aufhielten, befand sich eine dunkle Insel zwischen den Lampen.

Sie war das Ziel der Untoten mit den langen Gewändern und dem aufgenähten L.

Wie Roboter schritten sie daher und ließen ihr Ziel nicht aus den Augen. Die beiden Mädchen bemerkten nichts. Diana hockte völlig erschöpft am Boden. Gloria stand über ihr. Durch Taten und Worte wollte sie ihr helfen, wieder auf die Füße zu kommen, doch Diana schüttelte nur den Kopf. »Ich kann nicht mehr …«

»Du musst!«, brüllte die andere. »Oder willst du so enden wie unsere Freundinnen?«

»Ist mir egal.«

Da wurde Gloria Gibson klar, dass Diana an einem Punkt angelangt war, wo es wirklich nicht mehr weiterging. Die Erschöpfte begann zu weinen und gleichzeitig zu sprechen. »Ich will sterben. Ich kann nicht mehr. Es ist alles so schlimm …«

»Du wirst nicht sterben!«

»Doch, doch, die anderen sind …« Sie hob den Kopf, wollte Gloria anschauen und konnte nichts daran ändern, dass ihr Kopf wieder zur Seite sackte.

Durch ihre Einstellung brachte sie Gloria in eine gefährliche Zwickmühle. Was konnte sie noch tun? Wie konnte sie dem Mädchen überhaupt helfen? Nie mehr. Sie würde es nicht schaffen, es war einfach zu schlimm. Dieses Grauen war über sie gekommen wie ein gewaltiges Gewitter, unter dessen Folgen sie nun zu leiden hatte.

»Geh doch, Gloria, geh doch, bitte!« Es war mehr ein Weinen als ein Sprechen, und die Worte waren für Gloria nur zu verstehen, wenn sie genau hinhörte.

Sollte sie wirklich ihre Freundin dem Schicksal überlassen? Sie wusste, was geschah, wenn man sie zurückbrachte.

Da wartete das Feuer …

Gloria entschloss sich zu einer Verzweiflungstat. Sie achtete nicht auf die gestammelten und gekeuchten Worte der Freundin, sondern packte zu und riss sie in die Höhe.

Der Vergleich mit einem Mehlsack fiel ihr unwillkürlich ein, als sie Diana festhielt. So schwer und haltlos lag sie in ihren Armen, wobei sie zwar noch mit den Füßen den Boden berührte, aber nicht mehr stehen, geschweige denn laufen konnte. Wenn beide Mädchen fliehen wollten, musste Gloria ihre Leidensgenossin tragen.

Und das tat sie.

Die Schuhe mit den hohen Absätzen schleiften über dem Boden. Sie hinterließen Spuren, und Gloria schaffte in den ersten Sekunden kaum mehr als zwei Yards.

Dann stoppte sie.

Sie hatte mit dem Schrecken gerechnet, sie hatte sich auch bewusst nicht umgedreht, weil sie nicht wissen wollte, wo sich die Gegnerinnen befanden, doch als sie plötzlich vor ihr auf dem Gehsteig erschienen, glaubte sie, eine Welt würde zusammenbrechen.

Jetzt saßen sie in der Falle!

Die vier standen wie eine Eins. Der Wind, der scharf über die Fahrbahn fegte und in dem Gestänge hoch über den Köpfen der beiden Mädchen sein schauriges Lied sang, untermalte die Szenerie wie mit einer unheimlich klingenden Totenmelodie.

Begleitmusik für die Hölle.

Bisher hatte sich Gloria Gibson recht gut gehalten. Nun verlor auch sie den Lebensmut, besonders dann, als sich die vier lebenden Toten in Bewegung setzten.

Diana hatte der Augenblick der Ruhe gut getan. Sie fand sich wieder zurecht, ihre Gedanken waren nicht mehr von der körperlichen Erschöpfung überlagert, und sie erkannte klar und sicher, welches Unheil sich vor ihr anbahnte.

»Da, da sind sie!«, stotterte Diana.

Eine andere Stimme antwortete. Sie gehörte der gefährlichen Leila. »Ja, meine Liebe, da sind sie. Und sie werden euch holen, darauf könnt ihr euch verlassen …«

Zum Glück hatten wir es nicht weit bis zur Chelsea Bridge. Es war die nächste Brücke themseabwärts, nur das Hinkommen gestaltete sich etwas schwierig, weil wir einen Bogen fahren mussten.

Wir rollten durch Pimlico und nahmen die Lupus Street. Darauf fuhren wir ungefähr parallel zum Fluss.

Ich dachte während der Fahrt immer öfter an mein Kreuz. Vielleicht übertrug es sich auch auf meinen Fahrstil, denn Suko gab Bemerkungen von sich, die ich von ihm nicht gewohnt war.

Über die Brücke brauchten wir nicht. Wir mussten nur in ihrer Nähe abbiegen und zum Ufer der Themse hinunter. Dort sollte irgendwo der Club International liegen.

Auf den war ich gespannt.

An Churchill Gardes Estate rollten wir vorbei. Sahen hinter den Bäumen Lichter schimmern und entdeckten auch das fallende Laub, das der Wind von den Ästen geblasen hatte und nun durch das Licht unserer Scheinwerfer taumelte, bevor es den Boden berührte.

Wir gerieten in eine Polizeikontrolle und konnten weiterfahren, nachdem die Beamten einen Blick auf unsere Ausweise geworfen hatten. Bis auf die am Ufer entlangführende Grosvenor Road fuhren wir nicht. Als die Brücke bereits in Sicht war, bog ich in eine der kleinen Straßen ab, die zur Brückenauffahrt mündeten.

Häuser standen hier nicht mehr. Die Kreise der Straßen umrandeten zahlreiche Grasinseln. Manche waren mit wohlgestutztem Buschwerk bewachsen, andere mit Bäumen.

Suko hielt bereits erfolgreich Ausschau nach einem Schild.

CLUB INTERNATIONAL

In roten Lettern geschrieben, glänzten die beiden Worte auf einer weißen Fläche.

»Wer sagt es denn?«, tönte Suko. »Am besten ist es, wenn du rechts abfährst.«

Das tat ich auch, schaute erst nach links, sah dort nicht nur eine Straße, sondern weiter höher das Gestänge der Brücke und eine Gestalt, die von der Brücke her einen Abhang entlanglief, wobei sie wild mit den Armen ruderte. Freiwillig unternahm niemand einen solchen Spaziergang. Zudem noch mitten in der Nacht.

Da musste etwas passiert sein.

Ich stoppte.

Auch Suko hatte den Mann gesehen. Er war früher aus dem Wagen als ich, überquerte die Straße und lief dem anderen entgegen, der den Abhang inzwischen hinter sich gelassen hatte.

Der Mann fiel meinem Freund fast in die Arme. Suko hielt ihn fest und redete beruhigend auf ihn ein.

Leider konnte ich nicht verstehen, was er sagte, aber er brachte seinen Schützling zum Bentley, wo ich bereits ausgestiegen war und die beiden neben dem Wagen stehend erwartete.

Wir hatten nicht weit von einer Laterne entfernt gehalten. Ihr Licht traf nicht nur den Wagen, auch Suko und der Fremde wurden getroffen, sodass ich ihn genauer erkennen konnte.

Sein Gesicht zeigte Erschöpfung. Leider auch einen anderen Ausdruck, den ich mit dem Begriff Angst umschrieb. Der Mann löste sich aus Sukos stützendem Griff und hielt sich an der Oberkante der offen stehenden Beifahrertür fest.

Ich saß noch im Wagen, beugte meinen Oberkörper zur Seite und fragte: »Was ist passiert?«

»Genaues weiß ich auch nicht, John, aber unser Freund scheint eine sehr interessante Begegnung hinter sich zu haben.«

»Lass ihn in den Fond!«

Ich hatte schon die Tür geöffnet, Suko drückte den Mann in den Wagen, wo er sich schwer atmend gegen die Rückenlehne presste, sich den Schweiß aus der Stirn wischte und uns seinen Namen nannte.

»Er weiß übrigens, dass wir von Scotland Yard sind«, erklärte mir mein Freund.

Das war gut. Da der Mann nicht davongelaufen war, konnte er meiner Ansicht nach nichts Schlimmes auf dem Kerbholz haben. Ich bat ihn, uns zu berichten.

Er erzählte. Stockend, immer wieder durch heftige Atemzüge unterbrochen, aber er präsentierte uns eine Geschichte, die zwar unfassbar klang, von uns dennoch geglaubt wurde.

»Ich hatte die Mädchen nur mitgenommen, aber die mussten etwas auf dem Kerbholz gehabt haben.«

»Was genau, wissen Sie nicht?«, fragte Suko.

»Sie hatten Angst vor den Gestalten. Und eine schrie immer. Die Toten leben oder so ähnlich.«

»Können Sie die Gestalten näher beschreiben?«, wollte ich wissen.

»Keine Ahnung. Es ging so schnell. Frauen waren es wohl, in langen Gewändern – und einem L auf dem Stoff.«

Ich war plötzlich elektrisiert. »Was haben Sie da von einem L gesagt?«

Er nickte heftig. »Das trugen die Weiber vorn auf der Brust.« Er wischte über sein Gesicht. »Ich bin dann abgehauen, als der andere Wagen abfuhr. Meiner steht noch auf der Brücke.«

»John, das ist es!«

Suko hätte mir die Worte erst gar nicht so zu sagen brauchen. So rasch es ging, startete ich den Bentley und dampfte ab. Hinter mir hörte ich die protestierende Stimme unseres Fahrgastes, keiner von uns kümmerte sich darum.

Mich scherte auch der schöne Rasen nicht, der zwischen den Fahrbahnen wuchs. Hier lag ein Notfall vor, ich wollte und musste den kürzesten Weg zur Brücke nehmen.

Nicht mal fünfzehn Sekunden später hatte ich die Auffahrt erreicht und gab Gas …

Gloria Gibson und Diana Neerland wussten haargenau, dass es auch für sie keinen Sinn mehr hatte, wenn sie zurückliefen. Sie mussten auf dem Gehweg der Brücke bleiben und sich der schrecklichen Gefahr stellen, die sich ihnen unaufhaltsam näherte.

Die vier waren mordende Roboter. Wen sie einmal in den Klauen hatten, den ließen sie nicht los. Sie kannten kein Pardon, keine Gnade. Sie würden die beiden zurückschaffen und unter der Regie des furchtbaren Aldo und seiner Helferin Leila in die Feuerhölle stecken, wo sie zu Dimensionen einer schrecklichen Dämonin gemacht wurden.

So sah die Strafe aus.

Diana stand näher am Geländer. Mit einer Hand hielt sie eine senkrecht stehende Stange fest, während sie langsam einen Schritt nach hinten tat. Dabei schüttelte sie den Kopf, sprach Worte, die sie nicht verstand und die aus der Angst geboren wurden.

Die Gesichter der vier anderen Frauen zeigten nicht, was die Personen fühlten. Wahrscheinlich gar nichts, sie waren ja tot, das wusste Gloria jetzt genau. Vor einer Stunde hätte sie es noch als ein Gerücht eingestuft. Nun nicht mehr.

Im Club International ging Schreckliches vor. Unwahrscheinlich Grausames. Wer davon erfuhr und nicht zu den Eingeweihten gehörte, war seines Lebens nicht sicher.

Auf Griffweite waren sie heran.

Der Rover parkte hinter ihnen. Leila meldete sich wieder. Sie schien alles unter Kontrolle zu haben, denn sie sagte sehr laut und deutlich: »Gleich werden sie euch packen!«

Die untoten Geschöpfe gehorchten.

Ihre Krallenhände verhakten sich in den Kleidern der Mädchen, drangen durch den dünnen Stoff, sodass Diana und Gloria die spitzen Nägel wie kleine Messer auf ihrer Haut spürten.

Die Schmerzen waren nicht stark. Sie reichten jedoch aus, um wenigstens Gloria aus der Starrheit ihrer Todesangst zu befreien.

Mit einem heftigen Ruck warf sie sich herum. So stark, dass der Kleiderstoff riss und ein Fetzen zwischen den Fingern der Untoten hängen blieb. Dann sprang Gloria zurück und befreite auch ihre Freundin, die sich angstvoll an sie klammerte.

Die lebenden Toten gingen weiter …

Irgendwo in der Ferne tutete ein Schiffshorn. Und das Geräusch, so schwach es auch nur zu vernehmen war, brachte Gloria Gibson auf eine völlig andere Idee.

Sie war wahnsinnig, und sie konnte nur im Kopf einer Verzweifelten geboren sein.

»Wir springen!«

Sie hatte die Worte zu Diana gesagt, war aber nicht verstanden worden, zudem mussten sie wieder zurück.

»Lass uns springen!«, schrie sie jetzt.

Nun merkte Diana, wie ernst es der Freundin war. Zudem wollten die Untoten das Spiel nicht länger mitmachen. Sie bewegten sich schneller, und die Mädchen hatten Mühe, sich ihrer zu erwehren. Diana konnte sich dabei kaum auf den Beinen halten, während Gloria einen Schuh auszog und mit dem spitzen Absatz zuschlug.

Sie traf sehr genau, stoppen konnte sie die Gegner jedoch nicht. Als sie sich umdrehte, stand Diana schon fast auf dem Geländer. Zwei Untote wollten sie gerade packen.

Da setzte Gloria alles auf eine Karte. Ihr Rundschlag traf zwei Gesichter und fegte die Wesen zurück.

»Komm!« Diesmal kreischte Diana.

Gloria ließ sich kein zweites Mal bitten. Das Wasser der Themse war eiskalt, die Oberfläche bretthart, sie würden einen Schock bekommen, wahrscheinlich von der Strömung abgetrieben werden und möglicherweise auch ertrinken. Immer noch besser, als in den Club zurückzukehren.

Vielleicht überlebten sie die Flucht ja auch …

Das alles wirbelte im Kopf des Mädchens herum, als es auf das Geländer kletterte.

Diana hatte den Handlauf mit einem Fuß schon erreicht. Er war ziemlich breit, sie konnte darauf stehen, und Gloria machte es ihr nach. Beide Mädchen vernahmen Leilas wütende Stimme.

»Verdammt, lasst sie nicht springen!«

Zur selben Zeit stießen sich Diana und Gloria ab …

Keine der beiden wusste genau, wie lange es dauern würde, bis sie die Oberfläche des Flusses erreicht hatten. Diana hatte die Augen geschlossen, sie wollte einfach nichts sehen.

Gloria schaute nach unten.

Nur Sekunden hatte sie Zeit, dennoch erschien ihr diese Spanne so unendlich lang. Sie nahm ihre Umgebung und das näher kommende, dunkel, schaumige, gurgelnde Wasser so intensiv wahr wie einen wilden Traum. Jede Einzelheit, die sie während des Falls bemerkte, wurde ihr bewusst und prägte sich ein.

Das Wasser war für sie wie ein schwarzes Meer oder ein gewaltiger Krater. Sie spürte den Wind, der über das Wasser fuhr, es peitschte und auch ihren Körper nicht ausließ, wie mit gierigen Händen an ihm zerrte und sie für einen Moment abtrieb.

Dabei drehte sich Gloria. Das Unterste wurde nach oben gekehrt, und als sie wieder klar schauen konnte, sah sie abermals die tintige Fläche.

Sie schrie …

Der Wind riss ihr die Schreie von den Lippen, und sie wartete darauf, dass das eiskalte Wasser über ihr zusammenschlug.

Aus dem Nichts entstand das Netz.

Sie hatte nicht gesehen, wer es hielt. Es schwebte über der Wasseroberfläche und wurde von einer Gestalt des Schreckens gehalten, die am Ufer stand und das Netz so zielsicher geworfen hatte wie ein Cowboy sein Lasso.

Aus dem Maul der Gestalt drang ein hässliches Lachen, und mit wahrer Stentorstimme brüllte der andere über das Wasser hinweg. »Ihr entkommt mir nicht! Die Hölle ist stärker!«

Gloria Gibson erkannte die Gestalt in dem Augenblick, als sie neben ihrer Freundin ins Netz fiel.

Es war der Teufel!

ENDE

Zombies aus dem Höllenfeuer

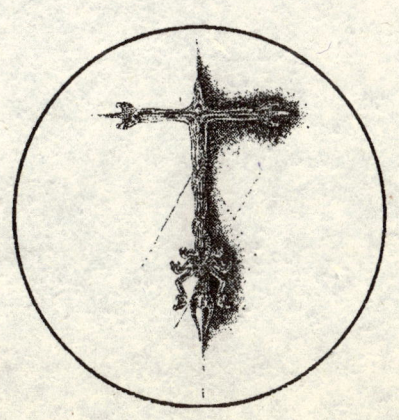

Gloria Gibson wusste, dass die Wasserfläche hart wie Beton war. Sie wusste auch, dass sie sich beim Aufprall das Gesicht zerschlagen oder die Knochen brechen konnte, dennoch zog sie diesen Tod dem Höllenfeuer der Dämonin Lilith vor.

Gloria erlebte den Fall wie einen schrecklichen Film. So unendlich lang kam er ihr vor. Das Wasser raste näher, und doch schlug sie nicht auf der brettharten Fläche auf.

Etwas anderes war da: Ein Netz!

Wie aus dem Nichts wischte es heran, geschleudert von einer Gestalt, die am Ufer stand.

Das Netz glühte in einem dunklen Rot, wobei es von kleinen, gelblichen Feuerzungen umtanzt wurde, die keine Wärme verbreiteten, denn die Gestalt, die das Netz festhielt, war kein Geringerer als der Teufel persönlich.

Gloria fiel hinein.

Es war ein wuchtiger Aufprall. Gleichzeitig hörte sie die schreiende Stimme. »Ihr entkommt mir nicht! Die Hölle ist stärker!«

Sie nahm die Worte zwar wahr, einordnen konnte sie diese Sätze allerdings nicht. Gloria war noch viel zu sehr geschockt. Angst vor dem Feuer umkrallte ihr Herz, während das Netz in die Höhe schwang, sie wieder zurückfiel und abermals in den höllischen Maschen landete.

Dabei wurde sie wieder hochgeworfen, drehte sich und bekam den Schlag einer Hand gegen ihr Gesicht.

Es war Diana Neerland, die sie erwischt hatte. Die Freundin, die zusammen mit ihr vom Rand der breiten Chelsea Bridge gesprungen und ebenfalls aufgefangen worden war.

Diana federte noch auf und nieder, während sich Gloria allmählich beruhigte und einige Male tief durchatmete.

Sie erinnerte sich wieder an die Worte, die die Gestalt gerufen hatte.

Von der Hölle hatte sie gesprochen und von einem Nichtentkommen!

Gloria Gibson lag auf dem Bauch. Sie hatte die Finger in die feurigen Fäden gekrallt, roch das schmutzige Wasser, den Schwefel, die glühende Kohle, das Verbrannte. Da wusste sie endgültig, dass die Hölle oder der Teufel Sieger geblieben waren.

Aus ihrer Kehle drang ein scharfes Atmen. Eigentlich hätte sie sich die Finger und auch den Körper verbrennen müssen, aber das Feuer tat ihr nichts. Die kleinen Flämmchen tanzten, flackerten, berührten ihre Hände, wischten hinüber und bewiesen somit, über welche Kraft der Satan verfügte. Er hatte sie eingefangen. Ohne Gnade.

Jemand berührte sie. Gleichzeitig vernahm sie die zitternde Stimme ihrer Freundin: »Verdammt, Gloria, was ist mit uns geschehen? Was hat man gemacht?«

Gloria hob den Kopf. Eigentlich wollte sie keine Antwort geben, doch die Stimme der Freundin und Kollegin hatte so ängstlich geklungen, dass sie ihr durch eine Antwort einfach helfen musste.

»Wir sind okay, wir leben!«

Diana Neerland lachte. Dabei wippte sie innerhalb des feurigen Netzes auf und nieder. So stark wurde sie durch das Lachen geschüttelt. »Das sagst du so einfach …«

»Willst du denn tot sein?«

»Nein.«

»Dann halte den Mund, verdammt!« Auch Gloria fiel es schwer, die Fassung zu bewahren. Sie wusste, dass sie vom Regen in die Traufe geraten waren, nur wollte sie es nicht aussprechen.

Diana kroch näher. Sie bewegte die Lippen. Flüsternd drangen die Worte aus ihrem Mund, unterbrochen von einem Hüsteln. »Hast du ihn gesehen?«, fragte sie.

»Wen?«

»Der am Ufer stand.« Dianas Augen wurden vor Angst groß. »Der sah aus wie …« Sie unterbrach sich selbst und musste erst schlucken. »Der sah aus wie der Teufel!«

»Das ist er auch gewesen!«

Gloria wusste genau, dass es keinen Sinn hatte, der Freundin etwas vorzumachen. Sie beide hatten hoch gereizt und verloren, die Hölle war tatsächlich stärker gewesen.

Diana stemmte sich im Netz hoch. Sie kam auf die Knie,

und das feurige Höllengebilde begann zu schwanken. »Und das sagst du einfach so?«, hauchte sie. »Verdammt, du weißt doch, dass so etwas furchtbar ist.«

»Aber eine Tatsache!« Mehr sprach Gloria nicht. Auch sie hielt nichts mehr in der liegenden Stellung. Sie wollte sehen, was um sie herum vorging und wie weit es die Mächte der Finsternis mit dem Teufel an der Spitze getrieben hatten.

Für Gloria war es nicht einfach, sich auf den Beinen zu halten. Sie stand schließlich, der Oberkörper wurde nach vorn gedrückt, gleichzeitig aber drehte sie sich so zur Seite, dass ihr Blick auch auf das Ufer fallen konnte.

Dort stand auf freier Fläche der Höllenherrscher. Umhüllt von einem Mantel aus Flammen, hatte er beide Arme hochgerissen. In den Klauen hielt er die Enden des Feuernetzes. Das Gesicht war nicht zu erkennen, dies schafften selbst die Flammen nicht. Aber Gloria glaubte fest daran, dass der Satan höhnisch zu ihnen herübergrinste.

Er war der große Gewinner!

Diana Neerland schluchzte und fluchte in einem. Sie kniete noch, starrte durch die feurigen Maschen und konnte auf die dunkle Wasserfläche blickten, die unter ihr lag.

Der Strom bewegte sich träge in seinem Bett. Um diese Zeit fuhr kaum noch ein Schiff, und wenn, waren es Polizeiboote, die ihre Routinefahrten unternahmen.

Gloria war von dem Anblick des Teufels so geschockt, dass sie die Worte der Freundin erst wahrnahm, als diese sie wiederholte. »Wir müssen über den Rand springen! Los, Gloria, komm, wir müssen das tun! Es hat sonst keinen Sinn, der Satan wird …«

Obwohl sie leise gesprochen hatte, waren ihre Worte von Asmodis gehört worden.

»Der Satan wird euch behalten!«, dröhnte seine Stimme über das Wasser, bevor sein Lachen erklang. »Was der Teufel einmal in den Händen hält, gibt er freiwillig nicht mehr her.«

»Springen wir!« Diana warf den Kopf in den Nacken. Ihr Haar bewegte sich hektisch, während sie die Worte schrie: »Wir müssen …«

Genau in dem Augenblick bewegte Asmodis beide Arme aufeinander zu. Diese Geste übertrug sich auf das Netz, das in plötzliche Schwingungen geriet, die von den sowieso schon unsicher stehenden Frauen nicht mehr aufgefangen werden konnten.

Sie versuchten es noch. Dabei glichen die Bemühungen ihrer Arme lächerlichen Gesten, als würden sie an dünnen Fäden hängen und von ihnen gezogen werden.

Beide fielen aufeinander zu.

Sie wollten sich zur Seite drehen, es gelang nicht mal halb. Die Kraft des Teufels riss ihnen den letzten Halt unter den Füßen weg. Damit war es vorbei.

Diana stieß noch einen leisen Ruf aus, bevor beide Frauen zusammenprallten.

Sie klammerten sich aneinander, mehr war nicht möglich. Zur rechten Seite hin wurden sie geschleudert und fielen dabei aufeinander, bevor sie die Maschen des Netzes wieder in die Höhe drückten, sie unsinnige Worte der Angst ausstießen und mitbekamen, wie sich das Netz über ihnen schloss, denn der Teufel hatte abermals beide Hände blitzschnell gedreht.

Die Falle war zugeschnappt.

Beide Mädchen befanden sich innerhalb der dünnen, tanzenden Flammen, die ihre Körper in einer zuckenden, lodernden Spur nachzeichneten, bevor sich die Maschen noch dichter schlossen.

Keine Chance mehr.

Und der Teufel machte weiter.

Er holte weit aus, schwang das Netz herum, sodass sich die Kraft auf die beiden Gefangenen übertrug und die Mädchen mit einem gewaltigen Ruck in die Höhe geschleudert wurden.

Sie schrien wie verrückt. Das feurige Netz presste seine Maschen gegen ihre Körper und verbrannte sie trotzdem nicht. Aber sie waren Gefangene und fühlten sich so hilflos, denn Asmodis hatte ausgeholt und das Netz mit Inhalt in die Höhe geschleudert.

Plötzlich wurde der Fluss unter den beiden klein. Sie sahen

auch die Brücke und die grellen Scheinwerfer, die sie an explodierende Sterne erinnerten, danach fraß sie der düstere Himmel über London. Plötzlich war die Satansfratze so nah, zu nahe, auch das Feuer loderte hoch, und aus dem Maul in dem hässlichen Dreiecksgesicht drangen die Worte des Teufels wie ein tiefes Donnergrollen.

»Ihr entkommt mir nicht! Mir nicht und auch nicht der großen Lilith!«

»Die Toten leben!«

An die Worte des Mannes musste ich denken, als ich den schweren Bentley beschleunigte. Der Mann hatte zwar von lebenden Toten gesprochen, die Information allerdings hatten ihm zwei Mädchen gegeben, die er mitgenommen hatte, um sich mit ihnen zu amüsieren, wie er selbst zugab.

Daraus war nichts geworden. Andere Ereignisse hatten ihn förmlich überrollt und ihn mit hinein in ein Spiel gezogen, für das er keine Erklärung hatte.

Seine Handlungen wurden von der Angst diktiert.

Er hockte steif hinter Suko und mir im Fond des Silbergrauen. Wir hörten ihn sprechen, ohne seine Worte zu verstehen. Dafür rochen wir seinen Schweiß. Den Mercedes hatte er fluchtartig verlassen, war nur noch gerannt, und man konnte es schon als einen glücklichen Zufall bezeichnen, dass er genau uns in die Quere gelaufen war, denn seine Erlebnisse und unser Fall schienen in einem unmittelbaren Zusammenhang zu stehen.

Begonnen hatte es mit einem Tipp, der Suko zugespielt worden war. Wir hatten den Informanten des Chinesen in einem halbfertigen Neubau treffen wollen, in dem angeblich schwarze Messen gefeiert wurden.

Eine schwarze Messe hatten wir zwar nicht sprengen können, dafür jedoch einen Toten entdeckt: Sukos Informanten. Nach einer ergebnislosen Hausdurchsuchung waren wir schließlich auf dem Dach gelandet und hatten dort ein brennendes Mädchen gesehen. Helfen konnten wir ihr nicht, da wir von einem Hubschrauber aus beschossen wurden. Es gelang uns nur mühsam, das Leben zu retten, aber in der Kleidung des Mädchens hatten wir einen Hinweis auf einen gewissen Club International gefunden.

Ihn wollten wir besuchen.

Zuvor jedoch bewies mir jemand, wie klein und unwichtig ich doch war, denn eine unheimliche und kaum messbare Kraft manipulierte mein Kreuz. Nicht allein, dass es nicht mehr reagierte, auch die mir noch unbekannten Zeichen in der Kreuzmitte verblassten, und selbst die Insignien der vier Erzengel waren nicht mehr zu sehen.

Das Kreuz war nur noch ein wertloses Stück Metall!

Dies genau hatte mir Lilith, die unheimliche Dämonin aus dem Unsichtbaren, erklärt, und ich war einfach nicht in der Lage gewesen, gegenteilig zu reagieren.

Suko und ich mussten hinnehmen, dass wir längst nicht mehr so stark waren wie normal.

Das zehrte mich fast auf. Wäre Suko nicht gewesen, um hindernd einzugreifen, hätte ich bestimmt die Brocken hingeworfen, aber mein Freund hatte mich seelisch wieder aufgebaut.

Auf dem Weg zum Club war uns dann dieser Mensch über den Weg gelaufen. Auch hatten wir seinen Namen erfahren. Er hieß Robby, mehr wollte er nicht sagen.

Innerhalb einer Minute hatte ich mehrere Verkehrsübertretungen begangen, was aber nicht zu vermeiden war, denn wir hatten es mehr als eilig und waren im Einsatz.

Ich rumpelte über ein Rasenstück, das von den Hinterreifen aufgewühlt wurde. Danach erreichte ich wieder die Straße und konnte die Auffahrt zur Brücke nehmen.

Scharf legte ich den Bentley in eine Rechtskurve, sodass die Reifen quietschend protestierten.

Suko saß starr neben mir, schaute geradeaus auf das graue Asphaltband, das unter dem Wagen hinwegwischte und nur vor dem Fahrzeug vom bleichen Licht der Scheinwerfer erhellt wurde.

Der Mann hieß Robby und hatte Angst. Er saß hinter uns,

genau zwischen den Rückenlehnen der beiden Vordersitze, hatte sich nicht angeschnallt und umklammerte mit allen zehn Fingern die Nackenstützen.

»Das war auf der Brücke«, sagte er immer wieder. »Genau auf der verdammten Brücke. Da ist es passiert …«

Als er merkte, dass keiner von uns auf seine Erklärungen mehr reagierte, verstummte er auch.

Wir konnten schon die Themse sehen. Ihr Wasser hatte einen dunklen Glanz. Wichtiger aber war das Gerüst der Brücke, über das unser Scheinwerferlicht floss und dem Metall einen unnatürlichen Schimmer gab.

Da hinein knallte förmlich die grelle Blendung!

Ein Wagen raste uns entgegen. Er schoss von der Brücke. Das eingeschaltete Fernlicht füllte den Bentley mit seiner Helligkeit aus. Für einen Moment kamen wir uns vor wie auf einem explodierenden Stern. Selbst der sonst so gelassene Suko konnte einen Fluch nicht unterdrücken.

Ich hielt das Lenkrad eisern fest.

Zwei Sekunden später war der andere Wagen vorbei, und wir befanden uns zum Glück noch auf der Straße.

»Ein Verrückter!«, kommentierte Suko, während sich Robby auf dem Sitz umdrehte und dem »Blender« nachschaute.

Wir rollten auf die Brücke.

»Ich glaube, das ist er gewesen«, sagte Robby.

»Der Rover?«, fragte ich.

»Ja.«

Der Fluch blieb mir im Hals stecken. Hätte uns Robby das schon während der Anfahrt gesagt, hätten wir entsprechend reagieren können. So mussten wir weiterfahren. Es hatte keinen Sinn, die Verfolgung aufzunehmen. Vor der Brücke gab es einfach zu viele Schlupfwinkel sowie ein Netz aus Auffahrten und Kreisen, in dem der Rover sehr schnell verschwinden konnte.

Ich drosselte die Geschwindigkeit. Von der anderen Seite tauchten zwei dicht hintereinander fahrende Wagen auf, deren Scheinwerfer uns nicht blendeten und uns sogar halfen, denn ihr Licht ergoss sich über einen am Fahrbahnrand geparkten Wagen.

»Das ist mein Mercedes!«, erklärte Robby.

Wir rollten langsamer darauf zu und stoppten dicht dahinter. Zu dritt stiegen wir aus. Robby war noch schneller an seinem Wagen und schaute hinein.

Er presste seine Augen fast gegen die Scheibe, die Tür öffnete er nicht. »Keiner da!«

Das hatten wir uns gedacht. Wenn es tatsächlich die lebenden Leichen gegeben hatte, gab es für sie wohl keinen Grund mehr, sich auf der Brücke aufzuhalten. Höchstwahrscheinlich hatten sie im Rover gesessen und waren verschwunden.

Suko betrat den Gehsteig. Ich folgte ihm. Wir schauten die lange Fahrbahn auf der Brücke entlang und fanden sie leer. Keine Gestalt zeichnete sich dort ab.

Es lag auch niemand am Boden. Keine Stimmen waren zu hören, und nur das Geräusch des über die Brücke streichenden Windes vernahmen wir. Natürlich glitten unsere Blicke auch über das Wasser. Wir traten an das Geländer, spürten den scharfen Wind im Gesicht und sahen das Leuchten in der Luft zur selben Zeit.

Suko deutete schräg in die Höhe. Auch ich folgte dieser Richtung. Beide erkannten wir in der Luft den hellen, flammenden Streifen, der in der Dunkelheit über dem Wasser eine seltsam geformte Insel darstellte.

»Was ist das?«, fragte Suko.

Ich wusste keine Antwort, hatte aber das Gefühl, nahe dieser schwebenden Insel eine Gestalt zu sehen.

Auch Suko entdeckte sie. »Ist das nicht unser spezieller Freund?«, wollte er wissen.

»Asmodis?«

»Genau!«

Ja, das konnte er sein. Ich kannte sonst keinen, der sich mit einem Flammenkranz umgab und in der Dunkelheit schwebte. Wenn er es tatsächlich war, stellte sich die Frage, was er in dieser Gegend gewollt hatte.

Der Rover, die lebenden Toten, die beiden von Robby mitgenommenen Mädchen und der Teufel. Das waren Tatsachen, die wir nicht übersehen durften. Nur, wie brachten wir diese unter einen Hut?

Fest stand, dass wir zu spät gekommen waren. Die andere Seite war wieder einmal schneller und stärker gewesen, und das war es, was mich so wurmte.

Suko hob die Schultern. »Ich hatte es mir auch besser vorgestellt«, sagte er. »Tut mir Leid!«

Da gab ich ihm Recht.

Hinter uns hörten wir Schritte. Robby kam und blieb neben uns stehen. Auch er hatte das seltsame Licht gesehen und fragte uns, was das hätte bedeuten können.

»Wir wissen es nicht«, erwiderte ich.

»Und wo sind die Mädchen?«

»Verschwunden.«

Robby trat dicht an das Geländer. Er schaute nach unten. Sein Gesicht bekam eine Gänsehaut. »Ich, ich kann es nicht begreifen. Verdammt, das ist alles nicht wahr.«

»Leider doch«, erklärte ich.

»Vielleicht sind sie gesprungen.« Er schaute uns an. Wir sahen auf seinem Gesicht die Gänsehaut, als er einen scheuen Blick über die Brücke nach unten warf. Seine Lippen waren zu einem fragenden Lächeln verzogen. Es war besser, wenn wir uns eines Kommentars enthielten.

»Ich möchte dann weiterfahren«, sagte Robby. »Erlauben Sie das? Nach dem, was hier geschehen ist, habe ich keine Lust mehr. Außerdem habe ich nichts Ungesetzliches getan …«

»Das wissen wir«, erklärte ich ihm. »Sie können natürlich weiter. Ich hätte nur gern Ihre Personalien. Wenn es erforderlich sein sollte, möchte ich Sie gern anrufen.«

»Klar, die können Sie haben.«

Während er schrieb, fiel mir noch etwas ein. Ich verglich seinen Ausweis mit dem Geschriebenen, war zufrieden und fragte dabei: »Sagen Sie mal, kennen Sie den Club International?«

Robby trat einen Schritt zurück. Für mich ein Beweis, dass er davon tatsächlich schon gehört hatte.

»Kennen Sie ihn?«

»Ja, ich habe davon gelesen.«

»Und?«

Er schluckte, bevor er seine Antwort gab. »Der Club ist ziemlich bekannt. Also, die Mädchen dort …«

Bevor er ins Schwärmen geriet, hatte ich schon eine andere Frage. »Er liegt hier in der Nähe – oder?«

»Das stimmt! Wollen Sie denn hin?«

»Mal sehen«, wich ich aus.

»Mich brauchen Sie doch nicht.«

Ich lächelte ihm beruhigend zu. »Keine Sorge, Mister. Sie können fahren.«

Er schaute uns so perplex an, dass ich meine Aufforderung wiederholte. Danach hielt ihn nichts mehr. Er stürmte auf den Wagen zu, riss die Tür auf, schwang sich hinter das Lenkrad, startete und raste fast fluchtartig über die Brücke.

Wir blickten den roten Heckleuchten nach, die in der Dunkelheit verschwanden.

Ich schaute Suko an, er mich. Mein Freund hob die Schultern. »Dass der Teufel mitmischt, steht für mich außer Frage. Er und Lilith, so etwas kann hart werden.«

»Moment. Es ist nicht sicher, dass beide zusammenarbeiten.«

Suko lachte. »Glaubst du an den Weihnachtsmann?«

»Nein.«

»Ich auch nicht.«

Am Geländer blieb ich stehen und schaute über das Wasser. Es tat sich nichts mehr, alles war normal. Der dunkle Fluss gurgelte unter dem Brückengestänge mit satten Schmatzlauten durch sein Bett.

Scharf wandte ich mich wieder ab. »Wir fahren zum Club International«, sagte ich entschlossen.

»Das hatte ich auch vor.«

Suko und ich gingen zurück zu unserem Wagen. Wollte ich den Fall mit einem Tennisspiel vergleichen, so hatten wir einen Satz verloren, aber nicht das ganze Spiel …

Zwei Mädchen waren im Flammennetz des Satans gefangen. Und wen der Teufel sich als Beute ausgesucht hatte, den ließ er so leicht nicht mehr los. Das wussten die Mädchen genau, schließlich hatten sie einige Zeit in einem Club gearbeitet, in dem nicht allein Sex verkauft wurde, sondern auch eine Gesinnung, die mit der des Satans auf einer Ebene lag.

Sie hatten Angst!

Beide klammerten sich aneinander. Chancen für sie, dem Netz zu entkommen, gab es für sie nicht. Die feurigen Maschen hatten sich hart gegen ihre Kleidung gepresst, obwohl sie diese nicht verbrannten oder auch nur anschmorten.

Darüber dachten sie nicht mal weiter nach, sie nahmen dieses Phänomen hin und sahen auch den Widerschein der Flammen über ihre Gesichter huschen.

In den Zügen der Menschen stand die Angst. Unausgesprochen lagen Fragen in den Augen, nur traute sich keine, diese zu stellen. Sie wussten nicht, wo die Reise hinging. Dunkelheit hielt sie umfangen, das Netz schwebte durch eine absolute Schwärze.

Da die Fratze des Teufels verschwunden war, fassten sie trotz ihrer bescheidenen Lage wieder Mut. Diana Neerland öffnete den Mund. Nur stockend drangen die Worte über ihre Lippen. »Was kann das zu bedeuten haben? Wo schleppen die uns hin?«

Gloria sagte zunächst nichts. Sie lachte nur grell auf. In das Echo des Gelächters fielen ihre Worte. »Vielleicht in die Hölle, Mädchen. Damit musst du rechnen. In die Hölle.«

»Und dann?«

»Hast du noch die Geschichten von der Hölle in Erinnerung, die man dir als kleines Kind erzählt hat? Die werden uns schmoren. Satan wird sich unserer Seelen annehmen und sie in das ewige Feuer zerren.«

»Aber das sind Märchen!«

Wieder lachte Gloria. »Sind die Vorgänge in diesem verdammten Club auch Märchen?«

Auf diese Frage wusste Diana keine Antwort. Soweit es die Maschen des Netzes zuließen, senkte sie den Kopf. Sie war nicht mehr in der Lage, eine Antwort zu geben.

Dann veränderte sich die Umgebung. Aus der Schwärze erschien ein gewaltiges Gesicht. Viel größer als sie die Fratze in Erinnerung hatten, tauchte sie vor ihnen auf. Es war abermals der Teufel, der sich ihnen zeigte und beweisen wollte, dass er trotz allem noch auf der Lauer lag und sie nicht vergessen hatte.

Das Gesicht hüllte sie ein.

Es war zu einem Kreis geworden, der sie von allen vier Seiten anstarrte. Überdeutlich sahen sie das dreieckige Gesicht, das breite Maul, die übergroßen Nasenlöcher, aus denen der Dampf strömte und gegen ihre Gesichter geweht wurde. Sie rochen diesen Qualm, schmeckten ihn auf der Zunge und hatten das Gefühl, stinkende Schwefelwolken einzuatmen.

Hatten sie bisher noch gezittert, so versteiften sie nun. Die Angst war wie Blei in ihre Glieder gekrochen, weder Diana noch Gloria waren fähig, ein Wort zu sprechen.

Sie rechneten damit, in der Hölle zu erwachen. Beide Mädchen standen dicht vor einem Punkt, wo die Albträume allmählich zu einer schrecklichen Wahrheit wurden.

Das Gesicht hüllte sie ein. Flammen umtanzten den schwarz glänzenden Schädel. Als der Teufel seine Stirn in Falten legte, wirkte es so, als würden Würmer über die Haut laufen.

Die Aura der Vernichtung, des Bösen und der Hauch von Gewalt näherten sich den beiden Gefangenen.

Sie spürten den Druck im Magen, hatten den Mund aufgerissen und wollten atmen, selbst das fiel ihnen schwer. Satans Macht hatte sie voll und ganz in ihren Besitz genommen.

»Ihr habt versucht, meine Pläne zu stören«, sprach der Teufel sie direkt an. »Das aber soll euch nicht gelingen. Wer auserwählt ist, der Hölle Tribut zu zollen, darf nicht einfach verschwinden. Das werdet ihr noch merken. Große Umstellungen werden die nächste Zeit zeichnen. Die Hölle hat Großes vor, und ihr werdet dabei eine besondere Rolle spielen, darauf könnt ihr euch verlassen.«

Das grollende Gelächter des Teufels hallte in den Ohren der beiden Gefangenen und drang hinaus in die Schwärze, wo es allmählich verklang. Auch die Teufelsfratze zog sich zurück. Allein das Netz blieb und die in ihm gefangenen Mädchen.

Beide hatten Satans Worte zwar gehört, aber nicht so recht begriffen. Das sagten sie auch, und Diana Neerland schüttelte sogar den Kopf.

»Was hast du?«, fragte die Freundin.

»Nichts«, erwiderte Diana. »Überhaupt nichts. Es ist nur alles so schrecklich und furchtbar. Ich glaube nicht mehr daran, dass wir es noch schaffen können.«

Gloria hätte ihr ungefähr eine gleiche Antwort sagen können. Sie hütete sich allerdings, denn sie wollte ihre Freundin nicht noch mehr deprimieren.

Und so warteten sie ab.

Der Begriff Zeit hatte für sie jegliche Bedeutung verloren. Sie konnten im Gestern, im Heute, aber auch im Morgen schweben, das spielte keine Rolle mehr, und es gab auch keine Chance für sie, aus eigenen Kräften etwas zu unternehmen.

So ließen sie sich treiben. Irgendwohin, ziellos für sie, aber nicht für ihre Feinde.

Sie waren überrascht, als die Flammen des Netzes plötzlich stärker aufflackerten. Dies geschah nur für einen Moment. Plötzlich glitten Feuerzungen über ihre Körper, ohne dass sie verbrannt wurden. In der Helligkeit stellten sie fest, dass sich ihre Kleidung verändert hatte. Beide trugen nur noch ein zerfetztes Kleid. An zahlreichen Stellen war der Stoff eingerissen, Beweise dafür, dass sie versucht hatten, sich zu wehren. Auch die Farbe der Kleidung war verschwunden. Bleich und hell hingen die Fetzen um ihre Körper. Sie klebten auf der Haut wie kleine Fahnenreste.

Und dann verschwand das Netz.

Es ging so schnell, dass sie nur noch ein geringes Nachglühen bemerkten. Danach war Schluss.

Bisher hatten die beiden Mädchen keinen festen Boden unter den Füßen gespürt. Dies war nun anders geworden. Sie konnten auftreten und bewegten trampelnd ihre Füße auf dem Widerstand.

Auch die Arme streckten sie aus. Da sie es zur selben Zeit taten, berührten sie sich gegenseitig. Diana fühlte Glorias Hände an ihrer Wange, während sich Glorias Fingerspitzen von der Hüfte der Freundin aufwärts schoben.

So blieben sie stehen.

In den nächsten Sekunden sprachen sie nicht. Nur mehr ihr eigener Atem war zu hören. Er wurde von Dianas flüsternder Stimme abgelöst. »Wir sind da«, hauchte sie.

Ja, sie waren da. Nur wussten sie nicht, an welchen Ort man sie geschafft hatte, denn die Dunkelheit war auch jetzt nicht gewichen. Wie eine fugendicht schließende Decke lastete sie über ihren Köpfen und hüllte sie völlig ein.

»Was sollen wir denn machen?«, fragte Diana.

»Abwarten.«

»Und dann?«

Gloria stieß mit dem Fuß auf. »Verdammt!«, schrie sie und lauschte dem Klang ihrer eigenen Stimme, die ein schauriges Echo produzierte. »Frag mich doch nicht.«

Diana hatte sich erschreckt. In der Dunkelheit trat sie einen kleinen Schritt zurück. »Was ist denn?«

»Was ist?« Gloria schluchzte auf. »Ich habe Angst, Diana. Eine verfluchte, hündische Angst, das kannst du mir glauben. Nur noch Angst, dass ich hier lebend nicht mehr herauskomme …«

»Dabei bist du es gewesen, die …«

»Ja, ich weiß!«, unterbrach Gloria ihre Leidensgenossin. »Auch ich kann die Nerven verlieren …«

»Entschuldige.«

In den nächsten Sekunden sprach keine der beiden jungen Frauen. Sie dachten über sich selbst nach und über ihr Schicksal, das sie nicht aus den Klauen lassen würde.

Eine unfassbare fremde Magie hatte ihren Mantel über sie geworfen. Ein Entkommen gab es dabei nicht.

Nicht aus eigener Kraft.

Als sich Gloria bewegte und die Geräusche leiser wurden, wurde Diana aufmerksam. »Wo willst du hin?«, fragte sie eingeschüchtert.

»Keine Bange, ich bleibe bei dir. Ich will nur herausfinden, wo wir uns befinden.«

»Das kannst du doch nicht sehen.«

»Aber ertasten.«

Diana Neerland hielt sich zurück, weil sie daran nicht so recht glauben wollte.

Sie blieb zitternd stehen und spürte die Kälte. Es lag nicht allein an der Außentemperatur, dass sie so fror, auch eine innerliche Kälte kroch in ihr hoch.

Es war einfach die Furcht. Diana begann mit den Zähnen zu klappern. Sie hörte, wie sie aufeinander schlugen und alle anderen Geräusche übertönten.

Ihre Freundin hatte nachgeschaut und auch etwas entdeckt. »Ich habe etwas.«

Diana lauschte der Stimme, die aus einer völlig anderen Richtung an ihre Ohren gedrungen war. »Und wo?«

»Hier ist ein Gitter.«

»Wie?«

Glorias Stimme klang gereizt. »Verdammt, ich habe hier ein Gitter gefühlt und beide Hände um die Stangen gekrallt. Wir können nicht weiter. Man hat uns eingeschlossen.«

»Soll ich zu dir kommen?«

»Nein, bleib, wo du bist. Es hat keinen Sinn. Wir werden …« Weiter sprach Gloria nicht, denn etwas geschah, mit dem sie beide nicht mehr gerechnet hatten.

Es wurde heller.

Wo sich das Licht befand, war genau zu erkennen. Und zwar leuchtete es hinter dem Gitter auf.

Langsam, wie in einem Kino, wenn der Film zu Ende ist. Da erhellte sich ein Raum, und das Licht drang dabei so weit vor, dass sich die Stäbe des Gitters deutlich abzeichneten.

Es war ausbruchsicher gebaut! Das Gitter bestand nicht nur aus Längsstäben, auch quer verlaufende sorgten dafür, dass kein Körper hindurchpasste, höchstens ein menschlicher Arm, und das war einfach zu wenig. Zudem füllte das Gitter eine große Rundbogentür aus. Sie reichte bis fast an die Decke, war also sehr hoch und ließ die Gestalt des Mädchens deshalb klein erscheinen.

Gloria stand da, hatte ihre Arme halb erhoben und umklammerte die Stäbe. Sie wirkte in dieser Haltung so hilflos. In der Tat war sie es auch. Es würde ihr nicht möglich sein, das Gitter zu durchbrechen.

»Komm zurück!«, flüsterte Diana bittend.

Sie sah ihre Freundin nicken. Langsam drehte sich Gloria um. Zum ersten Mal seit langer Zeit konnte Diana sie wieder anschauen und starrte in ein bleiches Gesicht.

Das gesamte Blut schien aus den Adern gewichen zu sein. Die Haut wirkte dabei wie Papier, so dünn war sie, und die Geste, mit der Gloria ihre Schultern anhob, zeigte Hilflosigkeit.

Ihre Schritte schleiften, als sie sich der Freundin näherte. Das Gesicht war zur Maske der Furcht geworden, während das Licht weiterhin den Raum hinter dem Gitter ausfüllte.

Neben Diana blieb sie stehen. »Ich weiß wirklich nicht, wo wir hier sind!«

»Kannst du nicht raten?«

Gloria winkte ab. »Was hätte das für einen Sinn? Nein, das habe ich noch nie gesehen.« Sie drehte sich auf der Stelle, hob dabei die Schultern und sagte leise: »Sieht aus wie ein Keller.«

»Ein Gewölbe!«, präzisierte Diana.

»Und wo?«

Da schwiegen die Mädchen, da ihnen eine Antwort nicht einfiel. Sie starrten nach vorn, sahen das Gitter an und hörten plötzlich neben sich ein seltsames Geräusch.

Erschreckt sprangen beide zurück. Gerade noch rechtzeitig, denn neben ihnen öffnete sich der Boden.

Nach unten schwang er weg. Welcher Mechanismus dies ausgelöst hatte, wusste keine der beiden zu sagen. Sie schauten nur zu, wie sich die Platte immer tiefer senkte und in einer unheimlichen Finsternis verschwand. Dabei entstand ein Schaben, ein hässliches Kratzen, das über ihrem Rücken eine Gänsehaut erzeugte.

Dianas Finger waren kalt, als sie den Arm ihrer Freundin umfasste. Trotz des Schweißes, der auf ihren Handflächen lag. Und ihr Zittern übertrug sich auch auf Gloria.

Die Körper der Mädchen berührten sich. Eine Schutz suchende Geste, denn die eine wollte der anderen Halt bieten.

Noch immer lief dieser unheimliche Vorgang. Weiterhin hörten die beiden Mädchen das Kratzen und Schürfen aus der Tiefe dringen, aber keine von ihnen traute sich, auch nur einen Schritt näher an den Rand der Grube heranzugehen.

Sie blieben in einer gespannten Haltung stehen, stützten sich gegenseitig ab und atmeten flach durch den Mund. Beide wussten, dass ein neues Kapitel im Buch ihres Lebens aufgeschlagen war, gefüllt mit Angst und Furcht.

War es das letzte Kapitel?

Sie spürten den Druck im Magen, der sich immer weiter ausbreitete, dabei hochstieg und auch in die Nähe der Herzen geriet, wo er sich ballte und zusammenzog.

Der Schlag schien sich zu verdoppeln. Dumpf pochte es. Die Echos der Schläge breiteten sich unter ihren Stirnen aus, erzeugten Kopfschmerzen, und sie spürten, wie ihre Knie anfingen zu zittern.

Dann verstummte das Geräusch. Die sich senkende Bodenplatte aus schwerem Stein hatte ihr Ende erreicht. Wenn jetzt etwas geschah, das wussten beide, würde es in einem unmittelbaren Zusammenhang mit ihnen stehen.

Noch tat sich nichts.

Den Mädchen kam es vor wie die berühmte Ruhe vor dem Sturm. Sie hielten sich gegenseitig fest, um sich zu stützen. Über ihre Gesichter flogen Schauer der Furcht, die Lippen zitterten, und die Haut auf ihren Wangen begann zu zucken.

Die eingetretene Stille erschien ihnen in diesen Augenblicken noch schlimmer als das vorhin so kratzende Geräusch, das die Steinplatte auf dem Weg in die Tiefe begleitet hatte.

Sekunden verstrichen.

Die Mädchen glaubten, es wären Minuten. Auf den Gesichtern zeigte sich die Anspannung. Sie standen starr da, mit offenem Mund, und ihr Atem glich einem leisen Stöhnen.

Beide hatten den Teufel gesehen und erlebt. Jetzt fühlten sie die Kälte der Hölle, die ihnen aus der Öffnung entgegenschlug. Es war keine winterliche Kälte, nur ein Hauch der völligen Gefühlskälte. Da gab es überhaupt keine Wärme. Der Mensch selbst wurde zu einem leblosen Gegenstand degradiert. Eine Tatsache, die beide Mädchen fühlten, und die sie auch so erschreckte.

Etwas würde aus der Tiefe steigen. Sie wussten nicht, was, aber dieses fremde Etwas würde sie erbarmungslos vernichten.

Gab es eine Fluchtchance?

Zur selben Zeit dachten sie daran und drehten ihre Köpfe nach links, denn rechts von ihnen befand sich das Gitter mit der dahinterliegenden Lichtflut.

Sie reichte aus, um über die Bodenöffnung hinwegzugleiten und eine Wand zu treffen.

Dicke Quader, die für eine Ewigkeit gebaut worden waren, versperrten ihnen auch dort den Weg.

Aus diesem Keller kamen sie nicht weg!

Und in der Tiefe tat sich etwas!

Unheimliche Geräusche erklangen. Ein leises, sehr böse klingendes Fauchen, als würden sich zwei Raubtiere zum entscheidenden Kampf gegenüberstehen und sich erst noch gegenseitig warnen.

Die Mädchen schauten sich an. In ihren Gesichtern stand zu lesen, dass jede von ihnen etwas sagen wollte, nur traute sich keine, ein Wort über die Lippen zu bringen.

Sie hielten sich gegenseitig fest und hofften inständig, dass der Kelch des Schreckens an ihnen vorübergehen würde.

Er ging nicht.

Die fauchenden Laute verstärkten sich, und im nächsten Augenblick wischte aus der rechteckigen Öffnung eine blasse, hohe, gelbe Flamme, die wie der Körper einer Schlange wirkte, sich über der Öffnung verbreiterte und auseinander fächerte.

Sie traf die steinerne Decke. Mit einem fauchenden Geräusch bildete sie dort einen regelrechten Teppich, bevor sie einen Bogen nach vorn schlug und ihre breite Spitze genau auf die Köpfe der beiden Mädchen zielte.

Diana und Gloria sprangen zurück. Weit kamen sie nicht. Mit dem Rücken prallten sie gegen die Wand, stießen sich noch die Ellenbogen und mussten mit ansehen, wie das Feuer vor ihren Augen schaurige Tänze aufführte. Ein gaukelndes Spiel aus bleicher Helligkeit und fahlen Schatten.

Das Feuer war so nah, dass sie die Hitze einfach spüren mussten. Wiederum stellten sie fest, es mit Flammen zu tun zu haben, die ihnen nichts taten, nur drohten.

Die Angst steigerte sich dennoch. Sie wurde nahezu übermächtig, denn das Feuer war erst der Vorbote.

Diana und Gloria schauten und hörten zu, wie sie kamen.

Aus der Tiefe und aus dem Innern der Flammen stieg allmählich das Grauen empor, um über ihnen zusammenzuschlagen …

Nachdem wir das Hinweisschild entdeckt hatten, war es relativ leicht gewesen, den Club International zu finden. Wir brauchten nur dem Pfeil zu folgen. Von der normalen Fahrbahn waren wir abgebogen, rollten durch ein parkartiges Gelände und sahen hinter den Bäumen Licht.

Dann öffnete sich der Weg, das Licht konzentrierte sich und wurde zu einer Schrift.

CLUB INTERNATIONAL stand über dem Eingang.

Links davon befand sich der Parkplatz. Der Bentley rollte über Kies, als wir ihn ansteuerten und auch eine Lücke fanden.

Neben einem flachen Italiener stellte ich den Bentley ab und schaute auf meine Uhr.

Noch eine Stunde bis Mitternacht!

Ich war zwar kein Stammgast in Clubs dieser Art, konnte

mir allerdings vorstellen, dass der Betrieb die Nacht über bis in die frühen Morgenstunden durchging und wir gewissermaßen noch am Beginn des Clublebens standen.

Der Meinung war auch Suko.

Wir blieben noch im Wagen sitzen, um einen Schlachtplan zu entwerfen. Suko schlug vor, getrennt zu marschieren.

»Es ist besser, wenn wir sie von zwei Seiten packen. Oder bist du anderer Meinung?«

Das war ich nicht. »Es wäre allerdings gut, wenn wir einen Treffpunkt vereinbarten.«

»Einverstanden.«

Falls es möglich war, wollten wir uns um ein Uhr an der Bar treffen. In jedem Club gab es so etwas.

Dann duckten wir uns, denn von der Einfahrt her strich ein Scheinwerferpaar durch den Park, erfasste unseren Bentley und glitt über unsere Köpfe hinweg.

Die hellen Finger huschten schnell vorbei. Der ankommende Wagen wurde irgendwo abgestellt. Wir vernahmen das Schlagen einer Tür und sehr schnelle Schritte.

Ich drehte den Kopf, konnte zum Eingang sehen und erkannte dort einen älteren Mann, der seinen Daumen auf den Klingelknopf gelegt hatte. Erst jetzt stiegen wir aus.

»Wie hieß das Mädchen noch, das wir auf dem Dach des Hauses gesehen haben?«, fragte Suko.

Ich musste einen Moment überlegen, bevor mir eine Antwort einfiel. »Gladys Verly.«

»Okay, die können wir dann als Alibi nehmen.«

»Aber nicht sofort«, warnte ich.

»Klar.« Suko legte mir eine Hand auf die Schulter. Wind fuhr durch die Zweige der Bäume und löste Blätter. »Möchtest du nicht doch eine Waffe von mir nehmen?«

Er meinte es gut, ich schüttelte den Kopf. »Nein, mein Lieber, hier schlage ich mich selbst durch.«

»Du kennst die Gefahren?«

»Noch nicht …«

»John, sei nicht dumm. Ich werde dir die Dämonenpeitsche überlassen. Wenn wir uns getrennt haben, sind wir auf uns allein gestellt. Du hast eine übermächtige Gegnerin. Lilith wird ...«

»Suko, bitte!«

Er ließ seine Hand nach unten fallen. »Schon gut, mein Lieber, schon gut. Es war nur ein Vorschlag.« Über seine Lippen zuckte ein Lächeln. »Wir treffen uns dann später. Geh du vor.«

Damit war ich einverstanden. An zwei Baumstämmen drückte ich mich vorbei und erreichte den kleinen Weg, der vom Parkplatz auf den Eingang zuführte.

Kurz vor der Treppe mit den breiten, bequemen Stufen drehte ich mich noch einmal um.

Von Suko war nichts zu sehen.

Ich aber ging auf die Tür zu. Sie kam mir vor wie der Eingang zur Hölle ...

Sie erschienen aus den Flammen!

Beide Frauen wollten es kaum glauben, weil die Gestalten einfach zu schrecklich waren. Sie zeigten sich auch nicht sofort, sondern der Reihe nach, und man sah zunächst ihre Arme.

Wie Lanzen stachen sie aus der Flammenhölle. Grüne, dünnhäutige Arme mit langen Fingern und messerspitzen Nägeln.

Schultern wurden über den Rand gedrückt. Kleiderfetzen brannten nicht. Sie klebten an der Haut und waren von ihr kaum zu unterscheiden.

Auch die Köpfe waren jetzt zu erkennen.

Schädel, die das nackte Entsetzen verbreiteten. Eine Mischung aus Mensch und Skelett.

Wieder spannte sich die Haut so dünn wie Papier über die Knochen. Blanke Köpfe, kein einziges Haar schmorte im Feuer, dafür Augenhöhlen, in deren Tiefe ein gelbliches Feuer loderte.

Der Gruß aus der schlimmen Hölle, die hinter den aus den Flammen steigenden Gestalten lag. Sie benötigten keinen

Halt. Das Feuer sorgte dafür, dass sie in die Höhe geschoben wurden, und es trug sie wie ein durchsichtiger Teppich.

Sie blieben nicht steif und auch nicht in einer Höhe. Sechs Gestalten zählten die beiden Mädchen, die angsterfüllt auf diese schrecklichen Dämonen blickten.

Einige hatten sich weit aus den Flammen in die Höhe gedrückt. Sie bewegten dabei ihre Arme wie Schwimmer. Stießen sie nach vorn, drehten Kreise, und die messerscharfen Fingernägel gerieten in die gefährliche Nähe der Mädchen.

Weiter zurück konnten sie nicht, die Falle war einfach zu perfekt aufgebaut.

Und die ersten drei verließen die Öffnung.

Sie brauchten sich nicht mal ab- oder aufzustützen. Ein Schritt reichte, damit sie außerhalb der Öffnung standen.

Auch die anderen drei schoben sich in die Höhe, denn keines der Wesen wollte es versäumen, seine Hände über die Körper der neuen Opfer wandern zu lassen.

Gloria und Diana waren gelähmt!

Hatten sie vor diesem schaurigen Vorgang noch miteinander sprechen können, fiel dies nun auch weg. Sie schafften es einfach nicht, ein Wort über die Lippen zu bringen. Deshalb zuckten sie auch nicht zusammen, als tastende Finger über die Haut fuhren und grinsende Gesichter dicht vor ihren Augen erschienen, wobei sich die Haut auf dem Schädel dabei noch mehr spannte und so wirkte, als würde sie jeden Augenblick entzweireißen.

Die Haut aber hielt. Dafür öffneten sich die Mäuler. Warmer, stinkender Atem drang gegen die Gesichter der beiden Mädchen, und dann griffen die Hände zu.

Es war das plötzliche Zupacken, das sie so erschreckte.

Diana wurde als Erste in die Höhe gerissen. Vor den Augen der entsetzt dastehenden Gloria wurde sie gedreht und so geschleudert, dass sie über den Rand der Grube verschwand.

Plötzlich züngelten die Flammen stärker. Als sie über den Körper fuhren, blitzten sie an den Berührungsstellen auf, fauchten, und im nächsten Augenblick war Diana mit den drei Gestalten in der vom Feuer erfüllten Grube verschwunden.

Einfach geschluckt!

Gloria wusste genau, dass ihr das gleiche Schicksal bevorstand. Die noch zurückgebliebenen drei Gestalten zögerten auch keine Sekunde länger und griffen zu.

Gloria spürte die spitzen Nägel, die gegen die Haut stachen. Die Kälte der Hände merkte sie ebenfalls und auch die Kraft, denn es fiel den Gestalten nicht schwer, Gloria Gibson in die Höhe zu stemmen.

Sie wurde gedreht.

Und sie hörte dabei die geflüsterten Worte der furchtbaren Wesen.

Jetzt bist du bei uns. Jetzt kannst du nicht mehr weg, kleine Gloria. Du gehörst, wie wir, zu Lilith …

Gloria Gibson befürchtete, verrückt zu werden. Der Verdacht hatte schon länger bestanden, durch die Worte erst war er zu einer schrecklichen Gewissheit geworden.

Die unheimlichen Wesen, die aus dem Feuer gekrochen waren, konnte Gloria nicht als Fremde bezeichnen.

Es waren ihre ehemaligen Kolleginnen, die jetzt einer gewissen Lilith dienten.

Und sie zogen das neue Opfer mit in die flammende Tiefe …

Hinter der Tür sah ich das Gesicht!

Zuerst glaubte ich, es würde in der Luft schweben, bis mir auffiel, dass der dazugehörige Körper im Dämmerlicht verschwunden war und sich erst allmählich aus dem Halbdunkel löste.

Das Mädchen schwebte näher. Es lächelte. Leises Rascheln von Stoff drang an meine Ohren, dann klaffte ein Spalt, ich sah sehr lange Beine und hörte die geflüstert gesprochenen Worte.

»Willkommen im Club, Sir. Womit kann ich dienen?«

Ich hatte mir zuvor einen Plan zurechtgelegt. Mein Auftreten sollte etwas linkisch wirken. Wie das eines Mannes, der zum ersten Mal in seinem Leben ein solches Etablissement besucht. Ich holte tief Luft, räusperte mich auch und brachte kaum ein Wort hervor.

Anscheinend hatte man für Leute wie mich volles Verständnis. Das bewies auch die Empfangsdame, indem sie mir eine goldene Brücke baute. »Sie kommen zum ersten Mal zu uns, Sir?«

Ein erleichtertes »Ja« verließ meinen Mund.

»Dann seien Sie herzlich willkommen!«

Ich hob die Schultern und schaute dabei auf die Zehenspitzen. Auf einem roten Teppich stand ich. Die Sohlen versanken in dem weichen Velours, und ich tat so, als würde es mich abermals Überwindung kosten, die nächste Frage zu stellen.

»Ist er denn öffentlich?«

»Wie meinen Sie das, Sir?«

»Kann jeder den Club besuchen?«

Ein Lächeln streifte über das Gesicht des Mädchens. »Natürlich, jeder darf in den Club. Vorausgesetzt, er ist einverstanden, einen kleinen Beitrag zu leisten, um Mitglied zu werden. Wollen Sie das?«

»Klar«, erwiderte ich spontan.

»Dann kriege ich zwanzig Pfund von Ihnen.«

Es war ein stolzer Preis, den ich kaum von der Spesenrechnung absetzen konnte. Einen Rückzieher wollte ich aber auch nicht mehr machen, griff in die Tasche und holte die Geldbörse hervor.

»Wenn Sie mir bitte folgen wollen, Sir?«

Was blieb mir anderes übrig? Ich hatte einmal in den sauren Apfel gebissen. Jetzt war die andere Seite am Zug.

Wir gingen auf eine Wand zu, die sich als Vorhang entpuppte. Wegen der schlechten Beleuchtung hatte ich mich so getäuscht. Das Mädchen schritt vor mir her. Noch immer hatte ich es nicht so deutlich gesehen. Erst als sie den Vorhang zur Seite schob und Licht auf ihre Gestalt fiel, erkannte ich sie besser.

Sie trug das dunkle Haar sehr lang. Der Stoff des ebenfalls dunklen Kleides umschmeichelte sie, und der Saum reichte bis zu den Knöcheln, wobei er an einigen Stellen noch über den Boden schleifte. Bei jedem Schritt klaffte das Kleid auseinander und ließ die langen Beine sehen.

Hinter dem Vorhang lag ein Büro. Der Raum stand in einem krassen Gegensatz zu dem so exotisch anmutenden Entree. Klein, sehr nüchtern. Ein Schreibtisch, ein Stuhl, eine Lampe unter der Decke, die ihr Licht auf die Platte verstreute.

Und eine Kasse, die von dem Mädchen hervorgeholt wurde. Neben einem Alarmknopf fand sie ihren Platz.

So jung war die Kleine auch nicht mehr. Im hellen Lampenlicht wirkte ihre Schminke blass. Ich sah die zahlreichen Falten in ihrem Gesicht und wunderte mich darüber.

Eines Kommentars enthielt ich mich und zahlte statt dessen meinen Obolus. Dafür bekam ich eine Clubkarte. Aus weißem Karton. Darauf stand in roten Lettern CLUB INTERNATIONAL.

Sie reichte mir die Karte, lächelte und nickte. »Das war alles, Sir. Und nun wünsche ich Ihnen viel Spaß.«

»Ja, ja«, sagte ich und tat wieder unsicher. »Ist sonst noch etwas zu beachten?«

»Das hatte ich vergessen, Sir. Sie haben ein Getränk frei.«

»Danke.«

Ich drehte mich um und wollte gehen. Das Mädchen ließ es sich nicht nehmen, mich zu begleiten. »Sie werden sich allein nicht zurechtfinden, Sir.« Dicht an meiner Seite blieb sie. Ich nahm das süßliche Parfüm wahr und wurde manchmal angeschaut. Der Blick kam mir irgendwie taxierend vor. Ich ließ mir nichts anmerken und spielte weiterhin den etwas verlegenen Kunden oder Gast.

Diesmal gingen wir auf eine Stelle zu, die ebenfalls im Dunkeln lag. Nur so lange, bis wir einen Kontakt berührten und die Wand vor uns aufschwang.

Sie glitt lautlos zurück. Vor meinen Augen öffnete sich ein Raum, der auf den ersten Blick sehr elegant wirkte. Eine glitzernde Bar, die breite, freischwebende Treppe nach oben, die einzelnen Nischen mitten im Raum, zum Teil erhöht auf kleinen Podesten, das gedämpfte Licht und die süßlich klingende

Musik, die nur so laut war, dass sie gerade noch als Unterhaltung bezeichnet werden konnte.

Voll war der Club nicht. Vielleicht die Hälfte der Tische waren besetzt. Männer und Mädchen saßen zusammen. An der Bar sah ich das gleiche Bild und erschrak, als ein Sektkorken knallte.

»Ich lasse Sie jetzt allein, Sir, und wünsche Ihnen viel Vergnügen«, vernahm ich die Stimme des Mädchens.

»Danke …« Es war eine schwache Antwort, die ich gab, denn noch immer bewegte ich mich wie auf rohen Eiern.

So betrat ich auch den Club. Nach zwei Schritten sah ich die erleuchteten Pfeile. Sie deuteten samt und sonders in Richtung Treppe. Begriffe wie Sauna, Videoraum und Massagestudio fielen mir auf. Aber auch ein ganz normaler Pool diente zur Belebung oder Erholung.

Wer da entspannte, lag auf der Hand. Ich tat sehr interessiert, las und schaute mich gleichzeitig um.

Die Tür war automatisch wieder geschlossen worden. Gesteigertes Interesse schien niemand für mich übrig zu haben.

Die Gespräche wurden flüsternd geführt, mal das Lachen eines Mädchens, das Klingen anstoßender Gläser, das war auch schon alles. Dieser Club sollte eine Oase der Ruhe und Entspannung sein. Anscheinend erfüllte er den Zweck.

Ich bewegte mich auf die Bar zu. Langsam schlenderte ich hinüber. An diesem Ort knüpfte man zumeist die ersten Kontakte.

Freie Hocker gab es genug. Rote Polster luden zum Sitzen ein. Kleine Rückenlehnen stützten das Kreuz des Gastes. Ich glitt auf einen Hocker und konnte von dieser Stelle aus die im Halbkreis angelegte Bar gut überblicken.

Einige Mädchen saßen allein. Sie schauten mich an, lächelten, blieben aber passiv. Wahrscheinlich sollte der Gast selbst die Initiative ergreifen.

Ein Mixer kam, Typ Dressman, lächelte blitzend und fragte nach meinen Wünschen.

Ich bestellte einen Whisky.

»Sehr wohl, Sir.« Er fuhr über sein lackschwarzes, glattes Haar und zauberte aus den oberen Glasregalen mit geschickten Bewegungen eine Flasche hervor.

Ich zückte die Zigaretten, steckte mir ein Stäbchen zwischen die Lippen und wollte mein Feuerzeug anzünden, als von der rechten Seite her, fast aus dem Dämmer, eine dunkelhäutige Hand erschien, die ein Feuerzeug hielt. »Darf ich, Sir?«

Ich war tatsächlich überrascht, drehte den Kopf und schaute in das Gesicht eines Halbbluts.

Das Girl war eine Wucht. Die Kleine passte in diese schwüle Atmosphäre wie die berühmte Faust aufs Auge. Die Hautfarbe konnte ich eigentlich nur schätzen. Vielleicht milchkaffeebraun, dafür rabenschwarz das Haar. Es war zu dünnen Strähnen gedreht, die den Kopf umrahmten. Die etwas aufgeworfenen Lippen glänzten in einem satten, dunklen Rot, das fast die Farbe von Blut hatte. Überhaupt hatte das Gesicht einen lasziven Ausdruck. Diese Frau konnte man als die perfekte Sünde bezeichnen, und mir gelang es nur schwer, mich aus ihrem Bann zu befreien.

Sie trug ein gehäkeltes weißes Kleid. Sehr einfach und dennoch raffiniert, da das Kleid sehr große Maschenlöcher aufwies und ich freie Sicht auf die zentralen Stellen hatte.

»Ihr Whisky, Sir.«

Den hatte ich schon vergessen. Einmal griff ich sogar neben das Glas, hielt es dann zwischen den Fingern und hatte das Gefühl, die Nähe der Frau würde die Eiswürfel im Glas zum Schmelzen bringen.

Ich nahm zwei kleine Schlucke, sog auch an meiner Zigarette und hörte wieder ihre rauchige Stimme. »Sie sind neu hier, Sir?«

»Stimmt.«

Sie lachte. »Man merkt es, wenn ein Gast neu ist. Ich bin übrigens Leila, die Chefin des Hauses.«

Das hatte ich mir gedacht. Der Name, sicherlich falsch, passte trotzdem zu ihr, und ich stellte mich ebenfalls mit meinem Vornamen vor.

»Dann hoffe ich, dass es Ihnen bei uns gefällt, John.«

»Da habe ich keine Sorge.«

»Sie wissen, dass wir jeden Wunsch des Gastes erfüllen. Das sind wir ihm einfach schuldig.«

Ich runzelte die Stirn. »Jeden?«

Leila setzte sich auf den Hocker neben mir. »Ja, jeden. Sie brauchen ihn nur zu äußern.«

Ich schaute ihr ins Gesicht, sah das Lauern in ihren Augen und rutschte unbehaglich hin und her.

»Ist Ihnen nicht gut, John?«

»Doch, schon, aber das mit den Wünschen.«

»Geht klar. Testen Sie uns.«

Ich hob die Schultern und leerte das Glas. »Na ja«, sagte ich, »man weiß, wo man hier ist …«

Sie legte mir ihre Hand auf das Gelenk. Zahlreiche Ringe schimmerten an den langen Fingern. »Moment, John, Moment. Denken Sie jetzt nicht falsch. Dieser Club hat nichts mit der üblichen Anmache zu tun.«

»Das habe ich schon bemerkt.«

»Es freut mich. Nennen Sie mir Ihren Wunsch, bitte!«

Ich markierte weiterhin den Unentschlossenen und wurde sogar leicht rot. Leila bemerkte es. »Sie brauchen nicht verlegen zu sein, wir haben für alles Verständnis.«

»Trotzdem, ich …«

Ihre Hand glitt meinen Arm hoch. Dabei bewegten sich die Fingerspitzen. Verdammt, die Frau wusste genau, wie sie einen Mann anmachen konnte, und mir wurde es trocken im Hals. Ich atmete zweimal tief durch und umklammerte hart das Whiskyglas, während ihre Hand auf meiner Schulter zur Ruhe gekommen war.

»Sag es!« Ihre Lippen befanden sich so dicht an meinem Ohr, dass sie es schon fast berührten.

Ich nickte leicht. Eine Hand schob sich in mein Blickfeld. Sie gehörte dem Mixer. Unaufgefordert erhielt ich einen neuen Whisky. Wahrscheinlich hatte Leila dem Knaben ein Zeichen gegeben.

»Trink erst.«

Das tat ich.

»Und jetzt sag es!« Die Stimme war noch drängender geworden. Die Finger bewegten sich wieder, und ich musste mich räuspern. »Gut, ich werde es dir erklären. Ich möchte in ein Schwimmbad …«

Ihr Lachen klang leise und trotzdem spöttisch. »Deshalb machst du so einen Wirbel? Wir haben den Pool im Haus …«

»Das ist mir bekannt. Nur, es ist nicht alles.«

»Wieso?«

»Ich liebe das Außergewöhnliche, weißt du.«

»Wir auch«, hauchte sie. »Sag mir endlich deinen Wunsch!«

Ich nickte heftig. »Okay, du hast es nicht anders gewollt.« Meine Stimme klang rau. »Ich möchte einmal eine schwarze Messe erleben, verstehst du? So eine, wo alle sich …«

»Mehr nicht?«, unterbrach sie mich.

»Nein.«

Leila glitt geschmeidig vom Hocker. »Das alles kann ich dir bieten, John. Keine Frage!«

Ihre Antwort hatte mich erschreckt. Anmerken ließ ich es mir nicht, aber ich stellte fest, dass ich tatsächlich die richtige Spur gefunden hatte. Die Karte in der Kleidung des toten Mädchens hatte sich als ein Joker herausgestellt.

Wenn das kein Glück war!

»Nun? Bist du zufrieden?«

Ich fuhr durch mein Haar und schaute nach vorn. Dabei hatte ich das Gefühl, vom Mixer und auch von den Mädchen an der Bar angeschaut zu werden.

Sie fixierten mich, reihten mich ein, denn jeder wusste wohl, was mir, dem Neuen, bevorstand.

Nur ich war überfragt.

»Ich kann es nicht glauben«, sagte ich leise. »Verflixt, ich kann es einfach nicht fassen.«

»Es ist aber so.«

»Und wann soll die Feier starten?«

Leila schaute auf ihre Uhr. Wie eine silberne Perle stach sie von der Haut ab. »Schwarze Messen werden bei uns um Mitternacht gefeiert. Wenn es dir nichts ausmacht, kannst du an der nächsten teilnehmen.«

»Nur für mich?«

»Nein, John, nein. Wir hätten sie sowieso gefeiert. Übrigens, woher hast du deine Kenntnisse?«

»Ich hörte davon.«

Sie ließ die Ausrede nicht gelten und bewegte fächernd ihre Hand vor meinen Augen. »So nicht, John. Wer hat es dir gesagt? Es gibt nur wenige, die davon wissen. Mundpropaganda …«

Jetzt steckte ich in der Zwickmühle. Ich konnte hier keinen Allerweltsnamen erfinden. Bestimmt kannte Leila jeden Gast persönlich, der einen so außergewöhnlichen Wunsch vortrug wie ich. Zum Glück, vielleicht auch zu meinem Pech, erinnerte ich mich wieder an den Namen des Mädchens, das uns auf die Spur des Clubs gebracht hatte.

»Es war Gladys Verly!«

Bei dieser Antwort hatte ich die Frau vor mir scharf angeschaut. Leila hatte sich vorzüglich in der Gewalt. Sie zuckte mit keiner Wimper, sondern nickte nur, wobei ihr Gesicht unbewegt blieb.

»Die müsstest du kennen«, schob ich noch einen Satz hinterher.

»Ja, sie ist mir bekannt. Sie hat hier gearbeitet. Jetzt nicht mehr, wie du sicherlich weißt, wenn du sie kennst.«

»Natürlich.«

Über die Antwort der Frau musste ich nachdenken. Sie konnte gut eine Falle gewesen sein, und ich beschloss, das Thema Gladys nicht mehr weiter auszuschmücken.

»Gehst du mit mir?«, fragte ich das Halbblut.

»Natürlich, John. Ich begleite jeden neuen Gast. Du wirst alle Wonnen erleben, die man sich vorstellen kann.« Sie stand schräg vor mir und streckte ihren Arm aus, damit sie nach meiner Hand fassen konnte.

Ich ließ sie gewähren, und Leila führte mich quer durch die Bar. Zahlreiche Blicke folgten uns. Im Spiegel konnte ich erkennen, wie die Mädchen und die männlichen Gäste die Köpfe drehten.

Ich hatte das Gefühl, zum Schafott geleitet zu werden …

Die Flammen waren wie Arme!

Sie huschten aus der Tiefe, umzuckten den Körper der Gloria Gibson und streichelten ihre Haut.

Sie waren nicht heiß und auch nicht kalt. Nur einfach da und fast ohne Berührungsdruck. Gloria kam der Begriff eines Geisterfeuers in den Sinn, bevor sie ihre Gedanken ausschaltete und sich darauf konzentrierte, was sie erwartete.

Es war das Ende ihres Daseins als Mensch. Obwohl sie noch lebte, wusste sie genau, dass sie in eine andere Existenzebene übergehen und als Monster wieder zum Vorschein kommen würde.

Wie eben ihre ehemaligen Kolleginnen!

Zu dritt waren sie, und Gloria spürte sechs Hände auf ihrer Haut. Jede wollte sie berühren, wollte sie fassen und umfangen. Sie brauchten einfach diesen körperlichen Kontakt.

Und Gloria wehrte sich nicht. Sie blieb im Griff der ehemaligen und jetzt zu Monstern degenerierten Kolleginnen. Nur den Kopf hatte sie nach hinten gelehnt, sodass sie dorthin schauen konnte, wo sie hergekommen war. Die Öffnung sah sie nicht, weil die tanzenden Flammen ihr den Blick verwehrten. Nur ein Zucken und Fauchen vernahm sie und die flüsternden Stimmen.

»Endlich gehörst du zu uns. Du wirst zu Lilith gehen, der ersten großen Hure überhaupt. Du wirst ihre Weihe empfangen, damit du eine ihrer Dienerinnen bist. Gehe hin, sie erwartet dich, und sie wird dich mit offenen Armen empfangen …«

Lilith, das war es!

Schon öfter hatte Gloria ihre Kolleginnen davon sprechen hören. Aber nie so deutlich und direkt. Bisher war diese Lilith nur ein geheimnisvolles Etwas gewesen, verwoben in einem Gespinst fremder Magien und Wahrsagerei, doch sehr bald würde sich das ändern, denn der Begriff Lilith nahm allmählich Gestalt an.

Und sie, Gloria, würde ihr gegenüberstehen!

Noch geschah nichts. In den Griffen ihrer ehemaligen Kolleginnen schwebte sie weiter der Tiefe entgegen und wunderte sich, dass sie noch nicht das Ende erreicht hatten.

War der Keller denn so tief?

Sie drehte den Kopf, schaute nach unten, doch eine kantige Schulter, über die sich straff die Haut spannte, verwehrte ihr den eigentlichen Blick. Dafür entdeckte sie in Kniehöhe ein Gesicht.

Gloria konnte nicht erkennen, wer diese Veränderte früher gewesen war. Sie sahen alle gleich aus, im Gegensatz zu den vier Wesen auf der Brücke. Die hatten doch mehr Menschliches an sich gehabt.

Und so glitten sie weiter, bis sie zu dem Punkt gelangten, wo die Reise ihr Ende gefunden hatte.

Gloria Gibson spürte Widerstand unter den Füßen und merkte, dass sich die Krallen von ihrem Körper lösten.

Lautlos glitten die Wesen zur Seite. Die Flammen über Glorias Kopf verlöschten, und im nächsten Moment hüllte sie die tiefschwarze Dunkelheit ein, die von einem knirschenden und schleifenden Geräusch unterbrochen wurde, als sich die Luke wieder schloss.

Jetzt war auch der letzte Fluchtweg versperrt!

Gloria Gibson stand in der Dunkelheit. Sie wusste genau, dass die anderen noch da waren, aber sie sah sie nicht. Sie spürte nur deren Nähe, zu hören war nichts. Allein die Aura umschwebte sie, und sie hatte das Gefühl, von ihr durch einen leichten körperlichen Druck berührt zu werden.

Kalt rann es den Rücken hinab. Wispernde Stimmen umtanzten sie. Ihre ehemaligen Kolleginnen kannten nur ein Thema. Sie sprachen von Lilith, der Großen Mutter, und wie gern sie ihr dienten.

Sie alle waren Strichmädchen gewesen. Da gab man dem Kind einfach nur einen anderen Namen, und Lilith musste so etwas wie ihr großes Vorbild sein.

Würde es ihr ebenfalls so ergehen?

Daran glaubte Gloria fest. Sie befand sich in den Händen der Dienerinnen, und ihrer Freundin Diana musste es ebenso ergangen sein. Sie hatte lange nichts von ihr gehört. Diana war verschwunden, irgendwo eingetaucht in das Dunkel, das Gloria umgab.

Schlagartig wurde es hell.

So schnell und unerwartet, dass sich die blonde junge Frau heftig erschrak.

Vor sich sah sie einen langen Tunnel. Ein Gang, an dessen Ende Flammen loderten.

Gelbrotes Feuer, wie eine Wand. Starr und aufrecht standen die Flammen. Fast geräuschlos brannten sie, und nur ein mattes Fauchen war zu hören. Mit einem kalten Licht erfüllten sie den Tunnel, der nicht leer war, denn an den Wänden standen die drei Geschöpfe, die Gloria in die Tiefe gezerrt hatten.

An ihr Aussehen hatte sich das Mädchen gewöhnt. Die grauenhaften Gesichter konnten sie nicht mehr schrecken. Als viel schlimmer empfand sie das, was ihre Freundin Diana mitmachen musste.

Diana hing wie gefesselt in den Krallen der drei anderen Monster. Dabei hatte sie keine Chance, sich zu wehren. Vielleicht wollte sie dies auch nicht, denn ihrem Schicksal konnte sie nicht entgehen.

Es war vorgeschrieben!

Diana wurde immer näher an die fauchende Flammenwand herangezerrt. Wenn sie versuchte, sich mit beiden Beinen am Boden abzustemmen, riss man sie weiter. Manchmal schrie sie auch. Es war mehr ein Wehklagen, das durch den Gang schwang.

Eine unheimliche, bedrohliche Szene erlebte Gloria, und sie sah, dass ihre Freundin dicht vor der Flammenwand für einen Moment stehen blieb und hineingestoßen wurde. Sie riss die Arme hoch.

Gloria rechnete damit, ihre Freundin verbrennen zu sehen. Das traf nicht ein. Diana Neerland stand in den Flammen, wankte von einem Bein auf das andere, hatte die Arme erhoben, pendelte sie auf und nieder, verzog das Gesicht und warf den Kopf zurück.

Noch in der Bewegung wurde sie von einer weiteren Kraft erfasst, die sie packte und dem Gesichtsfeld der beobachtenden Gloria Gibson entriss.

Diana Neerland war zu einer Dienerin Liliths geworden.

Gloria war klar, dass ihr das gleiche Schicksal bevorstand.

Es hatte keinen Sinn, nach irgendwelchen Verstecken oder Fluchtwegen zu suchen. Die drei, die sie nach unten geschafft hatten, setzten sich bereits in Bewegung!

Sie näherten sich mit langen Schritten. Ihre Bewegungen wirkten sehr geschmeidig. Im unnatürlichen Licht des Feuers schienen Schädel und Gesichter noch stärker verzogen, sodass sie auf Gloria wie angemalte Ballons wirkten.

Steif blieb sie stehen. Die drei Gestalten, die ihre Freundin in die Flammen geschleudert hatten, warteten in deren Nähe. Sie hatten sich an der Wand aufgebaut und schauten zu, wie Gloria gepackt wurde.

Mit harten Griffen umspannten die Finger ihre Gelenke. Nicht nur an den Händen, auch in Höhe der Knöchel wurde sie angefasst und mit einem Ruck vom Boden gehoben.

Jetzt schwebte sie.

Zwei hielten ihren Oberkörper, das dritte Wesen hatte die Beine gepackt und dabei die Arme so raffiniert um die Waden geschlungen, dass es Gloria nicht mal gelang, nach ihren Feinden zu treten. Sie klemmte einfach fest.

Gloria hatte sich aufgegeben. Schritt für Schritt näherte sie sich der Flammenwand. Das Fauchen blieb, es verstärkte sich nicht, obwohl sie näher kamen.

Auch glaubte sie, ihre Freundin Diana zu sehen. Tief in den Flammen bewegte sich eine Gestalt so, als würde sie auf einer runden, sich dabei drehenden Scheibe tanzen.

Das musste sie einfach sein!

Die Monster schwiegen. Auch die drei an den Wänden sprachen nicht, als man die Neue vorbeitrug. Aus ihren großen, gelblich funkelnden Augen schauten sie dem neuen Opfer nach, wie es sich immer mehr der Flammenwand näherte und keine Chance hatte, ihr zu entgehen.

Plötzlich blieben die drei wie auf Kommando stehen!

Noch lebte Gloria. Nur ihr Herz hämmerte wie verrückt. Sie wollte es einfach nicht wahrhaben, dass alles Wirklichkeit war, und merkte, dass ihr Körper zurückgedrückt wurde.

Die drei holten aus …

Der kräftige Schwung nach vorn, und dann wurde das Mädchen losgelassen.

Gloria spürte deutlich die Wucht, die sie vortrieb. Die Flammenwand wurde für sie zu einem gewaltigen Maul, das darauf wartete, sie verschlucken zu können.

Sie tauchte ein!

Die Berührung war kaum zu spüren. Nur ein mattes Streicheln auf den freien Stellen der Haut. Gloria wunderte sich auch darüber, dass sie ihr Bewusstsein nicht verlor. Sie schwebte in die Tiefe der Flammen hinein, wurde gepackt, gegriffen und erlebte mit, dass die Flammenwand wie ein Magnet wirkte, der sie tiefer und tiefer zog.

Sie kam sich vor, als würde sie in einen tiefen See tauchen, der keinen Grund hatte.

Sie fiel und fiel doch nicht. Es ähnelte dem Schweben innerhalb des Netzes, als andere, völlig fremde Kräfte von ihr Besitz ergriffen hatten, und auch hier konnte sie den seltsamen Fall nicht mehr steuern.

Dafür sah sie Diana!

Es war tatsächlich eine kreisrunde, sich drehende Fläche, auf der sich die Freundin bewegte. Sie tanzte und schien dem Klang unsichtbarer Musikinstrumente zu lauschen.

Und diese Fläche war auch Glorias Ziel.

Ohne dass sie etwas dazugetan hätte, fiel sie ihr entgegen. Zuerst glaubte sie noch, sie würde hindurchrutschen, doch das war ein Irrtum, denn sie spürte plötzlich Widerstand unter ihren Füßen.

Gloria Gibson stand.

Sie merkte, dass sie ihren Körper nicht mehr kontrollieren konnte und im Kreis gedreht wurde.

Zunächst noch langsam, dann immer schneller, umtanzt von den kalten Flammen und durchweht von einer fremden, uralten Magie, die jetzt wieder auferstehen wollte, um wahre Triumphe zu feiern.

Ihr Schicksal war besiegelt. Von ihrer Freundin Diana sah sie nichts mehr. Sie interessierte Gloria auch nicht, weil sie sich auf sich selbst konzentrieren musste.

Und das schaffte sie auch.

Sie bekam alles mit, konnte klar und logisch denken, denn ihr war bewusst, dass eine andere Macht sich ihrer angenommen hatte.

Die Stimme, die sie vernahm, schien aus jeder einzelnen Flamme zu dringen. Die Worte kreisten sie ein, und sie drangen gleichzeitig aus der Höhe und der Tiefe an ihre Ohren.

»Willkommen in meiner Dienerschar, Gloria. Ich habe lange auf dich gewartet, aber du wolltest nicht, wie man mir berichtete. Keiner kann mir entkommen, denn ich habe beschlossen, uralte Zeiten wieder auferstehen zu lassen. Ich bin Lilith, die Große Mutter, und ich werde dir zeigen, wozu ich fähig bin. Bist du schon einmal gestorben?«

Es war der nackte Wahnsinn, diese Frage zu stellen. Gloria konnte auch nicht antworten. Erst als Lilith, die Unsichtbare, die Frage wiederholte, schrie sie eine Erwiderung hinaus.

»Nein, ich bin noch nie gestorben …« Die Worte hallten aus ihrem Mund, erreichten die Flammen und wurden von ihnen geschluckt.

Gloria schluchzte auf. Sterben!, hämmerte es hinter ihrer Stirn. Sie würde und sie sollte sterben! Man wollte ihr das Leben nehmen, aber das durfte nicht sein.

Auf keinen Fall konnte so etwas geschehen. Da musste man etwas tun, da musste …

STERBEN!

Es war wie ein Donnerhall, als das eine Wort ihre Ohren traf. Gleichzeitig beschleunigte sich ihr Herzschlag. Gloria glaubte, in dem Feuer wahnsinnig zu werden. Sie schlug um sich, stellte fest, dass die Kraft sie verließ. Dann sank sie zusammen, und die Welt aus Flammen löste sich für sie in einem gewaltigen Rauschen auf.

Gloria Gibson war tot!

Die Große Mutter hatte ihr Versprechen gehalten …

Der Tunnel des Todes war so tief, dass niemand zuvor ihn je ausgelotet hatte und es auch niemand danach schaffen würde. Er zog alles in sich hinein, dessen Leben entwichen war, und er dachte nicht daran, seine Opfer wieder auszuspeien.

Bis auf einige Ausnahmen!

Und zu diesen zählte ein junges Mädchen namens Gloria Gibson. Sie war gestorben, und nie würde sie wieder ein Mensch sein können. Trotzdem konnte man sie nicht mit einer normalen Leiche vergleichen, denn Gloria Gibson lebte.

Sie lebte, obwohl sie tot war. Für ihren Tod hatte jemand gesorgt, der sich selbst als Große Mutter bezeichnete. Ein dämonisches Wesen mit urwüchsiger Kraft, angefüllt mit einer ungemein starken Magie, die schon seit Beginn der Zeiten existiert und auch überlebt hatte. Jetzt war sie dabei, sich zu regenerieren. Sie würde weiterleben und noch mehr Dienerinnen auf ihre Seite ziehen.

Es waren die Menschen, auf die es Lilith ankam. Sie musste sie unter ihre Knute zwingen.

Nicht die normalen dämonischen Geschöpfe, die waren ihr sowieso sicher. Ihr kam es allein auf die Menschen an. Mit ihnen musste sie beginnen, denn sie konnten sich auf der Welt bewegen, ohne aufzufallen. Dabei konnten sie die Botschaft hinaustragen.

Wie Gloria!

Als sie starb, war sie zusammengebrochen und zu Boden gefallen. In dieser Haltung war sie liegen geblieben, und zwar so lange, bis ein Zittern durch ihre Gestalt fuhr.

Es war wie ein Stromschlag, der sie getroffen hatte. Zuerst bewegten sich die Schultern. Hatten sie zuvor flach auf dem Boden gelegen, so zuckten sie nun, wurden von einer anderen Kraft in die Höhe gedrückt, und gleichzeitig streckte die »Tote« die Arme aus. Sie stemmte sich ab. Die Scheibe, auf der sie lag, drehte sich nicht mehr, dennoch waren Liliths Kräfte vorhanden, denn sie sorgten dafür, dass sich Gloria auf die Füße stemmen konnte.

Dann stand sie.

Zunächst wirkte sie wie eine Betrunkene. Das torkelnde

Auf und Ab der Arme, das haltlose Pendeln des Kopfes und der Stöhnlaut, der aus ihrem Mund drang.

So tief, so röhrend, und er war auch das Zeichen für die zahlreichen Flammen, die sich in Bewegung setzten und von allen Seiten auf die Veränderte zufauchten.

Im Nu war sie von diesem feurigen Mantel umhüllt, der, von Lilith geleitet, nun seine volle Kraft ausspielte.

Aus dem Menschen wurde ein Monster.

Es war ein unheimliches, schauriges und grauenhaftes Spiel, das man mit Gloria trieb.

Unter der magischen Kraft der Flammen veränderte sich die Haut. Sie schmolz, lief in langen Tropfen am Körper hinab, sodass nur eine dünne, blattartige Schicht zurückblieb.

Das magische Feuer der vorbiblischen Lilith verwandelte die Frau in eine Dienerin des Bösen.

Auch sie wurde zu einem grünhäutigen Monster, das nur noch den Befehlen der Hölle gehorchte.

Sie konnte die Flammen verlassen.

Sechs waren es gewesen, die beide Mädchen in die Tiefe geholt hatten. Nun wurde Gloria von einer siebten erwartet.

Es war Diana!

Auch sie unterschied sich in nichts von den anderen Gestalten, von diesen schrecklichen Wesen, die einmal Menschen gewesen waren.

Jetzt lebten sie als Monster, als Zombies, von der Kraft des Höllenfeuers besessen.

Niemand sprach. Auch Gloria torkelte schweigend aus den Flammen, gesellte sich zu den anderen und hörte ebenso wie die eine Stimme durch den Tunnel hallen.

»Ihr seid jetzt zu acht und habt den Anfang gemacht. Ihr sollt auch wissen, dass es nicht nur Freunde gibt, die wir unter den Menschen haben. Die meisten sind Feinde, und einen Feind hasse ich besonders. Er muss ausgeschaltet werden. Wir haben ihm eine Falle gestellt. Ich habe dafür Sorge getragen, dass er wehrlos ist. Ihn zu vernichten, ihn zu töten, das ist eure Sache. Schönheit und Prunk sind falsch. Aber die Menschheit ist schon immer darauf hereingefallen. Deshalb werdet auch ihr mit der Schönheit nicht zu geizen brauchen. Ihr steht unter meinem Bann, ich habe euch in meinen Flammen getauft. In jeder Einzelnen steckt ein Stück meiner Seele, die nun auf euch übergegangen ist. Alles, was ihr tun werdet, muss und wird in meinem Namen geschehen. Ihr werdet in meinem Namen töten, vernichten, aber auch lieben. Jeder, der eurem Körper und eurer Schönheit verfällt, ist des Todes. Deshalb braucht ihr eure wahren Gesichter nicht zu zeigen. Ich werde euch zu dem machen, was ihr einmal wart.«

Alle acht wurden erfasst.

Sie gerieten in den Strudel und Taumel eines Feuers hinein, das mit ihnen spielte, und sie spürten dabei die gewaltige Kraft der großen Mutter Lilith.

Schreie hallten durch den Tunnel und durch das Fauchen der Flammen. Spitz und schrill waren sie zu hören. Schreie der Lust, des Verzückens, denn als die Flammen zusammensanken, hatten die acht Frauen ihren Schrecken verloren.

Sie waren wieder normal geworden!

Blond, rothaarig oder schwarz, so standen sie einander gegenüber und lächelten wissend.

»Ihr seid meine Dienerinnen, vergesst es nie!«, hörten sie Liliths Stimme. »Und jetzt geht hin, denn es bleibt nicht viel Zeit, um einen großen Feind zu töten …«

Die Frauen hörten den Befehl und wandten sich ab. Im Gänsemarsch gingen sie auf das Gitter zu, das, wie von Geisterhänden geführt, in die Höhe schwang, sodass der Weg für die acht Zeitbomben frei war …

Suko hatte seinen Plan umgestellt.

Nachdem einige Minuten vorbei waren, entschloss auch er sich, dem Haus einen Besuch abzustatten. Nur wollte er dies nicht so machen wie John Sinclair, sondern auf eine andere Art und Weise.

Nicht so offiziell!

Jedes Gebäude oder Haus hatte in der Regel einen zweiten Eingang. Den hoffte Suko auch hier vorzufinden, wobei er sich vom unmittelbaren Streulicht der Parklampen entfernt hielt.

Für ihn allein zählte es, nicht gesehen und auch nicht gehört zu werden.

Wie ein Schatten bewegte er sich. Ein alter Trapper hätte sich an dem Inspektor ein Beispiel nehmen können, so leise war Suko, und so erreichte er auch die Rückseite des Hauses, wo er stehen blieb und an der Fassade hochschaute.

Es gab einige Fenster, hinter denen Licht brannte. Zumeist war es ein rötlicher Schimmer, sodass Suko sich vorstellen konnte, was in diesen Zimmern getrieben wurde.

Der Inspektor wollte unter allen Umständen ins Haus. Dabei konnte er nur den Weg über oder durch die Fenster nehmen, da die Fassade einfach zu glatt war. Erker, Vorsprünge, Balustraden, das alles war nicht vorhanden. Nur eben die Fenster. Sie lagen an dieser Seite des Hauses in Höhe der ersten Etage, sodass Suko gezwungen war, irgendwie an der Hauswand hochzuklettern.

Er konnte auf einen Baum klettern, der so nahe am Haus stand, dass stärkere Zweige bis dicht an eines der Fenster heranragten.

Hinter dem Fenster, das Suko sich ausgesucht hatte, brannte kein Licht. Es war ihm auch lieb so. Er hatte keine Lust, sich schon zu Beginn des Plans überraschen zu lassen.

Auf den Baum zu klettern, das war für ihn kein Problem. Suko umfasste einen der unteren Äste, schwang sich in die Höhe und fand Halt in einer Astgabel. Von dort schob er sich weiter.

Der bis an das Fenster reichende Ast bewegte sich zwar unter seinem Gewicht, er brach jedoch nicht ab, und so konnte sich Suko weiter auf das Fenster zuschieben.

Er gelangte an das Ende des Astes. Es wurde noch ein wenig gefährlich, bis es der Inspektor schaffte, einen Fuß auf die äußere Fensterbank zu stellen, sodass er einigermaßen Halt hatte.

So blieb er zunächst.

Gesehen hatte ihn keiner. Wenigstens war Suko niemand

aufgefallen. Stellte sich das Problem, wie Suko möglichst lautlos die Scheibe einschlagen konnte.

Auch da wusste er eine Lösung.

Er holte die Beretta hervor und ein Taschentuch. Das Tuch
wickelte er um den Griff der Waffe. Jetzt hoffte er nur, dass es
ein normales Fenster war und nicht ein doppelglasiges, das
hätte einen zu großen Lärm verursacht.

Vorsichtig schlug der Chinese, der mit dem Schatten der
Hauswand verschmolz, gegen die Scheibe.

Beim ersten Versuch klappte es noch nicht. Er erzeugte
zwar einen dumpfen Laut, die Scheibe jedoch hielt. Der
zweite Versuch gelang ihm besser. Die Scheibe zerbrach.

Das Klirren ging über in ein dumpfes Geräusch. Durch den
Schlag hatte Suko ein großes Loch geschaffen. Er konnte
bequem eine Hand und auch den Arm hindurchstecken.

Es war keine Kunst, den Innengriff zu fassen und herumzudrehen, sodass der Inspektor das Fenster öffnen konnte.

Sehr vorsichtig stieg er in den Raum dahinter und gab Acht,
als er von der Fensterbank zu Boden kletterte. Auf die Scherben trat er nicht. Instinktiv umging er die Reste.

Ein typischer Geruch drang in seine Nase. Parfümduft
schwängerte die Luft, und Suko konnte Umrisse erkennen.

Das große Bett stach ihm besonders ins Auge. Er sah auch
einen Schrank, einen Tisch, einen Sessel und bewegte sich
zwischen ihm und dem Tisch auf das dunkle Rechteck in der
Wand zu,

Es war die Tür.

Davor blieb Suko stehen. Wenn das Geräusch der zersplit-
ternden Scheibe gehört worden war, mussten zumindest diejenigen eintreffen, die es vernommen hatten.

Das trat nicht ein.

Suko blieb allein. Er konnte ohne Schwierigkeiten die Tür
öffnen und schaute in einen Gang, von dem einige Türen
abgingen, sodass er sich vorkam wie in einem Hotel.

Seine Sohlen drückten in weichen Teppichboden, als Suko
sich aus dem Raum schob.

Da ihm zwei Richtungen zur Verfügung standen, entschied

er sich für die linke. Dort hatte er auch einen Pfeil gesehen mit der Aufschrift BÜRO. In den Büros war es oft leicht, etwas zu erfahren, und deshalb war Suko hier.

Das Haus schien auf ihn gewartet zu haben. Niemand war da, der ihn störte. Durch einen Rundbogen gelangte der Chinese in einen anderen Teil des Clubs, wo die Verwaltung untergebracht war.

Bürotüren aufbrechen wollte er nicht, ihm reichte schon das Fenster. Er hatte zudem Glück, als er die Klinke der ersten Tür nach unten drückte.

Es war offen.

Vorsichtig schob sich der Inspektor über die Schwelle und in den dunklen Raum.

Kein Geräusch drang ihm entgegen. Nicht mal den Abdruck eines Fensters entdeckte er, so düster war es. Dennoch spürte er, dass in diesem Raum etwas lauerte.

Noch auf der Schwelle blieb Suko stehen und hörte das leise Lachen. »Kommen Sie ruhig näher, Mister!«

Suko wusste, dass es keinen Sinn hatte, jetzt einen Rückzieher zu versuchen. Er folgte der Aufforderung und hatte sich kaum in Bewegung gesetzt, als es hell wurde.

Es waren zahlreiche Glühbirnen, die an der Zimmerwand ihr Licht abgaben und dabei ein Bild umrahmten.

Ein großes Bild, und es zeigte ein Gesicht.

Das des Teufels.

Da wusste der Chinese, dass er in diesem Zimmer genau richtig war. Er verschwendete für Asmodis nur einen kurzen Blick. Wichtiger war der Mann, der direkt unter dem Bild seinen Platz gefunden hatte, einen weißen Smoking trug und die dicken Lippen in dem breiten Gesicht zu einem kalten Grinsen verzogen hatte.

Er saß in einem Drehstuhl aus Leder und hatte seine Hände vor sich auf die Schreibtischplatte gelegt. Der Blick seiner Augen war kalt, das Haar pechschwarz, und er machte den Eindruck, als würde er sich voll und ganz auf die Kraft der Hölle verlassen. Suko hatte den Mann noch nie zuvor gesehen. Dennoch war er sich sicher, dass dieser Typ etwas mit dem Club hier zu tun hatte und ihn wahrscheinlich leitete.

Zwei Schritte bewegte sich der Inspektor auf den Schreibtisch zu. Eine Handbewegung des anderen stoppte ihn, und Suko hörte die Frage des für ihn noch fremden Mannes:

»Was wollen Sie eigentlich hier?«

»Ich suche Zombies!«, konterte der Chinese.

Dabei hatte er den anderen genau beobachtet. Über das breitflächige Gesicht flog ein knappes Grinsen. »Zombies?« Der Mann lachte. »Was ist das denn?«

»Lebende Tote, mein Lieber. Wesen, die vielleicht dem Teufel gehorchen, dem Sie ja auch zugetan sind, oder nicht?«

»Das dürfen Sie nicht so sehen.« Der Mann hob den Arm und deutete hinter sich auf das Bild. »Es hat mir gefallen.«

»Ja, man sieht es.«

»Ich bin übrigens Aldo!«, erklärte der Typ, »und ich habe den Club hier ins Leben gerufen.«

»Wie schön …«

Aldo nahm einen Federhalter und spielte damit. »Wer sind Sie denn?«, fragte er.

»Suko.«

»Mehr nicht?«

»Haben Sie mir mehr gesagt?«

»Nein.« Aldo gab sich lässig und hob die Schultern. »Nur bin ich auch nicht in ein fremdes Haus eingestiegen wie Sie.«

Suko gab sich überrascht. »Das wissen Sie?«

»Glauben Sie denn im Ernst, wir würden hier alles schleifen lassen, Meister? Nein, wir müssen kontrollieren. Allein zur Sicherheit unserer Gäste und Kunden.«

Suko fiel dieses Gerede auf den Nerv. Für ihn war es die reine Zeitverschwendung, aber Aldo wollte plaudern. Er gab sich sogar sehr jovial und deutete auf eine zweisitzige Couch, die dem Schreibtisch aus hellem Holz schräg gegenüberstand.

»Nehmen Sie doch Platz, mein Lieber!«

Suko wusste, dass er sich in einer schwächeren Position befand. Er konnte hier nicht den großen Max markieren. Schließlich war er es gewesen, der in dieses Haus eingedrungen war. Demnach musste er den Befehlen des anderen folgen.

»Wollen Sie etwas trinken?«, fragte Aldo.

»Nein, danke.«

»Schade, ich hätte einen guten Tropfen gehabt.« Aldo beugte sich vor und runzelte die Stirn. »Zombies suchen Sie also, Meister.« Er lachte leise. »Wieso gerade bei mir?«

»Weil mich einige Spuren in dieses Haus geführt haben.«

»Interessant. Welche denn?«

Suko wollte natürlich nicht alle Karten auf den Tisch legen, aber einige schon, deshalb warf er einen Namen in die Unterhaltung. »Da wäre mal Gladys Verly.«

»Die?«

»Genau. Ich kenne sie und wollte ihr einen kurzen Besuch abstatten.«

»Privat?«

»Wie meinen Sie?«

»Wollten Sie privat zu ihr? Sind Sie ein Kunde, ein Freund, oder was sind Sie?«

»Vielleicht beides.«

Aldo nickte. »Egal was, ich werde Ihnen behilflich sein. Man soll die Kunden immer zuvorkommend bedienen. Das sage ich meinen Mädchen und nehme es auch selbst ernst. Ich lasse sie herkommen, ja?«

»Wie Sie wollen.« Suko wusste, dass ihm dieser Aldo etwas vorspielte. Auch er tat es, und er war gespannt darauf, wer von ihnen zuerst die Nerven verlor.

Auf dem Schreibtisch stand eine Sprechanlage. Aldo beugte sich vor und hauchte die ersten Worte in die Sprechrillen. Was ihm geantwortet wurde, konnte Suko nicht verstehen, denn der andere flüsterte nur. Suko sah, wie Aldo bedauernd die Schultern hob und die Verbindung unterbrach. »Es tut mir Leid«, wandte er sich an den Chinesen. »Man sagte mir, dass Gladys nicht da wäre.«

»Schade.«

»Ja, das ist es.« Der Mann lehnte sich wieder zurück und verzog die Mundwinkel.

»Weiß man, wo sie steckt?«

Aldo nickte. »Das schon.«

»Gut, dann werde ich zu ihr gehen.«

Dagegen hatte Sukos Gesprächspartner etwas. Er drehte sich auf seinem Stuhl und schüttelte gleichzeitig den Kopf. Suko folgte der Bewegung. Er glaubte sogar, dass sich die Fratze des Asmodis auf dem Bild zu einem Grinsen verzog, und der Inspektor fühlte, wie sich die Fallstricke immer mehr um ihn schlossen. »Nein, Suko, Sie brauchen nicht hinzugehen. Gladys Verly befindet sich nämlich hier.« Als er die Worte sagte, hatte er wieder seine alte Sitzposition eingenommen.

»Im Büro?«

»Genau!«

Suko veränderte seine Sitzhaltung nicht, obwohl er die innere Spannung spürte, die ihn plötzlich gepackt hielt. »Und hat der andere noch etwas gesagt?«, wollte er wissen.

»Allerdings!« Aldo betonte das Wort sehr. »Nur scheint Gladys von Ihnen nicht gerade viel zu halten. Sie mag Sie nicht. Ich kenne sie genau. Wen Gladys nicht mag, will sie nicht sehen und noch schlimmer. Sie will sogar, dass derjenige für alle Zeiten aus ihrem Umfeld verschwindet. Verstehen Sie?«

»Natürlich!«

»Dann wünsche ich Ihnen …«

Suko achtete nicht auf die weiteren Worte. Schon in den letzten Sekunden war sein Blick durch den Raum geschweift, da er nach einem Versteck suchte, wo sich diese Gladys unter Umständen verborgen halten konnte. Es gab an der Wand einen Einbauschrank mit hohen Türen. Dahinter fand ein Mensch bequem Platz.

Auch Aldos Blick war in diese Richtung geglitten. Dennoch kam die Gefahr aus einer völlig anderen Richtung. Suko hatte sich auf der kleinen Couch nicht bewegt. Starr saß er dort, und dennoch bewegte sich die Sitzfläche neben ihm.

Als hätte ein Unsichtbarer seinen Platz gefunden.

Aber der Druck kam von unten!

Plötzlich wusste Suko Bescheid. Wenn er etwas tun wollte, musste er schnell sein.

Er schoss in die Höhe.

Genau in dem Augenblick, als die Person, die sich unter der Couch versteckt gehalten hatte, reagierte. Etwas drang durch die Polster, und Suko kam trotz seiner schnellen Reaktion nicht weg.

Das Messer war früher da!

Und es erwischte ihn, als er hochsprang. Durch das Polster drang die Klinge, auch durch seinen Hosenstoff, und er spürte, wie es in den linken Oberschenkel stach.

Suko hatte das Gefühl, als wäre ihm Haut abgerissen worden. Er sah das Blut aus der Fleischwunde fließen, drehte sich um und erkannte die lange Messerklinge, die aus der Polsterung schaute und von unten her hindurchgestoßen wurde.

Gleichzeitig hörte er Aldos Lachen.

Blitzschnell glitt Suko zur Seite, bückte sich, packte das Sitzmöbel an der Seite und kantete es hoch. Für einen Moment stand es auf der Kippe, bevor es in die Richtung fiel, wo Aldo hockte.

Der interessierte Suko nicht.

Er sah nur mehr Gladys Verly, die auf dem Boden lag und mit beiden Händen die blutbespritzte Klinge festhielt ...

Das schöne Halbblut war nicht von meiner Seite gewichen, als es mich durch die Clubräume zum Pool geführt hatte, wo ich angeblich alle Wonnen erleben sollte.

Es war ein Pool, wie ich ihn noch nicht gesehen hatte. Er lag in einem runden Raum, und rund war ebenfalls das Becken. Ich konnte nur staunen, denn das Wasser schimmerte in einem rötlich blauen Ton, sah sehr klar aus, und ich erkannte auf dem Grund des runden Pools das zweifarbige Fliesenmuster. Deshalb auch die verschiedenen Farben.

Vor mir und jenseits des Beckens befanden sich mehrere Türen. Sie waren weiß lackiert. In der oberen Hälfte befand sich ein kleines Holzgitter, das Ähnlichkeit mit einer Jalousie aufwies. Hinter mir standen Liegestühle, kleine Tische und auch Ruhebänke. Beleuchtet wurde der Raum durch mehrere Lampen, die wie Tropfen wirkten und an der Decke hingen.

»Nun?« Leila war stehen geblieben und schaute mich an. »Gefällt es dir bei uns?«

»Ich kann nicht klagen.«

Sie lachte wieder. »Das möchte ich wohl meinen. Es ist die schönste kleine Anlage in London. Wir haben für unsere Gäste immer Überraschungen bereit.«

»Das kann ich mir vorstellen«, erwiderte ich und schaute auf die glatte Wasserfläche. »Wie kommt es aber, dass ich der einzige Gast hier im Raum bin?«

»Vielleicht kommen die anderen später. Es gibt wirklich Tage, da wollen die Gäste sich auf andere Art und Weise amüsieren. Der Pool, mein Lieber, gehört uns.«

»Du bist auch dabei?«

»Natürlich …«

»Und was habe ich zu zahlen?«

Leila strich mit beiden Händen über meine Wangen. »Das wollen wir doch aus dem Spiel lassen. Es wäre unpassend, jetzt über Geld zu reden. Wichtig ist allein, dass du dich wohl fühlst. Außerdem müsste es dir längst zu warm sein. Bitte, zieh dich aus!«

Ich tat noch immer verlegen. »Jetzt?«

»Ja, weshalb nicht?«

»Aber ich meine …«

»Willst du in voller Kleidung ins Wasser gehen? Du kannst deine Sachen auf einen der Liegestühle legen. Außerdem brauchst du nicht allein ins Wasser zu gehen. Ich bin bei dir und werde dich pflegen. Verlass dich darauf.«

»Ich weiß nicht …« Unruhig hob ich die Schultern. Tatsächlich aber dachte ich anders. Ich hatte keine Lust, in den Pool zu steigen. Vor allen Dingen nicht ohne Kleidung, dann wäre ich völlig wehrlos gewesen. Außerdem hätte Leila bemerkt, dass ich bewaffnet war. Und so etwas sollte mir nicht passieren.

»Was lässt dich zögern, John?«

Ich wischte über meine Stirn. Da es sehr warm war,

schwitzte ich auch ohne das Wissen, unter Umständen in eine Falle geraten zu sein. Ob Leila mir die Verlegenheit allerdings abkaufte, wusste ich nicht. Jedenfalls tat sie alles, um mich anzumachen, denn sie begann damit, sich zu entkleiden. Sie zog sich aber nicht einfach aus, sondern führte einen gekonnten Strip vor.

Mir fiel ein Bibelspruch ein: Alles Übel war vom Weib ausgegangen. Ich brauchte nur an Eva zu denken, die Adam hereingelegt hatte, und so wie Eva kam mir in diesen Augenblicken Leila vor.

Schlangengleich glitten ihre Arme nach hinten, und die Hände bewegten sich auf dem Rücken.

Dort knöpfte sie ganz langsam das Kleid auf. Gleichzeitig bewegte Leila ihren Unterkörper, und das Kleid auf ihrem Körper begann zu rutschen.

Ob ich wollte oder nicht, ich konnte meine Blicke einfach nicht von ihrem herrlichen Körper wenden.

Das Kleid fiel.

Vor ihren Füßen fiel das gehäkelte Etwas zusammen, und Leila stieg heraus.

Sie war nicht völlig nackt. Ein weißer Slip bedeckte das Notdürftigste. Leila drückte ihren Oberkörper zurück, als sie mich anschaute, hob dabei die Arme und verschränkte die Hände in ihrem Nacken. »Na«, hauchte sie, »gefalle ich dir?«

Noch immer markierte ich den Trottel, starrte auf ihren Busen und ließ meine Blicke anschließend durch den runden Raum gleiten, auf der Suche nach einer Falle.

Ich fand keine und tastete erneut mit meinen Blicken ihren erregenden Körper ab.

»Gefalle ich dir wirklich, John?«, erkundigte sie sich noch einmal, da ich ihr keine Antwort gegeben hatte.

»Natürlich ...«

»Und weshalb willst du nicht in den Pool?«

Ich holte tief Luft. »Eigentlich bin ich ja gekommen, um eine schwarze Messe zu erleben. Der Pool, also, den habe ich auch zu Hause, wenn du verstehst.«

»Klar. Nur darfst du nicht vergessen, dass die rituelle Waschung dazugehört.«

»Zu der Feier?«

»Ja.« Als sie das letzte Wort sprach, kam sie näher, und ich ahnte, was mich erwartete. Da ich mich nicht selbst ausziehen wollte, würde sie es versuchen. Darin hatte sie bestimmt Routine, wie ich sie einschätzte, und sie hob bereits, als sie sich auf halber Strecke befand, die Arme. In ihrem Gesicht funkelten die Augen. Diese Blicke waren ein einziges Versprechen. Ihre breiten Lippen hatten sich dabei zu einem Lächeln verzogen.

»Das Wasser ist warm, John«, flüsterte sie. »Du wirst alle Wonnen erleben, John. Ich verspreche es dir. Noch nie ist jemand durch mich oder meine Mädchen enttäuscht worden …«

Das konnte ich mir gut vorstellen. Dieses Weib hatte Erfahrung. Sie wusste genau, wie man einem Mann den Willen nahm. Dabei brauchte sie nicht mal etwas zu sagen, ihre Körpersprache war deutlich.

Leila verstand ihr Geschäft ausgezeichnet. Ich sah sie und die glatte Haut, die mich tatsächlich an Milchkaffee erinnerte. Obwohl ich sie nicht angefasst hatte, kam sie mir so weich vor, als würde Leila jeden Tag in Eselsmilch baden. Typen wie sie taten so etwas, da standen sie den Huren des Altertums in nichts nach.

Bei jedem Schritt bewegten sich auch ihre Haarsträhnen. Sie zitterten, als stünden sie unter Strom, und ich, der ich weiterhin so verlegen wirkte, trat einen Schritt zurück.

Ihr leises Lachen erreichte mich trotzdem. »Hast du Angst, John? Hast du wirklich Angst vor mir?«

»Wie man's nimmt …« Ich hob die Schultern. »So etwas habe ich noch nie erlebt.«

»Das sagen viele.« Wieder klang ihre Stimme wie ein Versprechen. »Sehr viele sogar.«

Verdammt, ich konnte mich hier nicht fertig machen lassen. Sicherlich war es nicht ohne Reiz, mit der Frau in den Pool zu steigen, aber nicht in meiner Situation. Ich musste immer daran denken, welche Interessen Leila letztendlich vertrat. Es waren die der Hölle, und ich stand im genauen Gegensatz dazu.

Wie kam ich hier raus? Wo befand sich die Falle? Weshalb wollte sie mich unbedingt in den Pool haben?

Ich warf einen schiefen Blick auf das Wasser. Lauerte dort der Tod? Ich wusste von Pools, die zu wahren Mordfallen werden konnten, indem man sie unter Strom setzte.

So hatten schon einige Mafiosi ihre Gegner erledigt. Ich wollte auf keinen Fall das gleiche Schicksal erleiden.

Sosehr ich auch schaute und meine Blicke über die Ränder gleiten ließ, Beweise, die meinen Verdacht bestätigten, entdeckte ich nicht. Vom Beginn bis zum Grund sahen die Ränder des runden Pools völlig normal aus.

Und doch sollte ich hinein!

Mein Hals war trocken. Ich hatte mich durch meine Gedanken zu sehr ablenken lassen und dabei nicht auf das Halbblut geachtet.

Es war ein Fehler.

Im nächsten Augenblick erschien sie dicht vor mir und umklammerte mit ihren Armen meinen Hals. Ich konnte nicht weg, zudem drängte sie ihren Körper gegen meinen, sodass ich sie genau spüren konnte.

Leila zitterte.

Bestimmt nicht vor Verlangen, vielleicht vor Nervosität. Möglicherweise wollte sie mich auch fertig machen, wer konnte das schon sagen? Ich sicherlich nicht.

»Komm …« Bei diesem einen Wort streiften ihre Lippen mein Ohr. Das Flüstern hinterließ auf meinem Rücken einen Schauer, und ich trat einen kleinen Schritt zurück, doch Leila ließ nicht locker. Sie folgte mir und blieb in meiner Nähe.

Ein wenig schummerig wurde es mir schon. Ich hatte Mühe, Luft zu holen, der Kragen wurde mir am Hals eng. Ich klemmte meine Hand zwischen ihren und meinen Körper, ließ sie hochgleiten, um den Kragenknopf zu öffnen.

Mein Herzschlag hatte sich beschleunigt. Das harte Pochen jagte durch meine Brust. Ihre Fingerspitzen berührten meine Haut. Es war wie das Gleiten von Spinnenbeinen, dennoch nicht zu vergleichen, denn die langen Nägel schienen elektrisch geladen zu sein.

»Du musst mir gehorchen, John!«, hauchte sie. »Du musst es einfach. Willst du nicht das Paradies erleben?«

»Nein, ich wollte …«

Da erhielt ich den Stoß. Leila hatte so schnell geschaltet, dass ich nicht mehr reagieren konnte. Ich ging nach hinten, wollte mich abfangen, doch nach dem zweiten Schritt bereits erreichte ich die Kante des Pools und trat ins Leere.

An nichts konnte ich mich festhalten. Ich ärgerte mich wahnsinnig, und während ich zurückfiel, sah ich Leila so schön, so nackt und so kalt lächelnd vor mir stehen. In ihren Augen lag ein triumphierendes Funkeln, ein Beweis dafür, dass sie es geschafft hatte.

Bevor ich ins Becken fiel, hörte ich noch ihr hämisches Lachen …

Leila hatte nicht zu viel versprochen. Das Wasser war tatsächlich warm. Es tat im ersten Augenblick sogar gut, dass ich hineingefallen war.

Die Beine zog ich an, stemmte mich ab, und es gelang mir sehr schnell, einen normalen Stand zu erreichen.

Ich war nass bis auf die Haut. Die Haare hingen mir ins Gesicht, Wasser rann über meinen Kopf, lief in die Augen, sodass ich mich gezwungen sah, es wegzuwischen.

Ich dachte an einen früheren Fall. Da war ich auch in einem Pool gelandet und von dämonischen Wesen angegriffen worden, aber hier gab es nur Leila und mich.

War ich nicht stärker?

Ich schaute zu ihr hoch. Sie war noch einen Schritt vorgetreten, sodass sie jetzt dicht am Rand des Pools stand und kalt auf mich herabschaute. Noch immer zeigten ihre Lippen ein Lächeln. Der Blick ihrer Augen war böse, und sie sprach mich an.

»Ich hatte dir doch versprochen, dass du im Pool landen wirst, Sinclair!«

Ich hatte es nicht gewollt, trotzdem zuckte ich zusammen. Sie kannte meinen Namen.

Sinclair, hatte sie gesagt! Von mir jedoch wusste sie nur den Vornamen. Demnach hatte sie schon vorher Bescheid gewusst, und dieser Club war für mich zu einer Falle geworden.

Hätte ich es wissen müssen?

Klar, aber ich war bewusst hineingegangen, weil ich mich stellen wollte.

Wehrlos fühlte ich mich meiner Gegnerin gegenüber nicht, obwohl ich mich im Wasser befand. Da ich keinerlei Widerstand spürte, würde ich den Pool ohne Mühe verlassen können.

Bis zum Rand musste ich zwei Schritte gehen. Kaum hatte ich mich in Bewegung gesetzt, als Leila anfing zu lachen, ihre Arme hob und in kreuzförmiger Form die Gelenke gegeneinander legte.

Dann bewegte sie die Finger.

Im selben Moment streckte ich meine Hände aus, um mich am Rand hochzustemmen, denn die kleine Steigleiter befand sich zu weit von mir entfernt.

Da passierte es.

Es war wie eine Explosion, ein Puffen, ein Hochzucken und eine Sache, die es eigentlich nicht geben durfte.

Aus dem Wasser schossen Flammen!

Ich sah sie dicht vor meinen Augen, hörte ihr Fauchen, sah das Zittern der Feuerzungen, warf mich zurück und fiel wieder rücklings ins Wasser. Gleichzeitig drehte ich mich um, sodass ich zur anderen Seite des Pools schauen konnte.

Dort bot sich mir das gleiche Bild!

Die Flammen hatten von dem gesamten Pool Besitz ergriffen. Sie waren es, die geisterhaft und blassblau schimmernd über der Fläche standen, obwohl sie eigentlich vom Wasser hätten gelöscht werden müssen.

Feuer und Wasser stoßen sich normalerweise ab, in diesem Fall hielten sie zusammen.

Ich konnte das nur als Ergebnis schwarzmagischer Kräfte

bezeichnen und wurde wieder daran erinnert, wie mächtig und wie gefährlich meine Gegnerin Lilith war.

Sie war in der Lage, mit den Elementen zu spielen, sie zu manipulieren. Aber Leila war nicht Lilith.

Oder etwa doch?

Ich sah sie durch die Flammenwand. Noch immer stand sie am Pool. Das Zittern des Feuers verzerrte meine Sichtperspektive und übertrug sich auf ihre Gestalt, sodass sie manchmal wie ein unheimliches Geistwesen aussah.

»Das war es, John Sinclair!«, rief sie. »Wie haben wir auf dich gewartet!« Sie lachte. »Lilith hat dich gewarnt. Erinnerst du dich an das Haus, als du dir dein Kreuz angeschaut hast? Es gehorcht dir nicht mehr, es hat die Kräfte verloren, denn eine wesentlich Stärkere ist erschienen, um es an sich zu reißen!«

Das alles wusste ich.

Ich wusste ferner, dass ich in dem verdammten Pool nicht bleiben konnte. Ich musste raus!

Aber wie?

Ich ging auf die Flammen zu. Und zwar an der Seite, die der lauernden Leila gegenüberlag. Hinter dem zitternden bläulichen Fenstervorhang sah ich die Türen der Kabinen.

Auch ihre Umrisse waren nicht mehr so klar, dennoch täuschte ich mich nicht, als sie plötzlich bewegt wurden.

Das geschah von innen.

Ich ahnte, dass in den Kabinen jemand lauerte, und beeilte mich, den Pool zu verlassen.

Plötzlich stand ich dicht vor der Flammenwand, wollte hindurch, als ich die Stimme der Urhure Lilith vernahm. Sie drang aus dem Feuer an meine Ohren und machte mir klar, dass meine Chancen verdammt tief gesunken waren. »Nein, Sinclair, Sohn des Lichts. Nicht so. Ich habe hier zu bestimmen, und ich werde über dein Schicksal entscheiden.«

Genau an der Stelle, wo ich die Flammenwand sah, begann sich das Feuer heftiger zu bewegen. Es neigte sich mir entgegen, und ich spürte plötzlich einen heißen Hauch, der trotzdem nicht mit normaler Hitze in Verbindung zu bringen war, weil er mich nicht nur äußerlich traf, sondern auch nach innen drang.

Ich schrie, obwohl ich es nicht wollte, kippte wieder zurück und beobachtete, wie sich die Türen hinter dem Flammenvorhang allmählich weiter öffneten.

Hände schoben sie nach außen.

Und dann sah ich sie.

Acht Türen hatte ich gezählt. Keine blieb unverschlossen. Zur selben Zeit wurden sie aufgedrückt.

Und gleichzeitig verließen auch die acht Gestalten ihre kleinen Kabinen, in denen sie bisher gelauert hatten.

Es waren Mädchen.

Allesamt nur spärlich bekleidet. Unterschiedliche Hautfarben hatten sie. Ihre Körper waren schlank. Sie waren durch die Bank von vollendeter Schönheit, gepaart mit Grauen, so konnte ich sie bezeichnen, wenn ich in die Gesichter schaute.

Kalt und leblos, wie aus Stein wirkten sie. Kein Gefühl las ich in ihren Augen, während die Lippen zu lächeln schienen.

Ich kannte solche Wesen.

Man bezeichnete sie auch als lebende Tote, oder besser gesagt als Zombies!

Aus dem Höllenfeuer waren sie gestiegen. Sie alle mussten den Weg durch die Flammen hinter sich haben, denn ich erinnerte mich an Gladys Verly, die, als wir sie auf dem Dach des Hauses hatten stehen sehen, ebenfalls so ausgesehen hatte.

Eine bräunliche Haarfarbe hatte sie gehabt, wie auch diese Mädchen, die vom Höllenfeuer gezeichnet waren.

Sie gingen zusammen.

Ihre Schritte waren gleich.

Dabei hatten sie ein Ziel:

Den Rand des Pools und damit auch mich!

Suko wusste genau, dass er jetzt verdammt schnell sein musste. Ein Zombie kannte nur das Ziel der Vernichtung, auch bei Gladys Verly würde das nicht anders sein.

Noch lag sie auf dem Rücken und hielt das Messer mit der blutigen Klinge umklammert. Das würde sich sehr bald ändern, und Suko hatte sich auch nicht getäuscht, denn plötzlich drehte sie ihren Körper und schwang sich in die Höhe.

Der Inspektor musste zurück. In der Bewegung noch zog er seine Beretta, die Mündung richtete er auf den Zombie und wollte abdrücken, als er die harte Stimme des Mannes vernahm:

»Wenn du schießt, pumpe ich dich mit Blei voll!«

Suko sah ein, dass er den anderen nicht hätte vergessen dürfen. Jetzt war es zu spät. Er hatte sich leider zu sehr auf die lebende Tote konzentriert und musste nun Tribut zollen.

Suko warf einen schnellen Blick zur Seite. Aldo hatte nicht geblufft. Noch immer hockte er auf seinem Platz, hatte sogar die Beine übereinander geschlagen und den Drehstuhl ein wenig zurückgedrückt. Er gab sich locker und überlegen.

Das konnte er auch, denn in seinen Händen hielt er eine kurzläufige Maschinenpistole der Marke UZI.

Deren Mündung wies auf Suko, und ein Finger des Mannes lag am Abzug. Er brauchte ihn nur ein wenig nach hinten zu ziehen, schon wurde der Inspektor durchlöchert.

Bisher hatte er unter Spannung gestanden und auch nicht an seine Verletzung denken können. Jetzt, wo er nicht mehr zu agieren brauchte, änderte sich dies. Er spürte die Schmerzen in seinem linken Bein. Es war ein Ziehen und Hämmern, das nicht allein auf den Oberschenkel konzentriert blieb, sondern sich hinzog bis in die Zehenspitzen. Es rann auch warm an seiner Haut nach unten. Ohne hingeschaut zu haben, wusste Suko sofort, dass es sich dabei um einen Blutstreifen handelte.

Noch ließ es sich aushalten, und der Inspektor fühlte sich in seinen Aktionen nicht sonderlich behindert. Er war ein Mensch, der Schmerzen erdulden konnte.

Wäre nur die verfluchte MPi nicht gewesen.

Und die lebende Tote kam.

Es war ihr gelungen, sich vom Boden hochzudrücken. Einen taumelnden Schritt ging sie nach hinten, wobei sie mit dem Rücken gegen die Wand stieß, weil sie ein wenig Mühe mit dem Gleichgewicht hatte.

Aldo lachte. »Ich habe nicht die Absicht, dich lebend rauszulassen, Chinese. Ich werde zuschauen, wie dir unsere Freundin das Messer in die Brust stößt. Nach meiner Schätzung müsstest du noch ungefähr zehn Sekunden leben, dann wäre Gladys so weit. Toll, nicht?«

»Sie wissen, wer ich bin?«, fragte Suko, ohne den Zombie aus den Augen zu lassen.

»Ein Schnüffler!«

»Davon gibt es viele!«, bekräftigte Suko. »Nur gehöre ich zu Scotland Yard. Mord an einem Polizeibeamten ist auch in England ein Verbrechen, das nie zu den Akten gelegt wird. Bis der Täter verhaftet, überführt und verurteilt ist …«

»Aldo lachte leise. »Bullen müssen gekillt werden.«

»Und dann?«

»Haben wir freie Bahn.«

»Wer ist wir?«

»Leute, die die Zeichen der Zeit erkannt haben. Ich gehöre auch zu ihnen.«

»Können Sie mir mehr über die Zeichen sagen?«, fragte Suko, dem noch ein wenig Zeit blieb, da der weibliche Zombie nicht so schnell war wie ein Mensch.

»Ja, wie du willst.« Aldo grinste breit. »Die Zeichen bedeuten Wende. Über Jahrtausende hinweg haben Kräfte die Erde regiert, die mir und meinen jetzigen Helfern nicht gefielen. Das für euch Böse war in den Untergrund gedrängt worden, aber es war nicht vernichtet. Es suchte Wege und Möglichkeiten, wieder wie zu Beginn der Zeiten zu werden. Die damals geschaffene Hölle muss einfach triumphieren und alle Widerstände aus dem Weg räumen.«

»Wer hat Ihnen das gesagt?«, fragte Suko.

»Nur sie!«

»Sie meinen Lilith?«

»Ja, die meine ich. Sie hat uns davon berichtet, und sie hat uns eingeweiht in den großen Plan, aber wir wollen mehr. Wir wollten mitmischen und stellten uns zur Verfügung. Wir wurden Diener einer Magie, die in uralter Zeit aufgebaut worden ist und die es jetzt geschafft hat, den Mantel des Vergessens abzustreifen. Sie ist wieder da, und sie wird sich die Erde unterwerfen, so wie es zu Beginn der Menschwerdung von den Menschen verlangt worden war. Das tritt nicht mehr ein. Die Menschen haben lange genug regiert. Jetzt sind wir an der Reihe!«

»Nur sind Sie auch ein Mensch!«, hielt Suko entgegen.

»Ich weiß, aber ich stehe in Diensten einer höheren Gewalt, einer großen Macht, die allen, die sich ihr in den Weg stellen wollen, überlegen ist. Auch dir, Chinese. Ihr stehen unbegrenzte Mittel zur Verfügung. Das Böse ist einfach so gewaltig, dass man es als grenzenlos bezeichnen kann. Es lässt sich nicht einkreisen, nicht fassen. Man muss es hinnehmen, sich mit ihm verbünden oder …« Und jetzt verzerrte sich das Gesicht des Mannes. »Man wird sterben!«

Suko nickte.

Aldo begann zu kichern. »So wie du, Chinese. Du hast keine einzige Chance mehr. Hinter dir der Zombie, vor dir sitze ich mit der Maschinenpistole. Und wenn du dich nur einmal falsch bewegst, werde ich dir ein paar Kugeln in den Körper jagen. Ist deine Neugierde jetzt befriedigt, verfluchter Bulle?«

»Fast!«

Das Grinsen des Mannes wurde schmierig. »Mehr werde ich dir auf keinen Fall sagen!«, erklärte er. »Auf keinen Fall! Hast du gehört?«

»Schon gut, ich weiß Bescheid!« Er brauchte nichts mehr zu sagen, zudem musste sich der Inspektor voll und ganz auf seinen zweiten Gegner konzentrieren.

Die lebende Leiche hatte gestoppt. Ob sie die Erklärungen verstanden hatte oder nicht, das spielte für Suko keine Rolle. Er sah nur, wie sie sich wieder in Bewegung setzte. Und seine Blicke saugten sich an der Messerklinge fest.

Das Blut aus Sukos Wunde klebte noch immer am Metall. Einige Tropfen waren zu Boden gefallen und hatten dort eine rötliche Spur hinterlassen. Die lebende Leiche hielt das Messer in der rechten Hand. Dabei hatte sie das Gelenk so gekantet, dass die Spitze der Waffe ungefähr auf Sukos Brust wies. Dort sollte sie treffen.

Ein wenig drehte der Chinese den Kopf, sodass er an dem Messer vorbei und in das Gesicht des Zombies schauen konnte.

Es war keine Fratze.

Dennoch hatte es nichts Menschliches mehr. Eine glatte Haut, die einen dunkleren Ton zeigte, der durch das Feuer entstanden war. Suko dachte sogar über das Mädchen nach. Bestimmt war es einmal normal gewesen, bevor es mit dem Höllenfeuer in Berührung gekommen war. Da es gezeichnet worden war, befand es sich nun im Bann der gewaltigen Dämonin Lilith.

Äußerlich ein Mensch, im Innern eine Dienerin des Bösen.

Suko spürte, wie sich seine Magenwände zusammenzogen. Er hatte Schwierigkeiten, normal Luft zu holen. Es musste doch einen Ausweg geben! Er trat einen halben Schritt zurück, nicht mal bewusst, aber Aldo bemerkte es sofort.

»Bleib stehen, Bulle!«

Suko stoppte.

Dann griff der Zombie an!

Bisher hatte der Inspektor damit gerechnet, dass er ebenso langsam zustoßen würde, wie er lief. Dies erwies sich als Trugschluss, denn die lebende Leiche ließ sich kurzerhand nach vorn fallen, und mit ihr stieß das Messer vor.

Es war wenig Zeit und vor allen Dingen wenig Platz, um auszuweichen. Suko konnte normalerweise schnell reagieren. In diesem Fall war er zu langsam.

Er hörte Aldos Lachen, das so siegessicher klang, als die Klinge bereits dicht vor seiner Brust erschien. In den nächsten Sekunden würde sie ihn durchbohren.

Und Suko sah auch das Gesicht des Mädchens. Der Mund stand plötzlich offen, sodass der Inspektor hineinschauen konnte und dabei glaubte, in dem Rachen ein Feuer tanzen zu sehen.

Dann packte er zu.

Er hatte bewusst bis zum wirklich allerletzten Moment gewartet und war auch voll das Risiko eines tödlichen Messerstoßes eingegangen, aber er hatte keine andere Chance gesehen. Die linke Seite wandte er Aldo zu, mit der rechten Hand reagierte er.

Sie schoss blitzschnell in die Höhe. Das Timing war ungemein wichtig, ja, lebensrettend, und der Inspektor packte das Gelenk genau in der Sekunde, als die Spitze bereits seine Kleidung berührte.

Mit einer gewaltigen Kraftanstrengung drückte er den Arm nach links und hämmerte seine freie flache Hand gegen den Oberkörper der lebenden Leiche, die diesem plötzlichen Stoß nichts entgegensetzen konnte und den Schwung voll nehmen musste.

Das Wesen flog nach links, genau in die Richtung, die sich Suko ausgesucht hatte. Es flog direkt auf den Schreibtisch zu, hinter dem Aldo saß und überrascht wurde.

Er handelte trotzdem.

Suko hörte das knatternde Geräusch der Abschüsse und hechtete flach zu Boden …

Sie sahen aus wie dunkelhäutige Menschen. Ihre Gesichter waren nicht mal entstellt, dennoch waren sie bereit, mich zu vernichten, denn sie waren von der Hölle gezeichnet. Lebende Leichen, Zombies, im kalten, grausamen Höllenfeuer gestählt, und sie kamen immer dichter an den runden Pool heran.

Was sollte ich tun?

Ihnen mein Kreuz entgegenhalten? Nein, das war zu einem wertlosen Stück Metall geworden. Vielleicht gab es die Möglichkeit, einige von ihnen durch einen gezielten Schuss mit einer geweihten Silberkugel auszulöschen. Bisher hatte dies immer geklappt. Zombies waren gegen geweihtes Silber nicht immun.

Daher zog ich die Waffe.

Sie näherten sich in einer Reihe. Dabei blieben sie auf

gleicher Höhe. Niemand ging einen Schritt zu weit oder löste sich, die lebenden Leichen blieben in der Formation.

Ich konnte mir aussuchen, auf welche der Untoten ich zuerst schießen wollte.

Es war schon ein bedrückendes Gefühl für mich, denn diese Personen sahen nicht aus wie bekannte Zombies. Sie zeigten nicht den tumben Ausdruck in ihren Gesichtern, sondern wirkten so normal.

Ich schoss.

Einen Zombie aus der Mitte hatte ich mir ausgesucht und hatte im nächsten Augenblick den Eindruck, als würde die Zeit langsamer ablaufen, so deutlich erlebte ich das Geschehen.

Das fahle Mündungsfeuer konnte ich vor der Waffe noch erkennen. Aber nicht, wie die Kugel aus dem Lauf hieb und dabei in den entsprechenden Körper schlug.

Sie traf überhaupt nicht.

Innerhalb eines Sekundenbruchteils erkannte ich den Grund. Kaum hatte sie mit den Flammen Kontakt, als sie aufstrahlte und verglühte.

Ich ließ mir meine Enttäuschung nicht anmerken, drehte die Pistole ein wenig und schoss abermals.

Wieder wurde die Kugel vom Höllenfeuer geschmolzen. Ich kam mir in diesen Augenblicken lächerlich vor, degradiert zu einem Statisten, der in die eigentliche Handlung nicht mehr eingreifen konnte, weil andere Kräfte die Regie übernommen hatten.

Nicht mal ein nach unten fallender Tropfen blieb von der Kugel zurück.

Acht Gegnerinnen sah ich vor mir. Das waren einfach zu viele. Hätte ich meinen Silberdolch noch besessen, weiß Gott, ich hätte mich damit gewehrt, aber er war und blieb verschwunden, ebenso wie mein Freund Mandra Korab.

Was also tun?

Mich ergeben? Kampflos den anderen das Feld überlassen, wie mir Leila, die in meinem Rücken stand, einzureden versuchte?

»Es hat keinen Sinn, John Sinclair. Du hast verloren. Du bist nicht der große Gewinner in diesem Spiel. Lilith hat es aufgezogen, und Lilith wird es meistern.«

Ich drehte mich schnell um.

Wie eine dunkelhäutige, gefährliche und dem Bösen geweihte Göttin stand sie da und schaute zu, wie ihre Freundinnen den Rand des Pools erreichten.

Gleichzeitig passierte noch etwas.

Ich bemerkte es zunächst an der Veränderung des Wassers, denn es nahm einen rötlichen Schimmer an, der das gesamte Rund des Pools einnahm. Dabei sah das Wasser aus, als hätte man es mit Blut vermischt.

Wirklich Blut?

Ich schaute nach unten und sah, dass diese Vermutung nicht stimmte. Etwas anderes war dafür verantwortlich. Es war das Gesicht des Teufels, das in dieser Farbe glühte und den gesamten Boden des Pools bedeckt hatte.

Satans Fratze!

Sie ausgerechnet hatte mir noch gefehlt!

Durch die Wellenbewegungen erschien es so, als würde das Gesicht permanent einen anderen Ausdruck annehmen. Mal grinsend, dann wieder zusammenlaufend oder hohnlachend.

Der erste Zombie sprang.

Ich hatte mich zu sehr auf Asmodis konzentriert, dass ich erst aufmerksam wurde, als der Körper ins Wasser klatschte.

Der weibliche Zombie fiel wie ein Stein, der zweite folgte sofort, der dritte, dann der vierte, und das Wasser wurde in die Höhe geschleudert, als zahlreiche Arme es durchwühlten.

Ich ging zurück.

Die Beretta konnte ich vergessen, deshalb ließ ich sie auch wieder verschwinden und konzentrierte mich voll und ganz auf meine Gegnerinnen. Gefährlich sahen sie schon aus, als sie aus den Fluten erschienen, ihre Körper streckten und nach mir greifen wollten. Noch war ich zu weit entfernt, sodass ihre Hände vor mir auf die Oberfläche klatschten und sie mit den Armen eintauchten.

Mit den nackten Fäusten musste ich mich gegen die lebenden Leichen wehren.

Das konnte nicht gut gehen. Trotzdem versuchte ich es und schlug zu, als die erste lebende Leiche dicht vor mir aus dem Wasser tauchte. Meine Faust traf voll.

Unter dem Kinn wurde sie erwischt, zurückgeschleudert und versank wieder in der Flut.

Ich setzte sofort nach. Zwei weitere schaufelte ich buchstäblich aus dem Wasser. In einem hochgeschleuderten Tropfenschleier sah ich ihre Körper nach hinten kippen und verschwinden.

Mit einem Hechtsprung warf ich mich hinein in den nächsten Pulk, räumte ihn auseinander und wuchtete einen Körper sogar in die Höhe. Er war schwer, zudem hatte ich Mühe, mit dem auf meinen hochgerissenen Armen liegenden Zombie innerhalb des Wassers das Gleichgewicht zu halten. So kippte ich selbst nach hinten, und der Zombie rutschte mir aus den Händen. Gemeinsam tauchten wir unter.

Ich bewegte meine Arme. Die Wellen waren für einen Moment über meinem Kopf zusammengeschlagen, aber ich kam nicht mehr hoch. Sie wirkten wie eine dunkle Wolke, nur haben Wolken kein Gewicht. Die Körper der Zombies allerdings, die sich auf mich wuchteten und mich dem Grund entgegendrücken wollten. Ich reagierte nicht so schnell, wie es sein musste, außerdem hatte ich nicht die Kraft.

Mit dem Hinterteil zuerst berührte ich den Boden, während flinke Hände nach meiner Kehle tasteten. Unter Wasser hatten meine Schläge nicht die richtige Wucht. Es waren harmlose Treffer, die ich ansetzen konnte, und die Angst, hier elendig zu ertrinken, stieg panikartig in mir hoch.

Dass ich den klammernden Händen trotz der großen Gefahr entging, verdankte ich den Wellenbewegungen und meiner Geschicklichkeit. Durch eine Unterwasserwelle wurden zwei Zombies, die mich hielten, abgetrieben, und ich konnte mich zur Seite drehen, sodass ich wieder frei war.

Diese Wende war auch nötig gewesen. Zwar versuchte noch jemand, meinen Fuß zu schnappen. Er griff daneben. Ich durchstieß mit dem Kopf das Wasser und riss weit den Mund auf, um wieder Luft zu holen.

Um mich herum brodelte es. Da schäumte das Wasser auf, da erschienen nasse Gestalten, die wie Roboter kämpften, und ich schlug mir mit beiden Händen den Weg frei.

Irgendwie musste es mir gelingen, an den Rand zu gelangen. Das allerdings blieb ein Wunschtraum, denn Kräfte griffen ein, die ich schon vergessen hatte.

Nicht ohne Grund war die Fratze des Teufels am Boden des Pools erschienen. Im folgenden Moment spürte ich, wie sich unter meinen Füßen etwas veränderte.

Hände waren da!

Im ersten Moment dachte ich es wenigstens, bis mir auffiel, dass mich niemand berührte und ich trotzdem festklemmte.

Ein gewaltiger Sog war entstanden, der es schaffte, mich nicht nur festzuklammern, sondern auch in die Tiefe zu zerren. Im ersten Augenblick nach dieser Erkenntnis empfand ich eine schreckliche Angst, schaute vor mir auf die Oberfläche und sah, dass das Wasser bereits rotierte und seine blitzschnellen Wirbel drehte.

Er bewegte sich in rasendem Tempo. Der Kreis blieb zwar noch groß, in der Tiefe allerdings zog er sich zusammen, verengte sich dabei, sodass er einen Trichter bildete.

Und der hatte Kraft.

Nicht allein ich wurde von dieser Gewalt erfasst, auch die weiblichen Zombies konnten sich dagegen nicht anstemmen. Sie wurden gepackt, zuerst heftig in die Runde und dann durcheinander gewirbelt, sodass sie keine Chance hatten, dem Wirbel zu entgehen.

Ich stand in der Mitte, während die lebenden Toten einen Kreis um mich gebildet hatten.

Der Teufel spielte seine gesamte Machtfülle aus. Ich schaute nach unten durch das klare Wasser und erkannte, dass sich Asmodis' Gesicht ebenfalls in einem rasenden Wirbel drehte und sich genau dort, wo sich sein Maul übergroß abzeichnete, eine Höhle oder ein Loch auftat, das dabei war, das Wasser mitsamt Inhalt zu verschlingen.

Eine gewaltige Kraft drehte mich nicht nur um die eigene Achse, sie hielt auch meine Beine fest und sorgte dafür, dass ich immer tiefer gezogen wurde.

Zwangsläufig trafen meine Blicke die runden Wände des Pools. Dort sah ich das Wasser ebenfalls rotieren, und gleichzeitig sank die Höhe des Wasserspiegels.

Alles konzentrierte sich auf die Mitte des Pools, wo die Fratze des Satans am Grund ihr Höllenmaul weit geöffnet hielt und uns verschlingen wollte.

Selbstverständlich wollte ich nicht so leicht aufgeben und stemmte mich gegen den Druck an, aber die Kraft des Elements Wasser war stärker als die meine.

Schon jetzt reichte es mir weit bis über die Brust. Fast befanden sich meine Augen in einer Höhe mit der Oberfläche, und den acht lebenden Leichen erging es nicht anders. Auch sie wurden mit in die Tiefe gezogen, denn die Kraft der Hölle wollte alles.

Mich eingeschlossen!

Ein letztes Mal schlug ich mit beiden Armen um mich, hörte die Hände auf das Wasser klatschen und sah meine unmittelbare Umgebung nur noch als einen rasenden Wirbel.

Ich vernahm das Schmatzen, Gurgeln und Klatschen, Spritzer schlugen gegen mein Gesicht, zudem drang Wasser in meinen Mund. Ich schluckte und hustete gleichzeitig, doch einen Erfolg erzielte ich nicht.

Wie ein Wirbelsturm kam mir die Flüssigkeit vor, die im nächsten Augenblick über mir zusammenschlug. Noch einmal hatte ich Luft geholt, dann war es vorbei.

Die Tiefe hatte mich.

Schemenhaft sah ich die Gestalten um meine eigene Person huschen, denn ich hatte die Augen nicht geschlossen. Das Wasser wurde auch in der Tiefe zu einer kreisenden, wirbelnden Wand, in der ich leicht ertrinken konnte.

Wollten Asmodis und Lilith das?

Ich konnte es nicht glauben. Dann dachte ich nichts mehr, denn die Fratze meines Feindes Asmodis war plötzlich so nah, dass ich hineingreifen konnte.

Zur Fratze gehörte das Maul.

Mich, den Geisterjäger John Sinclair, schluckte es, als wäre ich nur ein lästiges Insekt.

Ich merkte den Übergang kaum, verschwand in einem dunklen Schacht oder einer mit Wasser gefüllten Röhre, durch dessen Kraft ich weitergezerrt und -gespült wurde.

Wohin?

Diese bange Frage stellte ich mir, während ich gleichzeitig merkte, wie die Luft immer knapper wurde ...

Suko hatte genau richtig reagiert und sich in dem Augenblick, als er den weiblichen Zombie auf die Reise geschickt hatte, zu Boden geworfen. Er war dabei in Richtung Schreibtisch gehechtet, wo Aldo noch immer hockte und feuerte.

Die Kugeln trafen auch!

Nur nicht Suko, der befand sich unterhalb der Schusslinie. Aber der von ihm geschleuderte Zombie bekam die Kugeln zu spüren. Obwohl Suko eine schlechte Sichtposition hatte, erkannte er, wie die lebende Leiche durchgeschüttelt wurde und gegen den Schreibtisch stieß.

Aldo war nicht mehr sitzen geblieben. Er schrie seine Wut hinaus und sprang hoch.

Da schoss auch Suko in die Höhe.

Nur stellte es der Inspektor geschickter an. Mit einer gewaltigen Kraftanstrengung und den Schwung noch ausnutzend, hämmerte er seine Schulter unter die Schreibtischplatte und schleuderte das schwere Möbelstück in die Höhe, wobei der Schreibtisch gleichzeitig in die Richtung gekippt wurde, in der sich Aldo aufhielt.

Der Tisch kippte um, fiel gegen die Wand und drückte Aldo dagegen. Das sah Suko und reagierte.

Er packte einen Aschenbecher und schleuderte ihn, noch bevor sich der Mann mit der MPi in der Hand drehen konnte, auf Aldo zu. Der Kerl war zu überrascht, um überhaupt reagieren zu können. Er wollte zwar noch seinen Kopf zur Seite drehen, schaffte es aber nicht und spürte im nächsten

Augenblick den hämmernden Schlag, der ihn an der Schläfe traf.

Kopf und Wand wurden von dem Ascher getroffen. Der Wand machte es nichts, Aldo schon, denn er bekam weiche Knie, und Suko sah, wie dessen Gesichtsfarbe einen bleichen Ton annahm. Dann sackte der Mann zusammen.

Er fiel über den Schreibtisch, die Maschinenpistole rutschte nach vorn, blieb aber durch Zufall mit dem Bügel an zwei Fingern des Mannes hängen.

Der war erst einmal ausgeschaltet.

Leider nicht der Zombie.

Die Kugeln hatten ihn getroffen und zur Seite gefegt. Von Einschüssen gezeichnet, konnte er sich trotzdem bewegen und hielt auch nach wie vor sein gefährliches Messer umklammert. Einen Kopfschuss hatte er nicht abbekommen.

Für Aldo hatte die lebende Leiche keinen Blick.

Suko war wichtiger. Sie hatte den Auftrag, ihn zu vernichten, und diesen Vorsatz wollte sie unter allen Umständen in die Tat umsetzen.

Ihr Gang war schaukelnd und wiegend, als sie sich in Bewegung setzte. Der linke Arm blieb dabei seltsam steif, während der rechte mit dem Messer jeden Schrittrhythmus mitmachte und dabei von einer Seite auf die andere schwang.

Jetzt bot der Körper ein Bild des Schreckens. Die Kugeln hatten ihn gezeichnet. Aus den Löchern hätte normalerweise Blut laufen müssen, aber nicht ein Tropfen quoll hervor. Das Innere des Zombie-Körpers musste geleert sein.

Suko wartete ab.

Seine Beretta hatte er nicht gezogen. Um Munition zu sparen, nahm er die Dämonenpeitsche, schlug einmal einen Kreis über den Boden, und die drei Riemen rutschten hervor.

Jetzt war er kampfbereit.

Gegen die Kraft dieser Peitsche würde auch das Monster nichts ausrichten können. Es begriff auch nichts, denn es traf keinerlei Anstalten, sich eine Deckung zu suchen, um den Treffern zu entgehen.

Suko schlug zu.

Eine Täuschung, denn die drei Riemen fuhren an der linken Seite des Zombies vorbei. Der Arm mit dem Messer folgte der Bewegung der Peitschenschnüre und war noch nicht in seine alte Lage zurückgekehrt, als Suko zum zweiten Mal die Riemen auf die Reise schickte.

Diesmal mit der Absicht zu treffen!

Er hörte noch das Klatschen, vernahm den markerschütternden Schrei und sah, wie die lebende Leiche zu torkeln anfing. Sie wusste plötzlich nicht mehr, was sie noch wollte. Auf den Beinen halten konnte sie sich so lange, bis sie gegen eine Wand fiel, daran herabrutschte, zu Boden sank und dort liegen blieb.

Genau da, wo die drei Riemen sie erwischt hatten, begann die Haut allmählich zu verfaulen und sich aufzulösen. Suko hatte seine Absicht voll und ganz erreicht.

Tief atmete er durch. Dieses untote Wesen würde ihm keinen Ärger mehr bereiten.

Er drehte sich um, denn noch gab es Aldo, um den er sich kümmern musste.

Der Ascher hatte den Mann tatsächlich so erwischt, dass dieser noch immer in tiefer Bewusstlosigkeit über dem umgekippten Schreibtisch hing. Suko nahm ihm behutsam die Maschinenpistole aus den Fingern und hängte sich die Waffe um.

Aldos Gesicht war käsig. Die Wunde befand sich in seinen dunklen Haaren. Von dort lief ein Blutstreifen über das Gesicht.

Da Aldo noch für eine Weile bewusstlos bleiben würde, wie Suko hoffte, konnte sich der Inspektor um seine eigene Wunde kümmern. Er kippte die Couch wieder zurück und nahm darauf Platz.

Nachdem er sich das Hosenbein hochgekrempelt hatte, musste er feststellen, dass es nicht gut aussah. Die Klinge hatte eine lange, daumenbreite Schramme im Fleisch des Oberschenkels hinterlassen, und aus der Wunde rann noch immer das Blut.

Ein Pflaster hatte Suko nicht zur Hand, so tupfte er mit

einem Taschentuch das Blut ab. Den Stoff konnte er nicht um das Bein wickeln, da der Oberschenkel dafür zu dick war.

Er krempelte den Stoff wieder nach unten und hörte an dem leisen Stöhnen, dass Aldo wieder zu sich kam. Der Knabe würde sich wundern. Zudem wollte Suko die Sache beschleunigen. Er stand auf und humpelte auf den Mann zu. Bei jedem Auftreten schmerzte die Beinwunde, sodass Suko die Zähne zusammenbiss. Nach dem fünften Schritt hatte er sich fast an das neue Gefühl gewöhnt.

Vor Aldo blieb er stehen.

Vergeblich versuchte der Chef des Clubs, sich in die Höhe zu stemmen. Erst als Suko ihm dabei half, schaffte er es und wurde auch zwischen Schreibtisch und Wand weggezogen.

Dann stand er vor dem Chinesen.

Mit einer Hand hielt Suko ihn fest. Er sah den glasigen Blick in den Augen des anderen, hörte auch das Stöhnen und sagte hart: »Komm, Junge, spiel mir hier nichts vor.«

»Verdammt, das ist …«

»Ich weiß, es geht dir nicht gut. Mir auch nicht. Aber ich habe eine Aufgabe, und die werden wir beide gemeinsam erledigen. Ich habe nicht vergessen, welchen Tod du mir zugedacht hast. Diesen nicht!« Beim letzten Wort hatte Suko das Kinn des Burschen in die hohle Hand genommen und drehte den Kopf so herum, dass Aldo einfach auf den vernichteten Zombie schauen musste.

Der Mann wurde noch bleicher. Er versuchte, Fragen zu stellen, was ihm nicht gelang, und auch Suko sah keinen Grund, ihm eine Erklärung zu geben.

»Ich habe sie dir nur gezeigt, damit du weißt, wer hier den Ton angibt, mein Lieber.«

»Wie hast du die denn erledigt?«

»Mit zwei Fingern.« Suko drehte Aldo wieder herum. Das Blut aus dessen Kopfwunde war weitergelaufen. Sogar über den Hals hinaus, und es hatte auf dem Revers ein rötliches Muster hinterlassen.

»Was willst du?«, fragte Aldo, der sich in Sukos Griff befand und den Kopf schüttelnd bewegte.

»Einen kleinen Spaziergang möchte ich machen.«

Aldo lachte krächzend. »Toll, und wohin?«

»Zu den anderen.«

»Welchen anderen?«

»Den Zombies, mein Freund!«

»Es gibt aber keine Zombies!«, presste Aldo hervor. »Hast du gehört? Keine Zombies!«

»Und die da in der Ecke?«

»Ist keine …« Der Mann lachte, hörte aber auf, als Suko sauer wurde und ihn härter anfasste. »Ich weiß, dass es noch mehrere gibt. Ich habe sie auf der Brücke gesehen!«, bluffte er. »Also, wo stecken sie?«

»Nicht hier!«

»Das sehe ich. Wo?«

»Unten«, erklärte Aldo. »Unten im Keller. In einem Reich, wo jeder Besucher verloren ist. Da hausen sie, da ist unsere Welt, da wird man dich vernichten.«

Er schien wieder einigermaßen auf der Höhe zu sein, dass er solche Töne spucken konnte.

Suko lachte hart. »Wie fein für uns«, bemerkte er. »Dann lass uns doch mal in den Keller gehen.«

»Was? Du willst …?«

»Genau das will ich, mein Lieber. Und du wirst mich führen. Aber keinen Unsinn, Aldo, sonst werde ich mehr als sauer, und so etwas bekommt dir nicht. Wir werden den Raum hier verlassen und so tun, als wären wir alte Freunde, klar?«

»Sicher.«

»Dann komm.« Suko streckte den Arm aus und packte seinen Gefangenen an der rechten Schulter. Wie eine Puppe drückte er ihn herum, bevor er mit ihm die Tür ansteuerte.

Aldo verhielt sich auch ruhig. Suko schärfte ihm noch einmal ein, keinen Verdacht zu erregen, wenn ihnen jemand entgegenkam, dann öffnete er und schaute in den Gang.

Die Bürotür musste schalldicht schließen, von den Kampfgeräuschen hatte wohl niemand etwas bemerkt oder gehört, denn der Inspektor fand den Gang leer, als er hineinschaute.

»Wohin jetzt?«

»Nach links.«

»Okay.« Suko drückte seinen unfreiwilligen Begleiter in die entsprechende Richtung.

Sie gingen den Gang weiter durch. Hinter einer Kurve wurde die Beleuchtung spärlicher. In diesem Teil des Hauses führte man wohl keine Kunden.

Suko glaubte auch, aus dem unteren Geschoss Klaviermusik zu hören. Sehr leise und gedämpft. Dort fand man Kontakt und kam sich näher. Auch John musste dort sitzen, wobei sich Suko fragte, was sein Freund wohl erreicht haben mochte.

»Wo geht es hier hin?«, wandte er sich an seinen Gefangenen.

»In den Keller.«

»Und da ist die Große Mutter?«

Aldo lachte nur. Zu einer weiteren Erklärung zeigte er keine Bereitschaft.

Die Wände wurden grau, aber nicht schmutzig. Es gab Türen, und eine davon öffnete sich.

Suko hörte das Geräusch, blieb sofort stehen und hielt auch seinen Begleiter zurück.

Jemand kam. Er hatte den Raum verlassen, tauchte aus dem hinteren Teil des Ganges auf, und Suko erkannte eine Gestalt im hellen Kleid. Das war kein Mann, sondern eine Frau, die sich ihnen näherte. Vielleicht eines der Mädchen, das im Club arbeitete.

»Verhalte dich ruhig!«, wies Suko den anderen mit leiser Stimme an und stellte sich so hin, dass die Frau nicht unbedingt seine Maschinenpistole sah, da Sukos Schulter und die Waffe mit dem Schatten der Wand verschmolzen.

Es war eine dunkelhäutige Person, die plötzlich stehen blieb und eine Frage stellen wollte, wobei sich auf ihrem Gesicht Überraschung ausgebreitet hatte.

»Hi, Leila«, sagte Aldo.

»Hallo.« Leila nickte. »Ist was?«

»Nein, du kannst an deine Arbeit gehen.«

»Sicher, mach ich doch glatt.«

Leila nickte. Sie tat so, als würde sie Suko überhaupt nicht sehen. Dennoch lag ein Lächeln auf ihrem Gesicht, doch der Blick blieb kühl. Das machte Suko misstrauisch. Er hatte plötzlich das Gefühl, als würden ihm die beiden hier eine Komödie vorspielen, und so etwas mochte er nicht.

»Wo kommst du her?«, fragte Aldo. Suko ließ ihn dabei gewähren, denn Aldo war der Chef in diesem Laden. Er konnte und musste Fragen stellen, und das Halbblut sah aus wie eine seiner Angestellten.

»Ich war im Keller.«

»Alles okay da?«

»Sicher.«

Ein zufriedenes Lächeln zeichnete Aldos Gesicht, während die Frau die Wunde an Aldos Stirn anschaute. Für Suko zeigte sie ein absolutes Desinteresse. Das wiederum passte dem Chinesen nicht. Er war nicht eitel, aber so etwas Gleichgültiges hatte er selten erlebt.

»Wo gehst du hin?«

Leila hob die Schultern. Sie bewegte dabei ihren gesamten Körper. Es war eine einstudierte Geste. »Ich werde mich unten in der Bar umschauen. Dort finde ich bestimmt jemanden.«

»Um diese Uhrzeit immer.«

Suko hatte das Gefühl, als wollten die beiden das Gespräch krampfhaft weiterführen. Das passte ihm überhaupt nicht. Mit einer unverfänglichen Bemerkung brachte er sich wieder ins Spiel. »Denken Sie daran, was wir vorhaben, Aldo.«

»Natürlich. Ich sehe dich später, Leila.«

»Klar doch …« Sie drehte sich zur Seite. Dabei bewegten sich auch die geflochtenen Haare. Fast berührten sie Sukos Gesicht, so nahe drückte Leila sich an ihm vorbei.

Er drehte sich nicht um und hörte ihre Schritte nur leiser werden. »Wer war das?«, fragte er.

»Eine Hostess.«

»Sie wird bestimmt häufig verlangt.«

Aldo lachte. »Das können Sie laut sagen. Leila ist unsere beste Kraft. Die steckt alle ein.«

»Ja, das sieht man ihr an.«

Sie gingen weiter. Aldo hatte sich sogar von allein in Bewegung gesetzt. Suko, sonst immer misstrauisch, achtete kaum darauf. Erst als Aldo einen scharfen Ruf ausstieß, wusste er von der Gefahr.

»Leila!«

Der Ruf galt dem Halbblut, und Suko sprang zur Seite. Dabei fuhr er auf dem Absatz herum. Er vernahm das Lachen des Mannes und schaute dorthin, wo Leila stehen geblieben war.

Sie hatte sich breitbeinig aufgebaut. Das Gesicht war verzogen, die Arme ausgestreckt und die Hände an den Gelenken gekreuzt. Ein böses Lachen schallte dem Inspektor entgegen, und mit diesem Lachen kam der Feuersturm.

Suko hatte noch die Beute-MPi von der Schulter rutschen lassen wollen, dazu kam er nicht mehr. Leila bewies, dass sie mehr konnte, als sich um einsame Männer zu kümmern.

Sie spielte mit dem Feuer.

Urplötzlich war die Flammenwand da. Als gewaltige Lohe füllte sie den Raum aus und bewegte sich mit einer rasenden Geschwindigkeit auf Suko zu.

Ein Ausweichen war nicht mehr möglich!

Das Feuer war eine wirbelnde, fauchende, alles mit sich reißende Wand aus zuckenden Flammen. Auch Suko wurde erwischt. Er hatte das Gefühl, in das Zentrum eines Orkans zu fliegen. Die Füße verloren den Kontakt mit dem Boden. Er schwebte plötzlich in der Luft, schlug noch um sich, traf gegen eine Wand und merkte, dass die Kraft ihn immer weiter zurückschleuderte und damit tiefer in den Gang hinein.

Und er hörte Aldos Stimme.

»Die Hölle wartet, Bulle! Sie wird dich verschlingen!«

Mich hatten Asmodis und der wirbelnde Wasserstrom verschlungen. Von ihm war ich gepackt und in die Tiefe gezerrt worden, wobei mich auch die Röhre geschluckt hatte.

Ich wusste, wer meine Gegner waren. Davor hatte ich kaum

Angst. Am schlimmsten war die Furcht vor dem Ertrinken, denn die schnell fließenden Wassermassen rissen mich mit.

In der Röhre gefangen, drehte ich mich einige Male um mich selbst, sah nichts und konnte nur hoffen.

Zeit war völlig bedeutungslos geworden. Ich befand mich in diesem engen Kanal, wurde mitgerissen und wieder ausgespien.

Plötzlich bekam ich Luft und war frei. Das Wasser verschwand gurgelnd.

Tief saugte ich die Luft ein, spürte meine schmerzenden Lungen und wusste, dass ich von zahlreichen Zombies umgeben war, dennoch fehlte mir die Kraft, mich gegen sie zu stellen.

Ich wollte mich ausruhen.

Das konnte ich nicht. Die andere Seite ließ es nicht zu. Hände zogen mich hoch, und ich stellte fest, dass ich im Griff der Zombies hing.

Meine Knie waren weich. Aus der schweren Kleidung rann das Wasser. Jemand hatte meinen Kopf an den Haaren zurückgezogen, sodass ich auch nach vorn schauen konnte.

Ich befand mich unter der Erde. Die Röhre, die mich ausgespien hatte, musste irgendwo hinter mir liegen. Das Wasser lief ab, und mein Blick richtete sich nach vorn.

Leila hatte von der Großen Mutter oder der Hölle gesprochen. Ich wusste, dass Lilith und Asmodis damit gemeint waren, und ich kannte auch das Höllenfeuer.

Nicht nur der Teufel umgab sich damit gern, auch Lilith, die Große Mutter, war davon angetan.

Dass ich überhaupt etwas sehen konnte, verdankte ich dem Feuer. Es brannte am Ende des Gangs, in dem ich stand. Aus dem Feuer hörte ich die Stimme: »Willkommen, Geisterjäger …«

Ich verzichtete auf eine Erwiderung, denn ich wusste schließlich, dass mich Lilith persönlich begrüßt hatte. Nur zeigte sie sich nicht. Bewusst hielt sie sich zurück, wobei ich das Gefühl hatte, dass jede einzelne Flamme vor mir ein Teil ihrer selbst war.

Ich hatte sie schon einmal gesehen, kannte die Kälte ihres Gesichts, das ebenso grausam und gefühllos wirkte wie das des obersten Höllenfürsten Luzifer.

Nur blieb sie verborgen. Vielleicht wollte sie mir Angst machen. Mir durch die Begrüßung zeigen, dass sie jede meiner Bewegungen stets unter Kontrolle hatte und ich nicht gefährlich werden konnte.

Es sah wirklich nicht gut aus. Die acht Zombies hatten mich in ihre Mitte genommen. Vier hielten mich fest, die anderen standen neben mir und schauten mir aus ihren glatten Gesichtern in die Augen. Ich versuchte festzustellen, wo ich gelandet war.

Das Wasser hatte mich durch die Röhre oder den Tunnel in den unterirdischen Bereich des Hauses gespült.

Es waren normale Kellerräume, wobei ich allerdings nicht nur von Betonwänden eingeschlossen war, sondern auch von Quadern und altem Gestein. Genau dort, wo der Keller ziemlich baufällig aussah, waren die Decken durch Betonwände abgestützt worden. Räume oder Verliese entdeckte ich nicht. Wohl einige schmale Gänge, in denen die Dunkelheit lauerte. Das Feuer brannte mit leisen, fauchenden Geräuschen, in die sich hin und wieder ein Knattern mischte.

Ansonsten war es still.

Und noch etwas erkannte ich. Genau dort, wo die Flammenwand in die Höhe wuchs, sah ich auf dem Boden den mir schon bekannten rötlichen Abdruck eines hässlichen Gesichts.

Die Fratze des Teufels!

Asmodis und Lilith arbeiteten zusammen. Für mich keine Überraschung, denn auch Luzifer gehörte eigentlich zu dem unheimlichen Trio. Nur hielt der sich zurück.

Ich erinnerte mich auch an den Schleimberg, den ich in der alten Villa entdeckt hatte. Damals war ebenfalls die Große Mutter erschienen und hatte durch ihren höllischen Schleim die Gegner zerstören wollen. Dazu war es hier noch nicht gekommen, und die Zombies, die mich festhielten, schienen auch die Order erhalten zu haben, mich nicht weiter nach vorn zu stoßen, denn ich blieb auf der Stelle stehen.

Lilith wollte etwas von mir.

Abermals hörte ich ihre Stimme. Jede Flammensäule schien zu mir zu sprechen. Es war nur ein Flüstern, aber in der Gesamtheit addierten sich die Geräusche zu einer kalten, lauten Stimme.

»Du weißt selbst, dass du wehrlos bist, John Sinclair. Ich habe dafür gesorgt, indem ich dir bewies, dass dein Kreuz, auf das du so stolz gewesen bist, kein Allheilmittel ist. Ich habe durch meine Urkräfte die Symbole und Zeichen manipuliert. Was am Beginn der Welt geschah, wird sich nicht mehr wiederholen, Geisterjäger. Diesmal schaffen es die anderen Kräfte nicht, das Böse zu besiegen. Wir werden stärker sein. Unsere Allianz hält, und wir werden den Spieß umdrehen.«

»Welchen Spieß denn?«, fragte ich, unterbrochen durch ein Husten. Zugleich fror ich. In diesem verdammten Keller war es ziemlich kalt, und die nasse Kleidung klebte an meinem Körper. Ich konnte nicht so schnell sprechen, wie ich zitterte.

»Wir werden die Geschichten, die Legenden und Sagen, revidieren. Lange hat es gedauert, aber wir lassen uns nicht mehr unterdrücken und auch nicht die Macht nehmen. Verstehst du? Auf keinen Fall werden wir, die Hölle, verlieren.«

»Gegen wen wollt ihr denn kämpfen?«, rief ich.

»Zunächst müssen wir unsere menschlichen Gegner aus dem Weg räumen. Dazu zählst du, Geisterjäger. Du hast der Hölle viel Ärger bereitet. Asmodis hat so manche Niederlage erlitten, das ist nun vorbei. Ich und die uralten Kräfte greifen ein, sodass du keine Chance mehr hast, das Böse zu überlisten. Wenn wir mit dir fertig sind, kommen andere an die Reihe, die eventuell unseren Weg ans Ziel noch stören könnten. Weißt du, wen ich meine?«

»Ja, die Großen Alten!«

»Das stimmt, Sinclair. Auch du hast die Zeichen der Zeit erkannt und bemerkt, dass diese Dämonen die Macht an sich reißen wollen. Das können wir einfach nicht zulassen. Wir müssen die Großen Alten vernichten. Sie bilden sich ein, stärker als das Urböse zu sein. Dabei haben sie sich erst nach uns entwickeln können, als die Erde bereits Gestalt angenommen hatte. Da stiegen sie aus den Tiefen der Ewigkeit hervor und wollten Macht haben. Die gaben wir ihnen nicht. Wir sind die Kämpfer, wir sind die Sieger …«

»Die Großen Alten sind stark!«, hielt ich ihr entgegen.

»Ja, das sind sie«, drang es aus den Flammen. »Aber sind wir das nicht auch, Sinclair? Habe ich dir nicht bewiesen, wie wertlos ein Kreuz sein kann, wenn es an den richtigen Gegner gerät? Schau es dir an. Die Zeichen sind verschwunden. Kein Erzengel wird dir helfen, ich habe sie diesmal verbannt.«

Dagegen konnte ich nichts sagen. Mein Kreuz war tatsächlich wertlos geworden, aber ich wollte die Tatsachen, die man mir gesagt hatte, nicht so ohne weiteres akzeptieren.

»Du weißt, Lilith, dass auch ich ein Gegner der Großen Alten bin. Oder nicht?«

»Es ist mir bekannt.«

»Wäre es dann nicht töricht von dir, mich oder meine Freunde vernichten zu wollen?« Bewusst hatte ich diese Suggestivfrage gestellt und war gespannt darauf, wie Lilith reagierte. Natürlich war der Trick leicht zu durchschauen, das gab ich zu, und ich erhielt auch sofort die passende Antwort.

»Willst du auf diese Art und Weise um dein Leben betteln, Geisterjäger?«, verhöhnte sie mich.

»Nein.«

»Was sollte dies dann?«

Ich schaute genau auf die Flammen und erwiderte: »Ich könnte dir im Kampf gegen die Großen Alten behilflich sein. Wir schließen einen Waffenstillstand, der anschließend aufgehoben wird, wenn wir die Großen Alten erledigt haben.«

Da eine Weile keine Antwort aus der Flammenwand kam, nahm ich an, dass Lilith über meinen Vorschlag nachdachte. Als Bettler wollte ich mich nun nicht gerade bezeichnen. Ich kannte die Macht der Großen Alten. Es war wirklich besser, wenn sie von mehreren Seiten Druck erhielten, und der Waffenstillstand mit dem Bösen schien mir nicht mal so schlecht zu sein. Fragte sich nur, ob Lilith darauf näher eingehen würde. Bisher sah es nicht so aus.

Sie blieb noch immer ruhig. Sollte ich tatsächlich einen Erfolg errungen haben? Das wäre mehr als gut gewesen. Dann unterbrach ihre Stimme die abwartende Stille.

»Sinclair, ich wusste nicht, dass du so sehr an deinem jämmerlichen Leben hängst. Willst du tatsächlich mit mir zusammenarbeiten? Du, als der Sohn des Lichts, mit den Mächten der absoluten Finsternis?«

»Keine Zusammenarbeit!«, schwächte ich ab. »Einen Waffenstillstand möchte ich schließen. Ich weiß selbst, dass die Großen Alten auf dem Vormarsch sind. Zahlreiche Anzeichen deuteten darauf hin. Sie werden aus den Tiefen des Vergessens aufsteigen und dafür sorgen, dass sich ihre Macht ausbreiten kann. Wer könnte sie stoppen? Die Hölle? Möglich, aber auch sie ist nicht allmächtig.«

»Du vielleicht?«

»Nein, ich bestimmt nicht. Nur können meine Freunde und ich sie von einer anderen Seite angreifen, was gar nicht mal so schlecht wäre, wenn du näher darüber nachdenkst.«

»Nein!«, sagte sie. »Ich falle auf deine faulen Kompromisse nicht herein. Du bettelst um dein Leben, nur auf andere Art und Weise. Was meinst du, was Luzifer von diesem Waffenstillstand halten würde? Gar nichts. Er würde versuchen, ihn zu zerstören, und ich möchte ihn nicht gerade zum Feind haben. Er ist mein Freund, denn er hat dafür gesorgt, dass alles klappte, dass ich wieder die sein konnte, die ich einmal war. Lange genug hat Luzifer seinem Diener Asmodis das Feld überlassen. Nun werden andere Saiten aufgezogen. Das erste Hindernis bist oder vielmehr warst du, denn für mich bist du längst tot. Das zweite Hindernis sind die Großen Alten. Auch wir haben bereits Pläne, um sie zu vernichten. Und wir sind mächtiger als du, Geisterjäger.«

Da hatte sie leider Recht. Deshalb schwieg ich nach ihren Worten, da ich nicht wusste, wie ich ihr noch widersprechen sollte. Die Trümpfe lagen in ihrer Hand.

Für Lilith war das Thema um die Großen Alten erledigt, denn sie wandte sich mir direkt zu. »Kannst du dir vorstellen, welchen Tod ich mir für dich ausgedacht habe?«

Ich konnte es zwar, verneinte trotzdem.

»Dann will ich es dir sagen. Ich möchte dich gar nicht vernichtet sehen, Geisterjäger. Du sollst nur das erleben, was auch meine Dienerinnen hinter sich haben. Schau sie dir an. Sie sehen aus wie Menschen, aber sie sind keine mehr. Durch mein Höllenfeuer sind sie gegangen und dabei zu Zombies geworden. Dieses Schicksal steht auch dir bevor. Nicht umsonst brennen die Flammen hier. Du wirst hineingehen, und wenn du dich weigerst, schaffen dich meine Dienerinnen her. Ist das klar?«

Ich nickte, denn den Kopf konnte ich zum Glück bewegen. Doch starke Hände hielten nicht nur meine Arme fest, auch die Beine hatten sie umklammert, sodass eine Flucht unmöglich war.

»Dieses hier ist der Höllenkeller!«, erklärte Lilith. »Hier brennt das Feuer der Vernichtung, und wen ich haben will, den kriege ich auch. Schau nach oben, wo sich die Falle öffnet.«

Sie hatte die Worte kaum ausgesprochen, als ich das Kratzen und Schaben vernahm.

Den Kopf hatte ich in den Nacken gelegt und sah, dass sich ein Teil der Decke bewegte.

Die dabei entstehenden Geräusche erzeugten auf meinem Rücken eine Gänsehaut.

Wahrscheinlich bewegte sich das steinerne Rechteck allein durch die Gedankenkraft der großen Lilith, und ich sah die Umrisse eines ziemlich großen Ausstiegs.

Ein Fluchtweg.

Nur konnte ich damit nichts anfangen. Vielleicht hätte ich ihn mit einem Sprung erreichen könne, so aber war er für mich meilenweit entfernt.

»Da oben liegt der normale Keller. Wenn ich jemanden ausgesucht habe, der in meine Dienste treten soll, wird er in den oberen Keller gelockt, um anschließend durch die Luke in die Tiefe des eigentlichen Kellers zu fallen. Das ist wie ein Rutsch in die Hölle. Es gibt genügend Menschen, die auf meiner Seite stehen. Eine hast du ja kennen gelernt.«

»Leila, nicht wahr?«

»Genau. Es gibt noch mehr. Eigentlich stehen sie alle auf meiner Seite. Die Mädchen, die sich gewehrt haben, konnte ich zurückholen ...«

»Von der Brücke.«

»Du bist gut informiert, Geisterjäger.«

Jetzt wollte ich alles wissen und fragte: »Wie war es denn mit dieser Gladys Verly?«

»Auch so, wobei sie eigentlich als Lockvogel für euch gedacht war. Und das habe ich geschafft. Es war eine Falle, die wir euch bauten. Ich wollte dich und deinen Freund in diesem leeren Neubau haben, um euch zu zeigen, wie mächtig ich bin. Du hast ja erlebt, wie aus deinem Kreuz ein Nichts wurde. Das alles musste ich vorher erledigen. Gladys ließ ich danach wieder holen. Aldo, der Chef des Clubs, flog den Hubschrauber, aus dem ihr beschossen worden seid. Natürlich wusste ich auch, dass ihr nicht aufgeben wolltet, und die kleine Karte, die ihr gefunden habt, war genau die Spur, die ich haben wollte. Pech, dass gerade zwei Mädchen auszubrechen versuchten, aber wir haben sie wieder eingefangen. Satans Mädchenfänger ist stets bereit. Es ist ein magisches Netz, dem keiner entrinnen kann, wenn der Teufel es nicht will. In früheren Zeiten hat er es oft eingesetzt und nun aus der Vergessenheit geholt. So wie auch ich aus den Tiefen des Vergessens in die Höhe gestiegen bin ...«

Ich hatte die Worte vernommen und dachte darüber nach. Eine gigantische Falle also. Wenn ich mir im Nachhinein darüber Gedanken machte, konnte ich Lilith nur Recht geben. Es war tatsächlich alles zu einer großen Falle geworden, und wir waren hineingetappt. Bei dem Wort wir stutzte ich. Okay, mich hatten sie, aber wo befand sich Suko?

Sicherheitshalber beschloss ich, gegenüber Lilith den Namen meines Freundes nicht zu erwähnen. Vielleicht hatte sie von Suko noch nichts bemerkt, obwohl ich mir das nicht vorstellen konnte.

Sie kam selbst darauf. »Solltest du dir Hoffnungen machen, was deinen Partner angeht, so liegst du vollkommen falsch,

John Sinclair. Auch er befindet sich in unserer Gewalt. Er weiß es nur noch nicht. In wenigen Augenblicken wird es ihm bewusst gemacht. Genug geredet. Ich will, dass du in die Flammen geworfen wirst …«

Das war gleichzeitig der Befehl für die Zombies. Durch ihre Gestalten schien ein Ruck zu gehen. Jedenfalls schien es mir so. Außerdem packten sie noch härter zu, und die Finger erinnerten mich an kleine Stahlklammern.

Sie wollten mir die Beine vom Boden wegreißen, damit ich, waagerecht liegend, in die Flammen geschleudert werden konnte, das allerdings musste ich verhindern. Befand ich mich einmal in der Luft, war ich tatsächlich wehrlos.

Ich hatte die Reise durch die enge Röhre einigermaßen gut überstanden und mich während des Gesprächs auch erholen können, sodass ich sie mit einer plötzlichen Gegenwehr überraschte.

Mit beiden Beinen trat ich kraftvoll zur Seite hinaus und schaffte es, meine Knöchel zu befreien.

Sofort erwischte mein Tritt den ersten Zombie.

Die lebende Leiche kippte nach hinten. Noch sieben Gegner hatte ich, die sich auf mich stürzten.

Diesmal gelang es mir nicht, mich zu wehren. Das Gewicht der untoten Leiber drückte mich zu Boden, und sie knieten überall auf meinem Körper. Beine, Arme, der Brustkasten, all das war von ihnen besetzt worden. Ein Arm stach von oben auf mich zu. Wie einen großen Schatten sah ich die Pranke dicht vor meinem Gesicht erscheinen, bevor sich die Klaue zielsicher auf meine Lippen legte.

Luft konnte ich zum Glück durch die Nase holen. Sie schlugen mich auch nicht bewusstlos, sondern packten noch einmal zu.

Diesmal waren sie zu acht, die mich festhielten. Mich aus diesem Klammergriff zu winden, das war einfach ein Ding der Unmöglichkeit. Ihre Hände und Finger waren wie Handschellen. Ich hatte so gut wie keine Bewegungsfreiheit und konnte auch nichts mehr dagegen tun, als sie mich in die Höhe stemmten.

Jetzt wurde ich getragen.

Noch einmal drehten sie mich, sodass ich auf dem Bauch lag. Während dieser Bewegung hatten sich ihre Griffe leider nicht gelockert.

Es war bewusst so geschehen, denn ich sollte schon frühzeitig erkennen, was mich erwartete.

»Bringt ihn her!«, erklang es aus den Flammen. »Ich will, dass er einer von uns wird!«

Das ließen sich die Zombies nicht zweimal sagen. Um meine Qualen zu verlängern, setzten sie ihre Schritte sehr langsam. Irgendwie vorsichtig, als hätten sie Angst davor, in eine falsche Richtung zu schreiten.

Ich war wehrlos.

Meine Augen hatte ich verdreht, so konnte ich auf die bläulich schimmernde Wand schauen, die sich aus zahlreichen einzelnen Flammen zusammensetzte und mich an einen Gaskocher erinnerte, aus dessen Düsen die kleinen, heißen Zungen stachen.

Sie berührten sich nur an den Rändern und liefen zur Spitze hin zusammen.

Dabei knatterten sie leise und wehten mir ihr Fauchen entgegen.

Jeder kann sich wohl meine Gefühle vorstellen, die mich auf dem Weg in den Tod durchtosten. Ich hatte schreckliche Angst, obwohl das Feuer keine Hitze ausstrahlte oder Qualm abgab. Die Flammen würden mich erfassen, aber nicht töten. Als Zombie würde ich dieses Höllenfeuer wieder verlassen und mich einreihen in den Reigen der anderen schaurigen Gestalten.

Etwas Schlimmeres konnte mir eigentlich nicht passieren.

Die Hälfte der Strecke hatten wir hinter uns. Aufgeben wollte ich nicht, deshalb wehrte ich mich und versuchte, durch Drehen und Wenden, die stahlharten Griffe zu sprengen.

Es hatte alles keinen Sinn. Die Zombies waren einfach zu stark. Sie gaben kein Pardon und folgten willig jedem Befehl der Höllenhure Lilith.

Ich konnte mir ausrechnen, wann mich das Feuer verschlingen würde. Vielleicht noch zehn oder fünf Sekunden, dann war alles vorbei.

Da geschah etwas, mit dem ich nie im Leben gerechnet hatte. Die Flammen bestanden nicht nur aus einer blassblauen Farbe, sie waren auch gleichzeitig durchsichtig.

Ich konnte in sie hineinschauen und sah in ihrer Mitte eine Bewegung.

Jemand erschien!

Ich hatte das Gefühl, als ich durch die Flammen starrte, vor mir einen verschwommenen Film ablaufen zu sehen. Einen Streifen mit einem mir bekannten Hauptdarsteller!

Es war Suko!

Als ich ihn, eingepackt in blassblaue Feuerglut durch die Luft taumeln sah, erlosch in mir jegliche Hoffnung auf Rettung. Nein, von Suko konnte ich beim besten Willen keine Hilfe erwarten. Wer sich so bewegte, befand sich unter der Kontrolle einer mächtigen Person, die ihn ebenso manipulierte wie mich.

Woher Suko kam, konnte ich nicht sagen. Vielleicht aus einer anderen Dimension oder aus der Unendlichkeit. Bei dieser schrecklichen Magie war einfach alles möglich.

Er taumelte näher. Dabei trat er mit den Beinen auf, obwohl er keinen Boden unter den Füßen spürte und mich seine Bewegungen an die eines Hampelmannes erinnerten.

Ich sprach seinen Namen mit einer Stimme aus, die ich kaum als meine identifizierte. Nur ein Krächzen drang aus meinem Mund, und so musste ich mit ansehen, wie sich Suko der Flammenhölle näherte.

Noch tauchte er nicht hinein. Jenseits der Flammen und noch weit hinter Suko glaubte ich, zwei Gestalten zu sehen. Ein Mann und eine Frau. Sie standen dort und taten nichts. Die Frau, deren Haut keinen hellen, sondern einen dunkleren Farbton hatte, kam mir bekannt vor. Ich glaubte, in ihr diejenige Person zu erkennen, die sich mir mit dem Namen Leila vorgestellt hatte.

Dann verwischten die Eindrücke, denn die Zombies, die bisher gestoppt hatten, setzten sich wieder in Bewegung.

Zum Greifen nah erschien die Feuerwand.

Und nicht allein zum Greifen nah, auch zum Hineinfallen, denn meine Gegner holten Schwung und schleuderten mich nach vorn ...

Schnell wuchsen die Flammen vor mir hoch. Ich spürte keine Hitze, keine Verbrennungen, sondern eher das Gegenteil davon. Eine seltsame, unerklärliche Kälte hielt mich umklammert wie eine eherne Fessel, und sie würde mich auch nicht loslassen.

Für einen Moment hatte ich das Gefühl, in die Unendlichkeit zu schweben, dann reagierten die Kräfte der Erdanziehung, und ich fiel nicht nur zu Boden, sondern auch auf die Teufelsfratze zu, die sich unter mir abmalte. Hart kam ich auf, rollte dennoch herum und sah im selben Augenblick, wie mein Freund Suko in das magische Höllenfeuer der Lilith eintauchte. Es sollte uns beide gleichzeitig vernichten. So hatte es unsere Gegnerin gewollt.

Suko prallte neben mir zu Boden. Ich hörte sein Stöhnen und sah auch, dass er am Bein verletzt war. Seltsamerweise trug er eine Waffe. Die MPi hatte er sich um seine Schulter gehängt. Er sah mich an. Ich entdeckte in seinen Augen die Hoffnungslosigkeit und stemmte mich auf die Füße, wobei ich Suko ebenfalls hochzog.

Jetzt standen wir inmitten der Flammen.

Es fällt mir schwer, eine Beschreibung zu geben. Was ich damals gefühlt hatte, kann ich mit Worten kaum erfassen. Ich wartete auf die Zerstörung, die alles verzehrende Hitze oder auch Kälte, die das Leben aus unserem Körper saugte, doch dies trat noch nicht ein. Vielleicht wollte die Höllenhure mit uns spielen, denn wir vernahmen ihre Stimme so deutlich, als würde sie aus den Lautsprechern einer Musikanlage klingen. Von allen Seiten wurden wir damit konfrontiert.

»Jetzt gibt es für euch kein Entrinnen mehr. Ihr seid in meinem unmittelbaren Dunstkreis gefangen, vielleicht sogar in meinem Herzen, im Zentrum des Bösen. Noch halte ich das Feuer unter Kontrolle. Da es ein Teil meiner selbst ist, kann ich das auch. Es wird erst reagieren, wenn ich den Befehl dazu gebe. Habt ihr eigentlich schon gesehen, wie es ist, wenn ein Mensch durch mein Feuer zu einem Zombie wird?«

»Nein!«, brüllte ich.

Liliths Stimme klang lachend, als sie fortfuhr. »Das ist ganz einfach und trotzdem schrecklich. Ihr werdet äußerlich verbrennen. Das heißt, mein Feuer wird eure Haut auf den Knochen aufweichen, sodass ihr euch als grüne Monster betrachten könnt. Die Haut wird aufquellen, zu einem schleimigen Etwas werden, bevor die Flammen in die zweite Phase hineingehen. Dann trocknen sie euch aus. Ihr werdet wie die acht Dienerinnen, die dich, Sinclair, hergeschafft haben. Der dunkle Ton eurer Haut zeigt genau an, dass ihr zu mir gehört, und wenn ihr angeschossen oder verletzt werdet, fließt kein Tropfen Blut mehr aus den Wunden, denn das magische Feuer hat euren Lebenssaft zuvor verdampft. Das genau ist das Schicksal, das ich für euch vorgesehen habe.«

Wir wussten beide, dass es eine Urdämonin wie Lilith nicht nötig hatte zu bluffen. Sie war wie fast alle Schwarzblüter. Bevor sie jemanden umbrachte, malte sie ihm sein Schicksal in allen möglichen Farben aus, um die Angst zu steigern.

Hatten wir Angst?

Ja, das konnte ich für meinen Teil mit gutem Gewissen behaupten. Und auch in Sukos Augen war der Ausdruck der Hoffnungslosigkeit nicht gewichen. Er wusste nicht, wie er sich verhalten sollte, und ich sah seine Hand, wie sie sich dem Griff der Dämonenpeitsche näherte.

»Zieh sie nur!«, höhnte Lilith. »Versuche mit der Peitsche die Flammen zu löschen.«

»Das werde ich auch«, versprach Suko mit entschlossen klingender Stimme. Er zog die Peitsche hervor und wollte einen Kreis über den Boden schlagen, was ich für gar nicht gut hielt, denn ich sah unter uns die Fratze des Teufels voller Vorfreude grinsen.

Darauf warteten unsere Gegner nur. Bisher hatte Sukos

Peitsche gehalten, nun aber befürchtete ich, dass die andere Magie sie zerstören konnte.

Ich legte ihm meine Hand auf das rechte Gelenk. »Nein, Suko!«, warnte ich ihn. »Lass sie in Ruhe!«

»Aber …«

»Die andere Kraft ist stärker, fürchte ich. Die Riemen deiner Peitsche werden im höllischen Feuer verbrennen. Lass es sein.«

Mein Freund nickte.

Ich wunderte mich darüber, dass wir in dem Flammenmeer noch atmen konnten, aber dieses Feuer war eben etwas Besonderes. Auch konnte ich in den Gang schauen.

Die Flammen verzerrten die Gestalten der dort lauernden Zombies. Sie wirkten dadurch noch makabrer und unheimlicher. Lange würde Lilith nicht mehr mit uns spielen, das stand fest.

»Und mein Stab?«

Suko hatte geflüstert, doch ich war überfragt und hob deshalb die Schultern.

»Wenn wir die Zeit für fünf Sekunden anhalten, können wir das Feuer verlassen, John.«

»Nein, Suko, die Spanne ist zu kurz. Wir kämen zudem nicht weit. Das Feuer würde uns einholen …«

»Sehr richtig«, vernahmen wir Liliths Stimme. »Das Feuer würde euch einholen. Es würde euch überall einholen, denn es gehorcht allein mir und meinen Befehlen. Und die werde ich ihm jetzt erteilen. Flammen, fasst sie!«

Es waren die Worte, worauf die hochschießenden Feuerzungen nur gewartet hatten. Sie senkten ihre Spitzen der Mitte entgegen, um ein Dach zu bilden, damit es über unseren Köpfen zusammenfallen konnte.

Aus der Tiefe stürmte der höllische Wind herbei. Wie ein Orkan kam er uns vor.

Ich hatte Mühe, stehen zu bleiben, und ich spürte, wie sich die Luft veränderte. Sie war plötzlich nicht mehr zu atmen.

Ich wusste Bescheid. Während wir zu Zombies oder Liliths Dienern wurden, sollten wir zusätzlich noch elendig ersticken.

Ich sah Suko taumeln. Er hatte einen Arm angehoben. Sein Gesicht war verzerrt. Die gespreizten Finger der rechten Hand befanden sich an der Kehle, als könnte er sie aufreißen, um nach Luft zu schnappen.

Das Fauchen des Höllenfeuers erstickte seine würgenden Geräusche, und auch mir würde es bald so ergehen.

Ich merkte, wie sich unter meiner Schädelplatte einiges zusammenbraute und der Druck immer mehr zunahm.

Der Anfang vom Ende?

Trotz der lebensgefährlichen Situation spürte ich, dass noch etwas anderes geschah.

Auf meiner linken Wange befand sich eine Narbe, ein Andenken an Dr. Tod. Sie glühte wie Feuer, und in meinem Hirn waren plötzlich Stimmen. Dann merkte ich den winzigen Ruck.

An der rechten Tasche hatte ich ihn gespürt, schaute hin, sah nichts. Suko brach inzwischen vor meinen Füßen zusammen, und mein Blick glitt über ihn hinweg.

Er traf genau den ersten Gegenstand, der sich aus meiner Tasche gelöst hatte und vor mir schwebte!

Es war das Kreuz!

»Neiiinnnn!«

Noch nie im Leben hatte ich das eine Wort so donnernd vernommen. Es war eine Stimme, die alles beinhaltete. Sie kam aus der Unendlichkeit, vielleicht aus anderen Totenreichen oder aus dem Paradies. Das war für mich nicht interessant, ich hörte nur die Stimme und wusste, dass sie Liliths Feind war.

Sie jagte so gewaltig auf uns nieder, dass sich die Flammenwand nicht mehr in ihrer Position halten konnte und zur Seite gebogen wurde, sodass wir plötzlich Platz hatten.

Und auch Luft.

Ich atmete tief ein und aus und sah das herrliche Silberkreuz vor mir, das diesen grausamen Zauber einer Urdämonin zurückgedrängt hatte.

Als mein Blick höher wanderte und ich die Hände zum

Gebet faltete, da erkannte ich, wie sich über dem Kreuz die Decke öffnete. Nur kam es mir nicht mehr vor wie die Decke, sondern wie der Himmel, sodass mir ein Blick in eine Dimension gestattet wurde, in der ein helles Strahlen alles andere überwog.

Innerhalb dieses gewaltigen Lichts sah ich eine Gestalt, die etwas Längliches in der rechten Hand hielt.

Ein Schwert!

Längst waren die Flammen verschwunden. Sie hatten dem Schwert Tribut zollen müssen, und wir hörten die Stimme aus der Unendlichkeit an unsere Ohren dringen.

»Am Anfang der Welt war ich es, der Luzifer in die Tiefen der Verdammnis gestoßen hat. Und er nahm die mit, die an seiner Seite standen. All die Heuchler, die Bösen, die Frauen und Männer, die um seine Gunst gebuhlt hatten. Mit ihnen zusammen baute er die Hölle auf, er förderte die Verdammnis, machte sie stark und wollte den Kräften des Lichts überlegen sein. Das hat die Hölle niemals geschafft, denn wir sind die Wächter. Wir werden es nicht zulassen, dass das Zeichen der Befreiung in die Klauen des Bösen gerät. Und deshalb wirst du, John Sinclair, das zurückerhalten, was dir gehört und seine lange Wanderschaft durch die Jahrtausende hinter sich hat. Das Kreuz mit unseren Zeichen soll dir allein gehören und nicht dem abtrünnigen Luzifer und seinen so mächtigen Helfern!«

Es waren starke Worte, die gesprochen und auch sehr schnell unter Beweis gestellt wurden.

Das Kreuz, noch immer vor mir und auch über mir schwebend, wurde von einem regelrechten Lichtschock getroffen. Von der Waffe, mit der einst Luzifer besiegt worden war, löste sich ein heller Schein, hüllte das Kreuz ein und ließ es strahlen wie im überirdischen Glanz.

Eine gewaltige, grelle, blitzende Wolke, die an ihren vier Enden plötzlich etwas zeigte, das ich so lange vermisst hatte.

Buchstaben, Insignien.

M für Michael.

R für Raphael.

G für Gabriel.

U für Uriel.

Die Zeichen der vier Erzengel, die meinem Kreuz die eigentliche Macht gegeben hatten.

Nun hatte es sie wieder, nachdem der Mächtigste unter ihnen den Zauber der Urmagie durch sein Schwert gebrochen hatte.

Er war noch nicht fertig mit seiner Abrechnung. »Lilith, du erste Himmelhure!«, dröhnte die Stimme aus der Unendlichkeit. »Du hast versucht, die Menschheit in deinem und Luzifers Sinne zu formen. Ich garantiere dir, dass es dir niemals gelingen wird. Wir sind stärker, auch wenn du Legionen aus der Hölle holst. Es ist nicht lange her, da haben wir dich auch zurückgeschlagen. So wird es dir immer ergehen. Fahr hinein in die Verdammnis und bleibe dort bis in alle Ewigkeiten …«

Ich hatte damit gerechnet, dass Lilith verschwunden war. Ein Irrtum meinerseits, sie war noch vorhanden und brüllte ihre Wut dem Feind entgegen. »Noch lebe ich. Noch leben wir, und wir werden nicht aufgeben. Bald, sehr bald schon wirst du etwas von uns hören. Der große Kampf steht noch am Anfang. Wie damals, als alles erschaffen wurde. Aber diesmal werden wir den Kampf für uns entscheiden, denn wir besitzen einen Vorteil. Heute ist die Erde von Menschen bewohnt. Und Menschen sind sehr empfänglich für gewisse Dinge. Hahaha …« Ein donnerndes Lachen folgte diesen Worten und verhallte als Echo.

Ich war gebannt und hatte mich in den letzten Sekunden ebenso wenig gerührt wie Suko.

Mein Blick war starr auf das Kreuz gerichtet, das noch immer eine Verbindung mit dem eingegangen war, was der Sprecher in der Hand hielt. Es handelte sich um den Erzengel Michael!

Dann brach die Verbindung zusammen. Noch einmal glühte das Kreuz auf, bevor es dem Boden entgegenfiel und von mir aufgefangen werden konnte. Es war das letzte Licht, das wir sahen, denn einen Moment später umgab uns die Dunkelheit des Kellers.

Die Realität hatte uns wieder!

Und damit auch die Zombies!

Wir sahen sie nicht, dafür hörten wir sie. Ihre Stimmen klangen schrill. Angst sprach aus ihren Worten, doch zunächst einmal mussten wir uns um uns selbst kümmern.

Ich wandte mich an Suko. »Bist du okay?«

»Ja, so einigermaßen. Mir fehlt nur Licht.«

»Bleistiftleuchte!«

Wir holten gemeinsam unsere kleinen Lampen hervor, die mit gemeinsamer Kraft für halbwegs gute Lichtverhältnisse sorgten. Zugleich bewegten wir die Hände im Kreis, ohne allerdings ein Ziel zu treffen, denn die Zombies, die wir hörten, waren uns entwischt. Sie hatten sich für sie glücklicherweise außerhalb des von Magie angefüllten Rings aufgehalten, sonst wären sie bestimmt von dem grellen Licht vernichtet worden.

Suko hob die Schultern. »Die haben sich doch nicht in Luft aufgelöst«, sagte er.

»Nein, aber es gibt einen Ausweg.«

»Wo?«

»Unter der Decke.« Ich stieß meinen Partner an. »Komm mit.«

Nur wenige Schritte brauchten wir zu laufen. Ich hatte nicht vergessen, dass mir von Lilith die Funktion des Ein- oder Ausstiegs erklärt worden war. Nur befand sich der leider so hoch, dass wir ihn mit einem Sprung nicht erreichen konnten.

Auch nicht die Zombies.

Es fiel mir schwer, mich auf diese Wesen zu konzentrieren, denn noch immer dachte ich an die Vorgänge, die unser Leben gerettet hatten. Das war so unwahrscheinlich gewesen, dass ich es kaum begreifen konnte.

Ich würde bestimmt lange brauchen, um mich damit abzufinden. Und gleichzeitig waren wieder neue Rätsel aufgetaucht.

»Da!« Sukos Ruf unterbrach meine Gedanken. Er war

stehen geblieben und hatte seinen rechten Arm gedreht, sodass der schmale Lampenstrahl auf einen Gegenstand treffen konnte, den wir unschwer als Leiter identifizierten. Sie reichte bis zur Decke und hatte ihren Halt am Rand der Luke gefunden. Ihren Platz musste sie irgendwo hier im Keller gehabt haben, war von den Zombies geholt und aufgestellt worden.

Besser konnte es nicht laufen.

Ich richtete meinen Strahl nach oben und sah noch den Rücken des letzten Zombies durch die Öffnung verschwinden.

Suko begann damit, die Sprossen zu erklimmen. Natürlich konnten uns die Wesen reinlegen. Wenn sich einer von ihnen umdrehte und die Leiter umkippte, war es aus.

Kaum war mir der Gedanke gekommen, als ich schon die beiden Hände sah, die die oberste Sprosse festhielten und die Leiter nach hinten drücken wollten.

Sie schwankte bereits. Ich hörte Suko fluchen und hatte schon die Beretta gezogen.

Schräg feuerte ich in die Höhe.

Ein Schrei erklang, als die Kugel traf. Dann erschien der gesamte Körper, blieb für einen Augenblick steif am Rand der Luke hocken, bevor er das Übergewicht bekam und dicht an der Leiter vorbei zu Boden fiel. Vor meinen Füßen blieb die Gestalt bewegungslos liegen.

Für einen Moment leuchtete ich sie an. Lilith hatte uns nicht belogen. Tatsächlich floss aus der Einschusswunde kein Blut. Wir sahen auch keine andere Flüssigkeit, die Körper waren in ihrem Innern tatsächlich ausgetrocknet.

»John, komm!«

Suko hatte ohne Schwierigkeiten das Ende der Leiter erreicht und rief nach mir.

Auch ich machte mich an den Aufstieg. Sehen konnte ich nicht, was in dem Raum über mir vor sich ging. Das berichtete mir Suko. »Die Zombies haben sich nach dem Schuss verzogen und halten sich wahrscheinlich im Club verborgen.«

»Bei den Gästen?«

»Bestimmt.«

Ich nahm die letzten beiden Stufen. Suko zog mich noch hoch, dann standen wir zusammen. Für einen Moment verzog mein Freund das Gesicht.

»Was hast du?«

»Die verdammte Messerwunde.« Dann schüttelte er sich. »Ich will aber nicht klagen. Weiter!« Er leuchtete nach rechts. Dort sahen wir einen Durchgang. Normalerweise wurde er von einem Gitter versperrt, jetzt war es hochgeschoben, sodass wir darunter hinweghuschen konnten.

Sehr schnell waren wir. Das war auch gut, denn das Gitter schlug plötzlich nach unten und hämmerte dicht hinter unseren Hacken zu Boden. Das war gerade noch einmal gut gegangen.

Wir befanden uns in einem düsteren Gang, der leicht anstieg und dabei noch eine Rechtskurve beschrieb. Irgendwo vor uns in der Dunkelheit hörten wir die tapsigen Schritte der lebenden Leichen, vernahmen auch das Knallen einer Tür und sahen schon bald einen hellen Lichtstreifen schimmern.

»Sieben Zombies«, sagte ich.

»Und zwei Typen, die wir ebenfalls nicht unterschätzen dürfen«, erklärte Suko. »Leila und Aldo.«

»Leila kenne ich, aber Aldo?«

»Ist der Boss hier. Er steht voll und ganz auf Liliths Seite.« Als Suko das sagte, hatten wir bereits die Tür erreicht, drückten auf die Klinke und dachten im ersten Augenblick, es wäre abgeschlossen, bis wir feststellten, dass die Tür nur klemmte.

Mit einem heftigen Ruck zog Suko sie auf.

Diesmal benötigten wir die Lampen nicht. Der Gang vor uns war erhellt. Er führte in die Tiefe des Hauses hinein und würde wahrscheinlich nahe der Clubräume sein Ende finden.

Obwohl wir es eilig hatten, nahmen wir uns die Zeit für eine kurze Lagebesprechung.

»Zombies suchen Menschen«, sagte ich. »Deshalb können wir davon ausgehen, dass sie sich die Clubräume ausgewählt haben.«

»Ist nicht unbedingt gesagt«, widersprach mein Partner. »Ich meine, dass sie nach einem Führer Ausschau halten.«

»Aldo?«

»Oder Leila.«

Da konnte Suko Recht haben. Wir einigten uns darauf, dass sich die Zombies zusammen mit ihren Führern in den Clubräumen aufhielten.

Die mussten wir finden. In diesem Teil des Hauses lagen sie bestimmt nicht, denn kein Gast würde sich in einem so vergammelt aussehenden Gang wohl fühlen, wo grünlicher Schimmel, vermischt mit weißen Streifen, an den Wänden klebte.

Dann spürten wir den Luftzug. Zugleich strich er über unsere Gesichter, sodass wir stehen blieben und nachforschten, aus welcher Richtung er gekommen war.

Die Tür befand sich fast neben uns, und der Wind fuhr zwischen Boden und Tür hindurch.

Suko stieß die Tür auf. Mit gezogenen Waffen sprangen wir in den Raum nebenan, in dem kein Licht brannte. Trotzdem konnten wir das offene Fenster erkennen, das uns zeigte, welchen Weg die Zombies genommen hatten.

Den nach draußen!

Unsere gesamten Annahmen waren hinfällig geworden. Die lebenden Leichen würden sich, wenn ihr Plan klappte, sicherlich über London verteilen, und das zu verhindern, musste uns einfach gelingen.

Zur selben Zeit erreichten wir das Fenster und schauten in einen dunklen Hinterhof, in dem nicht mal eine Lampe brannte. Unter dem Fenster entdeckten wir ein schräg verlaufendes Dach, von dem aus die Zombies zu Boden gesprungen waren.

Wir taten das Gleiche. Die Dachpappe war weich. Ich befürchtete schon, darin einzusinken, und sprang über die Kante hinweg.

Gleichzeitig landete Suko neben mir auf dem Hinterhof. Mein Partner knickte ein, er hatte sich mit seinem verletzten Bein einfach zu viel zugemutet.

»Geht es?«, fragte ich, während ich ihm auf die Beine half.

»Es muss.«

Wir liefen tiefer in den Hinterhof. Dabei hatte ich auch meine Lampe eingeschaltet. Im bleichen Strahl des dünnen Lichtfingers suchte ich den Boden nach Spuren ab.

Wir fanden frische Abdrücke, die unserer Ansicht nach nur von den Zombies stammen konnten, denn die Abdrücke zeigten keine Umrisse von Schuhen.

»Barfuß sind sie gelaufen«, murmelte ich, »aber wohin?«

»Erst mal raus.«

In der Tat brauchten wir nur wenige Schritte, um den Hinterhof zu durchqueren.

Stimmen hörten wir auch. Sie waren vor dem Haus erklungen. Der Wind hatte sie zu uns geweht. Zu den Zombies gehörten sie nicht, da wir das Lachen eines Mannes vernahmen.

»Wohin?«, fragte ich und schaute mich suchend um.

Es war wirklich nicht einfach, eine Spur zu finden. Der Club lag in einem Park, und dieses Gelände breitete sich vor allen Dingen an der Rückseite aus, wobei sich manchmal die dicht stehenden und noch belaubten Büsche mit den knorrigen alten Bäumen ablösten. Um den kleinen Park herum führte der Straßenwirrwarr, der schließlich in die Brückenauffahrt mündete.

Suko ließ mich stehen und hatte sehr bald einen schmalen Pfad gefunden, der in die Wildnis hineinführte. »John, hier sind sie hergegangen.«

Ich war schnell bei ihm. Auch ich entdeckte Spuren. Ihnen brauchten wir nur zu folgen, dann hatten wir es geschafft.

Sehr vorsichtig waren wir. Die Zombies konnten hinter jeder Hecke lauern, hinter den Baumstämmen und auch in den noch mit buntem Laub bedeckten Kronen der Bäume.

Mich durchrieselte ein Prickeln, denn ich wurde das Gefühl nicht los, dicht vor dem Ziel zu stehen.

Suko hielt sich gut. Trotz seiner Verletzung zog er das Bein kaum nach. Die MPi hatte er noch über die Schulter gehängt. Ihr Metall schimmerte matt.

Wir gingen so lange, bis wir eine Stimme vernahmen. »Aldo, steig du ein, ich gebe auf sie Acht!«

Sofort stoppten wir. »Verdammt, das war Leila«, flüsterte ich.

»Genau.«

Da die Dunkelheit nicht nur das normale Sehen erschwerte, sondern auch Geräusch und Stimmen verzerrte, konnten wir unmöglich sagen, aus welcher Richtung die Worte an unsere Ohren gedrungen waren.

Jedenfalls irgendwo vor uns …

Ich nickte Suko zu, wollte mich in Bewegung setzen, als ich stoppte. Vor uns und irgendwo zwischen den Bäumen strahlte ein helles Licht auf. Nicht so grell wie das vom Erzengel Michael, aber der brauchte auch nicht mit Scheinwerfern zu arbeiten wie unsere »Freunde«.

Für das Licht gab es für mich nur eine Erklärung. Es sollte die Fluchtchance der lebenden Leichen erhöhen, denn ich glaubte daran, dass sie mit mehreren Wagen verschwinden wollten …

»Die sind uns auf den Fersen, Aldo!«, flüsterte das Halbblut Leila.

»Kann ich auch nicht ändern.«

»Und die lebenden Leichen?«

»Müssen eben verschwinden.«

»Mit uns, wie?«

Aldo lachte kalt. »Das werden wir noch sehen. Zunächst die Zombies. Sie sind wichtig und gleichzeitig zur Ablenkung gedacht. Wollen doch mal sehen, wer besser ist.« Aldos Stimme erstickte fast vor Hass. Er musste zugeben, dass sie eine Teilniederlage erlitten hatten. Daran war nichts auszureden. Sinclair und Suko hatten einfach Helfer, die stärker gewesen waren. Das war eben Pech.

Und so hasteten die beiden durch das dichte Buschwerk. Sie hatten sich vor einigen Wochen in weiser Voraussicht einen Schleichweg angelegt, der zu einer kleinen Lichtung führte, wo ihr Fluchtgerät stand.

Jeder rechnete mit einem Wagen, doch der war ihnen einfach zu unsicher. Aus diesem Grunde hatten sich Aldo und Leila für einen Hubschrauber entschieden. Mit ihm wollten sie das Weite suchen.

Aldo erreichte als Erster die Lichtung. Er lief direkt auf den Hubschrauber zu, wobei ihm seine Freundin half, die grüne Tarnplane abzuziehen. Auch die Zombies waren gekommen. Ihre dunklen Gestalten hoben sich nur schwach vom Boden ab. Sie standen da, warteten, und in ihren Blicken lag Gier.

Gemeinsam schleuderten die beiden die Plane zur Seite, damit sie starten konnten.

»Bleib du bei den Zombies!«, sagte Aldo.

»Wieso ich?«

»Verdammt, weil ich die Startvorbereitungen treffen muss. Denkst du, ich fliege allein weg?«

Leilas dunkle Haut glänzte in der Dunkelheit. »Entschuldige, ich wusste nicht, dass du …«

»Schon gut, halte sie nur zusammen.«

Die Frau entfernte sich. Aldo hörte, wie sie auf die lebenden Leichen einsprach. Ob sie dabei von ihnen verstanden wurde, war ihm egal. Ihm ging es nur um eine schnelle Flucht.

Die Plane war abgerissen worden. Mit einer sicheren Bewegung öffnete er die Einstiegsluke und schaltete dann den Scheinwerfer ein. Dabei zuckte ein böses Lächeln über ihre Lippen. Er hätte auch im Dunkeln starten können, aber das Einschalten des Scheinwerfers gehörte zu seinem Plan.

Zum Glück war der Hubschrauber groß genug, um sieben Zombies fassen zu können. Noch lief der Motor nicht, und auch die Rotorblätter standen in Ruhestellung. Aldo beugte sich aus dem offenen Einstieg und schrie den Zombies zu, einzusteigen.

Zusammen mit Leila setzten sie sich in Bewegung.

Aldo sah es der Frau an, dass ihr einiges nicht passte. Sie wollte etwas sagen, in dem Augenblick ließ Aldo den Motor an. Der Rotor begann sich zu drehen, und seine Blätter stellten sich waagerecht. Zuerst stiegen die Zombies ein.

Der Reihe nach und diszipliniert kletterten sie in den Helikopter, während der Pilot von Sekunde zu Sekunde nervöser wurde. Es ging ihm nicht schnell genug.

Schließlich befanden sich alle Zombies in der Maschine. Auch Leila wollte einsteigen.

Sie stieß Aldo zurück.

»Du verfluchter …«, wollte sie schreien, doch Aldo schüttelte nur den Kopf.

»Hör zu, versteck dich im Gebüsch! Ich komme gleich nach. Alles verstanden?«

»Ja, aber …« Sie hatte die Augen weit geöffnet, und Überraschung zeichnete ihr Gesicht.

»Tu, was ich dir sage!«, schrie er gegen den Lärm an.

»Wenn du meinst.«

Aldo grinste sie an, hämmerte den Einstieg zu und öffnete gleichzeitig den an der anderen Seite.

Sein Plan war riskant, er konnte schief gehen, aber Aldo sah keine bessere Möglichkeit.

Sekunden später startete er.

Langsam und schwerfällig wirkend gewann der Hubschrauber an Höhe …

Auch wir hatten das Geräusch vernommen und wussten sofort Bescheid. Nicht mit einem Wagen wollten sie fliehen, sondern mit einem Hubschrauber. Das hätten wir uns eigentlich denken können, schließlich waren wir auch von einem Hubschrauber aus beschossen worden.

Der Pilot musste sich sehr sicher fühlen, da er beim Start nicht auf eine helle Starthilfe verzichtet hatte. Vielleicht dachte er auch, schneller zu sein. Im Prinzip stimmte das, nur hatten wir stark aufgeholt und erreichten die Lichtung genau in dem Augenblick, als der Hubschrauber allmählich abhob.

Wir konnten durch die Lichtblendung nicht genau sehen, was in seinem Innern vorging, aber wir sahen, dass die Maschine gut besetzt war, mit Zombies!

»Wenn wir ihn fliegen lassen, ist es aus!«, erklärte ich, und Suko wusste, was ich meinte.

Er ließ die MPi von seiner Schulter rutschen. »Auch wenn Aldo die Maschine fliegt, ich kann nicht anders.«

Man konnte über Aldo sagen, was man wollte, das Wort tollkühn hätte auch dazugehört.

Der Pilot hatte sogar noch die beiden Männer gesehen und erkannt, dass einer von ihnen die MPi über die Schulter rutschen ließ.

Das war genau seine Sekunde. Auf Automatik hatte er die Maschine eingestellt, jetzt duckte er sich, rollte sich dabei zur Seite und stieß die andere Tür auf.

Wind zerrte an ihm, als er sich einfach in die Dunkelheit und dem Boden entgegenwarf. Sein Training als Fallschirmspringer kam ihm zugute. Er rollte sich geschickt ab und hetzte, so rasch es ging, in die Deckung eines Gebüschs.

Dort genau wartete Leila. »Das ist Wahnsinn, was du vorhast«, flüsterte sie.

Aldo grinste kalt. »Oder auch nicht«, erwiderte er …

Mir fiel auf, dass ein Ruck durch den Helikopter lief und die Maschine mit seltsam unruhigen und torkelnden Bewegungen an Höhe gewann, doch darüber dachte ich nicht mehr nach, als Suko schoss.

Schulmäßig, wie man es ihn gelehrt hatte, handelte er. Sein Gesicht war unbewegt, als er die Kugelgarben gegen den mit Zombies gefüllten Hubschrauber schickte.

Er traf.

Wir hörten das Krachen der Splitter, sahen die Unruhe in der Maschine, die sich plötzlich drehte und so aussah, als würde sie auf uns zufliegen. Für einen Moment hatte ich die freie Sicht auf die Front, sah keinen Piloten und hörte, wie Suko abermals abdrückte.

Flammen tanzten vor der Maschinen-Vorderfront und ließen das Glas wie Granatsplitter durch die Luft tanzen.

Plötzlich erhielt die Maschine einen Stoß. Die Zombies im

Hubschrauber fielen übereinander, und dann sackte die Maschine der Lichtung entgegen.

Hart schlug sie auf.

Wir hörten das Krachen und sahen, wie der Hubschrauber zu einem Blechhaufen zusammengedrückt wurde.

Der Scheinwerfer, der noch lange gehalten hatte, verlöschte. Stattdessen sahen wir ein anderes Licht.

Feuer!

Und das breitete sich blitzschnell aus.

Uns blieb nichts anderes übrig, als so schnell wie möglich wegzurennen und irgendwo im Park Deckung zu suchen.

In einen Busch warfen wir uns und lagen kaum auf dem Boden, als hinter uns ein gewaltiger Feuerball in die Luft stieg und auch uns mit seinem flackernden Licht übergoss.

Die nachfolgende Explosion war mörderisch. Brennendes Kerosin jagte in den nächtlichen Himmel, fiel wieder zurück und entfachte einige Brände. Auch in unserer Nähe fing es an zu flackern. Wir sahen zu, dass wir Distanz gewannen.

Man hatte die Feuerwehr vom Club aus alarmiert. Die Wagen trafen schnell ein. Der Brand wurde rasch unter Kontrolle gebracht, sodass Suko und ich mit einer ersten Inspektion beginnen konnten.

Wir wollten die Toten zählen.

Eine schlimme Aufgabe, aber ich war da einen Verdacht nicht losgeworden. Und der bestätigte sich. Auch ein Mediziner befand sich bei uns. Er fasste zusammen.

»Sieben Tote!«

»Keine neun?«, fragte ich nach.

»Nein, mit Sicherheit nicht!«

»Dann sind uns Leila und Aldo entkommen«, sagte Suko und schaute in die Runde, als würde er zwischen den angestrahlten Büschen die beiden entdecken.

Es war sinnlos, die befanden sich längst über alle Berge und waren bestimmt schon auf dem Weg zu Lilith.

Als ich an sie dachte, holte ich mein Kreuz hervor.

Die Insignien der Erzengel waren wieder vorhanden. Sie hatten dem Kruzifix erneut Macht verliehen.

Nur etwas fehlte.

Die beiden ineinander geschobenen Dreiecke mit den geheimnisvollen Symbolen darum. Diese für mich noch unbekannten Zeichen waren verschwunden, und ich fragte mich nicht ohne Sorge, was das bedeuten konnte ...

ENDE

Brücke der knöchernen Wächter

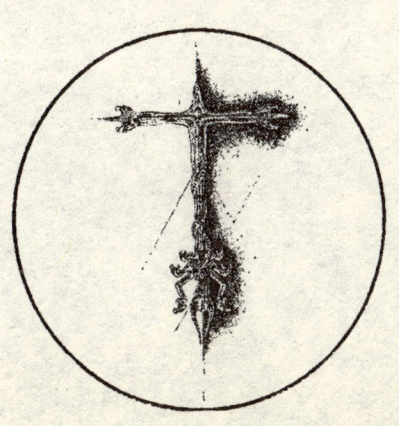

Noch sehr deutlich waren mir gewisse Geschichten aus meiner Jugendzeit in Erinnerung geblieben.

Ich dachte an Mädchenhändler, an alte Barkassen, handtuchschmale Gassen, blitzende Messer, vermummte Gestalten und an geheimnisvolle, verschleierte Frauen.

Das war Tanger in meiner Erinnerung und wie ich es aus Büchern und Filmen kannte.

»Vergessen Sie das alles, Monsieur Sinclair«, hatte mir Claude Renard gesagt. »Tanger ist viel schlimmer, völlig anders, Sinclair. Was Sie kennen, sind Filme und Geschichten, die die Oberfläche publikumswirksam aufpolieren. Aber darunter lauert und brodelt es. Das ist eine kleine Hölle für sich.«

Und in dieser Hölle befanden sich Suko, Claude Renard und ich.

Noch erlebten wir eine gewisse Ruhe. Man hätte sie auch als trügerisch bezeichnen können, und das lag, wenn ich genauer darüber nachdachte, an der gesamten Atmosphäre.

Wir hatten November. In London das Nebelwetter überhaupt. Nicht hier in Tanger. Da war die Luft eine völlig andere. Sogar noch in der Nacht ziemlich warm, zudem kam sie mir vor wie angereichert mit einer lauernden Spannung.

Es war schwer, dies zu beschreiben. Wenn ich durch die Heckscheibe des Renaults schaute, sah ich den Himmel in einem dichten Blau, das immer dunkler zu werden schien, je mehr es sich dem Boden entgegensenkte. Rechts von uns lag der weltberühmte Hafen von Tanger, der schon immer als Umschlagplatz für alle möglichen Waren gedient hatte. Vom Kaffee über Maschinengewehre bis hin zum Rauschgift. Viele Schriftsteller hatten über die Faszination der Stadt und des Hafens geschrieben, ich jedoch empfand die ganze Umgebung als bedrückend.

Es lag etwas in der Luft!

Suko und ich waren sehr sensibel geworden. Vom Gesicht meines Partners las ich ab, dass er sich nicht wohl in seiner Haut fühlte. Er rechnete ebenso wie ich mit einer überraschenden Gefahr.

Claude Renard saß vorn. Zwischen seinen Lippen verqualmte allmählich die Schwarze. Der Mann gehörte zu den Typen, die man als Weltenbummler bezeichnen konnte. Ihn hatte es schon in alle Länder der Erde getrieben, und wenn jemand über Tanger Bescheid wusste, dann er. So jedenfalls hatte uns Bill Conolly berichtet, denn er hatte den Kontakt zu Claude Renard hergestellt.

Dieser Mann war ein typischer Franzose. Er gab sich locker, hatte einen gewissen Charme, der bestimmt auf Frauen wirkte, trug das Haar für meinen Geschmack ein wenig zu lang, wobei ich zugeben musste, dass ihm diese Frisur stand, und auf seiner Oberlippe wuchs ein dichter Bart unter der leicht gekrümmten Nase.

Seine Berufskleidung war die Lederjacke, eine Jeans dazu und feste Turnschuhe.

Da auch in Meeresnähe in dieser Nacht kaum Wind herrschte, zog der Zigarettenrauch nur träge durch die halb geöffnete Seitenscheibe ab. Claude hatte sich schräg hingesetzt. Seine Beine lagen auf dem Beifahrersitz.

Wir warteten schon zwei Stunden. Allmählich verlor ich die Geduld und beugte mich vor, um Claude auf die Schulter zu klopfen. »Glauben Sie denn, dass sie überhaupt kommen?«, fragte ich ihn.

Renard wandte träge den Kopf. »Wenn sich Ihre Informanten nicht geirrt haben, treffen sie noch in dieser Nacht ein.«

»Und woher wollen Sie wissen, dass sie ausgerechnet hier erscheinen?«

»Nase …«

Wer eine solche Antwort gab, war von sich überzeugt, und ich widersprach nicht.

Es ging uns um zwei Personen, die uns leider in London entwischt waren. Ein Mann und eine Frau.

Die Frau hieß Leila, war ein Halbblut und hatte eine Ausstrahlung, die man schon als einmalig bezeichnen konnte. Sie gehörte zu den Dienerinnen der uralten Dämonin Lilith, und sie war auch mit von der Partie gewesen, als die Zombies aus dem Höllenfeuer entstanden. Zur Tarnung hatten sie und ihr Kumpan Aldo einen Club betrieben, der eigentlich ein teures

Bordell war. Suko und mir war es gelungen, dort aufzuräumen. Leider hatten wir die beiden Hauptattentäter laufen lassen müssen, aber eine intensive Fahndung ergab, dass sie sich auf der Flucht in Richtung Afrika befanden. Nicht mit dem Flugzeug, sondern auf einem Schiff steuerten sie den internationalen Hafen von Tanger an.

Ob dahinter ein Plan steckte oder die Fahrt nur Zufall war, das wussten wir nicht, wollten es jedoch herausfinden, deshalb hockten wir hier am Kai und warteten.

Durch Bill Conolly waren wir an Claude Renard geraten. Die beiden kannten sich, denn Claude schrieb hin und wieder Berichte für Zeitungen, für die auch Bill aktiv war. Nur konnte er davon nicht leben. Da er ein aufwendiges Leben führte, musste er noch andere Einnahmequellen besitzen. So hatte ich erfahren, dass er auch in gewissen westlichen Geheimdienstkreisen eine bekannte Größe war und einige Leute mit spektakulären Informationen versorgte.

Claude Renard wusste nicht sehr viel. Sicherheitshalber hatten wir ihn nicht genau eingeweiht, denn wir mussten erst sicher sein.

Wir standen ziemlich günstig. Zwischen zwei Lagerschuppen hatte der Franzose seinen Wagen gelenkt. Von dieser Stelle aus konnten wir einen Blick in Richtung Wasser werfen, das wie schwarzer, sich bewegender Teer aussah, über dessen Oberfläche hin und wieder ein Lichtstreifen zuckte, der von einer Lampe stammte, die irgendwo an Land stand.

Der große internationale Hafen lag weiter entfernt. Die Schiffe, die hier im brackigen Wasser dümpelten, gehörten den einheimischen Fischern, wovon die Hälfte Schmuggler waren, wie mir Renard glaubhaft versichert hatte.

Darum ging es auch.

Wir rechneten nicht damit, dass Aldo und Leila mit dem normalen Schiff ankamen. Für Dinge, wie die beiden sie wahrscheinlich vorhatten, gab es gewisse Tricks. Man konnte sich ein Schiff telefonisch mieten, das von Tanger aus die Dreimeilenzone verließ und auf das man auf See einfach umstieg.

Dass wir so etwas wussten, war den beiden bestimmt nicht

bekannt, und wir waren gespannt, was sie sagen würden, wenn wir ihnen plötzlich gegenüberstanden.

Claude hatte sich eine neue Schwarze angezündet. Er blies den dünnen Rauch gegen seine Oberschenkel und fragte uns plötzlich: »Gefällt Ihnen diese Nacht?«

»Nein«, antwortete Suko.

»Mir auch nicht«, sagte ich.

»Da haben Sie das gleiche Gefühl wie ich!«

»Wieso?«

Renard lachte und zog die Beine an, um eine normale Sitzposition einzunehmen. »Es ist eine Nacht, wie sie oft genug die Märchenerzähler in den Basaren beschreiben. Sehr dunkel, für die Jahreszeit zu schwül, und die Luft atmet sich wie Blei, wenn Sie verstehen. Irgendwie kommt sie mir schwerer und drückender vor. Dabei seltsam klar, denn der Schall wird ziemlich weit getragen.« Er lachte auf. »Klingt wie ein Widerspruch, ist aber keiner. Wenn Sie so lange in Tanger gelebt hätten wie ich, würden Sie gleich empfinden.«

»Das kann ich mir vorstellen«, gab ich zu.

»Und was berichten die Märchenerzähler sonst noch über eine Nacht wie diese?«, fragte Suko.

»Interessante Dinge, mein lieber Inspektor, sehr interessante. Da werden die Gefühle der Menschen wachgerüttelt. Oft genug kocht und brodelt es in der Altstadt. Auf den Basaren steht die Luft, Messer sitzen locker, und so mancher Dschinn kommt aus seinem Versteck.«

»Sie sprechen von einem Geist?«

»Klar. Ein Dschinn ist ein Geist.«

»Aber nicht der in der Flasche«, sagte ich.

Renard grinste. »Das ist nur der Weingeist. Es gibt auch andere. Ich selbst habe sie nie gesehen, aber es existieren gefährliche Gruppen, die noch heute diesem Kult frönen, den Geistern Opfer bringen und sie anbeten.«

»Wissen Sie Genaueres?«, fragte ich interessiert.

»Nein, noch nicht. Aber vielleicht erfahren wir bald mehr. Sie beschäftigen sich ja mit diesen Dingen, wie ich mir habe sagen lassen, oder etwa nicht?«

Ich stapelte bewusst tief. »Ein wenig.«

Renard drückte seine Zigarette aus. »Wie dem auch sei. Die beiden Personen, auf die es Ihnen ankommt, scheinen für Sie interessant zu sein. In Tanger finden sie einen Nährboden für alles Böse.«

Diese Antwort ließ uns tief blicken und ermutigte uns nicht gerade. Aber wir waren es gewohnt, mit Schwierigkeiten fertig zu werden, und sahen die Sachlage noch locker.

»Sollten wir nicht lieber aussteigen und zur Anlegestelle gehen?«, schlug Suko vor.

»Genau das hatte ich vor.« Claude öffnete bereits die Fahrertür. Er schloss, als auch wir den Wagen verlassen hatten, sein Fahrzeug sorgfältig ab, obwohl es nicht gerade zu den neuesten Modellen gehörte, aber in einer Stadt wie Tanger konnten die Leute alles gebrauchen, auch alte Schrottkisten, wie der Renault eine war.

Trotz der eigentümlich unnatürlichen Atmosphäre lag hoch über unseren Köpfen ein weiter, prächtiger Himmel. Er war nahezu wolkenlos, sodass uns ein Blick auf die Gestirne gestattet wurde, den ich mit dem Begriff einmalig umschreiben konnte.

Jeder Astronom hätte daran seine Freude gehabt, und auch ich bewunderte den Himmel.

»Kommen Sie!« Renard nickte uns zu.

Es wehte doch ein leichter Wind. Er trieb den Geruch von Fisch in unsere Nasen. Mir kam es vor, als wäre es ein fauliger Dampf, der uns da entgegengeweht wurde.

Hinter uns, wo sich der internationale Hafen befand, wurde auch in der Nacht gearbeitet. Wir hörten das Quietschen schlecht geölter Kräne, manchmal ein Hämmern und auch das Tuten einer Schiffssirene.

Tanger schlief nie.

Auch wenn es so ausschaute und wir über einen angeblich menschenleeren Pier schritten.

Claude warnte uns. »Rechnen Sie immer damit, unter Beobachtung zu stehen. Hier hat die Nacht oft mehr Augen als der Tag. Jeder Gangsterchef hat am Hafen seine Spitzel, wenn ich das mal so leger ausdrücken darf. Seien Sie vorsichtig!«

»Danke für den Rat.«

Wir gingen zum Pier. Der Boden war nicht gepflastert. Zumeist schritten wir über hart gestampften Lehm. Wir passierten einige barackenähnliche Gebäude, in denen Licht brannte. Durch offene Türen drang der Gestank von fauligem Fisch.

Mittlerweile erkannten wir auch die Aufbauten der Fischerkähne. Die Maschinisten bewegten sich leicht und sahen aus wie schaukelnde Skelettarme. Hin und wieder entstanden dumpfe Geräusche, wenn die Schiffskörper gegeneinander rieben.

Neben einer alten Gaslaterne blieben wir stehen. Sie brannte nicht mehr, aber in ihrer Nähe lehnte ein altes Fahrrad an einer Brandmauer. Und neben dem Rad hockte eine Gestalt, die sich in die Höhe schraubte, als wir stehen blieben.

»Verhalten Sie sich ruhig«, sagte Renard, als er sich umdrehte. »Und achten Sie auf die Umgebung.«

»Okay.«

Der Franzose näherte sich der Gestalt und hob die Hand zum Gruß.

Wir warteten ab. Ich schielte derweil zur Seite, weil ich sehen wollte, wenn er mit Renard sprach.

Viel war nicht zu erkennen. Der andere hatte sich in einen dunklen Kaftan gewickelt und noch eine Kapuze über den Kopf gezogen. So wirkte er wie eine unheimliche Erscheinung.

Die beiden redeten zischend miteinander. Worte konnte ich nicht verstehen, aber der Einheimische deutete einige Male in Richtung Meer, aber auch in die entgegengesetzte Richtung.

Claude nickte. Danach griff er in die Tasche und holte etwas hervor. Am Knistern erkannte ich, dass es sich dabei um einen Geldschein handelte.

Die Gestalt schnappte danach und ließ den Schein gedankenschnell verschwinden.

Renard kam wieder zu uns. »Sie sind bereits eingetroffen«, erklärte er.

Das gefiel mir überhaupt nicht, und ich sagte es auch.

Der Franzose lachte. »Keine Sorge, Sinclair, wenn ich etwas in die Hand nehme, klappt das auch. Mein Informant weiß, wo sie sich versteckt halten.«

»Und?«

»Wir können zu Fuß dorthin.«

»Mit ihm?«, fragte ich.

»Nein, er wird verschwinden. Er ist wie ein Schatten. Überall, aber nirgends.« Während dieser Worte hatte der Mann sein Fahrrad genommen, sich in den Sattel geschwungen und rollte davon. Es kümmerte ihn überhaupt nicht, dass er ohne Licht fuhr.

»Waren es wirklich die beiden Personen, die wir gesucht haben?«, erkundigte ich mich.

»Möglich.« Claude begann zu grinsen. »So genau war das nicht zu erkennen. Sie sind ja nicht normal vom Schiff gegangen, wenn Sie verstehen …«

»Nein.«

»Man hat zwei Särge entladen.«

Ich schluckte. »Und Sie nehmen an, dass die beiden darin gelegen haben könnten?«

»Ich nicht, mein Informant. Aber er hat mich noch nie reingelegt. Ich kann ihm vertrauen.«

»Hoffentlich.«

»Lassen Sie uns gehen«, sagte Suko. »Ich möchte nicht noch mehr Zeit verlieren.«

»Natürlich.« Claude klopfte dem Inspektor auf die Schulter. »Bisher habe ich immer gedacht, Chinesen seien geduldig. Sie machen die große Ausnahme.«

Den Weg, den wir gekommen waren, gingen wir nicht zurück. Claude führte uns durch ein Gebiet, das so manchem Menschen Angst einjagen konnte.

Da brannte keine Lampe.

Manchmal hörten wir auch leise Schritte. Dann rann mir stets ein Schauer über den Rücken, doch Claude winkte ab. »Menschen, die man hört, sind nicht gefährlich. Die anderen, die leisen, auf die müssen Sie achten.«

Wir gingen über einen gepflasterten Weg. Rechts von uns war der Blick offen, und wir sahen das Meer. Linker Hand entdeckten wir eine hohe Mauer, die irgendetwas umschloss, das wir wegen der Mauerhöhe nicht erkennen konnten.

Vor einem Eisentor blieb Claude stehen. »Da müssen wir durch«, erklärte er.

»Und was liegt dahinter?«, fragte ich, während Sukos Blicke skeptisch an der Mauer hochglitten.

»Ein Friedhof!«

Ich schluckte, enthielt mich ansonsten eines weiteren Kommentars und sagte nur: »Da sind wir genau richtig.«

»Haben Sie Angst?«, fragte Claude.

»Kaum.«

Der Franzose nickte in Richtung Tor. »Es ist auch kein normaler Friedhof, wie Sie sich bestimmt vorstellen können, sondern ein besonderer. Hier liegen all die, die der Polizei ins Netz gegangen sind. Irgendwelche Gangster in der Stadt haben ihren Kollegen einen Ehrenfriedhof angelegt. Eine letzte Ruhestätte, wo sie unter sich sind, wenn Sie verstehen, was ich meine.«

»Noch nicht.«

»Sie werden es erleben.«

»Moment mal.« Suko mischte sich ein. »Sind Sie sicher, dass wir hier am richtigen Ort …?«

»Hundertprozentig. Der Friedhof dient als Umschlagplatz für heiße Ware. Dabei spielt es keine Rolle, um was es sich handelt. Ob Mädchen oder Maschinen, von hier aus werden die Geschäfte erledigt. Auch zu Ehren der Toten. Sie sollen schließlich an einem würdigen Ort ihre Ruhestätte gefunden haben.«

»Was sagt denn die Polizei?«, fragte ich.

Renard lachte. »Die Bullen? Gar nichts. Oder ich frage anders. Gibt es die überhaupt?«

»In London wäre das nicht möglich.«

»London ist nicht Tanger. Ich habe Ihnen ja gesagt, dass Sie alles vergessen können. Und jetzt kommen Sie mit, aber seien Sie vorsichtig.«

»Keine Sorge.«

Claude drehte sich um. Er öffnete das Tor, da es nicht abgeschlossen war. Kein Geräusch entstand. Lautlos schwang das Eisentor nach innen und gab uns einen ersten Blick auf den Friedhof preis.

Man konnte ihn ohne weiteres als groß und gleichzeitig auch als außergewöhnlich einstufen.

Zahlreiche Gräber reihten sich aneinander. Besonders fielen uns die Grabsteine auf. Kreuze sahen wir nicht, dafür weiße Steine, die, vom Licht des Mondes und der Sterne getroffen, fahl leuchteten und wie geheimnisvolle Geistererscheinungen wirkten.

Da weder Hecken noch Zäune unsere Blicke beeinträchtigten, hatten wir eine freie Sicht über das Gräberfeld.

Die Grabsteine waren großzügig angelegt worden. Auf manchen schimmerten die Namen in goldener Schrift. Ich las einige im Vorbeigehen. Es waren alles Einheimische, die man hier beigesetzt hatte. Wir schritten etwa bis zur Mitte des Friedhofs, um uns dann nach rechts zu wenden, denn von hier aus konnten wir direkt auf das alte Gebäude zugehen, das eine Seite dieses Totenackers begrenzte.

Es war umrahmt von kahlen Bäumen, von dessen Zweigen sich zwei schwarze Vögel lösten, die krächzend über unsere Köpfe hinwegglitten und im Dunkel der Nacht verschwanden.

Mein unheimliches Gefühl war geblieben. Vor Friedhöfen fürchtete ich mich nicht, aber ich hatte oft genug erlebt, dass sich das eine oder andere Grab öffnete und ein Zombie hervorkam.

Musste ich auf diesem Totenacker auch damit rechnen? Ich wollte den Teufel nicht an die Wand malen und verbannte den Gedanken vorerst aus meinem Hirn. Obwohl ich eigentlich damit rechnen konnte, denn die Mädchen der Lilith waren Zombies gewesen. Geschmiedet im Höllenfeuer und ihr allein untertan.

Auf den europäischen Friedhöfen waren die Wege oft mit kleinen Kieskörnern bestreut. Hier nicht. Wir schritten über festgetretenen Lehm und näherten uns dem Gebäude, das ich als Leichenhalle einstufte.

Die Sache gefiel mir überhaupt nicht. Wir waren quasi deckungslos. Wenn uns jemand abschießen wollte, fand er hervorragende Bedingungen und auch bestes Büchsenlicht vor.

Je näher wir dem Gebäude kamen, umso größer wurde meine innere Spannung.

Auch Suko hatte seine Blicke überall. Der Inspektor ging vor mir, schaute des Öfteren nach links und rechts und suchte dort nach irgendwelchen Feinden.

Die Ruhe war trügerisch.

Als die Gräber hinter uns zurückgeblieben waren, mussten wir über eine dreistufige Treppe gehen und standen sehr bald vor der Eingangstür. Man hatte sie aus dickem Holz gefertigt und die Außenseite mit Schnitzereien versehen. In der Dunkelheit war nicht zu erkennen, welche Motive verwendet worden waren.

Gräber hatten wir genug gesehen, von Leila und Aldo fehlte nach wie vor jede Spur.

Fanden wir sie in der Leichenhalle?

»Okay«, sagte Claude in seinem breiten Slang. »Ich werde die Tür jetzt öffnen.«

Wir nickten. Unsere Hände befanden sich nahe der Waffen, und als wir über die Schwelle schritten, hatte ich das Gefühl, in ein riesengroßes Grab zu gehen.

Es war stockfinster. Nicht mal Konturen oder Umrisse erkannten wir, das allerdings änderte sich sehr schnell, denn Renard kannte sich aus und fand einen Lichtschalter. Während es allmählich hell wurde, flüsterte er: »Die Leute, die sich hier treffen, haben für gewisse Rahmenbedingungen gesorgt. Sie verstehen.«

»Klar.« Ich gab die Antwort, ohne zu überlegen, denn mein Blick war in die Tiefe der Leichenhalle gefallen, und ich staunte ebenso wie Suko. Die beiden Gesuchten fanden wir nicht. Dafür sahen wir dort, wo die Leichen vor der Beerdigung aufgebahrt wurden, ein im Halbkreis aufgebautes Meer von frischen Blumen.

Sie verbreiteten einen betäubenden Duft, der schon faulig roch, und ich verzog die Nase.

Das war nicht gerade mein Fall.

Auf die Blumen jedoch kam es uns nicht an. Uns interessierte der Gegenstand, den die Blumen einrahmten.

Es war ein alter, kostbarer Sarg!

Auf einem Podest hatte er seinen Platz gefunden, stand leicht schräg und war offen, sodass jeder Besucher hineinschauen konnte. Die Lampen brannten an den Wänden, die ein Künstler mit Motiven bemalt hatte, wie sie in den orientalischen Märchenerzählungen vorkamen, aber bei diesen Bildern überwog zudem der Tod.

Er war stets als Skelett gezeichnet. Manchmal groß wie ein Mensch, dann kleiner, und jedes Mal beugte er sich über einen angststarren Menschen, wobei ich keinerlei Motive einer Erlösung entdeckte.

In dieser Leichenhalle wohnte das Grauen.

Wir hatten die Tür wieder zufallen lassen und gingen nun langsam auf den Sarg zu.

Ich fühlte mich nicht wohl in meiner Haut, atmete nur flach, sodass allein unsere Schritte zu vernehmen waren, als wir über den dunklen Marmorboden gingen.

Hin und wieder rieselte über meinen Rücken ein Schauer. In meinem Hals spürte ich ein trockenes Gefühl, ich hätte gern einen Schluck Wasser getrunken.

Der Sarg war nicht leer.

Wir erkannten die Person, als wir näher an die prächtige Totenkiste herantraten, und wir sahen auch, dass die Leiche kein einfaches Totenhemd trug, sondern prächtig ausstaffiert war. Jacke und Hose bestanden aus kostbaren Stoffen. Der Tote trug eine rote Jacke mit Pumpärmeln. Sie fiel ihm bis über den Gürtel der Hose, deren Beine ebenfalls ausgestellt waren und in Höhe der Knöchel zusammenliefen. Im Gegensatz zur Jacke bestand dieser Stoff aus einem grün eingefärbten Material.

Unter der Jacke trug die Leiche ein hellweißes Hemd und auf dem Kopf einen Turban, der ebenfalls dunkelrot glänzte.

Derjenige, der hier gestorben war, hatte bestimmt nicht zu den ärmsten Menschen gehört.

Das alles nahmen wir wahr, als wir uns dem Sarg näherten und am Fußende unsere Schritte stoppten.

Suko und ich standen zusammen. Claude war zur Seite gegangen und hatte sich neben dem Sarg aufgebaut.

Wir sprachen kein Wort. Es war das Entsetzen, das uns lähmte.

Da wir vor dem Sarg standen, konnten wir die Leiche genauer betrachten.

Damit meinte ich speziell das Gesicht. Unter dem Turban war es zu sehen, und ich konnte es nur als einen halbverwesten Knochenschädel bezeichnen, in dessen Augenhöhlen Pupille und Augapfel zu einer Masse zusammengeschrumpft waren …

Sekundenlang sprach keiner von uns ein Wort. Uns hatte es buchstäblich die Sprache verschlagen, und auch Renard, der vielleicht Bescheid wusste, sagte nichts.

Wir waren geschockt!

Schließlich räusperte sich Suko, drehte den Kopf, schaute mich an, und ich fühlte mich genötigt, eine Frage zu stellen. »Haben Sie damit gerechnet, Claude?«

»Nein.«

Ich schaute ihm ins Gesicht. Wenn er nicht ein hervorragender Schauspieler war, dann konnte man den überraschten Ausdruck in seinen Zügen als echt bezeichnen.

»Das ist keine der beiden Personen, die wir gesucht haben«, unterbreitete ich ihm.

»Ich weiß.«

»Und – haben Sie eine Erklärung für diese halbverweste Leiche, Monsieur Renard?« Meine Frage hatte ein wenig spöttisch geklungen. Er reagierte darauf mit einem Zucken der Mundwinkel.

»Vielleicht.« Mehr sagte er nicht, dafür umrundete er den Sarg, weil er sich den Toten genau anschauen wollte. Das taten auch Suko und ich.

Ich sah, dass er sogar bewaffnet war. Zwei lange, gekrümmte Dolche, man konnte sie schon fast als Schwerter bezeichnen, steckten in schmalen Scheiden. Wenn die Steine, die sie verzierten, echt waren, hätte man allein für die Scheiden ein kleines Vermögen bezahlt.

Ich wollte seine Hände sehen. Er hatte die Arme nicht, wie es bei normalen Toten der Fall war, auf der Brust zusammengelegt, sie befanden sich rechts und links seines Körpers.

Suko hatte den gleichen Gedanken gehabt wie ich, nur reagierte er schneller. Er griff zu und hob einen Arm in die Höhe. Das sah so aus, als hätte er ein Stück Holz angehoben. Während er den Arm am Gelenk festhielt, schaute er mich über den Sarg hinweg an.

»Normal …«

Das war genau das treffende Wort. Und es wunderte mich, denn wenn eine Leiche verweste, dann nicht nur im Gesicht, wie wir es hier sahen, sondern am gesamten Körper.

»Ich verstehe es nicht«, sagte ich.

»Ebenfalls.« Suko ließ den Arm wieder sinken. Er verschwand im Sarg.

Ich drehte den Kopf, weil ich mir von unserem Begleiter einige Worte erhoffte. »Sie haben vorhin etwas angedeutet, Claude«, begann ich. »Wie sieht es mit einer Aufklärung für dieses Phänomen aus?«

»Die möchte ich selbst gern haben.«

»Kommen Sie, Renard, Sie wissen mehr.«

Er schaute mich schief an und verzog dabei die Mundwinkel. Zudem schabte er noch über sein Kinn. »Ich kann da auch nur vermuten. Wahrscheinlich ist es …« Er schüttelte den Kopf. »Glauben kann ich es eigentlich nicht.«

»Reden Sie schon!«, munterte ich ihn auf. »Wir sind es gewohnt, schlimme Geschichten zu hören.«

»Ich kenne diese Person im Sarg«, erklärte uns der Franzose. »Zwar nicht persönlich, aber von Gemälden her.«

»Und wer ist es?«, fragte Suko.

»Der Bai von Tanger!«

Jetzt waren wir zwar schlauer, trotzdem noch genauso schlau wie zuvor.

»Wer ist denn das schon wieder?«

Ich hatte die Frage gestellt und erhielt auch die Antwort. »Man kann ihn als einen mächtigen Herrscher bezeichnen. Er hatte damals einen sehr großen Einfluss, und selbst der König hörte auf seinen Rat. Der Bai von Tanger, wie man ihn nannte, kam aus den Bergen. Das wilde Atlas-Gebirge war seine eigentliche Heimat, und ihm zur Seite standen gefährliche Kämpfer. Die Berber sind bekanntlich ausgezeichnete Reiter, besonders mutig und für ihren Kampfeswillen berühmt.«

»Auch heute noch?«

»In den Geschichten bestimmt. Wie es tatsächlich aussieht, weiß ich nicht. Ich war lange nicht mehr in den Bergen. Davon einmal abgesehen, hinter dem Bai stand die Macht der Berber, die Einigkeit der Stämme, und das hat auch den König beeindruckt. Er holte den Bai in seine Stadt, und dort wurde er sehr mächtig. Man sagte ihm nach, dass er mit dem Satan in Verbindung stehen würde. Jedenfalls verfügte er über sehr viel Wissen, geheimes Wissen, und man sprach auch davon, dass er mit den Toten reden konnte und sogar den Tod überwinden wollte.«

»Was er ja nicht geschafft hat«, erklärte Suko und deutete auf die Leiche.

Mir brannte eine andere Frage auf dem Herzen. »Sagen Sie, Claude, wann ist dieser Bai eigentlich gestorben?«

»Ein genaues Datum weiß ich nicht. Das muss so knapp hundert Jahre zurückliegen.«

So etwas Ähnliches hatte ich mir schon gedacht und war über diese Antwort deshalb nicht überrascht.

»Eigentlich hätte er trotzdem verwest sein müssen«, meinte Suko. »Und zwar völlig.«

Durch Nicken gab ihm Renard Recht. »Bis auf eine Kleinigkeit«, schränkte er ein. »Vergessen Sie nicht, dass der Bai daran gearbeitet hat, den Tod zu überwinden.«

»Teilweise hat er es geschafft«, gab der Chinese zu. »Nur frage ich mich, weshalb er hier liegt. Hat man ihn vielleicht aus dem Grab geholt? Und wenn, wo hat er vorher gelegen?«

»Das weiß niemand.«

»Zumindest diejenigen, die ihn begraben haben«, schränkte ich ein.

»Die sind längst tot.«

Das stimmte. Für mich entwickelte sich der Fall immer mehr zu einem schwer lösbaren Rätsel. Zusammenfassen konnte ich kaum, ich versuchte es trotzdem. Leila und Aldo ließ ich mal außer Acht. Wir hatten einen Friedhof gefunden und in der Leichenhalle einen Toten. Den musste jemand aus dem Grab geholt und hergeschafft haben, wobei sich die Frage stellte, wo wir das Grab fanden. Und wer hatte den Toten ausgegraben?

»Wenn man wüsste, wie lange er hier schon gelegen hat, könnten wir vielleicht die Spur zurückverfolgen«, meinte Claude. »So aber müssen wir uns mit den Tatsachen abfinden.«

»Hatten Sie nicht von zwei Särgen gesprochen, die angeblich umgeladen wurden?«, fragte ich.

»Sie meinen die beiden Personen damit, die Sie suchen?«

»Natürlich.«

»Ja.« Claude hob die Schultern und gab sich ratlos. »Das verstehe ich auch nicht. Da muss mein Netz zusammengefallen sein wie ein Kartenhaus. Bisher habe ich mich immer auf meine Informanten verlassen können. Jetzt aber stehe ich dumm da, das gebe ich ehrlich zu. Mit diesem Bai habe ich nicht gerechnet.«

»Für mich muss es einfach einen Zusammenhang zwischen ihm und den beiden von uns gesuchten Personen geben«, erklärte ich. »Den Bai haben wir gefunden, es fehlen die anderen. Wo könnten sie sein?«

»Fragen Sie ein Orakel, Sinclair. Ich kann Ihnen beim besten Willen die Antwort nicht geben.«

Da wir in der Leichenhalle keine Hinweise mehr fanden und wohl auch keine mehr finden würden, gab es für uns nicht den geringsten Grund, noch länger an diesem makabren Ort zu bleiben. Es blieb uns nichts anderes übrig, als die Spuren der von uns gesuchten Personen erneut zu suchen.

Auch Suko beschäftigte sich mit den gleichen Gedanken, wobei er noch hinzufügte: »Auf jeden Fall werden wir den Bai im Auge behalten, darauf kannst du Gift nehmen.«

»Man sagt ihm nach, dass er auch im Tod seine Stärke nicht verlieren würde«, fügte Claude noch hinzu.

»Und wo steht das?«

Renard ging bereits zur Tür. »Nirgendwo. Das erzählen sich die Legendenberichter in der Altstadt von Marrakesch. Man muss sehr genau zuhören und kann viel über dieses Land, seine Menschen und deren Schicksale erfahren.«

Das schien mir auch so. Einen letzten Blick warfen Suko und ich auf den offenen Sarg, während der Franzose schon an der Tür stand und sie öffnen wollte.

Da hörten wir ihn fluchen.

»Was ist?« Ich lief einige Schritte vor.

Er drehte sich um, wobei er die Klinke noch in der Hand hielt. »Verdammt, es ist abgeschlossen!«

Wieder waren wir sprachlos. Alle drei standen wir auf dem Fleck und rührten uns nicht. Da hatte uns doch einer reingelegt. So völlig leer schien der Friedhof nicht zu sein. Ich dachte an Renards Worte. Er hatte von den zahlreichen Augen in der Nacht gesprochen. Anscheinend lag er damit genau richtig.

An der Tür wartete der Franzose auf uns. Suko erreichte ihn früher als ich und probierte die Klinke aus. Sie bestand aus Metall, zeigte eine verschnörkelte Form, und als Suko sie herunterdrückte, hörten wir zwar das Geräusch, aber er schaffte es nicht, die Tür zu öffnen.

»Kalt erwischt«, kommentierte Renard. Er konnte nicht vermeiden, dass seine Stimme belegt klang.

Ich schaute mir die Tür genauer an. An dieser Seite war sie glatt, fugenlos, und als meine Finger darüber hinwegglitten, merkte ich sehr deutlich, dass wir es mit dickem Holz zu tun hatten, das wohl keiner von uns durchbrechen konnte.

»Sollen wir es zu dritt versuchen?«, fragte Claude, der unbedingt etwas unternehmen wollte.

Ich schüttelte den Kopf. »Nein, auf keinen Fall. Wir würden uns nur verletzen. Es muss einen anderen Weg geben, diesem Gefängnis zu entkommen.«

»Und welchen?«

»Da oben.« Das hatte Suko gesagt und gleichzeitig einen Arm ausgestreckt. Der Zeigefinger wies dorthin, wo sich dicht unter der Decke der Leichenhalle einige Fenster befanden. Sie waren bogenförmig angelegt. Für mich stimmte das Verhältnis nicht, denn im Vergleich zur Wandhöhe waren die Fenster zu klein. Wenn sie aus Glas bestanden, so war dieses Glas sehr dunkel, denn nicht mal graues Dämmerlicht drang durch die Lücken.

»Wie kommen wir dahin?«, fragte Suko, der Praktiker, und ließ seine Blicke an meiner Gestalt entlanggleiten.

Ich hatte ihn verstanden. »Umgekehrt, Alter. Dein Körper eignet sich besser als Sockel.«

»Sie wollen hoch?«, fragte Renard.

Ich lachte auf. »Was heißt wollen? Wir müssen einen Ausweg finden. Ich habe keine Lust, in dieser verdammten Leichenhalle eingeschlossen zu bleiben und hinterher so auszusehen wie der Typ im Sarg.«

»Klar, dann baut die Pyramide.«

Suko hatte sich schon breitbeinig, mit dem Rücken zur Wand, aufgestellt.

Die Finger seiner Hände waren ineinander verknotet, befanden sich in Gürtelhöhe und bildeten so etwas wie eine Stufe, auf die ich meinen Fuß setzte.

»Jetzt!«, sagte ich.

Suko stemmte die Arme hoch und gab mir, dem Kletterer, noch Unterstützung.

Auch Claude Renard half dabei mit, indem er sich zu Suko stellte und ihn festhielt, damit auch er besser durchhalten konnte. Ich kroch förmlich an der Wand hoch, stützte mich mit den Handflächen ab, streckte die Arme aus und erreichte das Fenster, das ich aufs Korn genommen hatte.

Leider nicht so, wie ich es gern gehabt hätte, denn die Finger berührten nur die nach innen gebaute Fensterbank, sodass ich nicht mal durch die Scheibe schauen konnte.

»Geht es?«, fragte Suko. Seiner Stimme hörte man die Anstrengung nicht an.

»Nein. Wenn du mich noch ein wenig höher heben könntest.«

»Verdammt, du verlangst mal wieder viel.«

»Tu mal was für dein Geld.«

»Immer ich«, beschwerte sich Suko, doch dann stemmte er mich hoch. Ich hörte ihn dabei mit dem Franzosen flüstern und entnahm den Worten, dass Renard meinen Freund unterstützte.

Ich glitt tatsächlich höher, berührte die Scheibe, hatte den Kopf in den Nacken gelegt, tastete das Fenster mit meinen Blicken ab und suchte vergeblich nach einem Griff.

Das Fenster ließ sich nicht öffnen. Höchstens durch Einschlagen der Scheibe.

Unter mir begann selbst der kräftige Suko ein wenig zu wackeln. Wenn ich die Scheibe einschlug, dann nach einem zweiten Kletterversuch. Zunächst versuchte ich, durch das Fenster zu schauen.

»Kannst du noch halten?«, fragte ich.

»Kaum!«, kam es gepresst zurück.

»Noch ein paar Sekunden.«

»Was willst du denn?«

»Sehen, ob sich draußen etwas tut.« Ich hatte nicht gelogen, denn es war mir gelungen, die Arme so weit vorzuschieben, dass ich mich abstützen konnte.

Obwohl die Scheibe dunkel war und die Nacht den Friedhof einbettete, gelang es mir, etwas zu erkennen.

Genaues konnte ich nicht sehen, aber zwischen den Grabreihen, wo sich die Steine heller abhoben, sah ich gewisse Bewegungen.

Es waren hochgewachsene Schatten, die durch die Grabreihen glitten, wobei leider das Licht so schlecht war, dass ich mehr raten musste, was dort vorging.

Menschen konnten es sein, die auf irgendwelchen »Gegenständen« hockten.

Vielleicht Pferden!

Wenn ja, bewegten sie sich lautlos, nahezu gespenstisch, da ich kein Hufgetrappel vernahm. Sie huschten nahe der großen Mauer vorbei und liefen auch im Kreis.

Der Fall wurde immer verworrener.

»Okay, John, allmählich breche ich ab!«, hörte ich Sukos Stimme. »Wie sieht es aus?«

»Lass mich runter!«

Suko senkte die Arme ein wenig, ich drehte mich dabei zur Seite und sprang zu Boden.

Neben den beiden Männern blieb ich stehen und säuberte mir die Hände, weil sie durch das Anfassen der Scheibe schmutzig geworden waren. »Da tut sich einiges?«

»Vor der Leichenhalle?«, fragte Suko.

»Ja.«

»Was denn?« Auch die Frage des Franzosen klang gespannt.

Um ihre Erwartungen zu dämpfen, hob ich beide Arme. »So einfach ist das nicht. Draußen liegt die Dunkelheit, und es war schwer für mich, etwas zu erkennen. Dennoch glaubte ich, Gestalten gesehen zu haben, die um den Bau herumliefen.«

»Menschen?«, fragte Suko.

»Möglich. Außerdem waren diese Gestalten nicht zu Fuß. Sie hockten auf Pferden oder Kamelen. Genaueres konnte ich nicht erkennen. Tut mir ehrlich Leid.«

Suko sagte nichts, aber Claude nahm den Faden wieder auf. »Reiter, haben Sie gesagt? Das ist natürlich ein Ding.«

»Wieso?«

»Ich komme wieder auf die alten Geschichten zurück. Ich habe Ihnen ja berichtet, dass der Bai aus den Bergen stammt und ein alter Berberfürst war. Der hatte natürlich eine Leibgarde. Möglicherweise sind es diese Männer gewesen, die Sie sahen, John.«

»Auch welche, die so alt sind wie er?«

»Nein, der Bai wird auch heute noch von zahlreichen Leuten verehrt. Sie sehnen sich nach ihm und möchten, dass er wieder zurückkehrt. Ich weiß, das ist verrückt, aber nicht zu ändern. Aber der Einfluss des toten Bais besteht noch immer.«

»Wir sitzen also in der Falle!«, resümierte Suko.

»So sieht es aus«, gab ich ihm Recht.

»Und was machen wir nun?«, fragte Claude.

Eine Antwort konnte keiner von uns geben. Man hatte uns in die Falle gelockt, damit war von der Gegenseite Aktivität bewiesen worden. Nun blieb uns nichts anderes übrig, als abzuwarten, was geschah.

Es tat sich etwas.

Urplötzlich verlöschte das Licht!

Wie der oft zitierte und berühmte Sack fiel die Dunkelheit über das Innere des Leichenhauses. Wir konnten von einer Sekunde auf die andere nicht die besagte Hand vor Augen sehen, und erst als wir uns ein wenig an die neuen Umstände gewöhnt hatten, gelang es uns, die Ausschnitte der Fenster zu erkennen, die sich sehr schwach im Mauerwerk abzeichneten.

Suko hatte den Kopf nach hinten gelegt und schaute zur Wand. »Das ist der einzige Fluchtweg.«

»Wobei wir die Scheibe einschlagen müssten«, ergänzte ich.

»Und dann?«, fragte Renard.

»Ist doch einfach. Einer von uns klettert aus dem Fenster, springt auf den Friedhof und versucht, die Tür von außen zu öffnen.«

»Ohne Schlüssel?«, fragte der Franzose.

»Vielleicht schafft er es und findet einen.«

Claude schüttelte den Kopf. »Daran glaube ich nicht.«

»Wissen Sie eine bessere Lösung?«, fragte Suko.

»Auch nicht.«

»Dann sollten wir es versuchen«, schlug ich vor. Er schaute mich an. »Du warst schon mal oben, John. Willst du es versuchen?«

»Wenn ihr mich so fragt, ich bin einverstanden.«

Auch Claude Renard stimmte zu.

Ich zog meine Beretta aus der Halfter und steckte die Waffe in den Gürtel, damit ich schneller an sie herankam. Suko war bereits bis an die Wand gegangen. Für das, was vor uns lag, benötigten wir kein Licht, das schafften wir auch im Dunkeln.

»Ich halte Sie wieder fest!«, bot sich Renard an.

»Okay.«

Suko stand an der gleichen Stelle wie vorhin. Auch seine Hände hatte er schon zusammengelegt, sodass ich sie wieder als Trittleiter benutzen konnte.

Diesmal hatten wir schon Routine. Auch Suko hatte sich wieder erholt. Er schleuderte mich förmlich hoch. Ich strengte mich ebenfalls an, erreichte die schmale Fensterbank, stützte mich dort ab und winkelte den linken Arm an, damit mir der Ellbogen genügend Halt gab.

Dann holte ich meine Pistole hervor, fasste den Lauf an und hieb mit dem Griff der Waffe zu.

Zweimal hämmerte ich gegen die Scheibe und vernahm nicht mehr als ein dumpfes Geräusch.

Verdammt, war das Glas hart!

Ein drittes Mal schlug ich dagegen. Jetzt wuchtiger, und ich erzielte einen Erfolg.

Das Platzen war Musik in meinen Ohren, und beim vierten Schlag vernahm ich das Klirren.

Die Scheibe war zerstört.

»Alles klar?«, fragte Suko vom Boden her.

»Fast. Um durchzukriechen, muss ich nur noch die Splitter aus dem Rahmen schlagen.«

»Dann los! Je früher ich dich runter habe, desto besser.«

Das konnte ich meinem Freund nachfühlen. Aus diesem Grunde beeilte ich mich damit, die Splitter aus dem Rahmen zu schlagen. Die Öffnung war gerade groß genug, um mich hindurchzulassen. An der äußeren Fensterkante klammerte ich mich fest und zog mich höher über die flache Bank hinweg, wobei ich gleichzeitig merkte, wie Suko mich losließ und ich praktisch in der Luft hing. Natürlich dachte ich auch daran, dass die Geräusche unter Umständen gehört worden waren. Das aber war jetzt egal. Wenn mich jemand unten erwartete, würde ich mich meiner Haut schon erwehren.

Mit dem Kopf zuerst geriet ich ins Freie. Jetzt kam mir die Luft sogar kühl vor, sie streichelte mein Gesicht. Der Wind säuselte leise, und er fuhr auch über den unheimlichen Friedhof mit seinen markanten, hellen Grabsteinen.

Ich schaute zu Boden.

Die Außenmauer war glatt. Ob das Gelände unter mir weich oder hart wie Stein war, wusste ich nicht. Als Optimist nahm ich zu meinen Gunsten Ersteres an.

Bei den Schultern hatte ich einige Schwierigkeiten. Ich bin zwar nicht so breit wie mancher Gewichtheber, aber das Fenster war doch ziemlich schmal. Durch Drehen gelang es mir, dieses Hindernis zu überwinden. Bevor ich das Übergewicht bekam, drehte ich mich so, dass ich in der Fensteröffnung geduckt hocken konnte und beide Beine rechts und links von mir nach unten hingen. Das eine nach innen, das andere nach außen.

»Fast alles klar!«, rief ich in die Leichenhalle hinein. »Ich werde jetzt springen.«

»Viel Glück!«, antwortete Suko. »Und wenn du die Tür nicht aufbekommst, dann ruf: Sesam öffne dich!«

»Klar, mach ich.«

Das nach innen hängende Bein schwang ich zurück, drehte mich und saß jetzt auf der äußeren Fensterbank.

Für einen Moment hatte ich Angst, in die dunkle Tiefe zu springen, dann fasste ich mir ein Herz und stieß mich ab.

Ich dachte an eine bodenlose Tiefe, dann kam ich auf und versuchte, die Wucht abzufangen, als ich mich nach vorn warf.

Endlich stand ich und atmete tief durch.

Verstaucht hatte ich mir nichts. Der Fall war gut abgelaufen. Erst jetzt stellte ich fest, dass ich in Schweiß gebadet war. Die letzten Minuten hatten Nerven gekostet, da konnte einer sagen, was er wollte.

Ich dachte an die Reiter, lief zu einem der Bäume und stellte mich neben seinen Stamm, denn an dieser Stelle verschmolz ich mit der Dunkelheit und auch dem Baum.

Halle und Bäume standen für mich relativ günstig, sodass mir praktisch ein Blick über die gesamte Länge des Friedhofs gestattet war. Auch wenn die Umrisse der Gräber sowie die Steine mit der Dunkelheit verschwammen, Bewegungen zwischen ihnen sah ich nicht.

Leer, gespenstisch und verlassen lag der Friedhof vor mir.

Das sollte begreifen, wer wollte, ich nicht. Wie war es nur möglich, dass ich hier auf einem verlassenen Friedhof stand, auf dem ich noch vor Minuten die Reiter gesehen hatte?

Ich hätte sie wegreiten hören müssen. Das war nicht geschehen. Oder hatte ich mich schon vorher getäuscht? Waren diese komischen Reiter möglicherweise meiner Einbildung entsprungen?

Das konnte sein, wobei ich nicht daran glauben wollte. Was ich gesehen hatte, hatte ich gesehen!

Meine Beretta hielt ich schussbereit, als ich mich aus der Deckung löste und die ersten Schritte wagte. Ich dachte wieder an meine eigentliche Aufgabe, denn ich hatte meinen Freunden versprochen, die Tür zu öffnen, falls das möglich war.

Nun änderte ich den Plan ein wenig und schlug einen Bogen, da ich auf dem Weg zu meinem Ziel noch einen Teil des Friedhofs genauer unter die Lupe nehmen wollte.

Nichts hatte sich verändert. Nach wie vor standen die Grabsteine wie gespenstische Andenken an die in der Erde liegenden Toten. Ich strich auch über das Gestein, fühlte seine Kühle und schaute mir auch einzelne Gräber an.

Flach, manchmal schräg, dann wieder erhöht, so lagen sie vor mir. Eine Veränderung hatte ich dabei nicht entdeckt. Ich sah wohl Motive in die Steine eingemeißelt. Mal ein Skelett, auch einen bewaffneten Kämpfer, der zwei Schwerter in den Händen hielt und gegen ein als Tod dargestelltes Skelett schlug.

Die Lebenden wollten den Tod also besiegen. Das entnahm ich diesen Motiven.

War es ihnen tatsächlich gelungen? Für solche Spekulationen fehlten mir Informationen. Deshalb dachte ich wieder an meine eigene Aufgabe und schlug nun den direkten Weg zur Eingangstür der Leichenhalle ein.

Zusammen mit Suko und dem Franzosen war ich ihn schon einmal gegangen. Diesmal verhielt ich mich ebenfalls sehr vorsichtig, achtete auf verdächtige Geräusche und vernahm nichts. Es sei denn, ich zählte das Säuseln des Windes hinzu.

Sehr langsam ging ich. Meine Blicke waren überall, und ich sah links von mir die Mauer der Leichenhalle hochwachsen.

Sie erschien mir im in diesem Augenblick drohend, und ich entdeckte trotz der Dunkelheit Spuren auf dem Boden.

Rasch ging ich in die Hocke.

Als ich genauer nachschaute, stellte ich fest, dass ich keiner Halluzination zum Opfer gefallen war, denn die Spuren vor mir zeigten an, dass hier jemand hergeritten war.

Das mussten Pferde oder ähnliche Tiere gewesen sein. Mit der kleinen Lampe leuchtete ich nach und sah die Abdrücke noch deutlicher.

Wohin wiesen diese Spuren?

Eigentlich nur in eine Richtung. Das war der Eingang der großen Leichenhalle.

Wenn diese unheimlichen Reiter den Weg genommen hatten, hätten sie auch von Suko und Claude gehört werden müssen. Das schien nicht der Fall gewesen zu sein. Ich jedenfalls hatte keine Reaktion von ihrer Seite her vernommen.

Plötzlich hatte ich es sehr eilig. Ich konnte mir gut vorstellen, dass man meine Freunde unangenehm überrascht hatte, und das gefiel mir überhaupt nicht.

Es dauerte nur Sekunden, bis ich die Tür erreicht hatte und sie zu meiner Überraschung offen fand.

Mir gelang es, einen Blick in die dunkle Leichenhalle zu werfen. Obwohl dort kein Licht brannte, konnte ich eines sehr deutlich erkennen: Die Halle war leer!

Suko taumelte ein paar Schritte von der Wand weg in die Mitte der Halle und schüttelte seine Arme aus. Die beiden Kletterpartien seines Freundes John Sinclair hatten ihn aus der Puste gebracht, und er musste sich erst mal fangen.

Renard war stehen geblieben und schaute zum Fenster hoch, wo Sinclair sich drehte und dann verschwand.

»Das wäre geschafft«, sagte er.

»Ja, ich hoffe nur, dass er die Tür auch öffnen kann. Magische Sprüche funktionieren leider nur in Geschichten wie ›Aladin und die Wunderlampe‹. Hier müssen wir uns auf die Realitäten verlassen.«

»Die sich verändern!«, erklärte der Franzose trocken und drehte sich hastig um, sodass er direkt auf den Sarg schauen konnte, dessen Umrisse sich in der Finsternis schwach abzeichneten.

Auch Suko schaute in die Richtung, und beiden wurde die Kehle eng, als sie erkannten, dass sich dort etwas tat.

Der Sarg bewegte sich.

Als würde er an für sie nicht sichtbaren Fäden hängen, so glitt er langsam in die Tiefe.

Unter ihm hatte sich eine Luke geöffnet, durch die der Sarg verschwand.

Das war nicht alles. Aus der Öffnung drang ein bläuliches Licht, vermischt mit einem seltsamen Nebel, der in trägen Wolken hochquoll, den Sarg umwallte und seine Umrisse den Blicken der Männer entzog.

Aufhalten konnten und wollten die beiden den Vorgang nicht, denn auch an der Tür vernahmen sie ein Geräusch.

Suko drehte sich um.

Wo er hinschaute, war es dunkel. Die einzige hellere Insel im Raum bildete die Stelle, wo der Sarg in die Öffnung hineinsank und aus der das Licht und der Nebel strömten.

Der Inspektor wandte sich an den Franzosen. »Behalten Sie mal den Sarg im Auge. Ich gehe zur Tür.«

»Abgemacht.«

Suko schlich auf sein Ziel zu. Obwohl das Holz stabil war, vernahm er dahinter Geräusche. Er glaubte deutlich, ein Flüstern und Wispern zu hören und konnte sich nicht vorstellen, dass es von seinem Freund John Sinclair stammte.

Suko legte sein Ohr an das Holz, lauschte und vernahm das Kratzen in Höhe des Türschlosses.

Jemand wollte aufschließen.

»Suko …«

Der Inspektor wurde durch den Ruf des Franzosen gestört, schaute zu ihm hin und konnte sich zuerst keinen Reim auf das Geschehen machen, denn der Mann hatte eine Haltung eingenommen, die man schon als grotesk bezeichnen konnte.

Er stand etwa in der Mitte zwischen Tür und Sarg. Je tiefer der Sarg in die Öffnung hineingeglitten war, umso mehr Licht hatte aus ihr austreten können, zusammen mit den blauen Nebelschwaden, die sich lautlos ausbreiteten und in Wolken über den Boden auf den Franzosen zukrochen.

Und dieser Nebel war gefährlich.

Schlangengleich glitt er an der Gestalt des Mannes hoch und hüllte sie ein.

Jetzt erst bewegte sich der Franzose. Es war eine für seine Lage typische Geste, als er den Arm anhob, die Hand spreizte und die Finger gegen die Kehle klammerte.

Suko wusste, was das bedeuten sollte. Der Franzose bekam keine Luft mehr. Sein Mund stand offen. Würgende Laute drangen daraus hervor. Die Augen wollten fast aus den Höhlen treten, und durch seine Gestalt lief ein Zittern.

Noch zwei Sekunden hielt er sich auf den Beinen, bevor er in den Knien weich wurde und zu Boden fiel.

Er setzte diesem Fall überhaupt keinen Widerstand entgegen. Wie eine kraftlose Puppe blieb er auf dem kühlen Marmor liegen, die Augen verdreht, vom Nebel umwallt und tot aussehend.

Für Suko stand fest, dass der Nebel die Schuld an diesem Vorgang getragen hatte, und es sah beileibe nicht aus, als würde er stoppen oder sich zurückziehen, denn immer dichtere Wolken drangen aus der Öffnung in die Leichenhalle.

Sie nahm schon fast die gesamte Breite ein, und Suko sah sie auch auf sich zuquellen.

Welcher Ausweg blieb ihm?

Keiner, wenn er das richtig sah, da die Tür nach wie vor verschlossen war. Und nichts deutete zudem darauf hin, dass die Person, die sich hinter der Tür befand, sie auch öffnen wollte.

Für Suko wurde es eng.

Er schaute nach vorn, einige Sekunden hatte er noch Zeit, bevor er den Platz hier räumen musste, und er versuchte es an der Klinke. Johns Namen wollte er nicht rufen, weil er einfach nicht mehr daran glaubte, dass sich der Geisterjäger auf der anderen Türseite aufhielt.

Der Chinese riss und zerrte an der Klinke, dass er sie fast aus dem Holz gezogen hätte. Einen Erfolg erreichte er leider nicht. Die Tür blieb verschlossen.

Dann versuchte er es auf eine andere Art, nahm einen kurzen Anlauf und warf sich gegen die Tür.

Auch ohne Erfolg.

Zwar zitterte das Holz, einen Durchbruch schaffte der Inspektor jedoch nicht. Die Tür war zu stark.

Angeschlagen und mit schmerzender Schulter trat er einige Schritte zurück. Dabei geriet er schon in die Ausläufer des lautlos heranwallenden Nebels, und er spürte, dass sich in dessen Nähe etwas veränderte. Die Luft war wesentlich schlechter.

Suko ging zurück, wo er noch besser atmen konnte. Es war nur eine Galgenfrist.

Der Nebel breitete sich aus.

Er überrollte alles, was sich ihm in den Weg stellte, auch den Franzosen, der seitlich und in gekrümmter Haltung auf dem Boden lag, wobei er sich nicht rührte.

Hellblau strahlte das Licht aus der Öffnung, aus der gleichzeitig dickere Schwaden drängten und den Weg in die Leichenhalle fanden, wobei sie sich Suko als Ziel ausgesucht hatten, denn sie näherten sich ihm unaufhaltsam.

Sukos Blick flog zur Tür.

Der einzige Ausweg war ihm versperrt. Und das offene Fenster lag viel zu hoch. Er hätte schon Stabhochspringer sein müssen, um es zu erreichen. Ihm blieb keine Chance. Er musste sich seinem Schicksal ergeben. Wie das aussah, zeigte Claude Renard.

Das offene Fenster wirkte auf Suko wie ein Hohn. Einige Nebelballen trieben auch in dessen Richtung und verschwanden. Es war nur der berühmte Tropfen auf dem heißen Stein.

Urplötzlich wurde Suko die Luft knapp. Er konnte nicht mehr durchatmen.

Direkt vor sich sah er die wallende Wand und spürte, wie ihm allmählich übel wurde.

Noch hielt er sich auf den Beinen, aber es würde ihm wie dem Franzosen ergehen; das Zittern war nicht mehr zu übersehen.

Die Beine wurden dem Inspektor weich. Er hatte Mühe, sich auf den Füßen zu halten. Suko war ein Mensch, der bis zuletzt aushielt und sich erst geschlagen gab, wenn es wirklich aussichtslos war.

Er taumelte. Einmal tat er einen Schritt nach links, danach in die entgegengesetzte Richtung, und sein Oberkörper schwankte dabei wie ein Grashalm im Wind.

Eine leichte Bewegung fiel ihm bereits schwer. So gelang es ihm kaum, den Kopf nach rechts zu drehen. Doch von dort hatte er das typische Geräusch einer sich öffnenden Tür vernommen.

Kam John?

Suko streckte die Arme aus. Er wäre gern zur Tür hingelaufen. Das war ihm leider nicht mehr möglich, denn seine Beine gaben einfach nach. Er fiel schwer auf die Knie, hob noch den Kopf und sah, dass es nicht John Sinclair war, der die Leichenhalle betreten hatte.

Reiter erschienen in der Türöffnung.

Schwarze, unheimliche Gestalten, eingehüllt in lange Mäntel, wobei die hochgeschobenen Kapuzen fast wie Vorhänge vor ihre Gesichter fielen und von ihnen so gut wie nichts zu erkennen war.

Für einen Moment blieben die Reiter auf der Türschwelle,

dann setzten sie ihre ebenfalls dunklen Tiere in Bewegung und ritten in den Raum hinein.

Es blieb nicht bei den beiden. Suko sah, dass sich weitere hinter ihnen drängten. Sie zu zählen, gelang ihm nicht mehr, denn die Schatten der Bewusstlosigkeit rissen den Inspektor mit in die düstere Tiefe …

Keine Spur von Suko, von dem Franzosen, auch nicht von der verwesten Leiche.

Ich schaute in einen leeren Raum!

Für einen Moment war ich so überrascht, dass ich mich nicht bewegte. Dann dachte ich an das Licht und erinnerte mich, wo sich ungefähr der Schalter befinden musste.

Ich entdeckte ihn rasch, betätigte ihn, und tatsächlich glühten die Lampen an den Wänden auf.

Endlich konnte ich etwas sehen!

Mein Blick glitt durch die Leichenhalle. Dass die auf mich wartenden Personen nicht mehr da waren, wusste ich bereits. Was mich jetzt noch misstrauisch machte, war der seltsame Geruch, der den großen Raum schwängerte.

Es roch irgendwie beißend, und wenn ich einatmete, hatte ich das Gefühl, dass meine Kehle schrumpfte. Sehr schnell gelangte ich zu der Überzeugung, dass man Suko und Claude mit irgendeinem Gas betäubt hatte, wobei die letzten Reste des Zeugs noch vorhanden waren und auch mich behinderten.

Sehr flach atmete ich, als ich mich in Bewegung setzte. Meine Blicke suchten jeden Winkel der Leichenkammer ab, und natürlich fiel mir die Öffnung im Boden auf.

Dort hatte der Sarg gestanden.

Ich ging hin, sah die Blumen, die traurig die Köpfe hängen ließen, und schaute in die Öffnung hinein.

Viel zu sehen gab es nicht. Und der Sarg war verschwunden. Aber unter der Öffnung befand sich der Beginn eines Stollens oder eines Ganges. Meiner Ansicht nach musste er quer unter dem Friedhof herführen und würde irgendwo wieder ins Freie gelangen.

Hatte man Suko, den Franzosen und auch die Leiche auf diesem Weg weggeschafft?

So recht wollte ich es nicht glauben. Sie hätten auch durch die normale Tür verschwinden können, und zwar in der Zeit, als ich noch draußen gewartet hatte.

Ich suchte nach Spuren.

Auf dem glatten Marmorboden war nichts zu sehen, obwohl Pferdehufe Zeichen hätten hinterlassen müssen. Hier war alles blank, sodass ich auf den Gedanken kam, es nicht mit echten, sondern mit Geisterreitern zu tun zu haben.

Ich stand am Beginn eines Rätsels.

Durch den Zug war die Luft besser geworden. Ich konnte wieder frei durchatmen. Ich wollte den Tunnel oder Gang nehmen, auch wenn es der gefährlichere Weg war, aber irgendwo musste ich einfach anfangen. Auf dem Friedhof würde ich keine Spuren finden.

Am Rande der Luke ging ich in die Hocke, streckte die Beine aus, stieß mich ab und sprang in die Tiefe.

Der weiche Boden dämpfte meinen Aufprall. Noch in der Hocke schaute ich mich um und suchte nach irgendwelchen Verbindungsmöglichkeiten.

Ich sah einen breiten Gang, der hoch genug war, Pferd und Reiter durchzulassen. Als ich mit meiner kleinen Lampe zu Boden leuchtete, sah ich erste Spuren.

Sehr schwache Abdrücke im feuchten Lehm, aber immerhin etwas. Den Spuren folgte ich.

Wenig später hatte mich die Unterwelt der Stadt Tanger geschluckt. Ich wusste nicht, wohin ich geriet. Die Dunkelheit nahm zu, und ich kam mir innerhalb der Finsternis vor wie in einem Gefängnis. Wo ich mich befand, darüber dachte ich nicht nach, sonst hätte ich womöglich noch durchgedreht.

Meine Leuchte erfüllte treu und brav ihren Dienst. Wenn mir die Dunkelheit zu sehr auf den Wecker fiel, schaltete ich sie ein und orientierte mich.

Tausend Arme schien die Finsternis zu haben. Sie umgaben und umklammerten mich, griffen nach mir, streichelten mich oder raunten Worte, die ich nicht verstand.

Letzteres mochte Einbildung sein, denn je tiefer ich in die Erde hineinschritt, umso mehr bildete ich mir Dinge ein, die überhaupt nicht vorhanden waren.

Das Alleinsein war am schlimmsten. In der Dunkelheit fühlte ich mich doppelt verlassen. Ich konnte die Menschen verstehen, die im Finstern pfiffen und so gegen ihre Furcht angingen.

Dann wurde die Stille unterbrochen.

In der Ferne vernahm ich ein monotones Rauschen, und dieses Geräusch kam mir bekannt vor.

Ich erinnerte mich an die Fälle, die mich in die Londoner Unterwelt geführt hatten. In die Abwasserkanäle, und da hatte ich ebenfalls dieses Rauschen vernommen.

Ob es in Tanger ebenfalls eine gut ausgebaute Kanalisation gab, konnte ich nicht sagen. Ich glaubte eigentlich nicht daran, ein Teil aber musste kanalisiert worden sein.

Da ich nur in eine Richtung gehen konnte, hoffte ich stark, mich direkt auf die Quelle des Geräusches zuzubewegen. In der Tat wurde es lauter, und meine Hoffnung wuchs.

Wieder leuchtete ich.

Noch immer hatte der Stollen die gleiche Höhe. In der Breite hatte sich auch nichts getan, und die Wände zeigten sich ein wenig verändert. An ihnen rannen Tropfen nach unten, da glänzte Feuchtigkeit. Ein Zeichen, dass ich die trockenen Zonen allmählich verließ.

Ich ging vorsichtig weiter. Wo Abwässer durch die Kanäle unter der Erde herschäumten, konnten sich auch Menschen aufhalten, aber es kam zu keiner Begegnung.

Niemand stoppte mich, und so gelangte ich unangefochten an das Ende dieses Tunnels.

Ein hohes Gitter versperrte den weiteren Weg. Die Eisenstäbe hatten dicken Rost angesetzt. Er rieselte herab, als ich meine Hände um zwei der Stangen schloss.

Ich setzte Kraft ein und versuchte, das Tor anzuheben. Vergebliche Liebesmüh, hier war der Weg zu Ende.

Hinter dem Gitter schäumte Schmutzwasser durch ein Kanalbett. Das Wasser stank eklig. Mir drehte sich fast der

Magen um, aber ich wollte wissen, wo die Entführer geblieben waren.

Auf dem Weg hierher konnten sie kaum verschwunden sein. Ich hatte weder einen zweiten Stollen noch eine Tür entdeckt.

Wo gab es dieses Sesam öffne dich?

Zur Sicherheit suchte ich die Tunnelwände vor dem Gitter ab. Oft genug gab es kleine mechanische Anlagen, wo nur ein Hebeldruck genügte, um größere Dinge in Bewegung zu setzen.

Und diesen Hebel fand ich. Er stach aus einer schmalen Nische hervor, ich brauchte ihn nur nach unten zu drücken, tat dies auch und sah, wie ein Zittern durch das Gitter lief.

Dann hörte ich ein so lautes Quietschen, dass es selbst das Gurgeln des Wassers übertönte. Gleichzeitig wurde das Gitter in die Höhe gezogen. Wahrscheinlich lief es irgendwo auf Rollen.

Dieses einfache Prinzip gab mir den Weg frei, und ich konnte den eigentlichen Tunnel verlassen.

Ein seltsames Gefühl überfiel mich trotzdem, als ich mich unter dem Gitter herdrückte und dann auf einem schmalen Steg stand, der den Abwasserkanal eingrenzte.

Das Licht meiner kleinen Lampe reichte kaum aus, um etwas erkennen zu können. Ich stellte mir die Frage, in welche Richtung ich mich wenden sollte.

Einmal leuchtete ich nach rechts.

Da entdeckte ich in der Wand die Nische und auch die Treppe aus hartem Lehm, die in die Höhe führte.

Für den Augenblick zuckte ein Lächeln um meine Lippen. Auch eine Treppe endete irgendwo, und ein mir unbekanntes Ziel war besser als überhaupt keines.

Die Stufen waren schmal und ziemlich steil. Zudem feucht, sodass ich Mühe hatte, nicht auszurutschen. Ein Geländer war nicht vorhanden. Am Ende der Treppe entdeckte ich einen runden Kanaldeckel, gegen dessen Innenseite ich meine Schultern stemmte.

Der Deckel war verdammt schwer. Ich musste mich hart

einsetzen, um ihn überhaupt bewegen zu können. Danach ging es besser, sodass es mir schließlich gelang, ihn hochzustemmen.

Mit einem dumpfen Laut kippte er nach rechts weg und blieb liegen. Frischere Luft strömte mir entgegen, dazu schwacher Lichtschein, der manchmal verschwand, dann zurückkam, und ich hörte einen sehr leisen Stimmenwirrwarr.

Wo ich gelandet war, konnte ich nur raten. Ich dachte an die Kasba, die Altstadt von Tanger. Sie lag nicht weit vom Hafen entfernt. Sollte sich dieser Ausgang tatsächlich mitten in der Altstadt befinden, hatte ich nicht viel gewonnen. Ein Europäer, dazu noch fremd, bei Nacht in der Altstadt von Tanger, das war schon gefährlich.

Was blieb mir anderes übrig?

Vorsichtig drückte ich meinen Kopf in die Höhe, damit ich über den Rand des Gullys schauen konnte.

Noch in der Bewegung vernahm ich die klopfenden, dumpfen Laute, schaute hoch, und meine Augen weiteten sich vor Schreck.

Jemand jagte auf mich zu.

Ein dunkler, unheimlicher Reiter.

Das allein war schon schlimm genug. Als noch schlimmer empfand ich das lange Berberschwert mit der schmalen Klinge, das er schlagbereit in der Hand hielt und im selben Augenblick nach unten sausen ließ, um mir den Schädel zu spalten …

Es war ein Zustand, wie Suko ihn sich nie wünschte. Er lag zwischen Bewusstlosigkeit und Wachsein. Der Chinese wusste, dass er noch lebte, aber das war alles. Bewegen konnte er sich nicht. Man musste ihn gefesselt haben, und er hing in einer unangenehmen Bauchlage über dem Rücken eines Tieres.

Jeden Tritt spürte er, denn das Schaukeln des Körpers übertrug sich auch auf ihn, und Suko spürte, wie sein Magen revoltierte.

Manchmal rutschte er auch zur Seite. Dabei stieß er gegen einen anderen Körper. Ohne ihn richtig gesehen zu haben, wusste der Inspektor, dass nur Claude Renard neben ihm liegen konnte, denn er war ebenso überwältigt worden wie Suko.

Wohin sie ritten, wo sie sich befanden, das alles war Suko nicht bekannt. Und er konnte an seiner Lage auch nichts ändern, weil er so hilflos war.

Stimmen vernahm er nicht. Die einzigen Geräusche waren das dumpfe Pochen der Pferdehufe.

Selten in seinem Leben hatte sich Suko so apathisch und lethargisch gefühlt. Es war ihm in diesen Augenblicken alles egal. Wo man ihn hinschaffte, interessierte ihn nicht, er hoffte nur, dass die Reiterei bald ihr Ende fand.

Irgendwann vernahm er eine Stimme und wunderte sich darüber, dass er sie verstehen konnte.

»Reitet!«, flüsterte die Stimme. »Reitet durch das Tor in das Land ohne Grenzen …«

Von diesem Zeitpunkt an wusste er nichts mehr. Die Schatten der Bewusstlosigkeit waren wieder über ihm zusammengeschlagen …

Für mich ging es um Bruchteile von Sekunden. Der Reiter war gefährlich nahe, ich hörte sogar den fauchenden Laut, als das Schwert nach unten fuhr, und wuchtete meinen Körper zurück, sodass ich blitzschnell und im letzten Augenblick in der Öffnung verschwand.

Die Klinge verfehlte mich. Über den Gullydeckel hinweg huschte ein Schatten. Es war das springende Pferd gewesen, das irgendwo hinter mir wieder Kontakt mit dem Boden bekam, denn ich vernahm abermals das dumpfe Schlagen der Hufe.

Mir blieben zwei Möglichkeiten.

Ich konnte sehr schnell den Schacht verlassen und mich dem Reiter stellen, aber auch nur so weit hervorlugen, dass ich gerade noch die Beretta in Anschlag brachte, um den

Unheimlichen mit einer Kugel zu stoppen. Dass ich bei meiner heftigen Bewegung nicht die steile Treppe hinuntergerollt war, konnte ich als Glück bezeichnen und drückte meinen Oberkörper nun wieder vorsichtig in die Höhe, wobei ich jetzt genau auf das Trommeln der Hufe achtete.

Diesmal vernahm ich die Geräusche nicht. Sehr behutsam peilte ich über den Rand und sah keine Spur von dem unheimlichen Reiter auf seinem schwarzen Gaul.

Wo konnte er sich verborgen halten? Gab es in der Nähe genügend Verstecke?

Da mich niemand angriff, ließ ich mir entsprechend Zeit und riskierte einen ersten Rundblick. Es war schwer, festzustellen, wo ich mich befand. Auf jeden Fall in einem von Mauern oder Wänden umschlossenen Hof, der völlig leer war.

Das Licht, das ich so schwach gesehen hatte, stammte von einer Leuchtreklame jenseits der Mauer. Die einzelnen Buchstaben schauten über die Krone hinweg und leuchteten in unterschiedlichen Farben auf.

Einen anderen Schein sah ich nicht. Die gegenüberliegende Seite lag im Dunkeln.

Da sich der Reiter noch immer nicht zeigte, stemmte ich mich aus der Gullyöffnung. Niemand hinderte mich daran. Auch als ich neben der runden Öffnung stehen blieb, tat sich nichts.

Schweigen umgab mich.

Mittlerweile hatten sich meine Augen besser an die Düsternis gewöhnt. Es gelang mir sogar, einige Details zu erkennen, und so stellte ich fest, dass die Wände der Häuser nicht glatt und fugenlos waren, sondern von Fensterhöhlen unterbrochen wurden.

Was lauerte dahinter?

Licht sah ich nicht. Die Dunkelheit nistete in den Räumen. In unterschiedlicher Höhe waren die Öffnungen zu sehen. Für mich ein Beweis, dass die im Haus liegenden Zimmer und Kammern möglicherweise durch Treppen oder Stiegen miteinander verbunden waren.

Orientalische Häuser, das wusste ich, glichen oft Labyrinthen, in denen man sich verlaufen konnte.

Keine Spur von dem Reiter!

Auf dem Hof wollte ich nicht länger bleiben. Hier kam ich mir ebenfalls vor wie in einem Gefängnis. Dass ich mir den Reiter nicht eingebildet hatte, war zu riechen, denn nach wie vor lag der noch von den Pferdehufen aufgewirbelte Staub in der Luft und kitzelte meine Nase.

Jenseits der Bauten klangen die Stimmen auf. Da waren Menschen, dort gab es Leben, während ich hier das Gefühl hatte, von den Schatten des Todes umgeben zu sein.

Ohne angegriffen worden zu sein, erreichte ich die Hintertür, die ich mir ausgesucht hatte. Tür war übertrieben. Vor mir zitterten die Schnüre eines bis auf den Boden hängenden Perlenvorhangs. Es gab einen freien Raum zwischen den einzelnen Bändern, die unmerklich zitterten und sich an manchen Stellen berührten.

Es war ein seltsames Bild, trotzdem kein Trugschluss. Hinter dem Vorhang malte sich schwach ein Bild ab.

Dort stand der Reiter!

Zuerst bekam ich einen Schreck, schluckte das Gefühl hinunter und ließ mir nichts anmerken. Die Nerven gerieten wieder unter meine Kontrolle. Als wäre es völlig normal und alles selbstverständlich, streckte ich den Arm aus, berührte den Vorhang und tat so, als wollte ich ihn zur Seite ziehen.

Dabei berührten sich die Perlen. Sie tickten gegeneinander, und ihr buntes Muster wurde durch die Bewegung zu einem schattenhaften Farbenspiel in der Dunkelheit.

Dann kam der Reiter.

Ich vernahm weder einen Schrei noch einen Ruf der Anfeuerung. Der Unheimliche auf seinem Pferd sprengte aus dem Stand los und hatte sich mich als Ziel ausgesucht. Der Vorhang störte ihn nicht. Wuchtig ritt er gegen ihn, sodass die langen Perlenschnüre vor mir in die Höhe geschleudert wurden und mir entgegenflogen.

Sie hätten mich auch erwischt, wäre ich nicht hastig zurückgesprungen. So huschten sie dicht vor meinen Augen vorbei, und bevor sie wieder nach unten in die alte Lage fallen konnten, war der Reiter schon draußen.

Er wuchs hoch vor mir auf. Noch immer konnte ich sein Gesicht nicht sehen. Auf dem Pferderücken schien ein Schatten zu sitzen, so sehr waren beide miteinander verwachsen.

Riesengroß kam mir der Kopf vor. Kein Glühen in den Pferdeaugen, auch keines unter der Kapuze des Reiters, der mit dem rechten Arm ausgeholt hatte und sein Schwert wieder von oben nach unten rasen ließ. Diesmal hielt er es noch schräg. Er wollte mich voll erwischen und musste, wenn er tatsächlich Augen hatte, direkt in das Mündungsfeuer der Beretta schauen, denn ich hatte geschossen.

Ob und wen ich getroffen hatte, konnte ich nicht erkennen, denn ich lag flach am Boden, rollte mich herum, sprang wieder auf und hörte dabei das Echo des Schusses, das zwischen den Mauern wetterte.

Bisher hatte ich es nur mit einem Gegner zu tun. Ich hoffte, dass dieser Schuss nicht noch weitere aufgeschreckt hatte, huschte noch weiter zurück und wusste schließlich die Mauer als Deckung in meinem Rücken.

So blieb ich für einen Moment stehen.

Es hatte nicht den Reiter erwischt, sondern das Pferd. Und, das war für mich sehr wichtig, die Silberkugel hatte tatsächlich Erfolg gezeigt. Auch bei diesem Wesen, das möglicherweise einem uralten fremdländischen Mythos entstammte.

Das Pferd brach zusammen.

Bis zur Mitte des Hofes hatte es das Tier geschafft, dann gaben seine Beine nach. Ohne einen Laut von sich zu geben, wälzte es sich plötzlich am Boden und drehte sich dabei einige Male um die eigene Achse wie ein Kreisel.

Der Reiter war aus dem Sattel geglitten. Auch er huschte von dem allmählich vergehenden Tier weg, wobei durch die Bewegungen seine Kutte wie eine Fahne in die Höhe flatterte und sich auch die Kapuze bewegte.

Alles an ihm war dunkel, bis auf eine gefährliche Kleinigkeit. Aus dem Arm stach die helle Klinge des Schwerts hervor, das er nach wie vor nicht aus der Hand gegeben hatte.

Er griff wieder an.

Nicht auf direktem Weg ging er mich an. Er bewegte sich im

gleitenden Zickzack, drückte einmal seinen Körper nach rechts, danach nach links und war durch diese Bewegungen für mich sehr schlecht auszurechnen.

Die Klinge machte jede dieser Bewegungen mit, und sie zeigte öfter auf mich, als mir lieb war.

Ich behielt die Nerven, denn ich wollte sehen, welch ein Gesicht sich unter der Kapuze verbarg.

Leider war das nicht möglich. Der Rand fiel so weit nach unten, dass er mehr als die Hälfte seines Gesichts bedeckte.

Ich verfolgte seine Bewegungen mit der Mündung meiner Waffe. So schnell und geschmeidig er auch war, eine Kugel würde immer schneller sein. Da es nicht nur um mich allein ging, sondern auch um meine Freunde, sah ich keinen Grund für irgendwelche Experimente.

Ich sprang ihm entgegen und drückte ab.

Die geweihte Kugel jagte in seinen Körper. Es war ein harter Schlag, der ihn nicht nur traf, sondern auch stoppte. Die Gestalt vor mir riss die Arme in die Höhe, sodass ich das Gefühl hatte, die Klinge sollte in die dunklen Wolken des Himmels gestoßen werden. Für einen Moment blieb der andere so stehen, dann fiel er ineinander, und auch seine Arme hielt er nicht mehr in der Höhe. Sie sackten ebenfalls nach unten. Sogar den Aufschlag der Klinge vernahm ich, als sie den Boden berührte.

Gleichzeitig fiel die Gestalt.

Knochen oder Körperteile erkannte ich nicht. Ich hatte das Gefühl, dass vor mir Stoff zusammenfallen würde und einfach liegen blieb. Trotzdem war ich misstrauisch, als ich mich meinem Gegner näherte.

Er lag still. Einmal umrundete ich ihn, stieß mit dem Fuß gegen die Kutte und spürte auch einen Widerstand, der sich allerdings bewegen ließ. So als hätte man in die Kutte etwas hineingefüllt.

Das wollte ich nicht wahrhaben und es genau wissen.

Ich packte die Kutte an der Kapuze, hob sie hoch und schüttelte sie aus. Es rieselte wie Goldtaler aus ihr hervor.

Nur war es kein orientalisches Märchengeld, sondern Gebeine.

Sie rollten neben mir zu Boden, sahen grau aus, und ich wusste mittlerweile Bescheid.

Dieser Reiter war ein Skelett gewesen. Zusammen- und am Leben gehalten durch eine schwarzmagische Kraft. Aber nun war er durch meine Silberkugel erwischt worden, und diese hatte das Skelett kurzerhand zerstört.

Ich ließ die Kutte fallen. Die Knochen würden mir nicht mehr gefährlich werden.

Über den Rand der Mauer zuckte noch immer das bunte Licht der Leuchtreklame. Es war eine verrückte Welt. Hinter der Mauer die moderne Technik, hier, wo ich stand, der Hinterhof, der mir vorkam wie eine einsame Insel, völlig von der Umwelt isoliert.

Nun ja, ich kannte so etwas. Auch hier stießen zwei Welten zusammen, hinzu kam die Exotik des Orients und dessen Magie.

Und was hinter ihr steckte, musste ich unter allen Umständen herausfinden.

Der Reiter war erledigt. Wo sich die anderen befanden, wusste ich nicht, sie spielten im Moment auch keine Rolle. Für mich zählte allein das Weiterkommen.

Irgendwo musste es Spuren geben.

Mochte der Reiter auch vergangen sein, die Waffe war nach wie vor vorhanden, und sie nahm ich an mich.

Sie war ziemlich schmal, leicht gebogen und gut zu führen. Wohin damit?

Ich trug die Beretta bei mir, zudem das Kreuz und hatte auch den Bumerang mitgenommen. So war ich ziemlich schwer bewaffnet. Das Schwert wäre ein zusätzliches Hindernis gewesen, denn von seinem Nutzeffekt war ich nicht allzu sehr überzeugt.

Ich nahm es trotzdem mit auf den Weg. Die Knochen ließ ich liegen. Vielleicht vergingen sie zu Staub. Möglicherweise blieben sie auch als makabres Andenken liegen, um von jemandem gefunden zu werden.

Eigentlich konnte ich mir die Türen oder Gänge aussuchen, durch die ich den Hinterhof verließ. Dass ich trotzdem auf den Ausgang zuschritt, durch den der Reiter mich zum zweiten Mal angegriffen hatte, war Zufall.

Ich schob den Vorhang zur Seite. Nach den Schüssen war es wieder still geworden. Aus diesem Grunde hörte sich das Klirren der Perlen doppelt so laut an.

Hinter der offenen Rundbogentür erstreckte sich ein Gang, der tief in das Gebäude hineinlief. Beim Betreten sah er aus wie ein dunkler Schacht, bis ich das Licht an dessen Ende sah.

Ein nur fahler, kaum erkennbarer rötlicher Schein, der mein Ziel war.

Ich machte mich auf den Weg und blieb sehr gespannt. Das Schwert hatte ich nicht aus der Hand gelegt. Mit den Fingern der Rechten umspannte ich den Griff.

Die Wände des Ganges waren kahl. Ich wusste nicht, wie viele Räume es in diesem Haus gab, es hatte nur einen irgendwie anderen Geruch. Der konnte von irgendwelchen Gewürzen stammen oder auch von Ausdünstungen, die verbrennende Kräuter abgaben.

Türen sah ich nicht.

Dafür blieb der Lichtschein. Er wurde besser erkennbar, und er schuf auch eine Insel in der Dunkelheit.

Ich konnte sehen.

Der Gang mündete in einen großen Raum, wie ich ihn in diesem Haus nie vermutet hätte. Unter einem Rundbogen blieb ich stehen und schaute mir alles an.

Es war von der Größe her ein kleiner Saal. Fast leer zeigte er sich, bis auf eine Kleinigkeit.

Und diese Kleinigkeit war ein Mensch!

Die Überraschung hatte mich so hart getroffen, dass ich zunächst den Atem anhielt. Der Mensch hockte am Boden und zeigte mir den Rücken. Er war ebenfalls dunkel gekleidet und trug einen ebenso langen Umhang wie der Reiter. Der Rücken bildete einen Halbkreis, so gekrümmt hockte der andere auf der kühlen Erde.

Ob er mich bemerkt hatte oder nicht, war mir nicht klar. Jedenfalls reagierte er nicht, auch dann nicht, als ich die ersten Schritte in den Saal hineinging.

Vier Wände hatte der Raum.

Drei davon waren kahl, eine jedoch, sie lag der Gestalt frontal gegenüber, schimmerte in einem gelblich flackernden Rot, und sie sah aus, als bestünde sie aus einer weichen Masse.

Dahinter und darin musste sich etwas verborgen halten, was für mich wichtig werden konnte.

Natürlich war es mir nicht möglich, mich lautlos zu bewegen. Die Gestalt hatte mich gehört. Sie sprach mich auch an. »Komm nur näher, Fremder!«

Ihre Stimme klang leise, dazu rau, und die Person hatte in einem abgehackt klingenden Französisch gesprochen. Dabei hatte ich nicht unterscheiden können, ob ein Mann oder eine Frau mit mir geredet hatte.

Mein rechter Arm mit dem Schwert hing nach unten. Ich schlug einen Bogen, um der Gestalt von vorn begegnen zu können. Dabei schaute ich sie mir genau an.

Nein, den Körperformen nach zu urteilen, die sich unter dem Stoff abmalten, hatte ich es hier nicht mit einem Skelett zu tun, sondern mit einem normalen Menschen.

Einem fremden Menschen, das stand fest, und es schien mir, als hätte er auf mich gewartet.

Bisher hatte ich noch kein Wort gesprochen. Das erledigte der andere, als er sagte: »Setz dich zu mir, Fremder!«

In der Stimme hatte zwar kein befehlender Tonfall gelegen, und ich wollte im ersten Moment auch widersprechen, als mir einfiel, dass es vielleicht besser für die weitere Entwicklung des Falles war, wenn ich der Aufforderung Folge leistete.

So ließ ich mich nieder.

Die Gestalt saß im Kreuzsitz. In der gleichen Haltung setzte auch ich mich. Dabei schaute ich sie an und sah nur die mageren, langen Finger aus den breiten Ärmeln der Kutte schauen. Das Gesicht hatte ich immer noch nicht sehen können, da es von der Kapuze des dunklen Kaftans vollständig verdeckt war.

Erst als ich ebenfalls saß, hob die Gestalt den Kopf. Die Kapuze rutschte dabei zurück, sodass ich endlich das Gesicht sehen konnte.

Ich schaute in die Züge einer uralten Frau!

Im ersten Augenblick erschrak ich, denn selten zuvor in meinem Leben hatte ich ein so altes Gesicht gesehen. Man konnte es mit dem Gesicht einer Hundertjährigen vergleichen, die fast ihr ganzes Leben in der freien Natur verbracht hatte und deren Haut aus diesem Grunde wie Leder wirkte, das Wind und Wetter gegerbt hatten.

So faltig und voller Runzeln, Einkerbungen und auch Streifen. Die Nase war sehr flach, sie stach kaum von der ledrig wirkenden Haut ab. Auch den Mund konnte ich so gut wie nicht erkennen, weil die Lippen im Muster der Falten untergingen.

Allein die Augen blickten klar und deutlich. In ihnen steckte das Wissen eines Jahrhunderts.

Ich empfand Respekt vor dieser alten Frau. Sie wurde zudem von einem Fluidum umgeben, das man mit dem Begriff geheimnisvoll und unfassbar umschreiben konnte. Obwohl sie mich nicht weiter angesprochen hatte, merkte ich deutlich, dass sie mir sicherlich etwas zu sagen hatte.

Prüfend glitt ihr Blick über mein Gesicht, und schließlich bewegte sie nickend ihren schmalen Kopf, auf dem nur wenige grauen Haarsträhnen wuchsen, von denen sich einige zudem in die faltige Stirn ringelten. »Du hast gute Augen«, sagte sie mir.

»Ich danke dir.«

»Und du bist gekommen, um sie zu suchen!«

»Ja.« Ich nahm bei dieser Antwort an, dass sie genau wusste, wem ich auf der Spur war.

Sie schwieg für eine Weile und schabte ihre Finger gegeneinander. Dann fragte sie: »Wie heißt du?«

»Ich bin John Sinclair.«

Sie nickte, als ob sie es erwartet hätte. »Und du kommst von weit her? Aus der Fremde?«

»Ja. Ich stamme aus einem Land, das in Europa liegt. Es heißt England, wenn du es kennst.«

»Ich kenne es.« Die alte Frau hatte so überzeugend gesprochen, dass ich ihr die Antwort auch abnahm. »Ich wusste, dass du kommen würdest, denn jemand soll erscheinen, der ihn stoppt.«

»Wen meinst du damit?«

»Den Bai von Tanger!«

Obwohl ich damit gerechnet hatte, war ich überrascht, den Namen aus ihrem Mund zu erfahren. »Du kennst den Bai?«, hakte ich nach. »Wenn ja, wer bist du dann?«

»Ich bin Aische.«

Gehört hatte ich noch nie von ihr, beschloss aber, sie zum Weiterreden zu animieren, und sagte: »Ich sehe in dir eine sehr weise Person. Habe ich damit Recht?«

»Wenn du die Weisheit des Alters meinst, bestimmt, denn ich habe sehr lange schon gelebt und weiß genau, dass sich das Schicksal erfüllen wird. Vielleicht ist es mir vergönnt, seine Vernichtung zu erleben, ich möchte es hoffen.«

»Wessen Vernichtung?«

»Bais Vernichtung!«

Ich setzte mich etwas bequemer hin und fragte: »Du kennst ihn?«

Da lachte die alte Frau. Es waren krächzende Laute, die aus ihrem Mund drangen. »Ja, ich kenne ihn. Ich kenne ihn sogar sehr gut, wenn du das meinst, denn er war mein Großvater!«

Mit vielem hatte ich gerechnet, nur nicht mit dieser Eröffnung. Ich musste Aische wohl sehr erstaunt angesehen haben, denn sie begann leise zu lachen.

»Glaubst du mir nicht?«

»Doch, schon, aber …«

»Ja, ich bin sein Nachkömmling, und ich wusste, dass sie ihn zurückholen werden, denn seine Diener haben es damals am Grab geschworen.«

»Sind es die Reiter?«

»Du hast richtig geraten, John. Es sind die Reiter, die damals diesen heiligen Schwur leisteten und ihn mit dem Blut des Bais besiegelten. Bevor er starb, ließ er sein Blut aus dem Körper fließen, und jeder erhielt einen Becher. Der Bai wusste, dass er eingehen würde in ein Schattenreich, aber er wusste auch, dass er wiederkehrte, deshalb ging er mit einer gewissen Genugtuung in den Tod, und er ist auch zurückgekehrt, denn er huldigt großen und mächtigen Dämonen, die gewaltiger als alles andere sind und vernichten können, wen sie wollen.«

»Kennst du Namen?«

»Ja, ich kenne sie, aber ich werde sie dir nicht nennen. Du würdest daran zerbrechen.«

Diese Antwort gefiel mir überhaupt nicht. Das konnte ich ihr nicht so direkt sagen und versuchte es anders. »Auch ich habe schon mächtigen Dämonen gegenübergestanden. Großen Dschinns wie dem Scheitan.«

Sie schaute mich für einen Moment starr an. »Dem Scheitan?«, wiederholte sie.

»Ja.«

»Und du lügst auch nicht?«

»Nein, ich lüge nicht.«

»Dann bist du genau an der richtigen Stelle, wenn du den Bai vernichten willst. Auch er dient dem Scheitan, wie ich gehört habe. Aber das ist nicht alles. Die Kraft einer anderen Welt hat ihn erweckt, damit er dieser Welt zur Seite steht und ihr hilft in einem großen, gewaltigen Kampf. Aus dieser Zeit ist er in eine andere geflüchtet, und er hat seine Reiter mitgenommen ...«

»Wo befindet er sich?«

»In dem Land ohne Grenzen.«

Ich schüttelte den Kopf. »Verstanden habe ich es. Nur, was bedeutet dies? Kannst du das nicht erklären?«

»Es ist ein Land, das hinter diesem liegt. Dort leben die Mächtigen, dort werden sie geboren, und dort sterben sie manchmal. Wer durch das Tor schreitet, gelangt an die Brücke der Skelette. Sie verbindet die beiden Länder oder die beiden Zeiten ...«

Ein neuer Begriff war aufgetaucht. Ich verengte die Augen. »Brücke der Skelette?«, fragte ich.

»Ja, so nennt man sie.«

»Aus welchem Grund?«

Die alte Frau lächelte. »Wie ich dir sagte, sie verbindet die Zeiten, und sie wird von Skeletten bewacht. Sie hat mit dem Bai zu tun.« Aische hob die Hand. »Jenseits der Brücke liegt das Geheimnis der Hölle. Uralte Dämonen und Dschinns sind dort zu Hause. Da rüstet man zum Kampf, da werden die Heerscharen geboren.«

»Gegen wen soll dort gerüstet werden?«, fragte ich. »Weißt du es? Gegen Menschen?«

»Auch, vielleicht …« Sie hob die Schultern, und ihr Umhang bewegte sich dabei. »Aber es gibt andere Kräfte. Ganz andere …«

»Erzähl mir mehr darüber.«

Aische lachte leise. »Nein, John Sinclair, das musst du schon allein herausbekommen. Ich weiß nichts, denn ich bin viel zu schwach. Ich sollte nur die Erweckung meines Großvaters miterleben. Das ist eingetroffen. Ich habe ihn und seine Reiter gesehen.«

Ich deutete in die Runde. »In diesem Raum?«

»Hier sind sie hergeritten.«

Einen Grund, an den Worten der Frau zu zweifeln, hatte ich nicht. Deshalb nickte ich und stellte die nächste Frage: »Ich vermisse zwei Freunde von mir. Einen Chinesen und einen Franzosen. Dabei rechne ich damit, dass meine Freunde von den Reitern und auch von deren Anführern mitgenommen worden sind. Hast du sie auch gesehen?«

»Sie lagen auf den Pferden.«

Die Antwort elektrisierte mich. »Dann sind sie hier durch den Raum geritten?«

»So ist es, John.«

»Und wohin?«

Sie begann plötzlich zu lachen. »Wohin wohl, Fragender? In das Land ohne Grenzen. Zur Brücke der Skelette, zum Baum der Toten, das allein ist ihr Ziel.«

Ich wischte über mein Gesicht und spürte den Schweiß. Die Luft kam mir plötzlich so schwer und bleiern vor. Irgendwie hatte ich das Gefühl, es nicht mehr zu schaffen. Der Bai von

Tanger und seine mörderischen Reiter hatten einen zu großen Vorsprung, zudem befanden sie sich in einer anderen Welt, die von mächtigen Dämonen beherrscht wurde und von der ich nichts wusste.

»Gibt es einen Eingang in diese Welt?«

Aische bewegte den Kopf. »Den Eingang gibt es. Ich habe hier fast immer gelebt. Ein ganzes Leben konnte ich in diesem Haus verbringen, das nicht ohne Grund. Denn ich habe den Eingang gehütet. Es war mein Schicksal als Bais Erbin. Ich musste hier wohnen und auf ihn warten. So war es vorgeschrieben. Nun ist er zurückgekehrt in das Land ohne Grenzen. Er wird zu denen hinreiten, die auch im Tod eine schützende Hand über ihn gehalten haben, sich bei ihnen melden und sie in ihrem großen Kampf gegen mächtige Feinde unterstützen.«

»Wer sind diese Dschinns?«

»Es ist nicht einfach, dir dies zu erklären. Du müsstest schon im Koran nachlesen. Es gab eine Zeit, die sehr lange zurückliegt und zu der man auch graue Vorzeit sagt. Dort ist alles entstanden, das Gute und auch das Böse. Der Scheitan und die Engel …«

»Sprichst du von Luzifer?« Ich unterbrach sie einfach, weil ich eine Antwort haben wollte.

»Ja, so sagt ihr zu ihm!«

Wieder stieg meine Spannung. Sogar so stark, dass ich Herzrasen bekam. »Und gibt es dort auch eine mächtige Herrscherin des Bösen, die man die Große Mutter nennt?«

Aus ihren weisen Augen blickte sie mich an. »Die Große Mutter?«, fragte sie leise nach.

»Ja, aber sie hat auch einen anderen Namen. Manche sagen Lilith zu ihr. Verstehst du? Lilith …«

»Diesen Namen kenne ich, John Sinclair. Ich weiß, dass sie die erste schlechte Frau war. Auch im Koran steht etwas darüber geschrieben. Ja, Lilith …«

»Und hat sich der Bai mit ihr verbündet? Hat er ihr die Dienste angetragen? Ich muss es wissen!«

»Das kann ich dir nicht sagen, John Sinclair. Ich weiß es

wirklich nicht. Alles ist zu weit weg. Es liegt weit in der Ferne. Zeiten gibt es nicht mehr, das weißt du …«

Ja, das wusste ich, aber ich sah plötzlich wieder Zusammenhänge. Wir waren gekommen, um Leila und Aldo abzufangen. Dies hatte sich als Fehlschlag erwiesen, weil unsere Gegner doch schlauer reagiert hatten, als wir annahmen. Dafür waren wir an den Bai von Tanger geraten, doch es gab, wie ich den Erzählungen der alten Frau entnahm, zwischen den beiden eine Verbindung.

»Du denkst nach?«, fragte sie mich.

Ich hatte längst Vertrauen zu dieser Frau gefasst. »Ja, ich denke nach«, sagte ich leise. »Und ich weiß auch, dass es eine Verbindung zwischen der Großen Mutter und den Personen gibt, die ich gesucht habe.«

»Wer sind diese Personen?«, wurde ich gefragt.

»Ein Mann und eine Frau. Sie stehen mit den stärksten Dschinns in Verbindung. Die Frau heißt Leila, der Mann Aldo. Hast du verstanden? Leila und Aldo.«

»Ich kenne sie nicht. Beschreibe sie mir.«

Das tat ich. Und es fiel mir nicht schwer, Leila zu beschreiben, denn sie war eine Person, die auf die Männer wirkte.

So sexy, so außergewöhnlich, so einmalig. Obwohl sie auf der anderen Seite stand, dem Bösen diente und auch der Großen Mutter, für die sie im wahrsten Sinne des Wortes durchs Feuer ging, denn ihre Dienerinnen waren im Höllenfeuer gestärkt worden.

Das jedoch lag zurück. Ich konnte mir jetzt auch denken, weshalb es Aldo und Leila nach Tanger verschlagen hatte. Hier hofften sie, die Spur der Großen Mutter aufnehmen zu können.

»Vielleicht waren sie hier«, sagte Aische. »Gesehen habe ich sie jedenfalls nicht.«

Ich nickte. »Es ist ihre Art, im Verborgenen zu agieren«, erklärte ich. »So waren sie immer, so werden sie auch bleiben. Und du bist sicher, dass sie nicht in das Land ohne Grenzen geflüchtet sind und die Brücke der Skelette benutzt haben?«

»Ja, da bin ich sicher. Vielleicht werden sie noch kommen.

Möglicherweise haben sie nichts davon gewusst, dass der Bai erweckt worden ist. Ich kann dir dies nicht sagen.«

»Trotzdem danke ich dir, dass du mich so aufgeklärt hast«, sagte ich zu der Frau. »Nur möchte ich gern meine Freunde wiederfinden, wie du dir denken kannst.«

»Ich würde das Gleiche tun.«

»Danke, dass du mich verstehst. Wirst du mir dann auch helfen, Aische? Ich bitte dich darum.«

»Was kann ich für dich tun?«, fragte sie nach einem Moment des Nachdenkens.

»Zeig mir den Weg zur Brücke der Skelette!«

Aische erschrak nicht, nur legte sich der Schatten der Trauer über das alte Gesicht. »Das kann ich zwar, aber ich möchte dich nicht in den Tod schicken.«

Ich lächelte. »Weshalb sollte ich sterben?«

»Die Brücke wird bewacht, nicht jeder darf sie betreten. Sie ist nur bestimmten Personen vorbehalten.«

»Ich gehöre dazu.«

»Nein, du dienst nicht dem Bösen. Du wirst untergehen in einem Reich, wo der Tod regiert und man die Menschlichkeit nicht kennt.«

In meiner Kreuzsitzhaltung beugte ich mich vor. »Hast du vergessen, dass sich auch meine Freunde in dieser Welt befinden?«, fragte ich nach. »Ich muss sie herausholen.«

Ihr Lächeln wirkte verloren. »Wie willst du die befreien, wenn du selbst getötet wirst? Nein, John Sinclair, du würdest verlieren. Zudem wird sich der Eingang bald schließen. Er ist nur für die Dauer einer Stunde offen, und dann muss der Halbmond am Himmel stehen. Wenn du irdische Maßstäbe nimmst, müsstest du weitere dreiundzwanzig Stunden in dieser fremden Welt verbringen. Das überlebt keiner.«

Ich stand mit einem Ruck auf. Das Blut schoss mir in den Kopf. Ich spürte den Schwindel, der aber sehr bald verging.

Zur rechten Seite drehte ich mich und streckte dabei meinen Arm aus. Die Finger wiesen auf die rötlich schimmernde Wand.«

»Befindet sich dort der Eingang?«

»Ja.«

»Danke.« Es war das letzte Wort, das ich sprach, denn ich drehte der alten Frau den Rücken zu, hörte ihr Stöhnen und ihre verzweifelten Rufe, die mich zurückhalten wollten.

»Die Brücke verbindet zwei Welten«, sagte sie noch. »Es gibt sie im Gebirge, in einem verlassenen Tal, und sie führt, sie führt …«

Mehr hörte ich nicht, denn ich war auf die Wand zugegangen und schritt in sie hinein, als wäre sie überhaupt nicht vorhanden …

Schaukeln, reiten, der Druck im Kopf, plötzliche Schmerzen, all das empfand Suko, als er aus seiner Bewusstlosigkeit erwacht war und feststellen musste, dass er noch immer auf dem Pferderücken lag.

Er wusste nicht, wohin man ihn und den Franzosen schleppte, aber er hatte festgestellt, dass die Schaukelei noch schlimmer geworden war, und als er die Augen öffnete, schaute er in eine graue, von Nebeln durchwallte Düsternis.

Auch spürte er die Kälte, die sich klamm auf seine Haut gelegt hatte. Sie war vermischt mit einer Feuchtigkeit, die der ihn umgebende Nebel umgab.

Der Untergrund war nicht mehr fest und hart. Er gab leicht nach, sodass sich das Schaukeln verdoppelt hatte.

Der so harte und durchtrainierte Chinese kam sich wie durch die Mangel gedreht vor. Er fühlte sich matt, ausgelaugt, am ganzen Körper geschunden, innerlich leer.

Er wusste, dass die anderen einen Sieg errungen hatten, nur hatte er keine Ahnung, wohin man ihn brachte. Die einzigen Geräusche waren das dumpfe Klappern der Hufe.

Manchmal drang aus der Tiefe ein böig steifer und kalter Wind, der wie mit Eisfingern über Sukos Körper strich und ihn noch stärker frösteln ließ.

Weit hatte er die Augen geöffnet. Schattenhaft sah er etwas Langes vorbeihuschen. Er wusste nicht, um was es sich dabei handelte, doch er konnte sich vorstellen, es mit einem

Geländer oder Ähnlichem zu tun zu haben, und das Schaukeln unter ihm deutete auf eine Brücke hin, über die sie schritten.

Eine Brücke?

Suko wollte seine Gedanken ordnen und versuchen, Klarheit zu schaffen, das jedoch war ihm nicht möglich. Er befand sich in einem Zustand, wo er überhaupt nichts mehr verstand.

Und Claude Renard schien es ebenso zu ergehen, denn Suko vernahm seine krächzende Stimme. »O verdammt, Partner, kannst du mir sagen, wo wir hier gelandet sind?«

»Nein.«

Der Franzose lachte krächzend. »Vielleicht in der Hölle?«, fragte er mit leiser Stimme.

»Möglich.«

»Aber die habe ich mir immer anders vorgestellt«, erklärte er. »Viel heißer. Ich friere hier.«

»Warte es ab.«

Suko wunderte sich darüber, wie klar er sprechen und denken konnte. Aber bewegen konnte er sich nicht. Unter der Haut mussten die Knochen eine Veränderung erfahren haben, anders konnte er sich das seltsame Gummigefühl nicht erklären.

Wenn man ihn jetzt vom Pferd warf und irgendwo hinstellte, würde er mit Sicherheit zusammenbrechen.

Noch ließ man ihn liegen.

Und er vernahm auch weiterhin das dumpfe Trappeln der Hufe auf den unter den Füßen der Pferde herführenden Bohlen. Sukos Überzeugung, dass sie eine Brücke überquerten, verstärkte sich.

Wie lang dieser Weg noch dauerte, wusste er nicht zu sagen. Jedenfalls hörte das Geräusch plötzlich auf, und der Chinese spürte sofort die Veränderung.

Es wurde kälter.

Dabei war es keine äußerliche Kälte. Die kam zwar auch noch hinzu, aber die innere war wesentlich schlimmer. Der Inspektor gehörte zu den sensiblen Menschen, und plötzlich hatte er das Gefühl, von einer Welt in eine andere geraten zu sein.

In die Welt der Verdammnis, der Gefühlskälte und des Grauens. Direkt hineingetappt, ohne dass er irgendetwas dagegen unternehmen konnte. Die anderen hielten ihn fest.

Das Schlagen der Hufe war jetzt kaum noch zu hören. Ein anderer Untergrund dämpfte die Tritte, und Suko stellte fest, dass der Weg in die Höhe führte, als wollte man mit ihm in die Berge reiten.

Die Pferde gingen langsamer, die Schaukelei war nicht mehr so extrem, und Suko, der immer mehr in eine Schräglage geriet, rutschte fast vom Pferderücken.

Vergeblich versuchte er zu erkennen, wo er sich befand. So weit er auch die Augen geöffnet hatte, es war ihm unmöglich, die Umgebung genau zu identifizieren.

Alles um ihn herum verschwamm in einem so seltsamen Grau. Es war dunkel wie Schiefer, hinzu kamen die Kälte und eine gewisse Leere, die sich mit der des Alls vergleichen ließ.

So etwas hatte Suko noch nicht erlebt. Sein Begleiter hatte ebenfalls Schwierigkeiten. Er fluchte und sprach davon, dass er es den anderen zurückzahlen würde.

Der Chinese schwieg und ließ alles auf sich zukommen. Als Vorteil empfand er, dass man ihm die Waffen gelassen hatte. Bei genauerem Nachdenken allerdings erschien ihm dies wie der reine Zynismus, denn der Chinese war nicht in der Lage, sich zu bewegen.

Er hatte den Nebel eingeatmet und musste nun seine Folgen hinnehmen. Wieder ritten sie weiter. Die Welt um Suko herum verschwamm in dem schiefergrauen Farbton, und er fragte sich, wohin ihn die anderen noch führen würden.

Irgendwann einmal, die Zeit war dabei zweitrangig geworden, stoppte die Kavalkade. Einige Tiere scharrten noch mit den Hufen, danach war es still geworden.

Suko schaffte es nicht mal, den Kopf zu heben. Seinem Partner erging es nicht anders. Nur nahm der Franzose die Tatsache nicht mit einer stoischen Geduld zur Kenntnis – er fluchte dabei.

»Was wird uns jetzt passieren?«

»Abwarten«, erwiderte Suko.

Er hatte Schritte gehört. Sie glitten heran, und plötzlich spürte er knöcherne Hände an seinem Körper. Die Finger griffen hart zu und zogen ihn mit einem heftigen Ruck vom Rücken des Pferdes.

Für einen Moment hatte der Inspektor das Gefühl, in einen endlosen Abgrund zu fallen, dann griffen die Hände nach und hielten ihn fest. Es waren zwei dieser unheimlichen Reiter, die den Chinesen wegtrugen, wobei zwei andere den Franzosen gefasst hielten und ihn gleichfalls wegschleiften.

Wohin, das war Suko im Moment egal. Er fühlte sich wie eine Puppe, völlig saft- und kraftlos.

Sie schleppten ihn weiter. Die Knochenfüße klapperten auf dem harten Gestein, und man trug die beiden Männer noch weiter in die Höhe, bis sie ein kleines Plateau auf dem grauen Fels erreichten. Dort wurden Suko und Claude niedergelegt.

Sie fielen auf den Rücken. Wie zwei Leichen blieben sie liegen, ohne auch nur den kleinsten Finger rühren zu können.

Die Reiter hatten um sie herum einen Kreis gebildet. Suko sah die unheimlichen, dunklen Gestalten mit den langen Kaftanen und den bis weit in das Gesicht hineingezogenen Kapuzen, sodass von dem eigentlichen Aussehen der Reiter kaum etwas zu erkennen war. Nur aus den weiten Ärmeln schauten die bleichen Knochenhände wie die Krallen gefährlicher Totenvögel hervor.

Auch Claude hielt den Mund. Er musste das Gleiche gesehen haben wie Suko, und wahrscheinlich hatte es ihm die Sprache verschlagen.

So blieben die beiden liegen.

Keine der Gestalten rührte sich. Sie standen da wie festgewachsen und traten erst zur Seite, als Schritte aufklangen.

Jemand kam auf den Kreis zu.

Suko verdrehte die Augen und hörte die Bemerkung des Franzosen. »Das ist doch dieser Obermufti.«

Er hatte damit den Bai gemeint und genau ins Schwarze getroffen, denn ihm wurde tatsächlich Platz geschaffen.

Prächtig sah er aus. Seine bunte Kleidung glänzte auch in der Dunkelheit seidig. Nur eines gefiel weder Suko noch Claude.

Es war das Gesicht!

Widerlich anzusehen. Eine verweste Fratze mit Fetzen von Haut, die lappig nach unten hing.

Ein Bild des Grauens.

Der Bai blieb so stehen, dass ihn Suko als auch der Franzose anschauen konnten, wenn sie die Augen verdrehten. Er reckte einen Arm vor. Der ausgestreckte Finger pendelte zwischen den beiden gefangenen Männern hin und her.

Es war eine normale Bewegung. Für Suko aber sah es so aus, als hätte der andere soeben das Todesurteil über sie gesprochen, und beide Männer erhielten sehr bald darauf die akustische Bestätigung.

Zum ersten Mal hörten sie den Toten sprechen.

Er redete mit einer dumpfen, etwas kratzigen Stimme, aber er sprach die Worte so, dass beide Männer sie verstehen konnten. »Wer als Lebender in das Land ohne Grenzen gelangt und die Brücke zwischen den Welten betritt, wird die Strafe der ewigen Verdammnis zu erleiden haben. Dies hier ist die Welt der Finsternis, des Sterbens, des Grauens und der Qual. Es geschehen gewaltige Dinge. Die Welt befindet sich in einem Aufbruch zu neuen schwarzmagischen Ufern. Weichen für die Zukunft werden gestellt, denn mächtige Feinde lauern auf die aus grauer Vorzeit stammenden Herrscher dieser Dimension. Diese Feinde zu besiegen, das ist unsere große Aufgabe. Und wer als Mensch zwischen die Mühlsteine gerät, wird zermalmt wie ein kleines Sandkorn. Ihr seid hineingeraten und werdet das Leiden erleben. Es wird euch das widerfahren, was in vielen Büchern niedergeschrieben steht, die ihr als Koran oder Bibel bezeichnet. Das Reich der Großen Mutter hat euch geschluckt, und ihr habt keine Möglichkeit, es zu verlassen …«

Jetzt endlich wusste Suko, woran er war. Jenseits der Brücke lag die ewige Finsternis, die Hölle, die Welt Luzifers. Und die Brücke war, wie er sich vorstellen konnte, nur einer der

Zugänge in dieses Reich, das die ewige Leere und Verdammnis beinhaltete.

So sah Suko die Lage, und ihm wurde in diesen Augenblicken wahrlich nicht wohler.

»Große Mutter? Wer ist das?«, fragte der Franzose.

»Sei ruhig.«

Der Bai hatte die Frage ebenfalls vernommen und ließ ein abgrundtiefes Lachen hören. »Du weißt nicht, wer die Große Mutter ist, Mensch?« Wieder lachte er. »Das ist nicht schlimm, noch nicht, aber du wirst sie kennen lernen, das kann ich dir versprechen. Die Große Mutter wird auch für dich das Ende deines Lebens bedeuten. Das endgültige Aus, hast du verstanden?«

»Ja.«

»Schafft sie zum Baum der Toten!«, befahl der Bai. »Ich will sie nicht mehr sehen.«

Die Skelette hatten nur auf diesen Befehl gewartet. Wehren konnten sich die Menschen nicht, und so sahen Suko und Claude, dass sich die Fratzen der anderen über sie beugten. Sie spürten die Knochenhände, wie sie zugriffen und sie in die Höhe zerrten.

Suko hätte sich sehr gern gewehrt, es war ihm einfach nicht möglich. Noch immer fühlte er sich wie betäubt.

Und während er weggetragen wurde, dachte er an die Worte des unheimlichen Bais.

Dieser lebende Tote stand voll und ganz auf der Seite der Großen Mutter, das hieß im Klartext, dass er Lilith, der ersten Hure überhaupt, diente. Jetzt wurde Suko auch klar, aus welchem Grund Aldo und Leila den Weg nach Marokko gewählt hatten. Sie wollten hier mit Lilith zusammentreffen, denn sie mussten genau gewusst haben, dass in diesem Land für sie eine Chance bestand, die erste aller Huren zu sehen.

Anscheinend schien der Zeitplan ein wenig durcheinander geraten zu sein, denn nach Sukos Vorstellungen hätte er auch Aldo und Leila zwischen den Gestalten sehen müssen.

Vier Skelette schleppten ihn fort. Und vier weitere kümmerten sich um den Franzosen.

Die acht Knöchernen schritten mit ihrer Last nebeneinander her. Suko hörte den Franzosen schimpfen. Er versprach den unheimlichen Erscheinungen die Hölle, sollte es ihm gelingen, sich zu befreien. Suko ließ ihn schimpfen. Vielleicht tat ihm das sogar gut, wenn er sich den Ärger von der Seele redete.

Von einem Baum der Toten hatte der Bai gesprochen. Auch darüber dachte Suko nach. Er wusste, dass es in Asien Menschen und Völkergruppen gab, die ihre Verstorbenen in Bäume legten, zum Verzehr für die Aasfresser. Ein für Europäer unbegreifliches Ritual.

Wie weit es war, wie lange der Weg noch dauern würde, all das wusste der Inspektor nicht. Aber er sah einen langen Schatten, obwohl keine Sonne schien, und dieser Schatten berührte seinen Körper.

Er gehörte dem Totenbaum.

Schon stoppten die Skelette ihren Weg. Suko wurde in die Höhe gehoben. Er hatte das Gefühl, fliegen zu können und glaubte gleichzeitig, in die Tiefe zu stürzen.

Ja, er fiel – bis zum Widerstand.

Suko merkte den Schlag unter seinem Rücken, spürte auch das nachgiebige Federn und lag still.

Claude Renard erging es nicht anders. Er lag zwar neben Suko, aber nicht mit ihm auf gleicher Höhe, sondern ein wenig tiefer, sodass der Inspektor auf ihn herabschauen konnte.

Ihre Blicke trafen sich. Das Gesicht des Franzosen war verzerrt. »Hätte ich gewusst, dass ich hier mein Leben verliere, hätte ich meinem alten Freund Conolly den Gefallen nicht getan.«

»Noch bist du nicht tot.«

Claude lachte. »Aber so gut wie. Und das ist oft genug noch schlimmer. Glaub mir.«

Die Skelette hatten sich zurückgezogen. Auch Suko wollte nicht mehr reden, sondern sich umschauen. Er musste erfahren, was es mit dem Totenbaum auf sich hatte und wo er sterben sollte.

Seine Glieder wirkten weiterhin wie mit schwerem Blei gefüllt. Nicht mal den kleinen Finger konnte er heben, geschweige denn einen Arm bewegen oder ein Bein.

Aber er konnte schauen.

Und deshalb starrte er in die Tiefe, vorbei an dem unter ihm liegenden Claude.

Sein Blick glitt hinein in die Unendlichkeit. War es die endgültige Leere, von der so oft geschrieben und auch immer gewarnt wurde?

Der Inspektor nahm es fast an. Ein Schauder durchlief ihn, als sich sein Blick in der Schwärze verlor. Und aus dieser Tiefe stieg etwas hervor, das er nur als Kälte und unendliche Leere bezeichnen konnte. Diese beiden Dinge, die für einen Menschen so schlimm waren, das musste wohl die Hölle sein.

Das Reich Luzifers!

Die Skelette hatten ihn auf den Totenbaum geschafft. Wie Suko feststellen konnte, lag er mit dem Rücken auf einer breiten Astgabel, die so stark war, dass sie sein Gewicht halten konnte. Wie lange er über dieser endlosen Leere schweben musste, wusste er nicht zu sagen. Er hoffte, dass sie ihn nicht allzu lange quälen würden, denn eine Chance für sich oder Claude sah er nicht.

Wen die andere Welt einmal hatte, den ließ sie nicht mehr los.

Und doch gab es dieses Licht in der Finsternis.

Irgendwo unter ihm, vielleicht am Ende der Leere, leuchtete es für einen Moment auf, wurde wieder dunkel, und im nächsten Augenblick kehrte der rötlich gelbe Schein zurück.

Er bestrahlte ein Ziel.

Es war die Brücke.

Und Suko konnte sehen. Er erkannte die Skelette, die von der Höhe kamen und sich der Brücke näherten.

»Verdammt, was hat das denn zu bedeuten?«, fragte Claude.

Suko gab keine Antwort. Er schaute weiter nach und stellte fest, dass die Skelette die Brücke betreten hatten.

Wollten sie wieder zurück in die andere Welt?

Allein diese Tatsache war für Suko, der im Baum der Toten

lag, eine Qual, und trotzdem schloss er nicht die Augen, denn die Knöchernen hatten die Brücke nicht ohne Grund betreten.

Der Grund war ein Mann.

Suko, der sehr hoch lag, sah die Gestalt winzig klein. Dennoch erkannte er sie, wie sie aus dem Nebel trat, als wäre sie ein spukhaftes Wesen und nicht ein Mensch aus Fleisch und Blut.

Diese Gestalt war sein Freund John Sinclair!

Sie waren aus London geflohen und außerhalb der Dreimeilenzone in zwei Särge umgestiegen. Das alles war wunderbar gelaufen. Es hatte keine Schwierigkeiten gegeben, und dennoch hatten sie es nicht geschafft, denn Orientalen sind keine Europäer. Sie nehmen es mit der Zeit nicht so genau, deshalb war auch der von Leila und Aldo angestrebte Plan aus den Fugen geraten.

Als sie in Tanger eintrafen, war alles vorbei. Sie hatten sich den Friedhof angesehen, auch in die Leichenhalle geschaut und wussten Bescheid.

Der Bai, der ihnen den Weg zur Großen Mutter hätte zeigen können, war schon vor ihrer Ankunft erwacht.

Und sie konnten nichts mehr dagegen tun.

So blieb ihnen nur der Rückzug.

In einem kleinen Café nahe der Altstadt hockten sie sich an einen winzigen Tisch und berieten. Eingepackt waren sie in ein Stimmenwirrwarr, und manch unverhohlener Männerblick glitt über die geschmeidige Gestalt des Halbbluts Leila.

Sie war eine Schönheit. Äußerlich mit allen Gaben der Natur gesegnet, im Innern jedoch ein Wrack. Ohne Herz, Gefühl und Sinn für andere Menschen. Für sie zählte allein der Erfolg und das Böse schlechthin. Um dies zu erreichen, ging sie über Leichen.

Auf dem Schiff hatten sie die Kleidung gewechselt. Beide waren dunkel angezogen.

Leila trug einen eng anliegenden Hosenanzug, dessen Stoff

auch in der Kühle der Nacht wärmte. Sie hatte die vier ersten Knöpfe des Oberteils geöffnet, sodass die Ansätze ihrer Brüste zu sehen waren.

Leila hatte die Figur einer Göttin. Sie war ein Rasseweib, und sie wusste dies auch.

Mit dem Blick ihrer dunklen Augen schaffte sie es, den Männern die Köpfe zu verdrehen, und wenn sie ihre Unterlippe vorschob, hatte ihr Gegenüber das Gefühl, in die Verlockungen eines sündigen Paradieses einzugehen. Die Haare trug das schöne Halbblut zu dünnen Strähnen gedreht. Sie rahmten den Kopf ein, waren mit Perlen verziert, die in allen Farben glänzten, wenn sie vom Licht getroffen wurden.

Der Kaffee wurde gebracht. Er schwamm in kleinen Tassen, war heiß und gleichzeitig süß.

Die beiden tranken und schauten sich über den Rand der Tassen hinweg in die Augen.

Sehr langsam ließ Leila die Hände mit der kleinen Tasse sinken und setzte sie vorsichtig ab. »Haben wir verloren?«, fragte sie mit leiser Stimme und nur für ihr Gegenüber zu verstehen.

»Wobei?«

»Du weißt schon.«

Der dunkelhaarige Aldo schlürfte den Kaffee und verzog das Gesicht. »Unsinn, wir haben nicht verloren, wir sind in Marokko. Die anderen haben die Spur verloren. Hier finden sie uns nicht. Und wenn, wird es ihnen schlecht ergehen.«

»Ich teile deinen Optimismus nicht!«, zischte die Frau.

»Und warum nicht?«

»Der Bai ist verschwunden. Hier hat vor kaum fassbarer Zeit die Menschheitsgeschichte begonnen. Hier ist sie geschrieben worden. Wir wollen in das Mysterium hineindringen, und du tust so, als wäre das alles so einfach und für uns ein Kinderspiel.«

Jetzt ließ auch Aldo die Tasse sinken. »Und was soll ich deiner Ansicht nach tun?«

»Die Spur aufnehmen.«

»Die des Bais?«

»Natürlich. Dumme Frage.«

»Dann zeig mir den Weg.« Der Mann grinste das Halbblut an. »Der Bai ist verschwunden. Das Tor wird bald verschlossen sein. Wir müssen noch einen Tag und eine Nacht warten.«

»Das will ich nicht.«

»Weshalb nicht? Läuft uns der Bai vielleicht weg?«

»Das glaube ich kaum, mein Lieber. Aber in der Zwischenzeit kann sich viel ereignen.«

»Und was?«

»Weiß ich auch nicht. Jedenfalls werden wir uns in dieser Nacht noch auf die Suche machen. Du kennst die Altstadt nicht, aber ich kenne sie. Vielleicht finden wir jemanden, der uns führt.«

»Das ist möglich.«

»Dann frag den Kellner hier. Die kennen doch meistens Land und Leute. Außerdem will ich hier raus. Die Blicke der geilen Kerle brennen auf meinem Rücken.«

Aldo lachte spöttisch. »Bist du das nicht aus dem Saunaclub gewöhnt, meine Liebe?«

»Das ist vorbei.«

»Ach so.« Er lachte leise und drehte sich auf seinem Stuhl sitzend herum. Leila hatte nicht übertrieben. Fast alle männlichen Gäste starrten nur zu ihr herüber. Und diejenigen, die das Café verließen, strichen besonders nahe an ihr vorbei.

Der Kellner sah das Handzeichen und kam an. Er schaute Leila schräg über die Schulter und versuchte dabei, einen Blick in den Ausschnitt zu erhaschen.

Aldo wedelte mit einer größeren Banknote. Plötzlich interessierte sich der Mann nicht mehr für Leilas Busen, sein Blick klebte auf dem Geldschein fest.

»Ich möchte etwas von dir wissen, Junge.«

»Was?«

Aldo grinste. »Kannst du mir jemanden herbeischaffen, der sich in der Geschichte des Landes auskennt, dem auch jeder Winkel hier in der Altstadt bekannt ist?«

Der Kellner verzog das Gesicht, bewegte die Lippen und

zeigte zweimal seine Zungenspitze. »Das ist sehr schwer, Monsieur. Besonders um diese Zeit. Sie verstehen.«

»Ich brauche kein Wechselgeld zurück.«

»Nun ja, Monsieur, ich werde sehen, was ich für Sie und Madame tun kann. Haben Sie noch etwas Zeit?«

»Sicher.«

»Dann warten Sie, bitte.«

Das taten die beiden, Leila wesentlich unruhiger als Aldo. Sie bewegte nervös die Hände und sprach mehr zu sich selbst, während Aldo eine Zigarette rauchte und dabei beobachtete, wie der Kellner telefonierte.

»Willst du noch einen Kaffee?«

»Nein.«

»War auch nur eine Frage.«

Leila beugte sich vor. »Wenn wir hier verlieren, sieht es böse aus, das weißt du.«

»Wir werden aber nicht verlieren.« Aldo sagte es bestimmt und schaute zu dem alten Ventilator an der Decke hoch, der sich müde drehte. Aldo kam sich bald vor wie in einem alten Hollywood-Film. So wie sie mussten sich die Schauspieler in dem Streifen »Casablanca« gefühlt haben. Auch dort hatten sie in einem Lokal gesessen und gewartet.

Nur warteten Leila und Aldo nicht auf ein Flugzeug, sondern auf eine bestimmte Nachricht.

Und die brachte der Kellner. »Es wird klappen«, erklärte er flüsternd. »Nur wird auch mein Bekannter nichts umsonst tun. Sie verstehen …«

»Er soll es nicht bereuen.« Mit diesen Worten steckte Aldo dem Mann den Schein zu.

»Ich danke Ihnen.«

Auf Dollars waren die Marokkaner immer scharf, das wusste Aldo, und er hatte sich ausreichend damit versorgt.

Im Orient beeilt man sich nicht besonders. Abermals machten die beiden Wartenden die Erfahrung, denn wiederum dauerte es fast eine halbe Stunde, bis der Mann erschien.

Er war ein Typ, vor dem man Angst bekommen konnte. Vollbärtig, ziemlich schmutzig und mit einem verschlagenen

Ausdruck in den kleinen Augen. Auf dem Kopf trug er eine flache Mütze. Man ließ ihn nicht in das Café, aber der Kellner deutete auf den an der Tür Stehenden, sodass Leila und Aldo Bescheid wussten.

Wieder wurden sie von den Blicken fast aufgespießt, als sie durch das Lokal schritten. Leila, die sonst genau wusste, wie man Männer durch gekonnte Hüftschwünge anmachte, schritt diesmal steif und verkrampft.

Der Schmierige wartete an der Tür und wurde von Aldo nach draußen geschoben, wo er ihn gegen die Wand drückte.

»Wer bist du?«, fragte der Mann aus London.

»Hassim.«

»Bon. Und du kennst dich aus?«

»Ja.«

»Überall hier?«

Hassim nickte. »Ich habe mich oft genug verstecken müssen, deshalb kenne ich in der Kasba jede Mauer und jede Gasse.«

»Wir suchen etwas Bestimmtes, Hassim. Wenn du es gefunden hast, werde ich dir einen Dollarschein geben. Einverstanden?«

»Nein!«

Aldo ballte die Hand, doch Leila legte ihre Finger auf seinen Arm. »Reiß dich zusammen, Mensch.«

»Ich will die Hälfte haben!«, forderte der Schmierige.

»Na schön.« Aldo holte die Dollarnote aus der Tasche und riss sie entzwei. Mit seinen schmutzigen Fingern griff Hassim danach und ließ den Schein verschwinden. »Wo wollt ihr hin?«

Aldo senkte seine Stimme, als er zu einer Erklärung ansetzte. Er sprach von dem Bai und sah Angst in den Augen des Mannes. Anscheinend wusste Hassim, wie gefährlich diese Person war, und er zuckte zusammen, als Aldo ihm den Plan erklärte.

Sie standen neben dem Caféeingang. Es war eine schmutzige Straße ohne Asphalt. Das Publikum, das sich um diese Zeit noch herumtrieb, gehörte auch nicht zur ersten Klasse.

Wer nicht gerade langsam vorbeischlenderte, stand in irgendeiner Hausnische oder an einer Ecke und schaute zu ihnen aus dem schützenden Dunkel.

Ein Wagen rollte in die Gasse. Es war ein amerikanischer Schlitten. Chromglänzend und mit einer langen Schnauze.

Er fuhr nur im Schritttempo, und die Personen, die sich in seiner Nähe aufhielten, verschwanden sehr schnell, denn sie wussten Bescheid. Nur Aldo und Leila nicht.

Dem Mann aus London war es gelungen, Hassim zu überzeugen. Im Licht der bleichen Leuchtstoffröhren über der Lokaltür sah dessen Gesicht noch fahler aus, als er nickte. »Gut, dann werden wir gehen.« Er löste sich von der schmutzigen Hauswand und blieb sofort wieder stehen, da er etwas gesehen hatte.

»Was ist?«

Hassim wurde noch bleicher. »Da kommt der Wagen von El-Sudat«, erklärte er zitternd.

Aldo drehte den Kopf. Die lange Schnauze des Amiwagens kam ihm vor wie ein glänzendes Maul. »Na und?«

»Wenn El-Sudat unterwegs ist, sucht er etwas«, flüsterte Hassim.

»Und was?«

»Frauen.«

Aldo schluckte. Das gefiel ihm überhaupt nicht. Im Prinzip gehörte er zum gleichen Schlag wie dieser El-Sudat, aber jetzt konnte er ihn auf keinen Fall gebrauchen. Und Leila war eine Frau, die der Kerl bestimmt nicht übersah.

»Dann komm«, sagte er und meinte auch das Halbblut damit.

Es war bereits zu spät. Der Wagen hielt fast neben ihnen, und die beiden Vordertüren schwangen auf.

Weg konnten sie nicht mehr. Aldo musste sich den Problemen stellen, was er auch tat.

Leila stand auf seiner Seite. »Können wir die Typen erledigen?«, fragte sie.

»Mal sehen.«

Dem Mann aus London gefiel die Sache überhaupt nicht,

denn hinter dem Wagen hatten sich die Gaffer aufgebaut und bildeten dort eine Mauer. Sie nahmen die Breite der Straße ein und würden sich bestimmt voll Vergnügen auf die Seite der einheimischen Gangster stellen. Wenn Aldo gewinnen wollte, musste er schneller als die beiden Typen aus dem Wagen sein.

Sie sahen nicht wie Orientalen aus. Eher wie südfranzösische Killer, die sich in Diensten des Marokkaners befanden, und sie gaben sich auch so überheblich.

Südfranzösische Killer gehörten zu den härtesten Gangstertypen, die der europäische Markt in dieser Richtung zu bieten hat. Das wusste Leila ebenso wie Aldo.

Nun war das Halbblut keine ängstliche Frau. Sie hatte genug hinter sich und ließ sich nicht so leicht aus dem Spiel bluffen. Noch waren die beiden nicht sehr nahe, deshalb sprach Leila ihren Freund an. »Ich nehme den rechten, du den anderen.«

»Okay! Machen wir es hart?«

»Sicher.«

In diesem Augenblick hatten die beiden beschlossen, dass die anderen nicht überleben sollten.

Aus dem nach unten gleitenden hinteren Fondfenster des Wagens schob sich ein lüstern schimmerndes Gesicht mit dicken Tränensäcken unter den Augen.

»Holt das Weib her!«, befahl der Mann.

Die Killer, ganz in Weiß gekleidet, grinsten.

Und dann ging alles blitzschnell.

Der rechte wunderte sich noch, dass die Frau freiwillig auf ihn zutrat. Er streckte die Hand aus, und den Arm entlang glitt die lange Messerklinge, die auf Knopfdruck aus dem Ärmel der Frau gefahren war.

Sie senkte sich dicht über der Gürtelschnalle des Killers in dessen Leib. Noch hatte keiner etwas bemerkt, vielleicht hielten es die Zuschauer für ein Stolpern, als der Mann zurückging und sich auf die breite Kühlerschnauze setzte, wobei er langsam nach hinten kippte.

Erst sein Ächzen ließ den anderen aufmerksam werden.

Er drehte für einen Moment den Kopf und nahm das Mündungsfeuer deshalb nur aus den Augenwinkeln wahr.

Als mit einem Augenblick der Verzögerung der Knall sein Ohr erreichte, brach er bereits im Staub der Straße zusammen. Mit dem Hinterkopf war er noch gegen die breite Rammstoßstange geprallt. Das allerdings hatte er nicht mehr gespürt.

Der Weg für Aldo und Leila war frei.

Und sie rannten weg, bevor sich die anderen Zuschauer von ihrer Überraschung erholt hatten.

Auch Hassim hatte nichts mehr an seinem Fleck gehalten. Totenbleich hatte er die Beine in die Hand genommen und war gelaufen wie selten in seinem Leben.

Doch Aldo war schneller. Er sah ihn in einer schmalen Gasse verschwinden, drehte sich ebenfalls hinein und entdeckte Hassim, wie dieser an einer Brandmauer hochklettern wollte.

Am Fuß bekam er Hassim zu fassen, riss an seinem Bein und zog die greifenden Hände von der Mauer.

Hassim schlug zu Boden, und Aldo setzte ihm das Knie in den Nacken. »Jetzt hör zu. Du hast einen Job, ich habe dich angeheuert. Entweder bringst du uns zu unserem Ziel, oder es ergeht dir nicht besser als den beiden Killern. Begriffen?«

»Ja …«

»Dann hoch.«

»Wir müssen uns beeilen«, sagte Leila. »Gegen die ganze Meute kommen wir nicht an.«

»Okay. Wohin?«

Hassim deutete die Mauer hoch. Mit einem Sprung war die Kante zu erreichen. Das schafften alle drei bequem. Danach rollten sie sich über den Rand und gelangten auf ein schräg in die Tiefe laufendes Dach, über dessen Kante sie ebenfalls sprangen und sich in einem viereckigen Hof wiederfanden.

Hassim blieb stehen. Er wischte sich Blut von der Oberlippe, denn Aldo hatte ihn hart angefasst.

Das ganze Viertel schien rebellisch geworden zu sein. Sie hörten die Schreie der Verfolger und rechneten damit, dass die Meute sämtliche in der Nähe liegenden Straßen und Gassen abriegelte.

»Gibt es noch einen Weg?«, fragte Aldo.

»Ja, den kenne ich.«

»Und wo?«

»Kanalisation.«

»Dann los!«

Hassim zitterte vor Angst. »Wenn sie uns erwischen, schneiden sie auch mir die Kehle durch!«

Aldo lachte grimmig. »Dann sieh zu, dass sie es nicht schaffen! Auch in deinem Interesse.«

Hassim schaute den Engländer in der Dunkelheit an. Das Gesicht des Einheimischen glänzte, als wäre eine Schwarte über seine Haut gerieben worden. Der bis zum Kinn laufende schmale Blutstreifen war bereits eingetrocknet.

Sie drückten sich in einen Winkel des Hofes, in dem es entsetzlich stank. Hier befand sich die Sickergrube. An ihr mussten sie vorbei, und Leila, die als Letzte ging, hielt sich die Nase zu. Der schmale Steg war dort zu Ende, wo sich ein schachtartiges Kellerfenster im Mauerwerk abzeichnete. »Da müssen wir rein!«, sagte Hassim.

»Wenn du uns reinlegen willst …«

»Nein, nein, wirklich nicht.«

»Okay, geh vor!«

Hassim duckte sich zusammen. Er sah jetzt aus wie ein Ball, aus dem der Kopf hervorschaute. Dann glitt er in das offene Fenster hinein und war wenig später verschwunden.

Ein einfaches Prinzip, denn die Rutsche transportierte auch die beiden anderen in die unterirdischen Räume, wo Ölfässer standen und es einen Kanaldeckel gab.

Ihn hatte Hassim schon angehoben. Wenig später waren alle drei untergetaucht. Über eine alte Leiter ging es in die stockdunkle Tiefe. Als sie unten im feuchten, stinkenden Schlamm standen, holte ihr Führer eine Taschenlampe hervor und schaltete sie ein.

Der helle Strahl stach in die Finsternis und verlor sich in einem endlosen Gang.

»Da müssen wir weiter.« Wieder ging er vor und führte den Mann und die Frau an einem ausgetrockneten Kanalbett entlang. Es war lange trocken gewesen. Beim nächsten Regen würde das Kanalbett wieder überflutet werden, das stand fest.

In der Kanalisation stank es erbärmlich. Alle drei atmeten nur sehr flach und durch die Nase. Die Zeit wurde für sie bedeutungslos. Auch kannten sie sich nicht mehr aus, denn Hassim führte sie durch unterirdische Stollen und Gänge, bis zu einer Steigleiter, die rostzerfressen und metallisch vor ihnen in die Höhe ragte.

Da kletterten sie hinauf.

An deren Ende entdeckten sie einen runden Deckel. Mit gemeinsamer Kraft stemmten sie ihn in die Höhe, und die erste frische Luft seit langem streichelte ihre Gesichter.

Sie hörten keine schreienden Stimmen mehr. Dafür das Hupen von Autos, auch Musik, eben nächtlichen Großstadtlärm.

»Und jetzt?«, fragte Aldo.

Hassim atmete einige Male tief durch. »Es ist wirklich nicht mehr weit. Nur noch ein paar Minuten.«

»Hoffentlich.«

Hassim hatte nicht gelogen. Um einige Ecken mussten sie gehen, bis sie eine Gasse erreichten, die tief in die Altstadt hineinstach und dabei eine Rechtskrümmung aufwies.

Auch in der Nacht hockten hier die Händler vor ihren Geschäften, denn noch immer verliefen sich Touristen in diese Gegend, um ein Souvenir zu kaufen.

Tanger schlief nie ...

Vor einer schmalbrüstigen Hausfassade blieb Hassim stehen. »Hier genau ist es.«

»Meinst du, dass wir hier den Bai finden?«

»Nein, den nicht. Aber es gibt eine Person, die genau über ihn Bescheid weiß. Eine sehr alte Frau. Sie kann euch mehr sagen. Sie lebt hier und wartet.«

Aldo schaute Leila an. Als er sah, dass seine Begleiterin nickte, holte er die zweite Hälfte des Geldscheins hervor und drückte sie Hassim in die offene Hand.

»Danke, danke …«

»Schon gut, hau ab!«

Hassim verschwand. Er sah nicht mehr, wie die beiden das Haus betraten. Sein Gesicht war hassverzerrt. Ja, er hasste diesen Pöbel aus Europa. Sie hatten ihn behandelt wie einen Hund. Wütend spie er aus und ballte die Hände zu Fäusten.

»Das werdet ihr büßen!«, flüsterte er. »Verdammt, das werdet ihr büßen, ihr widerlichen Kreaturen!« Er schüttelte sich noch einmal und lief dorthin, wo er eine Telefonzelle fand.

El-Sudat war für jede Information dankbar …

Ich war in die Wand hineingelaufen, als wäre sie überhaupt nicht vorhanden.

Einem normalen Menschen wäre es wie ein Wunder vorgekommen. Ich will damit nicht sagen, dass ich unnormal bin, ich hatte dieses Phänomen des Zeitentores nur schon des Öfteren erlebt und bezeichnete es trotzdem noch immer als ein kleines Wunder, dass so etwas überhaupt existierte.

Als transzendentales Tor oder als Dimensionstür wurde es häufig bezeichnet, und ich glitt in das Tor hinein wie auf leichten Wolken schwebend.

Für einen nicht messbaren Augenblick pendelte ich praktisch zwischen den Zeiten. Ich musste erst den nächsten Schritt nach vorn machen, um die andere Seite zu erreichen.

So jedenfalls kam es mir vor, obwohl fremde Kräfte die Gewalt über mich besaßen. Sie drückten mich auch weiter, sodass ich, als ich die Augen öffnete, in einer anderen Welt stand.

Ich sah keinen Himmel!

Über mir befand sich eine dunkelgraue Fläche, und von der gleichen Farbe war auch die Luft, die hier herrschte. Dunkelgrau. Sie schien aus flüssigem Schiefer zu bestehen, und ich hatte das Gefühl, sie essen oder probieren zu können.

Danach fiel mir die unnatürliche Kälte auf, die in dieser Umgebung herrschte. Sie war nicht feucht, sondern trocken und auch irgendwie beißend. Sie wollte einfach von mir

Besitz ergreifen, und ich spürte, wie sie versuchte, meine Gedankenwelt zu beeinflussen. Es waren Ströme schwärzester Magie, eben das Böse überhaupt, das sich so fatal in mein Inneres schlich.

Natürlich ging ich dagegen an, konzentrierte meine Gedanken auf das, was vor mir lag, außerdem auf das Kreuz.

Diese Waffe hatte ich mitgenommen in eine Welt voller Grauen und fremder Magie.

Ich holte es hervor und sah mit Schrecken, dass es seinen Glanz verloren hatte.

Das Silber wurde dunkel!

Glasklar kam mir wieder zu Bewusstsein, dass in dieser Welt eine völlig andere Kraft herrschte. Eine sehr böse, einflussreiche alte Macht, die mir schon einmal bewiesen hatte, dass mein Kreuz wirklich nicht allmächtig war. Lilith hatte es verstanden, diesen wertvollen Talisman zu manipulieren. Es war ihr sogar gelungen, die Zeichen auf dem Kreuz zu verändern, das heißt, sie hatte die beiden ineinander geschobenen Dreiecke im Mittelteil des Kreuzes nebst der für mich noch unerklärlichen Zeichen verschwinden lassen. Beinahe hätte sie es auch geschafft, diese kostbare Waffe des Lichts völlig zu neutralisieren. Zum Glück hatte sich das Kreuz dabei auf seine uralten und von den Erzengeln eingegebenen Kräfte besonnen und den Kampf zumindest unentschieden gestaltet.

Es war ein komisches Gefühl, das mich plagte. Ich stand gewissermaßen im Nichts, schaute auf meine wertvollste Waffe und sah mit an, wie sie allmählich ihre Kraft verlor.

Wie bei einem sterbenden Menschen allmählich das Leben aus dem Körper versickert, so wurden die Kräfte des Kreuzes reduziert. Dabei nahm es die gleiche Farbe an wie die mich umgebende Landschaft.

Ein tiefes Grau …

Das Grau des Unheils!

Für einen Moment dachte ich daran, wieder durch das Tor in meine Welt zu gehen, doch mir kam auch der Gedanke an Suko und Claude, die irgendwo in dieser unheimlichen Welt gefangen waren.

Wenn ich jetzt einen Rückzieher machte, kam ich mir wie der größte Feigling vor.

Deshalb ging ich die nächsten Schritte. Die Hand mit dem Kreuz ließ ich sinken und versteckte den Talisman in meiner Jackentasche.

Dafür nahm ich das schmale Beuteschwert in meine rechte Hand. Wenn ich auf die lebenden Skelette traf, würde ich mich schon zu wehren wissen, denn mit einer solchen Waffe konnte ich umgehen.

Das Grau blieb zwar noch, nur nicht in meiner unmittelbaren Umgebung. Da veränderte sich plötzlich etwas.

Das Licht kam aus dem Nichts, wie bei der Erschaffung der Welt. So musste es damals auch gewirkt haben. Es war ein hellerer Schein, der das Grau vertrieb und mich einhüllte. Da die Luft von einer ungewöhnlichen Klarheit war, stand ich wie auf dem Präsentierteller, denn ich musste sehr deutlich für denjenigen zu sehen sein, der sich weiter entfernt befand und mich beobachtete.

Aische, die alte Frau, hatte von einer Brücke gesprochen, und die befand sich dicht vor meinen Füßen. Es war eine langgezogene Hängebrücke, die sich über eine Schlucht spannte, wo die absolute Finsternis wohnte und ich die Tiefe dieser Schlucht nicht mal schätzen konnte.

Die Brücke war dort, wo ich stand, durch Seile und Haken an grauem Felsgestein befestigt. Ihre Lauffläche bestand aus dicht aneinander gelegten Bohlen, die bis auf einige Lücken noch alle vorhanden waren.

Das Ende der Brücke sah ich nicht. Es verschwamm irgendwo im Grau des Landes.

Vor dem nächsten Schritt fürchtete ich mich. Stand ich einmal auf der Brücke, war ich so gut wie hilflos. Da konnten meine Gegner an der anderen Seite manipulieren, und ob ich die gleichen Tricks beherrschte wie der gute Indiana Jones im Film, war mehr als fraglich.

Wenn ich zu Suko wollte, gab es für mich nur die Möglichkeit, über die Brücke zu laufen und das andere Ende der Schlucht zu erreichen.

Ich schickte ein kurzes Stoßgebet zum Himmel, bevor ich mich in Bewegung setzte und mit dem rechten Fuß zuerst die Bohlen betrat. Über eine Hängebrücke zu schreiten ist nicht so einfach. Spätestens nach drei Schritten wurde mir das klar, denn die Brücke begann durch die Gewichtsbelastung plötzlich so stark zu schwanken, dass ich am liebsten umgedreht und wieder zurückgelaufen wäre.

Ich überwand meinen inneren Schweinehund und ging trotzdem weiter. Das Schwert brauchte ich im Augenblick nicht und hatte es in meinen Hosengürtel geschoben.

Schritt für Schritt ging ich weiter. Und jedes Mal, wenn ich eine neue Planke betrat, durchlief ein Zittern das Gebilde. Zudem senkte es sich noch ein Stück weiter.

Das Gehen kostete mich Nerven und Schweiß.

So kurz die Brücke vielleicht auch sein mochte, mir jedenfalls kam sie sehr lang vor, und ich merkte auch das kalte Gefühl im Nacken, das für mich so etwas wie eine Warnung war.

Ich blieb stehen.

Die linke Hand hatte ich dabei auf den aus Seilen gedrehten Handlauf gelegt. Mit der rechten zog ich das Schwert hervor, weil ich mit einer Gefahr rechnete.

Und sie war da.

Aus dem Dunkeln vor mir bahnte sie sich an.

Zunächst hörte ich das dumpfe Poltern. Dann begann die Brücke zu schwanken, sodass ich unwillkürlich nachfasste, weil ich Angst davor hatte, dass sie jeden Augenblick kippen würde.

Da die Bohlen dicht beieinander lagen, trugen sie auch den Schall weiter. Unter meinen Schuhsohlen zitterten die Planken, das Seil vibrierte. Ich starrte nach vorn in die graue Wand und erkannte, dass sie sich allmählich aufhellte und einige Gestalten entließ.

Skelette …

Ja, so hatte ich sie auf dem Friedhof gesehen, und so hatte ich auch mit ihnen gekämpft. Nur saßen sie diesmal nicht auf ihren Pferden und trugen auch keine langen Kutten mehr, sie waren blank und nackt. Ihre Knochen schimmerten, als wären sie mit einem gelben Fett eingerieben, und aus ihren knöchernen Klauen stachen die langen Klingen der Schwerter wie Dornen hervor. Es lag auf der Hand, dass sie mir hier auf der Brücke den Garaus machen wollten, und ich versuchte, ihre Zahl zu schätzen.

Auf acht kam ich …

Das war ein verdammt ungleiches Verhältnis. Wenn ich durchwollte, musste ich sie besiegen.

Noch waren sie weit genug entfernt, und ich konnte nach einem Ausweg suchen.

Der Bumerang fiel mir ein.

Ich holte ihn hervor, schaute ihn an und wurde gleichzeitig blass. Mit ihm war das Gleiche geschehen wie mit dem Kreuz.

Er sah aus wie eine graue Banane. Die weißmagische Kraft hatte ihn völlig verlassen.

Was mir blieb, waren die Beretta und das Beuteschwert.

Zu wenig für acht Skelette.

Ungesehen war es Aldo und Leila gelungen, das Haus zu betreten. Und sie waren nach einigem Umherirren durch leere Gänge und Räume dort gelandet, wo sich der Innenhof befand.

Nun standen die beiden vor den Knochen. Sie schauten auf die hell schimmernden Gebeine und erkannten, dass hier zwei Kreaturen gestorben waren. Ein Pferd und ein Mensch.

Aldo hatte sich gebückt und den Stoff des alten Kaftans zur Seite geschoben. Er hob zwei Knochen hoch und ließ sie auf seiner Handfläche liegen. Leila schaute auf die Gebeine und runzelte die Stirn. »Was soll das überhaupt?«, fragte sie.

»Hast du eine Erklärung?«

»Kaum.«

Aldo nickte und blickte sich im Hof um. Er entdeckte den offenen Gullydeckel, ging auf diese Stelle zu, umrundete sie und wurde dabei von Leila beobachtet.

»Was soll das alles?«, fragte sie unwillig.

Aldo ließ sich nicht stören. »Wie mir scheint, hat es hier einen Kampf gegeben«, erklärte er.

»Was geht es uns an?«

»Du bist gut. Einiges sogar. Wem gehören die Gebeine? Hat die alte Frau, die wir besuchen wollen, etwas damit zu tun? Wenn nicht, wer hat dann dafür gesorgt, dass die Knochen hier herumliegen?« Er hielt sie noch immer in der Hand und warf sie zu den anderen. Als sich die Gebeine berührten, gab es hell klingende Geräusche, die Leila nicht mochte und dabei den Mund verzog.

Aldos Gesicht zeigte Sorge, als er neben Leila stehen blieb. »Ich glaube, dass wir uns auf einige Überraschungen gefasst machen müssen«, murmelte er.

»Wieso?«

»Kann ich dir auch nicht sagen, aber die Überreste gefallen mir nicht. Das riecht nach Falle.«

»Wer sollte sie denn gestellt haben?«, fragte Leila spöttisch.

»Vielleicht unsere besonderen Freunde«, erwiderte Aldo.

»Nein. Nicht die Große Mutter.«

Aldo wollte nicht mehr weiter spekulieren. »Wir werden uns überraschen lassen«, sagte er und deutete dorthin, wo eine Hauswand in der Dunkelheit schimmerte. »Irgendwo dahinter muss sie hocken!«, flüsterte der Mann.

»Bist du dir sicher?«

»Ja, komm jetzt.«

Den beiden war nicht wohl in ihrer Haut. Aber keiner sprach darüber. Aldo ließ die Hand an seiner Waffe. Er hatte die Augen weit geöffnet, um in der miesen Beleuchtung so viel erkennen zu können wie eben möglich. Sein Mund bildete nur einen Strich, und wieder einmal bewunderte das Halbblut den lautlosen Gang des Mannes.

Sie hatte einige Schwierigkeiten und ließ den anderen vorgehen. Bevor auch sie in dem Eingang verschwand, warf sie noch einen Blick über die Schulter.

Die Stelle, wo sie die Knochen gefunden hatten, kam ihr vor wie eine Insel in der Finsternis des Hofes. Nur sehr schwach hoben sich die Umrisse ab. Selbst die bleiche Farbe der Gebeine verschwamm in der Düsternis.

Das Halbblut fühlte sich überhaupt nicht wohl. Leila hatte so auf Tanger gesetzt, das war nun vorbei. Auf irgendeine Weise fühlte sie sich im Stich gelassen, wenn nicht verraten.

Aldo war bereits durch den Eingang getaucht. Nur noch schemenhaft konnte sie ihn erkennen.

Und sie sah das Licht, als sie über die Schulter des Mannes schaute, der jetzt stehen blieb und von Leila berührt wurde. »Was hat das zu bedeuten?«, hauchte sie.

»Keine Ahnung. Werden wir aber bald wissen.« Er ging weiter. Auf Zehenspitzen nur und rollte sich geschickt mit den Ballen ab, sodass wieder kaum ein Geräusch entstand.

Leila machte es ihm nach. Sie blieb in seiner Nähe. Rechts und links sahen sie die hellen, fließenden Schatten der Wände. Nackt und kahl waren sie und verströmten einen seltsamen Geruch.

Leilas Herz schlug schneller als gewöhnlich. Ein Zeichen, wie sehr sie unter der Spannung litt, und sie verhielt ihren Schritt, als Aldo stoppte.

Beide schauten nach vorn in das Zimmer hinein, das sehr groß war und Ähnlichkeit mit einem Saal aufwies.

Eine Person entdeckten sie.

Sie saß in der Mitte des Saales, wandte ihnen den Rücken zu und hatte eine so stark gebeugte Haltung eingenommen, dass ihre Umrisse wie eine Halbkugel wirkten.

»Das muss sie sein!«, hauchte Leila.

Der Mann gab ihr keine Antwort. Sein Interesse galt der Wand, aus der das Licht strömte. Er wusste sofort, dass diese Wand etwas Besonderes sein musste, und er konnte sich vorstellen, wozu sie diente. Lange genug hatte er sich mit den finsteren Praktiken einer gefährlichen Magie beschäftigt, so war ihm auch bekannt, dass es manchem Schwarzmagier gelungen war, transzendentale Tore aufzubauen. Wege, die hineinführten in andere Dimensionen, in andere Gebiete und Bereiche, wo irdische Gesetze oft aufgehoben waren.

So etwas suchten sie. Sie waren nach Tanger gekommen,

um den Kontakt aufzunehmen zur Welt der Großen Mutter. Sie wollten das erleben, was man als Verdammnis bezeichnen konnte.

Auch als Hölle …

Sehr langsam drehte er den Kopf und schaute in das Gesicht des Halbbluts, in dem die Augen doppelt so groß wirkten, weil in ihnen noch die Furcht vor dem Unbekannten stand.

»Ich glaube, das ist es«, wisperte er.

»Was meinst du damit? Den Einstieg?«

»Ja, so sieht es aus.« Er holte flach Atem. »Wenn wir eine Chance haben wollen, die Große Mutter zu sehen, müssen wir versuchen, durch die Wand zu gehen.«

»Können wir auch zurück?«

Er lachte kaum hörbar. »Willst du das denn?«

Leila nickte heftig. Ihre geflochtenen Haarsträhnen gerieten dabei in Bewegung, sodass die Perlen leise gegeneinander klirrten. »Ja, ich möchte wieder zurück.«

»Weshalb?«

»Weil ich die in der anderen Welt oder Dimension erworbenen Kenntnisse gern hier auf der Erde anwenden möchte, um damit Macht, Ruhm und Ehre zu erlangen. Klar?«

»Ja, ich verstehe. Fragt sich nur, ob uns das auch gelingen wird. Es wird nicht einfach sein.«

»Wir werden die alte Frau fragen.«

»Falls sie antwortet.«

»Mein Messer ist noch immer das beste Argument!«, erklärte die schöne Leila.

»Einverstanden.« Aldo trat über die Schwelle. Auch er hatte kein gutes Gefühl, spürte in seinen Fingerspitzen ein gewisses Kribbeln, das bis hoch in seine Oberarme lief. Ein Zeichen seiner Nervosität, und er hatte Mühe, sich unter Kontrolle zu halten und nicht schneller zu gehen.

Leila und er waren eingespielt. Sie blieb nicht mehr bei dem Mann, sondern ging nach rechts weg, sodass sich die beiden der alten Frau von zwei Seiten näherten.

Seit ihrer ersten Entdeckung hatte sich die auf dem Boden

hockende Person nicht gerührt, und sie bewegte sich auch nicht, als plötzlich dieses metallische Geräusch erklang. Leila hatte auf den Kontaktknopf gedrückt, sodass die lange Messerklinge aus dem versteckten Schaft unter dem Ärmel schießen konnte.

Aldo war stehen geblieben und hatte die Arme ein wenig vom Körper abgedreht. Er wirkte in dieser Pose wie eingefroren. Sein schräger Blick traf die matte, schimmernde Klinge, und mit dem Nicken deutete er an, dass er einverstanden war. Anschließend gab er ein Zeichen, das auch Leila richtig deuten musste.

Sie formte die sinnlichen Lippen zu einem gehauchten »Okay«.

Aldo wusste Bescheid, dass seine Begleiterin wie ein scharfer Wachhund im Hintergrund lauern würde. Sie waren beide eingespielt, und so näherte er sich ziemlich sorglos der Frau, die sich auch nicht rührte, als der Schatten des Mannes über sie fiel.

Trotzdem hatte sie ihn gesehen. Als Aldo seinen rechten Arm ausstreckte, um die alte Frau zu berühren, vernahm er ihre leise, dennoch scharfe Stimme. »Lass es. Ich will nicht, dass einer wie du mich anfasst.«

Aldo begann zu kichern. »Weißt du denn, wer ich bin, Alte?«

»Du gehörst nicht zu meinen Freunden!«, erklärte sie.

»Woher weißt du das?«

»Die Wege meines Wissens sind verschlungen wie ein Labyrinth, aber sie führen stets zum Ziel, das solltest du dir merken, der du hier eingedrungen bist, um Geheimnisse zu erfahren, die dir nicht zustehen. Deshalb will ich, dass du gehst, und nimm das Weib mit, das sich in deiner Begleitung befindet. Ich mag sie nicht.«

Wer mit Aldo so sprach, erreichte bei ihm genau das Gegenteil, denn der Mann drückte seinen Oberkörper zurück und ließ sich langsam nieder. Er nahm ebenso im Schneidersitz Platz wie die Frau, die jetzt ihren Kopf drehte und ihn anschaute.

Das geheimnisvolle Licht aus der Wand fiel nicht nur auf

Aldo, auch auf ihr Gesicht, und die Falten darin zeigten sich wie ein rotes, eingegrabenes Muster.

Der Mann erschrak für einen Moment, denn ein so altes Gesicht hatte er noch nie gesehen. Sehr schnell hatte er sich wieder in der Gewalt, und er sagte: »Ich will mit dir reden. Wie heißt du?«

»Man nennt mich Aische.«

»Ich kenne dich nicht.«

Die alte Frau bewegte ihren Kopf. »Das ist auch gut, denn ich will mit dir ebenfalls nichts zu tun haben. Du bist nicht würdig, hier einzutreten.«

»Nicht würdig? Für wen? Für die Wand, für die Große Mutter, für ihr Reich?«

Aische zeigte nicht, ob die Worte des Mannes sie überrascht hatten. Sie hob nur die rechte Hand und deutete über die Schulter. »Flieh, wenn dir dein Leben lieb ist, obwohl du es nicht verdient hast, noch länger zu leben. Aber ich warne dich, weil du ein Mensch bist. Ebenso wie ich.«

»Was hat das damit zu tun?«

»Vieles. Du bist ein Unreiner, und ich will nicht, dass Unreine in das Land ohne Grenzen gelangen.«

»Man kann es durch die Wand betreten – oder?«

»Ja, das kann man.«

»Und dort lebt die Große Mutter?«

»Ich weiß es nicht. Es leben viele da.«

»Weshalb sitzt du dann hier?«

»Um Menschen wie dich zu warnen.«

Der gesamte Dialog war nur im Flüsterton geführt worden. Leila, die zugehört hatte, war es leid. »Mach doch endlich Schluss!«, forderte sie. »Ich will mich nicht zum Narren halten lassen.«

»Sie ist zu ungeduldig«, sagte Aische. »Und so etwas kann sehr gefährlich werden.«

»Kommt drauf an. Aber sie hat Recht. Ich will mich von dir nicht zum Narren halten lassen. Wir sind hier, um jemanden zu besuchen, denn er wollte uns führen.«

»Ihr meint den Bai?«

»Du kennst dich gut aus.«

»Ja, auch ich wusste, dass er kommt.«

»Woher?«

»Ich kannte ihn noch als Lebenden, denn ich bin seine letzte Erbin. Fast einhundert Jahre habe ich warten müssen, nun ist der alte Fluch erfüllt worden. Der Bai von Tanger ist auferstanden. Er und seine Reiter sind wieder unterwegs …«

»Du hast sie gesehen!«

»Ja, ich sah sie genau, denn ich bin die Letzte, die zu dem Bai gehört. Ich bin seine Enkelin, hast du verstanden? Ich kannte ihn schon, als er noch lebte …«

Bisher hatte der Mann gedacht, dass ihn nichts mehr überraschen konnte. Das war ein Irrtum gewesen, und seine Überraschung zeigte sich darin, indem er einen Arm ausstreckte und die alte Frau so hart packte, dass sie einen Wehlaut ausstieß. Er brachte sein Gesicht dicht vor das ihre. »Was hast du gesagt?«, zischte er. »Du kennst ihn? Du hast ihn gesehen, als er noch lebte?«

»Ja, ich bin …«

»Seine Enkelin, ich weiß. Und ich werde dich jetzt zwingen, mir zu helfen, darauf kannst du dich verlassen, du Wahnsinnsweib. Hast du gehört, Aische? Zwingen!«

»Ich verstehe …«

Er ließ sie so heftig los und stieß sie gleichzeitig zurück, dass die alte Frau zu Boden fiel, dort ihre Arme ausbreitete und sich nicht mehr rührte.

Kalt war das Grinsen auf seinem Gesicht. In seinen Augen lag ein Funkeln, das mit dem Wort mörderisch umschrieben werden konnte. Er streckte seinen rechten Arm aus und drückte die Hand auf den mageren Leib der Frau, sodass er sie fest auf den Boden presste.

Leila schob sich von der Rückseite heran. Ihre Füße kamen neben dem Ohr der alten Frau zur Ruhe. Die Hand mit dem Messer war nach unten gesunken. Wenn Aische die Augen verdrehte, konnte sie die Spitze erkennen, an der es rötlich schimmerte.

Das Halbblut sah den schielenden Blick und begann leise

zu lachen. »Du wärst nicht die Erste, die durch dieses Messer gestorben ist, Alte, also überlege dir deine Antworten genau. Ich bin in der Lage, dir die Kehle aufzuschneiden.«

Mit einem Lachen hätte Leila nicht gerechnet, aber so reagierte die Frau nun mal. »Drohungen erreichen bei einer Person, die ihr Leben bereits hinter sich hat, nichts. Ich weiß, dass mein Weg bald zu Ende sein wird, deshalb kannst du das Messer ruhig wegstecken. Ich fürchte mich vor keiner Waffe, ich habe mich noch nie gefürchtet …«

»Wir werden sehen«, erwiderte Leila, die ein wenig verunsichert war.

»Du hast sie also gesehen«, nahm Aldo den Gesprächsfaden wieder auf.

»Ja, das habe ich«, flüsterte die alte Frau. »Sie stiegen im Dunkel der Nacht aus ihren Gräbern und ritten im Schutz der Finsternis durch die Gassen der Altstadt. Dann kamen sie her, denn sie wussten genau, wo sie ihr Ziel finden konnten. Sie ritten zu mir, ich sah sie, ich konnte sie begrüßen. Danach verschwanden sie durch die Wand in das Reich der Hölle hinein, denn dort ist ihr eigentlicher Platz. Ihn hat das Schicksal für sie ausersehen.«

Nach dieser Information schwieg auch der Mann. Dafür stellte Leila eine Frage. »Werden sie zurückkommen?«

»Ich weiß es nicht.«

»Und wenn wir dort hineingehen?«

Aische lachte. »Ich hatte euch gewarnt«, erklärte sie. »Aber ihr wolltet nicht hören. Diese Welt ist nichts für euch. Sie wird euch vertilgen, sie wird …«

»Vielleicht warten wir gerade darauf«, unterbrach Aldo sie. »Weshalb sind wir wohl gekommen, he? Aus welchem Grunde haben wir die weite Reise unternommen? Weil wir in die Welt hineingehen wollen. Wir gehören zur Großen Mutter. Wir haben ihr gedient, und wir sind bereit, uns die Belohnung abzuholen.«

»Dann geht!«

Aldo kam der Sinneswandel der alten Frau zu schnell. »Das ist doch ein Trick von dir …«

»Wie sollte es? Ich lasse jeden hineingehen, der es will. Vorher warne ich ihn. Die ewige Verdammnis ist für Menschen nicht geschaffen. Nicht für Lebende. Sie wird euch verschlingen wie ein Ungeheuer. Die Kälte des Vergessens kommt über euch. Nein, diese Welt ist geschaffen für lebende Tote«, erklärte sie mit zittriger Stimme. »Glaubt es mir, oder glaubt es mir nicht, das spielt keine Rolle. Aber ich habe euch gewarnt, obwohl eure Seelen schwarz sind und ihr es nicht verdient habt.«

»Sie ist eine Schwätzerin«, sagte Leila mit böser Stimme. »Hör nicht auf sie. Wir haben unseren Job, wir kennen die Kraft der Großen Mutter. Uns schreckt diese angeblich menschenfeindliche Welt nicht. Wir kommen schon zurecht.«

»Das meine ich auch«, erklärte der Mann und stand wieder auf, während die alte Frau liegen blieb. Aldo schaute über sie hinweg in das Gesicht seiner Begleiterin. »Ist noch etwas?«, fragte er.

»Wie meinst du?«

»Hast du noch was auf dem Herzen, bevor wir der Welt einen Besuch abstatten?«

»Ja, ich will sie mal fragen, wann wir zurückkehren können.«

Da begann Aische zu lachen. »Zurück? Niemals werdet ihr zurückkehren können. Wer sich einmal in dieser Welt befindet, den holt sich die Große Mutter. Verlasst euch darauf.«

»Was nicht tragisch wäre«, erklärte Aldo. »Wir sind ihre Diener. Wir werden uns …«

»Hör auf zu reden! Ihr kommt nicht zurück. Ich habe euch gewarnt. Auch der Mann vor euch …«

»Welcher Mann?«

Aische wusste, dass sie einen Fehler gemacht hatte, und presste ihre kaum zu erkennenden Lippen zusammen. Aber Aldo wollte mehr wissen. Er tauchte wieder zu Boden, zog seinen Revolver und drückte die Mündung gegen den faltigen Hals der Frau. »Welcher Mann?«, fragte er scharf. »Ich will, dass du redest, verdammt!«

»Nein …«

Leila mischte sich ein. »Ist es der, dem wir die Knochen draußen im Hof zu verdanken haben?«

»Ich glaube schon.«

»Und wie heißt er?«

»Was nützt euch der Name? Ich weiß ihn nicht mehr.«

»Du lügst.«

»Wenn schon. Ihr werdet ebenso sterben wie ich. Deshalb sage ich euch den Namen des Mannes nicht.«

»Aldo!« Scharf hatte Leila gesprochen, und der Mann wusste Bescheid. Er nickte.

Für Leila war es ein Zeichen. Geschmeidig ging sie in die Knie. Ihre Lippen waren noch mehr in die Breite gezogen, als sie diabolisch lächelte. Sehr langsam winkelte sie den Arm an, und diese Bewegung machte auch die lange Klinge mit, sodass sie in das unmittelbare Blickfeld der alten Frau geriet. Sie schielte in die Höhe, erkannte das Messer sehr deutlich und dahinter das verschwommene Gesicht der Frau.

»Es ist so sinnlos, wenn du mich tötest!«, flüsterte sie. »Alles so sinnlos. Wenn ihr in die Wand geht, werdet ihr an die Brücke gelangen. Und sie hat noch keiner überquert, wenn die anderen es nicht ausdrücklich erlaubten. Die Brücke der Skelette oder die Brücke zwischen den Welten werdet ihr nicht überwinden können …«

»Und der, der vor uns verschwunden ist?«, fragte Leila, wobei sie die kalte Seite der Klinge gegen den faltigen Hals der Frau drückte.

»Auch er wird nicht zurückkehren können. Ich habe ihn gewarnt, wie euch. Nur wollte er nicht hören.«

»Warnungen!«, zischte Leila. »Davon habe ich die Nase gestrichen voll. Ich kann sie nicht mehr hören. Sie widern mich an, hast du verstanden? Ich will sie nicht mehr hören, ich …«

»Okay, hör auf!«, fuhr Aldo ihr in die Parade. »Das reicht, sie wird uns nichts mehr sagen wollen.«

»Glaube ich auch. Deshalb ist sie jetzt nutzlos!« Leila sagte die Worte und stand dicht vor einem Mord. Schon einmal während der letzten Stunden hatte die Klinge ihr grausames Werk verrichtet, und auch jetzt wollte sie töten.

Nur etwas ließ sie zögern.

Sie hatte ihren Blick in die Augen der alten Frau versenkt, und darin stand nichts, was sie mit dem Ausdruck Angst hätte umschreiben können. Nicht mal Überraschung las sie. Aische erwartete ihr Schicksal mit einer nahezu stoischen Gelassenheit.

Leila wunderte sich darüber. Sie wollte etwas sagen, aber der Ruf ihres Freundes ließ sie wieder in die Höhe zucken.

»Verdammt, da ist etwas!«

»Wo?« Sie drehte sich.

»In der Wand!«

Auch Leila drehte sich jetzt. Und ihre Augen weiteten sich schon, als sie sich noch in der Bewegung befand, während Aldo bereits seinen Revolver hob und böse auflachte.

»Das ist doch nicht möglich!«, hauchte das Halbblut und schaute tückisch auf die lange Messerklinge …

Bumerang und Kreuz hatten meinen Ausflug in die Welt des Schreckens nicht überstanden. Die anderen Kräfte waren einfach zu stark für sie gewesen. Sie hatten die Waffen nicht vernichten können, aber sie waren manipuliert worden, sodass sie für mich vorerst als untauglich galten.

Wehren musste ich mich mit dem Schwert. Und noch eine Überraschung traf mich. Es war ein ferner, unheimlich klingender Schrei. Aus der Unendlichkeit schien er gekommen zu sein, doch ich wusste, dass er in dieser Welt geboren war.

Und ich kannte die Stimme, die diesen Schrei ausgestoßen hatte. Sie gehörte einem Freund.

Suko!

Er musste mich sehen, aber ich sah ihn nicht, obwohl ich in die Richtung schaute, aus der dieser Verzweiflungsruf zu mir herüberwehte. Das kalte Grau dieser ungewöhnlichen und unnatürlichen Dunkelheit hatte alles andere geschluckt.

Ich stand im Licht. Suko und Claude Renard mussten sich irgendwo in der Finsternis befinden.

Unerreichbar für mich.

Schon jetzt hatte ich große Sorgen, und sie wurden noch größer, seit ich diesen Schrei vernommen hatte.

In ihm war all das nachgeklungen, was mein Freund fühlte. Suko musste sich in einer schrecklichen Lage befinden. Das Wissen, ihm nicht helfen zu können, machte mich fast wahnsinnig.

Acht Skelette versperrten nicht nur den Weg über die Brücke, auch gleichzeitig den Weg zu ihm.

Die Brücke war schmal. Dennoch gelang es jeweils zwei Skeletten, nebeneinander herzugehen. Sie hielten sich so dicht zusammen, dass sich ihre gelblich schimmernden Gebeine berührten. Ich war sicher, es hier mit den unheimlichen Leibwächtern des Bais zu tun zu haben, die ihre Kutten weggeschleudert hatten, damit sie mehr Bewegungsfreiheit hatten.

Es war nicht das erste Mal, dass ich Skeletten gegenüberstand. Nur hatte ich auf einer schwankenden Brücke noch nicht gegen sie gekämpft, und ich war auch nicht so gut bewaffnet wie in den anderen Fällen. Verlassen konnte ich mich nur auf das Beuteschwert und die Beretta.

Sie zog ich ebenfalls.

Sehr deutlich malten sich die schimmernden Gestalten vor dem Grau dieser hier herrschenden Luft ab, und die Schussweite kam meinen Absichten ebenfalls sehr entgegen.

Vorbeizielen konnte ich kaum.

Ich nahm den rechts von mir stehenden Knöchernen aufs Korn, zielte genau und drückte ab.

Die Kugel – traf sie?

Ja, sie hätte in den Schädel schlagen müssen, vielleicht berührte sie ihn auch, aber sie reagierte auf eine Art und Weise, wie ich es nicht für möglich gehalten hätte.

Plötzlich hatte ich das Gefühl, am Schädel des Skeletts wäre eine Wunderkerze aufgeplatzt. Denn zahlreiche helle Sternchen wurden in die Höhe geschleudert, zischten und knisterten, bevor sie verloschen oder vom Grau geschluckt wurden.

Der Schädel jedoch existierte weiter. Meine Kugel hatte ihm nichts getan. In dieser Welt, und diese Feststellung traf leider zu, herrschten andere Gesetze. Schwarze Magie hatte hier ihre Spuren gelegt. Darunter hatte ich zu leiden.

Also nichts.

Ich ließ die Beretta wieder verschwinden und konzentrierte mich voll und ganz auf mein Schwert. Wenn das nichts half, war alles verloren. Dann lag ich irgendwo in der Tiefe und wurde wahrscheinlich von den Kräften restlos zerstört.

Und noch eine Möglichkeit blieb mir. Ich konnte wieder zurück und durch den Eingang unsere Welt betreten. Er hatte sich geöffnet, weil der Bai erschienen war, aber es war nicht Sinn der Sache, vor den Feinden wegzulaufen. Zudem befanden sich in dieser Welt noch zwei gefangene Menschen.

In der Schwertführung war ich nicht ungeübt. Aber gegen acht Gegner, das sah schlecht aus. Noch dazu auf einer schwankenden Hängebrücke, die nur brüchige Geländer hatte, über die man leicht in die dunkle, unheimliche Tiefe stürzen konnte.

Breitbeinig musste ich mich aufbauen und in der Mitte dieser schmalen Brücke stehen. Immer wenn sich die Skelette vorschoben, begann die Brücke leicht zu schwanken. Doch inzwischen hatte ich Routine und konnte die Stöße ausgleichen.

Und plötzlich merkte ich, dass die ersten beiden Knöchernen nichts verlernt hatten. Sie führten ihre gefährlichen Säbel so, als wären sie überhaupt nicht gestorben und noch immer am Leben.

Blitzschnell waren sie bei mir. Ich ging in Abwehrstellung, dann klirrten unsere Waffen gegeneinander.

Es war eine wilde Fechterei, bei der ich ständig in die Defensive gedrückt wurde. Ich konnte überhaupt nicht kontern, sie waren einfach zu geschickt und bewegten ihre knöchernen Arme sehr schnell. Bei jedem Singen, das entstand, wenn die Klingen gegeneinander schlugen, hatte ich das Gefühl, eine Totenglocke zu hören, und als ich ungefähr vier Schritte zurückgewichen war, änderten die Knöchernen ihre Kampftechnik.

Einer hielt mich in Schach. Es war der rechte, der mich

ziemlich beschäftigte. Der andere Gegner wollte mich mit der Schwert- oder Säbelklinge durchbohren.

In einer schlagenden Abwehrbewegung drehte ich mich nach rechts weg, geriet mit dem Rücken an das straff gespannte Seil, federte wieder vor und ließ meine Klinge nach unten sausen, sodass ich die Waffe des Stechers treffen konnte.

Die Wucht meines Schlages hämmerte seinen Säbel auf die Planken. Gleichzeitig zuckte ich wieder hoch, drehte mich zur anderen Seite hin und drosch zu.

Das zweite Skelett konnte den Schlag zwar noch abwehren, dennoch war er so wuchtig geführt worden, dass der Knöcherne zur Seite hin kippte, das Übergewicht bekam und von der Brücke fiel.

Für einen Moment sah ich ihn noch fallen, bis er in der Schwärze verschwand und einen Schrei ausstieß, der schaurig in meine Ohren gellte. Wahrscheinlich wartete dort unten die Vernichtung.

Der andere Gegner wollte seine entfallene Waffe wieder aufheben. Da kam er bei mir an den Richtigen. Mit einem heftigen Fußtritt beförderte ich ihn in die Höhe, sogar mit den Knochenfüßen hob er ab, um wehrlos in meinen Rundschlag zu laufen, der ihm den Knochenschädel vom Körper hämmerte.

Der Totenkopf machte sich selbstständig. Er rollte über den Rand, drehte sich einige Male um sich selbst und verschwand ebenfalls, während der Torso vor mir zusammenklappte.

Ich bückte mich hastig und besaß jetzt zwei Säbel.

Voller Wut schaute ich auf die restlichen Knochenmänner, und in mir rastete in diesem Augenblick etwas aus. Anders konnte ich mir meine Reaktion nicht erklären.

Mit beiden Säbeln bewaffnet, stürmte ich auf den Pulk der Knochenmänner zu.

Ob sie Erschrecken zeigten oder nicht, ich konnte es nicht sehen, als sie immer größer wurden, ich fast noch über die Bohlen stolperte und mich schlagend in sie hineinwarf.

Es war Wahnsinn, echte Torheit, das wusste ich, aber ich wollte es einfach wissen.

Ich schlug links und rechts, ohne Kontrolle, drängte sie im ersten Augenblick sogar zurück, weil sie nur mehr abwehren konnten. Ich wurde noch mutiger und stach zu.

Es waren harte Stöße, aber die anderen bewiesen mir, wie sehr sie kämpfen konnten.

Plötzlich erfolgte der Gegenschlag. Gleich zwei Klingen trafen die meine und schleuderten sie mir aus der Hand. Jetzt erging es mir so wie dem Knöchernen, dem ich den Säbel aus der Hand gehauen hatte, und ich konnte ihm nur noch nachschauen, wie er in der Tiefe verschwand und für mich unerreichbar wurde.

War das mein Ende?

Es war mein rechter Säbel gewesen. Mit dem linken Arm konnte ich nicht so gut kämpfen, warf den Säbel deshalb auf die andere Hand und musste zuschauen, dass es bei dem Versuch blieb. Als sich die Waffe in der Luft befand, wurde sie von einer anderen Klinge getroffen, sodass ich ins Leere griff und jetzt ohne Waffen war.

Ich erfasste es sofort, die Skelette einen Moment später, und dann hatte ich mich schon zurückgezogen, sodass ich aus der Reichweite ihrer gefährlichen Klingen geriet.

Um schneller fliehen zu können, musste ich den Knöchernen den Rücken zuwenden.

Ich rannte.

Und hörte sie hinter mir. Ihre Schritte klangen ungleichmäßig. Sie hätten mich sicherlich einholen können, wenn sie nicht den Vorteil ihrer Waffen gehabt hätten.

Säbel kann man auch schleudern …

Ich drehte mich um, zum Glück noch rechtzeitig, denn die erste Klinge flog heran.

Sie war wuchtig geschleudert worden, zielte dabei auf den oberen Teil meines Rückens und hätte mich auch erwischt, wenn es mir nicht gelungen wäre, abzutauchen.

Ich duckte mich und fiel gleichzeitig auf die Planken, sodass die Klinge über meinen Kopf hinwegwischte und irgendwo verschwand.

Aber sie hatten noch mehr Säbel.

Während ich mich in die Höhe schnellte, warf ich einen Blick zum Ende der Brücke.

Es lag nicht mehr weit entfernt. Die Tritte der Knöchernen übertrugen sich auf das gesamte Bohlenholz. Es zitterte wie das berühmte Espenlaub, und die Bohlen begannen zu wackeln.

War das zu schaffen?

Ich musste es und rannte geduckt weiter, wobei ich trotz der Enge versuchte, einen Zickzacklauf einzuschlagen.

Dadurch schwankte die gesamte Brücke. Immer wenn ich mehr Wucht hinter meine Sprünge legte, verstärkte sich dieses Schwanken noch. Hinzu kam mein unregelmäßiger Lauf, sodass ich oft genug gegen das Seilgeländer prallte und einige Male das schlimme Gefühl hatte, darüber hinweg in die Tiefe zu fallen.

Es waren nicht alle Bohlen vorhanden, die eigentlich hätten da sein müssen. Ich riskierte gefährliche Fehltritte und konnte nicht unbedingt auf alle Bohlen vor mir achten.

Es kam, wie es kommen musste. Ein großer Schritt brachte mich mit der Ferse auf einen Bohlenrand. Er war weich, feucht, und ich rutschte plötzlich weg.

Im Moment überfiel mich die Panik. Ich schlug meinen rechten Arm zur Seite, die Hand berührte das Seil, sodass ich mich soeben noch festklammern konnte.

Deshalb fiel ich nicht mit dem Rücken zu Boden, hielt mich in dieser Schräglage und drehte mich dabei auf die linke Seite, um mich mit dem Arm abzustützen.

Natürlich verlor ich Zeit, und natürlich wollten die Knöchernen diese Spanne ausnützen.

Sie waren sehr schnell geworden. Ihre blanken Knochenfüße erzeugten ein hohles Klappern, das lauter wurde und in meinen Ohren wie Todestrommeln nachhallte.

Sehr schnell waren sie.

Vor allen Dingen das erste Skelett näherte sich mir mit raumgreifenden Schritten. Es hatte seinen rechten Knochenarm zum Schlag erhoben. Die Degenklinge blitzte gefährlich.

Verzweifelt bemühte ich mich, meinen rechten Fuß aus dem

verdammten Loch zu ziehen, strengte mich an, hörte ein Brechen und Splittern und riss gleich zwei weitere Bohlen mit, als ich endlich freikam.

Es wurde auch höchste Eisenbahn.

Das Skelett war schon verdammt nah. Den rechten Arm hatte es noch höher gehoben.

Flucht hatte keinen Sinn, es würde mich mit der langen Klinge immer erwischen.

Deshalb griff ich an. Ich überraschte das Monster mit meiner Aktion, als ich mich ihm entgegenwarf. Als es zuschlug, tauchte ich schulmäßig unter dem gewaltigen Hieb hinweg und riss gleichzeitig den rechten Arm hoch.

Hinter mir hieb die Klingenspitze in die Bohlen. Ich hörte noch das Splittern und wuchtete das Skelett herum. Zwischen ihm und mir baute sich eine günstige Distanz auf, sodass ich meinen rechten Fuß heben und ihn einen Moment später in den Knochenkörper rammen konnte.

Es war ein fulminanter Treffer. Der Knöcherne, sowieso kein Schwergewicht, wirbelte zurück, schlug mit seinen Gebeinen um sich und prallte voll in seine ihm folgenden Artgenossen hinein.

Sekundenlang entstand für mich ein günstiges Chaos, das ich sofort ausnutzte.

Ich warf mich auf dem Absatz herum und hetzte die Strecke zurück, die noch vor mir lag.

Mit einem großen Satz sprang ich über die Lücke in der Brücke und hörte, als ich aufprallte, das verdächtige Knirschen, als gleich mehrere Bohlen unter meinen Füßen nachgaben.

Der nächste Sprung brachte mich von dieser gefährlichen Stelle weg, und ohne einen Blick über die Schulter zu werfen, ließ ich auch den Rest der Strecke hinter mir.

Endlich hatte ich wieder festen Boden unter den Füßen. Dicht vor mir schimmerte das geheimnisvolle Tor, das noch offenstand und meine einzige Chance war.

Ich hatte den Ausflug in diese unheimliche Welt gewagt. Es war ein Fehlschlag gewesen, aber ich schwor mir in diesen

Augenblicken, zurückzukehren, und dann würden mich keine Skelette aufhalten. Noch nie hatte ich Freunde im Stich gelassen. Wie ich mir einen weiteren Weg in diese Welt vorstellte, das konnte ich jetzt noch nicht sagen. Ich lief die paar Schritte in die entgegengesetzte Richtung bis zur Wand.

Bevor ich in sie hineintauchte, drehte ich mich noch einmal um und schaute zurück.

Die Skelette hatten sich wieder gefangen, aber sie folgten mir nicht mehr. Mit ihrem untrüglichen Instinkt schienen sie genau zu wissen, dass es für sie keinen Sinn hatte.

Wir starrten uns an.

Schaurig wirkten ihre gelblichen Schädel im Grau des unheimlichen Lichts, und ich stellte fest, dass wieder einmal Bewegung in sie geriet, denn sie öffneten mitten auf der Brücke einen Weg für ihren Anführer.

Der Bai kam.

Er näherte sich mit festen Schritten. Dabei schwankte die gefährliche Hängebrücke hin und her, und der Blick dieser schlimmen Gestalt war fest auf mich gerichtet.

Seine prächtige Kleidung stand im krassen Gegensatz zu dem widerlichen Schädel. In seinen Augen sah ich ein gefährliches Leuchten. Er hatte sich auf Schussweite genähert, doch die Entfernung konnte ich vergessen. Niemals würde ich ihn mit einer Silberkugel erledigen können. Nicht in dieser Welt.

Er streckte einen Arm aus, deutete auf mich und sagte Worte in seiner Heimatsprache.

Es musste ein Befehl an die Knöchernen gewesen sein, denn sie hoben ihre Waffen, um anschließend die Klingen zu senken, damit sie mit ihren Spitzen auf mich zeigten.

Ich verstand das Zeichen. Sie hatten mich als Feind erkannt, sie würden mich jagen und versuchen, mich endgültig auszulöschen. Irgendwo, irgendwann …

»Ich warte!«, rief ich ihnen entgegen. »Verdammt, ich warte auf euch! Kommt nur!«

Nach diesen Worten drehte ich mich um, ging die nächsten beiden Schritte und sah vor mir das geheimnisvolle Leuchten, das die gesamte Sichtbreite einnahm.

Dann schritt ich hinein, und Kräfte, die ich nicht erklären konnte, umhüllten mich.

Ich glaubte fest daran, in die Sicherheit zu treten. Dass mich etwas ganz anderes erwartete, damit rechnete ich nicht …

»Das ist ja Sinclair!«

Leila hatte die Worte ausgestoßen und sie so gesprochen wie nie zuvor in ihrem Leben, denn nichts hatte sie bisher so überraschen können. Vergessen war für sie die alte Frau, vergessen auch die Umgebung, der Bai und dessen Leibwächter. Jetzt zählte nur noch der Mann, der ihnen in London die großen Schwierigkeiten bereitet hatte.

John Sinclair!

Für sie ein Albtraum, zwar ein Mensch, aber sie sahen in ihm ein schlimmes Monster. Er hatte dafür gesorgt, dass der Club aufgelöst und ein Stützpunkt der Großen Mutter vernichtet wurde.

Nun war er an der Reihe.

Leila trug nur ihr Messer, aber Aldo war mit einem Revolver bewaffnet. Er hatte ihn gezogen und zielte genau auf die Stelle, aus der John Sinclair auftauchen würde.

Sein Gesicht war kantig. In seinen Augen stand der Wille zu töten, und er flüsterte Worte, die nur er und Leila hören konnten, nicht aber der Geisterjäger.

»Eine Kugel ist für dich Hund zu schade. Ich werde dich töten, wie es die Hölle verlangt. Du sollst und wirst auf mehrfache Art und Weise sterben. Komm nur …«

»Willst du ihn sofort killen?«, fragte Leila.

»Natürlich. Wenn er den ersten Schritt in diese Welt macht, schieße ich ihm ins rechte Bein. Die nächste Kugel setze ich in seinen Arm, die übernächste …«

»Ich würde damit vorsichtig sein«, gab das Halbblut zu bedenken.

»Wieso?«, erkundigte sich Aldo, ohne dabei die Wand aus den Augen zu lassen.

»Er war in der anderen Welt. Er kann uns vielleicht noch

einige Dinge berichten, die er dort gesehen hat. Ich glaube kaum, dass er im Angesicht der Mündung den Mut aufbringen wird zu lügen.«

»Möglich.«

»Also warte ab.«

Beide konnten nicht erkennen, wie viel dieser Strecke John Sinclair schon hinter sich gebracht hatte. Auch seine Umrisse traten nicht deutlicher hervor. Sie sahen sie innerhalb der Wand, und die Konturen verschwammen, als würde jemand mit einem großen Pinsel darüberstreichen.

»Jetzt ist er da!«, hauchte Leila.

Sie hatte sich nicht geirrt. Ihr größter Feind betrat die normale Welt und damit auch den kleinen Saal, in dem sie auf ihn lauerten.

»Willkommen in der zweiten Hölle, Sinclair!«

Mit diesen Worten wurde ich von einer Stimme begrüßt, die ich verdammt gut kannte!

Aldo wartete auf mich!

Um mich herum und in meinem Gedächtnis hafteten noch die Eindrücke, die mir widerfahren waren, als ich dieses unerklärliche Tor durchschritt. Und nun geriet ich voll vom Regen in die Traufe.

Aldo war da!

Ausgerechnet er hatte mich in einem verflucht ungünstigen Augenblick erwischt, obwohl ihm und seiner Freundin Leila meine Reise nach Tanger eigentlich gegolten hatte.

Ich stand und hatte trotzdem das Gefühl, abgeschoben zu werden. Ich sah auch nur Umrisse, Schatten, die sich allmählich als Menschen herauskristallisierten, und dann tauchte etwas anderes in meinem unmittelbaren Blickfeld auf.

Es war etwas Großes, Rundes, Dunkles.

Zudem kalt!

Es berührte plötzlich meine Stirn. Ich kannte das Gefühl und den Druck sehr genau.

Allmählich fing ich mich wieder. Die Schatten nahmen Gestalt an, besonders der, der genau vor mir stand, sodass ich die Umrisse eines Menschen erkannte, der seinen Arm ausgestreckt hielt und mit der rechten Hand eine schwere Waffe umklammerte, deren Mündung er gegen meine Stirn presste und genau die Stelle zwischen den Augen getroffen hatte.

Ein verdammt unangenehmes Gefühl, denn sein rechter Zeigefinger lag am Abzug. Er brauchte ihn nur um eine Idee nach hinten zu bewegen, und alles war vorbei.

Das tat er nicht. Er blieb in seiner Haltung stehen, auch ich rührte mich nicht.

Dafür vernahm ich die Schritte einer anderen Person. Eine Frau schob sich an Aldo heran. Während sie ging, schwangen ihre dünnen Haarsträhnen, die kleinen Perlen klirrten dabei aneinander, und ich hätte eigentlich, ohne hinzuschauen, wissen müssen, wer mir da entgegenkam.

Leila, das schöne Halbblut mit dem Herzen aus Stein.

Auch in dieser Situation konnte sie ihren wiegenden Gang nicht ablegen. Für ihr Bordell und um Männer anzumachen, mochte er ja passen, hierher nicht.

»Sieh an«, sagte sie, »John Sinclair, der bei mir an der Bar den Schüchternen gespielt hat. Da sieht man wieder, wie klein die Welt ist. Wir hatten nicht damit gerechnet, dich jetzt schon wiederzusehen, obwohl Aldo sich vorgenommen hatte, dich zu töten. Er hasst nämlich Leute, die seine Kreise stören.«

»Sei ruhig«, erklärte der Mann und bewegte sich um keinen Millimeter, sodass auch die Mündung der Waffe nicht von dem Platz zwischen meinen Augen rutschte.

Im Gegensatz zu den Skeletten hätte ich ihn und Leila mit einer Kugel außer Gefecht setzen können, aber diesmal kam ich an meine Waffe nicht heran. Ein Zucken meinerseits würde bei ihm eine Reaktion auslösen, die ich nicht überlebte.

Er schwieg.

Auch ich sagte nichts und stellte fest, dass ich wieder völlig klar denken konnte. Der Übergang von einem Reich zum anderen lag endgültig hinter mir.

»Du warst drüben, nicht?«, fragte er plötzlich.

»Ja.«

»Gratuliere. Du hast es noch vor uns geschafft. Wir werden gehen, sobald du gestorben bist.«

Ich schluckte. So etwas Ähnliches hatte ich mir gedacht, aber er sprach über meinen Tod so lässig und nicht ssagend, dass es mich schon erschreckte. Praktisch in einem Nebensatz. Für die beiden war ich erledigt, und ich selbst sah im Augenblick auch keine Möglichkeit, der Kugel zu entgehen.

»Kommen wir zur Sache, Sinclair. Da du schon einmal drüben warst, wirst du uns sicherlich einiges von dem berichten können, was du dort gesehen hast.«

»Da gibt es nicht viel zu sagen«, erklärte ich. »Wenn du hinübergehst, wirst du an eine Brücke gelangen. Sie bringt dich in die andere Welt.«

»Was ist das für eine Brücke?«

»Eine Hängebrücke, aber sie ist nicht ungefährlich, denn sie wird von Skeletten bewacht.«

»Die Leibwächter des Bais!«, stieß er hervor und bewies mir mit seiner Antwort, dass er zu den gut informierten Personen in diesem Fall zählte.

»Es stimmt.«

»Hast du den Bai auch gesehen?«

»In der Tat.«

»Und?«

Er war plötzlich aufgeregt und verstärkte den Druck. Ich musste mich dagegen anstemmen, um nicht nach hinten zu kippen. »Rede. Lass dir nicht jedes Wort aus der Nase ziehen, verdammter Polizist!«

»Er ist ein Monster!«

Aldo lachte. »Verwest, ich weiß … Wir sind nach Tanger gekommen. Wir wollen zur Großen Mutter. Wir haben ihr lange genug gedient, immer nur ihre Stimme gehört, sie aber nie selbst gesehen. Das soll sich ändern. Ihr Anblick wird so schön und gewaltig, so überwältigend und prächtig sein, dass mir Worte fehlen, ihn zu beschreiben.«

Ich hatte die Große Mutter gesehen. Schön und überwältigend, das war nicht der richtige Ausdruck, sogar das Gegenteil.

Als widerlicher Schleimklumpen hatte ich sie in Erinnerung, aber das hatte nichts zu bedeuten.

Ich sah diese Urhure dafür an, dass sie alle möglichen Gestalten annehmen konnte.

»Weiter!«, forderte er. »Rede weiter.«

»Ich bin wieder gegangen.«

»Und man hat dich gelassen?«

»Ja, ich musste mir den Weg freikämpfen. Die Skelette hatten etwas dagegen.«

»Und du hast sie besiegt?« Erstaunen schwang in seiner Frage mit.

»Sonst wäre ich nicht hier. Einige von ihnen existieren noch, falls es dich beruhigt.«

»Ja, es beruhigt mich, denn sie werden sich auf unsere Seite stellen und unsere Helfer sein.«

Ich wollte nicht widersprechen.

»Sonst war nichts?«

»Nein.«

Von Suko berichtete ich ihm nichts und auch nicht davon, dass ich vorhatte, die Welt noch einmal zu betreten, obwohl es im Augenblick nicht danach aussah.

»Gut«, erklärte er, »dann wäre für mich die Sache eigentlich erledigt. Was uns in London nicht gelungen ist, übernehmen wir hier.« Er setzte ein Lachen hinterher. »Ist doch nett, nicht. Vielleicht schleudere ich deine Leiche auch durch die Wand in die andere Welt hinein, als Gabe für die Große Mutter.«

»Aldo!«

Leila hatte gesprochen. In ihrer Stimme war eine gewisse Sorge mitgeklungen, die auch dem Mann nicht verborgen blieb.

»Was ist denn?«

»Die Wand, Aldo. Verdammt, sie verändert sich. Die Farbe geht zurück, das ist eigentlich nicht möglich …«

Er drehte den Kopf. Der Druck der Mündung lockerte sich ein wenig, aber noch immer sah ich keine Chance, schneller zu sein als eine abgefeuerte Kugel.

Ich merkte sein Zittern, da es sich auch auf die Waffe übertrug. »Verdammt, was hat das zu bedeuten?«

»Das Tor schließt sich.«

»Und du hast es gewusst?«

»Ja.«

»Weshalb hast du nichts gesagt?«, schrie er mich an. »Du verfluchter Bastard hättest reden müssen!«

»Weshalb sollte ich? Du hattest mich nicht danach gefragt, Aldo!«

Aus seinem Mund drangen Worte der Wut. Er hätte mich am liebsten jetzt erschossen, doch er schaute zunächst zu, wie Leila vorlief und die Wand erreichen wollte.

»Sei vorsichtig!«, warnte er.

»Ja, ja …« Sie fasste dagegen und geriet plötzlich in Hektik. Ich konnte es nicht erkennen, weil ich mit dem Rücken zu ihr stand. Dabei vernahm ich nur die Geräusche, wie ihre Handflächen über die normale glatte Mauer glitten, bis sie die Hände ballte und mit den Fäusten gegen die Wand drosch.

Es waren Schläge der Wut, aus dem Hass geboren, und ich hörte ihr wildes Schluchzen. Gleichzeitig vernahm ich die schleppenden Schritte, als sie näher kam und kopfschüttelnd ihren alten Platz einnahm. »Aldo!« Ihr Gesicht hatte sich verzogen, und sie deutete auf die Wand. »Aldo, verflucht, wir kommen nicht mehr durch! Sie ist verschlossen.«

»Für immer?«

»Ich weiß es nicht!«

»Bulle!« Plötzlich wandte sich Aldo wieder an mich, nahm die Mündung von der Stirn weg und setzte sie mir unter das Kinn. Ich konnte in ein Gesicht schauen, das von einer widerlichen Bösartigkeit entstellt war. »Bulle, du wirst mir sagen, wie lange das noch alles dauert. Nur du, verfluchter Hundesohn …«

Der Druck am Kinn war stark. Es fiel mir aus diesem Grunde schwer, eine Antwort zu formulieren. »Die Zeit ist um!«, flüsterte ich. »Jetzt musst du noch einen Tag warten. Oder fast einen Tag, aber dreiundzwanzig Stunden. Hast du gehört?«

»Ja, Bulle. Aber so lange werde ich dich nicht am Leben lassen, deine Zeit ist nämlich abgelaufen.«

Die letzten Worte waren so scharf gesprochen worden, dass

ich damit begann, mit meinem Leben abzuschließen. Auch Leila hatte sich damit abgefunden. Ich bemerkte noch, wie sie sich von mir entfernte, um sich hinter Aldo aufzustellen.

Aldo lachte. »Ich will mich ja nicht selbst beschmutzen«, erklärte er und ging einen Schritt zurück. »Um sicher zu sein, Sinclair, werde ich dir die Kugel in den Kopf setzen. Hast du gehört? In den …«

Ein Schrei!

Im nächsten Augenblick erhielt Aldo einen Stoß, der ihn nach rechts katapultierte, und ich sah vor der Mündung die Feuerblume aufplatzen, bevor ich den Schuss hörte.

Nicht allein Aldo und Leila hatten gesehen, wie ihr Feind aus der Wand trat, auch die alte Aische.

Ihr war schon längst klar geworden, dass die Fremden, obwohl sie sich kannten, Todfeinde waren, und sie musste sich für eine Seite entscheiden.

Das war sehr einfach, denn die Frau und der Mann dienten dem Bösen, dem sie abgeschworen hatte.

Aber sie war zu schwach. Die beiden konnten mit ihr machen, was sie wollten, deshalb hütete sie sich auch, einzugreifen, obwohl sich, je mehr Zeit verstrich, in ihrem Kopf allmählich ein gefährlicher Plan festsetzte.

Sie erkannte, dass ihr Alter plötzlich zu einem Vorteil geworden war, denn niemand achtete auf sie. Wer traute einer hundertjährigen Frau schon zu, gegen zwei in der Blüte des Lebens stehende Menschen anzugehen?

Beide drehten ihr den Rücken zu. Auch von John Sinclair konnte sie nicht viel sehen, weil der Körper des anderen Mannes ihn verdeckte. Aber sie wusste sowieso, in welch großen Schwierigkeiten dieser Mann steckte.

Sie bewegte sich.

Es fiel ihr schwer, da sie sehr lange in ihrem Kreuzsitz auf dem Boden gehockt hatte. Vor allen Dingen waren die langsamen Bewegungen nicht leicht, da sie auf keinen Fall etwas überstürzen durfte und die anderen damit warnte.

Aische streckte ihren Oberkörper. Keiner der anderen merkte etwas davon, und das war auch gut so, denn auf diese Art und Weise konnte sie auch nicht verraten werden.

Inzwischen war es ihr gelungen, die beiden Arme so weit auszustrecken, dass die Hände den Boden berührten, und ein erstes Lächeln zuckte um ihre dünnen Lippen.

Die beiden sprachen noch immer, und dann fiel ihnen auf, dass sich die Wand veränderte.

Aische wusste den Grund, die beiden Eindringlinge nicht, und sie waren deshalb so überrascht.

Auch veränderte der andere Mann seine Haltung, während das Halbblut vorlief, verzweifelt die Wand abtastete und doch nichts erreichen konnte. Es gab keinen Durchschlupf mehr.

Auch Aldo war wie von Sinnen. Er konnte es kaum fassen und gab John Sinclair die Schuld.

Aische drückte sich hoch. Wenn sie etwas erreichen wollte, durfte sie keinesfalls liegen bleiben. Ohne die beiden anderen aus den Augen zu lassen, blieb sie gebückt stehen und sah, wie die Frau wieder zu ihrem Platz zurück wollte.

Eigentlich hätte sie Aische jetzt sehen müssen, aber sie hatte nur Augen für ihren Freund und den blonden Mann.

Aldo stand vor dem Mord.

Das wusste Aische, obwohl sie die englisch gesprochenen Worte nicht verstehen konnte. Das Gefühl sagte ihr, dass es fast so weit war. Aufs Korn hatte sie die Frau genommen. Sie war das schwächste Glied in der Kette.

Und Aische griff an.

Sie stolperte nach vorn, hatte für eine schrecklich lange Sekunde das Gefühl, die Frau nicht mehr erreichen zu können. Sie stieß sie so an, dass Leila gedreht wurde und gegen ihren Kumpan prallte.

Es war alles, was Aische tun konnte, denn sie bekam das Übergewicht und fiel zu Boden.

In diesem Augenblick hörte sie den Schuss und dachte, dass alles zu spät war …

Es war nicht zu spät!

Aldo hatte zwar geschossen, mich aber nicht erwischt. Vielleicht war das Projektil an meiner Wange vorbeigestrichen, oder ich hatte nur den Hauch des Mündungsfeuers gespürt, jedenfalls war ich nicht tot und konnte mich meiner Haut schon wehren.

Die schöne Leila war mit sehr großer Wucht gegen den Mann geprallt und hatte ihn ein Stück zur Seite gestoßen, und zwar so weit, dass ich ihn nicht erreichen konnte.

Dennoch hatte er Schwierigkeiten mit dem Gleichgewicht. Aber wie ein rasender Teufel drückte er kurzerhand ab und jagte die Kugeln einfach in den Raum hinein, wobei es ihm egal war, ob er seine schöne Komplizin traf.

Ich hörte das Krachen der Schüsse, sah das Mündungsfeuer, lag am Boden, vernahm einen leisen, schmerzerfüllten Schrei und rollte mich mehrmals um die eigene Achse, wobei ich meine Beretta gezogen hatte, liegen blieb und mit der Mündung das Ziel suchte.

Aldo hatte aufgehört zu schießen. Er sprang in diesem Augenblick auf mich zu, weil ich still verharrt hatte, und sah wegen der schlechten Lichtverhältnisse nicht die Waffe in meiner Hand.

Aber Leila.

Sie schrie ihm eine Warnung zu, die für Aldo leider zu spät kam, denn jetzt hatte ich geschossen.

Diesmal schaute er genau in das Mündungsfeuer, als die Kugel zwischen seinen Armen hindurchfuhr und mitten in seine Brust schlug. Es traf ihn wuchtig, und aus seiner geschmeidigen Bewegung wurde ein groteskes Torkeln.

Aldo war getroffen.

Das sah auch Leila. Schreiend rannte sie auf ihn zu, sah ihn fallen, griff nach ihm und konnte sein Gewicht nicht mehr halten, denn der schwere Mann riss das schöne Halbblut mit zu Boden.

Ich aber stand auf.

Mein Herz schlug zum Zerspringen. Für einen Moment drehte sich alles vor meinen Augen. Die Nervenanspannung wollte einfach nicht nachlassen. Sicherlich würde es noch eine Weile dauern, bis ich die Ereignisse überwunden hatte und wieder fit war.

Ein leises, schmerzerfülltes Jammern ließ mich aufmerksam werden. Nicht Aldo hatte es ausgestoßen, sondern die Person, die mir gewissermaßen durch ihre Aktion das Leben gerettet hatte.

Es war Aische.

Sie lag auf dem Rücken, die Beine angezogen und dabei ein wenig zur Seite gedreht. Neben ihrem Körper erkannte ich die dunkle Lache und wusste sofort, dass es ihr Blut war, das aus einer Wunde rann, die eine von Aldos willkürlich geschossenen Kugeln gerissen hatte.

Mein Herz krampfte sich zusammen, als ich neben der alten Frau in die Knie ging. Vorsichtig legte ich meine Hände unter ihren Kopf. Als ich ihn anhob, stiegen mir Tränen in die Augen. Ich schaute in ein Gesicht, aus dem allmählich das Leben entwich.

Sie lächelte. Es war ein strahlendes, gleichzeitig verlorenes Lächeln. Unterstützt wurde es durch ihre nächsten Worte. »Ich habe verloren und doch gewonnen. Ich werde in eine andere Welt eingehen. Allah wird mich in seine Arme betten, du aber, du musst weitermachen. Du darfst nicht aufgeben. Lass dich nicht …«

Sie konnte plötzlich nicht mehr sprechen, denn ein unsichtbarer Gast hatte sie erreicht.

Und er löschte auch ihren letzten Lebensfunken aus, sodass mir nichts anderes übrig blieb, als dieser prächtigen Frau die Augen zuzudrücken.

»Du wirst deinen Frieden haben«, murmelte ich und stand auf.

Auch Leila hatte sich erhoben.

Als ich mich drehte, tat sie es ebenfalls, sodass wir uns beide anschauten. Viel erkannte ich nicht, aber sie stieß mir hart die nächsten Worte entgegen.

»Er ist tot«, sagte sie. »Verdammt, er ist tot. Und du hast ihn erschossen!«

»Ja!«, bestätigte ich. »Das habe ich. Ich musste ihn erschießen, sonst hätte er mich getötet. Es war Notwehr.«

Sie schüttelte den Kopf. »Du glaubst gar nicht, Bulle, wie mich das interessiert.«

»Daran kann ich nichts ändern.«

Sie nickte, und wieder hörte ich das Klirren ihrer Haarperlen. Dann hob sie die Schultern. »All right, Bulle, wir haben beide verloren. Soll ich dir die Hand reichen?«

»Nein, aber ich habe eine bessere Idee.«

»Und die wäre?«

Langsam schritt ich auf sie zu. Leila wich nicht zurück. Plötzlich kam es mir vor, als wären nur wir beide auf der Welt. »Sie haben einiges auf dem Kerbholz. Was meinen Sie, wie sich englische Behörden freuen, Sie in die Hände zu bekommen.«

»Was soll das?«

Ich blieb stehen. »England wartet auf Sie, Leila. Ich werde dafür sorgen, dass Sie in das nächste Flugzeug steigen und nach London fliegen. Das ist meine Lösung.«

»Glauben Sie?«

»Ja.«

Da begann Leila zu lachen. »Ich finde es toll, wirklich. Mal sehen, ob ich England tatsächlich erreiche. Oder fliegen Sie etwa mit, Bulle?«

Ich dachte an Suko und an den Franzosen namens Claude Renard. »Nein, ich habe hier noch etwas zu erledigen, doch ich werde dafür sorgen, dass man Ihnen in London einen entsprechenden Empfang bereitet. Kommen Sie.« Ich deutete zur Tür.

Sie hob die Schultern, lächelte mich kalt an und ging vor.

Langsam folgte ich ihr in den Gang hinein und ließ einen Raum zurück, in dem zwei Tote lagen …

ENDE

Die Rache
der Großen Alten

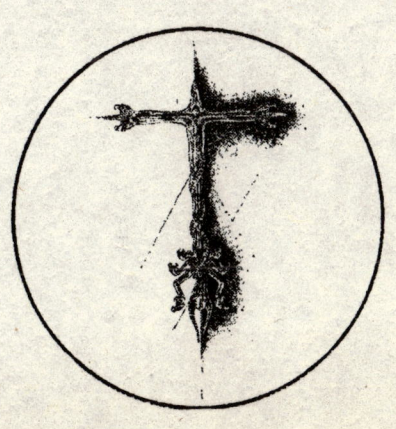

Zurück ließen wir zwei Leichen!

Da war die alte Frau, die mir das Leben gerettet und diese Tat mit ihrem Tod gebüßt hatte. Sie war praktisch aus Versehen erschossen worden, lag gekrümmt da, und ich hatte ihr als letzten Dienst noch die Augen zugedrückt.

Nur wenige Schritte entfernt und im spitzen Winkel zu der Toten lag ihr Mörder. Er hieß Aldo und war von meiner geweihten Silberkugel tödlich getroffen worden. Da es sich bei ihm um einen Menschen handelte, hatte die Kraft der Kugel seinen Körper nicht aufgelöst. Seinetwegen und wegen des Halbbluts Leila waren Suko und ich überhaupt von London nach Tanger geflogen und hatten das Pech gehabt, vom Regen in die Traufe zu geraten. Dabei ging es mir noch besser als meinem Freund Suko, der, zusammen mit einem Franzosen namens Claude Renard, in einer anderen Dimension verschollen war, die der Großen Mutter gehörte.

»Ich dachte, du wolltest gehen, Bulle«, hörte ich aus dem Halbdunkel die Stimme der Frau. Und die klang ebenso rauchig, als würde das Halbblut Leila an einer Bar stehen und Gäste anmachen. Der Tod des Mannes schien sie überhaupt nicht berührt zu haben, obwohl Aldo ihr Partner in dem höllischen Spiel gewesen war.

Ich schaute dorthin, wo sie stand. Ihr Körper hob sich im Grau des Dämmers ab. Sie hatte eine Hand in die Seite gestützt und den Kopf schief gelegt. Den Ausdruck des Gesichts konnte ich nicht erkennen. Wahrscheinlich schaute sie ebenso spöttisch wie überlegen, denn aufgegeben hatte Leila noch nicht.

Ich schlenderte auf sie zu. »Sie werden noch früh genug in England eintreffen«, versprach ich ihr.

»Wirklich?«

»Davon bin ich überzeugt.«

»Wenn du dich da nicht mal irrst, Bulle.«

Neben ihr blieb ich stehen. Obwohl wir uns nicht mehr in einer Bar befanden, roch ich ihr starkes Parfüm. Eine süßliche Mischung, die ich nicht mochte. »Tut es Ihnen um Ihren Partner nicht Leid?«, fragte ich sie. »Immerhin waren Sie lange genug zusammen und haben die gleichen Interessen verfolgt.«

»Wozu?«

Diese eine fragende Antwort reichte. Ein Mensch, der keine Gefühle hat, reagierte eben so.

Ich griff in die Tasche und holte eine Zigarettenpackung hervor. Wie lange ich Zeit bis zum Start der Maschine hatte, wusste ich leider nicht. Wahrscheinlich einige Stunden, und in dieser Spanne musste ich mich mit der Frau abgeben, ob ich wollte oder nicht.

Als die Flamme meines Feuerzeugs aufzuckte, streichelte das Licht auch Leilas Gesicht. Sie starrte mich aus ihren dunklen Augen an. In den Pupillen lag ein spöttischer Ausdruck. Die Unterlippe war ein wenig vorgeschoben, ein Ausdruck, wie ich ihn von ihr kannte. Ich ließ den ersten Rauch aus den Nasenlöchern strömen und hörte erneut ihre Stimme.

»Kann ich auch eine Zigarette haben?«

»Bitte.« Ich gab ihr sogar Feuer.

Tief saugte sie den Rauch ein und legte den Kopf zurück, während sie den Qualm an mir vorbei gegen die kaum erkennbare Decke blies. Spott zeichnete ihre Züge. »Jetzt sind wir allein«, sagte sie.

»Sicher. Rechnen Sie sich etwas aus?«

»Wieso?«

»Ich meine nur. Um den Finger wickeln wie die anderen Gäste in Ihrem Londoner Bordell lasse ich mich von Ihnen nicht.«

Im Beisein der Toten fand ich es unpassend, dass sie lachte. Aber von dieser Frau, die einer Dämonin diente, konnte ich nichts anderes erwarten, erst recht keine Pietät. »Wir sind Partner, Sinclair«, sagte sie. »Ob Sie es glauben oder nicht.« Hin und wieder fiel sie in den förmlichen Ton.

»Ich glaube es nicht.«

»Denken Sie mal an Tanger. Der Flughafen ist weit, und hier sind Sie kein Polizist.«

»Stimmt.« Ich warf die Zigarette zu Boden und trat sie aus. »Aber meine Chancen stehen besser als die Ihren. Ich kann mich mit den einheimischen Behörden in Verbindung setzen und mich mit Ihnen arrangieren. Das wird Ihnen kaum gelingen.«

»Ach, Sinclair, hören Sie. Wir befinden uns hier im Orient und nicht in England. Hier ist ein Mann noch ein Mann. Meinen Sie, die Polizisten lochen eine Frau wie mich ein?« Sie lachte kehlig. »Das glauben Sie doch selbst nicht. Wenn ich will, wickele ich die Burschen um den kleinen Finger, Sie verstehen.«

»Noch ist es nicht so weit.«

»Sie werden sich wundern.« Lässig lehnte sich Leila gegen die Wand und rauchte.

Klar, mir passte das alles nicht. Auch ich hätte mich lieber allein auf den Weg gemacht, aber nicht in Richtung England, sondern in eine andere Dimension, in das Reich der Großen Mutter, gewissermaßen in die ewige Finsternis, wo mein Freund Suko gefangen war. Leider musste ich fast einen Tag und eine Nacht warten, erst dann würde sich das geheimnisvolle Dimensionstor wieder öffnen.

So aber war ich gezwungen, mich um die Frau zu kümmern. Ich musste versuchen, sie nach England zu schaffen.

Ich fasste nach ihrer Schulter. »Treten Sie die Zigarette aus und lassen Sie uns dann gehen.«

»Auf einmal so eilig?«

»Ja.«

Sie kam meiner Aufforderung nach. Dann hob sie die Schultern und ging langsam vor. Ich folgte ihr durch den düsteren Gang und gelangte in den Innenhof des Hauses. Hier hatte ich gegen einen der lebenden Toten, einen Diener des Bais, gekämpft und fast mein Leben verloren.

Meine Kugel war schneller gewesen als sein Schwert, so hatte ich aufatmen können.

Bisher hatte uns die Stille umfangen. Doch in diesem Hof, wo wir auch Geräusche von außen vernehmen konnten, war das plötzlich anders. Über die Kronen der Mauern drangen Laute, die sich anhörten, als würde jemand laut rufen und gleichzeitig andere dazu anhalten, ruhiger zu sein, sodass wir zu den Stimmen noch Schritte vernahmen.

Nicht die einer einzelnen Person, sondern die mehrerer Ankömmlinge. Und die befanden sich weiter entfernt, jenseits der Mauer, wo die geheimnisvollen Straßen und Gassen der Altstadt von Tanger lagen. Für mich klangen diese Geräusche recht ungewöhnlich. Ich hatte die Altstadt als relativ ruhige Zone in der Nacht erlebt, und auch die Frau wunderte sich über die Stimmen.

»Stimmt etwas nicht?«, fragte ich.

Leila hob die Schultern. »Keine Ahnung, aber die Ansammlung der Typen hinter der Mauer bereitet mir Sorge.«

»Haben Sie Grund dazu, sich Sorgen zu machen?«

»Wohl kaum …«

Ihre Antwort überzeugte mich nicht, und ich deutete dorthin, wo sich der Ausgang befand. »Kommen Sie, wir werden von hier verschwinden. Es ist möglicherweise besser.«

Sie widersprach nicht und hatte auch nichts dagegen, dass ich die Führung übernahm.

Wir bewegten uns so leise wie möglich auf den normalen Ausgang zu. Ich hatte ein ungutes Gefühl. Irgendwie kam mir die Umgebung so anders vor, so abwartend, wie die berühmte Ruhe vor dem Sturm, und ich hatte das Gefühl, von bösen Feinden umgeben zu sein, die sich noch im Unsichtbaren aufhielten.

Wir erreichten eine kleine Treppe, die nur vier Stufen hatte. Als wir diese hinter uns gelassen hatten, standen wir in einem schmalen Gang, der zum Ausgang führte.

Ich ging jetzt schneller, und Leila blieb auch dicht hinter mir. Sie redete kein Wort mehr. Ich vernahm nur ihren scharfen Atem und hatte das Gefühl, dass sie noch mehr wusste, als sie eigentlich zugeben wollte. Vor einer Holztür blieb ich stehen, entdeckte einen runden Knauf, umklammerte ihn und drehte ihn herum.

Ein wenig sperrte die Tür noch, dann konnte ich sie zu mir ziehen. Obwohl eigentlich kein Grund bestand, ärgerte ich mich über das dabei entstehende Geräusch, denn es war ziemlich weit zu hören und hätte, falls sich Verfolger in der Nähe befanden, auch von ihnen vernommen werden können.

Es gefiel Leila nicht, dass ich zunächst einen Blick nach draußen warf, bevor ich mich in Bewegung setzte. »Weshalb gehst du nicht, Bulle?«, schimpfte sie.

»Weil ich meine Prinzipien habe, deshalb.« Ich ließ mich nicht beirren und warf einen vorsichtigen Blick in die Gasse, die nach links hin geradeaus führte, zur rechten Seite allerdings einen Bogen beschrieb.

Die Gasse war leer!

Zunächst atmete ich auf, dann dachte ich genauer darüber nach und fragte mich, woher die Stimmen gekommen waren, die wir gehört hatten. Da mussten Menschen in der Nähe lauern.

»Wie sieht es aus?«, fragte mich Leila.

»Dunkel«, erwiderte ich.

»Verdammt, deine Antwort …« Der Rest ging in einem unverständlichen Gemurmel unter.

»Kommen Sie«, sagte ich und fasste sie an. Leila ließ es geschehen, dass ich ihre Hand nahm und sie ins Freie zog. Wir beide betraten eine leere Gasse. Und wieder dachte ich daran, dass man mir mal gesagt hatte, eine Stadt wie Tanger hätte tausend Augen, besonders in der Nacht, wenn man nicht damit rechnete.

Der neue Tag war erst eine Stunde alt. Ich wollte nicht daran glauben, dass eine Stadt wie diese, in der wir uns befanden, schlief. Es war egal, in welche Richtung wir uns wandten. Ich kannte mich nicht aus. Leila wahrscheinlich auch nicht. Und wenn, hätte sie mir bestimmt nichts gesagt. Jede Minute, die sie sich in Freiheit befand, war für sie ein Gewinn. Ich konnte sie nicht als Helferin bezeichnen. Leila würde sich wahrscheinlich neutral verhalten und sich erst später, wenn wir den Flughafen erreicht hatten, auf die andere Seite stellen.

Vorsichtig verließ sie das Haus. Nach dem ersten Schritt schon glitt sie geschmeidig zur Seite und stellte sich in den Schatten der Wand. So wurde sie am wenigsten gesehen.

Ich deutete nach rechts. »Dahin gehen wir.«

»Und dann?«

»Werden wir weitersehen.«

»Bulle, du kennst dich auch nicht aus.« Sie lachte bei den Worten und wartete auf meine Antwort.

»Ja, es stimmt, ich habe meine Schwierigkeiten.«

»Das wird eine Flucht. Ich würde es als Spaß bezeichnen.«

Eine Antwort gab ich ihr nicht mehr, denn ich war weitergegangen. Der Untergrund bestand aus festem Lehm, und ich versuchte, meine Schritte so stark wie möglich zu dämpfen.

Natürlich konzentrierte ich mich auf die Geräusche, die uns umgaben. Ich hoffte, aus dem Klang schließen zu können, was mich erwartete. Aber ich vernahm nichts.

Nur ein fernes Rauschen. Es war das Echo des Straßenverkehrs, der auch zur nächtlichen Stunde in Tanger nie abriss. Hin und wieder glitten Lichtpunkte durch die Schwärze: landende Flugzeuge.

Ich empfand dies als Hohn, denn wir mussten zum Flughafen, aber der lag noch verdammt weit entfernt.

Wir huschten an den Häuserfronten vorbei. Tagsüber hockten hier Menschen vor den Fassaden. Sie boten europäischen und amerikanischen Touristen allerlei billige Souvenirs an. Jetzt war die Straße verlassen. Selbst kleine Stühle oder Hocker hatte man hereingeholt.

Ein Pfiff erklang!

Dünn, hoch und schrill. Wir erschraken.

Ich blieb stehen und drehte den Kopf. Leila befand sich dicht hinter mir, hatte die Stirn in Falten gelegt und versuchte, ein zerknirschtes Gesicht zu machen.

»Sind sie uns auf den Fersen?«, fragte ich sie.

»Keine Ahnung.«

Sie log, das sah ich ihr an. Ihr weitere Fragen zu stellen hatte keinen Sinn. Leila antwortete nur, wenn es ihr in den Kram passte. Ich hatte das Gefühl, mit ihr zusammen inmitten einer großen Schlinge zu stecken, die sich allmählich zuzog und das Atmen erschwerte.

Da sich der Pfiff nicht wiederholt hatte, gingen wir weiter. Wieder versuchten wir, so leise wie möglich zu laufen, und wir hatten bereits die Kurve der Straße erreicht. Ich sah auch die dunklen Löcher, wo rechts und links zwei schmale Gassen abzweigten.

Aus diesen Löchern tauchten sie auf. Sie waren lautlos und schnell. Huschende Gestalten, die plötzlich die Straße versperrten und einen Wall aus Leibern bildeten. Dabei sagten sie nichts. Sie standen nur da, drohend, gefährlich, und ich sah so manchen Messerstahl funkeln.

In meiner Kehle wurde es trocken. Ich drehte für einen Moment den Kopf, blickte in Leilas Gesicht und sah, dass sie die Schultern hob. Leise klirrten ihre Haarperlen gegeneinander.

»Was wollen die?«, flüsterte ich.

»Weiß ich doch nicht.«

»Verdammt, Leila, Sie müssen …«

»Sie sind auch hinter uns!« Mit diesen Worten unterbrach sie meinen Gesprächsansatz.

Ich wandte mich um und schaute auf die zweite Mauer aus Menschenleibern. Auch dort blitzte an einigen Stellen der dunkelblaue Messerstahl. In meiner Kehle wurde es eng. Ich hatte das Gefühl, mitten in der Falle zu stecken und fühlte die Kälte, die über meinen Rücken rann. Alles war eine gigantische Falle gewesen, in deren Netz wir uns verstrickt hatten und wohl aus eigener Kraft nicht wieder herauskommen konnten. Dazu war die Übermacht zu groß.

»Hatte ich dir nicht gesagt, Bulle, dass wir Schwierigkeiten bekommen würden?«, fragte Leila.

»Das hast du.«

»Ja, und da sind sie schon.«

Wieder hörten wir einen Pfiff, und dann setzten sich beide Parteien in Bewegung.

Es war klar, was sie vorhatten. Sie wollten uns in die Zange nehmen und töten.

»Und jetzt, Bulle, lass dir etwas einfallen!«, sagte Leila, wobei sie nach links und rechts deutete. »Diesen Menschenring durchbrechen wir nie …«

Nein, den schafften wir nicht. Da hatte sie Recht, auch wenn ich es nicht gern zugeben wollte. Ich wusste nicht, welche Chancen uns noch blieben. Nach vorn konnten wir nicht, zur anderen Seite ebenfalls nicht, blieb uns eigentlich nur die Möglichkeit, uns in einem der Häuser zu verstecken.

Dabei war ich Realist genug, um dies nur als Aufschub zu sehen. Zudem drängte mich Leila.

»Tu etwas, Sinclair!«

Ich deutete über meine Schulter. »Sehen Sie die Tür hinter mir?«

»Klar.«

»Dann laufen wir da ins Haus.«

Sie schaute mich mit einem spöttischen Blick an, der mir sagte, dass sie nicht überzeugt war. Bisher hatte keiner der uns eingekreisten Männer etwas gesagt. Genau in dem Augenblick, als wir uns in Bewegung setzten, hörte ich ein Wort.

»Mörderin!«

Der Sprecher hatte sich der französischen Sprache bedient, die auch ich verstand, und ich zuckte für einen Moment zusammen.

Mörderin, nicht Mörder hatte der Mann gerufen! Demnach hatte er Leila damit gemeint.

Ich starrte sie an, denn auch sie musste das Wort verstanden haben.

»Was ist?«, fragte sie lauernd. »Habe ich etwas an mir?«

»Nein, äußerlich nicht. Ich wundere mich nur, dass man Sie als Mörderin bezeichnet hat.«

»Das ist nun mal so.«

»Haben Sie hier jemanden umgebracht?«

Ihre großen Augen verengten sich. »Ich glaube, Sinclair, dass wir hier andere Probleme haben. Zudem könnte ich Sie auch als Mörder bezeichnen, denken sie nur an Aldo.«

Es war leider nicht der richtige Ort und auch nicht die Zeit, um dieses Thema auszudiskutieren. Zudem wollte Leila endlich weg, denn sie tauchte bereits zur Seite und war vor mir innerhalb des dunklen Rechtecks verschwunden.

Ich blieb noch einen Moment stehen, hörte wütende Rufe und setzte mich ebenfalls in Bewegung, weil die Meute anfing zu laufen. Von zwei Seiten rannten sie auf uns zu.

Etwas fuhr blitzend durch die Luft.

Wer das Messer geschleudert hatte, konnte ich nicht sagen. Ich zog noch den Kopf ein und sah etwas Blitzendes über meine rechte Schulter huschen, das zugleich an der Hauswand entlangfuhr und ein kratzendes Geräusch hinterließ.

Dann war auch ich verschwunden.

In dem Flur war es fast stockfinster. Ich sah Leila erst, als ich gegen sie lief und ihren weichen Körper spürte. »Weshalb diese Annäherungen, Bulle?«, girrte sie.

Als Antwort drückte ich sie herum und stieß sie weiter, denn ich wollte tiefer in das Gebäude.

Wir erreichten einen schmalen Gang. Vor uns klirrte ein Vorhang. Gleichzeitig erschien genau dort eine Lichtinsel. Ein magerer Arm wurde durch den Vorhang geschoben. Auf dem Handteller stand eine kleine Ölfunzel.

Obwohl ich es eilig hatte, blieb ich stehen, packte den Arm und zog den Mann durch den Vorhang.

»Wo geht es zum Dach?«, zischte ich ihm zu.

Zusammen mit der Antwort erreichte mich eine widerlich riechende Knoblauchfahne. »Oben.«

»Die Treppe?«

»Da.«

Ich stieß den Mann wieder zurück, hörte sein Schimpfen und lief tiefer in den Gang.

An der Treppe wartete Leila auf mich. Sie konnte an mir vorbeisehen und auch das Türrechteck entdecken. »Sie kommen schon, Sinclair!«

Ich drehte mich nicht um. Zusammen mit Leila stolperte ich die Stufen hoch.

Sie waren sehr steil, ziemlich eng und führten in mehreren Wendeln in die Höhe.

Stolperfallen bildeten die Stufen, auch Leila merkte dies, als sie plötzlich nach vorn fiel. Ich riss sie wieder in die Höhe und hörte ihre Stimme. »Danke, Partner.«

Eine Antwort erhielt sie diesmal nicht von mir.

Aus dem unteren Bereich des Hauses vernahmen wir Stimmen. Sie schrien sich an, sprachen aber leider in ihrer Heimatsprache, sodass wir von ihren Plänen nichts erfuhren.

Eines war sicher. Sie würden uns hetzen, jagen wie zwei Schwerverbrecher, und wenn es ihnen gelang, uns zu bekommen, stand uns etwas bevor, über das ich nicht nachdenken wollte.

Wie hatte Leila noch gesagt? »Ein weiter Weg wird es bis zum Flughafen sein.«

Sie schien Recht zu behalten, und ich war auf Gedeih und Verderb mit ihr verbunden. Sollte sie tatsächlich jemanden umgebracht haben, würden die Häscher auf mich auch keine Rücksicht nehmen, denn wie sollten sie auch unterscheiden können?

Und so liefen wir weiter.

Bis Leila stoppte.

Auch ich sah den Schatten, der sich vor uns aufgebaut hatte. Es war ein kompakter Kerl, der einen langen Kaftan trug, dazu einen weißen Turban auf dem Kopf, drei Stufen über uns stand und ein Gewehr in den Händen hielt.

Die Mündung zielte auf Leila.

Plötzlich änderte sich ihr Verhalten. Sie lachte leise, ging auf den Mann zu und öffnete gleichzeitig einige Knöpfe ihres Oberteils. Ein uralter Trick, aber äußerst wirksam, und auch der Mann über uns wurde abgelenkt. Er bekam große Augen, die Mündung der Waffe senkte sich, und eine Sekunde später erlebte ich Leila in Aktion.

Blitzschnell griff sie nach dem Lauf, riss daran und zog den Kerl, der sein Gewehr nicht loslassen wollte, zu sich herunter.

Er kam wie ein kompakter Schatten und hätte Leila noch umgerissen, wäre sie nicht im letzten Augenblick zur Seite gesprungen und gegen die Wand geprallt.

»Los, Bulle!«

Mein Uppercut war klassisch. Er explodierte am Kinn des Kerls, als dieser sich noch in Bewegung befand. Ich spürte den Treffer ebenfalls bis in den Oberarm hinein und stellte fest, dass der andere schlapp wurde. Auf den Stufen sank er zusammen.

Leila riss das Gewehr an sich, bevor es ihm aus den Händen rutschen konnte. »Jetzt habe ich auch etwas«, sagte sie und lachte.

»Aber schießen Sie nicht wie ein wilder Teufel gleich drauflos«, erwiderte ich. »Wir haben genügend Ärger.«

»Sicher.«

Ich hetzte an dem Bewusstlosen vorbei, der das Übergewicht bekam und die Treppe bis zur nächsten Wendel hinabrollte. Es wurde Zeit, dass wir wegkamen, denn von unten her vernahmen wir Schritte. Die anderen hatten genau erkannt, wo wir uns befanden, und sie bemühten sich, die Stufen so schnell wie möglich hochzulaufen.

Da der Mann auf der Treppe geschlafen haben konnte, musste er aus einer Wohnung gekommen sein. Die Tür sahen wir sehr bald. Sie stand noch offen.

Leila erreichte das Zimmer als Erste. Sie sprang über die Schwelle, blieb stehen und drehte sich, wobei sie das Gewehr in Anschlag hielt und die Mündung durch das Zimmer kreisen ließ.

Es war ein runder Raum. Wir sahen die Fenster bleiern schimmern und die gewölbte Decke.

Für diese Art des Raumes gab es nur eine Erklärung. Wir waren in einem Turmzimmer gelandet. Ich wusste, wie verschachtelt und verwinkelt die Häuser der Altstadt von Tanger angelegt waren. Es existierte kein einheitlicher Baustil, und so kam es vor, dass kleine Türmchen auf irgendwelche Dächer gesetzt worden waren.

Leila hatte schon ein Fenster erreicht. Sie fluchte einige Male, bevor sie es aufzog, hinausschaute, sich zu mir umdrehte und erklärte, dass es gar nicht so schlecht aussähe.

»Wie meinen Sie das?«

»Wir könnten springen.«

»Liegt da ein Dach?«

»Ja.«

Bevor ich sie erreichte, hockte sie bereits auf der schmalen

Fensterbank. Mit der linken Hand hielt sie sich noch fest, in der rechten trug sie das Gewehr.

Im nächsten Augenblick war sie verschwunden. Ich hörte den dumpfen Laut, als sie aufprallte, erreichte das Fenster ebenfalls und sah Leila auf dem Dach stehen und winken.

Auch ich sprang.

Es war wirklich nicht tief. Ich konnte meinen Aufprall gut abfedern, aber ich sah sofort die Gefahr, die das Dach für uns beide barg. Es gab keinerlei Deckung. Eine freie Fläche lag vor unseren Augen, und bis zum Rand waren es einige Meter, die wir ohne Schutz überwinden mussten.

Zusammen starteten wir. Während des Laufs merkte ich, dass sich die Dachbespannung aus zahlreichen Materialien zusammensetzte. Einige waren sehr hart, andere weich und nachgiebig.

Leila erwartete mich. Sie hob die Schultern und schüttelte gleichzeitig den Kopf.

»Was ist denn?«

»Sieh nach unten, Sinclair!«

Das tat ich und peilte vorsichtig über den Rand. Ich schaute in eine schmale Gasse. Woher die Typen kamen, wusste ich nicht, jedenfalls schienen unsere Gegner die Bewohner der Altstadt mobilisiert zu haben, denn sie drängten sich in der Gasse unter uns zusammen, hatten die Köpfe in die Nacken gelegt und starrten zu uns hoch.

Blass schimmerten ihre Gesichter, manche Augen wirkten dabei wie dunkle Perlen, und die Münder standen offen. Auch sah ich das Blinken der Messer und konnte förmlich den Hass spüren, der uns entgegenwehte.

»Denen werden wir es zeigen!«, drohte Leila mit knirschender Stimme und senkte den Gewehrlauf.

Sie wollte in die Menge hineinschießen, da kannte sie keinerlei Hemmungen, ich aber schlug ihr den Waffenlauf zur Seite. »Bist du wahnsinnig!«, fuhr ich sie an.

Sie sprang zurück und bedrohte mich. »Es ist unsere einzige Chance, verdammt!«

»Nicht so!« Ich blieb hart.

»Und wie dann?«

»Die Gasse ist schmal, wir können sie überspringen.« Ich wartete ihre Antwort erst gar nicht ab, ging einige Schritte zurück und nahm die gleiche Strecke als Anlauf. Sie schaute mir zu, wie ich mich abstieß und über die schmale Gasse hinwegflog.

Plötzlich wurden ihre Augen groß. Tief atmete sie ein und sah mir zu, wie ich auf der anderen Seite aufprallte.

Ich fiel nicht, lief nur einige Schritte, stoppte danach und drehte mich um. »Komm rüber!«

Sie sah mein Winken und wurde gleichzeitig abgelenkt, als sie zurückblickte.

Die Meute hatte das Dach erreicht.

Leila und ich hörten die Schritte, und das Halbblut reagierte jetzt so, wie sie es schon vorgehabt hatte.

Sie schoss.

Der Krach zerriss die relative Stille. Weit rollte das Echo in die Nacht hinaus und verklang irgendwo am Nachthimmel. Ob sie jemanden getroffen hatte oder nicht, konnte ich nicht erkennen, jedenfalls zuckten die Männer zurück, und Leila hatte sekundenlang freie Bahn.

Auch sie nahm Anlauf.

Ihr Sprung war gut, aber nicht gut genug. Sie sah, dass sie nicht dort landen würde, wo ich aufgekommen war. Sie warf noch die Arme hoch. Ich lief ihr entgegen, und dann knallte sie gegen den Dachrand. Sie schrie, hielt das Gewehr aber weiterhin fest, und ich war im letzten Augenblick gekommen. Durch rechtzeitiges Zugreifen schaffte ich es, sie auf das Dach zu ziehen.

Zum ersten Mal sah ich Leila zittern. »Eine Scheiß-Idee war das!«

»Wir sind erst mal in relativer Sicherheit!« Ich schleppte sie noch weiter und ließ auch unsere Verfolger auf dem anderen Dach nicht aus den Augen.

Sie und die Männer in der Gasse veranstalteten zusammen ein Heidenspektakel, um das ich mich nicht kümmerte, denn ich hatte andere Sorgen. Noch hatten sie uns nicht erwischt.

Fragte sich nur, wie lange uns das Glück noch treu bleiben würde.

»Nichts verstaucht?«, fragte ich Leila. Meine Stimme klang sogar besorgt.

»Nein, Sinclair. Du wirst mich weiter als Partnerin behalten können.« Sie grinste scharf.

Ich enthielt mich einer Antwort und schaute mich stattdessen nach einer guten Deckung um. Dieses Dach war zwar ebenso flach wie das, von dem wir gesprungen waren, nur befanden sich auf ihm einige Kamine. Schmale, zylinderförmige Blechröhren, aus denen jedoch kein Rauch in den dunklen Himmel quoll.

Wir hasteten über das Dach. Ich war gespannt, was an dessen Ende lag. Natürlich schauten wir wieder in eine Gasse, und wir hörten auch das Schreien der Verfolger, als sie von der rechten Seite aus in die Gasse hineinliefen.

Leila und ich zuckten nach hinten. Zu springen hatte jetzt keinen Sinn. Zurück konnten wir auch nicht, blieb die Flucht nach beiden Seiten. Die Bauten hier grenzten dicht aneinander. Man konnte von einem Dach auf das nächste klettern!

Waren wir jetzt in eine Falle gelaufen, die wir uns praktisch selbst gestellt hatten?

Ich schaute zurück.

Der fahle Halbmond am Himmel gab nur sehr wenig Licht. Es reichte jedoch aus, um in die Altstadt zu leuchten. Besonders wurden die Dächer davon berührt, während die Gassen und Straßen mehr im Schatten der Hausmauern lagen.

Die Verfolger machten es uns nach. Sie nahmen Anlauf und wollten die Gasse ebenfalls überspringen.

Leila hob wieder das Gewehr.

Abermals drosch ich es ihr nach unten. »Nicht so!«, fuhr ich sie an. Sie ging einen Schritt zurück.

»Wie denn?«

Ich hatte ein Fenster gesehen. Es gehörte zum Haus an der rechten Seite und schloss praktisch mit seinem unteren Rand mit unserer Dachhöhe ab.

»Das ist der Ausweg!«

»Für wie lange?«

»Weiß ich nicht. Kommen Sie!« Ich schaute nicht hin, ob sie mir folgte, und rannte schon vor. Je näher ich an das Fenster herankam, umso deutlicher konnte ich es erkennen. Zudem sah ich, dass hinter der Scheibe ein schwaches Licht brannte.

Leila hatte mich erreicht und eingesehen, dass es keine andere Chance für uns gab. Ich überraschte sie, indem ich ihr mit einem Ruck das Gewehr aus den Händen riss.

Bevor sie protestieren konnte, schaute sie mir zu, wie ich die Waffe kantete und den Kolben gegen die Scheibe drosch. Klirrend zerplatzte das Glas, die Scherben verschwanden im Innern des anderen Raumes, und das Loch war für mich groß genug, um hindurchschlüpfen zu können. Ein paar Scherben räumte ich noch zur Seite, dann war der Weg frei.

Ich tauchte als Erster in den Raum. Er lag tiefer als das Fenster und wurde von einer schwachen Laterne erhellt. Ich hätte nicht gedacht, ein so großes Zimmer zu betreten, und mir war schon der unnatürlich süßliche Geruch beim Hineinspringen aufgefallen.

Erst als ich auf dem Boden stand, sah ich, wo Leila und ich gelandet waren.

Inmitten einer Opiumhöhle!

Das schwache Licht reichte gerade aus, um die Personen erkennen zu können, die auf dünnen Matten lagen und an seltsam klobigen Pfeifen saugten. Dabei entstanden schmatzende Geräusche. Hin und wieder röchelte auch jemand. Andere waren dem Rausch des Gifts bereits erlegen, lagen da wie tot und träumten von Dingen, die nur sie sahen.

Dass wir das Fenster zerschlagen hatten, störte keinen. Die Männer gaben sich voll und ganz ihrer Halluzinationswelt hin. Schwaden trieben durch den großen, halbdunklen Raum, und wir mussten uns einen Weg bahnen.

Sogar zwei Frauen sah ich da liegen. Europäerinnen, die sich dem Rausch des Gifts hingaben.

Wichtig war der Ausgang.

In der vom Dämmerschein erfüllten Opiumhöhle war er kaum zu erkennen. Wir sahen nur die bemalten Wände. Wir erkannten Motive aus den erotischen Märchen des Orients. Geheimnisvolle Frauen, mal verschleiert, mal nackt. Kämpfer in wuchtigen Rüstungen oder junge Nymphen, die dem Retter oder Held einen Blick ins Paradies gestatteten.

Der Lärm der Verfolger war zurückgeblieben. Ihre Stimmen vernahmen wir nur mehr gedämpft durch das offene Fenster. Ob sie wussten, dass wir uns in der Opiumhöhle verborgen hielten, war nicht genau herauszufinden. Sie konnten es sich sicherlich denken, wenn sie das Dach überquerten.

Etwas bewegte sich in dem von Opiumdämpfen erfüllten Raum. Vor uns geschah dies, wir schauten genau hin und sahen einen Vorhang, der zur Seite gedrückt wurde.

Auch Leila hatte dies mitbekommen. Sie stieß mich an und deutete nickend auf die Stelle.

»Ich weiß!«, hauchte ich.

Wir standen vielleicht fünf Schritte entfernt. Zwischen dem Vorhang und uns befanden sich die Matten mit den liegenden Rauchern. Über ihren Köpfen schwebten die Wolken aus Qualm. Dazwischen schimmerten die Gesichter wie nebelhafte Gebilde.

Mit einem heftigen Ruck flog der Vorhang plötzlich vollends zur Seite. Eine Gestalt erschien im Dämmerlicht, die einem sensiblen Menschen Angst einjagen konnte.

Kompakt gebaut, ein gewaltiger Klotz mit einem verzerrten Gesicht, das wie ein massiger Schwamm wirkte. In der rechten Hand hielt der Kerl eine unterarmlange Stange, an der kleine Metallnoppen glänzten. Wenn er damit zuschlug und sein Ziel traf, war es um den anderen geschehen.

Er sah uns und wusste Bescheid.

So viel Wendigkeit hätte ich dem anderen nicht zugetraut, als er über die liegenden Körper hinwegsprang und dabei den rechten Arm hob. Er schlug zu, als seine Füße den Boden noch nicht erreicht hatten.

»Schieß doch, verdammt!«, zischte Leila.

Ich hätte es tun können, aber ich wollte keine Toten. Stattdessen stieß ich die Mündung nach vorn, spürte den Widerstand und vernahm den erstickten Schrei des Mannes.

Er hatte die Mündung meiner Beutewaffe voll in den Leib bekommen, beugte sich nach vorn, und ich drehte mich zur Seite, damit mich der Schlag nicht noch streifte.

Der Mann wuchtete an mir vorbei. Hart fiel er zu Boden, stöhnte verzweifelt und schüttelte sich dabei, als hätte jemand einen Eimer Wasser über ihn geleert.

Ich schlug mit dem Kolben zu. Dieser Hieb schickte ihn ins Reich der Bewusstlosigkeit.

Einige Raucher merkten, dass etwas geschehen war, was nicht in den normalen Ablauf hineinpasste. Sie drückten ihre Körper in die Höhe, um sich lautstark zu beschweren.

Ich sprang mit Leila über die Leute hinweg und erreichte den Vorhang, hinter dem der Schläger erschienen war.

Dahinter lag ein kleiner Raum mit einem schmalen Fenster. Nur einen Hocker gab es und ein Regal. Es stand dem Fenster gegenüber. In den einzelnen Fächern lagen Ersatzpfeifen und auch Opium.

Für Nachschub war also gesorgt.

Da wir keine zweite Tür entdeckten, blieb uns nur der Weg durch das Fenster.

Es würde sicherlich nur Sekunden dauern, bis unsere Verfolger auch dieses Versteck entdeckt hatten und es wie eine wilde Meute junger Hunde stürmten.

Das Gewehr behinderte mich bei meinen Aktionen. Ich warf die Waffe Leila zu, die sie geschickt auffing. »Aber mach keine Dummheiten, Mädchen.«

»Mal sehen.«

Einen Riegel hatte ich gefunden. Das Fenster war sehr alt, ich sah es am Rahmen, aber der Riegel funktionierte. Ich riss ihn zurück, während sich Leila am Durchgang aufgebaut hatte und in die Opiumhöhle hineinschielte. Noch war es dort ruhig, und ich fragte mich bereits, ob unsere Verfolger aufgegeben hatten, als ich die ersten Rufe vernahm.

»Sie haben die zerstörte Scheibe entdeckt!«, erklärte Leila.

Ich öffnete in dem Augenblick das Fenster. Es war so schmal, dass ich mich soeben noch hinauslehnen und nach unten in eine schmale Gasse schauen konnte.

Ja, sie war noch schmaler als die, durch die wir gelaufen waren. Und sie lag tief unter uns. Wenn wir da hinuntersprangen, konnten wir uns wer weiß was brechen.

War es Zufall, war es Glück oder beides? Jedenfalls vernahm ich ein Knattern, sah im nächsten Augenblick einen Lichtschein, der die schmale Gasse erhellte, hörte das Rumpeln und erkannte die Umrisse eines Lastwagens, der sich durch diese schmale Straße schob, die gerade noch breit genug für das Fahrzeug war.

Unsere einzige Chance, denn ich sah auf der offenen Ladefläche zahlreiche Säcke liegen, die so wirkten, als würden sie eine weiche Masse beinhalten.

Der Wagen konnte wegen der Enge der Gasse nur sehr langsam fahren, das war unser Glück.

»Leila, her zu mir!«

Sie drehte sich um. Ich war zur Seite getreten, ließ ihr den Platz und herrschte sie an, durch das Fenster zu klettern und auf die Ladefläche zu springen.

»Wieso?«

Ich packte sie an den Hüften und hob sie hoch. »Mach schon, verdammt noch mal.«

Leila stellte keine Fragen mehr. Sie kletterte geschmeidig durch das schmale Rechteck. Ich vernahm das Rattern des Motors und hörte nicht, wie Leila aufkam.

Aber ich sah sie liegen, als ich ihr folgte. Für mich wurde es höchste Eisenbahn, wollte ich nicht daneben springen. Leila richtete sich soeben auf, winkte mir zu, und dann stieß ich mich ab.

Der Lkw fuhr langsam. Dennoch kam es mir verdammt schnell vor, als er unter mir wegrollte. Für eine unendliche Sekunde befürchtete ich, hinter dem Wagen auf der Straße zu landen. Fast wäre dies auch geschehen, ich kam sehr dicht vor dem Ende der Ladefläche auf, fühlte den Stoß und fiel nach hinten.

Glücklicherweise auf die richtige Seite und zu Leila hin, die zudem zugriff und mich festhielt. In den Säcken bewegte sich etwas. Wahrscheinlich Reis, Mais oder andere Hülsenfrüchte.

Passiert war uns beiden nichts, deshalb mussten wir so rasch wie möglich zusehen, dass wir uns versteckten. Ich räumte einige Säcke zur Seite und schuf die Zwischenräume, die uns aufnehmen konnten. Zuerst kroch Leila hinein, ich folgte und blieb dicht neben ihr liegen, nur mehr getrennt von zwei Säcken. Einen davon packte ich und hob ihn hoch, um ihn auf meinen Körper sinken zu lassen.

So blieb ich liegen.

Leila hatte sich ebenso verhalten wie ich. Wir konnten nur mehr warten. Das Schicksal lag jetzt nicht in unserer Hand. Ich wusste auch nicht, ob der Fahrer von seinen beiden blinden Passagieren etwas bemerkt hatte, wahrscheinlich nicht, sonst hätte er angehalten. So aber rumpelte er weiter, und die Stöße der schlechten Federung übertrugen sich auch auf unsere Körper.

Ich spürte, wie mich jeder Ruck durchschüttelte, sodass auch der auf mir liegende Sack in Bewegung geriet und allmählich ins Rutschen kam. Damit dies nicht geschah, hielt ich ihn mit beiden Händen fest und hoffte, dass dieser Kelch an mir vorüberging.

Wir fuhren in die schmale Gasse hinein. Leider in die Richtung, aus der wir gekommen waren. Noch tat sich nichts. Der Wagen schaukelte, rollte auch durch Schlaglöcher, die wir ebenfalls spürten, und ich hatte das Gefühl, dass in meinem Magen eine Revolte stattfand.

Das Knattern des Auspuffs und das Dröhnen des Motors übertönten alle anderen Geräusche. Deshalb vernahm ich auch keine Stimmen, und es kam auch niemand, um uns anzuhalten. Die Fahrt mit dem Lastwagen lief wider Erwarten gut, sodass mein Nervenflattern allmählich aufhörte.

Genau bis zu dem Zeitpunkt, als der Wagen plötzlich stoppte. Es geschah so ruckartig, dass die übereinander gestapelten Säcke in Bewegung gerieten, verrutschten und auch der Sack, der über mir lag, nicht mehr an seinem Platz bleiben wollte.

Ich hielt ihn soeben noch fest und wartete mit angehaltenem Atem, was weiterhin geschah.

Zunächst einmal nichts. Der Motor tuckerte im Leerlauf, aber dazwischen vernahm ich raue Stimmen. Obwohl ich nichts sah, war mir klar, was geschehen war.

Unsere Häscher hatten den Wagen angehalten.

Würden sie ihn auch durchsuchen?

Wie ein Toter lag ich auf dem Rücken und schickte gedankliche Stoßgebete zum Himmel …

Superintendent Sir James Powell, bei Scotland Yard schon eine Institution und Machtfaktor, saß an seinem Schreibtisch und hatte einige Morgenzeitungen vor sich liegen.

In einer Gazette hatte er einen Bericht gefunden, der den Themenkomplex Atlantis behandelte. Natürlich las Sir James alles, was sich um diesen Komplex drehte, auch diesen Artikel, wobei er einige Male den Kopf schüttelte.

Nein, was die Leute sich da zusammengeschrieben hatten, war der blanke Unsinn!

Nicht nur die Völker des Westens hatten sich auf die Suche nach dem geheimnisvollen Kontinent begeben, auch zwei russische Forschungsschiffe waren unterwegs. Und die hatten ein Gebiet westlich der portugiesischen Küste abgesucht.

Angeblich hatte man unter Wasser einen geheimnisvollen Berg gefunden und von diesem Fund auf die Existenz des Kontinents Atlantis vor der Küste Portugals geschlossen.

Die Suche war erfolglos geblieben. Trotz modernster Geräte war es den russischen Forschern nicht gelungen, Überreste des versunkenen Kontinents zu finden.

Für sie existierte Atlantis damit nicht mehr.

Sir James lächelte. Diese Ignoranten, dachte er, denn er wusste es besser. Der Superintendent gehörte zu den wenigen Menschen, die es besser wussten und über die Existenz des Kontinents informiert waren.

Man brauchte Atlantis nicht im Atlantik zu suchen. Es hatte ganz woanders gelegen, aber das behielt Sir James für sich und rief nicht die Zeitungsredaktion an, um den Bericht zu kritisieren.

Er faltete die Gazette zusammen und dachte an andere Sorgen, die er hatte.

Es ging um John Sinclair und Suko.

Beide waren nach Tanger gereist, um ein Pärchen namens Aldo und Leila zu stellen. Für die beiden eigentlich ein Routinejob, denn sie hatten schon andere, große Aufgaben erledigt, aber Sir James glaubte plötzlich nicht mehr daran, dass der Job nur zur reinen Routine geworden war, denn er vermisste die Anrufe der Geisterjäger.

Dabei hatte John Sinclair versprochen, in London Bescheid zu geben. Diese Nachricht war längst überfällig. Da John Sinclair nicht der Typ war, der ein einmal gegebenes Versprechen nicht einlöste, wurden die Sorgen des Superintendenten von Minute zu Minute größer.

Der Fall hatte an sich einfach ausgesehen, aber John dachte auch daran, wer hinter Aldo und dem Halbblut steckte.

Lilith, die Große Mutter!

Dass John Sinclair mit ihr schon einigen Ärger erlebt hatte, wusste auch Sir James, und ihm war ferner bekannt, dass die Große Mutter sich auf zahlreiche Diener verlassen konnte, nicht zuletzt auf Zombies, auf lebende Tote, die von ihr im Höllenfeuer gestählt worden waren.

Nun, das Feuer war erloschen und der Club, in dem Leila und Aldo ihre Fäden gezogen hatten, aufgelöst.

Aber beiden war die Flucht nach Nordafrika gelungen.

Sir James hatte John und Suko hinter ihnen hergeschickt, um das Paar zurückzuholen.

War das ein Fehler gewesen?

Auf einmal kam es ihm so vor, und er spürte in seinem Magen ein unangenehmes Drücken.

Dieser Fall schien erst am Beginn zu stehen. Gedankenschwer stützte Sir James sein Kinn in beide Hände, dachte weiterhin nach und schreckte plötzlich zusammen, als er eine geisterhafte, ihm aber bekannt vorkommende Stimme vernahm.

»Guten Morgen, Sir James!«

Der Superintendent schaute auf und sah vor seinem

Schreibtisch eine Frau stehen, die sich mit beiden Händen auf den Griff eines Schwertes stützte.

Es war Kara, die Schöne aus dem Totenreich …

Eine Welt zwischen den Zeiten im Nirgendwo, bestehend aus gewaltigen Bergen mit schroffen Spitzen und steilen Hängen.

Eine Welt mit nur schwachem Licht, aber eine Welt, in der der Geist regierte. Er schwebte über allem. Es waren Gedanken, Wünsche und Träume, die zusammen diese Atmosphäre bildeten, und es waren positive Gedanken, das wusste ein jeder, der die Welt betrat.

Sie waren die Heimat für ein Wesen, dem es allein gelang, dieser Welt zu entfliehen, wann es ihm gefiel. Dieses Wesen hatte einen Namen.

Es war der Eiserne Engel!

In dieser fernen Welt, die auch zu seiner Geburtsstätte zählte, hatte er nach dem Untergang des Kontinents Atlantis seine Zuflucht gefunden und wurde stets mit offenen Armen empfangen.

Auch jetzt war er wieder auf dem Weg dorthin. Er flog durch die Zeiten, ließ sich tragen von Winden aus dem Nirgendwo, denn er folgte dem Ruf seiner Väter.

Sie, die stummen Götter, hatten ihm den Bescheid gegeben. Sie hießen stumme Götter, aber sie waren es nicht. Sie konnten nur nicht mehr in die großen Auseinandersetzungen eingreifen, weil sie vor urlanger Zeit ein Bannstrahl getroffen und sie dort festgesetzt hatte, wo sie bis zum heutigen Tage ihre Bleibe hatten.

In der Schlucht.

Sie war eng, die Berge standen so hoch, dass ihre kantigen Spitzen beinahe den Himmel berührten und irgendwo in der Dunkelheit verschwanden. Hinzu kam das Schweigen, das man als absolut bezeichnen konnte. Nichts, aber auch gar nichts störte die heilige Ruhe der Ewigkeit.

Der Himmel über den Bergen war etwas heller als die gewaltigen Felsen. Er schimmerte in einem anthrazitfarbenen

Ton, und er hatte weder einen Anfang noch ein Ende. Unter diesem weiten Himmel wirkten die Berge als steinerne Insel, wobei die zur Schlucht hingewandten Frontseiten der Berge diejenigen beherbergten, die in ihnen eingeschlossen waren.

Die stummen Götter.

Sie wohnten innerhalb des Gesteins, und sie waren auch zu sehen. Denn wie ein Filigran zeichneten sich dort ihre Gesichter ab. Umrisse, Falten, Kerben, Münder und Nasen. Lippen waren ebenso zu sehen wie Augen oder andere, tief eingegrabene Risse. Die hohen Stirnansätze gaben den Gesichtern etwas Majestätisches, und die im Felsgestein abgebildeten Kinnpartien ließen etwas von der Energie erkennen, die in diesen Wesen einmal gesteckt hatte.

Mehr war nicht zurückgeblieben. Keine Lippen bewegten sich mehr, um ein Wort zu sagen. Damals, als die Dimensionen noch jung waren, hatte es die große Auseinandersetzung zwischen den stummen Göttern und den Großen Alten gegeben.

Gewonnen hatte eigentlich keiner. Weder die positiven noch die negativen Kräfte. Es war zu einem bis in die Gegenwart dauernden Patt gekommen, aber die Kräfte des Bösen hatten Unterstützung erhalten. Die Zeit arbeitete für sie. Das alte Atlantis, längst versunken und von vielen vergessen, hatte erkennen lassen, welche Kräfte noch in ihm steckten. Die Mächte des Bösen, die sich auch damals auf dem Kontinent etabliert hatten, waren nun in der Lage, in das Leben der Gegenwart einzugreifen.

Und das wussten auch die stummen Götter.

Nur konnten sie daran nichts ändern. Sie waren die Gefangenen, aber sie merkten sehr genau, dass etwas geschehen war und die Welt eine Umwälzung erfahren würde.

Durch den Fluch waren sie zur Untätigkeit verdammt. Sie persönlich konnten nicht mehr in die Auseinandersetzungen eingreifen, aber sie besaßen dennoch einen Trumpf.

Es war ihr Erbe, ihr Nachfolger. Das Wesen mit den Flügeln und der Bronzehaut.

Eben der Eiserne Engel!

Wenn es jemand aus alter Zeit schaffen konnte, sich den Mächten des Bösen in den Weg zu stellen, war allein er es.

Aber konnte er es schaffen?

Sechs Große Alte standen gegen ihn, und einer war mächtiger als der andere.

Unmöglich …

Und doch befand sich der Eiserne Engel auf dem Weg. Die stummen Götter hatten ihn gerufen, er hatte den Ruf empfangen, und wie es sich für einen folgsamen Sohn gehörte, gehorchte er.

So schwebte er aus dem Nirgendwo herbei, geriet zwischen die Dimensionsgrenzen und lauschte den Rufen, die ihn immer näher an die Schlucht heranlockten.

Bis er eintraf.

Er sah sie unter sich liegen. Ein gewaltiges Panorama in der Finsternis, trotzdem deutlich zu erkennen, und er musste eine Kurve fliegen, um den Eingang der Schlucht zu erreichen.

Wie eine gewaltige, oben offene Höhle kam er ihm vor. Er fühlte den Sog der Gedanken, die diese Schlucht ausfüllten, und er hatte das Gefühl, in die Heimat zurückzukehren.

Da war jemand, der auf ihn wartete. Da waren Personen, die ihn liebten und die ihn herbeigesehnt hatten, und er flog mit einem Gefühl des Friedens im Herzen in die Schlucht hinein, wobei er seine Flügel allmählich zusammenfaltete und sich bereit machte, auf dem glatten Grund zu landen.

Sanft kam er auf, drehte seinen Blick nach rechts und schaute in die Gesichter seiner Väter.

Er las die Weisheit aus ihren Zügen, das Vertrauen in den Augen und das Lächeln auf den Lippen.

Und er empfing ihre Gedanken.

»Willkommen daheim, Eiserner!«, wurde ihm gesagt. »Willkommen zu Hause.«

»Ich freue mich ebenfalls«, gab der Eiserne gedanklich zurück. »Aber weshalb habt ihr mich gerufen?«

Die Gesichter in den Felsen blieben ausdruckslos. Nichts verriet von ihrer Antwort. Trotzdem empfing sie der Eiserne Engel, denn sie sprachen in Gedanken zu ihm.

»Wir wissen, dass nun etwas eingetreten ist, das schon lange vorbereitet wurde. Die Zeit ist reif, Eiserner. Sie haben versucht, die Grenzen zu sprengen, und es ist ihnen gelungen.«

»Wer? Die Großen Alten?«

»Ja, es waren sie. Die Großen Alten haben lange genug nur andere für sich handeln lassen. Nun sind sie an der Reihe. Sie wollen zurückschlagen, und zwar so hart und gnadenlos wie nie zuvor. Sie haben alles vorbereitet, es ist ihnen gelungen, die Kraft aus der Unendlichkeit zu tanken, und sie werden zuschlagen.«

Der Eiserne stand da und breitete seine Arme aus. »Wen werden sie treffen wollen?«

»Zunächst nicht die Menschheit, sie müssen erst mit einem größeren Gegner fertig werden.«

»Ist es die Hölle?«

»Ja, aber nicht nur das. Sie haben sich das gesamte Spektrum der Hölle ausgesucht. Wir dachten, dass sie sich mit Asmodis zufrieden geben, doch der Teufel ist ihnen nicht hoch genug. Nun wenden sie sich an Luzifer und seine erste Dienerin, die Urhure Lilith. Sie haben erfahren, dass sich die Kräfte der Hölle miteinander verbündeten, dass alte Feindschaften begraben wurden, damit sie auf einen schwächeren Gegner treffen. Und du, Eiserner, wirst dich ihnen stellen.«

»Ich allein?«

»Zunächst musst du es versuchen. Wir sind eingesperrt. Wir können dir nur Ratschläge geben, aber nicht selbst eingreifen. Deshalb musst du versuchen, den Kampf zu gewinnen.«

»Wie soll ich dies anstellen?«, fragte der Eiserne.

»Das kann ich dir nicht sagen, aber ich kann dir den Weg zu ihnen zeigen, da sie in einer Welt leben, die man als menschenfeindlich bezeichnen könnte. Dort sind alle versammelt, und du allein musst hinein.«

Der Eiserne, sonst sehr mutig, erschrak zutiefst. »Ich soll dieser Welt einen Besuch abstatten. Ohne Hilfe?«

»So ist es.«

»Aber ich werde sie nie besiegen können. Sie sind zu sechst, ich stehe allein. Sie wissen um die alte Macht des Kontinents

Atlantis, sie kennen die Tricks, die auch mir bekannt sind, und sie werden mir immer zuvorkommen, wie ich meine.«

»Nicht, wenn du schnell genug bist.«

»Dann gebt mir bitte Bescheid, wo ich die Gestalten finden kann.«

»Es ist nicht einfach …«

»Ich weiß, aber ich bin bereit, für die Sache zu kämpfen und notfalls auch zu sterben.«

Nach diesen Worten verzogen sich die Gesichter der stummen Götter zu einem Lächeln.

Sie waren die Väter des Eisernen, wie er wusste, obwohl das eigentliche Geheimnis seiner Geburt nach wie vor im Dunkeln lag. Doch man hatte ihm versprochen, es irgendwann einmal zu lüften.

Der Eiserne verneigte sich. Ein Ritual, das die stummen Götter verstanden, und sie begannen, ihn mit den Informationen zu füttern, die er unbedingt brauchte …

Über das Gesicht des Superintendenten zuckte ein Lächeln, das jedoch sehr schnell erlosch, als er in das sehr ernste Gesicht der schönen, dunkelhaarigen Frau schaute. Wenn Kara ihn so ansah, hatte sie etwas auf dem Herzen, normalerweise lag auf ihren weichen Lippen stets ein entrückt wirkendes Lächeln.

Ohne es eigentlich zu bemerken, folgte Sir James der reinen Höflichkeit, stand auf und deutete auf einen freien Besucherstuhl. »Wenn Sie sich setzen wollen, Kara …«

»Nein«, erklärte die Schönheit aus dem Totenreich bestimmt, aber freundlich. »Ich bleibe lieber stehen.«

»Natürlich, ganz wie Sie wollen.« Sir James schob seinen Stuhl zurück und nahm Platz. »Womit kann ich Ihnen dienlich sein, Kara?«

Sie hob die schmalen Schultern. »Es geht um Dinge, die sehr weitreichend für uns alle sind. Vielleicht sogar für die gesamte Menschheit, wenn ich es recht überblicke.«

Durch seine dicken Brillengläser schaute Sir James Kara

sehr forschend an. Er wusste, dass diese Person keine Lügnerin war. Wenn sie zu ihm kam, hatte sie ihren Grund, und den wollte er erfahren, wie er ihr mit einem auffordernden Blick zu verstehen gab.

»Sie wissen, Sir James, dass es auch im Reich der Finsternis verschiedene Strömungen gibt. Das ist einmal die Hölle mit ihren unzähligen Schergen, hinzu kommen andere Dämonen, die in irgendwelchen Dimensionen hausen und nur darauf warten, dass die Hölle ihre Macht verliert. Diese Dämonen sind Schmarotzer. Wir können sie erst in unsere Rechnungen mit einziehen, wenn sie tatsächlich ihre Reiche verlassen und sich auf die Menschheit stürzen, um diese zu unterdrücken. Das ist, wie bei allen anderen, auch ihr Endziel.«

»Aber die meinen Sie nicht«, sagte Sir James.

»Nein, davon spreche ich in der Tat nicht. Ich meine die Wesen, die sehr alt sind und seit langer Zeit darauf warten, die absolute Herrschaft zu erringen. Es sind …«

»Die Großen Alten«, vollendete Sir James.

»Genau über sie habe ich gesprochen«, erklärte Kara. »Die Großen Alten sind Dämonen, die nur eines kennen. Den Griff nach der Macht. Und nie war die Macht so nahe für sie wie in diesen Augenblicken, obwohl es selten so schwer gewesen ist.«

»Wieso? Das verstehe ich nicht …«

»Luzifer und die Große Mutter wissen, wer ihnen den Rang ablaufen will. Auch sie haben Vorbereitungen getroffen. Innerhalb ihres Kreises haben die Geschöpfe jeden Streit begraben, um sich den Problemen stellen zu können. Sie werden sich mit geballter Macht zu wehren wissen, und die beiden Pole treffen aufeinander, das kann ich Ihnen bestätigen.«

»Wann?«

»Ich weiß es noch nicht, aber ich bin mir sicher, dass dort etwas für John Sinclair und uns zu erreichen ist. Ich möchte gern die lachende Dritte sein.«

»Zusammen mit John und Suko.«

»So ist es.«

Sir James rückte seinen Stuhl zurück und erhob sich. Er

schaute gegen das Fenster, während er sprach. »Sie wissen selbst, Kara, wie ich zu den Dingen stehe. Ich sehe sie sehr positiv, und ich bin immer dabei, wenn es darum geht, die Mächte der Finsternis zu besiegen, aber in Ihrem Fall kann ich Ihnen nicht helfen.«

»Weshalb nicht?«, fragte Kara nach einer Weile des Nachdenkens.

Der Superintendent hatte bisher am Fenster gestanden und drehte sich um. »Weil ich John Sinclair nicht erreichen kann. Das Gleiche gilt für seinen Freund Suko.«

Jetzt war Kara überrascht. »Wieso?«, fragte sie. »Sind die beiden verschwunden?«

»Ja und nein. Es geht um einen Fall, der sie nach Tanger geführt hat, und ich bin momentan nicht in der Lage, auch nur zwei Worte mit ihnen zu wechseln. Ein Telefonanruf ihrerseits ist längst überfällig, wie ich ja feststellen musste …«

»Demnach machen Sie sich Sorgen um Ihre besten Männer.«

Sir James nickte. »So ist es.«

»Kann ich helfen?«

Der Superintendent lachte. »Schön wäre es, aber das ist wohl nicht möglich. Der Fall, den Sie mir vorgetragen haben, und die Sache, mit der John Sinclair zu tun hat, berühren sich nicht. Wenn das eintrifft, was Sie befürchten, Kara, sollten sie meiner Ansicht nach lieber bei Ihrem Fall bleiben.«

»Das werde ich auch. Ich wollte Sie dabei nur gewarnt haben, Sir James. Wenn John Sinclair kommt, unterrichten Sie ihn bitte von meinem Besuch. Es wäre gut, wenn er Bescheid weiß.«

»Natürlich, das ist klar.«

Kara spürte, dass der Superintendent noch etwas auf dem Herzen hatte, und fragte danach.

Sir James nickte. »Da ist in der Tat noch etwas. Ich bin in großer Sorge um John Sinclair.«

»Und weshalb?«

»Das kann ich Ihnen sagen. Weil er überfällig ist. Natürlich gilt das Gleiche für Suko. Von beiden habe ich bisher kein Lebenszeichen erhalten.«

Auch Karas Gesicht drückte Sorge aus. »Es ist gar nicht seine Art«, erklärte sie.

»Das meine ich auch. Und deshalb sollten wir wirklich vorsichtig zu Werke gehen.«

»Wie meinen Sie das?«

»Ich will noch keine offiziellen Nachforschungen anstellen. Dabei hatte ich an Sie und Myxin gedacht. Unter Umständen wäre es Ihnen möglich, nach Tanger zu reisen, aber wie ich die Lage jetzt sehe, haben Sie genügend eigene Probleme.«

»Wenn jemand Hilfe braucht, bin ich immer bereit«, erklärte die Schöne aus dem Totenreich. »Aber sagen Sie mir, um was es sich handelt, damit ich entsprechend …«

»Sein und Sukos Fall geht auch tief«, erwiderte Sir James. »Er hängt mit der Großen Mutter zusammen, wenn Sie verstehen.«

»Reden Sie weiter, bitte!«

Sir James war ein Mann der knappen Sätze. Er berichtete in Stichworten, was sich ereignet hatte. Der Club International kam in seinem Bericht vor, ebenso die Zombies aus dem Höllenfeuer, die voll und ganz auf der Seite ihrer Herrin standen.

Kara hörte sehr aufmerksam zu, und als Sir James seinen Bericht beendet hatte, nickte sie einige Male. »Es ist natürlich schwer, eine Verbindung zu ziehen«, gab sie zu. »Dennoch glaube ich daran, dass es zwischen meinem und dem Fall des Geisterjägers durchaus eine Verbindung gibt.«

»Inwiefern?«

»Ich habe Ihnen von der großen Auseinandersetzung berichtet, die sich anbahnt. Die Kräfte aus Atlantis wollen endlich die Hölle besiegen. Bisher war alles nur Vorgeplänkel. Ich möchte es einmal als Rache der Großen Alten bezeichnen. Und um Sie zu erfüllen …«

Sir James hob die Hand. »Es ist sonst nicht meine Art, jemanden zu unterbrechen. Hier möchte ich es einmal tun. Wieso sprechen Sie von einer Rache der Großen Alten? Für was wollen sie sich rächen?«

»Für ein Ereignis, das sehr tief in der Vergangenheit liegt«, erklärte Kara, sah den auffordernden Blick des Superintendenten und wurde konkreter. »Im Prinzip geht es um den Schwarzen Tod. Sie wissen, dass er durch das Geheimnis der drei goldenen Skelette, durch den Würfel des Unheils und durch die Macht der Großen Alten erschaffen worden ist.«

»Ja, das ist mir bekannt.«

»Der Schwarze Tod hat auch lange auf ihrer Seite gestanden, obwohl bei seiner Erschaffung die Horror-Reiter erschienen sind, um ihn an die Hölle zu binden.«

»Ist mir auch bekannt.«

»Dann ist es ganz einfach, Sir. Die Hölle hat es später geschafft, den Schwarzen Tod auf ihre Seite zu ziehen. Er wurde ein Abtrünniger und erlangte zur Blütezeit des Kontinents Atlantis eine große Macht. Das haben die Großen Alten der Hölle nie verziehen. Sie haben jahrelang auf ihre Rache gewartet, immer wieder einen Anlauf versucht und erst jetzt erkannt, dass die Zeit günstig für sie war.«

»Darum dreht es sich also«, wunderte sich Sir James.

»Ja, das war praktisch das Prinzip oder das auslösende Moment. Seit dieser Zeit besteht diese Todfeindschaft zwischen den beiden mächtigen Gruppen. Bisher hat keine einen Sieg errungen. Das aber soll sich ändern. Die Großen Alten stehen bereit, die Hölle hat sich zusammengeschlossen. Mehr kann ich Ihnen nicht sagen, Sir.«

Der Superintendent nickte. »Eigentlich reicht das schon.«

»Das meine ich auch.«

»Zur Hölle gehört die Große Mutter«, murmelte Sir James. »Wenn ich es richtig sehe, wird sie auch gegen die Großen Alten vorgehen. Und dieses Pärchen, das John und Suko gejagt hat, stand in Diensten der Großen Mutter. Ich beginne allmählich damit, die Fäden zu entwirren.«

»Würden Sie mich auch einweihen?«, fragte Kara.

»Natürlich, hören Sie zu …«

Ein Donnerschlag, so laut und brüllend, als würde eine Welt aus den Fugen gerissen, erschütterte die Schwärze, ließ sie zittern wie Gummi, und die kurz darauf folgenden Blitze spalteten sie in mehrere Teile.

Die fühl- und fassbare Finsternis blieb in dieser Lage, sodass sie an verschiedenen Stellen aufklaffte wie von gewaltigen Klammern gehalten. Dies alles geschah in einer gewaltigen Dimension, mit irdischen Maßstäben nicht zu vergleichen. Was nah aussah, war in Wirklichkeit fern. Was so fern wirkte, war nah.

Hier spielte die Magie die entscheidende Rolle, und die Magie war es auch, die mitgeholfen hatte, die schwarze Umgebung zu zerreißen.

Aus den Lücken in der Schwärze fuhren Blitze. Sie waren sehr breit und erinnerten an Greifarme, die einen Zickzackkurs eingeschlagen hatten.

Bizarre Muster erhellten diese Welt und rissen etwas aus der Finsternis, das hier wie eine Insel stand.

Eine Enklave in einer kochenden, brodelnden Hölle. Umtanzt von grellen Blitzen, umhüllt von einer wolkenreichen Finsternis und umwabert von dicken Nebeln.

Es war ein Tisch.

Nicht so klein wie ein normaler. Wesentlich größer, und er passte sich in seiner Form dieser Dimension an.

Vier Beine hatte der Tisch, um die Platte herum lief ein breiter, nach unten zeigender Rand.

Alles sah so aus wie bei einem normalen Tisch. Nur etwas, und dies war sehr entscheidend, hatte sich verändert.

Der Tisch bestand aus einem Material, das so bleich schimmerte wie Gebein, das lange in der Sonne gelegen hatte.

Tatsächlich handelte es sich auch um Gebeine, aus denen der Tisch »gezimmert« war.

Bleiche, stumpfe Knochen, nebeneinander- und zusammengelegt, sodass sie ein Rechteck bildeten. Auch die vier Beine bestanden aus bleichen Gebeinen. Zum Boden hin waren sie leicht gekrümmt.

Der Tisch war nicht leer.

Eine Figur stand auf seiner Mitte. Obwohl sie nicht gerade groß war, sie hatte vielleicht die Höhe eines Männerarms,

447

ging von ihr etwas Majestätisches aus. Schuld daran konnten auch die breiten Flügel sein, die von der Figur ausgefahren worden waren. Wer sie geschaffen hatte, musste ein wahrer Meister seines Fachs gewesen sein, denn Gesichtsfalten hatte er genau nachmodelliert, und sogar einzelne Haarsträhnen waren deutlich zu unterscheiden. Die Gestalt trug ein Gewand, das quer über ihren Körper hing und eine Schulter freiließ. Auch ein Gurt oder Gürtel war vorhanden. In ihm steckte die Scheide eines Schwertes. Der Griff ragte schräg hervor. Die Figur hatte einen Arm angewinkelt und die Hand auf den Griff gelegt, sodass sie dort wie verwachsen schien.

Die kleine Figur, von den Händen eines Meisters geformt, sah aus wie ein Engel.

Und das sollte sie auch sein!

Blitz und Donner hatten sie und den aus Knochen bestehenden Tisch umhüllt. Nicht mal das Toben der Elemente hatte sie aus ihrer starren Haltung gebracht. Sie blieb dort stehen, als hätte sie immer an diesem Fleck gestanden. Nichts rührte sich in ihren Zügen, die trotz der Starrheit wie lebendig wirkten und einem Betrachter das Gefühl geben konnten, die Figur würde nur schlafen.

Von der wattigen Finsternis wurde sie umschlossen. Aber die Finsternis hatte Lücken.

Sechs waren es insgesamt. Sie boten so viel Platz, dass sich jemand hindurchschieben konnte, ob es nun ein Zwerg oder ein gewaltiger Riese war.

Die Spalten wirkten wie Eingänge zu einer noch finsteren Welt als der, in der der Engel wartete.

Und tatsächlich schob sich etwas aus den Spalten hervor. Es war ein großer, baumstammdicker Gegenstand, der einen Kreisbogen schlug und fast den Tisch erreichte, bevor er zur Seite zuckte und in der Luft stehen blieb.

Der Gegenstand sah aus wie ein Spinnenbein …

Aus dem zweiten Spalt schob sich ebenfalls etwas hervor. Es spritzte dabei wie bei einem Springbrunnen. Eine flüssige, durchsichtige Masse, die in der Luft verglaste und ebenso über der Figur zur Ruhe kam wie das Spinnenbein.

Und es ging weiter. Aus der dritten Spalte fuhr ein glitschiges Etwas, das, als es sich in der Luft befand, zuckte und wie ein Tentakel schlug. In der Tat war es der Arm eines Kraken. Auch er blieb in einer ähnlichen Haltung wie das Spinnenbein und das lange, gebogene Stück Glas.

Plötzlich drang aus dem vierten Spalt etwas hervor, das man als Schatten bezeichnen konnte. Ein schwarzes, großes, flatterhaftes Gebilde, das Anstalten traf, über die Figur hinwegzufliegen, dann von einer Kraft erfasst wurde und ebenfalls zur Ruhe kam.

Auch der fünfte Spalt blieb nicht frei. Aus ihm drang eine Hand. Zunächst klein, dann immer größer werdend, sodass sie, als sie zur Ruhe kam, wie eine aus Felsen gehauene Pranke wirkte.

Ein Dimensionsloch war noch frei. Aus ihm schob sich nichts hervor, und doch war etwas vorhanden. Ein Mensch hätte es sicherlich gespürt. Es war das Grauen an sich. Ein namenloses Grauen, furchtbar anzufühlen, nicht sichtbar, aber dennoch vorhanden.

Und so genau hatte es sein sollen.

Sechs Dämonen, sechs Monster aus anderen Welten, die einen Namen trugen.

Die Großen Alten.

Niemand hatte sie bisher beobachtet. Sie waren allein, konnten jeder für sich kämpfen, doch sie hatten sich vorgenommen, zusammen vorzugehen. Diesmal würden sie es schaffen.

Im alten Atlantis waren sie verehrt worden. Die Großen Alten gehörten zu den mächtigsten Götzen dieses Kontinents, zahlreiche Diener hatten an ihrer Seite gestanden. Die meisten von ihnen waren tot, vernichtet beim Untergang des Kontinents, während sich die Großen Alten hatten retten können. Es war ihnen gelungen, in andere Dimensionen zu fliehen, und sie hatten Besitz von einem gewaltigen Gebiet genommen.

Von der Leichenstadt!

In einer fernen Dimension schwebte sie, und die Großen

Alten hatten dieses Land unter sich aufgeteilt. Jeder besaß ein Sechstel der Leichenstadt, und jeder hatte es verstanden, dieses Gebiet auszubauen. Gegenseitig kamen sie sich nie ins Gehege, doch ihr Ziel war identisch: Die Zerstörung der Höllenfürsten und die Machtübernahme dieser Dimensionen der Finsternis.

Dabei waren sie schlau und gingen raffiniert vor. Sie schlugen nicht direkt zu, sondern hatten eine besondere Taktik angewandt, die der Satan und dessen Gefolge nicht durchschauen durfte.

In diesem Plan spielte die Figur eine entscheidende Rolle. Sie war der Joker im Spiel der Großen Alten, und sie erhielt von ihnen den magischen und dämonischen Segen.

Jeder dieser Dämonen gab sein Scherflein hinzu, sodass die Figur von einer gewaltigen Kraft erfüllt war und sie allmählich größer und größer wurde …

An das Dröhnen des Motors hatte ich mich schon so weit gewöhnt, dass ich es gar nicht mehr hörte. Dafür vernahm ich die fremden Stimmen und hörte die mir unbekannten kehligen Laute, die von den Männern, kurz bevor sie den Wagen durchsuchten, ausgestoßen wurden.

Noch hatten sie die Ladefläche nicht erreicht. Ich riskierte es und drehte mich ein wenig zur Seite, sodass ich durch eine Lücke zwischen den Säcken schielen konnte und plötzlich die Stimme des Halbbluts vernahm.

»Jetzt sitzen wir in der Scheiße, Partner. War doch keine so gute Idee, wie ich meine.«

»Warten wir es ab!«, gab ich zurück.

»Junge, du hast Nerven«, erklärte sie mir. »Alle Achtung, wirklich Nerven, das muss man dir lassen.«

»Und du sei ruhig.«

»Okay, Partner.« Noch einmal musste sie etwas sagen. »Wenn sie uns kriegen, werden sie dir die Kehle durchschneiden. Mir aber wird es besser ergehen, ich bin eine Frau und werde wahrscheinlich im Luxusbordell irgendeines

Scheichs verschwinden, wo ich ein Leben im goldenen Käfig führen kann. Ich denke dann hin und wieder an dich.«

»Wie schön.«

Danach war Leila wirklich still, sodass ich mich auf die Geräusche konzentrieren konnte.

Mir fiel eine helle Stimme auf. Zunächst glaubte ich, dass sie einer Frau gehörte, bis ich Sekunden später den Irrtum erkannte und feststellten musste, dass es sich um die Stimme eines Jungen handelte. Vielleicht befand er sich in der Pubertät oder im Stimmbruch, denn durch die hellen Töne klangen auch tiefere mit. Dem Klang der Stimme nach zu urteilen beschwerte er sich über diese Behandlung und schrie sogar wütend auf. Was dabei mit ihm war, wusste ich nicht. Jedenfalls musste man ihn sehr hart angefasst haben.

Ich vernahm auch einen klatschenden Schlag. Die Männer kannten kein Pardon.

Ich konnte mir die Reaktion nur so erklären, dass es der Junge gewesen sein musste, der den Wagen gefahren hatte. So etwas gab es auch nur im Orient.

Heftige Tritte klangen auf. Rechts und links des Wagens hörte ich sie. Als sie verstummten, hatte ich für einen kurzen Moment das Gefühl, alles wäre vorbei.

Ein Irrtum. Es fing erst an. Hinter mir, wo sich das Ende der Ladefläche befand, vernahm ich ein quietschendes Geräusch. Die Halterung der Klappe wurde gelöst. Sie fiel nach unten, und ich vernahm die Stimmen zweier Männer, die sich an der Rückseite des Wagens aufhielten.

Ich wagte kaum auszuatmen. Wenn sie die Ladefläche betraten und die Säcke zur Seite rückten, war alles vorbei.

Das taten sie nicht, obwohl sie die Ladung kontrollierten. Mit irgendwelchen Gegenständen schlugen sie auf die Säcke. Ich hörte die dumpfen Geräusche und zuckte auch jedes Mal zusammen.

So klein wie möglich hatte ich mich gemacht. Lag auf der Seite und hatte die Beine angezogen, wobei es mich Mühe kostete, keinen Laut der Überraschung auszustoßen, als ein Schlag genau den Sack traf, der über mir seinen Platz gefunden hatte.

Mehrere Treffer bekam er mit. Sie wurden auch kommentiert, das allerdings war alles. Dafür vernahm ich wieder die Stimme des Fahrers. Sie klang hoch und schrill. Der junge Mann beschwerte sich heftig über die Reaktion, und er schaffte es tatsächlich, die Suchenden von der Ladeklappe des Wagens wegzulocken.

Ich hörte noch ein paar gemurmelte Flüche und danach Schritte, die sich entfernten.

Hatten wir gewonnen?

Mein Herz jedenfalls ging davon aus, denn sein Schlag beruhigte sich zusehends.

Noch konnten wir nicht fahren, denn die Männer palaverten weiter in Höhe des Führerhauses. Hart wurde eine Tür zugeschlagen. Der dabei entstehende Druck pflanzte sich durch den gesamten Wagen fort, und einige Atemzüge später orgelte der Motor wieder in höhere Drehbereiche und wurde gleichzeitig lauter.

Es ging also weiter.

Mir fiel der berühmte Stein vom Herzen. Leila würde es sicherlich nicht anders ergehen, und über sie musste ich einfach nachdenken. Ich konnte mir nicht vorstellen, dass man uns ohne Grund gejagt hatte. Da musste ein Motiv vorhanden sein.

Hatte ich es den Einheimischen gegeben? Wohl kaum. Zurück blieb nur Leila. Sie musste etwas verbrochen haben, das in den Augen der Menschen eine Todsünde war.

Womöglich einen Mord!

Und das genau verabscheute ich. Ich hatte zugesehen, keinen der Verfolger umzubringen, Leila kannte da nicht so viel Rücksicht. Aus ihrer Sicht verständlich, wenn ich daran dachte, wem sie eigentlich diente und dass sie sich in London sogar mit lebenden Toten umgeben hatte.

So eine Frau war nun meine Partnerin!

Ich hatte sie mir beileibe nicht ausgesucht, aber ich konnte an der Tatsache auch nichts ändern. Die Not hatte uns gewissermaßen zusammengeschweißt.

Ein heftiges Schütteln durchlief den Wagen. So hart und

überraschend, dass ich für einen Moment das Gefühl hatte, die gesamte Karre würde auseinander fallen.

Sie hatte all die Jahre gehalten und hielt weiter, auch wenn sie schnaufte, sich schüttelte und bockte wie ein störrischer Esel. Dem Fahrer gelang es trotz allem, den Lastwagen unter Kontrolle zu bekommen und auch zu starten.

Die Gefahr blieb hinter uns zurück, und mir polterte abermals ein Stein vom Herzen.

Noch blieb ich still liegen. Ich wusste nicht, ob irgendwelche Typen neben dem Wagen herliefen und darauf warteten, dass wir unter den Säcken hervorkrochen.

Zum Glück waren sie so schwer gefüllt, dass sie sich auch bei größter Kraftanstrengung nur sehr schwerfällig bewegten und erst in einer scharf gefahrenen Kurve zur Seite rutschten, sodass auch ich mit den Füßen und dem Unterkörper freilag.

Der Lärm des Motors war ziemlich laut. Er übertönte fast die Stimme des Halbbluts. Erst als Leila meinen Namen zum zweiten Mal rief, verstand ich sie.

»Hallo, Sinclair! Wie fühlst du dich?«

»Besser als vorhin.«

Sie stieß wieder das für sie so typische Lachen aus. »Ich auch. Denen haben wir es gegeben, wie?«

»Wir haben Glück gehabt, das ist alles.«

»Das gehört natürlich auch dazu.«

Ich schob den Sack, der auf meinem Oberkörper seinen Platz gefunden hatte, wieder anders hin, denn der Druck war langsam nicht mehr zu ertragen.

»Warte, ich komme zu dir, Partner.«

»Nein, nein!«, wehrte ich ab. »Lass es bleiben. Wir müssen erst abwarten.«

»Ach, da ist doch keiner mehr.«

»Trotzdem.«

Zum Glück schwieg Leila in den nächsten Minuten, und ich konnte mich aufs Fahren konzentrieren. Die Straßen in der Altstadt waren schlecht, hinzu kam noch die Beschaffenheit des Wagens, sodass wir jedes Schlagloch und jeden Stoß doppelt spürten.

Mein Magen begann allmählich Purzelbäume zu schlagen. Ich war eine solche Fahrerei nicht gewohnt und glaubte mittlerweile auch, dass die unmittelbare Gefahr hinter uns lag. Deshalb drückte ich den Sack zur Seite und richtete mich auf.

Die gleiche Idee hatte Leila auch gehabt. Gerade als sie hochkam, fuhren wir durch den Lichtschein einer Laterne, der unsere Gesichter streifte, und ich konnte Leila ziemlich deutlich erkennen.

Sie lächelte mich breit an. Ihre weißen Zähne blitzten, die Perlen an den Haarschnüren klirrten gegeneinander, und das Oberteil ihres leicht angeschmutzten Hosenanzugs klaffte so weit auf, dass ich die Ansätze ihrer Brüste erkennen konnte.

»Gewonnen?«, fragte sie.

»Noch nicht.«

Sie schaute sich auf der Ladefläche um, ich tat das Gleiche. Wir fuhren noch immer durch die Altstadt von Tanger. Ich sah die schmutzigen Häuserfronten, die irgendwann einmal weiß gewesen waren.

Wer immer den Wagen lenkte, seinen Führerschein hatte er wohl im Versandhaus erworben, denn er fuhr halsbrecherisch. In dem Tempo hätte ich mich nicht getraut, durch die schmalen Gassen zu rasen.

Manchmal hatten wir Glück, nicht an den Hauswänden entlangzuschrammen oder einen Außenspiegel abzubrechen.

Der Wagen zog eine blauschwarze Auspufffahne hinter sich her. Die dicken Wolken trieben nicht nur weg, auch in die Höhe und quollen uns sogar zum Teil entgegen.

Ich wischte mir die Sicht frei und schaute auf Leila, die noch immer lächelte.

»Was macht dich so fröhlich?«, fragte ich.

»Die Umstände.«

»Da kann ich mir etwas Besseres vorstellen.«

»Ich auch« gab sie zu. »Aber ich bin Pessimist geworden. Machen wir trotzdem das Beste aus der Sache.« Sie schaute sich im Sitzen um.

»Und das wäre deiner Meinung nach?«

»Abspringen.«

Wo sie Recht hatte, da hatte sie Recht. Es würde uns wirklich nichts anderes übrig bleiben, als die Ladefläche auf diese Art und Weise zu verlassen.

Nur fanden wir keinen Spalt zwischen den Hauswänden. Wenn wir an der Seite absprangen, würden wir zerquetscht werden. Uns blieb nur die Rückseite des Lkw.

Stehen konnten wir nicht.

Der Wagen schwankte bei seiner fast höllischen Fahrt durch die schmalen Gassen, und nichts wies daraufhin, dass sein Fahrer das Tempo verminderte.

Wir wandten uns der Rückseite des Gefährts zu. Auf allen vieren mussten wir kriechen.

Leila hielt sich dicht neben mir. Das Gewehr hatte sie umgehängt. »Ist wie ein großes Abenteuer, nicht?«

»Sag nur nicht Kino. Denn wie ein Leinwandfilm komme ich mir nicht vor.«

»Du siehst auch nicht aus wie Indiana Jones. Dir fehlt nämlich der schöne Hut.«

»Den werde ich mir auch nicht zulegen.«

Danach versiegte unser Gespräch. Wir befanden uns dicht am Rand und schauten nicht nur in die blauschwarzen Abgaswolken, sondern auch auf die rasch unter uns hinwegeilende Erde, die sehr trocken war, sodass die Reifen zusätzlich Staubwolken aufwirbelten, die sich mit den Abgasschwaden vermischten.

Leila und ich hielten uns an den Rändern der Ladeklappe fest, um uns abzustützen.

Sie schaute mich an. »Ich springe jetzt!«

»Soll ich dir Ratschläge geben, wie du …?«

»Danke, nicht nötig.«

Und da geschah es. Ohne die Geschwindigkeit merklich zu verringern, riss der uns noch unbekannte Fahrer den Wagen in eine scharfe Rechtskurve, sodass wir nach links geschleudert wurden. Leila stärker als ich. Sie prallte gegen mich und begann zu fluchen. Mit unserer Absicht, den Wagen springend zu verlassen, war es vorerst einmal vorbei.

Übereinander waren wir gepurzelt. Ich spürte ihre Hände

an meiner Schulter und hörte sie auch schimpfen. »Verdammt, der hat das genau gewusst.«

Da war ich anderer Ansicht, behielt es für mich und stellte nur fest, dass wir nicht mehr nur direkt geradeaus fuhren, sondern auf einem abfallenden Weg in die Tiefe glitten.

Gleichzeitig hörten wir den Klang einer schrillen Hupe. Das Echo war noch lauter und wetterte zwischen den kahlen Wänden, die uns umgaben.

Wir konnten beide nichts anderes tun, als weiterhin auf dem Wagen zu hocken und uns anzuschauen.

»Das verstehe ich nicht!«, rief Leila.

Ich verstand es auch nicht, glaubte aber, dass wir mittlerweile das Ziel der Fahrt erreicht hatten.

In der Tat war dies der Fall, denn auf einmal veränderte sich die Umgebung. Für einen Moment wurde sie noch dunkler, danach heller, aber es war künstliches Licht. Die Lampe hing an der Decke.

Ich wollte Leila noch ermahnen, sich festzuhalten, als mir die Worte durch den plötzlichen Bremsvorgang von den Lippen gerissen wurden. Unser geheimnisvoller Fahrer hatte so hart das Bremspedal nach unten gedrückt, dass wir den Schwung nicht ausgleichen konnten und durcheinander flogen, wobei wir zum Glück auf der Ladefläche blieben und nicht über den Rand hinwegpurzelten.

Geschafft?

»Vom Regen in die Traufe«, murmelte Leila, wobei sie wahrscheinlich den Nagel auf den Kopf getroffen hatte. Wenn wir uns tatsächlich am Ziel befanden, würde der Wagen auch bald abgeladen, und dann mussten wir von der Ladefläche verschwunden sein.

Auch Leila hatte so gedacht. Sie schwang sich geschmeidig über die seitliche Ladeklappe hinweg und war meinen Blicken sehr schnell entschwunden.

Das gefiel mir nicht. Ich wollte auch vom Wagen herunter und hörte schon ihre Stimme.

»Bleib ganz ruhig, Freundchen, und heb die Hände ganz hoch. Okay?«

»Ja, ja, aber ich …«

»Keine Widerrede, Junge. Hier diktiere ich. Wenn ich abdrücke, bleibt von dir nicht viel übrig.«

Sie war jetzt wieder dieses gefährliche Weib, das keine Rücksicht kannte und für das ein Menschenleben nichts galt. Ich musste schnell eingreifen, denn der Fahrer hatte uns, ohne es eigentlich zu wollen, das Leben gerettet. Deshalb durfte ich auf keinen Fall riskieren, dass Leila durchdrehte und ihre Wut an ihm ausließ.

Ich sah sie mit dem Gewehr im Anschlag. Die Mündung hatte sie gegen den Hals des Fahrers gepresst, der sich rücklings gegen die Autotür presste und die Augen angstvoll aufgerissen hatte.

Nach einem ersten Rundblick hatte ich festgestellt, dass wir uns in einer Tiefgarage befanden, in der noch mehr Wagen parkten. Das interessierte mich im Moment nicht, denn der Fahrer war für mich wichtiger.

»Lass ihn«, sagte ich zu Leila.

Sie nahm das Gewehr nicht weg. »Und wenn er uns verrät?«

Ich schüttelte den Kopf. »Das wird er nicht tun.«

»Das hätte ich auch schon vorher machen können«, erklärte der Junge in einem holprigen Französisch. »Ich habe euch nämlich gesehen, als ihr auf die Ladefläche geklettert seid.«

»Und warum hast du es nicht verhindert?« Leilas Stimme klang scharf. Sie traute keinem Menschen mehr. Ich sah es anders und fasste sie an der Schulter.

»Geh zur Seite.«

Plötzlich stand Hass in ihrem Blick, als sie mich ansah. Dann nickte sie und kam meiner Aufforderung nach.

Der Fahrer atmete auf. Wir standen praktisch im letzten Lichtschein der Lampe und schauten uns an. Allmählich entspannten sich die jungen Züge in seinem Gesicht. Er war tatsächlich noch nicht alt. Ich schätzte ihn auf vierzehn Jahre. Auf dem Kopf trug er eine Schiebermütze, unter der dichtes, blauschwarzes Haar hervorquoll. Aus seinen großen, dunklen Augen verschwand allmählich die Angst, und als er mein Lächeln sah, da lächelte er auch.

Wir mochten uns.

Er trug eine braune Jacke, die ihm viel zu groß war, außerdem eine alte, ausgebeulte Hose. Die Schuhe zeigten noch die spitze Form, wie sie vor zwanzig Jahren modern gewesen war.

Dieser junge Mann gehörte zu den Personen, wie man sie überall in den großen Städten fand. Es waren junge Menschen, die auf der Straße ihr Elternhaus gefunden hatten und sehr früh lernten, sich durchs Leben zu schlagen. Dabei reagierten sie im jugendlichen Alter schon so wie manche Erwachsene. Eine Folge der harten Lehre.

»Wie heißt du?«, fragte ich ihn.

»Ali.«

»Okay, Ali. Ich bin John, und das ist Leila.« Ich deutete auf das Halbblut. »Du darfst es ihr nicht übel nehmen, dass sie etwas überspitzt reagiert hat. Aber wir haben einiges hinter uns.«

»Kann sein.«

»Ich möchte mich auch bei dir dafür bedanken, dass du uns das Leben gerettet hast. Ohne deine Hilfe wären wir verloren gewesen, das kannst du mir glauben.«

»Möglich.«

»Weshalb hast du uns nicht verraten?«

»Weil ich die Männer kannte.«

»Wer waren sie?«

Plötzlich verzerrte sich sein Gesicht. »Killer, Banditen, Gangster!«, zischte er. »Sie haben meine Eltern auf dem Gewissen, seit sie eines Nachts kamen und unser Haus ansteckten. Mein Vater hatte sich mit ihnen angelegt. Er wollte nicht mit ihnen zusammenarbeiten.«

»Was war dein Vater?«

»Diplomat. Sie wollten ihn erpressen. Beide Eltern sind verbrannt. Ich konnte fliehen und untertauchen. Ein Jahr habe ich mich jetzt mit Gelegenheitsarbeiten durchgeschlagen …«

»Und du weißt genau, wer dahintersteckt?«

»Natürlich«, erklärte er. »Das war El-Sudat, der König von Tanger. Er ist der Mann, der alle regiert, auf ihn hört die

Unterwelt. Und er hat euch auch gejagt, denn es waren seine Leute. Ich habe einige von ihnen erkannt. Was habt ihr getan?«

»Nichts.«

»Wieso? Nicht ohne Grund …«

»Lass dich nicht von ihm ausfragen, Sinclair«, mischte sich Leila ein. »Das haben wir nicht nötig.«

Der junge Mann namens Ali blickte Leila schräg an. »Dann warst du die Gesuchte?«

»Kann sein.«

»Was hast du getan?«, fragte ich.

»Mich nur gewehrt!«, erklärte sie und schloss danach die Lippen, für mich ein Zeichen, dass sie nichts mehr sagen würde.

Ich ließ sie und wandte mich unserem jungen Lebensretter zu. »So, Ali, jetzt mal raus mit der Sprache! Du hast hier einiges geladen, und wir befinden uns in einer Garage. Ist das auch dein ursprüngliches Ziel gewesen?«

»Das war es.«

»Was hast du nun weiter vor?«

»Ich soll abladen. In den Säcken befindet sich Hirse. Die Garage hier gehört zu einem Lokal, das über ihr liegt. Ich musste Proviant für die Leute besorgen.

»Was ist das für ein Lokal?«

»Eine Bar mit Bauchtanz.« Ali grinste und zeigte auf Leila. »Sie würde gut passen.«

»Und durch die Bar gelangt man nach draußen?«, fragte ich, ohne auf seine Bemerkung einzugehen.

»Klar.«

»Gehen wir doch«, sagte Leila.

Sie wollte sich schon in Bewegung setzen, doch Alis Stimme hielt sie auf. »Das würde ich nicht tun, Schätzchen. Die Bar gehört auch zu El-Sudats Bereich. Wenn der und seine Leute jemanden jagen, spricht sich das blitzschnell herum. Jeder hier in der Altstadt wird eure Beschreibung inzwischen haben. Meist ist es so, dass El-Sudat eine Kopfprämie aussetzt. Geld hat er ja genug.«

»Der Junge blufft«, sagte Leila.

Ich schüttelte den Kopf. »Glaube ich nicht. Wir haben ja erlebt, wie sich die Häscher zusammenballten. Ich traue ihm.« Mit einer Kopfdrehung wandte ich mich an Ali. »Wie geht es sonst noch weiter?«

Ali hob die Schultern und schaute uns entwaffnend lächelnd an. »Da gibt es nur eins, ihr müsst euch verstecken.«

Der Ratschlag war gut. Fragte sich nur, wo wir unseren Platz finden konnten. Leila blickte sich schon um, und Ali verstand diese Geste. »Ja, hier unten seid ihr ziemlich sicher. Ich glaube kaum, dass sie die Tiefgarage durchsuchen werden. Die Gassen sind jetzt viel zu gefährlich für euch, das lasst euch gesagt sein.«

Leila verzog nach kurzem Überlegen das Gesicht. »Verdammt noch mal, es passt mir nicht«, erklärte sie. »Es passt mir überhaupt nicht, dass wir in dieser miefigen Höhle den Rest der Nacht verbringen müssen.«

»Ihr könnt ja auch in El-Sudats Kerker gehen. Das ist etwas ganz Besonderes. Der foltert noch wie früher. Er hat sich …«

»Es reicht«, unterbrach ich den Jungen.

Ali grinste mich an. »Ist aber so. Wer El-Sudat zum Feind hat, kann in Tanger nicht überleben. Diese Bande hat tausend Ohren und Augen. Sie hören und sehen alles. El-Sudat ist fast allmächtig.«

»Allmächtiger als der Bai von Tanger?«

Mir war die Frage urplötzlich in den Sinn gekommen, zudem wollte ich herausfinden, ob der Junge etwas von ihm wusste. Ali trat einen Schritt zurück. »Was hast du da gesagt, John? Der Bai von Tanger?«

»Ja, kennst du ihn?«

»Ich hörte davon!«, flüsterte er.

»Das ist gut. Vielleicht kannst du uns eine Auskunft geben. Aische konnte es nicht mehr.«

»Die kennt ihr auch?« Ali war baff. Er schaute mich an, dann Leila, und sein Gesicht erinnerte in diesem Moment an ein Fragezeichen, sodass ich lächeln musste. Er hob langsam die Hand, ließ die Finger über seine Wange gleiten und hatte endlich die Worte gefunden, um eine nächste Frage zu stellen.

»Wer seid ihr?«

»Wir suchen den Bai von Tanger.«

»Der ist tot!«, rief Ali erschreckt.

»Nicht mehr«, erklärte ich. »Er und seine Reiter sind aus den Gräbern gestiegen, haben den Weg in eine andere Welt gesucht und ihn auch gefunden.«

»Dann waren sie bei Aische?«

Ich nickte. »Du kennst dich gut aus.«

Ali deutete auf seine Brust. »Ich hatte ein Jahr Zeit, mich hier umzuschauen. Nichts ist mir unbekannt.«

Der letzte Satz interessierte mich besonders, denn er hatte mich auf eine Idee gebracht. »Wenn du Tanger so gut kennst und du nichts zu tun hast, würdest du uns dann führen?«

Ali lächelte erstaunt. »Ich soll also, ich soll …«

»Ja, du sollst an unserer Seite bleiben, mein Lieber. Natürlich nur, wenn du Lust hast.«

Er holte tief Luft. Seine Gedanken mussten sicherlich Purzelbäume schlagen, und der junge Mann vor uns geriet sogar ins Schwitzen. »Ich weiß nicht so recht«, murmelte er. »Verdammt, ich meine, es ist überraschend.«

»Oder fürchtest du dich?«, fragte ich.

»Vor wem?«

»Der Bai ist nicht gerade harmlos.«

»Wenn er wirklich zurückgekommen ist, wie es die alten Geschichten immer behaupten, dann müsste man ihn gesehen haben, wie ich meine. Aber das habe ich nicht.«

»Er ist in einer anderen Welt verschwunden.«

»Bei Aische?«

»Genau.«

Ali schabte über den Stoff seiner Mütze und drückte sie noch tiefer in die Stirn. Sein Mund bewegte sich, ohne dass Worte über die Lippen flossen.

Ich fing Leilas Blick auf. Am Ausdruck ihrer Augen erkannte ich, dass sie mich für verrückt hielt. Sie hätte sich auf so etwas nie eingelassen, das war ihr anzusehen. Ich aber dachte praktischer. So jung dieser Junge auch war, in der Stadt konnte er uns eine große Hilfe sein. Deshalb streckte ich ihm die Hand entgegen. »Schlägst du ein, Ali?«, fragte ich ihn.

Er schaute für einen Moment auf meine Finger. In seinem Gesicht zuckte die Haut an den Wangen. Noch traute er sich nicht. Schließlich hob er die Schultern.

»Bon, Monsieur, ich bin dabei!« Fest umschloss seine Hand die meine, und sein Lächeln strahlte Ehrlichkeit aus.

Nur Leila passte es nicht. Als der Junge dabei war, die Säcke abzuladen, kam sie zu mir und flüsterte: »Wenn das mal gut geht, Sinclair. Wenn das mal gut geht …«

Für Suko und seinen Partner Claude Renard war es eine Folter, obwohl man ihnen körperlich nichts zu Leide getan hatte. Sie waren beide gefangen genommen und in eine Welt geschleppt worden, die für sie als Menschen das absolut Fremde und Grauenhafte bedeutete. Ob Tag oder Nacht, das alles spielte in dieser Welt keine Rolle. Die Kälte, die Wärme, nichts existierte, alles war gleich und auch das Licht.

Die Welt der grauen Schatten.

Alles um sie herum war in dunkelgraue Schatten gehüllt. Sie fingen sie ein wie ein Gespinst, und dieses Schattenlicht musste die Kraft besitzen, Herr über ihre Sinne zu werden.

Bewegen konnten sich die beiden nicht. Ihre Glieder waren wie mit Blei gefüllt, und sie lagen an einem Ort, der eine heiße Angst in einem Menschen hochschießen lassen konnte.

Es waren zwei Astgabeln.

Nachdem Suko und Claude von dem Bai und dessen Reitern überwältigt worden waren, hatten diese Wesen sie durch das Tor in die andere Welt geschleppt, wo sich die geheimnisvolle Hängebrücke befand, die beide Dimensionen miteinander verband.

Wehrlos hatten Suko und Claude auf den Reittieren gelegen, waren in die dunkelgrauen Felsen geritten und auf zwei starken Astgabeln niedergelegt worden, die sich aus den harten, aber kahlen Zweigen der Bäume bildeten. Diese

Gewächse standen dicht an einem bodenlosen Abgrund. Schief waren die Bäume gewachsen, und zwar so schräg, dass sich ihre langen Arme wie knorrige, verdorrte Finger über den Abgrund streckten, sodass die beiden Männer jeden Moment das Gefühl haben konnten, aus ihren Plätzen zu rutschen und in die Tiefe zu fallen.

Bisher hatte sich dieser Albtraum nicht erfüllt. Noch lagen sie still und warteten ab.

Am schlimmsten war für Suko der Psychoterror gewesen, dem man ihn ausgesetzt hatte.

In dieser Welt und genau dort, wo sich die Brücke befand, war plötzlich ein Licht erschienen. Sehr hell, sehr klar und nur dort zu erkennen, wo sich der Anfang der Brücke befand.

Innerhalb des Lichtscheins war eine Gestalt erschienen. Ein Mann, den Suko sehr gut kannte, denn er war sein bester Freund.

John Sinclair!

Der Geisterjäger hatte es ebenfalls geschafft, diese unheimliche Welt zu betreten, aber es war ihm nicht mehr gelungen, Suko zu befreien, obwohl er sich sehr darum bemüht hatte.

John hatte sich sogar der Meute dieser Skelette gestellt und wie ein Wahnsinniger gegen sie gekämpft. Zu groß war dabei die Übermacht gewesen, und die Skelette hatten den Kampf des Geisterjägers durch ihre harten Einsatz beendet und John Sinclair zurückgeschlagen.

Er war erfolglos gewesen und hatte seine Welt wieder durch das Tor betreten können.

Für ihn also gab es noch Hoffnung, für Suko nicht. Er war und blieb ein Gefangener dieser schrecklichen Dimension. Auch ohne Stricke oder Fesseln.

Am schlimmsten für ihn war die absolute Leere. Er, ein Mensch mit Gefühlen, hatte sehr genau gespürt, dass er in einer Welt gefangen war, in der keinerlei Gefühle existierten. Hier gab es keine Liebe, keine Freude, keine Herzlichkeit, nur die Kälte.

Es war nicht allein die Temperatur, diese Kälte kam von innen und umklammerte seine Seele, sodass es für Suko gleichzeitig zu einer psychischen Tortur wurde, hier zu liegen.

Da in dieser Welt keinerlei positive Werte existierten, konnten sich die anderen potenzieren und zu einem Ergebnis gelangen, das Suko als so schrecklich empfand.

Es war die Verlassenheit!

So schlimm, so groß, dass als eine zwangsläufige Folge davon die Depression kam.

Suko fühlte sich einsam wie nie zuvor in seinem Leben. In Wellen schlug die Depression in ihm hoch, und er spürte, wie es heiß in seiner Kehle aufstieg.

Es waren die Tränen, die sich einfach einen Weg suchten, um die Verlassenheit des Menschen nach außen hin zu dokumentieren. Suko hatte in seiner Heimat China eine harte Ausbildung hinter sich. Sein Körper war ebenso trainiert worden wie sein Geist. Bisher hatte er sich all diesen Dingen durch seine innere Kraft entgegenstemmen können. Das war nun nicht mehr der Fall. Zu groß war sein Dilemma geworden, und je mehr Zeit verging, umso größer wurde seine Mutlosigkeit.

Suko sah keine Chance mehr …

Er wusste auch nicht, ob Stunden, Minuten oder Tage vergangen waren. In dieser Welt gab es keine Zeit.

Sie war so kahl, so leer, so ohne Gefühl. Denn das musste die Hölle sein, von der in vielen Regionen gesprochen wurde. Nicht das Feuer, das sich die Menschen in ihrer Fantasie ausgemalt hatten. Natürlich gab es das auch, aber das hier war schlimmer. Mit dieser Leere war, so paradox es Suko vorkam, Luzifers Welt gefüllt.

Nach langem Überlegen war er tatsächlich zu der Überzeugung gelangt, in diesem Bereich ein Gefangener zu sein.

Die gleichen Gefühle mussten auch seinen Partner quälen. Als Claude ihn ansprach, hörte er das Schluchzen aus seiner Stimme. »Verdammt, wir kommen hier nicht weg.«

»Ja, das stimmt.«

»Und wie lange sollen wir noch warten?«

Suko schluckte, bevor er eine Antwort geben konnte. »Ich weiß es nicht. Zeit spielt hier keine Rolle.«

»Dann können wir eine Ewigkeit hier bleiben, wenn ich das so sehe«, flüsterte Claude.

»Darauf deutet einiges hin«, gab Suko zurück, obwohl ihm diese Antwort nicht leicht fiel.

»Du siehst also auch keine Chance?«

»Nein. Mein Freund hat es versucht …«

Claudes Lachen klang deprimierend. »Ja, ich habe es gesehen. Die Skelette waren stärker.«

»Leider.«

»Und wo befinden sie sich jetzt?«

»Ich habe sie nicht mehr gesehen«, erwiderte Suko. »Irgendwo im Grau dieser Welt werden sie sich verborgen halten.«

»Dann können sie wiederkommen.«

»Bestimmt.«

Claude sagte nichts mehr, auch Suko schwieg und gab sich ganz seinen deprimierenden Gefühlen hin. Er hatte nicht mal große Angst, nur eben die Verlassenheit war es, die die Sache für ihn zu einem regelrechten Horror-Trip machte.

Er hatte seine Haltung nicht verändern können, weil ihm einfach die Kraft dazu fehlte. Irgendein Gift musste sich in seinen Adern befinden. Es hatte ihn so gelähmt, dass nur noch seine Gedanken arbeiten konnten, was er als schlimm empfand.

Und so blieb beiden Männern nichts anderes übrig, als sich weiterhin in ihr Schicksal zu fügen.

Sie sprachen nicht mehr miteinander. Suko vernahm nur hin und wieder das Schluchzen seines Leidensgenossen. Auch ihn überkam in diesen Momenten die große Depression, gegen die er sich ebensowenig wehren konnte wie auch der Franzose.

Sie lagen beide in den Astgabeln dicht beieinander. Nur konnten sie sich nicht sehen, nur unterhalten und mussten mit ihrer schlimmen Verlassenheit allein fertig werden.

Und doch tat sich etwas.

Suko, der hin und wieder in die bodenlose Tiefe schaute, sah dort etwas aufglühen.

Einen winzigen rötlichen Punkt! Er wusste genau, dass das Auftauchen des Punktes etwas mit ihm und seinem Schicksal zu tun hatte.

Würde sich vielleicht etwas ändern? Suko hoffte es stark, denn er wollte nicht noch länger das Gefühl dieser Verlassenheit spüren, das immer stärker wurde.

Auch in einer Welt wie dieser konnte nicht alles gleich bleiben, da musste sich etwas tun, und in dem roten Punkt, der allmählich aus der Tiefe stieg, sah Suko ein erstes Anzeichen.

Auch Claude Renard hatte ihn bemerkt. Seine Stimme klang plötzlich anders, als er den Chinesen ansprach. Viel erwartungsvoller. »Das wird was sein!«, flüsterte er. »Verdammt, ich erkenne eine rote Sonne. Suko, Mensch, vielleicht bekommen wir Hilfe.«

»Wäre schön«, erwiderte der Inspektor, obwohl er selbst nicht daran glaubte, aber er wollte seinem Mitgefangenen die Hoffnung nicht nehmen.

Und so blieb beiden nichts anderes übrig, als zu warten und zuzuschauen, wie sich der Punkt vergrößerte und tatsächlich zu einer kleinen kreisrunden Sonne heranwuchs.

Etwas empfand der beobachtende Suko schon als seltsam. Der Punkt, Kreis oder die Sonne leuchtete nur mehr in ihrem Innern. Nach den Seiten hin strahlte sie nicht ab.

Und sie kam immer höher.

Suko konnte sie jetzt noch genauer sehen und erkannte gleichzeitig seinen Irrtum.

Es war kein Kreis. Die andere Atmosphäre hatte ihm so etwas vorgegaukelt. Aus der Tiefe stieg ein alter Bekannter, und Suko bekam durch dessen Auftauchen seine Vermutung bestätigt, in einer Dimension gelandet zu sein, die man mit dem Begriff Hölle umschreiben konnte.

Genau das war es.

Die Hölle!

Und einer ihrer Herrscher drang aus der unheimlichen Tiefe allmählich in die Höhe.

Asmodis! Auch Teufel oder Satan genannt. Die meisten

Menschen hielten ihn sogar für den absoluten Herrscher der Hölle und setzten ihn gleich mit Luzifer.

Das stimmte jedoch nicht, wie auch Suko inzwischen wusste.

Asmodis hatte, wenn er sich so zeigte wie jetzt, eine dreieckige Fratze, die in Höhe des Kinns spitz zulief. Sein Gesicht war pechschwarz, zudem mit einem Film aus Fell bedeckt, und nur seine Augen stachen deutlich davon ab.

Sie glühten in einem düsteren, gefährlichen Rot, in dem das Höllenfeuer wie ein brodelnder Vulkan loderte.

Das also war der Kreis gewesen, denn aus der Entfernung hatte Suko das Gefühl gehabt, beide Augen wären zu einem zusammengewachsen. Erst beim Näherkommen sah er die wahren Tatsachen.

Und er hörte das Lachen.

So höhnisch, so grell, so triumphierend und siegessicher konnte nur der Teufel lachen, wenn er sich vollkommen sicher fühlte, der große Sieger zu sein.

Sein Lachen schallte den beiden Männern entgegen. Von Suko wurde es relativ gelassen aufgenommen, er kannte dieses Geräusch, denn er hatte es schon oft genug zu hören bekommen.

Claude Renard aber drehte fast durch. Er hatte die Fratze so noch nie gesehen, und Suko hörte seine Stimme hallend durch die unheimliche Welt klingen. »Verdammt, das ist der Teufel!«

»Ja«, gab Suko zurück. »Das ist der Teufel. Du hast Recht, mein Junge.«

»Dann sind wir in der Hölle ...«

»Auch das!« Sukos Antwort ging jedoch in Claudes schaurigem Schreien unter, an dem sich der Teufel ergötzte. Genau das war es, was er immer haben wollte.

Die Angst der Menschen, um seine Freude erleben zu können. Ja, die Menschen sollten vor ihm zittern, dann war sein Ziel erreicht.

Claude und Suko schauten zu, wie Asmodis' Fratze immer höher wanderte, sodass sie schon schaurige Einzelheiten erkennen konnten. Darauf konnten sie verzichten, und Suko sagte: »Was willst du von uns, Asmodis?«

Meckernd klang ihnen das Lachen entgegen. »Ich will euch zunächst einmal anschauen und freue mich darüber, chancenlose Menschen in meiner Hand zu sehen.«

»Wieso in deiner Hand?«, fragte Suko. »Noch liegen wir hier.«

Die Augen des Teufels begannen sich stärker zu drehen. Wahrscheinlich spürte er eine innerliche Freude. »Wenn du es so siehst, hast du Recht, Chinese. Aber ich sehe es anders. Mir gehört diese Welt, die ihr Menschen als Hölle bezeichnet. Ich allein bin ihr Herrscher, nicht wahr?«

»Das möchte ich einmal dahingestellt sein lassen«, erklärte Suko. »Gibt es nicht noch Wesen, die über dir stehen?«

»Du denkst an Luzifer?«

»So ist es.«

»Ja, ich gebe zu, er ist der Oberste. Aber ich habe mit ihm einen Pakt geschlossen. Asmodis und Luzifer werden nie Feinde. Im Gegenteil, wir schließen uns noch enger zusammen, damit wir das große Ziel erreichen können. Die zurückliegende nahe Vergangenheit hätte dich lehren sollen, wie es um unseren Pakt bestellt ist. Luzifer, die Große Mutter und ich haben uns zusammengeschlossen. Es gibt keine einzelnen Attacken mehr. Wir werden gemeinsam zuschlagen, das solltest du wissen.«

»Ja, ihr habt starke Gegner.« Suko begann trotz seiner Lage zu lachen. »Ich erinnere mich deutlich daran, wie ihr John Sinclair das Blut abnehmen wolltet. Fast hättet ihr es geschafft, aber da gab es jemand, der euch aufgehalten hat, nicht wahr?«

»Sehr richtig. Fast hätten wir ihn auch gehabt, aber so etwas wird nicht mehr geschehen. Gegen die geballte Kraft der ewigen Finsternis kommen auch Mächte wie die Großen Alten nicht an. Wir werden sie ausschalten, radikal vernichten, und wir haben bereits damit begonnen. Ein alter Fluch hat sich erfüllt. Der Bai ist wieder zurückgekehrt und hat den Weg in diese Welt gefunden. Er wird alles vorbereiten und die Hindernisse aus dem Weg schaffen, die noch weggeräumt werden müssen. Dann haben wir freie Bahn und werden dies ausnutzen.«

»Was haben wir damit zu tun?«, fragte Suko.

»Eigentlich nichts, das gebe ich zu. Ihr wart gewissermaßen eine Zugabe, die wir bekommen haben. Verstehst du? Ihr hättet euch in London aufhalten sollen, so aber geratet ihr in den Kreislauf hinein und werdet in ihm ersticken.«

»Meinst du auch John Sinclair damit?«, fragte Suko.

»Natürlich.«

Der Inspektor lachte trotz seiner misslichen Lage. »Ein Irrtum, Asmodis, ihn habt ihr nicht.«

»Aber wir werden ihn bekommen.«

»Das ist nicht gesagt …«

Der Teufel produzierte eine stinkende Schwefelwolke, die aus seinem Maul in die Höhe drang. »Natürlich ist das gesagt. John Sinclair ist ein Mensch, der hat Gefühle, sein Pech. Er kennt Begriffe wie Freundschaft und Liebe und wird es nie wagen, dich, Suko, im Stich zu lassen. Aus diesem Grunde bin ich sicher, dass er zurückkommen wird. Zurück in diese Welt, um dich zu holen. Ich mache ihm nicht gern ein Kompliment, aber Sinclair ist der Mensch, der es schafft, den Eingang zu überwinden. Wenn er hier ist, werden wir ihm den entsprechenden Empfang bereiten. Alles ist vorbereitet, er wird als das letzte Mosaiksteinchen in unseren Plan hineinpassen.«

»Und wer soll ihn vernichten?«

»Du vergisst völlig, dass der Bai von Tanger auf unserer Seite steht. Nur meiner Magie hat er es zu verdanken, dass er sich aus dem kühlen Grab erheben und wieder die Welt betreten konnte. Der Bai ist unsere Speerspitze und wird die Gegner aus dem Weg räumen.«

Bisher hatte Claude Renard nichts gesagt. Nun aber meldete er sich. »Das ist doch Wahnsinn!«, schrie er. »Verrückt, einfach irre. Ich bin in einem Irren …«

»Du bist in der Hölle!«, schrie der Teufel dagegen. »Und du wirst es gleich merken, wenn du nicht …«

»Sei ruhig, Claude!«, mischte sich Suko ein. Er wusste, dass man den Teufel nur bis zu einer bestimmten Grenze reizen durfte. Wurde diese überschritten, drehte er durch.

Zum Glück hatte Claude begriffen und verstummte tatsächlich, sodass der Teufel weiterreden konnte. »Rechnest du dir noch immer eine Chance aus, Chinese?«

»Ich lebe.«

»Aber wie!«, schrie Asmodis, »aber wie! Ich kann dich mit einem Fingerschnippen vernichten.«

»Und weshalb tust du es nicht?«

»Das ist ganz einfach. Ich will, dass du noch etwas von deinem Tod hast, Suko. Ja, du sollst ihn richtig erleben, und du sollst deine Hilflosigkeit merken, in der du gefangen bist. Zudem wirst du noch die kennen lernen, die sich auch mit in meinem Bunde befinden. Luzifer und die Große Mutter wollen dich noch sehen.«

»Darauf kann ich verzichten!«

Wieder bekam Asmodis einen Heiterkeitsausbruch. »Danach wirst du nicht gefragt, Chinese ...« Er rollte noch einmal mit den Augen, sodass sie wie feurige Sonnen wirkten.

Einen Moment später öffnete er das Maul und produzierte eine stinkende Schwefelwolke, die seine Gestalt so stark einhüllte, dass von ihr nichts mehr zu sehen war.

Für eine Weile hielt sich die Wolke noch. Als sie verschwand, war auch von Asmodis nichts mehr zu sehen.

Obwohl Claude ein ziemliches Stück von Suko entfernt lag, hörte der Inspektor das Atmen seines Mitgefangenen. Der Besuch des Teufels hatte ihn ungemein mitgenommen, und er kam darüber kaum hinweg, wie seine Reaktion bewies.

»Ist es ein Traum gewesen?«, hörte der Inspektor die flüsternde Stimme des Franzosen.«

»Nein.«

»Verdammt, ich ...« Claude schluchzte.

»Finde dich damit ab, dass du soeben denjenigen gesehen hast, den die Menschen als Teufel bezeichnen.«

»Das kann ich kaum glauben.«

»Es ist leider so. Auch den Teufel gibt es. Es gibt ihn wie die Hölle, in der wir uns befinden.«

Claudes Lachen klang bitter. »Ich muss gerade daran denken, dass mir mal ein Freund gesagt hat, seine Ehe wäre die Hölle. Wenn er dieses hier erlebt hätte …«

»Jeder sieht die Hölle eben anders«, erwiderte Suko. »Aber das hier ist die wahre Hölle.«

Claude schwieg für eine Weile, bevor er behauptete: »Das kann ich noch immer nicht fassen. Es ist einfach für mich unmöglich, so etwas zu glauben. Als Kinder hat man uns immer davon erzählt, und jetzt erlebe ich es fast so. Nein, verdammt.«

Suko wusste nicht mehr, was er noch sagen sollte. Hatte Claude Recht? Aus seiner Sicht bestimmt, aber auch er glaubte fest daran, nicht vor einem epochalen Ereignis schwarzer Magie zu stehen. In dieser Welt hatten sich die Herrschenden gut vorbereitet. Sie wussten, dass es zu einem Kampf kommen würde, aber in einer anderen Welt würde man auch nicht schlafen. Suko wusste nicht viel über die Großen Alten. Er kannte deren Dimensionen nicht, wusste nur, dass sie in der geheimnisvollen Leichenstadt regierten und dieses Gebiet unter sich aufgeteilt hatten. Da herrschten und regierten sie, da konnten sie schalten und walten. Jetzt waren sie dabei, ihre Macht auszubreiten.

Ob ihnen das gelingen würde, war fraglich. Wer konnte schon das Urböse vom Thron stürzen?

Wohl kaum jemand.

»Und es gibt keinen, der uns helfen kann?«, vernahm Suko die dünne Stimme des Franzosen.

»Wie es aussieht, nicht.«

»Wir selbst schaffen es auch nicht, wie?«

»Nein, kannst du dich bewegen?«

Claude ächzte. »Ich habe soeben versucht, einen Arm zu heben. Vergeblich.«

»Da siehst du es. Auch ich bin in der gleichen Lage. Von selbst erreichen wir nichts. Wir müssen uns schon auf die äußeren Kräfte verlassen, und vielleicht haben wir Glück.«

»Wenn wir uns in diesem Land schon nicht bewegen können«, sagte Claude, »wie soll es John Sinclair dann besser ergehen?«

»Das ist auch meine Befürchtung«, gab der Chinese zu. »Er wird es zumindest schwer haben.«

Über diese Antwort konnte Claude nachdenken. Das tat er auch, denn er schwieg.

Suko zermarterte sich das Hirn nach einem Ausweg. Seine Blicke blieben nie ruhig, sie versuchten, die Finsternis zu durchdringen, und er sah plötzlich die Bewegung.

Auf der Brücke tief und weit unter ihm war sie entstanden. Dort glühte ein etwas helleres Licht, sodass der Chinese einigermaßen deutlich die Gestalten erkennen konnte, die sich dort voranbewegten.

Es waren die reitenden Skelette.

Und der Bai führte sie an.

Mit ihm zusammen zählte der Chinese sieben Knochengestalten. Alle sieben ritten in die entgegengesetzte Richtung, dem geheimnisvollen Tor zu, das sie in eine andere Welt und in eine andere Zeit möglicherweise brachte.

Sukos Denkapparat funktionierte. Und er dachte darüber nach, was es wohl bedeuten konnte, dass die Skelette diese Welt verließen. Er erinnerte sich an die Worte des Teufels.

Asmodis wusste genau, dass sich John Sinclair noch in Freiheit befand. Wahrscheinlich konnte er dies nicht überwinden. So etwas kratzte an seiner Ehre, und sicherlich hatte er die Skelette zusammen mit ihrem Anführer ausgeschickt, um den Geisterjäger zu holen.

Die Gedankengänge des Inspektors wurden unterbrochen, als er sah, wie die Knöchernen der Reihe nach in der Wand verschwanden und somit seinen Blicken entzogen waren.

Jetzt waren sie wieder allein.

Wirklich ganz allein?

»Verdammt, Suko, was ist das?« Claude hatte die Worte ausgesprochen. Ihm war das seltsame Rauschen in der Luft hoch über ihnen zuerst aufgefallen.

Jetzt verdrehte auch Suko die Augen.

Noch konnte er nichts erkennen, doch der Windhauch, der sein Gesicht streifte, bewies ihm, dass sich in der Dunkelheit über seinem Kopf etwas tat.

Dort musste sich jemand befinden.

Aber wer?

»Verflucht, was kann das sein?«

Suko brauchte Claude Renard keine Antwort zu geben, die bekam der Franzose von der Person, die sich ihnen näherte und sich in der Dunkelheit als breit gefächerter Schatten abzeichnete.

Er wirkte im ersten Augenblick wie eine riesige Fledermaus, sodass selbst Suko erschrak.

Dann kam er näher, und der Inspektor stellte fest, dass aus dem Innern seines Körpers ein geheimnisvolles graues Leuchten an die Außenhaut flutete, sodass Suko die Gestalt gut erkennen konnte.

Es war der Eiserne Engel!

Und plötzlich bekam Suko wieder Hoffnung ...

Eine ähnliche Hoffnung erfüllte auch Leila und mich, denn wir waren völlig normal erwacht, ohne dass uns eine Gewehrmündung gekitzelt hätte. Unser neuer Freund Ali kannte nicht nur die Altstadt von Tanger sehr genau, ihm war auch jeder Winkel in der Garage bekannt, und so hatte er uns in eine Ecke geführt, die in wirklich guter Deckung lag. Leider hatten wir auf dem Boden schlafen müssen. Dementsprechend schmutzig sahen wir auch aus und klopften zunächst unsere Kleidung aus, als wir aufstanden.

Ali war bereits wach, stand vor uns und schaute uns grinsend an. »Tut mir ja Leid, dass ich euch keinen Waschraum bieten kann, aber so weit sind wir noch nicht. Vielleicht in zehn Jahren.«

Ich winkte ab. »Das reicht uns auch so. Wir wollen ja nicht unbescheiden sein.«

»Das sagst du, Bulle. Ich denke da anders.« Leila hatte mich angesprochen und schaute mich dabei böse an.

Ali erschrak. »Du bist ein Bulle?« Sicherheitshalber trat er zwei Schritte zurück.

»Ja«, gab ich zu. »Ist das so schlimm?«

»Für mich schon.«

Leila begann zu lachen. »Da hörst du es, Sinclair. Es gibt noch mehr Leute, die keine Bullen mögen.«

Ich hob die Schultern. »Das weiß ich. Nur ist nicht jeder Polizist mit dem anderen zu vergleichen.« Mit diesen Worten hatte ich Ali angesprochen. »Ich bin kein Landsmann von dir, sondern komme aus England.«

»Wo Scotland Yard liegt?«

»Genau.«

Ali rieb seine Hände. »Dann bist du ein Beamter von Scotland Yard, wie?«

»Richtig getippt.«

»Das finde ich gut. Ich habe schon einiges von euch gelesen. Muss ja 'ne irre Organisation sein.«

»Ist es auch.«

Ali senkte den Blick. »Ich habe andere Erfahrungen gesammelt«, erklärte er. »Als meine Eltern umkamen, haben sich die Bullen nicht gerade gut benommen. Man spricht auch davon, dass einige von ihnen mit El-Sudat zusammenarbeiten, wenn du verstehst.«

»Sicher, du meinst Bestechung.«

»Genau, John. Deshalb dürfen wir keinem Polizisten in die Arme laufen, wenn ihr versteht.«

»Wo wollen wir eigentlich hin?«, fragte Leila. Sie schaute Ali an, dann mich. »Los, klärt mich auf! Habt ihr vielleicht miteinander Pläne geschmiedet, als ich schlief?«

»Nein«, erwiderte ich. »Ich verlasse mich ganz auf unseren neuen Freund.«

Als ich das sagte, wurde Ali sogar rot. Er hob die Schultern. Mit einer Antwort wollte er nicht so richtig heraus. »Ihr wolltet wohl zum Bai, wenn ich das richtig verstanden habe.«

»Das stimmt.«

»Dann könnte ich euch an sein Grab bringen.«

»Auf den Friedhof am Hafen?«, hakte ich nach.

»Ja, kennst du ihn?«

»Ich habe ihm gestern schon einen Besuch abgestattet. Da hat praktisch alles begonnen.«

»Der Friedhof ist ein gutes Versteck.«

»Da gebe ich dir Recht.«

»Habt ihr eigentlich Geld dabei?« Ali wechselte blitzschnell das Thema.

»Ja«, bestätigte ich.

»Das ist gut. Dann nehmen wir uns ein Taxi.«

»Und die Fahrer arbeiten nicht für El-Sudat?« Ich war misstrauisch.

»Schon, aber nicht alle. Ich kenne sie ja. Auf einige können wir uns verlassen, und die suchen wir uns aus. So einfach ist das, John.«

Ali sah die Probleme wirklich locker. Wahrscheinlich musste man das, wenn man in einer Stadt wie Tanger lebte, in der die Existenz zu einem täglichen Überlebenskampf werden konnte.

»Wir werden es versuchen«, stimmte ich ihm zu. »Und du bist völlig frei und hast nichts anderes zu tun?«

»Nein, die Säcke sind abgeladen. Der Wagen gehört mir sowieso nicht. Ich kann tun und lassen, was ich will.«

»Dann los!«

Leila ging natürlich mit. Ihrem Gesichtsausdruck las ich ab, dass sie es nur widerstrebend tat. Dann fiel mir noch auf, dass sie nach wie vor das Gewehr trug.

»Findest du es nicht unpraktisch, mit der Waffe herumzulaufen? Zudem wird sie auffallen. Eine Frau, die bewaffnet durch die Straßen von Tanger läuft, ist auch hier außergewöhnlich.«

»Man muss sich eben daran gewöhnen.«

»Ich will mich ja nicht einmischen«, sagte Ali, »aber der Monsieur hat Recht.«

Leila zischte einen Fluch. »Und wo soll ich mit der Knarre hin?«, fragte sie ärgerlich.

»Lass das Gewehr irgendwo entladen stehen.«

»Oder gib es mir«, mischte sich Ali ein.

»Einem Knirps wie dir …«

»Von wegen Knirps, Süße. Ich habe oft genug mit so einer Knarre geschossen. Mach da mal keinen Mist. Ich glaube, du unterschätzt mich.«

»Wo hast du denn Englisch gelernt?«

»Bei uns zu Hause. Meine Eltern haben darauf geachtet. Und das andere, das habe ich auf der Straße mitbekommen«, erklärte er uns mit der größten Selbstverständlichkeit.

Ali schien wirklich ein besonderer Bursche zu sein. Dazu schlau, pfiffig und verwegen. Allmählich kam ich mir wirklich wie Indiana Jones vor, der ja auch einen jugendlichen Begleiter gehabt hatte. Nur war Ali eben kein Chinese.

»Wir können den gleichen Weg nehmen«, sagte er. »Neben dem Haupteingang ist eine schmale Tür.«

»Okay.«

Hintereinander gingen wir her. Leila drückte mir schweigend die Waffe in die Hand. »Willst du mich noch immer zum Flughafen schleppen, Bulle?«, fragte sie.

»Später.«

»Falls wir dann noch leben.«

»Bisher sieht es doch gut aus.«

Sie schwieg, denn ich half Ali, die klemmende Tür aufzuziehen, und so konnten wir die Garage verlassen. Zuerst ging Ali. Er hielt sich dicht an der linken der beiden Wände, die die schiefe Ebene begrenzte. Auf einem schmalen Gehsteig schritten wir höher, und endlich konnte ich erkennen, dass wir uns in einem großen Hinterhof befanden, der zur Rückseite hin durch einen Zaun abgegrenzt wurde.

Wenn es in dem Lokal ebenso stank wie im Hof, hätte ich da nichts essen wollen. Der Geruch von faulem Fisch wehte uns entgegen. Wir sahen das Zeug auf den Mülltonnen liegen. Einige Katzen hatten sich eingefunden und stritten sich um die Reste.

Menschen sahen wir nicht auf dem Hof. Dafür hörten wir den Lärm der morgendlichen Stadt.

Autohupen, Autoverkehr, Stimmenwirrwarr, all dies passte in den Orient. Es war warm geworden. Sogar zu warm für diese Jahreszeit in Nordafrika. Ich fand heraus, dass der Wind aus südlicher Richtung wehte. Er brachte Saharaluft mit und sehr, sehr feinen Sand.

»Wo befindet sich denn der nächste Taxistand?«, fragte Leila unseren jungen Führer.

»Da können wir nicht hin. Wir müssen einen sauberen Wagen nehmen.« Wie ein Großer rückte sich Ali seine Mütze zurecht. »Ich führe euch, ihr braucht keine Angst zu haben. Und wenn ich einen von den verdammten Banditen erkenne, gehen wir in Deckung.«

»Vielleicht haben sie auch aufgegeben«, vermutete Leila.

»Die nicht.« Ali lachte. »Die werden jetzt alle mobil gemacht haben.« Wir hielten uns noch im Schatten der Mauer auf, und Ali schaute das Halbblut skeptisch an. »Mich würde wirklich mal interessieren, Süße, was du verbrochen hast.«

Leila schlug zu. Gedankenschnell wischte dabei ihre Hand durch die Luft, und Ali konnte nicht mehr ausweichen. Ich hörte das Klatschen und sah, wie der Kopf des Jungen zur Seite flog. Allmählich rötete sich seine Wange.

Leila hatte schon wieder ausgeholt. Diesmal reagierte ich rascher, hielt ihr Gelenk fest und drehte es herum. »Ich würde dir raten, es zu lassen, sonst übergeben wir dich wirklich den Banditen. Und das sind keine nachgemachten Lords, wie sie im Club International herumturnen. Haben wir uns verstanden, Leila?«

»Okay.«

»Dann weiter.«

Ali rieb seine Wange und bedachte Leila mit einem wütenden Blick. Ich glaubte fest daran, dass er ihr diesen Treffer irgendwann einmal zurückzahlen würde.

Über den Zaun brauchten wir nicht zu klettern. Es gab genügend Lücken, durch die wir schlüpfen konnten.

Die Sonne brannte heiß hernieder. Bereits nach den ersten Minuten geriet ich ins Schwitzen.

Wenig später wurde es schattiger. Da hatte uns Ali in eine sehr schmale Gasse zwischen zwei Häuser geführt. Wir sahen die dunklen Fensterlöcher in den Hauswänden, hörten auch

Stimmen, und aus einigen Öffnungen strömte der Geruch von gebratenem Fleisch.

Unser Blick wurde nach dem Verlassen der Gasse wieder freier. Ich sah den Turm einer Moschee. Die Spitze des Minaretts funkelte im Sonnenlicht wie Gold.

Wir befanden uns auf einer ziemlich breiten Straße, einer Allee. In der Mitte wuchsen Bäume, rechts und links war die lange Insel von zwei Fahrbahnen flankiert, auf denen der Verkehr einfach nicht abreißen wollte.

Autos aller Größen, Männer, die beladene Karren zogen oder von Eseln ziehen ließen, all das bekamen wir zu sehen.

»Müssen wir rüber?«, fragte ich.

Ali schüttelte den Kopf. »Nein, wir bleiben auf dieser Seite und kommen dann zu einem Markt. Dort stehen genügend Taxis, wo wir uns eines aussuchen können.«

»Ich bin dabei.«

Einige Male wurde ich wegen meines Gewehrs schief angesehen. Man sprach mich allerdings nicht darauf an, und wenn wir Polizisten entdeckten, gingen wir ihnen aus dem Weg.

Es war zu merken, dass wir allmählich in die Nähe des Marktes gerieten. Der Betrieb nahm zu. Nicht der auf der Straße, der blieb gleich, sondern auf dem Gehsteig.

Schon bald waren wir eingekreist von Menschen, die alle das gleiche Ziel hatten.

Ich nahm eigenartige Düfte wahr. Aus jedem Kaftan strömte ein anderer Geruch. Schweiß, Knoblauch und Gewürze vereinigten sich zu einer exotischer Mischung. Wir wurden geschoben, abgedrängt, und einige Male spürte ich auch Hände auf meinem über der Schulter hängenden Gewehr.

Abgerissen wurde es mir nicht, weil ich jedes Mal härter zugriff.

Die Sonne war so warm geworden, dass ich schon dampfte, als ich mich weiter vorschieben ließ und plötzlich Alis Hand an meinem Ellbogen spürte.

»Was ist?«, fragte ich ihn.

»Wir müssen zu den Taxis.«

Die warteten rechts, wie ich schon gesehen hatte. Auch Leila folgte. Vor ihr stand plötzlich ein hochgewachsener Mann, der sie betatschen wollte. Normalerweise hatte sie nichts dagegen, in diesem Fall jedoch einiges. Ich sah ihre ruckartige Bewegung und hörte, wie der Kerl plötzlich aufjaulte, weil Leila ihm auf den Fuß getreten hatte.

Dann eilte sie uns nach. »Ein Widerling«, sagte sie nur.

Ali blieb stehen. »Bleibt ihr mal zurück«, bat er uns. »Ich schau mich erst um.«

»Und wo sollen wir hin?«

»Hinter den Wagen.«

Den sahen wir auch. Es war ein fahrbarer Käfig. Hinter dem Maschendrahtgitter flatterten und schnatterten Geflügeltiere. Enten, Gänse und Hühner führten dort ihre Tänze auf. Das Gitter war zudem in zahlreiche Käfigtüren aufgeteilt. Der Verkäufer stand davor und verhandelte mit den Kunden.

Wir fanden unsere Deckung hinter dem Wagen. Mit dem Handrücken wischte ich mir den Schweiß von der Stirn und fühlte auf der Haut den feinen Saharasand, den der kräftige Südwind mitgebracht hatte.

In dieser lärmerfüllten Umgebung konnte man zwar untertauchen, aber man fiel auch gleichzeitig auf, vor allen Dingen dann, wenn man so gekleidet war wie wir und nicht nach Tourist aussah. Deshalb hoffte ich, dass sich Ali mit dem Fahrer schnell einig wurde, damit der uns zum Friedhof brachte. Ob wir den Bai dort allerdings vorfanden, war mehr als fraglich. Schließlich mussten ein Tag und eine Nacht vergehen, um das magische Tor zu öffnen.

Wir würden sehen.

»Er braucht verdammt lange«, beschwerte sich Leila.

»Wie meinst du das?«

»Die Leute hier sind bestechlich. Wenn man eine Prämie auf unsere Köpfe ausgesetzt hat, wird es für Ali ein Leichtes sein, sie sich zu verdienen, findest du nicht auch, Bulle.«

»Ja, das finde ich.«

»Und dann traust du ihm?«

»Ich habe nicht so große Vorurteile wie du, Leila.«

»Das sind keine Vorurteile. Es sind Erfahrungswerte, Bulle. Ganz einfach.«

Wir kamen nicht mehr dazu, dieses Thema auszudiskutieren, denn Ali war plötzlich da.

»Hast du einen Fahrer gefunden?«, fragte ich ihn.

»Ja, den kenne ich sogar.«

»Und?«

Ali verzog das Gesicht. »Ich glaube schon, dass er vertrauenswürdig ist. Er hat auch in der Nacht nicht gearbeitet. Wir können ihn nehmen.«

Für einen Moment dachte ich daran, Leila zum Flughafen schaffen zu lassen. Es war keine gute Idee, denn ich hätte mich mit den einheimischen Behörden in Verbindung setzen müssen, und so etwas bedeutete Ärger und lange Erklärungen.

Also ließ ich es bleiben.

Leila lachte kalt. »Ich weiß, was du gedacht hast, Bulle, aber bilde dir keine Schwachheiten ein. Hier muss sich einer auf den anderen verlassen. Ob es dir passt oder nicht.«

»Schon gut.«

Ali führte uns zum Wagen. Wir hatten sicherheitshalber einen Bogen geschlagen.

In einem westeuropäischen Land wäre eine solche Kiste längst im Museum gelandet. Es war ein alter Ford mit einer Haifischflossen-Karosserie. So etwas fuhr man auch nur im Orient.

»Darf ich nach vorn?«, fragte Ali.

»Sicher.« Ich wollte Leila sowieso in der Nähe wissen und nahm mit ihr auf der breiten Polsterbank Platz, wo wir uns beide nicht ins Gehege kamen.

Während sich Ali mit dem Fahrer unterhielt, grinste mich Leila von der Seite her an. »Wie fühlt man sich, Bulle?«

»Es könnte mir schlechter gehen.«

»Toll, wie du das gesagt hast.« Jetzt beugte sie sich vor, sodass ich in ihren klaffenden Ausschnitt schauen konnte. »Manchmal könntest du mir direkt sympathisch werden …«

»Danke, ich verzichte.«

Dann fuhren wir an, und der plötzliche Ruck drückte uns zurück in die Rückenpolster …

Der Eiserne Engel!

War es denn möglich? Suko glaubte, einen Traum zu erleben. Er wollte sich artikulieren, Worte zur Begrüßung sagen, aber seine Stimme versagte einfach. Der Inspektor lag da und schaute die Figur an, die da vor ihm schwebte.

Die Gestalt war jetzt so nahe an ihn herangeflogen, dass er trotz der schlechten Lichtverhältnisse Einzelheiten erkennen konnte und sich darüber im Klaren war, dass es sich tatsächlich um den Eisernen handelte.

Sein Aussehen war unverkennbar. Die gewaltigen, auf seinem Rücken wachsenden Flügel, das Gesicht mit den edlen Zügen und auch das Schwert, das er in einer Scheide bei sich trug. Er war nur ein wenig anders gekleidet als sonst, denn eine Tunika hatte Suko bei seinem Freund noch nie zuvor gesehen.

Das Gesicht blieb ausdruckslos, als der Eiserne Engel vor dem Inspektor schwebte und ihn anblickte. Etwas ging von dieser Gestalt aus, das auch Suko empfing, und er verzog die Lippen zu einem Lächeln, weil er den Eisernen somit animieren wollte, ihm ebenfalls freundlicher zu begegnen.

Das gelang ihm nicht. Die Züge des Eisernen blieben unbewegt. Nur seine Augen zeugten davon, dass er lebte, denn sie hatten die anfängliche Starrheit verloren.

»Sag doch was!«, forderte Suko. »Bitte, du musst …«

Der ungewöhnliche Besucher innerhalb dieser Dimension schwieg sich aus. Dafür übernahm ein anderer das Wort. Es war Claude Renard, der sich plötzlich beschwerte. »He, was soll das denn? Haben wir Besuch von einem Vampir bekommen?«

»Sei ruhig!«

»Verdammt, Suko, der sieht aus wie ein Vampir.« Renard ächzte nach diesen Worten. »Von hier aus wenigstens.«

»Halt den Mund!«, fuhr Suko den Mann an. »Dieser Besucher, der beileibe kein Vampir ist, wird uns helfen. Hast du verstanden? Er wird uns aus der Patsche befreien.«

»Wirklich?«

»Das hoffe ich.« Mehr konnte und wollte Suko auch nicht sagen. Bisher hatte der Eiserne Engel noch nichts in dieser von dem Chinesen gewünschten Richtung unternommen.

Zudem überlegte der Chinese, woher der Eiserne so plötzlich gekommen war. Wie hatte es ihm möglich sein können, die Grenzen zwischen den Dimensionen ohne Schwierigkeiten zu überwinden? Okay, der Eiserne war etwas Besonderes, ein Kämpfer noch aus der Blütezeit des Kontinents Atlantis. Er spielte auch mit Raum und Zeit, überwand diese Grenzen, aber die Dimension, in der Suko und Claude steckten, war nicht irgendeine.

Das hier war die Hölle!

Und der Eiserne Engel war in sie eingedrungen, als wäre sie ein Nichts und hätte keine Grenzen.

Ein Phänomen, wenigstens für Suko. Und es hatte keinen gegeben, der sich dem Eisernen Engel in den Weg gestellt hätte. Weder Asmodis noch Luzifer oder die Große Mutter.

Suko schüttelte den Kopf. »Rede, Eiserner!«, forderte er den Engel auf. »Ich bitte dich darum, einige Worte zu sagen. Was hast du erlebt? Wie bist du in diese Welt gekommen? Woher wusstest du, dass ich mich hier …?«

Wieder erhielt Suko keine Antwort. Dafür öffnete der Eiserne Engel seine Augen und schaute den liegenden Inspektor an.

Suko wich dem Blick nicht aus. Beide bohrten sich ineinander, und Suko hatte für einen Moment das Gefühl, in Augen zu schauen, die wie tiefe Seen wirkten und dem Eisernen überhaupt nicht gehörten, sondern einer anderen Person.

Der Blick war unergründlich. In den Pupillen des Eisernen lagen die Tiefe des Alls und auch eine gewisse Portion Weisheit. Suko wunderte sich nur darüber, dass der Eiserne noch immer kein Wort mit ihm gewechselt hatte und dies auch jetzt nicht tat, als er sich voranbewegte und noch näher an den Chinesen herankam.

Er hatte seine Flügel nur für einen winzigen Moment bewegt. Er stand jetzt so nah vor Suko, dass seine Gestalt den liegenden Inspektor fast völlig verdeckte.

Kräftige Arme hatte der Eiserne. Die streckte er aus. Er tat dies sehr langsam, fast genussvoll, und Suko spürte die Finger des Engels auf seinem Körper. Sie waren leicht, schnell, und sie waren zielsicher. Suko konnte sich nicht wehren, als die Finger der rechten Hand sich seinem Gürtel näherten und das hervorzogen, was der Inspektor dort hineingesteckt hatte. Er hörte noch das ihm so bekannte schleifende Geräusch, das immer dann entstand, wenn er die Dämonenpeitsche gezogen hatte.

Diesmal besaß sie der Eiserne Engel! Er hielt sie hoch, und für einen Moment zuckte über seine Lippen ein Lächeln, bevor er die Peitsche verschwinden ließ.

Das war nicht alles. Suko musste mit Schrecken mit ansehen, dass der Eiserne bei ihm weitersuchte und auch die restlichen Waffen fand, die der Inspektor bei sich trug. Er nahm auch den Stab an sich, durch dessen Kraft es möglich war, die Zeit für fünf Sekunden anzuhalten, wenn man ein bestimmtes Wort rief.

Bisher hatte Suko den Stab freiwillig nicht aus der Hand gegeben. Auch diesmal hätte er ihn nicht abgegeben, selbst dem Eisernen Engel nicht und nicht in dieser feindlichen Welt.

Der Eiserne schaute ihn für eine Weile an, bevor er ihn verschwinden ließ, dabei lächelte und nickte.

Suko hatte allmählich seine Verwunderung und Überraschung verdaut. Er verdrehte die Augen so, dass er dem Eisernen wieder ins Gesicht schauen konnte. Die anfängliche Euphorie war längst gewichen und hatte einer gewissen Sorge Platz geschaffen. Der Eiserne hatte sich nie so verhalten wie bei dem letzten Besuch. So kannte ihn Suko nicht. Er hatte zwar nie viel gesprochen, aber es war von ihm dennoch immer ein Gefühl der Wärme ausgegangen, das auch die Menschen gespürt hatten.

Aber hier?

Diese Figur war so anders, so kalt und abweisend. Suko wollte sie abermals ansprechen und stellte fest, dass der Eiserne seine Flügel wieder weiter ausbreitete und langsam in die Höhe stieg. Eine Waffe hatte er Suko noch gelassen. Es war die mit geweihten Silberkugeln geladene Beretta, doch der Inspektor konnte sich kaum vorstellen, dass er mit der Pistole in dieser Welt einen Erfolg erzielte. Hier herrschten andere Kräfte, gegen die geweihte Silberkugeln nicht ankamen.

Der Eiserne schaute noch einmal auf Suko. Sein Gesicht verschwamm allmählich im dunklen Grau der Umgebung, sodass es für den liegenden Chinesen nur wie ein handgroßer Fleck wirkte, der immer blasser wurde, je höher die Gestalt stieg.

Und plötzlich war auch wieder das Rauschen zu vernehmen, als der Eiserne seine Schwingen oder Flügel bewegte. Ein Luftzug streifte Suko. Es war der letzte Gruß dieser Gestalt, die sich ebenso stumm entfernte, wie sie gekommen war.

Zurück blieb ein Mann, der allmählich begann, an den Tatsachen zu zweifeln, die ihn bisher aufgerichtet hatten. Es war für ihn unmöglich, den Gedankengängen des Eisernen zu folgen. Weshalb war er gekommen und hatte ihm bis auf die Beretta sämtliche Waffen abgenommen?

Für den Inspektor stand diese Frage im Raum. Er suchte nach einer Antwort. Sosehr er sich auch das Gehirn zermarterte, ihm fiel nur eine einzige ein.

Es musste mit der Umgebung und der Beschaffenheit dieser Welt zusammenhängen, dass der Eiserne Engel so reagiert hatte. Die Aura des absolut Bösen war auch an ihm nicht spurlos vorübergegangen und hatte auch seine Psyche verändert.

Das war für Suko die Erklärung. Ihm war es ähnlich ergangen. Auch er spürte weiterhin die Verlassenheit, die sich in seinem Innern ausgebreitet hatte und an seiner Psyche zehrte.

Das leise Lachen, das ihn erreichte, erschien ihm in diesem Augenblick unpassend, aber anders konnte sich Claude Renard nicht bemerkbar machen, denn auch er hatte an den

Problemen zu knacken. Aus diesem Grund klang das Lachen auch so abwertend.

»Was hast du?«

»Ich wundere mich nur. Ehrlich, Suko. Ich wundere mich über diesen seltsamen Besuch. Gehört diese Figur auch zur Hölle?«

»Nein.«

»Aber du hast den Typ gekannt?«

»Sicher. Es war der Eiserne Engel, und er hat bisher immer auf unserer Seite gestanden. Wäre er nicht gewesen, wären mein Freund John Sinclair und ich wohl kaum noch am Leben.«

»Tatsächlich?«

»Ja, das kannst du mir glauben.« Nach diesen Worten folgte Sukos schwerer Atemzug. »Und weshalb hat er sich dann so seltsam benommen?«, hörte Suko die nächste Frage.

»Das weiß ich nicht, Claude. Verdammt, das weiß ich wirklich nicht. Bestimmt hatte er seine Gründe.«

»Wenn du das sagst.« Überzeugend klang die Antwort des Franzosen nicht. Mit der nächsten Bemerkung ließ er sich eine Weile Zeit. »Darf ich dich mal ansprechen?«, begann er sehr vorsichtig.

»Klar.«

»Ich muss mich ja auf deine Worte verlassen, da ich den Eisernen Engel nicht kenne. Ist es vielleicht möglich, dass diese Figur überhaupt nicht dein Freund ist?«

»Wie meinst du das?«

»Wie ich es gesagt habe.«

Suko dachte über die Worte nach. Es waren schwere Gedanken, die ihn quälten, und er bequemte sich auch zu einer Antwort. »Ich hoffe, du behältst Unrecht, Claude.«

»Ja, das hoffe ich auch, aber ich befürchte gleichzeitig, dass ich Recht behalten werde.«

»Was fatal wäre«, erwiderte Suko so leise, dass nur er die Antwort verstehen konnte …

Meine Erwartungen an ein Taxi in Tanger waren nicht sehr hochgeschraubt, dass ich allerdings in einem Brutofen fahren würde, hätte ich nicht gedacht. Die Sonne knallte, obwohl sie ziemlich tief stand, gegen Blech und Glas und heizte das Innere auf. Hinzu kamen noch die Gerüche, die der Fahrer ausströmte. Es waren nicht gerade die edelsten Düfte. Wenn wir dann die verklemmten Fenster nach unten kurbelten, wehte Straßenstaub herein.

Zudem taugten die Stoßdämpfer nichts mehr. Ich spürte jedes Schlagloch und hörte auch das Dröhnen des Auspuffs.

Gut ging es mir nicht. Aber wann war es mir in dieser Stadt schon gut gegangen?

Nie …

Leila hockte mit einer verbissen verzogenen Maske neben mir. Auch auf ihrem Gesicht glitzerte der Schweiß, und ich ahnte, welche Gedanken hinter ihrer Stirn abliefen.

Vertrauen durfte ich ihr noch immer nicht. Diese Frau stand nicht voll auf meiner Seite, das wusste ich. Wenn sich ihr eine Chance bot, würde sie sofort abspringen und wieder zu der Dämonin zurückkehren, der sie eigentlich diente.

Wer sich einmal für die Große Mutter entschieden hatte, der würde ihr bis zum Tod die Treue halten. Noch musste sie so tun, als stünde sie auf meiner Seite, doch ich war auf der Hut, auch gegen sie anzugehen.

Hin und wieder schaute sie aus dem Fenster und suchte nach Verfolgern. Entdeckt hatte sie keinen, wenigstens hatte sie mir nichts davon mitgeteilt, und was sie dachte, wusste ich auch nicht.

Wir gerieten in ein Gebiet, in dem sich bessere Straßen befanden. Kaum noch Schlaglöcher, keine Querrillen, und wenn ich nach vorn schaute, sah ich die Masten der im Hafen dümpelnden Schiffe, wie sie sich langsam hin und her bewegten.

Wir näherten uns dem Ziel.

Ali, unser neuer, junger Verbündeter, unterhielt sich mit dem Fahrer. Wir verstanden kein Wort, aber an Alis Lachen erkannte ich, dass es ihm nicht schlecht ging und das Thema sich bestimmt nicht um uns drehte.

Es war beruhigend.

Leila sprach mich wieder an. »Wie fühlst du dich, Sinclair?«

»So ähnlich wie du.«

»Das glaube ich kaum. Für dich muss es doch deprimierend sein zu wissen, dass die andere Seite stärker ist als du.«

»Für dich nicht?«

»Nein, Bulle, nicht für mich. Du weißt, dass wir nie Freunde gewesen sind und es auch nie werden können. Ich nehme alles viel gelassener hin als du, das kannst du mir glauben. Rechne nicht damit, dass ich immer auf deiner Seite stehen werde.«

»Das weiß ich.«

»Dann ist es gut.« Sie musterte mich von Kopf bis zu den Knien. »Außerdem hast du Aldo erschossen.«

»Darüber brauchen wir wohl nicht mehr zu diskutieren«, erklärte ich.

»Für mich ist so etwas nicht vergessen!«, hielt sie mir vor. »Irgendwann, Bulle, kommen wir noch darauf zurück.«

»Mal sehen.«

Wir verließen die Hafengegend. Der Fahrbahnbelag wurde wieder schlechter. Kopfsteinpflaster wechselte sich ab mit einer Teerdecke, die gewaltige Löcher aufwies. Wir bekamen wieder das alte Schüttelgefühl, sodass auch mein Magen verrückt spielte.

Allmählich verschwanden auch die Hafenanlagen, und rechts von uns erschien der Friedhof.

Ich hatte ihn bisher nur in der Nacht gesehen. Am Tage wirkte er aus der Ferne nicht so unheimlich. An einer kleinen Moschee rollten wir vorbei und erreichten den Weg, der direkt auf das Friedhofstor zuführte.

Die das Gelände umgebende Mauer war so hoch, dass wir die Grabsteine nicht erkennen konnten.

Ali drehte sich um. Er zeigte ein breites Grinsen. »Der Fahrer lässt fragen, wo er halten soll.«

»Vor dem Tor«, erwiderte ich.

Ali übersetzte es ihm, und der Mann nickte einige Male. Wahrscheinlich war er froh, uns loszuwerden. Er lenkte das alte Gefährt in eine Kurve und fuhr einen staubigen Parkplatz an, der dicht neben dem Tor lag. Dort bremste er ab.

Ali nannte uns den Preis. Ob er zu hoch war, wusste ich nicht. Jedenfalls zahlte ich und legte auch noch ein Trinkgeld drauf. Als ich in das satte Grinsen des Fahrers sah, wusste ich, dass ich wahrscheinlich zu viel gegeben hatte.

Der Mann öffnete uns die Tür. Leila stieg als Erste aus. Bevor ich noch eingreifen konnte, hatte sie schon das Gewehr an sich genommen und hängte es über die Schulter.

Ich hatte ihre Worte nicht vergessen und hielt mich dicht an ihrer Seite, als wir auf das Friedhofstor zuschritten. Ali folgte uns schnell. Bevor er uns erreichte, redete ich noch auf das Halbblut ein. »Mach nur keinen Unsinn, Leila! In deinem Interesse.«

»Wir werden sehen.«

Sie wollte das Tor öffnen. Ich legte meine Hand auf die ihre. »So nicht, meine Liebe. Ich will hier etwas sagen. Glaub nur nicht, dass dieser untote Bai und dessen Skelettreiter auf deiner Seite stehen. Das wird nie und nimmer der Fall sein.«

Leila schaute mich funkelnd an. »Sie dienen der Großen Mutter. Daran solltest du denken, Bulle. Und auch ich habe sie nicht vergessen, wie du weißt. Deshalb brauche ich vor dem Bai keine Angst zu haben. Das ist meine Antwort.« Sie fügte noch ein raues Lachen hinzu und drückte das Tor auf. Ohne sich noch einmal nach mir umzuschauen, betrat sie den Friedhof.

Ich wartete noch auf Ali. Bisher hatte ich ihn als einen mutigen Jungen kennen gelernt, doch als er auf diesem Totenacker stand, schüttelte er den Kopf.

»Was hast du?«

Er trat dicht an mich heran. »Ich habe ein komisches Gefühl, denn ich mag keine Friedhöfe. Da stimmt so vieles nicht, Monsieur. Spürst du es auch?«

»Noch nicht.«

Er nickte und machte ein Gesicht wie ein Erwachsener. »Dann wirst du es bald merken.«

»Mal sehen.«

»Außerdem ist da noch diese Frau. Ich traue ihr nicht. Sie hat böse Augen.«

»Woher willst du das denn wissen?«

»Von meinem Vater. Er hat mir beigebracht, die Menschen zu beobachten. Und ich habe nichts vergessen.«

»Das scheint mir auch so.«

»He, ihr beiden, habt ihr Geheimnisse?« Leila sprach uns an. »Oder heckt ihr was gegen mich aus?«

»Nein, nein.« Ich lächelte sie sogar an, als wir auf sie zugingen. »Ali fürchtet sich ein wenig.«

»Vor den Toten?«, fragte Leila spöttisch. »Sie liegen in kühler Erde und tun ihm nichts.«

»Das kann man nie wissen, Süße!«, rief Ali. »Wirklich nicht.«

Leila schaute den Jungen mit einem undefinierbaren Blick an und schwieg ansonsten.

Ich war stehen geblieben. Mein Blick glitt über den Friedhof, und ich sah die zahlreichen Grabsteine, die aus der Erde ragten. Manche sahen prächtig aus, zeigten Motive oder waren so geformt, dass man in ihnen menschliche Umrisse erkennen konnte. Die meisten Gräber waren gepflegt. In Vasen standen frische Blumen. Andere wiederum ließen schon die Köpfe hängen.

Über dem gesamten Friedhof lag ein schwerer, süßlicher Geruch. Kein Leichengestank, sondern der von verwesenden Blumen.

Eine Frau erschien. Sie tauchte wie ein Gespenst hinter einem hohen Grabstein auf, und Leila, die das Gewehr bei sich trug, ließ die Waffe blitzschnell von ihrer Schulter rutschen, wobei sie auf die Frau zielte.

Die Person war harmlos. In der Hand hielt sie einige verwelkte Blumen. Das schmale Gesicht unter dem Kopftuch verzerrte sich in einem wilden Schrecken, als sie erkannte, dass sie bedroht wurde.

Ali rettete die Situation. Er sprach die Frau an, fasste sie unter und geleitete sie zum Ausgang.

»Das war nicht nötig«, erklärte ich Leila, als sie das Gewehr sinken ließ.

»Ich bin lieber vorsichtig«, erwiderte sie.

Ali kehrte zurück. Er wollte noch etwas sagen. Ich schüttelte den Kopf. Es gab wichtigere Dinge, die wir tun mussten.

»Und wo willst du hin, Bulle?«, fragte Leila.

Ich deutete auf die Leichenhalle.

»Treffen wir da jemanden?«

»Ja, den Tod«, antwortete Ali.

»Halt du dich zurück, Rotznase!«

Das war hart genug gesprochen. Ich enthielt mich einer Antwort, dachte aber daran, dass auch eine Person wie Leila unter Stress stand. Sie hatte voll auf die Große Mutter vertraut, doch die schien andere Probleme zu haben, als sich um ihre Dienerin zu kümmern.

Die Mauern dämpften den von außen hereindringenden Lärm. Sehr leise klang das Hupen der Autos, kaum zu hören war auch der brausende Verkehr auf den breiten Straßen, sodass wir uns vorkamen wie in einer Oase. Unser Ziel war die Leichenhalle am Ende des Friedhofs. Ich deutete in die entsprechende Richtung, und Leila fragte sofort, was uns dort erwartete.

»Vielleicht der Bai.«

Sie lachte. »Hör mit deinen Ausreden auf, Sinclair! Du bist nur gekommen, um dir ein sicheres Versteck zu suchen.«

»Das auch.«

»John!« Alis Ruf alarmierte mich, und ich drehte mich blitzschnell. Der Junge fasste nach meinem Arm. Mit der freien Hand deutete er auf eine Stelle dicht an der Mauer.

Oben befand sich ein sehr großes Grab mit einer quadratischen Platte, die schräg auf dem Boden lag und sich nun langsam bewegte. Sie wurde in die Höhe und gleichzeitig zur Seite gedrückt.

»Verdammt, John, da kommen die Toten!«, hauchte der Junge.

Ob dies so war, wollte ich mal dahingestellt sein lassen, aber auch mir war nicht wohl, als ich den schweren Gegenstand sah, den eine unter ihm lauernde Kraft in Bewegung setzte.

Zwischen ihm und dem Grab entstand eine erste Lücke, durch die wir in die Tiefe peilen konnten.

Noch sahen wir nichts, nur die Dunkelheit des Grabs. Und aus ihr schob sich etwas hervor.

Es war ein Kopf, das konnte ich schon jetzt erkennen. Nur schien er keinem Menschen zu gehören und auch nicht die Hand, deren gekrümmte Finger zwischen Platte und Grabesrand erschienen.

War das ein Mensch?

Ich wollte noch warten, aber Leila nicht mehr. Sie schien plötzlich durchzudrehen, anders konnte ich mir ihre Reaktion nicht erklären. Bevor ich sie noch festhalten konnte, sprang sie auf, blieb nach wenigen Schritten stehen, senkte die Waffenmündung und zielte haargenau auf den Spalt zwischen Grab und Platte.

Dann drückte sie ab.

Das Echo des Schusses rollte peitschend über den alten Friedhof. Leila war so nahe an das Grab herangelaufen, dass sie ihr Ziel einfach nicht verfehlen konnte.

Sie hatte auch getroffen, nur eben nichts erreicht, denn die Kugel sirrte davon. Als Querschläger hatte sie sich selbstständig gemacht und wischte so dicht am Kopf des Halbbluts vorbei, dass dieses zusammenzuckte und hastig einige Schritte zurücklief.

»Verdammt, Sinclair, ich habe ihn getroffen, und die Kugel ist als …«

»Halt den Mund!«, fuhr ich sie an und beobachtete nur die Grabplatte, die ständig höher gedrückt wurde.

Neben mir stand Ali und klapperte mit den Zähnen. »Jetzt ist es so weit«, hauchte er. »Verdammt, jetzt ist die Zeit da. Die Toten kommen aus den Gräbern. Sie werden uns vernichten. Sie werden …«

»Gar nichts tun«, blockte ich ab.

»Aber im Koran steht, dass die Zeit gekommen ist …«

»Vergiss ihn.«

Es kam keine lebende Leiche aus dem großen Grab, sondern eine andere Gestalt. Ich erkannte sie in dem Augenblick

sehr deutlich, als sie mit den Schultern den schweren Grabstein zurückkippte, sodass er mit einem satten Laut auf der
Erde landete.

Aus der Tiefe aber erschien jemand, den ich hier nie und
nimmer erwartet hatte.

Es war der Eiserne Engel!

Irgendwo in England!

Ein Gebiet, das waldreich war, hügelig und noch nicht vom
sauren Regen zerstört. Ein kleiner Bach durchfloss das wun-
derhübsche Tal.

Durch die Wärme der letzten Wochen hatten die Bäume
ihre Blätter noch nicht verloren, sodass die Hänge schimmerten, als wären sie von einem Maler mit zahlreichen bunten
Farben betupft worden. Vom satten Gelb bis zum strahlenden
Gold war alles vorhanden, und wenn die Sonne mit ihren
Strahlen das bunte Laub berührte, hatte es den Anschein, als
würden zahlreiche Goldtaler an den Zweigen hängen und ihr
blinkendes Licht in die klare Luft verstreuen.

Es war ein wunderschöner Spätherbsttag, und die Strahlen
einer tief stehenden Sonne berührten auch die Gegenstände,
die innerhalb des Tals standen und ein Quadrat bildeten.

Es waren sehr hohe Steine, die wie eine Hinterlassenschaft
aus uralter Zeit wirkten und durch die Sonnenstrahlen zur
Hälfte einen goldenen Glanz bekommen hatten.

Ein Bild für einen Romantiker. Dazu passte auch die kleine
Blockhütte, die von den beiden Personen bewohnt wurde, die
hier im Tal ihre Heimat gefunden hatten.

Es waren Myxin und seine Partnerin Kara. Bei diesen Steinen fühlten sie sich wohl, denn sie lebten von ihrer Magie, die
ihnen Wege in andere Zeiten und Welten eröffnete.

Die Steine reagierten wie ein Orakel. Sie eröffneten ihnen
Perspektiven, und sie reagierten sehr sensibel auf Ereignisse,
die sich in anderen Dimensionen oder Zeiten abspielten.

Wenn sie ihre Magie voll entfalteten, leuchteten sie in einem
glühenden Rot auf, sodass sie wie mit Blut gefüllt wirkten.

Ein klarer Bach plätscherte in ihrer unmittelbaren Nähe vorbei, und das Wasser schäumte über blank gewaschene Steine, bevor sich der Bach irgendwo im Wald seinen weiteren Weg bahnte.

Myxin, der kleine Magier mit der leicht grünlich schimmernden Haut, sah die Bewegung zwischen den Steinen. In diesem Quadrat verdichtete sich die Luft, formte sich zu einer Figur, die Fleisch und Blut annahm.

Eine Frau stand dort.

Es war Kara, die zu ihrem ursprünglichen Ort zurückgekehrt war. Für einen Moment blieb sie so stehen, dass der kleine Magier Muße hatte, sich die Gestalt anzuschauen.

Kara trug ein langes Kleid von grüner Farbe mit einem hochgestellten Kragen. Ihre Füße steckten in weichen Stiefeln. Das dunkle Haar hatte sie gelöst, und es fiel wie ein Vorhang auf ihre Schultern. Ernst blickten die Augen. Sie stachen besonders ab von dem bleichen Gesicht mit den hohen Wangenknochen.

Als sie Myxin sah, umspielte ein Lächeln ihre vollen Lippen, doch der kleine Magier bedauerte, dass dieses Lächeln nicht so herzlich war, wie er es sich vorgestellt hatte.

Sorgen schienen Kara zu drücken.

Sie verließ den unmittelbaren Bereich der Flaming stones und trat dem kleinen Magier entgegen. Seine ausgestreckten Hände berührte sie und nickte gleichzeitig.

»Wir hatten Recht«, sagte sie zur Begrüßung. »Es tut sich etwas.«

»Wie meinst du das?«

»Lass uns in das Blockhaus gehen, Myxin. Ich werde dir dort alles berichten.«

Der kleine Magier war einverstanden. Er öffnete seiner Partnerin die Tür, und Kara trat über die Schwelle in den schlicht eingerichteten Raum. Auf einer Holzbank ließ sie sich nieder, während der Blick ihrer dunklen Augen in unerreichbare Fernen gerichtet war.

Myxin wollte sie nicht drängen. Wenn Kara etwas zu sagen hatte, würde sie damit schon anfangen, und er täuschte sich nicht, denn sie sprach die ersten Worte. »Es ist zu einer Tatsache geworden, Myxin. Die Großen Alten und die Hölle werden gegeneinander antreten.«

»Wer hat es dir gesagt?«

»Niemand«, erwiderte Kara, »doch alle Anzeichen deuten darauf hin. Ich war bei Sir James Powell, denn ich konnte John Sinclair nicht erreichen. Er und Suko sind verschollen.«

»Was?«

»Ja, sie haben sich auf die Spur der Großen Mutter gesetzt, dieser Ur-Dämonin, und diese Spur hat sie nach Tanger geführt.«

»Ich kenne es vom Namen her. Selbst war ich nie dort. Und da sind die beiden verschollen?«

»Ja. Ich weiß selbst nicht, wie dies geschehen konnte und wo es dort die Spur zur Großen Mutter gibt, aber wir müssen es als Tatsache akzeptieren und vor allen Dingen John Sinclair finden, wenn wir die Spur aufnehmen wollen.«

Myxin schaute nach draußen, wo goldfarbene Sonnenstrahlen ein Muster malten. »Können wir von hier aus nichts erreichen?«, fragte Myxin.

»Wie willst du das anstellen?«

»Wenn die Großen Alten mit im Spiel sind, müssten wir es eigentlich schaffen.« Myxin streckte den Arm aus und deutete auf die Flammenden Steine. »Wenn die Großen Alten mit von der Partie sind, können wir durch die Kraft der Steine eingreifen. Daran solltest du denken.«

»Und wie willst du es machen?«

Myxin lächelte schmal. »Erinnere dich daran, wie Arkonada versucht hat, die Steine zu manipulieren. Das ist ihm sogar gelungen.«

»Aber Arkonada ist vernichtet«, hielt ihm Kara entgegen.

Nach dieser Antwort zog Myxin die Stirn kraus und wurde schweigsam.

»Oder etwa nicht?«, fragte Kara.

»Ich bin mir nicht sicher.«

Die Schöne aus dem Totenreich blickte ihren Partner mit einem erstaunten Blick an. »Kannst du mir das näher erklären?«, fragte sie. »Ich komme da nicht mit. Auf dem Planet der Magier habe ich erlebt, dass Arkonada in mehrere Schattenteile zerrissen worden ist.«

Myxin gab ihr Recht. »Das stimmt alles schon, Kara. Ich aber behaupte, dass Schatten nicht das endgültige Aus bedeuten. Arkonada ist eine zwiespältige Persönlichkeit. Bisher weiß ich noch nicht, ob er tatsächlich zu den Großen Alten gehört oder nur einer ihrer ergebensten und mächtigsten Diener ist.«

»Aber es sind sechs Große Alte!«, hielt Kara ihrem Partner entgegen.

»Du hast Recht, nur …«

»Moment, Myxin, Moment.« Kara war jetzt in ihrem Element. »Wenn dem tatsächlich so ist, bleibt immer noch die Zahl Sechs bestehen. Und wenn Arkonada nicht zu diesen Dämonen zählen sollte, wer ist es dann?«

Der kleine Magier lachte auf. »Ja, wer ist es dann? Das möchte ich gern herausfinden.«

»Hast du einen Verdacht?«

Myxin hob die Schultern und breitete gleichzeitig die Arme aus. »Es tut mir Leid, ich habe keinen. In der letzten Zeit, als ich merkte, dass es in den Dimensionen des Schreckens brodelte, habe ich nachgedacht, bin aber zu keinem Ergebnis gelangt. Ich habe all die mächtigen Dämonen Revue passieren lassen, doch wer so mächtig ist, dass ihn die Großen Alten aufnehmen, kann ich dir auch nicht sagen. So Leid es mir tut.«

»Und das willst du über die Flammenden Steine herausfinden?«

»Wenn es geht, und zwar mit deiner Hilfe.«

Kara schüttelte den Kopf. »Ich bin davon nicht überzeugt, wie ich es schon andeutete. Meiner Ansicht nach sollten wir uns nach Tanger begeben und John Sinclair suchen.«

»Der sich auf Liliths Spuren befindet?«

»Richtig. Und da sich die Anzeichen verdichten, dass die Großen Alten und Lilith miteinander in den Clinch gehen, könnte es auch für unsere Probleme eine Lösung geben.«

»Du machst mich schwankend«, gab Myxin zu.

»Das will ich auch.«

Der kleine Magier starrte zu Boden, wobei er den Kopf schüttelte. »Nein, Kara, lass es uns durch die Steine versuchen. Sie stammen selbst aus Atlantis. Es muss uns gelingen, mit ihrer Hilfe eine Verbindung zu den Großen Alten zu bekommen.«

»Willst du es dann allein versuchen?«

»Nein, mit deiner Hilfe. Dein Schwert wird uns führen. Oder zumindest dich, wenn sich dein Geist vom Körper löst und sich auf die große Wanderschaft begibt.«

Kara stand schon auf. Ein Zeichen, dass Myxin sie mittlerweile überzeugt hatte. »Und wenn ich keinen Erfolg habe?«, fragte sie noch einmal.

»Werde ich deinen Ratschlag befolgen und in Tanger den Geisterjäger suchen.«

»Einverstanden.« Tief atmete Kara durch, als sie vor dem kleinen Magier das Blockhaus verließ, den Kopf in den Nacken legte und gegen die Sonne schaute, die mit ihren Strahlen den spätherbstlich gefärbten Wald übergoss. Sie traf auch die Steine, vergoldete sie, als wollte sie nach außen hin etwas von dem Geheimnis dokumentieren, das innerhalb dieser Felsen steckte.

Es war die reine Magie, die sich dort konzentrierte und sich noch verstärkte, wenn sie durch Kräfte beschworen wurde, die in Kara und ihrem Schwert mit der goldenen Klinge steckten.

Wie schon so oft schritten die beiden auf die Steine zu und nahmen in der Mitte des Quadrats Aufstellung.

Kara zog ihr Schwert aus der Scheide, nickte dem kleinen Magier zu und drückte die goldene Klingenspitze gegen den weichen Boden. Beide Hände legte sie auf den Griff, schaute Myxin an, warf einen Blick gegen den Himmel und begann damit, sich zu konzentrieren.

Es dauerte Minuten, dann verlor die unmittelbare Umgebung allmählich ihren Glanz. Dafür verteilte sich das Licht etwas anders, denn die untere Hälfte der Steine begann allmählich rot zu werden, bis das Glühen den gesamten Komplex erfasst hatte und zu einem Strahlen wurde, dessen Geheimnis nicht mal Kara und Myxin kannten.

Auch auf das Schwert mit der goldenen Klinge übertrug sich das Strahlen. Myxin hörte Kara leise stöhnen, und er wusste, dass ihr Geist bereit war, sich vom Körper zu lösen und auf die lange Reise zu gehen …

Ich war erstaunt, Leila nicht weniger, nur stellte sie im Gegensatz zu mir eine entsprechende Frage. »Was ist das denn für eine komische Type, die da aus dem Grab steigt?«

»Der Eiserne Engel!« Meine Stimme hatte erleichtert geklungen, was von Leila bemerkt worden war, denn sie erkundigte sich: »Kennst du den Typ etwa?«

»Ja, ich kenne ihn gut.«

»Und?«

»Er steht auf meiner Seite.«

»Komische Freunde hast du«, bemerkte sie spöttisch und verengte die Augen. Ich warf ihr einen Blick zu.

Leila hatte eine leichte Gänsehaut bekommen. So sicher, wie sie sich gab, schien sie nicht zu sein.

Und der Eiserne Engel schaffte auch den Rest der Strecke. Er stieg aus der Tiefe des Grabes, ohne uns eines Blickes zu würdigen, was mich stutzig werden ließ, denn zumindest mich musste er deutlich erkannt haben.

Stattdessen wandte er uns sein Profil zu, drehte sich ab und schritt auf die Leichenhalle zu.

Ich stand da und war wie vom Donner gerührt. In meinem Kopf schwirrten zahlreiche Gedanken, ich wusste nicht, mit welchen Worten ich diese Reaktion des Eisernen erklären sollte, und schaute ihm nur nach, weil mir nichts anderes übrig blieb.

Leila lachte leise. »Nette Freunde hast du«, fügte sie noch hinzu.

Verdammt, mit dieser Antwort hatte sie sogar ins Schwarze getroffen, obwohl ich es nicht gern zugab.

»Wartet hier!«, wies ich sie und Ali an, um selbst auf das

Grab zuzugehen, aus dem der Eiserne geklettert war. Die Platte war so weit zurückgeschoben, dass ich in die Grube hineinschauen konnte.

Sie war leer.

Keine Leiche entdeckte ich und auch keinen Grund. Dieses Grab schien in die Unendlichkeit zu führen.

War es ein magisches Tor, wie ich es bei der alten Aische erlebt hatte? Durchaus möglich.

Alles deutete darauf hin. Natürlich hätte ich dieses Phänomen gern näher untersucht, doch das war nicht der richtige Zeitpunkt. Ich musste herausfinden, weshalb der Eiserne so seltsam reagiert hatte.

Als ich mich umdrehte, hörte ich Leilas Stimme. »Dein komischer Freund ist in der Leichenhalle verschwunden, Sinclair. Willst du ihm nach?«

»Ja.«

»Wir gehen mit.«

Leilas Stimme hatte so hart geklungen, dass ein Widerspruch meinerseits keinen Erfolg haben würde. Deshalb sagte ich nichts und kümmerte mich auch nicht um sie, dafür um Ali.

Der Junge war blass geworden.

»Bleibst du hier?«, fragte ich ihn.

Er schaute sich furchtsam um und bekam dabei eine Gänsehaut. Auch die Sonne schien nicht mehr so stark. Am Himmel waren erste graue Wolken erschienen, die dem Glutball einen Teil der Kraft nahmen. Dass die Umgebung düsterer wurde, war wie ein Zeichen für mich. Böse, gefährliche Mächte begaben sich daran, unseren Tod vorzubereiten.

Es war kein Wissen von mir. Ich spürte es innerlich, denn meine Nerven reagierten wie Seismographen.

Der Eiserne Engel war schnell gegangen. Ich folgte ihm langsamer zu dem Ziel, das mir bekannt war, denn in der Leichenhalle hatte der Horror begonnen.

Leila erreichte mich. »Beim ersten Mal hat er Glück gehabt, doch wenn ich wieder schieße, setze ich ihm die Kugel ins Auge. Darauf kannst du dich verlassen!«

»Falls du dazu kommst.«

»Das schaffe ich schon.«

Ich schwieg. Es hätte keinen Sinn gehabt, ihr etwas über die Kräfte des Eisernen zu berichten, über seine Stärke und die Macht, über die er verfügte. Leila hätte mir wahrscheinlich nichts von dem geglaubt.

Nach wenigen Schritten hatte ich die Gräberfelder zurückgelassen und betrat die Leichenhalle.

Es war nicht kühl. Die Sonne hatte schon stundenlang auf das Dach geschienen und das Innere entsprechend aufgeheizt. Die Luft war stickig, beim Atmen hatte ich das Gefühl, sie trinken zu können.

Licht fiel durch die offene Eingangstür, an deren rechter Seite ich stehen blieb.

Ich schaute hoch zu den Fenstern, sah das zerbrochene noch, und mein Blick glitt dann nach rechts, wo genau der Punkt war, auf dem der offene Sarg gestanden hatte.

Genau darunter befand sich der Einstieg zur Unterwelt. Umkränzt wurde er von den allmählich verwelkenden Blumensträußen, die einen ebenfalls fauligen Geruch verbreiteten.

Hinter mir spürte ich eine Bewegung. Sie veränderte sich, dann stand Leila bei mir. »Wo steckt er?«

»Ich habe ihn noch nicht gesehen.«

Auch Leila hatte das Loch im Boden entdeckt. »Vielleicht ist er dort verschwunden?«

»Möglich, obwohl ich nicht so recht daran glauben will. Der hat noch etwas vor. Und zwar mit uns.«

»Nein, Sinclair, mit dir. Bei mir holt er sich die entsprechende Abfuhr.«

Der Eiserne Engel war nicht in der Tiefe verschwunden. Er hatte sich nur so verborgen gehalten, dass wir ihn erst sahen, als er unhörbar hinter den aufgestellten Blumensträußen erschien.

Trotz seiner Größe und Schwere schaffte es der Eiserne, sich lautlos zu bewegen.

Und dann stand er da.

Ich schaute ihn an, und auch er blickte mir ins Gesicht.

Seine wahre Größe war in diesem Moment zu erkennen, auch Leila nahm sie wahr. »Verdammt, der überragt dich ja um mehr als einen Kopf. Und Flügel hat er auch noch. Unwahrscheinlich …«

Ich wunderte mich nicht darüber, weil ich den Eisernen schon oft genug gesehen hatte. Und er hatte mir auch schon oft genug geholfen.

Obwohl in mir so etwas wie Unbehagen wuchs, hielt mich nichts mehr auf dem Fleck, und ich ging mit langsamen Schritten auf den Eisernen zu.

Er schaute mir entgegen, während ich ebenfalls keinen Blick von seiner Gestalt nahm.

Weshalb reagierte er so? Aus welchem Grunde sah ich kein Zeichen des Erkennens in seinem Gesicht? Er wusste doch, wer ich war, musste mich eigentlich wie einen alten Freund begrüßen, aber das tat er nicht.

Er reagierte überhaupt nicht. Und dieses Nichtstun wurde von mir mit gewissen negativen Gefühlen ihm gegenüber quittiert, sodass ich meine Schritte verkürzte und zwangsläufig langsamer wurde.

Wenn es der Eiserne Engel war, und daran zweifelte ich eigentlich nicht, musste er seine Gründe haben, weshalb er sich so unnatürlich verhielt. Er schaute mir nur entgegen, und in seinem Gesicht regte sich kein Muskel. Ich sah diese bronzene Gestalt vor mir, ihre kräftigen Arme, die so glatt wirkende Haut und das Gesicht, das man mit dem Ausdruck alterslos umschreiben konnte.

Er hatte sich nicht verändert und war trotzdem ein anderer geworden. Was trug daran die Schuld?

Hatte es möglicherweise ein Ereignis gegeben, von dem ich bisher noch nichts wusste?

Den Mächten der Finsternis war alles zuzutrauen. Sie führten in einem Spiel Regie, dessen Regeln ich bisher noch immer nicht durchschaut hatte.

Etwas mehr als eine Körperlänge trennte uns noch, als ich meinen Schritt verhielt.

Jetzt musste er sich regen, doch es tat sich nichts bei ihm. Er blieb verschlossen wie eine Auster.

Im Hintergrund hörte ich das Halbblut Leila scharf atmen. Okay, wenn er nicht sprechen wollte, würde ich es tun. Mir wollten schon die Worte über die Lippen dringen, als meine Augen groß wurden und ich die Sätze verschluckte.

Ich hatte ihn mir genauer angesehen, und mein Blick war dabei auch auf seinen Gürtel gefallen.

Dort steckte etwas, das ich kannte.

Zuerst wollte ich es nicht glauben. Das war eigentlich verrückt, der nackte Wahnsinn, aber es gab keinen Zweifel. Der Eiserne Engel war nicht nur mit seinem bekannten Schwert ausgerüstet, sondern auch mit anderen Waffen, die ihm nicht gehörten.

Aus dem Gürtel schaute etwas hervor, das ich gut kannte. Es war der Griff der Dämonenpeitsche, und knapp daneben schaute etwas anderes hervor.

Ebenfalls ein Griff, nur wesentlich schmaler als der der Peitsche. Auch ihn kannte ich.

Es war Sukos Stab, die Waffe, die ihm eine große Macht verlieh, denn durch sie war er in der Lage, die Zeit für fünf Sekunden anzuhalten, um während dieser Spanne in seinem Sinne zu handeln.

Für einen Moment hatte ich das Gefühl, in einem wilden Kreislauf zu stecken. Zwar befand sich nach wie vor noch der Boden unter meinen Füßen, aber ich glaubte daran, dass irgendwelche Kräfte dabei waren, ihn mir unter den Füßen wegzuziehen.

Das war wirklich eine Überraschung.

Tief atmete ich ein, der Schwindel verschwand, nur der Eiserne Engel nicht. Nach wie vor stand er regungslos vor mir und starrte mir ins Gesicht. Es gelang mir nur schwer, meine Blicke von Sukos Waffen zu lösen und in das Gesicht des Eisernen zu schauen. Dabei schaute ich auch in seine Augen, deren Pupillen dieselbe Farbe aufwiesen wie auch die grau schimmernde Haut.

Schon öfter in meinem Leben hatte ich den Eisernen Engel

angeschaut. Ich kannte alles an ihm, auch den Blick der Augen, aber noch nie hatte ich so etwas gesehen wie hier.

Dieser Blick war grauenhaft, er war kalt, ohne jegliches Gefühl. Ich kam nicht darum herum, ihn als feindlich zu bezeichnen.

Der Eiserne Engel – mein Feind?

Bisher hatte ich es nicht wahrhaben wollen. Als ich ihm aber in die Augen schaute, wurde mir klar, dass er und ich auf verschiedenen Seiten standen.

Wieder wäre ich am liebsten im Erdboden versunken, denn dieses Wissen hatte mir einen regelrechten Schlag versetzt. Hinzu kam, dass sich der Eiserne Sukos Waffen angeeignet hatte und demnach wissen musste, wo sich mein Freund befand.

Aber nicht allein das. Er war sogar bei ihm gewesen, um Suko zu berauben.

So und nicht anders sah ich es!

Was hatte nur den Eisernen Engel dazu getrieben, sich selbst und seine große Aufgabe zu verraten?

Ich wusste es nicht, konnte nicht mal darüber spekulieren, aber ich wollte ihn fragen.

»Weshalb bist du gekommen, Eiserner?« Meine Stimme klang rau und selbst für mich fremd. »Was hat dich dazu getrieben, in eine andere Dimension zu reisen und dort die Waffen an dich zu nehmen, die dir nicht gehören? Ich will es wissen!«

Zum ersten Mal, seit wir uns so gegenüberstanden, erkannte ich bei ihm eine Reaktion. Er senkte den Kopf, öffnete den Mundspalt, und ich vernahm seine Antwort.

»Ich habe ihm die Waffen abgenommen, weil er sie nicht mehr benötigte. Er ist ein Verlorener, ein Gefangener einer Welt, die für Menschen ungeeignet ist. Deshalb.«

»Dann warst du also bei ihm?«

»Ja.«

»Und er lebt.«

»Auch das.«

Ich atmete tief ein und aus. Dabei schüttelte ich den Kopf.

»Wenn du bei ihm gewesen bist und wenn es dir gelungen ist, den Weg in die andere Dimension zu finden, weshalb hast du ihn dann nicht befreit? Er steht auf unserer Seite, das weißt du!«

»Ich brauche ihn nicht!«

»Wie?«, fragte ich erstaunt.

»Suko ist wertlos«, hörte ich die Antwort des Eisernen Engels. »Völlig wertlos, glaub es mir.«

»So hast du früher nicht geredet!«, fiel ich ihm ins Wort. »Du warst ein anderer, Eiserner, oder bist ein anderer geworden. Ich habe dich oft genug kämpfen sehen. Du hast auf der Seite des Lichts gestanden und dich den Mächten der Finsternis entgegengestemmt. Nie hätte ich mit einer solchen Reaktion von deiner Seite aus gerechnet. Was ist in dich gefahren?«

Er lachte mich an, und es war das gleiche Lachen, wie ich es auch von ihm kannte.

Verdammt, es musste der Eiserne sein.

»Ich habe vieles eingesehen«, erklärte er mir. »Ich weiß jetzt, dass der große Kampf für die Mächte des Lichts nicht zu gewinnen ist.«

Mir stockte der Atem. Ich hatte Mühe, die nächste Frage zu formulieren. »Du hast die Seiten gewechselt?«

Sein Lächeln war kalt. »Es sieht wohl so aus.«

Ich war so perplex, dass ich einen Schritt zurücktrat und mich auch Leilas Lachen nicht kümmerte, das ich hinter mir hörte. Erst ihre Stimme brachte mich wieder auf den Boden der Tatsachen zurück.

»Ich glaube, Sinclair, deine Karten werden immer schlechter. Dein angeblicher Freund entpuppt sich als Feind, und da ich auch nicht gerade dein Freund bin, könnte ich mir vorstellen, mich auf seine Seite zu schlagen und gegen dich zu kämpfen.«

»Dreckige Verräterin!«, hörte ich Alis Stimme.

»Halt dein Maul, Rotznase!«

Ali schwieg. Es war besser so. Leila schoss sonst womöglich noch auf den Jungen.

Hatte sie sich bisher im Hintergrund gehalten, so kam sie jetzt vor. Zuerst sah ich ihren Schatten, der rechts von mir erschien, dann tauchte sie selbst in meinem Blickfeld auf. Sie hielt noch immer das Gewehr fest. Wie zufällig zeigte die Mündung dabei auf mich, und auf ihrem Gesicht lag ein lauernder Ausdruck.

»Bleib stehen!«, fuhr der Eiserne sie an.

Leila gehorchte, denn solche Töne kannte sie. »Okay, du sollst nur wissen, dass ich auf deiner Seite bin.«

»Bist du das wirklich?«

»Ja, das bin ich. So wie du gehöre ich ebenfalls zu den Getreuen der Großen Mutter und …«

»Schweig!« Die Stimme des Eisernen fuhr ihr in die Parade. »Damit hast du dich selbst verraten. Die Große Mutter ist nicht die, für die ich kämpfe. Sie ist eine Feindin, und ich habe geschworen, all die zu vernichten, die sich auf ihre Seite gestellt haben.«

Leila wurde blass. Ihre dunkle Haut nahm dabei einen fahlen Ton an. Sie blickte auf den Eisernen, danach auf mich, wieder zu dem Engel hin und schüttelte den Kopf. »Das glaube ich einfach nicht.«

»Soll ich es dir beweisen?«, fragte der Eiserne.

Ich ahnte, auf welche Art und Weise er das versuchen würde und mischte mich ein. »Lieber nicht, wir glauben dir auch so.«

Der Eiserne ließ sich nicht beirren. Für ihn war ich ebenso lästig wie Leila, und mit einem schnellen Griff riss er sein breites Schwert aus der Scheide.

Leila wurde nervös. »Aber das hast du doch nicht so gemeint!«, flüsterte sie. »Nein, das kann ich nicht glauben. Du wirst doch nicht etwa …?«

»Natürlich werde ich.« Die Worte waren so kalt gesprochen, dass auch ich sie glaubte.

Und der Eiserne ging fort.

Sein Ziel war Leila.

Deren Gesicht verzerrte sich plötzlich in wilder Panik, ich hörte den kleinen Ali stöhnen und wusste, dass mir nur eine

Möglichkeit blieb. Ich war Polizeibeamter und hatte auf das Gesetz geschworen. Dies beinhaltete auch, dass ich mithalf, einen Mord zu vereiteln.

Mir blieb keine andere Wahl, als mich auf den Eisernen Engel zu stürzen …

England!

Das Gebiet zwischen den herbstlich gefärbten Hügeln und inmitten eines Quadrats aus flammenden Steinen.

Wie verloren wirkten die beiden Personen, die dort versuchten, uralte magische Kräfte zu wecken, damit sie ihnen zu Diensten waren.

Kara, die Schöne aus dem Totenreich, und Myxin, der kleine Magier!

Sie standen da, und Kara, die bleich geworden war wie eine lebende Tote, stützte sich schwer auf den Griff des Schwerts mit der goldenen Klinge. Sie hatte die magischen Kräfte angerufen, ihr Geist war hineingedrungen in die Dimensionen der Finsternis, um dort nach der Lösung des Falles zu suchen, der auf der normalen Erde seinen Anfang gefunden hatte.

Myxin kannte diesen Zustand. Er wusste genau, dass diese Beschwörung seine Partnerin eine immense Kraft kostete und es immer sehr lange dauerte, bis sie sich wieder erholte.

Auch jetzt schwankte sie wie ein Rohr im Wind. Sie hielt mit den Händen so hart den Griff des Schwerts umklammert, dass die Knöchel scharf und spitz hervorsprangen. Unter der Gesichtshaut zeichneten sich deutlich die Adern ab, die Augen schienen tiefer in die Höhlen hineingedrückt zu sein und erinnerten an zwei dunkle Kirschen.

Die Lippen bewegten sich, sie zuckten, aber Worte drangen nicht aus ihrem Mund.

Myxin, der ebenfalls mit starken magischen Kräften gesegnet war, in diesem Fall aber nicht eingreifen konnte, griff zu und legte beide Hände um die Hüften seiner Partnerin. So konnte er sie abstützen und brauchte nicht Gefahr zu laufen, dass Kara zusammenbrach und vor seinen Füßen liegen blieb.

Plötzlich lief ein Zittern durch ihre Gestalt. Sie öffnete den Mund, ein leiser Wehlaut drang hervor, und als Myxin sie jetzt anschaute, hatte er das Gefühl, die Knochen unter der Haut zählen zu können, so dünn war sie geworden.

Myxin spürte die innerliche Zerreißprobe, die auch er durchmachte. Er wusste, dass er seiner Partnerin nicht helfen konnte, und das zehrte an seiner Psyche.

Kara atmete stoßweise. Dabei zitterte sie. Wären das Schwert und Myxin nicht gewesen, hätte sie längst am Boden gelegen.

Ohnmächtig, entnervt, völlig ausgelaugt …

So aber stand sie noch auf der Stelle und bekam diese Eindrücke mit, die ihr der Geist übermittelte, der ihren Körper verlassen und sich auf die lange Reise begeben hatte.

Es mussten schlimme Dinge sein, wie Myxin ihrem Gesichtsausdruck entnehmen konnte.

Myxins Blick glitt an ihrem Körper hinab und erfasste auch die goldene Klinge. Sie schien in einem gelben Feuer zu stehen, so sehr leuchtete sie auf.

Es war die magische Kraft, die aus dem Körper der Frau in die Klinge hineinströmte und die das Schwert auch wieder in einem Kopplungsprozess zurückgab.

Was sah sie?

Eine Antwort konnte Myxin nur durch sie selbst bekommen, wenn die Beschwörung ihr Ende gefunden hatte.

Bisher sah es nicht danach aus, denn weitere Eindrücke wurden von Kara aufgenommen.

Dabei stöhnte sie einige Male, zuckte immer stärker zusammen, sodass Myxin Mühe hatte, sie festzuhalten.

Bis sie aufschrie.

Es war ein Ruf des Entsetzens. Die blanke Angst schwang mit. Und Kara brach auf der Stelle zusammen.

Sie kippte zum Glück dem kleinen Magier entgegen, der sie auffing und aus dem unmittelbaren Bereich der magischen Steine schleppte. Myxin warf noch einen Blick zurück, wobei er feststellte, dass das Leuchten der Steine schwächer wurde.

Sie nahmen wieder ihren normalen Farbton an, ein Beweis, dass Karas Geist zurück in den Körper gekehrt war.

Wie ein kleines Kind hatte Myxin seine Partnerin auf den Armen liegen. Er trug sie auf das Blockhaus zu, wo er sie niederlegte und wartete, bis sie aus der Bewusstlosigkeit erwachte.

Um diesen Vorgang zu beschleunigen, ging er noch einmal hinaus und holte Wasser aus dem sprudelnd klaren Bach. Vorsichtig setzte er Kara den Glasrand gegen die Lippen, kippte das Gefäß und benetzte mit den ersten Tropfen ihren Mund.

Obwohl Kara bewusstlos war, spürte sie die Feuchtigkeit. Sie öffnete den Mund und begann auch zu schlucken. Allmählich kehrte Farbe auf die Wangen zurück.

Myxin wusste Bescheid, dass ihre Ohnmacht nicht mehr lange anhalten würde, und er atmete auf.

Schon bald blinzelte Kara mit den Augen. Ein erstes Lächeln umzuckte die Lippen, und aus ihrem Mund drang ein stöhnender Atemzug, während sich ihr Blick in das besorgte über sie gebeugte Gesicht des kleinen Magiers richtete.

»Ist alles in Ordnung?«, fragte Myxin.

»Ja …« Die Antwort hörte sich schwach an. Myxin spürte deutlich, unter welchem Druck seine Partnerin stand. Kara hatte die Hände geballt. Hin und wieder schüttelte sie den Kopf, zwinkerte mit den Augen und stützte sich plötzlich auf.

»Was ist los?«, fragte Myxin.

Kara blickte ihn mit ihren unergründlichen Augen an. »Ich kann es kaum glauben«, flüsterte sie. »Es ist unwahrscheinlich.« Sie legte zwei Finger gegen den Mund, als hätte sie schon zu viel gesagt.

»Was ist unwahrscheinlich?«

Die Schöne aus dem Totenreich senkte den Kopf, schüttelte ihn und schaute auf ihre Schuhspitzen. »Mein Geist hat den Körper verlassen. Er glitt durch die Dimensionen, und dann konnte ich auch Dinge sehr gut erkennen.«

»Welche?«

»Die Großen Alten formieren sich nicht nur, sie haben sich zusammengeschlossen, um die Hölle anzugreifen.«

»Finden schon Kämpfe statt?«

»Ja, ja …«

»Und was ist mit Arkonada?«, fragte Myxin. »Hat er sich auch zu den Großen Alten gesellt?«

»Nein.«

»Dann sind es also nur fünf.«

Kara stand auf. Sehr schnell geschah dies und so hastig, dass Myxin zurückwich. »Es sind keine fünf, Myxin, es sind, wie wir schon vermutet haben, sechs.«

»Und du hast den sechsten gesehen?«

»Ja, das habe ich.«

»Und wer ist es?«

Kara wollte nicht so recht mit der Sprache heraus. »Wenn ich dir das sage, Myxin, wirst du es mir nicht glauben, aber es ist eine Tatsache. Der sechste Große Alte ist …«

»Rede!«

Da sprach Kara den Namen aus, und Myxin hatte das Gefühl, in der Erde versinken zu müssen …

Ich stürzte mich auf meinen Freund. Auf den Eisernen Engel, der mir in zahlreichen Situationen schon geholfen hatte und sich nun als Veränderter zeigte, der auch vor einem Mord nicht zurückschreckte, obwohl sein Leben nicht unmittelbar bedroht war.

Aber auch Leila wehrte sich. Sie hatte mir versprochen, beim zweiten Schuss in sein Gesicht zu zielen. Und dieses Versprechen hielt sie ein. Breitbeinig hatte sie sich mit dem Gewehr aufgebaut.

Dann schoss sie.

Verdammt, Leila konnte schießen. Ich unterbrach meinen Sprung, warf mich instinktiv zu Boden, denn ich wollte nicht von Querschlägern getroffen werden.

Die Wände der Leichenhalle erzitterten unter den Echos der krachenden Schüsse.

Leila sah, dass die Geschosse trafen. Einige von ihnen hämmerten tatsächlich gegen das Gesicht des Eisernen Engels und sprühten dort auf wie kleine Wunderkerzen.

Aber sie drangen nicht durch die Haut.

Der Eiserne stand. Nicht umsonst war er ein Wesen, das als unverwundbar galt. Die irdischen, die normalen Waffen konnten ihm tatsächlich nichts anhaben.

Wieder wurden die Kugeln als deformierte Querschläger zurückgeschleudert, während der Eiserne wie eine Eins stand.

Und dann hatte sich Leila verschossen.

Das Klicken des Gewehrs ging in den allmählich verrollenden Echos der Schüsse unter. Leila wollte kaum glauben, dass sie sich verschossen hatte. Sie starrte auf ihr nutzloses Gewehr und hob den Blick, um dem Eisernen ins Gesicht zu schauen.

Auf seinen Lippen lag ein kaltes Siegerlächeln. Sein halb erhobener Schwertarm fiel nach unten.

Leilas Schrei zitterte durch die Leichenhalle. Sie glaubte fest daran, dass ihr die Klinge den Schädel spalten würde, und sah sie dicht an ihrem Gesicht vorbeirasen.

Dennoch traf sie etwas.

Das Halbblut spürte den Ruck. Nur kurz war er, aber als sie hinschaute, hielt sie nur mehr eine Hälfte der Waffe in der Hand.

Und der Eiserne grinste scharf, als er zum zweiten Mal ausholte.

Jetzt, wo die unmittelbare Schussgefahr vorbei war, kam ich wieder auf die Beine.

Als der Eiserne Engel sein Schwert zum zweiten Schlag anhob, befand ich mich bereits auf dem Weg. Dabei sprintete ich geduckt auf meinen Gegner zu und hoffte, dass er mich so weit herankommen lassen würde, wie ich es mir vorstellte.

Ali, der unseren Kampf beobachtet hatte, schrie ein paarmal auf, weil er eine so schreckliche Angst verspürte. Das kümmerte mich nicht, ich hatte fast mein Ziel erreicht und stieß mich ab.

Waagerecht lag ich in der Luft und nahm noch das Bild auf, das sich mir bot.

Besonders stach mir die schreckensstarre Leila ins Auge, die nicht mehr wusste, was sie noch machen sollte. Sie stand in einer völlig verkehrten Haltung da und hatte die Arme weit ausgebreitet, als wollte sie den Treffer freiwillig empfangen.

Ich rammte den Eisernen.

Bei dem Zusammenprall hatte ich das Gefühl, gegen eine Betonmauer geschlagen zu haben, so hart und stählern war sein Körper. Ich wusste auch nicht, ob ich seine Schlagrichtung ändern konnte, denn ich lag selbst am Boden und musste mit ansehen, wie das Schwert nach unten raste.

Haarscharf an Leila vorbei.

Die Klingenspitze hieb in den Boden, riss dort eine gewaltige Lücke, denn sie war so gestählt, dass sie sogar den Stein zerstören konnte. Aber nicht diesen Menschen.

Meine Hände brannten vor Schmerz. Trotzdem rollte ich mich einige Male um die eigene Achse und brüllte Leila zu, endlich zu verschwinden. Sie hatte auch das Glück, dass der Eiserne momentan kein Interesse mehr an ihr zeigte, sondern mich wollte.

Leila blieb stehen.

Wohl zitterte sie, zu mehr war sie nicht fähig. Für sie, die voll auf die Kräfte des Bösen gesetzt hatte, musste eine Welt zusammengebrochen sein, und es war Ali, der handelte.

Der Junge zeigte einen unwahrscheinlichen Mut, als er sich aus der Deckung an der Tür löste, auf Leila zurannte, sie packte und sie zurück durch den Eingang schleuderte.

Jetzt war ich mit dem Eisernen allein.

Ich hatte zugesehen, dass ich in der mir verbleibenden Zeitspanne so viel Distanz wie möglich zwischen ihn und meine Person brachte. Obwohl es im Prinzip zwecklos war, zog ich meine Beretta und hielt sie schussbereit, als ich wieder auf die Beine kam.

Die letzte Aktion hatte mich Kraft und auch Nerven gekostet. Es bereitete mir große Mühe, die Waffe ruhig zu halten, denn die Kraft des Eisernen flößte mir Angst ein.

Er fuhr herum.

Seine schwere Waffe hielt er mit beiden Händen fest. Welch eine Wucht und Kraft hinter dieser Klinge steckte, wenn er zuschlug, hatte ich zur Genüge erlebt, und bevor er sich noch auf irgendetwas einrichten konnte, hatte ich schon geschossen.

Der peitschende Schlag meiner Waffe jagte als helles Echo durch die Leichenhalle, und ich bekam auch mit, dass meine Silberkugel ihn getroffen hatte.

Auf die Brust hatte ich gezielt. Genau dort schlug das Geschoss ein, das zerspritzte, als bestünde es aus Silberstaub. Das gleiche Phänomen hatte ich schon einmal erlebt, als ich mich den Skelettreitern stellte.

Also nichts.

Und der Eiserne kam. Er sprach mich nicht an, er schaute nur, und ich las in seinem Blick den Willen, mich, den Freund, radikal zu vernichten. Darüber kam ich noch immer nicht hinweg und reagierte deshalb vielleicht ein wenig langsamer, sodass mich der gefährliche Hieb fast noch erwischt hätte. Nur durch einen gedankenschnellen Schritt nach hinten hatte ich ihm ausweichen können.

Sofort wischte ich zur Seite weg.

Er war auch nicht lahm, kam mir nach, und ich musste Fersengeld geben. Ich rannte auf die Stelle zu, wo der Sarg gestanden hatte, und wäre fast noch in das Loch gefallen. Im letzten Augenblick sprang ich darüber hinweg, flog zwischen die Blumen, riss einige Vasen um und hörte, wie sie zersplitterten.

Sofort war ich wieder auf den Beinen, lief weiter und drehte mich dabei um.

Er kam mir nach.

Breitbeinig ging er. Sein Gesicht blieb kalt und ohne Regung. Vielleicht war der Mund ein wenig verzogen, mehr konnte ich bei ihm wirklich nicht ablesen.

»Verdammt, Bulle, komm doch her!« An der Tür hatte sich Leila aufgebaut und winkte. Plötzlich stand sie auf meiner Seite, aber ich achtete nicht auf sie.

Ich kam mir in diesem Augenblick wie besessen vor und stellte die einzig wahre Frage. »Warum, Eiserner? Warum tust du das alles?«

Als Kommentar schüttelte er nur den Kopf. Mehr war aus ihm nicht herauszubekommen.

Wie viele Sekunden blieben mir noch bis zu meinem Ende? Ich wollte sie gar nicht schätzen. Mir war nur bewusst, dass ich dieser verdammten Klinge niemals würde entwischen können. Der andere war immer schneller als ich.

Sollte ich mein Kreuz hervorholen?

Ja, ich tat es, hielt es ihm entgegen, und er stoppte für einen Moment seinen Schritt, bevor er zu lachen anfing.

Also auch nichts.

Ich ließ das Kreuz verschwinden. In dieser Welt hatte es wieder seinen normalen Glanz angenommen, und deshalb wollte ich es auch mit dem Bumerang versuchen.

Ein gutes Gefühl durchströmte mich, als ich die silberne Banane in der rechten Hand hielt. Sie war ebenfalls wieder normal geworden, ich freute mich über ihren Glanz, holte aus und zögerte nicht eine Sekunde länger.

Fauchend jagte der hart geschleuderte Bumerang auf den Eisernen Engel zu.

Dass es einmal so weit kommen würde, hätte ich nicht geglaubt, und die silberne Banane verfehlte ihr Ziel nicht. Ich hatte auf den Hals meines Gegners gezielt …

Vielleicht wäre es mir gelungen, hätte der Eiserne Engel nicht so schnell reagiert und sein Schwert so rasch hochgerissen, dass es seine senkrecht stehende Säule vor seinem Gesicht bildete.

Und um diese Säule wickelte sich der Bumerang.

Ich hörte zunächst ein Klirren, dann das sirrende Geräusch, als sich der Bumerang fast festwickelte, und im nächsten Augenblick wich der Eiserne Engel einen Schritt zurück, denn auch er hatte unter der Wucht des Treffers zu leiden.

War das ein Sieg für mich?

Nein, denn mein Gegner fing sich wieder. Nur sein Schwert war ein wenig angekratzt, während die silberne Banane vor seinen Füßen auf dem Boden lag und auch unerreichbar für mich war.

Ich wechselte die Stellung. Im Halbkreis huschte ich um

den Eisernen Engel herum, und zwar so weit, dass mich sein vom Schwert verlängerter Arm nicht erreichen konnte.

»Komm doch endlich!«, brüllte Leila.

Danach war sie still, denn ich sah einen gewaltigen Schatten in der Türöffnung, der die Frau zur Seite geschleudert hatte, um selbst freie Bahn zu bekommen.

Und er kam.

Ich blieb mitten im Lauf stehen. In meiner Brust schien es Explosionen zu geben, die sich fortpflanzten und erst in meinem Kopf endeten. Was ich da sah, war nicht möglich, und ich wischte mir über die Augen, weil ich an eine Halluzination glaubte.

»Das ist ja Wahnsinn!«, hörte ich Leila schreien.

Der Eiserne Engel hatte plötzlich das Interesse an mir verloren, er schaute nur noch auf die Gestalt, die in der Türöffnung zu sehen war.

Es war der Eiserne Engel!

Daran ging kein Weg vorbei, und ich hatte es plötzlich mit zwei dieser geheimnisumwitterten Figuren zu tun …

ENDE

Zwei Schwerter
gegen die Hölle

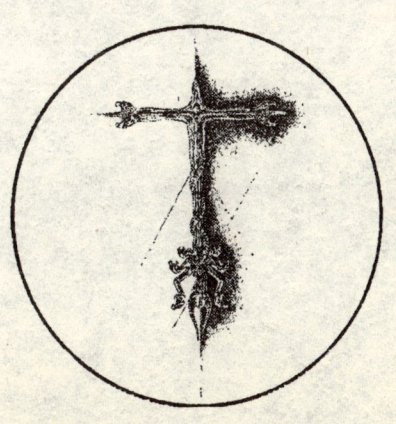

Schließlich war der zweite Eiserne Engel erschienen und hatte den ersten durch seinen Ruf gestoppt.

Vorläufig …

Ich spürte in meinem Magen ein seltsames Brennen. Vielleicht produzierte er zu viel Säure, aber nach dieser Überraschung war es eine natürliche Reaktion. Das war einfach verrückt.

Es konnten höchstens ein Dutzend Sekunden nach dem Auftauchen des zweiten Eisernen Engels vergangen sein, und noch immer hatte sich nichts getan.

Die beiden starrten einander an. Still war es geworden, auch mein heftiger Atem hatte sich allmählich beruhigt. Ich spürte wieder die dumpfe Schwüle in der Leichenhalle, die sich wie dichte Watte über mich gelegt hatte. Es fiel mir sogar schwer, normal Luft zu holen.

Am liebsten wäre ich verschwunden.

Es war nur ein kurzer Moment der Niedergeschlagenheit, dann bewegte ich mich als Erster. Nur wenige Schritte brauchte ich zur Seite zu gehen, um meinen Bumerang zu erreichen, der auf dem Boden lag. Ich hatte ihn geschleudert, denn er war wieder völlig normal geworden. In einer anderen Welt, in die es mich verschlagen hatte, war sein Aussehen ein anderes geworden, und er hatte seine Kraft verloren.

Jetzt nicht mehr, aber ich hatte den Eisernen auch nicht erwischen können. Mit dem Schwert als Deckung hatte er es geschafft und den Wurf abgewehrt.

Ich nahm die Waffe an mich, ohne die beiden aus den Augen zu lassen. Als ich sie wieder bei mir trug, fühlte ich mich wohler und glitt zurück in meine alte Position.

Dort wartete ich ab.

Es lag auf der Hand, dass ich nicht von allein anfangen konnte. Ich musste das Feld den beiden Gegnern überlassen, und dass sie Feinde waren, stand für mich fest.

Ich wandte mich um und schaute mir den Engel an, der an der linken Seite stand. Es war der neu hinzugekommene, dessen große Gestalt das Türrechteck fast völlig einnahm.

Beim ersten Hinschauen war kein Unterschied zu erkennen

gewesen. Das änderte sich nun, als ich mir die Figur genauer anschaute. Da merkte ich schon etwas.

Der zuletzt erschienene Engel trug nicht dieses togaähnliche Gewand wie der erste. Er sah eigentlich aus wie immer. Eine graue Figur, in gewisser Hinsicht geschlechtslos, ein Wesen, das aus einem längst versunkenen Kontinent stammte und das mir schon oft genug zur Seite gestanden hatte, wenn es um die Mächte des Bösen ging.

Für einen Moment, als der Eiserne meinen Blick bemerkte, zuckte ein Lächeln über seine Lippen.

Und dieses Lächeln gab mir Hoffnung. Es war anders als das des ersten Engels, das für mich nur mehr zu einem scharfen Grinsen geworden war. Nach diesem Lächeln hatte ich das Gefühl, den Eisernen auf meiner Seite zu wissen.

Er setzte sich in Bewegung.

Mir kam es vor, als würde die Zeit langsamer ablaufen. Jeder seiner Schritte verdichtete die Spannung. Ich fühlte sie, denn sie lag in der Luft und trug Schuld an der Gänsehaut, die über meinen Körper lief.

Der zweite Engel rührte sich nicht. Wie eine Eins stand er auf dem Fleck, das Gesicht regungslos, aber ein Lauern in den ebenfalls grauen Augen. Der echte Engel zog mit einer geschmeidigen und unzählige Male geübten Bewegung sein Schwert aus der Scheide und hielt die Waffe so, dass deren Spitze auf seinen Gegner wies.

Der rührte sich nicht.

Und auch der echte Engel blieb stehen.

Mir war längst klar geworden, dass es einen Engel zu viel auf dieser Welt gab. Und ich wurde auch das Gefühl nicht los, hier die große Entscheidung zu erleben.

Beide Engel standen dicht davor.

Wer gewann?

Ich hielt den Atem an. Plötzlich spürte ich Schweiß auf meiner Stirn und sah, dass sich der falsche Engel bewegte und sein Schwert ebenfalls in eine andere Richtung drehte.

»Was willst du hier, Bruder?«, erkundigte sich der echte mit leiser, aber dennoch scharfer Stimme.

Und ich zuckte zusammen. Er hatte Bruder gesagt. Verdammt, waren die beiden tatsächlich Zwillinge? Das wurde immer schöner. Ich erlebte eine Überraschung nach der anderen und musste an mich halten, um selbst keine Fragen zu stellen.

»Bruder?«, wiederholte der falsche Engel. Er fügte ein spöttisches Gelächter hinzu. »Wieso Bruder?«

»Weißt du nicht, dass wir verwandt sind? Denk an deine Herkunft, denk daran, wer die Eltern und die Erschaffer sind. Das alles solltest du nicht vergessen.«

»Ich habe es vergessen.«

»Das glaube ich dir nicht«, erwiderte der echte Engel. »Man kann seine Herkunft nicht verdrängen. Du bist mein Bruder, aber wir sind verschiedene Wege gegangen. Ich ahnte, dass es einmal so kommen und die anderen ihren letzten großen Trumpf ziehen würden. Du bist es, Bruder, doch ich sorge dafür, dass dieser Trumpf nicht sticht. Verstanden?«

»Du hast laut genug gesprochen. Wobei ich mir nicht sicher bin, dass du es schaffst. Du kennst die Macht und die Kraft, mit der man auch mich ausgerüstet hat. Wir beide sind etwa gleich stark und sollten uns lieber zusammenschließen, als gegeneinander zu kämpfen.«

Ich hörte genau zu. Das waren ja regelrechte Friedensangebote aus dem Mund des falschen Engels.

Würde der echte darauf eingehen?

Seine nächsten Worte bewiesen mir, auf welcher Seite er stand. »Nein!«, hörte ich ihn. »Es gibt zwischen uns keinen Kompromiss, das weißt du. Wir stehen auf verschiedenen Seiten, die sich seit Urzeiten schon bekämpfen. Gut und Böse sind wie Feuer und Wasser, beides passt nicht zusammen, wie du ebenfalls weißt.«

»Dann willst du nur eines?«

»Ja«, erwiderte der echte Engel. »Hier und jetzt will ich die Entscheidung. Wenn du nicht feige bist, dann stell dich endlich. Einer von uns ist zu viel.«

Ich kannte den Eisernen Engel schon lange. Er war immer wieder in harte Kämpfe verwickelt gewesen, aber im Prinzip war er eine friedliche Person. Er hasste die Gewalt, eigentlich wie jeder normale Mensch sie hassen musste, manchmal allerdings gab es Situationen, die eben ein solches Eingreifen erforderlich machten, um eine noch größere Eskalation abzuwenden. Wenn hier die Entscheidung getroffen wurde, hatte die andere Seite eine Niederlage erlitten, von der sie sich nur schwerlich erholen würde.

Gespannt wartete ich ab. Und auch meine beiden Begleiter erschienen an der Tür, um in die Leichenhalle zu schauen. Ich sah den Kopf des Jungen Ali, der sich uns angeschlossen hatte. Ich mochte den elternlosen Waisen, nur Leila war er suspekt, aber dieses Halbblut konnte ich in den übrigen Problemkreis mit einbeziehen. Obwohl ich ihr quasi das Leben gerettet hatte, war sie längst nicht meine Partnerin. Sie würde versuchen, wenn es eben möglich war, mir eine Niederlage beizubringen.

Jetzt stand sie zwischen den Fronten …

Auch ich wartete.

Keiner der beiden griff zuerst an. Jeder belauerte den anderen, und mir schien es, als wollten sie gemeinsam die Defensivtaktik fortsetzen. Matt glänzten ihre Schwerter. Das des echten Engels war dem Guten geweiht, um gegen das Böse anzugehen. Dennoch glaubte ich fest daran, dass in dem falschen Eisernen die gleiche Kraft steckte.

Und plötzlich bewegten sie sich.

Es ging so schnell, dass die beiden selbst mich, der ich damit gerechnet hatte, überraschten. Ihre Bewegungen waren fließend, sie gingen ineinander über. Es war schon bemerkenswert, dass beide so schnell und wendig waren.

Dann hörte ich das Klirren. Hell klang dieses Geräusch durch die Leichenhalle, als beide Schwerter gegeneinander schlugen. Ich sah die lange Spur der Funken, die in die Höhe flog und einen blitzenden Halbkreis bildete. Beide Gestalten schienen für einen Moment eins zu werden, bevor sie sich für die Dauer weniger Sekunden gegenüberstanden und die Klingen Kontakt hatten.

Dann stießen sie sich ab.

Beide flogen zurück. Der falsche Engel bis gegen die Wand, vor deren Mauerwerk er krachte. Der andere erreichte fast die offene Tür, konnte sich abfangen und gleichzeitig drehen.

In Kampfhaltung blieb er stehen.

Der falsche Engel griff an.

Und er war schnell. Seine gleitenden Schritte konnte ich kaum mit den Augen verfolgen. Sein Schwert zuckte durch die Luft. Ich hörte das wilde Fauchen, dann prallten die Klingen wieder zusammen.

Der echte Engel wehrte die Attacke ab.

Mit zwei Hieben hatte er den anderen auf Distanz gebracht, sodass er selbst zum Angriff übergehen konnte. Wie ein geschickter Degenfechter stieß der echte seine Waffe nach vorn. Sie war so gezielt, dass sie den Gegner in Höhe der Gürtellinie trennen musste, und ich sah im Geiste auch schon das Schwert durch den Körper fahren, als sich der falsche Engel gedankenschnell abdrehte, sodass ihn die Klinge verfehlte und er selbst zum Angriff übergehen konnte.

Sein rasant geführter Rundschlag hätte dem Eisernen fast den Kopf vom Rumpf getrennt. Doch mein Freund reagierte wieder einmal traumhaft. Er fiel förmlich zusammen, das Schwert fauchte über seinen Schädel hinweg, und seinem gleichzeitigen Stoß konnte der andere nur durch sofortiges Zurückspringen die Wirkung nehmen.

Sie trennten sich.

Wie zwei Boxer glitten sie mit geschmeidigen Schritten in verschiedene Ecken.

Für einen Moment pausierten sie, und jeder suchte bei dem anderen die schwache Stelle.

Ich spürte die Bewegung an meiner Hüfte. Der kleine Ali war erschienen, schaute mich aus großen Augen an und lächelte plötzlich, als ihn mein Blick traf.

»Was hast du?«, flüsterte ich.

»Das ist ja gigantisch, einfach irre!«, flüsterte er. »Dass ich so etwas mal sehen kann. Wie im Kino!«

»Ja, so ähnlich.«

»Und was passiert gleich?«

»Einer wird wohl gewinnen«, erklärte ich ihm, wobei ich dem Kampf weiterhin zuschaute.

Wieder näherten sich die beiden. Die Distanz zwischen ihnen schrumpfte rasch zusammen, sodass sie innerhalb von Sekunden auf Schlagweite herangekommen waren.

Abermals krachten die beiden Schwerter zusammen. Und wieder sah ich die helle Funkenspur, die förmlich in die Höhe schnellte und fast die Decke berührte.

Der falsche Engel hatte mehr Wucht hinter seine Attacke gelegt als sein Gegner.

Das bekam der andere zu spüren.

Meine Augen weiteten sich vor Schreck, als ich meinen Freund fallen sah. Er konnte sich auch nicht mehr fangen, krachte auf den Rücken, und das hämische Gelächter seines Gegners schallte ihm entgegen.

Der falsche Eiserne Engel sah sich als Sieger.

»Verdammt, der gewinnt ja.« Auch Ali hatte erkannt, wem er die Daumen drücken musste. »John, du musst etwas tun. Verdammt, John, du kannst doch nicht …«

Nein, das konnte ich wirklich nicht, aber der Engel war gegen meine Waffen gefeit.

Ich holte den Bumerang hervor. Noch einmal musste ich es versuchen und hatte kaum ausgeholt, als der falsche Engel schon zuschlug. So schnell, wie dessen Klinge nach unten raste, war meine Waffe nicht, denn sie befand sich noch in meiner rechten Hand.

Mit diesem Hieb hätte er meinen Freund teilen können. Diesmal kam es mir wirklich wie eine Filmszene vor, in der der fechtende Held alle Tricks einsetzt, um den Gegner zu stoppen.

Der echte Engel tat dies auch. Er bewegte den rechten Arm ebenso schnell wie die nach unten rasende Klinge, sodass sich beide Schwerter trafen und gegeneinander klirrten.

Für einen Moment zitterte der falsche vor Wut. Aus dem Maul drang ein uriger Schrei, und ich, der ich meinen Bumerang hatte schleudern wollen, nahm den Arm wieder zurück, denn die beiden Gegner lösten sich voneinander, wobei sich der falsche Engel so weit von dem echten entfernte, dass er fast das offene Grab erreichte und hineingetreten wäre.

Nahe der allmählich verfaulenden Blumen kam er wieder zur Besinnung und schüttelte den Kopf.

Jetzt wollte ich die Waffe schleudern.

Doch der echte Engel machte mir einen Strich durch die Rechnung. Er schien seine Blicke überall zu haben, und er schaute auch zu mir, während er rief: »Nein, nicht! Der gehört mir, John Sinclair!«

Da sank mein rechter Arm nach unten.

»O John, kennt der dich?«, fragte der kleine Ali.

»Ja, sehr gut sogar. Er ist mein Freund.«

Ali strahlte plötzlich. »Mann«, flüsterte er, »solche Freunde möchte ich auch haben.«

»Meine Freunde sind auch deine Freunde.«

»Wirklich?« Ali atmete schneller. »Dann könnte ich vielleicht mal mit ihm ziehen.«

Ich lächelte ihn an. »Es wäre möglich, aber erst muss er gewinnen.«

Und das wollte der Eiserne. Er startete und jagte quer durch die Leichenhalle.

Mit raumgreifenden und sehr schnellen Schritten ging er. Diesmal erwartete ihn der falsche Engel dicht vor der offenen Luke, und er tat etwas, womit ich nicht gerechnet hatte.

Plötzlich bewegte er den rechten Arm, schlug damit einen Kreisbogen, hieb das Schwert in die Blumen hinein und schleuderte sie dem echten Engel entgegen.

Das Zeug flog auf ihn zu. Blüten und Stängel klatschten in das Gesicht des Engels. Sie brachten ihn ein wenig aus dem Konzept. Er stoppte auch seine stürmischen Schritte, und genau das hatte der andere gewollt. Mit einem Sprung nach hinten war er plötzlich verschwunden. Er tauchte ein in die Öffnung, war einfach weg, sodass der echte Engel und ich das Nachsehen hatten.

Als mein Freund den Rand der Öffnung erreichte, drang ihm aus der Tiefe nur ein höhnisches Lachen entgegen, das allmählich verklang und sich trotzdem noch so klar anhörte.

Darüber war ich verwundert. Mich hielt nichts mehr an meinem Platz. Als ich neben dem Eisernen stand und ihn fragend anschaute, hob der Engel nur die Schultern.

»Weshalb verfolgst du ihn nicht?«, fragte ich.

»Weil er die Dimensionen gewechselt hat. Er ist verschwunden. Es hat keinen Sinn, ihm jetzt nachzueilen, denn wo er sich befindet, habe ich momentan keine Chancen.«

Der Eiserne hatte so ernst gesprochen, dass ich ihm ohne weiteres glaubte und deshalb nickte. Ja, er wusste besser Bescheid als ich, deshalb akzeptierte ich seine Zurückhaltung.

Mein Freund hob die breiten Schultern und ließ das Schwert wieder in der Scheide verschwinden. »Es tut mir Leid«, sagte er dabei. »Ich hätte es gern anders gehabt, glaub mir.«

»Einer von euch ist zu viel, nicht wahr?«

»So ist es.«

Nach dieser Antwort begrüßte er mich. Ich hatte so etwas noch nie erlebt, aber er fiel mir in die Arme, und ich hatte Mühe, auf den Beinen zu bleiben.

»John«, sagte er, »ich freue mich, dass ich noch bei dir sein kann. Du hättest es fast nicht geschafft. Der andere ist einfach zu stark für dich. Ich ...«

Seine Stimme versagte, und nur zögernd lösten wir unsere Umarmung. So hatte ich den Eisernen noch nie erlebt und war dementsprechend perplex.

»Was ist denn los?«, fragte ich ihn.

Er trat zurück und drehte den Kopf so, dass er mich nicht anzuschauen brauchte. »Die Hölle ist los«, drang es leise über seine Lippen. »Es ist tatsächlich die Hölle.«

»Aber wieso?«

»Die Großen Alten haben sich zusammengeschlossen und ihr Versprechen eingelöst. Sie greifen das Reich der Finsternis an.«

Ich hatte so eine Ahnung gehabt, war trotzdem überrascht und fragte noch einmal nach. »Wirklich das Reich des Teufels?«

»Auch, aber sie wollen mehr.«

»Luzifer?«

»Ja, John Sinclair, Luzifer. Und ebenfalls die Große Mutter. Sie wollen beide vernichten.«

»Und wir?«, hauchte ich.

Sein Lächeln war nicht mehr fröhlich. »Wir geraten dabei zwischen die Fronten und werden zermalmt, wenn wir nicht aufpassen. So ist das nun mal, John.«

Was sollte ich darauf antworten? Auch Ali und Leila spürten wohl, dass es jetzt nicht gut war, die Stille nach den Worten des Eisernen zu unterbrechen. Sie hielten sich zurück.

Schwach brannte das Licht. Sein Schein fiel auf die Wände und überstrich sie mit seinem Glanz. Ich kam mir vor wie in einer anderen Welt. Alle Geräusche erklangen irgendwie gedämpft, und auch die Stimme des Eisernen war leiser als zuvor.

»Ich kenne mich aus«, erklärte er. »Ich habe alles gesehen, man hat mich informiert. Die uralte Vergangenheit ist radikal in meine Existenz zurückgekehrt.«

»Deine Vergangenheit?«

»Ja, meine.«

Ich ging einen Schritt näher, streckte einen Arm aus und berührte seine Schulter. »Welche Vergangenheit? Bitte, erklär es mir.«

Er drehte sich um. Unsere Blicke trafen sich. Ich sah einen Ausdruck der Trauer in seinen Augen, vielleicht auch Verzweiflung, und erschrak. Anmerken lassen wollte ich mir nichts, doch der Eiserne Engel wusste genau, wie es in mir aussah.

»Du wirst dich damit abfinden müssen.«

»Womit?«

»Damit, dass es sechs Große Alte gibt.«

Ich wollte es nicht, aber ich lachte. Es war gewissermaßen der Spannungsstau, der sich einfach entladen musste. »Okay, es gibt sechs Große Alte, das wusste ich schon immer.«

»Nein, du kanntest nur fünf.«

»Wieso? Es sind Krol, Gorgos, Hemator, Kalifato, dann der Namenlose und Arkonada, den wir vernichtet haben.«

»Das ist eben dein Irrtum!«

Jetzt wusste ich überhaupt nichts mehr und starrte den Eisernen fassungslos an. »Ein Irrtum?«, flüsterte ich. »Das kann ich mir nicht vorstellen. Wirklich nicht …«

»Arkonada gehört nicht zu den Großen Alten. Er war ihr bester Diener.«

»Aber wer dann?!«, schrie ich.

»Den letzten Großen Alten hast du soeben gesehen und erlebt, John Sinclair. Es ist …«

»Nein!«, unterbrach ich ihn, hob die Hände und winkte ab. »Nein, das kann nicht stimmen.«

»Doch, Geisterjäger, es stimmt«, erklärte der Eiserne Engel mit kratziger Stimme. »Der sechste Große Alte ist mein Zwillingsbruder …«

Selten in meinem Leben hatte ich eine so große Überraschung erlebt wie in diesem Fall. Ich hatte das Gefühl, die Wände der Leichenhalle würden sich in einem rasenden Wirbel drehen. Wie vor die Stirn geschlagen fühlte ich mich und schüttelte den Kopf, ohne es eigentlich zu merken. Der Zwillingsbruder des Eisernen Engels war der sechste Große Alte. Himmel, was hatte ich mich geirrt!

Ich war auf diese Person reingefallen, weil sie dem echten Engel fast bis aufs Haar glich, und jetzt wurde mir auch klar, weshalb der andere die Waffen meines Partners Suko getragen hatte. Der Inspektor hatte sie ihm nicht freiwillig gegeben, nein, bestimmt nicht. Man hatte sie ihm einfach abgenommen.

Gestohlen …

Und Suko war in der Welt verschollen, in der die ewige Finsternis und Kälte ihr Zuhause gefunden hatte.

Der Schweiß war mir aus den Poren getreten. Ich fing schon an zu dampfen und holte tief Luft.

»Hast du es jetzt überwunden, John?«, fragte mich der Eiserne.

»So allmählich finde ich mich mit dem Gedanken ab.«

»Dann ist es gut.«

»Sechs Große Alte«, hauchte ich. »Sechs mächtige Dämonen, und einer davon ist dein Zwillingsbruder. Wer soll das alles fassen können?« Ich hob die Schultern. »Das wirft ein ganzes Weltbild um. Wenn wir gegen die Großen Alten kämpfen, müssen wir uns auf sie einstellen, vielmehr anders einstellen und …«

»Ich weiß, John.«

»Und wie gehen wir jetzt vor?«

»Es ist schwer, da eine Antwort zu finden oder einen Plan zu schmieden. Ich habe versucht, meinen Zwillingsbruder zu töten. Er wollte das Gleiche. Die stummen Götter warnten mich. Sie wussten Bescheid, welches Drama sich anbahnt, aber ihre Warnungen kamen zu spät. Sie werden die Auseinandersetzung nicht mehr aufhalten können. Die Hölle und die Großen Alten stoßen zusammen.«

»Wobei wir die lachenden Dritten sein könnten.«

»Ja, sein könnten«, wiederholte der Eiserne. »Aber haben wir nicht ein menschliches Problem?«

Ich wusste sofort, was der Eiserne damit gemeint hatte, deshalb nickte ich heftig. »Suko.«

»Du hast es erfasst, John. Keiner von uns will ihn im Stich lassen.«

»Ja. Hast du ihn gesehen?«

»Leider nein, doch ich weiß, dass er sich in der anderen Welt befindet. Zudem besitzt mein Zwillingsbruder die Waffen, die eigentlich dem Chinesen gehören.«

Da hatte der Eiserne gut beobachtet. Und ich dachte darüber nach, aus welchem Grunde der andere die Dämonenpeitsche und den Stab wohl nicht eingesetzt hatte.

Auch der Eiserne Engel wusste darauf keine Antwort. Er konnte nur raten. »Möglicherweise waren ihm diese Waffen suspekt, und er hat sich lieber auf sein Schwert verlassen.«

»Ja, das kann sein.«

Wie es auch sein mochte oder sein konnte, wir mussten uns damit abfinden, eventuell zwischen die Mühlsteine einer gewaltigen Auseinandersetzung zu geraten.

»Ich will dir nicht zu nahe treten, Eiserner«, nahm ich den Gesprächsfaden wieder auf. »Aber wir beide werden wohl kaum in der Lage sein, diesen gigantischen Kampf zu stoppen, oder bist du anderer Ansicht?«

»Nein, John. Es wird sehr schwer. Vielleicht sogar unmöglich. Deshalb brauchen wir Hilfe.«

Ich lächelte, weil ich wahrscheinlich den gleichen Gedanken gehabt hatte wie mein Freund aus Atlantis. »Myxin und Kara kämen mir da gerade recht«, sagte ich.

»Damit bin ich einverstanden«, erklärte er.

»Wer gibt ihnen Bescheid?«

»Keiner von uns«, erwiderte der Eiserne. »Eine Auseinandersetzung wie diese bleibt natürlich nicht unbemerkt. So etwas spricht sich auf mentaler Ebene herum. Ich bin fest überzeugt, dass Myxin und Kara längst Bescheid wissen.«

»Dann rechnest du mit ihrem Kommen oder Eingreifen?«

»So ist es.«

Der Eiserne hatte Recht. Wenn man die Sache aus diesem Blickwinkel betrachtete, mussten unsere beiden Helfer einfach erscheinen und in den Kampf eingreifen.

Wir erhielten Besuch, denn Leila und Ali traten an uns heran.

Der Engel sah Leilas Blick. »Wer ist sie?«, fragte er.

Da hatte er mich in eine Zwickmühle gebracht. Was sollte ich ihm sagen? Ihn darauf hinweisen, dass sie auf der anderen Seite stand und gegen mich kämpfte?

»Sag es ruhig, Sinclair. Sag ihm die Wahrheit. Erkläre ihm, dass ich glücklich darüber wäre, dich endlich tot zu sehen. Du bist nicht mein Partner, und ich bin nicht deine Partnerin. Wir stehen in verschiedenen Lagern, nur hat uns ein verdammtes Schicksal zusammengeführt, das ist alles.«

»Stimmt es, was sie gesagt hat?«, erkundigte sich mein Freund bei mir.

»Sie hat Recht.«

»Wem dient sie?«

»Der Großen Mutter!« Leila hatte mir die Antwort aus dem Mund genommen. »Ja, ich diene der Großen Mutter, und ich weiß, dass sie letztendlich den Sieg davontragen wird. Es gibt sie seit Beginn der Zeiten, niemand hat es bisher geschafft, sie zu vernichten. Und auch die Großen Alten werden an ihr zerbrechen.«

»Möglich.« Der Eiserne sah es gelassen, und er schaute Leila so scharf an, dass sie den Blick senkte.

Ich deutete auf Ali. »Der Junge hier hat uns praktisch das Leben gerettet, als man uns jagte.«

»Wer wollte euch töten?«

»Gangster, Banditen, Straßenräuber. Du kannst alles zu ihnen sagen. Wir gerieten ihnen wohl in die Quere.« Es war jetzt der richtige Zeitpunkt, dem Eisernen zu berichten, was wir hinter uns hatten und wie es mich überhaupt in dieses Land verschlagen hatte.

Aufmerksam hörte er zu. Ich hatte weit ausgeholt und praktisch dort angefangen, als uns die Spur in dieses leere Hochhaus führte, wo ich die Stimme der Großen Mutter vernommen und sie mir bewiesen hatte, wie wenig mir mein Kreuz letztendlich nutzte.

Das hatte den Eisernen schockiert. »Die Zeichen stehen auf Sturm«, prophezeite er mit düsterer Stimme. »Wenn die Macht des Guten schon zurückgedrängt wird, hat das Böse genau bis zu dem Augenblick gewartet, wo es fast sicher sein kann, zu gewinnen.«

Ich winkte ab. »So pessimistisch möchte ich das nicht sehen, Eiserner!

Ich bin da anderer Ansicht und glaube, dass wir trotz allem noch Chancen haben.«

»Ich hoffe, dass deine Worte zur Wahrheit werden können, aber denk an dein Kreuz.«

»Klar doch. Es hat zwar Schaden erlitten, das gebe ich zu, aber es ist nicht machtlos geworden. Die Große Mutter hat versucht, auch die Kraft der Erzengel aus ihm herauszusaugen. Das gelang ihr nicht. Dagegen standen die Kräfte des Lichts, und sie waren stärker als die andere Seite.«

»Und in der anderen Dimension?«

Da hatte der Eiserne einen wunden Punkt getroffen. Als ich

auf der Brücke stand und gegen die Skelette kämpfte, hatten Kreuz und Bumerang ihre Kraft bereits verloren, sie aber zum Glück zurückgewonnen, nachdem ich die andere Welt verlassen konnte.

»Verstehst du mich?«, fragte der Eiserne.

»Ja, ich beginne damit, deinen Gedankengang zu begreifen. Der große Kampf wird nicht in dieser Welt ausgetragen, sondern in der Dimension, in der meine Waffen machtlos sind. Dabei frage ich dich, welche Waffen uns dann noch helfen werden?«

»Mein Schwert«, erklärte der Eiserne Engel voll innerer Überzeugung. »Ich werde damit gegen die anderen angehen.«

»Sonst nichts?«

»Doch, John. Myxin und Kara werden uns zur Seite stehen. Denk an die Waffe mit der goldenen Klinge. Sie befindet sich in Karas Besitz. Demnach hätten wir schon zwei Schwerter. Ich will es anders ausdrücken. Zwei Schwerter gegen die Hölle.«

»Das sehe ich ein«, gab ich zu. »Aber welchen Part hast du mir innerhalb der Auseinandersetzung zugedacht?«

»Das weiß ich nicht.«

»Soll ich ein Statistendasein führen?«, erkundigte ich mich. »Soll ich wieder nur dastehen und zuschauen? Das will ich nicht. Es hat genügend Fälle gegeben, in denen ich ...«

»Hast du nicht genug gekämpft?«, fragte mich der Eiserne.

»Ja und nein. Ich bin nicht des Kämpfens müde, wenn du das meinst. Im Gegenteil. Deshalb möchte ich nicht alles anderen überlassen.«

»Wir werden sehen«, erwiderte er orakelhaft.

»Gut, kommen wir zu unserem Plan. Wo werden wir ansetzen können? Du hast den besseren Durchblick, Eiserner, während ich mit den Mächten jenseitiger Dimensionen nicht so vertraut bin. Wie war es möglich, dass dein Zwillingsbruder aus einem Grab steigen konnte, das sich auf diesem Friedhof befindet?«

»Er muss etwas Besonderes sein«, sagte der Eiserne. »Der

Friedhof hier hat seine Bestimmung. Seit wann und wieso, das kann ich dir nicht sagen. Aber er enthält gefährliche Geheimnisse, das solltest du wissen. Er ist der Weg oder das Tor zu einem Reich, in dem das absolut Böse regiert, und der Bai von Tanger sowie seine Reiter haben dieses Tor geöffnet.«

»Dann gibt es das Tor also nicht nur hier in der Leichenhalle, auch draußen.«

»So sehe ich das.«

»Gut, schauen wir uns das Grab mal näher an. Vielleicht haben wir Erfolg.« Da der Eiserne nicht widersprach, drehte ich mich um und schaute in die fragenden Gesichter meiner beiden so unterschiedlichen Begleiter. Sie hatten ein Recht darauf zu erfahren, was mit ihnen geschehen sollte. Deshalb nickte ich ihnen zu.

»Sollen wir gehen?«, fragte Ali. Er schaute mich dabei so bittend an, dass ich lächeln musste.

Natürlich wollte er nicht weg. Ich konnte ihn aber nicht in die Kämpfe mit hineinziehen.

»Du hast alles gehört, nicht wahr?«

»Das habe ich.«

»Sag selbst, was ich tun soll oder was du an meiner Stelle getan hättest.«

»Rede doch nicht so um den heißen Brei herum, Bulle«, mischte sich Leila ein. »Es ist klar, dass du diesen Wurm da nicht mitnehmen kannst. Und ich werde auch nicht gehen, sondern abwarten, bis die Große Mutter ihren Kampf gewonnen hat. Dann rechnen wir beide ab, Bulle.« Sie nickte so heftig, dass die Perlen in den Haarsträhnen gegeneinander klirrten.

»Bist du dir da so sicher?«

»Ja, das bin ich.«

Ich legte Ali eine Hand auf die Schulter, denn mit Leila gab es für mich nichts mehr zu reden. »Komm, wir gehen nach draußen und schauen dort nach, wie es aussieht.«

»Da hat sich etwas verändert!«, flüsterte Ali.

Selbst der Eiserne Engel blieb stehen, als er die Worte vernahm.

»Was denn?«, fragte ich.

»Das musst du selbst erkennen, John. Es ist nicht mehr so wie sonst. Der Friedhof …« Er senkte seine Stimme. »Der ist ungemein gefährlich, man kann Angst bekommen. Irgendetwas lauert da.«

»Abwarten.«

Als wir die Leichenhalle verließen, gingen der Eiserne und ich nebeneinander. Leila und Ali hielten sich hinter uns. Die beiden flüsterten miteinander, und ich vernahm die scharfe Stimme des Halbbluts, wie sie den Jungen ausschimpfte.

»Halte dich zurück!«, fuhr ich sie an.

Leila hob nur die Schultern, ansonsten grinste sie mir ins Gesicht. Sie war noch immer davon überzeugt, im Sog der Großen Mutter als eine der Siegerinnen aus dem Kampf hervorzugehen.

Mal sehen, ob sie es tatsächlich schaffte.

Wir verließen die Leichenhalle, und ich musste Ali Recht geben. Es hatte sich auf diesem Friedhof tatsächlich etwas verändert.

Obwohl wir noch Tag hatten, war der gesamte Komplex in einen dichten Nebel gehüllt, und wir sahen auch, woher dieser Nebel kam.

Er stieg aus den Gräbern …

Schon einmal hatte ich den Nebel gesehen. Er hatte mit seinen bläulich schimmernden Wolken und Schwaden den zum Leben erweckten Bai von Tanger umhüllt.

Und jetzt war er wieder da.

Wir standen vor der Leichenhalle und starrten auf dieses unheimliche Bild. Da der Nebel aus den Gräbern stieg, hatte ich das Gefühl, die letzten Ruhestätten würden im Innern allmählich anfangen zu kochen. Unter unseren Füßen musste der gesamte Friedhofsboden ein leise brodelnder Vulkan sein, der diesen Nebel, aus welchen Gründen auch immer, produzierte.

Ich warf einen Blick zum Himmel hoch. Die schräg stehende Herbstsonne war nur noch als blasser, zerfasernder Ball hinter den dichten Schwaden zu erkennen.

Und in den Gräbern spielte sich das lautlose Grauen ab. Rechts und links der Grabsteine wurde es an die Oberfläche getrieben und hüllte die Gedenkstätten mit ihren fahlen, fahnenartigen Schleiern ein. Sie trieben, wenn sie vom leichten Wind erfasst oder von den nachfolgenden Schwaden weitergedrückt wurden, auch über die schmalen oder breiten Wege ihrem Ziel entgegen.

Überall auf dem Friedhof hatten sie sich verteilt. Blau und grau, mal dünner, mal dicker, so schoben sie sich lautlos über Gräber und Wege hinweg, verzerrten die hohen Grabsteine und machten aus ihnen gespenstische Figuren, die aus einem fremden Märchenland zu stammen schienen, das jenseits aller Grenzen lag.

Wir beobachteten die Schwaden eine Weile, ohne eine Bemerkung darüber zu verlieren.

Der Eiserne Engel durchbrach schließlich das Schweigen. »Es muss der Eingang zu einer anderen Welt sein«, erklärte er mir. »Eine andere Möglichkeit sehe ich nicht.«

»Wirklich bei jedem Grab?«

»Sag du etwas Besseres.«

»Ich warte auf die lebenden Leichen«, erklärte ich mit einem Anflug von Galgenhumor.

Der Engel lachte leise. »Da werden wir wohl lange warten müssen. Hier scheint es keinen Voodoozauber zu geben, sonst wären die Leichen schon längst aus ihren Gräbern geklettert.«

Im Prinzip hatte er wohl Recht. Mich aber interessierte die Stelle, wo der Zwillingsbruder und sechste Große Alte aus der feuchten Erde geklettert war.

Ohne mich umzudrehen, machte ich mich auf den Weg. Ich war sicher, dass mir der Eiserne folgen würde.

Die genaue Stelle hatte ich mir gemerkt, sodass ich sie, ohne lange zu suchen, fand, davor stehen blieb und den Kopf senkte, weil ich mir den Spalt genauer ansehen wollte.

Ob die Grabplatte noch weiter aufgeschoben worden war, konnte ich nicht sagen. Jedenfalls klaffte zwischen ihr und dem Grab ein so großer Spalt, durch den auch ich hätte bequem steigen können.

Ich verschwand nicht in der Tiefe des Grabes, sondern ging in die Knie, holte meine kleine Lampe hervor und leuchtete in den Spalt hinein. Viel konnte ich nicht erkennen. Nur mehr die bläulichen Nebelschwaden, die sich auch im Innern dieses geheimnisvollen Grabes ausgebreitet hatten. Neben mir blieb der Eiserne Engel stehen. Er bückte sich ebenfalls, sah durch die Öffnung und schüttelte den Kopf.

»Was hast du?«, fragte ich ihn.

»Ich glaube nicht, dass wir hier etwas erreichen können«, erklärte er mir. »Nein, das ist …«

»Warten wir es ab.«

»Du denkst an den Bai?«

»Ja.« Ich kam wieder hoch, wollte mich umdrehen und hörte plötzlich Alis zitternde Stimme. »John, da ist was!«

»Wieso?«

»Ich habe so dumpfe Laute gehört! Das klang, als würden Pferde vorsichtig ihre Hufe setzen.«

Mir rann es kalt den Rücken hinab. Wenn es tatsächlich zutraf, was Ali gesagt hatte, konnten es nur die Reiter des Bais sein, die ihre unheimliche Welt verlassen hatten, um wieder in die normale zurückzukehren. Ich dachte an das Tor, durch das ich getreten war. Es war nur jeweils für eine Stunde während der Nacht offen. Bisher war ich davon ausgegangen, dass es sich nur um den einzigen Zugang zu einer anderen Welt handelte. Ein Irrtum, wie ich nun feststellen konnte, denn auch dieser Friedhof steckte voller Geheimnisse.

Und der Nebel war dichter geworden. Wir selber wurden von seinen Schwaden wie von Leichenmänteln umhüllt. Seltsamerweise spürten wir keine Kühle, der Nebel schien eine höhere Temperatur zu haben. Er strich warm über unsere Gesichter. Dennoch spürte ich auf dem Rücken ein Frösteln, dessen Ursache nicht am Nebel lag, sondern in meiner Angst.

Da hörte ich es auch.

Ein aus den grauen Schwaden kommendes, unheimliches Klopfen. So zu begreifen, als hätte jemand die Hufe der Pferde mit alten Lappen umwickelt, damit so wenig Geräusche wie möglich zu vernehmen waren.

Gespannt warteten wir ab. Das Klopfen wurde auch lauter, und ich glaubte fest daran, dass aus der blaugrauen Suppe bald die ersten Gestalten erscheinen würden.

Sie kamen.

Für uns war es ein schauriges Bild, als wir die von dichten Nebelschwaden umtanzten Skelette auf den Pferderücken sahen. Für mich waren es alte Bekannte, denn ich hatte bereits gegen die gekämpft und zwei ihrer Artgenossen erwischt.

In der anderen Dimension hatte mir die Beretta nichts geholfen. Hier allerdings würden die Silberkugeln bestimmt unter den Horror-Gestalten aufräumen. Aus diesem Grunde zog ich meine Pistole. Noch taten sie nichts.

Sie mussten von verschiedenen Seiten gekommen sein und hatten sich jetzt getroffen, um sich in einem Halbkreis aufzubauen. So standen sie vor uns, und so schauten wir die Gestalten an.

Auch der Bai war bei ihnen.

Er hockte in der Mitte. Durch seine Kleidung fiel er besonders auf. Sie schien in den hundert Jahren seines Todes nicht gelitten zu haben, oder man hatte ihm anderes angezogen, aber sein Gesicht war nach wie vor eine Maske des Schreckens.

Unter dem Turban sah ich das halb verweste Gesicht, und es wirkte innerhalb der Nebelschleier noch schauriger als sonst.

Ali kam zu mir. Ich spürte seine Hände an meinem rechten Arm. »Verdammt, John, das sind sie«, sagte er wie ein Erwachsener.

»Leider.«

»Werden sie uns töten?«

»Wir warten ab!«

Der Bai regte sich als Erster. Ein Atemzug strömte nicht durch seinen Körper, obwohl es den Anschein hatte. Mit seinem Arm deutete er auf uns.

Ich hatte das Gefühl, dass er mich ansprechen wollte, doch er wechselte die Haltung.

Der Eiserne war an der Reihe.

»Dich haben wir gesucht!« Die Stimme des Unheimlichen

kratzte, und ich war froh, dass er in einer Sprache redete, die ich verstand. Da der Engel direkt angesprochen worden war, überließ ich ihm auch die Antwort und wartete gespannt ab.

Er redete. »Wie kannst du mich gesucht haben, wo du mich überhaupt nicht kennst?«

»Doch, ich kenne dich. Lilith hat dich mir genau beschrieben. Die Große Mutter weiß alles, auch, dass du zu den Großen Alten gehörst. Ihr habt euch zusammengeschlossen, um …«

Ich hörte nicht auf die weiteren Worte. Mir war nur klar geworden, dass der Bai von Tanger den Eisernen Engel mit dessen Zwillingsbruder verwechselte und wahrscheinlich von der Großen Mutter ausgeschickt worden war, um ihn als Ersten zu vernichten.

Wäre die Lage nicht so ernst gewesen, ich hätte tatsächlich lachen können.

So aber blieb ich abwartend.

»Du, der verwechselt den auch!«, vernahm ich die Stimme des Jungen Ali und wurde durch sie daran erinnert, dass es gefährlich war, ihn in meiner unmittelbaren Nähe zu wissen. Deshalb drückte ich ihn zurück. »Geh irgendwo in Deckung, Ali«, wisperte ich. »Das hier kann leicht ins Auge gehen.«

»Okay, Partner.«

Er verschwand, während Leila blieb und einen lauernden Ausdruck in ihre Augen bekommen hatte. Die Reiter und der Bai standen auf ihrer Seite, denn auch sie dienten im Prinzip der Großen Mutter.

»Ich wusste, dass dich deine Verbündeten vorschicken würden«, erklärte der Bai dem Eisernen, »aber ich bin hier und werde dafür sorgen, dass du es nicht schaffst.«

Der Eiserne zog sein Schwert.

Diese Bewegung wurde auch von dem Bai und seinen Reitern wahrgenommen. Es war für sie gewissermaßen das Startzeichen, und sie ritten an.

Auch ich musste mich den Horrorgeschöpfen zum zweiten Mal stellen …

Suko fühlte sich wie begraben. Er lag zwar nicht in der kühlen Erde, aber das ihn umgebende ewige Grau hatte dieselbe Wirkung. Die Welt der absoluten Leere und Kälte, das Gebiet ohne Gefühl kam ihm immer mehr wie ein Grab vor.

Er hatte unter schweren Depressionen gelitten, sie jedoch abschütteln können und sich praktisch seinem Schicksal ergeben. Die Waffen hatte ihm der Eiserne Engel genommen, und diese Tatsache erweckte in Suko einen Schimmer der Hoffnung, da er wusste, dass sich der Eiserne auf seiner Seite befand. Wäre er über die wahren Tatsachen informiert gewesen, hätte er sich möglicherweise vollends aufgegeben.

So wartete er.

Vielleicht würde der Eiserne Engel zurückkehren. Möglich war wirklich alles in diesem Spiel, und er dachte auch darüber nach, wie es dem Eisernen gelungen war, in diese für ihn so feindliche Welt zu gelangen. Schließlich stand er auf der anderen Seite.

»Suko?« Es war die Stimme des Franzosen Claude Renard, der seinen Gedankengang unterbrach.

»Was ist?«

»Verdammt, ich wollte, ich wäre tot.«

Der Inspektor schwieg. Das hatte er noch nicht gedacht, und er musste Renard innerlich aufrichten, damit er sich nicht völlig aufgab. »So darfst du nicht denken. Wirklich nicht. Du musst dir darüber im Klaren sein, dass man eine Chance hat, solange man lebt.«

»Siehst du diese?«

»Ja.«

»Sag nicht, dass es die komische Figur wäre, die zu dir gekommen ist und dir die Waffen abgenommen hat.«

»Ich muss es einfach so sehen.«

»Weshalb hat er dir dann nicht geholfen?«

Ja, weshalb? Darüber hatte Suko auch schon intensiv nachgedacht. Weshalb hatte ihn der Eiserne Engel in dieser Welt liegen lassen? Wenn er hineingekommen war, musste es ihm auch möglich sein, die Welt wieder zu verlassen. Und zwar mit einem Menschen wie Suko oder Claude.

Das hatte er nicht getan.

Der Inspektor war ein Mensch, der die Zusammenhänge nicht genau kannte. Er wusste zudem nicht genug über den Eisernen Engel, und ihm war auch nichts über die Einzelheiten dieses gewaltigen Kampfes zwischen den Großen Alten und der Urhölle bekannt. Aber der Eiserne musste in dieser Auseinandersetzung eine besondere Rolle spielen.

»Ich warte noch auf deine Antwort«, meldete sich Claude aus der Düsternis unter ihm.

»Ja, das weiß ich. Aber ich kann sie dir nicht geben.«

Claude lachte auf. »Du bist also hilf- und ratlos.«

»So sieht es aus.«

Hilflos war er wirklich, da er auf einer Astgabel lag, die vom Rand der Schlucht weit bis über den Abgrund reichte. Wenn sie sich falsch bewegten, was immer mal vorkommen konnte, würde die Tiefe sie verschlucken.

Doch sie waren gezwungen, still zu liegen. Eine für beide nicht erklärbare Magie hielt sie umschlungen und ihre Körper gelähmt. Die Kraft war aus den Gliedern gewichen, nur mehr ihre Gehirne funktionierten, aber die Arme und Beine setzten die Befehle, die sie erhielten, nicht um. Das konnten sie nicht mehr.

Und so blieben die beiden Männer liegen. Eingehüllt in ein Grau, wie es nur die Hölle produzieren konnte. Es war dunkel, und trotzdem konnten sie sehen. Sie erkannten Umrisse, mal einen vorspringenden schwarzen Felsen, ein Stück des schmalen Weges, der zur Brücke zwischen den Zeiten führte und auch andere der völlig kahlen Baumäste.

Ansonsten umfing sie das tiefe Schweigen der ewigen Finsternis. Auch Asmodis zeigte sich nicht mehr. Er wusste die beiden Personen sicher, nachdem er ihnen triumphierend erklärt hatte, wie chancenlos sie doch im Prinzip waren.

Das sah Suko ein. Aus eigener Kraft kamen Claude und er hier nie frei.

Plötzlich hörte er das Knirschen!

Es war ein knackendes, Gänsehaut erzeugendes Geräusch, und es war hinter den beiden Gefangenen aufgeklungen.

Dort befand sich nur Fels! Lauerte im Innern des Gesteins vielleicht jemand?

Der Chinese hielt den Atem an. Auch Claude hatte das Geräusch vernommen. »Weißt du, was das war?«, fragte er.

»Nein.«

»Ich glaube, dass sie uns jetzt holen werden. War schön mit dir, Partner. Viel Glück auf der langen Reise.«

»Rede keinen Unsinn, Mensch!«

»Doch, Suko, ich spüre es. Mich wird es erwischen. Daran kannst du auch nichts ändern. Freu dich über deinen Optimismus. Ich kann ihn leider nicht mit dir teilen.«

»Rede keinen Quatsch, Junge, wir schaukeln die Sache schon. Du musst cool bleiben, verdammt cool.«

Der Franzose begann zu lachen. »Mach dir und mir nichts vor. Das ist das Ende, glaub es mir. Und cool bin ich oft genug geblieben. In Beirut, in Ostasien, als es dort mal rundging, aber hier ist es vorbei.«

Es gab natürlich Menschen, die Todesahnungen hatten, besonders dann, wenn sie dicht davorstanden, ins Jenseits einzugehen. Vielleicht stimmte es tatsächlich, was Claude Renard da gefühlt hatte, und Suko hielt sich von nun an zurück.

Zudem hatte er wieder dieses Knacken vernommen.

Ein widerliches Geräusch, das auch bei dem Inspektor eine Gänsehaut hinterließ. Er konnte es nicht genau lokalisieren. Es schien aus der Tiefe hinter ihm hervorzudringen.

Und er hörte Renard. »Verdammt, verdammt, ich spüre es. Das ist es. Es ist nahe, Suko, so nahe. Hinter mir …«

Er schien erschöpft. Suko hörte nur noch sein schweres, angsterfülltes Atmen, das stoßweise durch die Stille drang und auch bei dem Inspektor einen nicht gelinden Schrecken erzeugte.

Und da war es wieder!

Diesmal ein Brechen, sodass der Baum, auf dem beide lagen, erschüttert wurde.

Mit großer Mühe gelang es dem Chinesen, den Kopf zu drehen und nach links zu schauen. Der Blick glitt an der düsteren Felswand entlang, bis genau zu dem Punkt, wo die Wand aufgebrochen war.

Das Licht reichte aus, um Suko erkennen zu lassen, dass sich dort ein an seinen Rändern gezacktes Loch befand und gleichzeitig auch ein breiter Spalt, dicht neben der Öffnung.

Etwas schob sich hervor.

Ein Bein!

Sehr lang, wie eine Lanze aussehend.

War es eine Lanze?

»Es ist da, Suko! Es ist da!« Die Stimme des Franzosen überschlug sich fast vor Panik.

Ja, es war da.

Und nicht nur eins, sondern zwei, drei. Die Beine verfügten über eine immense Kraft. Sie konnten die Felsen aufbrechen, stießen hervor, sodass es Suko vorkam, als wäre er von zahlreichen Speeren umgeben.

Plötzlich wusste er Bescheid.

Das waren weder Lanzen, Stöcke noch Speere. Diese Gegenstände gehörten zu einem brandgefährlichen Monster, denn bei ihnen handelte es sich um die Beine einer Spinne.

Und Kalifato, einer der Großen Alten, war eine Spinne!

John Sinclair hatte in der Leichenstadt gegen sie gekämpft. Es war ein verzweifelter Versuch gewesen, gegen dieses Monster anzugehen. Vernichten hatte er es nicht können, nur zurückschlagen. Und jetzt war die Spinne dabei, abermals ihre Opfer zu holen.

Claude Renard sollte das erste werden!

Noch sah Suko ihren Kopf nicht. Nur vier dieser acht blanken, widerlichen Beine, die auch in dieser Welt ihren Glanz nicht verloren hatten.

Der Franzose erlebte Höllenqualen. Er lag wie Suko auf dem Rücken, konnte sich nicht bewegen und starrte zwei der vier Spinnenbeine an, die einen Halbkreis über ihm geschlagen hatten und sich in einem schon folternd langsamen Tempo senkten.

Er begann zu wimmern.

Suko hätte sich am liebsten die Ohren zugehalten, aber

es war ihm nicht möglich, da seine Arme nach wie vor bewegungslos neben dem Körper lagen und wie abgestorben wirkten.

Und wieder vernahm Suko das Krachen im Felsen. Es war so laut, dass ihm die Ohren schmerzten. Plötzlich splitterte auch das Gestein auf. Wahre Brocken flogen heraus, und einen Moment später erschien ein großer, hässlicher Spinnenkopf.

Auch Renard sah ihn. »Verdammt!«, brüllte er. »Verdammt, das ist doch nicht möglich. Diese Spinne, ich … Uuahhh…«

Sein Schrei verstummte, denn Kalifato, die Riesenspinne, hatte Drüsen wie ein normales Tier. Und sie produzierte fingerdicke »Seile« aus einem sehr zähen Material. Zielte und schoss dabei mit ihrer Drüse auf das Gesicht des liegenden Mannes.

Sie traf den Mund!

Der Schrei brach ab. Suko konnte zuschauen. Er stellte fest, dass es eine Verbindung zwischen dem Mund des Mannes und der Spinne gab. Dieser Faden hielt, und ein nächster folgte ebenfalls. Er wickelte sich um den Körper. Ein weiterer umspannte den Hals, sodass Suko schon nicht mehr daran glaubte, dass der Franzose noch lebte.

Kalifato, die Riesenspinne mit den bösen, farbig schimmernden Facettenaugen, arbeitete schnell, geschickt und sicher. Sie umspann den wehrlosen Mann mit mehreren ihrer Fäden, um ihn anschließend in die Höhe zu hieven.

Und Suko, der nach wie vor regungslos in der Astgabel lag, wusste ebenfalls, welches Schicksal ihm bevorstand. Man würde ihn auf die gleiche Art und Weise vernichten wollen.

Die Spinne war noch nicht fertig. Zudem steckte sie mit einem Teil des Körpers nach wie vor im Felsgestein und gab sich dann selbst Schwung, um ganz hervorzukommen.

Jetzt war sie frei.

Im ersten Augenblick sah es aus, als würde sie in die Tiefe fallen, doch geschickt ausgesandte Fäden fanden zielsicher ihren Weg, sodass sie für die Spinne so etwas wie ein sicheres Netz oder eine Brücke bildeten, über die sie sich an der Felswand, in der Luft hängend, bewegen konnte.

Es war für den Chinesen eine Faszination des Schreckens. Die Spinne hielt mit ihren Beinen den Körper fest, und sie war erst sicher, als sie mehrere Netzfäden gegen das Felsgestein geschossen hatte.

So blieb sie stehen.

Suko musste zusehen, was weiterhin geschah. Kalifato, das gewaltige Spinnenmonster mit der dunklen, bräunlich schimmernden Haut, war einfach nicht zu bremsen.

Es hatte den Körper des bedauernswerten Franzosen zwischen die beiden Vorderbeine genommen. Er klemmte fest, zusätzlich durch fingerdünne, aber reißfeste Fäden umwickelt. Da seine Augen noch freilagen, musste er erkennen, wie die Spinne ihr gewaltiges Monstermaul öffnete und dem Bedauernswerten ihren Schlund präsentierte, in dessen Innern es glutrot loderte.

Jetzt wünschte Suko dem Franzosen, dass er gestorben war. Diese Qualen verdiente keiner.

Noch einmal und in einer nahezu quälenden Langsamkeit hob die Spinne ihre Beine an, brachte das Opfer dichter an das Maul und ließ den Körper blitzschnell los.

Dabei hatte Kalifato ihm noch Schwung gegeben, sodass er so weit im Maul verschwand, wie die Spinne es haben wollte.

Es schloss sich.

Kein Schrei klang auf, und Suko, dessen Nerven wirklich einiges aushielten, hatte bei den letzten Vorgängen die Augen fest geschlossen, damit er das Grauen nicht mit ansehen musste.

Es war vorbei.

Für ihn gab es Claude Renard nicht mehr.

Diese unheimliche Welt hatte ihr erstes Opfer gefunden. Und gleichzeitig hatten die Großen Alten bewiesen, zu was sie fähig waren. Gnade kannten sie nicht. Das erste Monstrum hatten sie vorgeschickt. Suko war sicher, dass weitere folgen würden.

Noch hatte es ihn nicht erwischt. Er lag weiterhin in der kahlen Astgabel und wartete darauf, dass die Spinne sich ihm zuwenden würde.

Sie ließ sich Zeit, als wüsste sie genau, wie ihr zweites Opfer noch mehr zu foltern war. Erst nach einer Weile drehte sie sich allmählich um, sodass Suko direkt auf das übergroße, hässliche Spinnenmaul schauen konnte.

Es war grausam für ihn.

Noch rührte sich Kalifato nicht. Er starrte auf sein Opfer und wuchs vor dem liegenden Chinesen wie ein gewaltiger Berg in die Höhe. Ein plump aussehendes Geschöpf, das dennoch sehr schnell und auch sehr wendig sein konnte.

Verzweifelt bemühte sich der Inspektor, seine Glieder zu bewegen. Nicht mal ein Zucken lief durch Arme und Beine. Nur den Kopf konnte er drehen oder anheben, und auch sein Gehirn arbeitete völlig normal. Kalifato würde alle Schrecken genau registrieren, sich daran erfreuen, um blitzschnell und gnadenlos zuschlagen zu können.

Das geschah.

Suko glaubte sogar, ein Sirren zu hören, als der erste Faden die Drüse, wie vom Katapult abgefeuert, verließ. Zielsicher jagte er auf den Inspektor zu.

Der Schlag war mit dem einer harten Faust zu vergleichen. Suko stöhnte auf, denn er hatte ihn dicht über der Gürtellinie getroffen, und er sah, wie sich die Spinne auf ihrem Netz in die Höhe bewegte, über den Liegenden geriet und darüber nachzudenken schien, wohin sie den zweiten Faden platzieren sollte …

Ich hatte damit gerechnet, dass die sechs Skelettreiter frontal angreifen würden und dabei von ihrem Bai die Befehle erhielten. Das trat nicht ein. Sie ritten in verschiedenen Richtungen sehr schnell davon, sodass sie in den nächsten Sekunden wie Schemen im Nebel verschwanden.

Die Taktik war klar.

Sie würden aus dem Verborgenen kommen, und wir würden sie erst im letzten Augenblick, wenn es bereits zu spät war, erkennen.

Nicht allein mich hatte diese Taktik überrascht, auch den

Eisernen Engel, der seinen rechten Arm wieder sinken ließ. Dabei drehte er sich um. Er war eine mit besonderen Fähigkeiten ausgestattete Person, aber diesen dichten Nebel würde er mit seinen Blicken nicht durchdringen können. Der schützte unsere Gegner wie ein Vorhang.

Ich hatte auch schießen wollen und die Waffe wieder zurückgenommen. Nein, es hatte keinen Sinn, das wäre nur Munitionsverschwendung gewesen, denn die Gestalten in der Nebelbrühe zu treffen war fast unmöglich.

Hinter uns begann Leila zu lachen. Es war ein Lachen des Triumphs. Sie freute sich darüber, dass wir reingefallen waren, und sie fügte eine Bemerkung hinzu, die mir überhaupt nicht gefiel und mich sogar in tiefe Wut brachte.

Ich fuhr auf der Stelle herum. Das Halbblut sah ich als Schemen. Leila wich nicht aus. Sie erschrak nur, als ich plötzlich vor ihr erschien, sie packte und durchschüttelte. »Wenn du jetzt dein dreckiges Maul nicht hältst, geht es dir wirklich schlecht!«, drohte ich ihr und schaute sie an, wie sie sich unter meinen Griffen wand.

Der Eiserne Engel meldete sich. »Lass es doch sein, John«, erklärte er. »Willst du dir an ihr die Finger schmutzig machen?«

Er hatte Recht. Ich sollte mich wirklich nicht dazu hinreißen lassen, ließ sie los und stieß sie gleichzeitig von mir. »Auch du könntest in den Strudel mit hineingeraten«, versprach ich ihr. »Und dann gnade dir Gott, das kann ich dir sagen.«

»Der Bai wird euch killen!«, drohte sie uns.

Ich enthielt mich einer Antwort und schaute stattdessen auf meinen neuen Freund Ali. Er holte unter seiner Jacke etwas hervor, das ich bisher noch nicht bei ihm gesehen hatte.

»Was ist das denn?«, fragte ich ihn und deutete auf den Gegenstand in seinen Händen. Er sah aus wie eine Gabel, die nur noch zwei Zinken hatte. Dabei standen beide Zinken ziemlich weit auseinander und waren durch ein straffes Band miteinander verbunden. Die Zinken mündeten in einen Griff, sodass die gesamte Waffe wie ein Ypsilon aussah.

»Das ist eine Fletsche«, erklärte er mir.

»Ach so. Und du kannst damit umgehen?«, fragte ich ihn.

Seine Augen leuchteten plötzlich, während er seine Munition aus der Tasche holte. Es waren Kieselsteine. Natürlich nicht sehr groß, doch wenn eine entsprechende Wucht hinter den Geschossen lag, konnte man damit sicherlich viel Schaden anrichten.

Ali legte den ersten Kiesel in die breite Lasche und spannte das Gummiband. »Weißt du, John, in Tanger muss man sich wehren können. Wenn die anderen mit ihren Messern kommen, nehme ich meine Waffe. Ich bin darin ein wahrer Meister.«

»Kann ich mir vorstellen.«

Er schaute mich an. »Ich werde dir beweisen, dass auch die Skelette was davon abkriegen können.« Er grinste breit. »Übrigens, John, ich kann sicherlich auch Silberkugeln damit verschießen.«

Ich musste lachen, stoppte jedoch, als ich sein verkantetes Gesicht sah und die flüsternde Stimme vernahm. »Beweg dich nicht, John, bleib nur stehen.«

»Was ist denn?«

Er spannte die Fletsche noch weiter, trat einen kleinen Schritt zur Seite und zielte an mir vorbei. Dabei kniff er ein Auge zu und ließ das Gummiband plötzlich los.

Ich spürte noch den Hauch, der an meinem Ohr vorbeifuhr, und hörte den Treffer.

Während Ali lachte, drehte ich mich um.

Es war kurios. Aus dem Nebel hinter mir war ein Skelett erschienen. Noch hockte es auf seinem Pferd, aber das Geschoss hatte es am Schädel getroffen und ins Wanken gebracht. Zwar war es nicht ausgeschaltet worden, jedoch irritiert.

Ali war in seinem Element. Bevor ich ihn festhalten konnte, hatte er mich schon passiert, rannte auf den Knöchernen zu, und es sah so aus, als wollte er hinter der Gestalt auf den Pferderücken springen.

»Ali!« Ich warnte ihn.

Der Junge ließ sich nicht aufhalten. Mit beiden Händen

packte er den linken Knochenarm des Reiters, drehte ihn herum, und die Gestalt musste dieser Bewegung einfach folgen.

Sie fiel zu Boden.

Darauf hatte Ali gewartet. Seine Fletsche trat nicht mehr in Aktion. Dafür riss er dem Knöchernen den Säbel aus den bleichen Fingern und sprang einen Schritt zurück.

Ich hatte ihn längst erreicht, er aber fuhr herum und ließ mich auf den Säbel schauen. »Jetzt kannst du mal sehen, John!« Die großen Augen in seinem Gesicht leuchteten.

Es hatte keinen Sinn, ihn zurückzuhalten. Ali musste sich beweisen.

Das tat er mit zwei blitzschnellen Hieben. Das Skelett war dabei, sich zu erheben, als die Schwertspitze zunächst vor seinem Schädel erschien, ihn spaltete, dass die bleichen Knochenteile nach allen Seiten wegflogen, und der nächste Hieb erwischte es in der Körpermitte.

So war es geteilt worden.

Vor Alis Füßen fiel der Haufen Knochen zusammen, und der Junge trat wütend gegen die Gebeine, während er schimpfte. »Du tust keinem mehr etwas, verdammte Bestie!«

Da hatte er Recht.

»Gut gemacht!«, lobte ich ihn.

Ali lachte. »Kann ich wenigstens den Säbel behalten?«

»Meinetwegen.«

»Dann stehe ich auf eurer Seite.«

»Gib trotzdem Acht!«, riet ich ihm. »Dieser Friedhof kann leicht zu einer Todesfalle werden.«

»Das schaffe ich schon.« Er zwinkerte mir zu. »Wie viele Gegner haben wir noch vor uns?«

»Fünf.«

»Mit dem Bai sechs.«

»Stimmt.«

»Die machen wir auch noch alle«, versprach er mit finsterer Stimme, wobei die Zunge über seine Lippen fuhr.

Ich hatte andere Sorgen. Leila war nicht mehr zu entdecken. Ebenso der Eiserne Engel. Dabei brauchte er sich nicht mal weit von uns entfernt zu haben, der Nebel war einfach zu dicht.

Die Reiter befanden sich auf nahezu idealem Gelände. Zudem waren manche Grabsteine so hoch, dass sie sich dahinter verstecken und uns plötzlich aus diesen sicheren Deckungen angreifen konnten.

Ali hielt sich noch in meiner Nähe auf. Er ging jetzt in die Knie und presste ein Ohr gegen den Boden.

Ich wollte ihn nach dem Grund fragen, als er einen Finger auf die Lippen legte, für Sekunden in seiner unbequemen Haltung liegen blieb und plötzlich wie ein Gummimännchen aufsprang. »Okay, John, ich habe sie gehört. Sie reiten noch auf dem Friedhof.«

»Woher kennst du denn den Trick?«

»Habe ich in einem Western gesehen. Es war Clint Eastwood, der so etwas gemacht hat. Funktioniert.«

Ich fuhr mit fünf Fingern durch seinen prächtigen dunklen Haarschopf. »Du bist mir schon ein Held, Ali.«

»Jeder schlägt sich eben durch.«

Ich wurde wieder ernst. Wenn der Berg nicht zum Propheten kam, musste der Prophet zum Berg kommen. Deshalb wollte ich nicht länger warten, sondern die Skelette suchen.

»Und ich bin dabei«, sagte Ali.

»Nein, du bleibst hier.«

Überrascht trat er einen Schritt zurück. »Wieso denn das? Traust du mir noch immer nichts zu?«

»Das schon, Ali, aber ich möchte diese Leila nicht allein wissen. Sie kann gefährlich sein, wenn du verstehst.«

»Ich soll auf sie aufpassen?«

»Ja. Wie ich gesehen habe, kannst du dich gut wehren. Pass auf, dass sie keine Dummheiten macht!«

Ali musste sich fast auf die Zehenspitzen stellen, um mir auf die Schulter zu klopfen. »Okay, Partner«, sagte er. »Okay. Wir schaukeln die Sache schon.«

Wenig später stand ich allein. Da war Ali bereits untergetaucht und von den tanzenden Schwaden verschluckt worden.

Er war auf die Leichenhalle zugegangen. Das fand ich gut,

denn Leila würde sich kaum in der Mitte des unheimlichen Friedhofs verstecken.

Aber wo verbarg sich der Eiserne Engel?

Natürlich wollte ich nicht nach ihm rufen und mich dadurch verraten, das wäre Selbstmord gewesen, und so schlich ich tiefer in den Friedhof hinein.

Wo die Gräber lagen, wallte der Nebel besonders dicht. Noch immer quollen die Schwaden aus dem Boden. Und sie verteilten sich über die breiteren und schmaleren Wege, umhüllten auch meine Gestalt, sodass ich mir wie von dünnen Leichentüchern umwickelt vorkam.

Ich bewegte mich so leise wie möglich, ging auch geduckt und stand voll unter Spannung.

Ali hatte es durch seine Lauschaktion richtig gemacht. Er hatte die Reiter gehört. Ich jedoch vernahm sie nicht. Noch nicht …

Der Trick des Jungen war gut gewesen. Auch ich probierte ihn aus. Als mein Ohr mit dem Boden Kontakt hatte, hörte ich aber nichts. Wahrscheinlich lag ich an einer ungeeigneten Stelle.

Dann drückte ich mich wieder hoch.

Und da sah ich ihn.

Ich befand mich noch in der Bewegung und bekam sogar einen Schreck, als das Tier erschien.

Ein reiterloses Pferd lief mir langsam entgegen. Wie ein Gespenst erschien es aus dem Nebel. Es bewegte den Kopf, und das halb zerfetzte Zaumzeug hing lappig nach unten.

Wo steckte der Reiter?

Ich ging auf das Tier zu, streckte meine freie Hand aus, um nach dem Zügel zu greifen, als ich die Bewegung an der linken Seite des Tieres sah.

Dort richtete sich urplötzlich das Skelett auf. Es hatte sich so verborgen gehalten, dass es mir nicht möglich gewesen war, es zu sehen. Hinzu kam der Nebel, der das Tier umwallte, und aus dieser grauen Suppe fuhr ein heller Strahl.

Es war eine Klinge!

Wuchtig raste sie nach unten, und sie war schneller als eine

Kugel, da ich die Beretta erst noch hätte in die Schussrichtung bringen müssen.

Aber nicht schneller als meine Reaktion.

Ich hielt noch immer den Zügel fest und drückte ihn sowie den Pferdeschädel in die Höhe.

Genau in die Schlagrichtung hinein.

Das Pferd konnte der Klinge nicht mehr ausweichen. Anstatt meinen Körper zu spalten, hieb sie mit aller Macht in den Pferdeschädel.

Nicht mal ein Todeswiehern erklang. Nur ein hässliches Knacken in Schädelhöhe vernahm ich, als das Tier kurz danach zusammenbrach und das Skelett dabei mitriss.

Es rutschte mir entgegen.

Und genau in meine Kugel!

Ich hätte es unter Umständen mit dem Kreuz erledigen können, aber ich wollte sehen, ob die geweihte Silberkugeln in der normalen Welt ihre Wirkung entfalteten.

Sie taten es.

Das Klatschen kam mehr einem Klirren gleich. Der Schädel flog auseinander, als hätte jemand mit einem Hammer auf ihn gedroschen. Wie eine aufgezogene Puppe kam mir das Skelett vor, als es die Arme hektisch auf und ab bewegte, dann nach hinten fiel und dabei noch zur Seite rutschte, wobei es vom Pferderücken fiel.

Seine Gebeine klapperten, als sie den Boden berührten. Wieder ein Gegner weniger.

Noch vier, wenn ich richtig gezählt hatte, wobei ich den Bai vorerst außer Acht ließ.

Die Knochen und das getötete Pferd interessierten mich nicht. Ich nahm die Waffe an mich, da ich wusste, dass ich die Reiter auch mit dem Säbel töten und mir somit die wertvolle Silbermunition sparen konnte.

Kaum hielt ich den Säbel in der Hand, als ich aus irgendeiner Ecke des Friedhofs die dumpf und kehlig klingenden Laute vernahm. Auch hörte ich einen wütenden Ruf.

Der Eiserne Engel hatte ihn nicht ausgestoßen, dessen Stimme kannte ich. Vielleicht war es der Bai gewesen.

Aber wo bekämpften sie sich?

Ich drehte mich um.

Es war eine zwecklose Geste, denn mit Blicken war dieser verfluchte Nebel nicht zu durchdringen. Der hing fett und dick zwischen den Grabsteinen, wobei er wie ein endloses Tuch wirkte.

Nachdem ich über die vor mir liegenden Gebeine hinweggesprungen war, ging ich wesentlich schneller. So rasch wie eben möglich wollte ich den Ort der Kampfhandlungen erreichen. Diesmal hielt ich mich nicht auf den Wegen, sondern huschte über Gräber hinweg und auch an den Grabsteinen vorbei. Manchmal stützte ich mich an ihnen ab. Oft genug versanken meine Schuhe auch in der weichen Graberde. Ich zertrat Blumen und kippte Vasen um. Durch den quellenden Dampf schritt ich und sah plötzlich einen gewaltigen Grabstein, der mir bei meinem ersten Besuch auf dem Friedhof gar nicht aufgefallen war.

Er war doppelt so hoch wie die anderen, und das hatte seinen Grund. Auf ihm stand eine Gestalt, die ihr Schwert schwang.

Es war der Eiserne Engel!

Er hatte sich diesen Platz ausgesucht, weil er zur Verteidigung bestens geeignet war. Und er wurde tatsächlich von vier Seiten angegriffen. Die Skelette sahen in ihm den stärksten Gegner, deshalb wollten sie den Eisernen zuerst aus der Welt schaffen.

Ich schlich mich an.

Je näher ich an den Ort der Kampfhandlungen herankam, umso deutlicher konnte ich die im Nebel kämpfenden Gestalten erkennen. Zwar noch immer von Schleiern umweht. Aber ich hörte bereits das unnatürliche Klirren, als die Waffen gegeneinander schlugen.

Der Eiserne räumte auf.

Sein Schwert war wesentlich stabiler. Im Vergleich zu dieser Waffe wirkten die Säbel der Skelette wie Streichhölzer, und mich wunderte es überhaupt, dass die Knöchernen sie sogar nach Schwerttreffern noch festhielten.

Sie machten es zudem geschickt und wagten sich nur so nahe an ihren Gegner heran, dass er sie nicht entscheidend treffen konnte.

Das wollte ich ändern.

Ich schaute mir noch einmal die Grabplatte an. Sie war so breit, dass selbst eine Gestalt wie der Eiserne bequem darauf stehen konnte.

Er hatte sich breitbeinig aufgebaut. Umtanzt von Nebelschwaden wirkte er wie ein Überbleibsel aus einem Fantasy-Reich. Selbst ich war von seiner Kampftechnik fasziniert und gab mich für einen Moment diesem Gefühl hin.

Der Eiserne griff zu einer anderen Taktik. Als er die Flügel ausbreitete, zuckte ein Lächeln über mein Gesicht. Er würde in die Höhe steigen und über sie kommen wie ein Gewitter.

Auch die Skelette waren überrascht. Sie schauten zu ihm hoch, wobei die Spitzen ihrer Säbel ebenfalls in seine Richtung wiesen.

Auf mich achtete niemand.

Ich brauchte noch drei Schritte, um in den Rücken des ersten Knochenmannes zu gelangen. Auf dem Weg zu ihm holte ich bereits aus.

Dann schlug ich zu.

Es war nicht meine Art, einen Gegner heimtückisch von hinten anzugreifen, bei diesem Skelett allerdings blieb mir nichts anderes übrig.

Die Säbelklinge fauchte sogar, als sie sich auf dem Weg zum Ziel befand. Und dieses Fauchen wurde von dem Knöchernen vernommen. Die Gefahr ahnte er zwar, fuhr auch herum, aber er konnte dem knallharten Treffer nicht mehr entgehen.

Er hätte sich vielleicht ducken sollen, aber so schnell war er nicht. Von vorn bekam ich seine schreckliche Fratze gar nicht erst zu sehen. Ich spürte den Widerstand so gut wie nicht, als die Klinge traf und ihm den Schädel vom Körper löste.

Wie ein Knochenball flog der Schädel davon. Ich verfolgte ihn mit den Blicken, bis er zu Boden prallte, dort noch weiterrollte und vor einem Grab liegen blieb.

Da fiel der Torso auch schon zusammen.

Das Klappern der Gebeine erinnerte mich an eine unheimliche Totenmusik. Um die drei anderen brauchte ich mich nicht zu kümmern. Der Eiserne hatte sich ihrer angenommen.

Er kam über sie wie ein Unwetter.

Aus den Nebelschwaden stieg er herab. Eine unheimliche Gestalt, die es verstand, ihr Schwert hervorragend zu führen. Einer der Knöchernen riss mit nacktem Arm das Schwert hoch, aber er berührte den Eisernen nicht mal.

Dessen Klinge hieb den Säbel fast entzwei. Das Skelett kippte nach hinten, prallte gegen einen Grabstein, wollte sich wieder erholen, aber da war der Engel schon vor ihm.

Er spießte es auf.

Es hing plötzlich an der Klinge fest, als der Eiserne mit einem Schlag seiner Flügel an Höhe gewann und über den Grabsteinen schwebte, wobei das Skelett auf der Schwertspitze zappelte.

Mit einem wuchtigen Schlag schleuderte er es davon. Noch in der Luft und sich dabei überschlagend, löste sich der Knöcherne auf, sodass die Einzelteile in alle Richtungen wegflogen.

Das war geschafft.

Ich hätte am liebsten Beifall geklatscht, aber dafür fehlte die Zeit, denn nicht allein die Skelette zählte ich als Gegner, auch den Bai. Und der hatte auch mich nicht vergessen.

Ich sah ihn plötzlich, als ich mich umdrehte.

Irgendwo in der Nähe musste er gelauert haben. Bestimmt hinter einem Grabstein, aber jetzt hatte er sich gelöst, und er hielt in seinen Klauen zwei gekrümmte, verrostete Dolche, die trotzdem noch höllisch gefährlich wirkten.

Damit wollte er mich töten.

Ich stand ihm gegenüber. Für einen Moment schauten wir uns an, während in meinem Rücken und über mir der Eiserne Engel aufräumte und ich das Zerhämmern der Knochen vernahm.

Ich wusste genau, dass mir der Eiserne den Rücken freihalten würde, deshalb stellte ich mich ganz auf den Bai ein.

Der bewegte sich geschickter.

Er setzte zuerst den rechten Fuß auf, dann den linken. In den Augen schimmerte es rötlich. An seinen Wangen hing dünn wie Papier noch das Fleisch. An einigen Stellen im Gesicht war es durchbrochen, sodass graue Knochen zum Vorschein kamen.

Auch seine Kleidung wirkte nicht mehr so farbenprächtig. Sie war stark verdreckt. Wahrscheinlich hatte er damit noch irgendwo auf dem Boden gelegen.

Unsere Blicke fraßen sich ineinander.

Ich hob den rechten Arm und zielte genau zwischen seine Augen. Dorthin würde ich die Kugel setzen.

Er stand plötzlich still. Sogar die Hände mit den beiden Dolchen sanken nach unten, und dann sprach er mich an.

Es war die Stimme eines längst Verstorbenen, und über meinen Rücken rann ein kalter Schauer, als ich sie hörte.

»In diesem Augenblick wird dein Freund in der anderen Welt sterben!«

Ich hatte den Satz vernommen und musste sagen, dass mich die Worte hart trafen. Sogar mein rechter Arm bewegte sich abwärts. Ich winkelte ihn an und zielte nun auf den Körper des Bais.

Mein Freund würde sterben.

Er konnte nur Suko damit gemeint haben.

Plötzlich stand der kalte Schweiß auf meiner Stirn. Ich dachte wieder an den verzweifelten Ruf des Inspektors, der mich erreicht hatte, als ich auf der Brücke stand und gegen die Knöchernen kämpfte. Suko musste sich in einer fürchterlichen Lage befinden, das war mir schon klar geworden, und deshalb sah ich die Worte des Bais auch nicht als Bluff an.

Was hinter mir geschah, kümmerte mich plötzlich nicht mehr. Ich registrierte zwar das Krachen der Knochen, als der Eiserne zwischen die Skelette fuhr, Augen hatte ich allein für den Bai.

»Welchen Freund meinst du?«, fragte ich trotzdem noch.

»Deinen.«

»Ich habe mehrere.« Es war nur eine Hinhaltetaktik, mehr nicht.

»Du warst doch nicht allein, und zwei sind verschwunden. Sie befinden sich in einer schrecklichen Welt, die von den Kräften der Hölle regiert wird. Und einem ist es gelungen, in diese Welt einzudringen. Es ist der Vorbote gewesen. Er hat es geschafft und sein erstes Opfer geholt.«

»Sag den Namen!«

»Kalifato!«

Der Bai wusste verdammt gut Bescheid, und wieder hatte er mir eine Überraschung bereitet. Ich wusste ja, dass die Großen Alten der Hölle den Kampf ansagen wollten, doch hatte ich bisher daran gedacht, es irgendwie verhindern zu können.

Das war nicht der Fall.

»Weißt du, was Kalifato, die Spinne, mit ihren Opfern anstellt?«, fragte mich der Bai. Bei jedem Wort, das er sprach, bewegte sich sein Totenmaul.

»Nein.« Ich log, denn ich kannte das Monster.

»Er verschluckt sie!«

Mich durchtoste ein Strahl der Wut. Ich hätte dem Bai am liebsten die Kugel in den Kopf gesetzt, hielt mich jedoch zurück und atmete nur tief ein.

»Ja, er hat ihn verschluckt!«

»Und weshalb sagst du mir das?«, erkundigte ich mich mit kratziger Stimme.

»Weil ich der Großen Mutter und dem Höllenherrscher Luzifer diene und ich nicht will, dass ihr euch einmischt. Wir wollen den Kampf, ihr bleibt draußen. Vielleicht als Tote, ihr …«

»Wenn ich schieße, bist du verloren.«

»Ich habe meine Pflicht getan«, erklärte mir der Bai mit dumpfer Stimme. »Ich habe den Weg vorbereitet für die Gewalten der Finsternis. Meine Diener wurden getötet, ich allein bin übrig geblieben, doch ich wollte einen letzten Triumph haben, und den hatte ich auch, als ich dir die Nachricht überbrachte.«

Es waren seine letzten Worte, denn urplötzlich stürzte er sich vor und genau auf mich zu.

Trotz der Waffe. Es war ein Selbstmordunternehmen, und er hatte beide Arme wieder hochgerissen, um mir die verrosteten Klingen von oben her in den Körper stoßen zu können.

Wieder nahm ich den Säbel. Es war riskant, das wusste ich selbst, aber die Klinge hatte die nötige Länge.

Bevor mich die Dolche erwischen konnten, hatte ich den Stahl durch die Brust meines Gegners gestoßen, den Griff losgelassen und war blitzartig zurückgewichen.

Der Bai stand vor mir.

Die Klinge befand sich noch in seiner Brust. Der Griff schaute mir entgegen. Ich sah das leichte Auf- und Abwippen der Waffe, dann öffnete der Untote sein Maul, und hervor drang ein fürchterliches Ächzen, das mir Angst einjagte.

Er fiel auf die Knie. Da er die beiden Dolche nicht losgelassen hatte, rammte er die Spitzen in den ziemlich weichen Boden, sodass die Waffen dort steckten wie zwei Haltegriffe.

Für Sekunden blieb er noch so, während sich an seinen Händen die ersten Auflöseerscheinungen zeigten. Plötzlich wurde ihm sein Kopf zu schwer. Der Schädel sank nach vorn, und ich glaubte fest daran, dass der Bai erledigt war.

Zum Aufatmen kam ich nicht.

Wie vom Katapult abgefeuert, schnellte die Gestalt in die Höhe. Ihr grässlicher Schrei drang mir entgegen, in ihren Augen drehte es sich, und sie riss auch die Waffen hervor.

Der Bai war stärker als die Skelette. Mir blieb nichts anderes übrig, als zu schießen.

Mitten im Sprung hatte sich der Bai befunden, stoppte die Bewegung allerdings und kippte zur Seite. Mit dem Schädel schlug er auf eine breite Vase, die stehen blieb, sodass sein hässlicher Kopf zwischen Blüten und hervorschauenden Stielen liegen blieb.

Jetzt war er endgültig vernichtet, und ich konnte aufatmen. Gleichzeitig lud ich meine Waffe nach.

Hinter mir hörte ich Schritte, sah den Eisernen Engel und atmete auf. Er nickte mir zu.

»Alles erledigt?«, fragte ich.

»Ja, es gibt sie nicht mehr.«

Ich deutete auf den Körper des Bais. »Fast hätte er es noch geschafft.« Dabei schüttelte ich den Kopf. »Es ist kaum zu glauben, welche Kraft ihm die Hölle gegeben hat. In ihrer Welt wäre er für mich fast unbesiegbar gewesen.«

»Das kann stimmen«, gab der Eiserne zu. »Aber wir haben trotzdem nicht viel erreicht. Die Spur zur Hölle ist praktisch abgeschnitten.« Er schaute mich scharf an. »Ich habe vernommen, dass der Bai mit dir sprach. Was wollte er denn?«

»Das ist einfach und trotzdem schlimm. Als wir uns gegenüberstanden, hat er mir erklärt, dass soeben mein Freund gestorben ist.«

Zum ersten Mal sah ich das Erschrecken bei dem Eisernen. »Suko ist tot?«

»Darauf deutet alles hin.«

»Aber das ist …« Der Eiserne schüttelte den Kopf. Er wollte mich trösten, denn er sah meine Erregung, doch ihm fielen die passenden Worte nicht ein. »Wie kann er …?« Mitten im Satz verstummte der Eiserne und begann auf einmal zu lächeln. »Suko muss nicht gestorben sein«, erklärte er.

»Wieso nicht?«

»War er allein in der Welt? Du hast mir deine Erlebnisse erzählt. Soviel ich mich erinnern kann, waren sie zu zweit. Dieser Franzose und dein Freund Suko.«

»Ja, das stimmt.« Die Worte des Eisernen hatten wieder Hoffnung in mir geweckt, so schlimm es auch für Claude Renard sein musste. »Vielleicht hat der Bai sich geirrt.«

»Daran würde ich an deiner Stelle glauben«, beruhigte mich der Eiserne Engel.

Ich nickte geistesabwesend. Auf meinen Gesichtszügen spiegelte sich wider, was ich in diesen Momenten empfand.

»Was ist denn?«

Ich hob die Schultern. »Als mir der Bai das vor einigen Minuten sagte, war ich fertig. Nehmen wir einmal an, wir haben mit unserer Vermutung Recht. Inzwischen ist Zeit vergangen. Da kann Suko ebenfalls gestorben sein.«

»Ja, das stimmt.«

»Und wir stehen hier herum!«, rief ich. »Verdammt, wir müssen endlich etwas tun!«

»Das können wir nur in der Hölle!«

»Okay, okay.« Ich nickte heftig. »Dann gehen wir in die Hölle und statten dem Teufel einen Besuch ab. Asmodis hat mich noch nie gestört. Ich werde ihn …«

»Aber Luzifer nicht«, gab der Eiserne zu bedenken. »Lilith ebenfalls nicht. Und die Großen Alten. Hast du dir überlegt, wie viele Gegner das schon sind?«

»Das habe ich.«

»Und du willst noch immer dorthin?«

»Bleibt uns eine andere Wahl?«

»Im Prinzip nicht«, erklärte der Eiserne. »Wir können nur hoffen, dass in dem Reich, in dem sich Suko befindet, die Zeit anders abläuft oder sie überhaupt nicht vorhanden ist. Dabei werden wir uns eben beiden Parteien stellen.«

»Ja, und wenn sie sich gegenseitig vernichten, können wir unter Umständen die lachenden Dritten sein.«

»Das hoffe ich auch.«

Der Bai und seine Skelette waren vernichtet. Hoffentlich bestand die magische Verbindung zwischen ihm und dem Reich der ewigen Verdammnis noch. Wenn nicht, mussten wir bis zum Einbruch der Dunkelheit warten, und das war verdammt lang.

Neben dem Eisernen Engel schritt ich her, als er den Kampfplatz verließ. »Du bist aus der Vergangenheit gekommen«, sprach ich ihn an. »Du kennst die Wege, kannst Zeiten überbrücken. Versuche jetzt, auch die Dimensionsgrenzen niederzureißen …«

»Es wird schwer sein.«

»Aber die Großen Alten haben es auch geschafft.«

»Genau das ist das Problem«, erklärte der Eiserne Engel. »Die Großen Alten haben es geschafft. Sie wissen den Weg, ich kenne ihn nicht. Deshalb gibt es für uns nur eine Möglichkeit …«

»Dass wir gemeinsam kämpfen!«

Es war eine fremde, aber uns bekannte Stimme, die da gesprochen hatte. Und aus dem Nebel lösten sich zwei Gestalten.

Die Sprecherin ging vor. Ihr lackschwarzes Haar wurde von den Nebelschleiern umweht, die gleichzeitig ihrem Gesicht einen verschwommenen Ausdruck gaben.

Dennoch hatten wir beide sie erkannt.

Es war Kara, die Schöne aus dem Totenreich!

Nur allmählich ebbte der Schmerz ab. Suko, dem bei diesem plötzlichen Schlag die Luft geraubt war, konnte wieder durchatmen. Auch wenn es ihm etwas besser ging, die Angst war geblieben. Sie nagte an ihm wie ein hungriges Tier, und sie wühlte sich immer weiter fort, sodass sie auch sein Herz erreichte und dieses umklammerte wie ein unsichtbarer Ring.

Er schielte in die Höhe.

Viel sah er nicht. Nur einen gewaltigen Körper, der ihm wie ein schwarzer Himmel vorkam, sodass Suko das Gefühl hatte, von ihm allmählich erdrückt zu werden.

Noch lag er still.

Auch Kalifato bewegte sich nicht.

Manchmal nur lief ein Zittern durch die Beine. Sie erinnerten Suko an stählerne Brückenpfosten, und eine ähnliche Härte wiesen sie sicherlich auf.

Einmal war der Inspektor getroffen worden. Die Verbindung zwischen Kalifato und ihm bestand also. Der Monsterspinne war es gelungen, in dieser Welt, die auch für sie feindlich war, zu erscheinen. Aus welchem Grunde hatten es aber die wahren Herrscher der Hölle zugelassen? Was bezweckten sie damit?

Nur den Tod des Chinesen?

Das war durchaus vorstellbar, denn Suko gehörte nicht nur zu den Gegnern der Großen Alten, auch zu denen der Hölle, und wenn die Großen Alten Satan eine Arbeit abnahmen, umso besser für die Mächte der Hölle.

So sah Suko die Sachlage, und er wunderte sich darüber, wie realistisch er noch denken konnte.

Jetzt bewegte sich Kalifato. Sein schwerer Körper geriet dabei ins Schwanken, denn er drehte sich zur Seite, damit er den unter ihm liegenden Menschen direkt anschauen konnte.

Zum ersten Mal sah Suko das Spinnengesicht aus unmittelbarer Nähe. Es schien nur aus einem Maul und hässlichen Augen zu bestehen, die in sämtlichen Farben des Spektrums schimmerten, aber dennoch von einer gewissen Düsternis gekennzeichnet waren.

Ein gefährliches Monster, dessen Fäden hart wie Schiffstaue waren, wenn es sie verschoss.

Die Waffen waren Suko genommen worden. Er selbst konnte sich nicht bewegen, und er lag hilflos unter der Monsterspinne innerhalb der Astgabel.

Der nächste Schuss.

Suko sah für einen Moment die Bewegung an der Drüse, dann spürte er schon den Treffer.

Zum Glück nicht im Gesicht. Die Beine wurden umwickelt und dabei dicht gegeneinander gepresst. Sofort drehte sich die Absonderung wie eine starke Fessel um beide Oberschenkel, und Suko fühlte sich allmählich wie ein Paket.

An Ober- und Unterkörper war er getroffen worden. Fehlte nur noch der Kopf.

Auch dort würde es ihn erwischen, dessen war sich der Inspektor sicher. Kalifato ließ sich Zeit. Er baute sein Netz sogar noch sicherer aus, denn die nächsten Fäden zielten dicht über Sukos Körper hinweg und klatschten gegen das Felsgestein, wo sie haften blieben.

Dabei blieb die Riesenspinne nie in der gleichen Haltung. Mal ging sie vor, dann tänzelte sie zur Seite, und sie drehte sich auch, um die optimalen Möglichkeiten auszuloten.

Suko schien sie vergessen zu haben, aber der Chinese wusste genau, dass dem nicht so war.

Schließlich hatte die Spinne ihre Arbeit beendet. Das Netz bildete zwischen ihr und der Felswand eine breite Fläche, auf der sie sich bewegen konnte. Und diese Fläche wurde gleichzeitig durch schräg gegen die Felswand laufende Fäden abgestützt.

Suko war es gelungen, die Gedanken der Furcht zunächst zurückzudrängen. Chancen konnte er sich zwar nicht mehr ausrechnen, aber er glaubte daran, dass sich Kalifato eine Ausgangsbasis für seine Kämpfe hatte schaffen wollen und den Menschen, der ihm sowieso sicher war, nicht beachtete.

Was sich änderte.

Plötzlich drangen durch die Zwischenräume des Netzes Beine. Sie senkten sich auf Suko nieder, der einen Augenblick später schon die Berührung spürte.

Es folgte der Druck.

Suko hatte das Gefühl, seine Brust würde platzen. Er öffnete den Mund, und ein gellender Schrei drang über seine Lippen, der in die Unendlichkeit hineinwehte und verklang, ohne von jemandem gehört worden zu sein.

Wirklich von niemandem?

Es war ein Irrtum, denn so rasch wie die Beine auf Suko niedergefahren waren, zuckten sie auch wieder zurück. Über Suko begann das Netz heftig zu schwanken, weil sich Kalifato abrupt um die eigene Achse drehte.

Er musste etwas gesehen haben.

Plötzlich war Suko uninteressant geworden, denn die Monsterspinne wandte sich der Richtung zu, aus der die Gefahr kam.

Es war Asmodis!

Er stand plötzlich in dem unendlich erscheinenden Grau. Eine kleine, von kaltem Höllenfeuer umgebene Figur, eine Insel in der Schwärze des Niemandslandes, sich aber voll und ganz seiner gesamten Macht- und Kraftfülle bewusst.

Auch das Spinnenmonster wartete ab.

Asmodis kam näher.

Zum Glück lag Suko so, dass er beide beobachten konnte. Asmodis zeigte sich gewissermaßen in seinem Festgewand, so wie ihn die Menschen oft genug gesehen und dieses Bild in Zeichnungen und Drucken wiedergegeben hatten.

Hässlich das Gesicht, glühend die Augen, aufgerissen das

Maul, aus dem grüngelbe Dämpfe strömten. Er verbreitete eine Aura des Schreckens und auch der Siegessicherheit, denn nichts sollte ihn noch aufhalten. Auch Kalifato nicht.

Diese Welt gehörte der Hölle. Suko glaubte fest daran, dass der Teufel auch dafür sorgen wollte, dass es so blieb, und als er den rechten Arm mit der fellbesetzten Pranke ausstreckte, stand für Suko fest, dass ein Kampf zwischen den beiden unvermeidlich war.

Plötzlich war er gespannt.

Ihm konnte es eigentlich egal sein, wer gewann, sein Leben war verloren. Dennoch wollte er lieber durch den Teufel getötet werden als durch Kalifato. Er hatte mit ansehen müssen, wie es Claude Renard ergangen war. Dieses Schicksal wollte er nicht gerade erleiden.

Verschiedene schwarzmagische Welten trafen aufeinander, und Suko erlebte den ersten Angriff der gewaltigen Monsterspinne ...

Kara war nicht allein gekommen. Sie hatte ihren Gefährten Myxin mitgebracht, über dessen grünlich schimmerndes Gesicht ein Lächeln huschte, als er auf mich zutrat, meine Hände nahm und mich so herzlich begrüßte.

»Du lebst«, sagte er, wobei er die Worte so aussprach, als wäre dies ein Wunder.

»Ja, wieso nicht?«

»In London macht man sich große Sorgen wegen dir. Und auch wegen Suko.«

Mein Gesicht verfinsterte sich. »Ihm geht es wahrscheinlich sehr schlecht. Vorausgesetzt, er lebt noch.«

»Was ist geschehen?«

Bevor ich berichtete, begrüßte ich Kara. Als ich meine Lippen gegen ihre Wangen drückte, spürte ich das Zittern und bemerkte die Sorge in ihrem Gesicht. Es ging ihr nicht gut, darüber konnte auch das Lächeln nicht hinwegtäuschen.

Der Eiserne Engel stellte die Frage, die auch mir auf dem Herzen lag. »Wieso seid ihr gekommen?«

»Weil wir Bescheid wussten«, erwiderte Kara und begann mit ihrem Bericht. Ich hatte mir denken können, dass die magischen Steine etwas von der Auseinandersetzung zwischen den beiden Reichen gespürt hatten, und nickte deshalb bestätigend.

»Die Gegner sind für euch zu stark«, erklärte Myxin. »Wir müssen gemeinsam gegen sie angehen.«

»Können wir die Hölle vernichten?«, fragte ich.

»Nein.« Alle stimmten wir zu. »Auch die Großen Alten dürften sie nicht zurückdrängen.«

»Wobei Luzifer auch für sie zu mächtig ist.«

Da sagte Myxin etwas, das mich nachdenklich stimmte. Mit seinen Worten berührte er praktisch die Grundfeste der gesamten Existenz. Dazu zählte ich das organische sowie das anorganische Leben. Sogar das All addierte ich hinzu.

»Es gibt die beiden Kräfte Gut und Böse. Luzifer gehört zu den letzten bösen Kräften. Seine Macht, seine gesamte Kraftfülle konzentriert er darauf, das umzuwenden, was am Beginn aller Zeiten zu seinen Ungunsten entschieden wurde. Er wird sich kaum so intensiv um die Großen Alten kümmern, die nach ihm gekommen sind, obwohl wir sie auch als archaisch bezeichnen können. Weshalb, John Sinclair, bist du noch am Leben? Weil das absolut Schlechte sich um diese Auseinandersetzung, die du mit Asmodis hast, nicht kümmern kann. Luzifer hat ihn deshalb als seinen Statthalter eingesetzt. Sein Kampf gilt dem, das ich zu Beginn meiner Ausführungen erwähnt habe. Begreifst du das?«

»Schon.«

Myxin war mit seiner Rede noch nicht zu Ende. »Um den Teufel zu unterstützen, hat er ihm eine ebenfalls alte und sehr mächtige Kraft zur Seite gestellt: Lilith, die erste Hure überhaupt, auch Große Mutter genannt. Sie ist sehr, sehr mächtig, aber nicht so stark wie Luzifer. Lilith und Asmodis müssen mit den Großen Alten fertig werden, ein Problem, das Luzifer direkt nicht berührt.«

Nach dieser Rede hatte es mir die Sprache verschlagen. Ich ließ mir die Worte des kleinen Magiers noch einmal durch den Kopf gehen und fand, dass er aus seiner Sicht Recht hatte. So musste es einfach sein. Auch ich konnte mir nichts anderes vorstellen.

»Bist du mit dem einverstanden, was ich gesagt habe?«, erkundigte er sich.

»Schon.«

»So müssen wir es sehen. Wenn wir uns den Gegnern stellen, zähle ich die Großen Alten dazu sowie Asmodis und Lilith.«

»Wobei sich die letzten im Kampf gegen die Feinde schon aufgerieben haben können«, vermutete ich.

»Das wäre zu hoffen, aber ich glaube es nicht. Wir sollten versuchen, beide Parteien zurückzuschlagen. Wenn eine als Sieger aus dem Kampf hervorgeht, wird sie erstarken und mächtiger sein als jetzt. Unser Ärger wird, vorausgesetzt, wir überleben, größer werden …«

Das war das Problem.

Nach Myxins Worten herrschte Stille, die von Kara schließlich unterbrochen wurde. Durch eine Kopfbewegung wandte sie sich an den Eisernen Engel. »Bist du darüber informiert, wer der sechste Große Alte ist?«

»Ja, ich weiß es«, erwiderte der Engel tonlos.

Der Eiserne nickte. »Ich werde ihn stellen und dabei versuchen, ihn zu vernichten. Mein eigener Zwillingsbruder hat die Seite gewechselt, ein Zurück gibt es für ihn nicht, auch nicht für mich. Darauf könnt ihr euch verlassen. Wenn ich ihm gegenüberstehe, denke ich nicht mehr daran, wer er eigentlich ist.«

Wir hatten alle gehofft, dass der Eiserne so reden würde, und er hatte uns nicht enttäuscht.

Ein Problem allerdings war geblieben. Wie kamen wir in die Welt, in der die großen Kämpfe stattfanden? Diese Frage stellte sich uns, und sie war nicht leicht zu beantworten.

Ich sprach mit Kara darüber.

Die Schöne aus dem Totenreich hob ihre schmalen Schultern. »Nun ja«, erklärte sie. »Ich könnte durch eine Beschwörung versuchen, einen Weg in die Welt zu finden, aber …«

»Nein.« Der Eiserne Engel schüttelte den Kopf. »Wir sind zu einer anderen Lösung gekommen.« Mit einer weiteren Erklärung wartete er ab, bis er unsere Blicke auf sich gerichtet sah. Ich wusste, was kam, und der Engel wiederholte seine Worte.

»Du willst in die Welt der Großen Alten?«, fragte Myxin überrascht.

»Ja, in einen Teil der Leichenstadt. Von dort muss es eine Verbindung geben. Der Bai ist tot, seine Helfer ebenfalls. Hier wird die Magie zusammenbrechen, das seht ihr ja auch.«

Der Eiserne hatte Recht, denn die Nebelschwaden ließen allmählich nach und wurden zu dünnen Streifen, die immer mehr zerfaserten. Die mittlerweile tiefer stehende Sonne schickte ihre Strahlen fast waagerecht über die Mauer und tupfte gegen die Gräber, die trotz des anderen Lichts ihren unheimlichen Touch nicht verloren hatten.

»Das könnte gelingen«, sagte Kara.

»Also probieren wir es.«

Keiner widersprach meinen Worten, und auch der Eiserne Engel gehörte zu den Wesen, die Raum und Zeit überwinden konnten.

Kara zog ihr Schwert. Sie hielt es gegen die Sonne, sodass die Klinge aufblitzte und uns dies vorkam wie ein Fanal der Hoffnung. »Deine Waffe, Eiserner, und meine, damit müssten wir es schaffen. Zwei Schwerter gegen die Hölle!«

Sie hatte so hart gesprochen, dass ich einen Schauer verspürte. Auf uns wartete Schlimmes. Hoffentlich verfügten die Waffen über ausreichend Macht, das Grauen zu stoppen.

»In welch einen Teil der Leichenstadt willst du denn?«, fragte Myxin den Eisernen Engel.

»In den Teil, der meinem Zwillingsbruder gehört«, antwortete er mit dumpfer Stimme.

Ich zog innerlich den Hut vor ihm. Diese Antwort hatte nicht nur mich überrascht. Sie bewies aber auch, dass der Eiserne nicht gewillt war, den Problemen aus dem Weg zu gehen.

Ich kannte auch die Leichenstadt. Dort hatte ich zuerst gegen Kalifato gekämpft, aber das lag weit zurück.

Inzwischen hatte ich erfahren, dass die Leichenstadt aus sechs Teilen bestand. Jeder Teil gehörte einem Großen Alten.

»Seid ihr bereit?« Die Stimme des Eisernen Engels unterbrach meine Gedanken.

Ich war es und auch die anderen.

Wir bildeten den Kreis. Sowohl der Eiserne als auch Kara hatten magische Fähigkeiten. Ihnen zusammen würde es gelingen, Raum und Zeit zu überbrücken.

Vertrauensvoll begab ich mich in ihre Hände, schloss die Augen und spürte, dass mich eine fremde Kraft beeinflusste.

Die Geräusche um mich herum verschwammen allmählich, als würden sie von einem Schwamm aufgesogt. Ich hörte nicht mehr das Hupen der Autos und das Brummen der Motoren, dafür eine helle Stimme. Aber ich achtete nicht weiter darauf, obwohl mir der Name Ali noch in den Sinn kam.

Dann verschwand die Welt. Alles löste sich auf. Die starken magischen Kräfte des Eisernen und der Schönen aus dem Totenreich hielten uns umfangen und schleuderten uns hinein in das Nichts zwischen den Welten. Wir überwanden es. Ich spürte bei der »Landung« ein leichtes Ziehen in der Brust und bekam schwammige Knie.

Das war auch alles.

Als ich die Augen öffnete, sah ich die Gesichter der Freunde.

Myxin, Kara, der Eiserne Engel, sie alle waren da und hatten die Reise überstanden.

Und noch zwei.

Ali und Leila.

Während der Junge sich erstaunt umschaute, begann das Halbblut zu lachen. »Damit hast du wohl nicht gerechnet, Sinclair, wie …?«

Auch wenn sich Kalifato in einer für ihn feindlichen Welt befand, gab es für ihn keine andere Möglichkeit, als anzugreifen. Die Weichen waren einmal gestellt, und er musste die dafür vorgesehenen Gleise der Magie einhalten.

Die Monsterspinne stand wippend auf dem starken Netz und verschoss ihren ersten Faden.

Suko vernahm sogar das sausende Geräusch, als es aus der Drüse gedrückt wurde und zielsicher auf Asmodis zuschoss. Der Treffer schüttelte die Gestalt des Teufels durch, bevor sie von dem dünnen, aber sehr widerstandsfähigen Faden umwickelt wurde.

Asmodis tat nichts. Er blieb einfach stehen und schaute aus seinen feurigen Augen auch dem nächsten auf ihn zuschnellenden Faden entgegen. Einen Menschen hätte dieser hämmernde Treffer längst zu Boden geschleudert, nicht den Teufel. Er bot ihm die Stirn und dies im wahrsten Sinne des Wortes, denn dort hatte der Faden Kontakt gefunden.

Kalifato, die gewaltige Monsterspinne, geriet in helle Aufregung. So einfach hatte er sich die Sache nicht vorgestellt. Der Teufel setzte ihm keinen Widerstand entgegen, auch dann nicht, als er den dritten, vierten und fünften Faden abschoss.

Asmodis wurde umwickelt.

Traumhaft schnell geschah dies, und die Fäden wickelten sich immer enger um die Gestalt. Sie hatten auch den kalten Flammenmantel durchbrochen. Das Höllenfeuer, sonst ungewöhnlich stark, schien gegen diese Fäden machtlos zu sein.

Die Verbindung zwischen dem Monster Kalifato und dem Satan würde nie mehr reißen, wenn es die Spinne nicht wollte.

Suko war von diesem Kampf fasziniert. Er hatte eine für ihn unberechenbare Wende genommen. Automatisch musste er daran denken, welch eine Machtfülle man dem Teufel zugesprochen hatte. Die Menschen waren von ihm oft genug auf schlimme Art und Weise fasziniert gewesen. Andere hatten sich vor ihm geduckt, bekamen schreckliche Angst, wenn sie nur das Wort Satan hörten. Wieder andere beteten, wenn von ihm gesprochen wurde. So unterschiedlich die Meinungen auch sein mochten, eines hatten sie gemeinsam:

Satan war als starker Gegner anerkannt und gefürchtet. Ein Beherrscher des Bösen, der sich so einfach besiegen ließ, von einer im Prinzip lächerlichen Spinne, auch wenn sie so schaurig aussah, doch für den Teufel kein Gegner sein durfte.

Das begriff Suko nicht.

Er schaute zu, wie Asmodis getroffen wurde. Und diesmal wankte er auch, wenn die Fäden gegen ihn schmetterten, sodass er einen regelrechten Tanz vollführte.

Die Spinne blieb nicht ruhig auf ihrem Netz. Sie lief von einem Ende zum anderen, nahm dabei verschiedene Positionen ein, sodass die Trefferwinkel immer wechselten.

Und der Satan wankte.

Suko konnte seine Niederlage miterleben. Es gelang Asmodis, einen Arm zu bewegen. Ein hektisches Zucken der rechten Klaue, bevor ein weiterer Strahl aus der Drüse wuchtig gegen die Handfläche klatschte und den Arm zurückstieß.

Jetzt war das Gefängnis vollkommen. Aus eigener Kraft würde sich Asmodis nicht befreien können. Kalifato hatte sein Ziel erreicht.

Suko gefiel dies immer weniger. Die Ereignisse deuteten darauf hin, dass er das nächste Opfer der Riesenspinne wurde. So hatte ihm die Anwesenheit des Teufels nur eine kurze Galgenfrist gegeben.

Satan kippte.

Noch nie hatte Suko dies erlebt. Wenn Asmodis einen Kampf verloren hatte, war dies wesentlich spektakulärer geschehen, als auf diese Art und Weise, wo er sich überhaupt nicht wehrte und sich praktisch seinem Schicksal überließ.

Die Spinne hatte ihre Kraft an den Fäden angelegt, die die Beine des Teufels umklammerten. Es gelang ihm einfach nicht mehr, das Gleichgewicht zu halten, und so fiel er ins Nichts.

Kein Boden hielt ihn, nur die Netzfäden, die in seinen Körper schnitten.

Noch leuchtete die Glut in seinen Augen, und Suko hatte das Gefühl, als wäre sie schwächer geworden.

War denn der Satan so einfach zu besiegen? Und dann noch in seiner Welt, wo auch im Hintergrund seine großen Beschützer lauerten? Das ging in Sukos Kopf einfach nicht hinein. Er wollte es nicht glauben und musste trotzdem erleben, wie die

Spinne Zug an ihre Netzfäden legte und die Gestalt näher zu sich heranzog.

Satan rutschte durch das Nichts …

Noch immer leuchtete seine hässliche Fratze, noch glühte es in seinen Augen, aber es war zu sehen, dass die Kräfte allmählich nachließen.

Asmodis wurde von dem Großen Alten zu einem willenlosen Bündel degradiert.

Die Fäden schleiften ihn durch das Nichts.

Kalifato stand zu Suko in einem schrägen Blickwinkel. Von der Seite her konnte der Inspektor auf das Maul der Spinne schauen und bekam auch mit, wie es sich langsam öffnete.

Das Feuer innerhalb des Körpers konnte er nicht sehen, dazu war seine Lage nicht günstig genug. Aber er wusste längst, was Kalifato mit dem Teufel vorhatte.

Asmodis sollte verschlungen oder gefressen werden!

Eine Tatsache, die Suko kaum glauben konnte, aber die nicht zu leugnen war, denn Asmodis konnte sich nicht mehr wehren. Er musste den Kräften der Monsterspinne Tribut zollen.

Und er wollte sich anscheinend auch nicht wehren. Kein Spannen oder Zucken von Muskeln zeigte an, dass er sich gegen die Umklammerung stemmte. Er blieb so ungewohnt fatalistisch, und er hatte schon fast die Netznähe erreicht.

Vielleicht noch eine Körperlänge, und es war um ihn geschehen.

Kalifato behielt sein Monstermaul weiterhin offen. Der Schlund wartete darauf, den Satan verschlingen zu können, und er schaffte den Teufel auch in der Breite, so groß und mächtig war er.

Suko konnte es einfach nicht fassen. Ihm blieb nichts weiteres zu tun, als zuzuschauen, wobei er auch an seinen Freund John Sinclair dachte. Wenn der dies hätte sehen können, er wäre ebenso verwundert gewesen wie der Inspektor.

Suko fiel für diese Tatsache nur ein Begriff ein.

Unglaublich …

Für einen Moment trafen sich ihre Blicke.

Schon öfter hatte der Inspektor Asmodis so aus der Nähe gesehen, aber nicht in diesem Zustand und auch nicht mit dem Erschrecken in den Augen. Es war zu erkennen, wie sehr Satan unter der Niederlage litt. In den Zügen seines widerlich hässlichen Dreiecksgesichts zeichnete sich das beginnende Ende ab. Aus dem offen stehenden Maul drangen dünne Schwefelwolken, die wie feine Schwaden an seinem Gesicht in die Höhe krochen, bevor sie zerfaserten.

Suko hatte das Gefühl, als würde sich das Maul des Satans bewegen und dabei Worte formen, die an den Chinesen gerichtet waren. Er konnte sie nicht von den Lippen ablesen. Zudem kam der Teufel nicht dazu, noch etwas hinzuzufügen, denn Sekunden später hatte ihn das Maul der Riesenspinne Kalifato verschlungen.

Aus, vorbei!

Stöhnend drang der Atem über Sukos Lippen. Damit hatte er nie im Leben gerechnet. Hätte man ihm vor wenigen Tagen noch berichtet, dass er Satans Ende miterleben würde, er hätte den Sprecher für verrückt erklärt.

Nun hatte er mit eigenen Augen diesem Vorgang zusehen können, und er sah auch, dass sich die Riesenspinne auf dem sie tragenden Netz drehte und ihren Kopf dem Inspektor so zuwandte, dass dieser geradewegs in die schillernden Augen schauen konnte.

Das dunkle Farbmuster malte sich dort überdeutlich ab. Da war alles vertreten.

Von Gelb über Grün, auch Rot, bis hin zu einem düsteren Violett. Nur waren diese Farben nicht klar. Sie verschwammen, als hätte jemand einen Schleier über sie gelegt.

Dennoch erkannte Suko einen fast menschlichen Ausdruck in dem Augenpaar.

Es zeigte Triumph!

Und das war verständlich. Die Großen Alten hatten durch Kalifatos Tat einen ersten Sieg errungen. Dieser Sieg war ihnen in einer für sie feindlichen Welt gelungen. So etwas musste sie einfach mutig und sicher machen. Auch Kalifato, die Riesenspinne, dachte so.

Nicht nur die Augen bewegten sich, auch die Kiefer. Suko konnte sich den Grund vorstellen. Bei Claude Renard war es der gleiche gewesen. Und Kalifato hatte sich bewusst so aufgebaut, dass Suko diese Bewegung miterleben musste und ihn ein schreckliches Gefühl überkam.

Auch er bildete sich ein, den harten Kiefer der Spinne auf seinem Körper zu spüren, um anschließend in den gefährlichen Schlund der Spinne geschickt zu werden.

Es lag auf der Hand, dass sich der Inspektor fürchtete, und er konnte sich noch immer nicht bewegen.

Nach wie vor bestand auch die Verbindung zu der Spinne. Zwei für ihn untrennbare Netzfäden hielten ihn fest. Er würde es niemals schaffen, sich aus dieser Umklammerung zu befreien.

Doch Kalifato stoppte seine Bewegungen. Als er Claude verschluckt hatte, waren sie Suko länger und intensiver vorgekommen, weshalb jetzt diese Pause?

Etwas schüttelte den Körper der Monsterspinne.

Für einen Moment bewegten sich auch die acht Beine mit. Das Netz tanzte, und gleichzeitig öffnete Kalifato sein Maul.

Leider nur einen Spalt, sodass Suko kaum etwas erkennen konnte. Aber er bekam ein unsicheres Gefühl. So einfach schien es Kalifato nicht mit dem Satan zu haben.

Im nächsten Augenblick hörte er das Lachen.

Dröhnend, gleichzeitig rau und auch gefährlich klingend.

Suko kannte dieses Lachen. Obwohl es aus dem Maul der Riesenspinne klang, hatte es Kalifato nicht ausgestoßen.

Diese Lache war charakteristisch. Es war der Teufel persönlich.

Und Suko wurde klar, dass man Asmodis doch nicht so leicht reinlegen konnte und er noch längst nicht aufgegeben hatte.

Noch während das Lachen erklang, erlebte der Inspektor die geballte Kraft des Teufels. Und diesmal schien die Hölle tatsächlich ihre Pforten geöffnet zu haben …

Nein, daran hatte ich in der Tat nicht geglaubt, und ich wusste auch nicht, was ich dazu noch sagen sollte. Ich starrte die beiden an. Leila grinste wieder so scharf und spöttisch, während die dunklen Augen meines kleinen Freundes Ali noch größer geworden waren.

Es gab eigentlich nur eine Erklärung.

Beide mussten uns in dem Augenblick erreicht haben, als die geballte Magie des Engels und der Schönen aus dem Totenreich dabei war, uns in die andere Dimension zu schleudern.

Die Dirne und der Junge hatten den Kreis noch erreicht, waren von ihm mitgerissen worden und standen nun in einer völlig fremden Welt und anderen Dimension vor uns.

Dabei wirkte es fast komisch, wie Ali seine Waffe, die Fletsche, noch in der Hand hielt.

Myxin fand als Erster die Sprache wieder. »Was bedeutet das? Wer sind die beiden?«

»Ungebetene Gäste«, erklärte ich.

»Aber du kennst sie?«, fragte Kara.

»Ja, sie haben mich begleitet.« Ich trat einen Schritt auf Ali zu und legte ihm eine Hand auf die Schulter. »Wobei ich ihn als meinen neuen Freund bezeichnen möchte.«

»Und sie nicht?«

Leila war angesprochen worden. Ich blickte in ihr überheblich erscheinendes Gesicht und dachte gar nicht daran, Kara mit einer Ausrede abzuspeisen.

»Sie gehört nicht auf unsere Seite, denn sie ist eine Dienerin der Großen Mutter.« Während der Worte hatte ich den Säbel gedreht und die Spitze auf Leila gerichtet.

»Dann haben wir uns einen Kuckuck ins Nest gelegt!«, stellte Myxin fest. »Das gefällt mir nicht.«

»Mir auch nicht«, gab ich zu. »Aber was sollen wir machen?«

Da war guter Rat teuer. Ich hatte ebenfalls keine Ahnung. Einfach dalassen konnten wir sie nicht, also mussten wir in den sauren Apfel beißen und beide mitnehmen.

Ich spürte Alis Finger an meinem Arm entlanggleiten, bis sie meine Hand erreichten und sich dort festklammerten. Der

Junge hatte Angst in dieser fremden Umgebung. Eine völlig natürliche Reaktion, da man ihn praktisch ins kalte Wasser geworfen hatte.

»Wo sind wir denn hier?«, vernahm ich seine leise Frage.

Ich war ehrlich. »Das kann ich dir auch nicht sagen. Jedenfalls nicht mehr in unserer Welt.«

»Wieso? Gibt es denn andere Welten?«

»Klar. Wir sind nicht die Einzigen. Man kann auch Dimensionen zu ihnen sagen. Wie viele existieren, weiß wohl keiner, aber jede Dimension hat ihre eigene Struktur. Dort sind die Machtverhältnisse ähnlich angeordnet wie auf der Erde, sodass uns gewisse Dinge gar nicht mal so fremd erscheinen und wir uns auf die andere Umgebung gut einstellen können. Das ist hier geschehen. Zudem musst du davon ausgehen, dass die Menschen um uns herum Freunde sind und sich gegenseitig helfen, wenn sich einer von uns in Gefahr befindet. Du kannst uns vertrauen.«

»Aber Leila nicht.«

»Nein, der nicht.«

Leila lachte spöttisch, als sie meine Antwort hörte. Dann drehte sie sich um und verließ unsere Gruppe. Abseits baute sie sich auf und wartete auf eine Entscheidung.

Die musste sehr bald getroffen werden. Ich warf dem Jungen noch einen aufmunternden Blick zu, bevor ich mich an die anderen wandte. »Gibt es so etwas wie eine Standortbestimmung?«, erkundigte ich mich bei dem Eisernen Engel, da ich mir von ihm die exakteren Antworten erwartete.

»Ja!«, erklärte er. »Wir befinden uns genau dort, wo wir hingewollt hatten. In einen der sechs zur Leichenstadt gehörenden Teile.«

»Gibt es eine Verbindung zwischen den einzelnen Teilen?«, hakte ich nach.

»Auch das. Zudem sind die Personen, die dort leben, eng mit ihnen verbunden.«

»Was heißt das genau?«

»Sollte der Fall eintreten, dass einer der Großen Alten stirbt, wird auch der Teil dieser Leichenstadt vernichtet.«

»Das heißt, du darfst deinen Zwillingsbruder nicht töten, sonst wären auch wir verloren.«

»Das kann passieren.«

»Wäre es dann nicht besser gewesen, sich ein anderes Ziel zu suchen?«, erkundigte sich Kara.

»Nein.« Der Eiserne sprach entschieden. »Von diesem Ort aus sind wir auch in der Lage, in das Reich einzudringen, das unser eigentliches Ziel ist. Ich möchte euch noch mit einem Phänomen vertraut machen. In diesen Welten gibt es auch Entfernungen. Also weit und nah, aber beides täuscht. Was euch manchmal weit vorkommt, kann in Wirklichkeit sehr nah sein und umgekehrt. Ihr könnt eine Gestalt vor euch sehen, wollt sie greifen, aber sie ist nach irdischen Maßstäben meilenweit entfernt. Das wollte ich euch sagen, um euch vor irgendwelchen Überraschungen zu schützen.«

»Und woher weißt du das alles?«, fragte Myxin.

Der Eiserne lächelte. »Bevor ich euch besuchte, habe ich meinen Vätern, den stummen Göttern, einen Besuch abgestattet. Sie erklärten mir einiges, und ich erfuhr auch davon, wer der sechste Große Alte ist, obwohl ich so etwas ahnte.«

Ich wollte nicht, dass wir allzu sehr vom eigentlichen Thema abwichen, deshalb kam ich wieder auf den Ausgangspunkt unseres Gesprächs zurück. »Wir befinden uns also in einem Teil der Leichenstadt, der deinem Zwillingsbruder gehört.«

»Natürlich.«

»Wir wollen aber woanders hin. Wie schaffen wir das? Wo sind die Grenzen? Wo beginnt Satans Reich, oder ist in dieser Welt wirklich alles so fließend?«

»Nein, das ist es nicht«, erklärte der Eiserne. »Es gibt schon Unterschiede. Ich gehöre nicht zu den Großen Alten, deshalb müssen wir meinen Zwillingsbruder finden und ihn praktisch zwingen, dass er uns den Weg von dieser Welt in die Hölle weist.«

»Wird er das tun?«, fragte eine sehr skeptische Kara.

Der Eiserne drehte sich ihr zu. »Ja, eben durch diesen Zwang.«

»Und du meinst, dass er so etwas mit sich geschehen lässt?«

»Es wird ihm letztendlich nichts anderes übrig bleiben, weil wir gemeinsam einfach zu stark für ihn sind.«

»Das hoffen wir wohl alle«, erklärte ich auch im Namen der anderen Mitstreiter.

Bisher war ich durch die Unterhaltung nicht dazu gekommen, mich näher mit den äußeren Bedingungen dieser Welt zu beschäftigen. Deshalb wollte ich zunächst einmal sehen, wie dieser Teil der Leichenstadt überhaupt ausschaute.

Es gab Licht.

Ob es von einer Sonne oder einem anderen Planeten stammte, war nicht zu erkennen. Wir befanden uns in einer Umgebung, die von einem violetten Schein erhellt wurde, und in der Ferne oder auch Nähe, wer wusste das schon, zeichneten sich Gebirgsformationen ab.

Hügel, Ebenen, manchmal auch Berge, wobei jeder verschieden aussah. Der eine heller, der andere dunkler, und diese Lichtstreifen zeigten sich auch an den Konturen. Überdeutlich traten sie hervor. Manchmal ungewöhnlich scharf, wie ich es unter diesen Lichtverhältnissen nicht vermutet hätte.

Der Eiserne Engel hatte meinen Rundblick bemerkt. »Du wunderst dich?«, fragte er.

»Ein wenig.«

»Ich kenne diese Dimension auch nicht. Aber wie ich von den stummen Göttern weiß, muss sie der Dimension meiner Väter ähneln. Also ist sie eine Welt der Ruhe und des Schweigens.«

Das hatte ich auch festgestellt.

Doch diese Ruhe wurde unterbrochen.

Urplötzlich durchlief ein Zittern den Boden, das sich auch auf unsere Körper übertrug. Sogar Leilas Gesicht nahm einen ängstlichen Ausdruck an, und der kleine Ali klammerte sich noch fester an mich.

»Was bedeutet das?«, hauchte er.

Ich konnte es ihm nicht erklären. Der Eiserne wollte es, doch die Ereignisse griffen ihm vor.

In der Ferne und gleichzeitig hoch über unseren Köpfen entstand ein gewaltiger Feuerball. Eine Lohe und Woge aus hellen, gelbroten Flammen baute eine mörderische und tödliche Wand in der Dunkelheit auf, sodass wir uns unwillkürlich duckten.

Ein Explosionsknall erreichte uns nicht. Vielleicht war er gar nicht vorhanden, oder der Schall wurde nicht geleitet. Wir starrten den Eisernen Engel an, um von ihm eine Erklärung zu bekommen.

Der flackernde Widerschein des Explosionslichts zuckte auch über seine Züge und malte ein sich bewegendes Muster aus Hell und Dunkel auf das ansonsten starre Gesicht.

»Es ist passiert«, flüsterte er.

»Was?«, wollte ich wissen.

»Wir haben es nur mehr mit fünf Großen Alten zu tun. Ein Teil der Leichenstadt wurde soeben zerstört …«

Der Teufel schlug zurück!

Er bewies dem zuschauenden Suko in den nächsten Augenblicken seine gesamte Machtfülle und rückte somit einiges wieder zurecht, was zu seinem Image gehörte.

Die Spinne mit dem Namen Kalifato erlebte dies intervallartig. Noch schwebte das Lachen in der Luft, als ihr Maul von innen her so hart aufgerissen wurde, dass Suko ein ekliges Krachen und Splittern vernahm. Irgendetwas war im Maul der Spinne zerrissen, und die beiden Kieferknochen klappten auch nicht mehr zu.

Aus dem offenen Maul drang die Stimme des Satans. Seine Worte waren an Suko gerichtet. »Hattest du wirklich gedacht, dass man den Teufel so leicht besiegt? Wenn ja, muss ich dir eine Enttäuschung bereiten. Gib genau Acht, wie ich mit Feinden fertig werde, die sich selbst überschätzen …«

Der folgende Schlag erschütterte nicht nur die Spinne, auch ihr gesamtes Netzwerk, und die Kraft übertrug sich ebenfalls auf Suko, der ja durch die Fäden mit der Spinne verbunden war.

Zum ersten Mal, seit er in der Astgabel lag, bewegte sich der Inspektor. Sein Körper wurde ein Stück angehoben, Arme und Beine fielen dabei zurück, und er knallte, ebenfalls einen Moment später, wieder in die Astgabel und nicht daneben, wie er schon befürchtet hatte.

Kalifato tobte.

Sein Körper schien um das Doppelte anzuwachsen, da er sich innerlich aufblähte. Was sich dort abspielte, darüber konnte Suko nur spekulieren, aber er kannte Asmodis und wusste von dessen immensen Kräften, die in dieser Welt noch größer sein mussten.

Plötzlich schoss aus dem Maul der Spinne eine gewaltige Feuerlohe. Sie raste mit einem kaum zu verfolgenden Tempo hervor, als hätte jemand einen Schweißbrenner angezündet.

Die Lohe stieß in die Dunkelheit hinein, und in ihrem Innern befand sich eine Gestalt.

Es war Asmodis.

Ein von Flammen umhüllter Körper verließ den Bauch der Monsterspinne, wurde zu einer sprühenden Rakete, die in das Grau dieser Welt stieg wie eine Sternschnuppe mit langem Schweif.

Suko konnte sich kaum vorstellen, dass Asmodis verschwinden wollte. Aber er hatte der Spinne einen ernsten Schaden zugefügt, und das sah der Inspektor nun hautnah.

Der Körper auf den harten, dennoch nachgiebigen Netzfäden wippte so stark wie nie. Die acht Beine hoben sogar hin und wieder ab, dann fiel das Spinnenmonster zurück, und Suko vernahm dabei das widerliche Knacken und Reißen.

Die Spinne verging. Anders konnte er sich diese Laute nicht erklären.

Einige Teile der Außenhaut platzten weg, als hätte jemand mit einem schweren Hammer von unten her gegen die Rinde geschlagen. Große Lücken entstanden, und aus ihnen fuhren plötzlich kleine Flammen in die Höhe. Sie waren von einer blassblauen Farbe. Suko kam der Spinnenkörper bald wie ein Gasherd vor, der soeben in Betrieb genommen wurde. Die Flammen brannten mit leise fauchenden Geräuschen, und

Suko konnte sich vorstellen, dass die Rache des Teufels Kalifato vernichten würde.

Aus der Tiefe des unheimlich wirkenden grauen Raumes schoss Asmodis plötzlich hervor. Er wollte dem zusehen, was er in Bewegung gesetzt hatte, und glaubte fest an Kalifatos Vernichtung.

Zudem dröhnte der Spinne sein furchtbares Lachen entgegen. Suko konnte schräg an dem Monstertier vorbeischauen und sah die Gestalt des Teufels im Nichts schweben, wobei er seinen hässlichen Körper nach hinten gebogen hatte, ihn von kleinen Flammen umtanzen ließ und sich köstlich darüber amüsierte, wie Kalifato einen schrecklichen Tribut zahlen musste.

Noch stand die Riesenspinne auf ihrem Netz. Sie zuckte und zitterte. Das gesamte Netz geriet ins Schwanken, bog sich durch, fing sich wieder und schnellte zurück.

Diese Bewegung glich Kalifato nicht mehr aus. Plötzlich verloren seine acht dünnen Beine den Kontakt mit dem Netz, und der gewaltige Körper schwebte in der Luft.

Als würden sich an seiner Unterseite gewaltige Düsen öffnen, schossen plötzlich fingerdünne und ebenfalls blassblaue Flämmchen hervor, die mit ihren Spitzen die einzelnen Netzfäden erfassten und sie wegschmolzen, als bestünden sie aus dünnem Kunststoff, wobei gleichzeitig an einigen Stellen des Netzes kleine Brände aufflackerten, die sich ebenfalls schnell ausbreiteten und ihre Runde machten.

Das Netz würde nicht mehr halten!

Dies alles geschah innerhalb weniger Augenblicke, und Kalifato bekam plötzlich eine andere Kraft zu spüren. Es war die Wucht des Feuers, die seinen gewaltigen Spinnenkörper wie nach dem Rückstoßprinzip in die Höhe schleuderte.

Sie stieß hinein ins Nichts, begleitet von Satans Lachen.

Suko konnte den Weg des Großen Alten genau verfolgen. Und auch der Teufel schaute hin, während sich auf seine Lippen ein kaltes, lauerndes Grinsen gelegt hatte.

Kalifato, einst so groß und mächtig, wurde zu einem Spielball magischer Gewalten. Er war nur mehr ein Nichts, ein lächerlicher Gegenstand inmitten einer Hölle, aus der es für ihn kein Entrinnen mehr gab.

Ein Dämon hatte Asmodis herausgefordert und erlebte nun dessen furchtbare Rache.

Irgendwann kam die Riesenspinne zur Ruhe. Und zwar noch so weit von Suko entfernt, dass er genau sehen konnte, was mit ihr geschah.

Zunächst einmal rührte sie sich nicht. Die Spinne wirkte wie gefangen in einem unsichtbaren Gefängnis. Dafür vernahm Suko die beim Zerschmoren des Netzes entstehenden Geräusche.

Ein geheimnisvolles Knacken und Knistern durchlief das Netz. Es verkleinerte sich von einem Augenblick zum anderen, schmolz sichtbar zusammen, und in Suko brodelte allmählich eine gewisse Panik, denn auch er war mit dem Spinnennetz verbunden.

Die Reste fielen in die Tiefe. Sie wirkten wie verbrannte Aschestücke aus Zeitungspapier, flatterten und verschwanden aus dem Blickfeld des Chinesen, dem nur noch der beißende Rauch entgegenwehte.

Suko schaffte es, nicht an seine eigene Situation zu denken, sondern zuzuschauen, was mit der Spinne geschah.

Noch lebte sie, und der Teufel hatte seinen Spaß daran, sie in dieser Lage zu halten.

Beide schwebten im Nichts, wobei der Spinne im nächsten Augenblick das Lachen des Satans wie ein schauriges Echo entgegenbrandete.

Das war gleichzeitig das Startzeichen für die endgültige Vernichtung des Großen Alten.

Der Spinnenkörper wurde zerrissen!

Für einen Moment hatte Suko das Gefühl, einem Vulkanausbruch zuzuschauen. Gewaltig und hell auflodernd schossen wahre Flammensäulen in die Schwärze hinein, gaben ihr durch das flackernde Licht ein schauriges Aussehen, das wie ein Meer aus roten und gelben Flammen wirkte.

Noch hielt sich der brennende Spinnenkörper ziemlich kompakt. Er war nur eingehüllt in die Flammensäule. Im nächsten Moment detonierte er und platzte dabei wie eine überreife Frucht.

Die dabei entstehende Kraft trieb die Teile in alle vier Richtungen auseinander.

Suko hatte den Eindruck, einem Feuerwerk beizuwohnen, nur vernahm er keinen Explosionsknall. Diese Welt fraß den Schall.

Raketen- und kerzengleich flogen die Stücke durch die Schwärze. Die Umgebung bestand aus riesigen schwarzen Händen. Sie schaufelten förmlich die einzelnen Teile der zerfetzten Spinne in sich hinein, sodass sie kurzerhand verschwanden, als hätte es sie nie gegeben.

Es war unwahrscheinlich, und Suko konnte sich dem Bann einfach nicht entziehen.

Vor wenigen Minuten noch, wenn er von seinem Zeitbegriff ausging, hatte er Kalifato erlebt, nun war er verschwunden. Einfach gefressen, aufgelöst, nicht mehr da.

Dafür der Teufel!

Und die letzten Reste des von Kalifato gesponnenen Netzes. Bis auf ein paar Fäden hatte das Feuer alles zerfressen, und dieser Rest war ausgerechnet mit Suko verbunden.

Er schmorte zusammen.

Es war ein Bild, das dem Inspektor eigentlich hätte Angst einjagen können. Das traf nicht mehr zu, da Suko in der zurückliegenden Zeit schon so viel erlebt hatte.

Einige Aschereste fielen Suko entgegen und blieben auf ihm liegen. Dann hatten die kleinen Flammen auch ihn erreicht.

Der Inspektor richtete sich darauf ein, Schmerzen zu spüren. Aber der Teufel hatte ein Einsehen. Bevor die kleinen Flammen sich durch Sukos Kleidung und die Haut fressen konnten, löschte Satan das Feuer und schickte ein Lachen hinterher.

Suko sah ihn größer werden. Er hatte die Arme ausgebreitet und dem Umhang eine andere Form gegeben. Aus diesem Grunde wirkte er wie eine gewaltige Fledermaus, als er von oben herab auf den liegenden Suko blickte, der nur den Kopf ein wenig anhob.

»Du hast es gesehen?«, fragte Asmodis.

»Ja.«

»So leicht besiegt man den Teufel nicht«, erklärte der Höllenherrscher und drehte sich, sodass Suko sein Profil sehen konnte, das so hässlich war wie die übrige Gestalt. Der Teufel streckte einen Arm aus und deutete in die Leere des Raumes.

»Schau dorthin, Chinese!«

Er hatte den Satz kaum ausgesprochen, als diese Welt in der Ferne von einem grellen Schein erhellt wurde. Flackerndes, unheimliches Licht, das einen roten Schimmer hatte. Er füllte das mit einer gespenstischen Bleiche aus, was man vielleicht als Horizont bezeichnen konnte.

»Siehst du es?!«, schrie Asmodis. »Siehst du es?«

»Ja.«

»Das ist der zweite Teil der Vernichtung.«

»Wieso?«

Asmodis drehte sich Suko wieder zu und lachte breit. »Stellst du dich nur dumm, oder weißt du tatsächlich nichts von den Großen Alten und ihrer Struktur?«

»Klär mich auf.«

Satan riss die Arme hoch. In diesem Augenblick fühlte er sich in seinem Element. »Natürlich werde ich dich aufklären, mein Lieber. Ich bin heute großzügig. Jedem Großen Alten gehört ein Teil der Leichenstadt. Sechs Große Alte waren es – jetzt sind es nur noch fünf. Kalifato wurde vernichtet und sein Teil der Leichenstadt gleich mit.«

»Du meinst, dass mit der Vernichtung eines Dämons auch ein gewisser Teil der Leichenstadt verschwindet?«

»So ist es.«

»Und wenn ihr alle sechs getötet habt, gibt es auch die Leichenstadt nicht mehr.«

»Sehr gut kombiniert, Chinese.«

Suko schaute noch einmal auf das Flackern am Horizont, und er glaubte den Worten des Höllenfürsten.

»Sie haben es versucht«, vernahm er die zischende Stimme des Teufels, »aber sie kommen nicht gegen uns an.« Asmodis begann wieder zu lachen. Er dokumentierte auf diese Art und

Weise seinen Triumph. »Es sind Narren«, erklärte er dem zuhörenden Inspektor. »Große Narren. In dieser Welt unsere Macht zu zerstören, das schafft keiner. Auch nicht die Großen Alten, die sich so gern als Urdämonen bezeichnen, es in Wirklichkeit aber nicht sind, sondern nur …«

Suko sah, wie Satan plötzlich zusammenzuckte und mitten im Satz innehielt. In seine schrecklichen Augen trat ein helles, rotes Leuchten. Sie begannen sich abermals zu drehen wie Flammenräder, und aus dem Maul schoss grüngrauer Dampf.

Irgendetwas musste mit dem Satan geschehen sein. Vielleicht hatte er ein magisches Signal oder eine Botschaft empfangen, sonst hätte er auf diese Art und Weise bestimmt nicht reagiert.

Trotz seiner bedauernswerten Lage stellte Suko eine Frage, die er sich einfach nicht verkneifen konnte.

»Na, hat es doch nicht so geklappt, wie du dir das vorgestellt hast, Asmodis?«

Unwillig schüttelte der Teufel den Kopf, breitete die Arme aus, und aus seinen Pranken schossen plötzlich helle Lichtstrahlen, die ein Ziel trafen.

Es war die große Hängebrücke zwischen den Welten. Sie wurde für einen Moment erhellt. Suko sah sie leer, aber irgendetwas musste mit ihr geschehen sein, sonst hätte sie der Teufel nicht angeleuchtet.

Die Brücke verschwand auch rasch wieder in diesem dunklen Grau, und Asmodis drehte sich so scharf um, dass Angst in Suko hochkam.

»Sie sind tot!«

Im ersten Moment wusste der Inspektor nicht, wen Asmodis gemeint hatte, bis dieser präziser wurde. »Man hat sie vernichtet. Sie waren die Vorboten, und ich werde nicht zulassen, dass ihre Mörder am Leben bleiben.«

»Von wem sprichst du?«, fragte Suko.

»Von den Knochenreitern des Bai!«

Jetzt endlich wusste auch Suko Bescheid. Nur fragte er sich, wer diese Reiter vernichtet haben könnte, und der Teufel musste wohl etwas von der Frage geahnt haben, denn er fügte sehr schnell eine Erklärung hinzu.

»Es war dein Freund Sinclair!«, zischte er. »Er und seine Helfer haben es geschafft.«

Suko lachte leise.

Im nächsten Augenblick hatte er das Gefühl, zerrissen zu werden, denn Asmodis schleuderte ihm flammende Lichtspeere entgegen, die Sukos Körper umtanzten.

Ein Zittern durchlief die Gestalt des Gefangenen. Suko hatte das Gefühl, auf einer elektrischen Unterlage zu liegen, und nur allmählich ließen diese Stöße nach. Der Chinese kam wieder zu Atem.

»So geht man mit mir nicht um«, erklärte Asmodis. »Ich weiß, dass du mein Feind bist, aber du befindest dich hier in einer Welt, aus der es kein Entkommen für dich gibt. Sie wird …«

Was mit ihr geschehen würde, verschwieg der Teufel, denn andere Dinge bahnten sich an.

Suko, der bis zum Horizont schauen konnte, der sich genau dort befand, wo die Monsterspinne vernichtet worden war, sah, dass sich an dieser Stelle etwas tat.

Dort begann der Himmel zu flackern. Er geriet in Bewegung, da zeigte sich etwas, das einen gewaltigen Kreisbogen schlug und wie ein immenser Spiegel wirkte, wie ihn Pandora einmal benutzt hatte.

Suko konnte hindurchschauen.

Asmodis ebenfalls.

Und er gab seinem Gefangenen die Erklärung. »Das sind sie, die Welten der Großen Alten …«

Die Worte des Eisernen Engels hatten eingeschlagen wie eine Bombe. Wenigstens bei mir. Myxin und Kara zeigten ausdruckslose Gesichter, während Leila und Ali schauten, als hätten sie nichts verstanden.

»Und du bist dir sicher?«, erkundigte ich mich.

»Sicher wie nie zuvor in meiner Existenz«, antwortete er mir.

Ich schaute für einen Moment auf meine Schuhspitzen. Das war alles ein wenig plötzlich gekommen. Ich musste zunächst diese Tatsachen verkraften. »Wessen Welt wurde zerstört?«

»Ich kann es nicht sagen. Unsere ist es zum Glück nicht. Dann ginge es uns schlechter. Das heißt, wir wären wahrscheinlich nicht mehr am Leben.«

»Kennst du eigentlich die Großen Alten?«

Der Eiserne nickte. »Zumindest mit Namen«, erklärte er uns Zuhörern. »Gesehen habe ich sie nicht. Der Namenlose …« Er hob die Schultern. »Damit kann ich noch nichts anfangen. Ich weiß nicht, was es bedeutet.«

»Aber er hat auch seine Welt«, warf Kara ein.

»Ja, das stimmt.«

Ich fuhr mit den Fingern durch meine Haare und schaute in die Ferne ohne Grenzen. Die Zerstörung einer Welt hatte dort einen gewaltigen Lichtball hinterlassen, der nun verschwunden war. Nicht mal der Widerschein tanzte noch vor unseren Augen.

Wir gingen noch nicht. Jeder beschäftigte sich mit eigenen Gedanken. Myxin sprach etwas aus, das uns im Prinzip alle bewegte. »Wir haben die Zerstörung eines Teils der Leichenstadt erlebt«, erklärte er, »und sind uns des Risikos bewusst, in dem wir schweben. Jeden Augenblick kann mit dieser Welt das Gleiche geschehen.«

»Was willst du dagegen unternehmen?«, fragte Kara.

»Ich möchte wissen, auf wessen Veranlassung die Zerstörung geschehen ist.«

»Das war der Teufel«, sagte ich.

»Asmodis oder Luzifer?«

»Wahrscheinlich beide.«

Myxin nickte. »Und das ist auch das Problem. Diese Dämonen könnten unter Umständen zu stark für uns sein. Da wir hier stehen, sind wir Gefangene unseres eigenen Plans, und ich möchte herausfinden, ob mir meine Waffe weiterhelfen kann.«

Myxin hatte die Worte noch nicht beendet, als er die »Waffe« schon hervorholte.

Es war die Totenmaske aus Atlantis! Ein Relikt aus einer anderen Zeit und von einem geheimnisvollen Kontinent.

Sie hatte fünf Ecken. Ihre Farbe konnte man als ein sattes Grün bezeichnen, und jede Ecke der Maske war mit einem Auge verziert, wobei jedes Auge eine andere Farbe hatte.

Von links nach rechts gesehen waren es die Farben Blau, Grün, Braun, Violett und Rot.

Ein fantastisches Gebilde, das von Myxin gehütet wurde wie ein kostbarer Schatz.

»Welches Ziel verfolgst du?«, erkundigte sich Kara leise.

»Ich möchte sehen, ob ich tatsächlich in der Lage bin, durch die Maske erkennen zu können, welch eine Welt der Zerstörung hingegeben wurde.« Myxin drückte sich ein wenig umständlich aus. Das waren wir von ihm nicht gewohnt. Dass er so redete, ließ darauf schließen, wie sehr auch er unter der Spannung litt.

Keiner von uns hatte etwas dagegen. Kara nickte. »Probier es aus, vielleicht siehst du mehr.«

»Ich hoffe es.«

Mit diesen Worten auf den Lippen nahm der kleine Magier die Maske hoch und presste sie gegen sein Gesicht. Sofort wirkte er völlig anders. So fremd wie ein Totem, das von Eingeborenen angebetet wird.

Wenn Myxin durch die Maske schaute, hatte er ähnliche Probleme wie Kara bei ihren Beschwörungen. Auch das Sehen in die Zukunft kostete ihn Kraft. Er verlor viel Energie, aber der Erfolg heiligte zumeist die Mittel.

Ali hatte mit staunenden Blicken zugeschaut. Er wollte ebenfalls wissen, woran er war. Flüsternd stellte er die entsprechende Frage an mich.

Ich legte einen Finger auf die Lippen. Ali verstand, nickte und war ruhig.

Auch Leila redete nicht mehr. Sie wartete ebenso ab wie wir. Dass einer der Großen Alten nicht mehr existierte, kam ihr sehr gelegen. Schließlich stand sie auf der anderen Seite und hielt zu den Kräften der Hölle.

Und die Maske veränderte sich.

Wir erkannten es an den Augen. Ob sie immer so reagierte wie in diesem Moment, war uns nicht klar, doch die kleinen Fenster an den Ecken nahmen einen anderen Ausdruck an.

Sie wurden blank und gläsern. Ich hatte dabei das Gefühl, als würde Myxin nicht nach außen und durch die Augen schauen, sondern nach innen oder andere Welten erkennen, die uns verschlossen blieben.

So anders wirkte er. Wir hörten ihn auch stöhnen, und Kara ging einen Schritt auf ihn zu, um ihn abzustützen, wenn der Vorgang über seine Kräfte ging.

Das war auch nötig.

Plötzlich fiel Myxin zusammen.

Bevor er mit den Knien aufschlug, hatte ihn Kara gepackt, hielt ihn in dieser hängenden Lage, und wir hörten, wie er darum bat, dass ihm die Maske abgenommen wurde.

Das tat Kara.

Ein erschöpfter Myxin schaute uns an. Er wollte sprechen, bewegte auch die Lippen, wobei er nicht in der Lage war, Worte zu formen. Das »Schauen« hatte ihn zu viel Kraft gekostet.

»Er wird meine Angaben bestätigen, wenn er durch die Maske gesehen hat«, erklärte uns der Eiserne Engel.

Hoffentlich, dachte ich und stellte mit Erleichterung fest, dass es Myxin besser ging.

»Was hast du gesehen?«, fragte Kara.

Der kleine Magier nickte zweimal, bevor er eine Antwort gab. »Es ist so, wie es der Eiserne gesagt hat. Eine Welt wurde zerstört. Ich sah sie nicht mehr.«

»Hast du überhaupt etwas erkannt?«, fragte ich. »Ich meine, kannst du sagen, welcher Teil der Leichenstadt fehlt?«

»Nein.« Der kleine Magier schüttelte den Kopf. »Da war eine Kraft, die ich nicht überwinden konnte und stärker war als ich. Eine sehr gefährliche sogar. Sie wollte vernichten, aber die andere auch. Zwei stehen sich gegenüber.« Er schluckte und zeigte ein enttäuschtes Gesicht. »Ich glaube, die Maske hat versagt.«

»Das hatte ich mir gedacht«, erklärte Kara.

»Weshalb?«

Sie lächelte schief. »Kennst du eine Waffe, die gegen Luzifer, das absolut Böse, ankommt?«

»Nein.«

»Dann müsstest du Myxin Recht geben.«

Es hatte keinen Sinn, dass wir die Totenmaske einsetzten. Was die andere Seite nicht wollte, dazu würde sie sich unter keinen Umständen zwingen lassen.

Ich hob die Schultern. »Dann bleibt uns nichts anderes übrig, als deinen Zwillingsbruder zu suchen.«

Das war dem Eisernen recht. »Ja, nur er kann uns jetzt helfen.«

Ich deutete in die Runde. »Wie groß könnte diese Welt denn sein? Müssen wir sie durchforsten?«

»Ich werde es.«

»Und wir?«, fragte ich.

»Ihr müsst warten, bis ich zurück bin. Wahrscheinlich befindet sich mein Zwillingsbruder bei den anderen Großen Alten.«

»Dann wird es schwer für dich sein, ihn herauszuholen.«

»Nein, das glaube ich nicht.«

Der Eiserne schien irgendeinen Trumpf in der Hinterhand zu haben, von dem wir nichts wussten, wenn er sich so sicher gab.

»Wie willst du ihn zwingen?«, erkundigte ich mich neugierig. »Sag es mir. Wie willst du …?«

Über das ansonsten so starre Gesicht des Eisernen Engels war ein Lächeln gehuscht. Er verzieh mir meine Neugierde und gab uns die Antwort auf eine für ihn typische Art und Weise. Er griff an eine bestimmte Stelle seines Körpers und holte etwas hervor, das wie ein gefrorener Blutstropfen aussah.

Das magische Pendel!

Es war ein dunkelroter Stein, der die Form eines ovalen Tropfens hatte. Befestigt war er an einer ledernen Schnur, sodass sich der Eiserne das Pendel um den Hals hängen konnte. Mit dieser Waffe war er in der Lage, die Erdgeister zu beschwören, und ich ahnte, dass auch in der Tiefe dieser Leichenstadt ähnlich dämonische Wesen lebten.

»Das will er auch besitzen«, erklärte der Eiserne und nickte uns zu.

Ich war überrascht. »Damit hätte ich nicht gerechnet«, gab ich zu, »wirklich nicht.«

Der Engel hob die Schultern. »Manchmal habe auch ich einen Trumpf in der Hinterhand.

»Und dein abtrünniger Bruder wird kommen?«, erkundigte sich Myxin.

»Es bleibt ihm nichts anderes übrig.«

Natürlich hätten wir gern gesehen, wenn er das Pendel in unserem Beisein eingesetzt hätte. Das wollte er nicht. Er musste die Beschwörung allein durchführen.

»Vielleicht könnt ihr mich sogar sehen«, sagte er zum Abschied, bevor er seine gewaltigen Flügel ausbreitete und eins wurde mit dem düsteren Himmel über unseren Köpfen.

Wir verfolgten den Flug, und jeder, bis auf Leila, würde ihm wohl die Daumen drücken.

Noch herrschte Ruhe in dieser Welt. Wie lange noch? Ich hoffte, dass dies einige Zeit so andauern würde, denn niemand konnte uns sagen, wann diese Welt an der Reihe war.

Ich wischte mir mit dem Handrücken über die Stirn. In der letzten Zeit hatte ich Dinge erfahren, die schon gewaltig waren. Mir selbst wäre es nie gelungen, einen Teil der Leichenstadt zu vernichten. Andere Kräfte hatten es geschafft, und das bewies mir eigentlich, wie stark mein Urfeind, die Hölle, letztendlich war.

Wir sahen das Pendel. Der Eiserne selbst war von der ihn umgebenden Dunkelheit verschluckt worden, nur seine Waffe glühte hoch über uns wie ein roter Fixstern.

Noch bewegte sich das Pendel, wurde auch kleiner, weil sich der Eiserne entfernte, und schließlich blieb es in einer bestimmten Größe, sodass wir davon ausgehen konnten, dass der Eiserne sein Ziel erreicht hatte.

Er blieb in der Höhe.

Ich wusste, was folgen würde, richtete meinen Blick von dem eigentlichen Ziel weg und schaute Leila an.

Sie stand auf dem Fleck und hatte die Hände geballt. Dabei bewegten sich ihre Lippen, Worte produzierte sie nicht. Wie auch Myxin, Kara, Ali und ich schaute sie in die Höhe und verfolgte die schwingenden Bewegungen des Pendels.

Vom Eisernen Engel wurde es gehalten. Es machte seinem Namen alle Ehre, als es von einer Seite zur anderen schwang.

Diese Welt war anders und auch seltsam.

Wir konnten zwar atmen, aber der Schall reagierte nicht so wie auf der Erde. Selbst leise gesprochene Worte wurden ziemlich weit übertragen. Da wir selbst nichts sagten, hörten wir die Stimme des Eisernen Engels.

Ich war überrascht. Wenn der Eiserne mit mir sprach, klang seine Stimme stets klar und sicher. Nun erreichten uns Worte, die ich überhaupt noch nicht bei ihm vernommen hatte.

Sie waren zudem mit einer seltsamen Betonung gesprochen worden und klangen krächzend und rau. Gleichzeitig auch kehlig. Die Sprache, in der er redete, war mir unbekannt. Jedenfalls konnte ich mich nicht daran erinnern, und die Worte setzten sich oft genug aus Konsonanten zusammen.

Ich fragte Kara danach.

»Ja, ich kenne die Sprache«, antwortete sie mir, ohne das Pendel dabei aus den Augen zu lassen. »Sie wurde in den schlimmsten Schlünden des alten Atlantis gesprochen. In Grüften und Gräbern. Man nennt sie die Totensprache.«

»Wieso das?«

»Angeblich sollen die Worte den Tod überwinden, damit sich die Gräber öffnen können und das Böse aus ihnen in die normale Welt aufsteigt. Sie ist furchtbar.«

»Beherrscht noch jemand diese Sprache?«, wollte ich wissen.

»Ja, Arkonada, der große Diener der Dämonen, kennt sie. Er hat in dieser Sprache ein geheimnisvolles Totenbuch geschrieben und es irgendwo versteckt.«

»Wo?«

»Das weiß nur er.«

Wieder hatte ich etwas Neues erfahren. Ein Totenbuch, das von Arkonada geschrieben worden war. In diesen Dimensionen hörten die Rätsel nie auf. Im Gegenteil, sie vermehrten sich laufend, wobei ich gespannt war, ob es irgendwo einen Zusammenhang gab.

Wir alle sahen, dass die Bewegungen des Pendels langsamer geworden waren. Der Blutstropfen schien schwerer zu sein. Er hatte Mühe, sich von einer Seite auf die andere zu bewegen, und ihn durchlief plötzlich ein auch für uns sichtbares Zittern.

»Es ist so weit«, sagte Kara.

Niemand widersprach. Entweder klappte der Plan des Eisernen, oder wir konnten alles vergessen.

Tatsächlich tat sich etwas. Vom Pendel aus löste sich ein rötlicher Schein, der kegelförmig in die Tiefe fiel und auf dem Boden einen großen ovalen Kreis malte. Eine bestimmte Stelle wurde damit zu einer Insel des Lichts, in der sich etwas bewegte.

Jemand erschien.

Zuerst sahen wir ihn nur schwach, dann schälte sich seine Gestalt deutlicher hervor, und ein jeder von uns erkannte, dass es sich bei der Gestalt um den Zwillingsbruder des Eisernen handelte.

Er sah ebenso aus. Er bewegte sich auch wie der echte, und er schaute in die Höhe. Sehr weit hatte er den Kopf in den Nacken legen müssen und die Hände in die Hüften gestützt.

Diesmal begannen die beiden ihre Unterhaltung in einer Sprache, die auch ich verstehen konnte, und der falsche Engel begann mit der Frage.

»Du hast mich gerufen, Bruder?«

»Ja, weil ich in der Welt bin, die dir gehört.«

»Das stimmt. Ich wundere mich, dass du dein Leben so wegwerfen willst. Dabei schließe ich das deiner Freunde mit ein.«

»Nein, so darfst du nicht reden. Schau hoch und sag mir, was ich in der Hand halte.«

»Das magische Pendel!«

»Genau. Deshalb bist du auch erschienen. Ich weiß, dass du es in deinen Besitz bringen willst. Unsere Erschaffer haben es uns vor unendlichen Zeiten gesagt. Ein jeder von uns soll sich auf die Suche nach dem Pendel begeben. Ich habe es gefunden, während du umherirrtest. Ich wollte schon vorher diesen Trumpf ausspielen, überlegte es mir dann, da es mir besser erschien, dich damit in deiner Welt zu konfrontieren.«

»Was willst du?«

Der echte Engel lachte. »Ich wundere mich darüber, dass du eine solche Frage gestellt hast. Ist dir das nicht klar geworden, was ich will?«

»Nein!«

»Du bist der Herr in diesem Teil der Leichenstadt. Und du hast bisher Glück gehabt. Ein Teil der Leichenstadt ist zerstört worden. Es war eine Welt …«

»Ja, die des Kalifato!«

Plötzlich wussten auch wir Bescheid. Mir fiel ein Stein vom Herzen. Ich war froh, dass die gewaltige Monsterspinne nicht mehr existierte. Sie war ein gefährlicher Gegner gewesen, denn mir war es nicht gelungen, sie zu töten.

Die Hölle hatte mir die Arbeit abgenommen.

Meine Gedanken wurden durch die Stimme des Eisernen unterbrochen. »Kalifato lebt nicht mehr. Weißt du, wer als Nächster an die Reihe kommt? Eure Feinde sind einfach zu stark …«

»Das kann nur jemand behaupten, der mit den Dingen nicht in Berührung gekommen ist. Wir werden zurückschlagen und der Hölle die Niederlage beibringen, die ihr zusteht.«

»Wobei du ohne das Pendel machtlos bist«, hielt ihm der echte Engel entgegen.

»Was willst du, Bruder?«

»Nenn mich nicht Bruder. Ich bin es zwar, aber ich will das Wort nicht aus deinem Munde hören. Verstanden?«

»Rede weiter.«

»Du wirst uns zeigen, wie wir dieser Welt entfliehen können, um in die deiner Feinde zu gelangen …«

Der falsche Engel begann zu lachen und unterbrach damit die Rede seines Bruders. »Wie käme ich überhaupt dazu? Ich soll mich auf die Seite meiner Feinde stellen und …«

»Möchtest du nicht das Pendel?«

Ich erschrak. Jetzt spielte der Eiserne verrückt. Er setzte seine mächtigste Waffe ein, um in die Hölle zu gelangen. Oder war alles nur ein Bluff?

»Weshalb antwortest du nicht?«

»Weil ich weiß, dass du es nicht ehrlich meinst!«

»Wie ehrlich ich es meine, sei dahingestellt. Jedenfalls wirst du uns zu der Schwelle führen, wo beide Dimensionen ineinander übergehen. Hast du verstanden?«

»Natürlich.«

»Dann tu es.«

Der falsche Engel drehte sich. Er schaute in unsere Richtung. Ob er uns sah, wusste ich nicht, ich ging davon aus, als ich sein Nicken sah. »Es ist gut, ich werde euch an den Ort führen.«

Mit dieser schnellen Antwort hatte er selbst den echten Engel überrascht, denn dieser schwieg.

»Willst du nicht mehr?«, fragte der falsche.

»Schon, ich überlege nur, welcher Trick dahinterstecken könnte.«

»Ich bin so ehrlich wie du mit dem Pendel.«

Eine gute Antwort. Jetzt musste es sich zeigen, ob der Eiserne darauf einging.

Er war einverstanden. »Wir gehen mit dir«, erklärte er seinem ungeliebten Bruder, unser Einverständnis dabei vorausgesetzt. »Zeig uns den Weg.«

Nach diesen Worten erlosch das Licht des Pendels. Die Dunkelheit fiel über die Gestalt des falschen Engels. Wir sahen beide nicht mehr, nur noch den roten Punkt am Himmel.

Myxin kam auf mich zu. »Was sagst du dazu, John?«, fragte er.

»Wenn es der einzige Weg ist, finde ich das in Ordnung.«

»Ja, wenn …«

»Du traust dem anderen nicht?«

»Nein, wir werden auf der Hut sein müssen.«

»Dafür bin ich auch«, hörten wir die Stimme unseres Freundes, als er herbeiflog und neben uns landete. »Wir sollten ihm nicht zu sehr vertrauen, aber es ist die einzige Möglichkeit, in die Welt zu gelangen, die wir uns ausgesucht haben.«

»Ja, zur Großen Mutter!«, rief Leila.

Ich bedachte sie mit keinem Blick. Auch meine Freunde antworteten nicht auf ihre Bemerkung. Stattdessen schauten wir der Gestalt des falschen Engels entgegen.

Er ging den letzten Rest der Strecke, und ich sah wieder Sukos Waffen in seinem Gürtel.

Diese Tatsache erinnerte mich schmerzlich an meinen gefangenen Freund. Lebte er überhaupt noch? Konnte man in der Welt, in der er steckte, am Leben bleiben?

»Wir haben keine Zeit zu verlieren«, drängte ich. »Sag deinem Bruder, dass er uns schnell führen soll.«

Der falsche Engel starrte mich an. »Du willst mir Bedingungen stellen?«

»Er hat Recht«, mischte sich der echte ein. »Wir haben tatsächlich keine Zeit zu verlieren.«

Unwillig schüttelte sein Bruder den Kopf. Aber er hatte einmal zugestimmt, und so musste er in den sauren Apfel beißen. Ohne uns eines Blickes zu würdigen und ein Wort zu sagen, machte er kehrt.

Er ging einfach davon. Uns blieb nichts anderes übrig, als ihm zu folgen.

Wohin? Das war die große Frage ...

Suko, der Gefangene einer grauenvollen Dimension, erlebte etwas, das er nicht beschreiben konnte, wobei es einfach so grandios und unwahrscheinlich war, dass ihm die Worte fehlten.

Die Welten der Großen Alten sollten es sein, die sich über ihm und um ihn herum befanden?

In welch einer Entfernung? Konnte man so etwas überhaupt in Kilometern messen, oder musste man schon mit Lichtjahren arbeiten? Eines stand fest. Die Hölle war umzingelt worden, und genau dort, wo sich die Grenzen der Dimensionen befanden, zeigten sich in konturenklarer Schärfe die fünf Welten der Großen Alten.

Die sechste hatte sich aufgelöst und raste jetzt vielleicht als Energieball durch die endlose Schwärze.

»Ja, das sind sie«, erklärte Asmodis mit hasserfüllter Stimme. »Und sie suchen nach einer Möglichkeit, in diese Dimension zu gelangen, um sie zu zerstören.«

»Werden sie es schaffen?«, fragte Suko.

Der Satan schaute ihn an. »Nein, wir sind zu mächtig, obwohl die anderen schon sehr weit kamen, das muss ich ihnen zugestehen. Sie haben wirklich alle Kräfte konzentriert.«

»Wie groß ist deine Dimension?«

Asmodis begann nach dieser Frage zu lachen. »So dumm kann nur ein Mensch fragen. Hier musst du alle irdischen Maßstäbe vergessen. Du kannst weder etwas mit der Länge, Breite noch Höhe anfangen. Diese Welt ist unendlich, sie ist beherrschend wie das Böse an sich, und auch die Grenzen, die du siehst, existieren normalerweise nicht. Es sind stattdessen Orte, wo sich zwei Magien begegnen und sich deshalb voneinander abgrenzen.«

Stattdessen beobachtete er.

Die Welten der Großen Alten, die die Hölle eingrenzten, waren nicht leer. Jeder Dämon hatte seine Spuren hinterlassen oder sein Zeichen gesetzt.

Suko entdeckte bei genauerem Hinsehen die Umrisse eines gewaltigen Monsters. Dieses Ungeheuer konnte man als König der Kraken bezeichnen. In Rio hatte Suko Krol zum ersten Mal gesehen. Eine Masse, die aus Schleim und Fleisch bestand, zahlreiche Tentakel aufwies, die alles zerstören konnten.

Krol war zu sehen, allerdings nicht sehr klar, mehr verschwommen, weil er sich im Hintergrund hielt.

Interessanter war da schon das Reich des gläsernen Gorgos.

Eine aus Kristallen zusammengesetzte Dimension, die, wenn Licht einfiel, in zahlreichen Farben schimmerte. Gorgos verfügte über unheimliche Kräfte, denn er konnte Lebewesen durch seine Magie verglasen. Auch das hatte Suko bereits erlebt, und er dachte auch an die kleinen hauchdünnen Fäden, die Gorgos absonderte und einen Menschen zerschneiden konnten.

Hemator! Ein Name, zwei Hände. Sie waren so gestellt, dass sie mit den Gelenken aneinander lagen. Die offenen Handflächen standen sich gegenüber, die Finger waren leicht gekrümmt. In der Größe kaum zu messen, da sie diese wechseln konnten. Hemator war gefährlich. Er zerquetschte, wenn er wollte, alles, was ihm zwischen die gewaltigen Pranken kam.

Die nächste Welt war düster. Violett anzusehen. Suko wusste nicht genau, wem sie gehörte. Vielleicht dem Namenlosen, den bisher niemand gesehen hatte, oder aber dem Eisernen Engel, dem falschen wohlgemerkt. Suko glaubte eher an das Letztere, denn die fünfte Welt bestand aus einem Loch. Sie war angefüllt mit der ewigen Dunkelheit, erinnerte den Inspektor an einen Schlund, der alles verschlang und nichts mehr hergab. Eine furchtbare Dimension, die allein durch ihre Existenz das Grauen verströmte, und auch Suko bildete sich ein, etwas von dieser gnadenlosen Leere und Kälte zu spüren.

Die Welt des Namenlosen kam der der Hölle am nächsten.

Innerhalb der magischen Szene hatte es Veränderungen gegeben, und in den fünf Teilen der Leichenstadt tat sich etwas.

In die Welt des Gläsernen war Bewegung geraten. Da verschoben sich die Kristalle, nahmen andere Formen und Plätze ein, sodass sie in der Lage waren, gewisse Lichtstrahlen einzufangen und auf diese wirkten wie ein Prisma, denn auch sie brachen das Licht. Der Gläserne selbst war nicht zu sehen. Wahrscheinlich lauerte er innerhalb dieser gefährlichen Masse, um erst dann hervorzukommen, wenn es an der Zeit war.

Bei Hermator tat sich nichts. Beide Hände wirkten wie eine schlimme Drohung, nicht mal die Spitzen der breiten Fingerkuppen bewegten sich zitternd.

Und das Reich des Namenlosen?

Suko schauderte, als er sich damit näher beschäftigte. Obwohl er dort nichts sah, hatte er das Gefühl, diese Welt als gefährlichste einstufen zu müssen.

Wer würde zuerst angreifen?

Auch der Teufel zeigte sich unsicher. Seine hektischen Bewegungen lenkten den Inspektor ab. Flammen umzüngelten ihn wieder, das Gesicht zuckte, aus dem Mund drang Qualm, und das Fell zitterte.

»Willst du dich ihnen allein stellen?«, fragte Suko und lächelte dabei, auch wenn es ihm schwer fiel.

»Nein, ich habe starke Helfer, das weißt du.«

»Aber sie kommen nicht. Auch nicht mehr der Bai. Ihm wurden seine Grenzen gezeigt.«

Asmodis erwiderte nichts. So war Suko in der Lage, auch noch einen Blick in die letzte Welt zu werfen.

Es war die mit der violetten Farbe. Dort gab es kaum ein Licht, aber sie war nicht so dunkel wie die Welt des Namenlosen. Licht verband Suko mit dem Begriff Hoffnung, die es für ihn leider nicht gab, denn nach wie vor konnte er nur mehr den Kopf bewegen.

Und in der Welt des violetten Lichts sah er die erste Bewegung. Plötzlich schienen die Schatten nicht mehr ruhig zu sein. Die Konturen verschwammen, irgendwelche anderen Dinge kristallisierten sich hervor, und auch der Teufel hatte etwas bemerkt.

Er starrte ebenfalls dort hoch.

Suko sprach kein Wort, aber er hatte plötzlich das Gefühl, verrückt zu werden.

In dieser fernen anderen Welt gab es Personen. Menschen, die er kannte.

Sogar John Sinclair war dabei …

Zeit, Geschwindigkeit, Entfernungen, das alles konnte ich vergessen, als der falsche Engel damit begann, uns durch sein Reich zu führen. Er wusste genau, was sein Bruder wollte, und er führte uns tiefer hinein in ein Reich, das mit dem Verstand nicht zu erfassen war.

Ohne Übergang waren wir in eine Röhre gelangt. Es war ein Tunnel, kreisrund, dessen Innenwände ein ungewöhnliches und seltsames Eigenleben führten. Wir sahen an gewissen Stellen Gesichter erscheinen, die mir bekannt vorkamen, denn diese ersten Züge hatte ich schon des Öfteren gesehen.

Es waren die stummen Götter!

Bei ihrem ersten Anblick hatte ich den Atem angehalten, so überraschend war für mich diese Begegnung gewesen, aber ich gewöhnte mich daran und empfand die Bilder als eine Art Schutz.

Ich sprach den Eisernen Engel darauf an. »Was hat das zu bedeuten?«

»Sie sind allgegenwärtig«, antwortete er mir. »Aber trotzdem gefangen und nicht da. Sie können beobachten, sie wollen informiert darüber sein, was ihre Söhne so treiben.«

»Wie kommt es, dass ihr so verschieden seid?«

»Es ist eine lange Geschichte. Vielleicht erzähle ich sie dir später einmal. Jetzt nicht. Wir müssen uns auf das Wesentliche konzentrieren. Auf unser Ziel.«

»Und wo ist das?«

»Vielleicht an der Grenze der Zeit«, erwiderte der Eiserne Engel orakelhaft.

Uns allen war nicht wohl. Die Röhre hatte uns verschluckt. Auch sie war angefüllt von diesem violetten, schwammigen Licht, das weit vor uns zu düsteren Schatten verschmolz.

Dieses Abenteuer hatte mich meine Grenzen erkennen lassen. Die Erde, die normale Welt, das heimatliche London, es lag alles so weit zurück, als wäre es überhaupt nicht mehr vorhanden oder hätte es nie gegeben.

Als schlimm empfand ich, dass wir keinen Fortschritt erkannten. Wir waren so inaktiv geblieben und hatten anderen Kräften den bisherigen Verlauf überlassen müssen.

Die Ruhe vor dem Sturm.

Ich wusste genau, dass sie innerhalb eines Augenblicks vorbei sein konnte, und schaute hin und wieder nach links oder rechts, wo ich die Gesichter der stummen Götter sah, die tatsächlich in den Felsen der tiefen Schlucht gefangen waren.

Würden sie je freikommen? Der echte Engel hatte meine Blicke bemerkt und schien auch meine Gedanken erraten zu haben. Ohne dass ich eine Frage gestellt hätte, bekam ich die Antwort. »Es gibt eine Mär, die besagt, dass die stummen Götter wieder befreit werden können.«

Ich war überrascht. »Davon hast du bisher nichts gesagt.«

»Weil ich keinen Anlass dazu sah. Hier aber möchte ich dich aufklären. Ich weiß, welche Gedanken dich befallen haben. Wenn der letzte Große Alte vernichtet worden ist, wird auch der Fluch aufgehoben, der die stummen Götter festhält.«

»Dann sollten wir uns beeilen!«, fügte ich hinzu.

»Wir?« Er lachte. »Ich glaube nicht, dass wir die Kraft besitzen. Diese Dimensionen hier haben ihre eigenen Gesetze. Wir hatten Glück, in einem nicht so gefährlichen Teil der Leichenstadt gelandet zu sein, bei Krol oder Gorgos wäre es dir schlimmer ergangen, auch in Hermators Welt. Am schlimmsten ist es in der des Namenlosen, in dem das alte Grauen sein Zuhause gefunden hat.«

Das alte Grauen …

Mich schüttelte es, als ich den Eisernen darüber sprechen hörte. Was konnte es sein?

Er wollte nicht weiter darüber reden, so schwieg ich auch.

Myxin und Kara schritten hinter mir. Zwischen uns ging Leila. Auch sie redete nicht mehr. Als ich einen Blick über die Schulter warf und sie anschaute, sah ich in ihr wächsernes Gesicht, in dem nur die Augen glühten. Ich hatte das Gefühl, eine andere Person vor mir zu sehen, und beschloss, auf sie Acht zu geben.

An meiner Seite hielt sich Ali. Er sagte nichts und kam, ebenso wie wir Erwachsenen, aus dem Staunen nicht mehr heraus.

Der Eiserne Engel hielt sich dicht bei seinem Bruder. Keinen

Augenblick ließ er ihn aus den Augen. Dabei hatte der falsche die Führung übernommen. Auch ich dachte darüber nach, ob es mir vielleicht möglich war, ihm Sukos Waffen abzunehmen. So etwas konnte auch scheitern, deshalb wollte ich vorerst nichts riskieren.

Irgendwann musste die verfluchte Röhre doch ein Ende haben. Ich kam mir vor wie lebendig begraben und hörte den kleinen Magier plötzlich flüstern. »Wir sind gleich da.«

Während des Gehens schaute ich mich um. »Und was bedeutet es?«

»Dann liegt die Hölle vor uns«, erwiderte er schlicht. Die simple Antwort bereitete mir Magendrücken. Nur ein Nicken konnte ich hinzufügen.

Getäuscht hatte sich der kleine Magier nicht. Vor uns zerfaserte plötzlich der Tunnel. Er mündete und weitete sich gleichzeitig, sodass der Blick nicht mehr von der engen Röhre begrenzt wurde. Die Gesichter der stummen Götter, die immer wieder aufgetaucht waren, verschwanden. Wir standen an der Grenze, und ich hatte das Gefühl, in einen gewaltigen Spiegel zu schauen.

Oder durch eine Linse, die wie eine überdimensionale Brille wirkte, da unser Blick frei in die Tiefe fallen konnte.

Mit Tiefe bezeichnete ich das, was vor und neben uns lag. Ein graues, unendliches Reich. Vielleicht nah, vielleicht auch fern, jedenfalls so, dass ich Einzelheiten erkennen konnte.

Die Welt in Grau.

Die Dimension ohne Licht, der Leere, der Kälte, wo jedes positive Gefühl nicht mehr vorhanden war. Aber eine Welt, die mir bekannt vorkam, denn ich hatte sie schon einmal betreten.

Im Haus der alten Aische hatte das Dimensionstor bestanden, das es mir ermöglichte, in diese Welt zu wechseln. Über eine Brücke, die ich erkennen konnte.

Dann musste auch Suko in der Nähe sein.

Zunächst aber sah ich einen alten »Freund«. Es war Asmodis. Seine von Flammen umkränzte Gestalt tanzte wie ein Irrwisch inmitten des kalten Nichts, und er hielt sich genau dort auf, wo in dem Grau der Dunkelheit erste Felsformationen zu erkennen waren.

Aber noch mehr.

Ich sah einen seltsam gewachsenen Baum. Seine starken Äste hatte er ausgebreitet. Sie mündeten im Nichts, und auf ihnen lag ein Mensch.

Suko! Lebte er?

Mein Herz begann schneller zu schlagen. Die Kehle wurde trocken. Myxin und Kara hatten die gleiche Entdeckung gemacht wie ich. Die Stimme des kleinen Magiers klang sehr leise, als er sagte: »Ja, ich sehe ihn. Er lebt noch, John …«

Ich fuhr herum. »Wie kannst du das so sicher behaupten?« In meiner Stimme klang Qual mit.

»Ich weiß es eben.«

Okay, hoffentlich hatte er Recht. Suko lebte, aber wo steckte dann Claude Renard?

Von ihm sah ich keine Spur.

Beide Engel waren stehen geblieben. Der falsche drehte sich zu seinem Bruder um. Er streckte den Arm aus. »Ich habe euch hergeführt und will nun meine Belohnung kassieren.«

Der echte trat einen Schritt zurück. »Das habe ich nicht gemeint. Noch existieren die Großen Alten, noch gibt es das kalte Reich der Hölle. Erst wenn der Kampf …«

»Du willst mir den Stein nicht geben?«

»Nein!«

Die Hand des falschen Engels fiel nach unten auf den Schwertgriff. Er war bereit, um die Beute zu kämpfen, und wir alle machten uns auf eine Auseinandersetzung gefasst, als etwas ganz anderes passierte.

Es begann sehr menschlich. Und zwar mit einem höhnischen, kalten und gemeinen Lachen.

Nur eine konnte es ausgestoßen haben. Leila!

Ich fuhr herum.

Sie stand nicht mal weit entfernt. Ich konnte sie sehr gut erkennen, nur mit einem kleinen, aber sehr wesentlichen Unterschied.

Der Körper war gleich geblieben. Über ihr Gesicht aber

hatte sich wie ein hauchdünner Schatten ein zweites geschoben.

Und das hatte ich schon einmal gesehen. Damals, in dem alten Haus, das zum Bordell umfunktioniert worden war, hatte es in einem Meer von Schleim geschimmert.

Ich wusste, wer in Leilas Person vor uns stand.

Lilith, die Große Mutter!

In diesem Fall wurden wir zwar nur indirekt bedroht, aber die Überraschungen nahmen kein Ende.

Auch jetzt, als ich Leila, nein, Lilith, anschaute, die sich in der Person der Leila manifestierte.

Wie lange sie uns schon mit ihrer Doppelexistenz an der Nase herumgeführt hatte, konnte ich nicht sagen. Auf jeden Fall war es dadurch der anderen Seite gelungen, in die Welt der Großen Alten ein Kuckucksei zu legen.

Und das stand vor uns.

Wir alle schauten sie an, und wir konnten die Überraschung nicht verbergen.

Aus einem Gesicht waren zwei geworden, obwohl uns nach wie vor ein einzelnes anschaute, aber darüber schob sich schablonenartig das zweite Gesicht.

War es hässlich? Konnte die erste Hure überhaupt hässlich sein, oder hatte die Schönheit damals schon ihren Preis gehabt? Objektiv betrachtet, fand ich Lilith nicht hässlich, es ging nur keinerlei Gefühl von ihr aus.

Ich erinnerte mich an das Gesicht des ersten gefallenen Engels. Luzifers Visage hatte die gleiche Kälte und den gleichen Zynismus gezeigt. Und hätte sie wirklich einen besseren Körper als Leilas finden können, die ebenfalls in dem ältesten Gewerbe der Welt arbeitete?

Wohl kaum. Lilith hatte nicht nur die Kontrolle des Halbbluts übernommen, sondern auch unsere, indem sie sich ständig bei uns befand.

Wir waren reingelegt worden.

Und Leila lächelte.

Dabei wusste keiner von uns, ob es das Lächeln der Großen Mutter war oder das unserer Begleiterin. Wir jedenfalls waren auf der Hut. Auch Kara, die ebenfalls nach ihrer Waffe gegriffen hatte, sowie die beiden Engel. Ich hielt den Beutesäbel in der Hand und spürte, dass die Situation auf des Messers Schneide stand.

Wer würde kippen?

»Ihr seht, wie verletzbar die Dimension der Großen Alten ist. Niemand hat bemerkt, dass es mir gelungen war, mich einzuschleichen. Und so etwas will die Hölle vernichten!« Sie hatte mit einer unnatürlichen und krächzenden Stimme gesprochen. Nun fügte sie noch ein schauriges Lachen hinzu, das in meinen Ohren schmerzte.

Das Lachen erstarb. Gleichzeitig verzerrten sich die Züge des Halbbluts. In die Breite liefen sie, als wollte sich das Fleisch allmählich von den Knochen lösen. Durch den Körper schoss ein Ruck. Er begann an den Zehenspitzen und führte hoch bis zu den Haaren auf der Stirn. »Eine Welt ist vernichtet. Diese wird die nächste sein!«, versprach uns die Große Mutter.

Es waren Worte, die bei mir Panik auslösten. Ich erinnerte mich daran, was der Eiserne Engel gesagt hatte. Er sprach davon, dass bei der Vernichtung einer Welt auch diejenigen Personen starben, die sich darin aufhielten.

Demnach würden wir ebenfalls untergehen.

Der echte Eiserne Engel stand so, dass er von der Großen Mutter nicht direkt angeschaut werden konnte. Mich jedoch sah er, und als wir Blicke tauschten, war uns klar, dass wir beide über das gleiche Problem nachdachten.

Wie konnten wir es lösen?

Die Große Mutter in Gestalt der Hure Leila schien so harmlos zu sein. Ein Mensch mit einem Doppelgesicht, mehr nicht. Dennoch eine lebende Zeitbombe, die mit Kräften ausgestattet war, über die wir höchstens spekulieren konnten.

Der Eiserne Engel setzte sich in Bewegung. Vor seiner Brust schaukelte das magische Pendel. Es hing ungefähr in der Höhe wie mein Kreuz, aber was bedeutete das schon in einer Welt wie dieser?

Gar nichts …

Zudem war es von der Großen Mutter attackiert und manipuliert worden, denn die beiden ineinander geschobenen Dreiecke und die Zeichen darum fehlten.

Bei mir blieb das Magendrücken, auch die raue Kehle. Ich musste mich erst einmal räuspern, bevor ich die Große Mutter alias Leila ansprach.

Es gab einen Grund, mit ihr zu reden, weil ich sie von den eigentlichen Dingen ablenken wollte, denn der Eiserne Engel tat sicherlich nichts umsonst.

Myxin und Kara verhielten sich still. Ihre Gesichter zeigten keinerlei Regung. Die Haut schien sich verändert zu haben und zu Stein geworden zu sein.

Beide beobachteten scharf und kamen mir vor wie auf dem Sprung.

»Seit wann hast du dich verändert?«, fragte ich Leila. »Steckte in dir schon immer die Große Mutter?« Ich hatte sie bewusst als die Person angesprochen, als die ich sie kannte.

»Nein, erst in dieser Welt nahm ich Einfluss.« Jetzt redete sie wieder mit normaler Stimme. »Als Kalifatos Dimension zerstört wurde, hatte ich freie Bahn. Um es menschlich und verständlich auszudrücken, will ich Folgendes sagen: Sekundenlang entstand ein Chaos. Die Spanne nutzte ich aus, um die Kontrolle über den Körper meiner Dienerin zu übernehmen. Bist du jetzt zufrieden?«

Ja, das war ich. Aber mir brannten noch Fragen auf der Zunge, die ich auch stellte.

»Was bist du? Bist du ein Geist, bist du Energie? Wie kannst du leben?« Wenn mir schon einmal die Chance geboten wurde, wollte ich tiefer in die Geheimnisse der Hölle eindringen, wobei mir klar war, dass ich sie alle nicht lösen konnte.

»Ich bin ein Engel!«

»Noch einer?« Das rutschte mir so raus.

Sie ging nicht weiter darauf ein. »Ein gefallener Engel, der zu Beginn der Zeiten zusammen mit dem Heerführer des Bösen, Luzifer genannt, das Reich der Finsternis eingerichtet hat. Ihr Menschen würdet mich als feinstofflich bezeichnen.

Ich bin da und doch nicht da. Ihr könnt mich sehen, aber nicht anfassen. Es ist die Dimension des Unbegreiflichen, die mich trägt, das wirst auch du zu spüren bekommen, Geisterjäger, der du es gewagt hast, dich gegen die Hölle zu stemmen.«

Solche Sätze hatte ich in ähnlicher Form schon öfter vernommen. Ich überhörte sie einfach und schaute zu, wie sich der Eiserne Engel allmählich seinem Ziel näherte.

Viel fehlte nicht mehr.

Ich suchte nach einer weiteren Frage, war aber zu durcheinander, um sie stellen zu können. Außerdem achtete ich auf den Eisernen, denn die Entscheidung stand dicht bevor.

In Leilas Gesicht regte sich wieder etwas. Ein anderes schob sich darüber. Es kam von innen, praktisch aus der Seele, sodass ich wieder in zwei Gesichter schaute, wobei das erste normal und das zweite nur mehr als Schatten darüber lag.

Aber von ihm strömte eine ungewöhnliche Kraft aus. Man konnte sie auch als Magie umschreiben. Wenn ich eine Farbe bestimmen sollte, würde ich sie mit dem Begriff bläulich umschreiben.

Ein kaltes Stahlblau, wie ich es schon bei Luzifer gesehen hatte. Auch ähnelten sich beide Gesichter stark, sodass ich an ein Zwitterwesen erinnert wurde.

Luzifer und Lilith hätten, wie die beiden Eisernen Engel auch, Zwillinge sein können. Wahrscheinlich hatten sich beide im Laufe der Zeit sehr angeglichen.

Ich dachte plötzlich an den Seher.

Als ich der Großen Mutter zum ersten Mal gegenüber gestanden hatte, war er erschienen, oder vielmehr hatte mich sein Ruf erreicht, damit ich wieder Hoffnung bekam.

Hier ließ er mich im Stich. Bestimmt nicht freiwillig, denn auch für ihn gab es, wie für die stummen Götter, eine magische Grenze, die er nicht überschreiten konnte.

Etwas tat sich.

Die Große Mutter sammelte ihre Kräfte. Ich spürte einen seltsamen Druck, als würden unsichtbare Hände meinen Kopf umfassen, und vernahm Liliths Stimme.

»Diese Welt wird nicht explodieren, sondern implodieren.

Habt ihr verstanden? Sie wird euch hineinziehen wie in einen …«

Da zog der Eiserne Engel sein Schwert.

Noch nie zuvor hatte ich ihn so rasch diese gefährliche Waffe ziehen sehen.

Er zielte und schlug.

Und köpfte Leila!

Was hatte ich erwartet?

Ähnliches? Wahrscheinlich war ich der Einzige, den diese Aktion nicht so überrascht hatte. Selbst Myxin und Kara stießen einen leisen Laut des Entsetzens aus, als sie erkannten, was mit dem Schädel geschah. Er schien Mühe zu haben, sich vom Körper zu lösen, deshalb schwebte er sekundenlang in der Luft, und eigentlich hätte schon aus dem Hals ein gewaltiger Blutstrom hervorschießen müssen. Stattdessen drang schwefelgelber Qualm hervor, der den Schädel einhüllte.

Endlich fiel er.

Er bekam dabei das Übergewicht und neigte sich zur linken Schulterseite hin.

Fast hätte er sie noch berührt, dann rutschte er vorbei, prallte auf den Boden und blieb dort liegen.

Ein seltsamer Fall war es gewesen. Mit dem Stumpf zuerst war er aufgekommen, stand wie ein nachgemachter Kopf, und seine Augen bewegten sich in den Höhlen, sodass er in die Höhe schielen konnte und vor allen Dingen mich mit seinem Blick erfasste.

Nein, das war nicht mehr Leilas Gesicht. Es war die kalte Fratze der Großen Mutter, die sich über die Züge des Halbbluts geschoben und mir damit versichert hatte, dass der Kampf noch längst nicht beendet war. Das andere Gesicht zeigte sich nur sekundenlang, dann verschwand es in einem Vorgang, der makaber und gespenstisch wirkte.

Je weiter sich das Gesicht der Großen Mutter zurückzog, umso mehr kam das des Halbbluts zum Vorschein.

Ihre dunkle Haut, die großen Augen, die hohen Wangenknochen, und ich sah, dass in den Augen allmählich das Leben verschwand.

Sie brachen …

Den natürlichen Sterbevorgang hatten wir erlebt. Der Mensch wurde nicht mehr durch die Kraft der Hölle am Leben gehalten, weil diese mit ihrer Dienerin nichts mehr anfangen konnte.

Gleichzeitig kippte auch der Körper. Er fiel neben den Kopf, sodass der Schädel etwa in Höhe des Ellbogens lag. Aus dem Rumpf drangen noch immer die Dämpfe, die sich allmählich ausbreiteten und uns den Atem raubten.

Ali, der Junge, der die schreckliche Szene leider hatte mit ansehen müssen, spürte es zuerst. Wir hörten ihn würgen. Er schnappte nach Luft und krallte eine Hand um die Kehle. Zu mir wollte er sich hinwenden, ging den ersten Schritt, auch den zweiten und spürte dann die Schwäche, die ihm die Beine unter dem Körper wegriss.

Ali brach zusammen.

Ich wollte ihn auffangen und merkte, dass ich selbst kaum noch Luft bekam. Zudem begann diese fremde Welt zu vibrieren. Es war ein gefährlicher Rhythmus, der die Umgebung gepackt hielt und sich auf uns übertrug.

Selbst der falsche Engel wusste, was die Stunde geschlagen hatte. Er kam zu uns. Den ersten Schritt setzte er normal, beim zweiten begann schon das Torkeln, und beim dritten brach er zusammen.

Genau wie ich.

Fast wären wir gegeneinander gefallen. Als ich aufschlug, dachte ich an die Worte der Großen Mutter, die uns davon berichtet hatte, dass diese Welt implodieren würde.

Wie eine Fernsehröhre, in der sich ein Vakuum befindet.

Jetzt schwankte auch der Eiserne, der sich bisher so gut gehalten hatte. Im ersten Augenblick sah er so aus, als würde er fallen, doch er stützte sich an seinem Schwert ab, fuhr schwerfällig herum und begann damit, Kara anzusprechen.

»Deine Waffe!«, ächzte er.

Auch Kara hatte Schwierigkeiten. Ihr ging es allerdings

noch besser als dem kleinen Magier, der schon in die Knie gesunken war und versuchte, seine eigenen magischen Kräfte zu mobilisieren. Ich wusste, dass er die Telekinese und Teleportation beherrschte, aber es war ihm unmöglich, sie in dieser Welt einzusetzen.

Zu grausam hielt man ihn fest.

»Das Schwert!« Wieder brachte der Eiserne nur mühsam die Worte über die Lippen.

Kara verstand.

Ihre Bewegungen waren langsam, als sie die Hand sinken ließ und den Griff der Waffe umklammerte.

»Zieh es …«

Auch das tat Kara. Dabei gelang es ihr nicht mehr, auf der Stelle zu stehen. Sie ging einmal nach rechts, dann wieder nach links, und ihre Knie wollten nachgeben.

Die Luft wurde mir immer knapper. Ich kam kaum noch dazu, Atem zu schöpfen. Vor meinen Augen begann sich die Welt zu drehen. Kara und der Eiserne Engel wurden zu schattenhaften Gestalten. Jede ihrer Bewegungen nahm ich durch einen Schleier wahr.

Hören konnte ich noch. Und ich vernahm auch die Anstrengung in der Stimme des Eisernen Engels.

»Du musst es werfen!«, keuchte er. »Du musst es werfen!« Während dieser Worte hatte er sich schwerfällig umgewandt und starrte dorthin, wo sich die Grenze dieses Teils der Leichenstadt befand.

»Dahin …« Mühselig hob der Eiserne den linken Arm. Es gelang ihm kaum, den Finger auszustrecken und in die entsprechende Richtung zu deuten, aber die Schöne aus dem Totenreich wusste Bescheid.

Nur, würde sie auch die Kraft finden, das zu schaffen, was sie sich vorgenommen hatte?

Kara versuchte es zumindest. Sie holte ein paarmal pfeifend Atem, während sie sich selbst Schwung geben musste, um überhaupt in Bewegung zu kommen.

»Wirf es!«, presste der Eiserne hervor. Sein Gesicht verschwamm vor meinen Augen. Ich hatte das Gefühl, als würden die Konturen zusammenfließen, um neue Gebilde zu schaffen.

Unser Freund wartete auf Kara. Damit sie sich mit ihm auf gleicher Höhe befand. Sein Gesicht war ein anderes geworden, und mein Blick klärte sich wieder für einen Moment. Sehr deutlich nahm ich die Umgebung wahr.

Das Vibrieren war noch immer vorhanden. Nur hatte es jetzt System bekommen. Es drehte sich, sodass ich an einen Kreisel erinnert wurde. Die Welt sollte implodieren.

Auch hier waren die physikalischen Kräfte nicht völlig aufgehoben. Der Kreisel war entstanden, und durch die Drehbewegungen verdichtete sich diese Welt des falschen Engels.

Sie wurde kleiner, kompakter. Mit jeder Drehung, die sie hinter sich ließ. Vielleicht würde sie bald in einen Atomkern passen, wenn es so weiterging.

Möglich war alles.

Und auch die Fläche, auf die wir geschaut hatten, veränderte sich in entsprechender Weise. Sie rückte zusammen und bildete gleichzeitig ein Oval. Wenn der Eiserne und Kara etwas unternehmen wollten, durften sie nicht länger warten.

Beide befanden sich auf gleicher Höhe. Und das hatte der Eiserne gewollt. »Jetzt …« Es sollte ein Brüllen werden, doch nur ein Krächzen drang aus seinem Mund.

Er schleuderte die Waffe.

Gleichzeitig ließ Kara ihr Schwert los. Die goldene Klinge schuf einen blitzenden Reflex, der in einen Strahl mündete und genau auf die Wand zuschoss.

Zusammen mit dem Schwert des Eisernen.

Zwei magische Schwerter gegen die Hölle!

Sie trafen in dem Augenblick, als der Eiserne und Kara zusammenbrachen.

Ich hörte nichts. Kein Krachen, keine Schreie, und dennoch waren in diesem Augenblick zwei Welten zusammengeprallt, und die magischen Energien tobten sich aus …

Leila war geköpft!

Suko, der von Asmodis nicht mehr belästigt wurde, konnte dies genau erkennen, und er spürte plötzlich ein seltsames Brennen in seinem Magen. Mit allem hatte er gerechnet, nur nicht mit diesem Verlauf. Was hatte den Eisernen dazu getrieben?

Auch der Teufel meldete sich wieder. Er begann hässlich zu lachen. Hohe, schrille Töne drangen zusammen mit dem grüngelben Qualm aus seinem Maul. »Es musste so kommen!«, rief er mit krächzender Stimme und drehte sich scharf zu Suko um. »Es musste so kommen. Wir sind stärker …«

»Du meinst Leila?«

»Genau.«

Der Inspektor grinste. »Leila«, sagte er. »Was ist sie schon? Ein Nichts, eine Mitläuferin, eine Dienerin …«

»Das war sie mal«, erklärte Asmodis. »Inzwischen hat sich einiges verändert.«

»Und was?«

»Hast du dich nicht gewundert, dass ich mich allein in dieser Welt aufhalte?«

Das gab Suko zu.

»Wie schön, Chinese. Aber weiter. Ich stand allein und wusste trotzdem immer Bescheid, denn die Dienerin Leila war nur zum Teil sie selbst. In Wirklichkeit steckte eine andere Person in ihr …«

Suko verstand. »Die Große Mutter!«

»Ja, die Große Mutter oder Lilith.« Der Teufel drehte sich so heftig, dass sich Flammenzungen von seinem Körper lösten und in der grauen Dunkelheit verglühten. »Da hat er sie geköpft!«, schrie er. »Mit seinem Schwert glaubt er, der Sieger zu sein, aber er hat nur Leila köpfen können und nicht die Große Mutter. Sie ist unbesiegbar. Hast du verstanden? Unbesiegbar. Nichts wird er erreichen können …«

Suko hörte den Worten nicht zu. Er schaute nach, was dort geschah. Es war schlimm. Der Kopf lag neben dem Torso, das konnte er erkennen. Und noch mehr sah er.

Die dort vorhandenen Personen bewegten sich zu unnatürlich. So langsam, als würden sie es schwer haben und von nicht sichtbaren Händen zurückgehalten werden.

Taumelnd brachen sie in die Knie. John Sinclair fiel sogar als einer der Ersten. Selbst Myxin schaffte es nicht, nur der Eiserne Engel, ob der echte oder falsche, wusste Suko nicht zu sagen, hielt sich noch auf den Beinen.

Und er besaß sein Schwert.

Irgendetwas schien er damit vorzuhaben, auch Kara wollte er mit einbeziehen, denn er sprach sie an.

Die Schöne aus dem Totenreich zog ihre Waffe.

Der Teufel reagierte ebenfalls. Er fluchte. Suko nahm an, dass ihm einiges nicht passte. »Sie werden es nicht schaffen!«, schrie der Satan. »Nein, sie dürfen es nicht. Verdammt, das ist …« Er schüttelte sich und spie Feuer.

Diesmal musste er seine eigene Hilflosigkeit eingestehen, denn es gelang ihm nicht, einzugreifen.

Er starrte nach vorn, und auch Suko beobachtete, dass die Welt, in der seine Freunde steckten, sich veränderte. Sie wurde kleiner und ballte sich zusammen, wobei die Proportionen noch erhalten blieben.

Ein magisches Phänomen …

Asmodis gefiel das gar nicht. Er entließ Worte, die klangen wie das Zischen des Höllenfeuers, und Suko, der in die andere Welt schaute, sah, dass sich Kara und der Eiserne nur mehr mühsam auf den Beinen hielten. Sie hatten die Arme erhoben und weit ausgeholt, um ihre Waffen gegen die magische Grenze zu schleudern.

Zwei Schwerter gegen die Hölle!

Würden sie es schaffen?

Noch hatten sie nicht die Kraft und die letzte Konsequenz, um die Waffen werfen zu können.

»Jaaa…« Suko hatte gerufen.

Gehört haben konnten es die beiden nicht. Es war wohl Zufall, dass sie in diesem Augenblick ihre Waffen losließen und sie gegen die Grenze wuchteten.

Suko hörte noch einen Schrei. Im selben Augenblick wurde er selbst von einer unerklärlichen Kraft erfasst und durchgeschüttelt. Der Chinese glitt hinein in den Mahlstrom der Magien …

Ich hörte kein Klirren, kein Zerspringen von Glas, und ich wusste auch nicht, wie es den anderen erging. Nur auf mich konnte und musste ich mich konzentrieren.

Die Schwerter hatten getroffen.

Sie blieben für einen Moment dort stecken, wo ich die Grenze vermutete, und es sah so aus, als wären sie in der Luft stehen geblieben.

Im nächsten Moment aber erwischte es die Grenze zwischen den beiden magischen Welten voll.

Es war nur das Fauchen zu hören, das mit der Kraft eines Wirbelsturms über uns hereinbrach.

Weder der Eiserne Engel noch Myxin oder Kara konnten sich halten. Ich natürlich auch nicht. Zusammen mit den Freunden hob ich vom Boden ab, fand mich in der Luft liegend und wurde durcheinander gewirbelt. Diesmal hatte ich das Gefühl, in einer Röhre eingeschlossen zu sein, die sich blitzschnell um die eigene Achse drehte.

Und ich sah die anderen.

Für einen Moment huschte der Eiserne Engel vorbei. Dabei wusste ich nicht mal, ob es der echte oder der falsche war, da er mir den Rücken zudrehte, sodass ich den Stein nicht erkennen konnte.

Mich selbst packte eine Kraft, die von unten kam. Sie wirbelte mich hoch, und für eine schrecklich lange Sekunde hatte ich Angst, gegen die Decke zu knallen.

Aber da war keine.

Ich wurde hinausgeschleudert in eine feindliche Welt, wo sich die magischen Grenzen völlig verschoben hatten, sodass die ewige Finsternis der Hölle und vielleicht die Reiche der Großen Alten ineinander übergingen und einen Wirrwarr bildeten.

Weit hielt ich die Augen offen. Ich starrte in die Welt hinein und sah etwas großes Dunkles in meiner Nähe.

Es war ein Körper.

Verschwommen erschien ein Gesicht. Die grünliche Haut zeigte mir, dass es sich dabei um die Gestalt des kleinen Magiers handelte, der vorbeischwebte.

In dem Gesicht meines Freundes stand die Frage nach Hilfe, so jedenfalls interpretierte ich den Ausdruck, und dann streckte Myxin seine Hand aus, um nach mir zu greifen.

Er fasste ins Leere, denn eine andere Kraft trieb uns auseinander, sodass wir sogar außer Sichtweite gerieten.

Magische Kräfte übernahmen wieder die Kontrolle. In rasender Fahrt ging es abwärts. Ich schoss förmlich hinein in mir unbekannte Tiefen. Der Sturmwind ließ mich auch weiterhin nicht los, nur kam er diesmal von einer anderen Seite, packte mich und schleuderte mich wie einen Spielball in die Höhe, dabei gleichzeitig zur Seite, sodass wieder eine Gestalt in mein Blickfeld geriet.

Es war Ali. Wir rasten aufeinander zu. Deutlich konnte ich das Gesicht des Jungen erkennen, die Züge waren von wilder Panik verzerrt, und seine Augen wirkten doppelt so groß.

Ali war für mich das größte Problem. Ich musste ihm helfen, er durfte mir nicht verloren gehen, deshalb streckte ich beide Arme aus.

Was mir bei Myxin nicht gelungen war, das schaffte ich hier. Meine Hände bekamen Kontakt, und ich krallte meine Finger in den Stoff seiner Kleidung, wobei ich eisern festhielt.

»Halt dich fest, Junge! Wir schaffen es!« Von meinen eigenen Worten war ich nicht überzeugt, hoffte jedoch, Ali damit einigermaßen beruhigt zu haben.

Jetzt spürte ich auch seine Hände. Der Junge tat mir Leid. Er war in diesen Strudel mit hineingerissen worden, ohne dass er etwas dazu konnte.

Und wir trieben weiter, langsamer, gleitend. Dies in einer Welt, die so gewaltig war, dass ich mir vorkam wie eine Ameise. Wenn ich den Blick nach vorn richtete, sah ich eine grenzenlose Wand, aus der zahlreiche Zacken und Kanten hervorstachen.

Auf mich wirkte die Wand wie eine gläserne Festung!

Gläsern, das passte genau zu einem Dämon mit dem Namen Gorgos. Er gehörte zu den Großen Alten und …

Ich dachte nicht mehr weiter, denn ich sah den Eisernen Engel. Diesmal den echten, und er trieb rücklings an mir vorbei.

Mich wunderte, dass er es geschafft hatte, sein Schwert wieder an sich zu nehmen. Er hielt die Waffe fest umklammert, wie auch Kara, die ich einen Augenblick später sah.

Sie war ebenfalls in einen magischen Strom geraten, der sie mit dem Eisernen vorantrieb und dabei haargenau auf die Welt des gläsernen Götzen zu.

Ich hatte für einen Moment die Befürchtung, ebenfalls dort zu landen, da erfasste ein Strudel den Jungen und mich!

Wir sprachen nicht.

Ali klammerte sich ängstlich an mich. Und ich überlegte, wohin uns der magische Schicksalssturm verschleppen würde.

Vielleicht in irgendeine Welt der Großen Alten, oder würden wir für immer im Mahlstrom finsterer Magien verschollen bleiben?

Ich hörte Ali schreien, und auch ich stieß einen Ruf der Überraschung aus, denn wir beide waren gegen ein hartes Hindernis geprallt. Unser unfreiwilliger Flug wurde gestoppt, wir kamen dennoch nicht zur Ruhe und glitten, ohne dass wir etwas dagegen unternehmen konnten, in eine düstere Tiefe.

Der Vergleich mit einer Rutschbahn kam mir in den Sinn. »Fahrtwind« streichelte unsere Gesichter. Die Geschwindigkeit nahm zu, um aber rasch wieder abzunehmen, da der Weg nicht mehr so steil in die Tiefe führte.

Plötzlich wurden wir so langsam, dass es schon bald ein Vergnügen war, weiter auf der Reise zu sein, und schließlich kam der Zeitpunkt, wo unsere freiwillige Fahrt gestoppt wurde.

Schwer atmend lagen wir dicht nebeneinander. »Ich glaube, dass uns Allah geholfen hat«, flüsterte Ali.

Ich war mir da nicht so sicher, denn ich wollte wissen, wo wir uns überhaupt befanden.

Sehr vorsichtig, um Ali nicht zu erschrecken, drückte ich den Jungen zur Seite. Durch den rasenden Fall noch ziemlich benommen, richtete ich mich auf und wunderte mich, dass ich stehen konnte, ohne angegriffen zu werden.

Zuerst schaute ich auf meine Füße. Sie standen auf einem leicht gebogenen Boden, der Ähnlichkeit mit einer Mulde aufwies. Sie hatte eine Farbe, die mich an Beton erinnerte, aber nicht so fein von der Außenhaut her war, sondern grober und körniger.

»Wo sind wir denn jetzt?« Alis Stimme unterbrach meine Gedanken.

Ich gab dem Jungen eine ehrliche Antwort. »Wenn ich das mal wüsste.«

»Aber wir leben!«

Ali schaute zu mir hoch. Ich schaute ihn an und fuhr mit den fünf Fingern meiner rechten Hand durch seinen dunklen Wuschelkopf. »Jawohl, wir leben.«

»Das ist doch was. Mein Vater hat immer gesagt. Solange man lebt, gibt es Hoffnung.«

»Das meine ich auch.«

»Aber du hast deine Waffe nicht mehr.«

Ich erschrak. Okay, Kreuz und Beretta waren vorhanden. Die magische Kreide auch, der Bumerang ebenfalls, nur vermisste ich den Beutesäbel. Bei meiner Reise hatte ich ihn loslassen müssen, um beide Hände frei zu haben.

»Wir werden uns auch ohne den Säbel durchschlagen.«

»Und wohin?«, fragte Ali. Dabei legte er den Kopf weit nach hinten, um in die Höhe schauen zu können.

Auch ich folgte dieser Blickrichtung und hatte das Gefühl, am Boden einer engen Schlucht zu stehen, die sich, je mehr sie an Höhe gewann, verbreiterte.

Auch das Licht wurde besser, je höher ich schaute, sodass ich Details erkannte.

Auf einmal wurde mir ganz anders. Ich musste bleich geworden sein, denn Ali bekam Angst um mich.

»Was ist denn los, John? Was hast du so plötzlich? Sag doch etwas, bitte!«

Trotz seiner Bettelei gab ich Ali keine Antwort, denn ich hatte erkannt, wo wir uns befanden.

In einer Welt der Großen Alten.

Es war keine Schlucht, die uns aufgenommen hatte, sondern der Raum zwischen zwei überdimensionalen, gewaltigen Händen. Wir waren in Hemators Reich gefangen ...

ENDE

Hemators
tödliche Welt

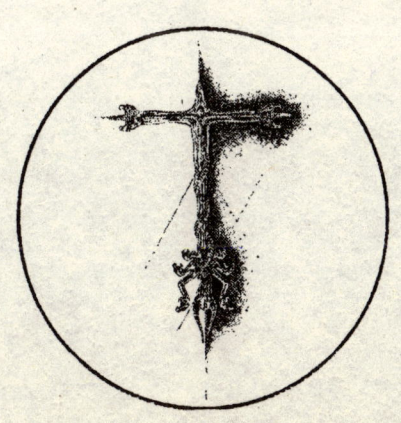

Die magische Grenze der beiden so verschiedenen Welten war gesprengt worden.

Zwei geschleuderte Schwerter hatten dafür gesorgt, dass diese Grenze eingerissen wurde und Luzifers Magie mit der der Großen Alten zusammenprallte.

Ein Inferno entstand.

Und im Mittelpunkt des Infernos standen Menschen und Kämpfer für das Gute. Sie gerieten zwischen die Mühlsteine der Gewalten. Kräfte spielten mit ihnen, denen sie nichts entgegenzusetzen hatten, und auch der Mann, der einsam und gefangen in der Astgabel eines blattlosen Baumes lag, geriet in den magischen Sturm, der über ihn hinwegbrauste.

Nicht allein das. Es gelang der Kraft auch, ihn zu packen. Plötzlich hatte der Mann das Gefühl, starke, aber dennoch unsichtbare Hände an seinem Körper zu spüren, die ihn nicht mehr loslassen wollten.

Ein Mensch hat Angst, wenn andere Gewalten ihn packen und mit ihm spielen. Diesem Mann erging es da nicht anders. Auch er verspürte die Furcht, dieses Grauen nicht überleben zu können.

Sein Körper wurde zu dem einer Gliederpuppe degradiert. Die Gewalten tobten sich aus, schleuderten ihn von einer unbestimmbaren Höhe hinein in die Tiefe, packten ihn dann wieder, damit er den gleichen Weg zurückfliegen konnte.

Den Mann, der bereits in der Hölle gelegen hatte, konnte nichts mehr erschüttern.

Dieser Mensch hatte auch einen Namen.

Er hieß Suko, war Chinese und arbeitete als Inspektor bei Scotland Yard.

Doch das lag lange zurück.

Viel zu lange. Suko hatte inzwischen das Gefühl, nicht mehr zu denen zu gehören, die auf der Erde lebten. Er hatte sich an die Hölle gewöhnt.

Und darüber erschrak er.

Konnte sich ein Mensch überhaupt an die Hölle und deren Schrecken gewöhnen? An die Leere, an die Einsamkeit, das ihn umgebende Grauen?

Bei Suko war es der Fall gewesen, denn die Hoffnung auf eine Befreiung hatte er mittlerweile aufgegeben, nachdem er gesehen hatte, was mit seinen Freunden geschehen war.

Auch sie waren von den magischen Sturmkräften nicht verschont worden und trieben ebenfalls durch ein Gebiet, das sich durch Kälte und Leere auszeichnete.

Für einen Moment hatte der Chinese sogar seinen besten Freund, John Sinclair, erkannt, zusammen mit einem kleinen Jungen.

Dann waren beide abgetrieben worden, und Suko hatte mit seinen eigenen Problemen zu tun.

Auf seinem Weg sah er nicht nur die Menschen. Auch eine andere Person erschien.

Es war derjenige, vor dem sich die Menschen schon seit Jahrhunderten fürchteten.

Der Teufel!

Suko hatte ihn von Angesicht zu Angesicht gesehen, denn in des Teufels Welt waren er und ein Franzose namens Claude Renard gefangen gewesen. Renard hatte es nicht geschafft, Suko aber lebte. Nur, was war das für ein Leben, in dem es keine Freunde, keine Freude, sondern nur Leere und Verlassenheit gab?

Den Begriff Zeit hatte er aus seinem Gedächtnis gestrichen. Auch jetzt, als er durch die Leere geschleudert wurde, dachte er nicht mehr daran. Er fragte sich nur, ob dies alles sein Ende einläutete.

Das trat nicht ein.

Urplötzlich ließ der magische Sturmwind nach. Suko war in seine Randgebiete geraten. Er vernahm nicht mehr das Brausen und Heulen. Dafür trieb er hinein in eine für ihn schon trügerische und unnatürliche Ruhe.

Etwas hielt ihn auf. Er spürte unter seinem Körper einen festen Widerstand und hoffte, dass dies kein Trugschluss war.

Suko konnte beruhigt aufatmen. Zwar schaukelte er noch, aber er blieb liegen.

Der Inspektor hatte sich so an die Astgabel gewöhnt, dass ihm die andere Unterlage direkt komisch oder seltsam vorkam. Er zog die Beine an, hob den Arm und …

Nein!

Es war nur ein gedanklicher Schrei, der seinen Kopf durchtoste. Doch Suko spürte die gleiche Überraschung, als hätte er das Wort laut in diese unheimliche Welt gerufen.

Jetzt hob er auch den linken Arm, zog die Beine an, streckte sie wieder und begann zu lachen.

Es war ein Lachen der Erlösung, denn nach dieser langen Gefangenschaft konnte er sich wieder bewegen. Alle Glieder seines Körpers gehorchten ihm.

Das war wie eine neue Geburt, und Suko schüttelte den Kopf, weil er es noch immer nicht begreifen konnte.

Er hatte es geschafft!

Die Lähmung war verschwunden. Wer immer dafür die Verantwortung trug, Suko war dieser Person oder diesem Dämon dankbar. Er streckte die Arme aus und stellte fest, dass es besser klappte, als er eigentlich angenommen hatte.

Zwar kribbelte es ein wenig in seinen Fingern und Zehen, doch der Kreislauf stabilisierte sich rasch, und dem Chinesen ging es von Sekunde zu Sekunde besser.

Keine Astgabel mehr, in der er lag. Kein hässliches Teufelsgesicht, das ihn umtanzte. Keine Worte, die die Sinnlosigkeit seines Tuns hervorhoben. Suko war wieder frei.

Wirklich frei?

Nein, die andere Welt hatte ihn bestimmt nicht losgelassen, aber er konnte sich bewegen.

Und das war der Grund für seine Euphorie.

Bisher hatte er noch gesessen. Das änderte sich. Suko zog die Beine an, schüttelte den Kopf und stemmte sich langsam in die Höhe. Er drehte sich dabei zur Seite, hustete einige Male durch und stellte fest, dass sich der Boden unter seinen Füßen bewegte.

Zunächst hatte Suko das Gefühl, auf einem schwankenden Brett zu stehen, bis er genauer nachschaute und den relativ schmalen Steg erkannte, der sich vor seinen Augen ausbreitete.

Jetzt wusste er, wo er stand.

Auf einer Brücke!

Und sofort war auch die Erinnerung wieder vorhanden. Als Suko noch bewegungslos in der Astgabel gelegen hatte, war es ihm möglich gewesen, von seinem Gefängnis aus diese Brücke zu sehen, die sich über eine tiefe Schlucht spannte und an der anderen Seite verschwand, wo sich ein Tor befand, das in die normale Welt führte.

Keine einfache Tür, sondern ein in die Felsen integriertes Dimensionstor.

Ein transzendentaler Durchlass von einer Dimension in die andere und so geschickt verborgen, dass er nicht zu erkennen war.

Dieses Tor lag am Ende der Brücke. Suko hatte von seinem Gefängnis aus gesehen, wie Personen durch dieses Tor verschwanden, und er war ebenfalls als Gefangener der Skelett-Reiter über die Brücke zwischen den Welten geschafft worden.

Den Weg wollte er wieder zurückgehen.

Wollte er das wirklich?

Auf einmal war sich Suko nicht mehr so sicher, denn er dachte an seine Freunde, die sich in dieser Dimension befinden mussten. Er hatte John Sinclair gesehen, auch Kara, Myxin und den Eisernen Engel, obwohl dieser zweimal erschienen war.

Sicherlich waren sie gekommen, um ihn herauszupauken.

Sollte er sie jetzt im Stich lassen?

In Prinzip hätte Suko das nie getan. Nur fiel ihm plötzlich ein, dass man ihn nicht nur gefangen genommen, sondern ihm auch die Waffen abgenommen hatte. Er besaß weder die Dämonenpeitsche noch den Stab, und die Beretta hatte er ebenfalls verloren.

Waffenlos in einer Dimension des Schreckens.

Schlimmeres konnte einem Menschen nicht passieren, der zudem umgeben von Feinden war.

Was sollte er tun?

Suko war ein Mensch, der vor dem Handeln überlegte. Auch in diesem Fall. Er stand am Anfang der Brücke. Bisher hatte er nur über dieses schwankende Bauwerk geschaut, dessen andere Seite im Grau dieser Welt verschwamm. Unter den Planken befand sich eine Tiefe, die Suko mit dem Wort bodenlos umschrieb. Da lauerte die Kälte der Hölle, das Reich Luzifers oder das der Hure Lilith, die sich so gern als Luzifers Schwester bezeichnete. Dieses gewaltige Reich hatte den ersten Sturmangriff der Großen Alten abgefangen oder abwehren können. Seinen Feinden war es nicht gelungen, diese Welt zu stürmen. Die Rache der Großen Alten hatte nicht geklappt.

Wie aber ging es weiter?

Suko drehte sich um. Er war ein Mensch, der gern zurückschaute. In diesem Fall besonders, denn er wollte sehen, was er hinter sich ließ, wenn er tatsächlich aus dieser Welt ging.

Es war eine andere als die, die er kannte.

Es hatten sich Proportionen verschoben. Wie auf der Erde nach einem Beben oder Vulkanausbruch. Den kahlen Totenbaum, auf dem Suko gelegen hatte, gab es ebenso nicht mehr wie einen Teil des Felsens, der durch die Gewalt der angreifenden Großen Alten zerstückelt worden war und dessen Reste in irgendeiner Tiefe lagen.

Nur die Brücke hing noch. Das beruhigte Suko einigermaßen. Beunruhigend waren dagegen die verschobenen Grenzen. Möglicherweise waren völlig neue Konstellationen entstanden.

Wieder umhüllte ihn das unnatürlich dunkelgraue Zwielicht, das in dieser Welt herrschte. Die Reiche der Großen Alten waren nicht zu entdecken. Wahrscheinlich hatten sie sich, falls sie nicht zerstört worden waren, in irgendeiner Welt neu formiert.

Wieder einmal spürte Suko die Verlassenheit, die ihn überkam. Dass dieses Gefühl der Niedergeschlagenheit überhaupt vorhanden war, bewies ihm, wie stark sich die Hölle hier noch etabliert hatte. Sie nämlich regierte hier und hatte in Asmodis ihren Vertreter.

Die Große Mutter oder Luzifer, den wahren Herrn des Bösen, hatte Suko bisher nicht zu Gesicht bekommen. Er war auch nicht scharf darauf und zog eine andere Konsequenz.

Er wollte die Welt verlassen.

Den Ausschlag dafür hatte die Tatsache der verschobenen Grenzen gegeben. Suko sah seine Freunde nicht mehr, er entdeckte keinen Ansatz für eine Befreiung.

Sollten sie sich tatsächlich noch am Leben befinden, mussten sie selbst zusehen, dass sie aus den Welten flüchteten. Er wollte wieder zurück und von dort aus die Fäden ziehen.

Wohl war ihm bei diesem Plan nicht. Auf irgendeine Art und Weise kam er sich wie ein Verräter vor, aber er hatte sich nun mal entschlossen und würde seinen Weg gehen.

Der führte ihn über die Brücke.

Ein schwankendes, aus Planken und Seilen bestehendes Gebilde, das bei jeder Gewichtsverlagerung des Chinesen noch mehr durchgeschüttelt wurde, und Suko stellte auch fest, dass nicht alle Planken vorhanden waren. Auf halber Strecke fehlten einige Stücke, und nahe des Endpunktes sah Suko ebenfalls Löcher.

Vorsichtig tastend setzte er seine Schritte, prüfte die Festigkeit der Bohlen und war stets beruhigt, wenn sie hielten. Manchmal hing die Unterlage auch durch, sodass sich Suko gezwungen sah, die Arme auszustrecken, um mit den Händen die Halteseile umfassen zu können. So arbeitete er sich Meter für Meter voran und erreichte tatsächlich sein Ziel, ohne dass etwas passiert wäre oder man ihn aus dem Hinterhalt angegriffen hätte.

Zum ersten Mal atmete der Inspektor auf. Er spürte den kalten Schweiß auf seinem Körper und begann zu frieren. Das ging vorbei, und Suko konzentrierte sich auf das Wesentliche.

Dicht vor ihm befanden sich die Felsen. Wo sie endeten, war nicht zu sehen. Irgendwo in der Höhe verliefen sie im grauschwarzen Licht dieser unheimlichen Welt.

Hier musste es einen Ausgang geben, nur fand Suko ihn nicht. Sosehr er sich auch bemühte und die Wände abtastete, er erzielte keinen Erfolg.

Bis er die Stimme hinter sich hörte. »So einfach ist es nicht, aus der Hölle zu entkommen. Zudem habe ich das Tor für alle Zeiten geschlossen. Ich brauche es nicht mehr.«

Kaum hatte Suko die Stimme gehört, als seine Arme nach unten sanken. Er wusste, wer gesprochen hatte, und er glaubte den Worten des Redners auch, denn er hatte die Macht, so etwas zu tun.

Langsam drehte sich Suko um. Er hatte dabei Mühe, den enttäuschten Ausdruck aus seinem Gesicht verschwinden zu lassen.

Der andere grinste ihn diabolisch an.

Es war Asmodis!

Kara, die Schöne aus dem Totenreich, und der Eiserne Engel hatten ihre Waffen geschleudert.

Zwei Schwerter gegen die Hölle. Damit wollten sie die Magie dieser grausamen Welt brechen und die Grenzen knacken.

Es war ihnen gelungen, nur hatten sie die Ereignisse nicht vorausberechnen können.

Das magische Beben hatte auch sie voll gepackt und dorthin geschleudert, wo es weder Grenzen noch Punkte gab, die sie als Orientierungshilfe nehmen konnten.

Sie trieben zwischen den Welten im Nichts. Und es war ihnen gelungen, ihre Waffen zurückzubekommen. Die hielten sie fest umklammert. Sie sahen sich, aber sie sprachen nicht miteinander. Das Schicksal nahm seinen Lauf.

Grenzen hatten sich verschoben.

Die lauernden Reiche der Großen Alten lagen jetzt woanders. Zwangsläufig hatten sie sich zurückziehen müssen, nachdem ihr erster Angriff auf die Hölle fehlgeschlagen war. Aber sie waren nicht vernichtet worden und noch vorhanden.

Nur ein Reich fehlte: Kalifatos.

Die Monsterspinne lebte nicht mehr. Asmodis hatte sie vernichtet. Sie war zerrissen worden.

Aber es gab die anderen noch.

Mächtige Dämonen wie Gorgos, Hemator, Krol, der Namenlose oder der Zwillingsbruder des Eisernen Engel, der der sechste Große Alte war.

Dass die beiden zusammenblieben, empfand sie als Glücksfall, zu den anderen hatten sie keinen Kontakt mehr. Ihre Freunde trieben irgendwo zwischen Raum und Zeit.

Und sie?

Der magische Strudel war plötzlich da. Und so stark, dass sie beide sich nicht dagegen wehren konnten. Sie wurden mitgerissen. Die Umgebung verlor ihre graue Farbe. Sie veränderte sich und wurde allmählich heller, wobei erste Konturen entstanden.

Eine andere Dimension hatte sie aufgenommen.

Ihr Schweben hörte plötzlich auf. Beide spürten festen Boden unter ihren Füßen.

Zur gleichen Zeit geschah dies, und sie standen so nahe beieinander, dass sie sich anschauen konnten.

Jeder sah den anderen. Keine Finsternis lag mehr zwischen ihnen, dafür ein helles, klares, beinahe unnatürliches Licht.

Kara sah den Eisernen Engel vor sich. Er trug das Schwert in der Hand, das magische Pendel hing an seiner Seite, und Karas Waffe glänzte wie poliertes Gold. Zahlreiche Reflexe tanzten auf der Klinge und verteilten sich sogar auf ihrem schwarzen Haar.

Es wehte kein Wind in dieser Welt, dennoch vernahmen sie ab und zu knackende oder brechende Geräusche.

Die beiden wussten wohl, wo sie gelandet waren, doch keiner von ihnen sprach es aus.

Sie standen da und schauten sich um.

Hinein in die Weite eines Landes, das man auch als einen Teil der geheimnisvollen Leichenstadt bezeichnen konnte. Hier regierte einer der Großen Alten. Ihm gehörte diese Welt, die an einigen Stellen durchsichtig wie Glas war.

Und aus Glas bestanden auch die Kristallberge, die Wege, die Schluchten und Felsen.

Kein Zweifel, Kara und der Eiserne Engel befanden sich in Gorgos' Welt.

Auch Myxin und den falschen Engel hatte es erwischt. Durch die Magie der beiden Schwerter war der Teil der Leichenstadt zerstört worden, der dem Eisernen Engel gehörte. Er selbst aber hatte überlebt und musste sich voll und ganz den unheimlichen Gewalten des nicht kontrollierbaren Sturms hingeben.

Sie trieben wie Blätter, und keiner von ihnen hatte die Kraft, sich dagegenzustemmen.

Gab es ein Ziel?

Bestimmt, für alle Ewigkeiten würden sie nicht zwischen den Dimensionen verschollen bleiben, Myxin, der kleine Magier, selbst mit starken Kräften ausgestattet, glaubte fest an diese Lösung, und er versuchte auch, seine Kräfte zu mobilisieren.

Er konnte seine magischen Fähigkeiten kontrollieren und sie dann, wenn es sein musste, gezielt einsetzen.

Das versuchte er auch hier, während um ihn und den falschen Engel ein gewaltiger magischer Sturm toste, der beide unter seiner Kontrolle hielt.

Leider nicht nur körperlich, auch gedanklich schaffte es der kleine Magier nicht, sich von dem Bann zu befreien. Das geistige Gefängnis war einfach zu stark für ihn. Es hielt ihn fest wie ein dichtes Gitter, sodass er mit seinen telekinetischen oder telepathischen Kräften nicht durchkam.

Myxin wurde abgeblockt.

So blieb ihm nichts weiter übrig, als den Mächten Tribut zu zollen, unter deren Kontrolle er sich befand.

Über das Ziel der Reise zu spekulieren, das hatte überhaupt keinen Sinn. Er war nicht in der Lage, es zu beeinflussen, sodass er endgültig abwarten wollte, wohin ihn der magische Explosionsdruck trieb.

Und auch den falschen Eisernen Engel.

Seltsamerweise war er nicht von ihm getrennt worden. Er wäre lieber mit einer anderen Person auf die Reise gegangen.

Das hatte die andere Seite nicht zugelassen, und so musste er sich mit der Begleitung des falschen Engels abfinden.

Auch der schaffte es nicht, den unheimlichen Gewalten zu trotzen. Manchmal hörte ihn Suko schreien. Es waren röhrende Laute, die er ausstieß. Wahrscheinlich rief er nach seinen Brüdern, den übrigen Großen Alten. Eine Antwort erhielt er nicht.

Der magische Sturmwind hatte ihn in die Dimensionen geschleudert und ließ ihn auf diese Art und Weise erkennen, dass die Großen Alten eine Niederlage erlitten hatten.

Da Myxins magische Kräfte gestoppt oder zurückgedrängt worden waren, versuchte er es auch nicht mehr und ließ sich treiben. Er hoffte, dass er irgendwann ein Ziel erreichte.

Und das geschah!

Urplötzlich und ohne Übergang waren sie da. Das Grau, das Nichts, durch das sie geschleudert worden waren, verschwand. Die Umgebung nahm allmählich Konturen an, auch wenn sie kaum etwas erkannten, nur eine öde, hell bis dunkelgraue Fläche, über der ein seltsam klares Licht lag, aber von keiner Sonne stammte, sondern von dem Himmel abgegeben wurde, der über ihnen lag.

Dieses Licht war so stark, dass sie erkennen konnten, welche Beschaffenheit der Untergrund zwischen ihren Füßen hatte.

Er war zwar fest, sah aber gleichzeitig so aus, als bestünde er aus Glas. Myxin kam der Begriff von gefrorenem Schleim in den Sinn, und als er heftig auftrat, spürte er auch unter seinen Füßen einen harten Widerstand. Darum kümmerte er sich nicht. Andere Dinge waren wichtiger. Zum Beispiel der Eiserne Engel, der sich von ihm entfernt hatte, sodass Myxin auf dessen Rücken schaute.

Diese Person war ein Feind!

Während der kleine Magier daran dachte, zuckte es in seinem Gesicht, und er erschrak, als sich der Eiserne gedankenschnell drehte und dabei seine Waffe zog.

Sie starrten sich an.

Sekundenlang geschah nichts. Im Gesicht des Eisernen

bewegte sich kein Muskel, die Lippen waren fest geschlossen, die Augen ein wenig verengt. Obwohl er nichts sagte, spürte Myxin sehr stark den Hauch einer Feindschaft, die ihm entgegenwehte.

Todfeindschaft!

Beide waren sie Gefangene dieser fremden Welt. Doch beide waren sie auch Gegner, wobei der eine sich über den Tod und die Vernichtung des anderen freuen würde, wie es aussah.

Im Vergleich zur Größe des falschen Engels wirkte Myxin klein, fast unscheinbar.

Wie immer trug er seinen langen Mantel, aus dessen Kragen der schmale Kopf hervorschaute. Seine Haut schimmerte in einem leichten Grün, ansonsten hatte er ein menschliches Gesicht, aber in seinem Körper steckten gewaltige Kräfte.

Würden sie auch ausreichen, um den Eisernen Engel zum Kampf aufzufordern?

Da war sich Myxin nicht so sicher. Das Schicksal hatte ihm einen Streich gespielt und ihm ein feindliches Wesen an seine Seite gegeben. Nicht nur das, dieser Feind gehörte sogar zu den Großen Alten, und Myxin hatte die Geste des Engels genau verstanden.

Niemand zog zum Spaß sein Schwert. Wer die Waffe hervorholte, wollte auch töten.

Und der Eiserne Engel hatte dies vor. Er begann scharf zu lachen, bevor er dem kleinen Magier erklärte, was er mit ihm vorhatte.

»Es ist ein für mich günstiges Schicksal gewesen, das uns in diese Welt getrieben hat. Uns beide.«

»Wieso günstig?«, fragte Myxin.

Der Eiserne Engel lachte ihn an oder aus. »Weil ich hier alle Chancen habe, dich zu töten, Magier. Wir kennen dich, wir kannten dich schon lange und wussten auch, dass du die Seite gewechselt hast. Du hättest noch die Chance bekommen, dich zu entscheiden. Das hast du getan. Du stehst den Menschen bei, obwohl du eigentlich zu uns gehörst und schwarzmagisches Blut in deinen Adern fließt. Einmal hast du den Verräter gespielt, das war ein Bluff, und es wird bestimmt nicht wieder vorkommen. Dafür sorge ich, auch wenn meine Welt nicht mehr existiert. Aber ich habe Freunde.«

»Die restlichen Großen Alten, wie?«

»Jawohl. Sie werden mir zur Seite stehen. Ein jeder hilft den anderen. Weißt du eigentlich, in welcher Welt wir hier gelandet sind, Magier?«

Myxin schaute sich um, während er dabei seine schmalen Schultern in die Höhe hob. »Ich kann es nur erraten. Wir sind …

»Bei Krol!«, vollendete der falsche Engel.

Myxin sagte nichts. Das hatte er erwartet, als er zum ersten Mal den Boden sah. Wie gefrorener Schleim wirkte er auf ihn, und Krol war eine ganz besondere Figur in diesem Spiel.

Ein Mutant, eine Mischung aus Tier und Monster. Eigentlich ein Tier, doch so gewaltig und groß gewachsen, dass man ihn schon als Monster bezeichnen musste.

Krol war ein Krake!

Der größte und schlimmste, den es wohl je gegeben hatte. Selbst in den Urzeiten der Erde hatte diese Art von Tieren nicht existiert. Wer Krol erschaffen hatte, musste eine perverse Fantasie gehabt haben.

»Ich kenne ihn!«, erklärte Myxin.

Der falsche Engel lachte. »Das kann ich mir vorstellen. Aber dir ist es nicht gelungen, ihn zu vernichten. Viele haben es versucht, keiner konnte es schaffen, denn Krol ist unersättlich. Er verschlingt nicht allein Aas, auch lebende Personen.«

»Weshalb erzählst du mir das alles?«, erkundigte sich Myxin mit tonloser Stimme.

»Aus Gründen, die ich für human halte. Ich wollte dir nur mitteilen, was dich erwartet, wenn ich dich nicht vorher töte. Und das wäre doch sicherlich besser. Lieber durch einen Hieb meines Schwertes sterben, als in die Gewalt des Kraken zu gelangen und allmählich zerdrückt zu werden.« Mit der freien linken Hand vollzog der Eiserne die Geste nach, indem er die Finger zur Faust schloss.

Im Prinzip hatte er Recht. Nur wollte Myxin beides nicht, aber das band er seinem Gegner nicht auf die Nase.

»Nun? Was sagst du?«

Der kleine Magier hob die Schultern. »Du kannst es versuchen, Eiserner. Waffen besitzt du ja genug.«

»Und wie«, erklärte der Eiserne. »Aber für dich reicht das Schwert. Ich liebe es besonders.« Während dieser Worte begann er zu lachen und bewegte sich auf den kleinen Magier zu.

Myxin machte sich auf einen harten Kampf gefasst. Nicht, dass er Angst gehabt hätte. Er konnte sich genau richtig einschätzen und wusste längst, dass er seine alten Kräfte wiedergefunden hatte. Die magische Reise war beendet, jetzt standen die Fronten fest, und es ging wieder zur Sache.

Er konnte den Eisernen täuschen. Dieser hätte sich darüber wundern müssen, dass Myxin so gar keine Abwehrbewegung unternahm, einfach stehen blieb und den tödlichen Hieb erwartete.

»Hast du dich aufgegeben?«, fragte der Engel.

»Fast.«

In dem bronzefarbenen Gesicht des Großen Alten zuckte plötzlich die Haut. Er fühlte sich ungemein sicher. In dieser Welt, die einem seiner Brüder gehörte, konnte ihn nichts mehr überraschen.

Und er schlug zu.

Genau auf diesen Augenblick hatte der kleine Magier gewartet. Es war auch für ihn ein Spiel mit dem Feuer gewesen. Reagierte er einen Lidschlag zu spät, würde ihn die scharfe Klinge teilen.

Myxins Rechnung ging auf.

Die breite Klinge befand sich bereits auf dem Weg nach unten, als sie von der gedanklichen Kraft des kleinen Magiers getroffen wurde. Myxin arbeitete mit der Telekinese, die es zuließ, dass er kraft seiner Gedanken Gegenstände bewegte.

Wie auch dieses Schwert!

Und nicht allein die Waffe, auch der Arm wurde in Mitleidenschaft gezogen.

In der Bewegung stoppte die Klinge. Auf halbem Weg blieb sie stehen, wobei der Eiserne plötzlich das Gesicht verzog und mit aller Gewalt versuchte, das Schwert nach unten zu drücken und Myxins Schädel zu spalten.

Der kleine Magier stand direkt unter der Klinge. Eine halbe Armlänge trennte seine Schädeldecke nur von der Waffe, aber der Eiserne schaffte es nicht, sein Schwert nach unten zu drücken und somit die Distanz zu überwinden.

Nicht mal zur Seite trat Myxin, als er in die Höhe schaute und sich ein Lächeln auf seine schmalen Lippen legte. »Das war wohl eine Fehlspekulation«, erklärte er und nickte sich selbst zu, als wollte er sich bestätigen.

Der Eiserne ächzte. Sein Gesicht hatte sich verändert. Die Proportionen verschoben sich dabei so, dass Myxin das Gefühl bekam, als würde die Eisenhaut reißen.

Seine linke Hand konnte er bewegen. Er nahm sie zu Hilfe, aber es gelang ihm auch nicht, mit beiden Händen das Schwert nach unten zu bewegen. Myxin blieb unverletzt.

Er aber wollte hier in dieser Welt ein Exempel statuieren. Noch längst hatte er nicht alle Kräfte ausgeschöpft, und abermals strengte er sich an. Ein heimlicher Beobachter hätte das kurze Aufglühen in seinen Augen erkennen können. Die Pupillen wurden für die Dauer dieses geistigen Kraftaktes schockgrün, und der falsche Engel merkte, wie mächtig Telekinese sein kann.

Er musste sich im nächsten Augenblick vorkommen wie innerhalb des magischen Orkans nach der Zerstörung der Grenzen, denn so wuchtig hob es ihn vom Boden ab, und Myxin setzte noch einen Schub hinzu.

Die große, starke Gestalt überschlug sich in der Luft. Zu einem Spielball war sie degradiert worden, bevor sie im freien Fall rücklings und so hart zu Boden krachte, dass die Erschütterungen von Myxin wahrgenommen wurden.

Langsam setzte sich der kleine Magier in Bewegung. Er lächelte jetzt. Sein Gehen glich einem Schlendern. Es tat ihm gut, endlich einmal einen Sieg errungen zu haben, und er blieb neben dem falschen Eisernen Engel stehen.

Myxin schaute auf ihn herab.

Noch immer hielt der Eiserne das Schwert fest. Bewusstlos war er nicht. Seine Augen standen offen, in den Pupillen erkannte Myxin Leben, und der kleine Magier nickte.

»Was willst du?«, ächzte der Eiserne.

»Du wolltest meinen Tod«, erwiderte Myxin. »Kennst du die Gesetze der schwarzen Magie?«

»Ja, verdammt.«

»Dann ist dir auch bekannt, dass die schwarze Magie Gleiches mit Gleichem zu vergelten sucht.«

»Du willst mich vernichten?«

»So sehe ich es!«

Der Eiserne lachte krächzend. »Das traust du dich nicht. Nein, das wirst du nicht wagen. Nicht in einer Welt, die dir feindlich gesonnen ist. Du kannst so etwas einfach nicht. Du …«

»Ich kann es!« Myxin hatte ton- und emotionslos gesprochen, sodass gerade diese Stimme den falschen Engel von Myxins Absichten überzeugte.

Er schwieg in der Folgezeit und hörte auf das, was ihm Myxin zu sagen hatte.

»Viele Dinge sind im Laufe der Zeit geschehen«, erklärte der kleine Magier. »Du weißt selbst, dass wir Feinde sind, und ich weiß auch, wie du mit deinen Feinden umgehst. Ihr, die Großen Alten, habt euch vorgestellt, die Hölle zu vernichten. Das ist euch nicht gelungen. Diesen Plan musstet ihr vorerst verschieben, aber wie ich euch kenne, habt ihr es nicht aufgegeben, die Menschheit unter Kontrolle zu bringen. Im alten Atlantis wart ihr eine geheimnisvolle Macht. Älter als dieser Kontinent, wurdet ihr von manch mächtigem Magier oder Zauberpriester angebetet. Viele wollten solche Kräfte, mit denen ihr ausgerüstet wart. Das ist zum Glück nicht gelungen, da der Untergang dazwischenkam. Ihr konntet überleben und musstet mit ansehen, wie sich die Menschheit anderen Götzen zuwandte, falls sie nicht gerade an den einen glaubten. Das alles passte euch nicht. Die Großen Alten waren zu herrschen gewohnt, und diese Strukturen sollten neu erschaffen werden. Ob die Menschheit die Kraft hat, um euch zurückzustoßen, wage ich zu bezweifeln, aus diesem Grunde muss ich so handeln und dich töten, damit ich letztendlich der Menschheit einen Gefallen tue. Ich hoffe, du hast mir folgen können.«

»Ich habe deine verdammten Worte verstanden«, ächzte der Eiserne Engel.

»Dann finde dich mit deinem Schicksal ab.«

»Nie!«

»Was willst du denn noch unternehmen?« In Myxins Stimme klang sogar noch Mitleid. »Du bist nicht in der Lage, etwas dagegen zu tun. Wer unter meiner Kontrolle steht, schafft nichts …« Myxin hatte seiner Ansicht nach genug geredet. Er wollte handeln.

Und wieder setzte er seine mentale Kraft ein. Wie von Geisterhänden geführt, bogen sich plötzlich die Finger des Eisernen auseinander. Sie gehörten zu der Hand, die das Schwert umschloss. Normalerweise hätte es zu Boden fallen müssen, es geriet jedoch in Myxins Kraftfeld, wurde gepackt und allmählich in die Höhe gehievt, wo es sich einmal drehte und über dem Körper des falschen Engels zur Ruhe kam.

Noch lag es waagerecht, aber Myxin wollte dafür sorgen, dass es kippte und mit der Spitze auf den Körper wies.

Provozierend langsam drehte es sich um seine Achse, wobei es vom Eisernen beobachtet wurde.

»Ich bin mir sicher«, erklärte Myxin, »dass es deinen Körper zerschneidet wie Butter. Danach gibt es nur noch vier Große Alte, denn Kalifato wurde bereits vernichtet …«

Der Eiserne kämpfte. Er versuchte, seine Bewegungen unter Kontrolle zu bringen und sich aus der Gefahrenzone zu rollen, aber Myxins Kraft war einfach zu stark.

Bis zu dem Augenblick, als ihn ein anderer überraschte, mit dem auch Myxin nicht mehr gerechnet hatte.

Er spürte noch den Schlag, der seine Füße traf. Dann wurde er selbst in die Höhe geschleudert, und genau dort, wo er eben noch gestanden hatte, brach die Erde auf.

Ein riesiger Schleimarm erschien.

Ein Tentakel!

Blitzschnell hatte es die Lage erfasst. Während Myxin einige Meter entfernt so hart aufprallte wie zuvor der Eiserne Engel, griff der Krankenarm zu und umfasste die Waffe, wobei er sie mit einem gedankenschnellen Ruck aus der Gefahrenzone des falschen Engels zog.

Damit war Myxin demonstriert worden, wie sehr die Großen Alten zusammenhielten und er letztendlich auf verlorenem Posten stand …

Wir hatten es hinter uns.

Wir, das waren der kleine Ali und ich. Wobei ich den Jungen mit seinen vierzehn Jahren nicht unbedingt als klein ansehen wollte, denn er hatte sich tapfer gehalten.

Hinter uns lag die Hölle!

Wir waren in die unheimliche, fremdartige Welt eingedrungen, hatten uns durchgekämpft, waren auf unsere Freunde gestoßen, hatten Leilas Vernichtung durch den Eisernen Engel miterleben müssen und Liliths Bluff, denn ihr war es gelungen, uns in der Gestalt des Callgirls Leila zu täuschen. Danach war es zu dieser heftigen Verschiebung der Magie gekommen, ausgelöst durch den Eisernen Engel und Kara, die beide ihre Schwerter geschleudert hatten.

Auch Ali und ich waren von den Gewalten erfasst und abgetrieben worden. Hinein in eine Welt, die eigentlich keine war, denn wir befanden uns genau dort, wo sich zwei gewaltige steinerne Handgelenke berührten und die über uns himmelhoch aufragenden Hände eine immense Schlucht bildeten.

Das also lag hinter uns.

Und was lag vor uns?

Wir wussten es beide nicht. Es war nicht mal mehr zu erraten, denn unsere Zukunft war so ungewiss wie selten.

Ich fing einen Blick meines jungen Begleiters auf. Die Angst war aus seinen Augen verschwunden, und ich wusste, dass er mir etwas sagen wollte. »Los, spuck's schon aus!«

»Du heißt doch John, nicht?«

»Ja.«

»Für mich nicht mehr.« Er tippte mich mit dem Zeigefinger an. »Jetzt bist du Indy oder Indiana Jones. Mit dir erlebt man ja bald noch mehr Abenteuer.«

Ich verdrehte die Augen. »Hör zu, du Pimpf! Erstens bin ich nicht Indiana Jones und auch nicht Indy, zweitens befinden wir uns nicht im Kino, und drittens bist du kein chinesischer Junge, sondern ein Marokkaner. Einen chinesischen Freund habe ich nämlich schon.«

»Schade«, murmelte Ali. »Dabei hatte ich mich darauf gefreut, dein Freund sein zu können.«

»Das kannst du trotzdem!«

Er lachte. »Sind wir Partner, John?«

»Immer.«

Ali streckte mir die Hand entgegen, ich schlug ein und hörte, wie er sagte: »So, und jetzt bring mich hier raus, großer Meister.«

Ob ich wollte oder nicht, ich musste lachen. »Tut mir Leid, so einfach ist das nicht. Außerdem gibt es kein Drehbuch wie im Film. Wir müssen uns schon mit den Tatsachen abfinden.«

Ali schwieg. Stattdessen schaute er in die Höhe, dabei verzogen sich seine Lippen zu einem Halbmond. »Sieht ja bescheiden aus«, erklärte er. »Kannst du gut klettern?«

»Hin und wieder. Aber keine glatten Wände hoch.«

»Was machen wir dann?«

Das wusste ich zwar auch nicht, dennoch drehte ich den Daumen und deutete nach unten. »Vielleicht liegt unser Glück in der Tiefe, nicht in der Höhe.

Noch einmal legte ich den Kopf in den Nacken. Die beiden Hände hatte ich schon einmal gesehen, da schwebte zwischen ihnen der Würfel des Unheils. Jetzt waren sie leer, aber noch immer so gewaltig, drohend und gefährlich.

Sie reichten so hoch, dass meine Blicke die Fingerspitzen nicht mehr erfassen konnten. Genau da, wo sie sich ungefähr befinden mussten, verschwammen sie in einem diffusen Grau.

Jede menschliche Hand hat einen Ballen, auch Hautfalten, Linien, Schwielen und Finger.

Das alles sah ich auch hier, und natürlich waren die Falten in der Betonhaut wesentlich breiter, sodass wir mit den Händen hineinfassen konnten. Wo die Finger hineinpassten, würden auch die Füße stecken bleiben, deshalb kam es auf einen Versuch an. Nur wusste ich nicht, was uns erwartete, wenn wir tatsächlich das Ende der Finger erreichten.

Ali hatte meine Blicke natürlich bemerkt und sich auch seine Gedanken gemacht.

»Da willst du hoch, John?«

»Mit dir.«

»Hm«, meinte er und nickte. »Ich bin dabei. Angst habe ich davor nicht. Das klappt schon.«

»Dann wirst du auch vorgehen.«

»Wieso ich?«, beschwerte er sich. »Hast du vielleicht Angst?«

»Jeder von uns hat wohl Angst. Wenn du aber ausrutschst, könnte ich dich vielleicht abstützen oder auffangen, daran solltest du denken. Alles klar jetzt?«

»Sicher, du bist der Chef.« Ali schaute nach, ob seine Waffe noch im Gürtel steckte. Fletsche und Munition waren noch vorhanden.

Mit meinem Vorschlag hatte ich bei Ali offene Türen eingerannt. Die Kletterei würde uns von den eigentlichen Problemen ablenken, so hoffte ich. Auch die Gelenke waren von einem Faltenmuster durchzogen. Zum Teil stach es so tief in die Steinhaut, dass Ali mit seinen Schuhspitzen Platz fand. Und ich ebenfalls.

Die Arme hielten wir gereckt, und unsere Fingerspitzen verschwanden in den kleinen Furchen und Spalten. So schafften wir es, die ersten Meter hinter uns zu bringen.

Da ich hinter Ali herkletterte, konnte ich die Geschmeidigkeit seiner Bewegungen bewundern.

Nicht einmal musste ich ihn unterstützen. Schwierig wurde es, als wir das rechte der beiden Gelenke hinter uns gelassen hatten und den Handballen erreichten.

Er war sehr glatt, selbst Ali rutschte mit der rauen Sohle seiner Turnschuhe ab.

Ich hörte ihn schimpfen. Er sagte etwas auf Arabisch, blieb in einer Schräglage hängen und schaute nach unten, sodass ich sein schweißnasses Gesicht erkennen konnte.

»Geht es nicht mehr weiter?«

»Nein, John, das ist zu glatt. Ich habe mich an der letzten Spalte festgeklammert. Jetzt ist erst einmal nichts, und fliegen können wir ja nicht.«

Da hatte er Recht. Fliegen konnten wir nicht. Hemator, der Unbesiegbare, würde uns wohl zum Schicksal werden, wie damals den Menschen im Bermuda-Dreieck.

Wie sollte es weitergehen?

»Wir müssen zurück!«, erklärte Ali.

Noch wollte ich nicht aufgeben. »Bleib du in deiner Haltung!«, rief ich ihm zu.

»Und was machst du, John?«

Ich gab ihm keine Antwort, denn ich begann bereits mit der Kletterei. Ich wollte rechts an Ali vorbei, denn dort hatte ich einige Stellen gesehen, die Einkerbungen aufwiesen.

Sehr vorsichtig ging ich zu Werke. Ein Fehltritt konnte alle Mühen zunichte machen und unseren Tod bedeuten. Ich hatte keine Lust, mit zerschmetterten Knochen in der Mulde zu liegen, in die uns die Kraft des magischen Orkans getrieben hatte.

Und so gewann ich wieder einige Meter, bis ich mich mit Ali auf gleicher Höhe befand.

»Du wirst auch nichts anderes sehen, John!«

Da hatte Ali Recht. Ich sah tatsächlich nichts anderes. Nur eine glatte Fläche, ohne Falten, Einkerbungen und Risse. Sie zog sich, von mir aus gesehen, über den Ballen nach rechts hinweg. Wo sich das möglicherweise änderte, war für mich nicht zu sehen.

Nein, wir mussten zurück.

»Hatte ich nicht Recht gehabt, John?!«, schrie Ali. Er hatte zuletzt bei jeder Frage laut gerufen, um seine Furcht zu unterdrücken.

»Klar, das hattest du.«

»Jetzt weißt du auch nicht mehr weiter, wie?«

Er war herrlich direkt. Auch diesmal hatte er den Nagel auf den Kopf getroffen. Ich wusste nicht, was ich noch unternehmen sollte, um mit dieser Situation fertig zu werden.

»Wir können ja wieder zurück!«

»Und dann?«, fragte ich.

»Weiß ich auch nicht.«

»Du bist mir ein Scherzkeks.«

»Was ist das? Kann man das essen?«

Hätte ich nicht in einer für mich so anstrengenden Lage gehangen, ich hätte gelacht.

So aber biss ich die Zähne zusammen, löste die Zehen meines rechten Fußes aus dem Spalt, streckte das Bein aus und suchte den nächsten Halt.

Der befand sich weiter rechts und so tief unter mir, dass ich abrutschte.

Das war nicht das, was ich hatte haben wollen. Ich murmelte einen leisen Fluch und suchte einen anderen Weg.

In diesem Augenblick durchlief ein heftiges Zittern die beiden Hände. Wo es seinen Ursprung gehabt hatte, war mir unbekannt. Wahrscheinlich in der Tiefe, denn die Hände hatten auch Arme, die irgendwo in der Düsternis endeten.

»John, das geht ins Auge!«, rief Ali. Er hatte sein Gesicht so verzogen, als würde eine Zitrone in seinem Mund stecken.

Ins Auge würde es wohl nicht gehen, eher ins Leben, nur sagte ich Ali das nicht.

Und wieder zitterten die Hände.

Arhythmische Stöße liefen durch den Stein. Jetzt sogar stärker als beim ersten Mal.

Lange würden wir uns hier nicht mehr halten können. Irgendwann beim nächsten Angriff mussten wir Hände und Füße lösen, um in das Nichts zu fallen und irgendwo zerschmettert liegen zu bleiben.

»Nummeriere schon mal deine Knochen!«, rief Ali. »Ich habe es bereits getan.«

Der nächste Stoß.

So überraschend und heftig, dass wir uns beide nicht mehr festklammern konnten.

Ich rutschte als Erster ab. Wie viele Meter war ich geklettert? Ich hatte sie nicht gezählt, aber es waren verdammt nicht wenige gewesen. Einen Fall aus dieser Höhe überlebte ich nicht.

Auch Ali löste sich.

Diesmal schrie er nicht. Stumm fielen wir in die Tiefe, wobei ich noch die Augen weit offen hielt und hoch über mir beobachtete, wie sich die Finger bewegten.

Sie wuchsen einander entgegen.

Beide Hände schlossen sich, und wir hörten eine hallend klingende Stimme. »Willkommen in Hemators tödlicher Welt …«

Danach erlosch die Erinnerung!

Auch Kara und der Eiserne Engel standen in einer für sie fremden Dimension.

Es war eine Welt aus Glas, in der Gorgos, der Gläserne, regierte und wie alle Großen Alten mit seinen Opfern kein Pardon kannte. Dabei hatte er sich noch eine besondere Todesart für seine Feinde ausgedacht, da es ihm gelungen war, von diesen eckigen Kristallformationen kleine, kaum sichtbare, hauchdünne Fäden zu lösen, die lautlos durch die Luft schwebten und zielsicher in die Haut ihrer Opfer schnitten. Kara und dem Eisernen war dies bekannt. Nicht zuletzt John Sinclair und Suko hatten mit diesen Fäden schon ihre ungewöhnliche Bekanntschaft gemacht, zum Glück aber überlebt.

Würden sie es auch schaffen?

Beide hielten sich auf einer gläsernen Ebene auf und schauten sich um. Der Kristallboden musste das wenige Licht, das es hier gab, so verstärken, dass beide durch diese unnatürliche Helligkeit und die Farbenpracht der Prismen geblendet wurden.

Sie sprachen nicht miteinander. So unterschiedlich sie auch waren, sie verstanden sich ohne Worte.

Nachdem sie eine unmittelbare Gefahr für Leib und Leben nicht erkannt hatten, stellte Kara die erste entscheidende Frage: »Was können wir alles tun?«

Darüber hatte auch schon der Eiserne Engel nachgedacht. Er erwiderte: »Das liegt auf der Hand. Wir müssen einfach den richtigen Weg finden, der uns zu Gorgos führt.«

»Meinst du?«

»Davon bin ich überzeugt.«

»Aber wer ist Gorgos? Hast du ihn gesehen? Gibt es Bilder von ihm? Würde er sich zeigen?« Kara war skeptisch.

»Eine gute Frage, die ich dir leider nicht beantworten kann«, erwiderte der Eiserne. »Ich kenne ihn nicht. Ich stand ihm nie persönlich gegenüber.«

»Auch nicht in Atlantis?«

»Nein, hast du ihn denn gesehen?«

Kara schüttelte ihren Kopf. Die langen, schwarzen Haare flogen dabei. »Es ist mir nie gelungen. Ich hörte nur mehr in Erzählungen und Legenden von ihm. Die Alten sprachen davon. Zudem sind unsere Gegner wesentlich älter als ich.«

»Das stimmt.«

»Aber was ist mit dir?«, fragte Kara.

»Ich habe ihre Wege nie gekreuzt«, erklärte der Eiserne. Dabei schaute er an Kara vorbei in die kristallene Ferne, als könnte er dort irgendwo die Lösung seiner Probleme entdecken. »Vielleicht bin ich ihnen auch bewusst aus dem Weg gegangen …«

»Du meinst wegen deines Bruders?«

»Genau.«

»Wusstest du denn davon?«

»Nein, ich habe nur gehört, dass es um meine Geburt ein Geheimnis gibt. Jetzt weiß ich mehr. Wie alles genau entstanden ist und was das Geheimnis beinhaltet, das kann ich dir leider nicht sagen. Es ist auch uninteressant, wir wollen sehen, dass wir uns in dieser Welt zurechtfinden.«

»Du kennst auch die Folgen?«, erkundigte sich Kara.

»Natürlich. Jeder, der sich mit Gorgos anlegt und ihm zu nahe kommt, erfährt seine Rache. Er verglast allmählich. Das

Leben wird aus seinem Körper gesaugt, wobei ich mich wundere, dass man uns noch nichts getan hat.«

»Sind wir Menschen?«, fragte Kara leise.

Der Eiserne zuckte zusammen. Dann drehte er langsam den Kopf und schaute auf Karas Haar. »Menschen?« Er wiederholte das Wort. »Das weiß ich auch nicht genau. Ich glaube nicht.«

»Wir sehen zwar menschenähnlich aus, wobei ich mich mehr als Mensch bezeichne als dich. Aber welche Existenz ist schon über zehntausend Jahre alt? Nicht mal ein Baum.«

Nachdenklich nickte der Eiserne. »Wenn wir keine Menschen sind, was sind wir dann?«

»Vielleicht Zwitter, die sich mehr zur menschlichen Seite hingezogen fühlen.«

»Das kann sein. Ich würde vorschlagen, dass wir es dabei belassen. Finden wir uns damit ab.«

Für beide war die kleine Philosophiestunde beendet. Sie hatten andere Probleme. Da es keinen Weg zurück gab, mussten sie nach vorn schauen und gehen.

Das hieß: Gorgos aufspüren!

Sie würden es zumindest versuchen und einfach in die Richtung gehen, wohin sie schauten. Irgendwann einmal mussten sie auf Gorgos treffen. Er konnte sich nicht immer versteckt halten.

Obwohl sich beide in einer schweigenden Welt befanden, vernahmen sie immer wieder Geräusche. Verursacht durch ihre Schritte auf dem gläsernen Boden, und sie hörten das Knirschen, ohne dass jedoch Glas brach. Es zeigte hin und wieder Risse, sodass es genau an diesen Stellen schwammig aussah.

Es war ein schlimmes Land. Ohne jegliche Geräusche. Obwohl beide nicht so empfanden wie normale Menschen, war ihnen das Land des Schweigens unsympathisch.

Der Eiserne Engel ging einige Schritte vor. Er hatte sein Schwert gezogen, hielt es in der rechten Hand und schlug damit manchmal einen Halbkreis, sodass die Spitze der Waffe dicht über den Boden wischte.

Plötzlich blieb er stehen.

Kara fragte nicht nach dem Grund, sie schaute dorthin, wo sich auch der Blick des Eisernen konzentriert hatte, und sah dicht unter dem Glas etwas liegen.

Die Schöne aus dem Totenreich erschrak.

Es war ein Mensch.

Die Schichten des ungewöhnlichen Glases verzerrten die Sichtperspektive, dennoch konnten beide erkennen, dass es sich bei diesem verglasten Menschen um einen Soldaten handelte, denn auf dem Kopf trug er einen breiten Helm mit einem Riemen. Dieser wiederum hatte sich um das Kinn des Soldaten gewickelt.

»Ich glaube, ich kenne ihn!«, flüsterte Kara.

»Woher?«

Das Lächeln der dunkelhaarigen Frau wirkte verloren. »Wenn ich irdische Zeitmaße nehme, würde ich sagen, dass er zehntausend Jahre alt ist. Verstehst du?«

»Dann stammt er aus unserem Land?«

»Ja, er ist ein Soldat von dem versunkenen Kontinent.«

Der Eiserne bewegte seinen Kopf. »Ich frage mich nur, wie er hier in diese Welt kommt.«

»Er wird uns leider keine Antwort mehr geben können.« Kara hob die Schultern und schaute nach rechts, wo eine aus unzähligen Platten und Kristallen bestehende Felsformation in die Höhe wuchs und regelrechte Berge bildete, auf deren Spitzen das Licht funkelnd und gleißend in die Spektralfarben gebrochen wurde.

Die Entfernung zu den Bergen war für Kara schwer zu schätzen. Die unnatürliche Helligkeit und die zahlreichen Lichtbrechungen ließen Distanzen schrumpfen und degradierten Orientierungspunkte zu einem Nichts.

»Vielleicht kam er von dort?«, vermutete Kara.

Auch der Eiserne Engel schaute zu den Bergen hinüber. Nach einer Weile meinte er: »Wir sollten hingehen.«

»Ja, dafür bin ich auch«, stimmte Kara zu. »Aber was ist mit ihm? Ich möchte mir den Soldaten eigentlich mal anschauen.«

Der Engel hatte nichts dagegen. »Dann müssten wir ihn heraushacken.«

Kara zog bereits ihr Schwert. Wieder funkelte und sprühte die goldene Klinge. Als Kara sie anhob, ausholte und sie dann nach unten schlug, sah es aus, als läge ein blitzender Goldstreifen in der Luft.

Die Frau hatte so geschlagen, dass sie die Klinge über die Länge der Leiche hinwegziehen konnte und die Spitze den gläsernen Bodenbelag einritzte. Kaum hatte sie Kontakt gefunden und wurde von Kara weitergezogen, als zwischen Schwertspitze und Boden eine hellrote Funkenspur entstand, die den Weg des Schwertes wie ein strahlender Wirbel begleitete.

Magie stand gegen Magie.

Die Klinge aus dem alten Atlantis war stärker. Nathan, der Schmied, sorgte auch in dieser fremden Welt dafür, dass die anderen Kräfte keine Chance gegen sie hatten.

Kara gelang es, den Boden genau dort aufzureißen, wo der Soldat in der gläsernen Masse eingeschmolzen war.

Karas Schwert hatte einen Graben geschlagen. An den Seiten war das Glas dünn und flüssig geworden. Dort hatte sich Wärme gebildet. Beide vernahmen das Knistern und schauten zu, wie sich die Hitze ausbreitete und auch noch weiteres Glas zerschmolz.

Sie nickten einander zu und setzten sich gemeinsam in Bewegung. Kara legte ihr Schwert zur Seite, doch der Eiserne schaffte es allein. Er fasste den Soldaten an, hob ihn aus seinem Grab und stellte ihn wie eine Puppe auf die Füße, wobei er aufpassen musste, dass er ihm nicht aus dem Griff rutschte.

Kara blieb vor dem Mann stehen. Sie nickte und flüsterte: »Ja, das ist er. Das ist er genau. So haben die Soldaten ausgesehen.« Sie streckte den Arm aus, berührte die Haut an der Wange, und ihr Finger zuckte sehr schnell wieder zurück.

»Was ist?«, fragte der Eiserne.

»Glas«, erwiderte Kara leise. »Einfaches Glas. Er ist zu einem Gläsernen geworden.« Sie ließ ihren Blick an der Gestalt nach unten gleiten. Der Soldat trug ein langes Beinkleid. Es war ein Panzer aus Metall, der die Beine an der Vorderseite schützte. Kara wusste, wie man ihn anhob. Man musste an eine bestimmte Stelle fassen und konnte ihn zur Seite drehen. Das bereitete ihr Mühe. Im Laufe der Zeit waren die Scharniere eingerostet.

Unter dem Panzer kam ein Bein zum Vorschein. Es bestand aus Glas. Knochen, Haut und Sehnen, auch das Blut, alles war verschwunden, und der gleiche Vorgang hatte auch das Gesicht erfasst.

Mit der Fußspitze trat Kara gegen das Knie. Sie hörte das satte Platzen, ein kurzes Splittern, dann war das Knie gebrochen, und der Soldat fiel zusammen.

Er wurde auch nicht mehr von dem Eisernen gehalten, sodass er zersplitterte, als er auf den Boden knallte.

»Das war es dann«, erklärte Kara mit belegter Stimme.

Der Eiserne lächelte. »Denkst du daran, dass uns das gleiche Schicksal bevorstehen könnte?«

»Ja, das meine ich«, gab Kara zu. »Ich habe selten eine Welt erlebt, die so gefährlich ist wie diese. So heimtückisch, so grausam, so unnatürlich ruhig. Ich kann es einfach nicht fassen. Ich habe das Gefühl, in einer gewaltigen Falle zu stecken.«

»Da geht es dir nicht allein so.«

Beide schwiegen nach den Worten des Eisernen. Sie ließen ihre Blicke in die Höhe gleiten und stellten fest, dass sich am Himmel etwas verändert hatte.

Wolken waren aufgezogen!

Sehr große, hellweiße, blitzende Gebilde, die hoch über den Spitzen der Berge lagen und von einem Wind getrieben wurden, der auf dem Boden nicht zu spüren war.

Nachdenklich zog der Eiserne Engel seine kaum erkennbaren Augenbrauen zusammen. »Wolken«, murmelte er, »wie ist das möglich in einer Welt ohne Feuchtigkeit?«

»Das kann ich dir auch nicht sagen. Vielleicht sind es keine Wolken.«

»Was dann?«

Kara hob die Schultern.

Mit dem Schwert deutete der Eiserne auf die Berge aus Kristall. »Ich finde, wir sollten dort hingehen. Jetzt erst recht, denn da sind wir unter Umständen vor den Wolken geschützt.«

»Wenn du meinst.«

»Ja, bestimmt.« Der Eiserne fügte ein Nicken hinzu. Er setzte sich schon in Bewegung und schritt kräftig aus.

Kara warf noch einen Blick auf den atlantischen Soldaten. Sie hatte den Mann nie gesehen, dennoch tat er ihr Leid. Gern hätte sie gewusst, wie er in diese Welt aus Glas gelangt war, eine Antwort allerdings würde sie bestimmt nicht erhalten.

Es überraschte den Eisernen als auch Kara, wie schnell sich die am Himmel treibenden Wolken vergrößerten. Sie kriegten immer mehr Nachschub, der jenseits der Berge aufsteigen musste.

Befand sich dort vielleicht das für eine Wolkenbildung notwendige Wasser? Kara war schneller gegangen und hatte den Eisernen Engel auch erreicht. Sie teilte ihm von dieser Vermutung mit, doch ihr Partner schüttelte den Kopf. »Ich glaube nicht daran, dass es Gebilde sind, die aus Wasser entstehen.«

»Und wieso nicht?«

Der Arm des Engels fuhr schräg in die Höhe. »Diese Wolken hier haben eine andere Form.« Er schüttelte noch den Kopf. »Nein! Kara, das ist etwas anderes.«

»Aber was?«

»Eine Erklärung werden wir vielleicht später finden. Wir müssen aber damit rechnen, dass sie uns feindlich gesonnen sind, wenn du verstehst, was ich damit sagen will.«

»Natürlich, hier ist alles feindlich.« Kara warf während der Worte einen besorgten Blick zum Himmel. Sie hatte auch das Gefühl, als wären die Wolken tiefer gesunken.

Darüber sprach sie mit dem Eisernen. Ohne seine Schritte zu unterbrechen, nickte er. »Ja, das meine ich auch.«

»Dann könnten sie uns bald erreicht haben.«

Wieder merkten sie, wie sehr in dieser Welt die Entfernungen täuschten. Sie hatten nicht das Gefühl, den Bergen näher gekommen zu sein, bis Kara sich plötzlich so heftig gegen die Stirn schlug, dass selbst der Engel stehen blieb.

»Was hast du?«, fragte er im Umdrehen.

»Kannst du nicht fliegen?«

Plötzlich verzog der Eiserne Engel den Mund. »Bin ich ein Idiot! Klar, komm!«

Es war fast wie im Märchen, nur eben um eine Idee gefährlicher, denn keiner der beiden wusste, ob sie überlebten.

Kara kletterte auf den Rücken des Engels. Sie setzte sich dabei so hin, dass er noch den Platz fand, um seine Flügel auszubreiten. Flach legte sich die Schöne aus dem Totenreich hin. Noch stand der Eiserne gebückt, dann breitete er seine gewaltigen Schwingen aus und stieg in die Lüfte.

Bisher hatte Kara in dieser Welt keinen Wind gespürt. Das änderte sich, als die Schwingen dicht an ihr vorbeistrichen und sie sich wie in einem offenen Flugzeug vorkam.

Ein unsicheres Gefühl hatte Kara nicht, dennoch fürchtete sie sich plötzlich.

Es hing mit der Wolke zusammen, denn der Eiserne Engel flog fast im direkten Kurs auf sie zu.

Entrinnen konnten sie ihr nicht mehr, da sie sich mittlerweile so tief gesenkt hatte, dass sie schon fast die Spitzen der Berge berührte. Ein Teil löste sich sogar ab und fiel hinunter in die Sättel zwischen den einzelnen gläsernen Höhenrücken oder verschwand in den Tälern, die für Kara und den Eisernen noch nicht einzusehen waren.

Mit einer Hand klammerte sich die Frau fest. Die andere hielt sie als Sichtschutz über die Augen, weil sie von diesem Licht geblendet wurde, das auch die Wolke reflektierte.

Sie brauchte dem Eisernen keine Warnung zu geben. Er faltete seine Flügel zusammen, sodass sie tiefer gingen. Kara schaute auf die Berge. Hell, klar und gleichzeitig durch die Lichtbrechung bunt schienen sie ihnen entgegenzukommen.

Bis auf eine Kleinigkeit.

Es war die Wolke.

Sie hatte sich an sehr vielen Stellen schleierartig über die Kristalle gelegt, und Kara konnte jetzt erkennen, aus was sich die Wolke zusammensetzte.

Nein, das war kein Wasserdampf.

Es waren unzählige kleine Fäden.

Tödliche Fäden …

»Für dich gibt es keine Flucht, Chinese«, erklärte der Teufel, wobei er den hässlichen Schädel schüttelte und seine Arme in die Hüften stemmte. »Wenn ich es will, bleibst du in dieser Welt gefangen, mein Lieber. Und ich will es so.«

»Was ist mit dem Tor?«, fragte Suko, ohne auf die Worte des anderen einzugehen.

»Es ist verschlossen, und es wird auch verschlossen bleiben, da ich andere Pläne habe.«

»Welche?«

Asmodis lachte, wobei er wieder seine stinkenden Schwefelwolken produzierte. »Ich will dir etwas sagen, Chinese. Eigentlich müsstest du mir dankbar sein.«

»Wofür?«

»Du kannst dich wieder bewegen. Das ist doch auch etwas.«

Suko hob die Schultern. »Ob ich mich bewegen kann oder irgendwo in einer Astgabel liege, spielt keine Rolle, solange ich in dieser verdammten Welt gefangen bin.«

»Sie ist unter anderem das, was ihr Menschen Hölle nennt. Hast du das Gefühl der Leere nicht gespürt? Das Alleinsein, ohne die Werte, die ihr Menschen so hoch einschätzt?«

»Das war in der Tat der Fall.«

Asmodis nickte. »Dann kannst du dir auch vorstellen, wie es einem Menschen ergeht, der für alle Ewigkeiten hier gefangen ist.«

»Und die gibt es?«

»Ja.«

»Zeig sie mir!«, verlangte Suko. Er war in diesen Augenblicken aufs Ganze gegangen und rüttelte damit an den Grundfesten der Existenz überhaupt.

Asmodis wollte nicht. Auf die Gründe der Ablehnung ging er nicht näher ein. »Du darfst sie nicht sehen, nur hören.«

»Wie das?« Suko wunderte sich darüber, dass er so kalt blieb. Vielleicht war es schon die Gewöhnung, denn er gehörte zu den Personen, die mehr als die meisten Menschen über gewisse Dinge wussten. So auch über die Existenz der Hölle oder der ewigen Verdammnis.

Asmodis begann zu lächeln. »Es sind die Seelen, die ich mir geholt habe. Sie befinden sich hier und schreien ihre ewigen Qualen hinaus. Wenn ich ihnen lauschen will, höre ich sie mir an. Willst du sie ebenfalls hören, Chinese?«

Suko schaute in das hässliche Gesicht des Teufels. Bluffte der?

Eigentlich nicht. Er hätte keinen Grund gehabt. Asmodis befand sich in seinem Reich, zu bluffen brauchte er nicht.

»Ja, ich will sie hören.«

»Bitte.« Der Teufel lächelte, drehte sich um, streckte einen Arm aus und wies über das Geländer der Brücke hinweg in die Tiefe. Er musste sie noch beeinflussen, denn an seiner Pranke loderte es für einen Moment auf. Es waren magische Strahlen, die in die Tiefe zielten und die gefangenen Seelen wachrüttelten.

Schon nach den ersten Sekunden bereute er es, überhaupt den Vorschlag gemacht zu haben.

Suko vernahm das Schreien aus der Tiefe. War es überhaupt ein Schreien? Er wollte es nicht wahrhaben. Zu schrecklich und unheimlich waren die Laute. Suko erinnerte sich an Geschichten, die kleinen Kindern erzählt wurden. An Storys aus der Hölle, wo Eltern über verfluchte Seelen und deren Qualen berichteten.

So genau hörten sich die Laute an.

So klingend, voller Pein steckend, so schmerzerfüllt und jammernd. Alles Grauen der Welt steckte in diesen Seelen. Sie empfanden die Schrecken, die Albträume. Sie waren keine Menschen mehr, im höchsten Fall Geistwesen, aber man hatte ihnen die Empfindungen der Menschen gelassen.

Die Hölle strafte grausam!

Suko schaute auf seinen Feind. Das Gesicht des Chinesen war glatt geblieben, worüber er sich selbst wunderte. Er konnte seine Empfindungen unter Kontrolle halten und sah, wie Satans Lächeln breiter wurde.

»Nun? Wie gefällt dir das?«, erkundigte sich der Teufel.

»Das weißt du genau.«

Asmodis nickte. »Sicher, das weiß ich. Deshalb habe ich es dir auch vorgeführt. Du stehst nicht auf meiner Seite, das wissen wir beide. Dennoch habe ich dir meine Macht demonstriert und dir auch vorgeführt, in welch einer Lage du dich befindest. Zahlreiche Stimmen bilden diesen höllischen Chor. Ob Männer, Frauen oder Kinder. Die Hölle kennt keine Rücksicht. Aber, und das will ich auch zugeben, hat der Teufel noch Wünsche. Darin unterscheidet er sich nicht von einem Menschen. Und da sich die Menschen ihre Wünsche erfüllen, möchte auch der Teufel die seinen erfüllt sehen. Mir hat Luzifer die unumschränkte Macht gegeben. Er lässt mich schalten und walten, deshalb hat er auch nichts dagegen, dass ich mir die Seelen hole, die mir noch fehlen. Du kannst dir vorstellen, wie gern ich den Geisterjäger John Sinclair da unten schreien hören möchte. Momentan ist er nicht greifbar, aber er wird es sein. Bis dahin muss ich mich mit einem Ersatz zufrieden geben …«

Suko hatte seit geraumer Zeit schon bemerkt, auf was Asmodis hinauswollte. Er stand nicht umsonst vor ihm. Zwar lauerte der Teufel darauf, sich die Seele des Geisterjägers zu holen, aber auch andere waren ihm noch wichtig. Die Seelen von Menschen, die das Umfeld John Sinclairs bildeten.

»Weißt du schon Bescheid?«, fragte Asmodis.

»Ja.«

»Ich sage es dir trotzdem. Ich will deine Seele schreien hören, Chinese!«

Krol beherrschte nicht nur seine Welt, er war auch die Welt, und das hatte er dem kleinen Magier demonstriert.

Myxin gehörte zu den Personen, die sich eigentlich nicht so sehr überraschen ließen. In diesem Fall aber war er überrascht worden. Er hätte nie gedacht, dass der falsche Engel noch mit dem Leben davonkommen würde, doch die Großen Alten ließen sich gegenseitig nicht im Stich, und der kleine Magier sah den Krakenarm, dessen Ende sich um den Schwertgriff gewunden hatte.

Und der falsche Engel erfasste die Lage sofort. Er rollte sich herum, stützte sich mit den Händen ab und schnellte mit einem geschmeidigen Sprung in die Höhe.

Myxin schaute nicht auf ihn. Sein Blick galt dem Untergrund, der aufgerissen worden war.

Jetzt endlich konnte er die Masse erkennen, die sich unter seinen Füßen befand. Da zuckte und pulsierte es. Glasiger Schleim, von Adern durchzogen und ständig in Bewegung.

Das war Krol!

Der falsche Engel drehte den Kopf. Er schaute dorthin, wo sich der Arm aus dem Boden schob und das Schwert umklammert hielt. Über die Lippen der lebenden Figur zuckte ein kaltes Lächeln. »So einfach ist es nicht, Magier. Nein, die Großen Alten sind nicht nur stark, sie unterstützen sich auch gegenseitig. Nicht umsonst hat man sie in dem Land, aus dem auch du stammst, so verehrt, und du wirst noch kennen lernen, wie stark sie eigentlich sind, das kann ich dir versprechen.«

»Okay, rede nicht, sondern handle!« Myxin wollte es kurz machen, aber der falsche Engel ging nicht darauf ein.

»Ich?«, rief er. »Nein, ich nicht. Dafür habe ich, wie man so schön sagt, meine Leute. In diesem Fall Krol. Es ist seine Welt. Er hat hier zu bestimmen, und das will ich ihm nicht nehmen, obwohl ich zugeben muss, dass ich dich gern selbst vernichtet hätte. So aber werde ich nur Zuschauer sein und vielleicht eingreifen.«

Myxin hatte, während der andere die Worte sprach, genau überlegt, was ihm passieren konnte.

Krol war gefährlich. In seinen Krakenarmen steckte eine immense Kraft. Zudem wusste Myxin nicht, mit wie vielen Tentakeln sein Körper ausgestattet war. Das konnten Hunderte oder Tausende sein, wenn er daran dachte, dass diese Welt quasi nur aus dem Dämon Krol bestand. Bisher hatte er nur dessen Arme gesehen, nicht aber den Körper. Über diese Masse konnte der Magier nur spekulieren. Wie er annahm, musste sie mehr als gewaltig sein.

Er schüttelte sich, als er daran dachte und überlegte, ob er es mit seinen Kräften schaffte, den anderen zu vernichten.

Es würde schwer, wenn nicht sogar unmöglich sein.

Zunächst bewegte sich der Tentakel mit dem Schwert. Er schwang nach rechts, und es sah so aus, als wollte er dem Engel die Waffe zurückgeben.

Myxin konzentrierte sich. In diesem Fall konnte er nur seine geistigen Kräfte einsetzen. Die Totenmaske würde ihm kaum etwas nutzen, zudem lenkte ihr Einsatz ihn momentan zu sehr ab, da er sich allein auf das Wesentliche konzentrieren wollte.

Krol ahnte Myxins Vorhaben.

Blitzschnell hielt er dagegen!

Obwohl sich die Spitze des Schwertes auf Myxin eingependelt hatte, griff Krol mit dieser Waffe nicht an. Dafür brach hinter dem Magier der Boden auf.

Myxin war nicht schnell genug. Er hatte sich einfach zu stark auf den ersten Arm konzentriert, doch ein Wesen wie Krol hatte viele. Und das bewies er auch.

Der zweite schnellte hervor.

Es war ein gewaltiger Schlag auf den Rücken, der Myxin traf. Der kleine Magier wurde nach vorn gestoßen. Er sah weitere Risse im Boden, die sich rasend schnell erweiterten, fiel aber nicht hin, sondern wurde umfasst und blitzschnell in die Höhe gerissen.

Dabei drehte sich der Tentakel so, dass Myxin das Gefühl hatte, in einem Karussell zu sitzen. Er wollte die Arme zur Seite drücken und stellte fest, dass er dies nicht mehr schaffte, denn der Tentakel des Kraken hielt sie durch den Druck fest an den Körper gepresst.

In dieser Lage war Myxin hilflos …

Nicht mal Luft hätte er holen können. Das brauchte er auch nicht, denn er war kein Mensch, aber er konnte fühlen, nachdenken und kombinieren. Deshalb sah er seine Lage richtig.

Einen Ausweg gab es für ihn kaum. Der Tentakel hielt ihn fest umklammert. Myxin selbst schwebte hoch über dem Grund und konnte auf ihn niederschauen.

So weit sein Blick auch reichte, von der einst vorhandenen

Glätte war so gut wie nichts mehr zurückgeblieben. An fast allen Stellen zeigte der Grund aufgerissene Stellen, aus denen blasig und dicht der grüngrau schillernde Schleim in die Höhe quoll, sodass der Untergrund wirkte wie mit dicken Geschwüren bedeckt.

Ein widerlicher Anblick, der durch die zahlreichen aus dem Boden drückenden Tentakel noch verstärkt wurde.

Krol war in seinem Element. Er beherrschte diese Welt, und das zeigte er seinem Gefangenen auch.

Myxin sah auch den falschen Engel!

Er stand zwischen den Krakenarmen und wirkte, obwohl er so groß war, ziemlich klein.

Aber er war gefährlich.

Den Kopf konnte Myxin drehen. Die übrigen Krakenarme interessierten ihn im Augenblick nicht, der falsche Engel war für ihn wichtiger, denn er bewegte sich dorthin, wo sich das Schwert befand.

Der Arm mit der Waffe senkte sich, denn Krol hatte genau bemerkt, was der andere wollte.

Plötzlich fiel das Schwert nach unten.

Ein blitzschnelles Öffnen der Hand, das sofortige Schließen, und der Engel hielt den Griff umklammert.

Myxin tat nichts.

Er war nach wie vor ein Gefangener und litt unter dem Druck des ihn umschließenden Tentakels.

Es war fast wie im Kino. Eine ungeheure Gestalt setzte sich in Bewegung. Sie schritt durch den Wald der Krakenarme auf ihren Gegner zu und zeigte innerhalb des starren Gesichts keine Regung.

Nur die Augen bewegten sich.

Myxin hatte selten eine so große Kälte gesehen. Der Große Alte und er waren Feinde und beide mit den Gesetzen der schwarzen Magie vertraut. Feinde vernichtete man, Erbarmen gab es nicht.

Ohne dass der Eiserne einen sicht- oder hörbaren Befehl gegeben hätte, senkte sich der Krakenarm mit seinem Opfer in einer so schrägen Haltung nach unten, dass sich der falsche

Engel nicht mal anzustrengen brauchte, um Myxin mit einem spielerisch anmutenden Schwertstreich zu köpfen.

Genau das hatte er vor, denn sein rechter Arm befand sich bereits in Schlagrichtung.

Myxin gab nicht auf.

Es hatte lange gedauert, bis er seine vollen Kräfte zurückbekam. Nun aber konnte und wollte er sie einsetzen.

Mit dem Schwert hatte es begonnen, aber der kleine Magier wollte diesmal zu einer anderen Taktik greifen. Wahrscheinlich konzentrierte sich der falsche Engel auf seine gewaltige Waffe, denn er hatte die anderen vergessen.

Im Gegensatz zu Myxin.

Er fasste eine andere ins Auge.

Die Dämonenpeitsche!

»Bist du noch da, Partner?«

Ich hörte die Jungenstimme und wusste im ersten Augenblick wirklich nicht, wo ich mich befand. Auch die Erinnerung war verloren gegangen, sodass ich mich zunächst einmal zur Seite wälzte, den Arm ausstreckte und eine Berührung an der Hand fühlte.

Es waren die Finger des Jungen Ali, und er redete auch weiter. »Ich glaube, dass es Allah gut mit uns gemeint hat«, erklärte er mir. »In der Hölle können wir wohl nicht sein.«

»Weshalb nicht?«

»Da sieht es anders aus.«

»Woher weißt du das denn?«

»Das habe ich gelesen.«

Was er gelesen hatte oder nicht, darum wollte ich mich nicht kümmern, da ich andere Sorgen hatte. Es waren meine Kopfschmerzen, die mir zu schaffen machten. Irgendwie musste es mich erwischt haben. Ich tastete zur Stirn hoch und fühlte dort eine wunde Stelle. Auch Blut klebte plötzlich zwischen meinen Fingerspitzen.

»Willst du immer hier liegen bleiben, Partner?«, fragte Ali. »Da ist ein Bett bequemer.«

Sicher, das war es bestimmt. Deshalb richtete ich mich auch auf. Neben mir nahm ich eine Bewegung wahr, dann spürte ich die Hände als Stütze in meinem Rücken. Die erst verschwanden, als ich mich hingesetzt hatte und mich zunächst umschaute.

Wo befanden wir uns?

Von den gewaltigen Händen sah ich nichts mehr. Sie hatten sich hoch über unseren Köpfen geschlossen gehabt, dann war diese schlimme Dunkelheit gekommen und hatte uns umfangen wie ein gewaltiger Vorhang.

Die Finsternis war jetzt verschwunden.

Uns umgab ein Licht, das ich mit dem der Morgendämmerung auf der Erde vergleichen konnte. Das war es bestimmt nicht, und wir befanden uns auch sicherlich nicht auf der Erde.

Wen Hemator einmal besaß, den gab er so leicht nicht mehr ab, das stand für mich fest.

Aber welch eine Welt hatte sich hier aufgetan? Darüber dachte ich nach, als ich auf dem staubigen Boden saß, die Beine angewinkelt hatte und die Hände um die Knie verschränkt hielt.

Ali hockte vor mir. Er hatte fast die gleiche Haltung angenommen wie ich, nur stützte er sich rechts und links seines Körpers ab. Die großen Augen waren fragend auf mich gerichtet.

»Die Hände haben sich geschlossen«, murmelte ich. »Was geschah dabei oder danach?«

»Gefallen sind wir, John.«

»Das weiß ich auch. Wohin sind wir gefallen?«

»Nach unten. Nur nicht in die Hölle, die sieht anders aus, wie ich dir schon sagte.«

Ich musste lächeln. Darüber vergaß ich auch meine Kopfschmerzen und stellte mich zunächst einmal hin. Das leichte Schwindelgefühl ließ sich ertragen.

Auch Ali war nicht mehr sitzen geblieben. »Komische Welt«, meinte er, als er neben mir stand.

»Kannst du wohl sagen.«

Sie war wirklich seltsam. Als wir beide nach vorn schauten, kamen wir uns vor wie inmitten einer gewaltigen Filmkulisse, die aus irgendeinem Kolossalstreifen übrig geblieben war. Außerdem sah ich die Welt als seltsam schief an. Wir konnten zwar geradeaus und nach beiden Seiten schauen, dennoch hatten die Dimensionen eine gewisse Krümmung, die vom Boden in die Höhe verlief, als wollten sich die Seiten irgendwo in einer für uns nicht sichtbaren Entfernung zu einer Röhre zusammenfügen.

Der Boden war staubbedeckt. Wischten wir den Schmutz zur Seite, kamen darunter dicke Quadersteine zum Vorschein, die in einer so geometrischen Form verliefen, dass diese Anordnung von intelligenten Wesen stammen musste. Vom Himmel waren sie bestimmt nicht in diesem Muster gefallen.

Auch Ali hatte es bemerkt. »Das sieht ja aus wie ein Weg, John. Ja, das ist ein Weg!« Er deutete nach vorn.

Ich aber schaute zurück.

Irgendwo hörten die Steine auf, das sah ich. Vielleicht begannen sie auch an der Stelle, aber vor uns führten sie weiter in diese von einem diffusen Licht erhellte Welt.

Es war schwer zu beschreiben. Kein Nebel, aber Schleier von Staub nahmen uns den klaren Blick. Sie hatten eine ins Bläuliche zielende Farbe, manchmal auch leicht rötlich angehaucht, und sie trieben kaum, sondern blieben am Boden haften, als wären sie dort festgeklebt.

Ali holte seine Fletsche hervor. »Sicher ist sicher«, flüsterte er. »Ich will mich ja nicht überraschen lassen.«

»Das meine ich auch«, erwiderte ich und dachte an meine Beretta und das Kreuz. Bumerang und magische Kreide besaß ich ebenfalls. Eigentlich war ich ja optimal bewaffnet, aber reichten die Dinge aus, um in einer Welt wie dieser bestehen zu können?

Daran wollte ich nicht so recht glauben. Bei den Großen Alten war eben alles anders. Ihre Welten lagen sehr weit zurück. Wie sie und die Dämonen selbst entstanden waren, konnte ich nicht sagen, das lag alles im Dunkel einer geheimnisvollen Urzeit.

Es wusste auch niemand, welche magischen Kräfte und Machtmittel ihnen damals schon bekannt waren.

Die Welten der Großen Alten hatten überlebt. Als Atlantis geboren wurde, hatten sich diese Dämonen den damaligen Bewohnern des Kontinents genähert und sich von gewissen Schichten der Bevölkerung anbeten lassen.

»Du sollst nicht so viel nachdenken, Partner«, sprach mich Ali an. »Wir wollen lieber handeln.«

»Okay, ich bin dabei.«

»Und du fühlst dich gut?«

»Besser geht es kaum.«

»Dann los!«

Und so kam es, dass ich, der Geisterjäger John Sinclair, mit einem vierzehnjährigen Jungen eine Welt oder Dimension untersuchte, deren Existenz von den allermeisten Menschen wohl bestritten wurde.

Vor zehn Jahren hätte ich so etwas auch nicht geglaubt. Mittlerweile war ich schlauer geworden.

Das Licht und die Schleier begleiteten uns. Wir gewöhnten uns allmählich daran und auch an die Luft, die immer nach Staub schmeckte, der sich zudem in unseren Kehlen festgesetzt hatte.

Schnell gingen wir nicht, da wir unsere Blicke überall hatten. Diese fremden Welten, das wusste ich, steckten sehr oft voller Gefahren, vor allen Dingen waren sie menschenfeindlich, zu vergleichen mit den öden Wüstenstrichen auf der Erde.

Ali schien meine Gedanken erraten zu haben, denn er meinte: »Du darfst alles haben, nur keinen Durst, Partner.«

»Ein Bier würde mir gut tun.«

»Das hat Allah aber verboten.«

»Dir vielleicht. Wenn ich aber ein Bier trinke, habe ich ständig das Gefühl, als würden zahlreiche Engelchen in meinem Hals sitzen und Halleluja singen.«

»Und was ist das?«

»Erkläre ich dir später.«

Die viereckigen Steine blieben. Sorgfältig geordnet lagen sie in einer Reihe. Nicht eine Fuge war aufgebrochen, nur der graue Staub lag über ihnen wie eine dünne Decke. Wenn ich zurückschaute, sah ich deutlich unsere Abdrücke. Ich wurde das Gefühl einfach nicht los, dass dieser Weg auch zu einem Ziel führte.

Wegen des Staubtreibens blieb unsere Sicht beschränkt. Doch als ich einmal nach rechts ging, entdeckte ich so etwas wie eine Geländeformation, zu vergleichen mit einem Hang, der uns begleitete, sodass Ali und ich uns vorkamen wie in einer großen Schüssel.

»Ist komisch, nicht?«, fragte Ali.

»Kannst du wohl sagen.«

In der Tat hatte ich ein seltsames Gefühl. Ich wollte auch nicht daran glauben, dass alles so harmlos blieb, wie es war, und wurde noch vorsichtiger.

Ali behielt sein Tempo bei. Er hatte sich deshalb von mir entfernt, und ich wollte ihn zurückrufen, als er sich bückte und etwas vom Boden aufhob.

Was er da gefunden hatte, sah ich nicht. Erst als er sich umdrehte und mir entgegenkam, erkannte ich den Gegenstand.

Es war ein Totenschädel. So glänzend und blank, als hätte ihn jemand poliert.

»Ein hübsches Andenken, nicht?«

Ich schaute mir den Schädel genauer an. Man konnte mich zwar nicht gerade als Spezialist in punkto Totenschädel bezeichnen, aber diesem Kopf sah ich an, dass er einem Menschen gehörte. Er war völlig ausgebleicht. Staub oder treibender Sand hatten ihm den Glanz verliehen. Die Mundhöhle stand offen.

Ali schaute mich an. »Da liegen auch noch Knochen«, berichtete er.

Ich ging hin. Hinter mir hörte ich Ali zischend atmen. »Das ist wie in der Wüste, Partner, wie in der Wüste, wenn du verstehst. Da gibt es auch kein Wasser, nur Sand und Staub. Bin gespannt, wer unsere Schädel mal findet.«

»Ich möchte meinen gern noch für eine Weile behalten.«

»Das will ich auch, aber die anderen werden wohl etwas dagegen haben. Ein komisches Land.«

Ich achtete nicht auf Alis Worte, hockte mich nieder und wischte mit meinen Händen den Staub von den Knochen. Die Gebeine waren ebenso blank wie der Schädel. Als ich mehrere von ihnen berührte, klappten sie aneinander.

»Das war mal ein Mensch.«

Ali hatte sich auch gebückt und schaute an mir vorbei. »Können hier überhaupt Menschen leben?«

»Wahrscheinlich nicht. Jedenfalls nicht nach unseren bisherigen Erkenntnissen. Unter Umständen war dieser Mann wirklich ein Gefangener. Möglich ist eben alles. Mach dich auf die tollsten Überraschungen gefasst, Partner.«

»Ja, bei dir immer.« Ali legte den Schädel wieder zur Seite und stellte sich hin.

Auch ich richtete mich auf. Diese Dimension oder Welt gefiel mir überhaupt nicht. Zwar waren wir bisher nicht direkt angegriffen worden, doch ich wurde einfach das Gefühl nicht los, als würden die Feinde irgendwo lauern und uns beobachten.

Zu sehen waren sie jedenfalls nicht. So blieb uns nichts anderes übrig, als unseren Weg fortzusetzen.

Noch immer schritten wir über die geometrisch platzierten Steine. Und weiterhin schauten wir in die bläulichen Dunst- und Staubwolken, die wie dünne Tücher in der Luft hingen.

Unter unseren Sohlen knirschte es. Und plötzlich erschienen Schatten innerhalb der Staubschleier.

Ali war stehen geblieben. Auch er hatte sie entdeckt, drehte den Kopf, schaute mich an und blickte wieder nach vorn. »Da ist doch etwas«, hauchte er.

»Sicher.« Ich drückte ihn zurück und ging selbst einige Schritte vor. Wegen der Staubschleier hatte ich große Mühe, Einzelheiten auszumachen, erkannte schließlich zu beiden Seiten des Wegs etwas, das ich mit dem Wort Bauwerke oder Ruinen umschreiben konnte.

Ich ging noch näher heran, damit ich die Dinge deutlicher erkennen konnte.

An der rechten Seite, wo sich tatsächlich ein Hang in die Höhe schob, entdeckte ich eine Treppe. Ihre letzte Stufe endete vor einem seltsamen Bauwerk. Es war eine Rundbogenbrücke, die auf zwei dicken Steinsäulen stand.

Wie ein kahles Gerippe hob sich dieser Durchgang aus Stein vom Boden ab. Und gegenüber, an der anderen Seite des Wegs, entdeckten wir ein steinernes Bauwerk, das auf einem breiten Sockel stand und sich nach oben hin verjüngte.

Es wies eine gewisse Ähnlichkeit mit einem Turm auf, war nicht zerstört und hatte in der unteren Hälfte einen breiten, halbkreisförmigen Eingang, in dem die Dunkelheit lauerte.

»Hast du eine Erklärung?«, fragte Ali.

Ich hob die Schultern. »Scheinen wohl die Reste einer Stadt zu sein.«

»Und wo sind die anderen?«

»Kann ich dir auch nicht sagen.« Es war eine ehrliche Antwort. Ich wusste tatsächlich keine Erklärung.

Was sollte ich nun machen? Wenn ich allein gewesen wäre, hätte ich den Turm näher untersucht. Aber ich fühlte mich auch für Ali verantwortlich und wollte ihn nicht allein lassen.

»Lass uns mal rangehen!«

Sein Vorschlag wurde ausgeführt. Je weiter wir uns den seltsamen Bauwerken näherten, umso deutlicher konnten wir sie erkennen und stellten fest, dass sie aus den gleichen Steinen errichtet worden waren, mit denen man auch den Weg belegt hatte.

Große, viereckige Quader, die zu Tausenden aufeinander lagen und ein Bauwerk bildeten, das man schon mit dem Wort monumental umschreiben konnte.

Die Brücke interessierte mich nicht. Das rechte Bauwerk schaute ich mir genauer an. Es gab nicht allein den großen Eingang, der mich an ein riesiges, halbrundes Kellerfenster erinnerte, sondern auch zahlreiche, schießschartenartige Fenster im Mauerwerk.

Zudem war der Turm nicht glatt in die Höhe gebaut worden. Vorsprünge wechselten sich mit Ecken und Kanten ab.

Die Luft war auch hier von diesen bläulichen Staubschleiern erfüllt. Sie umtanzten auch das Bauwerk, sodass es uns vorkam wie in einen starken Nebel gehüllt.

Wenn wir nach vorn schauten, fiel unser Blick in eine Ebene, die eine Fortsetzung der Schüssel bildete.

Auch der Himmel zeigte die blaue Farbe. Manchmal sahen wir dazwischen ein blutrotes Schimmern, mehr als verlaufende Streifen zu erkennen, die sich schräg von oben nach unten zogen.

»Komisch, nicht?«, fragte Ali.

»Kannst du wohl sagen.«

»Ob dieser Turm bewohnt ist?«

»Da müssten wir wohl nachschauen.«

»Aber du streitest es nicht ab?«

»Nein.«

»Dann geh doch«, schlug Ali vor. Er deutete auf den Eingang. »Der ist ja schließlich groß genug.«

Ich war skeptisch. Nicht dass ich allzu große Angst gehabt hätte, aber ein unbestimmtes Gefühl hielt mich davon ab. Vielleicht war es Vorsicht.

Auf der Stelle drehte ich mich.

Da konnten wirklich Tausende von Augen innerhalb der dichten Staubschleier lauern. Ob die Hände noch vorhanden waren, wusste ich auch nicht. Es hatte auch keinen Sinn, weiterhin darüber nachzudenken, und ich nickte Ali zu.

»All right, Partner, du hast mich überzeugt.«

Der Junge grinste und deutete eine Verbeugung an. »Darf ich dem Sir den Rücken decken?«

»Ja, du darfst.«

»Und du willst den Turm untersuchen?«

»Erst mal nachschauen.«

»Dazu brauchst du eine Lampe.«

»Weiß ich, Ali.« Aus der Tasche holte ich wieder meine dünne Leuchte hervor.

»Viel kannst du damit nicht erkennen.«

»Es reicht.« Ich ließ Ali stehen und bewegte mich auf mein erstes Ziel zu.

Innerhalb des großen Eingangs lauerte die Finsternis. Dieses Loch im Mauerwerk erinnerte mich tatsächlich an ein großes Kellerfenster. Nur in der Höhe reichte es so weit, dass ich sogar aufrecht stehend darunter Platz finden konnte.

Erst jetzt erkannte ich die gesamte Dicke des Mauerwerks und musste zugeben, dass die Erbauer dieses Turms fast ein Kunstwerk geschaffen hatten.

Obwohl Platz genug war, zog ich unwillkürlich den Kopf ein, als ich in die Dunkelheit des Bauwerks eintauchte. Ich hatte ein ungutes Gefühl. Diese Finsternis gefiel mir nicht. Sie kam mir vor, als würde ich in sie hineingreifen können. Ich ging den nächsten Schritt und zuckte, wie von einem Insektenstich getroffen, herum, als ich hinter mir Alis Schrei hörte.

Was ich sah, ließ mich staunen!

Bisher waren wir nur zu zweit gewesen, jetzt aber zu dritt. Und diese dritte Person war wie aus dem Nichts erschienen, herabgesprungen von irgendeiner Mauerkante, einem Vorsprung oder Erker, und sie hatte es auf Ali abgesehen.

Der Junge hatte nicht nur vor Wut geschrien, auch vor Furcht, denn die Gestalt, die sich vom Mauerwerk gelöst hatte, hielt in der rechten Hand ein Messer mit langer, breiter Klinge.

Hinzu kam noch, dass es sich bei dem Angreifer um eine weibliche Person handelte. Eine kräftig gebaute Frau mit langen, schwarzen Haaren. Sie trug einen blutroten Umhang, der nur den Rücken ihres Körpers bedeckte und die fast nackte Vorderseite freiließ.

Mehr sah ich von ihr nicht, denn dieses Weib wollte meinem neuen Partner an den Kragen.

Beide lagen am Boden. Während des Sprungs hatte die Unbekannte Ali mitgerissen, aber ihm war es durch eine blitzschnelle Reaktion gelungen, den nach unten fahrenden Messerarm abzuwehren und die Finger um das rechte Gelenk der Person zu krallen.

Ali lag auf dem Rücken, die Frau über ihm. Aus ihrem Mund drangen Laute, wie sie eine wütende Katze produzierte. Dabei versuchte sie mit aller Kraft, die Klinge nach unten zu drücken, um sie in Alis Brust zu versenken. Noch hielt der Junge dagegen, aber die andere Person war ihm überlegen. Diese Frau hatte fast die Muskeln eines Mannes und ebenso viel Kraft.

»Partner«, hörte ich Ali ächzen, »ich glaube, das geht so ziemlich ins Auge.«

Er meinte das Messer damit.

Ich war schneller als die Klinge. Die Frau sah mich kommen, drehte den Kopf, und als sie mich von unten her anschaute, traf sie mein Tritt. Ich hatte so hart reagieren müssen, denn es ging um ein Menschenleben.

Die Schwarzhaarige flog zur Seite, überkugelte sich einige Male, und ich setzte über den am Boden liegenden Ali mit einem gleitenden Sprung hinweg. Natürlich hatte die Frau nicht aufgegeben. Das zeigte sie mir deutlich, als sie mich auf die Messerspitze schauen ließ.

Ein böses Grinsen entstellte ihr Gesicht. Wie ein kleiner Springball war sie auf die Füße gekommen, stand breitbeinig vor mir, und ich sah erst jetzt, dass sie wesentlich kleiner war als ich. Dafür war sie stämmig. Deutlich traten die Muskeln an ihren Oberschenkeln hervor, und auch die an den Armen konnten sich sehen lassen.

Ich hatte einen Moment Zeit, um sie genauer anzusehen. Ihr Busen war durch zwei braungoldene Stoffstreifen notdürftig verdeckt. Unter dem Bauchnabel trug sie einen breiten Gürtel, dazu flache Sandalen.

Das Gesicht wirkte breit. Die Augen standen weit auseinander und hatten einen asiatischen Einschlag, aber keine Mongolenfalten. Kurz und kräftig die Nase, die Stirn flach, nicht sehr hoch, und durch den Scheitel in der Haarmitte wirkte sie ebenfalls breit.

Hinter mir hörte ich Ali. Er beschwerte sich lautstark. »Dieses Weib wollte mich töten. Mach du sie fertig, Partner.«

Um seine Worte kümmerte ich mich nicht, da ich die Frau keine Sekunde aus den Augen ließ.

Dass sie den Kampf nicht aufgegeben hatte, bewies mir ihre

Haltung. Sie hielt die Klinge so, dass die Spitze genau auf mich deutete, und sie hatte ihre Arme dabei halb erhoben. Zusammengepresst waren die Lippen, in den schwarzen Augen war die Wut zu lesen.

Ich hätte mit meiner Beretta schießen können, das wollte ich aber nicht. Wenn diese Person in Hemators Welt lebte, wusste sie bestimmt etwas darüber zu erzählen. So wartete ich ab, um sie zunächst einmal kommen zu lassen.

Und sie kam!

Es war ein kräftiger Sprung, mit dem sie sich nach vorn katapultierte. Dabei drangen wieder diese wütenden, raubtierhaften Laute aus ihrem Mund. Sie hatte keine Kampftechnik, ihre Aktionen wurden von reinen Emotionen geleitet, und das machte es für mich leicht.

Ich schlug ihren Arm in dem Augenblick zur Seite, als er nach unten raste.

Die Klinge fehlte, ich packte ihre Schultern, hob die Frau hoch und schleuderte sie zu Boden.

Sie prallte hart auf, schien sich in dem Augenblick in einen Gummikörper verwandelt zu haben, denn gedankenschnell rollte sie sich herum und stand plötzlich wieder.

Ich sah noch einen Schatten, hörte ein klatschendes Geräusch, und der Arm der Frau fiel nach unten. Gleichzeitig verdrehte sie die Augen, während sie schon in die Knie sank.

»Das war's«, vernahm ich Alis Stimme.

Ich drehte mich.

Mein junger Partner hielt seine Fletsche hoch. Er hatte einen seiner flachen Steine verschossen und die Frau am Kopf getroffen. Jetzt hob er den Stein wieder auf und ließ ihn verschwinden. Mit der Fletsche deutete er auf die am Boden liegende Person. »Das war ich ihr schuldig«, erklärte er.

»Wieso?«

»Sie wollte mich erstechen.«

»Sie ist aber nicht tot?«, fragte ich.

Ali schaute mich erstaunt an. »Hältst du mich für einen Killer, Partner? Nein, tot ist sie nicht. Ich kann dosiert schießen. Glaub mir, im Gebrauch meiner Waffe bin ich spitze.«

»Ich glaube dir.«

Das Messer nahm ich an mich. Ich musste es ihr aus den Fingern winden. Die Hand schien mit der Waffe verwachsen zu sein.

»Jetzt bin ich mal gespannt, wie lange sie bewusstlos bleibt«, meinte Ali und half mir, den Körper ein wenig zur Seite zu schaffen. Wir brachten ihn bis in die Nähe des Turms. Dort lagen einige Steine, auf denen wir Platz nehmen konnten.

Die Frau lag zwischen uns.

»Von wo ist sie eigentlich gekommen?«, wollte ich von Ali wissen.

Der Junge deutete am Mauerwerk in die Höhe. »Da oben hat sie irgendwo gelauert. Vielleicht in einem Fenster, was weiß ich. Ich habe Glück gehabt, denn sie hat gefaucht, da konnte ich noch zur Seite springen. Einfach umbringen wollte die mich.«

»Mal sehen, was sie uns zu sagen hat.«

»Bestimmt nicht viel.« Ali deutete auf die Bewusstlose. »Sie sieht ja zum Glück wie ein Mensch aus.«

»Sie ist auch einer.«

»Und wie kommt sie in diese Welt?«

»Das werden wir sie fragen.«

Ali wischte sich über die Stirn. »Bin gespannt, was wir noch alles erleben.«

Das war ich auch, ließ die Frau aber nicht aus dem Blick und wunderte mich, als sie plötzlich die Augen aufschlug. Dass sie so schnell wieder zu sich kommen würde, damit hatte ich nicht gerechnet.

Wir starrten uns an.

Für einen Moment funkelte es in ihren Pupillen, dann warf sich die Unbekannte auf die rechte Seite und sprang sofort in die Höhe. Sie war schneller als wir. Ihr rechter Arm fiel nach unten, die Hand suchte am Gürtel, und der Blick wurde starr, als ich ihr die eigene Waffe zeigte und sie auf die Klinge schauen ließ.

»Suchst du das?«, fragte ich.

Die Frau versteifte. Dann nickte sie.

Für mich war es ein Beweis, dass sie meine Worte verstanden hatte, also würde ich mich mit ihr auch unterhalten können.

»Wie heißt du?«, fragte ich.

»Leona.«

Den Namen hatte ich noch nie gehört. Dass sie ihn so bereitwillig preisgab, erweckte Hoffnungen in mir auf eine weitere Unterhaltung.

Auch wir nannten unsere Namen.

Sie schaute uns dabei an, wischte über ihr Haar, das, aus der Nähe betrachtet, gar nicht so schwarz war, sondern von einer Schicht aus grauem Staub überdeckt wurde.

Ali sagte: »Erst Leila, jetzt Leona. Die beiden könnten direkt Schwestern sein.«

Scharf schaute ihn die Frau an. Sie sprach nicht und blickte nur auf das Messer.

»Möchtest du es haben?«, fragte ich.

Sie nickte.

»Um uns umzubringen, wie?«

Für einen Moment zögerte sie mit der Antwort. Dann schüttelte sie den Kopf, und wieder wunderte ich mich über diese Bewegung, denn sie musste von dem Steintreffer Schmerzen haben, die sie einfach zu ignorieren schien.

Meine nächste Geste war die des Vertrauens, denn ich reichte ihr die Klinge zurück.

»Bist du lebensmüde, John?« Ali regte sich auf. »Die wird versuchen, uns die Kehlen durchzuschneiden.«

»Das wird sie nicht.«

Leona nahm das Messer an sich und ließ es in der Scheide am Gürtel verschwinden.

Ich deutete auf einen freien Stein. »Setz dich!«, forderte ich Leona auf.

Nur zögernd nahm die Frau Platz. Sie traute uns nicht, trotz ihres Messers, und setzte sich auch so hin, dass sie jederzeit wieder aufspringen konnte.

Ich blieb ruhig, auch Ali sagte nichts mehr. Er wartete auf meine erste Frage.

Die kam. »Wo befinden wir uns hier?« Ich sprach langsam, damit sie alles verstehen konnte. »Was ist dies für eine Welt?«

»Hemator!« Ihre Antwort kam spontan. Es wunderte mich nicht, dass sie den Namen erwähnte, schließlich hatten auch wir diese gewaltigen Hände als letzten Eindruck auf die lange Reise mitgenommen.

»Das ist seine Welt?«

»Ja.«

»Und wie bist du reingekommen?«

»Ich weiß es nicht.«

Mein Lächeln zeigte Unglauben. »Hast du die Erinnerung verloren, Leona?«

»Nein.«

»Dann musst du doch …«

»Ich will es vergessen.«

»Aber du kommst von der Erde«, wechselte ich das Thema. »Du gehörst zur menschlichen Rasse.«

»Ja, das stimmt.«

»Und wie lange bist du schon hier gefangen?«

Sie hob die Schultern. »Was ist schon Zeit? Ich habe mir abgewöhnt, darüber nachzudenken. Ich führe hier ein zweites Leben.«

»Du wolltest uns töten!«, hielt Ali ihr entgegen.

»In dieser Welt muss man das.«

»Wieso?«, fragte ich. »Wir hatten dir nichts getan. Wir waren friedlich.«

»Nichts ist friedlich.«

Ich hob die Hände. »All right, lassen wir das. Reden wir auch nicht von deinem zweiten Leben, sondern von dem ersten. Daran kannst du dich noch erinnern, oder?«

»Ja.«

»Als was hast du da gelebt?«

»Auch als Mensch. Ich wohnte auf einer Insel und betrieb dort Forschungen.«

»Welcher Art?«

»Ich beschäftigte mich mit dem Wetter und der Atmosphäre.« Sie sprach den Satz langsam aus und senkte dabei den Kopf, als wollte sie nicht mehr daran erinnert werden.

»Dann bist du eine Forscherin oder Wissenschaftlerin gewesen, wenn ich es richtig sehe?«

»Ja, ich erhielt den Privatauftrag einer Universität. Er sollte über ein Jahr laufen.«

»Du warst allein auf der Insel?«

Sie nickte. »Fast. Jeden Monat kam ein Schiff und brachte Proviant.«

»Wo lag die Insel?«

»Am Rande des Bermuda-Dreiecks.«

Ich zog ein überraschtes Gesicht. Damit hatte ich nicht gerechnet, aber so unwahrscheinlich war das auch nicht. Schließlich hatte ich Hemators gewaltige Hand schon erlebt, als sie ein Schiff umklammerte. Allmählich sah ich etwas klarer. »Und was passierte dann?«, setzte ich die nächste Frage hinterher.

»Es gibt die Insel nicht mehr.«

»So plötzlich?«

»Ja, auf einmal war die Hand da. In einer Nacht geschah es. Ein seltsames Licht erschien am Himmel. Zuerst hatte ich das Gefühl, es würde ein Tropengewitter aufkommen. Dann sah ich den Spalt, einen regelrechten Riss am Horizont. Wenig später erschien die Hand. Sie war so groß, dass sie die Insel unter sich begraben konnte. Ich stand vor meinem Haus, sah alles und wurde bewusstlos. Erst hier wachte ich auf, und ich musste lernen, in dieser Dimension zu überleben.«

Nach der Dauer ihres Aufenthalts fragte ich sie erst gar nicht. Ich würde sowieso keine Antwort erhalten. Die Zeit spielte in dieser Dimension wirklich keine Rolle.

Man musste nur zusehen, dass man überlebte. Und das hatte die Frau anscheinend geschafft.

Ich sprach sie auf dieses Thema an. »Es war im Anfang schwer, denn dieses Reich ist feindlich. Ich lernte zu töten, weil ich überleben musste. Bisher bin ich Sieger geblieben.«

»Wen hast du getötet?«

»Hemators Diener.«

Ich nickte, bevor ich fortfuhr. »Wir haben Gebeine gefunden. Waren das etwa die Menschen, die du …?«

»Nein, nein. Die lagen schon da, als ich in diese Welt kam. So wird es uns ergehen, wenn wir es nicht schaffen, uns gegen die Feinde durchzusetzen.«

»Und das sind?«

»Hemators Ungeheuer.«

»Wirklich?« Ali hatte gefragt und sich vorgebeugt. »Stimmt das wirklich? Gibt es hier Ungeheuer?«

»Ja. Oder Mutanten.«

»Wo leben sie?«

»Überall, mein Junge, überall. Ich habe euch auch für Ungeheuer gehalten. Wisst ihr, in einer Gestalt, die …« Sie hob die Schultern. »Was soll ich sagen? Ich hielt es für einen Trick Hemators.«

»Wir sind ebenfalls Gefangene!«, klärte ich sie auf, ohne ihr zu sagen, wie wir in diese Welt gelangt waren. »Allerdings sind wir nicht bereit, hier für immer zu bleiben, das wirst du verstehen.«

»Ja.« Sie lachte dabei.

»Wo gibt es einen Ausweg?«

»Nirgends.«

»Wir müssen also bleiben?«

»Ja. Wir können uns verstecken, wenn sie ihre Plätze verlassen, aber irgendwann werden sie uns töten.«

»Und die Nahrung?«, fragte ich. »Wasser, Lebensmittel.«

»Ich hatte noch etwas von der Insel. Alles ist mit rübergekommen. Doch die Nahrung geht zu Ende. Wir werden uns wohl gegenseitig töten müssen, um einige Zeit überleben zu können.«

Ich winkte ab. »So drastisch würde ich das nicht sehen.«

Sie schlug mit der Faust auf ihren nackten Oberschenkel. »Verdammt, du kennst diese Welt nicht.«

»Dann zeig sie uns.«

Leona starrte mich an. »Ist das dein Ernst? Willst du wirklich tiefer hinein, anstatt dich zu verstecken?«

»Das möchte ich.«

Sie strich über ihr Haar. »Ich fasse es nicht. Das ist ein Wahnsinn, wirklich! Hemator wird seine Diener oder Monster schicken. Die bringen uns um, die zerfleischen uns.«

»Wo stecken sie denn?«, fragte ich.

Leona hob ihre Schulter. Dabei lief ein Schauer über die Haut, als würde sie frieren. »Überall und nirgends«, erklärte sie. »Urplötzlich können sie erscheinen. Sie tauchen aus ihren Verstecken und Löchern auf wie Ratten, die eine Beute wittern.« Sie schüttelte sich. »Es ist schlimm, wirklich.«

Das nahm ich ihr unbesehen ab. Sie hatte an der Außenwand des Turms gelauert und wahrscheinlich unseren Weg verfolgt. Dieser Turm interessierte mich, so sprach ich die Frau darauf an. »Wer steckt darin? Gibt es ein Geheimnis um das Bauwerk?«

»Es ist ein Zentrum.

»Für wen?«

»Kann ich nicht genau sagen. Der Turm ist ein Labyrinth. Er ist verwinkelt, es gibt dort geheimnisvolle Gänge, Räume und Stollen. Sie stehen miteinander in Verbindung, bilden Verstecke, und Hemator, der Herrscher dieser Welt, bläst seinen Pestatem in die Mauern.«

Bevor ich etwas unternahm, wollte ich noch einiges klarstellen. »Wir sind durch ein so genanntes Dimensionstor in diese Welt gelangt, und es war ähnlich wie bei dir, Leona. Deshalb frage ich dich. Wo es einen Eingang gibt, muss es auch einen Ausgang geben. Davon gehe ich einfach aus. Hast du einen solchen Ausgang schon entdeckt oder wenigstens nach ihm geforscht?«

»Anfangs.« Sie schüttelte den Kopf. Staub löste sich aus ihren Haaren. »Aber ich habe nichts gefunden.«

»Auch nicht im Turm?«

»Ich habe ihn nicht näher untersucht, da mir das Gelände zu gefährlich erschien.«

Da hatte sie wohl Recht gehabt. Auch mir wäre es zu riskant gewesen, nur mit einem Messer bewaffnet durch dieses unheimliche Bauwerk zu schleichen. Ich aber besaß andere Waffen, und ich wollte einen Ausweg finden. Vor allen Dingen mussten wir an Hemator herankommen, denn er war der Herrscher dieser Welt.

»Sieht schlecht aus, nicht?«, fragte Leona.

»Das ist wahr.«

»Ich kann euch leider keine Hoffnungen machen.«

»Wo befindet sich eigentlich dein Lager?«, erkundigte ich mich. »Im Freien oder im Turm?«

»Ich habe es mir ein wenig abseits eingerichtet. Zwischen den Steinen. Sie sind dort zu Wällen aufgeschichtet. Da habe ich eine Höhle gebaut und sie bis jetzt verteidigen können. Wenn ich mich umsehen will, klettere ich auf einen Vorsprung des Turms. Von dort habe ich einen besonders guten Ausblick.«

»John, da kommt jemand.« Ali hatte mich gewarnt. Er trat auf mich zu und fasste nach meinem Arm.

Auch ich drehte mich jetzt um. Den Weg zurück schaute ich nicht. Die Bewegungen waren an den beiden Hängen entstanden, wo noch immer Staubschleier in der Luft lagen.

Von dort kamen sie.

Mir stockte der Atem. Ali wurde bleich und flüsterte: »Verdammt, das kann es doch nicht geben. Das ist der nackte Wahnsinn, ehrlich. Ich werde noch verrückt.«

Es waren Figuren wie aus einem Albtraum. Schrecklicher hätte man sie sich überhaupt nicht vorstellen können.

Es fiel mir schwer, sie zu zählen, weil sich aus dem Hintergrund immer welche nachschoben, sodass wir nur die erkennen konnten, die sich in der ersten Reihe befanden.

Da sahen wir eine armdicke Schlange mit einem sehr langen Gesicht. Sie hatte das Maul weit aufgerissen, schob sich über den Boden und hatte die obere Hälfte ihres Oberkörpers erhoben. Aus kleinen Augen starrte sie uns böse an.

Neben der Schlange bewegte sich ein Monster, das einen Körper wie die längst ausgestorbene Seekuh hatte, so plump und unförmig. Nur gab es bei diesem Monster einen Unterschied.

Es hatte zwei menschliche Arme, sehr lange, dicke Finger, einen Seehundskopf, der dennoch menschliche Züge aufwies, denn Ohren und große weiße Pupillen waren zu sehen.

Und noch ein Monster fiel mir auf. Es befand sich rechts neben dem Seekuh-Mutanten, und es sah aus wie ein buckliger Drachen. Höher und größer als der Seekuh-Mutant war er auf jeden Fall. Vielleicht trug auch der auf seinem Rücken wachsende gezackte Kamm dazu bei, und ich sah auch diesen flachen schlangenförmigen Hals, der in einem platten Kopf endete. Er selbst lag auf dem staubigen Boden und schob sich weiter vor, wenn sich auch das Monster bewegte.

»Was machen wir?«, fragte Ali.

Leona hatte ihr Messer gezogen. Das war Antwort genug. Ich jedoch bezweifelte, ob wir gegen diese Kreaturen ankamen. Es war vielleicht besser, zunächst den Rückzug anzutreten, bevor wir uns hier in eine gewaltige Schlacht verwickeln ließen.

»In den Turm«, sagte ich.

Leona fuhr herum. »Das ist Wahnsinn! Wir geraten vom Regen in die Traufe.«

Ich deutete an der Außenmauer hoch. »Da sind doch Fenster oder Luken. Wenn sie uns zu nahe auf die Pelle rücken, können wir dadurch fliehen.«

»Gefällt mir zwar nicht, aber …«

»Da kommen immer noch mehr!«, rief Ali plötzlich und deutete auf den uns gegenüberliegenden Hang.

Genau waren sie nicht zu erkennen, aber ich hatte das Gefühl, als würde sich eine dunkle Masse durch die hängenden Staubschleier wälzen. Nein, es gab keine bessere Möglichkeit. Wir mussten in den verdammten Turm hinein!

Einen Moment wartete ich noch. Ein langer, dünner Arm mit einer Krallenhand schob sich aus dem Staub. Den dazugehörigen Körper konnte ich noch nicht erkennen, aber ich sah oberhalb der Hand Umrisse eines übergroßen Geierkörpers mit Augen, die an seinem dünnen Schädel wie aufgeklebt wirkten.

»Dann los!«

Gemeinsam drehten wir uns um. Der Eingang war groß, hoch und breit genug.

Ali war am schnellsten. Und er blieb auch als Erster von uns stehen, denn er hatte das schrecklichste Monster entdeckt, das sich bisher in dieser Welt gezeigt hatte.

Es war ein Krokodil.

Das wäre nicht mal so besonders schlimm gewesen. Nur hatte es die dreifache Größe eines normalen Tieres, und auch das Gebiss war entsprechend mitgewachsen …

Kara wusste nicht, ob der Eiserne die Beschaffenheit der Wolke erkannt hatte. Deshalb warnte sie ihn und beugte ihren Oberkörper vor, damit sie ihm ins Ohr schreien konnte. »Du musst die Wolke umfliegen. Sie kann tödlich sein!«

Der Eiserne hatte verstanden. Seine Fluggeschwindigkeit sank rapide. Kara hatte das Gefühl, als würden sie in der Luft zunächst einmal stehen bleiben.

Nun konnten beide genau erkennen, was mit der Wolke geschehen war. Sie erhielt immer mehr Nachschub, aus den Tälern stiegen sie hervor, und die Fadenwolken wurden für Kara und den Eisernen zu einem unkalkulierbaren Risiko.

»Wohin?«, fragte Kara.

»Wir müssen uns der Wolke stellen!«

Diese Antwort war klar. Kara wusste auch, dass es keinerlei Diskussion mehr darüber gab. Wenn der Eiserne so etwas sagte, hatte er seine Gründe. Er blieb nicht mehr in der Höhe, sondern sank langsam dem gläsernen Boden entgegen.

Sie standen nicht mehr auf dem waagerechten Grund, sondern am Hang eines Glasberges, der aber nicht so glatt und schräg war, dass man abrutschen und nach unten rollen konnte.

»Zieh dein Schwert, Kara!«

Das tat die Schöne aus dem Totenreich. Dabei schaute sie auch in die Höhe und sah, dass nicht weit über ihren Köpfen entfernt die Fadenwolken wie eine Wand standen, die sich immer tiefer senkte, um sie zu erreichen.

Wo gab es noch einen Ausweg?

Wenn sie in ein Tal gelangen wollten, mussten sie über den Kamm der Berge hinweg, um auf der anderen Seite die Quelle zu finden. Vielleicht existierte dort auch ein Zugang zu irgendwelchen Höhlen oder Verstecken, aber das wollte Kara dahingestellt sein lassen. Die Fäden waren zunächst wichtiger.

Sie standen nebeneinander. Beide dabei etwas versetzt und die linken Beine nach hinten gestellt. So nahmen sie die beste Kampfhaltung ein.

»Wie willst du sie denn stoppen?«, fragte Kara.

»Mit dem Schwert.«

»Wirklich?«

»Ja, die Wolke ist nicht normal. Die besteht aus magisch aufgeladenen Fäden. Wenn wir mit unseren Klingen hineinschlagen, könnten wir uns vielleicht einen Weg bahnen.«

»Optimist.«

»Das muss ich sein.«

Die Wolke wanderte weiter. Lautlos und gefährlich schob sie sich heran. Dabei bewegten sich die kleinen, hauchdünnen Fäden aus eigener Kraft. Sie peitschten sich mit dem Schwanzende förmlich voran, und wenn sie sich bewegten, glitzerten sie, als wären sie von Lichtstreifen getroffen worden.

Dieses Leuchten und Blenden konnte für Kara und den Eisernen Engel tödlich werden.

Sie stemmten sich dagegen an.

Und sie taten es gemeinsam. Mit ihren Schwertern schlugen sie zu, hauten gegen die Wolken und droschen regelrechte Breschen in sie hinein. Immer dort, wo sie trafen, blitzten die Fäden für einen Moment heller auf, bevor sie vergingen.

Das geschah, wenn sie vom Schwert des Eisernen Engels getroffen wurden.

Bei Karas Waffe passierte im Prinzip das Gleiche, nur entstand beim Vergehen der von ihr getroffenen Fäden ein schwaches, rötlich schimmerndes Licht. Ihre Klinge hatte eben eine andere magische Aufladung.

Beide bewiesen, wie geschickt sie es verstanden, ihre Waffen zu führen. Kreuzförmig geschlagene Treffer jagten in die aus Fäden bestehende Wolke hinein. Die Lücken wurden größer, aber sie, und das sahen Kara und der Eiserne mit

Bedauern, schlossen sich auch wieder rasch. Der Nachschub an kleinen, tödlichen Fäden schien für die Wolken unersättlich zu sein.

Aus den jenseitigen Regionen der Berge drang er hervor, kroch durch Täler, stieg anschließend in die Höhe und vereinigte sich mit der Hauptwolke, um die Lücken zu schließen.

Die Breite der Wolke konnte für Kara und den Eisernen katastrophal werden, denn links und rechts an ihnen glitt sie lautlos vorbei, um sich in ihrem Rücken zusammenzufügen.

Kara warf einen Blick über die Schulter, erkannte die Gefahr und machte ihren Partner aufmerksam.

Der Engel nickte.

»Noch gibt es eine kleine Lücke«, erklärte die Schöne aus dem Totenreich.

Der Eiserne schüttelte den Kopf. »Nein, ich will durch.«

»Und wie?«

Als Antwort steckte der Engel sein Schwert in die Scheide, was Kara staunend beobachtete. Sie schüttelte den Kopf. »Du kannst sie nicht mit den bloßen Händen angreifen«, flüsterte sie, »die sind einfach zu gefährlich.«

Wie gefährlich sie waren, bekam auch die Schöne aus dem Totenreich zu spüren. Durch die Aktionen des Engels war sie von der eigentlichen Gefahr abgelenkt worden. Erst als einige Fäden dicht vor ihrem Gesicht erschienen und sie einen Herzschlag später berührten, zuckte sie zusammen, denn sie hatte den scharfen Schmerz auf ihrer Wange gespürt. Dort genau waren die Fäden entlanggeschleudert und hatten schmale Schnitte hinterlassen, aus denen winzige Blutstropfen quollen.

Kara duckte sich, trat zur Seite und stand neben dem Eisernen. Der war inzwischen nicht untätig geblieben und hatte die Pendelschnur über den Kopf gestreift.

Konnte er es damit schaffen?

»Und du bist dir sicher?«, fragte Kara.

»Nicht ganz!«

Sie merkte an der Kürze der Antwort, dass der Eiserne nicht mehr gestört werden wollte.

Er sank auf die Knie.

Kara, die die Gefahr näher kommen sah, suchte hinter seinem breiten Rücken vor den gefährlichen Fäden Deckung und hoffte, dass die letzte aller Möglichkeiten eintraf.

Der Eiserne hielt das Band, an dem das magische Pendel hing, mit beiden Händen fest. Er starrte auf die gewaltige Wolke, schien sie hypnotisieren zu wollen und musste doch sehen, wie sie sich heranschob.

Das Pendel begann zu schwingen.

Nach rechts, nach links, jeder Schlag mit der gleichen Geschwindigkeit, da er von dem Eisernen Engel geführt wurde. Er starrte dabei über den ovalen blutroten Tropfen hinweg, dessen Farbe sich nach jedem Schlag veränderte. Er nahm an Intensität zu, sodass sehr bald ein strahlenförmiger Kranz um das Oval herum erschien.

Und der erfasste auch die Fäden.

Auf einmal hatte die gewaltige Wolke am Rand einen rosigen Schimmer. Doch er konnte sie nicht stoppen. Sie drückte sich auf den Eisernen Engel zu und erreichte ihn auch bald, wobei dessen Kopf in der Masse verschwand.

Kara wollte etwas sagen. Das Wort blieb ihr im Hals stecken, da sie sah, dass der Eiserne nicht reagierte.

Er blieb in der Wolke hocken und verließ sich voll und ganz auf sein Pendel.

Kara musste zurück, denn die Fäden ließen den Kopf des Eisernen hinter sich und hatten ein neues Ziel gefunden, das war Kara.

Sehr viel Platz zum Ausweichen blieb ihr nicht mehr. Sie befand sich noch auf einer kleinen Insel inmitten dieser gefährlichen Masse, sah auch die Fäden vor sich.

Kara hatte ihr Schwert gezogen. Sie bewegte die Klinge dicht vor ihrem Gesicht hin und her, sodass sie wenigstens einige Fäden traf und diese zerstören konnte.

Es war nicht mehr als der Tropfen auf den berühmten heißen Stein, und Kara, die über starke, magische Kräfte verfügte, geriet allmählich ins Schwitzen.

»Tu was!«, flüsterte sie.

»Ich bin dabei!«, lautete die trockene Antwort. Der Eiserne hatte diesmal nicht übertrieben.

Kara wollte es erst nicht glauben, dann aber sah sie, wie die Wolke stoppte.

Und nicht nur das. Aus dem Stein lösten sich knallrote Strahlen, vereinigten sich zu einem breiten Schein, der wie ein scharfes, beidseitig geschliffenes Messer in die Wolke hineinschnitt.

Und sie abtötete!

Eine breite Schneise entstand, und in dieser Schneise verging die Wolke allmählich.

Die Fäden glühten noch für einen kurzen Moment auf, bevor sie als Asche zusammensanken, auf den gläsernen Boden fielen und dort einen schwarzgrauen Teppich bildeten.

Die Magie des Pendels hatte beiden geholfen und nicht nur die Schneise geschaffen. Sie breitete sich sogar aus, kroch über die gläsernen Berggipfel hinweg und räumte auch an der anderen Seite auf, die von Kara und dem Engel nicht einzusehen war. Trotzdem wussten sie, dass die Wolke vernichtet wurde, denn es kam kein Nachschub mehr.

Auch aus ihrer unmittelbaren Nähe verschwanden die Glaswolken, und der Eiserne Engel drehte sich um. Kara sah auf seinem Gesicht das breite Lächeln.

»Ich gratuliere dir«, erklärte sie.

»Danke.«

»Warst du von Beginn an sicher, dass du es schaffen würdest?«

»Nicht direkt, aber ich vertraute der Kraft des Pendels, denn es reagiert auf diese Dinge, die tief im Schoß der Erde verborgen liegen, und das ist hier der Fall. In dieser Welt kommt das gläserne Grauen aus der Tiefe. Dort hat es seinen Ursprung.«

»Aber es ist nicht vernichtet?«, fragte Kara.

»Du meinst Gorgos damit?«

»Ja. Aber den wirst du nicht locken können.«

»Ich weiß es nicht«, erwiderte der Eiserne und schaute zu, wie die Wolken allmählich verschwanden und an den Berggipfeln nur noch ein rötlicher, schwacher Schein zu sehen war.

Die Fäden hatte die Pendelmagie vernichtet. Längst schimmerte der Untergrund nicht mehr hell, sondern war mit einem dunkelgrauen Schleier oder Teppich bedeckt.

»Jetzt müsste Gorgos kommen«, meinte der Eiserne.

»Zu uns?« Kara lachte nach dieser skeptischen Frage.

»Das nicht gerade, aber wir gehen zu ihm, wenn du verstehst. Der Berg hier dürfte uns keine großen Probleme bereiten.«

»Dann wollen wir es hinter uns bringen.«

Der Eiserne war dagegen. »Nein, nicht. Ich will erst sicher sein, dass die Wolke verschwunden ist.«

Kara gab dem Eisernen Recht. Auch sie hatte keine Lust, mit den Resten der gefährlichen Glasfäden Bekanntschaft zu machen. Unwillkürlich hob sie den Arm und tastete mit den Fingerspitzen über ihre Wange. Sehr deutlich spürte sie die kleinen Wunden, die die scharfen Fäden hinterlassen hatten.

Auch das Blut, das aus den Schnitten rann und sich auf der Haut schließlich verlaufen hatte.

»Wir werden fliegen!«, durchbrach die Stimme des Eisernen die Stille. Er schaute hoch zum Himmel.

In einer fast gläsern wirkenden Klarheit lag er über ihnen. Da schien es keinen Anfang und auch kein Ende zu geben. Weder Wolken noch Vögel hoben sich von dieser Fläche ab. Der Betrachter konnte das Gefühl haben, in die Unendlichkeit zu schauen.

Kara kletterte wieder auf den Rücken dieser ungewöhnlichen Person. Sie kam sich ein wenig degradiert vor, aber das musste sie hinnehmen. In diesem Fall besaß ihr Partner die stärkeren Waffen.

Sie hoben ab.

Sehr schnell blieb der schräge, jetzt dunkler gewordene Hang unter ihnen zurück. Mit der gleichen Geschwindigkeit näherten sie sich auch dem lang gestreckten, von Spitzen und Hügeln unterbrochenen Bergrücken, über den sie hinwegfliegen mussten, um auf der anderen Seite ins Tal schauen zu können.

Es war eine große, lang gestreckte Talschüssel, in die sie hineinsahen. Beim ersten Anfliegen hatten sie nichts erkennen können, doch als sie tiefer sanken, entdeckten sie auf dem glatten Grund das, was sie hatten sehen wollen.

Kara sprach es aus. »Das darf doch nicht sein!«, flüsterte sie …

Das Ungeheuer war furchtbar!

Allein die Zähne konnten die heiße Angst in uns hochtreiben. Wir hatten noch genügend Zeit, um uns auf den Gegner einstellen zu können. Leona schaute dabei auf ihre Waffe. Sie schüttelte den Kopf, denn sie schien eingesehen zu haben, dass sie mit diesem Dolch dem Killerkrokodil nicht zu Leibe rücken konnte.

Seine Füße oder Beine waren überhaupt nicht zu sehen. Der rundliche Oberkörper schleifte über den Boden, wenn sich das Monstrum bewegte. Wegen dieser schuppigen Masse hatten wir keine Sicht auf Füße oder Beine.

Mir wurde es trocken im Hals. Ich zog meine Pistole und überlegte, ob eine Kugel den Panzer durchschlagen konnte.

Wahrscheinlich nicht.

»Kennst du es?«, fragte ich die Frau.

»Nein, ich habe es aber schreien gehört, als ich mich einmal in den Turm wagte. Dabei ging ich davon aus, dass dieses Schreien nur von einem Monster stammen konnte. Und das ist ja eines.«

»In der Tat.«

»Schaut euch mal die Augen an!«, flüsterte Ali. »Darin steht ja schon die Vorfreude auf ein festliches Mahl. Und wenn ich überlege, was die Maulgymnastik bedeutet …«

Tatsächlich konnte man den gierigen und gleichzeitig tückischen Gesichtsausdruck so deuten.

Leona hatte einen Blick zurückgeworfen. »Ich schlage vor, wir beeilen uns«, erklärte sie. »Die anderen rücken immer näher.«

»Wir könnten auch an der Außenwand hochklettern«, flüsterte Ali, »und durch eines der Fenster steigen.«

»Dann würden wir im Turm von dem Monster gejagt«, gab ich zu bedenken.

»Ja, Partner, du hast Recht.«

»Der Panzer ist wie Stahl!«, erklärte Leona mit tiefer Stimme. »Da kommt keine Kugel durch.«

»Aber nicht die Augen.«

»Du willst …« Sie fasste nach meinem Arm. »Willst du tatsächlich die Augen aus dem Schädel schießen?«

»Nicht gern, aber gibt es eine andere Chance?«

»Wohl kaum.«

Ich nickte und gab ihr damit zu verstehen, dass ich keine andere Chance sah. Leona war noch nicht fertig. »Ich helfe dir«, erklärte sie.

»Und wie?«

»Achte du nur auf die Augen.« Mehr sagte sie nicht, trennte sich von uns und schritt in einem Bogen von der Seite her auf das Monstrum zu.

»Gib Acht, dass die keinen Mist macht!«, hörte ich Alis Warnung, als ich mich in Bewegung setzte. Er traute wohl keiner weiblichen Person. In seinem Alter kein Wunder.

Das Monster wurde irritiert, als es mich, sein potenzielles Opfer, auf sich zukommen sah. Irritiert deshalb, weil sich Leona von der anderen Seite her näherte. Sie hielt den Dolch in der rechten Hand, die Klinge zeigte zu Boden, und ich fragte mich, ob sie scharf genug war, die Haut des Monsters zerstören zu können, wenn es schon eine Kugel nicht schaffte.

Das Monster wurde unruhig.

Daran zu erkennen, wie es seinen Schädel bewegte. Einmal zuckte die gewaltige Schnauze nach links, dann wieder in meine Richtung, und es schob sich auch weiter aus dem Eingang hervor, wobei ich noch immer nicht dazu kam, seine Beine zu sehen.

Dafür öffnete es sein Maul.

Als die Kieferhälften so weit auseinander klappten, verspürte ich schon leichtes Magendrücken, denn dieser Schlund konnte bequem Menschen verschlucken.

Leona war stehen geblieben. Das hatte seinen Grund. Anscheinend kannte sie sich mit Tierchen dieser Art aus. Plötzlich lief ein Zucken durch den gewaltigen Leib, und einen Augenblick später schlug das Monster mit seinem Schwanz so hart aus, dass dieser Treffer fast die Erde in der Nähe aufriss. Zwei schwere Steine waren erfasst worden und wurden mit einer spielerisch anmutenden Leichtigkeit weggeschleudert.

»John Sinclair, jetzt!«

Leonas Stimme überschlug sich fast. Sie hatte mich zum Schießen aufgefordert. Ich verhielt auch meinen Schritt, zielte genau und drückte ab.

Gleichzeitig startete Leona zu einem gewaltigen Sprint. Sie war verdammt schnell, und da sich das Monster auf mich konzentriert hatte, kam sie auch gut heran.

Meine Kugel hatte getroffen. Als ich am Augenrand etwas absplittern sah, war das geweihte Silbergeschoss längst tief in den Schädel des Monstertieres eingedrungen.

In einem Anfall von Wut oder Schmerz schleuderte das mutierte Krokodil seinen flachen Schädel in die Höhe, und in dem Augenblick stieß sich Leona ab.

Ich hatte das Gefühl, Tarzan in seinen besten Szenen zu erleben, oder wenigstens den weiblichen Tarzan Sheena, denn Leona sprang auf den Rücken des gefährlichen Monsters, klammerte sich mit der linken Hand dort fest, wo Kopf und Körper ineinander übergingen, und versuchte, den gewaltigen Schädel des Krokodils noch weiter in die Höhe zu reißen, damit sie das Messer in das andere Auge stoßen konnte.

Es gelang ihr nicht sofort.

Wieder stieß sie zu.

Zweimal raste die Klinge nach unten. Und beide Male fuhr der Stahl in das Zentrum.

Ich schoss kein zweites Mal mehr, stand starr auf dem Fleck und schaute gebannt zu.

In den nächsten Sekunden lief ein Drama vor meinen Augen ab, denn das Monster gab sich so leicht nicht geschlagen. Sein Schädel oder Maul fuhr in die Höhe, es wollte sich von dem Druck des muskulösen Arms befreien, und in seiner Todeswut entwickelte es ungeahnte Kräfte.

Auf die Seite rollte es sich. Dabei reagierte es ähnlich wie ein Pferd. Wenn Leona nicht zerquetscht werden wollte, musste sie jetzt vom Rücken des Tieres weg.

Das schaffte sie auch mit einem federnden Sprung. Sie hatte kaum den Boden berührt, als sie noch einmal in die Höhe sprang. Es war gut so, denn der eisenharte und schlaggewaltige Schwanz der Bestie hätte sie fast noch erwischt.

Auch ich ging zurück, wobei ich mit Leona und Ali zusammentraf. Die Frau wischte sich über die Stirn. Das Gesicht war verzerrt. Mit dem Messer deutete sie auf das Tier.

Es focht seinen Todeskampf aus. Der Körper zuckte. Auf dem Rücken lag die Bestie. Hektisch bewegte sich der Schwanz. Jetzt sah ich auch die kurzen Stummelbeine, und aus dem aufgerissenen Maul hörte ich Schreie, die schaurig in diese verwunschene Welt hineinschmetterten.

Im Todeskampf hatte sich das Monster auch bewegt und den größten Teil des Eingangs freigegeben. Trotzdem war es gefährlich, sich an diesem Tier vorbeizubewegen. Wir mussten sehr genau Acht geben. Zudem konnten wir uns keine Zeit mehr lassen, denn andere Mutationen befanden sich in unserem Rücken.

Plötzlich hatte es wieder seine normale Haltung angenommen. Dort, wo sonst die Augen gesessen hatten, lief eine trübe, schleimige Flüssigkeit aus den Löchern und hinterließ nasse Flecken im Staub.

Es kam auf uns zu.

»Das sind die letzten …«

Was Leona noch sagen wollte, hörte ich nicht mehr, denn ich hatte auf meiner linken Schulterseite die Berührung der harten Krallenhand gespürt. Sie war so wuchtig geschlagen worden, als wollte sie meine Kleidung noch zerfetzen, und ich fuhr auf der Stelle herum.

Über mir sah ich das schreckliche Gesicht des geierähnlichen Vogels und auch den langen Schnabel, mit dem er mir leicht die Augen hätte aushacken können.

Bevor sich dieser Schnabel senkte, schoss ich. Zum Glück

hatte ich die Beretta nicht weggesteckt. Die Kugel fuhr unterhalb des Schnabels in den dünnen Schädel.

Der Griff verschwand. Wild flatterte der unheimliche Vogel mit seinen Flügeln, stieß in die staubige Luft und ließ ein Krächzen hören, das schon sterbend klang.

Der letzte Schrei des Krokodil-Monsters verklang. Still lag es auf dem Boden.

»Das ist erledigt«, flüsterte Leona.

Wir mussten in den Turm. Der harte Griff an meiner Schulter hatte mir bewiesen, dass es höchste Eisenbahn war.

Und so rannten wir los.

Ich lief am schnellsten. Leona und Ali hielten sich an meiner Seite.

Keine Bestie hielt uns auf. Wir liefen auch den anderen Mutationen weg und standen erst still, als wir den Eingang hinter uns hatten. Dort drehten wir uns um.

Fürchterliche Gestalten schoben sich halbkreisförmig auf den Eingang zu. Ich fragte mich, ob es wirklich so gut gewesen war, hier Zuflucht zu suchen. Aber wenn dieser Turm das Zentrum der Welt darstellen sollte, war uns keine andere Möglichkeit gegeben.

»Wenn die uns folgen, sieht es böse aus«, meinte Ali.

»Die bleiben draußen«, erklärte Leona.

»Wieso?«

»Als Wächter.«

»Moment«, sagte ich. »Das heißt, die Monster draußen werden uns verschlingen, falls es uns gelingt, aus dem Turm zu fliehen?«

»So ist es«, erwiderte sie schlicht.

Ali, unser junger Begleiter, hatte andere Probleme. »Licht gibt es hier wohl nicht?«

»Nein«, erklärte die Frau.

»Wobei du den Turm nicht richtig durchsucht hast«, hielt ich ihr entgegen.

Sie hob die Schultern.

»Sollen wir denn hier stehen bleiben?«, fragte Ali.

Ich hatte die Batterie meiner Bleistiftleuchte erst vor kurzem

gewechselt und holte den Stab hervor. Ein paar Schritte entfernte ich mich von meinen Begleitern und knipste die Lampe
dann an. Der Strahl war sehr dünn, aber er reichte aus, um
das erkennen zu können, was sich in der unmittelbaren
Umgebung befand.

Ich hatte den rechten Arm halb erhoben und schwenkte ihn
über meinem Kopf im Kreis.

Der Lichtfinger tupfte gegen das, was wohl eine der Decken
im Turm darstellen sollte.

Im ersten Moment war es kaum zu glauben, denn ich hatte
das Gefühl, in einem gewaltigen Maul oder Schlund zu stecken. Die Umgebung sah wirklich aus wie ein Rachen, dessen
Hälften so weit wie eben möglich aufgerissen waren.

Von der Decke hingen in Form langer Tropfen oder halb
gerundeter Vorhänge versteinerte Schleimreste, die, wenn sie
vom schmalen Lichtstrahl der Lampe getroffen wurden, rötlich braun schimmerten.

Waren es Kasematten oder Höhlen? Wahrscheinlich beides,
denn ich entdeckte auch Treppen oder Verbindungsgänge
über meinem Kopf, die nicht nur frei lagen, sondern in Höhlen oder Eingängen verschwanden.

Leona hatte von einem Labyrinth gesprochen. Mein erster
Eindruck bestätigte mir, dass sie dabei voll ins Schwarze
getroffen hatte.

Die beiden anderen waren zu mir gekommen. »Na, habe ich
Recht gehabt?«, fragte Leona. Sie hatte ihre Arme in die Hüften gestützt und folgte dem Strahl der Leuchte.

»Tatsächlich.«

»Fragt sich nur, ob es hier einen zweiten Ausgang gibt«,
meinte Ali. »Da vorn können wir uns nur mehr durch-
schießen.«

Da hatte er Recht. Wenn wir einen Blick auf den Ausgang
warfen, sah es tatsächlich so aus. Die Kreaturen standen dort
wie eine Mauer. Sie nahmen auch den größten Teil des sonst
in die Höhle fallenden Lichts weg, sodass wir nur noch die
Umrisse des Eingangs erkannten, die ein graues Rechteck
bildeten.

Wir hörten zudem widerliche Geräusche. Ein Reißen, Schmatzen und Flügelschlagen.

Ich konnte mir vorstellen, was dort passierte. Da wurde den Regeln der Natur entsprochen.

Leona sprach es aus. »Sie vertilgen Aas«, erklärte sie. »Das tote Krokodil war eine willkommene Beute.«

»Sehen wir zu, dass wir keine Beute werden.« Damit erschöpfte sich mein Kommentar. Zudem wollte ich endlich die Lösung des Rätsels finden. Wenn hier eine Zentrale existierte, wollte ich auch hin.

»Können wir auch in die Tiefe?«, fragte Ali.

»Das weiß ich nicht«, erwiderte die Frau.

Ich leuchtete entgegengesetzt, und der dünne Lampenstrahl traf eine Galerie, die sich über unseren Köpfen hinzog und praktisch zwei Seiten des Turms verband.

»Da müssten wir hoch.«

Keiner widersprach. Ich hatte beschlossen, den Anführer zu spielen. Ali sollte hinter mir bleiben und Leona uns den Rücken decken. Wer immer diesen Turm gebaut haben mochte, ich war ihm dankbar, denn er hatte auch Treppen angelegt.

Für eine ältere Person wären die Stufen zwar sehr beschwerlich gewesen. Wir konnten sie nehmen, auch wenn wir dabei sehr große Schritte machen mussten.

Da die Treppe dicht an der Wand entlangführte, ließ es sich nicht vermeiden, dass wir die Wand berührten. Hierbei hatte ich das Gefühl, in gefrorenen Schleim zu fassen, der zudem eine unnatürliche Kälte in sich barg.

Das war ich nicht gewohnt.

Die Treppe beschrieb eine Kurve, bevor wir die Galerie erreichten, und es passierte nichts.

Ich blieb an deren Beginn stehen, wartete auf die anderen und ging erst dann über die Brücke aus ebenfalls gefrorenem Schleim weiter. Sie war schwierig zu begehen, da sie Buckel bildete, auf denen wir leicht abrutschen konnten.

Als Erster erreichte ich die andere Seite.

Ali kam auch sicher zu mir, nur Leona blieb noch auf der Galerie stehen, um sich umzusehen.

»Komm!«, sagte ich.

»Da, die Risse!«, rief Ali, als der provisorische Übergang auch schon anfing zu knacken. Ich dachte an die Brücke der Skelette, da hatte ich mich auch so unsicher gefühlt. Und ich sah jetzt, wie Leona die Arme ausbreitete, um das Gleichgewicht zu halten.

Sie kippte nach links weg.

Zum Glück ging sie dabei noch einen Schritt nach vorn, sodass sie in meine Nähe geriet. Und irgendwann gelang es mir, sie am Ellbogen zu packen.

Ihr Schrei ging im Poltern der in die Tiefe fallenden Steine unter. Die Frau schlug gegen die Wand, die den schmalen Pfad, auf dem wir standen, abstützte. Fast hätte sie mich durch ihr Gewicht noch in die Tiefe gerissen.

Ali hielt die Lampe. Mit der anderen Hand hielt er mich am Hosengürtel fest, als ich die Frau hochzog.

So schafften wir es schließlich.

Schwer atmend blieb Leona neben mir stehen. Für einen Moment sah ich ihr erlösendes Lächeln, dann hörte ich die raue Stimme. »Du hast mir das Leben gerettet.«

»Möglich.«

Sie schaute in die Tiefe, und wir folgten ihrem Blick. Dort tat sich etwas Schlimmes.

Keiner von uns wusste, was den Ausschlag gegeben hatte, aber das zu Boden gefallene Gestein begann sich plötzlich aufzulösen. Daran trug der Untergrund die Schuld, der wie eine ätzende Säure wirkte. Viel schlimmer als eine mir bekannte Flüssigkeit dieser Art, denn die Steine lösten sich in Sekundenschnelle auf. Dabei entstanden Dämpfe, die träge den Raum hinter dem Eingang ausfüllten.

Wir schauten uns gegenseitig an, und es waren keine freundlichen oder fröhlichen Blicke, die wir uns da zuwarfen.

»Das hätte ins Auge gehen können!«, flüsterte Ali.

Wir widersprachen nicht.

Keiner wollte zusehen, wie die Steine vergingen, und so verschwanden wir in einen schmalen Gang, der schnurgerade in die entgegengesetzte Richtung führte, allerdings von einigen Nischen oder kleinen Quergängen aufgelockert wurde.

Am Ende des Ganges befand sich ein graues Rechteck. Es war eines der Fenster.

Ali überholte uns, lief schnell auf das Fenster zu und blieb davor stehen.

Er staunte laut, sodass auch wir uns beeilen mussten. Als wir das offene Fenster erreichten, war ich ebenfalls überrascht und brachte kein Wort hervor.

Diese Seite der Welt hatten wir bisher noch nicht kennen gelernt. Nun sahen wir sie, und unser Blick konnte in eine klare, weite Ferne schweifen. Es war eine Welt mit einem Ende, einem Horizont und einer Dimensionsgrenze.

Sie wand sich wie das Innere einer Kugel in die Höhe. Durch diese Form veränderte sich auch die Perspektive der erkennbaren Dinge.

Dazu zählte ich auch die angrenzenden Welten.

Ich schaute mit weit aufgerissenen Augen in zwei weitere Dimensionen der Großen Alten.

In die des gigantischen Kraken Krol und in die des gläsernen Gorgos …

Der eine hätte geschrien, der andere wäre vielleicht in die Tiefe gesprungen, und ein Dritter hätte versucht, sich auf den Teufel zu stürzen.

Suko tat nichts von diesen Dingen. Er blieb auf dem Fleck stehen und schaute in die widerliche Fratze seines Gegenübers.

Das Schreien der Seelen war verstummt. Die Stille lastete zwischen den beiden so unterschiedlichen Personen. Suko unterbrach sie nicht, es war der Teufel, der ihn ansprach.

»Du sagst ja nichts, Chinese!«

»Was soll ich dir darauf antworten?«

Asmodis begann zu lachen. Er warf seinen Schädel in den Nacken und ließ Laute hören, die Suko erschreckten. »Ja, ja!«, schrie er schließlich. »Was soll ein Mensch darauf auch schon antworten, wenn er völlig chancenlos ist?«

»Das muss sich noch herausstellen«, erwiderte Suko möglichst gelassen.

Damit irritierte er selbst den Teufel. »Wieso? Was rechnest du dir noch aus? Du bist zwar kein Sinclair, aber ein guter Ersatz. Den Geisterjäger werden die Großen Alten schon vernichten.«

»Um genau die dreht es sich.«

»Sie sollen deine Chance sein?«

»So ungefähr«, gab Suko zu. »Oder rechnest du im Ernst damit, dass sie es aufgegeben haben, dein Reich zu erobern? Das kann ich einfach nicht glauben. Sie waren nahe daran, und meine Freunde haben ihren Plan vorerst vereitelt. Aber sie werden einen erneuten Anlauf nehmen, das kann ich dir versprechen.«

Asmodis diskutierte gern. »Auch wenn es so wäre. Welche Chancen rechnest du dir dabei aus?«

»Ich könnte auf deiner Seite stehen.«

Wieder schallte Suko ein gellendes Lachen entgegen. »Du auf meiner Seite? Glaubst du im Ernst, dass ich diese Lüge schlucke? Nein, mein Freund, auf keinen Fall. Du wirst nie auf meiner Seite stehen, dazu bist du einfach nicht geschaffen.«

»Man könnte einen Kompromiss schließen.«

»Niemals.«

Suko gab nicht auf. »Überleg nur mal, wie alles kommen könnte …«

Heftig winkte der Teufel ab. Er wollte etwas anderes wissen und fragte auch danach. »Welchen plausiblen Grund könntest du haben, dass du dich auf meine Seite stellst? Los, raus damit! Ich will es endlich erfahren!«

Suko nickte. »Vielleicht möchte ich, dass alles so bleibt.«

»Das verstehe ich nicht.«

»Ich will eben keine Veränderungen haben.« Er deutete auf die rechte Seite der Brücke. »Nehmen wir an, da steht die Hölle. Verstanden?«

»Ja.«

Jetzt deutete der Inspektor nach links. »Und dort stehen wir. Das sind klare Fronten. Jeder weiß, was er von dem anderen zu halten hat – und kann sich auf ihn einstellen. Kommen uns aber die unberechenbaren Großen Alten dazwischen, wird nicht nur meine Seite verunsichert, auch deine. Das solltest du dir überlegen.«

Suko hatte seine Arme zuvor bewegt, jetzt schnellte Satans Klaue vor. »Die Großen Alten sind zurückgeschmettert worden. Ich sehe sie nicht mehr als eine Gefahr an. Sie werden sich in den harten Kämpfen und Auseinandersetzungen gegenseitig aufreiben. Wir sind die Gewinner, und das steht jetzt schon fest.«

»Glaubst du?«

»Ja.«

»Aber dir fehlen die Beweise.« Suko ließ einfach nicht locker, und damit ärgerte er den Teufel auch.

»Ich könnte sie dir zeigen«, sagte dieser. »Aber darauf pfeife ich. Hast du verstanden? Ich will deine verdammte Seele. Ich will sie wimmern und schreien hören. Das ist alles.«

Suko war erfahren genug, um zu wissen, dass es allmählich Ernst für ihn wurde. Was konnte er noch tun? Reden hatte keinen Sinn mehr. Sich in die Tiefe stürzen oder Asmodis anspringen?

Das brachte nichts. Der Teufel war stärker, und er befand sich zudem in seinem Reich, wo er die Fäden zog und mit seinen Gegnern machen konnte, was er wollte.

»Du siehst so nachdenklich aus«, verhöhnte Asmodis den Inspektor. »Was sollen wir jetzt machen? Ich weiß es!«, fuhr er im Plauderton fort. »Du kannst dir aussuchen, wie du sterben möchtest. Ich lasse dir die Wahl. Ist das nicht was? Das wird nicht jedem geboten.«

Suko beeindruckte Satans höhnische Rederei nicht mehr. Für ihn stand fest, dass er auch die letzte Chance vertan hatte. Es war ihm nicht gelungen, Asmodis den Bluff mit den Großen Alten zu schlucken zu geben. Also musste er jetzt die Konsequenzen ziehen. Deshalb bewegte er seinen Kopf in des Teufels Richtung.

»Hast du dich entschieden?«, fragte Asmodis.

»Nein.«

Satan lachte. »Ich weiß selbst, dass du am Leben bleiben willst. Aber das gibt es nicht. Hier herrsche ich, hier herrschen andere Gesetze. Ich will deine Seele wimmern hören, und ich werde dafür sorgen, dass so etwas geschieht. Ich schlage dir einige Todesarten vor. Du brauchst nur zuzustimmen. Ja oder nein zu sagen. Ich kann dich verschmoren lassen.« Asmodis begann zu lachen. »Es wäre ein würdiger Tod. Verbrannt im Höllenfeuer …«

»Rede weiter!«

»Du könntest auch Foltern erleiden. Es gibt da einige Methoden, die …«

»Ich verzichte.«

»Gut, dann mache ich es eben auf meine Art und Weise.« Asmodis trat einen Schritt vor. »Bisher hast du dich immer auf deinen Freund John Sinclair verlassen können. Nun nicht mehr. Du besitzt kein Kreuz, das mich stoppen könnte. Deine Waffen sind dir ebenfalls abhanden gekommen. Du hast nichts, mit dem du dich wehren kannst. Gar nichts …«

Suko beobachtete das Gesicht. Es zeigte einen triumphierenden Ausdruck. Satans Maul war in die Breite gezogen. Die Augen glühten wie zwei rote Kreise, und beide Hände hatte er ausgestreckt, damit er Suko berühren konnte.

Der Oberinspektor ging um keinen Schritt zur Seite oder zurück. Er schaute dem Schicksal in die Augen.

Er hatte es gewusst, dass es ihn einmal treffen würde. So etwas lag auf der Hand, wenn man einen Job ausführte, wie Suko es tat. Er, der Mensch, hatte sich gegen die schwarzmagischen Kräfte und Mächte gestemmt. Das war nicht nur die Hölle, noch einiges andere kam hinzu. Die Großen Alten, die Rätsel um Shimada, Aibon und die schreckliche Werwolf-Magie. Irgendwann wurde es zu viel, da musste sich auch ein Kämpfer wie Suko eingestehen, dass die andere Seite stärker war.

Wie jetzt.

Ein Schritt trennte die beiden noch. Suko bewegte sich nicht. Er hätte es tun können, aber er schaute starr zu, wie Asmodis ihm die Pranke auf die Schulter legte.

»So«, flüsterte er dabei, so …«

Suko spürte den Druck, der von Sekunde zu Sekunde stärker wurde, und den plötzlichen Schmerz. Lohenartig durchtoste er seinen Arm bis zu den Fingerspitzen. An der Schulter begann er, und der Schmerz wurde so heftig, dass der Inspektor in die Knie sackte. Er fiel dabei gegen die Gestalt des Asmodis.

Suko spürte den Schmerz am Brustbein. Er kippte zurück, begann zu zittern und befand sich schließlich in einer für ihn demütigenden Haltung vor dem Satan.

»Ja«, flüsterte Asmodis. »So habe ich dich haben wollen. Genau so. Auf die Knie. Ich will, dass die Menschen auf den Knien vor mir rutschen und um Gnade betteln.«

Hart presste Suko die Lippen zusammen. Er würde nicht um Gnade winseln. Auf keinen Fall. Nicht ein Laut sollte über seine Lippen dringen. Diesen Triumph wollte er dem Höllenherrscher nicht gönnen.

»Schrei schon!«, befahl der Teufel. »Los, du sollst winseln, verdammter Hund!«

Suko schwieg.

Asmodis fuhr herum. Dabei schlug er die andere Hand auf die zweite Schulter des Chinesen.

Wieder durchtobte ihn der Schmerz fontänenartig. Suko legte den Kopf in den Nacken. Er öffnete den Mund, aber er winselte nicht. Asmodis sollte ihn nie hören …

»Also gut«, sagte dieser. »Du fühlst dich stark. Dann geh auch mit deiner Stärke in den Tod!«

Nach diesen Worten trat der Teufel wieder zurück, damit er zwischen sich und sein Opfer die richtige Distanz bringen konnte. »Der Erste aus dem Sinclair-Team, der Erste!«, schrie er.

Suko konnte sich nicht mehr wehren. Er kniete auf dem Boden. Haltlos pendelte sein Kopf. Er dachte an seine Freundin Shao, die jetzt in London weilte und sich Sorgen machte, während er ein Gefangener des Teufels war und kurz vor dem Tod stand.

Und da griff jemand ein, an den Suko überhaupt nicht mehr

gedacht hatte. Die Stimme war da und die Wolke. Aus der Wolke drang der Ruf laut und deutlich hervor. »Du wirst ihn nicht töten, du nicht, Satan!«

Der Teufel fuhr herum. Auch er hatte die Stimme erkannt. Sie gehörte einer großen dämonischen Figur, die im Hintergrund die Fäden zog.

Es war der Spuk!

Der falsche Engel hatte sein Schwert zurückbekommen. Und er sah seinen Gegner, den Magier Myxin, als Gefangenen einer der zahlreichen Krakenarme, die zu der Welt Krols gehörten. Myxin konnte sich nicht rühren. Er war von dem Tentakel umwickelt worden wie von einer starken Fessel. Körperlich wehrlos, aber geistig voll auf der Höhe.

Das Ziel seiner geistigen Attacke war die Dämonenpeitsche im Gürtel des Eisernen Engels. Myxin spürte, dass es eine Kraft gab, die ihn daran hindern wollte, ohne Schwierigkeiten an die Waffe zu gelangen, aber seine geistigen Fähigkeiten überwanden auch dieses Hindernis, und er spürte genau, wie die Peitsche unter seine Kontrolle geriet.

Der Eiserne kam näher.

Er schritt zwischen den Krakenarmen entlang wie durch einen graugrünen Wald, den Blick dabei starr auf den kleinen Magier gerichtet, dessen Schädel er abhacken wollte.

Und der Arm kam ihm entgegen, damit der andere nicht mehr allzu weit auszuholen brauchte.

Es ging für den kleinen Magier darum, den richtigen Zeitpunkt abzupassen. Und der war erreicht.

Voll konzentrierte Myxin seine telekinetischen Kräfte auf die im Gürtel des falschen Engels steckende Dämonenpeitsche. Sein Gegner merkte nichts. Er wurde erst aufmerksam, als er den plötzlichen Ruck spürte, mit dem sich die Peitsche löste.

Und plötzlich schwebte sie vor ihm.

Der falsche Engel war völlig überrascht. Er wollte noch nachgreifen, aber die Peitsche war einfach zu schnell. Myxin hatte sie unter seine Kontrolle gebracht. Die Hand des Engels fasste ins Leere.

Die Waffe wurde schnell, und sie gehorchte den Befehlen des kleinen Magiers.

Er kannte genau deren Anwendung. In der Luft schwebend schlug sie einmal einen Kreis über den Boden, sodass die drei Riemen hervorrutschen konnten. Sie fielen nach unten, fächerten aus, wobei Myxin die Peitsche in die Schlagrichtung brachte, die für sein Vorhaben am günstigsten war.

Die Waffe drehte sich, huschte an Myxin vorbei und jagte einen Moment später nach unten.

Der gesamte Vorgang hatte nur Sekunden in Anspruch genommen, und der falsche Engel war davon so überrascht worden, dass er erst handelte, als es für ihn zu spät war.

Da waren die drei Riemen wuchtig nach unten gefallen und hatten klatschend das Ziel getroffen.

Es war der Myxin haltende Krakenarm. Durch die Wucht und die magischen Kräfte der Riemen wurde die Haut förmlich abgesprengt. Myxin spürte den Ruck, als der Tentakel nicht mehr in der Lage war, ihn zu halten.

Genau das hatte er erreichen wollen.

Nicht weit entfernt hauchte der Krakenarm sein Leben aus. In zwei Hälften hatte ihn die Peitsche geschlagen und ihm jegliche magische Kraft genommen.

Dass er in den Verfaulungsprozess eintrat, kümmerte den kleinen Magier nicht. Für ihn zählte die Peitsche, die seinen gedanklichen Befehlen gehorchte und in seine griffbereit ausgestreckte Hand hineinfiel.

Sofort griff der kleine Magier zu. Noch auf der Stelle fuhr er herum, damit er die Waffe schwingen konnte, denn er stand allein gegen die gewaltige Übermacht des Krakengötzen Krol.

Für ihn wurde es höchste Zeit, die Waffe einzusetzen, denn drei weitere Krakenarme bewegten sich schlangengleich, um sich auf ihn zuzusenken.

Myxin duckte sich für einen Moment, bevor er weit ausholte und die Peitsche so schwang, dass die drei Riemen in die Höhe geschleudert werden konnten und dabei auch trafen.

Zwei Tentakel wurden erwischt, dem dritten entging der kleine Magier durch zwei schnelle Drehungen und schaute zu, wie ein Regen von Schleim aus den zerstörten Tentakeln floss, zu Boden klatschte und sich dort verteilte.

Das war geschafft!

Myxin befand sich in seinem Element. Er setzte seine zweite Kraft ein, die er im Laufe der langen Zeit wieder zurückgewonnen hatte. Es war die Teleportation.

Das heißt, er selbst konnte sich durch gedankliche Kraft bewegen. Dabei hoffte er, dass die in dieser Welt herrschende Magie ihn nicht zu stark behinderte.

Er vernahm einen Schrei.

Sein Gegner, der falsche Engel, hatte ihn ausgestoßen. Er musste gemerkt haben, wie sehr sich die Karten zu seinen Ungunsten verteilten, und er wollte einiges wettmachen.

Waffenschwingend näherte er sich dem kleinen Magier, der plötzlich nicht mehr dort stand, wo er sich einen Moment zuvor noch aufgehalten hatte. Die wuchtig geschlagene Klinge fuhr ins Leere und hackte gegen den Untergrund dieser mörderischen Krakenwelt.

Myxin schwebte über dem Eisernen. In der Hand hielt er die Dämonenpeitsche. Er suchte nach einem Ausweg, um an den falschen Engel heranzukommen, der plötzlich Hilfe von Krol erhielt.

Der Magier war froh, über dem Grund zu schweben, denn plötzlich brach er an noch mehr Stellen auf. Gewaltige Schleimberge schossen hervor. Sie quollen auf und breiteten sich aus, während diese einen regelrechten Wald aus schwingenden und pendelnden Armen bildeten.

Myxin schaute auf die zahlreichen Arme. Der falsche Engel war kaum noch zu erkennen, nur mehr Krol sah er, den wahren Herrscher dieser Dimension.

Und wieder brachen Stellen am Boden auf. Sie platzten weg, um der Krakenmasse freie Bahn zu verschaffen. Noch längere Tentakel peitschten dem Magier entgegen, der diesen Fangarmen nur durch blitzschnelles Ausweichen entkommen konnte.

Dabei stieg er höher, verschaffte sich einen noch besseren Überblick und erkannte die gesamte Tragweite der letzten Reaktion seiner Gegner.

So weit sein Blick reichte, er sah nur den aufgequollenen Krakenkörper. Es war ein gewaltiger Schleimsee. Aus dieser Masse schauten die Tentakel hervor. Eine wallende, schwankende Masse, die an einer Stelle einen besonders hohen Buckel bildete, denn dort erschien aus der Tiefe allmählich das Zentrum.

Krol selbst kam.

Myxin hatte den Großen Alten lange nicht gesehen und war dementsprechend gespannt.

Ein Halbkreis aus schleimiger Masse, schillernd, sich bewegend und wabernd.

Versehen mit zwei Augen, die innerhalb der Masse wie zwei schwarze Kohlestücke wirkten.

Das war der Kopf.

Und den wollte Myxin vernichten.

Er ging dabei von alten Gesetzen aus. Es hatte keinen Sinn, die einzelnen Tentakel zu zerschlagen. Sie würden zwar verfaulen, aber immer wieder nachwachsen. Da reagierte Krol wie eine Hydra oder unter Umständen noch schlimmer.

Hin und her pendelten die Tentakel. Myxin kam sich vor wie ein Mensch, der auf ein graues Meer aus Tang schaute. Er konnte kaum die Räume zwischen den einzelnen Fangarmen erkennen, aber es gab eine Stelle, wo sie den Weg aus der Tiefe dieser Welt gefunden hatten.

Und in dieser Richtung bewegte sich der kleine Magier. Er wollte weiter über seine Kräfte verfügen, musste allerdings feststellen, dass sie allmählich nachließen. Auch Myxin kostete es eine ungeheure Überwindung, so zu reagieren, denn diese verdammte Krakenwelt schuf eine Magie, die im Gegensatz zu seiner in einem krassen Widerspruch stand.

Da versuchte jeder, die andere zu stören, und Myxin kam sich vor wie in einem geistigen Gefängnis, das er sich selbst gebaut hatte. Wenn er etwas erreichen und auch gewinnen wollte, musste es ihm gelingen, sein Ziel zu erreichen.

Darauf konzentrierte er all seine Gedanken und Kräfte.

Und er bewegte sich.

Plötzlich huschte er fort, ließ die hohen, pendelnden Krakenarme zurück und näherte sich dem Zentrum.

Auch Krol wusste Bescheid. Hinzu kam sein starker Helfer, der falsche Engel.

Der reagierte ebenfalls.

Aus dem Wald von Krakenarmen stieg er in die Höhe, breitete seine Flügel aus und näherte sich dem kleinen Magier.

Myxin sah es mit Erschrecken. Er hatte gehofft, den Eisernen überraschen zu können, aber dieser hatte sein Schwert gezogen und flog Myxin an. Die Gefahr verdichtete sich, und Myxin befand sich in einer prekären Lage. Er war zwar mit besonderen Kräften ausgestattet, über die sich Menschen nur wundern konnten, aber er konnte seine Gaben nicht alle auf einmal einsetzen.

Momentan verließ er sich auf die Teleportation. Die Telekinese hatte er damit zurückgedrängt, und wenn er sich dem falschen Engel stellte, konnte er nur mehr mit der Körperkraft agieren. Die Geistige war ausgeschaltet.

Das wusste Myxin, und das machte die Lage für ihn nicht gerade besser.

Er hatte sich dem Zentrum dieser Welt so weit genähert, dass er einen Blick nach unten werfen konnte.

Und da lauerte Krol.

Ein gewaltiger See aus Krakenschleim. Wie eine Halbkugel schaute der Kopf mit den bösen Augen hervor, die sich innerhalb der doch nicht so festen Masse bewegten und rollten, dabei einen bösen, gefährlichen Blick angenommen hatten und Myxin anstarrten.

Der Magier spürte genau, dass Krol sehr mächtig war, denn er wurde von dessen magischen Strömen angegriffen.

Deshalb musste er zurück.

Es gelang nicht mehr.

Im ersten Augenblick erschrak der kleine Magier. Er spürte es heiß durch seinen Körper jagen und entdeckte über sich bereits den Schatten des falschen Engels.

Waagerecht lag er in der Luft und schaute auf Myxin herab. Sein sonst so ehern wirkendes Gesicht hatte sich zu einem grausamen Lächeln verzogen. In den Augen leuchtete die reine Mordabsicht. Das Schwert mit der langen, breiten Klinge hielt er in der rechten Hand. Schräg wies die Spitze auf den Magier, und sie würde, wenn sie nach unten fiel, ihn glatt durchtrennen.

Myxin gestand sich ein, dass es ein Fehler gewesen war, sich dem Zentrum genähert zu haben. Rückgängig machen ließ sich dies nicht mehr, er musste bleiben.

Noch hielt er sich …

Aber seine eigenen Kräfte ließen immer mehr nach. Myxin spürte deutlich das Zittern, das durch seinen Körper lief und dabei keine Stelle ausließ. Furcht stieg in ihm hoch. So etwas hatte er in der letzten Zeit überhaupt nicht mehr gekannt. Es war so wie in der Zeit, als er noch gegen Asmodina gekämpft und die mit ihm gemacht hatte, was sie wollte.

Erst später hatte Myxin seine alten atlantischen Kräfte zurückerhalten, aber sie begannen in dieser Welt zu versagen.

Für Myxin grenzte es schon an ein kleines Wunder, dass er sich überhaupt noch hatte halten können. Wie einen schmalen Rettungsbalken hielt er die Dämonenpeitsche fest, und er konnte sich aussuchen, ob er durch die Klinge starb oder in das Zentrum des Kraken Krol hineinfiel, um dort vernichtet zu werden.

Er entschied sich für die letzte Möglichkeit.

Myxin spürte noch einen kurzen, stechenden Schmerz im Kopf, dann fiel er wie ein Stein in die Tiefe.

Mit den Füßen zuerst schlug er haargenau in das Zentrum des Kraken Krol ein …

Kara und der echte Engel schauten in ein gewaltiges Tal aus Glas. Hier lebte Gorgos, hier konnte er seine Fäden spinnen, hier produzierte er die gefährlichen Wolken. Er lebte in einer Welt aus kleinen, großen und schillernden Kristallen, die in allen Farben des Spektrums leuchteten und eine bunte

Szene vorgaukelten, die gleichzeitig so verdammt gefährlich war.

Kara und ihre Begleiter drangen ein in eine Welt des Schweigens. Auch die Wolken aus Fäden waren lautlos auf sie zugeschwebt, und innerhalb des weiten Tals vernahmen sie ebenfalls keine Stimmen.

Die Ruhe blieb.

Sie lag lauernd zwischen den zackigen Kristallwänden, und nicht das leiseste Knacken verriet, dass irgendetwas zerstört wurde.

»Ich muss tiefer gehen«, erklärte der Eiserne.

Die Schöne aus dem Totenreich hatte nichts dagegen. Schließlich war der Eiserne ihr Führer in einer Welt, die stärker war als ihre Kräfte.

Kara verließ sich auf den Beschützer, dessen Flug allmählich in kreisende Bewegungen überging und dabei tiefer fiel, sodass sie den Boden unter sich noch deutlicher sahen.

Er war nicht glatt, wie sie angenommen hatten, und ihr erster Eindruck bestätigte sich auch.

Innerhalb des Bodens war etwas zu sehen.

»Geh noch tiefer!«, wies Kara den Eisernen an. »Ich glaube schon, dass wir das Rätsel des Gläsernen lösen können.«

»Ich will es nicht lösen, sondern ihn zerstören!«, erklärte der Engel, folgte aber Karas Aufforderung und ließ sich allmählich in die Tiefe gleiten. Es war ein langer, gleitender Flug. Kara, die scharfe Augen hatte, kam das Tempo sehr entgegen. So konnte sie nach unten schauen und erkennen, wer innerhalb der gläsernen Fläche und auch an den Hängen begraben lag.

Es waren Menschen.

Soldaten wie die aus dem alten Atlantis, für Ewigkeiten in ein gläsernes Grab gelegt, ohne je eine Chance zu haben, befreit zu werden. Aber nicht nur Menschen aus der sehr alten Zeit erkannte Kara. Auch andere, die Jahrtausende oder Jahrhunderte später den Weg unfreiwillig in das Reich des gläsernen Gorgos gefunden hatten, waren in der Masse begraben.

Sie lagen dort in stummer Eintracht.

Männer und Frauen mit blutleeren, gläsernen Körpern. Kara konnte sie nicht mehr zählen. Es schien eine gesamte Armee von Glasmenschen zu sein, die hier ihre letzte Ruhestätte gefunden hatte.

Der Eiserne Engel landete.

Dies geschah nicht abrupt oder zackig, sondern langsam, sacht und sanft. Beim Aufsetzen erklang nicht das leiseste Knirschen, so vorsichtig handelte die so schwere Gestalt.

Kara war längst vom Rücken des Eisernen gerutscht. Neben ihm blieb sie stehen und ließ ihren Blick durch die seltsame Talschüssel streifen. Ihre Sinne waren gespannt, sodass sie sehr genau das leichte Vibrieren spürte, das durch den Boden lief und auch ihre Körper nicht ausließ, denn es pflanzte sich in ihnen fort.

»Spürst du es auch?«, fragte sie den Eisernen.

»Ja.«

»Was kann es sein?«

»Eine Maschine ist es wohl nicht, die hier irgendwo ihre Schwingungen ausbreitet. Es muss an der Materie selbst liegen.«

»Aber wir haben nichts dazu getan, glaube ich.«

»Da kannst du Recht haben.«

Sie gingen einige Schritte vor. Sicherheitshalber hatte Kara das Schwert mit der goldenen Klinge gezogen. Die von den Kristallen erzeugten Lichtreflexe trafen auch die Klinge und ließen sie noch strahlender erscheinen, als diese es tatsächlich schon war.

Behutsam setzte Kara ihre Schritte. Sie mochte die Welt nicht, die trotz ihrer Helligkeit kalt und grausam auf sie wirkte. Unsichtbar für sie lauerte die Gefahr. Das Grauen unter Glas, und wenn Gorgos einmal zuschlug, würde er keine Rücksicht nehmen.

Nur, wo steckte er?

»Hast du denn einen Verdacht?«

»Leider nicht.«

»Vielleicht hier im Tal«, vermutete die Schöne aus dem

Totenreich. »Es kommt mir sehr gefährlich vor, so endgültig. Wenn er sich tatsächlich hier aufhält, wird er uns bestimmt schon bemerkt haben.«

»Davon gehe ich aus.«

Ein knirschendes Knacken ließ beide herumfahren. Es war schräg hinter ihnen aufgeklungen, wo der Hang aus Glas begann, sich in die Höhe schob und später überging in eine steile, mit Ecken, Kanten und Vorsprüngen versehene Felswand.

Und genau da tat sich etwas.

Das Knacken hatte seinen Grund gehabt, denn an einer gewissen Stelle geriet Bewegung in das spröde Glas. Kräfte verschoben sich dort, und die Masse konnte dem Gegendruck nicht mehr standhalten.

Urplötzlich riss sie auf und splitterte weg.

Kara und der Engel sahen die Splitter in die Höhe fliegen. Sie hatten noch nicht wieder den Boden erreicht, als sich innerhalb der geschaffenen Öffnung etwas tat.

Jemand kletterte hervor.

Es war einer der Gläsernen. Seine Bewegungen glichen denen eines Break Dancers, der seinen Tanz verlangsamt hatte. Sie waren zackig und gleichzeitig monoton, als er einen Fuß vor den anderen setzte. Ein gläserner Schädel saß auf seinen Schultern. Diesmal wurde er von keinem Helm verdeckt, dafür hatte der andere verglaste, weiße Haare, die kranzartig auf seinem Kopf lagen.

»Das ist der Erste«, flüsterte der Eiserne.

»Du meinst, sie werden alle kommen?«

»Ganz sicher. Gorgos kann es sich einfach nicht leisten, dass Fremde, dazu noch Gegner, in seine Welt eingedrungen sind. Wir müssen daher mit weiteren Überraschungen rechnen.«

Die Worte waren kaum ausgesprochen, als das, was vorhin an einer Stelle geschehen war, an zahlreichen anderen auch passierte.

Überall brach der Boden auf. Kara und der Eiserne vernahmen das Splittern und Krachen, die »brechenden« Geräusche, als würden tausend Spiegel gleichzeitig zerplatzen, und sie sahen, als sie sich drehten, die unzähligen Gestalten, die ihre gläsernen Grabstätten verließen.

Sie kamen von allen Seiten.

Bevor sich Kara und ihr Partner auf die neue Gefahr einstellten, nahmen sie sich die Zeit, die Gestalten anzuschauen.

Sämtliche Rassen und Völker waren vertreten. Sie sahen Schwarze, Gelbe und Weiße.

Soldaten, Frauen in der Kleidung des Mittelalters, Griechen, Römer, aber auch Menschen, die noch Ähnlichkeit mit einem Affen auswiesen. Sehr deutlich an der Form ihres Kopfes zu erkennen. Bekleidet waren die Personen mit Fellen, die über den Glaskörpern hingen.

Die Soldaten und Krieger waren bewaffnet. Mit Lanzen, Schwertern, aber auch Gewehren, wenn die Personen aus der neueren Zeit stammten.

In die gesamten Hänge war Bewegung geraten. Kara und der Eiserne gelangten zu der Überzeugung, dass sich diese Welt praktisch aus einem gewaltigen Friedhof zusammensetzte.

Und noch immer hatten sie keine Spur von Gorgos entdeckt. Er hielt sich zurück und würde möglicherweise erst zuschlagen, wenn seine Armee es nicht schaffte.

»Wir müssen uns stellen«, sagte Kara.

Der Eiserne hatte nichts dagegen, stieß die Frau im nächsten Augenblick zur Seite, weil er vor sich einen Gläsernen erkannt hatte, der von einer gespannten Armbrust einen Pfeil abschoss.

Zwischen Kara und dem Eisernen wischte er hindurch und traf irgendwo hinter ihnen einen weiteren Gläsernen, den er mit einem platzenden Geräusch zerstörte.

»Wie machen wir es?«, fragte Kara.

»Rücken an Rücken.«

»Einverstanden.«

Die beiden bauten sich auf. Kara spürte den Rücken des Engels wie eine starke Wand hinter sich. Das gab ihr ein wenig an Selbstvertrauen zurück, denn sie beschäftigte sich bereits mit dem Gedanken, ob es überhaupt zu schaffen war, die Feinde zu stoppen.

»Alles klar?«

Kara lachte hart. »Ja, sie können kommen.«

»Wenn es zu hart wird, starten wir zum Flug.«

»Gut.«

Es war unmöglich für die beiden, die Gegner zu zählen, die sich allmählich formierten und die Hänge herabrutschten. Dabei blieben sie nicht immer auf den Beinen.

Wenn sie zu hart aufprallten, wurden sie zerstört. Da gab es plötzlich keine Köpfe oder Arme mehr, nur glasige Scherbenmassen rutschten noch weiter.

Auch die Standfestigkeit der beiden Eindringlinge war nicht besonders. Sie mussten sich schon breitbeinig aufbauen, um sich überhaupt einigermaßen halten zu können.

Und sie ließen die anderen kommen.

Nachdem einige ihrer Gegner es geschafft hatten, den Hang unbeschadet hinter sich zu lassen, stellten diese sich sofort auf ihre Feinde ein und griffen an.

Der Eiserne Engel schlug zurück. Und er ließ den gläsernen Wesen keine Chance.

Sein so mächtiges Schwert räumte unter ihnen auf. Mit einem Schlag gelang es dem Engel, mehrere Gestalten zu zerstören, sodass sich um die Schlagkreise herum oft genug ein Regen von Splittern bildete und funkelnd in der Luft lag.

Kara, von den Anfangserfolgen des Eisernen beflügelt, wollte natürlich nicht nachstehen und kämpfte ebenfalls.

Sie führte ihr Schwert geschickt, und bei jedem Schlag funkelte die goldene Klinge auf.

Manchmal schräg, dann wieder direkt hieb das Schwert in die Gestalten hinein.

Es waren Monster, Glaspuppen und keine Menschen mehr, deshalb kannte Kara auch keine Rücksicht.

Soldaten erschienen vor ihr. Sie waren ebenfalls bewaffnet. Einer hatte den Arm angehoben, um die Lanze zu schleudern.

Kara war schneller. Ein Streich mit der Klinge, und der Arm wurde an der Schulter abgetrennt.

Mit der freien Hand stieß Kara den Körper zur Seite, hatte freie Bahn und stürzte sich einem weiteren Pulk von gläser-

nen Dämonendienern entgegen, um zwischen ihnen aufzuräumen.

Die Luft war erfüllt vom Klirren, Splittern und Platzen des
Glases. Die Gestalten kippten wie Zombies, wenn diese voll
getroffen wurden. Kara verschaffte sich durch ihre Aktionen
freie Bahn, und sie achtete auch darauf, dass sie durch
herumfliegende Splitter nicht verletzt wurde.

Ob die Gläsernen von sich aus bemerkt hatten, dass es keinen Sinn mehr hatte, oder ob ein anderer ihnen den Befehl
gegeben hatte, war nicht festzustellen. Jedenfalls formierten
sie sich zu einem Rückzug.

Zuletzt erwischte Kara noch einen Unmenschen, der eine
Keule bei sich trug und diese schleuderte.

Dem Wurfgeschoss entging die Schöne aus dem Totenreich
durch schnelles Wegducken. Anschließend enthauptete sie
den Gläsernen, der vor ihren Füßen zusammenfiel und als
Scherbenhaufen liegen blieb.

Die Schöne aus dem Totenreich freute sich, dass sie es
geschafft hatte, und drehte sich um.

Auch der Eiserne stand noch auf den Beinen. Er hatte keinen
Gläsernen zu nahe an sich herankommen lassen und hielt einen
Pfeil in der linken Hand. »Damit hat jemand geschossen.«

»Und?«

»Mein Körper ist gegen Pfeile resistent.«

Kara lachte befreit auf. »Das ist gut, aber wie geht es
weiter?«

»Das frage ich mich ebenfalls.«

Die Gläsernen zogen sich in die Hänge zurück. Dort hatten
sie ihre Schlupfwinkel. Doch sie verschwanden nicht wieder
in ihren zerstörten Gräbern. Dafür kletterten sie den Gipfeln
der Glasberge entgegen, und wenn sie einen Vorsprung
gefunden hatten, blieben sie dort sitzen.

»Das ist bald wie in einer Arena«, sagte der Eiserne. »Das
Publikum ist schon eingetroffen. Man wartet nur mehr auf die
Hauptakteure.«

»Sind wir das nicht?«

»Unter anderem. Aber Gorgos fehlt noch.«

»Du rechnest fest damit, dass er erscheint?«, fragte Kara.

»Ja.«

»Und wie sieht er aus? Hast du dir darüber schon eine Vorstellung gemacht?«

Der Engel nickte. »Das habe ich schon. Ich kenne ihn aus Atlantis, aber das war alles vor deiner Zeit. Gorgos ist ein seltsames Wesen. Man hat ihm noch einen anderen Namen gegeben. Den Durchsichtigen nannten ihn manche Atlanter.«

»Das habe ich nie gehört.«

»Kann ich mir vorstellen. Der Begriff ist später in Vergessenheit geraten. Man muss diesen Zweitnamen als doppelsinnig bezeichnen. Durchsichtig mag sein Körper sein, aber er erlaubt es gleichzeitig, aus seiner, dieser Welt in andere zu schauen.«

»Du meinst in andere Dimensionen?«

»Genau. Natürlich nicht in jede beliebige. Nur in die, die ihn gewissermaßen unmittelbar berühren. Verstehst du?«

»Ja, das wären die Teile der Leichenstadt oder die Welten der übrigen Großen Alten.«

»Genau richtig.«

Kara dachte über das Gehörte nach und interpretierte die Worte auch richtig. »Wenn ich dies alles weiterverfolge, kann ich davon ausgehen, dass wir in die anderen Welten schauen können, wenn Gorgos erscheint.«

»So ist es.«

»Wir sehen also in Krols Welt, in Hemators, dann in die deines Zwillingsbruders ...«

»Nein, die ist zerstört.«

»Richtig.« Kara schlug sich gegen die Stirn.

»Es bleibt noch der Namenlose.«

»Der ist am schlimmsten!«, flüsterte Kara. Sie sah ihre Worte durch das Nicken des Eisernen bestätigt, wobei beide schwiegen, denn sie merkten, dass sich innerhalb dieser gläsernen Welt etwas tat.

Es begann mit einem plötzlich aufziehenden Wind. Er fuhr so heftig durch das Tal, dass sich selbst der Eiserne Engel abwandte und ihm den Rücken zudrehte.

Und der Sturm schleuderte das in die Höhe, was bisher auf dem Boden gelegen hatte.

Es waren die Glasreste, die Krümel und der feine Staub, der in der Schüssel hochgewirbelt und gegen die Rücken der Eindringlinge geworfen wurde.

Ein infernalisches Heulen durchtoste das Tal. Unzählige Geister schienen sich in der Luft zu befinden und stimmten einen schaurigen Gesang an.

»Gorgos!«, schrie der Eiserne. »Er wird kommen.«

Kara erwiderte nichts. Sie hatte die Lippen fest zusammengekniffen und die Hände schützend vor das Gesicht gelegt. Ein Splitterregen jagte gegen ihren Rücken, um genauso plötzlich zu stoppen, wie er aufgekommen war.

Ein leises Nachsäuseln noch, danach herrschte Stille.

Kara und der Eiserne warteten ab. Sie trauten dem Frieden nicht, und Kara schielte an ihren Händen vorbei auf die Seite, um ihren Partner zu beobachten, der sich langsam erhob und aufrecht stehen blieb.

»Ich drehe mich jetzt um!«, sagte er.

»Mach das.« Sie wusste es zwar nicht, aber sie ahnte, dass Gorgos erschienen war. Den Sturm hatte er als seinen Vorboten geschickt.

Aus den Augenwinkeln und nur schattenhaft nahm sie die Bewegung des Eisernen wahr, als dieser sich aufrichtete. Kara blieb weiterhin in ihrer Haltung, sie wartete auf einen Kommentar ihres Partners. Der erfolgte nicht.

»Kann ich?«, fragte sie.

»Ja.«

»Ist er auch da?«

»Sicher.«

Die schwarzhaarige Frau spürte, wie sehr sie innerlich fieberte. In wenigen Augenblicken würde sie einem der Großen Alten von Angesicht zu Angesicht gegenüberstehen.

Kaum hatte sie sich um 180 Grad gedreht und die Augen geöffnet, als sie es sah.

In der Luft lag zwar noch ein leichter Schleier, doch der behinderte sie kaum.

Gorgos war gekommen.

Ein Monster? Nein, auch kein Wesen, sondern eine Tatsache. Ein gewaltiges Gebirge aus hauchdünnem Glas, das von dunkleren Fäden durchzogen war, türmte sich am Ende der Schlucht auf. Es spannte sich von einer Ebene zur anderen, wirkte wie eine in die Gegend gestellte starre Kuppel oder ein Hohlspiegel, in dem dennoch Leben steckte. Aber es war nicht das Leben des gewaltigen gläsernen Götzen, sondern das der anderen Teile der Leichenstadt.

Gorgos gestattete den beiden einen Blick in die Dimensionen seiner Brüder …

Kara und der Eiserne standen stumm da, umweht von einem leichten Wind, der die Haare der Frau nach hinten strich. Ohne darüber gesprochen zu haben, kamen sich beide in dieser verglasten Welt so unendlich verloren und klein vor, denn was sie sahen, war gigantisch.

Drei Dimensionen reichten als Erklärung nicht aus. In die gewölbte Fläche hinein schoben sich die Welten von verschiedenen Seiten aufeinander zu, überlappten auch und zeigten trotzdem eine gewisse Trennschärfe, sodass Kara und der Eiserne jede Welt als Einzelstück betrachten konnten.

Keiner von ihnen redete. Ein jeder musste die Eindrücke zunächst einmal verdauen.

Da war Hemator, die gewaltige Dimension. Sie fiel Kara besonders auf, weil in ihr eine seltsame Dunkelheit herrschte, die von langen Fahnen oder Schatten durchwandert wurde. Zum Glück hatten sie nicht die Dichte, dass sie den Blick auf andere Dinge nahmen. So sah Kara die zahlreichen Monster, die sich um einen Turm scharten, der in einen nicht zu erkennenden Himmel ragte und bewohnt war.

Menschen hielten sich dort auf.

Die Gesichter erkannte Kara an einem der Fenster. Sie waren nur noch blasse Schatten, aber zu identifizieren.

»Das ist ja John!«, hauchte die Frau, ohne eine Antwort von ihrem Partner zu bekommen.

Ali erkannte sie auch, das Frauengesicht aber war ihr fremd. Die drei standen am Fenster, starrten in die Weite, und Kara hatte das Gefühl, als würden sie das Gleiche sehen wie sie.

Ihr Blick wanderte weiter zur nächsten sichtbaren Dimension. Und dort sah sie denjenigen, an dem ihr Herz hing.

Myxin!

Er war nicht allein. Einen Partner hatte er ebenfalls gefunden, nur konnte man diese Person auch als seinen Feind ansehen, denn der Zwillingsbruder des Eisernen Engels war der sechste Große Alte und stand demnach auf der anderen Seite.

Ob sich John Sinclair und seine Begleiter in Lebensgefahr befunden hatten, war Kara nicht klar geworden. Myxin jedenfalls ging es da wesentlich schlechter.

Zwar war es ihm dank seiner magischen Fähigkeiten gelungen, einem ersten Angriff zu entgehen, doch in diesem Augenblick schwebte er starr und die Dämonenpeitsche haltend über einem sich bewegenden Wald von widerlichen Tentakelarmen, die allesamt dem Großen Alten Krol gehörten. Und von der Seite her flog mit schlagbereiter Klinge der falsche Engel auf Myxin zu.

Kara zuckte zusammen. Sie reagierte sehr menschlich, denn sie bekam weiche Knie und hatte auch das Gefühl, die angstvollen Gedanken des kleinen Magiers aufzufangen, der sich in der für ihn so feindlichen Welt nicht mehr länger behaupten konnte.

Kara sprach den Namen ihres Freundes und Gefährten aus, als wollte sie ihn zurückrufen.

»Er kann dich nicht hören!«, flüsterte der Eiserne neben ihr.

Da nickte die Frau, und sie erlebte mit, wie der falsche Engel näher kam und bereits sein großes Schwert schwang, um den kleinen Magier zu köpfen.

»Das überlebt er nicht«, hauchte Kara, »das …«

Da handelte Myxin. Er stellte sich nicht gegen den falschen Engel. Wahrscheinlich war er nicht stark genug. Der Magier entschied sich dafür, den Großen Alten, der in dieser grausamen Welt regierte, direkt anzugehen.

Er fiel in das Zentrum.

Sein Fallweg war nur kurz. Kara begleitete ihn mit einem Schrei, und sie fuhr herum, um den Arm ihres Begleiters zu fassen. »Wir müssen etwas tun!«, schrie sie den Eisernen an. »Verdammt, wir können doch nicht zuschauen, wie Myxin …«

»Was sollen wir machen?«

»Du kennst die Großen Alten, Eiserner. Du bist ihnen in grauer Vorzeit begegnet, du kannst sie vielleicht ausrechnen. Wenn es noch eine Chance für ihn gibt, dann müssen wir sie nutzen.«

Der Eiserne hob die Schultern.

Diese Geste deprimierte Kara derart, dass sie einen Schritt zurücktrat, den anderen losließ und so blass wurde, als bestünde ihre Haut ebenfalls aus Glas.

»Du tust nichts?«, fragte sie. Und noch einmal, diesmal aber lauter. »Du tust nichts?«

»Gib mir einen Rat!«

»Das kann ich nicht.« Sie streckte den Arm aus. »Wir müssen in diese Welt da hinein. Und wenn es schon nicht über Krol geht, dann vielleicht über deinen Zwillingsbruder. Denk nach. Ihr steht auf verschiedenen Seiten, aber ihr habt denselben Vater. Spring über deinen eigenen Schatten, Eiserner, ich flehe dich an. Tue es!«

Im Gesicht des Engels bewegte sich nichts. Kara konnte nicht herausfinden, welche Gefühle sich im Innern dieser Person abspielten, aber der Engel nickte.

»Es ist vielleicht ein Weg«, sagte er leise. »Mehr nicht. Ich muss Kontakt haben.«

»Ja.«

»Nur müssen wir zuvor Gorgos überwinden!«

»Das ist, das ist …« Plötzlich senkte Kara den Kopf und begann zu weinen. Sie schaute nicht hin, wie der Eiserne einige Schritte vorging und die Schnur des magischen Pendels über den Kopf streifte.

Diese Waffe hatte er lange gesucht. Sie war ebenso alt wie die Götzen, in deren Welt er hineinschaute, und er wusste auch, dass das Pendel die gefährlichen Erdgeister beschwor, wenn es seine magischen Strahlen aussandte.

Gorgos gehörte zu den Dämonen aus der Tiefe. Seine gläserne Welt bestand aus den Ingredienzen, aus denen sich auch die Erde zusammensetzte.

Selten in seiner Existenz hatte sich der Eiserne Engel so schlecht gefühlt. Und selten waren auch die Chancen so hauchdünn gewesen wie in dieser Lage.

Er hörte hinter sich die schnellen Schritte der dunkelhaarigen Begleiterin.

»Wirst du es versuchen?«

»Ja.«

»Wann?«

»Jetzt sofort!«

Diese Worte hatte auch ihr Gegner gehört. Nicht Krol oder der falsche Engel, nein, es war Gorgos, Herrscher der Glaswelt und König über das gläserne Grauen.

Seine Gestalt, die eigentlich keine war, sondern nur ein spiegelartiges Gebilde, zog sich plötzlich zusammen. Gleichzeitig veränderte sich die Umgebung.

Das Vibrieren unter den Füßen der beiden Partner setzte wieder ein. Die hohen Glasberge begannen zu knirschen. Sie bewegten sich, aber sie stürzten nicht ein, sondern rückten näher aufeinander zu, wobei sie gleichzeitig anfingen zu schmelzen, sodass die winzige Insel, auf der sich Kara und der Eiserne aufhielten, noch kleiner wurde.

Die Welt aus Glas zollte der Wärme Tribut, um zu einem gewaltigen Klumpen zu verschmelzen.

Kara und der Eiserne suchten nach einem Ausweg. »Wir schaffen es nicht!«, keuchte die Frau und zeigte in die Höhe. »Da kannst du es sehen, auch das, was wir Himmel nennen, strömt auf uns nieder.«

In der Tat bewegte sich die Masse über ihren Köpfen, und die gesamte Dimension nahm die Form einer Kugel an.

Gorgos demonstrierte seine Macht. Für einen Moment glaubte Kara, innerhalb der gläsernen Masse über ihrem Kopf ein schreckliches Gesicht schimmern zu sehen. Es wirkte eckig, natürlich auch gläsern, und der Mund erinnerte an einen breiten Spalt.

Um sie herum geriet das Glas in Bewegung. Bevor es von der Wärme erfasst wurde, begann es zu splittern, zu brechen und zu knacken. Auch die Eingeschlossenen, die den Kampf gegen ihre Feinde überstanden hatten, wurden nicht verschont.

Sie schmolzen einfach weg.

Bilder des Schreckens boten sich Kara und dem Eisernen Engel. Die gläsernen Menschen sackten immer mehr zusammen, und ihre Körper wurden zu einer dicken Flüssigkeit, die an den Hängen herabrann und sich in der immer schmaler werdenden Schüssel sammelte.

Kara schaute den Eisernen fragend an. »Kommen wir hier noch raus?«, fragte sie.

»Wir setzen alles auf eine Karte.«

»Und dann?«

»Keine Fragen. Zieh dein Schwert, dann fliegen wir Gorgos direkt an. Wir müssen ins Zentrum!«

Kara zögerte nicht einen Lidschlag. Es ging diesmal um alles oder nichts …

Es war wirklich ein Bild, das ich nicht erwartet hätte. An den Grenzen dieser Dimension öffnete sich mir eine neue, fremdartige, unbekannte Welt, die eigentlich nicht nur eine war, sondern sich aus mehreren zusammensetzte.

Aus den Dimensionen der Großen Alten.

An Kara und den echten Eisernen dachte ich nicht, als es mir die Sprache verschlug.

Auch Leona und Ali blieben stumm. Wir drei schauten in die Ferne, wo sich die Dimensionen verschoben hatten.

Ich sah die Krakenwelt!

Und ich hatte für einen Moment in ihr den kleinen Magier Myxin erkannt, der meinem Blickfeld leider sehr schnell wieder entglitt. Ich dachte über die Tatsache nach und gelangte zu dem Schluss, dass wir, die Kämpfer des Lichts, durch die

Magie unserer Gegner in die verschiedenen noch existierenden Teile der Leichenstadt geschleudert worden waren.

Jeder in eine andere, damit die Kampfkraft aufgeteilt wurde und wir nicht mehr geballt angreifen konnten.

Ich stand da, schaute zu und fühlte mich so verdammt hilflos. Denn nicht nur in Krols Welt fiel mein Blick, auch in eine andere, und dort sah ich Kara und den echten Engel.

Waren sie Gefangene?

Ich konnte es nicht genau erkennen, aber diese Welt, in der meine beiden Freunde steckten, gehörte einem sehr gefährlichen Feind von uns.

Gorgos!

Es war die gläserne Dimension, die größte Dimension von allen, denn sie zog sich praktisch um die anderen herum, bildete einen Kreis, sodass auch wir eingeschlossen waren.

Es fehlte noch eine.

Die des Namenlosen!

Was sie war, wer er war, hatte ich bisher nicht erfahren können, und ich sah auch nichts, obwohl ich mich anstrengte!

Plötzlich dachte ich an meinen Freund Suko. Auch ihn hatte es irgendwohin verschlagen, nur musste er in einem monströsen Reich stecken, das ich ebenfalls nicht sah.

Es war zum Heulen …

»Was ist das, John?« Der kleine Ali hatte mich angesprochen und angefasst.

»Die Welten der Großen Alten.«

»Sind sie gefährlich?«

»Das kannst du laut sagen.«

Ali war wissbegierig. »Weshalb können wir sie sehen, aber nicht einfach hingehen?«

»Das kann ich dir leider nicht sagen, mein Junge. Wir müssen abwarten und zusehen, was weiterhin geschieht.«

»Ja, das meine ich auch.«

Es tat sich etwas. Zuerst glaubte ich an eine Täuschung, bis Leona mich aufmerksam machte.

»Da bewegt sich jemand.«

Es war in der Dimension des Gläsernen. Sie schob sich

plötzlich zusammen. Es fiel mir schwer, einen Vergleich zu finden, aber ich dachte an einen Luftballon, aus dem allmählich die Luft entwich, der immer kleiner wurde, seine kreisförmige Form dabei aber behielt.

Wenn sich auch diese Welt verkleinerte, bedeutete das für Kara und den Eisernen höchste Gefahr.

Myxin war schon verschwunden. Über dem Wald aus Tentakelarmen schwebte jetzt nur noch der falsche Engel und schwang voller Wut seine gefährliche Waffe.

Konnten wir eingreifen?

»Soll ich rausklettern?« Ali musste die gleichen Gedanken gehabt haben wie ich.

»Untersteh dich«, fuhr ich ihn an. »Wir bleiben hier und schauen nur zu.«

»Ich meine ja nur.«

»Schon gut.«

Die Welt veränderte sich weiter. Wir sahen es genau, hautnah bekamen es Kara und der Eiserne mit. Ich wurde den Eindruck nicht los, dass es ihnen überhaupt nicht passte, innerhalb einer gläsernen Kugel zu stecken. Eine milchige Färbung nahm uns plötzlich die Sicht auf die Dimension des Gläsernen.

Alles verschwand.

Mir kam es vor, als würde jemand einen großen Vorhang allmählich zur Seite schieben, damit er den Zuschauern den Blick auf die Bühne nahm.

Es war vorbei.

Wir hatten für eine kurze Zeitspanne freie Sicht auf die anderen Teile der Leichenstadt gehabt und waren damit von unseren eigenen Problemen abgelenkt worden. Nun wurde uns wieder bewusst, dass wir selbst Gefangene einer dieser Welten waren und ich es auch noch nicht geschafft hatte, das Rätsel um Hemator zu lösen.

Ich drehte mich wieder um.

Leona und Ali standen vor mir. Sie erwarteten anscheinend von mir eine Antwort, das entnahm ich ihren fragenden Blicken. Aber ich konnte nur mit den Schultern zucken.

»Keinen Plan?«, fragte die Frau.

»Nein.«

»Dann müssen wir weiterhin den Turm durchsuchen«, fasste sie zusammen. »Etwas anderes bleibt uns nicht.«

Ali sprach etwas aus, an das auch ich schon gedacht hatte. »Hier werden wir elendig verhungern!«, flüsterte er. »Oder wohl eher verdursten. Das ist noch widerlicher. Kein Wasser …«

»Noch geht es uns gut«, unterbrach ich ihn, doch meine Worte erwiesen sich einen Moment später als Lüge, denn die Gefahr an der Außenwand des Turms hatte sich in die Höhe geschoben.

Es war eines dieser Monster. Sein schmaler Kopf erschien plötzlich hinter mir im Ausschnitt des Fensters, und bevor ich die Warnschreie der anderen noch richtig verstanden hatte, war das Monster schon da.

Plötzlich kriegte ich keine Luft mehr. Wie ein dehnbarer, dünner Gummischlauch hatte sich der Körper einer Schlange um meine Kehle geschnürt, nicht nur zugedrückt, sondern mich auch nach hinten auf das offene Fenster zugerissen, sodass ich ins Stolpern geriet.

Mit der rechten Hand fasste ich zurück, um mich abzustützen. Das gelang mir nicht, denn ich griff schon ins Leere und spürte gleichzeitig unter meinem Rücken die harte Kante der Fensterbrüstung.

Der weitere Ruck riss mir die Beine vom Boden weg, sodass ich in der Luft schwebte.

Erst jetzt reagierten meine Partner. Leona, die in dieser Welt schon ihre Erfahrungen gemacht hatte, fuhr Ali mit scharfer Stimme an.

»Halte seine Beine!«

Der Junge verstand. Er wuchtete seinen Körper vor und hätte beinahe noch meine Schuhspitzen gegen sein Kinn bekommen, weil mich der nächste Ruck schon nach außen riss und ich in höchste Lebensgefahr geriet, an der Mauer entlang zu Boden zu stürzen.

Ali schaffte es noch soeben. Er umklammerte meine Fußknöchel und drückte auch dagegen, sodass ich wieder in eine waagerechte Lage kam.

Für einen Moment ging es mir besser.

Doch etwas war schlimm.

Der Mangel an Luft.

Dieser widerliche Schlangenarm war wie ein Band, das sich immer enger zog. Ich hatte den Mund aufgerissen, aber ich schaffte es nicht, den so lebensnotwendigen Sauerstoff in die Lungen zu saugen. Die Kraft des Monsters war einfach zu stark.

Ali hielt mich fest. Er half mir damit schon viel, aber er befreite mich nicht.

Das versuchte Leona.

Sie war sehr geschickt. Das Leben in dieser Welt hatte sie geprägt. Schattengleich huschte sie an mir vorbei und kletterte auf die Fensterbrüstung.

Da ich auf dem Rücken lag, konnte ich in ihr Gesicht schauen. Leona benötigte beide Hände, um sich abzustützen. Deshalb hielt sie das Messer zwischen den Zähnen und wirkte in diesem Augenblick wie eine Südseepiratin.

Als sie auf der Brüstung stand, fiel sie förmlich zusammen, ging in die Hocke, hielt sich mit der linken Hand an der Fensterkante fest und nahm das Messer in die rechte.

Diesen Arm streckte sie aus.

Und sie schaffte es. Mit zwei Schnitten durchtrennte die Dolchklinge dicht hinter meinem Kopf den Körper der Schlange. Wie eine zuckende Peitschenschnur fiel der Rest in die Tiefe, während ich vom hinteren Druck befreit war, nach vorn kippte und wieder in den Turm fiel. Ich lag kaum, als ich schon Alis Finger an meinem Hals spürte und er mir den anderen Rest abnahm.

Leonas stützende Hände in meinem Rücken sorgten mit dafür, dass ich mich hinsetzen und durchatmen konnte. Doch sprechen konnte ich nicht. Ich hatte das Gefühl, Reißnägel im Hals zu haben. Nur krächzende Laute drangen aus meinem Mund, aber ich war froh, wieder Luft holen zu können, auch wenn sie nicht gerade frisch schmeckte.

»Geht's wieder?«, fragte Leona.

»Fast.«

Das Wort verstand auch Ali. Er grinste und schaute dann aus dem Fenster.

»Da sind Vögel«, sagte er.

Leona sah nach. Auch ich stemmte mich hoch und erkannte die aasfressenden Geier. Sie kreisten um den Turm, denn sie warteten auf uns.

»Den Gefallen werden wir ihnen nicht tun!«, keuchte ich. »So lange noch ein Funke Leben in mir steckt, schieß ich sie zusammen.«

»Ich auch!«, erklärte Ali.

»Wir sollten von hier verschwinden«, schlug Leona vor. »Hatten wir nicht von einem Zentrum gesprochen?«

»Stimmt.«

»Dann suchen wir es.«

Ich war nicht so optimistisch. Dieser verdammte Turm bestand aus einem wahren Ganglabyrinth, und dies bemerkten wir sofort. Den Gang, den wir gekommen waren, konnten wir nicht zurück. Dafür drehten wir uns in eine der Nischen und stellten fest, dass diese an ihrem Ende eine schmale Öffnung hatte, durch die wir uns schieben konnten.

Leona und Ali schafften es leicht. Ich hatte einige Schwierigkeiten, doch als wir den schmalen Gang betraten, hatten wir das Gefühl, uns innerhalb einer Zweitwelt in dieser für uns noch fremden zu befinden.

Vielleicht war es das Zentrum, vielleicht auch nicht. Jedenfalls erlebten wir Schreckliches.

Bei jedem Schritt vernahmen wir ein grauenhaftes Stöhnen.

Mal schrill, mal leiser, auch schmerzerfüllter. Die Laute waren nie gleich, jedoch so furchtbar, dass sie uns den Angstschweiß auf die Stirn trieben.

Deshalb blieben wir stehen.

Das Jammern verstummte. Aber jeder von uns hatte gehört, wo es seine Quelle hatte.

In den Wänden und unter unseren Füßen.

»Ich habe einen schrecklichen Verdacht«, flüsterte Leona.

Im Licht meiner kleinen Lampe wirkte ihr Gesicht noch bleicher.

»Und welchen?«, fragte ich.

Die Frau fürchtete sich, die Tatsachen auszusprechen. »Wir befinden uns in dem Teil des Turms, der aus Menschen gebaut wurde ...«

ENDE

Flucht vor dem Grauen

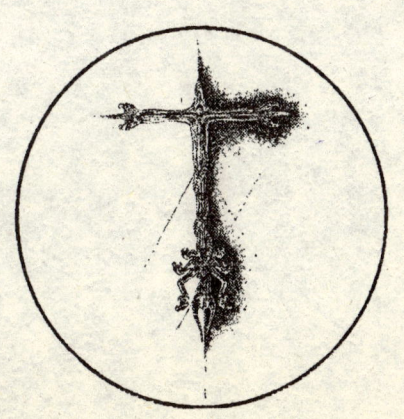

Für Kara, die Schöne aus dem Totenreich, und den Eisernen Engel gab es nur noch eine Hoffnung, dem schrumpfenden gläsernen Grauen zu entkommen.

Das war das magische Pendel!

Viele Jahrhunderte hatte der Eiserne Engel danach gesucht, es endlich gefunden, um es einsetzen zu können in der gewaltigen Auseinandersetzung zwischen Gut und Böse.

Nie war es so wertvoll geworden wie in diesen schrecklichen Augenblicken, als der Eiserne seine Flügel ausbreitete und das anflog, was er als Grenze ansah.

Die gläserne Grenze war die Grenze zwischen zwei Dimensionen.

Gorgos hatte sie ebenso geschaffen wie das gläserne Grauen, und er hatte dafür gesorgt, dass seine Feinde in die übrigen Teile der Leichenstadt schauen konnten, wo sie erkannten, in welch schlimmer Lage sich ihre Freunde befanden.

Kara und der Eiserne zitterten um alle, das stand fest. Dennoch hing gerade Karas Herz an einer bestimmten Person. Es war der kleine Magier Myxin. Der befand sich in Krols Welt, der Welt eines mächtigen Krakengötzen, und er hatte eine so schwere Niederlage erlitten, dass Kara schon damit rechnete, ihn als Toten zu finden, falls es dem Eisernen nicht gelang, die Dimensionsgrenze zu durchbrechen.

Und so flog er auf sie zu, doch Entfernungen täuschten in dieser Welt.

Kara hatte sich flach auf den Rücken des Eisernen gelegt, um so wenig Widerstand wie möglich zu bieten. Sie glitten sehr schnell dahin. Die langen, schwarzen Haare der Frau wurden vom Luftzug in die Höhe geweht und flatterten schleierartig hinter ihr her.

Ihr Gesicht zeigte Angst und Sorge. Beide Gefühle hatten Furchen in die Haut gegraben. Sie konnte selbst nichts tun, nur hoffen, dass es ihnen gelang, dem gläsernen Grauen zu entfliehen.

Bisher hatten sie allen Widerständen trotzen können, nun war es Gorgos gelungen, seine ureigene Dimension so zu verändern, dass sie für seine Feinde zu einer tödlichen Falle wurde.

Auch der Eiserne Engel wollte raus. Er hatte die Arme vorgestreckt und hielt zwischen seinen Händen den für ihn und ihr Entkommen so wichtigen Gegenstand.

Das magische Pendel, das aussah wie ein gefrorener Tropfen Blut, strahlte auf wie eine Glühbirne. Sein Schein fiel auch zurück in das Gesicht des Eisernen und zeichnete die Konturen durch einen rötlichen Hauch nach.

Der Engel konnte sich auf nichts anderes mehr verlassen. Und er war voll in die Offensive gegangen. Er suchte die Konfrontation mit dem Großen Alten.

Rückte die Grenze näher? Ja, es musste so sein. Er bemerkte dies an einem gefährlichen negativen Einfluss, der ihm entgegenströmte. Auch Gorgos setzte seine Magie ein.

Der Flug des Eisernen wurde langsamer. Auch Kara, die auf seinem Rücken lag, stellte dies fest.

Als sie ihn fragte, klang Panik in ihrer Stimme mit. »Was ist los? Weshalb fliegst du nicht?«

»Ich kann nicht!«

Kara erschrak noch mehr. »Aber wir haben hier doch keine Hindernisse. Ich sehe nichts.«

»Doch, es sind welche vorhanden. Magische Ströme. Sie stehen auf der anderen Seite und wollen mich hindern. Ich spüre sie, noch kann das Pendel sie ablenken.«

»Wie lange?«

»Ich hoffe, dass es durchhält.«

In der Tat war es so. Der rote Klumpen zwischen den Fingern des Eisernen begann noch stärker zu glühen. Wenn ein ins All geschossener Gegenstand wieder zurückkehrt und dabei in die Erdatmosphäre eintritt, entsteht der gleiche physikalische Effekt. Reibung erzeugt Wärme. Hier rieben zwei Magien gegeneinander, und es musste sich in den nächsten Sekunden entscheiden, wer von den beiden stärker war.

Der Eiserne Engel vertraute auf sein magisches Pendel. Es stammte ungefähr aus der Zeit, in der die Großen Alten sowie die stummen Götter geschaffen worden waren. Letztere konnte der Eiserne Engel als seine Väter bezeichnen, und diese hatten auch unmittelbar mit der Erschaffung des Pendels zu tun, das wusste er ebenfalls, ohne allerdings das letzte Geheimnis herausbekommen zu haben.

Würde der Stein über das Glas siegen? Selbst der Eiserne spürte die Wärme, die von ihm ausströmte, und er hatte das Gefühl, sich die Hände zu verbrennen. In dem sonst so regungslosen Gesicht zeichnete sich die Anstrengung ab. Während er seine Flügel heftig bewegte, um die Geschwindigkeit trotz der Widrigkeiten beibehalten zu können, öffnete sich allmählich sein Mund, und über die bronzefarbenen Lippen drang ein leises Stöhnen.

Kara vernahm es nicht, sie merkte nur, dass mit ihrem Partner etwas nicht stimmte, denn auch durch den Körper des Eisernen lief ein Zucken. Der Frau kam es so vor, als wollte ihr Begleiter in dieser feindlichen Welt noch einmal Kraft holen, um die Grenze zu durchbrechen.

Dem war auch so. Der Eiserne hatte die letzten Energien mobilisiert, und das bedeutete bei ihm schon etwas, da er eine Person war, die sich selbst himmelhohen Felsen entgegenstemmte, wenn es sein musste.

Und er hatte Erfolg. Für einen Moment konnte er sein Tempo wieder steigern. Dass es ihn eine ungeheure Kraft kostete, spiegelte sich abermals auf seinem Gesicht wider.

Plötzlich wirkten die Züge verzerrt. Wie die einer Plastik aus Eisen, die einem inneren Druck ausgesetzt war, der die Außenhaut sprengen wollte.

Während das Pendel zwischen den Fingern des Eisernen zu einem strahlenden roten Stern wurde, begann die Haut auf seinem Gesicht ebenfalls zu glühen und sich zu verformen.

Unartikulierte Schreie drangen aus dem offenen Mund. Risse spalteten plötzlich die Stirn. Für einen Moment war das Blut des Eisernen zu sehen. Eine rotgrüne Flüssigkeit, die hervorquellen wollte, dann wieder zurückgedrückt wurde, als sich die Risse schlossen.

In dieser Zeit litt der Eiserne Engel wahre Höllenqualen, und er hatte seinen Blick nach vorn gerichtet. Starr auf die Grenze zu, wo er kurz vor dem Start für einen winzigen Moment ein wie in Glas gehauenes riesiges Gesicht gesehen hatte, das ihn an die Züge der in Felsen eingeschlossenen stummen Götter erinnerte.

Da wollte er hin.

Und noch einmal gab er sich die nötige Kraft. Das allerletzte Aufbäumen einer sagenumwobenen Gestalt.

Verging er, würde auch Kara sterben, so war ihrer beider Schicksal eng aneinander gekettet.

Und sie kamen der Grenze nahe.

So weit, dass der Eiserne das Glasgesicht erkennen konnte, in dem der Schrecken eingemeißelt stand.

Das magische Pendel in seiner Hand leuchtete jetzt wie eine rote, unheimliche Sonne. Es gab seine Strahlen ab, die voll hineintrafen in das Gesicht, hindurchdrangen und den Weg für den Eisernen frei machten.

Es war im allerletzten Moment geschehen. Widerstand spürte der Engel kaum. Ein kurzes Rucken nur, dann hatte er die Grenze durchbrochen und befand sich im Zentrum.

Was danach geschah, konnte er selbst nicht mehr beeinflussen, obwohl er nicht gerade zu den Schwächsten gehörte. Magische Gewalten entluden sich mit wahren Urkräften. Sie durchtosten den Raum, wo sich die beiden befanden, der Stein in den Händen des Eisernen schien in Tausende von Fetzen zu zerfliegen, und die Welt um sie herum nahm eine völlig andere Form an. Kreiselartig wurden sie durcheinander gewirbelt. Der Eiserne sah Kara von seinem Rücken fallen, und er fühlte sich wie eine Spirale, die auch seine Begleiterin packte, um beide in die Tiefe zu zerren.

Zeit gab es für sie nicht. Irgendwann einmal hörte die Reise auf. Der Eiserne sah plötzlich die Schlucht der stummen Götter vor seinen Augen sowie die lächelnden Gesichter.

Dann explodierte die Welt des Gläsernen.

Kara und ihr Partner kamen sich vor wie im Auge eines Wirbelsturms.

In ihrer unmittelbaren Nähe herrschte eine relative Ruhe, aber nicht weit entfernt tobten die Gewalten.

Die magische Kraft des Pendels brach die des gläsernen Götzen Gorgos auseinander.

Eine Welt, die Jahrtausende überdauert hatte, wurde radikal vernichtet und mit ihr der Beherrscher dieser Dimension. Für einen kurzen Augenblick erschien noch das Gesicht.

Zerrissen, eingeschlagen, Furcht erregend entstellt. Mit zahlreichen Wunden versehen, vor Grauen verzerrt und als Gesicht kaum mehr zu bezeichnen, so schlimm sah es aus.

Glasstücke wurden hervorgefetzt. Sie verschwanden irgendwo in einer nicht mehr auslotbaren Tiefe.

Die Welt verging.

Kara und der Eiserne aber hatten die Grenze durchbrochen und damit das Tor zu einer anderen Dimension aufgestoßen.

Zu der eines weiteren Großen Alten.

Es war Krol, der Krakengötze!

In seine Dimension fielen beide hinein, wo sie bereits von unzähligen Tentakelarmen erwartet wurden …

Eigentlich war das eingetreten, womit Suko schon lange hätte rechnen müssen. Er war in die Gewalt des Höllenherrschers gelangt und befand sich in einer nahezu ausweglosen Lage.

Asmodis hatte seinen Triumph ausgekostet, war auf Sukos Worte nicht eingegangen und hatte dem Chinesen erklärt, dass er sich dessen Seele holen und ihn wimmern hören wollte.

Eine Chance gab es nicht. Asmodis hatte Suko auf die Knie gezwungen, um ihn zu töten. Plötzlich griff jemand ein, dessen Existenz Suko im Reich der ewigen Verdammnis nie vermutet hätte.

Es war der Spuk!

Und er machte dem Teufel mit einem Satz klar, dass er Sukos Seele nicht bekommen sollte.

Asmodis, sich sehr sicher fühlend, wurde von diesem Ruf völlig überrascht und dachte in den folgenden Augenblicken nicht mehr an seinen Gefangenen, sodass Suko Zeit hatte, sich zu erholen, auch wenn er persönlich diese Zeit nur als Galgenfrist einstufte.

Am Ende der Brücke zwischen den Welten stemmte sich Suko in die Höhe. Er hatte es schwer, denn er musste die Todesfurcht verdrängen. Erst allmählich begriff der Inspektor, dass jemand erschienen war, um ihm zur Seite zu stehen.

Über die Brücke schaute er hinweg.

Es war die kalte Welt des Teufels, in der er sich befand. Ohne Licht, ohne Wärme, grausam und brutal. Eingehüllt in graues Licht, das ebenfalls keine Wärme ausströmte, aber Konturen und Umrisse ziemlich klar hervortreten ließ.

Und auch den Umriss der Wolke!

Da wusste Suko, dass er sich vorhin nicht getäuscht hatte, als die Stimme erklungen war. Er hatte es zuerst nicht glauben wollen, jetzt sah er die Wolke und wusste Bescheid.

Das war der Spuk!

Er zeigte sich stets in dieser Form, als amorphe Wolke, die überhaupt nicht fassbar, nie ruhig war, sondern sich bewegte, obwohl sie auf der Stelle blieb.

Diese Bewegungen geschahen innerhalb der Wolke. Da quirlte, drehte und drückte es. Es entstanden Schleifen, Spiralen, an den Rändern oft ballonförmige Ausbuchtungen und Beulen, die im nächsten Augenblick wieder zusammenfielen.

Der Spuk war in das Reich des Teufels gekommen!

Allein diese Tatsache hinterließ auf Sukos Rücken einen Schauder. Das musste man sich mal genauer überlegen. Welcher Dämon schaffte es schon, so mir nichts dir nichts in Asmodis' Welt einzudringen, der zudem noch die Große Mutter Lilith als Rückendeckung hatte?

So etwas konnte nur ein sehr Mächtiger sein, zu vergleichen mit einem Super-Dämon.

Und das war der Spuk!

Suko dachte darüber nach, was er von ihm alles wusste. Viel war es nicht. Sehr wenig sogar, denn war ein normaler Dämon halbwegs auszurechnen, so traf dies beim Spuk überhaupt nicht zu. Er war plötzlich da, stellte seine Bedingungen und verschwand.

Kein Hinweis nach dem Woher und nach dem Wohin, das hatte der Spuk nicht nötig.

Natürlich war er ein Feind. Er besaß zum Beispiel den Trank des Vergessens, hinter dem Kara, die Schöne aus dem Totenreich, so her war, weil er zum Erbe ihres Vaters gehörte. Und noch etwas wollte er unbedingt in seinen Besitz bringen.

Den Würfel des Unheils!

Für den Spuk eigentlich eine Kleinigkeit, wenn es da nicht gewisse Hindernisse gegeben hätte, die auch ein Super-Dämon wie er überwinden musste. Im Moment besaß Jane Collins den Würfel. Und sie befand sich in einem Kloster, hoch oben in den schottischen Bergen, abgeschirmt durch die Kräfte des Guten und wohl behütet von den Patern, den frommen Männern, die geschworen hatten, auf sie Acht zu geben.

Das alles schoss Suko durch den Kopf, während er den Teufel und den Spuk nicht aus den Augen ließ.

Allmählich schwand die Furcht bei ihm. Sie schuf dem Gefühl der Neugierde Platz. Der Inspektor war gespannt, wie die beiden Dämonen aufeinander reagierten.

Schlossen sie sich zusammen? Kämpften sie dann gegen ihn, um ihn zu vernichten?

Das konnte er sich nicht so recht vorstellen. Weshalb hatte der Spuk durch sein Erscheinen dann Sukos Tod hinausgezögert?

Für Asmodis war Suko uninteressant geworden. Er hatte ihm den Rücken zugedreht und wandte sich an den Spuk. Mit einer spöttischen Verbeugung begrüßte er ihn und schaute aus seinen Glutaugen in die über der Brücke schwebende Wolke hinein.

»Du bist zu mir gekommen? Welch eine Ehre für mich!« Auch Suko verstand den Hohn in seiner Stimme.

»Ob es eine Ehre für dich ist, wird sich noch herausstellen«, konterte der Spuk.

Die Stimme drang aus der Wolke. Dabei wusste auch Suko

nicht, wo sich das Zentrum befand. Plötzlich schien die gesamte vor ihm schwebende Masse nur noch aus Lautsprechern zu bestehen.

Asmodis lachte. »Jedenfalls gehörst du nicht zu den Großen Alten!«

Die Antwort erfolgte nicht sofort. Was der Spuk etwas später sagte, ließ Suko nachdenklich werden. »Bist du dir da sicher?«

»Wieso?«

»Ich kann sehr gut zu den Großen Alten gehören. Du, Asmodis, kennst sie nicht alle.«

Dem Teufel gefiel es nicht, weiter über dieses Thema zu diskutieren. Mit einer schon ärgerlichen Geste schlug er seinen rechten Arm nach unten. »Ich weiß nicht, was das soll. Für mich bist du keiner von ihnen.«

»Wer dann?«

»Ich habe es noch nicht herausgefunden.«

»Und das trotz deiner Macht und der hinter dir stehenden Beschützer. Da kann ich mich nur wundern.«

»Ich bekam bisher noch nicht die Gelegenheit, mich näher mit dir zu beschäftigen, Spuk. Zudem hast du meine unmittelbaren Kreise nicht so direkt gestört.«

»Was sich ändern wird.«

Nach dieser Antwort zuckte der Teufel zusammen. Suko hatte das Gefühl, als würde selbst über Asmodis' Körper ein Schauder laufen. »Wie sollte sich das ändern? Willst du dich auf die andere Seite stellen?«

»Ja und nein. Ich bin nicht ohne Grund gekommen. Ich habe vieles sehen und beobachten können. Ich kenne die Zusammenhänge, wie du sicherlich weißt ...«

»Rede schon!«, verlangte Asmodis.

»Mir geht es um ihn!«

»Ha!« Es war ein wildes Auflachen, das aus dem Mund des Teufels drang. »Um ihn?«

»Ja.«

»Willst du ihn vernichten?«

»Das Gegenteil davon. Ich will ihn haben!«

Mit dieser Forderung überraschte der Spuk nicht nur den Teufel, sondern auch Suko.

Während der Inspektor schwieg, musste Asmodis einfach reden. Er begann seinen Kommentar mit einem Lachen. »Das darf nicht wahr sein. Du willst ihn?«

»Genau.«

»Aber ich gebe ihn nicht frei. Nein, ich habe ihn in die Hölle geholt, um ihn hier sterben zu lassen. Ich will ihn wimmern hören. Seine Seele gehört mir, hast du verstanden? Nur mir!«

»Ich weiß.«

»Dann richte dich danach!«

In die Wolke geriet Bewegung, ohne dass sie ihren eigentlichen Standort veränderte. Sie quoll von innen her auf, bevor dunkel und dröhnend die Stimme hervordrang. »Nein, ich habe einmal meinen Entschluss gefasst und bleibe dabei. Ich werde diese Welt nicht verlassen, ohne dass ich meinen Plan erfüllt habe.«

»Dann willst du ihn tatsächlich mitnehmen?«

»Brauchst du darauf noch eine Erwiderung?«

»Nein, bestimmt nicht.« Asmodis schüttelte seinen dreieckigen Schädel. »Aber«, sagte er, »ich hätte ihn dir vielleicht überlassen, wenn wir uns woanders getroffen hätten, nur hier nicht, denn hier regiere ich. Die Brücke zwischen den Welten verbindet zwei Dimensionen. Meine und die normale Welt. Wobei ich dafür sorgen werde, dass auch die andere Welt bald mir gehören wird. Die Großen Alten haben versucht, die Hölle zu vernichten oder unter ihre Kontrolle zu bringen. Das ist ihnen nicht gelungen. Zerstört sind sie wahrscheinlich nicht, aber sie werden sich in furchtbaren Kämpfen aufreiben, und ich betrachte mich als Joker in diesem Spiel. Ein Joker aber gewinnt immer. Einen Ratschlag gebe ich dir, Spuk: Verlasse diese Welt!«

»Nie!«

Bisher war die Unterhaltung nur dahingeplätschert. Mit der letzten Antwort aber hatte der Satan sie angeheizt.

Suko, der Zuschauer, glaubte auf einmal, die Spannung zwischen den beiden fühlen zu können.

Noch etwas fügte der Spuk hinzu. »Ich bin in diese Welt eingedrungen und werde sie auch wieder verlassen, Asmodis! Darauf kannst du Gift nehmen. Für mich gibt es nur sehr wenige Hindernisse. Deine Grenzen sind keine.«

»Dann versuche es.«

Suko wusste, dass die Lage bald eskalieren würde, und er zog sich zurück. Er wollte nicht in den unmittelbaren Streit der beiden feindlichen Parteien hineingeraten, schließlich war er waffenlos. Die anderen konnten mit ihm machen, was sie wollten.

Er kam nicht weit.

Nach dem zweiten Schritt schon vernahm er das verdächtige Knirschen unter seinen Sohlen. Bisher hatte das Holz gehalten, nun gab es nach, und Suko merkte, als er das Gewicht verlagerte, wie gleich zwei Bohlen in die Tiefe fielen.

Er selbst wäre mitgerissen worden, hätte er nicht so schnell reagiert und die Arme ausgestreckt. Die suchenden Hände fanden das Halteseil und umklammerten es.

Suko spürte den heftigen Ruck bis in die Schultern. Er biss die Zähne zusammen. Nur nicht aufgeben!, hämmerte er sich ein. Auf keinen Fall nachlassen!

Er merkte selbst, wie die Brücke schwankte. Zu seiner Seite hing sie über, und Suko sah dicht vor sich das allmählich brüchig werdende Seil, an das er seine letzte Hoffnung knüpfte.

Asmodis hatte es da besser. Er hielt sich an den Stellen der Brücke auf, die noch in Ordnung waren, und der Spuk berührte überhaupt nichts.

Nur kurz drehte der Teufel den Kopf, entdeckte den hängenden Suko und ließ ein hämisches Lachen hören.

Dann kümmerte er sich um seinen Gegner!

Es sollte ein Kampf der beiden Giganten werden, wobei Suko als Beobachter fungierte und nicht eingreifen konnte. Verzweifelt bemühte er sich um eine Verbesserung seiner Lage. Mit einem Klimmzug wollte er sich höher drücken. Ja, er hatte Kraft, doch in diesem Fall reichte sie allein nicht aus. Je mehr er sich anstrengte, umso stärker gab die Brücke nach. Das Seil und die Bohlen kippten ihm förmlich entgegen.

Und der Teufel griff an.

Er war ein Wesen, das man nicht einordnen konnte. Der Satan konnte von einem Augenblick zum anderen völlig widersprüchlich reagieren, da sich in seinem Körper zahlreiche Kräfte vereinigten.

Zunächst versuchte er es auf die altbekannte Art und Weise. Er selbst – magisch aufgeladen – gab diese Magie durch seine Finger ab. Aus ihnen jagten feuerrote Strahlen in die Wolke hinein, die sie aufrissen und zerstörten.

Obwohl Suko in einer nicht beneidenswerten Lage über einem bodenlosen Abgrund hing, drehte er dennoch den Kopf so weit nach links, um zuschauen zu können. Sein Gesicht zeigte dabei einen verbissenen Ausdruck, die Haut war gespannt, die Lippen hart zusammengepresst, und die Augen hatten einen stechenden Blick angenommen.

Die Blitze trafen.

Der Vergleich mit dünnen Feuerstrahlen, die in schwarze Watte trafen, war gestattet.

Zum ersten Mal erlebte Suko mit, wie auch der Spuk einiges abbekam. Genau dort, wo beide Magien aufeinander prallten, entstanden Löcher, durch die Suko aber nicht schauen konnte, denn dahinter entdeckte er für einen winzigen Augenblick eine grünliche Fläche, die sofort wieder verschwand, als der Spuk seine Gegenmagien aufbaute.

Die Blitze stachen nicht allein in die Wolke hinein, sie umtanzten sie auch, belegten sie mit einem Rand und zeichneten für einen Moment die Umrisse nach.

Dann jagten die Strahlen zum Teufel zurück.

Sie trafen ihn, als er anfangen wollte zu lachen. Dieses Geräusch blieb in seiner Kehle stecken. Die Kraft des Spuks hatte es geschafft, die Strahlen zu bündeln und sie in einer konzentrierten Form gegen Asmodis zu schicken.

Diesmal gelang es selbst dem Teufel nicht, sich dagegen zu wehren. Einen Menschen hätte es vielleicht aus den Schuhen gehoben. Das war bei Asmodis nicht der Fall. Er wurde nur zurückgeschleudert und dann von der Kraft des Spuks in die Höhe gerissen.

Plötzlich schwebte er über der Brücke. Nicht genug damit. Er rollte über das Geländer, wurde schneller und jagte hinein in das Grau seiner eigenen Dimension.

Hatte der Spuk gewonnen?

Suko, der Beobachter, wollte es kaum glauben, weil ihm diese Annahme zu unwahrscheinlich erschien.

Dennoch sah er den Teufel in dessen eigener Welt wie einen Kometen verschwinden. Immer kleiner wurde er, während die Wolke über der Brücke schwebte.

Der Spuk hatte freie Bahn.

Asmodis gab nicht auf. Aus der Ferne griff er an und jagte der Wolke magisch aufgeladene Flammenzungen entgegen.

Sie wischten heran wie wuchtig geschleuderte Speere, bewegten sich flatternd und zitternd und hatten im Nu ihr Ziel erreicht.

Suko schloss für einen Moment die Augen, da er geblendet wurde. Als er sie wieder öffnete, sah er die Treffer.

Das Feuer raste in die Wolke hinein, als wollte sie diesen Dämon in Flammen setzen, was ihr aber nicht gelang, denn auch der Spuk bewies, wie mächtig er war.

Plötzlich teilte sich die Gestalt auf. Schatten huschten durch das Grau der Dimension und nahmen Kurs auf den Teufel, um ihn einzufangen.

Asmodis sah dies. Seine Gegenmagie bestand abermals aus dem kalten, gefährlichen Höllenfeuer.

Er drehte die Flammen zu gefährlichen Kreisen, die als rote Ringe den Schatten entgegenjagten.

Suko wollte der lachende Dritte sein. Entkommen konnte er den beiden nicht, das stand fest, aber er wollte seine Lage verbessern. Ihn interessierte der Kampf zwar, nur musste er sich um seine eigene Lage kümmern und bekam von der Auseinandersetzung nur etwas am Rande mit. Hin und wieder huschte über die Brücke und auch über sein Gesicht der Widerschein des Feuers und schuf ein flackerndes Muster.

Suko stemmte sich hoch.

Auch er verfügte nicht über unbegrenzte Kräfte. Bevor ihn die Mattheit vollends überfiel, wollte er noch einmal alles versuchen. Mit einem Klimmzug war es nicht zu schaffen, da das provisorische Geländer ihm nicht genügend Widerstand entgegensetzte.

Deshalb ließ Suko seinen Körper schwingen und schleuderte, als er seiner Ansicht nach die richtige Position erreicht hatte, die Beine hoch. Mit dem rechten Fuß zuerst prallte er auf die Bohlen der Brücke, fand dort eine provisorische Stütze und hakte die Hacke in einen Spalt zwischen den Bohlen.

So fand er einen Halt, den er weiter ausbauen konnte. Es kostete Suko Kraft, sich so hochzuhangeln, dass er seinen Körper unter das Seil hindurchdrücken und sich flach auf die Bohlen legen konnte.

So blieb er.

Sein Atem pumpte über die Lippen. Schweiß stand auf seiner Stirn. Die letzte Aktion hatte ihn Kraft gekostet. Wenn er jetzt angegriffen worden wäre, hätte er sich nicht mal richtig wehren können.

So war er gezwungen, liegen zu bleiben, und fand doch keine Ruhe.

Erschütterungen durchtosten die Brücke. Wie sie entstanden waren, darüber machte er sich keine Gedanken. Er nahm sie einfach hin, bemerkte auch das Schwanken und das Brechen der Bohlen.

Er schaute in seiner bäuchlings liegenden Lage nach vorn. Die Bohlen, die sich in Augenhöhe befanden, begannen zu schwanken und zu zittern, sodass sie Suko vorkamen wie ein Meer aus Holz.

Er hörte einen markerschütternden Schrei.

Von der linken Seite jagten das Echo des Schreis und die Flammen heran.

Suko starrte in die fauchenden, zuckenden Bündel des Höllenfeuers, das der Satan abgegeben hatte, und wusste, was er mit dieser Aktion bezweckt hatte.

Er wollte es auf keinen Fall zulassen, dass sein Opfer aus dem Kampf zwischen ihm und dem Spuk profitierte.

Deshalb dieser Angriff.

Das Feuer erreichte die Brücke. Suko konnte keine Zeitangaben machen. Er wollte nur so rasch wie möglich an einen sicheren Ort. Obwohl er nicht wusste, wo und wie er ihn erreichen konnte, gelangte er auf die Füße, schwankte, fiel gegen das Seilgeländer und sah, wie die Flammen in die Brücke einschlugen.

Er hörte sich selbst noch schreien, aber dieser Ruf ging unter in einem wahrhaft höllischen Fauchen und Reißen der provisorischen Bohlen.

Sie hatten Feuer gefangen, wurden aus dem losen Verbund herausgerissen und wie trockenes Kaminholz in die Höhe geschleudert, wobei sie wie kleine Sterne zerplatzten.

Auch das Seilgeländer stand plötzlich in Flammen. Blitzartig fraßen sich die Feuerzungen weiter vor. Sie erreichten im Nu das Ende der Brücke und brachten das Seil zum Reißen.

Es löste sich in zwei lange Teile auf, die nach verschiedenen Seiten davonflogen und wie brennende Peitschen in die Höhe zuckten, bevor Aschereste in der Tiefe verschwanden.

Und dann riss die Brücke!

Suko, der es nicht mehr geschafft hatte, spürte, wie der Boden unter seinen Füßen verschwand. Es existierte nichts mehr, an dem er hätte Halt finden können.

Der Schrecken spiegelte sich auf seinem Gesicht. Für einen winzigen Moment hatte Suko das Gefühl, in der Luft stehen zu bleiben, bevor ihn die auch hier vorherrschende Gravitation packte und in die Tiefe zog.

Ein Abgrund tat sich unter ihm auf. Es war eine Tiefe ohne Ende. So grauenvoll, so voller Schwärze, dass sie mit Worten kaum zu beschreiben war und Suko sich wie in den Tiefen des Alls vorkam.

Um ihn herum verbrannte die Brücke.

Die brennenden Planken schossen ebenfalls raketenartig nach allen Seiten weg und waren dabei zu kleinen Feuerinseln geworden, bevor die Schwärze der Dimension sie löschte oder verschluckte.

Suko folgte ihnen.

Er raste nach unten, glaubte dabei, in einen Trichter ohne

Boden zu fallen, und sah dennoch etwas, als er den Kopf nach vorn bewegte, um den Blick in die Tiefe gleiten zu lassen.

Es war ein Gesicht.

Die Züge der Großen Mutter!

»Wir befinden uns in diesem Teil des Turms, der aus Menschen erbaut wurde!« Flüsternd nur hatte Leona die Worte ausgesprochen, und mir rann es kalt den Rücken hinab.

Ich hatte den Satz genau verstanden, dachte aber nicht weiter darüber nach, sondern philosophierte gedanklich über den Begriff Grauen.

War das hier das Grauen?

Konnte man die Tatsache, hier im Turm gefangen zu sein, als das Grauen bezeichnen? Diese unheimliche Atmosphäre, die wir zwar atmen konnten, die aber dennoch mit Geräuschen gefüllt war, die uns einen Schauder nach dem anderen über den Rücken jagten.

Das war das Flüstern, das Jammern, das schreckliche Wimmern. So klagend und bittend zugleich, so schaurig und unheimlich. Und wir sahen niemanden.

Mal hörten wir ein schreckliches Weinen, danach ein schrilles Klagen und dann wieder das Flehen um Hilfe, während wir dicht beisammenstanden und nur eine winzige Lichtquelle in Form meiner kleinen Taschenleuchte besaßen.

Unsere Gesichter zeigten die Gefühle, die uns gefangen hielten. Wie abgemalt stand das Grauen in den Augen meiner beiden Begleiter.

Da war einmal Leona, die Frau, die ich in Hematows Welt kennen gelernt hatte, und Ali, der vierzehnjährige Junge, den das Schicksal an meine Seite verschlagen hatte.

Wieder dachte ich über die Worte nach. Und wenn ich dabei die Geräusche hörte, musste ich zugeben, dass sich Leona nicht geirrt hatte.

Auf ihrem Gesicht blieb mein Blick haften. In den Augen der Frau stand ein Ernst, der unserer Situation angemessen war.

»Woher weißt du das?« Meine Frage klang in das Wimmern eines in der Wand gefangenen Menschen hinein.

Leona lächelte ein wenig verloren. »Hatte ich dir nicht erzählt, dass ich als Wissenschaftlerin dort gearbeitet habe, was allgemein mit dem Begriff Bermuda-Dreieck umschrieben ist?«

»Das hast du.«

»Und jetzt denk daran, wie viele Menschen dort in der näheren Umgebung verschwunden sind.«

Ich verengte die Augen. Daher also wehte der Wind. Ali mischte sich ebenfalls ein. »Klar, davon habe ich gehört. Mein Vater hat mir immer alles Mögliche zu lesen gegeben. Lesen bildet, hat er gesagt, und daran habe ich mich gehalten.«

Ich lächelte den Jungen an und war mit meinen Gedanken ganz woanders.

Erst die Stimme der Frau riss mich wieder zurück in die schaurige Wirklichkeit. »Hemator hat im Bermuda-Dreieck gewirkt. Er hat dort einen Großteil seiner Opfer hergeholt und mit ihnen den Turm gebaut. So habe ich es jedenfalls erfahren.«

»Von wem?«, fragte ich.

»Von den wimmernden Seelen.«

»Du warst angeblich nicht im Turm.«

Da lachte Leona. »Stimmt, ich war auch nicht im Turm. Aber ich habe sie draußen wimmern und schreien gehört. Jede Wand oder Mauer hat ja zwei Seiten. Eine äußere und eine innere.«

Mein Misstrauen war nicht abzubauen. Vor allen Dingen nicht in einer Welt wie dieser hier. Dennoch lagen mir Fragen auf dem Herzen. Ich versuchte, das Wimmern und Schreien der Stimmen zu ignorieren, und wandte mich an Leona. »Wie hat er das denn gemacht?«

Die Frau schüttelte den Kopf. Dabei zog sie ihren roten Umhang noch enger um die Schultern, als würde sie frieren. »Tut mir Leid, John, das weiß ich auch nicht.«

Nach dieser Antwort schwiegen wir. Nach wie vor vernahmen wir das Wimmern und Heulen. Zwischendurch auch ein hohes Jammern und Jaulen, das wie katzenartiges Geschrei in unseren Ohren klang. An diese Geräusche würde ich mich nie gewöhnen können, und ich verzog das Gesicht, während sich meine und die Gedanken meiner beiden Begleiter mit verschiedenen Dingen beschäftigten.

Ich dachte an das Bermuda-Dreieck und an den Fall, der mich damals in diese Region geführt hatte.

Drei Schiffe waren in der Jenseits-Falle verschwunden. Zeugen hatten von einer gewaltigen Hand gesprochen. Ich war hingeflogen und hatte eine schreckliche Welt kennen gelernt. Es war die Welt der Alassia, auch Dunkelwelt genannt. Die Dimension der erstarrten Schatten, in die man auch meine Freunde Kara und Myxin gelockt hatte. Damals hatte Kara versucht, mich zu töten, weil sie unter Alassias Einfluss geraten war. Gelungen war es nicht, im Gegenteil, wir hatten sie vernichten können. Lachender Dritter war gewissermaßen der Spuk gewesen und natürlich Hemator, den wir nicht hatten fassen können. Die Passagiere eines Schiffes waren gerettet worden. Die Besatzung der beiden anderen Schiffe leider nicht. Sie mussten zu Schatten geworden sein, davon war ich damals ausgegangen. Jetzt sah ich die Dinge anders. Wahrscheinlich war es so gewesen, dass sich Alassia und Hemator die Opfer geteilt hatten, um ihren schrecklichen Taten frönen zu können.

So musste es gewesen sein.

»Du bist so nachdenklich«, sprach mich Leona an.

Ich lächelte. »Mir kam das Bermuda-Dreieck in den Sinn.«

»Du kennst es?«

»Natürlich. Ich habe dort sogar agiert.«

Sie war überrascht. »Und?«

Ich erzählte meine Gedanken in Stichworten.

Ali und ich sahen ihr heftiges Nicken. »Ja, natürlich. Davon habe ich gehört, aber das liegt einige Zeit zurück.«

»Und hier werden wir wohl die Folgen erleben.«

»Du meinst, die Menschen hier im Turm könnten mit denen der Schiffsbesatzung identisch sein.«

»Das überlege ich.«

»Nicht schlecht«, gab Leona zu, während Ali nicht sprach und uns nur staunend zuhörte.

Wir befanden uns in einem sehr engen Gang. Nebeneinander stehen konnten wir nicht. Zudem war es stockfinster, und nur meine kleine Lampe gab ein wenig Licht.

Ich holte mein Kreuz hervor. Als der dünne Strahl auf das Silber fiel, leuchtete es auf, und auch Leona bekam große Augen. »Was ist das?«, fragte sie.

»Ein Kreuz.«

»Das sehe ich. Nur sieht es so anders aus.«

Ich hatte keinen Nerv, jetzt über die Funktion dieser »Waffe« zu sprechen, denn mir war etwas eingefallen, das wiederum etwas mit dem Fall im Bermuda-Dreieck zu tun hatte.

Damals hatte ich die magischen Kräfte des Kreuzes ausprobiert. Ich konnte mich noch daran erinnern, dass aus den Schatten wieder Menschen geworden waren.

Hier wollte ich es ebenfalls versuchen.

Deshalb nahm ich das Kreuz so in die Hand, dass ich es gegen eine Stelle an der Wand pressen konnte.

Leona und Ali schauten mir zu. Ich bat die beiden, ein paar Schritte zurückzugehen, bevor ich damit anfing, das Kreuz gegen die Mauer zu drücken, aus der die Schreie erklungen waren.

Flach presste ich es dagegen.

Nichts tat sich.

Das Schreien blieb. Vielleicht hörten sich das Jammern und Heulen lauter als gewöhnlich an, das war auch alles. Die Seelen konnte mein Kreuz nicht befreien und auch nicht den Beweis dafür antreten, dass die Mauer aus Menschen und Steinen gebaut worden war.

»Das war wohl nichts, John«, sagte Ali.

»Leider.«

Ich war zwar nicht gerade deprimiert, dennoch ein wenig enttäuscht. Damit hätte ich nicht gerechnet. Wieder musste ich daran denken, dass die Große Mutter diese Waffe des Lichts manipuliert hatte. Hatte sie deshalb ihre Kraft verloren?

Das wollte ich einfach nicht glauben, und mir fiel ein, dass es noch eine Steigerung gab.

»Ich werde mein Kreuz aktivieren!«, erklärte ich den beiden. »Dabei weiß ich nicht, was geschieht, wir sollten mit dem Schlimmsten rechnen.«

»Was wäre das?«, fragte Leona.

»Unter Umständen der Einsturz des Turms.«

Sie erschrak. Auch Ali wurde blass. Er murmelte Worte in seiner Heimatsprache.

»Uns bleibt keine Wahl«, verteidigte ich meinen Vorsatz. »Es gibt sonst keinen Ausweg für uns. Wenn die Seelen der Menschen die Steine zusammenhalten, müssen wir diese Kette zerstören, das ist euch doch klar – oder?«

»Natürlich«, gab Leona zu.

»Gut, dann werde ich beginnen. Wenn mein Kreuz jetzt versagt …«

»Sprich nicht weiter!«, flüsterte Leona scharf.

Wir schwiegen. So war das Wimmern und Jammern der Seelen noch deutlicher zu hören.

Ich sprach dagegen an. »Terra pestem teneto – Salus hic maneto!« Genau das waren die entscheidenden Worte. Wenn sie nicht halfen, wusste ich auch nicht mehr weiter.

Während ich die Formel sprach, hatte ich das Kreuz gegen die Wand gedrückt. Oft hatte ich die Formel benutzt, und das Kreuz hatte mich nicht im Stich gelassen. Würde es hier auch reagieren?

Nicht sofort, und diese Tatsache drückte die Enttäuschung in mir hoch. Mein Gesicht zeigte die Sorge; ich dachte an eine Wertlosigkeit dieser einst so starken Waffe.

Und doch tat sich etwas!

»Ha, John!«

Ich vernahm Alis Stimme, der mich aufmerksam machte. Das brauchte er nicht.

Es war auch für Leona und mich zu sehen.

Die Wand veränderte sich. Plötzlich durchzuckte ein silbriggrünes Leuchten das Gemäuer, das sich wie ein Netz aus fingerdicken Spinnfäden ausbreitete und den Blick in das

Innere der Steine freigab, sodass wir sehen und erkennen konnten.

Es war schrecklich.

Und selbst Leona, die einiges gewöhnt war, stöhnte auf, bevor sie die Hände vor ihr Gesicht presste.

Ich aber schaute hin, denn durch die Aktivierung meines Kreuzes hatte ich einiges in dieser fürchterlichen Welt verändert …

Myxin, der kleine Magier, hatte zwischen zwei Möglichkeiten wählen können. Hätte er sich dem falschen Eisernen Engel gestellt, wäre er geköpft worden.

Die zweite Möglichkeit sah nicht viel besser aus. Sich fallen zu lassen und damit einzutauchen in die Welt dieses Großen Alten, der auf den Namen Krol hörte.

Myxin entschied sich für die zweite.

Im freien Fall kippte er in die Tiefe, wo unter ihm der Krakenkopf und gewissermaßen das Zentrum lauerte.

Er hörte noch ein gellendes Lachen, das der Engel ihm mit auf den Weg gab, dann fiel er nach unten.

Es gab keinen Aufprall, nicht mal einen kräftigen Stoß. Myxin hatte das Gefühl, mit beiden Beinen durch die Krakenmasse zu stoßen, die ihn an grünweißes Gelee erinnerte, in dem zwei schwarze Augen schwammen.

Er jagte hinein.

Plötzlich glaubte er, auf einer Rutschbahn zu sein. Die Masse schlug über ihm zusammen, er spürte den Druck und merkte plötzlich, dass seine Reise beendet war.

Myxin befand sich im Krakenkörper!

Wäre er ein Mensch gewesen, hätte er atmen müssen, und da dies nicht möglich war, wäre er erstickt. In diesem Fall jedoch kam es ihm zugute, dass er sich als Wesen aus der Ursprungszeit bezeichnen konnte. Er blieb in seiner Haltung und nahm die Eindrücke in sich auf, die ihn umgaben.

Im Prinzip war es nichts.

Nur diese unnatürliche Masse, die ihn zugleich an weiches

Glas erinnerte, obwohl er keinen Durchblick hatte. Die Masse drückte von allen vier Seiten. Deshalb gelang es dem kleinen Magier auch nicht, sich zu bewegen. Er stand dort wie in einem Gefängnis. Obwohl er versuchte, die Arme nach außen zu drücken, war ihm dies nicht möglich, und Myxin musste so bleiben, wie er war.

Er wunderte sich nur, dass ihm nichts mehr passierte, aber das konnte durchaus noch kommen.

Die Masse war nie ruhig.

Sie vibrierte, sie zitterte, und dies übertrug sich auch auf den Körper des Magiers. Myxin kam sich vor wie in einer kleinen Rüttelmaschine, die ihn so ganz nebenbei zur Bewegungslosigkeit verdammt hatte.

Er musste abwarten.

Krol, den Kraken, kannte er. Myxin selbst stammte aus dem längst versunkenen Kontinent, wo die Großen Alten als Götter angebetet wurden, und der Magier dachte daran, dass er nie ein Freund dieser Wesen gewesen war. Er hatte stets sein eigenes Süppchen gekocht, das wusste auch ein so mächtiger Dämon wie der Schwarze Tod, denn er hatte zu Myxins stärksten Gegnern gehört.

Der kleine Magier hatte ihn überlebt, und er hoffte, dass ihn auch Krol nicht schaffen würde.

Noch hatte er sich nicht gemeldet. Wahrscheinlich genoss er es, in Myxin einen Gefangenen zu sehen.

Und der dachte darüber nach, wie er sich aus eigener Kraft befreien konnte.

Das sah schlecht aus. Vielleicht hätte ihm die Totenmaske geholfen. An sie kam er nicht heran, da es ihm nicht möglich war, beide Arme zu benutzen. So musste er sich auf seine mentalen Kräfte verlassen, und die wurden bestimmt auch eingeengt, wie er sich leicht vorstellen konnte.

Noch immer griff ihn Krol nicht direkt an. Deshalb mobilisierte Myxin seine eigenen Gaben.

Er arbeitete mit Telekinese. Sehr stark konzentrierte er sich und stellte schon sehr bald fest, dass es unmöglich war, gegen die Macht des Krakengötzen Krol anzukämpfen.

Nicht nur die sichtbare Gewalt ließ ihm keine Bewegungs-freiheit, es war auch die geistige, die innerliche Sperre, die Myxin an seiner Aktivität hinderte. Er bekam diese Welt ein-fach nicht in den Griff. Krol setzte einen Riegel vor.

Per Gedankenkraft versuchte der kleine Magier, einen Weg durch diese Masse zu schneiden, aber sie war so stark, dass er zunächst aufgeben musste.

Der nächste Versuch.

Teleportation. Das hatte er bereits in der Oberwelt versucht, als er gegen den falschen Engel kämpfte. Dort hatte es geklappt, hier im Zentrum verpuffte die Fähigkeit. Vielleicht war sie auch gar nicht mehr vorhanden, wie Myxin mit Schre-cken feststellte, und er versuchte es ein zweites Mal. Wieder ohne Erfolg.

Myxin verspürte zwar keine direkte Angst, doch das mul-mige Gefühl, das von ihm Besitz ergriff, konnte er durchaus mit dem Begriff Furcht umschreiben. Er hatte es versucht und nichts erreicht, nun war die andere Seite gefordert.

Sie reagierte auch.

Es war ein glucksendes Lachen, das von allen Seiten auf den kleinen Magier einströmte.

Krol meldete sich.

»Willkommen in meinem Reich!« Die Worte hatten das Lachen abgelöst. Myxin hörte den Triumph aus der Stimme klingen und wusste genau Bescheid. Krol würde nicht im Traum daran denken, ihn wieder freizulassen, dann hätte er anders reagiert.

»Was willst du?« Auch der kleine Magier sprach die Worte nicht aus, sondern schickte sie als gedankliche Frage in die Masse hinein.

Da war jede Zelle dieses Wesens aufnahmefähig, und Myxin erhielt auch bald darauf die Bestätigung.

»Ich will mit dir abrechnen!«

»Weshalb?«

»Das kann ich dir sagen. Um es zu erklären, musst du aber weit zurückdenken. Es war damals, als die große Welt noch existierte, in der wir so mächtig waren. Es gab viele Menschen, die uns anbeteten. Wir wollten die eigentlichen Herren des Kontinents werden, aber du hast dich nicht auf unsere Seite gestellt und bist deinen eigenen Weg als Magier und Zauberpriester gegangen. Du hast dich voll und ganz auf deine schwarzen Vampire verlassen. Ein Fehler …«

»Hättest du an meiner Stelle anders reagiert?«

»Wahrscheinlich nicht.«

»Na bitte.«

»Trotzdem haben wir dich gehasst, als du dich nicht auf unsere Seite stellen wolltest. Meine Brüder und ich schworen dir Rache. Ja, wir wollten dich vernichten, denn wer nicht auf unserer Seite stand, der war gegen uns. Wir hatten bereits zum Schlag ausgeholt und wollten auch den Schwarzen Tod zerstören, da kam uns der Untergang dazwischen!«

»Den ihr ebenfalls erlebt habt!«

»Natürlich. In der Leichenstadt. Vielleicht wäre sie mit zerstört worden, vielleicht auch nicht. Jedenfalls wurde sie abgespalten und in eine andere Dimension geschleudert. Dort teilten wir sie auf und überlebten die Zeiten. Die Rückkehr musste irgendwann kommen. Aber wir hatten es nicht eilig. Wir wollten erst gewisse Bedingungen erfüllt sehen …«

»Welche?«

»Es ging um die Menschheit. Wir rechneten damit, nicht vergessen zu sein. Das erwies sich, wie ich zugeben will, als ein Irrtum. Die nachfolgenden, sich entwickelnden Generationen dachten überhaupt nicht daran, sich an uns zu erinnern. Im Gegenteil, sie lehnten uns ab, wenn sie etwas von uns hörten, und suchten sich andere, mächtige Dämonen. Es ist ihnen gelungen, wieder auf die Urzeit zurückzugreifen, also auf die Zeit vor unserer Existenz. Da hatte es den großen Trennungsstrich zwischen Gut und Böse gegeben. Durch Mythen und Religion hatten sich die Menschen informiert und bauten sich ihre Welt auf. Uns vergaß man.«

»Was ihr nicht zulassen konntet!«

»Wir beschlossen nach langen Beratungen, uns gegen die Hölle zu stellen. Wir wollten mit unserer geballten Kraft beweisen, dass wir besser als das Urböse sind.«

»Geschafft habt ihr es nicht.«

»Aber wir …«

Myxin wunderte sich, dass er den anderen sogar auslachen konnte.

»Wieso denn?«, fragte Krol danach. »Wieso haben wir es nicht geschafft? Kannst du mir einen Grund nennen?«

»Kalifato ist vernichtet. Er war der Anfang. Ich weiß nicht, wie es mit Gorgos, dem falschen Engel, oder Hemator, dem Zerstörer, aussieht, aber ich glaube, dass sie es nicht schaffen, die Hölle zu besiegen. Luzifer wird es nicht zulassen, dass an den Grundfesten der gesamten Existenz gerüttelt wird. Nein, er nicht.«

»Bist du dir sicher?«

»Ja.«

»Auch wenn er es nicht zulassen wird, wir zwingen ihn, es zu tun, das steht fest. Asmodis werden wir erledigen. Er ist ein aufgeblasener Wicht, mehr nicht.«

»Aber er besitzt Macht und ist in seiner Welt sehr stark, das habe ich schon gesehen.«

»Auch sie wird gebrochen.«

»Dann zähle ich die Große Mutter hinzu.«

»Ihr werden wir den Zerstörer entgegenstellen. Hemator hat nicht umsonst den Namen bekommen. Er kann Welten vernichten, sie radikal vernichten, sodass wir davor keine Angst zu haben brauchen. Nein, du kannst es drehen und wenden, wir bleiben die Sieger.«

»Hat er denn damit schon angefangen?«

»Noch nicht«, gab Krol zu, »da wir zunächst andere Probleme lösen müssen. Dazu zähle ich dich. Wir sind dabei, die Verhältnisse neu zu ordnen. Alles, was sich uns in den Weg stellt, wird ausgeräumt.«

»Wen habt ihr schon besiegt?« Myxin fragte weiter, um den anderen zu beschäftigen.

»Alle!«

Obwohl die Antwort den kleinen Magier eigentlich hätte deprimieren müssen, glaubte er nicht so recht daran, denn er kannte die Überheblichkeit der Dämonen.

»Ich nehme es dir nicht ab.«

»Das kannst du aber. Wir haben alle besiegt.«

»Willst du keine Namen nennen?«

»Weshalb?«

»Nun, ich kann mir vorstellen, dass ein Wesen aus dem alten Atlantis, ich denke an Kara …«

»Hör auf!« Irgendwo aus der Masse drang Krols Stimme. »Kara, wer oder was ist sie schon? Ihr seid getrennt worden. Zwei Teile der Leichenstadt, das gebe ich zu, existieren nicht mehr. Aber Hemators Welt ist noch vorhanden, Gorgos hat noch nicht eingegriffen, wie ich weiß, denn er bringt das Grauen, er ist der Schlimmste von uns, wenn du so willst …«

»Wo sind die anderen?«

»Meinst du deine Gefährten?«

»Ja, von denen rede ich die ganze Zeit über«, erklärte der kleine Magier.

»Nun, das kann ich dir sagen. Deine Begleiterin Kara befindet sich in Gorgos' Welt. Zusammen mit dem Eisernen Engel sind sie in die Gewalt des gläsernen Götzen geraten. Sie werden dort allmählich verglasen und eins werden mit dieser Materie.«

Obwohl Myxin darüber erschrocken war, fragte er sofort weiter und erkundigte sich nach John Sinclair.

Er hatte das Gefühl, als würde der Krakengötze lachen. »Sinclair hat es am schlimmsten erwischt. Er ist in die Welt des Zerstörers Hemator geschleudert worden und sieht dort seinem Ende entgegen. Hemator gibt keinen frei, das solltest du noch von früher her wissen, Myxin, oder habe ich mich geirrt?«

»Das wohl nicht.«

»Da siehst du es wieder.«

»Aber es war noch jemand da. Ich habe ihn in der Hölle oder bei Asmodis liegen sehen, Suko …«

»Um ihn wollten wir uns nicht kümmern. Er ist dort geblieben. Wir haben ihn dem Teufel und der Großen Mutter als kleine Beigabe gegeben. So ist das nun mal.«

»Und ich stecke in deiner Welt!«, fuhr Myxin fort.

»Ja«, erwiderte Krol. »Du steckst in meiner Welt, die du als Lebender nicht mehr verlassen wirst. Auch wenn du dich noch so windest und mich anbettelst, jetzt ist es für eine Rückkehr zu spät! Wir brauchen dich nicht mehr. Du hättest dich im alten Atlantis auf unsere Seite stellen sollen oder bei einem Versuch, den unser großer Diener Arkonada unternommen hat. Da hast du dich ebenfalls abgewandt. Nicht nur das, du hast ihn bekämpft und mit dazu beigetragen, dass er vernichtet wurde. Das haben wir nicht vergessen und dir erneut den Tod versprochen. Mit allem, wozu wir fähig sind. Du wirst schreien, du wirst winseln, du wirst uns um Gnade bitten, aber du hast keine Chance mehr, Myxin, überhaupt keine, das ist sicher.«

Der kleine Magier wusste genau, dass Krol nicht bluffte, so etwas hatte er nicht nötig, aber er wollte dennoch wissen, welche Todesart Krol für ihn ausgesucht hatte.

Auf diese Frage begann Krol zu lachen. »Welch eine Todesart? Ich hätte ja gesagt, dass du sie dir aussuchen kannst, so aber werde ich sie dir diktieren. Wir können uns kein Risiko mehr erlauben. Du wirst vergehen. Du wirst langsam vernichtet, denn ich habe die Angewohnheit, meine Gegner genüsslich zu zerquetschen. Das heißt, ich zerdrücke sie, verstehst du?«

»Ja, ich habe begriffen.«

»Dann ist es gut, mein Lieber. Zerdrückt wirst du, zerquetscht, vernichtet. Ich sauge dir den Saft aus deinem Körper, damit er eingeht in den meinigen und ich noch weiter erstarke. Ich und meine Freunde müssen die Macht erlangen, es führt kein Weg daran vorbei. Wir vernichten, was sich uns in den Weg stellt. Ob Gorgos, Hemator oder ich, das alles spielt keine Rolle.«

»Und der Namenlose?«

»Du willst wissen, wer er ist?«

»Ja.«

Die Stimme des Kraken klang zitternd, als sie die Ohren des kleinen Magiers traf. »Er ist der Mächtigste unter uns, der Gefährlichste, und er hat es als Einziger geschafft, sich von uns zu lösen. Er ist immer seinen eigenen Weg gegangen, ohne uns allerdings ganz aus den Augen zu verlieren. Er hat viel gesehen und im Laufe der Zeit seine Macht immer wieder erweitern können.«

»Sag mir, wie er heißt!«

»Der Namenlose? Er hat keinen Namen!«

»Ich glaube dir nicht.«

»Das ist deine Sache. Mehr kann und darf ich dir über ihn nicht verraten. Nimm die Gewissheit mit in den Tod, dass du das Rätsel, das sich um seine Person rankt, nicht gelöst hast. Sollen wir uns darauf einigen?«

Was blieb Myxin anderes übrig? Er wunderte sich sowieso, dass es ihm gelungen war, Krol so lange hinzuhalten. Das war nun vorbei, und Myxin konnte sich auf sein Ende vorbereiten.

Noch einmal rief er nach dem Krakengötzen.

Der reagierte nicht akustisch, stattdessen begann er damit, sein Versprechen einzulösen.

Myxin stellte fest, dass in die gewaltige Krakenmasse Bewegung geriet. Ein etwas lächerlicher Vergleich kam ihm dabei in den Sinn. Da zitterte und schaukelte die Masse um ihn herum wie ein großer Pudding, der gleichzeitig seine in ihm gelagerten Kräfte ausspielte und von allen Seiten gegen Myxin drückte.

Dieser Druck war mörderisch.

Auch Myxin bewegte sich, denn die Kraft, die von unten kam, war stärker geworden als die anderen drei, sodass es den Magier in die Höhe hob und er sogar nach hinten kippte.

Krol griff von allen Seiten an. Myxin hatte jetzt die für ihn richtige Lage, und die geleeartige, leicht durchsichtige Krakenmasse schien sogar in seinen Körper einzudringen.

Wie hatte ihm Krol gesagt? Er wollte die Säfte aus dem Körper des Magiers saugen.

Myxin setzte dagegen.

Er hatte während des Gesprächs Zeit gehabt, sich zu erholen und neue Kräfte zu sammeln.

Telepathie, Teleportation, Telekinese, das beherrschte er wie kaum ein zweiter. Damit hatte er sich aus so mancher Gefahrenzone geschafft und war auch im alten Atlantis so etwas wie ein kleiner König gewesen. In diesem Fall kam er nicht weiter.

Krols Magie war einfach zu stark, sodass es Myxin nicht gelang, sich an einen anderen Ort zu teleportieren.

Er blieb in der Masse stecken.

Krol hatte gemerkt, dass Myxin versuchte, gegen seine Kraft anzugehen. Ein fernes Lachen erreichte den Magier, das sehr schnell wieder verstummte, denn Krol ging zum zweiten, vielleicht letzten Teil seines Angriffs über.

Er hatte Myxin jetzt in die Schräglage hineinbekommen, in die er ihn haben wollte. Der kleine Magier hatte die Augen weit aufgerissen. Er starrte in die Masse hinein, ohne etwas sehen zu können, da sie wie trübes Milchglas wirkte.

Auch Krol war nicht zu erkennen. Damit meinte Myxin das Gesicht des Monsterkraken.

Er wusste, dass er seine Gestalt verändern konnte. Mal war er groß wie ein Haus, dann wieder klein, fast winzig im Vergleich, und auch jetzt sah Myxin weit über sich nur mehr zwei dicke, verschwommene Punkte.

Die Augen!

Krol beobachtete ihn also. Er wollte sehen, wie sein Feind allmählich verging. An dessen Qualen konnte sich der Krake ergötzen, denn das, was von dem kleinen Magier übrig blieb, würde von dem Monsterkraken eiskalt verschluckt werden.

»Merkst du, wie du stirbst?« Es waren hämische Worte, die Myxin erreichten. Eine Antwort erhielt Krol nicht.

Der Magier war einfach zu schwach. Es gelang ihm auch nicht, sich zu konzentrieren, da der körperliche Druck zu stark war.

Bis zu dem Augenblick, als plötzlich ein so heftiges Zucken durch die Masse lief, dass selbst der eingeschlossene Myxin davon erfasst und herumgewirbelt wurde.

Zunächst hatte er keine Erklärung. Er sah nur die Augen verschwimmen und spürte, dass sich der Druck löste.

Was war geschehen?

Gern hätte Myxin das gewusst, aber er pfiff auf die Lösung und fand sich mit den Tatsachen ab.

Sie waren für ihn sehr günstig gewesen, sodass Myxin wieder daran denken konnte, seine eigenen Kräfte einzusetzen.

Teleportation hieß das Gebot der Stunde! Der kleine Magier wollte sich selbst wegschaffen, raus aus diesem Inferno immenser Gewalt, und das schaffte er.

Er hatte seine gesamte Gedankenkraft auf die Oberfläche konzentriert, spürte den plötzlichen Schwindel und hatte das Gefühl, als würde um ihn herum etwas zerreißen.

Frei!

Wie ein Schlagwort peitschte das Wort durch Myxins Sinn. Ja, er war frei. Nichts hinderte ihn mehr, er schwebte plötzlich wieder über der Masse, schaute sich um, und seine Augen weiteten sich, als er Kara und den echten Engel erkannte.

Gorgos hatte es nicht geschafft!

Der Eiserne und Kara hätten jubeln können. Das taten sie nicht, denn beide erkannten rasch, dass sie gewissermaßen vom Regen in die Traufe geraten waren.

Gorgos' Welt war zerstört worden, eine andere hatte sie dafür erwischt.

Die Krakenmagie des Großen Alten Krol!

Beide kannten aus ihrer atlantischen Zeit die Gefahr, in der sie schwebten. Sie wussten, wie mächtig Krol war, und sie hatten unter sich die unzähligen, haushohen Krakenarme gesehen, die sich wie Pendel im Wind bewegten.

Sie stachen aus einer schleimigen Masse hervor, die den Untergrund dieser Welt bedeckte.

Sie verständigten sich kurz.

»Wir müssen die Tentakel zerstören!«

Kara nickte. »Zusammen?«

»Ja.«

Der Eiserne wollte schon anfangen, als er zufällig einen Blick zur Seite und auch in die Höhe warf.

Hoch über seinem Kopf sah er die Gestalt mit schlagbereitem Schwert lauern.

Es war sein Zwillingsbruder!

Der Eiserne zögerte einen Moment, schaute wieder zu Kara und warf seinen Plan um. »Kämpf du gegen die verfluchten Tentakel. Ich muss mich mit ihm beschäftigen!«

Erst jetzt entdeckte auch die Schöne aus dem Totenreich die andere Figur. »Ist gut!«, meldete sie sich.

Und der echte Engel flog weg.

Kara aber wandte sich dem Kraken zu. Ihr Schwert hielt sie mit beiden Händen gefasst und sah, dass sich die ersten Arme wie gewaltige fleischfressende Stängel senkten und sie bedrohten.

Kara schlug um sich.

In diesen und den nächsten Augenblicken bewies die Schöne aus dem Totenreich, wozu sie fähig war. Sie gehörte zu den Wesen, die die Kraft des alten Atlantis in sich spürten und diese auch noch konserviert hatten. So einfach machte man sie nicht fertig.

Eine Technik setzte sie nur insofern ein, dass sie von links nach rechts schlug, mal wechselte und in Gegenrichtung weiterhämmerte.

Nun bewies auch das Schwert mit der goldenen Klinge, welch eine magische Kraft in ihm steckte. Die Krakenarme wurden zerteilt, als wären sie Streichhölzer. Die gefährlichen Tentakel, manchmal dick wie Elefantenbeine, hatten den wuchtig geführten Schlägen nichts entgegenzusetzen. Sie kippten einfach weg, verfaulten und fielen wie völlig tote Materie vor Karas Füße, die ihren Weg unbeirrt weiterging.

Sie wollte alles vernichten.

Manchmal musste sie sich ducken, damit die fauligen Reste nicht auf ihren Körper klatschten, und schon sehr bald stellte sie fest, dass die Tentakel einen Befehl erhalten hatten, nicht mehr so wild anzugreifen. Sie zogen sich ein wenig zurück. Dabei verschwanden sie auch in der Masse, über die Kara schritt, ohne darin zu versinken.

Sie näherte sich dem Zentrum.

Und da hörte sie die Warnung!

Es war eine Stimme. Nicht Krol, der Herr dieser Welt, hatte zu ihr gesprochen, sondern ein anderer:

Myxin!

Sehr deutlich hatte sie den Schrei ihres Freundes verstanden, und abermals fuhr sie wütend herum, denn sie wollte ihn sehen.

Gleichzeitig schoss wieder ein Greifarm vor ihr in die Höhe. Er stieg mit gewaltiger Kraft aus der Masse und wurde noch im selben Augenblick von Karas Klinge entzweigeschlagen.

Das hatte sie hinter sich.

Und sie ging weiter.

Obwohl sie über diese Welt nicht genau informiert war, stellte sie doch fest, dass sie sich dem Zentrum näherte. Die Beschaffenheit des Untergrundes veränderte sich. Kara wurde plötzlich das Gefühl nicht los, auf einem schwankenden Floß zu stehen, und so etwas bedeutete für sie immer eine gewisse Gefahr.

Was war die Ursache?

Für einen Moment ließ sie die goldene Klinge sinken. Das war genau der Zeitpunkt, als es Myxin gelungen war, sich von dem immensen Druck zu befreien.

Durch seine eigenen Kräfte hatte er es geschafft, über dem Wald aus Krakenarmen zu schweben. Er schaute nach unten und sah seine Gefährtin mit schlagbereiter Waffe stehen.

»Kara!«

Selten hatte Myxin so geschrien. Es war auch ein Ruf der Erlösung. Die Schöne aus dem Totenreich hob ihre Waffe und winkte zurück. Dabei lachte sie laut auf, sodass Myxin hören musste, wie gut es ihr eigentlich letztendlich ging.

Das sollte sich ändern, denn Krol hatte zwar eine Niederlage einstecken müssen, aber er gab nicht auf.

Kara befand sich noch weit von dem eigentlichen Zentrum Krols entfernt, aber Myxin schwebte genau darüber, und sein Blick fiel senkrecht in die Tiefe.

»Du musst voran!«, rief er, wobei er gleichzeitig Sukos Dämonenpeitsche zog, um ebenfalls in den Kampf mit eingreifen zu können, da er Kara nicht allein die Arbeit überlassen wollte.

Krol stellte sich gegen sie.

Plötzlich hatte sie das Gefühl, unter sich einen Hügel zu spüren. Wobei sie nur an dessen Rand stand, denn vor ihr wallte der Untergrund in die Höhe.

Aus ihm hervor schob sich eine gewaltige Beule oder Blase, so hoch und wuchtig wie ein großes Haus.

Der Krakenkopf!

Und in ihm wuchsen die beiden schwarzen Augen, die sich drehten und Kara böse fixierten.

Sie verlor den Halt, weil die Welt für sie in Bewegung geriet und auch weitere Tentakel hervorstachen.

Als Kara nach hinten kippte, wusste Myxin, wie groß die Gefahr für sie werden konnte.

Er griff ein.

Abermals gelang es ihm, sich dorthin zu teleportieren, wo Kara fast gefallen war. Schattengleich tauchte der kleine Magier zwischen zwei Krakenarmen hindurch, und bevor sich Kara versah, wurde sie gepackt und in die Höhe gezerrt.

Soeben noch rechtzeitig, da die wuchtigen Tentakel von zwei verschiedenen Seiten auf sie zukamen, jetzt kein Ziel mehr fanden und sich ineinander verhakten.

Das hatten sie geschafft.

Myxin ließ sie nicht los. Seine Kräfte waren so stark geworden, dass er es schaffte, auch Kara mit auf die Reise zu nehmen und sie außer Gefahr zu ziehen.

Krol zürnte.

Beide mussten noch höher, denn er schleuderte seine Tentakel gegen sie, um sie trotzdem zu fassen.

»Was können wir gegen ihn tun?«, schrie die schwarzhaarige Frau. »Kennst du einen Weg?«

»Ja, wir müssen an die Augen.«

Kara wusste, wie schwer es sein würde. Sie sagte nichts, nickte und zielte mit ihrem Schwert in die entsprechende Richtung.

Kara beherrschte zwar den Sprung in die andere Dimension, aber über die Gabe der Teleportation verfügte sie nicht. Aus diesem Grunde tat Myxin das einzig Richtige.

Diese Welt hier war gewaltig. Der kleine Magier schaffte es,

Kara aus dem unmittelbaren Gefahrenbereich herauszubringen und sie dort abzusetzen, wo Krol sie nicht so schnell erwischen konnte, da er sich auf Myxin konzentrieren musste.

»Hier bleibst du!«, sagte Myxin.

Sie wollte etwas dagegen sagen, doch der Magier machte Nägel mit Köpfen. Er entwand ihr das Schwert, schaute sie noch einmal an, und Kara las den Kampfeswillen in seinen Augen.

Auch sie nickte jetzt.

Dann verschwand Myxin, um sich Krol, dem Großen Alten, zu stellen. Er wollte das nachholen, was ihm damals im alten Atlantis nicht gelungen war. Er wollte Krol vernichten.

Myxin stellte es raffiniert an. Über die Enden der pendelnden Krakenarme segelte er hinweg, damit er auch dann nicht erreicht wurde, wenn sie sich noch mehr streckten.

Der kleine Magier wusste genau, dass sein Plan mit höchstem Risiko verbunden war. Er musste es schaffen, an den Armen vorbei in das Zentrum des Kraken zu gelangen.

Das würde schwer werden.

Dennoch, es gab kein Zurück. Wenn sie gewinnen wollten, musste volles Risiko eingegangen werden.

Das tat Myxin.

Er war sehr schnell. Durch seine Teleportationsgabe wurde er praktisch zu einem Schatten, als er in die Tiefe huschte. Fast hätte er es geschafft, im letzten Augenblick aber wurde er erwischt.

Ein Tentakel schlug wie ein Hammer gegen seine linke Seite und brachte ihn aus der Richtung.

Myxin hatte die Arme hochgerissen. Er suchte irgendwo eine Stütze, das gelang ihm nicht, und er fühlte sich umschlungen.

Mit der Peitsche schlug er zu. Längst hatte er sie ausgefahren und traf auch den Krakenarm, der dieser mächtige Magie nichts entgegenzusetzen hatte.

Er verfaulte, und sofort löste sich der Druck um Myxins Körper.

Frei!

Und wie frei!

Wieder einmal setzte Myxin seine Kräfte ein. Er ging das Zentrum direkt an, hielt das Schwert mit der goldenen Klinge stoßbereit und sah das linke der beiden Augen immer größer werden.

Innerhalb weniger Augenblicke nahm er den Ausdruck auf. Es war grauenhaft und gefährlich. Nichts Menschliches stand darin zu lesen, nur die Gier nach Vernichtung.

Aber das sollte nicht geschehen.

Myxins Vorteile waren seine Schnelligkeit und die relative Unbeweglichkeit des Krakenkopfs. Allein wegen seiner Größe war dieser nicht so flink.

Das nutzte Myxin aus.

Er rammte die goldene Klinge vor und traf direkt das Zentrum des Kraken.

Gab es noch eine Möglichkeit?

Myxin wusste, dass er mit einem Stoß in ein Auge nicht viel erreichte, deshalb zog er die Klinge sofort hervor, schwang zur Seite und rammte sie wieder nach vorn.

Noch einmal traf er.

Und ebenso schnell wie beim ersten Mal riss er das Schwert wieder zurück, um sich noch in der Bewegung wegzuteleportieren. Das Zentrum hatte er zerstört, aber die verdammten Tentakel existierten noch, und in ihren Armen wollte er nicht gefangen sein.

Nach so viel Pech hatte der kleine Magier diesmal Glück. Er entging den auf ihn zupeitschenden Armen durch eine noch höhere Geschwindigkeit und sorgte dafür, dass er hoch über diesen unheimlichen und gefährlichen Krakenmassen stehen bleiben konnte.

Sein Blick fiel nach unten.

Und dort stand der Krake.

Nicht allein Krol verging, auch das, was er verkörperte. Seine Welt zerbrach.

Die Macht der goldenen Klinge, in das Zentrum des Bösen gestoßen, hatte hierfür Sorge getragen.

Bisher hatte Krol noch in einer relativen Ruhe gelegen. Nun

aber brachen die Gewalten los. Sie hatten freie Bahn, sie konnten sich austoben, und sie erschütterten das Imperium des Großen Alten.

So weit Myxins Blick reichte, bis hin zum gekrümmten Horizont geriet die Welt in Bewegung.

Tausende von Tentakeln schossen aus unergründlichen Schleimtiefen in die Höhe. Nicht nur sie waren zu sehen, gleichzeitig brachten sie gewaltige Wolken aus Schleim mit, die wie gläserne Gebilde in die Höhe geschleudert wurden und regelrechte Wände bildeten.

Auch in Myxins Nähe gerieten die Berge aus Schleim, die zum Teil auch zerplatzten, sodass der kleine Magier von diesem widerlichen Zeug überschüttet wurde.

Der Schleim rann in langen Spuren an seinem Körper nach unten, die nachfolgenden Wolken nahmen Myxin auch die Sicht auf das Zentrum, und er wechselte seinen Standort.

Von der Stelle aus, von der er einen besseren Blickwinkel hatte, schaute er schräg nach unten und konnte auch das Zentrum des Kraken erkennen.

Der Kopf stach noch immer aus dem Boden. Nur war er noch aufgeblähter und gewaltiger geworden, wobei sich dort etwas veränderte, wo Myxin mit der goldenen Klinge in die Augen gestochen hatte.

Die Öffnungen waren nicht wieder zugewachsen. Wahre Ströme einer dunklen Flüssigkeit schossen daraus hervor. Sie verteilten sich zwischen die Anfänge der hochragenden Tentakel, bildeten dort regelrechte Seen, die hoch aufspritzten, wenn die Krakenarme in sie hineinschlugen.

Ein Bild, das von Vernichtung, Gewalt und Chaos erzählte. Auch damals schon, das wusste Myxin jetzt, hatten mächtige Dämonen schwache Stellen gehabt.

Der Schädel plusterte sich noch weiter auf. Er wuchs um das Doppelte an, sodass Myxin das Gefühl hatte, bald von ihm erreicht zu werden.

Das geschah nicht, dafür bekam der Schädel an zahlreichen Stellen Beulen, wie durch starken Wasserdruck.

Sie entließen ihre Flüssigkeit, die sie raketenartig in alle

Richtungen spritzten, die Tentakel trafen und zwischen sie hindurchglitten.

Es war ein phänomenales Schauspiel, das der kleine Magier geboten bekam.

Er fürchtete sich auch nicht. Nur einen innerlichen Triumph verspürte er und dachte daran, dass er es damals, vor mehr als zehntausend Jahren, genau richtig gemacht und sich nicht auf die Seite der Großen Alten gestellt hatte.

Zwar hatte er in der Zwischenzeit oft genug daran gedacht, den Kampf zu verlieren, wenn er das aber hier sah, musste er es als triumphalen Sieg bezeichnen.

Myxin wollte zusehen, wie eine Legende starb.

Er kam nicht dazu, denn etwas lenkte ihn ab.

Es waren zwei Dinge.

Ein wilder Schrei und ein hell klingendes Geräusch, das entstand, als zwei Schwerter gegeneinander hieben.

Myxin drehte sich um.

Sein Blick fiel auf die beiden Engel.

Und sie fighteten auf Biegen oder Brechen. Denn einer von ihnen war zu viel …

Auch ich hätte am liebsten weggeschaut, aber ich gehörte zu den Menschen, die genau sehen wollten, was eine starke Waffe schaffte, wenn sie aktiviert wurde.

Die Wand brach auf.

Es begann mit einem durch Mark und Bein gehenden Knirschen, als würden selbst dicke Steine reißen. Dem war auch so, denn ich entdeckte in dem Gemäuer einige Spalten und Risse, sodass mir ein Durchblick gestattet wurde.

Und dann sah ich die Toten.

Sie lagen im Stein.

Körper, die zumeist verwest waren. Arme von Beinen getrennt. Skelettierte Schädel, mal blank, mal mit Haaren bedeckt. Mir wurde bewusst, dass dieser Turm des Grauens tatsächlich von Menschen oder Menschenseelen zusammengehalten wurde, und wir hatten sein Gefüge zerstört.

Seltsam durchsichtig waren die sonst so dunklen Steine geworden. Direkt vor mir entdeckte ich einen Totenschädel, aus dessen Maul eine widerliche Spinne kroch. Sie war sehr schnell, und Leona, die in diesem Augenblick ihre Hände sinken ließ, starrte die Spinne an und begann zu schreien. Es war eine natürliche Reaktion. Sie schrie sogar noch, als die Spinne sich abstieß und auf ihren Unterarm sprang.

Blitzschnell schlug ich sie zur Seite. Sie fiel auf den Rücken. Ich hob den Fuß und drückte anschließend mit der Hacke auf den zuckenden Spinnenkörper.

Am Knacken hörte ich, dass das Tier das nicht überlebt hatte.

Die Auflösung des magisch geladenen Gesteins ging weiter. Das über uns entstehende Knirschen und Knacken zeigte uns an, dass es eigentlich Zeit für uns gewesen wäre, die Flucht zu ergreifen. Stellte sich die Frage, wohin wir sollten.

Zurück konnten wir nicht, denn hinter uns hörten wir ebenfalls das Knirschen und Brechen.

Dennoch wollten wir es versuchen.

Auf meinen Ruf hin drehten wir uns um und zuckten im nächsten Augenblick wieder zurück, denn über und jetzt auch vor uns löste sich ein Teil der Decke.

Wir blieben geduckt stehen. Ich hatte meinen freien Arm nach hinten gedrückt, um den anderen zu zeigen, dass sie sich nicht vom Fleck rühren sollten.

Es begann mit einer von der Decke herabstürzenden Staubwolke, die uns entgegentrieb. In ihr verlor sich fast der Strahl meiner Lampe. Aber nur fast, denn wir konnten erkennen, dass sich innerhalb der Wolke etwas bewegte. Ruckartig sogar, und diese Bewegung hatte an der Decke ihren Ursprung gefunden.

Eine Lücke war dort entstanden.

Intervallweise einem Schub Tribut zollend, erschien dort eine alte Leiche.

Zunächst sahen wir nur die Arme. Sie fielen zusammen mit einigen Gesteinsbrocken. Dann erschienen der Kopf und die Schultern, wobei der Schädel genau zwischen den Armen baumelte.

Auch die Arme schwangen, und ich, durch die Wolke behindert, reagierte zu spät, sodass mich eine vorschwingende Skeletthand noch an der Wange streifte.

Angewidert zuckte ich zurück. Noch schlimmer sah das Gesicht aus. Nicht alles war verwest, und ein fürchterlicher Geruch wehte uns entgegen.

Wir sahen den Unterkörper, die Fetzen der Kleidung, nur den größten Teil der Beine entdeckten wir nicht, weil sie, zusammen mit den Füßen, in einem Gesteinsspalt festklemmten.

Leona verlor allmählich die Nerven. Sie rüttelte an meiner Schulter. »Verdammt, John, können wir denn nicht wieder den gleichen Weg zurück?«

»Und dann?«

»Egal.«

Ja, sie hatte Recht. Es war alles egal. »Okay«, stimmte ich ihr zu. »Dann folgt mir.«

Ali ging als Letzter, und ich drückte mich zuerst an der hängenden Leiche vorbei.

Wieder wurde ich von ihr berührt. Die Finger strichen jetzt über meine Schulter. Ich schüttelte sie einfach ab, hatte sie endlich passiert und warf einen Blick zurück.

Leona schob sich mit ekelverzerrtem Gesicht an dem Toten vorbei. Dabei nahm sie ihren Kopf so weit zurück, dass sie von den Fingern der Totenklaue nicht gestreift werden konnte.

Dennoch verhakte sich die Hand in ihrem Umhang, und ich hörte ihren leisen Schrei.

»Vorsichtig, Leona!«

Sie war es nicht und musste die Folgen tragen: Viel zu heftig bewegte sie sich und wollte durch einen Ruck den Mantel aus den Krallen des Toten lösen. Das schaffte sie nicht, aber die Bewegung sorgte dafür, dass sich die Leiche endgültig löste.

Sie kippte nach unten, drei Steine folgten, und im nächsten Moment wurde Leona von dem halb verwesten Toten begraben, während die Steine auf den Rücken der Leiche fielen.

Die Frau schrie vor Entsetzen. Sie selbst hatte eine halb liegende, halb sitzende Stellung eingenommen, und die Leiche lag quer über ihrem Oberkörper.

Leona war nicht mehr in der Lage, den Toten wegzustemmen. Die Aufgabe übernahm ich.

Ich packte ihn an den Schulterblättern, hievte ihn hoch und schleuderte ihn an Ali vorbei und in die Richtung zurück, aus der wir gekommen waren.

»Los, Ali, komm!« Während meiner Worte zerrte ich Leona in die Höhe. Mit zitternden Knien blieb sie neben mir.

Auch Ali, der mit dem Mundwerk sonst vorneweg war, schüttelte sich vor Grauen. Ich hörte sogar das Klappern seiner Zähne.

Gern hätte ich auf die Empfindungen meiner Begleiter Rücksicht genommen, das war leider nicht möglich. In dieser Welt herrschten andere Gesetze. Wir mussten so schnell wie möglich hinaus, denn die Magie meines Kreuzes war noch stärker, als ich angenommen hatte, da sie sich überall im Mauerwerk ausbreitete.

Es schien keine Stelle zu geben, wo die Kraft nicht arbeitete und die dicken Steine aus ihrem Verbund löste.

Wir standen wieder beisammen.

Ali zitterte mit Leona um die Wette, aber er hielt sich tapfer.

»Reiß dich zusammen, Mensch! Tu uns den Gefallen. Nur wenn wir uns jetzt nicht gehen lassen, haben wir eine Chance!«

Sie wollte nicken, nicht mal das schaffte sie. Ich vertraute darauf, dass sie meine Worte begriffen hatte, und drehte sie so um, dass sie nach vorn gehen konnte.

Auch Ali ging, wie ich mit einem Blick zurück feststellen konnte. Es waren nur noch ein paar Schritte, bis wir den Spalt erreichten, durch den wir uns in die Nische quetschen konnten.

Meine Lampe ließ ich brennen und zielte mit dem daumendicken Lichtstrahl auf den Spalt.

»Zuerst du!« Bevor Leona noch protestieren konnte, hatte ich sie schon gepackt und durch den Spalt geschoben.

Ali folgte ihr. Als er mich passierte, nickte er und grinste mir zu.

»Klar, wir schaffen es«, sagte ich.

»Okay. John …«

Ein kurzes Lächeln flog über meine Lippen. Sollten wir hier je heil herauskommen, konnte er mich, so oft er wollte, Indy nennen, das war mir völlig egal.

Ich drückte mich als Letzter durch den Spalt, hatte ein wenig mehr Mühe als die anderen und hörte schon Alis kreischende Stimme, als ich den Weg noch nicht zurückgelegt hatte.

»Verdammt, beweg dich nicht!«

Mir rann es kalt den Rücken hinab. Irgendetwas Furchtbares musste geschehen sein.

Ich sah es Sekunden später, als ich den schmalen Spalt hinter mich gebracht hatte. Der Strahl meiner kleinen Lampe traf Leona.

Sie bot ein Bild des Schreckens. Zudem hatte sie das Pech gehabt, ausgerechnet unter einem Loch in der Decke stehen zu bleiben. Und dies war mit Hunderten von ekligen Spinnen gefüllt gewesen.

Vielleicht ein Rest aus der Welt des Kalifato. Das war egal, die Spinnen hatten ihr Versteck verlassen, und mindestens die Hälfte von ihnen bildete auf dem Körper der Frau eine zweite Haut …

Es war ein Kampf der Giganten. Anders konnte Myxin ihn nicht bezeichnen. Er selbst teleportierte sich dorthin, wo Kara in relativer Sicherheit stand, und beide schauten zu, wie die Zwillinge hoch über ihnen die entscheidende Schlacht durchführten.

Sie wussten, dass sie nicht eingreifen durften. Das war eine Sache, die nur die Brüder etwas anging.

Und die kannten keine Rücksicht.

Der echte Engel trug das Pendel. Es hatte die starke Leuchtkraft aus der Welt des Gläsernen wieder verloren, sah völlig normal aus und schwang hin und her, wenn sich der Eiserne bewegte.

Bisher war der Kampf nur ein vorsichtiges Abtasten gewesen. Keiner der beiden hatte einen entscheidenden Treffer landen können und die Schläge des anderen pariert.

Jetzt suchte ein jeder nach einer neuen Taktik.

Dabei blieben sie nicht ruhig, sondern überschütteten sich gegenseitig mit Vorwürfen.

»Du hast den schlechten Weg gewählt!«, klang die Stimme des falschen Engels auf. »Du hättest zu den Großen Alten stoßen sollen und deine Macht wäre unbe…«

»Hör auf!«, unterbrach ihn sein Bruder. »Wie ich es getan habe, war es gut. Ich habe auf die stummen Götter gehört. Sie waren zornig und traurig, als sie mit mir über dich sprachen. Du bist derjenige gewesen, der sie enttäuscht hat, und ich habe von deinen und meinen Vätern den Auftrag erhalten, dich zu töten, Bruder. Hast du verstanden? Ich soll dich töten, damit endlich Ruhe herrscht!«

Der falsche Engel lachte nur. »Du weißt ja, dass du mir noch etwas schuldig bist – oder?«

»Und was?«

»Das Pendel!«

»Nein, du kriegst es nicht. In deiner Hand wäre es das Schlimmste, was passieren könnte. Ich behalte das Pendel, denn darum habe ich gekämpft. Es steht mir zu.«

»Haben dir das auch unsere Väter gesagt?«, höhnte der falsche Engel.

»Sehr richtig.«

»Dann sind es Narren!«

»Du kannst sie nicht beleidigen, denn ich allein weiß, was sie wert sind. Deine Welt ist zerstört worden. Ein unseliger Zufall hat leider dafür gesorgt, dass du überleben konntest. Dem aber will ich nun ein Ende bereiten. Ist das klar?«

Der falsche Engel gab keine akustische Antwort mehr. Stattdessen flog er einen blitzschnellen Bogen und gleichzeitig in die Höhe, weil er sich von seinem Zielpunkt aus senkrecht auf den echten Engel fallen lassen wollte.

Das tat er auch, und der echte ließ ihn kommen.

»Wenn das nur gut geht!«, flüsterte Kara. Sie und Myxin hatten alles andere vergessen. Sie sahen auch nicht mehr, welches Drama sich um Krol abspielte. Jetzt waren die beiden Kämpfenden wichtiger.

Der echte Engel schien überhaupt nicht zu reagieren. Er wartete wirklich bis zum letzten Augenblick, als sein Bruder bereits zum Schlag ausgeholt hatte.

Erst dann jagte das Schwert des echten Engels in die Höhe und dem des anderen entgegen.

Beide Waffen klirrten so heftig gegeneinander, dass die Arme ihrer Träger zur Seite geschmettert wurden. Beinahe sah es so aus, als würden ihnen die Schwerter aus den Händen rutschen.

Der falsche Engel hatte wirklich alles in diesen Angriff hineingelegt und wurde vor der stoppenden Wucht so weit zurückgeschleudert, dass er sogar aus der Reichweite des Schlagarms seines Bruders geriet.

Aber auch der echte Engel konnte den Aufprall nur schwerlich abfangen. Myxin und Kara schauten zu, wie er in die Tiefe sackte und sich erst mit ein paar heftigen Flügelschlägen wieder fing.

Aus dieser Bewegung heraus ging er allerdings zum Angriff über. Und er nahm den direkten Kurs auf seinen Zwillingsbruder, der sich erst noch von der abwehrenden Attacke erholen musste.

Der Eiserne war schnell. Plötzlich erschien er vor seinem Zwillingsbruder, und jetzt musste der parieren.

Wieder knallten die beiden Schwerter gegeneinander. Abermals lösten sich von den Klingen Funkenspuren, die wie Halbkreise in den Himmel stiegen und irgendwo verglühten.

Sofort hatte sich der echte Engel gedreht, vollführte in der Luft eine Rolle und kam von unten her.

Er wollte seinen Bruder aufspießen.

Der drehte sich blitzschnell ab, sodass der gut gezielte Stich ins Leere ging. Noch in der Drehung konterte er. Sein Schwert beschrieb einen Kreisbogen, sodass der echte Engel gedankenschnell den Kopf einziehen musste, um nicht getroffen zu werden.

Ein schauriges Lachen hallte über den Himmel. Der falsche Engel hatte es ausgestoßen. Er setzte wieder nach, jagte hinter seinem Bruder her und trieb diesen in die Defensive.

Er musste fliehen.

Kara war sehr besorgt. »Wenn das mal gut geht!«, flüsterte sie Myxin zu. »Sollen wir nicht doch eingreifen?«

»Auf keinen Fall!«, wehrte dieser schroff ab. »Das ist eine Sache zwischen den beiden, gewissermaßen unter Verwandten. Wir dürfen uns da nicht einmischen!«

»Du hast Recht!«, stöhnte Kara.

Und beide sahen zu, wie ihr Freund die Flucht ergreifen musste, verfolgt von seinem Bruder.

Die beiden konnten ungefähr gleich schnell fliegen. Da der echte Engel einen kleinen Vorsprung hatte, war es dem falschen praktisch nicht möglich, ihn einzuholen.

Aber er griff zu einem Trick.

Urplötzlich tauchte und flog er nach rechts weg, um einen Bogen einzuschlagen, damit er von der Seite her auf seinen Bruder zufliegen und ihn mit einem Schlag erwischen konnte.

Eine raffinierte Taktik, die der echte allerdings durchschaute, seinen Flug plötzlich stoppte und sich dem Bruder entgegendrehte.

Der schlug schon zu.

Diesmal hatte er die Kraft seines Fluges noch in den Hieb mit hineingelegt, und das bekam der echte Engel zu spüren. Den Schlag konnte er abwehren, wurde dabei zurückgedrückt, und dann geschah das, was Kara zu einem Schrei der Angst veranlasste.

Der echte Engel verlor sein Schwert.

Die Wucht hatte es ihm aus der Hand gerissen. Die Waffe fiel nach unten, überschlug sich dabei und blieb gar nicht mal weit von den beiden Zuschauern entfernt im weichen Boden stecken.

Ein gellendes Lachen hallte Kara und Myxin entgegen. Der falsche Engel hatte es ausgestoßen und schlug wieder zu.

Er hätte seinem Bruder den Kopf von den Schultern geschlagen, doch dem gelang es, sich blitzschnell zu ducken. So wischte die Klinge über ihn hinweg.

Aber er war waffenlos.

Kara wollte auf das Schwert zustürmen, Myxin hielt sie zurück. »Nein, das nicht!«

»Wir müssen ihm …«

»Gar nichts müssen wir!« Myxin hatte bei seinen abwehrenden Worten Kara nicht angeblickt, sondern weiterhin in die Höhe geschaut, wo der Kampf tobte.

Auch wenn der echte Engel seine Waffe verloren hatte, gab er nicht auf. Es kam jetzt auf seine Schnelligkeit und Wendigkeit an. Das wusste auch sein Bruder.

Er griff ebenfalls zu einer raffinierten Taktik. Um den echten Engel nicht in Nähe der Waffe gelangen zu lassen, blieb er in seiner Nähe und stieß immer wieder mit seiner Klinge zu.

Der echte Engel hatte es schwer, diesen Stößen zu entgehen. Oft hautnah nur wischten die scharfen Seiten des Schwerts an ihm vorbei. Eigentlich war es nur noch eine Frage der Zeit, wann es ihn erwischen würde.

Das wusste auch Kara.

Sie hatte die Hände zu Fäusten geballt. Dabei spürte sie nicht mal die Erschütterungen, die den Boden durchtosten, ausgelöst von dem sterbenden Krol. Auf dem Gesicht der dunkelhaarigen Frau lag eine Schicht aus Schweiß, ihr Mund stand offen, die Züge waren verzerrt, und sie blickte, wie auch Myxin, weiterhin voller Sorge und sehr angespannt in die Höhe.

Kampfschreie gellten zu ihnen herab. Ausgestoßen von dem falschen Engel, der sehr dicht an seinen Bruder herangekommen war, praktisch vor ihm schwebte und mit der breiten Klinge wuchtig von oben nach unten drosch, um seinen Gegner zu spalten.

Der echte Engel jagte ihm entgegen.

Es war ein riskanter Versuch, den anderen zu stoppen. Voll ging er in den Schlag hinein, hatte einen Arm ausgestreckt, die Hand geöffnet, und es gelang ihm, die Waffenhand des falschen Engels zu packen, bevor die Klinge ihn erreichen konnte.

In der Luft standen sie. Nur ihre mächtigen Flügel bewegten sich, und sie starrten sich gegenseitig in die Gesichter.

Wer würde siegen?

Beide setzten ihre Kräfte ein, stießen einander plötzlich zurück, und der echte Engel duckte sich ab, um sofort pfeilartig in die Tiefe zu stoßen, wo seine Waffe im Boden steckte.

Durch das wuchtige Zurückschieben seines Bruders hatte er wertvolle Zeit gewonnen, die er auch nutzen konnte. Als ihn die Wutschreie des falschen Engels erreichten, befand er sich bereits in Bodennähe und hatte die Arme ausgestreckt, damit er die Klinge zielsicher greifen konnte.

Myxin und Kara drückten ihm die Daumen. Der Magier hatte seine Begleiterin losgelassen. Kara war einen Schritt vorgegangen und stehen geblieben. Aus großen Augen schaute sie zu, ihren Mund hielt sie geöffnet, aber es drangen keine Worte über ihre Lippen.

Und der echte Engel riss seine Waffe aus dem Boden. Mit sehr viel Schwung geschah dies, sodass die Klinge, als sie den Boden verließ, einen Halbbogen beschrieb und im nächsten Moment mit ihrer Spitze auf den schnell heranfliegenden Gegner deutete.

Der falsche Engel war raffiniert. Sehr schnell zuckte er zur Seite und griff sofort an.

Der echte stellte sich ihm. Breitbeinig hatte er sich aufgebaut, führte das Schwert nun mit beiden Händen und wuchtete die Klinge gegen die des Angreifers.

Der falsche Engel zog sich nicht zurück. Bis zur Selbstaufgabe wollte er kämpfen. Nur einer konnte überleben, nur einer gewinnen. Der wollte er sein.

Und er wirbelte.

Die beiden Gegner schienen zu Kreiseln zu werden. Es war ein verbissener, ein wütender Kampf, einer schenkte dem anderen nichts. Das Klirren der Waffen, das Sprühen der Funken, dazwischen die heiseren Schreie der beiden Gegner, dies vereinigte sich zu einem regelrechten Inferno.

Und ein Sieger stand noch nicht fest.

Kara und Myxin spürten, dass sie es in dieser Welt nicht mehr lange aushalten konnten.

Krol starb und damit auch diese Dimension.

Der Boden begann zu beben. An einigen Stellen war er bereits aufgerissen, sodass der in der Tiefe steckende Schleim hervorquellen konnte.

»Verdammt, er soll sich beeilen!«, flüsterte Kara. Es lag auf der Hand, wen sie damit meinte.

Sie hatte die Worte kaum ausgesprochen, als sie und Myxin sahen, dass einer der verfeindeten Brüder taumelte. Da das Pendel um seinem Hals schwang, war es ihr Freund.

Und er knickte ein.

Die Wunde am Bein musste schmerzen, sodass er sich auf beiden Füßen nicht mehr halten konnte.

Wieder lachte der falsche Engel, als er seinen Zwillingsbruder auf dem Boden knien sah.

»Das ist dein Ende!«, brüllte er, bevor er zu einem gewaltigen Schlag ausholte.

Die Klinge pfiff nach unten.

Noch schneller war der Eiserne. Er warf sich zur Seite, rollte über den Boden, und dicht an seinem Rücken vorbei hieb das Schwert des falschen Engels in den Untergrund.

Er hatte ungeheuer viel Kraft in diesen Schlag gelegt. Deshalb war die Klinge auch so tief eingedrungen. Anstatt sich von ihr zu entfernen, wollte er das Schwert aus dem Boden reißen, was er beim ersten Versuch nicht schaffte.

Er verlor Zeit.

Und der echte Engel nutzte die Spanne.

Jetzt kannte er kein Pardon mehr, war trotz seiner Verletzung aus der Drehung auf die Füße gesprungen, drehte sich, lief noch einen Schritt und ließ sein Schwert von oben nach unten rasen.

Sein Bruder stand noch in der gebückten Haltung. Er wollte ausweichen, konnte aber dem Treffer nicht mehr entgehen. Die nach unten rasende Klinge trennte ihm den Kopf von den Schultern.

Der echte Engel hatte eine so große Kraft hinter den alles entscheidenden Treffer gelegt, dass er dabei nach vorn taumelte und dabei zusah, wie ihm der Kopf seines Zwillingsbruders fast vor die Füße rollte, sodass er beinahe noch gegen ihn gestoßen wäre.

Ohne dass sie sich abgesprochen hatten, stießen Myxin und Kara zur selben Zeit Jubelschreie aus, als sie auf den echten Engel zuliefen. Der kleine Magier blieb auf halber Strecke stehen, weil er sich den Schädel des falschen Engels anschauen wollte.

Er war so liegen geblieben, dass sein Gesicht nach oben zeigte und er in den Himmel schaute.

Noch immer war das Gesicht glatt. Vielleicht zu glatt, aber es zeigten sich die ersten Risse, und die Haut zersprang wie Stein, auf den jemand mit einem Hammer schlägt.

Kara aber fiel dem Eisernen in die Arme, der sie auffing. Auf seinem sonst starren Gesicht spiegelte sich die Erleichterung wider. »Meine Güte, dass du so etwas noch geschafft hast!«, flüsterte sie. »Ich kann es nicht glauben.«

»Es war auch schwer genug.«

»Und deine Verletzung?«, fragte Kara.

»Lässt sich ertragen. Sie wird wieder heilen.« Der Eiserne humpelte auf den kopflosen Torso seines Bruders zu und nahm Sukos Stab an sich, den der andere noch immer trug.

»Möchtest du ihn haben?«, fragte er Myxin.

»Ja, ich werde ihn Suko zusammen mit der Peitsche zurückgeben«, erwiderte der kleine Magier mit hoffnungsvoller Stimme, denn er drückte dem Inspektor beide Daumen.

»Krol stirbt auch«, sagte Kara.

Leider hatten sie keine Zeit, den Sieg auf irgendeine Art und Weise zu feiern, denn die Welt, in der sie sich noch aufhielten, war der Vernichtung preisgegeben.

Sehr deutlich bekamen sie dies mit. Der Boden schien plötzlich aus einem sumpfartigen Untergrund zu bestehen, so weich und nachgiebig war er geworden, obwohl noch keiner von ihnen einsank.

Aber sie hatten die Gefahr erkannt.

»Wir müssen hier weg«, sagte Myxin.

»Und wohin?«, fragte ihn seine Begleiterin.

Der Eiserne mischte sich nicht ein. Wegen seiner Beinverletzung hatte er sich so aufgebaut, dass er sich auf sein Schwert stützen konnte. Er war natürlich dem Dialog gefolgt und sagte nun ebenfalls etwas dazu. »Wie viele Welten gibt es denn noch?«

»Nicht mehr viele«, erwiderte Myxin. »Wäre noch der Namenlose, dann Hemator …«

»Dort befindet sich John. Nicht wahr?«

»Stimmt.«

»Also müssen wir hin.«

»Du willst dich dem Zerstörer stellen?«, fragte Kara mit hauchdünner Stimme.

»Ja!«, lautete die Antwort. »Jetzt oder nie. Wir haben einmal angefangen, die Großen Alten zu vernichten. Ich möchte weitermachen und nicht mehr stoppen!«

»Auf mich kannst du dich verlassen«, erklärte Myxin.

»Auf mich auch!«, versicherte Kara. Wobei sie noch etwas hinzufügte. »Besitzen wir denn die Waffen, um den Zerstörer töten zu können?«

»Ich hoffe es.«

Die Antwort passte Kara nicht. »Hoffnung ist kein Wissen.«

»Du solltest nicht so zweifeln«, erklärte der Eiserne mit leichtem Vorwurf in der Stimme. »Wenn wir jetzt auch keine Waffen haben, werden wir jemanden bitten, uns welche zu geben.«

»Und wer soll dieser Jemand sein?«, wollte Kara wissen.

»Die stummen Götter!«

Für einen Augenblick waren Kara und Myxin sprachlos. Der Eiserne wollte seine Väter mit ins Spiel bringen. Besagte nicht die Legende, dass die stummen Götter aus ihrer Starre erwachten, wenn die Großen Alten vernichtet waren?

Danach fragte Myxin, der ungefähr den gleichen Gedankengang gehabt hatte wie Kara.

»Es stimmt«, bestätigte der Eiserne Engel. »Zwei sind noch übrig. Hemator und der Namenlose. Die stummen Götter werden mit Freude von der Vernichtung der übrigen vier erfahren haben, und ich rechne fest damit, dass sie uns helfen werden.«

»Aber womit?«, rief Kara laut.

Der Eiserne Engel begann zu lächeln. »Das werdet ihr noch sehen.« Er deutete auf seinen kopflosen Zwillingsbruder. »Zunächst einmal sind meine Väter eine Sorge losgeworden. Es gibt ihn nicht mehr. Er kann nicht mehr eingreifen. Das Rätsel der Großen Alten ist gelüftet …«

»Bis auf den Namenlosen«, sagte Myxin. »Krol hat berichtet, dass er existiert, dass ich ihn vielleicht kenne und er in gewisser Hinsicht doch einen Namen hat.«

»Wir werden sehen.« Der Engel drehte den Kopf. Aus der Wunde am Bein floss graurotes Blut. Es hatte einen langen Streifen bis zum Fußknöchel hin hinterlassen. Wenn er ging, zog er das Bein stets nach. Auch jetzt, als er sich zur Seite bewegte, den Kopf seines Bruders aufhob und ihn mit den Händen zerdrückte, sodass nur mehr Staub und kleinere Scherben zu Boden fielen.

Im selben Augenblick erklang ein wummerndes, explosionsartiges Geräusch, und dann wurde es plötzlich finster.

Verursacht durch die gewaltige Schleimfontäne, die aus den Tiefen des Krakenkörpers in die Höhe geschossen war und ihren obersten Punkt noch nicht erreicht hatte.

Krols Welt explodierte.

»Wir müssen weg!« Jetzt sorgte sich auch der Eiserne Engel. »Und wie?«

Karas Frage war überflüssig, denn der Eiserne war schon dabei, mit Myxin einen Kreis zu bilden, den Kara, die Schöne aus dem Totenreich, schloss. Die beiden Schwerter, die gegen die Großen Alten und die Hölle gekämpft hatten, bildeten dabei das Kernstück der Magie, und sie waren es, die durch ihre Kraft die drei einsamen Kämpfer in eine andere, ferne und doch so nahe Dimension schickten.

Sie verschwanden von einem Augenblick zum anderen.

Genau in dem Moment, als sich die nicht mehr mess- oder fassbare Schleimmasse nach unten senkte und aus der Tiefe neuen Nachschub erhielt, sodass die Welt des Krakengötzen Krol mit einem letzten, alles vernichtenden Donnerschlag zusammenbrach.

Damit war der vierte Große Alte vernichtet!

Davon wusste ich nichts. Wir hatten andere Probleme, die persönlicher Art waren.

Ich rührte mich ebenfalls nicht von der Stelle, denn auch mich hatte der Schreck erfasst.

Mein Blick fraß sich an der Gestalt der Leona fest wie Eisenspäne an einem Magnet.

Sie stand da und bewegte sich. Eine Täuschung, denn es waren die haarigen, handgroßen Spinnen, die ihren Körper bedeckten und in alle Richtungen krabbelten.

Dabei gaben sie für einen Moment das Gesicht der Frau frei, und auch der feine Lampenstrahl richtete sich genau auf dieses Ziel. Vielleicht hätte ich es nicht machen sollen, aber ich wollte sehen, was mit Leona geschehen war.

Lebte sie noch?

Sie war nicht tot, aber sie würde es nicht überstehen, das stand für mich fest, denn ihr Gesicht war von den Spinnen zerbissen worden, sodass die Haut an den Stellen aufgequollen war, Blasen und Beulen zeigte und kleine Blutrinnsale hervorsickerten.

Leona hatte sogar den Mund geöffnet. Eine Spinne schaffte es, sich zwischen ihre Lippen zu schieben und in der Mundhöhle zu verschwinden.

Ich senkte die kleine Lampe. Es hatte keinen Sinn, ich wollte auch nicht hinschauen, denn dieser Frau konnte niemand mehr helfen. Sie war dem Tod geweiht.

Ein schlimmes Ächzen drang aus ihrem Mund, bevor das Schütteln durch ihren Körper lief und sie einen Schritt zur Seite ging. Dabei fiel sie gegen die Gangwand.

Nur für einen Moment fand sie dort Halt, dann begannen

ihre Knie zu zittern, und Leona, die so lange in dieser Welt überlebt hatte, rutschte zu Boden.

Auf den Rücken fiel sie, und als Tote blieb sie auch liegen.

Ich hörte Alis abgehackt klingende Worte und sein Schluchzen. »Verdammt, John, ist sie jetzt tot?«

»Ich glaube schon.«

Ali begann zu weinen. Diesmal floss der Tränenstrom. Man durfte nicht vergessen, dass er noch ein Halbwüchsiger war, fast noch ein Kind, dem diese Strapazen zugemutet wurden, auch wenn er in den Straßen von Tanger zu überleben gelernt hatte.

Mir war auch mehr nach Heulen zu Mute, aber ich musste den harten Mann mimen, um Ali zu beschützen und einen Ausweg aus dieser Misere zu suchen.

Die Spinnen griffen uns nicht an. Sie krabbelten noch über den reglosen Körper der Frau, und ich traute mich nicht, auf sie zuzugehen und sie anzufassen.

Ali tastete nach meiner Hand. Ich spürte, dass er mich von dem Ort des Grauens wegziehen wollte. Es wurde auch Zeit, zudem verloren die Spinnen das Interesse an der Toten. Sie verließen den Körper und bewegten sich auf ihren gespreizten Beinen hastig voran, ausgerechnet in unsere Richtung.

Drei Spinnen zertrat ich voller Wut, auch Ali schaffte eine, dann mussten wir uns zurückziehen.

Das glich einer Flucht, wobei sich die Frage stellte, wohin? Dieser Turm barg tausend Gefahren, und dort, wo wir hergekommen waren, konnten wir nicht mehr hinlaufen. Die Galerie, die zwei Turmseiten miteinander verband, war hinter uns eingekracht.

Es blieb einzig und allein der Weg durch eines der lukenartigen Fenster an der Außenmauer.

Zunächst liefen wir den Gang zurück. Es gab dort mehrere Nischen, die von ihm abführten und mich an Eingänge in düstere Keller erinnerten, wenn ich gegen sie schaute.

Wir nahmen bei unserer weiteren Flucht eine Nische, die auf der anderen Seite des Ganges lag.

Dort drückte ich Ali hinein.

Mit einem sehr engen Gang hatten wir gerechnet und wurden angenehm enttäuscht, als der kleine Stollen breiter wurde und dort endete, wo eine Treppe in die Höhe führte.

Ali war stehen geblieben. Er schaute dem schmalen Lichtstrahl nach, den ich über die mit Spinnweben bedeckten Stufen geschickt hatte. »Sollen wir da hochgehen?«

Ich entschied mich schnell und nickte.

»Und dann?«

»Sehen wir weiter.«

Ali ging vor. Gern ließ ich ihn nicht laufen, aber ich wollte ihm den Rücken decken. Bevor ich die Stufen hochging, leuchtete ich noch einmal zurück.

Im scharfen Lichtfinger der Lampe erschienen plötzlich die zahlreichen, über den Boden krabbelnden Körper. Es waren die Spinnen, die auch schon Leona getötet hatten und noch mehr Opfer haben wollten.

Da sie uns folgten, hatten sie uns den Rückweg versperrt, sodass es nur noch die Flucht nach vorn gab.

Die Luft innerhalb des Gemäuers war schlimm. Ich konnte sie kaum atmen. Sie schmeckte nach Moder, Staub und Verwesung. Zudem hingen an einigen Stellen die Spinnweben dicht wie Netze von der Decke oder klebten an der Wand. Mehr als einmal wurden wir von dem Zeug berührt, das mich an Geisterfinger erinnerte.

Ali sagte ich nichts von den Spinnen. Ich folgte ihm, sah ihn geduckt höher gehen und hörte sein Flüstern. »Hier ist eine Klappe oder Luke, John.«

»Drück sie auf!«

»Ist zu schwer.«

»Warte.« Ich war schnell bei ihm und reichte ihm die Lampe, damit er mir leuchten konnte. Wenn ich die verdammte Luke nicht aufbekam und wir wieder zurück mussten, sah es böse für uns aus, dann konnten die Spinnen triumphieren.

Eine alte, mit Netzen und Spinnweben besetzte Klappe versperrte uns den weiteren Weg. Mit der Schulter stemmte ich sie hoch.

»Mann, John, du bist gut«, lobte mich mein junger Freund. »Du bist echt klasse ...« Es war die Nervosität, die ihn so reden ließ. Ich vernahm das Schlagen der Klappe auf der anderen Seite und hatte freie Bahn. Bevor ich meinen Kopf durch das Rechteck steckte, nahm ich Ali die Lampe ab und leuchtete in die Runde.

Nur Staub sahen wir, sonst nichts. Keine Spinnen oder andere Monster. Ich kletterte durch, zog Ali nach, der neben mir stehen blieb und dann mit mir zusammen die Klappe nach unten fallen ließ. Jetzt war den Spinnen der Weg versperrt.

»Mann, haben wir ein Glück!«, flüsterte Ali.

»Wieso?«

»Sieh dich mal um. Das ist doch stark. Hier sind mehrere Fenster.«

Da hatte der Junge nicht gelogen. In der Tat konnten wir uns die Öffnungen, durch die wir klettern wollten, aussuchen. Sie befanden sich ringsum im Mauerwerk verteilt.

Vier Fenster zählte ich.

Und alle waren groß genug, um uns hindurchzulassen. Meiner Schätzung nach befanden wir uns in einem kleinen vorgebauten Erkerturm, allerdings ziemlich hoch über dem Boden, das stellte ich mit einem flüchtigen Blick durch die glaslosen Luken fest.

»Wie sieht es aus?«, fragte Ali.

»Nicht gut. Wenn wir springen, können wir uns den Hals brechen.«

Ali rieb sich die Nase. »Sollen wir klettern?«

»Das ist die einzige Chance.«

Damit hatte ich weder gelogen, noch etwas hinzugedichtet. Die Außenmauer des Turms war nicht glatt. Es gab Vorsprünge, Kanten, Vertiefungen und Risse. Halt würden wir überall finden.

Das ungute Gefühl blieb.

Im Turm selbst war es nicht ruhig. Jetzt, wo wir unseren Atem allmählich unter Kontrolle gebracht hatten, hörten wir es erneut. Ein Rumoren und Grummeln quoll durch die Mauern. Es hörte sich an wie ein noch fernes Gewitter, und zwischendurch wurde es durch das Jammern und kauzige Schreien der Eingemauerten unterbrochen.

Ich schluckte. Irgendwie hatte ich das Gefühl, einen trockenen Hals zu bekommen, und auch Ali hatte den Ernst der Lage richtig erkannt.

»War wohl doch nicht so gut, dass wir es mit dem Kreuz angegangen haben.«

»Doch, es war gut.«

»Aber wir können nicht mehr raus. Dieser Turm stürzt irgendwann zusammen, dann werden wir unter dem Mist begraben.«

»Wir müssen es eben jetzt versuchen!«, schlug ich vor und ging auf ein »Fenster« zu.

Ich hatte es kaum erreicht, als ich das Beben unter meinen Füßen spürte. Es war ein erster Stoß, der auch uns traf, und dabei blieb es nicht, denn im Boden hatte sich etwas verschoben. Dicht vor Alis Füßen öffnete sich die Erde. Heraus fuhr eine lange Knochenhand, die ihn fast noch erwischt hätte, wenn er nicht rasch zurückgesprungen wäre. Er blieb stehen und presste seine Hände gegen das Gesicht. »Verdammt, John, im Boden stecken sie auch, diese verfluchten Leichen.«

Ja, sie steckten da und jammerten. Ich hörte ihr Schreien, umging die Hand, vernahm wieder ein Knirschen und spürte, dass etwas von der Decke rieselte.

Der Staub und die kleineren Steine erwischten mich im Nacken. Ich schüttelte das Zeug ab und warf einen Blick hoch zur Decke, wo die ersten Risse entstanden waren. Ich folgte ihrem Verlauf mit dem Lichtstrahl meiner kleinen Lampe.

Etwas drückte von innen dagegen. Nicht mehr lange würde sich die Decke halten können.

Was sollten wir tun?

Es war riskant geworden, aus dem Fenster zu klettern. Und nicht allein deshalb, weil draußen zahlreiche Monster und Ungeheuer wie eine Meute blutgieriger Bestien über uns herfallen würden.

»John, ich glaube, es wird kritisch!«

Ali hatte einen Blick in die Runde geworfen und verzog das Gesicht. Er sah dabei aus, als würde er bitterböse lächeln.

»Das Gefühl habe ich auch«, gab ich zu.

»Dann tu was dagegen. Du bist doch der große Meister.«

»Das werde ich auch.«

Ali kam einen Schritt auf mich zu. »Und was?«

»Ich kann versuchen, die Mauer einzuschlagen.«

Er schaute mich so ungläubig an, dass ich lachen musste. »He, bist du Supermann?«

»Das nicht gerade, aber ich kenne da eine Möglichkeit. Es kann uns doch zum Vorteil gereichen, dass die Wände oder Mauern magisch aufgeladen sind.« Ali hörte mir kaum zu, denn er hatte mit weit aufgerissenen Augen zugeschaut, wie ich während meiner Worte den silbernen Bumerang hervorholte.

»Was ist das denn?«, flüsterte er.

»Ein Bumerang.«

»Na und?«

Ich lächelte ihn an. »Unter Umständen wird er uns den Weg in die Freiheit verschaffen.« Mit der linken Hand schob ich ihn zur Seite und gab ihm auch meine Lampe wieder. »Halte sie gut fest.« Nach diesen Worten holte ich weit aus.

Ali schaute mir zu. Seine braunen Augen waren ebenso aufgerissen wie der Mund, und die Haut am Hals bewegte sich, als würde er unsichtbare Klöße schlucken.

Das Knacken, Schreien und Jammern nahm zu. Es hinterließ auf meinem Rücken eine Gänsehaut und erinnerte mich daran, dass es allmählich Zeit wurde.

Lange konnte ich nicht mehr warten.

Also schleuderte ich die Waffe.

Mit Schwung brachte ich den rechten Arm nach vorn. Der Bumerang löste sich aus meiner Hand, jagte als blitzendes Etwas durch die von der Decke quellenden Staubwolken, beschrieb mehrere Kreise in der Luft und hämmerte wuchtig gegen die Wand.

Wir vernahmen das dumpfe, gleichzeitig auch klirrende Geräusch und sahen staunend mit an, dass die Waffe nicht abgeprallt war, sondern mit der halbrunden, nach außen gebogenen Seite in der Wand steckte.

»Aber die ist doch aus Stein!«, flüsterte Ali.

Das war sie. Uns kam sie in diesem Moment so vor, als bestünde sie aus Lehm.

Sekunden vergingen.

Verdammt, weshalb tat sich nichts?

Ich ging vor und wollte die Waffe schon an mich nehmen, als plötzlich ein gewaltiges Schütteln durch den gesamten Turm lief. Das begann an der Decke, pflanzte sich in den Mauern fort und erreichte auch den Boden unter unseren Füßen.

Wir selbst bekamen einiges mit, spürten das starke Vibrieren und hatten das Gefühl, als würde unter unseren Füßen allmählich alles zusammenbrechen.

Genau dort, wo der Bumerang getroffen hatte und seine magische Kraft entfalten konnte, begann die Wand aufzuleuchten. Es war ein grünlicher Silberschein, der sich ausbreitete, dabei aber auf ein bestimmtes Zentrum begrenzt blieb.

Gleichzeitig gestattete uns dieses Licht einen Blick in die Wand.

Es war schaurig und phänomenal zugleich. Da wir in die Wand hineinschauen konnten, entdeckten wir auch die Gestalten, deren Magie die Steine zusammenhielten.

Es waren die Toten.

Eingemauert zwischen Steinen, verwachsen mit den großen Quadern.

Sie lagen neben- und übereinander, bildeten Ketten, ohne sich zu berühren, und ich sah auch die Kleidung der gefangenen Gestalten. Sie wirkte fremd und kam mir trotzdem bekannt vor, denn so mussten die Soldaten angezogen gewesen sein, die mit ihren Schiffen damals im Bermuda-Dreieck verschwunden waren.

Hier sah ich sie wieder.

Und die Magie des Bumerangs zerstörte sie. Es war ein Bild des Schreckens, das uns geboten wurde. Das Leuchten breitete sich aus, und es erfasste auch die in der Wand liegenden Gestalten mit seinem Schein.

Als es diese Toten erreichte, sorgte es mit seiner magischen Kraft für einen schrecklichen Vorgang.

Es löste die Leichen auf.

Innerhalb der Steine geschah dieser makabre Vorgang. Wir sahen dem Verfall zu, der meiner Schätzung nach nur Sekunden dauerte.

Hände, Arme, Köpfe, das alles verschwand, wurde zu Staub, der aus den durch die magische Kraft geschaffenen Rissen allmählich zu Boden rieselte.

Wir waren sprachlos.

Neben mir begann Ali zu stöhnen. »Was ist denn das für eine Wunderwaffe?«, flüsterte er.

Ich enthielt mich einer Antwort, denn ich sah, dass dort, wo der Bumerang steckte, das Gestein brüchig wurde.

Bevor es zusammenfiel, nahm ich den Bumerang an mich, zog mich wieder zurück und sah, als ich wieder hinschaute, wie die Wand einstürzte, ohne allerdings die dafür typischen Geräusche abzugeben, denn alles geschah lautlos.

Unser Weg war frei!

Ich riss Ali mit. Wir liefen auf das große Loch zu, verspürten wieder das Schütteln, blieben für einen Moment stehen und schauten in die Tiefe.

Da mussten wir einfach springen.

»Schaffst du das?«, schrie ich Ali an.

»Geht ja wohl nicht anders«, erwiderte er mit zitternder Stimme und hatte genau ins Schwarze getroffen.

Die nächste kleine Außengalerie war zu weit entfernt, zudem wackelte sie auch schon.

Wie groß war die Distanz bis zum Boden?

Ich konnte es nicht genau sagen, versuchte zu schätzen und dachte daran, dass wir uns leicht die Beine brechen konnten.

Als hinter uns das Brechen des Gesteins immer lauter wurde, wussten wir, dass es Zeit wurde.

»Ab!«

Es war mein Schrei, der in Hemators unheimliche Welt

hineinhallte. Ich hatte meine silberne Banane wieder weggesteckt und nach Alis Hand gefasst. Gemeinsam stießen wir uns ab und jagten in die Tiefe. Im freien Fall flossen die Stoßgebete über meine Lippen. Der Boden näherte sich rasend schnell. Er war auch nicht ganz eben, aber ich hoffte stark, dass wir nicht auf herumliegende Steine sprangen und uns irgendetwas brachen.

Der Aufprall erfolgte, und er verwandelte sich in einen gewaltigen Rückstoß, dass ich das Gefühl hatte, mir würde die Schädeldecke weggesprengt. Ali erging es nicht anders.

Die Wucht warf uns zu Boden. Alis Hand löste sich von meiner. Wir rollten über den Untergrund, überschlugen uns dabei, holten Luft, schmeckten Staub, der bitter auf unseren Zungen brannte, und ich spürte Alis Hand, die versehentlich gegen mein Gesicht schlug.

Irgendwann lagen wir still. Ich holte Luft, fühlte meine schmerzenden Rippen und hörte die Stimme meines jungen Begleiters. »Verdammt, das war ja ein Ding! Einfach komisch!« Er kam vor mir auf die Beine, schaute mich an und fragte: »Bist du verletzt?«

»Wohl nicht«, erwiderte ich voller Optimismus und drückte mich mit wackeligen Bewegungen hoch.

An den Füßen spürte ich nichts. Nur die Rippen waren bei dem Aufprall in Mitleidenschaft gezogen worden.

»Okay, es geht wieder.«

»Da, schau mal zum Turm!«

Es war gut, dass mich Ali auf dieses Phänomen aufmerksam gemacht hatte, denn die magische Kraft meiner Waffen war jetzt voll dabei, Hemators Machwerk zu vernichten.

Er wurde der Zerstörer genannt. In diesem Moment allerdings kamen wir uns wie die Zerstörer vor.

Auch die hier draußen lauernden Monster schienen bemerkt zu haben, dass sich etwas veränderte. Sie hatten den Rückzug angetreten. Jedenfalls sahen wir keine mehr, so konnten wir uns voll und ganz auf den Turm konzentrieren.

Vorsichtshalber liefen wird einige Schritte zurück. Man

wusste nie, wie sich die Auswirkungen zeigten. In relativ sicherer Entfernung blieben wir stehen und sahen zu, wie die gewaltige Kraft, die den Turm gepackt hielt, aus der Tiefe hervorschoss und sich im Mauerwerk ausbreitete.

Sie riss das Gemäuer ein.

Die starken Außenseiten fielen plötzlich nach innen. Steine krachten übereinander, Staub wölkte auf. Bevor uns die Wolken vollends die Sicht nahmen, entdeckten wir noch das, was die Steine des Turm zusammengehalten hatte.

Es waren die Körper der Eingemauerten und Eingeschlossenen. Sie wirbelten in die Höhe, sie überschlugen sich, ihre Arme und Beine pendelten, dann sanken auch sie nach unten, begleitet von einem infernalischen Krachen und begraben unter den tonnenschweren Gesteinsmassen.

Wir waren noch weiter zurückgesprungen. Der Blick auf die Trümmer wurde uns von den gewaltigen Staub- und Gesteinswolken genommen. Düsternis überfiel die unmittelbare Umgebung, und ein befreiender Atemzug drang schließlich über unsere Lippen, als wir erkannten, dass sich auch die Staubwolke allmählich senkte.

»Das hätten wir hinter uns!«, stöhnte Ali. »Mensch, John, hätte ich nie gedacht.«

»Ich auch nicht.«

Der Turm war verschwunden. Es stand noch die seltsame Steinbrücke an der ihm gegenüberliegenden Seite. Sie wirkte wie ein Mahnmal des Beherrschers dieser Welt.

Wo steckten die Monster?

Ali und ich hatten den gleichen Gedanken, und der Junge suchte schon nach ihnen.

»Nichts zu sehen. Ob die Schiss bekommen haben?«

Ich musste grinsen. Ali war so herrlich direkt. Ob man das Verhalten der Monster allerdings so bezeichnen konnte, wollte ich dahingestellt sein lassen.

»Ich glaube nicht, dass sie vor uns Angst haben«, erklärte ich meinem Begleiter. »In dieser Welt sind wir noch immer die Verlierer, obwohl wir gerade einen Teilsieg errungen haben.«

»Und Hemator?«

»Man nennt ihn den Zerstörer«, erklärte ich. »Bisher hat er nichts zerstört.«

»Würde er uns denn einen Weg aus dieser Welt zeigen?«, wollte Ali wissen.

»Das glaube ich nicht. Du kannst ihn nicht mit einem Menschen vergleichen. Er gehört zu den Großen Alten …«

»Was ist das denn genau?«

»Lassen wir das«, erklärte ich und machte mich zusammen mit Ali auf den Weg. Irgendetwas mussten wir ja tun. Meine Gedanken drehten sich um das Bild, das ich vor den Ereignissen aus der Turmluke in der Ferne gesehen hatte. Da waren andere Welten gewesen. Sie hatten sich gezeigt, als lägen sie hinter einer Spiegelfläche.

Jetzt war es dort leer und tot …

Ich konnte Ali keine großen Hoffnungen machen, denn ich rechnete damit, dass Hemator, der Zerstörer, eingreifen und seinem Namen alle Ehre machen würde.

»Dieser Hemator«, fragte mich Ali, »der besteht doch nur aus diesen komischen Händen, oder?«

»Das stimmt.«

»Und trotzdem kann er reden?«

»Ja, das ist das Eigenartige bei ihm. Aber so ergeht es fast allen Dämonen. Zerbrich dir darüber nicht den Kopf.«

»Okay, mach ich.«

Für einen Moment dachte ich an das Lager der Leona. Hatte es Sinn, danach zu suchen? Wohl kaum, denn als ich die großen Steinhaufen oder Hügel in der Umgebung betrachtete, gelangte ich zu der Überzeugung, dass wir sehr lange nachschauen mussten, um etwas zu finden.

Da sich der Staub gesenkt und wir auch den zerstörten Turm hinter uns zurückgelassen hatten, war der Blick in diese Welt wesentlich freier geworden.

Ich konnte sie als kahl, steinig, trostlos und auch menschenfeindlich bezeichnen.

Und aus Stein waren auch die gewaltigen Hände Hemators geformt. Die Legende besagte, dass sie aus einem uralten Material stammten.

Am Himmel tat sich etwas. Punkte erschienen. Ich dachte sofort an die Vögel mit den menschenähnlichen Händen und schaute zu, wie sie allmählich näher kamen.

Auch Ali hatte sie entdeckt. »Das sind vier!«, flüsterte er.

Sie waren sehr schnell da und zogen hoch über unseren Köpfen ihre Kreise. Wie Aasgeier lauerten sie auf die Beute, warteten auf unseren Tod, um anschließend zuschlagen zu können.

Noch blieben sie ruhig.

Wenig später aber stießen sie pfeilschnell nach unten. Ali sprang schon in Deckung. Ich zog meine Beretta, konnte mir die Kugeln jedoch sparen, denn sie wischten an uns vorbei und flogen einen gewaltigen Steinwall an, auf dem sie sich niederließen und uns aus sicherer Entfernung beobachteten.

Sie saßen so dicht nebeneinander, dass sie schon eine Reihe bildeten. Der Wall an der anderen, der rechten Seite wurde ebenfalls besetzt, nur nicht von ihnen, sondern von einem drachenförmigen Monster mit dem seltsam breiten Kamm auf dem Rücken.

Das alles waren für mich Vorzeichen. Anhaltspunkte, dass sich bald etwas ereignen würde.

Ich hatte mich nicht getäuscht.

In der Tat kam etwas. Und wiederum von zwei Seiten gleichzeitig. Rechts und links tauchten plötzlich die gewaltigen Schatten auf. Sie schienen aus dem Boden gewachsen zu sein.

Alis Blick wurde ängstlich, auch meiner zeigte eine gewisse Unruhe. Noch wussten wir beide nicht, was sich da anbahnte, bis weit über uns am Himmel die Umrisse zweier gewaltiger und kaum messbarer Gegenstände erschienen.

Es waren Hände …

Hemators Klauen!

Jetzt würde sich alles entscheiden …

Eine andere Welt, eine andere Dimension, eine Welt der Ruhe, des erholsamen Schweigens.

So wundervoll still war es, so anders als an irgendeinem anderen Punkt der Welt.

Vielleicht trugen auch die Grate der Berggipfel dazu bei, dass es so war, und das Innere der Schlucht, die diese Stille aufgefangen hatte wie ein gewaltiger Filter.

In der Schlucht standen sie.

Der Eiserne Engel, Kara und Myxin!

Drei Personen, die einen harten Kampf hinter sich hatten und sich doch innerhalb der schweigenden Bergwelt so einsam und verloren vorkamen. Sie merkten, dass es noch andere gab, die größer waren als sie. Nicht allein von der messbaren Größe her, sondern auch von der Kraft ihres Geistes, der die Schlucht erfüllte.

Kara räusperte sich vorsichtig und schaute sich kopfschüttelnd um. »Die Schlucht der stummen Götter!«, hauchte sie voller Ehrfurcht.

»Ja, das ist sie«, gab der Eiserne ihr Recht.

»Und hier bist du geboren?«

Der Engel nickte. »Ja. Auch mein Bruder hat in dieser Schlucht seine Wiege gehabt. Es ist schlimm, ich weiß, aber selbst die stummen Götter konnten nur bedingt Einfluss auf unser Leben nehmen. Ich hörte auf sie, mein Bruder verfiel den Lockungen der Großen Alten.«

»Und es waren wirklich nur sechs?«, fragte Myxin.

»Man spricht davon. Weshalb fragst du?«

»Nicht dass wir noch eine Überraschung erleben.«

»Nein, nein, das wohl nicht, will ich hoffen.«

Die drei Gefährten standen am Beginn der Schlucht. Wenn sie nach vorn schauten und ihre Blicke von einer Felswand zur anderen wechseln ließen, sahen sie die Gesichter in den Felsen nur undeutlich, deshalb schritten sie tiefer in die Schlucht hinein und wurden umfangen von einem Meer des Schweigens.

»Kannst du eine Lagebestimmung vornehmen?«, fragte Kara leise, denn jedes laute Wort empfand sie als unpassend. Und sie wollte nicht dazu beitragen, die Stille zu zerstören.

»Wie meinst du das?«

»Ich möchte wissen, wo wir hier sind.«

Der Eiserne Engel verhielt seinen Schritt. »In der Schlucht der stummen Götter«, erklärte er, »aber das weißt du selbst. Wahrscheinlich willst du wissen, wo sich die Schlucht befindet.«

»Genau.«

Der Eiserne hob die mächtigen Schultern. »Es ist schwer, dir das zu erklären«, gab er zu. »Eigentlich gibt es überhaupt keine Erklärung. Die Schlucht liegt dort, wo sich Vergangenheit und Gegenwart treffen, gewissermaßen im Schnittpunkt der Zeiten. Hier hat sich viel entschieden. Hier sind die stummen Götter entstanden, aber auch die Großen Alten hatten hier ihre Geburtsstätte. Man kann die Schlucht nicht fassen oder begreifen, man muss sie einfach hinnehmen.«

»Wie deine Väter«, sagte Myxin.

»Ja, wie sie.«

Die drei gingen weiter. Kara und Myxin konnten ihre Köpfe nie ruhig halten. Sie schauten auf die Steine und sahen darin die gewaltigen Gesichter der stummen Götter. Es waren Züge, die ein ungeheuer großes Vertrauen abstrahlten, Menschlichkeit, Güte und Verständnis. Obwohl sie eingemauert waren, erkannten Kara und Myxin das Vertrauen, das ihnen aus den großen Augen der stummen Götter entgegenstrahlte.

»Es ist unwahrscheinlich«, hauchte die Schöne aus dem Totenreich, »dass es so etwas noch gibt.«

»Ja, das erfüllt mich stets mit Hoffnung«, erklärte der Eiserne Engel, als er stehen blieb.

Nicht ohne Grund hatte er seinen Schritt gestoppt und drehte sich so, dass er in die Gesichter seiner Väter schauen konnte.

Sie hielten sich ungefähr in der Schluchtmitte auf, sodass sie vom Anfang bis zum Ende etwa die gleiche Entfernung hatten. Kara und Myxin waren einen Schritt zurückgetreten, das hier war nicht ihre Welt. Sie gehörte den stummen Göttern und demjenigen, der sich als ihr Sohn bezeichnete.

Ein Gefühl des Respekts und der Ehrfurcht hatte die beiden

erfasst. Auch der Eiserne Engel war davon nicht unbeeindruckt geblieben. Bevor er sprach, verneigte er sich.

Danach drückte er seinen Oberkörper wieder hoch. Während dieser Bewegung verzogen sich die Lippen der Gesichter zu einem Lächeln. Man konnte es mit den Worten freundlich und gütig umschreiben. Kara und Myxin empfanden ein Gefühl der Sicherheit. Sie waren in der Schlucht irgendwie geborgen.

»Ich bin zu euch gekommen, um euch etwas zu berichten und um euch um etwas zu bitten«, erklärte der Eiserne.

»Dann sei gegrüßt, Sohn!«

Niemand wusste, wer von den stummen Göttern gesprochen hatte, wahrscheinlich alle sechs, denn der letzte Satz schwang wie ein leises Echo durch die gesamte Schluchtlänge. »Und auch deine Gefährten möchten wir herzlich willkommen heißen. Es sind gute Personen, wir erkennen es genau. Sie stehen dir zur Seite im Kampf gegen unsere Feinde.«

»Ja, das tun sie«, erwiderte der Eiserne, »denn uns ist etwas gelungen, das kaum für möglich gehalten wurde.«

»Und was?«

Die Frage hätte nicht gestellt zu werden brauchen, denn die stummen Götter lächelten so wissend, dass sie einfach schon informiert sein mussten.

»Es gibt nicht mehr alle Großen Alten!«

»Das haben wir gespürt«, lautete die Antwort. »Wir merkten es sehr deutlich, denn ihre Magie, die auch uns berührte, wurde schwächer, ohne uns allerdings die Kräfte zurückgeben zu können, die wir nötig haben. Du hast nicht alle vernichtet, Eiserner.«

»Nein, das gelang uns leider nicht.«

»Wer wurde zerstört?«

»Mein Zwillingsbruder, Krol, Kalifato und Gorgos, der Gläserne. Damit stürzten auch die Welten der Großen Alten zusammen, und zwei sind noch übrig geblieben.« Der Eiserne breitete die Arme aus. »Ausgerechnet die beiden gefährlichsten. Hemator und der Namenlose.«

Die stummen Götter reagierten nicht. Erst nach einer Weile stellten sie wieder eine Frage. »Wie habt ihr sie getötet?«

Der Eiserne berichtete. Er log nicht, sondern fügte Tatsache an Tatsache zusammen.

Die stummen Götter hörten zu. Auch sie musste es brennend interessieren, dass ihre Erzfeinde, die Großen Alten, nicht mehr waren und dass vor allen Dingen auch die beiden letzten nicht mehr überleben sollten.

»Gegen Hemator und den Namenlosen wollen wir noch kämpfen«, erklärte der Eiserne zum Schluss.

»Da habt ihr euch viel vorgenommen«, klang es echomäßig zurück.

»Ja, das wissen wir, aber wir müssen es einfach versuchen.«

Die stummen Götter reagierten zunächst einmal nicht. Schließlich meldeten sie sich wieder. Und über diese Worte wunderten sich Kara und Myxin, denn sie klangen nicht gerade optimistisch. »Ich weiß nicht, ob es euch gelingen wird, Hemator und den Namenlosen zu vernichten. Sie sind die gefährlichsten.«

Der Eiserne Engel nickte. »Ja, das wissen wir auch, und es wird schwer für uns werden, aber wir wollen es versuchen. Im Sog der vier Getöteten müssten wir die anderen auch schaffen.«

»Kennst du den Namenlosen?«

»Nein.«

»Weißt du, wie er aussieht?«

»Auch das nicht.«

»Wenn du es wüsstest, würdest du es bestimmt nicht versuchen, das glauben wir.«

»Dann kennt ihr ihn?«

»Ja.«

Der Eiserne, Kara und Myxin schauten sich an. Mit dieser Wende hatten beide nicht gerechnet. Alles wies daraufhin, dass der Namenlose trotz allem einen Namen hatte, und die drei Gefährten hatten auch das Gefühl, als wollten die Großen Alten das Rätsel dieses Dämons lüften. Die drei schwiegen und warteten auf eine Erklärung.

»Es ist so«, hörten sie wieder die Echostimme durch die Schlucht geistern. »Der Namenlose ist zwar ein mächtiger Dämon im eigentlichen Sinne, trotzdem ist er anders als die übrigen. Man kann ihn nicht fassen, man kriegt ihn nicht zwischen die Finger. Er kann einmal hier sein und plötzlich wieder woanders. Er ist namenlos, er ist gestaltlos …«

»Nenn uns den Namen!«, unterbrach der Eiserne Engel seine Väter.

»Gut, ich will ihn euch verraten, oder wir wollen ihn euch verraten, damit ihr seht, was ihr euch da aufgeladen habt. Der sechste Große Alte, der letzte ist auch gleichzeitig der größte Joker im Spiel um die Macht und die Herrschaft. Er ist der Namenlose, er ist der – Spuk!«

Das war eine Überraschung!

Vielleicht hätten die drei schon etwas erahnen können, aber sie hatten nicht daran gedacht, weil sie einfach nicht weit genug folgerten und die Personen der Großen Alten gedanklich zu sehr einengten. Dass der so berühmte Namenlose dennoch einen Namen hatte, riss sie fast um.

»Der Spuk?« Kara hatte die Frage gestellt. Sie schüttelte den Kopf und schaute auf ihren Partner Myxin.

Selbst der kleine Magier konnte nur die Schultern heben, zu einer anderen Reaktion war er nicht fähig.

»Hast du das denn nicht gewusst?«, hauchte Kara. »Du bist älter als ich. Hast miterlebt, wie finstere Dämonen oder Götter entstanden, und jetzt diese Überraschung.«

»Sie hat mich auch hart getroffen«, gab der kleine Magier zu. »Ich habe wirklich nichts gewusst.«

»Ja, denn …«

»Zweifelt ihr?«, klang die Frage durch die Schlucht. »Zweifelt ihr an unseren Worten?«

Der Eiserne Engel setzte ein klares »Nein!« dagegen. »Wir haben uns nur gewundert, sind zu überrascht, denn damit hätten wir nicht gerechnet.«

»Es weiß kaum jemand Bescheid«, gaben die stummen Götter zu. »Das ist eben unsere Tragik. Ihr wisst genau, dass wir erst aus unserem langen Schlaf oder unserer Verbannung erwachen, wenn die sechs Großen Alten vernichtet sind. Vier habt ihr geschafft, eine großartige Leistung, aber traut ihr euch zu, auch Hemator und den Namenlosen zu vernichten?«

Keiner der drei antwortete spontan. Sie mussten erst über die Frage nachdenken.

Der Eiserne kam schließlich zu einem Entschluss. »Hemator vielleicht, den Namenlosen aber nicht …«

»Das haben wir uns fast gedacht.«

Der Engel drehte sich zu Kara und Myxin um. »Ich sehe kaum eine Chance«, flüsterte er. »Ihr?«

»Der Spuk ist sehr stark«, gab Myxin zu. »Verdammt stark sogar, und wir werden es schwerer haben als sonst. Vielleicht überleben wir nicht, aber auch er hat schwache Stellen.«

»Zum Beispiel?«

»Er will den Würfel des Unheils.«

Der Eiserne lachte. »Ja, das weiß ich. Nur kann er ihn nicht an sich bringen, denn Jane Collins befindet sich an einem Ort, der für den Spuk nicht so leicht zu erreichen ist.«

»Wenn er den Würfel bekommt, wird er versuchen, uns zu vernichten«, hörten die drei die Stimmen der stummen Götter. »Dann wird diese Welt zusammenstürzen, und unsere Geister gehen ein in den unendlichen Kosmos. Noch sind wir vorhanden, wenn auch nicht körperlich, aber wir können uns bemerkbar machen. Sollte der Namenlose mit dem Würfel eingreifen, werden wir auch dieses letzte Refugium abgeben müssen, so schlimm es ist. Aber wir sehen keine Möglichkeit.«

Der Eiserne wollte es nicht fassen. Er breitete die Arme aus und fragte verzweifelt: »Gibt es denn keine Chance, dass wir den Namenlosen irgendwie fassen können?«

»Nein, die gibt es nicht. Oder vielleicht doch«, schränkten die stummen Götter ein. »Nur kennen wir den Weg nicht, sorry. Wir hätten dir gern einen Hinweis gegeben.«

»Es bleibt uns Hemator«, erklärte Myxin.

»Auch gegen ihn werdet ihr es schwer haben«, erwiderten

die stummen Götter. »Er ist zwar nicht so mächtig wie der Namenlose, aber nicht umsonst wird er der Zerstörer genannt.«

»Zu dritt haben wir eine Chance!«

»Wenn ihr in seine Welt gelangt.«

»Ist das so schwierig?«, fragte der kleine Magier weiter.

»Ja, er schirmt sie gut ab. Er hat Sicherheiten aufgebaut. Wen er nicht haben will, den lässt er nicht hinein. Er holt sich seine Opfer, dafür ist er bekannt.«

»Aber es gibt einen Weg!«, rief der Eiserne. »Deshalb sind wir ja zu euch gekommen. Ihr wisst den Weg, durch den wir auch seine Grenzen überwinden können.«

Die stummen Götter rührten sich nicht. Vielleicht ahnten sie, worauf der Eiserne Engel abzielte. Möglicherweise passte es ihnen auch nicht, jedenfalls schwiegen sie und brachten ihren Sohn somit in Zugzwang, weiterzureden.

»Bitte«, sagte der Eiserne. »Bitte, helft uns! Ich muss sie einfach haben. Es ist die einzige Möglichkeit …«

»Was willst du haben?«, wurde er gefragt.

»Die Pyramide des Wissens!«

Schatten sind oft größer als die Gegenstände, die sie normalerweise abbilden. Hier traf es nicht zu. Ich glaubte fest daran, dass die Schatten von der Größe her mit den Originalhänden übereinstimmten, und ich musste ehrlich gestehen, dass es mir bei dieser Vermutung oder Tatsache nicht gerade wohler ums Herz wurde.

In meinem Magen breitete sich allmählich ein trockenes Gefühl aus, und als ich – eigentlich ohne feste Absicht – meine Hand auf den Bumerang legte, fragte mich Ali: »Willst du damit gegen die beiden verdammten Hände kämpfen?«

Ich schüttelte den Kopf. Nein, das wollte ich nicht. Das würde ich auch nicht schaffen. Sie waren einfach zu stark. Ihr Gestein würde der Kraft meines Bumerangs trotzen. Das war ein anderes Material als das, aus dem die Turmmauern bestanden.

Der Junge schwieg. Wahrscheinlich hatte ich ihm mit meiner Antwort die letzte Hoffnung geraubt, aber ich wollte ihm keine Illusion vorgaukeln. Unsere Lage sah mehr als bescheiden aus.

Und so warteten wir ab.

Die Welt, in der wir standen, verdunkelte sich. Nicht allein die gewaltigen Hände senkten sich von zwei Seiten auf uns zu, sie brachten auch etwas, das kaum zu fassen war, aber mit dem Begriff Grauen und Schrecken bezeichnet werden konnte.

Dieses Gefühl ergriff allmählich von mir Besitz. Ich fühlte, wie es mir kalt den Rücken hinabbrann, hatte die Lippen zusammengepresst und würgte die unsichtbaren Klöße runter.

Angst stahl sich in mein Herz …

Bisher hatten die Hände ausgesehen wie zwei mächtige Klumpen aus Stein. Wie weit sie von uns noch entfernt waren, konnte ich nur vermuten. In Meilen oder Kilometern war das nicht anzugeben. Die Klauen konnten sich ebenso in einer anderen Welt befinden und nur für uns sichtbar sein.

Aber sie kamen näher.

Und sie nahmen uns das Licht!

Noch düsterer, noch unheimlicher wurde es. Lange Schatten erschienen, die sich mit den grauen Schleiern vermischten, sodass sie mir vorkamen, als wären sie nur noch träge Gestalten.

Die Schatten wanderten weiter.

Von der Seite drangen sie in unsere Richtung und kamen auf uns zu, wie der zuklappende Buchdeckel auf die Seiten.

Sie wollten uns gefangen nehmen.

Noch hatte sich nichts getan. Wir waren weiterhin relativ fit und warteten nur ab, was Hemator vorhatte.

Eigentlich war es leicht, dies zu erraten. Wir brauchten nur nach seinem Zweitnamen zu gehen.

Er war der Zerstörer, und wie es aussah, würde es ihm auch nichts ausmachen, uns zu vernichten.

Wir befanden uns in seiner Welt, die ebenfalls Grenzen

hatte. Für mich waren es die beiden Hände. Ihnen konnte es auch gelingen, diese Welt zu verändern.

Wenn die Hände auseinander klappten, vergrößerte sich das Reich, schoben sie sich zu, so verkleinerte sich die Dimension, in der wir uns befanden, und irgendwann würden sie zusammentreffen, um uns brutal zu zerquetschen.

In diese Dimensionen des trügerischen Schweigens geriet eine gewisse Unruhe.

Wir erkannten es daran, dass sich die makabren Vögel mit trägen Flügelschlägen erhoben, in die langen Schatten hineinflogen, um dort zu verschwinden.

Auch das drachenähnliche Monster blieb nicht auf seinem Fleck. Es rutschte den Wall hinab, dabei gerieten die Steine in Bewegung, kollerten nach unten, und das Geräusch hörte sich an, als würden leere Bierflaschen gegeneinander schlagen.

Es waren die einzigen Laute, die diese lastende Stille unterbrachen. Ansonsten blieb es nervenaufreibend ruhig, wobei ich das Gefühl nicht loswurde, dass sich die Luft allmählich erwärmte.

Ali schaute mich an. Auf seinem Gesicht glänzte der Schweiß. In den Augen las ich die Angst. »War schön mit dir, John«, sagte er.

»Lass doch den Unsinn!« Ich schüttelte unwillig den Kopf. »Woher hast du überhaupt diese Sprüche?«

»Das habe ich mal in einem Film gehört.«

»Dann lass es auch bleiben!«

»Siehst du denn eine Chance?«

»Kann sein.«

»Und welche?«

»Gib lieber auf den komischen Drachen Acht, der da ankommt. Das Tierchen sieht mir ziemlich gefährlich aus.«

In der Tat hatte die Bestie mit dem unförmigen Körper den Steinwall hinter sich gelassen. Sie schob sich jetzt über den Boden, wobei der lange Hals mit dem platten Kopf fast auf dem Boden lag.

Jedenfalls berührte ihn der Schädel mit der Unterseite. Er schob sich vor wie eine Antenne, hielt ständig Bodenkontakt und wühlte feinen Staub in die Höhe, dessen träge Wolken ihn begleiteten.

»Wenn das Biest noch näher kommt, musst du es killen«, flüsterte Ali.

Das war mir klar. Durch das Heranschieben des Monsters hatte ich unsere eigentliche Situation zunächst einmal vergessen. Die kleinere Gefahr war jetzt wichtiger.

Dann hob es den Kopf.

Der Hals pendelte in die Höhe wie die Kobra bei einem indischen Flötenspieler. Der Kopf erinnerte mich an eine platte Scholle und bestand fast nur aus dem Maul, das die Bestie plötzlich öffnete.

Lange Zahnreihen schimmerten stahlblau.

»Wenn die spitzen Dinger uns erwischen«, hauchte Ali.

Dann würde es böse aussehen, fügte ich in Gedanken hinzu. Aber sie sollten uns nicht erwischen, dafür wollte ich schon sorgen, und ich holte abermals meinen Bumerang hervor.

Das Ziel war eigentlich nicht schlecht, wenn es so blieb und die Bestie den Kopf weiterhin in der gleichen Höhe behielt. So konnte ich meinen Wurf auf den Hals konzentrieren.

Ich ging einen Schritt nach links, verbesserte damit den Winkel und visierte durch die Staubwolken den Hals des Monstertieres an.

Hart schleuderte ich die Waffe.

Sie wischte etwa in Kniehöhe über den Boden, wurde sehr schnell, rotierte und traf.

Messerartig durchschnitt die Waffe den schlanken Hals des Monsters. Die eine Hälfte peitschte noch in die Höhe, während das Maul zuklappte. Nur ein handlanger Stumpf war von dem Original-Hals zurückgeblieben.

Dabei machte Ali wieder eine tolle Entdeckung. Er hatte festgestellt, dass mein Bumerang weitergeflogen war, sich in die Luft erhob, sich dabei drehte und wieder zu mir zurückkehrte.

Er flog genau in meine griffbereite Hand.

»Toll!«, wunderte sich der Junge. »Verdammt, das ist ja wirklich wie im Kino.«

»Kannst du wohl sagen.«

Erst jetzt floss Blut aus der Wunde des Monsters. Es quoll in einem breiten Strom hervor. Dabei sah es aus wie dunkler Sirup und verteilte sich auf der Erde, wo es sich mit dem Staub vermischte und eine klumpige Masse bildete.

Mir war etwas wohler, obwohl sich die eigentliche Gefahr nach wie vor über uns befand.

Und sie meldete sich sogar. »Es war nur ein Teilerfolg, Geisterjäger«, hörten wir Hemators Organ. »Wer sich in meiner Welt befindet, der entkommt ihr nicht mehr. Ich regiere hier, ich habe hier zu sagen, und ich werde dafür sorgen, dass es immer so bleibt.«

Wir schauten beide hoch, um den zu erkennen, der mit uns gesprochen hatte.

Es war Hemator, obwohl wir keinen Mund entdeckten. Nur eben die gewaltigen, widerlichen Hände, die schon so nahe aufeinander zugekommen waren, dass sie sich fast berührten und wir die Haltung mit einer Brücke vergleichen konnten.

Die Düsternis hatte zugenommen. Träge trieben unter den Händen die langen Staubfahnen. Auch sie sorgten für diese Beklemmung, die wir empfanden.

Ich gab eine Antwort. »Was willst du noch von uns, Hemator? Hast du damit gerechnet, dass wir uns in unser Schicksal ergeben? Nein, das konntest du nicht annehmen, wenn du mich ein wenig kennst.«

»Ja, ich kenne dich. Erinnere dich an die Jenseits-Falle und daran, dass ich einmal den Würfel gehabt hatte.«

»Wie sollte ich das Orakel von Atlantis je vergessen können?!«, schrie ich ihm entgegen. »Es ist gut, dass du die alten Dinge erwähnst. Den Würfel gibt es noch immer. Nur hast du ihn nicht mehr in deinen Händen, und das ist auch gut so.«

Hemator lachte uns aus. »Ob ich ihn habe oder der Namenlose ihn bekommt. Was spielt das für eine Rolle!«

Ich zuckte zusammen. »Der Namenlose?«, fragte ich.

»Ja, er will ihn besitzen.«

Jetzt grinste ich. »Dann müsste er sich mit dem Spuk anlegen. Auch er will ihn stehlen.«

»Muss er das wirklich?«

Welch eine Frage! Ich wollte erst darüber hinweggehen, plötzlich wurde ich nachdenklich.

Muss er das wirklich?

So hatte Hemator gesprochen, und mir war deutlich der Spott in seiner Stimme aufgefallen. Ob Hemator, dessen Geist die gewaltigen Hände erfüllte, diese Bewegung bei mir gesehen hatte, wusste ich nicht. Jedenfalls begann er plötzlich zu lachen. »Fällt dir nichts auf?«

»Doch, schon …«

»Der Namenlose brauchte sich nicht mit dem Spuk auseinander zu setzen, weil die beiden ein- und dieselbe Person sind!«

Ich hatte mit der Antwort gerechnet, dennoch schlug sie bombenartig bei mir ein. Unwillkürlich trat ich einige Schritte zurück und schüttelte dabei den Kopf.

Ali schaute mich besorgt an. »Was ist denn mit dir, John? Verdammt, machst du jetzt schlapp?«

»Nein, das nicht«, gab ich flüsternd zurück. »Ich mache nicht schlapp, aber ich kann mir vorstellen …« Es ging einfach nicht mehr weiter. Plötzlich überschlugen sich meine Gedanken. Der Spuk und der Namenlose ein- und dieselbe Person! Er gehörte also zu den Großen Alten und hatte dennoch sein eigenes Spiel aufgezogen. Das war für mich kaum zu fassen. Ich dachte daran, was ich alles mit dem Spuk durchgemacht und erlebt hatte. Nie wäre ich dabei auf den Gedanken gekommen, dass er der berühmt-berüchtigte Namenlose war. Keinen Hinweis, keinen Tipp hatte ich bisher erhalten, nun gab mir Hemator diese Eröffnung, und ich sah keinen Grund dafür, weshalb er hätte lügen sollen.

»Bist du nun schlauer?«, dröhnte uns die Stimme entgegen.

»Das bin ich in der Tat.«

»Nur wirst du aus deinem Wissen kein Kapital mehr schlagen können, weil deine Zeit vorbei ist. Ich bin der Zerstörer, und das nicht ohne Grund, wie du dir vorstellen kannst. Wer sich in meine Welt verirrt, wen ich in meine Welt hole, der wird zerstört. Ihr habt den Turm geschafft, das war eine Leistung, die selbst ich anerkennen muss, aber mich schafft ihr nicht. Niemals …«

Da hatte er sicherlich Recht. Ich fragte mich auch, wie wir sterben sollten, bestimmt nicht durch irgendwelche Helfer oder Monstren, nein, diese Aufgabe übernahm Hemator persönlich.

Seine Hände senkten sich tiefer.

Unheimlich wirkten sie auf mich. Sie kamen mir vor wie gewaltige Bauwerke aus einer längst vergangenen Zeit. Wenn ich so gegen die Hände schaute, kam mir der Vergleich mit der Größe einer ägyptischen Pyramide in den Sinn, so gewaltig waren sie.

Tief atmete ich durch. Nur die Hände waren noch zu sehen, und sie pressten diese Welt zusammen.

Schon jetzt spürten wir diesen unnatürlichen Druck, der auf unseren Körpern lagerte. Es war schwer, sich davon zu lösen, denn er beeinträchtigte auch unsere Gedanken.

Immer mehr näherte sich die unheimliche Brücke unseren Köpfen. Vielleicht würden sich die Finger bewegen, um uns zu zerquetschen. Möglicherweise würden uns die Hände auch mit ihren Flächen berühren und uns in den Boden dieser Welt rammen.

Ein verdammtes Gefühl.

»Und du kannst nichts tun?«, fragte mich Ali mit weinerlich klingender Stimme.

»Kaum …«

»Nimm doch deinen Bumerang. Vielleicht schaffst du die verdammten Klauen trotzdem …«

»Ich würde die Waffe höchstens zerstören!«

Ali fasste nach meinem Arm und rüttelte mich durch. »Kann dir das nicht egal sein?«

»Nein, mein Lieber, so etwas ist mir nicht egal. Der Bumerang wird es nicht schaffen, glaub mir.«

»Wer denn?«

Ich zeigte ihm mein Kreuz. Es lag auf der Handfläche. Schon einmal hatte es uns geholfen, und ich hoffte, dass es uns auch gegen Hemator nicht im Stich ließ, obwohl ich keine große Hoffnung hatte, denn gegen Dämonen wie die Großen Alten waren die Strahlen und Energien meines Kreuzes im Prinzip machtlos.

Ich hielt es hoch.

Es ragte aus meiner Faust, wie schon so oft, und es sah winzig aus im Vergleich zu den kaum messbaren Händen Hemators. Aber hatte nicht ein David den Riesen Goliath besiegt? Ich wollte es wissen und kümmerte mich auch nicht um das Lachen des Großen Alten.

Mit lauter Stimme rief ich die Formel.

Und das Kreuz reagierte!

Endlich hatte der Eiserne Engel seine Bitte geäußert. Deretwegen war er überhaupt in die Schlucht der stummen Götter gekommen, und er hoffte, dass sie seinen Wunsch nicht abschlugen.

Zitternd warteten die drei auf eine Antwort. Stellten sich die stummen Götter quer, war viel verloren, das wussten sie. Aber auch sie waren daran interessiert, die Großen Alten vernichtet zu sehen, deshalb mussten sie die Pyramide des Wissens freigeben.

Als Gegenstück zum Würfel des Unheils hatten sie ihn gewissermaßen neutralisiert. Im Würfel des Unheils, auch Orakel von Atlantis genannt, steckte das Wissen der Großen Alten. In der Pyramide aber befand sich das der stummen Götter. So neutralisierte sie gewissermaßen den Würfel und machte ihn manipulierbar. Zudem war es den stummen Göttern gelungen, einen Teil ihres Wissens und ihre Magie innerhalb des Würfels zu manifestieren, deshalb war er auch für beide Seiten so wertvoll.

Myxin und Kara wussten dies auch. Ihnen aber kam es in diesem Fall auf die Pyramide an, wie auch dem Eisernen.

Die Antwort gab einer der stummen Götter. Sein Gesicht war vielleicht das älteste in der Reihe.

»Mein Sohn!«

Nicht nur der Eiserne zuckte zusammen, auch Kara und

Myxin, denn die Stimme hallte durch die Schlucht. Und das Wesen hatte tatsächlich wie ein Vater mit seinem Sohn gesprochen.

»Er ist mein Vater!«, hauchte der Engel, als er sich aufrecht hinstellte und in das Gesicht schaute.

»Aber wieso?«, fragte Kara. »Sind es nicht alles deine Väter?«

»Nein, es gibt nur einen, der mich geschaffen hat, obwohl man sie durchaus als meine Väter bezeichnen könnte ...«

Das verstanden Kara und Myxin nicht. Es war auch nicht nötig, dass sie es begriffen, denn der stumme Gott sprach wieder seinen Sohn an. »Du weißt, dass es schon fast vermessen sein kann, was du uns da zumutest. Wir sollen dir unsere Waffe in die Hand geben ...«

»Um Hemators Welt zu zerstören!«, rief der Eiserne laut. »So glaubt mir doch, ich bitte euch! Wir haben andere Welten vernichtet, aber auch uns sind Grenzen gesetzt. Die Pyramide kann die Zeiten innerhalb der Schattenreiche nicht nur überwinden, sie kann auch Grenzen hinter sich lassen, und das brauchen wir. Gib uns die Waffe, damit wir in Hemators Reich eindringen können, denn John Sinclair, unser gemeinsamer Freund, kämpft dort auf verlorenem Posten.«

»Weißt du das genau?«

»Fast. Aber kannst du, Vater, dir vorstellen, dass der Geisterjäger gegen den Zerstörer gewinnt?«

Das alte Gesicht im höchsten Berg zeigte Zweifel. Die Mundwinkel bewegten sich. Sie zuckten, und dann schüttelte der Große Alte den Kopf. »Nein, das kann ich nicht.«

»Deshalb bitte ich dich ja, uns die so wertvoll gewordene Pyramide des Wissens zu überlassen. Wir wollen in Hemators Welt, um ihr ein Ende zu bereiten.«

»Das hast du schon sehr oft gesagt, mein Sohn, aber ich kann nicht allein entscheiden.«

»Wen musst du fragen?«

»Da die Waffe sehr wertvoll und ungemein kostbar ist, müssen meine anderen Brüder zustimmen.«

Nach diesen Worten zeigte das Nicken der fünf Übrigen an, dass der Vater des Eisernen Engels nicht gelogen hatte.

»Dann frag sie!«, rief er. Verzweiflung klang schon in seiner Stimme durch.

Auch Kara und Myxin standen in dieser düsteren Schlucht wie auf glühenden Kohlen.

Der Vater des Eisernen drehte zwar nicht den Kopf, aber die drei gespannt wartenden Zuschauer hatten das Gefühl, als würde er dies tun. Seine Stimme kam nicht mehr von vorn auf sie zu, sondern war zur Seite gerichtet und schuf in der Schlucht ein hallendes Echo.

Leider verstanden Kara und Myxin nicht, was der stumme Gott fragte. Er redete in einer Ursprache, die wohl nur er und seine Brüder beherrschten.

Aber auch der Eiserne Engel. An seiner Haltung war zu erkennen, dass er genau aufpasste.

»Was sagen sie?«, wisperte Kara, als sie vernahm, dass auch andere antworteten.

Der Engel hob die Schultern. »Es ist schwer für meinen Vater, sie zu überzeugen.«

»Wieso?«

»Das müsst ihr verstehen. Sie können die Pyramide des Wissens nicht so einfach hergeben.«

»Aber es geht um sehr viel!«, mischte sich auch Myxin jetzt ein.

»Das versucht mein Vater den anderen auch beizubringen.«

»Dann steht er auf deiner Seite?«

»Bestimmt.«

Damit hatten sich Karas und Myxins Fragen erschöpft. Jetzt war es an den stummen Göttern, Antworten zu geben.

Plötzlich war es so weit. Durch das Gesicht des Sprechers ging ein heftiger Ruck. Er hatte seine Augen so weit wie möglich geöffnet und blickte zunächst seinen Sohn, danach dessen Begleiter an.

Noch nie hatten Kara und Myxin den Eisernen Engel unter einer so starken Spannung oder Erregung stehen sehen. Sein Blick war auf das Gesicht des Vaters fixiert. »Bekomme ich die Pyramide des Wissens?«, hauchte er. »Wirst du sie mir geben?«

Der stumme Gott nickte zwar nicht, trotzdem hatten die drei das Gefühl, als würde sich sein in den Steinen abgemaltes Gesicht bewegen. Dabei senkte er auch die Augendeckel, ein Zeichen, dass er und seine Brüder einverstanden waren.

»Ihr bekommt die Pyramide des Wissens!«, fügte er noch als akustisches Versprechen hinzu.

Myxin und Kara sahen, dass die Erleichterung den Körper des Eisernen Engels durchströmte. Er atmete zwar nicht heftig ein oder aus, dennoch entspannte sich sein Körper, und als er den Kopf drehte, schimmerten in seinen Augen Tränen der Freude. Er ballte die gewaltigen Hände. Sein Blick brannte sich in den Gesichtern der Begleiter fest. »Damit bekommen wir ihn!«, flüsterte er. »Hemator wird nicht überleben. Gegen die Kräfte der Pyramide kommt er nicht an. Sie ist ebenso mächtig wie der Würfel des Unheils. Wir müssten ihn schlagen können.«

»Das hoffen wir auch!« Flüsternd schwangen die Worte durch die enge Schlucht. »Wir hoffen es in eurem Interesse. Vernichtet den fünften Großen Alten!«

»Und den sechsten!«, rief Kara.

Sie erntete nur ein müdes Lächeln. »Den sechsten?«, echote die Stimme. »Nein, meine Liebe, den werdet ihr nicht schaffen. Der Spuk ist mit keinem der anderen zu vergleichen. Das war er nie, das wird er auch niemals sein. Konzentriert euch auf den Zerstörer. Gegen ihn habt ihr vielleicht eine Chance, aber nur vielleicht …«

Mehr sagte der Vater des Eisernen nicht. Dafür erschien die Pyramide. Und das Auftauchen dieser Waffe glich abermals einem magischen Phänomen.

Weit über den beiden Gipfelreihen und in Höhe der Schlucht geschah etwas.

Es sah so aus, als würde eine kleine Explosion die tintige Schwärze zerreißen und eine grünlich schimmernde Insel schaffen. Ein Loch in der Galaxis war es nicht, da es sich bewegte, kreiste und an Geschwindigkeit gewann.

»Ist sie das?«, hauchte Kara.

Der Eiserne Engel nickte nur.

Die Köpfe der drei waren nach hinten in die Nacken gelegt worden. Sechs Augen schauten hoch und sahen mit starrem Blick dem Gebilde entgegen, das sich aus der Schwärze schälte.

Es war ein langgezogener Gegenstand, der sich allerdings rasch um die eigene Achse drehte und deshalb ein spiralförmiges Aussehen annahm. Seine Geschwindigkeit war sehr groß. Ein unnatürlich hohles Pfeifen begleitete den Flug dieser seltsamen Waffe hinein in die Schlucht der stummen Götter.

Urplötzlich war es dann da. Es wischte in die Schlucht hinein. Über die Innenwände flackerte das grüne Licht der Pyramide, und im nächsten Augenblick stoppte der aus der Unendlichkeit der Dimensionen und auf rein gedanklichen Befehl herbeigeeilte Gegenstand vor den Füßen der drei atemlos wartenden Personen.

Noch einmal meldete sich der Vater des Eisernen Engels. »Die Pyramide des Wissens, Sohn. Du siehst, dein Wunsch ist in Erfüllung gegangen. Setze sie nur bei höchster Gefahr ein, und sieh zu, dass ihre Kräfte nicht ausufern. Wende sie nur an, wenn du dem Guten dienen kannst, denn sie kann zerstören.«

»Ich verspreche es dir«, erwiderte der Eiserne feierlich, bevor er die Arme ausbreitete und die Hände einmal auf Karas Schulter und zum anderen auf die des kleinen Magiers legte.

Er drückte sie so herum, dass beide mit ihm auf die Pyramide zulaufen konnten. Es war ein geometrisches Gebilde, das beim ersten Hinsehen aus Glas zu bestehen schien.

Wer sich näher damit beschäftigte, musste zugeben, dass Glas auch unter der Hand eines noch so großen Künstlers nicht diesen hervorragenden Schliff erhalten konnte.

Es war einfach fantastisch. In der Pyramide zirkulierte ein unnatürliches Licht. Es war hell, gleichzeitig grün und hatte auch einen weißlichen Schimmer. Zudem lief es über die einzelnen Seiten und blieb nie ruhig.

»Es ist die magische Energie«, erklärte der Eiserne Engel kurz vor dem Eintritt.

Sie gingen hinein, als gäbe es keinen Widerstand. Plötzlich sahen sich die drei Personen im Innern der Pyramide wieder, und ihre Gesichter hatten den gleichen fahlen Glanz angenommen wie das zirkulierende Licht. In diesem Fall glichen sie Wesen aus einer unheimlichen Geisterwelt.

Die Pyramide benötigte keinen Brennstoff, um ihr Ziel zu erreichen. Sie war etwas Besonderes und wurde angetrieben durch die reine Geisteskraft ihres Besitzers.

Das war in diesem Fall der Eiserne Engel.

Myxin und Kara schauten nach draußen. Sie blickten durch die kristalline Fläche, erkannten auch die Gesichter, aber diese hatten einen anderen Ausdruck bekommen.

Verschoben, ein wenig verzerrt und auch allmählich verschwindend so wie die übrige Umgebung und die zackigen Gipfel der Berge.

Ohne dass Myxin und Kara es direkt bemerkt hätten, hatte die Reise in eine ferne Dimension begonnen.

Hin zu Hemator!

»Terra pestem teneto – Salus hic maneto!«

So hatte ich die Worte gesprochen und meine wertvollste und kostbarste Waffe aktiviert.

Und das Kreuz ließ mich nicht im Stich. Es sah so aus, als würde es in meiner Faust regelrecht aufflammen und zu einem magischen Energiebündel werden.

Besonders stark trat dieser Vorgang an den vier Enden in Erscheinung, wo die Erzengel ihre Insignien hinterlassen hatten.

Im ersten Moment konnte ich die Augen nicht mehr offenhalten. Auch Ali erging es so, denn er schrie: »Verdammt, das blendet!« Dann war der Anfangs-Energiestoß vorbei.

Freie Sicht!

Ich blickte in die Höhe und sah, dass sich die Welt, in der wir uns befanden, verändert hatte. Wieder einmal wurde mir bewusst, über welch eine Kraft und Stärke mein Kreuz verfügte, ohne hier allerdings einen direkten Erfolg erzielen zu können.

Von meiner Faust und dem Kreuz aus flammten die Strahlen magischer Energie. So stark, konzentriert und gewaltig, dass sie die Welt vor mir erfüllten und der junge Ali ein Staunen nicht unterdrücken konnte.

Die Ausmaße dieser Dimension waren mir sowieso nicht geheuer. Breite, Länge und Höhe nicht einzuschätzen. Vor allen Dingen jetzt nicht, wo das Kreuz aktiviert worden war, denn seine magische Energie lotete etwas völlig anderes aus als das, was ich zuvor gesehen hatte.

Ich hatte das Gefühl, am Anfang eines weiten Tals zu stehen, das sich wie eine gewaltige Schüssel vor mir ausbreitete. Erfüllt wurde das Tal seltsamerweise vom Licht meines Kreuzes, und es hatte genau die Helligkeit, um die vor ihm liegende Gegend auch ausleuchten zu können.

Ja, es hatte sogar ein in der Luft und über dem Boden schwebendes Netz gebildet.

Spinnennetzartig lag es vor mir und hatte sich zwischen die Hände und den Untergrund verteilt. Was das bedeuten sollte, darüber konnte ich nur spekulieren. Möglicherweise wollte das Netz die magischen Energien des Großen Alten vernichten oder zumindest aufhalten.

Aber war es dazu in der Lage?

Ich stand unter einer starken Spannung. Ebenso Ali, der gleichzeitig wieder Hoffnung bekam.

»Verflixt, John, das ist affenstark! Wir halten ihn auf, den verfluchten …«

»Das ist noch nicht sicher«, gab ich flüsternd zurück, obwohl ich von der magischen Kraft meines Kreuzes angenehm enttäuscht war. Aber den Strahlen gelang es nicht, Hemators Hände zu erreichen. Da musste es eine Hemmschwelle geben.

Durch die Nase atmete ich ein. Sekunden waren, wenn ich meiner inneren Uhr folgte, verstrichen. Die Lage hatte sich nicht verändert. Auch die Hände bewegten sich nicht mehr. Sie waren zur Ruhe gekommen und nahmen in ihrer Größe mein gesamtes Blickfeld ein.

Ich wusste nicht, was ich noch unternehmen sollte. Das Kreuz musste jetzt die Situation stabilisieren.

Und es vernichtete.

Damit wiederum überraschte es mich. Leider jagten die Strahlen nicht gegen die Hände des Großen Alten, die diese Dimension nach ihrem Gusto formen konnten, sie suchten sich andere Gegner aus.

Und das waren die Monster.

Die Strahlen zitterten plötzlich. Aus war es mit der Ruhe, dem bewegungslosen Daliegen. Der Angriff erfolgte ohne Übergang. Kein Anzeichen für die Vernichtung nahm ich wahr.

Nur den unwahrscheinlichen Energiestoß, der sich innerhalb des Netzes gesammelt hatte, es nun auseinander riss und so verteilte, dass es die Monster traf.

Es war wie im Kino.

Beste Spielberg- oder Lucas-Machart.

Plötzlich hatte jeder magische Strahl ein Ziel gefunden. Er bewegte sich mit einer durch Blicke kaum zu verfolgenden Schnelligkeit, tauchte in das Gestein, fuhr auch darüber hinweg, suchte sich gewisse Lücken und traf das Ziel.

Es waren die Monster.

Dort, wo die Blitze ihr Ziel getroffen hatten, sah ich die makabren Mutationen für einen Augenblick überdeutlich. Konturenscharf zeichneten sich die Körper im magischen Licht meines Kreuzes ab, bevor sie zusammenfielen und durch ein kaltes Feuer verbrannt wurden.

Als Ascherest blieben sie liegen …

Lautlos, aber ungemein rasant jagten die Strahlen über den Boden. Mit tödlicher Sicherheit fanden sie immer neue Ziele und verdampften die Mutationen dieser Welt.

Und Hemator traf keinerlei Anstalten, um seinen Geschöpfen beizustehen. Die Hände lagen ruhig und wie eine Brücke über unseren Köpfen. Sie zitterten nicht mal.

Und auch die geierähnlichen Vögel mit den Menschenhänden wurden von den Strahlen erwischt.

Sie versuchten noch zu fliehen und waren in verschiedene Richtungen gestartet.

Eigentlich eine gute Sache, wenn die Strahlen nicht

gewesen wären. Die Vögel reagierten auf die Lichterscheinungen wie Eisen auf einen Magneten. Sie zogen die Strahlen an.

Es gab in der Luft über uns vier lautlose Explosionen. Für einen Moment wurde es heller, bevor von den geierähnlichen Tieren nichts mehr zurückblieb.

Einige Staubreste schwebten noch träge nach unten. Sogar nicht weit von uns entfernt.

Die Macht meines Kreuzes hatte Hemators ureigene Welt geleert und ihm deutlich gemacht, dass man mit uns nicht so umgehen konnte.

Aber den Großen Alten selbst hatte mein Kreuz nicht geschafft. Seine Hände befanden sich nach wie vor über unseren Köpfen, sodass wir uns winzig vorkamen.

Ein Lachen erklang. Es schallte schaurig und hohl in die Tiefe, erreichte uns und ließ uns zittern.

»Jetzt macht er Ernst«, hauchte Ali. »Verdammt, was ist mit deinem Kreuz?«

»Hemator ist auch für diese Waffe zu stark.«

»Und der Bumerang?«

»Ich lasse ihn stecken.« Mit ihm und dem Kreuz zusammen war es mir vor langer Zeit gelungen, den Schwarzen Tod zu besiegen. Aber diese Verhältnisse hier waren andere.

Hemator sprach zu mir. »Bist du nun zufrieden, Geisterjäger John Sinclair?«

»Nein!«

Abermals erklang sein Lachen. »Das habe ich mir gedacht. Du wolltest mich haben, nicht wahr?«

»Das liegt auf der Hand.«

»Kann ich mir denken. Doch ich bin jetzt derjenige, der bestimmt, was weiterhin geschieht. Ich hätte auch schon vorher eingreifen können, aber ich wollte euch eine trügerische Hoffnung geben. Die Mutanten interessieren mich nicht, weil sie ersetzbar sind. Ihr seid es auch. Nur werde ich euch mit dem größten Vergnügen töten. Zwar erweise ich da der Hölle leider einen Gefallen mit, aber es ist nun mal nicht zu ändern. Ihr selbst habt euch in diese Lage hineinmanövriert.«

»Wird das dem Spuk denn recht sein?«, rief ich dazwischen.

»Wieso?«

»Er ist der letzte Große Alte und gleichzeitig der mächtigste unter euch. Oder nicht?«

»Wir sind alle mächtig.«

»Waren mächtig«, erwiderte ich und schaute zu, wie die Strahlen allmählich verblassten, für einen Moment nachleuchteten und schließlich völlig verschwanden.

»Ja, es sind einige von uns nicht mehr da«, gab Hemator zu. »Aber die wichtigsten existieren noch. Der Spuk und ich werden das weiterführen, was wir früher zusammen …«

»Ich kenne den Spuk!«, rief ich laut. »Oft genug habe ich im gegenübergestanden!«

»Du lügst.«

»Wieso?«

»Wenn du ihm tatsächlich gegenübergestanden hättest, wärst du jetzt nicht mehr am Leben. Der Spuk radiert Personen wie dich aus.«

»Das mag vielleicht für gewisse andere Gegner zutreffen. Bei mir war es nicht der Fall. Im Gegenteil, wir waren so manches Mal zusammen. Er hat uns auch geholfen, sogar gegen einen Krakengott, der sich Krol nennt. Du kannst für den Spuk nicht sprechen, Hemator. Das sage ich dir, der ich ihn auch kenne. Ich würde mich an deiner Stelle zunächst einmal bei ihm rückversichern …«

»Genug!«

Die Stimme donnerte uns so laut entgegen, dass man bei diesem Dämon schon von einem wahren Hassausbruch reden konnte. Er war wie von Sinnen. Wahrscheinlich hatte ich ihn zu sehr geärgert, aber meine Worte entsprachen den Tatsachen. Der Spuk und ich waren schon des Öfteren aufeinander getroffen, und bisher war nichts geschehen.

Beide lebten wir noch.

»Kannst du die Tatsachen nicht hören?«, rief ich.

»Doch, das kann ich. Aber ich mag es grundsätzlich nicht, wenn man versucht, mich mit billigen Tricks zu leimen. Ich habe beschlossen, euch zu vernichten, und daran werde ich mich auch halten. In meiner Welt regiere ich, da kann ich tun und lassen, was ich will. Hast du verstanden, Sinclair?«

»Klar, das streite ich nicht ab. Hier bist du der Mächtige. Nur frage ich mich, ob es klug ist, sich gegen deinen Bruder, den Spuk, zu stellen. Nicht wahr?«

»Ich stelle mich nicht gegen ihn!«

»Wenn du uns tötest, doch.« Ich ließ Hemator einfach nicht zur Ruhe kommen, denn ich wollte ihn an irgendwelchen Taten hindern, eine Galgenfrist herausschinden, das war alles.

»Du stellst dich gegen ihn!«, nahm ich den Faden wieder auf und reckte die Hand mit dem Kreuz. »Du stellst dich voll gegen ihn, denn der Spuk, das gebe ich zu, hatte öfter die Chance, mich zu töten. Er tat es nicht. Bestimmt ließ er mich aus einem guten Grund am Leben, denn ich bin zugleich ein Gegner der Hölle. Und gegen die hast du schließlich gekämpft. Zusammen mit den anderen.«

Hemator musste über meine Worte lachen. »Willst du damit sagen, dass du ein Freund der Großen Alten bist, Geisterjäger? Willst du das im Ernst behaupten?«

»Das habe ich nicht gesagt.«

»Aber man kann es so auffassen. Du bist raffiniert. Sonst hättest du nicht so lange überlebt. Ich kenne deine Tricks, jetzt wendest du auch wieder einen an. Aber glaube nur nicht, dass ich darauf hereinfalle. Nein, das kommt nicht in Frage. Ich habe mich einmal entschlossen. Mit Asmodis werden wir allein fertig.«

»Auch mit Luzifer oder Lilith?«

»Auch mit ihnen«, erklärte er. »Wenn die Widerstände aus dem Weg geräumt sind, kümmern wir uns um sie. Zu den Widerständen zähle ich auch dich, Geisterjäger!«

Seine Stimme hatte sich bei den letzten Worten noch gesteigert. Für mich ein Beweis, dass Hemator vom Diskutieren die Nase gestrichen voll hatte. Er wollte handeln.

Das merkte selbst Ali. »Ich glaube, John, jetzt können wir uns warm anziehen.«

»Fürchte ich auch.«

Bei meiner Diskussion mit dem Großen Alten hatte ich den

Blick immer auf die Hände gerichtet. Ihre Haltung hatte sich nicht verändert. Nun aber setzten sie sich in Bewegung.

Langsam drangen sie tiefer.

Es war ein scheußliches Gefühl, mit anzusehen, wie sie sich uns entgegensenkten. Mir wurde die Kehle eng, ich konnte mich nicht mal mehr räuspern. Gleichzeitig nahm auch der äußere Druck zu. Wir spürten ihn genau, wie er gegen unsere Körper gepresst wurde, als lägen unsichtbare Hände in der Luft, die uns festhielten.

Die echten Hände lagen weiterhin so dicht zusammen, dass sich ihre Fingerspitzen berührten. Da mein Kreuz nicht mehr aktiviert worden war, verschwand auch die Weite der vor mir liegenden Landschaft. Unser Blick bekam Grenzen, die Dunkelheit nahm zu.

Das Grau legte sich schleierartig über diese Welt, die für uns zu einer Todesfalle werden sollte.

Auch spürten wir den Wind …

Die Richtung war nicht festzustellen. Plötzlich war er da, wehte über den Boden, wirbelte Staub auf und drehte ihn zu kleinen, quirlenden und tanzenden Wolken. Man konnte das Gefühl haben, als würden Geister über die Fläche hüpfen.

Neben mir atmete mein junger Begleiter wie ein Schwerkranker. Ali hielt die Hände gegen die Brust gepresst, hatte den Rücken durchgebogen, den Kopf zur Seite gedreht, sodass er mich anschauen konnte.

Nie würde ich seinen Blick vergessen.

Bisher hatte ich in ihm Vertrauen gelesen. Das war nun aus den Augen verschwunden. Stattdessen hatte sich etwas anderes hineingestohlen.

Die Angst …

»John, großer Meister«, ächzte er. »Das packen wir nicht mehr. Wir können nicht …«

Seine Stimme versagte. Ich hatte vorgehabt, ihm trotz allem ein Zeichen als Antwort zu geben, musste mir jedoch eingestehen, dass auch ich es nicht schaffte. Der äußere Druck war einfach zu stark geworden.

Der Tod kam langsam, sicher und verdammt qualvoll in

unsere Nähe. Noch hatte er uns nicht erwischt, noch streichelte uns der Sensenmann nur, aber in den nächsten Minuten würde er zuschlagen.

Ich hatte es nicht gewollt. Es waren einfach die Reflexe, die mich so reagieren ließen, sodass ich zur Seite torkelte und mich benahm wie ein Betrunkener.

Unerträglich wurde der Druck auf meinen Kopf. Ich hatte das Gefühl, allmählich in die Erde gedrückt zu werden, und glaubte, zwischen den Händen und dem Untergrund ein Flimmern zu sehen.

Mit Mühe hob ich den Kopf an.

Die Hände waren riesig.

Ich konnte sie nicht mal mehr richtig unterscheiden, so nahe waren sie bereits und nahmen mein gesamtes Blickfeld ein. Nur dunkle Schatten sah ich oder eine gefährliche Wand, die sich immer tiefer senkte.

Es war zudem schwer für mich, noch Luft zu holen. Ich hustete, taumelte wieder vor und krümmte zwangsläufig die Knie.

Ich fiel hin.

Schwer kam ich auf.

Nicht weit von mir entfernt vernahm ich Alis Stöhnen. Er musste die gleichen Schmerzen und den gleichen Horror erleiden wie ich.

Der Schweiß floss mir in Strömen aus den Poren, und mit jedem Tropfen erhöhte sich auch die Angst vor einem grausamen Ende.

Es trat genau das ein, wovor ich mich stets gefürchtet hatte. Dass es mir nicht gelingen würde, den Großen Alten zu besiegen. Nun erhielt ich den Beweis.

Hemator war stärker. Viel stärker …

Noch einmal gelang es mir, mich auf der Stelle zu drehen. Das fiel mir sehr schwer. Ich konnte Ali erkennen, der es nicht mehr schaffte, sich in der knienden Stellung zu halten. Er schaute mich zwar an, weil er den Kopf gedreht hatte, aber ich war mir nicht sicher, ob er mich überhaupt wahrnahm.

Er fiel zur Seite und dabei auf mich zu. Rücklings blieb er liegen. Ich sprach ihn an.

»Ali«, ächzte ich. »Hörst du mich?«

Seine Lippen bewegten sich. Aber er brachte kein Wort mehr heraus. Seinem Körper fehlte die Kraft.

Und auch meiner wurde schwächer und schwächer. Die gewaltigen Hände senkten sich dem Boden entgegen. Sie veränderten die Ausmaße von Hemators Welt. Man konnte es sogar als Aufsaugen bezeichnen. Eine andere Bezeichnung fiel mir für dieses Phänomen nicht ein.

Auch ich musste diesen Vorgängen einen letzten, schlimmen Tribut zollen. Der Druck war so stark geworden, dass es mir erging wie Ali. Langsam kippte ich zur Seite und schlug auf. Entsetzt beobachtete ich, wie mir die gewaltigen Hände näher kamen.

Zweimal war ich ihnen entkommen.

Einmal im Bermuda-Dreieck, wo ich sie zum ersten Mal gesehen hatte. Zum zweiten Mal in der Ägäis, als mich ein Fall zum Orakel von Atlantis führte. Diese dritte Begegnung würde wohl die letzte sein, und sie konnte ich auch nicht überstehen, das war mir klar.

Meine Angst steigerte sich noch mehr.

Es begann am Herzen. Der Puls beschleunigte sich. Auch wenn ich dagegen ankämpfte, ich schaffte es nicht, sie zu unterdrücken. Der Raum in dem ich lag, war einfach zu klein geworden. Allein das Gefühl, keine Luft mehr zu bekommen, trieb diese Angst so stark in mir hoch. Dagegen verblasste fast die Drohung der sich immer tiefer senkenden Hände. Meine eigenen Hände hatte ich in den Boden gekrallt, als könnten sie dort einen Halt finden, der mich vor dem Tode bewahrte.

So war es nicht.

Noch einmal konnte ich die gewaltigen Klauen sehen. Ich war plötzlich in der Lage, wieder klar und normal zu denken, aber diese Tatsache hielt leider nicht lange an, denn einen Moment später war der Druck wieder da.

Hemator empfand Triumph. »Das hat noch keiner vor mir geschafft«, erklärte er mir. »Noch keiner. Ich bin da, Sinclair. Ja, ich bin da! Spürst du es? Willst du zerquetscht werden?«

Da ich keine Antwort mehr geben konnte, sah er sich genö-

tigt, weiterzureden. »Du wirst nicht nur zerquetscht, Geisterjäger, sondern durch meine unheimliche Kraft zu Staub zerdrückt. Mehr wird von dir nicht übrig bleiben. Deine Knochen, dein Fleisch, dein Blut, alles wird zu Staub.«

Ich hörte Ali wimmern, machte mir jetzt noch Vorwürfe,
dass der Junge an meiner Seite geblieben war, und vernahm
plötzlich einen gewaltigen Schrei, der so laut war, dass ich das
Gefühl hatte, er würde die Welt um mich herum zerreißen.

»Hemator!«

Den Kopf konnte ich nicht wenden, aber ich sah trotzdem,
dass sich etwas verändert hatte.

Noch war der Raum zwischen den Händen und dem
Untergrund groß genug. Zusammen mit dem Schrei erschien
aus der Leere der Dimensionen ein grünliches Licht, das sich
rasend schnell näherte und plötzlich dicht vor mir Gestalt
annahm.

Die Gestalt einer Pyramide.

Und in ihr befanden sich Menschen.

Ich sah sie nur in den Umrissen, glaubte jedoch, meine
Freunde erkennen zu können.

War das die Rettung?

Suko war von der Brücke gefallen, und die Schwärze einer
unheimlichen Dimension hatte ihn aufgenommen. In den
ersten Augenblicken hatte er nichts empfunden, bis zu dem
Moment, als plötzlich ein Gesicht unter ihm erschien.

Die Große Mutter!

Lilith, die erste Hure des Himmels, wie sie auch genannt
wurde, lauerte jetzt in der Finsternis auf ihr Opfer. Suko hatte
geahnt, dass Asmodis nicht ohne Rückendeckung kämpfte.
Dies wurde ihm nun bestätigt, als er auf die Große Mutter
schaute.

Und gleichzeitig verlangsamte sich auch sein Fall, sodass er
sich vorkam wie ein Soldat, der über einem feindlichen
Gebiet mit dem Fallschirm abspringt.

Suko sah die Große Mutter nicht zum ersten Mal, und er

musste sich eingestehen, dass sie sich auch in dieser Dimension des absoluten Schreckens nicht verändert hatte.

Ihm schimmerte ein Gesicht entgegen, das eine große Ähnlichkeit mit dem des gefallenen Erzengels Luzifer aufwies. Nur war das Gesicht der Großen Mutter weiblicher, obwohl die Grausamkeit der Züge alle Weichheit übertraf. Da gab es keinen Funken Gefühl in den Augen, nur die gnadenlose Härte und der Wille, alles zu bekommen, was sie haben wollte. In diesem Fall war es Suko.

Wehren konnte sich der Inspektor nicht. Er war gefallen und eingetaucht in diese Welt des Schreckens. Ein Lebender in der Hölle. Wo hatte es das schon mal gegeben?

Wie auch bei der ersten Begegnung lag das Gesicht der Großen Mutter hier ebenfalls nicht frei. Es war eingepackt in eine Wolke aus Schleim, die trotz allem nicht so dicht war, als dass sie die Züge hätte überdecken können. Man konnte sie als durchsichtig bezeichnen, und diese Schleimwolke schützte Lilith vor irgendwelchen Gefahren.

Je tiefer Suko flog, umso größer wurde das Gesicht. Schon bald nahm es seinen gesamten Sichtkreis ein. Er sah es als eine gewaltige Masse aus Augen, Mund, Wangenknochen und …

Der Mund hatte sich schon zu einem bösen Grinsen verzogen, als alles anders wurde.

Weshalb Sukos Fall plötzlich stoppte, wusste er selbst nicht. Gleichzeitig drängte diese Tatsache auch seine Furcht zurück, und er schaute im Nichts schwebend zu, wie das Gesicht vor ihm allmählich verschwand. Dabei blieb es noch an der gleichen Stelle. Es wanderte also nicht weiter in die Tiefe, trotzdem verwischten die Umrisse immer mehr.

Wieso?

Schwächer und schwächer wurden die Züge. Vor Sukos Augen breitete sich allmählich eine gewisse Dunkelheit aus. Wolken schoben sich zwischen ihn und die Große Mutter.

Wolken?

Der Chinese hatte seine erste Furcht überwunden. Sein Denkapparat funktionierte wieder, und er kam plötzlich zu einem überraschenden Ergebnis, das ihm im nächsten Augenblick durch eine düster klingende Stimme bestätigt wurde.

»Du wirst ihr noch nicht gehören! Erst später, falls ich es für richtig halte.«

Der Spuk hatte gesprochen!

Jetzt verstand Suko überhaupt nichts mehr. Obwohl der Spuk nun wirklich nicht zu seinen Freunden zählte, war er ihm dankbar, dass er ihn vor der Gewalt und dem Gefängnis der Großen Mutter befreite.

Eine Rettung war es, denn Suko spürte deutlich, dass er sich wieder in Bewegung setzte.

Diesmal jedoch in die entgegengesetzte Richtung. Weg von der Großen Mutter und hinein in unbekannte Sphären oder Welten.

Der Inspektor trat eine weite Reise an, dessen Ziel er nicht kannte. Er erwartete auch keine Erklärung und war umso überraschter, als sie ihm trotzdem gegeben wurde.

Die Stimme des Spuks klang auf. Und sie drang von allen Seiten an seine Ohren, sodass er den Standort dieses Dämons nicht lokalisieren konnte. Er hatte zudem sein Denken ausgeschaltet, weil er sich nur auf die folgenden Ereignisse und Erklärungen konzentrieren wollte.

»Ich habe dich nicht ohne Grund geholt, Mensch, das kannst du dir denken. Ich allein werde den Kampf fortführen, denn ich bin der Sechste, der Letzte der Großen Alten. Ich wusste auch, dass die anderen zu schwach waren, meine Pläne durchzuführen. Ab jetzt hat auch der Namenlose einen Namen, der Furcht und Schrecken verbreiten wird. Ich bin der Spuk, und ich habe beschlossen, dich zu meinem Helfer zu machen, ob du willst oder nicht. Das Schicksal war gegen mich, sonst hätte ich John Sinclair geholt, damit er mir das gibt, was mir zusteht. So aber wirst du die Aufgabe übernehmen. Lass dich überraschen, Mensch! Lass dich überraschen …«

Mit einem dumpfen Lachen erstickte die Stimme des Spuks.

Suko aber blieb chancenlos in der unheimlichen Wolke gefangen. Was der Spuk genau mit ihm vorhatte, das wusste er nicht. Ihm war jedoch klar, dass er sich aus eigener Kraft nicht mehr befreien konnte …

Die Magie der Pyramide hatte es ermöglicht!

Was vor Urzeiten geschaffen worden war, behielt auch später noch seine Gültigkeit, und der Eiserne Engel sowie Kara und Myxin erlebten eine magische Reise durch Raum und Zeit.

Da schrumpften Dimensionen zusammen, da wurden kaum erfassbare Entfernungen überbrückt, und da erfüllte sich in gewisser Weise ein großer Traum der Menschheit.

Dann erreichten sie ihr Ziel.

Sie sahen Hemators Welt, sie spürten auch den fremden Einfluss dieses Dämons, der seine vollen Kräfte eingesetzt hatte, die wiederum an der Pyramide zerrten und ihr die Macht nehmen wollten.

Die drei Reisenden setzten dagegen. Für einen Moment sah es so aus, als würde es die Pyramide nicht schaffen. Als sie die Grenze zu Hemators Reich überschritt, spürte jeder von ihnen den Ruck, der durch die geschliffenen Kristalle lief. Hitze strahlte nach innen hin ab, die Pyramide verformte sich für die Dauer eines kaum fassbaren Augenblicks, um danach wieder die alte Form anzunehmen.

Sie stoppte!

Es war ein Aufatmen, ein Gefühl der Freude, ihr Ziel erreicht zu haben, nur gab sich keiner der drei diesen Gefühlen länger als unbedingt nötig hin, da ihnen durch die Wand der Pyramide der Blick nach draußen gestattet war.

Und sie sahen John Sinclair. Er lag ebenso auf dem Boden wie der kleine Ali. Beide lebten zwar noch, aber sie erlitten schreckliche Qualen, wie an ihren Gesichtern abzulesen war. Das sollte auf keinen Fall so bleiben, und der Eiserne Engel verließ als Erster die Pyramide.

Kara und Myxin folgten. Sie ließen ihren Reisegegenstand zurück, der eine Insel innerhalb einer Welt geschaffen hatte, die auch den Besuchern feindlich gesonnen war.

Das spürten sie sofort.

Es war der Druck der Hände, der Myxin und Kara taumeln ließ. Sie hatten das Gefühl, gewaltige Lasten auf ihrem Körper zu spüren, und die Bewegungen verlangsamten sich.

Selbst der Eiserne Engel, der von ihnen die meiste Kraft hatte, verspürte dies.

Es gelang ihm nur schwer, sich zu drehen, aber er tat es und zog dabei sein Schwert. Gleichzeitig brüllte er Hemators Namen.

Die Spitze richtete er in die Höhe. Sie zeigte haargenau auf die unheimlichen Hände über ihnen, und der Eiserne wusste, dass er einen weiteren Großen Alten vernichten konnte.

»Hemator!«, schrie er den Händen entgegen. »Du bist der Vorletzte deiner verdammten Brüder. Krol, Gorgos, Kalifato und auch mein Zwillingsbruder existieren nicht mehr. Jetzt bist du an der Reihe. Deshalb bin ich gekommen!«

Die Worte mussten von Hemator verstanden worden sein, da sie auch von Myxin und Kara gehört wurden. Die aber kümmerten sich nicht um die beiden Gegner, ihre Aufgabe lag darin, John Sinclair und den Jungen so rasch wie möglich zu retten.

»Nimm du den Kleinen!«, rief Myxin.

Kara nickte nur. Große Worte waren fehl am Platze, das wussten beide. Es zählte allein das richtige Handeln.

Der kleine Magier lief auf John Sinclair zu. Der Geisterjäger lag am Boden, sein Mund stand offen, er atmete röchelnd und abgehackt. Myxin hatte das Gefühl, genau im richtigen Moment gekommen zu sein. Er schob seine Hände in die Achselhöhlen des Geisterjägers und zog ihn in die Höhe. Johns Hacken schleiften noch über den Boden, als er von Myxin auf die Pyramide gezerrt wurde.

Bevor er in ihrem Innern verschwinden konnte, traf auch Kara ein. Sie hielt Ali in der gleichen Haltung. Gemeinsam verschwanden die vier in der rettenden Pyramide, wo sie Ali und John auf den Boden legten, sich zunickten und sich auch ohne Worte verstanden.

Sie mussten wieder raus und dem Eisernen Engel helfen.

Der stand unter den gewaltigen Händen. Das Schwert hielt

er mit allen zehn Fingern umklammert, auf seinem Gesicht zeichnete sich die Anstrengung ab.

Sehr langsam drehte er den Kopf, als er die beiden Freunde sah, die ebenfalls mit den Tücken dieser Welt zu kämpfen hatten und längst nicht so schnell laufen konnten, wie sie es gern getan hätten.

»Es ist verdammt schwer!«, erklärte der Eiserne. »Die Hände üben einen zu starken Druck aus.«

»Kannst du nicht fliegen?«, keuchte Kara. Sie taumelte ebenfalls und wurde von Myxin gestützt.

»Nein, die Flügel bewegen sich nur zu träge. Ich muss es anders versuchen!«

»Und wie?«

Kara erhielt von dem Eisernen keine Antwort. Auch sie hatte jetzt ihre Waffe gezogen, um den Engel in seinem gewaltigen Kampf zu unterstützen. Obwohl es fraglich war, dass es beide schaffen konnten.

Der Eiserne ging zurück. Dabei wurde der Druck des Großen Alten noch stärker, sodass sich selbst der Engel nicht mehr auf den Füßen halten konnte.

Zunächst sank sein Schwert nach unten. Die Klinge stieß gegen den Boden und wirbelte eine Staubwolke hoch.

Das Lachen Hemators gellte wie Donnergrollen. »Auch ihr werdet es nicht schaffen!«, rief er. »Auch ihr nicht! Ihr seid gekommen, um mich zu vernichten, das kann und wird euch nicht gelingen, so wahr ich Hemator heiße und euch dafür töten werde. Habt ihr gehört? Euch!«

Er wartete eine weitere Antwort nicht ab und drückte seine Hände noch tiefer.

Das geschah in dem Moment, als auch Kara, Myxin und der Eiserne in die Knie sanken. Sie hatten die Köpfe erhoben und blickten gegen die steinernen Pranken, die aus einem Material bestanden, das irgendwann einmal in der Urwelt entstanden war.

»Das Pendel!«, keuchte der Eiserne. »Nur das Pendel kann es schaffen. Es muss so alt sein wie Hemator. Und er ist aus dem Schoß der Erde entstanden. Deshalb …«

Der Engel sprach nicht mehr weiter. Dafür winkelte er die Arme an, um den ovalen, blutroten Stein umfassen zu können. Er streifte auch die Schnur über seinen Kopf, hob mit einer gewaltigen Anstrengung die Hände und hielt das Pendel den Händen entgegen.

»Da!«, schrie er mit wahrer Stentorstimme. »Da siehst du es. Du selbst bist aus dem Urgestein geformt worden, wie dieses Pendel in meiner Hand. Aber in ihm stecken die Kräfte des Guten, sie werden dich vernichten, Hemator …«

Die Hände sanken!

Und der Eiserne wuchs in diesen Augenblicken über sich selbst hinaus. Er beschwor die uralten Kräfte des Pendels, rechnete mit der Hilfe der guten Erdgeister, die innerhalb des kleinen Steins ihre Spuren hinterlassen hatten, denn nicht alle standen auf der Seite des gewaltigen Hemator.

Bannsprüche, die eine Welt erschüttern konnten, drangen aus dem offenen Mund des Eisernen.

»Borgos sataru mensentera …« Die ersten Laute glitten noch flüssig über seine Lippen, die anderen allerdings nur noch stockend und intervallartig.

Aber das Pendel spürte die Energien, die seine Kraft praktisch aus den Urtiefen hervorholten.

Es gehorchte den Befehlen des Eisernen und begann damit, eine starke Gegenmagie aufzubauen.

Der Schein nahm an Intensität zu und blieb auch nicht mehr auf den Gegenstand an sich beschränkt, sondern breitete sich aus, sodass er ebenfalls in die Höhe stach.

Sein Ziel waren die Hände.

Noch senkten sie sich dem Boden entgegen und waren nicht zu einem Stillstand gekommen, aber es würde nicht mehr lange so bleiben, denn ein erstes Zittern durchlief die unheimlichen und immens großen Pranken Hemators.

Zeigten sich schon Risse?

Nein, aber die Bewegungen der Hände waren gestoppt worden, so hatte der Eiserne einen ersten Erfolg errungen.

Myxin und Kara standen schräg hinter ihm, während Ali und John Sinclair in der Pyramide lagen.

Myxin wunderte sich dabei, als er einen Blick über die Schulter warf, denn John Sinclair war es gelungen, sich wieder zu erheben. Er marschierte bereits vor, um die Pyramide zu verlassen.

In der Tat ging es mir wieder besser. Ich hatte reine, klare Luft einatmen können, hatte mich aufgerichtet und mich umgeschaut. An die Pyramide des Wissens dachte ich nicht, als ich meine Umgebung in Augenschein nahm. Ich wollte nur zu meinen Freunden.

Mit noch wackligen Knien verließ ich das seltsame Götterfahrzeug und spürte sofort den fast unerträglichen Druck, der mich auf die Knie zwingen wollte und es auch schaffte.

Myxin hatte mich gesehen. »Verdammt, John, bleib doch da. Du brauchst hier nicht ...«

Ich stützte mich auf beide Hände und schüttelte den Kopf. »Nein, ich will bei euch bleiben.«

»Davon hast du nichts ...«

Er konnte reden, was er wollte, beirren ließ ich mich nicht und richtete mein Augenmerk auf den Eisernen Engel, der jetzt alles einsetzte, um auch den fünften Großen Alten zu zerstören.

Das Pendel ließ ihn nicht im Stich.

Plötzlich bestand es aus Feuer. Es kreiste den Eisernen ein, und dann löste es sich mit einem peitschenden Knall von der harten Schnur. Wie ein Komet jagte es in die Höhe, wobei es genau auf Hemators Hände zielte.

Beide Energien oder Magien prallten zusammen. Wir vernahmen kein Geräusch des Aufschlags, aber wir konnten der gewaltigen und unvorstellbaren Reaktion zusehen.

Das Pendel zerstörte die Hände.

Es überdeckte sie mit seinem roten Schein, fraß sich in die Materie hinein, und Hemators gewaltige Pranken bekamen plötzlich breite Risse.

Im selben Augenblick brach der Druck dieser Welt zusammen. Leider kehrte er sich um ins Gegenteil, sodass ein saugender Lufttrichter entstand, der alles, was ihm in den Weg kam, mit sich reißen wollte. Es wurde das Chaos.

Wir hörten das Heulen und Toben. Schreie gellten auf. Der Eiserne drehte sich um, ich sah seine verzweifelten Armbewegungen, und er lief mit weit ausholenden, dennoch langsamen Schritten auf uns zu, als würde er sich nur mehr zeitlupenhaft bewegen und sich gegen den mörderischen Sog stemmen.

Auch ich wurde gepackt, aber ich hatte Glück, da ich der Pyramide am nächsten stand.

Ich konnte mich praktisch in sie hineinfallen lassen, spürte auch dort den Sog, aber die Pyramide hielt zum Glück diesen fremden, magischen Gewalten stand. Hemators Welt verging ebenso wie die Hände. Mir gestattete die Beschaffenheit der Pyramide einen freien Blick, und ich schaute in die Höhe, weil ich sehen wollte, wie die Hände zerkrachten.

Die Kraft des magischen Pendels riss sie entzwei. Zurück blieben so gewaltige Staubwolken, wie sie nur von einem tosenden Wirbelsturm geschaffen werden konnten. Sie quirlten, tanzten und wirbelten über uns, bevor sie ebenfalls in den gewaltigen und ungemein kräftigen Sog der zusammenbrechenden Welt gezogen wurden.

Kara flog in die Pyramide. Der Eiserne hatte sie vorgestoßen, während es Myxin aus eigener Kraft schaffte.

Als Letzter torkelte der Eiserne Engel herbei. Wir griffen noch zu und zogen ihn auf diese rettende Insel.

Gleichzeitig steigerte sich das hohle Pfeifen zu einem infernalischen Heulen. So etwas wie eine Windhose entstand, die alles an sich riss, was sich ihr in den Weg stellte.

Auch die Staubwolken der Hände – und das magische Pendel.

Dahinter aber lauerte das Nichts.

»Weg! Wir müssen weg!« Noch nie hatte ich den Eisernen so schreien hören. »Wenn wir es nicht schaffen, verschlingt uns die Unendlichkeit. Dann gibt es keine Rettung mehr.«

Die Spirale kam heran. Ich sah sie wachsen, meine Angst steigerte sich ins Unermessliche, und da fassten sich die drei an.

Plötzlich packte mich ein Schwindel. Er drehte mich um die

eigene Achse, und ich sah als Letztes noch Alis blasses Gesicht …

Der Rest ist vage Erinnerung oder stammt aus Karas Erzählungen. Wir waren gewissermaßen in der Schlucht der stummen Götter zwischengelandet, in der der Eiserne zurückblieb.

Dann hatten Kara und Myxin uns mit Hilfe der stummen Götter dorthin geschafft, wo ihre neue Heimat lag.

Bei den flammenden Steinen.

Und hier kam ich erst wieder richtig zu mir. Wir berichteten uns gegenseitig, was wir erlebt hatten, und waren froh darüber, es geschafft zu haben.

Es blieben leider auch Wermutstropfen.

Einen davon sprach ich an. »Suko ist nach wie vor verschwunden!«, flüsterte ich. »Hat er es geschafft?« Fragend schaute ich meine Freunde an.

»Wir wissen es nicht!«, lautete ihre Antwort.

»Und der Eiserne Engel hat sein magisches Pendel verloren«, erklärte der kleine Magier.

»Das war die Sache wert!«, meinte Kara.

Myxin hob nur die Schultern.

Ich sinnierte über Suko nach und auch darüber, wie ich es seiner Freundin Shao beibringen sollte.

In meine Überlegungen hinein klang eine dünne Stimme. »Hast du mich ganz vergessen, großer Meister?«

Ich schaute zur Seite. Zwei dunkle Augen strahlten mich an. Der kleine Ali war noch da.

»Junge«, sagte ich und umarmte ihn. »Dich hätte ich beinahe tatsächlich vergessen.«

»Ja, ich mich auch.« Er hatte sein Gesicht gegen meine Schulter gelegt. »Sag ehrlich, John, was soll aus mir werden? Zurück nach Marokko will ich nicht mehr. Kann ich nicht bei euch bleiben? Ich meine, ich könnte euch im Kampf unterstützen und …«

Ich lachte leise. »Mal sehen, Ali, mal sehen …«

ENDE

Sehr geehrte Leserin, sehr geehrter Leser,

Falls Ihr Buchhändler die **John Sinclair-Taschenbücher** nicht regelmäßig führt, bietet Ihnen die ROMANTRUHE in Kerpen-Türnich mit diesem Bestellschein die Möglichkeit, diese Taschenbuch-Reihe zu abonnieren.

Hiermit bestelle ich bis auf Widerruf bei ROMANTRUHE, Röntgenstr. 79, 50169 Kerpen-Türnich, Tel-Nr. 02237/92496, Fax-Nr. 02237/924970 oder Internet: www.Romantruhe.de die **John Sinclair-Tachenbücher** zum Preis von 45,00 Euro für 12 Ausgaben.
Die Zusendung erfolgt jeweils zum Erscheinungstag. <u>Kündigung jederzeit möglich.</u> Auslandsabonnement (Europa/Übersee) plus Euro 0,51 Porto pro Ausgabe.

Zahlungsart: ☐ - jährlich ☐ - 1/2-jährlich ☐ - 1/4-jährlich
☐ - monatlich (nur bei Bankeinzug)
Bezahlung per Bankeinzug bei allen Zahlungsarten möglich.
Bitte Geburtsdatum angeben: ___ / ___ /19___
Name und Ort der Bank: _____

Konto-Nr.: _____ Bankleitzahl:_____

Name: _____ Vorname: _____

Straße: _____ Nr.:_____

PLZ/Wohnort: _____

Unterschrift: _____ Datum:_____
(bei Minderjährigen des Erziehungsberechtigten)

Die Bestellung wird erst wirksam, wenn sie nicht innerhalb von <u>zwei Wochen</u> ab dem auf die Aushändigung dieser Belehrung folgenden Tag schriftlich (zweckmäßigerweise per Einschreiben bei: Romantruhe, Röntgenstr. 79, 50169 Kerpen-Türnich) widerrufen wird. Zur Wahrung der Frist genügt die rechtzeitige Absendung des Widerrufs. Dies bestätige ich mit meiner

2. Unterschrift:_____Datum:_____

Wenn Sie das Buch nicht zerschneiden möchten, können Sie die Bestellung natürlich auch gerne auf eine Postkarte schreiben.

50 Jahre gute Unterhaltung
Die Kult-Ausgaben